W0316224

HEYNE BÜCHER

Fantasy

Herausgegeben von Wolfgang Jeschke

Von Stephen R. Donaldson erschienen in der Reihe
HEYNE SCIENCE FICTION & FANTASY:

DIE CHRONIKEN VON THOMAS COVENANT DEM ZWEIFLER:

ERSTE CHRONIK:

Band 1: Lord Fouls Fluch · 06/3740
Band 2: Die Macht des Steins · 06/3795
Band 3: Die letzte Walstatt · 06/3839

ZWEITE CHRONIK:

Band 1: Das verwundete Land · 06/4108
Band 2: Der einsame Baum · 06/4109
Band 3: Der Bann des weißen Goldes · 06/4110

Tochter der Könige · 06/4225

MORDANTS NOT:

Der Spiegel ihrer Träume · 06/4530
Einer reitet durch · 06/4531

STEPHEN R. DONALDSON

DER SPIEGEL IHRER TRÄUME

Roman

Deutsche Erstausgabe

Fantasy

WILHELM HEYNE VERLAG
MÜNCHEN

HEYNE SCIENCE FICTION & FANTASY
Band 06/4530

Titel der amerikanischen Originalausgabe
THE MIRROR OF HER DREAMS
Deutsche Übersetzung von Horst Pukallus
Das Umschlagbild schuf Michael Whelan

2. Auflage

Redaktion: Isabella Bruckmaier & Friedel Wahren

Printed in Germany 1989
Satz: Schaber, Wels
Druck und Bindung: Ebner Ulm

ISBN 3-453-02753-1

Inhalt

Ross McGuire Donaldson gewidmet:
für Liebe, Lachen
und das rechte Maß an Würde.

»Gesenkt ins Leere ihre Träume,
Bleibt ein Spiegel leer,
Bis drin ein Mann erscheint.«

JOHN MYERS MYERS: *Silverlock*

TERISA UND GERADEN

Die Geschichte von Terisa und Geraden begann ganz ähnlich wie ein Märchen. Sie war eine Prinzessin in einem hohen Turm. Er war ein Held, der kam, um sie zu befreien. Sie war die einzige Tochter von Wohlstand und Macht. Er war der siebte Sohn des Gauherrn Domne vom Domnegau. Ein Zauber hielt sie gefangen. Er war ein furchtloser Überwinder von Zauberei. Wie in allen Märchen, waren die beiden füreinander geschaffen. Unglücklicherweise verhielt es sich in ihrem wirklichen Leben nicht so einfach.

Terisas hoher Turm zum Beispiel war ein luxuriöses Wohngebäude mit Eigentumswohnungen in der Madison Street, nur wenige Häuserblocks vom Park gelegen. Sie hatte zwei Schlafzimmer (eines davon als »Gästezimmer«, zwar komplett eingerichtet, aber völlig ungenutzt), ein geräumiges Wohnzimmer mit eindrucksvoller Aussicht nach Westen, ein separates Eßzimmer, auf dessen langem, schwarzem, poliertem Tisch die Kerzen schön geleuchtet hätten, wäre je ein Anlaß vorhanden gewesen, sie anzuzünden, und die Sorte von tadelloser, moderner Küche, wie man sie in den Katalogen von Möbelhäusern abgebildet findet.

Ihre Wohnung hatte ihren Vater einen Betrag gekostet, den die Menschen, mit denen sie zusammenarbeitete, »ein kleines Vermögen« genannt hätten, doch er betrachtete die Ausgabe nicht als vergeblich. Die Wächter im Foyer und die in den Lifts installierten Videokameras sorgten für ihre Sicherheit: und wenn sie eine eigene Wohnung hatte, saß sie nicht untätig in seinem Haus herum, bekam weder ihn, seine Geschäftsfreunde, noch seine Frauen zu sehen mit ihren großen, braunen Kuhaugen, die zu träge oder gar zu töricht dreinschauten, als daß man ihr den Vorwurf zugetraut hätte, den er darin zu erkennen meinte: das Bewußtsein des Nichtgeliebtwerdens, das in all der Verhätschelung, all dem Geld lediglich eine Form der Vernachlässigung sah. Er war froh, sie los zu sein.

Und sie glaubte, froh zu sein, wohnen zu dürfen, wo sie wohnte, weil jemand ihre Rechnungen beglich und sie es sich erlauben konnte, der einzigen Arbeit nachzugehen, für die sie sich als kompetent erachtete, der einzigen Tätigkeit, die ihr das Gefühl gab, ihr Dasein könnte irgendeinen Sinn haben; sie arbeitete als Sekretärin für so etwas wie ein Armenhaus der Gegenwart, eine Mission in einem kleineren Ghetto, nur fünfzehn Minuten zu Fuß entfernt vom Glanz der Fenster, der Spiegelglaspracht ihres Wohnsitzes, tippte Briefe behutsamer Erklärung und Bittstellung, auf vage Weise verzweifelte Briefe, für den einsamen Alten, der die Mission leitete. Froh über ihre Wohnung sein zu können, glaubte sie auch, weil es ihr möglich gewesen war, die Räume selbst auszustatten. Das war ein langwieriges Verfahren gewesen, denn soviel Freiheit, soviel Einfluß auf ihre Umgebung war sie nicht gewöhnt; zum Schluß jedenfalls hatten Schlaf-, Wohn- und Eßzimmer rundum eine Verspiegelung. Für sie hatten Spiegel eine verführerische Schönheit, die sie ansprach; aber das war nicht der ausschlaggebende Punkt. Entscheidend war, daß es nun in ihrer Wohnung keine Ecke gab, wo sie sich nicht sehen konnte. Dadurch wußte sie, daß sie überhaupt existierte.

Wenn sie schlief, war ihr Geist leer, bar aller Träume wie ein Stück Glas. Und wenn sie wach war, ihrem Leben nachging, bedeutete ihr Dasein niemandem etwas. Anscheinend bemerkten nicht einmal die Männer sie, die sie für schön oder begehrenswert hätten halten können, wenn sie auf der Straße an ihr vorüberstrebten, so uninteressant wirkte sie auf sie. Nichts rings um sie oder in ihr spiegelte etwas von ihr wider. Ohne Träume und ohne jede Wirkung fehlte es ihr an Beweisen dafür, daß sie tatsächlich ein materielles Wesen war, wirklich in der Welt lebte. Nur ihre Spiegel bestätigten ihr, sie war *vorhanden:* besaß ein zum Mienenspiel fähiges Gesicht, braune Augen, weit von melancholischem Sanftmut, eine scharfgeschnittene Nase und die Andeutung einer Spalte am Kinn, fast eines Grübchens; daß ihr Körper sich durch die Art von Wuchs auszeichnete, die man in Zeitschriften als vollkommen darstellte; daß sowohl ihr Gesicht, wie auch ihr Körper taten, was sie von ihnen verlangte.

Sie hatte nicht die geringste Ahnung von dem Zauber, der sie zur Gefangenen machte. Schließlich handelte es sich dabei um nicht mehr als eine Geistesverfassung.

Was Geraden betraf, so befand er sich in einer kaum besseren Situation. Er war nur Adept in der Zunft der Imagomanten — anders ausgedrückt, ein Lehrling —, aber man hatte ihm eine Aufgabe zugewiesen, die selbst für einen Meister eine Gefahr bedeutet hätte. In der Tat war man in der Zunft bezüglich der Auswahl seiner Person kraß geteilter Meinung. Einige Meister beharrten auf der Ansicht, diese Aufgabe könnte von keinem anderen übernommen werden, weil die Gesamtheit der Omen allem Anschein nach zeigte, daß seine Erwählung die einzig mögliche sei, die einzig richtige Wahl aus der Mitte jener Personen, die Erfolg haben mochten. Andere Meister führten an, er wäre der einzige Angehörige ihrer Zunft, der sich vollkommen ein für allemal entbehren ließe.

Alle Kritiker, die behaupteten, es sei immanent unmoralisch, einen Kämpen ins Sein zu rufen, tat man insgeheim als Speichellecker des alten Tattergreises König Joyse ab, und zudem bildeten sie nur eine kleine Minderheit der Zunft. Anscheinend wiesen alle Omen darauf hin, daß die Bedrohung des Reiches nicht abgewendet werden konnte, ohne daß man durch Translation einen Kämpen herschaffte und ihn ihr entgegensetzte. Aber wie das Herbeischaffen vorsichgehen und — das vor allem — wer dieser Kämpe eigentlich sein sollte, war weniger sicher.

Die Meister, die Geraden als entbehrlich ansahen, hatten dafür einen guten Grund. Nicht nur, daß er der älteste Adept war, der zur Zeit der Zunft diente; gleichzeitig war er die älteste Person, die ihr je gedient hatte, ohne sich ausreichende Fähigkeiten anzueignen, um zum Meister befördert zu werden. Obwohl er erst Mittzwanziger war, hatte er damit ein hinlänglich hohes Alter erreicht, um lächerlich zu wirken, weil es ihm nicht geglückt war, die Kasel eines Meisters zu erwerben.

Mit den Händen war er dermaßen ungeschickt, daß man ihn nicht einmal mit dem Mischen von Farbe und Sand beauftragen durfte, ohne daß er etwas verschüttete und das Mischverhältnis verdarb; er benahm sich derartig täppisch, daß er nicht imstande war, das große Laboratorium, untergebracht in den umgebauten Kerkern Schloß Orisons, zu durchqueren, ohne über die sorgfältig angeordneten Gestelle, Walzen und Apparate der Meister zu stolpern. Sogar Meister Quillon, ein Stümper, der alle überrascht hatte, indem er seine kluge Zurückhaltung aufgab, laut und deutlich das Wort ergriff (wie es König Joyse gut gestanden hätte, wäre er nicht die halbe Zeit lang am Dösen) und sich gegen die unmoralische Haltung aussprach, einen Kämpen aus dessen eigenem Dasein zu reißen, damit er Mordant aus der Not helfe, ja selbst Meister Quillon hatte man leise äußern hören, daß die Zunft, falls Geraden den fraglichen Versuch unternahm und scheiterte, wenigstens den Vorteil hätte, sich seiner entledigt zu haben.

In Wahrheit allerdings betrafen die maßgeblichen ethischen Bedenken eben Geradens typische Auffälligkeit für Fehlschläge. Normalerweise wäre der Meister, der das erforderliche Glas hergestellt hatte, einfach hingegangen und hätte es entsiegelt, den Kämpen ins Sein geholt. Geraden jedoch hatte sich immer wieder als der leichtesten Translationen unfähig erwiesen. Darum mußte er genau das tun, was King Joyse verlangt hätte: Er selbst mußte sich ins Glas begeben und den Kämpen aufsuchen, ihn um Hilfe bitten.

Geradens Tugenden bestanden aus einem willigen Herzen, vorbehaltloser Entschlossenheit und einem Maß an Treue, wie man es sonst nur von Welpen kennt. Das kurze, nußbraune Haar fiel ihm in Locken auf die ausgeprägte Stirn; für sein Gesicht hätte sich kein König zu schämen brauchen; und die Erfahrung, mit sechs Brüdern aufgewachsen zu sein, hatte ihm Zähigkeit und Mut verliehen, er neigte wenig zum Nachtragen und Grollen. Aber nahezu ständig verdunkelte ein finsterer Ausdruck der Verlegenheit und des Rechtfertigungsbedürfnisses seine Miene, trat bei den geringfügigsten Mißgeschicken und falschen Anwendungen seiner Kenntnisse auf, wie sie ihm häufig unterliefen. Sein inneres Streben nach dem Wissen und den Möglichkeiten der Imagomantie war so stark, daß seine anhaltende Trottelhaftigkeit sein Gemüt verdüsterte, und diese Beeinträchtigung seines Gemüts drohte zum Dauerzustand zu werden, bis die Zunft ihn wegen der Omen und aus gesundem Menschenverstand für die Aufgabe auswählte, Mordants Zukunft zu retten.

Sobald das geschah, gewann er seine Leidenschaft zurück. Während er bis dahin bereitwillig für die Meister gearbeitet hatte, erledigte er nun mit wahrem Eifer und voller Schwung die Arbeiten, deren ihre Künste bedurften — Sand und Farbe mischte er mit eigenen Händen, damit das Glas ihn akzeptiere, er heizte den Ofen mit selber gehauenem Holz, schuf und verbesserte ein dutzendmal die Form, bis sie genau der Form glich, aus der jener Spiegel stammte, in dem die Meister auserkorene Kämpen zu schauen pflegten, er mengte die heiße, flüssige Masse, wobei ihm das Blut in den Adern wie Stoßgebete hämmerte, goß sie auf den besonders gefertigten Hintergrund und das Pulvergemisch der Oxydschicht. Bei jedem Nachlassen der Aufmerksamkeit, jedem Irrtum oder Versehen stöhnte er auf, verfluchte sich, entschuldigte sich bei jedem in Sichtweite, dann ging er voller Hoffnung neu an die Arbeit, Schweiß tränkte seine Kleider, seine Muskeln schmerzten.

Daß Terisa unter dem Bann eines Zaubers stand, davon hatte er so wenig wie sie eine Ahnung. Und hätte er es gewußt, wäre es ihm wahrscheinlich egal gewesen, so sehr beanspruchte ihn die Chance, die ihm die Meister gegeben hatten — eine Chance, die ihn durchaus zum Krüppel machen oder gar das Leben kosten konnte.

Terisa war nicht der Kämpe, den die Zunft ausersehen hatte. Sie lebte nicht einmal in derselben Welt wie der Kämpe.

Zumindest theoretisch hätte Geradens Spiegel völlig anders werden müssen.

ERSTES BUCH

1

Berufung

In der Nacht, bevor Geraden sie aufsuchte, hatte Terisa Morgan einen Traum, einen der wenigen Träume, an die sie sich zu erinnern vermochte. Sie hörte in diesem Traum Hörnerklang, nur leise, weil von fern, er erreichte sie durch klare, frische Luft über mit harschem Schnee bedeckten Hügeln wie jener Ruf, den zu vernehmen ihr Herz immer gewartet hatte. Als sie lauschte, um die Hörner, wenn möglich, noch einmal zu hören, erschollen sie wirklich nochmals. Aber sie kamen nicht näher. Terisa beschloß, nach dem Ursprung des Hörnerschallens Ausschau zu halten. Gegenüber des Hains, in dem sie zu sitzen oder zu liegen schien, als könnte die Kälte ihr nicht schaden, sah sie einen Hügelkamm; vielleicht befanden sich die Hörner — und die Leute die hineinstießen — auf dessen anderer Seite. Trotzdem rührte sie sich nicht von der Stelle. Der Traum zeigte ihr eine unbekannte, noch nie gesehene Umgebung; aber sie blieb, als hätte sie sich immer hier aufgehalten. Da erspähte sie Reiter, die durch den hohen Schnee den Höhenzug entlangritten. Während die Pferde sich um Schnelligkeit bemühten, stob ihnen Dampf aus den Nüstern, ihre Beine wühlten den Schnee auf, bis die federleichten, trockenen Flocken zu brodeln schienen. Terisa konnte das ledrige Knarren ihres Zaumzeugs hören, das mißmutige Schnaufen und die halblauten Flüche der Reiter; die Hänge des Höhenkamms warfen jeden Ton, jeden Laut scharf wie Glasscherben zurück bis in das Wäldchen. Am liebsten hätte Terisa diese Geräusche aus ihrer Wahrnehmung verdrängt und noch einmal den Hörnern gelauscht, aber da lenkten die drei Reiter plötzlich ihre Tiere von den Hügeln weg und trieben sie durch den Schnee auf die Bäume zu — direkt herüber zu Terisa. Als die Gesichter unterscheidbar wurden, erkannte sie darin wütenden Haß, Absicht zum Blutvergießen. Lange Schwerter schienen aus ihren Scheiden nachgerade in die erhobenen Fäuste der Reiter zu sprießen. Sie hatten vor, sie hier im Schnee in Stücke zu hauen. Reglos blieb sie, wo sie war, wartete ab. Die Luft war von der Kälte rauh, brannte wie eine Ohrfeige, stach wie Splitter. In dem Traum war Terisa keineswegs sicher, daß sie etwas dagegen hatte, umgebracht zu werden. Es zöge einen Schlußstrich unter die Leere ihres Lebens. Sie bedauerte nur, dann nie wieder die Hörner hören zu können, niemals zu erfahren, weshalb deren Klingen ihr Herz in solche Erregung, so ins Beben versetzte. Mit einem Mal trat zwischen den schwärzlichen Baumstämmen hinter ihr ein Mann hervor und stellte sich zwischen sie und die Reiter. Er trug keine Waffen, keine Rüstung — offensichtlich nur ein weites, braunes Wams, eine Hose vom selben Stoff und Lederstiefel —, aber er zögerte nicht, sich mit den Berittenen anzulegen. Als der erste Reiter die Klinge schwang, sprang der Mann seitwärts nach den Zügeln des Tiers, packte sie, und das Pferd verlor das Gleichgewicht, der Reiter flog aus dem Sattel und dem Pferd des zweiten Angreifers vor die Hufe. Roß und Reiter stürzten, wirbelten Wolken von Schnee auf, so dicht wie Nebel. Als schwacher Wind die Sicht klärte, sah sie, daß ihr Retter bereits das Schwert des ersten Reiters aufgehoben und damit den zweiten Gegner durchbohrt hatte. Der Mann bewegte sich mit verzweifelter Unbeholfenheit, die zeigte, daß er ans Kämpfen nicht gewöhnt war; dennoch gab er nicht auf. Wild ging er auf den ersten Widersacher los, streckte ihn an einem Baumstamm nieder, ehe es dem Reiter gelang, sich mit seinem langen Dolch zu wehren. Terisa, die alles beobachtete, sah den dritten Angreifer auf seinem Roß — das Reittier stand fest auf dem Untergrund, der Reiter umklammerte den Schwertgriff mit beiden Fäusten, hob die Waffe hoch empor — neben dem jungen Mann aufragen, der sie verteidigte. Obwohl sie nicht verstand, was geschah, war ihr klar, daß sie nun eingreifen müßte. Wenn aus keinem anderen Grund, so hätte sie nun aus schlichtem Anstand und aus Dankbarkeit gegenüber ihrem Verteidiger dem Reiter in den Arm fallen sollen. Er schaute nicht in ihre Richtung; bestimmt wäre es ihr möglich, ihn am Gürtel zu fassen und aus dem Sattel zu zerren, bevor er zuschlagen konnte. Aber sie tat nichts. Im Traum furchte ansatzweise ein gereiztes Runzeln ihre Stirn, als sie sich über ihre Passivität klar wurde. Das war ihr Lebensweg, ein stummes Nichthandeln, die einzige Eigenschaft, die sie ihrem ungewissen Dasein zuschreiben mußte. Wie sollte sie handeln können? Das Handeln blieb jenen Menschen vorbehalten, die ihr Vorhandensein in der Welt nicht bezweifelten. Im Laufe der mehr als zwanzig Jahre ihres Lebens hatte sie so wenige Gelegenheiten zum Handeln gehabt, daß sie sie im allgemeinen gar nicht bemerkt hatte, ehe sie vorbei gewesen waren. Sie wußte nicht, wie sie ihre Gliedmaßen dazu veranlassen sollte, sie zu dem Reiter zu befördern. Der Mann jedoch, der für sie kämpfte, tat es aus keinem anderen ersichtlichen Grund als dem, daß jemand sie überfiel. Und er merkte nichts von der Gefahr; noch versuchte er, die Schwertklinge aus der Leiche des soeben getöteten Reiters zu ziehen, hatte dem letzten Gegner den Rücken zugedreht. »Paß auf!« schrie Terisa, erschreckte sich selbst und den Reiter, brach die Stille der bitteren Kälte.

Die Anstrengung des Warnens scheuchte sie in eine Sitzhaltung auf. Sie war noch im Bett. Von dem Schrei schmerzte ihr die Kehle, und ein ungewohntes Grausen pulste durch ihre Adern.

Sie erkannte sich in den Spiegeln ihres Schlafzimmers. Beleuchtet von der Nachtlampe, die über dem Bett in der Steckdose stak, glich sie mitten in dem vielen Glas ringsum kaum mehr als einem Schatten; doch sie war da, wie üblich sie selbst, der Schatten, der sie stets gewesen war. Trotzdem glaubte sie, während ihr Puls noch pochte, ihr Schweiß übers Gesicht rann, durch die trostlose Geräuschkulisse der Stadt aus weiter Ferne Hörner klingen zu hören, zu leise zwar, um sicher sein zu dürfen, jedoch auch schon zu vertraut, als daß sie ihr hätten entgehen können.

Natürlich hatte sich nichts geändert. Am nächsten Morgen stand sie auf, als ihr Wecker läutete; ihr Spiegelbild sah so zerknittert und blaß aus wie immer. Sie forschte in ihrem Gesicht nach Eigenheiten, die bei Reitern glühenden Haß auslösen könnten, doch sie empfand es als unvermindert nichtssagend, ihm fehlte es so eindeutig an Spuren von Erfahrungen, Entscheidungen, ja bloß an Ausdruck, daß es sie auf unklare Weise erstaunte, überhaupt noch ein Spiegelbild zu erblicken. Sie war doch bestimmt am Verschwinden? Gewiß würde sie eines Morgens erwachen, in den Spiegel schauen und sich nicht mehr sehen. Vielleicht kam es dahin; aber heute war es noch nicht soweit. Heute morgen sah sie so aus, wie sie sich in Erinnerung hatte: hübsch gebaut, doch ohne jeden Zweck, leicht trübe von Kummer.

Also duschte sie wie gewohnt, zog gewohnheitsmäßig die Art von schlichtem Rock und unauffälligem Pullover an, wie ihr Vater sie für sie als passend betrachtete, frühstückte wie gewöhnlich — zwischen Bissen vom Toast musterte sie sich in den Spiegeln —, streifte einen Regenmantel über, bevor sie die Wohnung verließ, um zur Arbeit zu gehen. Nichts Außergewöhnliches hatte es damit auf sich, wie sie aussah, nichts Ungewöhnliches war mit ihrer Wohnung, als sie hinausging, keine Unregelmäßigkeit ereignete sich, während sie mit dem Lift ins Foyer hinabfuhr. Ungewöhnlich war nur die Weise, wie sie sich fühlte.

Im geheimen, so daß man ihrer Miene nichts anmerken konnte, erinnerte sie sich ihres Traums.

Draußen regnete es stark, Regen durchspülte die Rinnsteine der Straße, prasselte wie Hagel auf die Dächer der Autos, dämpfte den Verkehrslärm. Durch das Grau der Luft und die Nässe entmutigt, band sie sich eine Regenhaube aus Plastik um, dann schritt sie am Portier vorbei (der sie, wie gewohnt, gänzlich übersah) und durch die Drehtür hinaus in den Wolkenbruch.

Den Kopf gesenkt, die Konzentration auf den Bürgersteig gerichtet, nahm sie den Weg zu der Mission, bei der sie arbeitete. Ohne Vorwarnung war ihr, als höre sie die Hörner erneut.

Unwillkürlich blieb sie stehen, hob ruckartig den Kopf, schaute wie jemand um sich, der allen Grund hatte zu erschrecken. Doch was sie zu hören glaubte, ließ sich auf keinen Fall mit Autohupen verwechseln; es klang nach Blasinstrumenten, wie Jäger oder Musiker sie verwendeten. Aber die Töne waren so fern erklungen, in dieser Stadt, in diesem Regen, während die Fahrzeugschlangen der morgendlichen Hauptverkehrszeit die Straßen verstopften, sich durch den heftigen Regen wälzten, so fehl am Platz, daß Terisa sich nicht zu der Auffassung durchringen konnte, sie tatsächlich gehört zu haben. Und doch machte der Eindruck, sie vernommen zu haben, alles rundum, was sich ihrem Blick bot, irgendwie klarer, schärfer, weniger trübselig-düster, sondern bedeutsamer. Der Regen hatte die Gewalt einer nachdrücklichen Reinigung; das von Feuchtigkeit gestreifte Grau der Gebäude sah weniger nach Verzweiflung aus, mehr wie die flüchtigen Eigentümlichkeiten der Grenze zwischen Nacht und Tag; nicht länger trieben Abscheu vor dem Wetter und Furcht vor den Chefs die Menschen vorwärts, die auf dem Gehweg vorüberdrängten, sondern Schneid und Überzeugung. Allem ringsum haftete eine Andeutung von Lebendigkeit, von Lebenskraft an, die sie noch nie bemerkt hatte.

Und dann schwand das Gefühl; es war ausgeschlossen, befand sie, daß sie wohlklingende Hörner ihr Herz anrufen gehört hatte; und schon waren alle Eindrücke dahin. Verdutzt und traurig setzte sie den verregneten Weg zu ihrer Arbeitsstelle fort.

In der Mission schien der Tag noch langweiliger als sonst abzulaufen. Sobald sie im Büro an ihrem Tisch saß, vor sich die uralte Schreibmaschine, die einem hingekauerten, übellaunigen Lasttier ähnelte, fand sie einen Zettel Pastor Thatchers vor, des Alten, dem die Leitung der Mission oblag. Er teilte ihr mit, die Fotokopierkosten der Mission seien zu hoch, er müsse sie bitten, neben ihren anderen Aufgaben den beigefügten Brief zweihundertfünfzigmal zu tippen. Der Brief sollte an die Mehrzahl wohltätiger Einrichtungen in der Stadt verschickt werden und enthielt ein neues Ersuchen um Geldspenden; der Text war gespickt mit Pastor Thatchers üblichen Nichtigkeiten und Floskeln. Terisa konnte es kaum verkraften, ihn fortwährend zu lesen, während sie ihn immer wieder tippte; aber natürlich mußte sie ihn stets von neuem lesen, um ihn jedesmal richtig abtippen zu können.

Während sie tippte, war ihr zumute, als nähme ihre physisch-materielle Festigkeit ab, ganz als ob die Sinnlosigkeit ihres Tuns sie allmählich auflöse. Gegen Mittag kannte sie den Text auswendig; in einem Geisteszustand, der an Spannung grenzte, beobachtete sie, wie die Schreibmaschine eine Zeile nach der anderen aufs Papier ratterte, sie wartete geradezu auf jeden neuen Buchstaben, als sei er ein Beweis dafür, daß sie noch existierte, als könnte sie beim besten Willen vorher nicht absehen, ob er auch wirklich auf dem Blatt erschien.

Meistens aßen sie und Pastor Thatcher mittags zusammen, und wenn, dann nicht auf ihren, sondern auf seinen Wunsch. Weil sie sich ruhig verhielt und ihm aufmerksam ins Gesicht schaute, während er sprach, hatte er sie wahrscheinlich als gute Zuhörerin eingestuft. Im großen und ganzen hörte sie jedoch kaum, was er redete. Sein Gerede glich seinen Briefen: sie konnte damit absolut nichts anfangen. Sie war ruhig, weil sie sich nicht anders zu benehmen wußte; ins Gesicht schaute sie ihm, weil sie hoffte, darin irgendeine Bestätigung ihres Daseins zu entdecken, ein Zeichen stärkeren Interesses oder erhöhter Beachtung, das anzeigen könnte, dies Zusammensein mit einer anderen Person fand wirklich statt. Deshalb saß sie mit ihm in einer Ecke der Suppenküche, die die Mission im Keller betrieb, und wandte ihm ihr Gesicht zu, während er redete.

Aus einigem Abstand wirkte er kahl, allerdings nur, weil man durch sein dünnes, weißliches, immer kurzgeschnittenes Haar deutlich die fleckige, rosa Kopfhaut sah. An seinen Schläfen zeichneten sich, dem Anschein nach fein und zart, Venen ab, mit dem Resultat, daß man befürchtete, wenn er sich erregte, sie müßten platzen. Heute rechnete Terisa damit, daß er mit ihr seinen neuesten Bettelbrief wiederkaute, den sie bereits fast zweihundertmal getippt hatte. Das war sein normales Verhaltensmuster; während sie die fade, wäßrige Suppe aus der Küche löffelten, erzählte er ihr Dinge über seine Tätigkeit, die sie schon kannte; seine Stimme zitterte, wann immer er abermals auf die Aussichtslosigkeit seiner Betätigung zu sprechen kam. Aber diesmal bereitete er ihr eine Überraschung.

»Miss Morgan«, erkundigte er sich, ohne sie voll anzublicken, »habe ich Ihnen schon mal von meiner Frau erzählt?«

Das hatte er tatsächlich noch nicht, wenngleich er sie oft erwähnte. Terisa wußte jedoch von der vorherigen Sekretärin der Mission, die ihre Stellung aus Niedergeschlagenheit, Überforderung und Widerwillen aufgegeben hatte, einiges über seine Familiengeschichte. »Nein, Ehrwürden«, antwortete sie trotzdem. »Sie haben sie natürlich schon erwähnt. Aber Sie haben mir nie was über sie erzählt.«

»Vor fast fünfzehn Jahren ist sie gestorben«, sagte Pastor Thatcher versonnen. »Sie war eine vorbildliche Christin, eine tüchtige Frau, Gott schenke ihrer Seele ewigen Frieden. Ohne sie wäre ich schwach gewesen, Miss Morgan ... zu schwach für das, was getan werden mußte.« Obschon sie darüber noch nicht genauer nachgedacht hatte, hielt Terisa ihn ohnehin für einen Schwächling. Auch jetzt klang seine Stimme nach Unzulänglichkeit, obwohl er nicht über sein Unvermögen sprach, die Lage der Mission zu bessern. »Ich entsinne mich noch an … Ach, es ist viele Jahre her, es war lange vor Ihrer Geburt, Miss Morgan … Ich war gerade erst vom Priesterseminar abgegangen …« Er lächelte, starrte über ihre linke Schulter hinweg. »Mit allen möglichen Titeln und Urkunden, glauben Sie das? Und ich hatte gerade mein Praktikum als Hilfspastor an einer der besten Kirchen der Stadt beendet. Damals wollte man, daß ich Gemeindepriester bleibe. Mit Gottes Hilfe hätte ich mich bewährt, man empfahl mir, auf Dauer einer der kirchlichen Hirten zu werden. Ich sage Ihnen, Miss Morgan, vor mir lag eine aussichtsreiche Zukunft. Aber aus irgendeinem Grund war ich in meinem Herzen damit nicht zufrieden. Ich hatte das Gefühl, daß Gott mir etwas zu sagen versuchte. Wissen Sie, genau zu dem Zeitpunkt hatte ich erfahren, daß diese Mission einen neuen Leiter brauchte. Ich hatte keineswegs Lust, diesen Posten zu übernehmen. Sowohl finanziell wie auch persönlich zahlte sich meine Arbeit für mich aus. Trotzdem konnte ich das Problem dieser Mission nicht vergessen. Gewiß, die Kirche rief mich auf, ihr zu dienen. Aber was war es, wozu Gott mich berief? Meine Frau hat mein Dilemma für mich gelöst. Sie hat die Fäuste in die Hüften gestemmt, wie sie's immer tat, wenn sie ernstgenommen werden wollte. ›Nun sei mal kein Dummkopf, Albert Thatcher‹, sagte sie zu mir. ›Als unser Herr Jesus Christus in die Welt kam, hat er nicht den Reichen gedient. Die Kirche ist ja 'n recht gutes Betätigungsfeld, aber wenn du was anderes tun willst, kann sie unter hundert fähigen Priestern Ersatz für dich suchen. Von denen wird aber keine auf die Idee kommen, sich um den Posten in dieser Mission zu reißen.‹ So bin ich hier hergelangt. Meiner Frau war's gleich, daß wir deswegen arm blieben. Für sie zählte nur, daß das, was wir taten, Gott gefiel. Und ich habe es vierzig Jahre lang getan, Miss Morgan.«

Unter normalen Umständen wäre seine Schlußbemerkung gleichzeitig die Einleitung zu einer erneuten, langen Diskussion über seine endlosen und oft fruchtlosen Bemühungen gewesen, das Fortbestehen der Mission zu gewährleisten. Terisa spürte es, wenn diese Diskussionen bevorstanden; sie konnte sich darauf gefaßt machen, so daß ihr Gefühl eigener Unwirklichkeit sie angesichts der Schwierigkeiten der Mission und Pastor Thatchers Armut nicht überwältigte.

Aber was sie statt dessen diesmal hörte, war ferner Schall von Hörnern. Sie vermittelten ihr die gebieterischen Signale einer Jagd und die Schmeicheltöne von Musik, zwei verschiedene Arten von Klängen, die sich in ihrem Herzen zu Akkorden vereinten, miteinander verschmolzen, so daß das innere Bedürfnis sie befiel, aufzuspringen und eine Antwort zu rufen. Und solange sie die Hörner hörte, wirkte rundum alles anders. Die Suppenküche sah nicht länger schäbig und verschlissen aus, vielmehr nach dem Verschleiß sinnvoller Nutzung, einem Ort entschiedener Hingabe. Die abgerissen gekleideten, grauhaarigen Frauen und Männer, die an den Tischen saßen, erweckten nicht mehr bloß den Eindruck geduckter menschlicher Wracks: es schien, als ob sie sich mit der Suppe Hoffnung und Zuversicht einverleibten. Selbst die Tischkanten waren deutlicher, irgendwie greifbarer und wichtiger geworden, als man es gewöhnlichem Stahlrohr und Furnier sonst beimaß. Auch Pastor Thatcher hatte sich verändert. Der Pulsschlag in seinen Schläfen stammte nicht von Aufregung über seine Erfolglosigkeit; das Pochen war der kräftige Rhythmus seiner Entschlossenheit, Gutes zu tun. Unter seiner rosigen Haut stak Zivilcourage, die sauer verdienten Falten seines Gesichts bezeugten Mut, und seine Augen blickten in solche Ferne, nicht weil sie Zwecklosigkeit sahen, sondern Gott schauten.

Doch die Veränderung dauerte nur einen Moment lang. Danach konnte Terisa die Hörner nicht mehr hören, wie sehr sie sich auch danach sehnte, und die allgemeine Stimmung von Bedrücktheit sickerte zurück in ihre gesamte Umgebung.

Ein Gefühl des Verlusts erfüllte sie, und sie sorgte sich,

sie müsse in Tränen ausbrechen, falls Pastor Thatcher wieder eine seiner Diskussionen begann. Zum Glück verzichtete er darauf. Er hatte sich vorgenommen, einige Telefonate zu führen, weil er hoffte, gewisse einflußreiche Persönlichkeiten während ihrer Mittagspause an den Apparat zu bekommen; deshalb entschuldigte er sich und ließ Terisa am Tisch sitzen, ohne zu ahnen, wie glanzvoll er in ihrer Sicht für einen Augenblick ausgesehen hatte. Sie war fast froh, als sie an ihren Arbeitsplatz zurückkehrte; an der Schreibmaschine hatte sie die Möglichkeit, auf die Tasten zu tippen und die schwarzen Buchstaben, die sie aufs Papier hieb, als Beweise ihrer Existenz zu bewerten.

Der Nachmittag verstrich langsam. Durchs einzige, unverhangene Fenster konnte sie sehen, wie noch immer Regenfälle herabrauschten, alles durchnäßten und feuchtmachten, bis sogar die Häuser auf der anderen Straßenseite aufgeweichtem Pappkarton ähnelten. Es war belanglos, ob die wenigen Leute, die auf den Bürgersteigen hin- und hereilten, regenfeste Kleidung trugen; die Regengüsse verwischten alle Unterschiede. Regen prasselte ans Fenster; nur Düsternis schien durch die Scheibe einzudringen. Terisa bemerkte, daß ihr immerzu die gleichen Tippfehler unterliefen. Sie hätte zu gerne wieder die Hörner gehört, nochmals die Lebhaftigkeit und Klarheit der Umwelt erlebt, wie sie mit ihrem Erklingen auftraten. Aber sie waren nichts anderes als ein Nachklang eines ihrer wenigen Träume gewesen. Sie vermochte sie nicht zurückzuholen.

Bei Arbeitsschluß räumte sie ihre Sachen weg, zog den Regenmantel an und band sich die Plastikhaube um. Doch als sie fertig zum Gehen war, zögerte sie. Sie klopfte an die Tür des kleinen Zimmerchens, das Pastor Thatcher als eigenes Büro benutzte. Zuerst hörte sie nichts. »Herein«, sagte er dann ziemlich leise. Terisa öffnete die Tür. In dem Büro gab es zwischen Schreibtisch und Wand gerade genug Raum für sie und einen Klappstuhl. Pastor Thatchers Platz hinterm Schreibtisch war dermaßen eng mit Aktenschränken zugestellt, daß er sich, wenn er ihn zu verlassen beabsichtigte, nur mit Mühe aus seiner Ecke quetschen konnte. Als Terisa eintrat, betrachtete er mit ausdrucksloser Miene das Telefon, als beanspruche es seine ganze Aufmerksamkeit, als hätte es ihn aller Hoffnung beraubt. »Miss Morgan … Feierabend?« Terisa nickte. Anscheinend merkte er gar nicht, daß sie schwieg. »Wissen Sie was?« meinte er. »Ich habe heute zweiundvierzig Leute angerufen. Neununddreißig haben Spenden abgelehnt.«

Wenn sie die Anwandlung, die sie dazu bewogen hatte, sein Büro aufzusuchen, einfach vorübergehen ließ, überlegte Terisa, hätte sie noch weniger Grund, an ihre eigene Existenz zu glauben. »Es tut mir leid«, sagte sie folglich recht unvermittelt, »daß Ihre Frau Ihnen nicht mehr zur Seite stehen kann.«

»Ich vermisse sie«, antwortete er leise, als hätte Terisa nicht das Thema gewechselt. »Ich brauche sie, damit sie mir sagt, daß ich das Richtige mache.«

»Sie *tun* das Richtige«, versicherte Terisa, um ihn dazu zu bringen, sie anzuschauen. Und indem sie die Beteuerung aussprach, begriff sie, daß sie tatsächlich daran glaubte. Die Erinnerung an jene Hörner hatte in dieser Hinsicht, wenn schon in keiner anderen Beziehung, für sie eine Änderung bewirkt. »Bisher war ich mir nicht so sicher. Aber jetzt bin ich's.«

Doch Thatchers zerstreuter Blick blieb auf dem Telefon ruhen. »Vielleicht sollte ich ihren Bruder anrufen«, sagte er gedämpft, wie im Selbstgespräch. »Er hat seit Jahren nichts gespendet. Kann sein, daß er diesmal wieder auf mich hört. Ich werd's mal wieder versuchen.«

Während er die Nummer wählte, verließ sie sein Büro, schloß die Tür. Sie konnte sich nicht des Eindrucks erwehren, daß sie ihn nie wiedersehen sollte. Doch sie versuchte, sich deshalb keine Sorgen zu machen; so ein Gefühl hatte sie schon oft gehabt.

Der Heimweg war schlimmer als am Morgen der Hinweg gewesen war; stärkerer Wind wehte, fegte ihr den Regen gegen die Beine, in jeden Spalt, den er an ihrem Mantel finden oder auftun konnte, unter die Ränder ihrer Plastikhaube und ins Gesicht. Bereits einen halben Häuserblock weiter hatte sie Wasser in den Schuhen, und bevor sie die Hälfte des Nachhausewegs hinter sich gebracht hatte, klebte der Pullover ihr klamm, naßkalt auf der Haut. Fast war sie nicht mehr imstande zu erkennen, wohin sie eigentlich ging.

Aber sie kannte den Weg aus eingefleischter Erfahrung; Gewohnheit lenkte ihre Schritte zuverlässig heimwärts. Im Regen glich die verglaste Fassade des Wohngebäudes einem von den Tropfen aufgewühlten, dunklen Teich, spiegelte nichts wider, rief lediglich den Gedanken an Tod in Wassertiefen hervor. Die Portiers sahen sie kommen, fanden sie aber nicht so beachtenswert, daß sie ihr die Türen aufgemacht hätten. Sie schob sich Bahn durch die Drehtür, betrat das Foyer, brachte einen Windstoß und Gesprühe von Regentröpfchen mit hinein, hielt für einen Moment an, um zu verschnaufen, sich die Feuchtigkeit aus dem Gesicht zu wischen. Anschließend strebte sie, ohne den Blick zu heben, zu den Lifts.

Weil sie nun nicht länger zügig ausschritt, begann es sie zu frösteln. Im Lift hing ein Wandspiegel. Terisa nahm die Plastikhaube vom Kopf und musterte ihr Gesicht, während sie zu der Etage hinauffuhr, in der sie wohnte. Gegen die kalte Blässe ihrer Haut und das schwache Blau der Lippen wirkten ihre Augen besonders groß, sahen besonders schutzlos aus. Soviel an ihr war also zumindest real: Wind, Nässe und Kälte konnten sie fahl werden lassen. Doch die Eisigkeit drang ihr zu tief in Mark und Bein, als daß sie aus dieser Erkenntnis irgendeinen Trost zu schöpfen vermocht hätte.

Als sie den Lift verlassen hatte und durch den mit Teppichboden ausgelegten Korridor zu ihrer Wohnung ging, wußte sie, daß ihr ein übler Abend bevorstand.

In der Wohnung knipste sie, nachdem sie die Tür abgesperrt und die Vorhänge zugezogen hatte, um das Empfinden zu verdrängen, sich auf dem Grund des Teichs zu befinden, mit dem sie draußen die Fensterfront verglichen hatte, sämtliche Lampen an und begann die Kleider abzulegen. Die Spiegel offenbarten ihr: Sie war am ganzen Körper blaß. Durch die Feuchtigkeit auf ihrer Haut ähnelte das Fleisch in seiner Bleichheit Wachs.

Kerzen bestanden aus Wachs. Aus Wachs machte man Wachsfiguren. Man gebrauchte Wachs zur Anfertigung von Gußformen. Menschen waren nicht aus Wachs.

Ihr stand ein *sehr* übler Abend bevor.

In ihren eigenen körperlichen Empfindungen hatte sie nie den Beweis finden können, den sie suchte. Sie war ohne weiteres zu glauben imstande, daß ein Schatten Kälte, Wärme oder Schmerz spürte; trotzdem existierte er nicht als Individuum. Dennoch genehmigte sie sich eine heiße Dusche, versuchte ihrem Körper die Eisigkeit auszutreiben. Sie trocknete sich gründlich das Haar, zog ein Flanellhemd, eine dicke, weiche Kordhose und Schafleder-Mokassins an, um es warm zu haben. Dann zwang sie sich zum Kochen und Essen, um sich zu beschäftigen und alle Unruhe aus ihrer Seele fernzuhalten.

Aber ihre Bemühungen, es sich gemütlich zu machen, hatten das gleiche Resultat wie stets, nämlich überhaupt keinen Erfolg. Dusche, behagliche Kleidung und warmes Essen vermochten die Kälte in ihrem Herzen nicht zu beseitigen; doch dabei handelte es sich um ein Detail ihres Daseins, das sie als unwichtig erachtete. Tatsächlich gehörte dieses Detail zum Gesamtproblem: Nichts, was sich ereignete, hatte für sie irgendeine Bedeutung. Sollte sie an einer Lungenentzündung sterben, wäre das etwas, das andere Leute als Unerfeulichkeit einstufen würden — beispielsweise ihr Vater oder Pastor Thatcher —, ihr hingegen könnte es nicht den geringsten Unterschied ausmachen.

Sie sah einer jener Nächte entgegen, in denen sie zu spüren meinte, wie sie aus dem Dasein verschwand, als wäre sie nur ein zusammenhangloser Traum.

Wenn sie sitzen blieb, wo sie saß, die Augen schloß, geschah es, konnte sie es spüren. Erst hörte sie ihren Vater an ihr vorbeireden, als gäbe es sie nicht. Dann bemerkte sie das Hauspersonal, das sich verhielt, als wäre sie lediglich ein Bestandteil der Phantasie ihres Vaters, als lebe und atme sie nur, weil er sagte, sie täte es, statt eine wirkliche, faktisch gegenwärtige Person zu sein. Und dann ihre Mutter ... Ihre Mutter, die so passiv und nicht vorhanden war, wie Talent, Erfahrung und Fügsamkeit sie nur machen konnten. Mit geschlossenen Augen war Terisa in Gedanken wieder Kind, sechs oder sieben Jahre alt, sie humpelte in das riesige Speisezimmer, in dem ihre Eltern sich mit mehreren Geschäftsfreunden ihres Vaters unterhielten, alle in ihrer besten Kleidung ... Sie hinkte in den Speiseraum, weil sie auf der Treppe gestolpert war und sich das Knie aufgeschrammt, das viele Blut sie erschreckt hatte — und ihre Mutter schaute sie an, als sähe sie sie überhaupt nicht, blickte gleichsam durch sie hindurch, nicht mehr Ausdruck auf dem Gesicht als eine Wachsfigur, und tat den Vorfall restlos ab. ›Geh auf dein Zimmer, Kind‹, sagte sie mit einer Stimme, so hohl, als käme sie aus einer Kaverne in der Brust. ›Dein Vater und ich haben Gäste.‹ *Du mußt lernen, wie ich zu sein. Ehe es zu spät ist.*

Seit Jahren mühte Terisa sich ab und versuchte, an sich selbst zu glauben. Sie schloß die Augen nicht. Statt dessen begab sie sich ins Wohnzimmer und stellte einen Stuhl nah vor eine der mit Spiegeln behängten Wände. Sie setzte sich so auf den Stuhl, daß ihre Knie das Glas berührten, hielt ihr Gesicht so dicht davor, daß ihr Atem den Spiegel fast beschlug. In dieser Haltung betrachtete sie jeden Umriß, jede Fläche ihres Abbilds, beobachtete jedes Muskelzucken. Vielleicht gelang es ihr auf diese Weise, die Ganzheitlichkeit ihrer Realität zu bewahren. Und falls sie scheiterte, durfte sie wenigstens genau mitansehen, wie es mit ihr ein Ende nahm.

Das letzte Mal, als sie einen dieser Anfälle erlitten hatte, saß sie bis lange nach Mitternacht vor dem Spiegel und starrte ihr Spiegelbild an, bis das Gefühl, sie verflüchtige sich, schließlich schwand. Diesmal war sie weniger sicher, so lange aushalten zu können. In der vergangenen Nacht hatte sie geträumt, und im Traum war sie genauso passiv wie jetzt gewesen, außer zum Zuschauen zu jedem Handeln außerstande. Das stille Weh dieser Einsicht schwächte ihr Durchhaltevermögen. Sie dachte, sie könnte bereits erkennen, wie ihr Gesicht verschwamm, langsam aus der Wirklichkeit zu weichen drohte.

Urplötzlich sah sie im Spiegel einen Mann.

Der Spiegel zeigte keine Widerspiegelung eines Menschen; er befand sich *im* Spiegel. Sie sah ihn hinter ihrem Spiegelbild, dessen Miene Verblüffung ausdrückte, er kam näher, als wate er durch eine Strömung.

Der Mann war jung, vielleicht nur ein paar Jahre älter als Terisa, er trug ein weites, braunes Wams, eine braune Hose und Lederstiefel. Er hatte ein gutaussehendes Gesicht, das jedoch im Moment aus Überraschung und Hoffnung einen dümmlichen Ausdruck zeigte. Er schaute Terisa geradewegs an. Für einen Augenblick öffnete er lautlos den Mund, als versuche er, ihr etwas durchs Glas zuzurufen. Da schlug er auf einmal mit den Armen. Es schien, als geriet er aus der Balance; doch seine Bewegungen zeugten von einer Zielstrebigkeit, die nichts mit Fallen zu schaffen hatte.

Unwillkürlich duckte Terisa den Kopf bis auf den Schoß, bedeckte ihn mit den Armen. Der Spiegel vor ihr zersprang ohne ein Geräusch.

Sie fühlte, wie ein Scherbenhagel von der Wand regnete, wie Splitter im Vorbeisausen ihr Hemd streiften. Die Scherben flogen wie Schneegestöber an die gegenüberliegende Wand und auf den Teppichboden. Gleichzeitig mit dem Bersten des Spiegels traf eine Bö Terisa, eisig wie Winter, aber diesen Wind spürte sie nur kurz.

Als sie aufblickte, sah sie den jungen Mann der Länge nach neben dem Stuhl auf dem Fußboden liegen. In seinem Haar glitzerte eine Vielzahl winziger Glassplitter. So wie er da lag, erregte er den Eindruck, als hätte er durch die Wand einen regelrechten Hechtsprung ins Zimmer vollführt. Etwa von der Mitte der Wade an fehlte ihm das rechte Bein. Auf den ersten Blick dachte Terisa, das restliche Bein stäke noch in der Mauer; Wade und Stiefel wirkten, als endeten sie unmittelbar an der Fläche der Wand. Dann jedoch erkannte sie, daß sich zwischen der Wand und der Trennstelle des Beins mehrere Zentimeter Abstand befanden. Blut sah sie nicht. Anscheinend hatte der Mann auch keine Schmerzen.

Mit einem vernehmlichen Atemzug stemmte er sich vom Fußboden hoch, um Terisa ansehen zu können. Seine rechte Wade stak allem Anschein nach fest; seine übrige Gestalt dagegen bewegte sich normal.

Er schnitt ein sehr finsteres Gesicht. Doch als Terisa seinen Blick erwiderte, verzog er es zu einem Lächeln der Ratlosigkeit.

»Ich bin Geraden«, sagte er. »Hier bin ich nicht, wo ich sein müßte.«

2

Der Klang von Hörnern

Ohne richtig zu wissen, was sie tat, schob Terisa den Stuhl nach hinten und stand auf. Sie wich zurück. Ihre mit den Mokassins bekleideten Füße knirschten leise, indem sie Glasscherben in den Teppichboden drückten. Wo der zerborstene Spiegel festgeleimt gewesen war, sah die Wand fleckig und verfärbt aus; sie erinnerte an Siechtum. Die sonstigen Spiegelflächen spiegelten nach wie vor Terisas Abbild wider. Aber ihr Blick galt dem Mann, der vor ihr auf dem Boden ausgestreckt lag.

Er starrte sie erstaunt an. Unentwegt lächelte er, machte jedoch keinerlei Anstalten zum Aufstehen.

»Ach, und wieder ist's mir mißraten, fürwahr«, murmelte er. »Ich *schwöre*, ich hab alles auf die rechte Weise ausgeführt ... Jeder Meister vermag diese Art von Translation zu vollbringen ... und doch ist sie mir aufs neue mißlungen.«

Terisa hätte sich vor ihm fürchten müssen; das war ihr völlig klar. Sein Eindringen in ihr Wohnzimmer war auf ebenso gewaltsame wie unbegreifliche Weise geschehen. Doch statt Furcht empfand sie lediglich Verdutztheit und Verwunderung. Wie es den Anschein hatte, verfügte dieser junge Mann über die seltsame Fähigkeit, Logik und Normalität zu umgehen. In ihrem Traum hatte sie nicht einmal den Tod gefürchtet ...

»Wie kommen Sie hier herein?« fragte sie so leise, daß sie es selbst kaum hörte. »Was meinen Sie damit, Sie wären hier nicht, wo Sie sein müßten?«

Sofort nahm sein Gesicht einen Ausdruck der Zerknirschung an. »Um Vergebung. Ich hoffe, ich hab Euch keinen Schrecken eingejagt.« In seiner Stimme schwang, wohl weil er seinerseits Furcht oder große Aufregung verspürte, Anspannung mit. Aber trotz seiner Beunruhigung sprach er in umgänglichem, ja freundlichem Tonfall. »Ich weiß nicht, was außer der Regel ist. Ich hab alles richtig gemacht, ich schwör's. Hier sollte ich beileibe nicht hin. Ich suche jemand« — da schaute er zum erstenmal beiseite — »gänzlich anderes.« Während sein Blick durchs Zimmer schweifte, sank ihm das Kinn abwärts, höchste Bestürzung verzerrte sein Gesicht. Als er auf allen Seiten sein Spiegelbild sah, erschrak er, zuckte zusammen, als wäre er geschlagen worden. Die Muskeln seiner Kehle verkrampften sich, erstickten einen Schrei. Anscheinend überwältigte ihn für einen Moment Panik, ein tiefverwurzeltes Entsetzen brach in ihm auf, er duckte sich auf den Teppichboden nieder, als sei ihm danach, vor ihr zu kriechen und zu winseln. Dann aber kam ihm offenbar zu Bewußtsein, daß niemand ihm etwas angetan hatte. Er hob den Kopf, die Furcht in seiner Miene wich neuem, wahrhaft andächtigem Staunen. Er betrachtete sich in den Spiegeln, als würde er darin Zeuge seiner grundlegenden Verwandlung. Wie gebannt durch seine Eindringlichkeit und unerklärlichen Reaktionen beobachtete Terisa ihn und hielt den Mund. Erst nach einer ganzen Weile — und dann mit Mühe — widmete er seine Aufmerksamkeit wieder ihr. Angestrengt räusperte er sich. »Wie ich sehe«, stellte er im Ton unnatürlicher, erzwungener Ruhe fest, »verwendet auch Ihr Spiegel.«

Ein Schaudern durchfuhr Terisa. »Ich habe keinen Schimmer, wovon Sie reden«, sagte sie. »Ich weiß nicht, was Sie hier wollen. Woher wissen Sie, daß ich die falsche Person bin?«

»Eine kluge Frage.« Der junge Mann grinste breiter. Er wirkte, als hätte er an ihrem Anblick Vergnügen. »Freilich könnt Ihr's nicht sein, den ich suche. Wie sollt's denn möglich sein? Es sei denn, die Omen wären vollauf mißverstanden worden. Mag sein, diese Kammer hat mich von dort abgelenkt, wohin ich mich begeben sollte. Habt Ihr davon Kenntnis besessen, daß ich den Versuch zu wagen gedachte?«

Terisa mochte sich nicht wiederholen. »Warum stehen Sie nicht auf?« fragte sie, statt noch einmal klarzustellen, daß sie von dem, was er daherredete, keine Ahnung hatte. »Sie sehn 'n bißchen komisch aus, wie Sie da auf'm Boden liegen.«

Eine Besonderheit fiel ihr an ihm unverzüglich auf: Offenkundig hörte er zu, wenn sie sprach, nicht nur, wenn ihre Äußerungen zufällig zu seinen Gedankengängen paßten. »Ich wollte mich wohl gern erheben«, gab er leicht einfältig zur Antwort, »doch ich kann's nicht.« Er deutete auf sein wie amputiertes Bein. »Man wird meinen Fußknöchel nicht fahren lassen. Und's ist zu meinem *Vorteil,* daß man's nicht tun wird. Ich vermöchte nie und nimmer umzukehren.« Sein Mienenspiel brachte einen raschen Übergang zu anderen Überlegungen zum Ausdruck. »Wiewohl ich nicht weiß, wie ich vor meinen Meistern bestehen soll, wenn ich zu ihnen zurückkehre. Sie dürfen mir niemals glauben, daß ich abermals alles falsch vollführt hab.«

»Hatten Sie schon mal ähnliche Probleme?« fragte Terisa, beobachtete ihn unverwandt, um möglicherweise Aufschlüsse über die Hintergründe des Geschehens zu erhalten.

Erst nickte er verdrossen, dann schüttelte er den Kopf. »Nicht ganz auf diese Weise. Ich habe noch nie zuvor versucht, mich selbst einer Translation zu unterziehen. Fürwahr ist's so, daß eine solche Translation nur selten gewagt wird. Das letzte Mal, an das ich mich erinnere, war jener Versuch, durch den Großmeister Havelock den Verstand verlor. Aber das war eine Ausnahme. Er betrat flaches Glas ... versuchte eine Translation, die in keine andere Welt führte, wenn Ihr erseht, was ich meine.« Wieder schaute er im Zimmer umher. »Gewißlich versteht Ihr's. Flaches Glas ...« Nun sprach er, als wären Terisas Spiegel allesamt die wundervollsten Exemplare. »Wie schön es ist. Und Ihr habt nicht Euren Verstand verloren. Auch *ich* bin noch bei Verstand. Ich hatte bislang keinerlei Kenntnis davon, daß es Imagomantinnen wie Euch gibt. Aber wie dem auch sei, auf jeden Fall steht die Theorie der Imagomantie auf festen Füßen, und zahlreiche gelungene Translationen sind dank gewissenhafter Aufzeichnungen überliefert. Die meisten Menschen scheuen bloß das Wagnis. Dieweil ich den Spiegel selber gefertigt habe, vermag man mich unter Umständen nicht zurückzuholen, sollte ich ihn zur Gänze durchqueren. Allein ein Großmeister kann eines anderen Meisters Spiegel benutzen, und Havelock ist seit langem von Sinnen. Doch lassen wir's.« Er machte mit seinen Abschweifungen Schluß. »Mich dünkt, 's ist mir halt mißlungen. Die Wahrheit ist, ich habe noch nie irgend etwas richtig ausführen können. Deshalb hat man mich auserwählt ... jedenfalls ist's teilweise der Grund. Wenn der Versuch ein vollständiger Fehlschlag wird und ich nicht wiederkehre, haben sie drüben zumindest kein wertvolles Mitglied zu beklagen.«

Inmitten der Verwirrung, in die die Unterhaltung mit ihm Terisa brachte, erwies ihr Umgang mit Pastor Thatcher sich nun als hilfreich; sie hatte dabei gelernt, die Fragen zu stellen, die ihr Gesprächspartner von ihr erwartete oder wünschte. »Wo sollten Sie denn hin?« Wieder erschauderte sie. »Zu wem sollten Sie?«

Einen Moment lang dachte er nach, kaute auf den Lippen. »Mag sein, 's ist ratsam, ich enthüll's Euch. Es ist möglich, daß man die Omen fehlgedeutet hat. Eine Imagomantin wie Ihr kann eben das sein, dessen wir bedürfen. Und wenn ich recht hab ...« Er warf ihr einen durchdringenden Blick zu, bevor er eine eingehendere Erklärung begann. »Alle haben sich mit den Omen vertraut gemacht. Einiges von dem, was wir dadurch wissen, kann nicht falsch sein. Immer wieder ist deutlich geworden, der einzige Weg, um Mordant zu retten, besteht daraus, daß jemand in einen Spiegel geht und Beistand holt. Aufgrund irgendeiner befremdlichen Verursachung bin ich dieser ›Jemand‹. Zum allgemeinen Bedauern zeigen die Omen nicht, wie ich mit ›Beistand‹ wiederkehre. Indessen zeigen sie einen gewaltigen Recken in einer Rüstung, einen

Kriegsmann oder Kämpen aus einer anderen Welt. Wir ersehen daraus nicht, ob er Mordants Heil oder Untergang erwirken wird, aber seine Bedeutung läßt sich nicht mißverstehen. Bei der Erstellung der Omen ward er im Imago eines Spiegels Meister Gilburs geschaut. Danach geurteilt, was wir sehen konnten, war er zweimal so groß wie Ihr — zumindest in seiner Rüstung —, und er trug magische Waffen zur Genüge, um Berge niederzureißen. Er sah uns aus wie der vollkommene Retter. Gewiß, Meister Gilbur hätte ihn schlichtweg zu uns versetzen können. Eine Anzahl Meister verlangte, es sogleich zu tun, dem König zu trotzen. Doch die Omen sind wenigstens in einem eindeutig. Wir müssen jemanden schicken. Und anscheinend … besitze ich irgendeine maßgebliche Eigenschaft, die mich dafür geeignet macht.« Er hob die Schultern. »Es gab so manche Meinungsverschiedenheit. Master Quillon befürwortete, mich zu schicken. Dagegen wandte Meister Eremis ein, es sei mein sicherer Tod, unterzöge ich mich wider meinem freien Willen einer Translation aus unserer Welt … und für gewöhnlich nimmt er nichts sonderlich ernst. Seine Einlassungen haben mich gewundert. Ich mag Meister Eremis nicht, und ich glaubte, er könnte mich auch nicht leiden. Aber am Ende entschied die Zunft, mich den Versuch unternehmen zu lassen. Also fertigte ich den Spiegel an, ich arbeitete, ich *schuftete* daran, bis die Meister befanden, er sei recht, und fürwahr, alle vermochten wir darin den Kämpen ganz deutlich zu schauen.« Fassungslos runzelte er die Stirn. »Wie ich mich abgeplagt hab! Ich *schwöre,* 's ist eine genaue Nachahmung des Vorbilds. Doch als ich hineintrat …« Er sah Terisa in die Augen und zuckte mit den Schultern. »… da bin ich zu Euch gelangt.«

Terisa wartete, bis er schwieg, obschon sie bereits wußte, was sie als nächstes zu sagen hatte. »Und jetzt glauben Sie, die Omen wären falsch gedeutet worden. Daraus geht hervor, daß Sie jemanden holen sollen. Aber nicht genau, wer es ist.« Bedächtig nickte Geraden, blickte ihr ins Gesicht, als verspräche er sich davon, ihre Worte in Wahrheit verwandeln zu können. »Vielleicht hat die Zunft sich diesmal geirrt.« Er nickte nochmals. Obwohl es unvernünftig und widersinnig war, fürchtete Terisa sich noch immer nicht. »Als Sie getan haben, was die Zunft für notwendig hielt, sind Sie dort hingelangt, wohin Sie mußten, nicht dorthin, wo Sie nach Meinung der Zunft hin sollten.«

»Ja«, sagte Geraden nach kurzem Schweigen, »fürwahr, anders ergibt's keinen Sinn, nicht wahr? Eigentlich ist's undenkbar. Ein Spiegel vermag nichts zu versetzen, das er zuvor nicht gezeigt hat. Doch wie sehr, wie oft ich auch meine Arbeit verderbe, ich kann nicht damit aufhören, mir meine eigenen Gedanken zu machen. Ihr müßt irgendwie Einfluß genommen haben. Ihr habt mich zu Euch versetzt.« Er schaute zur Seite, dann sah er Terisa erneut mit äußerst eindringlichem Blick an. »Ihr müßt dafür einen Grund haben.«

Die letzte Bemerkung stellte die logisch nachvollziehbare Realität der Situation wieder her, verscheuchte die Illusion, lediglich eine normale, verständliche Konversation zu führen. Eine normale Konversation mit einem Mann, der aus dem Nichts in ihr Wohnzimmer plumpste, dabei einen ihrer Spiegel zertrümmerte? Sie fühlte sich versucht, ihm zu erwidern: Nein, ich habe mit der ganzen Sache nichts zu tun. Aber sie hatte nie gelernt, Weigerungen laut auszusprechen. Häufig empfand sie eine Regung von Scham und ein Gefühl persönlicher Nichtswürdigkeit, wenn sie dergleichen nur dachte. »Möchten Sie 'ne Tasse Tee?« fragte sie statt dessen, um einen Ausweg aus dieser Klemme bemüht, oder wenigstens darum, das Zimmer verlassen und konzentriert überlegen zu können, ohne durch Geradens ausdrucksvolle braune Augen abgelenkt zu werden.

Ihr gehörte seine uneingeschränkte Beachtung. »Ich wollte gern ...« Sein Lächeln verriet sowohl Verlegenheit wie auch Freude. »Doch ich weiß nicht, was ›Tee‹ ist.«

»Ich bringe welchen«, versprach Terisa. »Dauert nur 'n

Momentchen.« Sie verheimlichte ihre Erleichterung und ging in die Richtung zur Küche.

»Edle Dame«, fragte er sie, bevor sie drei Schritte getan hatte, in völlig anderem Ton — mit einer Stimme, die fest und formell, trotzdem sonderbar flehentlich klang —, »werdet Ihr mich nach Mordant begleiten, um das Reich vorm Untergang zu retten?« Entgeistert blieb Terisa stehen und schaute sich um, sah ihn an. Sofort drückte seine Miene Zerknirschtheit und Unbehagen aus. »Verzeiht mir«, fügte er hinzu. »Ich habe kein Recht, Euch mit Forderungen zu behelligen. Nur hatte ich just das stärkste Empfinden, ich dürfte Euch, so Ihr dies Gemach verlaßt, niemals wiedersehen.«

Kaum hatte er zu Ende gesprochen, wurde ihr bewußt, der einzige Grund, aus dem sie in die Küche gehen wollte, war das Telefon. Sie hegte die Absicht, den Portier anzurufen, ihn davon zu verständigen, daß in ihrer Wohnung ein Verrückter sei, der von Spiegeln, »Translationen« und »Kämpen« faselte. »Haben Sie so ein Empfinden häufiger?« Sie versuchte Zeit zu gewinnen, um darüber Klarheit erlangen zu können, was sie tun sollte.

Geraden hob die Schultern; sein Gesichtsausdruck ließ sich am ehesten mit einem Fragezeichen vergleichen. »Selten. Und zumeist ist's Täuschung. Dennoch vertraue ich darauf. *Irgend* etwas muß es zu bedeuten haben.« Er zögerte einen Moment lang. »Allein aus einem Gefühl heraus bin ich Schüler der Zunft geworden. Ich weiß nicht recht, was mich dazu getrieben hat, es hat mir keinerlei Nutzen erbracht. Seit fast zehn Jahren bin ich Adept und habe keinen höheren Rang errungen.« Sein Tonfall blieb ruhig: Terisa hörte daraus mehr Verdruß als Selbstmitleid. »Aber noch immer bewegt mich das allerstärkste Gefühl, daß ich Meister werden *muß*. Ich kann nicht davon ablassen, mich drum zu bemühen.«

»Aber Sie möchten Tee, ja?"

»Ehe Ihr Euch zum Gehen wandtet, wußte ich nicht, was ich fürchten muß.«

»Ich gehe nicht weg«, beteuerte Terisa, sprach langsam. »Ich komme in ein paar Augenblicken wieder.« Sie setzte sich erneut in Richtung Küche in Bewegung. Nun hatte sie endgültig vor, den Wachdienst anzurufen. Sie machte dies Spielchen schon zu lange mit.

»Edle Dame«, rief Geraden sofort mit starker, seltsam gebieterischer Stimme. »Ich flehe Euch an, bleibt.« Terisa wollte weitergehen, doch ihre Schritte stockten gegen ihren Willen. Sie verharrte an der Küchentür. »Wenn ich unerwartet rucke und zerre, kann ich wahrscheinlich meinen Fuß aus dem Griff befreien«, sagte Geraden in gefaßtem Ton. »Dann wäre ich zur Gänze hier, kein Rückweg stünde mir offen. Und die Meister wüßten nicht, wo ich bin, dieweil sie im Spiegel allein den Kämpen schauen. Ich wäre auf immer hier verschollen, es sei denn, sie fertigen aus Zufall oder dank eines Mirakels einen Spiegel an, in dem sie mich sehen … Stets vorausgesetzt« — diesen Satz äußerte er, als rede er mit sich selbst — »ich *bin* nirgendwo und nicht bloß, wie Meister Eremis es angekündigt hat, im Glas verirrt.« Er sprach mit erhöhtem Nachdruck weiter. »Dennoch, ich werd's wagen, bevor ich dulde, daß Ihr geht, ohne mich anzuhören.«

Terisa blieb, wo sie stand. Sie spürte, wie sie sich kaum merklich vorbeugte, darauf vorbereitete, den nächsten Schritt zu tun, der sie Geradens Sicht entziehen und in die Küche befördern mußte; doch sein Bitten hielt sie so wirksam zurück, als hätte er ihr eine Hand auf die Schulter gelegt.

Was würde geschehen, überlegte sie — darum bemüht, logisch und normal zu denken —, wenn sie den Wachdienst alarmierte? Die Wachhabenden kämen, würden Geraden mitnehmen. Falls sie es konnten — es ihnen gelang, sein Bein zu befreien. Anschließend müßten sie ihn gehen lassen. Damit wäre auch er selbst frei, dazu imstande, sie ihr Lebtag lang zu belästigen. Außer sie reichte gegen ihn eine Privatklage ein. Aber dann müßte sie ihm vor Gericht wieder gegenübertreten, als Klägerin, wäre verantwortlich für sein weiteres Schicksal. Vielleicht würde sie ihn noch mehrmals wiedersehen. Und obendrein müßte sie alles, was ihn betraf, ihrem Vater erklären. So oder so bestand von nun an zwischen ihr und ihm eine Verbindung.

Sie hatte nicht die geringste Lust, vor Gericht — oder ihrem Vater — zu erzählen, ein völlig unbekannter Mann sei durch einen Spiegel in ihr Wohnzimmer gekracht gekommen und hätte sie gebeten, etwas zu retten, das er »Mordant« nannte.

Bedächtig wendete sie sich dem jungen Mann wieder zu. Zum erstenmal, seit er sie mit seinem unvermuteten Eindringen aufgeschreckt hatte, hatte sie Angst. Doch er verkörperte ein Problem, das sie lösen mußte, und der Wachdienst war keine Lösung, die ihr gefiel. »Das alles ist mir völlig unverständlich«, sagte sie, achtete darauf, ihrer Stimme Gleichmäßigkeit zu verleihen. »Was ist es denn, das ich mir anhören soll?«

»Edle Dame ...« Verlegenheit und Erleichterung ließen Geraden augenblicklich zehn Jahre jünger aussehen. »Verzeiht mir«, sagte er nochmals. »Ich bin närrisch vorgegangen. Nach der Art und Weise, wie ich rede, denkt Ihr wahrscheinlich, Eure Spiegel hätten mir den Verstand geraubt. Genau das hätte auch ihre Wirkung sein müssen. Noch immer durchschaue ich nicht, wieso selbige Folge ausgeblieben ist. Doch ich bitte Euch ...« Inzwischen stützte er sich auf Hände und Knie. Nun richtete er den Oberkörper auf, so daß er schließlich aufrecht in den Scherben und Splittern kniete. Er überwand sein Mißbehagen und seine Verwirrung, erlangte ein gewisses Maß an Würde. »Ich bitte Euch, fällt anhand meiner Wenigkeit kein Urteil über Mordant. Die Not ist groß. Es ist dringlich, Abhilfe zu schaffen, edle Dame. Teile des Reiches sind bereits dem Niedergang verfallen. Menschen sterben ... Menschen, die zur Imagomantie, zu Königen oder derlei Angelegenheiten in keiner Beziehung stehen, die nichts als ihr Leben in Frieden leben möchten. Und die Drangsal wächst mit jedem Tag. Alend und Cadwal haben uns nie ganz in Ruhe gelassen. Nun stellen sie Heere auf. Und König Joyse legt die Hände in den Schoß. Kein Mut wohnt mehr in seinem Herzen. Weise Männer wittern überall Verrat. Jedoch die grausigste Gefahr geht weder vom Großkönig Cadwals, noch vom Monarchen Alends aus. Vielmehr entspringt sie der Imagomantie.« Während seiner Darlegungen sprach er nach und nach immer schwungvoller, leidenschaftlicher. »Irgendwo im Reich — an einer Stätte, an der wir sie nicht ausfindig zu machen vermögen — verbergen sich abtrünnige Imagomanten, Meister der Spiegel, und sie entspiegeln ihre Gläser immer mehr allen Arten des Gräßlichen und der Verderbnis. Sie betreiben ihre Forschungen auf Kosten Mordants, trachten danach, in ihren Spiegeln jene Greuel und Übel zu entdecken, die für Frieden, Ausgleich und Wohlstand, wie König Mordant sie in der Blüte seiner Jahre und seiner Herrschaft dem Reich geschmiedet hat, das ärgste Unheil bedeuten. Und wie's den Anschein haben will, kennen jene Meister kein Grauen vor dem Chaos, das aus dem Freisetzen von Kräften, über welche niemand Gewalt hat, erstehen muß. Noch ehe der Winter vergeht, wird des Reiches Zusammenbruch unabwendbar sein. Dann wird allerorten Krieg herrschen — Krieg mit jedweden Mitteln —, und alles Gute wird in der allergrößten Gefahr schweben. Edle Dame«, — damit wandte er sich wieder unmittelbar an Terisa —, »ich entbehre jeglicher Macht, um Euch zu etwas zu zwingen, und hätte ich sie, so wäre sie für einen solchen Zweck unselig benutzt. Ihr seid nicht der Kämpe, dessen die Zunft harrt. Mein Leben lang bin ich ein derartiger Tor gewesen, daß meine Gegenwart hier bei Euch sehr wohl nichts anderes sein mag als eines meiner vielen Mißgeschicke. Aber es *kann* so sein, daß ich am rechten Ort weile. Ihr wißt über Spiegel Bescheid.« Er wies im Wohnzimmer rundum. »Es mag sein, daß wir den Beistand, welchen wir benötigen, von Euch erhalten sollen. Und wenn's so ist … ohne Euch wären wir verloren. Ich flehe Euch an, edle Dame … Werdet Ihr mit mir kommen?«

Terisa starrte ihn an, den Mund offen, geistig völlig benommen. *Sterben. Krieg. Alle Arten des Gräßlichen und der Verderbnis. Ohne Euch wären wir verloren.* Was, ohne mich? Sie hatte noch nie etwas von Mordant gehört, ebensowenig wie von Cadwal oder Alend. Die einzigen Staaten, von denen sie wußte, daß sie noch Könige hatten, lagen Tausende von Kilometern entfernt. Und nirgends sprach irgendwer über Spiegel, als wären sie Türen in verschiedenerlei Ebenen der Realität. *Es mag sein, daß wir den Beistand, welchen wir benötigen, von Euch erhalten sollen.* Wovon redete er?

»Ich blicke nicht im geringsten durch«, sagte Terisa mit größtmöglicher Behutsamkeit. »Ich merke, daß Sie mir was zu erklären versuchen, aber's klappt nicht. Nichts von allem, was Sie mir erzählen, hat irgend etwas mit mir zu schaffen.« *Du kennst nicht einmal meinen Namen.* »Ich kann Ihnen nicht helfen.«

Doch Geraden schüttelte den Kopf, wollte sich mit ihren Argumenten nicht abfinden. »Darüber besitzt Ihr keine Gewißheit. Ihr wißt nicht ...« Plötzlich verkniff er die Lider, als hätte er eine neue Idee, er musterte ihr Gesicht. »Seid Ihr hier glücklich?«

»Ob ich ...?« Als er seine unerwartete Frage stellte, entzog sie ihm ihren Blick, als hätte er sie beleidigt oder blamiert. Mit einem Mal wich ihre Angst dem Bedürfnis zu weinen.

Angestrengt spähte sie in den nächstbesten Spiegel, darauf aus, Fassung zu wahren. Doch Geraden beanspruchte alle Spiegel für sich, und sie mochte ihn nicht ansehen. Von ihrem Standort aus hatte sie keinen Spiegel im Blickfeld, der nicht sein Abbild zurückwarf. Trotz seiner Fremdartigkeit wirkte sein Spiegelbild realer als Terisas. »Seid Ihr hier unentbehrlich?« fragte er. *Was für eine Frage.* Sie schaute sich tief in die eigenen Augen im Spiegel, preßte einen Finger auf den Nasenrücken, um zu verhindern, daß sie zu weinen anfing. Höchstwahrscheinlich war sie von allem in Pastor Thatchers Leben am leichtesten austauschbar. Sicher, er mußte ihre Abwesenheit bemerken, falls sie sich in Luft auflöste; aber seine Betroffenheit würde nur so lange dauern, bis er eine neue Sekretärin gefunden hatte. Und Tage, vielleicht Wochen, mochten verstreichen, bis es ihrem Vater auffiel, daß sie fort war; dann würde er Lärm schlagen und ein gewaltiges Geschrei anstimmen, Belohnungen aussetzen, die Polizei der Nachlässigkeit beschuldigen, den Wachdienst hinausschmeißen — alles nur, um die Tatsache zu verheimlichen, daß ihn, was aus ihr geworden war, nicht im mindesten scherte. Und sonst gehörte sie zu niemandem. »Seid Ihr ...?« Geraden unterbrach sich, sprach jedoch gleich weiter. »Vergebt mir, doch ich habe stark den Eindruck, daß Ihr keineswegs glücklich seid. Ihr seht *nicht* glücklich aus. Und ich erblicke hier keinen Menschen. Lebt Ihr allein? Seid Ihr vermählt?« Wenigstens hatte er soviel Anstand, daß man aus seiner Stimme spürte, als wie peinlich er selbst diese Fragerei empfand. »Liebt Ihr jemanden?«

Terisa war so baß erstaunt — und Geradens Mißbehagen so offensichtlich —, daß sie zu lachen begann. Sie blieb den Tränen nah; aber vor Geraden zu lachen war bestimmt besser als weinen. Der Umstand, daß sie nicht weinte, befähigte sie dazu, ihrem Spiegelbild den Rücken zuzukehren und sich an ihn zu wenden.

»Entschuldigung.« Es kostete sie einige Mühe, ihr Lachen zu unterdrücken. »Ich kann mir denken, daß Sie's da unten auf'm Fußboden nicht einfach haben. Sie hätten sich 'n Seil um die Hüften binden lassen sollen, statt sich am Fuß festhalten zu lassen. Dann könnten Sie wenigstens aufstehen.«

»Edle Dame«, — wieder sprach er in sehr formellem Tonfall, und auch diesmal übte seine Stimme einen unwiderstehlichen Einfluß auf sie aus —, »Ihr seid hier nicht glücklich. Ihr werdet nicht benötigt, nicht geliebt. Kommt mit mir.« Er streckte ihr eine Hand entgegen. »Ihr seid eine Imagomantin. Es mag sein, daß mein Glas aus dem puren Sand der Träume geschaffen worden ist, just für Euch.«

»Ich bin keine Imagomantin«, widersprach Terisa. »Ich träume selten.« Doch ihr Einspruch geschah unwillkürlich, es mangelte ihm an Nachdruck. Sie achtete kaum auf die eigenen Worte. Eben weil sie so selten träumte, machten ihre Träume auf sie einen um so nachhaltigeren Eindruck. Und in ihrem gestrigen Traum hatte sie eine passive, unwichtige Rolle gespielt, während drei Reiter sie überfielen, um sie zu töten, und ein Unbekannter sein Leben riskierte, um sie zu schützen. Ein Mann wie Geraden. All das hielt sie zurück, was sie an sich selbst verabscheute: Furcht vor ihrem Vater und vor Bestrafung, ihr Gefühl der Unwirklichkeit, ihre Unfähigkeit, dem Leben irgendeinen Sinn zu geben. Aber noch hatte Geraden seine Hand nicht gesenkt. Zwangsläufig bemerkte Terisa, daß die Hand an mehreren Stellen zernarbt und schwielig war, ein Fingernagel zerkerbt. Trotzdem hielt sie sie für eine sympathische Hand, sie gemahnte an Kraftfülle und Verläßlichkeit; erinnerte sie an den Klang von Hörnern. Der Gedanke daran trieb ihr alle Angst und Furcht aus. »Aber ich glaube«, sagte sie — und jedes Wort, durch jene so unversehens vernommenen Klänge dem Weh in ihrem Herzen entlockt, bedeutete für sie selbst eine Überraschung —, »ich möchte gerne herausfinden, was sich die ganze Zeit hindurch hinter meinen Spiegeln versteckt hat.«

Da erhellte sich Geradens Miene, als ginge die Sonne auf.

3
Translation

»Ich vermag's nicht zu glauben«, murmelte Geraden vor sich hin. »Ich *kann* es nicht glauben.« Für eine Sekunde schwieg er. »Also rasch gehandelt, ehe Ihr's Euch anders überlegt«, fügte er dann aufgeregt hinzu. »Nehmt meine Hand.«

Terisa konnte es genausowenig glauben. Was tat sie? Aber angesichts der Aufregung Geradens hätte sie am liebsten wieder gelacht. Und in ihrer Erinnerung erschollen klar die Hörner, tönten an ihr Gehör, trotz der Entfernung und der Hügel, die zwischen ihr und ihnen lagen, riefen sie. So schnell, daß ihr gar keine Zeit blieb, um sich doch dagegen zu entscheiden, trat sie zu ihm, reichte ihm die Hand. Sofort fühlte sie sich gehemmt. »Sonst hat es damit nichts auf sich?« fragte sie. »Müssen Sie keine Beschwörungsgesten mit den Armen machen, Zaubersprüche aufsagen oder irgend so was?«

Geraden grinste breiter und fröhlicher, als er ihre Hand ergriff. »Mehr bedarf's Eurerseits nicht. Alle Beschwörungen, alle magischen Verrichtungen sind bereits vollbracht. Und die Befähigung dazu ist angeboren, sie kann nicht erworben werden. Ihr braucht mir bloß zu folgen.« Auf das Knie seines gewissermaßen halbierten Beins gestützt, stellte er den linken Fuß auf den Boden. »Und gebt acht«, — er schaute ein wenig ernster drein —, »wohin Ihr die Füße setzt.« Er begann sich rückwärts zu bewegen, zog sie mit. Seine rechte Wade verschwand Stück um Stück; die senkrechte Schnittstelle blieb unverrückt, so daß, indem er das Knie nach hinten schob, immer mehr von seinem Bein unsichtbar wurde; anscheinend tastete er mit Fuß und Bein nach einem bestimmten Punkt hinter seinem Rücken — einem Punkt, den es normalerweise überhaupt nicht geben durfte. Sobald er das rechte Bein weit genug geschoben hatte, war er imstande, es zu strecken. Indem er lächelte und Terisa zunickte, sie langsam nachzog, straffte er sich, bis er eine nahezu aufrechte Haltung einnahm. »Mag sein, 's fällt Euch leichter«, meinte er, »wenn Ihr die Augen schließt.« Dann verlagerte er sein Körpergewicht auf das andere Bein.

Im gleichen Moment erbleichte sein Gesicht vor Schrekken, als ihm das Gleichgewicht abhanden kam und er stürzte. Sein Rückwärtssacken riß Terisa nach vorn, auf die Wand zu — die vertikale, unkenntliche Fläche, in der zuerst Geradens Bein verschwunden war, in die jetzt seine gesamte Gestalt fiel. Unwillkürlich wollte Terisa ihm ihre Hand entwinden. Doch obwohl er mit dem anderen Arm fuchtelte, Halt zu finden versuchte, blieb ihre Hand so fest in der Umklammerung seiner Faust, daß sie sich nicht zu befreien vermochte. Sie riß den Mund zu einem Schrei auf, hob den anderen Arm, um den Aufprall an der Wand abzufangen ...

Der fleckige Putz, wo der zerklirrte Spiegel angeleimt gewesen war, erwies sich als das letzte, was sie von ihrer Eigentumswohnung sah. Während sie noch versuchte, endlich den Schrei des Entsetzens auszustoßen, der ihr in der Kehle stak, erlosch ihr wohl ohnehin schwacher Bezug zur Realität vom einen zum anderen Augenblick vollends, und einen Moment lang hörte sie tatsächlich auf zu existieren.

Plötzlich schwebte sie durch eine Zwischen-, eine Übergangszone, in der Raum und Zeit einen Gegensatz bildeten. Innerhalb einer Sekunde erlebte sie die Ewigkeit — oder eine Sekunde, die eine Ewigkeit lang währte. Ihr Sturz dehnte sich zu einem weiten, langgezogenen Schweben von den Höhen der Welt hinab oder hinauf zu ihnen aus, obwohl sie sich kaum einen halben Schritt vom Fleck bewegte. Sie erforschte die Finsternis, in der sie sich auf einmal befand, sehr genau, trotz der Tatsache, daß sie so kurz dauerte, sie ihr kaum nähere Beachtung schenken konnte.

Und da, während dieses Gefühls nur einen Augenblick langer Ewigkeit, von ewig langer Kürze, sah sie Geraden: er kehrte in die Existenz zurück, als wäre er durch den orangeroten Helligkeitsschein von Lampen und Fackeln, der mit einem Mal aufflammte, im Handumdrehen von den Toten erweckt worden. Sie prägte es sich ein — und vergaß es sofort.

Geraden fiel noch, das Gesicht aus Befremden verzerrt; er hatte sich bei seinem Schritt nach hinten verschätzt. Und seine Faust hielt nach wie vor Terisas Hand gepackt, jedes Bemühen, das Gleichgewicht zurückzuerlangen, war aussichtslos, und selbst wenn es ihr gelungen wäre, sie bezweifelte, daß sie genug körperliche Kraft aufgebracht hätte, um zu verhindern, daß er auf die grauen Fliesen purzelte.

Infolgedessen fiel sie auf ihn, und weil sie versuchte, ihren Aufprall mit den Armen abzufangen, rammte sie ihm unglücklicherweise, als sie aufplumpste, einen Ellbogen in die Magengrube. Er sperrte den Mund auf, der Atem entwich ihm aus den Lungen. Aber sein Körper bewahrte sie vor etwaigen ernsteren Folgen des Falls; fast hätte man sagen können, sie prallte von ihm ab, denn sie flog sofort zur Seite. Auf dem Rücken blieb sie neben ihm liegen, das Gesicht einem alten, wuchtig-schweren Deckengewölbe zugekehrt.

Im ersten Moment hatte das umständliche, seltsam langwierige Mitgerissenwerden einen Blindheit ähnlichen Effekt; sie starrte an die Decke hinauf, als nähme sie den Unterschied zwischen dieser Örtlichkeit und ihrer Eigentumswohnung gar nicht wahr. An ihren Füßen stand auf einem zwei Stufen hohen Podest, zwei Schritte von ihr entfernt, ein großer Spiegel in poliertem Holzrahmen. Die Glasfläche war beinahe so hoch, wie Terisa groß war; eine Verfärbung, die man jedoch nur an den Rändern sah, verdunkelte das Glas; statt es flach herzustellen, hatte man ihm eine schwach geriffelte Kurvung verliehen. Auf einer Ebene ihres Bewußtseins war Terisa sich darüber im klaren, daß sie in diesem Spiegel weder droben die Decke reflektiert werden sah, noch die Wand; in anderer Hinsicht jedoch erfaßte ihre Wahrnehmung den Spiegel nicht mehr oder weniger als den Stein, auf dem sie ruhte.

»Woher hast du denn *sie*?« hörte sie jemanden laut und deutlich fragen.

»Du warst im Spiegel nicht sichtbar. Wie hast du das bewerkstelligt?«

»Wohin bist du gegangen?«

Allmählich vergegenwärtigte sich Terisa, indem sie gegen ihren Zustand der Betäubung und Fassungslosigkeit ankämpfte, daß sie inmitten eines Kreises von Männern auf dem Steinfußboden lag.

Was? dachte sie benommen, als schnüre ihr das Staunen zu sehr die Kehle ein, mache sie stumm. Ein Kreis von Männern. *Wo?*

Zwanzig oder dreißig Männer mußten es sein, und alle starrten auf sie herab. Mit einem Blick bemerkte sie, daß manche alt waren, andere nicht; allerdings waren sie ohne Ausnahme älter als sie. Die Kleidung, die sie trugen, bestand aus den verschiedensten Mänteln und Roben. Soutanen und Joppen, vornehmlich warmen Kleidungsstükken, die gegen die zugige Kühle des Gewölbes schützten. Aber jeder von ihnen hatte eine Kasel aus gelbem Samt über die Schultern geschlungen.

Einige stierten sie voller Bewunderung und Bangen an. Ähnlich war Terisa auch zumute. »Elender Tölpel!« schnauzte jemand.

»Das ist unmöglich«, murmelte ein anderer Anwesender. Wieder andere Männer lachten.

Neben Terisa schnappte Geraden nach Luft. Ein andeutungsweiser Farbton von Blaurot breitete sich von den verkrampften Muskeln am Hals bis in die Wangen seiner verzerrten Miene aus.

»Schau an, Adept«, sagte einer der erheiterten Männer, während er fortgesetzt lachte, »abermals ein Unglück, das du uns bescherst.« Der Mann war hochgewachsen und hatte trotz seiner Hagerkeit einen kraftvollen Körperbau. Seine Nase war zu groß; die Wangenknochen waren zu schmal, fielen zu flach zu den Ohren ab; schwarzes Haar hing ihm wie ein zerzaustes Büschel Stroh am Hinterkopf, während er im übrigen eine Stirnglatze hatte. Aber der Humor und die Intelligenz, die in seinen Augen funkelten, statteten ihn mit beachtlicher Attraktivität aus. Er trug seinen pechschwarzen Mantel mit merklicher Nachlässigkeit. Die Enden der Kasel hingen herab, als würde er sie im nächsten Moment zu zwirbeln anfangen. »Dieweil das ganze Reich bedroht ist, haben wir dich ausgeschickt, um uns einen Kämpen zu verschaffen, der es zu erretten vermag. Für dich jedoch ist's nicht mehr als eine Gelegenheit zum Tändeln.« Er wandte sich an Terisa. »Es mag sein, edle Dame, daß Ihr Geraden als hinlänglich liebenswürdig befunden habt, um Euch von ihm mitlocken zu lassen. Nun jedoch, da Ihr hier *seid,* werdet Ihr feststellen, daß Mordant Euch bessere Männer zu bieten hat.« Belustigt verneigte er sich auf förmliche Weise, beugte sich dann vor, reichte ihr die Hand, um ihr beim Aufstehen behilflich zu sein.

Mordant, wiederholte Terisa bei sich, noch immer voller Benommenheit und Ungläubigkeit, außerstande zum Sprechen. *Er hat es getan. Er hat mich tatsächlich nach Mordant gebracht.*

Geraden japste, begann trotz seines zusammengekrampften Magens allmählich wieder normaler zu atmen. Terisa drehte sich um. Im selben Augenblick kauerte sich einer der Männer, die nicht gelacht hatten, neben Geraden. Dieser Mann besaß ein Gesicht, das in Farbe und sogar in der Beschaffenheit des Gewebes eine gewisse Ähnlichkeit mit Kiefernholz hatte. Seine Brauen waren so dick und steif wie Farnkraut; sonst jedoch gab es an seinem gesamten Schädel kein einziges Haar. Sein Leibesumfang schien sich mit seiner Körpergröße messen zu können. »Schande über Euch, Meister Eremis«, sagte er leise, schob einen feisten Arm unter Geradens Kopf und Schultern, stützte den jungen Mann, während er noch um Atem rang. »Sucht Euch einen anderen Anlaß zur Heiterkeit. Was sich ereignet hat, ist entweder ein Unheil oder ein Wunder. Wie's auch sein mag, es ist ohne Beispiel. Es bedarf der ernsthaftesten Untersuchung.«

Meister Eremis' Lächeln reichte ihm bis halb an die Ohren. »Meister Barsonage, Euch ermangelt's an Frohsinn. Wie soll jemand, auch wenn er Meister der Imagomantie ist, sich denn verhalten, was Adept Geradens Irrungen und Wirrungen anbetrifft, wenn nicht darüber lachen?« Er widmete seine Aufmerksamkeit wieder Terisa. Seine Hilfsbereitschaft war nicht erlahmt. »Edle Dame?«

»Wir können uns dem Weinen hingeben, Meister Eremis«, sagte eine kehlige Stimme aus dem Kreis der anderen Männer. »Ihr selbst habt verheißen, es sei unser Untergang, geläng's uns nicht, den Kämpen zu finden, auf den die Omen uns verwiesen haben. König Joyse und sein kümmerliches Reich gelten mir nichts«, — als er das hörte, stieß der Dicke, der sich um Geraden kümmerte, durch die Zähne ein Zischen aus —, »und mich schert's nicht, wer meine Ansicht kennt. Möge der Altersschwachsinn ihn umnachten, sollen Alend und Cadwal im Streit um die Thronfolge einander verheeren. Aber *wir,* die Zunft der Imagomanten, wir haben keine andere Hoffnung. Dieser verwünschte Adept hat uns im Stich gelassen.«

Terisa hätte sich gerne dem Sprecher zugedreht; doch das Lächeln, die Augen und die ausgestreckte Hand Meister Eremis' hielten sie davon ab. Er musterte sie — *sie* — wie einen wirklichen Menschen, als wäre sie in diesem hohen, aus behauenem Stein gebauten Gewölbe, in dem die Luft nach Winter roch, das Licht Öllampen und einigen Fackeln entstammte, wirklich anwesend, trotz der Unmöglichkeit ihrer Anwesenheit gegenwärtig, obwohl sie unter physischen und physikalischen Gesichtspunkten nirgends sein durfte als in ihrer Eigentumswohnung, damit beschäftigt, sich allein im Spiegel anzuschauen. Die Anziehungskraft seines Blicks bezwang sie, sie konnte sein Wohlwollen nicht ablehnen; er flößte ihr das Gefühl stofflicher, greifbarer Existenz ein, an der sie stets gezweifelt hatte. Indem sie in ihrem Staunen, ihrer Verblüffung seinen Blick erwiderte, ließ sie ihn ihre Hand fassen, sich von ihm schwungvoll auf die Füße ziehen.

»Ihr irrt Euch ...« Geraden röchelte. Sein Gesicht nahm langsam wieder eine gesündere Färbung an. Dank Meister Barsonages Unterstützung konnte er sich aufsetzen. »Ihr alle ... Sie ist die Richtige.«

Die Reaktion erfolgte unverzüglich und lautstark: die Mehrzahl der Versammelten begann lebhaft durcheinanderzureden. »Was? Ein Weib? Ausgeschlossen!«

»Bist du blind? Schau sie dir doch an! Sie trägt nicht einmal *Waffen.*«

»Sie ist nicht der Kämpe, den zu holen wir dich geschickt haben. Wähnst du, wir seien so blöde wie du?«

»Aber achtet der Beweise! Gedenkt der Bedeutung. König Joyse und Großmeister Havelock haben recht. Sie *leben!*«

»Laßt den Jüngling. Nach meiner Auffassung handelt's sich um nichts als einen abermaligen Fehlschlag.«

»Welch ein Unfug«, schalt der Mann mit der kehligen Stimme. »Enthebe dich nicht jeglicher Verantwortung. Du hast unser Vertrauen aufs bitterste enttäuscht. Erfreche dich nicht, dein Versagen fortschwatzen zu wollen, indem du uns von Erfolg erzählst.« Diesmal sah Terisa den Sprecher: er war ein massig gewachsener Mann mit krummem Rücken, mit Händen, die stark genug wirkten, um Steine brechen zu können, einem weißen, schwarzfleckig gesprenkelten Bart sowie einem wulstigen Ausdruck des Unmuts, der ihm unwiderruflich ins Gesicht gefurcht zu sein schien. »Ohne Unterlaß habe ich mich dagegen ausgesprochen«, fügte er, an die übrigen Meister gewandt, dem Tadel hinzu, »daß wir unsere Hoffnung auf diesen vom Unglück verfolgten Lümmel setzen, doch bin ich überstimmt worden. Und das« — mit einem Finger, so dick wie der Stiel eines Hammers, zeigte er auf Terisa — »ist das Ergebnis.«

Meister Eremis lachte erneut und vollführte eine Gebärde der Beschwichtigung. Aber bevor er zu antworten vermochte, erhob Geraden Widerspruch. »Nein, Meister Gilbur.« Er hustete, entwand sich Meister Barsonages Griff, raffte sich auf. »Dieses Mal ist mir kein Fehler unterlaufen. Denkt nach ...« Unglücklicherweise brachte der Versuch, gleichzeitig aufzustehen, zu reden und zu husten, ihn aus dem Gleichgewicht. Er trat auf einen seiner eigenen Füße und stolperte seitwärts, torkelte schwer gegen zwei Imagomanten. Mit knapper Not gelang es ihnen, ihn aufzufangen. Mehrere Anwesende johlten; aber Terisa bemerkte ihre Bitterkeit. Sie hatten Geraden bereits in ähnlichen Situationen erlebt. Als er wieder auf den Beinen stand, war er aus Verlegenheit im Gesicht rot angelaufen und erhitzt.

»Adept Geraden«, sagte Meister Eremis freundlich, »ein so schwerwiegendes Mißlingen ist gewißlich nicht leicht zu verwinden. Doch was geschehen ist, ist geschehen, und wir sind dem Kämpen, den wir benötigen, nicht näher als bevor du ans Werk gegangen bist. Es dürfte klüger sein, wenn du die Zunft nicht durch Leugnen des Offenkundigen noch mehr verärgerst.«

Grimmig rückte Geraden sich das in Unordnung geratene Wams zurecht. »Offenkundig ist«, entgegnete er mißgelaunt, »daß meine Unternehmung keineswegs in der Weise fehlgeschlagen ist, wie Ihr glaubt. Ihr habt nicht berücksichtigt ...«

»Hüte deine Zunge, Jüngling«, brummte hinter ihm Meister Barsonage. »Wir sind Meister. Wir brauchen den Unverschämtheiten eines Adepten kein Gehör zu schenken.«

Sofort verdrängte Bedauern den Verdruß und die Befangenheit auf Geradens Miene. »Um Vergebung, ich hatte nicht im Sinn ...« Er warf Meister Barsonage einen Blick reuigen Kummers zu. »Aber was ich zu sagen habe, ist überaus *bedeutsam.*«

»Wir haben über alles Klarheit, was bedeutsam ist«, fuhr der massige Mann, Meister Gilbur, ihn an. »Gestehe uns soviel Geist und Vernunft zu. Den Rest können wir uns ohne weiteres allein verdeutlichen.«

Terisa beachtete den Wortwechsel nur beiläufig. Sobald Eremis nicht länger *sie* anschaute, war sie ums Haar von einem Gefühl der Unwirklichkeit überwältigt worden. All das hier war völlig undenkbar. Wo befand sie sich tatsächlich? War das Geschehen ein Resultat ihrer möglicherweise mittlerweile vollendeten Tendenz, aus dem Dasein zu verschwinden? Mit allem Vorsatz konzentrierte sie sich auf das, was es zu sehen gab, beschäftigte sich mit dem Versuch, sich von der Realität ihrer Umgebung zu überzeugen.

Dem Spiegel auf dem Podest hatte sie den Rücken zugekehrt; sie hatte den Eindruck, es sei für sie nicht wünschenswert, in sein Glas zu schauen. Meister Eremis hatte sie in beinahe besitzergreifender Weise an seine Seite gestellt; die restlichen Imagomanten umdrängten Geraden, Barsonage und Gilbur. Alle standen sie in der ungefähren Mitte — das Podest mit dem Spiegel nahm den Mittelpunkt ein — eines großen, runden Raums mit gefliestem Fußboden. Grob behauener, grauer Granit gab Wände und Decke ab. Rings an den Wänden brannten in Haltern mehrere lange Fackeln; der Großteil des Lichts stammte jedoch von Öllampen, die an den vier dicken Säulen hingen, auf denen die hohen Deckengewölbe ruhten. Den durch die Säulen gekennzeichneten Mittelbereich des Raumes umschloß ein mit Schnitzereien verziertes, hölzernes Geländer, an dessen Innenseite sich Sitzbänke befanden, ähnlich wie das Gestühl in einer Kirche; die Sitzbänke boten vierzig bis fünfzig Personen Platz.

Terisa schlußfolgerte, daß die Zunft der Imagomanten hier ihren offiziellen Versammlungssaal hatte. Diese Schlußfolgerung kam ihr einleuchtend vor, und das war gut. Wenn es einleuchtend war, mochte es auch Realität sein.

Sie hätte sich gerne von der Gruppe Männer entfernt, ein wenig ungestört umgeschaut. Andererseits wollte sie wissen, was die Meister diskutierten. Sie hörte die Inständigkeit in Geradens Stimme, den schroffen Sarkasmus, mit dem Meister Gilbur antwortete. Obwohl sie Geraden erst seit ... Wie lange? Sie kannte ihn kaum seit zehn, höchstens zwanzig Minuten, und trotzdem fühlte sie sich ihm verpflichtet. Er hatte mit ihr gesprochen, ihr gelauscht, ihr zugelächelt, als wäre sie unzweifelhafte Wirklichkeit. »Ich glaube, Sie sollten ihm 'ne Chance geben«, sagte sie zu den Meistern, um der Scham, Zerknirschung und kläglichen Bittstellung in Geradens Augen abzuhelfen. »Schließlich muß es ja einen Grund geben, weshalb ich mich damit einverstanden erklärt habe, ihn zu begleiten.«

Im nächsten Augenblick verkrampfte sie sich inwendig, hätte sich am liebsten bei Geraden entschuldigt, denn Meister Eremis lachte lauthals. »Ei gewiß, edle Dame, einen Grund muß es geben«, prustete er. »Ich habe mich getäuscht, als ich von Tändelei sprach, denn sicherlich haben Euch nicht Stattlichkeit und Reize dieses Adepten dazu bewogen. Er hat vielerlei Vorzüge, doch zählen zu ihnen nicht Anmut noch Witz. Dieweil wir keine Veranlassung haben, zu unterstellen, daß er Euch mit Gewalt hergeschleppt hat, muß in der Tat ein Grund vorhanden sein, wenn Ihr ihm dennoch gefolgt seid.« Eine Anzahl der Imagomanten lachte verhalten über Meister Eremis' ironische Äußerungen; Geraden konnte unterdessen nichts anderes tun, als den Kopf senken, um seinen Jammer zu verhehlen. »Nun denn, so sprich, Geraden«, ergänzte der Meister seine Bemerkungen. »Was ist's, wovon du vermeinst, wir hätten's nicht berücksichtigt?«

Zuerst dachte Terisa, Geraden werde nun eine Antwort verweigern. Etliche Male hatte sie mitangesehen, wie ihr Vater ihre Mutter heruntergemacht hatte, und das einzige Mittel, das ihre Mutter fand, um ihre Auflehnung auszudrücken, war Schweigen gewesen. Doch Geraden überwand die Demütigung, die er empfinden mußte. Sein Blick bezeugte gleich neue Aufregung, er trat so übereifrig um einen Schritt vor, daß es aussah, als setze er zu einem Sprung an.

»Meister Eremis ...« Er drehte den Kopf. »Meister Gilbur ...« Er wandte sich wieder an Eremis, Terisa und dem Spiegel zu. »Ihr wißt, ich bin bloß Adept, und Ihr verlacht mich, weil ich viele Fehler begehe. Doch Ihr habt nicht ausreichend darüber nachgesonnen, was die Ankunft dieser Dame *bedeutet.*« Mit gestreckten Handflächen wies er auf Terisa. »Warum ist sie hier? *Wie* ist sie zu uns gelangt? Meister Gilbur, Ihr habt mich diesen Spiegel zu fertigen gelehrt. Er gleicht genau jenem, der von Euch gemacht worden ist. Ihr wißt, daß diese beiden Spiegel einander vollauf gleichen, denn was Ihr in diesem Spiegel schaut, ist eben das, was Euer Spiegel zeigt. Meister Eremis, habt Ihr jemals von einem Spiegel vernommen, welcher sich zur Translation von Dingen eignet, die man nicht in ihm sieht?« Mit dieser Frage löste er bei einigen Meistern Verdutzen aus. Gilbur schnitt eine düstere Miene, bis sein Gesicht einer geballten Faust ähnelte; Eremis zuckte aus angestrengter Nachdenklichkeit der Mund; Barsonage hob die Brauen so weit, daß es schien, als müßten sie sich über seine Schädeldecke ausbreiten. Ein kleinwüchsiger Mann mit einem Gesicht wie ein Kaninchen nickte ausdrücklich. Geraden wandte sich nun an die Gesamtheit der Meister. »Nicht einmal die hervorragendsten Meister, von welchen wir Kunde besitzen, hatten die Fähigkeit, Spiegel herzustellen, die eines zeigen und etwas anderes der Translation unterziehen. Auch Großmeister Havelock blieb auf der Höhe seiner Künste dazu außerstande. Selbst die Erzählungen um Erz- und Großmeister Vagel erwähnen kein solches Vermögen. Denkt darüber nach, Ihr Meister. Entweder bin ich zufällig auf die größte Errungenschaft in der bisherigen Geschichte der Imagomantie gestoßen, oder ich bin schon heute der fähigste Meister, seit der Anfertigung des ersten imagomantischen Spiegels.« Unerwartet verstummte er, richtete seinen Blick fest und offen auf Eremis.

»Oder, Adept?« murrte Meister Gilbur. »Sicherlich ist's nicht deine Absicht, uns zuzumuten, daß wir eine dieser beiden abwegigen Möglichkeiten ernstlich als Wahrheit anerkennen?«

»Oder eine andere Macht hat eingegriffen«, sagte Geraden langsam, indem er Eremis' Blick standhielt. »Mag sein, eben jene Macht, der wir die Omen verdanken. Es kann sein, daß sie mich an einen Ort befördert hat, an den ich mittels des Spiegels nie und nimmer gelangt wäre, einen Ort, an welchem ich den Kämpen anzutreffen vermochte, den die Omen uns bestimmten, wiewohl nicht jenen, den Ihr erkoren habt.« Zuletzt flüsterte er fast, und seine braunen Augen glänzten nahezu verzückt. »Sie ist's, die zu bringen ich geschickt ward. Sie ist es, die uns zu retten vermag.«

Für ein Weilchen starrte die ganze Zunft Geraden schweigsam an und dachte über seine Überlegungen nach. »Ich hab's gesagt«, meldete sich zuletzt der Meister mit dem Kaninchengesicht erneut zu Wort; seine Stimme klang schwächlich und schrill. »Von Anfang an hab ich's gesagt. Das ist der Beweis. Sie *sind* Wirklichkeit.«

»Ach, fürwahr?« erwiderte Gilbur in schneidend scharfem Tonfall. »Der Adept redet schlau daher, und doch widerspricht er aller Vernunft. *Sie* sollte unsere verheißene Retterin sein? *Sie* die Macht, welche uns wider vom Wahnwitz mißbrauchte Imagomantie schützen könnte? Seht sie Euch an, Ihr Meister. Über welche Kräfte gebietet sie? Wie soll sie zu unserer Verteidigung kämpfen? In welcher Hinsicht sollte sie dem Kämpen, den wir erwählt haben, überlegen sein?« Während des Sprechens deutete er mit einem dicken, derben Zeigefinger auf den Spiegel hinter Terisa.

Einige Anwesende verlegten ihre Aufmerksamkeit auf den Spiegel. Auch Meister Eremis wandte sich um, widmete ihm einen Blick. Und spontan reagierte auch Terisa auf Gilburs Fingerzeig.

Das gefärbte, leicht geriffelte Glas zeigte eine Szene, die weit genug entfernt zu sein schien, um ziemlich umfangreich zu sein, aber nicht so weit, daß das Wesentliche, nämlich die sichtbaren Gestalten, schlecht zu erkennen gewesen wären. In mittlerer Entfernung stand in einer kahlen, fremdartigen, vom scharlachroten Schein einer alten, roten Sonne beleuchteten Landschaft ein metallisches Gebilde, das in Terisas Gedanken umgehend die Assoziation »Raumschiff« hervorrief. Eine Reihe menschenähnlicher Gestalten, ebenfalls metallisch, umgab es mit einem Abwehrring; ein Moment verging, bevor Terisa erkannte, es waren tatsächlich Menschen, Menschen in etwas Ähnlichem wie Rüstungen. Irgendwer oder irgend etwas griff sie an; doch die vernichtenden Strahlen, die ihr Umfeld versengten, prallten von den Helmen und Brustpanzern der Personen ab. Die Wirkung des Feuers, mit dem sie den Beschuß erwiderten, konnte Terisa nicht sehen, aber es mußte seinen Effekt haben; sie wurden nicht in die Richtung zum Raumschiff zurückgedrängt.

Das wichtigste war jedoch weder das Raumschiff, noch der Abwehrring. Am augenfälligsten war eines der in Metall gehüllten Individuen; diese Gestalt winkte ab und zu mit einem Arm oder spähte hin und her, als befehlige sie den Abwehrkampf. Dieser Mensch war schwerbewaffnet; an seinen Hüften baumelten merkwürdige Waffen, um den Rücken hatte er ein Gewehr von den Maßen einer kleinen Kanone geschlungen. Aber stärker als die Bewaffnung vermittelte seine Haltung durchs Glas einen atemberaubenden Eindruck von Machtfülle. Er stand auf dem fremden Boden, als hätte er vor, ganze Völkerschaften auszurotten, um sich dort zu behaupten. Terisa begriff sofort, daß das der Kämpe sein sollte, der gewaltige, streitbare Mann, den um Beistand zu ersuchen man Geraden ausgeschickt hatte.

Das war die Art von Hilfe, die Mordant benötigte? *So* enorm war die Gefahr? Und Geraden wollte diesen Männern im Ernst weismachen, *sie* könnte die Lösung ihres Problems sein, die wahre verheißene Retterin? Plötzlich gelangte sie zu der Ansicht, daß Meister Gilbur im Recht war: Wenn Geraden sie als brauchbare Abhilfe für problematische Verwicklungen in solcher Größenordnung ansah, dann war er nicht richtig im Kopf.

Welcher Irrsinn hatte sie bloß dazu getrieben, ihm ihre Hand zu geben? Sie hätte wirklich und wahrhaftig zum Telefon gehen, den Wachdienst verständigen und sich mit den Konsequenzen abfinden sollen. Der Streß einer Auseinandersetzung mit ihrem Vater wäre den jetzigen Umständen vorzuziehen gewesen.

Ihre Überlegungen verursachten ihr ein Schwindelgefühl. Was tat sie hier? Rings um sie verschwamm alles vor ihren Augen, als sie sich vom Spiegel abwandte, ihr war, als ob sie schwanke. Im nächsten Moment stand sie vor Meister Eremis, schaute auf in sein Gesicht, als bäte sie ihn um Hilfe. Zwar kannte sie ihn nicht im mindesten, aber sie spürte seine Intelligenz, seine innere Kraft und Tüchtigkeit. Sein Humor fußte auf Selbstvertrauen und Zuversicht, verhieß Ergebnisse, selbst wenn er scherzte.

Ein paar Sekunden lang beobachtete er sie nur in ihrer Hilflosigkeit, seine Augenwinkel fältelten sich, als werde er von neuem in Gelächter ausbrechen. Doch er lachte nicht. Statt dessen runzelte er gutmütig die hohe Stirn. »Ihr Meister«, sagte er in versonnenem Ton, »es geht um eine heikle Frage. Wir dürfen sie nicht leichten Mutes verwerfen. Adept Geraden hat uns auf etwas aufmerksam gemacht, das Erwägung verdient.« Trotz eines Gebrumms Meister Gilburs, das Überdruß verriet, sprach Eremis zügig weiter. »Daß seine Vorliebe in bezug auf Kämpen einigermaßen zweifelhaft ist, will ich zugestehen. Aber seine Worte enthalten reine Wahrheit. Entweder hat er unwissentlich an einem Wunder mitgewirkt, oder er hat's verstanden, sich insgeheim herausragendere Fähigkeiten und Kenntnisse anzueignen, als wir alle sie besitzen.« Meister Eremis schlichtete den Wirrwarr der Einsprüche, die viele Mitglieder der Zunft erhoben, indem er bedächtig abwinkte. »Oder hier ist eine Macht am Werk, die zu begreifen uns verwehrt ist… und deren Wirken wir Beachtung schenken müssen. Darum schlage ich vor, daß wir fürs erste auseinandergehen. Wir brauchen Zeit zum Überlegen. Mordants Notstand drängt, aber törichte Hast wäre der falsche Weg, um ihn zu beheben. Wie lautet Eure Meinung? Mag sein, wir werden diese Angelegenheiten morgen gründlicher durchschauen. Meister Barsonage?«

Es überraschte Terisa ein wenig, daß er einen Vorschlag unterbreitete, statt der Versammlung einfach eine Weisung zu erteilen; sie hatte von vornherein angenommen, er sei das Oberhaupt der Zunft. Doch anscheinend nahm der fette Glatzkopf mit den Farnkraut gleichen Brauen und der kieferngelben Haut diese Position ein. Nachdem Eremis sich an ihn gewandt hatte, ließ er für eine Weile den Blick durch die Runde der Meister schweifen, verschaffte sich ein Meinungsbild. »Mich deucht, Eure Anregung ist klug, Meister Eremis«, sagte er, sobald eine Mehrheit ihre Zustimmung zu verstehen gegeben hatten. »Ich hege Zweifel daran, daß wir näheren Aufschluß darüber erhalten werden, ob Adept Geraden das Opfer eines Mißgriffs, ein Genius oder das Werkzeug höherer Mächte ist. Aber wir müssen einen Beschluß über unser weiteres Vorgehen fällen. Jene unter uns, die der Dispute bereits müde sind, dürften Ruhe, bevor sie am erforderlichen Gedankenaustausch teilnehmen, willkommen heißen.« Sein Tonfall wurde barsch. »Laßt uns morgen aufs neue zusammentreten.«

Meister Eremis lächelte zum Zeichen seiner Befriedigung. »Vorzüglich.« Er drehte sich Terisa zu und hielt ihr erneut seine Hand entgegen. »Edle Dame, werdet Ihr mir die Gnade erweisen, mich zu begleiten? Jemand muß Euch Schloß Orisons Gastfreundschaft gewährleisten. Ich werde dafür Sorge tragen, daß Ihr achtbare Unterkunft erhaltet, wie's einer Dame von Eurer offensichtlichen Bedeutung zukommt.« Er verlieh dem Wort *Bedeutung* eine sonderbare Betonung, dehnte es ein wenig, als hätte es für ihn einen eher amüsanten Sinn, legte er es darauf an, entweder sie oder Geraden zu hänseln. »Und's gibt vielerlei, über das ich mit Euch sprechen möchte.«

Wieder betrachtete er sie festen Blicks, und Terisa bezweifelte, daß sie ihm zu widerstehen fähig gewesen wäre, sogar wenn sie es unbedingt gewollt hätte; seine uneingeschränkte Aufmerksamkeit war für sie etwas Verführerisches, sehr Anziehendes. Sie machte ihr die Kehle trocken, die Knie weich. Terisa reagierte auf ihn mit einer Willenlosigkeit, als wäre er der erste Mann in ihrem Leben, der sie so anschaute; soweit sie sich entsann, war er *wirklich* der erste Mann, der sich so verhielt.

»Edle Dame«, sagte jedoch Geraden, als sie die Hand hob, um Eremis' Hand zu fassen, »ich erachte es als angebrachter, daß Ihr mich begleitet.« Sein Betragen war von neuem sehr förmlich geworden.

Unverzüglich ergab sich unter den Meistern ein Schweigen des Erstaunens; alle blickten Geraden an, als hätte er Eremis soeben eingeschränkt. Geraden war sich des Befremdens der Zuhörerschaft bewußt, sein erneutes Erröten bewies es; aber an seinem Kinn traten aus Trotz energisch die Muskeln hervor, und er wich Eremis' Blick nicht aus.

Meister Eremis ließ die Brauen emporrutschen; Terisa spürte, wie er ihr seine Aufmerksamkeit entzog, sie Geraden widmete. Doch nach einem kurzen Seitenblick galt ihr wieder seine volle Beachtung. »Kommt«, sagte er in einem Ton, der nach einer Mischung aus Bitte und Befehl klang. »Der Adept hat in dieser Sache seinen Auftrag erfüllt, alles Weitere ist eine Aufgabe der Männer höheren Ranges, größerer Fähigkeiten und Erfahrung. Ich glaube, edle Dame, Ihr werdet keinen Grund zur Klage über meine Gesellschaft finden.«

Fast ging sie mit. Sie hatte die Absicht, mit ihm zu gehen, oder vielleicht dachte sie, diese Absicht zu haben; oder sie wußte nicht, was sie wollte, hoffte jedoch, daß er, wenn sie mit ihm ging, diese Unklarheit beseitigen könnte.

Geraden dagegen war ganz und gar nicht damit einverstanden. »Edle Dame«, sagte er, und seine Stimme bezeugte tiefe Sorge, aber auch äußerste Entschlossenheit, »Meister Eremis glaubt nicht, daß es Euch gibt.«

Seine Behauptung brach die Stille wie eine persönliche Herausforderung, als fordere er den Meister zum Duell heraus.

Ein schwacher Stich wie von naher Panik durchfuhr Terisas Herz.

Die Humorigkeit in Eremis' Miene wich Gereiztheit. Er wandte sich von Terisa ab, im Gesicht einen bösen Ausdruck; man hätte meinen können, seine gesamte Gestalt sammle Kräfte zu einer scharfen, höhnischen Antwort. Aber im nächsten Moment trat er um einen Schritt zurück, hatte die Selbstbeherrschung wiedergewonnen.

»Das ist nicht gänzlich wahr, edle Dame«, versicherte er in unterkühltem Tonfall, ohne sie anzusehen. »Ich glaube, daß es Euch nicht gab, bevor die Translation Euch aus dem Spiegel zum Vorschein befördert hat.«

»Und darum«, ergänzte Geraden, »hält er Euch für ein Ding, edle Dame, ein Erzeugnis der Imagomantie ... einen Gegenstand, den man benutzen kann, keine Dame, der man mit Achtung begegnen muß.«

Das war zuviel für Meister Eremis. »Pah!« brauste er auf. »Mir widerstrebt's, mit einem Schalk, der zu tölpelhaft ist, um sich die Kasel zu verdienen, und zu flegelhaft, um seinen Vorgesetzten Ehrerbietung entgegenzubringen, um Unwägbarkeiten der Imagomantie zu streiten.« Er verzichtete auf sein Vorhaben. »Geht mit ihm«, sagte er zu Terisa. »Tätet Ihr's nicht, er wollte mich, so fürchte ich, mit seinem Unwillen bis zur Raserei plagen.«

Er drehte sich um und stapfte durch die Reihen der anderen Meister davon. Kurz nachdem er hinter einer Säule verschwunden war, hörte Terisa dumpf eine Holztür zufallen.

Geraden schaute Terisa nicht an. Er hatte den Blick auf die Fliesen gesenkt. Aus Peinlichkeit war ihm so heiß geworden, daß auf seiner Stirn Schweißperlen glänzten.

4

Der alte Tattergreis

»Welche Überheblichkeit«, sagte ein Imagomant leise; ein anderer lächelte, weil er Eremis die Schlappe gönnte; aber der Rest der Zunft hatte eine andere Haltung. Meister Gilbur vollführte ein schwerfälliges Achselzucken der Mißbilligung. Der Mann mit dem kaninchenartigen Gesicht rümpfte die Nase. Alle musterten Geraden.

»Was meinen Sie damit, er glaubt nicht, daß es mich gibt?« fragte Terisa in unterdrücktem Tonfall, stockte ein paarmal beim Sprechen, während auch sie ihn wachsamen Blicks maß und dabei innerlich zitterte. »Oder daß ich nicht existiert habe, ehe ›die Translation‹ mich ›aus dem Spiegel befördert hat‹?« Diese Unterstellung traf sie zu hart, zu tief. War die Ungewißheit ihres Seins so klar ersichtlich, daß sogar Fremde sie bemerkten? »Das ist doch Unsinn. Alles ist völlig widersinnig. Sie wissen nicht mal, wer ich bin.«

Sofort begann Geraden sich wieder zu entschuldigen. »Ich bitte Euch um Vergebung, edle Dame. Ich hab Euch schlecht behandelt, wiewohl meiner Absicht nichts ferner lag.« Mit einem Ausdruck trübseliger Unerschrockenheit in den Augen erwiderte er ihren Blick, bekümmert wegen seiner Begabung, Falsches zu tun oder zu sagen, aber dazu entschlossen, sich den Konsequenzen zu stellen. »Ich hätte Euch mit Meister Eremis gehen lassen sollen. Ich weiß nicht, was über mich gekommen ist.«

Bevor Terisa antworten konnte: Das habe ich nicht gemeint!, ergriff Meister Barsonage das Wort. »Adept Geraden«, sagte er, »zur Stunde mangelt's uns an Geduld für deine Reue.«

»Um Vergebung«, bat Geraden wie aus alter Gewohnheit noch einmal.

»Die Bekundung deiner Gewissensbisse«, äußerte der

Meister in einem Ton, der nach einem Barren Blei klang, »ist eine Schnurre, die wir schon des öfteren vernommen haben. Darum schweig und lausche statt dessen meinen Worten. Ich will's dir nicht zum Verbot machen, mit dem König zu reden, denn ich weiß, du würdest mir nicht gehorchen. Eines allerdings will ich unmißverständlich klarstellen. Sie weilt hier durch dein Wirken. Deshalb trägst du für sie die volle Verantwortung. So sorge dafür, daß sie Höflichkeit, Orisons Gastfreundschaft und die Achtung der Zunft genießen kann. Sie ist ein Mysterium, und es darf nicht mißlich mit ihr umgesprungen werden. Aber ...« Er legte eine Hand auf Geradens Schulter. »... erteile ihr keinerlei Auskünfte, Adept.« Geradens Augen weiteten sich. Ohne Terisa zu beachten, grub Barsonage seine Hand fester in Geradens Schulter, verlieh seiner Stimme erhöhten Nachdruck. »Denn obwohl sie für uns ein Mysterium ist, bedeutet sie auch eine mögliche Gefahr. Vertraue ihr nicht, was Mordant und die Zukunft anbetrifft, bis wir die Gewißheit besitzen, daß sie keine Feindin ist.« Geraden nahm den Blick vom Meister, betrachtete die Fliesen unter Terisas Füßen und schwieg. »Hast du mich verstanden, Adept?« fragte der Dicke mit ganz ruhiger Stimme. »Ich bin Mediator der Zunft. Wenn ich dich entlasse, wird dir die Kasel eines Meisters auf immer unerreichbar sein.«

Kein anderer Imagomant gab nur einen Laut von sich; einige wirkten verdrossen, manche hielten anscheinend den Atem an. In dem Gewölbe war es wahrscheinlich ohnehin zu kühl, als daß jemals gute Stimmung hätte herrschen können.

Im Griff des Mediators zuckte Geradens Schulter; schließlich richtete er sich trotzdem zu voller Größe auf. »Ich habe Euch verstanden, Meister Barsonage.« Seine Antwort zeugte von innerem Abstand, ja von Hoffnungslosigkeit. »Ich trage für diese Dame die Verantwortung.«

»In jeder Weise.«

»In jeder Weise.«

Langsam entfernte Meister Barsonage die Hand. »Bewundernswert«, sagte er halblaut. »Einsicht erhöht dich.«

»Ha!« schnob Meister Gilbur. »Bewundernswert, fürwahr!« Er widmete Geraden einen düsteren Blick. »Solltet Ihr etwa glauben, daß er sein Wort hält, Barsonage, so muß Euer Verstand gelitten haben.«

Daraufhin legte Meister Barsonage die Hände an die Hüften, so daß sie den Rungen an einem Faß glichen. »Gestattet mir, Euch von solchen Reden abzuraten, Meister Gilbur. Gegenwärtig bringt man der Zunft wenig Vertrauen entgegen, und es wird sich weiterhin verringern, wenn ein Mitglied solche Verächtlichmachungen verlauten läßt. Immerhin ist Adept Geraden dem aufrechten und eh baren Geschlecht der Domne entsprossen. Die Söhne des Hauses Domne haben stets zu ihrem Wort gestanden.« Unvermittelt wandte er sich von Terisa und Geraden ab. »Diese Zusammenkünfte beanspruchen bei weitem zuviel Zeit«, meinte er in umgänglichem Ton, ohne eine bestimmte Person anzusprechen. »Abermals werde ich mein Mittagsmahl zu spät verzehren müssen.« Er patschte sich auf den Wanst. »Ihr Meister, mögt Ihr Euch zu mir gesellen?«

Mehrere Imagomanten bejahten; Gilbur und andere Meister lehnten mit unterschiedlicher Höflichkeit ab. Die Versammlung begann sich aufzulösen, indem die Meister aus der Mitte des Saals und zu den Türen außerhalb des Bereichs der Säulen schlenderten. Nach ein paar letzten Blicken über die Schulter und ein oder zwei verhaltenen Bemerkungen ließen sie Terisa und Geraden allein.

Wie in tiefer Scham starrte er unausgesetzt die Steinfliesen unter Terisas Füßen an. Sie blinzelte, während sie ihn anschaute, kam sich hier wieder reichlich unangebracht vor. Niemand würde ihr auf Fragen Auskünfte geben? Niemand gedachte ihr zu erläutern, wieso Meister Eremis glaubte, sie existiere gar nicht? Hatte sie denn kein Recht, auch ein Wörtchen mitzureden?

Als kleines Mädchen hatte sie gelegentlich den Fehler

begangen, sich aufzulehnen, hatte versucht, ihre Interessen zu wahren. *Das ist ungerecht, warum muß ich immer ins Bett, wenn ihr mich nicht bei euch haben wollt?!* Die Reaktionen ihrer Eltern hatten ihr bereits im Kindesalter die Verfehltheit so eines Verhaltens verdeutlicht. Immer hatten ihre Eltern größten Wert darauf gelegt, von ihr möglichst wenig zur Kenntnis nehmen zu müssen. Vor allem ihr Vater war selten davon angetan gewesen, wenn sie ihm Beachtung abverlangte. Das Hauspersonal war seinem Beispiel gefolgt und hatte ihr gegenüber ein knappes Maß an Duldung an den Tag gelegt. Und die diversen Privatschulen, auf die sie von ihm — ausschließlich nach seinen Vorstellungen — geschickt worden war, hatten alle in bezug auf sie besondere Instruktionen bekommen. Ein passives Kind blieb lediglich unbeachtet; ein Kind, das Eigensinn zeigte, bestrafte man. Und die Bestrafungen waren es gewesen, die in erster Linie dazu geführt hatten, daß sie den Verdacht entwickelte, sie könnte nicht zur Realität zählen. Im Verlauf der Jahre hatte sie gelernt, immer weniger jene Gefühle zuzulassen, die in ihr Wünsche weckten und ihr dann Zurückweisungen einhandelten. Anstatt irgendwelche Beschwerden vorzutragen, tat sie also auch jetzt das zweitbeste: Sie sah sich die Schamröte in Geradens Miene an und hielt den Mund.

Als er zuletzt den Kopf hob, schaute er regelrecht vergrämt drein. »Ich erflehe Eure Verzeihung, edle Dame. Ich habe nicht erwartet, daß es so ergehen möchte. Mir war durchaus klar, daß die Meister der Überzeugung bedürften, besonders Meister Gilbur. Aber ich dachte nicht, daß sie …« Er machte eine Grimasse. »Es ist nicht recht, Euch in diese Angelegenheiten einzubeziehen und sich danach zu weigern, Euch Fragen zu beantworten. Und freilich ist's *meine* Schuld.«

»Wieso Ihre Schuld?« fragte Terisa, um ihn zum Reden zu bewegen.

»Ich hab Eure Spiegel nicht erwähnt«, sagte er leise und mürrisch.

Terisa hielt es für sinnlos, ihn nochmals daran zu erinnern, daß sie überhaupt nicht verstand, nicht verstehen konnte, was er damit zum Ausdruck bringen wollte. »Warum nicht?« hakte sie deshalb nur nach.

Er zuckte mit den Schultern. »Ich hatt's vor. Im letzten Augenblick jedoch befiel mich das stärkste Empfinden ...« Seine Stimme verklang, doch als er weitersprach, geschah es energischer als zuvor. »Ich traue Meister Eremis eben nicht. Und ebensowenig Meister Gilbur. Mich dünkt's klüger, ihnen nichts zu offenbaren.«

Terisa dachte ein Momentchen über sein Verhalten nach. »Aber Sie werden mir auf Fragen keine Antwort geben.« Dank ihrer jahrelangen Selbstdisziplin verriet ihr Tonfall so gut wie keine Bitternis.

»Nein, ich werd's nicht, weil ich's nicht kann, nicht darf«, bestätigte Geraden mit einer heftigen Geste. »Ihr habt Meister Barsonages Worte vernommen. Er kann mich aus der Zunft ausschließen. Seit meinem fünfzehnten Jahre verwende ich alle Mühe drauf, Meister zu werden. Nun vermag ich nicht einfach zu verzichten.« Wieder entschuldigte er sich. »Um Vergebung.«

Er verstummte, Unwillen im Gesicht, außerstande, ihr in die Augen zu sehen. Durch seine gequälte Miene wirkte er jünger, als er es war, sogar jünger als Terisa. Unvermutet stellte sie fest, daß sie ihm nicht böse war, nicht einmal in den geheimen Gruben ihres Herzens, in denen sie ihre gefährlichen Gefühle festzuhalten pflegte. Anscheinend regte Geraden sich ihret- genau so sehr wie seinetwegen auf. Das zeugte von einem Grad der Anteilnahme, den sie ansonsten nicht kannte.

»Glauben Sie, daß es mich gibt?« erkundigte sie sich zu ihrer eigenen Überraschung.

Geraden sah sie scharf an, der Mißmut war mit einem Mal aus seiner Miene verschwunden. »O gewiß, freilich. Ist's denn nicht offensichtlich? Ihr seid der leibhaftige Beweis für das, was König Joyse und Großmeister Havelock seit langem verkünden. Meister wie Eremis und Gilbur glauben, daß die Spiegel erschaffen, was wir in ihnen erblicken, sie allein Wirklichkeit werden, wenn sie durch Translation aus dem Glas hervortreten. Aber für meine Begriffe hat das nie stichhaltig geklungen. Und nun, nachdem ich selbst in einen Spiegel gegangen und Euch begegnet bin, klingt's mir wie der pure Humbug.« In seiner Aufregung gab er ein wesentlich besseres Bild ab. »Das war ein Schrecken, als ich ins Glas trat und statt des Kämpen Euch antraf ... aber's hat mich davon überzeugt, daß Ihr Wirklichkeit seid. Alles was die Spiegel zeigen, ist wirklich ...« Plötzlich unterbrach er sich, die Aufregung wich aus seiner Miene. Im nächsten Moment war seine Haltung wieder distanziert, wachsam, bestimmt von Betretenheit. »Doch es ist mir nicht erlaubt, Eure Fragen zu beantworten.«

Fast lachte Terisa. Auf unerklärliche Weise fühlte sie sich in seiner Nähe wohl, viel wohler, als sie sich seit langer Zeit gefühlt hatte. Schon jetzt war sie der festen Meinung, daß er sich, falls sie ihn zum Weiterreden anzustiften versuchte, nicht weigern konnte. Er nahm sie zu ernst, um ablehnen zu können. »Adept Geraden«, sagte sie, »wenn ich Wirklichkeit bin, dann muß ich wichtig sein. Sind Sie nicht der Auffassung, es könnte eine gute Idee sein, mich zu fragen, wer ich bin?«

Geraden riß die Augen auf, ebenso den Mund, er starrte sie an. Allem Anschein nach hatte ihre Translation ihn dermaßen beeindruckt, die Diskussion mit den Imagomanten ihn derartig beansprucht, daß er den schlichten Anstand, sich nach ihrem Namen zu erkundigen, vernachlässigt hatte. Kaum war das Versäumnis ihm bewußt geworden, befand er sich erneut am Rande des Jammers und der Niedergeschlagenheit, stand kurz vor neuen Entschuldigungen.

Aber einen Augenblick später erfaßte er den Tenor ihrer Fragen. Ein Grinsen verzog sein Gesicht, er fing zu lachen an. »Ach, vortrefflich, Geraden, vortrefflich«, sagte er, schüttelte den Kopf, halb über sich bestürzt, halb belustigt. »Du bewährst dich heute wahrhaft glanzvoll.« Dann trat er um einen Schritt zurück, nahm eine Pose gespielter Würde ein, machte eine übertriebene Verbeugung. »Edle Dame«, deklamierte er, »Euch werfe ich mich untertänigst zu Füßen. Wolltet Ihr mir wohl die unendliche Huld erweisen, mir Euren Namen und Euren Stand zu nennen?«

»Seien Sie nicht albern«, entgegnete Terisa, versuchte ihr Vergnügen zu verheimlichen. »Ich habe keinen ›Stand‹. Ich heiße Terisa Morgan.«

»Edle Dame Terisa von Morgan«, rief Geraden markig, »Ihr seid zu gütig. Ich bin Euer unterwürfigster Diener. Solltet Ihr Euch dazu herablassen, mich zu begleiten, so wird es mir eine große Freude sein, dafür zu sorgen, daß Ihr die Bekanntschaft König Joyses von Mordant schließt, des Herrn des Kronguts und Begründers der Zunft der Imagomanten.« Danach betrug er sich wieder normal. »Mich will's dünken, 's ist ratsam, ich stelle Euch ihm ohne Verzug vor. Er muß über Euch Bescheid erhalten, gleichwohl was die Meister sagen. Er wird verstehen, welch hohe Bedeutung Euch zukommt, und's mag sein, daß er Euch davon zu unterrichten geneigt ist, was hier vorgeht.«

Während er redete, verschlechterte sich Terisas Laune. Die Bemerkung über ihre »hohe Bedeutung« vergegenwärtigte ihr von neuem das Reale der Situation. Auf diese oder jene Weise beruhte ihre Anwesenheit auf einem Fehler; sie war die falsche Person. Infolgedessen verspürte sie auf einmal eine gefühlsmäßige, vernunftwidrige Abneigung gegen ein Treffen mit König Joyse. Er könnte, so wie ihr Vater, über den Gedanken lachen, sie sei wichtig.

»Geraden«, fragte sie beklommen, »gibt es wirklich einen Grund für all das, was sich hier abspielt? Sie führen nicht bloß 'n Experiment mit mir durch, oder? Sie üben nicht nur diese Translationen?«

Er blickte ihr ins Gesicht und sah, wie ihr zumute war; sofort setzte er eine ernste Miene auf, Mitgefühl machte seinen Blick sanft. »Edle Dame, ich schwöre Euch bei meinem Herzblut, daß Mordant in arger Bedrängnis ist. König Joyse würde jedem Imagomanten das Haupt abhauen lassen, der sich erkühnte, aus bloßer Leichtfertigkeit das zu tun, was ich mit Euch getan hab.« Flüchtig verdüsterte sich erneut sein Gemüt. »Wiewohl die Zunft Mitglieder hat, die's sich vermessen wollten, erlegte ihnen nicht die Zunftordnung Schranken auf. Ferner schwöre ich Euch, daß ich, sollte Eure Translation ein Irrtum sein, die Folge irgendwelcher mißlicher Umstände, alles dransetzen werde, um Euch die Rückkehr in Eure Welt zu ermöglichen. Und noch etwas, edle Dame.« Sein Blick wurde härter, sein Ton schärfer. »Wenn König Joyse, Meister Barsonage oder *sonst wer* nicht in Bälde gewährleistet, daß man Euch zuvorkommender gegenübertritt, so werde ich auf jeden Fall einen Weg finden, um Euch zurück in Eure Welt zu befördern.«

Während sie ihm in die Augen sah, merkte Terisa, daß sie ihm wider Willen glaubte. Sie empfand insgeheim schon die Tatsache, daß irgendein Mann, was für ein ungeschickter Mensch er auch sein mochte, sie so wahrzunehmen schien und so ernsthaft Versprechen ablegte, als faszinierend. Um ihr Staunen zu verbergen, blickte sie ein wenig zur Seite. »Es ist besser«, sagte sie so gleichgültig, wie sie es nur konnte, »du nennst mich Terisa. Ich bin keine ›Dame‹. Ich möchte nicht, daß der König einen falschen Eindruck gewinnt.«

Mehr spürte sie seine Beifälligkeit, als sie sie sah. »Meinen Dank. Ich bin des Glaubens, daß Ihr richtig handelt. Ich habe bezüglich Eures Auftretens ein gutes Gefühl.« Zaghaft berührte er mit einer Hand ihren Arm. »Wollen wir gehen?« Seine Aufmerksamkeit galt ihr so vollständig, so uneingeschränkt, als wäre er noch mehr Schwüre zu leisten bereit. Zur Antwort schenkte Terisa ihm das höfliche, unverbindliche Lächeln, das sie bereits in ihrer Jugend, als Teenager, vervollkommnet gehabt hatte; gleichzeitig ärgerte sie sich darüber, denn im Vergleich zu der Art, wie er mit ihr umging, blieb ihre Umgangsweise hohl.

Aber sie lächelte ihr bewährtes Lächeln, während sie zum Zeichen der Einwilligung nickte. Geraden wies hinter eine der Säulen. »Dort entlang, ich bitte Euch.«

Terisa war froh, als er auf dem Weg zu einer Tür ihren Arm losließ. Die Tür bestand aus einer schweren, massiven Holzkonstruktion, verstärkt mit Eisenbeschlägen; sie wirkte, als wäre sie ursprünglich zu dem Zweck gebaut worden, Leuten den Eintritt in den Saal zu verwehren — oder sie darin einzusperren. Als Geraden die Tür öffnete und sie auswärts schwang, entschied Terisa, daß letzteres der Fall gewesen sein mußte. Allerdings waren die Riegel so installiert, daß die Tür nur von innen verschlossen werden konnte.

Sobald Geraden sie über die Schwelle führte, begegneten sie im Korridor zwei Wächtern. Die beiden Männer waren hünenhafte, rauhe, nachlässig rasierte Veteranen, denen man etliche Jahre harten Dienstes ansah. Über der ledernen Kleidung trugen sie Kettenhemden, eine Art von Beinkleidern aus Kettenpanzer sowie auf dem Kopf festsitzende eiserne Hauben. Jeder hatte ein langes Schwert am Gürtel hängen und hielt mit der Rechten einen Spieß. Den einen Mann entstellte eine alte Narbe, die vom Haaransatz die Stirn hinab, zwischen den Augen und neben der Nase bis fast zum Mund verlief; dem anderen Haudegen fehlten mehrere Zähne.

Der Mann mit den Zahnlücken schaute Terisa auf eine Weise an, die ihr nicht behagte; der andere wandte sich wie ein älterer Kamerad an Geraden, fragte ihn, ob sich noch Meister im Saal aufhielten. Als Geraden den Kopf schüttelte, lockerte der Wächter seine Körperhaltung. »Dann ist unser Dienst bis auf weiteres aus. Horch, Geraden, Argus und ich haben ein Fäßchen Bier bereitstehen. Was hältst du davon? Möchtest du mit deiner Genossin«, — er warf Terisa einen vielsagenden Blick zu —, »mit uns einen kleinen Umtrunk veranstalten?«

»Ich wähne, Ribuld«, antwortete Geraden gutmütig, »daß ihr, du und Argus, an dem Tag zu denken aufgehört habt, an welchselbigem euch in den Sinn kam, das Waffenhandwerk zu ergreifen. Auf daß Ihr's wißt: Meine ›Genossin‹ ist die Edeldame Terisa von Morgan, und's deucht mich höchst unwahrscheinlich, daß sie Zeit opfern kann, um mit euch den Humpen zu stürzen. Der König erwartet sie und wird sie ohne Aufschub empfangen.«

»So, zu vornehm ist sie für uns, hm?« murmelte Argus. Doch Ribuld stieß ihm grob den Ellbogen in die Rippen, so daß er zurücktaumelte, im Gesicht einen Ausdruck, als hätte ihn ein Pferd getreten.

Geraden grinste vor sich hin, während er Terisa durch den Korridor geleitete. »Laßt Euch von ihnen nicht bange machen«, empfahl er leise und führte sie des Wegs. »Sie sehen beide gar grauslich aus, aber sie sind gutherzige Kerle. Sie haben das Kriegshandwerk gemeinsam mit meinem Bruder Artagel erlernt. Ich will zu erreichen versuchen, daß man sie Euch als Leibwächter zuteilt.«

»Wozu brauche ich Leibwächter?«

»Weil ...«, begann Geraden, merkte diesmal aber gleich, was er zu tun dabei war. »Aus eben jenem Grund, aus welchem ich Euch keine Fragen beantworten soll. Mordant hat zu viele Feinde. Die Zunft hat zu viele Widersacher. Und King Joyse ...« Wieder beendete er den Satz nicht, seine Miene widerspiegelte unbewußt schmerzliche Aufgewühltheit. »Ihr mögt infolge eines Irrtums hier weilen oder nicht, Ihr habt bereits Gegner. Solange ich für Euch verantwortlich bin, gedenke ich sicherzustellen, daß Ihr unterm Schutz von Leibwächtern steht, von Männern, die Euch und ihre Pflicht ernst nehmen. Ribuld und Argus werden mir zuliebe diese Aufgabe übernehmen, dieweil ich Artagels Bruder bin.« Er schwieg einen Augenblick lang. »Meister Barsonage hat einen großen Fehler begangen«, fügte er verhalten hinzu, »als er mir befahl, Euch nicht auf Fragen zu antworten.«

Wortlos strebte Terisa mit ihm den Korridor entlang. Der Korridor war aus den gleichen grauen Granitblöcken geschaffen worden, aus denen im Versammlungssaal der

Zunft Decke und Wände bestanden; er hatte mehrere Biegungen, eine Anzahl von Türen und am Ende eine Treppe, über die man in eine riesige, rechteckige Halle gelangte, geräumig genug, um als Tanzsaal benutzt zu werden.

Dieser Saal wies einen gänzlich glatten Fußboden auf, die Fliesen waren so dicht verlegt, daß es keine Fugen gab; an den Mauern gab es Balkone, auf denen sich vielleicht Plätze für Musiker befanden, oder von denen aus Adelige und ihre Damen dem Tanz zuschauen konnten; zum Heizen war eine Reihe vom Kaminen vorhanden. In jeder Ekke wand sich eine breite Treppe aufwärts. Aber der Saal war menschenleer und kahl. Eine Atmosphäre des Ungenutztseins herrschte darin, sogar der Vernachlässigung; all die Menschen, die Musiker, das Treiben und die Farben, die ihn mit Fröhlichkeit zu erfüllen vermochten, waren fort und dahin. Die Kamine waren kalt; die einzige Helligkeit drang durch schmale Fenster hoch über dem Balkon einer der Wände herein, so daß der Saal im Düsteren blieb. Die Fenster gewährten Ausblick auf trübe Bewölkung.

Terisa schauderte zusammen, während Geraden zu einer der Treppen vorausging. »Wir nehmen nicht den kürzesten Weg«, gestand er. »Aber wir könnten den Hof nicht überqueren, ohne Eure Gewandung zu verderben.« Terisa schätzte es als Glücksfall ein, so warm angezogen zu sein; was sie durch die Fenster vom Himmel erblickte, sah nach Winter aus.

Von der Treppe betraten sie ein höhergelegenes Stockwerk. Dort führte Geraden sie durch mehrere Gänge, kurze Treppchen hinauf und einige Flure, die bei Terisa verwirrende Eindrücke hinterließen, als wären die wuchtigen steinernen Bauten, durch die sie sich bewegten, ohne Plan, willkürlich, gewissermaßen *en masse,* emporgetürmt worden. Doch Geradens Neigung zum Fehlverhalten schloß offenbar kein unzureichendes Orientierungsvermögen mit ein; er kannte sich in diesen Baulichkeiten bestens aus.

Mit der Zeit begegneten sie unterwegs immer mehr Personen. Bei vielen handelte es sich um Wächter, die auf Posten standen oder zum Zweck irgendwelcher Erledigungen die Räumlichkeiten durchquerten; den Großteil machten anscheinend jedoch die eigentlichen Bewohner des Bauwerks aus. In den Korridoren lehnten alte Knaben auf Besen, kehrten mit emsiger Achtlosigkeit kleine Häufchen Staub den Fußboden entlang. Mädchen eilten da- oder dorthin, schleppten Leinentücher, Kübel oder Scheuerlappen. Jungen rannten vorbei, täuschten wahrscheinlich vor, mit etwas unerhört Dringendem beauftragt zu sein, damit niemand sie anhielt und ihnen Arbeit zuwies. Und die anderen Frauen und Männer … Terisa fiel auf, daß sie bei den übrigen Leuten anhand der Kleidung rasch Rangunterschiede feststellen konnte. Alle waren warm bekleidet; aber die Alten mit den Besen und die Zimmermädchen hatten Wollröcke an, Wollschals über den Kitteln und schwere Holzschuhe an den Füßen, während die Damen bodenlange Kleider aus Taft oder Satin sowie schmiegsame Lederstiefel trugen, dazu um den Hals oder im Haar Juwelen. Die Bediensteten und Knechte waren ähnlich wie Geraden gekleidet, nämlich in Wams, Hose und Stiefel, manche hatten am Gürtel in der Scheide einen langen Dolch hängen; dagegen liefen die Männer höheren Ranges in hautengen Hosen, weiten Hemden und aufwendig bestickten Überröcken herum, an ihren Seiten baumelten Säbel in prächtig verzierten Scheiden. Die Zwischenstufen der Hierarchie ließen sich sofort am Vorhandensein oder Fehlen eines Schwerts oder Mieders, an der unterschiedlichen Länge eines Kleids oder der Üppigkeit des Stickwerks auf den Überröcken erkennen.

Trotz ihrer Eleganz sahen jedoch nicht einmal die vornehmsten Damen und Adeligen aus, als wären sie je im Leben schon auf einem Ball gewesen. Fast ausnahmslos verhielten sie sich wie Menschen, auf deren Dasein ein Schatten lag.

Mehrere Personen, denen Terisa und Geraden begegneten, grüßten ihn, nannten ihn beim Namen oder Titel. Alle gafften Terisa so unverhohlen an, wie sie sich trauten. Nach einer Weile erkannte Terisa, daß sie wahrscheinlich noch nie jemanden wie sie gesehen hatten. Diese Vorstellung verblüffte und beunruhigte sie gleichzeitig.

Wenig später brachte Geraden sie ein Treppenhaus hinauf, dessen Treppen jeweils in entgegengesetzte Richtungen nach oben führten, sozusagen im Zickzack, als befände es sich in einem Turm. Zum Schluß standen sie vor einer hohen, mit Schnitzwerk reich ausgestatteten Tür und einem Wächter an jeder ihrer Seiten. Diese Männer hatten ein gepflegteres Äußeres als Argus und Ribuld, ohne deshalb weniger kampferfahren und bedrohlich zu wirken; doch sie begrüßten Geraden mit der gleichen Vertraulichkeit.

»Das ist die Edeldame Terisa von Morgan«, sagte Geraden. »Wollt ihr uns anmelden? Ich glaube, dem König wird dran gelegen sein, sie zu empfangen.«

Die Wächter bemühten sich halbherzig, zu verhehlen, wie sie Terisa anstierten. Einer hob die Schultern; es war seine Pflicht, den König zu bewachen, aber wußte eindeutig keinen Grund, warum er in Geraden eine Gefahr sehen müßte. Der andere Wächter pochte an die Tür, betrat den Raum, der dahinter lag, schloß die Tür von innen; gleich darauf kam er wieder heraus. »Ihr könnt hinein. Doch seid auf der Hut. Der König und Großmeister Havelock spielen Springbrett. Sollte der Großmeister sich durch den Besuch beim Nachdenken gestört fühlen, möchte er gar wohl Unerfreuliches tun.«

Unbehaglich lächelte Geraden dem Mann zu. »Verstehe.« Der Raum, in den sie traten, bereitete Terisa eine Überraschung. Er war die erste prunkvoll eingerichtete Räumlichkeit, die sie hier zu sehen bekam, und obwohl sie die Ausmaße ihres Wohn- und Eßzimmers zusammengenommen hatte, war es darin warm. Den größten Teil des Fußbodens bedeckte ein dicker, in einem abstrakten Muster von kräftigen Blau- und Rottönen gewobener Teppich.

Die Steinwände waren mit hellem Holz vertäfelt, und jedes Feld war schön verziert, entweder mit Schnitzerei oder feinen, schwarzen Intarsien. In kupfernen Wandhaltern brannten Fackeln; auf niedrigen, schmucken Tischchen in den Ecken und an beiden Enden der Ummantelung des Kamins standen kleine, fünfarmige Kerzenleuchter. Heiß glühten unter den Flammen im Kamin Kohlen. An einem kleineren Tisch in der Mitte des Raums saßen sich zwei alte Männer gegenüber. Der eine Alte trug ein purpurrotes Samtgewand, das ihn umhüllte wie ein Zelt. Er wirkte in ihm allzu schmächtig, so als wäre es für ihn geschneidert worden, als er jung und stark war, und passe ihm nun, da er alt, dürr und gebeugt war, nicht mehr. Sein schlohweißes Haar und der ebenso weiße Bart, die schwache Bläulichkeit, die seiner Haut die Adern gaben, die arthritischen Schwellungen der Knöchel seiner Hände sowie das wäßrige Blau seiner Augen verstärkten diesen Eindruck zusätzlich. Ein dünner Goldreif hielt ihm das Haar aus dem Gesicht. »Das ist König Joyse«, flüsterte Geraden Terisa zu. Der andere Greis hatte bereits mehrere Haare verloren, und was davon übrig war, stand in unordentlichen Büscheln von der Schädelwölbung in die Höhe. Die Hakennase verlieh seinem Gesicht einen Ausdruck von Grimmigkeit, dem allerdings das Beben der fleischigen Lippen widersprach. Seine Augen lugten in verschiedene Richtungen. Er hatte ein schlichtes, gelblich vergilbtes Gewand an, das einmal weiß gewesen sein mußte, darunter aber — soweit Terisa es feststellen konnte — gar nichts; um die Schultern jedoch war eine gelbe Kasel geschlungen. »Großmeister Havelock«, raunte Geraden. »Ein paar Meister nennen ihn ›des Königs Schelm‹.«

Beide Männer konzentrierten sich angespannt auf ein zwischen ihnen aufgestelltes Brettspiel. Es umfaßte wechselweise rote und schwarze Spielfelder, doch benutzten die Spieler ausschließlich die schwarzen Flächen. Auf ihnen sah Terisa kleine, runde Spielmarken; der König verwendete weiße, Havelock rote. Während Terisa das Spielbrett betrachtete, konnte sie mitanschauen, wie Havelock einen Zug machte, mit einer seiner Spielmarken über zwei des Königs hinwegzog und sie aus dem Spiel entfernte. Sie spielten Dame.

Eine Erinnerung durchfuhr Terisa, brachte sie unverhältnismäßig außer Fassung. Es handelte sich nur um ein harmloses Spiel, eines der wenigen Spiele, mit denen sie sich je beschäftigt hatte. Ein Hausdiener ihres Vaters hatte ihr, als sie zehn Jahre alt war, in seiner Freizeit gezeigt, wie man es spielte; fast ein Jahr lang hatten sie es regelmäßig gespielt, bis er aus seiner Stellung flog. Er war ein bulliger junger Mann mit einer seltsamen Freundlichkeit in den Augen gewesen, der sich jedoch nur selten ein Grinsen erlaubt hatte. An dem Spiel selbst hatte sie in Wahrheit weniger Spaß gehabt; sie hatte es so eifrig gespielt, weil sie ihn furchtbar gern mochte. Seine Aufmerksamkeit, die belanglosen Nettigkeiten, die er ihr sagte, hatten sie enorm für ihn eingenommen. Als der Mann hinausflog, hatte sie irgendwie genug Mumm aufgebracht, um ihren Vater nach dem Grund zu fragen, doch hatte er ihr jede Erklärung verweigert. »Das hat dich nicht zu kümmern, Terisa. Geh spielen. Ich habe zu tun.«

Als sie sich nun an den Hausangestellten entsann, verspürte sie unerwartet ein Verlustgefühl, als wäre aus ihrem beschränkten Dasein etwas Wichtiges geraubt worden. Sie war aus den Lebensverhältnissen, an die sie sich gewöhnt hatte, so umstandslos gerissen worden, wie sie es in anderer Hinsicht durch die Launen ihres Vaters kannte, und niemand wollte ihr den Anlaß verraten.

Auch aus anderen Gründen beunruhigte sie der Anblick des Spiels. Es war etwas Vertrautes in einer ansonsten unvertrauten Umgebung. Wieso war es hier geläufig? Warum war *sie* hier? Gerade weil es vertraut war — nicht in diese Umgebung zu gehören schien —, machte es für Terisa, was sie hier erlebte, weniger real.

Weder König Joyse blickte vom Spiel auf, als Geraden ihnen einen Schritt nähertrat, noch der alte Großmeister.

Nach einem Moment des Wartens räusperte sich Geraden. Aber auch dadurch vermochte er sich die Beachtung der beiden Spieler nicht zu verschaffen. Er sah sich nach Terisa um und zuckte mit den Schultern; dann unternahm er forsch einen Versuch, dem Paar Aufmerksamkeit abzuringen.

»Herr König, ich bringe vor Euch Terisa von Morgan.« Er zögerte kurz. »Ich hab ihr mitgeteilt, daß Ihr mit ihr sprechen müßt.«

Großmeister Havelock blieb übers Spielfeld gebückt, interessierte sich für nichts als das Spiel. Der König dagegen hob den Kopf, richtete seinen feuchten, blauen Blick auf Geraden und Terisa. Anscheinend verstrich ein Moment, bis seine Augen sich umgestellt hatten. Dann begann er langsam zu lächeln.

Terisa empfand sein Lächeln sofort als wunderbar. Es enthielt nichts von dem gekünstelten Wohlwollen oder der Berechnung, die sie von einem Herrscher erwartet hätte. Statt dessen vermittelte seine Miene kindlich-unschuldige Lauterkeit und Frohsinn; auf einmal glich er einem Jungen, der unvermutet einen insgeheimen Freund gefunden hat. Unvernünftigerweise hatte Terisa das Gefühl, ihr gesamtes Leben wäre anders verlaufen, hätte schon früher jemand sie so angelächelt. Sie konnte nicht anders, sie erwiderte sein Lächeln, obwohl sie es nicht wollte.

»Wenn du ihr versichert hast, daß ich mit ihr sprechen muß, Geraden«, sagte König Joyse mit leichter Zittrigkeit des Greisentums in der Stimme, »dann muß ich's gewißlich tun. Es wäre eine unverzeihliche Unhöflichkeit, einer solchen Dame etwas anderes als die reine Wahrheit zu sagen, und ebenso rüde wär's, wollte ich nicht nach der Wahrheit verfahren, welche du ihr nennst.« Vorsichtig schob er seinen Stuhl zurück und stand auf. Seine Bewegungen fielen unstet aus; im Stehen wirkte er in dem Purpurgewand noch verschrumpfter als im Sitzen. Doch sein Lächeln blieb so freundlich wie Sonnenschein. »Terisa Morgan, spielt Ihr Springbrett?«

Terisas Interesse galt König Joyse, aber ihr war, als bemerke sie am Rande ihrer Wahrnehmung, daß Geraden Betroffenheit zeigte. Aber im Moment waren seine Reaktionen für sie unmaßgeblich. »Ich hab's nicht gespielt, seit ich Kind war«, antwortete sie, genoß das Lächeln des Königs. Das stimmte, wenn sie die Spiele nicht mitzählte, die sie nach der Entlassung des Hausangestellten gegen sich selbst gespielt hatte, um zu lernen, mit sich allein zufrieden zu sein. »Bei uns heißt es Dame. Jedenfalls sieht's aus wie das gleiche Spiel.«

»›Dame?‹« König Joyse schaute versonnen drein. »Eine sonderliche Bezeichnung, will's mich deuchen.« Dann lächelte er wieder. »Doch gleichwohl. Werdet Ihr mir, sobald Havelock, wie gewohnt, gewonnen hat, die Gefälligkeit erweisen, ein oder zwei Spiele mit mir zu spielen? Es wäre mir ein Vergnügen, einmal mit einigermaßen redlichen Aussichten auf Sieg spielen zu dürfen.«

»Herr König ...« Geradens Stimme klang gepreßt und nach Besorgnis, als nähme die Vorstellung Terisas bei König Joyse einen wesentlich anderen als den gewünschten Ablauf. »Ich habe der Dame erklärt, Ihr wolltet gewißlich mit ihr sprechen, weil sie durch Translation bei uns weilt.«

Es hatte den Anschein, als verursache Geradens Unterbrechung dem König Kummer. Sein Lächeln wich einem faltenreichen Gesichtsausdruck von Müdigkeit und Melancholie, als er den Adepten anblickte. »Ich seh's, Geraden«, entgegnete er gelassen. »Bedenke, ich bin nicht blind.«

»Verzeiht mir, Herr König«, gab Geraden gedämpft zur Antwort. »Ich gedachte damit lediglich auszudrücken, daß sie jemand von hoher Bedeutsamkeit ist und ich sie deshalb zu Euch bringen mußte.« Eilig sprach er weiter. »Die Zunft hat mich am heutigen Morgen in den Spiegel geschickt, auf daß ich versuche,uns des Beistands jenes Kämpen zu vergewissern, den wir geschaut haben. Aber ich hab ihn nicht gefunden. Indessen hab ich diese Dame kennengelernt. Sie könnte die Erklärung der Omen sein.«

Großmeister Havelock mißachtete nach wie vor Geradens und Terisas Anwesenheit. Er besah sich die Situation auf dem Spielbrett, nahm schließlich eine Spielmarke des Königs und übersprang mit ihr eine eigene Spielmarke; danach lichtete er voller Triumph im Gegenzug eine ganze gegnerische Phalanx und stieß zur letzten Reihe von Spielfeldern vor, machte sich dort mit Gebärden heftigen Nachdrucks eine Dame. Verärgert zwang sich Geraden trotz der Schwierigkeiten zum Fortsetzen seiner Erläuterungen. »Sie beweist, daß Ihr schon immer recht gehabt habt. Die Spiegel erschaffen nicht, was wir in ihnen schauen. Es gibt die Imagines wirklich.«

König Joyse musterte Geraden einige Sekunden lang. Dann seufzte er matt und wandte sich an Terisa. »Edle Dame«, sagte er, »ich bitte Euch, habt mit mir Nachsicht. Offenbar mag dieser übereifrige Jüngling uns gegenwärtig keine Gelegenheit zu einem Springbrett-Spielchen zugestehen.« Er heftete seinen Blick von neuem auf den Adepten. »Sei vernünftig, Geraden«, fügte er hinzu. »Du weißt, daß wir einer Meinung sind. Aber was beweist ihre Gegenwart denn tatsächlich?« Seine Stimme zitterte unablässig; er sprach, als ließe er sich abermals auf eine alte Diskussion ein, die er schon so lange führte, daß es ihm letzten Endes keine Genugtuung mehr bereiten würde, recht zu behalten. »Sicherlich ist's möglich, daß du durch eines deiner unglückseligen Mißgeschicke an sie anstatt an den Kämpen geraten bist? Oder hast du vielleicht eine ungeahnte Kraft in dir selbst erweckt, so daß du an des Kämpen Stelle sie gefunden hast, weil sie ist, was du dir wünschtest? In was für einer Beziehung verdeutlicht ihre Translation die grundsätzliche Natur der Imagomantie ... oder der Spiegel?«

Anscheinend verwirrten die Einwände des Königs Geraden zunächst; aber dann bezeugte seine Miene leichtes Angewidertsein. »Aber ich habe *gesehen* ...« Seine Widerrede blieb ziemlich unverständlich und zusammenhanglos. »Es war nicht das gleiche.« König Joyse sah ihn nachsichtig an und wartete darauf, daß es ihm gelang, seine Gedanken zu ordnen. »Ich habe den Spiegel eigenhändig angefertigt«, sagte Geraden langsam, nachdem er mit Mühe die Beherrschung zurückerrungen hatte. »Den Kämpen, den ich zu unserer Hilfe holen sollte, hab ich mit eigenen Augen darin geschaut. Ich sah ihn vor mir, als ich ins Glas stieg. Doch während der Translation vollzog sich ein Wandel. Ich gelangte in ein Gemach, nicht jenen Landstrich, den der Spiegel zeigte. Auch *sie* zählt nicht zu des Spiegels Imago. Und da haltet Ihr mir entgegen, ich selbst hätte sie irgendwie geschaffen, aufgrund irgendeines Zufalls, weil ich nicht wußte, was ich tat, oder weil ich meine eigene Begabung nicht kenne? Wie *sollte* so etwas möglich sein?«

Daraufhin zuckte der König die Achseln — ein wenig traurig, wie Terisa zu beobachten glaubte. »Wer vermöchte das zu sagen? Vor Jahrhunderten wähnte man die Imagomantie selbst für undurchführbar. Noch vor hundert Jahren hätt's niemand für denkbar erachtet, daß Imagomantie einst den Fortbestand des Reiches, in welchem sie erfunden ward, bedrohen könnte.« Er bemerkte die schmerzliche Aufwühlung in Geradens Gesicht. »Geraden«, sagte er, »ich behaupte beileibe nicht, es würde sie *nicht* geben. Ich stelle lediglich fest, daß ihre Anwesenheit den Meinungsstreit nicht beilegt.«

Geraden schüttelte den Kopf und versuchte es nochmals. »Aber wenn Ihr derlei Gedankengänge hegt — und ihnen nirgends eine Grenze zieht —, dann vermögt Ihr von *gar nichts* noch das Sein zu beweisen. Ihr bleibt zu beweisen außerstande, daß ich hier stehe und mit Euch rede. Ihr könnt niemals nachweisen, daß Ihr mit irgend jemandem außer Euch selbst Springbrett spielt. Es möchte sein, Ihr spielt's überhaupt nicht, bloß im Geiste.«

Daraufhin lächelte der König, verzog danach freudlos das Gesicht. »Bedauerlicherweise hege ich die unerschütterliche Überzeugung, daß meine Springbrett-Spiele Wirklichkeit sind … und desgleichen mein Gegenspieler.

Die Niederlagen, welche ich erleide, plagen mich zu arg, als daß eine andere Erklärung gelten könnte.«

»Sehr weise«, bemerkte dazu unerwartet Großmeister Havelock, ohne den Blick vom Spielbrett zu heben. In trübsinniger Konzentration schob er zwei oder drei Spielmarken König Joyses auf andere Felder; dann übersprang er sie alle mit seinen zur Dame umgewandelten Spielmarken, knallte sie so wüst auf jedes Feld, als entschädige er sich damit für seine Schieläugigkeit. »Allein Springbrett ist Wirklichkeit. Man frage jeden beliebigen Philosophen. Nichts anderes«, — nervös winkte er mit der Hand ab —, »hat Bedeutung.«

Ohne es zu beabsichtigen, lächelte Terisa, als sie sah, wie der König über Havelock schmunzelte. Die Art und Weise, wie der Großmeister Dame spielte, zeigte an, daß er in der Tat nicht mehr ganz bei Verstand war, und die Schwäche des Königs für den alten Imagomanten fand Terisa sympathisch. Während sie den beiden zuschaute, vergaß sie für einen Moment, daß der Besuch beim König mit ihr im Zusammenhang stand.

Geraden hingegen war zu gereizt und mißgestimmt, als daß er auf die Spiellaune und die Schrulligkeit des Königs einzugehen vermocht hätte. »Herr König, wir treiben keinen Scherz. Des Reiches Grundfesten wanken, und ganz Mordant harrt dessen, daß Ihr dagegen einschreitet.« Er erregte sich zusehends, indem er redete, bis die Eindringlichkeit, in die er sich hineinsteigerte, all seine kleineren Unsicherheiten, Unzulänglichkeiten und Ängste verdrängte. »Ich weiß nicht, infolge welcher Erwägungen Ihr's bislang nicht getan habt, doch die Meister der Zunft hielten's schließlich für untragbar, länger zu säumen. Sie ...« Er verstummte. »*Wir* scheuen keine Mühsal, um Abhilfe zu erwirken. Und zu guter Letzt ist's uns gelungen. *Ich* jedenfalls glaube, daß 's uns gelungen ist. Die Edeldame Terisa von Morgan ist nicht der von uns ersehnte Kämpe, aber wahrscheinlich ist selbiger Umstand unerheblich. Es hat einen Grund, warum sie anstatt jenes

Kämpen hier ist, und ich denke mir, besagter Grund hat nichts gemein mit Zufall. Ebensowenig bin ich ein verkappter Erz- und Großmeister der Imagomantie. Und erst recht verfügen Spiegel über keinen eigenen Willen.«

Während Terisa sein ausdrucksstarkes Mienenspiel beobachtete, ersah sie mit einem Mal — wenigstens im Ansatz —, was ihn so anfällig für Pannen machte. Er war zuviel zur gleichen Zeit: Junge und Mann und zudem noch alles dazwischen, und die verschiedenen Anteile seiner Persönlichkeit kannten kaum jemals Ausgewogenheit. Sie fand ihn in seiner Zerrissenheit durchaus anziehend. Trotzdem gab die Erkenntnis ihr zum Kummer Anlaß: Sie war ihrerseits nicht zuviel, sondern zuwenig.

Auch der König schaute Geraden aufmerksam an, und die Runzeln seines Greisengesichts brachten, wie es den Anschein hatte, ebenfalls eine Andeutung von Traurigkeit zum Ausdruck. Gleichzeitig deuteten sie Interesse und vielleicht sogar eine Regung von Stolz an. »Ein solches Maß von Zuversicht ist bemerkenswert«, lautete König Joyses Kommentar. Durch die Zittrigkeit seiner Stimme klang sein gleichmütiger Ton nicht ganz überzeugend, etwas unglaubwürdig. »Du hast erwähnt, du hättest etwas ›gesehen‹, Geraden. Berichte mir, was du gesehen hast, das dir soviel Zuversicht einflößt.«

Geraden zögerte, schaute herüber zu Terisa, als glaube er, sie wüßte, was er sagen wollte, als sei er der Auffassung, es würde mehr Gewicht haben, wenn sie es ausspräche. Aber selbstverständlich hatte sie nicht die geringste Ahnung, auf was er aus sein mochte. Einen Moment später blickte er wieder König Joyse an.

»Herr König«, sagte der Adept, und nun zitterte vor Entschlossenheit und Aufregung auch seine Stimme, »sie ist Meisterin der Imagomantie.« Da richtete der König einen wäßrigen, unerforschbaren Blick auf Terisa — einen Blick, der genausogut von Überraschung wie Langweile zeugen konnte. Ohne die anderen Personen im Raum eines Blicks zu würdigen, fegte Havelock sämtliche Spielmarken vom Spielfeld und fing an, sie für ein neues Spiel zu verteilen. »Ich glaube«, ergänzte Geraden leise seine Behauptung, »ich bin durch ihre Einflußnahme bei meiner Translation an einen anderen als den angestrebten Ort verschlagen worden.«

Diese Unterstellung war derartig absurd, daß ein längerer Moment verstrich, bis Terisa begriff, man erwartete von ihr, sich dazu zu äußern. Da begann sie unter den wachsamen Blicken der beiden Männer, ohne es verhindern zu können, zu erröten. »Nein«, beteuerte sie, der Panik nah, »nein, natürlich kann davon überhaupt keine Rede sein. Das ist Blödsinn. Ich weiß nicht einmal, um was es sich hier eigentlich dreht.«

»Ich habe sie in einer Kammer angetroffen«, sagte Geraden mit Betonung, »deren Wände gänzlich bedeckt waren mit Spiegeln.«

»Na und?« Ein Teil ihres Ichs, der aufrechterhielt, was sie an Selbstbewußtsein besaß, wunderte sich, weil dermaßen lächerliche Einbildungen sie so entsetzten. »Jeder hat Spiegel. Viele Leute benutzen sie zur Dekoration. Spiegel sind bloß Glas mit was hinten drauf, damit's reflektiert. Es hat mit ihnen nichts Außergewöhnliches auf sich.«

»In Eurer Welt mag's so sein«, sagte König Joyse, als er ihre Bestürzung bemerkte, so sanftmütig, als läge ihm daran, sie zu beruhigen. »Hier ist etwas anderes wahr.«

»Jeder Spiegel hat ihr getreues Abbild gezeigt«, sagte Geraden mit aller Entschiedenheit, deren er fähig war. »Auch *mein* Abbild haben sie mit aller Genauigkeit gezeigt. Dennoch hat sie keinen Harm erlitten, und gleiches gilt für *mich.* Nach herkömmlichem Verständnis müßte ich dem Wahnwitz verfallen oder mein Geist in vollständigen Stumpfsinn versunken sein. Aber ich bin wohlauf. Und ebenso ist sie's. Es waren *ihre* Spiegel.«

Mit Erstaunen vermischter Schrecken bewog Terisa zum Schweigen. Sie fühlte sich außerstande, den buchstäblichen Sinn der Worte, die sie hörte, zu begreifen. *Jeder Spie-*

gel hat ihr getreues Abbild gezeigt. Und das sollte hier anders sein? Schlagartig sah sie die Gewißheit der einfachsten Tatsachen des Lebens — die schlichten Fakten, die ihr sicherstellten, daß sie Kontakt zur Realität hatte — in Gefahr, sie geleugnet.

Und König Joyse maß sie nun so lebhaft interessiert, daß er damit alles noch verschlimmerte. »Ist das richtig, edle Dame?« erkundigte er sich, als hätte sie sich als exotischen Schmetterling ausgegeben. »Es ist überliefert, daß ein Imagomant einst einen Spiegel mit gänzlich ebener Fläche schuf, in dem er aufs genaueste sich selbst und die Stelle, da er stand, zu sehen vermochte. Und dieweil er sich selbst als Imago schaute, wich unverzüglich aus ihm die Seele. Sein Leib blieb, wo er sich befand, bis er aus dem Gleichgewicht geriet, sein Geist jedoch war ihm ganz und gar entwichen, ging während der Translation verschollen. Wie entgehen die Menschen Eurer Welt einem so beklagenswerten Geschick?«

»Das ist unmöglich«, erwiderte Terisa, überlegte noch immer angestrengt, welcher Sinn hinter alldem stecken könnte. »Spiegel schaden niemandem. Sie zeigen bloß, wie man aussieht. Außer wenn man sie umdreht. Wie ein Tümpel Wasser. Haben Sie sich noch nie in einem Wassertümpel betrachtet?«

Beide Männer musterten sie auf sonderbare Weise. »Wir werden von Kindesbeinen an gelehrt«, antwortete König Joyse halblaut und im Ton der Versonnenheit, »Abbilder zu scheuen. Wir meiden sie.«

Ohne Warnung hieb Großmeister Havelock die Faust auf den Tisch, packte dann das Spielbrett und schleuderte es hinauf zur Zimmerdecke. Die Spielmarken riefen ein Geräusch wie von hölzernem Regen hervor, als sie gegen den Granit der Decke prallten, um lautlos auf den in Blau und Rot gehaltenen Teppich zu hageln. »Fluch und Verwünschung!« brüllte der greise Imagomant, während er schwankend auf die Füße kam. Seine Schielaugen zwinkerten den König und Geraden wutentbrannt an; in seinem Gesicht sah man plötzlich rote Flecken; die dicken Lippen schlotterten ihm, als wären sie Kehllappen. »Sie ist ein *Weib!*« Mit dem Handrücken fuchtelte er wild in Terisas Richtung. »Seid Ihr und diese sämtlichen männlichen Schwachköpfe der Zunft denn *blind?* Sie ist 'n Weib, 'n Wei-Wei-*Weib!*« Sein Mund versprühte Speichel. »Oh, mein Leib!« Weil sie nicht wußte, was sie anderes machen sollte, stand Terisa nur da und schaute zu. »Seht da!« Havelock drosch den König — ebenfalls mit dem Handrükken — auf die Brust, doch der Schlag hatte eine mehr theatralische als spürbare Wirkung. »Und du, sieh dich an!« Mit der anderen Hand schlug er Geraden. »Oder hier!« Unbeholfen und doch flink hockte er sich nieder, ähnelte dabei einem verkrüppelten Hahn, sprang auf. »Und da!« Nochmals kauerte er sich zusammen. »Und dort!« Jedesmal wenn er wieder aufstand, hielt er Geraden und dem König in der flachen Hand eine Spielmarke hin. »Männer, alles *Männer!* Allesamt Männer!« Aber als er die Hände voll hatte, schmiß er die Spielmarken zurück auf den Fußboden. »Bei der ehrwürdigen Geiß des Erz- und Großmeisters«, schrie er, als hätten die drei anderen Anwesenden ihn über jedes erträgliche Maß hinaus beleidigt, *»sie ist ein Weib!«*

Indem er sich mit einer Vehemenz bewegte, die seine gebrechlichen Gliedmaßen nicht durchhalten konnten, stampfte und schlurfte er zur Tür der Räumlichkeit, riß sie auf, warf sie jedoch zu, ohne hinauszugehen. Danach hob er mit merklicher Wackligkleit das Spielbrett vom Fußboden auf und rückte es sehr ordentlich wieder auf dem Tisch zurecht. Ohne auf irgendwen zu achten, nahm er Platz und begann das leere Spielbrett zu beglotzen, als wäre ein spannendes Spiel im Gang.

König Joyse seufzte kaum hörbar. »Um Vergebung«, sagte Geraden. Terisa verstand nicht richtig, warum er sich wieder einmal entschuldigte. Ihr Herz pochte, als hätte sie jetzt nun eine schwerwiegende Krise durchgestanden.

»Laß gut sein, junger Freund«, antwortete der König, tätschelte zerstreut Geradens Schulter, als wäre dem Adepten tatsächlich irgendeine unwesentlichere Entgleisung unterlaufen. Einen Moment lang schien sein Blick ins Nichts zu entgleiten, als dächte er tiefsinnig nach — oder döse ganz einfach flüchtig vor sich hin. Dann nickte er bei sich. »Geraden«, sagte er und lächelte Terisa achtlos zu, »mich deucht, 's sollte mich stutzig machen, daß die Zunft die Edeldame Terisa von Morgan deiner Obhut überlassen hat. Sie weilt durch Imagomantie unter uns, und einige Meister, wie ich weiß, hegen Eifersucht und Mißgunst. Auch habe ich den Verdacht, daß sie mir, was sie betreiben, gerne verhehlen. Dennoch bist du hier. Kannst du mir dafür eine Erklärung geben?« Geraden bemühte sich aufrichtig, den König offen anzusehen; aber sein Unbehagen war zu stark, und er schaffte es nicht. »Hast du den Meistern erzählt, daß sie möglicherweise eine Imagomantin ist?«

Geraden schluckte, als hätte er einen Kloß im Hals. »Nein.«

»Aha«, äußerte König Joyse mit Nachsicht. »Ei, das erklärt's mir. Verständlich, daß sie sich nicht ferner um sie scherten, wenn sie wähnten, ihre Translation sei nichts als abermals eine deiner Fehlhandlungen. Doch weshalb hast du's ihnen verschwiegen?« Langsam breitete sich Röte über Geradens Gesicht aus. Auf seiner Stirn verspannten sich Muskeln. Seine Beklommenheit war so offensichtlich, daß sie Terisa beinahe Tränen in die Augen getrieben hätte. Aber Geraden hielt den Mund fest geschlossen und gab keine Antwort. »Junger Freund, du magst damit sehr wohl eine Torheit begangen haben.« Die Hand des Königs ruhte noch auf Geradens Schulter; seine Miene war freundlich. »Du trachtest nun seit ... Seit wann? Seit zehn Jahren? Seit so langem sinnst du drauf, Imagomant zu werden, ein Meister der Zunft. Wie jedoch sollst du auf Erfolg hoffen dürfen, wenn du nicht davon abläßt, jene Männer zu erzürnen, welche über all das gebieten und entscheiden, was du erstrebst, nämlich das Wissen, die Künste und die Meisterschaft der Imagomantie?«

»Herr König.« Geraden rang sich dazu durch, den König den Schmerz in seinen Augen sehen zu lassen; und mit einem Mal haftete ihm eine gewisse Würde an. »Hätte ich's ihnen mitgeteilt, mir wäre von ihnen befohlen worden, Euch über den Vorfall nicht zu berichten. Dann wäre ich zu unzweideutigem Ungehorsam genötigt gewesen und hätte meine Hoffnung auf die Kasel auf immer verwirkt.« Ein Anklang von Bitterkeit schwang in seiner Stimme mit. »In der Treue zum König zum Mordant nachzulassen, vermöchte ich mir nicht aufzubürden. Und auch meiner Träume kann ich nicht entsagen. Die Meister dürften glauben, ich hätte die Spiegel, falls sie nachträglich von ihnen erfahren, nicht bemerkt … oder die Bedeutung dessen, was ich sah, nicht erkannt.«

Erneut verklärte ein Lächeln jener Art, die Terisa schon zuvor ans Herz gerührt hatte, das Gesicht des Königs. Für einen Moment streifte er Alter, Schwäche und Unentschiedenheit schlichtweg ab, war einfach beglückt.

»Meinen Dank, Geraden. Solche Treue erquickt meine Seele, zumal wenn der Sohn meines alten Freundes Domne sie mir schenkt. Ich werde dafür zu sorgen versuchen, daß sie keine Nachteile für dich zeitigt.« Seine Miene wurde wieder nachdenklicher. »Und nun laß uns beratschlagen. Wie sollten wir am günstigsten vorgehen?« Bedächtig ließ er sich Havelock gegenüber auf den Stuhl nieder. Das Purpurgewand sank über ihn wie ein Zelt, dessen Pfosten brachen. »Beantworte mir folgende Frage: Wie haben die Meister die Ankunft der Edeldame Terisa von Morgan aufgenommen?«

Geraden beruhigte sich durch die Einstellung des Königs zu den Vorgängen. »Darauf ist leicht zu antworten. Ihr vermöchtet alles zu erraten, so Ihr's wolltet. Es erstaunte alle, als sie aus dem Glas kam. Meister Gilbur war wütend. Ich bin mir sicher, er hält mich für einen Schalk und Schandtäter, nicht bloß …« Er verzog das Gesicht.

»… für jemanden, welchen das Unglück verfolgt. Meister Eremis war … nun ja, er machte sich darüber lustig.«

»Zweifelsfrei nur unter anderem«, merkte der König an.

»Meister Eremis«, erläuterte Terisa, »besitzt einen Blick für Liebreiz, er entgeht ihm nie.«

Geraden nickte und setzte den Bericht fort. »Meister Quillon bewerte ihr Erscheinen so wie ich, nämlich als Beweis dafür, daß Ihr in der Frage der Imagomantie recht habt. Aber niemand mochte auf ihn zu hören. Meister Barsonage hat mir für sie die Verantwortung auferlegt. Er ordnete an, zu gewährleisten, daß sie alle Gastfreundschaft und Höflichkeit Schloß Orisons genießt. Gleichzeitig befahl er mir, ihr keine Fragen zu beantworten. So weilt sie denn nun hier, aus keiner anderen Veranlassung aus ihrer Welt zu uns verirrt als der, von mir darum gebeten worden zu sein, an einem Ort, dessen Zustände zu verstehen ihr unmöglich ist, und Meister Barsonage hat mir befohlen, ihr den schlichten Anstand von Auskünften zu versagen.«

Terisa hörte ihn kaum noch sprechen. Sie überlegte, ob das der Grund gewesen sein konnte, warum er sie so angesehen, sie *angeschaut* hatte, als wäre sie real. Schon die Vorstellung war ihr dermaßen unvertraut, daß sie ihr wie ein schwer ergründbares Rätsel vorkam. *Hat er mich für hübsch gehalten? Hältst du mich für hübsch? Ist das möglich?*

»Es sei denn«, sagte der König in gleichmütigem Ton, »sie ist in der Tat eine Meisterin der Imagomantie und hatte, ehe wir sie erkoren, bereits uns auserwählt.«

Geradens Miene wurde düster. »Welcher Unterschied ergäbe sich daraus? Habe ich nicht klargestellt, daß ich sie von Anfang an für eine Imagomantin hielt? Dennoch stünd's ihr zu …«

»Nein.« König Joyses Stimme zeugte von Milde, aber auch uneingeschränkter Sicherheit. »Du triffst eine Annahme, die unbegründet sein mag. Meister Barsonages Befehl hat sehr wohl seinen vernünftigen Sinn. Wenn der Monarch von Alend mir seinen Gesandten schickt, auf daß wir Verträge aushandeln, auch um etwas über meine Absichten in Erfahrung zu bringen, so weiß der Gesandte vieles über seine Heimat und mancherlei über unser Reich. Soviel haben wir gemeinsam. Dennoch gewähre ich ihm nicht die Gunst, ihn in alles einzuweihen, was ich weiß oder erhoffe, ich tu's weder aus Höflichkeit, noch aufgrund irgendwelcher Erwägungen. Ich lade ihn nicht in die geheimen Kammern Orisons ein, ich enthülle ihm nicht die Geheimnisse meines Herzens, denn gegenteilig zu handeln, wäre gefährlich, zu gefahrvoll, als daß man's irgendwie verantworten oder rechtfertigen könnte. Da mir seine Geheimnisse unbekannt sind, vermag ich weder vorauszusehen, welchen Nutzen er aus den Kenntnissen meiner Geheimnisse ziehen möchte, noch darauf Einfluß zu nehmen. Noch weniger wollte ich irgendwelche Fragen beantworten, die mir vorzutragen ein Gesandter des Großkönigs von Cadwal sich aufschwänge. Gleichartige Vorsichtigkeit muß im Falle Terisas von Morgan gelten.« Er sah zu Terisa herüber. »Verzeiht mir, daß ich rede, als wärt Ihr nicht zugegen.« Sein Blick fiel wieder auf Geraden. »Sollte sie wahrlich, wie sie's sagt, aus einer Welt stammen, in welchselbiger Spiegel keine besondere Bedeutung haben, so daß sie zuvor von uns nichts wußte, mag's ärgstenfalls unfreundlich sein, die Beantwortung von Fragen abzuschlagen. Aber dann — merke auf, Geraden! — war's auch Narretei, sie zu uns geholt zu haben. Ich rede nicht von Sittlichkeit, wohlgemerkt, sondern ganz einfach unserer Notlage. Wenn sie keine Imagomantin ist, wie könnte sie uns Beistand leisten?« Geraden bewahrte Ruhe und schwieg. Großmeister Havelock stierte ununterbrochen aufs leere Spielbrett, scheinbar taub für alles, was man sprach. »Umgekehrt jedoch, wenn sie eine Imagomantin *ist* (eine Meisterin der Spiegel, deren Kräfte es zulassen, daß sie eine Translation vom Imago ablenkt), so befindet sie sich zweifellos mit eigenen Vorsätzen hier, welche wir nicht kennen. Sie ist mit einem Gesandten zu vergleichen: Wie einem Gesandten muß man ihr mit Achtung begegnen, und wie bei ihm darf man nicht ihre Gefährlichkeit vergessen.« Unerwartet wandte er sich an Terisa. »Wolltet Ihr mir zustimmen, edle Dame«, fragte er, »daß ich die Zwickmühle, in die wir geraten sind, zutreffend beschrieben habe?«

Terisa sah ihn nur an; sie konnte seinen Gedankengängen nicht folgen. Um dazu imstande zu sein, hätte sie als erstes die Existenz von Zauberspiegeln anerkennen müssen, die nicht reflektierten, was sich vor ihnen befand, sondern alternative Welten oder Wirklichkeiten zeigten. Zweitens hätte sie unterstellen müssen, daß ihre eigenen Spiegel, die Spiegel in ihrer Eigentumswohnung, in Wahrheit von einer Art waren, daß sie *sie,* Terisa Morgan, mit Macht über die Wirklichkeit und sogar das Wohlergehen anderer Menschen ausstatteten. Doch nach ihrem Verständnis endete die gesamte Diskussion im Unsinnigen, bevor sie überhaupt in die abwegigen Schlußfolgerungen münden konnte, die König Joyse sie zu bestätigen aufforderte.

Wie von selbst wandte sie sich Geraden zu. Er verkörperte ihre einzige noch vorhandene Verbindung zu ihrem eigentlichen Leben mit seinen normalen Tatsachen und Grenzen. *Du hast mich doch gesehen. Du hast meine Wohnung gesehen. Da gibt es keine Magie. Du bist bei Verstand geblieben. Nichts von allem hat irgend etwas mit mir zu tun.* Solche und ähnliche Argumente lagen ihr auf der Zunge.

Aber Geraden unterhielt sich mit dem König. »Wenn sie solche Kräfte besitzt«, sagte er nachdenklich, »eine Imagomantin ist, die über mehr Macht gebietet, als wir uns vorzustellen vermögen, dann wär's ein unkluges Wagnis, sie etwa zu verdrießen. Wir kennen ihre Vorhaben nicht, sie mögen für uns von Vor- oder Nachteil sein. Aber behandeln wir sie schlecht, so werden sie uns gewißlich zum Unsegen gereichen. Wir benötigen ihre Freundschaft, nicht ihren Zorn. Darum müssen wir ehrlich und anständig zu ihr sein.«

König Joyse lächelte andeutungsweise, blickte zwischen

dem Adepten und Terisa hin und her, während Geraden sprach. »Deine Gedanken sind wohlerwogen«, antwortete der König, sobald Geraden schwieg. »Welch ein Glück, daß man allein Herrschern zumutet, derlei Entscheidungen zu fällen.«

»Herr König …?«

»Adept«, sagte König Joyse in noch immer sanftem, aber nun auch ein wenig traurigem Tonfall, »vernimm mein Gebot. Du trägst nicht länger die Verantwortung für die Edeldame Terisa von Morgan. Dein König dankt dir für das, was du getan hast, und erleichtert deine Schultern von jeglicher ferneren Belastung durch diese Angelegenheit. Du hast deine Pflichten in der Zunft, dich ihr verschworen. Du wirst künftig keinen Anlaß mehr haben, mit Terisa von Morgan zusammen zu sein oder mit ihr zu sprechen, und so wirst du auch nicht der Versuchung erliegen, ihr Fragen zu beantworten. Du kannst gehen. Die Dame steht fortan unter meinem Schutz.«

Geradens Gesicht verfärbte sich kalkweiß; hätte er die Augen geschlossen, man hätte annehmen müssen, er fiele in Ohnmacht. Aber die Augen standen dazu in einem Gegensatz. Jäh glomm unerbittlicher Zorn in ihnen auf, der ihm im Handumdrehen alle Jungenhaftigkeit auszutreiben schien. »Ihr erachtet mich als unwürdig«, sagte er leise.

Daraufhin verkniff der König das Gesicht zu einer hutzligen Fratze. Ungnädig winkte er ab. »Ach, scher dich hinaus!« Zum erstenmal, seit Terisa ihn kannte, redete er wie ein zänkischer Greis. »Du brichst mir das Herz.«

In Geradens Miene zuckten Muskeln. »Jawohl, Herr König«, antwortete er mit zusammengebissenen Zähnen. Schroff wandte er sich Terisa zu und verbeugte sich. »Edle Dame …«

Terisa wußte nichts zu sagen. Geraden war zu stark gekränkt worden, und sein Schmerz war für sie allzu herbe Wirklichkeit; sie stand ihm hilflos gegenüber. Geraden brauchte jetzt ihrerseits irgendeine Reaktion; aber Jahre des Schweigens und der Passivität verurteilten sie zur Handlungsunfähigkeit.

Als er sich anschickte, zur Tür zu gehen, trat er mit einem Fuß auf den Rand einer der am Boden verstreuten Spielmarken. Ihm knickte der Fußknöchel um, er taumelte, kam fast zu Fall. Wieder rötete Verlegenheit seine Wangen. Auch seine Ohren waren knallrot, als er hinausging.

Großmeister Havelock, der dem Adepten nachschaute, fing auf wahrhaft verrückte Weise schrill zu kichern an, als wäre sein Frohsinn etwas, das durch Verstand oder Mitgefühl nicht beeinträchtigt werden konnte.

Als er verstummte, sagte für ein Weilchen niemand etwas. »Wohlan, ehrenwerte Dame«, meinte der König dann in einem vergeblichen Versuch, ungezwungen zu wirken, »wir müssen uns in bezug auf Euch einiges Überlegens befleißigen. Es gilt, Euch angemessene, behagliche Umstände zu bereiten, unter Aufbietung aller Gastfreundlichkeit Orisons, wie's einer Besucherin Eures Standes und Eurer Bedeutung zukommt. Werdet Ihr anschließend einwilligen, ein- oder zweimal mit mir Springbrett zu spielen? Ich bin Havelocks fortwährender Siege wahrlich ungemein überdrüssig.«

Geraden war völlig grundlos beleidigt worden. Es gab für niemanden irgendeinen Anlaß, verdeutlichte sich Terisa, gegen sie Vorsichtsmaßnahmen zu treffen. »Ich bin keine Dame«, hörte sie sich zu ihrer eigenen Verblüffung antworten. »Mein Name ist Terisa Morgan, und ich bin keine Dame. Sie hätten ihm das doch nicht anzutun brauchen.«

König Joyse bemühte sich um ein Lächeln, aber es gelang ihm nicht, den Ausdruck von Bekümmerung in seinem Gesicht zu überwinden. »Edle Dame, ich bin der König. Ich werde Euch nennen, wie's mir beliebt. Und ich hoffe, Ihr werdet eines Tages alles verstehen.«

»Aber erklären wollen Sie's mir nicht«, entgegnete Terisa mit einem Maß an Sarkasmus, wie sie es sich noch nie im Leben herausgenommen hatte. »Sie haben nicht vor, mir Auskünfte zu erteilen.«

Statt eine Antwort zu geben, senkte König Joyse seine morschen Glieder langsam auf den Fußboden und begann durchs Zimmer zu kriechen, sammelte die Spielmarken auf.

5

Kleiderschränke voller Kleider

Wie ein vor Entgeisterung sprachloses Kind schüttelte Terisa den Kopf und blinzelte. Unglücklicherweise änderte sich dadurch überhaupt nichts. Großmeister Havelock starrte nach wie vor das Spielbrett an, als durchdächte er im Geiste bereits künftige Spiele. Der König sammelte weiterhin auf Händen und Knien die ausgestreuten Spielmarken ein.

Das Grauen, das sich im Hintergrund ihres Bewußtseins regte, wuchs plötzlich an. Sie hätte nicht so sarkastisch, so provozierend daherreden sollen. Sie war von diesen Leuten abhängig. Ein vorlautes Wort mochte das Ende ihres hiesigen Daseins bedeuten. Der König konnte sie in einen dieser Spiegel werfen lassen, und womöglich verschlug es sie irgendwohin, wo es noch unmöglicher zuging. Die Welt des Kämpen, den sich die Zunft der Imagomanten wünschte, drängte sich ihrer Vorstellung auf. Oder sie gelangte nirgendshin, löste sich ganz einfach in dem grauen, irrealen, allen Sinns und Zwecks baren Nichts auf, das sie ihr Leben lang gefürchtet, gegen das sie sich ihr Lebtag gewehrt hatte.

Entschuldigung, dachte sie wider Willen, während ihre Verängstigung sich noch verstärkte. *Laß mich hier bleiben. Ich will ein braves Mädchen sein, ich verspreche es.*

In diesem Moment stemmte König Joyse sich auf den Armen hoch, streckte unter sich die Beine, erhob sich wacklig wieder auf die Füße. Er trat zum Tisch, ließ die aufgelesenen Spielmarken vor Havelock aufs Spielbrett fallen. Dann schenkte er Terisa erneut ein sonniges, gütiges Lächeln.

»Verzeiht mir, edle Dame. Wo war ich nur mit meinen Gedanken? Es ist flegelhaft von mir, Euch derartig zu vernachlässigen. Die Translation muß Euch erschöpft haben, so daß Ihr der Ruhe und Stärkung bedürft. Habt Ihr irgendwelche besonderen Wünsche bezüglich der Unterbringung oder der Speisen? Nicht?« Seine Bitte, ihm zu verzeihen, klang aufrichtig, seine Fragen dagegen waren oberflächlicher Art. »Dann werde ich nun jemanden rufen, der Euch Eure Unterkunft zeigt und Euch zu Diensten steht.« Indem er noch lächelte, tastete er immer zielloser an sich herum, bis er — eher zufällig — mit einer Hand in eine Tasche seines Gewands faßte, daraus eine silberne Glocke mit hölzernem Griff zum Vorschein brachte. Kräftig läutete er; fast unverzüglich öffnete jemand die Tür, und einer der Wächter betrat den Raum.

»Herr König?«

»Ach, meinen Dank.« Einen Augenblick lang wirkte König Joyse verwirrt, als wüßte er nicht mehr, woran er war, was er tat. Seine feuchten Augen zwinkerten die Glocke in seiner Hand an. »Für die Edeldame Terisa von Morgan ist eine Zofe abzustellen.«

»Sofort, Herr König.« Der Wächter salutierte, indem er sich mit der Faust aufs Kettenhemd schlug, und eilte hinaus. Havelock bereitete ein neues Spiel vor, obwohl der König keineswegs alle Spielmarken aufgesammelt hatte.

»Ich ersuche Euch nochmals um Vergebung«, sagte König Joyse, ohne Terisa anzublicken. Er fuhr sich mit der Hand übers Gesicht, seufzte und setzte sich wieder auf seinen Stuhl. »Mein Geist ist nicht mehr so klar wie einst.« Sein Lächeln war von neuem tiefer Traurigkeit gewichen. »Gebt mir ehrliche Antwort, edle Dame. Habt Ihr Familie? Sind Menschen zurückgeblieben, denen Euer Fortsein Gram verursachen muß? Sie sollten wegen unseres Notstands nicht auch leiden müssen. Ich kann Geraden befehlen, Mittel und Wege zu ersinnen, um ihnen eine Botschaft zu übermitteln, so daß sie beruhigt sein könnten. Das wird den armen Jüngling beschäftigen und auf andere Gedanken bringen. Welche Botschaft wünscht Ihr mitteilen zu lassen, edle Dame?«

»Es gibt ...«, begann Terisa, aber ihre Stimme versagte.

Es gibt niemanden. Doch sie sprach es nicht aus. Sie stak in dieser Situation fest, ihre Furcht und ihre Unwissenheit nährten einander. Trotzdem bebte in ihr ein bisher unbekannter Teil ihrer selbst vor Zorn über die Behandlung, die ihr zuteil wurde. Mühsam räusperte sie sich. »Es kommt nur mein Vater in Frage.«

»Wie kann man ihn erreichen?«

»Er wird gar nicht merken«, sagte Terisa, zur Wahrheit genötigt, mit schwacher Stimme, »daß ich fort bin.«

Kaum hatte sie es gesagt, funkelten die Augen des Königs sie an. Eine Sekunde lang nahm sie das Schlohweiß seines Haars, die Gebrechlichkeit seiner Statur, die bläuliche Färbung seiner runzligen alten Haut nicht wahr; sie sah ausschließlich die unmittelbare Kraftfülle des Ausdrucks seiner Augen. Er schaute sie an, als hätte sie ihn irgendwie zutiefst gerührt.

»Dann solltet Ihr's vielleicht« — Schleim machte seine Stimme heiser — »als Gunst des Schicksals betrachten, hier zu weilen.«

»Ich weiß nicht, was ich davon halten soll«, erwiderte Terisa, gab sich alle Mühe, um ihre Ansätze zur Panik zu unterdrücken. »Ich habe noch zuwenig Informationen. Wann werdet Ihr nach Eurer Meinung dazu bereit sein, mir zu erklären, was hier los ist?« Sie hielt den Atem an, als sie infolge ihrer Unverschämtheit eine plötzliche Anwandlung von Entsetzen empfand.

»Ach, edle Dame ...« König Joyse seufzte und spreizte die Hände. Deren geschwollene Knöchel ließen die Geste gleichzeitig nach Überdruß an der Welt sowie nach Altersschwäche aussehen. »Das ist sicherlich von Euch abhängig. Wann gedenkt Ihr mir die Wahrheit über Eure Herkunft, den Umfang Eurer Fähigkeiten in der Imagomantie und Eure Absichten zu offenbaren?«

In Terisas Kopf entstand eine Mattigkeit, die sich wie ein Schwindelanfall anfühlte. Aus irgendeinem Grund umnachtete sie nicht ihren Geist, gab ihr lediglich den Wunsch ein, sich ganz einfach hinzulegen, auszustrecken.

»Sie meinen«, sagte sie, »Sie werden mir nichts erzählen, bis ich beweisen kann, daß ich existiere — nicht von einem Spiegel geschaffen worden bin —, bis ich Ihnen alles gezeigt habe, was ich von Imagomantie verstehe ... und bis ich Ihnen verrate, weshalb ich Geradens Translation gestört habe, als er den Kämpen aufsuchen wollte.« Und ausgerechnet das alles konnte sie in dieser irrsinnigen Situation nicht. »Bis ich's Ihnen glaubhaft gemacht habe.« In der Magengrube hatte sie unversehens das quirlige Gefühl, lachen zu müssen.

Der König wich ihrem Blick nicht aus. Nichtsdestotrotz drückte sein faltiges Gesicht immer grämlichere Trauer aus. Terisa verursachte ihm irgendein Weh, über das er anscheinend lieber schwieg. Nach einem Moment mußte sie sich abwenden, sie wollte nicht länger als Urheberin seines eigentümlichen Kummers dastehen. Es bedeutete für sie eine Erleichterung im richtigen Augenblick, als jemand an die Tür klopfte.

Der Wächter kam wieder herein, brachte eine Frau mit. Sobald er sie sah, machte König Joyse unwillkürlich eine Miene des Ärgers, als hätte er einen Fehler begangen; doch sofort setzte er einen gleichmütigen Gesichtsausdruck auf. »Saddith. Just wen ich wünschte.«

Die Frau war kleiner als Terisa, hatte helle Augen, eine kecke Nase, langes, brünettes Haar, das ihr in Naturlocken auf die Schultern fiel, und sie zeichnete sich durch die Gabe spontanen Lächelns aus. Sie trug einen rostbraunen Rock, der bis zu den Fußknöcheln reichte, und um die Schultern ein Tuch, gleich in Stoff und Farbe; wie die anderen Frauen, die Terisa gesehen hatte, war sie auf die Kälte eingestellt. An ihrem Kittel jedoch waren unterhalb ihrer Kehle mehrere Knöpfe offen, und ihr üppiger Busen spannte das Gewebe. Terisa musterte sie und gelangte zu der Auffassung, daß sie die Sorte Frau sein mußte, die Männern auffiel — die niemals irgendeinen Grund zum Zweifel an der Realität der eigenen Existenz hatte. Die Wölbung ihrer Brauen und die Art, um sich zu schauen, erlaubten die Schlußfolgerung, daß diese Frau eine Person war, die wußte, was sie tat.

Sie maß Terisa, erfaßte sie mit einem Blick, ihre Augen weiteten sich, als sie die unvertraute Kleidung sah, zwischen ihren Brauen entstand ein andeutungsweises Stirnrunzeln, als sie Terisas Gesicht und Figur einschätzte. Dann jedoch, fast noch in derselben Sekunde, entzog sie Terisa ihre Aufmerksamkeit. »Herr König«, sagte sie, vollführte einen anmutigen Knicks, »Ihr habt nach einer Zofe verlangt.«

»Ich wüßte keine tüchtigere«, sagte König Joyse, bemühte sich um einen jovialen Tonfall, »keine tüchtigere. Saddith, hier siehst du die verehrenswürdige Edeldame Terisa von Morgan. Sie ist Gast zu Orison. Edle Dame, Saddith wird Euch als Zofe dienen. Ich bin der Überzeugung, daß Ihr mit ihr zufrieden sein werdet.«

»Edle Dame«, wandte sich Saddith mit nun gesenktem Blick und leiser Stimme an Terisa, »ich hoffe, ich werde Euch zu Eurer vollen Zufriedenheit dienstbar sein können.«

Verdutzt bewahrte Terisa ihr gewohntes Schweigen. Daß man eine Dienerin für sie abstellte, damit hatte sie nicht gerechnet. Doch zum Glück hatte sie schon einige Erfahrung im Umgang mit Personal. Zumindest verstand sie mit ihnen auszukommen, ihre Zeit zu verbringen, ohne Bedienstete bei der regulären Bewältigung ihrer Tätigkeiten aufzuhalten, ihre Inanspruchnahme durch persönliche Wünsche auf ein Minimum zu beschränken.

»Die Edeldame wird die Pfauengemächer bewohnen«, sagte der König. Er wirkte zusehends zerstreuter; das mochte an der seltsamen Distanziertheit in Terisas Kopf liegen, oder aber daran, weil er sich inzwischen insgeheim mit anderem beschäftigte. »Sie braucht standesgemäße Gewänder. Elega wird auszuhelfen vermögen. Oder besser Myste — ich glaube, sie ähnelt der Dame mehr im Wuchs. Was sie an Speisen oder sonstiger Stärkung wünscht, ist in ihre Unterkunft zu bringen.« Nun ruhte sein Blick von neuem auf dem Spielbrett, er begutachtete die Verteilung der Spielmarken. »Edle Dame, wir werden binnen kurzer Frist erneut ein Gespräch führen. Ich freue mich außerordentlich darauf, mich mit Euch im Springbrett-Spiel zu messen.«

Der Wächter hielt die Tür auf. Saddith hob den Blick zu Terisa, sah sie erwartungsvoll an. Offenbar war das die Verabschiedung durch den König gewesen. Aber Terisa fühlte sich zu ausgelaugt, um mit aller Klarheit zu verstehen, was das besagte. Der Streß, den es bedeutete, ständig einer so fremdartigen Umgebung ausgesetzt zu sein, machte sich bemerkbar. Und da sie nun daran dachte, fiel ihr ein, daß sie wahrscheinlich normalerweise längst schliefe. Sie hatte einen ganzen, langen Arbeitstag in der Mission hinter sich, hatte den Bettelbrief, immer, immer wieder getippt, und bei der Heimkehr in ihre Wohnung hatte sie schon geahnt, daß ihr ein greulicher Abend bevorstand. Aber *wie* grauenhaft er werden sollte, das hatte sie sich nicht im mindesten auszumalen vermocht …

Glücklicherweise griff Saddith ein. Terisa ließ sich von der Zofe am Arm aus dem Zimmer des Königs geleiten. Hinter ihnen schlossen die Wachen die Tür.

»Hier entlang, Herrin.« Saddith zeigte den Flur hinunter, und Terisa ging wie willenlos in die gewiesene Richtung. Die Zofe folgte ihr mit bescheiden geneigtem Kopf; aber sie widmete ihr unterwegs wiederholt Blicke nachdenklichen Abschätzens. »Habt Ihr nach Orison«, fragte Saddith, während sie die Treppe hinabstiegen, »eine weite Reise zurücklegen müssen, Herrin?«

Terisa schüttelte den Kopf. »Ich weiß nicht. Ich bin durch einen Spiegel gekommen … glaube ich.« Wie weit war das? Es schien eine Ewigkeit lang gedauert zu haben.

»Durch Imagomantie!« Saddith reagierte mit höflichem Staunen. »Seid Ihr eine Meisterin, Herrin? Eine Frau, die Meisterin war, habe ich noch nie gekannt.«

Trotz ihrer Schläfrigkeit spürte Terisa eine Chance, an

Informationen zu gelangen. »Tun Frauen hier so was nicht?«

»Imagomantinnen werden?« Die Zofe lachte gedämpft. »Ich glaube nicht, Herrin. Die Männer behaupten, die Begabung zur Imagomantie sei angeboren, nur jene, die mit dieser Gabe geboren werden, könnten Glas bearbeiten oder Translationen bewerkstelligen. Sie sind der Ansicht, wollte ich wetten, daß niemals Weiber mit selbiger Begabung das Licht der Welt erblicken. Aber wozu sollte es auch erforderlich sein? Warum sollte ein Weib Spiegel begehren«, — sie schenkte Terisa ein schüchternes Lächeln —, »wenn jeder Mann für es vollbringt, was immer es will?«

Von der Treppe betraten sie einen Flügel des immensen steinernen Bauwerks, den Terisa noch nicht gesehen hatte. Bei den vielen Räumen längs der ausgedehnten, hohen Korridore handelte es sich allem Anschein nach um Wohnungen, und die Leute, die hinein- und hinausstrebten, zählten anscheinend zu den mittleren Rängen des Königshofs: Händler, Sekretäre, Hofdamen, Aufseher.

Terisa setzte die Befragung der Zofe fort. »Du verstehst also nichts von Spiegeln ... oder Imagomantie?«

»Nein, Herrin, nichts«, bestätigte Saddith. »Ich weiß lediglich, daß jeder Meister mir kundtun wird, was ich wissen möchte, sollte ich den Wunsch haben, dies oder jenes von seinen Kenntnissen zu erfahren.«

»Das muß sehr nett sein.« Terisa meinte zu durchschauen, was sie hörte; doch die Einsicht war ihr zu abstrakt, als daß sie sie als real eingestuft hätte. Kein Mann hatte sie je so attraktiv gefunden.

»Herrin ...« Saddith schätzte nochmals Terisas Figur ab, nickte beim Betrachten vor sich hin. »Gleiches für Euch, so Ihr's nur wollt.« *Du meinst,* dachte Terisa, *wenn ich mein Hemd aufknöpfe, würde König Joyse ausplaudern, was ich von ihm wissen möchte?* Sie konnte nicht verhindern, daß sie zu lachen anfing. »Vielleicht bedürfen die Frauen Eurer Welt dieser Macht nicht«, sagte Saddith. Ihre Stimme klang, als wäre diese Vorstellung ihr etwas unangenehm. Machte sie sie neidisch? Oder fühlte sie sich dadurch angegriffen?

»Ich habe keine Ahnung«, gestand Terisa. »Mir fehlen einschlägige Erfahrungen.«

Saddith blickte rasch beiseite, aber nicht schnell genug, zuvor spiegelte ihre Miene einen Anflug von Heiterkeit oder Verachtung wider.

Nach einer Weile führte sie Terisa eine andere Treppenflucht hinauf, die bei ihr erneut den Eindruck hinterließ, im Inneren eines Turms nach oben zu steigen. Am Ende eines kurzen Flurs, der von einem der Treppenabsätze abzweigte, kamen sie zu einer breiten Tür aus auf Hochglanz poliertem Holz. Saddith öffnete sie und begleitete Terisa in das ihr zugeteilte Quartier.

Es erforderte keine ausgeprägte Phantasie, um zu erkennen, warum diese Zimmer »Pfauengemächer« hießen. Ein kunstvoll angeordneter Überreichtum an Pfauenfedern schmückte die Wände; Sträuße von Pfauenfedern hingen über den dunklen Tischen aus Mahagoni; Pfauenfedern bildeten Fächer, wo andere Leute Bilder oder Wandteppiche ausgehängt hätten; eine Riesenmenge von Pfauenfedern waren über dem großflächigen, weichen, mit Satin überzogenen Bett zu einer Art von Baldachin verknüpft. Das geräumige Zimmer, das Terisa als erstes betreten hatte, war offensichtlich ein Wohnzimmer oder so etwas wie ein Salon; Teppiche mit Pfauenmustern bedeckten den Steinboden, das Sofa und die Stühle, alle gepolstert, waren bemalt in Pfauenblau und fast schwarzem Blaurot. Durch einen überwölbten Zugang an der rechten Seite hatte sie Einblick ins Schlafzimmer; eine Tür links führte anscheinend in ein Bad.

Die an den Wänden verteilten Lampen brannten nicht, ebensowenig auf den Tischen die Kerzen in ihren Leuchtern; aber nachmittäglicher Sonnenschein, der durch mehrere verglaste Fenster in Wohn- und Schlafzimmer hereinfiel, erhellte die Räume. Das Fensterglas war jedoch das einzige Glas, das Terisa vorfand; sie schaute sich sofort danach um, entdeckte aber keine Spiegel, nicht am Ankleidetisch im Schlafzimmer, nicht einmal im Bad.

Es fröstelte Terisa. Sowohl das Wohn- wie auch das Schlafzimmer hatten große Kamine, doch in keinem loderte Feuer. Der Sonnenschein auf den Teppichen ließ deren Farben prächtig leuchten, doch außerhalb der Fenster sah der Himmel fahl und keineswegs warm aus. In den Räumen war es zu kühl, um behaglich zu sein. Und das Fehlen von Spiegeln schien die Macht eines bösen Vorzeichens zu haben. Wie sollte sie feststellen, daß sie noch da war, noch zur Realität zählte?

»Brrr«, machte Saddith. »Orison wußte nichts von Eurer Ankunft, Herrin, darum hat niemand daran gedacht, diese Gemächer zu beheizen.« Unverzüglich ging sie zum Wohnzimmerkamin und begann, indem sie Holz und Reisig aus einer bereitstehenden Kiste benutzte, ein Feuer zu entzünden. Terisa nahm ihr Quartier näher in Augenschein, betrachtete im Bad ohne Begeisterung Waschbekken, Wanne und Kübel (anscheinend aus verzinktem Blech gefertigt) und die zweckmäßige Installation von Kupferrohren, die fließendes Wasser lieferten (allerdings kein warmes). Im Wohnzimmer prüfte sie die Polsterung eines Stuhls. Im Schlafzimmer warf sie einen Blick in die beiden klotzigen Kleiderschränke, die wohlig nach trockenem Zedernholz rochen, aber nichts enthielten. Den Fenstern blieb sie jedoch fern. Sie weigerte sich sogar, nur hinüberzuschauen. Was sie erlebte, war fremdartig genug; sie fühlte sich noch nicht dazu imstande, sich dafür zu interessieren, welche Beschaffenheit die Welt und das Wetter außerhalb Orisons hatten. Ihr erster Eindruck war richtig gewesen: Es gab in ihrer Unterkunft nichts, was man als Spiegel hätte nehmen können. Als sie ins Wohnzimmer zurückkehrte, fing im Kamin das Feuer an zu knistern. Saddith richtete sich auf. »Mit Eurer Erlaubnis, Herrin, werde ich Euch nun allein lassen. Der König hat das rechte Augenmaß. Ihr seid von annähernd gleichem Wuchs wie Prinzessin Myste … wiewohl sie«, — Saddith schmunzelte scheu —, »einiger Eurer äußerlichen Vorzüge ermangelt. Ich werde mich an sie um eine Ausstattung an standesgemäßer Bekleidung wenden. Und ich bin mir darin sicher, daß sie auch sonst einiges beitragen wird, was eine Dame Eures Ranges braucht.« Sie blickte Terisa an, als warte sie auf etwas.

Ein Moment verstrich, ehe Terisa begriff, daß Saddith darauf wartete, weggeschickt zu werden. Das war ein anderes, respektvolleres Verhalten, als sie es vom Hauspersonal ihres Vaters kannte. Überrascht und zufrieden brachte sie genug Mumm für weitere Fragen auf. »Benutzt man hier Spiegel für nichts anderes als Imagomantie? Sie müssen ja nicht aus Glas sein. Wie ist's mit welchen aus poliertem Metall?«

Unversehens schauderte es Saddith. »Die Meister sagen desgleichen … Aber wie sollen wir ihnen glauben können? Imagomanten haben anderen Menschen nicht immer Wohl vergönnt. Es mag sein, daß alle Imagines gefährlich sind. Jeder weiß, 's ist ärger als der Tod, sich selbst in Glas zu erblicken. Vielleicht lauert die Gefahr nicht im Glas, sondern im Imago.« Sie vollführte eine Geste der Ablehnung. »Wir meiden ein solches Wagnis.«

»Aber wie siehst du dich dann selbst? Woher weißt du, wie du aussiehst?« *Woher weißt du, daß du Realität bist?*

Darauf lachte die Zofin verhalten. »Herrin, ich sehe, was ich sehen muß, in den Augen der Männer.«

Terisa nickte, und Saddith strebte zur Tür. Einen Moment später war sie fort.

Zum erstenmal, seit sie sich in ihrer Eigentumswohnung vor die Spiegel gesetzt hatte, war Terisa wieder allein. Sie war sich darüber im klaren, daß es nun an der Zeit war, ausgiebig und gründlich über alles nachzudenken; aber das tat sie nicht. Die vielen fremden Eindrücke überforderten sie, und sie mußte sich ihnen vorerst entziehen. Indem sie nach wie vor die Fenster mißachtete, begab sie sich ins Schlafzimmer. Noch war es nicht so warm in den Räumen, daß sie sich getraut hätte, die Kleider abzulegen, also streifte sie nur die Mokassins von den Füßen und stieg ins Bett.

Sie schlang sich die Decken fest um die Schultern, rollte sich zusammen und schlief ein.

Als sie aufwachte, geriet sie aus ihrem wie üblich traumlosen Schlaf übergangslos in einen Zustand seelischer Krise. Es gab keine Spiegel. Keine Spiegel. Die Wände waren mit Pfauenfedern geschmückt, und sie konnte sich nirgends sehen. Zwar war das Bett zerwühlt, aber das hatte ihr noch nie genügt, um ihr Anhaltspunkte dafür zu liefern, wer sie war; das Bett mochte von sonstwem zerwühlt worden sein. Falls sie jetzt irgendwo ihr Spiegelbild sah, hatte sie vielleicht gar keine Ähnlichkeit mehr mit dem Anblick, an den sie sich gewöhnt hatte, und eben darum *mußte* sie irgendein Spiegelbild zu sehen bekommen, um wenigstens einen gewissen Beweis ihrer Existenz zu haben …

Die Helligkeit war nahezu durch Dämmerlicht abgelöst worden; es genügte gerade, um ihr das Erinnern an ihren Aufenthaltsort zu ermöglichen. Mit einer willentlichen Anstrengung meisterte sie ihre Furcht. Die unmittelbare Umgebung, in der sie sich befand, stimmte nicht ganz mit ihrer Erinnerung überein; sie hatte den unverdrängbaren Eindruck von Veränderungen — kleineren, aber nachhaltigen Veränderungen, die durchaus ihr Gewicht haben konnten —, einer Neuordnung der Wirklichkeit. Das Nachlassen des Tageslichts war die erste Änderung, die sie erkannte, und sie konzentrierte sich darauf, weil es ein nachvollziehbarer Vorgang war, nichts Bedrohlicheres anzeigte als das Verstreichen von Zeit.

Dann bemerkte sie, daß auch im Kamin des Schlafzimmers ein Feuer gloste. Es war nicht vor kurzem entfacht worden; niedrige Flammen flackerten auf einer dicken Schicht Kohlen; die Stangen des Rosts glommen von der Glut kirschrot; die Luft im Zimmer war wärmer als vorher.

Auch das ließ sich leicht erklären, versicherte sich Terisa, beharrte darauf. Nach der Dämmerung geurteilt, mußte sie etliche Stunden lang geschlafen haben. Jemand mußte hereingekommen sein und das Feuer angezündet haben, während sie schlief. So einfach war das. Doch die Vorstellung, daß irgendwelche Leute rings um sie Dinge änderten, während sie im Schlaf lag, bereitete ihr zu starkes Grausen, als daß sie sie so einfach hätte hinnehmen können.

Sie schwang die Füße aus dem Bett und setzte sich auf. Das weiche Stoffgewebe des Teppichs unter ihren Fußsohlen erinnerte sie an ihre Hausschuhe. Sie zog sie an, glättete ihr vom Schlafen zerknittertes Flanellhemd und verließ das Bett.

Nichts Schlimmes geschah. Ihr Körper fühlte sich normal an. Der Stein, das Mahagoni und die Pfauenfedern wiesen keinerlei Anzeichen von Unordnung, irgendeiner Abweichung vom vorherigen Zustand auf. Terisas Bangigkeit mäßigte sich erheblich, sie begann freier zu atmen.

Nun gut. Jemand war da gewesen, während sie geschlafen hatte. Wahrscheinlich Saddith. Das konnte ohne weiteres nachgeprüft werden.

Obwohl ihr war, als ob jedes Handeln ihr ein nachgerade unzumutbares Maß an Mut abforderte, trat Terisa zum nächststehenden Kleiderschrank und öffnete ihn. Er war voller Kleidungsstücke. Auf den ersten Blick stellte sie fest, daß es sich beim Großteil um Kleider handelte, sah jedoch auch Prunkgewänder, Röcke, Blusen, Schals und ein oder zwei Fächer mit Unterwäsche. Die Kleidung gehörte zu der Art, in der sie Orisons vornehme Damen hatte herumlaufen sehen.

Auch der zweite Kleiderschrank war inzwischen voll mit Bekleidung. Und auf dem Ankleidetisch fand sie ein beeindruckendes Sortiment von Kämmen und Bürsten, Töpfchen aus gebranntem Ton, die Cremes und Schminken enthielten, sowie Kristallfläschchen mit Parfüm vor.

Da wich die Furcht wahrhaftig von ihr, obschon sie nur

auf Abstand ging, sie aus der Distanz belauerte. In Terisas Innerem lächelte ein ganz klein wenig das kleine Mädchen, das gerne mit den Kleidern und Kosmetika seiner Mutter gespielt hatte. Nicht viel fehlte, und sie hätte gedacht: Das könnte doch recht spaßig werden.

Aber da hörte sie aus dem Wohnzimmer das Kichern einer Frau, einen Mann dumpf etwas raunen. So erschrokken, als wäre sie bei etwas Verbotenem ertappt worden, floh sie regelrecht aus dem Schlafzimmer.

Die Frau war Saddith, und Terisas plötzliches Erscheinen überraschte sie vollständig; sie zuckte unwillkürlich dermaßen zusammen, daß ihr das Tablett, das sie in den Händen hatte, fast entfiel. »Herrin«, rief sie, verdrehte komisch die Augen. »Ich wähnte, Ihr schliefet noch.«

Der Mann war einer jener Wächter, die ihr Geraden vorgestellt hatte: Ribuld, der Kerl mit der Narbe mitten im Gesicht. Auch für ihn war Terisas Auftreten eine Überraschung; seine Hand auf Sadditrhs Schulter, die Zersaustheit ihres Schultertuchs und Haars gestatteten die Schlußfolgerung, daß er mit keiner Störung gerechnet, vielmehr beabsichtigt hatte, sich möglichst weitgehend zu amüsieren, solange Saddith das Tablett in den Händen hielt. Trotzdem widmete er Terisa sogleich ein Grinsen, das vermutlich den Zweck haben sollte, sie zu beruhigen.

An der Tür hinter Saddith und Ribuld stand Argus, Ribulds Kumpan. »Um so besser«, murmelte er und grinste ebenfalls, jedoch ein durch Zahnlücken entstelltes, lüsternes Grinsen. »Eine für jeden.«

Terisa erstarrte, fühlte sich durch schlagartiges Entsetzen wie gelähmt. Doch sobald Saddith ihre Fassung wiedergewonnen hatte, schritt sie, auf Terisas Zaghaftigkeit aufmerksam geworden, nachdrücklich ein. »Achtet auf euer Benehmen, ihr Tölpel«, sagte sie herablassend. »Meine Herrin empfindet eure Art von Scherzen nicht als unterhaltsam.« Ohne ersichtliche Mühe — und ebenso ohne Bösartigkeit — trat sie mit ihrem Holzschuh hart gegen Ribulds Schienbein. Ribuld keuchte, verzerrte das Gesicht, hüpfte rückwärts. Einige Augenblicke lang hielt er sich mit beiden Händen das Schienbein. Dann richtete er sich mühselig auf. Eine Miene des Mißmuts, in der sich Verdruß, Ärger und Belustigung vermischten, brachte seine Narbe zum Schwellen. Hinter ihm kicherte Argus wie ein Halbwüchsiger. »Herrin«, sagte Saddith in gestelztem Ton, »laßt Euch nicht von diesen ungehobelten Burschen schrecken. Sie sind weder so wild, noch so mannhaft, wie sie vor Euch gerne wirken möchten.« Argus nahm diese Bemerkung mit unverhohlenem Befremden zur Kenntnis; Ribuld versuchte sie zu überhören. »Sie werden's nicht wagen, Euch ungefällig zu sein. Obzwar sie reinweg Dummköpfe sind, reicht ihr geringer Verstand zu der Einsicht, daß sie, falls sie Euch erzürnen, auch *mich* erbittern, und sollte das geschehen«, — sie schenkte dem Zweigespann über die Schulter ein kesses Lächeln —, »wird keiner von ihnen je wieder wie ein Mann des Weges gehen.« Diesmal mußte das Paar sich mühsam beherrschen, um Zurückhaltung zu bewahren. »Schaut hier, Herrin«, sagte die Zofe. »Ich habe Euch für den Fall, daß Ihr zu speisen wünscht, ein kleines Mahl gebracht. Da ich nicht weiß, welche Gerichte Ihr bevorzugt, habe ich's als am günstigsten erachtet, mit bescheidenen Speisen den Anfang zu machen. Sollte meine Wahl nicht nach Eurem Geschmack sein, werde ich Euch gerne heranschaffen, was Ihr verlangt.«

Die Art und Weise, wie Saddith die Situation in der Hand hatte, ermöglichte es Terisa, sich zu entkrampfen. Geraden hatte erwähnt, er wolle versuchen, diese zwei Männer zu ihrem Schutz abkommandieren zu lassen, als ihre Leibwächter. Bis jetzt hatte er kein besonders gutes Urteilsvermögen bewiesen. Aber er war doch der Verantwortung für sie enthoben worden — hieß das, die beiden befanden sich nicht auf sein Betreiben hier? Es kostete Terisa einige Anstrengung, Worte zu finden. »Was machen die zwei bei mir?«

»Diese beiden?« Saddith schnob geringschätzig. »Ich

kann's mir nicht vorstellen. Damit will ich sagen, ich weiß genau, *was* sie tun, aber warum's ihnen beliebt, es hier zu tun, das bleibt mir unklar. Sicherlich hat König Joyse dem Hauptmann der Wache befohlen, Euch Wächter zuzuteilen, entweder zu Eurem Schutz oder ehrenhalber, und der Hauptmann war so unvernünftig, ausgerechnet diese zwei Schalksnarren zu Euch zu senden.«

»Ich bin der Meinung, wir sollten sie nicht derartig über uns reden lassen, Ribuld«, murrte Argus mit seinem halblauten Genuschel. »Sie wollte ein anderes Liedchen singen, wären wir mit ihr allein.«

»Wären wir mit ihr allein, du schlachtreifes Dreckschwein«, entgegnete Ribuld ähnlich feingeistig, »bräuchte sie sich nicht so aufzublähen, denn du würdest die ehrenfeste Dame Terisa von Morgan nicht mit deinen geilen Redensarten belästigen.« Anschließend sah er Terisa an, bemühte sich um respektvolles Betragen, und sogar mit annäherungsweisem Erfolg. »Die Wahrheit ist, edle Dame, wir sind nicht im Dienst.«

»Nicht?« Saddith zeigte einige Verblüffung.

»Der Hauptmann weiß nicht, daß wir hier sind, und ich bin mir sicher, ebensowenig der König. Wir bewachen Euch Geraden zum Gefallen. Am frühen Nachmittag kam er in die Wachstube und bat uns, Euch unter unsere Hut zu nehmen. Als Gefälligkeit. Er hat verschwiegen, warum er sich sorgte, doch war's offenkundig, daß ihn Sorge zu diesem Schritt bewog.« Ribuld hob die breiten Schultern. »Wenn unsere Gegenwart Euch mißliebig ist, mögt Ihr uns befehlen, zu gehen. Dann werden wir Euch sehr wohl verlassen, doch erst, glaube ich, nachdem Ihr Geraden ausdrücklich erklärt habt, daß 's Euer Wille ist. Er mag der ungeschickteste Mann in Mordant sein, und zudem ist er viel zu jung, als daß man auf seine Ansichten hören müßte, aber wir möchten ihn nicht enttäuschen.«

»Man kann wohl sagen«, fügte Argus hinzu, indem er sich in korrekter Sprechweise und vordergründiger Gutwilligkeit versuchte — ein Bestreben, das an seinen Zahnlücken zu scheitern drohte —, »er stammt aus gutem Hause.«

Diese Stellungnahmen ließen Terisa im ungewissen. Sie wußte nicht, wie sie sich entscheiden sollte. Ratlos schaute sie Saddith an.

Die Zofe erwiderte Terisas Blick, sah sardonisch zu den beiden Wächtern hinüber, seufzte dann. »Ach, erlaubt ihnen zu bleiben, Herrin. Sie sind harmloser als Ihr zu glauben vermögt. Es ist ernstlich zu bezweifeln, daß sie leichtfertig Geraden herausfordern, indem sie Euch verärgern. Wie dieser Tolpatsch erwähnt hat«, — mit einer Kopfbewegung wies sie in Argus' Richtung —, »genießt das Geschlecht der Domne hohes Ansehen, insbesonders Artagel, von welchselbigem man erzählt, er habe das schärfste Schwert in ganz Mordant.« Sie zwinkerte Terisa vielsagend zu. »Neben anderem. Selbst ein tapferer Mann dürfte erbleichen, wenn er Geraden gegen sich aufbringt und infolgedessen sich Scherereien mit Artagel einhandelt.«

Geraden war es, der die Bereitschaft hatte, ihr Auskünfte zu geben, entsann sich Terisa, Geraden hatte sich so verhalten wie jemand, den es interessierte, was mit ihr geschah. Nun hatte er König Joyses Befehl getrotzt — oder wenigstens unterlaufen —, indem er ihr Beschützer besorgte. »Na schön«, sagte sie leise, als spräche sie ihm damit nachträglich ihr Vertrauen aus.

Argus versetzte daraufhin Ribuld einen Rippenstoß und grinste. »Was habe ich dir vorhergekündigt? Sie will uns. Unter dieser absonderlichen Gewandung lechzt sie nach uns. Sie mimt bloß zu gerne die Dame, um's so bald zu zeigen.«

Saddith drehte sich ihm zu, vermutlich um ihn erneut auszuschimpfen, aber Ribuld kam ihr zuvor, packte Argus am Arm und zerrte ihn zur Tür. »Oh, halt's Maul, du Schwachkopf«, brummte er. »In ganz Mordant lebt kein Weib, das so buhlerisch veranlagt wäre, um nach deinesgleichen zu lechzen.« Argus wollte widersprechen; doch Ribuld riß die Tür auf und schob seinen Kumpan in den

Flur. Auf der Schwelle blieb er lange genug stehen, um sich noch einmal an Terisa zu wenden. »Solltet Ihr unserer bedürfen, edle Dame«, — völlig gegen seine Natur versuchte er, mit allem Respekt zu sprechen —, »wir werden für die Dauer der ganzen Nacht vor Eurer Tür verweilen.«

Das Zuschlagen der Tür unterbrach Argus' Gelächter. Saddith verdrehte nochmals in launiger Belustigung die Augen, dann stellte sie das Tablett auf einem Tisch ab. »Wie ich schon sagte, Herrin, wenn diese Speisen nicht Euer Wohlwollen finden, braucht Ihr's nur zu äußern. Orisons Köche sind ein wüster Haufen, aber ich bin davon überzeugt, daß sie Euch alles zuzubereiten vermögen, was Ihr wünscht. Aber zuvor müßt Ihr Licht haben.« Tatkräftig schritt sie zum Kamin, suchte aus dem Brennholz einen Zweig, brannte ihn an und benutzte ihn, um damit die Kerzen und Lampen anzuzünden.

Je mehr die Helligkeit im Raum zunahm, um so rascher schien das Zwielicht außerhalb der Fenster in völlige Dunkelheit überzugehen und Terisa jeden Ausblick in die Außenwelt zu verwehren. Das geschah so schnell, daß sie — wider Erwarten, gelinde Enttäuschung verspürte. Sie hatte die Gelegenheit versäumt, hinauszuschauen und zu sehen, was Orison war, wo und wie es lag, welche Umwelt es umgab. Vor ihrem Schlaf war sie vor solchen Kenntnissen zurückgeschreckt; jetzt hätte sie sie sich liebend gern verschafft. Der Schlaf mußte ihr besser bekommen sein, als ihr bewußt war; und das erklärte vermutlich auch, weshalb sie leichten Hunger hatte. Sie beschloß, sich nicht weiter mit versäumten Gelegenheiten zu befassen, nahm statt dessen das Essen in Augenschein.

Es erwies sich als sowohl vertraut, wie auch als Überraschung; als ähnlich vertraut wie die Sprache, die die Bewohner dieser seltsamen Örtlichkeit sprachen; als vergleichbar überraschend wie die Tatsache, daß diese Menschen eine Sprache hatten, die mit Terisas Sprache weitgehend übereinstimmte, lediglich in ihren Wendungen altertümlich war und in der Wortwahl. Rein äußerlich betrachtet, befanden sich auf dem Tablett eine dicke Scheibe Schinken, garniert mit Gurkenkraut, ferner braunes Brot, Schweizer Käse und Stangenbohnen; der Pokal enthielt hellroten Wein. Und in der Tat stellten sich Schinken und Brot als genau das und nichts anderes heraus. Dagegen duftete das Gurkenkraut bei näherer Begutachtung nach Thymian, die Bohnen besaßen eine geringfügig andere Form und Färbung als alle Bohnen, die sie kannte, und trotz seiner Festigkeit schmeckte der Käse nach Tofu. Der Wein hatte einen schwachen Beigeschmack nach Zimt.

Vielleicht hätte sie sich Sorgen machen sollen, daß ihr von der Nahrung dieser Welt übel werden könnte. In Anbetracht der Meinung Geradens, sie hätte hier Feinde, wäre es vielleicht empfehlenswert gewesen, sich zu fragen, ob das Essen vergiftet sein mochte. Derartige Überlegungen kamen Terisa jedoch vollkommen unwirklich vor. Die Leute, die sie bisher getroffen hatte, erweckten den Eindruck ganz normaler Menschen. Sie sprachen ihre Sprache. Und was sie selbst anging, so konnte sie ganz einfach niemals wichtig genug sein, um das Ziel böser Absichten abzugeben. Sie zögerte nicht stärker als vorher, während sie durchs Zimmer zum Tisch gegangen war, ehe sie die Bohnen kostete und entdeckte, daß sie wie Spargel schmeckten. Danach probierte sie auch das Brot und den Wein.

»Mundet's Euch, Herrin?« Saddith war mit dem Anzünden der Kerzen und Lampen sowohl im Wohn- wie auch Schlafzimmer fertig, stand nun in der Nähe und schaute Terisa beim Essen zu.

»Es ist sehr gut«, antwortete Terisa wie ein gehorsames, liebes Mädchen.

Die Zofe lächelte erfreut. »Dann werde ich Euch nun nicht länger stören, Herrin. Solltet Ihr nicht das Bedürfnis haben, zu schlafen, oder der Abend Euch lang werden, so ruft mich.« Sie deutete auf einen Klingelzug, den Terisa nicht bemerkt hatte, weil ein Strauß aus Pfauenfedern ihn verbarg. »Dann werden wir Kurzweil für Euch wissen. Mag sein, Ihr wünscht, daß ich Euch bei den Anproben behilflich bin, wenn Ihr Euch von der Güte Eurer Gewänder zu überzeugen gedenkt. Ich glaube, einige davon dürften Euch aufs lieblichste stehen. Oder 's mag sein, Ihr möchtet andere Gesellschaft. Die Prinzessinnen Elega und Myste begehren beide, Euch kennenzulernen, doch haben sie beschlossen, bis morgen zu warten, so daß Ihr Euch bis zum morgigen Tag von Eurer Translation erholen könnt. Beide hegen das höchste Interesse daran, die Bekanntschaft einer Dame zu schließen, die Meisterin der Imagomantie ist.«

Terisa überhörte die Äußerung über ihre angebliche Meisterschaft der Imagomantie. »Wer sind Elega und Myste?«

»Sie sind des Königs Töchter. Er hat drei, von denen Elega und Myste die älteste und die jüngste sind. Seine dritte Tochter, Prinzessin Torrent, lebt bei ihrer Mutter, Königin Madin, bei Romish in Fayle. Die Königin ist eine Tochter des Hauses Fayle.«

Das beantwortete Terisas Frage. Was Romish in Fayle war, verstand sie nicht besser, als sie Bezeichnungen wie »Domne« oder »Orison« begriff. Doch sie hatte nun darüber Klarheit erlangt, daß sie heute abend weder Elega noch Myste sehen wollte. Sie legte keinen Wert darauf, noch mehr Leute kennenzulernen, die weitere Fragen an sie, aber keine Antworten für sie hatten. Sie hätte sich höchstens Geradens Anwesenheit gewünscht, oder vielleicht (was für eine prickelnde Idee!) Meister Eremis', der sie möglicherweise für hübsch hielt. Aber weil sie Geraden keinesfalls zumuten konnte, noch mehr Risiken für sie auf sich zu nehmen, lehnte sie SadditҺs Vorschläge ab. »Ich glaube, ich werde mich heute abend ausruhen.«

»Sehr wohl, Herrin.« Höflich verneigte sich Saddith, dann schickte sie sich an, den Raum zu verlassen. An der Tür, die Hand schon auf der Klinke, verharrte sie noch einmal. Mit einem Verdrehen der Augen wies sie auf Ribuld und Argus hin; danach zeigte sie Terisa den Riegel, mit dem sich die Tür absperren ließ, deutete die Bewegung an, deren es dazu bedurfte.

Aus Erleichterung und Dankbarkeit lächelte Terisa. »Danke. Ich werde dran denken.«

Saddith antwortete mit ihrem breiten Lächeln und ging hinaus, schloß hinter sich leise die Tür. Sofort eilte Terisa hinüber und schob den Riegel vor. Durch das dicke Holz konnte sie gedämpft hören, wie Saddith, Argus und Ribuld einander neckten. Sie fühlte sich versucht, zu lauschen, ganz einfach aus dem Grund, weil sie nicht verstehen konnte, wie eine Frau zu Männern in so einer Beziehung zu stehen vermochte. Aber sie kehrte zurück an den Tisch, auf dem ihr Essen stand; nach ein, zwei Schritten war das Lachen und die Stimmen unhörbar. Sie war wieder allein.

Auf merkwürdige Weise war sie darüber froh, daß Argus und Ribuld vor ihrer Tür Wache standen. Die beiden Männer waren als solche keine herzigen Typen, jedoch — wie sie nach und nach einsah — die einzigen zwei Menschen in dieser unübersichtlichen Situation, die sich nach einer Abwesenheit erneut eingefunden hatten. Von Geraden war sie aus ihrem Leben in eine Räumlichkeit voller Meister der Imagomantie gelockt worden, doch nach kurzer Zeit waren sie alle ihrer Wege gegangen. Anschließend hatte er sie zum König gebracht und war von ihm weggeschickt worden. Danach war sie mit Saddith bekanntgemacht worden, und König Joyse sowie Großmeister Havelock schienen bereits der Vergangenheit anzugehören. Jede neue Person, der sie begegnete, mochte nur für den Zweck dieser Begegnung geschaffen worden sein und ihre Existenz, sobald sie an die nächste Person weitergereicht worden war, beendet haben. Noch immer war es durchaus denkbar, daß es das alles hier überhaupt nicht gab.

Ribuld und Argus sprachen allerdings über Geraden, als besäße er eine kontinuierliche eigenständige, von Terisa unabhängige Existenz; sie waren offenbar real genug, um ein bestimmtes Verhältnis zu Saddith zu haben, das sie, Terisa Morgan, nicht einschloß. Folglich zeigten sie an, daß das, was ihr hier widerfuhr, Kontinuität hatte, Faktizität, es auf verläßlichen, berechenbaren, glaubwürdigen Prämissen und Gesetzmäßigkeiten beruhte. Sie verkörperten die Gewißheit, daß sie, wenn sie ihren Weg zurückverfolgte, das Zimmer des Königs und den Versammlungssaal der Meister dort vorfinden würde, wo sie sie verlassen hatte; daß Geraden lebte und unweit ihrer Unterkunft tätig war, hinsichtlich seiner Sorge um sie etwas unternahm; daß die Verhältnisse, in denen sie sich nun befand, wie verrückt sie auch wirkten, auf ihre Weise wenigstens so glaubhaft waren wie die Verhältnisse, unter denen sie in ihrer Welt gelebt hatte.

Das war dafür, daß sie nur auf einer nebensächlichen Tatsache fußte, eine sehr weitgehende Schlußfolgerung. Trotzdem hielt Terisa bis auf weiteres daran fest; sie linderte ein wenig ihre Furcht.

Aber eine Sorge, mit der es ganz und gar nichts Metaphysisches auf sich hatte, trieb sie dazu, noch einmal durch sämtliche Räume ihres Quartiers zu gehen und sich zu vergewissern, daß es keine anderen Eingänge gab. Erst danach setzte sie sich wieder hin und konnte ihr Essen einigermaßen mit Behagen verzehren.

Als sie mit dem Essen fertig war, hatte der Wein sie leicht dösig gemacht. Doch sie war innerlich noch zu ruhelos, um ernsthaft daran denken zu können, sich für heute endgültig ins Bett zu legen; also beschloß sie, einige der Kleider anzuprobieren, die ihr Saddith gebracht hatte.

Viele Kleider eigneten sich für ihre Absicht nicht, sie mußten so umständlich zugehakt, geschnürt oder geknöpft werden, daß sie sie nicht ohne Hilfe anziehen konnte. Trotzdem waren sie unzweideutig von hoher Qualität und sehr elegant. Und die Kleider und Röcke, die sie allein anzulegen imstande war, erneuerten ihren Wunsch nach einem Spiegel, um sehen zu können, wie sie darin aussah. War es denkbar, daß ein Ausschnitt, eine

Verschmälerung der Taille, ausgebauschte Ärmel oder feine Spitzen sie in eine Schönheit verwandelten? Völlig von dem beansprucht, was sie tat, merkte sie nicht, wie die Zeit verstrich.

Sie trug ein bodenlanges, weinrotes Kleid aus schwerem Samt mit breiter, schwarzer Schärpe und einer Kapuze, die man über den Kopf ziehen konnte, um das Gesicht zu verbergen, hatte gerade entschieden, es wegzuhängen und ins Bett zu gehen, um noch etwas zu schlafen, da begann die hölzerne Rückwand des Kleiderschranks, vor dem sie stand, sich plötzlich zu bewegen, sich zur Seite zu schieben. Mit Schaben und Knarren glitt das Holz beiseite und gab den Blick in eine dunkle Öffnung frei. Aus der Dunkelheit trat eine Gestalt.

Falls ihr Eindringen lautlos geschehen sollte, so hatte sie in dieser Hinsicht kaum Erfolg; sie verursachte unablässig Schleifgeräusche und Gepolter. Aufgehängte Röcke und Kleider, die sie behinderten, stieß sie rücksichtslos aus dem Weg. Terisa hörte sie vor sich hinrabbeln. »Leise, leise ...!« Es war eine männliche Stimme, eine schwächliche Greisenstimme, unsicher sogar beim Flüstern. »In die Schlafkammern schöner Frauen schleichen. Hi-hi-hi ...! Oho, du bist noch immer ein Satansbraten, jawohl. Spiegel sind bloß aus Glas, aber Lust und Geilheit währen allzeit.« Da erst merkte er, daß die Türen des Kleiderschranks offen waren und davor Terisa stand, die Hände vor dem Mund und in den Augen einen Ausdruck des Schreckens oder Fröhlichkeit.

»Was machen Sie hier?« fragte Terisa unterdrückt. »Was wollen Sie?«

Großmeister Havelock fuhr zurück, als hätte sie ihn zu schlagen gedroht, seine Wulstlippen bebten. Trotz der Furcht, durch die ihr das Herz bis in den Hals schlug, empfand Terisa den Konflikt zwischen seiner Asketennase und den Genießerlippen, den Gegensatz im Auseinanderklaffen des Blicks seiner Schielaugen außerordentlich stark. Sein von Zerrissenheit gekennzeichnetes Gesicht verlieh ihm ein wüstes Aussehen, das seine paar verbliebenen Haarbüschel noch unterstrichen. Und doch gab er sich anscheinend alle Mühe, um sie zu beruhigen. Seine Hände fuchtelten Gesten der Beschwichtigung, seine Haltung insgesamt war keineswegs bedrohlich, eher ehrerbietig. »Ach, diese Wonnen«, raunte er, als meine er: Vergib mir. »Alle Weiber sind aus Fleisch, aber Ihr seid ihre Vervollkommnung.« Ich hatte nicht vor, dich zu ängstigen. »Ha-ha, in Schlafkammern schleichen!« Ich will dir nichts antun. »Lust und Geilheit.« Du kannst mir vertrauen.

Havelock war wahnsinnig, das war eindeutig. Dummerweise half diese Erkenntnis Terisa kaum weiter. Er war verrückt. Und wie sollte sie sich jetzt verhalten? Sie wußte es nicht. Während sie ihn wachsam beobachtete, wich sie um ein, zwei Schritte zurück, um sich einen gewissen Abstand zu verschaffen. »Vor meiner Tür stehen zwei Wachen«, sagte sie dann. »Beide sind große Männer, und sie haben Schwerter. Wenn ich rufe«, — ihre Stimme stockte, fast packte Panik Terisa, als ihr einfiel, daß sie die Tür von innen verriegelt hatte —, »werden sie hier sein, bevor Sie mich anrühren können.«

Mit Terisa zugekehrten Handflächen setzte Havelock seine besänftigenden Gebärden fort. Teile seines Gesichts drückten eine Furcht aus, von der andere Teile nichts ahnten; er rollte mit den Augen, die Unterlippe hing ihm herab, entblößte schiefe, gelbliche Zähne; seine Nase und die Wangenknochen jedoch spiegelten zuviel Entschlossenheit wider, um Furcht einzugestehen.

»Die Kälte des Winters dringt mir bis in die Knochen«, murmelte er, als verriete er ein strenges Geheimnis. »Niemand begreift das Springbrett-Spiel wirklich.« Obwohl sie ohnehin beide leise sprachen, legte er einen Finger an die Lippen. Anschließend wandte er sich zum Kleiderschrank und winkte Terisa, daß sie ihm folgen solle.

»Sie wollen, daß ich da hineingehe?« Innere Angespanntheit ließ ihre Stimme beinahe so unstet wie Havelocks Piepsstimme klingen. Die Dunkelheit hinter den

Kleidungsstücken war zu tief, um von außen ermessen werden zu können. »Warum?«

»Der König versucht«, antwortete Havelock in so überzeugungsträchtigem Tonfall, wie er ihn zustandebringen konnte, »die Seinen zu schützen. Einzelne. Wozu taugen sie? Zu nichts. Sie sind wertlos. We-r-r-r-rtlos! Alles eine Frage weitreichender Planung. Man muß die rechten Leute zu opfern verstehen, um den Gegner in die Falle zu lokken.« Während er sprach, winkte er unaufhörlich, bekräftigte seine Aufforderung, ihm zu folgen.

»Nein, tut mir leid.« Vor der Vorstellung, das Unbekannte hinter dem Kleiderschrank zu betreten, grauste es Terisa stärker, als das unvermutete Eindringen des Großmeisters sie aus dem inneren Gleichgewicht gebracht hatte. »Da kann ich nicht hinein.« Mit dunklen, engen Örtlichkeiten hatte sie ihre Erfahrungen. Ungeachtet ihrer angestrengten Bemühungen, sie zu vergessen, entsann sie sich noch an jede Einzelheit der Stunden, für die ihre Eltern sie zur Strafe in eine Vorratskammer ohne Licht gesperrt hatten. Während jener Stunden hatte sie eine Menge über ihre persönliche Unwirklichkeit gelernt. In der Vorratskammer war sie zum erstenmal von dem Gefühl heimgesucht worden, sich allmählich aufzulösen, aus der Existenz ins Nichts der Finsternis zu verflüchtigen. »Es ist mir zu dunkel.«

»Ho-ho-ha!« lachte Havelock im Ton einer Bittstellung. Er konnte sie immer nur mit einem Auge anschauen. Sein Hutzelgesicht verzog sich zu einem flehentlichen Ausdruck. »Dunkelheit und Lust. Wir löschen's Licht, auf daß niemand sehe, wie wir uns ergötzen. Man braucht kein Licht, um das Fleisch zu erkennen.«

Er langte in eine Tasche seines Überwurfs und klaubte ein unregelmäßiges Stück Glas in etwa der Größe seiner Handfläche heraus. Er hielt es so, daß Terisa es nicht genau sehen konnte; aber sie hatte den Eindruck, daß es sich um einen kleinen Spiegel handelte. Havelock brummelte etwas, strich mit der Hand über das Glas, und aus dessen

Fläche schoß ein gerader Strahl warmen, gelben Lichts, hell wie Sonnenschein. Damit leuchtete er in den Kleiderschrank, zeigte Terisa, daß in der Finsternis hinter der Wand des Schlafzimmers ein steinerner Gang schräg nach unten verlief. Dann winkte er vehement von neuem, bat und forderte gleichzeitig, daß sie ihn begleite.

»Nein«, wiederholte Terisa. »Ich kann nicht. Ich habe keine Ahnung, was Sie von mir wollen. Schließlich weiß ich nicht, was Sie mit mir vorhaben.« Sie dachte über ein mögliches Vorgehen, mit dem sie etwas über die Hintergründe seines unsinnigen Treibens erfahren könnte. »Weiß König Joyse«, fragte sie, »daß Sie hier sind?«

Aber das war offensichtlich die falsche Frage. Sofort verwandelte Havelock sich wieder in den wutentbrannten Alten, der im Zimmer des Königs die Spielmarken an die Decke geschleudert und herumgetobt hatte. »Rücksicht auf Joyse und seine kleinlichen Bedenken!« wütete der Großmeister, von einen zum anderen Augenblick derartig erbittert, daß er die Lautstärke seiner Stimme kaum noch zu mäßigen vermochte. Das Gesicht lief ihm so rot an, als müsse ihn gleich der Schlag treffen. Aber er schaffte es, die Stimme zu dämpfen; soviel Selbstbeherrschung bewahrte er. »Er spielt so schlecht wie seine Töchter! Weiber und Torheit!« Unterdessen fuchtelte er wilder denn je mit den Armen, seine Gesten waren das gleiche, als brülle er: Komm mit!

»Geraden hat mich gewarnt«, sagte Terisa, um sich gegen seine Aufdringlichkeit zu wehren, »daß der König Feinde hat. Seid Ihr jemand, der den König hintergeht?«

Augenblicklich verhielt Havelock. Er schielte sie stier an, als hätte sie ihm eine Ohrfeige verpaßt. Eine Sekunde lang widerspiegelte seine Miene nichts als Verwunderung und Bestürzung.

Dann erkannte Terisa in seinen Augen auf einmal listige Gerissenheit. Sie spürte so deutlich Gefahr, als käme sie mit lauten Schritten auf sie zu; aber ihre Natur blieb unersichtlich, Terisa wußte nicht, wie sie reagieren sollte. Sie blieb, wo sie stand, wehrlos wie eine Schaufensterpuppe. Da hob Havelock das Glas und lenkte ihr den Lichtstrahl mitten ins Gesicht.

Der Strahl war grell wie die Sonne. Terisa warf die Hände in die Höhe, um ihre Augen zu schützen, taumelte rückwärts. Sie stolperte gegen das Bett, fiel beinahe. Doch ehe sie stürzen oder zur Seite springen konnte, umklammerte Havelock mit knochiger Faust ihr Handgelenk und zerrte sie zum Kleiderschrank.

Der Großmeister war weniger kräftig, als er wirkte. Hätte Terisa die Füße auf den Boden stemmen, die Balance wiedererlangen können, wäre es ihr möglich gewesen, sich seinem Griff zu entwinden. Aber er war zu flink. Indem er durch sein Zerren verhinderte, daß sie das Gleichgewicht wiederfand, riß er sie aus dem Zimmer in den Kleiderschrank und in die Öffnung zum Gang.

6

Einige Erklärungen

Mit der freien Hand grapschte Terisa umher, versuchte etwas zu erhaschen, an dem sie sich festhalten könnte. Doch die Nachbilder der Helligkeit, die sie geblendet hatte, gaukelten wie ein Reigen von Sonnen durch ihr Blickfeld; sie sah nichts, nach dem sie zu greifen vermocht hätte. Dann prallte sie gegen die steinerne Wand des Gangs, und kühle Luft wallte ihr aus unergründlichen Tiefen entgegen. Havelock verlangsamte, gab Terisas Füßen eine Chance, auf den Stufen Halt zu finden.

Wahrscheinlich hätten Argus und Ribuld sie bereitwillig vor diesem Verrückten gerettet. Unglücklicherweise jedoch war die Tür an der Innenseite verriegelt, und zu einem Hilferuf war Terisa keine Zeit geblieben.

Ihre Sicht jedoch klärte sich rasch wieder. Anscheinend hatte Havelocks Glas ihr keine ernsthafte Schädigung zugefügt. Gleich darauf stieß sie nicht mehr an die Wand, ihre Füße rutschten die Stufen nicht länger hinab. Der Großmeister zog sie so schnell hinter sich her, wie er konnte, aber nun war Terisa dazu imstande, die Geschwindigkeit ihres Abstiegs in gewissem Umfang selber zu beeinflussen.

Der Helligkeitsstrahl aus Havelocks Glas enthüllte, was man darüber, wo sie sich befanden, wohin sie strebten, wissen mußte. Der Gang war schmal und niedrig; wäre Terisa ein wenig größer gewesen, hätte sie den Kopf einziehen müssen. Alle zehn bis fünfzehn Stufen durchlief er eine scharfe Biegung, und Abzweigungen waren zu sehen. Terisa mutmaßte, daß die Nebengänge zu geheimen Eingängen in andere Zimmerfluchten und Räumlichkeiten führten. Der Hauptgang jedoch verlief immerzu abwärts. Das Fehlen von Spinnweben und angesammeltem Staub mußte bedeuten, daß man diese Gänge mit einer Regelmäßigkeit benutzte.

Während Großmeister Havelock sie mit sich die Treppe hinabzerrte, wurde die Luft langsam, aber stetig kühler. Terisas Knie fingen an zu zittern, weil sie solche Hetzerei nicht gewohnt war; sie hatte das Empfinden, schon recht lange die Treppe hinunterzueilen, als der Großmeister endlich eine wuchtige, mit Eisen beschlagene Pforte erreichte, die den Weg versperrte. Sie war nicht verriegelt, aber er öffnete sie nicht sofort. Statt dessen zog er Terisa dicht an sich heran. Dann ließ er ihr Handgelenk los. Sein Lichtstrahl, der die Pforte und die Steinklötze der Wand beleuchtete, erzeugte auf seinem Gesicht groteske Schatten. »Gedenkt des Springbrett-Spiels«, flüsterte er. »Nichts anderes zählt.«

Mit einer Gebärde und einem Gemurmel brachte er den Lichtstrahl zum Erlöschen. In der plötzlichen Stockfinsternis hörte sie seinen Überwurf rascheln, als er den kleinen Spiegel zurück in die Tasche steckte. Danach stieß er die Pforte auf und trat in den Lampenschein dahinter, als wäre es ihm jetzt gleichgültig, ob Terisa sich ihm anschloß oder nicht.

Von der Schwelle aus erhielt Terisa Einblick in einen großen, viereckigen Raum. Er war eingerichtet wie eine Art von Arbeitszimmer, und es herrschte darin auch ähnliche Unordnung. Aus der Mitte des Fußbodens, den kleine Teppiche oder Matten wärmer oder weicher machten, ragte eine klotzige Säule empor, Rund um die Säule stand eine Anzahl von Tischen; manche hatten kippbare Flächen, so wie Zeichenbretter, andere hatten waagerechte Platten, auf denen sich Papiere und Pergamentrollen häuften. An sämtlichen Tischen reihten sich Stühle, doch diente die Mehrzahl nur als Abstellfläche für Stapel alter Bücher oder Haufen loser Dokumente. Unter den Tischen bedeckte zentimeterhoher, pelziger Staub den Fußboden. Gegenüber der Pforte führte ein Durchgang ohne Tür anscheinend in benachbarte Räume. In dessen Nähe stand ein zerwühltes Bett, auf dem mehrere Decken achtlos über ein schmutzig-graues Laken geworfen lagen; ein Kissen fehlte. Öllampen an den Wänden und der Säule spendeten Licht. Ihre Helligkeit offenbarte deutlich zwei Besonderheiten des Raums, die am meisten Terisas Aufmerksamkeit erregten. An einer Seite befanden sich ein kleiner Tisch mit einem Spielbrett darauf sowie zwei Stühle. Diese Möbelstücke waren mindestens ebenso prachtvoll wie jene, die König Joyse benutzte. Doch auf dem Spielfeld lagen keine Spielmarken. Und an den Wänden waren rundum noch mehr Pforten wie die, durch die Havelock den Raum vorhin betreten hatte. Alle waren mit Eisen beschlagen und mit schweren Riegeln gesichert. Orison mußte, schlußfolgerte Terisa, ein wahrer Hort der Geheimnisse sein.

Der Großmeister schenkte ihr nicht länger Beachtung; vielmehr hastete er zu dem Tisch mit dem Spiel, nahm mit dem Rücken zu ihr daran Platz, beugte sich übers Spielbrett, als konzentriere er sich auf einen spannenden Spielverlauf. Terisa räusperte sich, um etwas zu sagen, aber dann hielt sie sich zurück. Großmeister Havelock und sie waren nicht allein. Ein Mann, den sie anfangs nicht bemerkt hatte, drehte sich auf seinem Stuhl um, stützte den Ellbogen auf einen Tisch und die Wange an seine Faust. »Aha, da seid Ihr ja.« Er trug ein schlichtes, graues Gewand, das warm genug wirkte, um gegen die Kühle im Innern der Räumlichkeit (eine Kühle, die der Großmeister allem Anschein nach trotz seiner unzureichenden Bekleidung nicht spürte) zu schützen, und es hatte nebenbei die Wirkung, daß er vor dem Hintergrund nahezu unsichtbar blieb. Aber um die Schultern hatte er die gelbe Kasel eines Meisters der Imagomantie geschlungen. Als Terisa ihn schärfer anschaute, erkannte sie, daß sie ihn schon einmal gesehen hatte. Er besaß ein Nagergesicht mit hellen Äuglein, eine Nase, die ständig zuckte, und vorstehende Zähne. Terisa war sich sicher, daß sie sich nicht irrte. Er war der Meister, der in der Versammlung mit Geraden der Meinung gewesen war, daß ihr Auftauchen etwas zu bedeuten haben mußte. »Geraden hat sich schließlich dazu herbeigelassen, zu enthüllen, wer Ihr seid«, sagte der Meister mit hörbarem, aber maßvollem Sarkasmus, »Terisa von Morgan.« Anscheinend hatte Geraden ihn damit nicht sonderlich beeindruckt. Andererseits sprach er in höflichem Ton; er hatte offenbar nicht vor, sich mit Terisa ernstlich anzulegen. »Ich bin Meister Quillon. Großmeister Havelock ...« Meister Quillon unterbrach sich, blickte umher. »Nebenbei erwähnt«, bemerkte er zwischendurch, »dies sind seine, nicht meine Gemächer. Ich fände einen Weg, um für ihre Säuberung zu sorgen, und müßte ich sie eigenhändig anpacken.« Danach kam er auf das zurück, was er eigentlich zu äußern beabsichtigte. »Sei's drum, Großmeister Havelock hat mich gebeten, Euch ein wenig aus Mordants Geschichte zu erzählen ... in der gewissermaßen die Ursachen unserer heutigen Schwierigkeiten und Nöte liegen.«

Kaum hatte er das gesagt, schien sich Terisas Kopf mit Luft zu füllen und zu schweben anzufangen. Urplötzlich füllten Hoffnung und Erleichterung ihr die Brust. Endlich brachte jemand die Bereitschaft auf, ihr zu erläutern, was sich hier abspielte. Dann jedoch sackten ihr all die Erwartungen aus dem Kopf in die Magengrube wie ein Bleigewicht. *Havelock* hatte Meister Quillon gebeten, mir ihr zu reden? »Wie denn?« erkundigte sie sich unvermittelt.

Ratlos sah der Meister sie an. »Wie?«

»Wie hat er Sie darum gebeten? Woher wissen Sie, was er will?«

Meister Quillons Nase zuckte; er hob, den Kopf unverändert gegen seine Faust gelehnt, die Schultern. »Er hat seine Augenblicke geistiger Klarheit. Und bedenkt, daß er bereits seit Jahren in diesem Zustand ist. Wir haben Muße zur Genüge gehabt, um uns an ihn zu gewöhnen. Bisweilen ist er fähig, sich verständlich zu machen.«

Das klang zumindest einleuchtend, überlegte Terisa, wenn man zuzugestehen bereit war, daß es sich dabei, Leute gewaltsam finstere Treppen und Geheimgänge hinabzuschleifen, auch um eine Art handelte, »sich verständlich zu machen«. Aber sie betrachtete es nicht als hinlängliche Antwort. »Und warum?« hakte sie nach. »Einmal davon ausgegangen, daß Sie recht haben (und nicht mißverstanden, auf was es ihm ankommt), warum möchte er's? Sowohl Meister Barsonage«, — beim erstenmal fiel das Aussprechen des Namens ihr ein wenig schwer —, »wie auch der König haben Geraden gesagt, er ... Nein, sie haben ihm richtiggehend befohlen, mir keine Auskunft zu geben.« In wachsendem Maß empfand sie ihre Äußerungen, schon während sie sprach, als unverfroren, als gefährlich. Wann hatte sie damit angefangen, so mit anderen Leuten zu reden? Doch sie war bereits zu sehr in Fahrt. »Weshalb handeln Sie gegen diesen Befehl? Auf wessen Seite stehen Sie?«

Daraufhin zwinkerte Meister Quillon sie an, als wären seine Position und ihre logischen Zusammenhänge ganz selbstverständlich ohne weiteres ersichtlich. Trotzdem ließ er sich Zeit mit der Antwort. »Die Verhältnisse sind keineswegs so einfach, wie Ihr sie darzustellen beliebt. Ungeachtet seines ... hm ... Leidens«, — er schaute hinüber zu Havelock —, »ist Großmeister Havelock dem Rang nach noch das Oberhaupt der Zunft. Und unter deren Mitgliedern gibt's etliche Imagomanten, welche seine einstigen Verdienste um die Zunft — fürwahr um ganz Mordant — als so groß erachten, daß sie ihm unvermindert Dankbarkeit und Hochachtung, ja auch Gehorsam zollen. Wolltet Ihr Eures Vaters Wünsche mißachten, allein weil er sich im Greisenalter ein wenig sonderlich zu betragen anfängt?« Zu Terisas Glück faßte der Meister die Frage nur rhetorisch auf; er sprach weiter, ohne eine Entgegnung abzuwarten. »Ferner kann's Zeiten geben, in denen man mit erhöhter Genauigkeit bestimmen muß, was Treue ist. Meister Barsonage ist ein ehrbarer Mann, er versucht, niemandes Partei zu ergreifen, doch in seinem Herzen wohnt unausrottbar Furcht vor jedweder Entscheidung, jeglicher Handlung. Und was König Joyse anbetrifft ...« Quillon seufzte. »Jahre ist's her, seit er klar Verständnis für das, was rings um ihn geschieht, bewiesen hat, sein Urteilsvermögen ist fraglich geworden.«

Diese Ausführungen stellten Terisa nicht zufrieden, aber für ihre Begriffe hatte sie ihre Unbesonnenheit schon bis an die Grenze getrieben. Ihre alte Angewohnheit der Zurückhaltung und Bescheidenheit, die Tarnung ihrer Gefühle, setzte sich wieder voll durch, zwang sie zur Wortkargheit. Meister Quillon hegte eindeutig die Absicht, sich mit ihr zu unterhalten; trotzdem hatte sie irrationale Furcht, sich durch eigene Äußerungen die Auskünfte, die er ihr geben wollte, die sie dringend brauchte, zu verscherzen. Ihre Zweifel jedenfalls schwanden nicht. Vorsichtshalber entschloß sie sich zu einem anderen Herangehen. »Weshalb nennt man ihn«, fragte sie, indem sie zum Großmeister wies, »›des Königs Schelm‹?«

Erneut seufzte Quillon, setzte sich auf seinem Stuhl aufrecht hin. »Edle Dame …« Fahrig deutete er rundum, als wäre er der ganzen Angelegenheit plötzlich überdrüssig. »Möchtet Ihr nicht Platz nehmen?« Gehorsam suchte Terisa sich einen leeren Stuhl und stellte ihn an den Tisch, an dem Quillon saß. Das Kleid, das sie trug, war ungewohnt, und sie kam sich beim Hinsetzen auf den Stuhl unbeholfen, vor, als wäre er ein hoher Barhocker. Aber als sie zuletzt saß, den Oberkörper zusätzlich seitlich an die Tischkante gelehnt, hatte sie das Gefühl, sicher zu sitzen. Meister Quillon begann mit seinen Darlegungen. »Ich gehe davon aus, daß Ihr von unseren Nöten keinerlei Kenntnis habt.« Nach wie vor sah er wie ein Kaninchen aus, seine Nase zuckte anscheinend immer dann, wenn er sich gedanklich besonders stark konzentrierte; doch seine Art und Weise des Sprechens vermittelte eine gewisse Würde. »Sollte ich mich täuschen, so seid, ich bitte Euch, nicht gekränkt. Es gibt keinen anderen Weg, wie ich die Geheimnisse achten könnte, die Ihr hüten mögt. Nicht leicht ist's, zu erkennen, wo oder wie ich den Anfang machen soll. In gewissem Sinn haben wir eine zweigeteilte Geschichte, nämlich eine des Königreichs und eine der Imagomantie, und erst vor vergleichsweise kurzer Zeit ist daraus eine Geschichte geworden — in der Tat erst seitdem der König Joyse und Großmeister Havelock sie dazu verschmolzen haben. Ihr vermögt's schwerlich zu glauben, wenn Ihr sie anschaut, da bin ich mir sicher, aber in der Blüte ihrer Jahre galten sie in Mordant und im gesamten Rest unserer Welt als Helden, sie verliehen allem neue Gestalt, allein kraft ihres Glaubens, das sei das Werk, dessen es bedürfe. Beide Stränge unserer Geschichte enthalten jedoch auch Überlieferungen der Zersplittertheit. Tatsächlich bestand kein Mordant — und schon gar keine Zunft der Imagomanten —, bevor König Joyse es schuf, geradeso wie die Zunft. O gewiß, es gab einen Landstrich, welcher den Namen ›Mordant‹ hatte, doch umfaßte er nicht mehr als eine Ansammlung winziger Fürstentümer zwischen den uralten Mächten Caldwal im Osten und dem nicht ganz so alten Alend im Nordwesten. Selbige Fürstentümer waren, was wir heute ›Gaue‹ heißen — Armigitegau, Perdongau, und so fort —, in Wahrheit jedoch hatten sie eine geringere Bedeutung als die Besitztümer, welche die alendischen Lehnsherren Baronien nennen. Sie überdauerten nur, weil sie zwischen Alend und Cadwal, die gegeneinander in dauerndem Krieg standen, eine Art von Puffer abgaben. Alend und Cadwal haben zwar eine gemeinsame Grenze, welche am Fluß Swoll entlangverläuft, ungefähr längs der letzten achtzig Meilen seines Verlaufs, doch kann man das dortige Gebiet nicht durchqueren, am Meer, an der Küste, ist's nichts außer Sumpf ...« Während des Redens schaute er sich im Raum um, und nach einem Moment brach er seine Erläuterungen vorerst ab. »Havelock«, fragte er so geistesabwesend, als spräche er mit sich selbst oder erwarte keine Antwort, »habt Ihr eine Landkarte? Irgendwo in diesem Wirrwarr muß doch eine Karte sein. Ich sollte ihr zeigen, wie all diese Lande zueinander liegen.« Großmeister Havelock nahm nicht einmal den Blick vom Spielbrett. In erbitterter Konzentration verschob er vor sich (so konnte man jedenfalls meinen) eingebildete Spielmarken, grübelte über die veränderte Situation nach. »Nun wohl, dann nicht«, murmelte Meister Quillon. Er widmete seine Aufmerksamkeit wieder Terisa und sprach weiter. »Ich bin der Überzeugung, daß Ihr auch ohne Landkarte zu verstehen imstande seid, um was es geht. Aufgrund des Sumpflands können Cadwal und Alend einander ausschließlich durch Mordant erreichen, und Mordant besteht im wesentlichen aus einem fruchtbaren Tiefland zwischen den Flüssen Pistil und Vertigon. Alend ist zu gebirgig, Cadwal zu trocken. Deshalb trachten sie seit Jahrhunderten nach Mordants Unterwerfung, zum eigenen Nutzen und weil's ein wichtiger Schritt zum Sieg über den Gegner wäre. Um den Sachverhalt für Euch in möglichst einfache Worte zu kleiden, die Fürstentümer Mordants haben überdauert, indem sie, während einer um die andere Geschlechterfolge, immer wieder erobert worden sind und sie sich jedesmal auf die Seite jener Macht schlugen, welche derzeit keine Gewalt über sie ausübte. Dieweil Mordant aus vielerlei Teilen bestand, ließ sich jedes derselben leicht erobern, aber schwierig halten. Cadwal, um Euch ein Beispiel anzuführen, mochte die Herrschaft über die Fürstentümer Perdon oder Tor erringen, Alend hingegen über Termigan oder Domne. Selbstverständlich schwor Perdon — der Fürst — seinem neuen Oberherrn ewige Treue, desgleichen Tor, Termigan oder Domne. Gleichzeitig suchten sie Mittel und Wege, um ihre neuen Oberherrn zu verraten. Folglich setzte sich Cadwal in Termigan fest, oder Alend in Tor, und die Bewohner der genannten Fürstentümer wurden befreit, sie feierten und bejubelten ihre Befreiung. Aber umgehend löste ein neuer Oberherr den vorherigen ab. Und somit begann alles von vorne, mit Unterschieden bloß in Kleinigkeiten, denn immer aufs neue unternahmen Cadwal und Alend Anstrengungen, das gesamte Gebiet der Fürstentümer zu erobern, ohne daß es jemals vollends gelang. Und so vermochten die Fürstentümer zu überleben. Freilich war all das viele Blutvergießen gar greulich. Gewiß, eine Anzahl von Männern nahm den Kampf aus freiem Willen auf, wagte das Leben. Doch blieb das eine kleine Minderheit. Mordants Bauern wurden ohne Unterlaß gemetzelt oder zum Waffendienst gezwungen, mußten Raub, Schändung oder Vertreibung von ihrem Land erdulden, wurden alleweil geschunden, wie's den Tyrannen gerade behagte. Daß Mordant nicht völlig entvölkert ward, lag allein daran, daß sowohl Cadwal wie auch Alend gebrauchen konnten, was die Felder und Hügel des Tieflands an Ernten erbrachten, und darum schafften sie Arbeitskräfte heran — für gewöhnlich Sklaven, vorwiegend aus Cadwal —, Ersatz für die hingeschlachteten Bauern. Diese Arbeiter entdeckten unweigerlich, daß das Dasein als Landmann erfreulicher war denn als Sklave oder niedriger Knecht, und so erlernten sie Treue zu jenem Fürstentum, in dem sie sich befanden, und auf diese Weise ist Mordants Bevölkerung stets erneuert worden. All das aber war nicht mehr als Blutvergießen und Tyrannei. Die Imagomantie bescherte Mordant ein weitaus ärgeres Geschick … Langweile ich Euch, edle Dame?«

Es überraschte Terisa selbst, als ihr auffiel, daß sie gegähnt hatte. Der Wein, ein langer Tag und das Nachlassen des Schrecks, den ihr Havelocks Erscheinen und Benehmen eingejagt hatten, flößte ihr Schläfrigkeit ein. Nichtsdestoweniger schüttelte sie den Kopf. »Ich frage mich bloß, was das alles mit mir zu tun hat.«

»Es hat etwas mit Euch ›zu tun‹«, erwiderte der Meister leicht erbittert, »weil Ihr hier seid. Es wird auf alles Einfluß haben, was Euch geschieht, solange Ihr bei uns weilt.«

»Entschuldigung. Erzählen Sie bitte weiter.«

»In jener Zeit, so hätte man vermeinen können, hatte jeder von Rang einen Imagomanten in seinen Diensten oder doch zur Verfügung, oder man stand selbst in eines Imagomanten Diensten oder in seinem Sold. Der erste Erz- und Großmeister der Imagomantie hat Cadwal zu Macht und Größe erhoben. Und noch im vergangenen Jahrhundert hat der Monarch von Alend eine ganze Schar

Imagomanten aufgeboten, um die Adeligen Alends in einen Bund zu zwingen. Doch auch in dieser Hinsicht kam es zur Zersplitterung. Die Gabe, die jemanden zum Imagomanten befähigt, ist nicht weithin verbreitet, ebensowenig aber trifft man sie selten an. Und in Kriegszeiten scheint man sie hinter jeder Hecke auszubrüten. Daher hat Cadwal bisweilen Heere ins Feld schicken können, in welchen *jedem* Hauptmann ein Imagomant unterstand. Alend war fast ebenso machtvoll. Und natürlich schützte jeden Fürsten in Mordant ein Imagomant, der in bezug auf Auskommen, Förderung oder Möglichkeiten der Betätigung von seiner Gunst abhing. Wie Ihr Euch gewißlich vorzustellen vermögt, ist das Glas, aus dem wir Spiegel fertigen, keineswegs etwas, das man ohne Umstände hinter einer Hütte in einer Sandmulde gießen kann. Zum Studium, zur Herstellung und Anwendung von Spiegeln bedarf es so mancher Gerätschaften, Farbe, Schmelzöfen und vieles andere, und so war jedweder Imagomant, der nicht reich geboren ward, sich auf irgendeine Weise mit Reichtum zu verbinden genötigt. Aber ich schweife ab ... Ich weiß nicht, edle Dame«, — Quillon sprach nur langsam und mit Betonung —, »ob Ihr das Wissen oder die Erfahrung besitzt, um Euch vergegenwärtigen zu können, welches Unheil Dutzende von Imagomanten anzurichten vermögen, die einander und das gegnerische Heer bekämpfen, ohne Rücksicht auf unschuldige Weiber und Männer zu nehmen, die sich im Bereich ihres Wirkens aufhalten. Stellt's Euch vor, wenn Ihr dazu imstande seid. Hier steht ein Imagomant, dessen Spiegel einen Lavasee zeigt. Auf ein Wort aus seinem Mund strömt geschmolzener Fels hervor, verzehrt die Opfer, indem er sich ins Land ergießt. Dort ist ein Imagomant, in dessen Spiegel man ein geflügeltes Ungetüm erblickt, das ganze Rinder mit einem Bissen verschlingen kann. Auf sein Wort vollzieht sich die Translation, das Ungeheuer gelangt in unsere Welt, und wütet und tobt, bis er's zurückruft — oder ein anderer Imagomant ein Mittel findet, um's zu töten. Und das sind lediglich zwei Imagomanten. Denkt Euch, was fünfzig ihresgleichen für Verwüstungen übers Land zu bringen vermögen, oder hundert, hervorragende geradeso wie bedeutungslose Imagomanten, die alle, was sie an Spiegeln haben, für Kampf und Morden aufbieten. In Eurer Welt, das mag sein, verwendet man Imagomantie für andersartige Zwecke. Vielleicht gibt sie den Hungernden Speise, den Durstigen Wasser, oder sie erzeugt Kräfte, die aller Menschen Los bessern. In unserer Geschichte jedoch ist es gegenteilig gewesen. Eine Folge davon ist«, — er seufzte —, »daß die Kenntnisse der Imagomantie — das Verständnis dessen, was sie ist, wie sie abläuft, wie man sie nutzbar machen kann — von einer zur nächsten Geschlechterfolge wenig fortentwickelt worden sind. Immer haben Imagomanten dazu geneigt, ihre Geheimnisse eifersüchtig zu hüten, um ihr Leben um so wirkungsvoller verteidigen zu können, und so währte die Ausbreitung neuer Gedanken, Erkenntnisse oder Verfahren zumeist Jahrzehnte. Es hätte wahrlich gar nicht stattgefunden, wäre die Herstellung von Spiegeln nicht ein so heikles Unterfangen, daß ein Imagomant Gehilfen zur Hand haben muß. Unter den gegebenen Umständen aber braucht jeder Imagomant Beistand, er muß einige Lehrlinge darin unterweisen, ihm behilflich zu sein. Dadurch sind langsam Fortschritte gemacht worden. Unsere Geschichte ist voll der Barbarei, edle Dame.« Diesmal galt Quillons Sarkasmus etwas anderem. »Ihrer Überlieferung nach sind unsere Völker wenig menschlich oder zartfühlend. König Joyse hat versucht, uns gründlich zu wandeln. Havelock …« Quillon wandte sich auf dem Stuhl dem Großmeister zu. »Ein Schluck Wein täte wohl. Soviel Reden macht Durst.«

Sofort raffte sich Havelock von seinem Platz auf, hinkte hinter die Säule, ans andere Ende der Räumlichkeit. Als er zurückkam, brachte er einen Steingutkrug und einen irdenen Becher. Der Becher sah aus, als wäre er in den letzten zehn Jahren nicht gesäubert worden.

Ohne viel Umschweife knallte Havelock den Krug vor

Meister Quillon auf den Tisch und drückte ihm den Becher in die Hand. »Unsere Geschichte ist voller Barbarei«, versicherte der Großmeister, indem er Terisa Zeichen mit seinen zottigen Brauen gab, »weil wir zuviel trinken. Wein und Unzucht vertragen sich schlecht.« Er latschte zurück an den eigenen Tisch und begann von neuem sein unsichtbares Spiel anzustarren.

Mürrisch blickte Meister Quillon in den Becher. Schließlich wischte er ihn mit dem Ärmel seines Gewands aus. Während er vor sich hinmurmelte, goß er Wein in den Becher und schob ihn Terisa zu. Dann hob er den Krug an den Mund und trank. Terisa hätte auch gerne etwas getrunken. Aber der dunkle Schmierstreifen an Quillons Ärmel hielt sie davon ab. »Wie ich erwähnte«, begann Quillon erneut, tupfte sich mit den Fingerkuppen Feuchtigkeit von den Lippen, »nahm sich König Joyse die Aufgabe vor, alles grundlegend zu wandeln. Ich vermag Euch mit einfachen Worten dazulegen, was er tat. Zunächst machte er sich sämtliche Fürstentümer Mordants untertan, manche durch Gewalt, einige mittels Überzeugung. Und nachdem er Mordant zu einem eigenständigen, unabhängigen Reich zusammengeschlossen hatte, begann er wider Cadwal und Alend eine sonderbare Art von Krieg zu führen. In Schlacht um Schlacht, Gefecht um Gefecht, während zweier Jahrzehnte, eroberte er kein Land, er preßte niemanden zum Waffendienst, er schlachtete keine Bauern ab. Er unternahm nichts, um die herkömmlichen Verhältnisse im einen oder anderen gegnerischen Reich umzuwälzen. Er tat nichts anderes«, — der Meister rieb sich kräftig die Nase, um ihr Gezucke zu unterbinden —, »als jeden Imagomanten als Gefangenen zu ergreifen, dessen er habhaft werden konnte, und hierher zu schaffen, nach Orison. Gleichzeitig bot er jedem Imagomanten, der sich aus freien Stücken unter seine Oberherrschaft begab, die umfassendste Förderung und Schutz an. Am Ende hatte er sie allesamt unter seiner Obhut … Oder jedenfalls dachte man's damals. Von den westlichen Bergen Alends bis zu den ostwärtigen Wüsten Cadwals schien es außer hier zu Orison keine Imagomanten zu geben. Doch als er sie alle in seiner Verfügungsgewalt hatte, tat er beileibe nicht, was Cadwal und Alend verzweifelt befürchteten. Er versuchte nicht, alle diese vielfältige Begabung zur Imagomantie zu mißbrauchen, um eine Schar von ihm allein verpflichteten Streitern aufzustellen. Statt dessen gründete er die Zunft der Imagomanten. Und er betraute sie mit Aufträgen, Aufgaben friedvollen Forschens und Wirkens. Viele seiner Weisungen betrafen das Finden von Lösungen für ganz bestimmte Aufgabenstellungen. Könnte man Imagomantie wider Dürre nutzen? Oder zum Feuerlöschen? Vermöchten Imagomanten beim Straßenbau zu helfen? Oder beim Steinebrechen? Beim Düngen der Äkker? Fragen der Bereicherung dagegen überließ König Joyse den Herrschern Cadwals und Alends.« Meister Quillon schweifte wieder ab. »Alend hatte Gold. Cadwal hatte Edelgestein. Mordant brauchte davon nichts. Ernte und Vieh, Nahrung, Stoffe und Wein, das waren Mordants Stärke und Wohlstand. Einen anderen Auftrag an die Imagomanten jedoch bewertete der König noch weit höher. Er befahl der Zunft, eine Ethik der Imagomantie zu erarbeiten. Er wies die Imagomanten an, eine Antwort auf die große moralische Frage der Imagomantie zu finden: Sind die Wesen, Kräfte und Dinge, die aus den Spiegeln kommen, Schöpfungen der Translation, oder haben sie zuvor ein eigenes Sein, dem sie die Translation entreißt? Das klingt alles überaus einfach, nicht wahr? Nichts weiter dabei.« Quillon trank noch einen Zug aus dem Krug, tupfte sich erneut die Lippen ab. »Wie Ihr mühelos erraten könnt, edle Dame, wird's mir wesentlicher schwieriger sein, Euch zu erläutern, *wie* der König all das vollbracht hat. Wenn wahr ist, was man von ihm berichtet, so gelang's ihm vornehmlich dadurch, daß er der Schlag von Mann war, für den andere Männer — und ebenso Weiber — zu sterben die Bereitschaft besaßen. Geboren ward er in jenem Fürstentum, welchselbiges heute das Krongut ist, und er stieg zum Herrn zu Orison — allerdings war Orison damals noch kleiner — im Alter von fünfzehn Lenzen, nachdem der Tyrann Cadwals, welcher derzeit über das Fürstentum die Oberherrschaft ausübte, seinen Vater dabei ertappt hatte, daß er ihn zu hintergehen versuchte, und des Tyrannen Rache bestand daraus, ihn vor den Augen Jung Joyses und der ganzen fürstlichen Familie langsam von Ochsen vierteilen zu lassen, als wäre das eine Weise der Belehrung, die sie zur Treue anzuleiten vermöchte. Damals war Jung Joyse kaum mehr als ein Knabe, und doch waren ihm bereits Tugenden zugeeignet, die einen machtvollen und wohl auch überaus klugen Imagomanten«, — Quillon schaute hinüber zu Havelock —, »zu seinem verläßlichen Freund machten. Was der Knabe danach begann, gingen er und sein Imagomant gemeinsam an. Als erstes flohen sie inmitten der Nacht, und Jung Joyses Familie mußte den Zorn des cadwalischen Statthalters erdulden. Damit schädigte er freilich sein Ansehen unter den Menschen. Deshalb überraschte es sie ungemein, als er an der Spitze einer Streitmacht aus dem benachbarten Tor wiederkehrte, die Cadwaler vertrieb und den Statthalter mit eigener Hand enthauptete. Zufällig befand sich Tor in jener Zeit im Zustand der Unabhängigkeit, und es war dieselbe stärker gewöhnt denn andere Fürstentümer, dieweil es im Hinterland Berge und ringsum Perdon, Armigite, Domne und Termigan liegen hat, so daß es schwierig war, es zu erobern. Jung Joyse hatte den Fürsten von Tor — der selbst noch jung war und deshalb für jede Kühnheit zu gewinnen — für den Gedanken eingenommen, daß die einzige Hoffnung für sein Volk und ganz Mordant die Vereinigung der Fürstentümer wider Cadwal und Alend sei. Der Fürst von Tor hatte sich für diesen Einfall begeistert. Ebenso war er von Jung Joyse sehr angetan gewesen. Andererseits hatte er sein Fürstentum keiner unnötigen Gefahr aussetzen wollen. Darum gab er Joyse gegen mehr als zweitausend Cadwaler kaum zweihundert Mann mit auf den Weg. Aber Joyse, sein Imagomant und jene zweihundert Soldaten brauchten nur drei Tage, um das Fürstentum zu befreien. Noch ehe am dritten Tag die Sonne sank, wehte eine neue Fahne über Orison — das Banner Mordants. Es dürfte Euch verwundern, wie so etwas vollbracht werden konnte. Ich kann Euch nur mitteilen, daß König Joyse und seine Kämpfer aufs vorteilhafteste die zahlreichen Geheimgänge zu nutzen verstanden, für welche Orison seit jeher berühmt gewesen ist. Es hat den Anschein«, — diesen beiläufigen Kommentar glaubte Quillon offenbar zwischendurch äußern zu müssen —, »als sei das Schloß, seit man seinen ersten Turm erbaute, stets eine Ränkeschmiede und ein Tummelplatz von Verschwörern gewesen. Auch richteten sie ihre Angriffe von Anfang an mehr wider die Imagomanten Cadwals als gegen die Soldaten. Sie schonten sogar so viele Soldaten wie möglich. Nach errungenem Sieg ließ er ihnen die Wahl, in seine Dienste zu treten oder in Freiheit zu ziehen. Jene, die sich dafür entschieden, ihm zu dienen, wurden zum Kern des Landsturms, welcher letztendlich Mordant einte und der seitdem, während etlicher Jahrzehnte als Landwacht, sowohl Alend wie auch Cadwal erfolgreich die Stirn geboten hat. Im Laufe der Zeit änderten die Menschen ihre üble Meinung über den jungen Joyse und umjubelten ihn alsbald im gleichen Maße, wie sie ihn zuvor geschmäht hatten. Der Fürst von Tor gewährte ihm daraufhin weit stärkere Unterstützung, und Jung Joyse machte sich daran, Perdon zu befreien. Danach nahmen die drei Fürstentümer sich gemeinschaftlich Armigites und Termigans an. Domne fiel ihnen nachgerade in den Schoß — es ist immer der unbedeutendste Gau gewesen, wenngleich das Krongut kleiner ist. Zum Schluß, in der bis dahin wildesten und verlustreichsten Schlacht, befreite Joyse auch Fayle von Alends Obergewalt und ward König … Ich will meine Ausführungen nicht sinnlos durch Einzelheiten verlängern. Sicherlich vermögt Ihr Euch zu denken, daß alle Gaue König Joyse Treue schworen, allerdings nicht alle den Schwur hielten, bis er auch sie lehrte, zu ihrem Wort zu stehen. Ebenso könnt Ihr Euch gewißlich selber denken, daß ein Großteil seiner anfänglichen Erfolge auf der Tatsache beruhte, daß man weder in Alend, noch in Cadwal irgend etwas von alldem erwartete, was er tat, und so kam's dahin, daß die wahrhaft grausamen Kriege um Mordants Unabhängigkeit erst später ausgefochten werden mußten, als selbige Gegner Mordants begriffen hatten, was da unter ihren Augen geschah, und mit all ihrer Macht und Stärke gegen König Joyse einschritten. Es genügt, wenn ich sage, daß es zwanzig Jahre dauerte, bis der König Mordant so nachhaltig behauptet hatte, daß es ihm möglich ward, an das Werk zu gehen, Imagomanten in höherer Zahl um sich zu scharen. Das war vor dreißig Jahren.« Der Meister spähte in den Krug, um festzustellen, wieviel Wein noch darin schwappte. »Für jene unter uns«, fügte er leise hinzu, »die sich noch an einiges entsinnen können, war's eine großartige Zeit. Selbst blutjunge Knaben, wie ich einer war, pflegten zu wähnen, daß alles, was der König nur anrührte, den Glanz von Helligkeit, die Größe und Heldenhaftigkeit und gewaltiger Taten annähme.« Die Beendigung des Erzählers — oder die Wirkung des Weins — machte ihn zusehends verdrossener. Unentschlossen mahlten seine Kiefer aufeinander. Vielleicht konnte er keine Klarheit darüber gewinnen, wieviel er Terisa verraten durfte. Oder vielleicht fragte er sich nur, ob er sich noch einen tüchtigen Schluck aus dem Krug genehmigen sollte.

»Nur zu«, sagte Terisa ruhig. Es interessierte sie, wie der König, den Quillon in seiner Schilderung beschrieb, zu dem gebrechlichen Greis geworden war, den sie kennengelernt hatte, einem so wenig durchsetzungsfähigen Mann, daß selbst Leute, die ihn in ihrer Jugend verehrten, ihm heute nahezu ohne konkreten Grund den Gehorsam verweigerten. »Erzählen Sie mir, was danach geschehen ist.«

Meister Quillon verzog das Gesicht. »Wohlan, gemeinsam mit seinem Freund, dem Imagomanten, welchselbiger ihn mit Rat und Tat und Anleitung unterstützte, fing er nach den Feldzügen als erstes an, andere Imagomanten um sich zu sammeln. Die Imagomanten waren so darauf versessen, einer dem anderen ihre Geheimnisse zu verbergen, daß es den meisten widerstrebte, sich seinem Willen zu beugen. Zudem unternahmen Cadwal und Alend natürlich alles, was in ihrer Macht stand, um ihre Verfügung über die Mittel und Möglichkeiten der Imagomantie nicht einschränken zu lassen. Die drei Königreiche befanden sich in einem ununterbrochenen Zustand des Krieges — eines unerklärten Kriegs, und doch war's Krieg —, und manchmal mußte König Joyse gegen seine Gegner streiten, bis sie unterlagen. Aber er wendete ebenso alle Arten von List und Schliche an. Er setzte Kopfgelder aus. Er sandte kleine Trupps zum Zwecke blitzartiger Überfälle aus. Kuriere, Berater, Hauptleute, alle bestach er, die ihm den Aufenthalt eines Mannes offenbaren konnten, dessen er sich zu versichern gedachte. Er scheute sich nicht einmal, die Familien von Imagomanten entführen zu lassen und als Geiseln in seinem Gewahrsam zu behalten, bis die betroffenen Imagomanten sich ihm ergaben. Die Begründung und Festigung der Zunft der Imagomanten war eine weitaus schwierigere, umständlichere Sache als das Werk, aus verschiedenen Fürstentümern das Königreich Mordant zu schaffen. Sie kostete ihn nochmals zwanzig Jahre.« Erneut verstummte Quillon. Diesmal jedoch trank er, bevor er weiterredete, hastig aus dem Krug. »Nach fünfzehn Jahren war der größte Teil der Bestrebungen König Joyses verwirklicht worden. Nur ein Hemmnis blieb. Der Monarch von Alend und der Großkönig von Cadwal — das zu vernehmen, wird Euch schwerlich überraschen — mißtrauten König Joyse. Sie fürchteten sein Wirken, wiewohl er trotz aller wider sie geschlagenen Schlachten und Überfälle ihre Reiche im großen und ganzen hatte bestehen lassen wie eh und je. In ihren Augen war das nichts als Verrücktheit, und dieselbe nährt in den Busen von Todfeinden keineswegs Vertrauen. Und freilich würden sie, wenn er Imagomanten zu Gebote hatte, sie dagegen nicht mehr, gegen ihn wehrlos sein. Der Großkönig Cadwals verstand's, sich rasch wider die vermeinte Bedrohung zu wappnen, und er hegte dabei wenig Bedenken. Großkönig Festten, der noch heute Cadwal von der großen Küstenstadt Carmag aus beherrscht, wo die Minarette hoch über die Klippen und das Meer emporragen, wo im Nährboden von Reichtum und Macht sämtliche nur erdenklichen abartigen Bosheiten wider die Menschheit ausgeheckt werden«, — anscheinend hatte Meister Quillon keine gute Meinung von Carmag —, »begann seinerseits Imagomanten um sich zu scharen. Er sammelte eine Truppe von etwa dreißig Mann, allesamt aufs vortrefflichste der Imagomantie mächtig, und stellte als Führer den Erz- und Großmeister Vagel über sie. Ferner ernannte er seinen persönlichen Kämpen — des Großkönigs Monomach — zum Verantwortlichen für den Schutz der Imagomanten. Beschirmt durch des Monomachs unvergleichliche Tüchtigkeit in den Kriegskünsten und der Wehrhaftigkeit widmete diese Kabale sich ausschließlich den Mitteln der Gewalt, der Verteidigung Cadwals sowie die Überwindung König Joyses.« Unvermittelt hob Großmeister Havelock den Kopf, als hätte er sich auf einmal doch Meister Quillons Darlegungen zuzuhören entschlossen. »Fünf Jahre vergingen, bevor der König das rechte Vorgehen zu ersinnen vermochte, um die Kabale zu zerschlagen«, sagte Quillon. »Die Mehrzahl der Beteiligten mußte getötet werden. Sie hatten sich zu stark an Cadwals mindere Sitten und üppige Laster *gewöhnt.*« Vorübergehend klang Quillons Stimme nach Gehässigkeit. »Sie waren nicht mehr zur Umgewöhnung imstande. Damals war man des Glaubens, auch der Erz- und Großmeister hätte den Tod gefunden. Aber heute vermutet man, daß er noch lebt, in irgendeinem Versteck lebt und Schurkereien plant. Des Großkönigs Monomach ist natürlich für sein Versagen hingerichtet worden, und ein anderer Kämpe hat seinen Platz eingenommen.«

Mit einer weiten, schwungvollen Bewegung seines

Arms fuhr Havelock über das Spielbrett, als fege er sämtliche Spielmarken auf den Fußboden. Dann stand er auf, watschelte herüber zu Terisa und Quillon, ergriff Terisas Ärmel, stierte ihr ins Gesicht und deutete in die Richtung der noch offenen Pforte, durch die er sie in diesen Raum gebracht hatte. Als sie ihn anschaute, verdrehte er die Augen und winkte nachdrücklich. »Zeit und Vergänglichkeit warten auf keinen Menschen«, sagte er in einem Ton, als befände er sich in einer seiner Phasen geistiger Klarheit, »aber jeder wartet auf Frauen.«

»Nein, Havelock.« Quillon sprach mit mehr Entschiedenheit, als Terisa ihm zugetraut hatte. »Zweifelsohne wißt Ihr's besser als ich. Aber ich werde ihr auch den Rest erzählen.«

Einen Augenblick lang bezeugte das Gesicht des Großmeisters bitteren Grimm. Er kniff ein Auge zu, so daß er mit dem anderen Meister Quillon wütend anglotzen konnte. Quillon ließ sich jedoch nicht einschüchtern, und fast sofort änderte sich Havelocks Gemütsverfassung. Seine Miene entkrampfte sich, lockerte sich zu einem fleischigen Grinsen. »Warte nur, Vagel«, verhieß er mit hoher Stimme, ähnlich wie ein Kind, das eine Rolle spielte. »Ich komme. Hi-hi, ich *komme.*« Indem er Terisa einen schieläugigen Blick zuwarf, wandte er sich ab, begann in dem Durcheinander auf einem seiner Tische zu kramen.

Meister Quillon zuckte die Achseln. Indem er den Kopf in den Nacken bog, trank er aus, was vom Wein übrig war, stellte den Krug mit einem dumpfen Geräusch neben sich auf die Tischplatte. Seine Augen blickten mittlerweile leicht verschleiert drein, und auf seinen Wangen waren zwei rote Flecken entstanden, die farblich zur Nasenspitze paßten.

»Das war vor zehn Jahren, edle Dame«, ergänzte er seine Ausführungen in unheilschwangerem Tonfall. »Während der ersten fünf Jahre selbigen Jahrzehnts lebten wir vergleichsweise sicher und unbehelligt. Die durch König Joyse geschaffenen Verteidigungseinrichtungen und Abwehrmaßregeln bewährten sich vorzüglich. Weite Teile Mordants lebten mehr oder weniger in Frieden. Die Zunft schlichtete die schlimmsten ihrer Streitigkeiten, sowohl solche persönlicher Natur wie auch durch Argwohn hervorgerufene Zwistigkeiten, sie einte sich weitgehend, zumal in dem Maße, wie die Älteren — jene Männer, die sich noch in schönfärberischer Weise an das Dasein vor der Herrschaft König Joyses erinnerten — das Zeitliche segneten. Durch die Gründung der Zunft konnte König Joyse naturgemäß nirgends auf der Welt die Geburt von zur Imagomantie begabten Menschen beeinflussen oder beschränken. Aber er hielt seine Hand über *Wissen und Kenntnisse* der Imagomantie. Der Begabte kann heute nur nutzbringende Anwendungen seiner Gabe lernen, wenn er nach Orison kommt und seinen Dienst als Lehrling der Zunft aufnimmt. In Cadwal und Alend blieb es einigermaßen ruhig. Die meisten von uns«, — Quillons Sarkasmus machte sich erneut bemerkbar —, »scherten sich nicht um die Wirrnis in des Königs häuslichen Angelegenheiten. Fünf Jahre lang fiel uns nicht auf — weil wir's gar nicht zu bemerken wünschten —, daß ihm an Geist und Körper die Kräfte schwanden. Mag sein, er hörte der Mann zu sein auf, den so viele von uns geliebt hatten, weil es für ihn keine gewaltigen oder heldenhaften Taten mehr zu verrichten gab. Letzten Endes aber merkten wir's. Ach, wir *mußten's* .« Mit jedem Satz ließ sich Meister Quillon mehr Bitterkeit ansehen. »Wir vermochten nicht zu mißachten, daß in Mordant Böses sein Unwesen zu treiben anhob. Ein Imagomant begann aus seinen Spiegeln Gräßliches und Greuel ins Land zu lassen, wo immer es Opfer finden konnte.« In der Kühle der Räumlichkeit breitete sich von Terisas Kopfhaut abwärts ein Gefühl des Zusammenziehens längs ihrer Wirbelsäule aus. »Der Verdacht liegt nahe, daß dieser Imagomant niemand anderes als Vagel ist. Stets war er überaus findig darin, in seinen Spiegeln Menschen, Ungeheuer und Kräfte zu entdecken, welche zu nichts denn Zerstörung taugten. Und nie haben die Folgen seiner Bedenkenlosigkeit sein Gewissen belastet. Aber man weiß nicht, wo er die Förderung und die Mittel zur Anfertigung derartiger Spiegel erlangt. Man könnte vermuten, er erhielte sie in Cadwel oder Alend — aber seine Imagines kommen tief im Innern Mordants übers Land, und es dünkt uns unmöglich, daß er die Spiegel andernorts herstellen und sie danach über weite Entfernungen hinweg ins Landesinnere befördern konnte, ohne daß wir zu Orison irgendwann doch davon Kunde erhalten hätten. Doch wenn nicht in Cadwel oder Alend, wo dann? Wem im Innern Mordants möchte daran gelegen sein, das Reich solchermaßen zu bedrohen? Und warum unternimmt König Joyse dagegen nichts? In den anfänglichen Jahren des Unheils mag's angebracht gewesen sein, sich der Geduld und Vorsicht zu befleißigen. Diese Angriffe fanden ja nicht oft statt. Ihr Ursprung, so hatte es sofort den Anschein, lag weder in Cadwal, noch in Alend. Es wirkte verständlich, daß der König auf seine Spione oder seine Freunde wartete, welche das Geheimnis aufdecken und ihm kundtun mochten, auf daß er wüßte, was es zu tun gälte. Doch die Angriffe werden immer ärger, und wir bekommen keine Aufklärung ihrer Herkunft. Statt dessen haben seine Spione und Freunde vermeldet, daß man in Alend und Cadwal durch *deren* Spione und Verbündete erfahren hat, was hier geschieht, und sich anschickt, alle Macht in die Waagschale zu werfen, um Mordants Gefährdung zum eigenen Vorteil auszunutzen. Jenseits der Flüsse Pestil und Vertigon sammeln sich Heere. Es werden Vorstöße in die Gauen gewagt, um ihre Verteidigungsbereitschaft zu erkunden. In einigen Gauen ist man zornig geworden, weil man sich ohne den Beistand König Joyses wehren muß, und murrt wider ihn. Und die Schrecken, die uns vermittelst Translation heimsuchen, wachsen stets übler an, sowohl in ihrer Furchtbarkeit wie auch Häufigkeit. Der Erz- und Großmeister, falls er der Täter *ist*, erstellt Spiegel mit nie zuvor gekannter Schnelligkeit und vollkommen im geheimen. Und nach wie vor unternimmt der König nichts.

Nun ja, nicht nichts«, — der Meister sprach die Berichtigung aus, als hätte er Säure im Mund —, »um genau zu sein. Er spielt immer öfter Springbrett. Unsere Zunft freilich ist für das Verhängnis nicht blind gewesen. Selbst wenn wir nicht jene Berichte vernähmen, die zu Orison an jedwedes Ohr dringen, so hätten wir doch unsere Omen — und wir haben sehr viel dazugelernt, was selbige angeht, seit wir unsere Anstrengungen vereinigt haben. Wir können Mordants Untergang voraussehen, edle Dame, wir sehen, wie's von Kräften vernichtet wird, welche wir sehr wohl durchschauen, wider die zu handeln uns aber der König gleichzeitig mit der Gründung der Zunft verboten hat. Er mag der Zunft nicht gestatten, eine Waffe zu sein. Wiewohl er nichts zu unterfangen gedenkt, um Mordant zu schützen, ist er doch geschwind zur Stelle, wenn's darum geht, in unser Laboratorium zu stürmen und jedes Glas zu zerschmettern, das ein Mittel zur Verteidigung erhältlich macht. Nach einem Kämpen zu forschen, hat er uns nur gewährt — nach langwierigen Disputen —, weil wir einwilligten, daß wir jenen Kämpen, gleich welchen Schlages er sei, nicht wider seinen Willen der Translation unterziehen wollten, vielmehr versuchten, ihn zu überzeugen, ihm aber die Gelegenheit zur Verweigerung zugestehen. Kurzum, unser eigener König hat uns an den Rand des Verderbens gebracht. Wenn ihm nicht noch mehr Männer untreu werden — und zwar in Bälde —, wird Mordant in jene finsteren Zeiten zurücksinken, in welchen es nichts war als ein Schlachtfeld der Auseinandersetzungen zwischen Alend und Cadwal. Und sollte Vagel unterdessen mächtig genug sein, wird er sich mit dem einen Reich verbünden und das andere unterwerfen, und so kann er Herrscher über den ganzen Erdkreis werden.« Gierig griff Meister Quillon sich Terisas Becher, den sie nicht angerührt hatte, stürzte sich den Wein durch die Kehle. »Was mich anbetrifft«, murmelte er in den Becher, so daß es unheilvoll hohl klang, »ich schätze diese Aussicht nicht.«

Terisa hatte ihm so aufmerksam zugehört, daß ihr nicht auffiel, wie Großmeister Havelock sich näherte, bis er sie am Ärmel faßte. Er grinste wie ein Satyr. »Ich erinnere mich«, flüsterte er. Sein Atem roch wie Sumpfgras. »Ich erinnere mich an alles.«

»Er erinnert sich an alles«, brummte Meister Quillon sardonisch. »Spiegel rettet uns!«

»Ja, jawohl!« fauchte Havelock. »Ich entsinne mich.« Sein Grinsen war mehr als obszön; man sah ihm unmißverständlich Blutdurst an.

Quillon seufzte trostlos auf. »Ihr entsinnt Euch, Großmeister Havelock«, murmelte er, als wäre er der Teilnehmer einer besonders langweiligen Liturgie.

»An alles.« Unvermittelt machte der Großmeister einen Luftsprung, der ihm das Gewand bis über die dürren Knie emporwehte. Er schloß eine regelrechte Pirouette an, drehte sich wieder Terisa zu, feixte wie ein Mörder. »Ich erinnere mich an Vagel. Er hatte ein Glas, das Feuer verschleuderte. Ich hatte einen Spiegel voll des Wassers. Er hatte ein Glas mit einem wütigen Ungeheuer. Aber das Untier vermochte kein Wasser zu atmen. Er verfügte über eine Waffe, welche Lichtstrahlen verschoß, die Mauern niederriß, Fleisch verkohlte. Aber diese Strahlen verwandelte Wasser bloß zu Dampf. Ich *erinnere* mich. Ich kann mich noch der Kammer entsinnen, in welchselbiger ich ihn zum Endkampf stellte. Soll ich die Zahl der Kerzen nennen, welche auf dem Tisch brannten? Soll ich Euch die Steine der Wand abzählen? Soll ich Euch den Winkel der Schatten sagen, die in die Ecken fielen? Soll ich alles beschreiben, was ich in seinem letzten Spiegel schaute? Vollkommen flach war er, doch dank seiner Färbung und Formgebung zeigte er eine Stätte in den an Wasserfällen reichen, zerklüfteten Hügeln der Baronien Alends. Von hoch am Himmel schien die Sonne sommerlich auf die Matten eines Abhangs und einen Wasserfall, der in der Ferne glitzerte. Ich sah Schmetterlinge einer Art, wie man sie in Mordant nicht beobachtet, sie gaukelten zwischen

Löwenzahn und Maßliebchen. Oberhalb des Wasserfalls wuchsen hohe Fichten. Ich habe alles gesehen. Nehmt mich beim Wort, edle Dame.« Er blickte Terisa eindringlich ins Gesicht, aber zwangsläufig war immer das eine oder das andere Auge auf die Säule hinter ihr gerichtet. »Ich entsinne mich Vagels genau. Ich vernahm seine Verachtung, als er mich verlachte, ich sah ihn ins Glas treten, als gäb's nichts zu befürchten. Ich konnte sehen, wie er erst den einen, danach den zweiten Stiefel ins Gras setzte, die Halme niedertrat. Vor meinen Augen wehte unter der sommerlichen Sonne sein schwarzes Gewand. Ich sah, wie seine Schulter, indem er auf dem Hang ein, zwei Schritte tat, den Wasserfall meiner Sicht entzog. Dann wandte er sich um und winkte mir, ich sollte ihm folgen. Er winkte mir zu, edle Dame.« Havelocks Hände vollführten heftige Kratzbewegungen, als hätte er vor, mit seinen mageren Klauen die Luft vor Terisas Gesicht zu zerfetzen. »Er *winkte,* und noch immer verhöhnte mich seine Miene. Also folgte ich ihm, wiewohl jeder Imagomant weiß, eine Translation, die keine regelrechte Versetzung bewirkt, ist Wahnwitz.« Seine Stimme gewann an Schrillheit. »Warte auf mich, Vagel. Ich komme. Ich komme. Aaah!« Das Aufstöhnen glich einem erstickten Aufschrei. »Ich bin der Großmeister. Ich entsiegelte sein Glas. Ich trat durch den Spiegel. Doch sobald ich's tat«, — seine Stimme steigerte sich nun zu grellem Gefistel —, »da riß er die Sonne vom Himmel herab und stieß sie mir in die Augen, und tief in meinem Innern ward alles Licht. Licht, edle Dame, hi-hi! Licht.« Aus seiner Kehle drangen Laute, die von einem kleinen Mädchen hätten stammen können, das in einer dunklen Abstellkammer eingesperrt war und sich zu beruhigen versuchte.

Meister Quillon hustete. Von Wein oder Gram waren seine Augen rot. »Edle Dame«, sagt er, »Ihr habt mich gefragt, warum einige Leute ihn ›des Königs Schelm‹ heißen. Selbiges beliebt ihnen, dieweil sie ihn für einen Verräter an ihresgleichen halten … an anderen Imagomanten. Gewiß, 's ist die Wahrheit, daß er viele Imagomanten an König Joyse verraten hat. Für seine Begriffe besaßen des Königs Pläne größeres Gewicht als deren Recht auf Freiheit. Der schwerwiegendste Verrat, den er beging, betraf die in Carmag um Vagel versammelten Imagomanten. Niemand anders als er war's, der diese Kabale entlarvte. Indem er seinen Namen verschwieg, ihnen verhehlte, wem seine Treue wahrlich gehörte, stieß er wie einer von etlichen Imagomanten, die nach Macht lechzen, zum Erz- und Großmeister. Drei Jahre lang — während welcher sein Leben unablässig in höchster Gefahr schwebte — diente er Vagel, erkundete sein Wirken und seine Zwecke, mimte einen wißbegierigen Schüler, spionierte indessen jener Kabale Verteidigungsmaßnahmen und Absichten aus. Und sobald er entdeckt hatte, wie er wider sie vorzugehen vermochte, ließ er die Falle zuschnappen, ermöglichte dem König und einer Abteilung seiner Garde das Eindringen in die Zitadelle, in welchselbiger die Imagomanten hausten und ihre Schuftigkeiten vorbereiteten. Der Erz- und Großmeister aber«, — Quillon sprach nun in traurigem Ton —, »besaß eine Fähigkeit, an der's Havelock mangelte. Er hatte gelernt — wie wir heute wissen, während wir damals derlei als undurchführbar erachteten —, mittels eines flachen Spiegels Translationen *innerhalb* unserer Welt zu vollziehen. Als Havelock versuchte, Vagel zu folgen, raubte die gar fürchterliche Einwirkung einer Translation ohne herkömmliches Ziel ihm den Verstand, und ebenso haben derlei Versuche alle, die's nach ihm wagten, um den Verstand gebracht, mit Ausnahme Vagels, glauben wir, dem anscheinend eine solche Translation gelungen ist. Darum wähnten wir damals Vagel tot, nachdem Havelock als tobender Irrer zu König Joyse zurückkehrte und von seinem Widersacher keine Spur gefunden werden konnte. Wie ich bereits anmerkte«, — Meister Quillon seufzte —, »Großmeister Havelock hat seine Augenblicke geistiger Klarheit. Doch seit nun zehn Jahren ist des Königs engster Freund und Berater ein Wahnsinniger.«

Der Großmeister war während Quillons abschließender Worte immer nervöser geworden. Sobald der Meister verstummte, warf er plötzlich die Arme nach den Seiten, als zertrenne er vor sich einen Schleier. Dann packte er Terisa am Arm und zerrte sie vom Stuhl hoch, riß sie in die Richtung zur offenen Pforte. »Komm, Weib!« grölte er. »Ich vermag die Zermürbung nicht länger zu erdulden!«

Zermürbung? Terisas Gedanken waren zu voll von den Dingen, die sie gehört hatte. Sie vergaß sich. Eindeutig mißfiel es ihr, herumgezerrt zu werden wie ein ungehorsames Kind. Sie machte ein paar rasche Schritte, um dicht vor den Großmeister zu gelangen, stemmte die Füße fest auf den Boden und zog ruckartig an ihrem Arm, um ihn aus Havelocks Umklammerung zu lösen. Das war leichter, als sie erwartet hatte. Seine Greisenfinger glitten von ihrem Arm; als er seitwärts taumelte, brach er beinahe zusammen.

Terisas Herz pochte (weniger infolge der körperlichen Anstrengung, als aufgrund ihrer Kühnheit), als sie sich wieder Meister Quillon zudrehte. Er musterte sie voller Interesse, den Kopf zur Seite geneigt, seine Nase zuckte. »Ich möchte mich bei Ihnen bedanken«, sagte Terisa, ehe ihre Nerven versagen konnte. »Was Sie mir erzählten, ist mir 'ne große Hilfe. Ich werde Sie niemandem verraten.«

Quillon neigte feierlich den Kopf, als verspräche sie mehr, als ihr bewußt sei. »Das wüßten wir aufs außerordentlichste zu würdigen, edle Dame.«

»Ich verstehe absolut nichts von Ihren Spiegeln«, stellte Terisa umgehend klar. »Ich bin keine Imagomantin. Aber ich glaube, daß die Welten, die Sie in den Spiegeln sehen, Wirklichkeit sind. Die Welt, aus der ich stamme, ist nichts, was durch Geraden und ein Stück Glas per Zufall geschaffen worden ist.«

Meister Quillon hob die Schultern, seine trübsinnige Stimmung kehrte zurück. »Ich hoffe, Ihr habt recht, edle Dame. Ich bin der Ansicht, Ihr habt tatsächlich recht. Doch die Einwände der Gegenseite, die anderer Meinung ist, sind nur schwer zu widerlegen. Wenn es Eure Welt in Wirklichkeit gibt, und Ihr seid keine Imagomantin, wie war's dann möglich, daß Geradens Translation so übel fehlgeraten ist?«

»Ich weiß es nicht«, beteuerte Terisa zum wiederholten Mal. »Das sind alles ganz neue Sachen für mich. Aber ich werde versuchen«, — es verblüffte sie, sich das sagen zu hören —, »es herauszufinden.«

Vielleicht nur um dagegen vorzubeugen, daß sie noch mehr äußerte, was ihrer Vorstellung von sich selbst so sehr widersprach, gab sie Havelocks durch fortgesetztes dramatisches Gefuchtel bekundeter Ungeduld nach, schloß sich ihm an, um ihm zurück in den Geheimgang zu folgen.

»Sonst zählt nichts«, murmelte der Großmeister dumpf. »Allein Springbrett.« Sobald sie beide im Geheimgang standen, machte er die Pforte zu. Im Dunkeln fummelte er einen Moment lang herum, bis wieder der Lichtstrahl aus dem kleinen Stück Glas drang. Dann beeilte er sich die Treppe hinauf, erklomm die Stufen so schnell, wie seine alten Beine es erlaubten.

Terisa stellte fest, daß das Ersteigen der Treppen ihr leichter fiel als das vorherige Hinabsteigen, denn es war einfacher, einen Fuß vor den anderen zu setzen, weil man wußte, wohin man ihn stellte. Aber Havelock erschwerte die Angelegenheit unnötig, indem er seinen Lichtstrahl hin- und herbewegte oder damit weit vorausleuchtete, statt damit gleichmäßig die Stufen zu erhellen. Er wurde buchstäblich mit jedem Moment flattriger. Die Strapaze ließ den Atem in seinen Lungen unregelmäßig rasseln, doch offenbar mochte er seine Schritte nicht zügeln.

»Warum so eilig?« schnaufte Terisa ihm hinterdrein. Die Lifts zu Hause hatten sie nicht ans Treppensteigen gewöhnt.

An einer Abzweigung blieb Havelock stehen und leuchtete mit seinem Licht in alle Richtungen. Danach schielte er sie für einen Augenblick verkniffen an. »Der Verdruß mit Weibern ist«, keuchte er, indem er um Atem rang, »daß sie nie stillschweigen.«

Während er den Weg nach oben fortsetzte, erhielt Terisa den Eindruck, daß der steinerne Gang schmaler wirkte, sich verengte. Das Geräusch der Füße auf den Stufen schien sich in der Geschwindigkeit ihrem beschleunigten Herzschlag anzupassen, unterschwellig von den Wänden widerzuhallen. Die Decke lastete bedrohlich tief über ihr. Havelock war ein Verrückter; aber es war auch verrückt, wie er, was er nicht aussprach, trotzdem mitzuteilen verstand. Was verursachte seine plötzliche Hast, diese an Panik grenzende Erregung? Terisa begriff selbst nicht, weshalb sie sich dazu veranlaßt fühlte, unbedingt mit ihm Schritt zu halten, oder gleichzeitig versuchte, ihre Atemzüge zu dämpfen.

Mußten sie nicht längst an ihrem Quartier vorüber sein? Es kam ihr unmöglich vor, von Havelock so weit abwärts gezerrt worden zu sein, ohne sich einen Begriff von der Entfernung gemacht zu haben.

Als er verharrte, prallte sie fast gegen ihn. »Was ...?« Sofort schlug er mit den Armen, als wären sie Flügel, um sie zum Schweigen zu bringen. Er stand reglos da, das Licht auf seine Füße gesenkt, sein Gesicht im Schatten, konzentrierte sich hartnäckig, lauschte. Im Widerschein der Helligkeit auf dem grauen Stein sah sie seine Lippen beben. Da hörte sie es: von irgendwo, noch recht fern, erscholl leises, metallisches Geklirr, dazu gedämpftes Gerufe.

Havelock gab eine gänzlich unzweideutige Unflätigkeit von sich und begann erneut die Treppen hinaufzuhasten, löschte unterwegs sein Licht. Für einen Sekundenbruchteil rührte Terisa sich nicht, als sie auf einmal völlige Finsternis umhüllte. Dann sprang sie, so schnell ihre Furcht es ihr ermöglichte, dem Großmeister instinktiv nach, bot verzweifelt alle körperlichen Kräfte auf, um ihn einzuholen, ehe er sie im Dunkeln allein zurücklassen konnte. Sein heiseres Gekeuche eilte ihr voraus, fast in Reichweite.

Terisa reckte sich vorwärts, streckte sich — und ihre Finger krallten sich in den Stoff seines Gewands. Das genügte. Havelock rannte unerwartet um eine scharfe Biegung, aber Terisa vermochte dank des knappen Halts an seiner Kleidung Anschluß zu wahren. Hinter der Biegung näherten sie sich Lampenschein, aber es war schon zu spät, als daß Terisa davon noch einen Nutzen gehabt hätte. Eine halbe Sekunde, nachdem Havelocks Füße statt auf Stein auf hölzerne Bretter trampelten, stolperte sie über den Rand der Kleiderschranktür und flog kopfüber auf den Fußboden ihres Schlafzimmers.

Überall sah sie Pfauenfedern. Sie segelten durch die Luft, sausten in kleinen Wirbeln über die Teppiche, senkten sich sanft auf die Bettkanten. Eine wehte Terisa ins Gesicht, behinderte für einen Augenblick ihre Sicht. »Edle Dame!« japste im gleichen Moment eine rauhe Stimme, und Eisen klirrte, hallte wie ein Glockenspiel. Die Stimme klang nach Ribuld.

Terisa strich sich die Feder aus dem Blickfeld, gerade rechtzeitig, um zu sehen, wie er einen Schwerthieb parierte, Funken aus der Klinge seines Schwerts stoben. Er und Argus fochten mit aller Kraft gegen einen dritten Mann, der ihnen den Zugang zum Schlafzimmer versperrte und die beiden von Terisa trennte. Die Federn, die überall umherflogen, waren Bestandteil einer Dekoration gewesen, die der Mann herabgerissen hatte, um sie als Schild zu verwenden.

Er trug einen Umhang und eine lederne Panzerung in so tiefem Schwarz, daß es schwierig war, ihn genauer zu betrachten. Sein Anblick verwirrte Terisa wie ein Schatten auf einer unebenen Fläche; seine sämtlichen Bewegungen ähnelten dem Huschen und Flirren eines Schattens. Nur sein Schwert glänzte, schimmerte hell, gleißte gespenstisch, wenn es Glutfunken aus den Klingen der Gegner schlug. Er wirkte, als wäre er wenigstens zwanzig Zentimeter kleiner als Ribuld und Argus und schlanker als die beiden; trotzdem führte er seine Schwertstreiche so kraftvoll wie sie. Man konnte sehen, daß sie keineswegs drauf und dran waren, ihn zu bezwingen.

Die zwei Wächter hatten offensichtlich schon einiges einstecken müssen. Argus hatte unter einem Auge eine dunkle Prellung, und seine Fingergelenke bluteten. Ribuld hatte eine Schnittwunde zwischen Nacken und Schulter erlitten. Ihre Kettenhemden strotzten von Rissen und zerhauenen Stellen; anscheinend hatte ihr Widersacher nach Kräften auf sie eindreschen können.

Der Schwung einer Attacke trieb Ribuld rückwärts, er taumelte, verlor das Gleichgewicht und gelangte dadurch aus der Nähe seines Kontrahenten, aber er sackte wuchtig gegen den Kamin, sank auf die Knie.

Argus sprang vor, hieb mit dem Schwert nach dem Kopf des Schwarzgekleideten; der jedoch war flinker, er wehrte den Streich ab, stieß Argus' Klinge beiseite. Dann schmiß er seinen inzwischen arg zerfledderten »Schild« Argus ins Gesicht. Ehe Argus zu reagieren vermochte, versetzte die rabenschwarze Gestalt ihm einen Tritt in den Unterleib, der ihn ums Haar mit dem Schädel auf den Boden zerschmetterte. Als er aufschlug, krümmte er sich zusammen und fing zu röcheln an.

Geschmeidig wie ein Schemen wandte der Mann sich Terisa zu. Jetzt konnte sie sein Gesicht erkennen. Im Lampenschein glommen seine Augen gelb; er besaß eine Nase wie ein Beil. Er bleckte die Zähne zu einem mörderischen Grinsen. Terisa meinte, auf seinen Wangen Narben zu sehen. Der Umhang schien sich über seinen Schultern aufzubauschen, als er den Griff seines Schwerts mit beiden Fäusten packte und es emporschwang, um die Klinge auf Terisa niedersausen zu lassen.

»Edle Dame!« schrie Ribuld noch einmal. Er stürzte vorwärts wie ein Widder und warf sich gegen den Rücken von Terisas Bedränger, Terisa hatte sich auf Hände und Knie hochgestemmt, aber ansonsten blieb sie unfähig zu jeder Regung. Nichts von allem, was hier geschah, ergab für sie irgendeinen Sinn. Sie war lediglich zum Beobachten imstande, während der Mann in Schwarz sich abwandte, rasch herumschwang, um sich Ribulds zu erwehren.

Ihre Klingen prallten mit derartiger Wucht aufeinander, daß Terisa glaubte, sie könnte sie splittern hören. Das Schellen des Eisens glich einem Berstgeräusch. Diesmal jedoch hielten Ribuld und sein Schwert stand; der Hieb des Schwarzgekleideten glitt über seine Schulter hinweg ab, und danach sah sich der Schwarze dazu gezwungen, einen Streich Ribulds zu parieren; das allerdings tat er so geschickt, daß Ribuld zurückspringen mußte, um nicht die Hände verstümmelt zu bekommen.

Der Eindringling drängte sofort nach, schlug mal von der einen, dann von der anderen Seite auf Ribuld ein. Ribuld parierte alle Hiebe mit seiner Klinge. Funken sprühten auf seine Unterarme, aber er schien nicht zu spüren, wie sie versengt wurden. Er wich erneut zurück, aber diesmal mit Berechnung, wartete auf eine Blöße seines Widersachers.

Doch plötzlich vollführte der Mann in Schwarz einen Satz von Ribuld weg und auf Argus zu. Während Argus ihn entsetzt anstarrte, in seinem Schmerz hilflos, schwang der Mann sein Schwert, um ihm den Kopf abzuhacken.

»Nein!« Verzweifelt versuchte Ribuld ihm in den Arm zu fallen. Aber die Verzweiflung machte ihn unvorsichtig. Als der Mann die Richtung seines Hiebs änderte, vermochte er ihn nicht abzuwehren. Die flache Seite der Klinge traf Ribuld ins Gesicht und fällte ihn.

»Und nun, edle Dame«, sagte der Mann mit einer Stimme wie Seide, »laßt uns ein Ende machen.« Das lange Schwert vor sich erhoben, stapfte er ins Schlafzimmer.

Aus irgendeinem Grund dachte Terisa, diesmal würde niemand sie retten, daß kein junger Mann wie in ihrem Traum käme, um zu ihrem Schutz sein Leben aufs Spiel zu setzen. Wenn sie überleben wollte, dachte sie, müßte sie selbst etwas tun — um Hilfe rufen, aufspringen und in Orisons Geheimgänge fliehen, irgend etwas. Doch sie blieb ratlos am Fußboden kauern, außerstande zu begreifen, warum jemand mit derartigem Haß über sie herfallen sollte, blieb unfähig zu jeder Bewegung.

Zum Glück tat im letzten Moment Havelock einen Satz aus seinem Versteck im Kleiderschrank und lenkte den Lichtstrahl aus seinem Glas in die Augen des Attentäters. Der Mann stieß einen Schmerzschrei aus und prallte zurück. Einen Augenblick lang verharrte er mit vor den Augen überkreuzten Unterarmen, die Spitze seines Schwerts wies an die Zimmerdecke. Dann knurrte er einen Fluch. Obwohl er zweifellos überhaupt nichts sehen konnte, senkte er die Waffe und tappte, tastete sich vorwärts, suchte die Umgebung nach etwas ab, auf das er einhauen könnte.

Im Nebenzimmer raffte sich Argus auf die Knie hoch, langte nach seinem Schwert. »Aber nun«, knirschte er, zerrüttet von Pein, dennoch bereit zum Töten, »nun hab ich dich.«

Terisas Bedränger hielt inne. Hätte er Argus sehen können, ihm wäre klar gewesen, daß ihm keine Gefahr drohte; Argus war kaum zum Kriechen imstande. Doch der Mann vermochte nichts zu sehen. Einen Augenblick lang zögerte er, lauschte auf die Geräusche, die Argus erzeugte; dann wirbelte er herum, kehrte Terisa den Rücken zu und vollführte einen gewaltigen, geradezu akrobatischen Sprung über Argus und Ribuld hinweg, erreichte die Tür. Eine Sekunde später war er fort.

Argus stöhnte, stieß Ribulds reglose Gestalt an. »Folge ihm, du Narr. Laß ihn nicht entweichen.«

Terisa starrte umher, fühlte sich zu fassungslos, um in logischen Folgerungen denken zu können. Ribuld und Argus hatten sie zu schützen versucht — und ihren Einsatz ums Haar mit dem Leben bezahlt. Rings um den Riegel war das Holz der Tür zersplittert. Falls der Mann die Sicht wiedererlangte und zurückkam ... Der Großmeister, obwohl er verrückt war, verstand jedenfalls in gewissem Umfang, was rund um ihn geschah. »Havelock«, fragte

Terisa gedankenschwer und mit leiser Stimme, »haben Sie gewußt was los ist?«

Aber der Großmeister war nicht mehr da. Er hatte sich bereits entfernt. Die Geheimtür an der Rückseite des Kleiderschranks war geschlossen.

7

Die Kerker von Orison

Die Ereignisse der nächsten halben Stunde hatten später in Terisas Erinnerung alle Eigenschaften der Unschärfe und Verschwommenheit. Die Nerven schlotterten ihr wie schlecht gestimmte Saiten, ihr Pulsschlag wollte nicht mäßiger werden. Mit soviel Adrenalin in den Venen hätte sie eigentlich wacher, besser zu durchschauen imstande sein müssen, was sich abspielte. Aber alles schien ihrer Aufmerksamkeit irgendwie zu entgleiten, sobald sie sich auf etwas zu konzentrieren versuchte. Die Wirklichkeit war wie Sand geworden und rann ihr durch die Finger.

»Holt Beistand«! röchelte Argus in ihre Richtung. Er hatte sich nicht von Ribulds Seite gerührt, kauerte dort, mit knapper Not dazu in der Lage, sich auf die Arme zu stützen. »Sollte er wiederkehren ...«

Wahrscheinlich hatten diese Äußerungen etwas zu bedeuten. Hatte sie nicht eben etwas Ähnliches gedacht? Sicher war sie sich nicht mehr.

Ihre instinktive Neigung galt ganz einfach dem Fortlaufen, der Flucht in den Geheimgang des Großmeisters, zu Meister Quillon. Sie wünschte sich, warme Arme um sich zu spüren. Meister Quillon würde sie doch trösten können? Deshalb hatte sie das Gefühl, die schwerste Aufgabe seit Jahren zu verrichten, als sie, statt das Weite zu suchen, an Ribuld und Argus vorbei zu dem Klingelzug hinter der Pfauenfeder-Wanddekoration ging und daran riß. Eine andere Möglichkeit, um Hilfe zu holen, wußte sie nicht. Sie zog so kräftig an der aus Satin geflochtenen Kordel, wie sie sich traute. Anschließend kehrte sie ins Schlafzimmer zurück.

Irgendeine Art von innerer Eingebung, die sie im Moment nicht verstand, bewog sie dazu, die Kleider im Kleiderschrank wieder ordentlich aufzuhängen, die Schranktür zu schließen, und so den Geheimgang vollends zu verbergen.

Es dauerte nicht lange — oder vielleicht doch, abhängig davon, wie ihr gerade zumute war —, bis jemand sich einfand. Aber es war nicht Saddith. Die Frau, die sich an der Tür zeigte, sah nach einer Bediensteten aus; sie war jedoch älter als Saddith, noch zersaust vom Schlaf, hatte sich sichtlich in aller Hast angezogen und zudem schlechte Laune. Doch sobald sie Ribuld und Argus, die überall verstreuten Federn und die aufgebrochene Tür gesehen hatte, vergaß sie ihre Mißgestimmtheit und lief hinaus. Einen Moment lang konnte man sie im Korridor kreischen hören. »Holla, Wachen! Zu Hilfe!«

»Törichtes Weib«, murrte Argus durch die Zähne.

Ribuld regte sich. Er fuhr sich mit den Händen übers Gesicht, nahm sie ruckartig von seiner verquollenen Stirn. »Bei allen Töchtern der Ziege«, stöhnte er. »Wer *war* der Halunke?« Schwächlich stützte er sich auf einen Ellbogen und spähte rundum. Als er Terisa sah, seufzte er erleichtert auf und sank wieder auf den Fußboden.

»Ich sterbe«, flüsterte Argus schwerfällig. »Der Schweinehund hat mich entmannt.«

»Übertreibe nicht«, antwortete Ribuld mit schleppender Stimme. »Dadurch wird sich an deinem Leben nichts ändern.«

Wenig später hörte Terisa genagelte Stiefel durch den Korridor heranstampfen, eine ganze Anzahl solcher Stiefel. Mit gezücktem Schwert sprang ein ähnlich wie Ribuld und Argus gekleideter Mann zur Tür herein. Ihm folgten fünf Kameraden, alle auf Kampf eingestellt; sie wirkten zu jeder Gewalttätigkeit bereit, so wie die drei Reiter in Terisas Traum. Aber es bot sich keine Gelegenheit zum Kampf. Rasch durchsuchten sie die Zimmer, dann sammelten sie sich um Terisas Beschützer. »Was hat sich zugetragen?« erkundigte sich einer von ihnen, plump auf Lustigkeit bedacht. »Seid ihr zwei Lüstlinge am Ende gar an ein Weib geraten, das euch umgehauen hat?«

Bevor Argus und Ribuld antworten konnten, kam ein anderer Mann ins Zimmer gestapft. Von seinem kurzgeschnittenen, graumelierten Haar bis zum vorgeschobenen Kinn, von der stolzen Haltung der Schultern bis zu seinen schweren Schritten trat er, obwohl er kleiner als Terisa war und gut einen Kopf kürzer als die anderen Männer, geschwollen von Autorität auf. Gekleidet war er so wie sie, trug jedoch zusätzlich überm Kettenhemd, über die Schulter geschlungen, eine purpurrote Schärpe und oberhalb der dicken, grauen Brauen ein purpurnes Stirnband. Seine Augen besaßen einen Blick unablässiger Grimmigkeit, und sein Mund war zu einem gleichartigen Ausdruck verzogen, als hätte er jede sonstige Ausdrucksmöglichkeit längst vergessen.

Er schaute sich im Zimmer um, schätzte die Situation ein, stelzte herüber zu Terisa und machte eine steife Verbeugung. »Edle Dame«, sagte er (trotz seines ruhigen Tonfalls fuhr Terisa beim Klang seiner Stimme beinahe zusammen), »ich bin Kastellan Lebbick, Obrist der Besatzung Schloß Orisons und Oberbefehlshaber von Mordants Landwacht. Ich werde mich sogleich mit Euch unterhalten.« Sofort wandte er sich an Argus und Ribuld. Ohne die Lautstärke seiner Stimme zu heben, gelang es ihm, ihr die Wirkung einer Peitsche zu verleihen. »Was geht hier vor?« Mit erheblicher Mühe stellten die beiden Verletzten sich auf die Beine. Voller Mißbehagen versuchten sie, den Vorfall zu erläutern. Adept Geraden hätte sie um die Gefälligkeit gebeten, auf Terisa von Morgan — für den Fall, daß sie Schwierigkeiten bekäme — ein Augenmerk zu haben. Welcher Art diese Schwierigkeiten sein könnten, dazu hätte er sich nicht geäußert. Weil sich die beiden jedoch außer Dienst befanden, waren sie zu dem Gefallen bereit gewesen. Lange Zeit hatte sich nichts ereignet. Dann erschien der Mann in Schwarz im Korridor. Er trat vor das Paar und verlangte, eingelassen zu werden, er müßte mit der Dame eine Sache regeln. Als sie ihn fragten, was das für eine Sache sei, zückte er das Schwert, brach die Tür auf und versuchte, »die Edeldame Terisa von Morgan zu erschlagen«. Zuletzt hätte er seine Absicht aufgegeben und sei geflüchtet.

Während sie zuhörte, begriff Terisa, weder Argus noch Ribuld wußten, daß sie zwischendurch ihre Unterkunft verlassen hatte. Ebensowenig hatten die zwei Großmeister Havelock gesehen. Darum konnten sie sich die plötzliche Flucht des Attentäters nicht erklären. In dem er zu Terisa herüberschaute, als hielte er sie für die Urheberin, murmelte Argus etwas über einen Lichtschein, duckte sich aber angesichts der Weise, wie Kastellan Lebbick ihn ansah.

Ohne Terisa eines Blicks zu würdigen, schickte der Kastellan die sechs Wärter hinaus, damit sie den Rest der Schloßbesatzung weckten und eine Suche nach dem Mann in Schwarz einleiteten. »... wiewohl er wahrscheinlich längst über alle Berge ist.« Danach wandte er sich nochmals an Ribuld und Argus. »Laßt mich eure Darstellung zusammenfassen. Er hat euch beide lange genug von der Tür abgedrängt, um sie aufbrechen zu können. Er ist bis zur Schwelle des Schlafgemachs vorgedrungen. Einen von euch hat er bewußtlos geschlagen, den anderen außer Gefecht gesetzt. Da zagte er mit einem Mal, und er ergriff die Flucht. Gewißlich hat's ihn entsetzt, wie leicht er euch zu bezwingen vermochte. Es wollte wohl jeder, der dem König dient, so wie ihr sein. Mich wundert's, daß er nicht aus Furcht gestorben ist.« Ribuld und Argus ließen die Köpfe hängen. »Edle Dame?« meinte Lebbick grimmig. Terisa gab keine Antwort. Jetzt verstand sie, weshalb sie den Kleiderschrank geschlossen hatte. Havelock war das Risiko eingegangen, sowohl den König wie auch die Zunft zu verärgern, indem er sie in einiges aus der Geschichte Mordants einweihte, und sie hatte ja versprochen, über seine Hilfsbereitschaft zu schweigen. »Nun wohl«, brummte der Kastellan. »Lassen wir's vorerst auf dieser Unklarheit beruhen. Doch erläutert mir eins«, — das galt wieder Argus und Ribuld —, »ihr schafsköpfigen Trampeltiere. Warum habt ihr von dem, auf was ihr euch eingelassen habt, niemanden in Kenntnis gesetzt? Bei allen Sternen, mein Lebtag habe ich drauf verwendet, geistloses Fleisch zu lehren, wie hochwichtig es ist, untereinander Verbindung zu halten und jederzeit Verstärkung anfordern zu können. Da ihr Geraden soviel glaubtet, die Dame möchte in Gefahr schweben, weshalb habt ihr die sehr einfache Vorsichtsmaßregel versäumt, dafür zu sorgen, daß euch Unterstützung zukommen kann?«

Die Prellung auf seiner Stirn lieferte Ribuld einen guten Vorwand, um die Hand vors Gesicht zu heben. »Wir haben Geraden nicht geglaubt. Ihr *kennt* ihn. Wir haben ihm bloß 'ne Gefälligkeit erwiesen. Um Artagels willen.«

»Ha! Von wegen!« entgegnete Kastellan Lebbick. »Ich will euch *sagen,* warum ihr zu niemandem davon gesprochen habt. Hättet ihr eurem Vorgesetzten gemeldet, was ihr beginnt, so hätte er's mir vermeldet ... und *ich* hätt's dem König melden müssen. Dieweil der König es nicht als vonnöten erachtete, der Dame Wächter zuzuteilen, wäre er sich wohl zu fragen geneigt gewesen«, — die Stimme des Kastellans klang derartig scharf, als könnte man sich daran schneiden —, »wie *ihr* dazu kommt, euch in seine Entscheidungen einzumischen.«

»Es lag uns fern, irgend etwas Unrechtes zu tun«, erhob Argus Einspruch. »Wir haben nur ...«

»Ich weiß Bescheid. Erspart mir eure Ausreden. Ich werde mich Geradens annehmen. *Ihr* werdet umgehend bei eurem Hauptmann vorstellig. Erstattet ihm über den Vorfall Bericht ... und schätzt euch glücklich, daß ich euch nicht in Eisen schließen lasse. Hinweg mit euch.« Argus und Ribuld gehorchten, wagten kaum zu ächzen. Keiner von beiden schaute Terisa an. Unter dem bitterbösen Blick des Kastellans hoben sie unverzüglich, obwohl etwas umständlich, ihre Waffen auf und humpelten hinaus. »Wohlan, nun zu Euch, edle Dame.« Lebbick kehrte sich Terisa zu. »Mag sein, wir vermögen diesen Zwischenfall unter uns ein wenig offenherziger zu behandeln. Gewißlich wird's König Joyse gar sehr erleichtern, zu vernehmen, daß Ihr, nachdem zwei meiner Wachen versagt haben, den Meuchler allein und ohne Beistand zu vertreiben vermochtet. Vielleicht wird er jedoch zu erfahren wünschen, wie's Euch gelungen ist. Mit Gewißheit wird er wissen wollen, was es ist, das mitten in der Nacht derlei Anschläge über Euch bringt.« Er trat um einen Schritt näher, schob das Kinn noch energischer nach vorn. »Wer seid Ihr, teure Dame? Oh, ich weiß, was man erzählt ... zu Orison kann dergleichen kein Geheimnis bleiben. Adept Geraden hat Euch durch eine mißliche Translation hergebracht. Aber wer *seid* Ihr?« Er starrte ihr ins Gesicht, die Augen so eindringlich wie Ahlen. »Welches Spiel trachtet Ihr mit meinem König zu spielen?«

Seine Stimme klang dermaßen zornig, daß Terisa zu zittern anfing. Ein zweiter Schritt, und Lebbick stand dicht vor ihr. Sie wußte genau, was geschehen würde, falls er die rechte Hand hob, mit dem Zeigefinger auf sie deutete. Sie würde zu plappern anfangen: Tut mir leid. Ich hab's nicht gewollt. Ich werd's nicht wieder tun, ich versprech's, bitte bestrafe mich nicht ... *Ich weiß nicht, was ich falschgemacht habe.*

Doch zu ihrem Glück kam in diesem Moment ein Wächter hereingerannt, blieb ruckhaft stehen; er war ein junger Bursche, und die Furcht vor Kastellan Lebbick ließ sich ihm deutlich ansehen. »Um Vergebung, Herr«, stieß er überstürzt hervor. »Ich gedachte Euch nicht zu stören. Ich habe Euch einen Befehl des Königs auszurichten.«

Lebbick schöpfte tief Atem und schloß die Augen, als koste es ihn beträchtliche Mühe, die Beherrschung zu behalten. Dann drehte er Terisa den Rücken zu. Der Wächter schluckte schwer und blickte den Kastellan wie ein Vogel an, den eine Schlange bannte. »Einen Befehl des Königs«, schnauzte Lebbick bösartig, »behauptest du zu bringen. So versuche, dich darauf zu besinnen.«

»Gewiß, Herr, Befehl des Königs, Herr. Er hat die Suche abbrechen lassen.«

»*Was?*« Lebbicks Stimme hatte Ähnlichkeit mit einem Peitschenhieb.

»Der König hat angeordnet, die Suche zu beenden, Herr.«

»Fürwahr, das ergibt mir einen Sinn. In Zeiten wie diesen braucht man lediglich ein geringfügiges Ärgernis darin zu erblicken, wenn im Schloß ein Meuchelmörder umgeht. Hat der König einen *Grund* für die Beendigung der Suche genannt?«

»Ja, Herr.« Der Wächter war kalkweiß im Gesicht. »Er hat geäußert, all das Umhergelaufe inmitten der Nacht mißfiele ihm.«

Vor Erbitterung verkrampften sich für einen Moment Kastellan Lebbicks Schultern. Trotzdem sprach er leise. »Sonst nichts?«

»Doch, Herr. Außerdem hat er gesagt ...« Der junge Mann wirkte, als wäre er lieber in Ohnmacht gefallen. »... er wünscht, daß Ihr seine Gäste in Ruhe laßt.« Unwillkürlich zuckte er zusammen, als befürchte er, geprügelt zu werden.

Der Kastellan schwang einen Arm durch die Luft, aber nicht, um den Soldaten zu schlagen. Er klatschte sich die Hand heftig auf den Oberschenkel. Aus der Tiefe seiner Kehle drang ein Knurren. Anschließend gab er ein lautes Fauchen von sich. Urplötzlich fuhr er herum, wandte sich wieder Terisa zu. Genau wie der Soldat fuhr sie zusammen.

»Edle Dame, seid gewarnt«, sagte Lebbick. »Ich bin Schloß Orisons Kastellan. Ich trage hier für vielerlei die Verantwortung, an erster Stelle jedoch für den Schutz des Königs. Er leidet unter einem unnatürlichen Glauben an seine irdische Unsterblichkeit. So verblendet bin ich nicht.« Seine Kiefer mahlten die Wörter wie Schrot. »Ich gehorche ihm, so gut ich's vermag. Danach jedoch nehme ich die Dinge in meine Hand.« Er machte auf dem Absatz kehrt und stapfte davon. Als er an dem jungen Soldaten vorbeikam, verharrte er lange genug, um Anweisungen zu erteilen. »Die Dame ist zu bewachen. Diesmal aber unter

Beachtung der Vorschriften.« An der Tür blieb er noch einmal stehen. »Der Eingang wird für die übrige Nacht geschlossen. Ich werde veranlassen, daß man die Verriegelung am Morgen wiederherstellt.« Gleich darauf war er fort.

Der Wächter hob mit einfältiger Miene die Schultern — halb bedauerte er seine Untertänigkeit, halb war ihm anscheinend danach zumute, sich für die Grobheit des Kastellans zu entschuldigen —, dann folgte er seinem Obristen hinaus und machte von außen die Tür zu.

Kaum war er draußen, war Terisa, als wäre mit ihm auch ihr sämtlicher Mut entschwunden. Ohne Vorwarnung schlug ihre Stimmung in Furchtsamkeit um. Sie raffte das Kleid straff um die Hüften, eilte zur Tür und lauschte. Deutlich konnte sie vor der Tür die Stimmen mehrerer Männer unterscheiden: Befehle wurden erteilt, Maßnahmen zu Terisas Bewachung, ihrem Schutz getroffen. Trotzdem fühlte sie sich bedrängt und hilflos. Ein völlig fremder Mann hatte versucht, sie umzubringen. Eilig lehnte sie einen Stuhl an die Tür. Danach stellte sie einen zweiten Stuhl in den Kleiderschrank, um den Geheimgang zu versperren. Anschließend wußte sie nicht mehr, was sie tun sollte.

Für längere Zeit war sie weder dazu imstande, sich zu entspannen, noch sich zu konzentrieren. Großkönig Festten hatte seinen Monomach wegen Versagens exekutieren lassen, nachdem es Großmeister Havelock gelungen war, die Anhänger des Erz- und Großmeisters in die Falle zu locken. Havelock verlor den Verstand, als er Vagel in ein flaches Glas zu verfolgen versuchte. Meister Quillon war bereit, ihr solche Ereignisse zu erzählen, obwohl der König und die Imagomanten-Zunft es verboten hatten. Aus irgendeinem Grund mißtraute Kastellan Lebbick ihr. Wie hatte sie nur in einen derartigen Schlamassel geraten können?

Aber etwas später verspürte sie unvermutet eine Anwandlung von Freude. Anscheinend hatte Geraden sie in eine Welt gebracht, in der sie *zählte*. Es war eine Tatsache, daß sie hier Bedeutung hatte. Kastellan Lebbick nahm sie ernst genug, um wütend auf sie zu sein. Meister Eremis hatte sie richtig *angeblickt*. Sie konnte nicht einmal ausschließen, daß er sie für hübsch hielt. Dergleichen Dinge hatte sie noch nie erlebt.

Zu guter Letzt vermochte sie trotz allem zu schlafen.

Am nächsten Morgen weckte Sonnenschein sie, der durch die Fenster eindrang. Zuerst zweifelte sie wieder alles an. War dies nicht das Bett in ihrer Eigentumswohnung, der Ort, an den sie gehörte? Doch die Sonne leuchtete hell auf den Teppichen des Fußbodens, glitzerte auf den Pfauenfeder-Dekorationen des Zimmers, brachte die Federn, die der Mann in Schwarz verstreut hatte, zum Schillern. Soviel von dem, an das sie sich erinnerte, war jedenfalls Wirklichkeit.

Der Sonnenschein besaß eine Fahlheit, die nach Kälte aussah. Und die Luft außerhalb der Bettdecken war kühl. Terisa hatte vergessen, den Kaminfeuern noch einmal Brennstoff nachzulegen, bevor sie ins Bett ging, und sie waren in der Nacht erloschen. Mit angehaltenem Atem stieg sie aus dem warmen Bettzeug und zog rasch das dikke Samtkleid an, das sie zuletzt getragen hatte. Der Stein unter ihren Füßen war eiskalt; indem sie unterdrückt aufkeuchte, hüpfte Terisa auf den nächstliegenden Teppich.

Als sie zu den Fenstern hinüberschaute, zögerte sie erneut. Noch war sie sich nicht sicher, daß sie ausreichend darauf vorbereitet war, zu sehen, was es im Freien zu sehen gab. Die Aussicht mochte der gesamten Situation ent- oder aber widersprechen.

Andererseits jedoch empfand sie es mittlerweile als etwas peinlich, daß sie das Hinausschauen so vor sich hinschob. Jeder Mensch mit einem Fünkchen Neugier hätte ohne zu zögern nach draußen geschaut. Wovor hatte sie solche Angst?

Festzustellen außerstande, vor was sie sich ängstigte,

trat sie an die Schlafzimmerfenster. Die diamantförmigen Scheibchen aus dickem Glas — jedes so groß wie Terisas Handfläche — staken in einer Bleiverglasung. Wo die Bleiverglasung undicht war — das war an mehreren Stellen der Fall —, bemerkte sie am Rand der Gläser einen Frosthauch. Im wesentlichen waren die Fenster jedoch durchsichtig, und Terisa erblickte eine Winterwelt.

Aus ihrer Höhe hatte sie in beachtliche Ferne Ausblick. Unterm farblosen Himmel und bläßlichen Sonnenlicht erstreckte sich bis an den Horizont eine Landschaft zerklüfteter Hügel. Der Schnee sah aus, als läge er hoch — so hoch, daß seine Last die Bäume zu beugen, auf den weiß verhüllten Schlummer der Hügel zu neigen schien. Wo die Stämme und Äste der Bäume aus dem Schnee aufragten, waren sie schwärzlich und kahl, doch wirkten sie gegen den weiten, weißen Hintergrund so klein, daß sie eher einer Maserung ähnelten, Winter und Kälte um so stärker betonten. Aber als Terisa merkte, in welcher Höhe sie sich befand, richtete sie ihre Aufmerksamkeit auf die nähere Umgebung.

Sie hielt sich tatsächlich in einem Turm auf, und zwar, wenn sie ihren Standort im Verhältnis zu den anderen Türmen einschätzte, die sie sehen konnte, ziemlich hoch unterm Dach. Ihren Turm mitgerechnet, waren es vier, je einer erhob sich aus einem Eckpunkt der ausgedehnten, unregelmäßigen Anlage Schloß Orisons; sie bildeten zu den übrigen Gegebenheiten des Bauwerks einen Kontrast, als wären sie zu anderer Zeit errichtet, von einem anderen Geist geplant worden. Alle vier Türme hatten eine quadratische Grundfläche, die gleiche Höhe, alle wiesen Brustwehren mit Zinnen auf — alle vier glichen sie stolz an den Himmel gereckten Fäusten.

Ihre rohe Regelmäßigkeit ließ den Rest Schloß Orisons wie aufs Geratewohl angelegt wirken: undurchdacht, ungleich, unzuverlässig, behaftet mit Mängeln.

Tatsächlich allerdings besaß es als Ganzes einen durchaus regelmäßigen Umriß. Schloß Orison war rechteckig gebaut, umgab einen riesigen offenen Hof. Terisa vermochte ihn ohne weiteres zu überblicken, weil die Fenster ihr Ausblick über eine der Längsseiten des Rechtecks boten. Das eine Ende des Hofs — das gegenüber des Turms, in dem sie ihr Quartier hatte — nahm etwas in Anspruch, was sie vorerst nur als Basar auffassen konnte: eine umfangreiche Ansammlung von Buden und Schuppen, Ställen und Zelten, hochauf mit Viehfutter beladenen Wagen, alles in größtem Durcheinander, verschleiert durch den Qualm von Kochfeuern.

Das andere Ende des Hofs sah von oben groß genug aus, um einen Exerzierplatz abzugeben — solange das Exerzieren nicht überhand nahm. Auf dieser Seite zertrampelten Reiter, spielende Kinder und auf dem Weg zum Basar befindliche oder von dort kommende Leute den Schnee.

Die Bauten Orisons waren allerdings so hoch, daß der Hof trotz seiner erheblichen Ausdehnung um diese morgendliche Stunde vollständig im Schatten lag. Im Freien mußte die Luft bitterkalt sein; Terisa bemerkte, daß nicht einmal die Kinder allzu lange draußen blieben.

Die zweite besonders gleichmäßige Eigenschaft Schloß Orisons war die Außenseite. Da sie vom Fenster Aussicht über den Hof hatte, konnte sie keine Einzelheiten der Außenmauer erkennen, aber zumindest soviel sehen, daß es keine äußeren Verteidigungsanlagen gab; es war selbst eine Festung. Der ganze Bau stand auf stumpfgrauem Felsen, kehrte der Welt an allen Seiten harte, unbehauene Wälle zu.

Innerhalb der Mauern machte das Schloß jedoch den Eindruck, als wäre es mehr im Hinblick auf seine Geheimnisse als zur Bequemlichkeit seiner Bewohner erbaut worden. Unterschiedliche Schieferdächer schrägten sich in allen erdenklichen Winkeln abwärts, vertroffen Schmelzwasser in den Hof. Dutzende von Schornsteinen, die untereinander keinerlei Ähnlichkeit besaßen, schmauchten Rauch in den Wind. Einige Abschnitte der Gebäude waren hoch und kantig; andere flach und gedrungen. Einige Trakte hatten Balkone statt Fenster; an manchen Bauten sah Terisa Masten, an denen Wäscheleinen hingen. Terisa konnte im Moment zu keiner anderen Schlußfolgerung als der gelangen, daß König Joyse seinem geerbten Wohnsitz die vier Türme hinzugefügt, um eine Umgrenzung für Orisons Wachstum festbestimmt und dann alles weitere vergessen hatte, so daß später eine ganze Anzahl von Architekten verschiedener Couleur sich nach Lust und Laune austoben durfte.

Wenigstens verstand Terisa jetzt, wieso sie Geradens und Sadditħs Wege durchs Schloß als so unübersichtlich empfunden hatte. Unvollständige Korridore, unvermittelte Abzweigungen, unvermutete Treppen und unumgängliche Umwege zählten zu den Unvermeidlichkeiten Schloß Orisons.

Soweit sie die Verhältnisse gegenwärtig überblicken konnte, bestand der einzige Zugang von außerhalb zum Hof aus starken Toren in der Längsseite unterhalb des Turms mit Terisas Unterkunft. Diese Tore standen anscheinend offen, denn laufend kamen Ochsenkarren in den Hof gerumpelt. Aus ihrer Perspektive konnte Terisa jedoch nicht erkennen, ob man die Tore bewachte.

Während sie über die Szenerie Ausschau hielt, beschlug ihr Atem das Glas. Sie wischte es mit dem Ärmel des Kleids ab. Dann legte sie ihre Finger an eine der Scheiben. Die Kälte ließ rings um jede Fingerspitze einen Kreis kondensierter Feuchtigkeit entstehen; herbe, durchdringende Kälte sickerte ihr durch die Fingerkuppen unter die Haut. Mehr als durch die emporgetürmten Steinmassen Schloß Orisons schien dadurch alles, was sie sah, greifbarer, überzeugender zu werden. Sie war *wirklich* in diesem Schloß, wo es auch stehen mochte, was diese Tatsache auch zu bedeuten hatte. Sie war wahrhaftig hier.

Wenig später unterbrach ein Klopfen an die Wohnzimmertür ihre Überlegungen. Weil sie nicht ewig am Fenster bleiben, immerzu die gleichen Gedanken wälzen wollte, schickte sie sich an, die Tür zu öffnen. Aber unterwegs zögerte sie wieder einmal. Hatte sie tatsächlich vor, die Tür aufzumachen, ohne zu wissen, was sie erwartete? Irgendwer hegte den Vorsatz, sie zu ermorden. Vielleicht lauerte er vor der Tür.

Doch welche Wahl hatte sie? Keine, wenn sie mehr über die Hintergründe dessen zu erfahren wünschte, was ihr hier widerfuhr. Oder interessiert war an einem Frühstück.

Ihr Herz begann so stark zu pochen, wie es den Umständen entsprach — wie das Herz einer Frau in Lebensgefahr —, als sie den Stuhl von der Tür entfernte und sie öffnete. Zwei Wächter, die sie noch nicht gesehen hatte, salutierten vor ihr. Außer ihnen stand Saddith vor der Tür, hielt ein mit einer Seite in die Hüfte gestemmtes Tablett. Ein Funkeln in Sadddiths Augen und die kokette Haltung ihres Kopfs vermittelte etwas von der Vergnüglichkeit, mit der sie mit den Wächtern geplaudert hatte; heute war ihr Kittel noch tiefer aufgeknöpft, deutete Sinnesfreuden an, wenn sie die Schultern bewegte. Aber sobald sie Terisa erblickte, zeigte ihr Gesicht einen geflissentlichen Ausdruck des Bedauerns.

»Herrin, seid Ihr wohlauf? Man hat mir erzählt, Ihr wärt unversehrt, doch wußte ich nicht, ob ich's glauben sollte. Ein anderes Weib und ich haben den Dienst getauscht. Ich ahnte ja nicht, daß man Euch überfallen könnte ... und nicht, daß jene Magd eine so feige Gans ist. Sie hätte bei Euch ausharren müssen. Ich bringe Euch das Morgenmahl. Ich vermag mir zu denken, daß Ihr ungehalten seid, doch müßt Ihr etwas essen. Geruht Ihr's zu versuchen?«

Terisa lauschte dem Wortschwall der Dienerin und blinzelte; sie war froh, Saddith wiederzusehen. Saddith verkörperte Sicherheit; sie war so irdisch. »Ja«, sage Terisa, als Saddith schwieg, auf Antwort wartete. »Ich bin hungrig. Und leider habe ich die Feuer ausgehen lassen. Komm bitte rein.«

Indem sie den Wächtern zunickte und zuzwinkerte,

nahm Saddith das Tablett vor sich in beide Hände und betrat das Wohnzimmer. Als Terisa die Tür schloß, hörte sie die Wächter unterdrückt lachen. Auch Saddith entging das Lachen nicht. »Diese zwei«, sagte sie in gutmütiger Geringschätzung, während sie das Geschirr des Abendessens forträumte, um fürs Frühstück Platz zu schaffen, »haben an meinem Wort gezweifelt, als ich ihnen verhieß, bei Eurem Anblick würden ihnen die Knie weich werden ... wie immer die Wirkung auf die anderen ihres Schlages gewesen sein mag. Nun wissen sie, ich habe die Wahrheit gesprochen.« Sie wies auf einen Stuhl an dem Tisch, auf dem sie das Tablett abgestellt hatte. »Ich bitte Euch, Herrin, setzt Euch und eßt. Die Grütze wird Euch wärmen, derweil ich die Feuer neu entfache. Und danach, glaube ich, müssen wir Euch geeignetere Gewandung beschaffen.« Terisa ließ sich auf den Stuhl nieder. Auf dem Tablett fand sie, sauber und hübsch angerichtet, braunes Brot, Trauben, ein Dreieck dunkelgelben Käses und eine Schüssel vor, in der Brei dampfte, anscheinend aus grob gemahlenem Weizen. Terisa erinnerte sich an die gestrige Mahlzeit und fing diesmal gleich zu essen an, legte ab und zu eine kurze Pause ein, um die Geschmackskombination des scharfen Käses und der süßen Trauben zu genießen. Saddith redete weiter, während sie am Kamin zu arbeiten begann. »Was war er für ein Kerl«, fragte sie, »der Mann in Schwarz, der Euch zu meucheln trachtete?« Allem Anschein nach war sie über irgend etwas aufgeregt und froh. »Zu Orison laufen schon die mannigfaltigsten Gerüchte um. Höher von Wuchs als Ribuld soll er gewesen sein, seine Brust so gewaltig, daß ich sie mit meinen Armen nicht zu umfangen vermocht hätte. Antlitz und Augen eines Jägers soll er besessen haben, und zur Genüge Kraft in seinen Gliedmaßen, um Ribuld und Argus zu prügeln, als wären sie Knäblein.« Für einen Moment schlang sie die Arme um ihren Busen. Dann seufzte sie geradezu wehmütig auf. »So lauten die Gerüchte. Wie war er in Wirklichkeit, Herrin?«

»Er war ätzend«, sagte Terisa bedächtig, sich darüber im unklaren, was sie antworten sollte, bis sie es ausgesprochen hatte.

»Mag sein, ich hätte ihn erblickt, hätte ich nicht den Dienst getauscht.« Einen Augenblick lang dachte sie mit versonnener Miene nach. Dann lachte sie. »Nein. Wo ich weilte, war ich wohler dran.«

Terisa hatte genug Zeit damit herumgebracht, Pastor Thatcher zuzuhören, darum spürte sie es, wenn sich etwas Aufschlußreiches andeutete. »Und wo bist du gewesen?« erkundigte sie sich daher höflich.

In Sadditbs Augen glitzerte Fröhlichkeit. »Ach, das darf ich Euch nicht enthüllen.« Unverzüglich strebte sie wie in äußerstem Tatendrang hinüber ins Schlafzimmer, um auch dort wieder das Kaminfeuer anzuzünden. Aber fast sofort schaute sie um die Ecke und Terisa an. »Ist Euch noch erinnerlich, Herrin, was ich Euch am gestrigen Abend gesagt habe? ›Jeder Meister wird mir kundtun, was ich wissen möchte, sollte ich den Wunsch haben, dies oder jenes von seinen Kenntnissen zu erfahren.‹ Mag sein, Ihr dachtet, ich schneide auf.« Erneut entschwand Saddith ins Nebenzimmer. Einige Zeit lang hörte Terisa sie am Kamin arbeiten. Anschließend kam sie in den Wohnraum zurück. »Ich will ehrlich zu Euch sein, Herrin. Ich habe den Dienst nicht getauscht. Vielmehr habe ich jenes Weib gebeten, sich statt meiner zu Eurer Verfügung zu halten, so daß ich die Nacht für mich hätte ... ohne gestört zu werden. Ich versichere Euch aufs ernsteste, daß ich diese Gelegenheit genutzt habe.« Saddith lächelte. »Ich habe die Nacht mit einem Meister verbracht.«

Terisa hatte noch nie jemanden so reden hören; die Neuartigkeit dieser Erfahrung bewog sie zu einer Frage. »Hat er dir verraten, was du herausfinden wolltest?«

Nun war Saddith Verblüffung anzumerken. »Herrin, ich habe das Bett nicht mit ihm geteilt, weil's mir an Wissen gemangelt hätte. Ich hab's getan, weil er ein Meister ist.« Sie warf den Kopf hoch und ging wieder ins Schlafzimmer.

Terisa merkte, daß sie sich wider Erwarten nicht aufs Frühstücken konzentrieren konnte. Die Unverblümtheit der Dienerin verstörte sie, erinnerte sie daran, daß sie so gut wie nichts über Männer wußte, nichts über das, was sie mit Frauen machten, was ihnen Freude bereitete. Sie war nie das Ziel von Verlangen oder Zärtlichkeit gewesen.

Sie schob das Tablett von sich, begab sich ins Bad und wusch sich mit Seife und kaltem Wasser, solange sie es aushielt. Ihre Haut kribbelte unterm Kleid, als sie sich zu Saddith gesellte, die vor den Kleiderschränken auf sie wartete, um mit ihr passendere Kleidung auszusuchen. Wie aus Zufall öffnete Saddith nicht den Schrank, in dem ein Stuhl an der Rückwand stand. Ohne viel Umstände nahm sie ein schlichtes, aber augenfällig scharlachrotes Kleid heraus, das so lang aussah, als reiche es bis auf den Fußboden.

»Ich weiß nicht, ob ich diese Farbe tragen kann«, sagte Terisa unsicher. »Wäre es nicht besser, ich behalte einfach meine eigenen Sachen an?«

»Gewißlich nicht, Herrin«, antwortete Saddith mit Nachdruck, aber nicht unfreundlich. »Ich vermag nicht zu ermessen, wie man dort darüber denkt, woher Ihr kommt, hier jedoch müssen Sie zweifelsfrei als unziemlich gelten. Außerdem ist's gewiß nicht Euer Wunsch, Prinzessin Myste zu verärgern, welche sehr großzügig gewesen ist. Da schaut.« Sie hielt das Kleid an Terisas Körper. »Anbeträchtlich der Farbe Eurer Augen ist's nicht die günstigste aller Farben, aber hinsichtlich Eurer Haut ist dies Gewand überaus vorteilhaft«, kommentierte sie ebenso sachkundig wie kritisch. »Und es ist von großem Vorteil für Euer Haar. Mögt Ihr's damit versuchen?«

Terisa zuckte die Achseln, kam sich ein wenig albern vor, aber gleichzeitig war sie leicht erregt. Saddith zeigte ihr die Reihen von Haken und Ösen, mit denen sich das Kleid auf dem Rücken schließen ließ. Terisa zog das Kleid aus, das sie trug, streifte sich das andere, aus dickerem Stoff gefertigte, scharlachrote Kleid über den Kopf. Es saß eng. Saddiths Bemerkung über Prinzessin Myste —, »wiewohl sie einiger Eurer äußerlichen Vorzüge ermangelt«, — hatte anscheinend bedeutet, daß die Prinzessin kleinere Brüste besaß, die der tiefe Ausschnitt weniger entblößte als bei Terisa. Doch das Kleid war warm. Und Terisa fühlte sich darin auf eine Weise wohl, die sie nicht recht zu definieren wußte.

Wieder hätte sie gern in einen Spiegel geblickt, sich darin betrachtet. Der Ausdruck in Saddiths Augen — teils beifällig, zum Teil mit Verunsicherung vermischte Anerkennung, wie wenn Terisa jetzt attraktiver aussähe, als die Zofe beabsichtigt hatte oder es ihr behagte —, bedeutete ohne Zweifel etwas, doch für Terisa hatte er nicht die gleiche Wirkung wie ein Spiegel.

Für Terisas Füße suchte Saddith ein Paar mit Pelz benähter Halbstiefel mit festen Sohlen heraus. Sie paßten nicht allzu gut zum Kleid; aber sie waren ebenfalls warm, und das Kleid war lang genug, um sie zu verbergen.

In dem Moment, als Terisa sich bei der Dienerin bedanken wollte, klopfte erneut jemand an die Tür. Saddith eilte hin, um zu öffnen; Terisa folgte ihr langsamer. Sobald die Tür offen war, sah sie im Flur Geraden stehen.

Um Mund und Augen wirkte er weißlich, sein Gesicht sah spitzer aus, und auf jeder Wange hatte er einen apfelroten Fleck, wie von Verlegenheit oder durch Fieber erhöhter Flattrigkeit. Zuerst erweckte er den Eindruck, in schlechtem Zustand zu sein; er mußte eine schlimme Nacht hinter sich haben. Doch kaum erblickte er Terisa, verzog sich seine Miene wie unweigerlich zu dem frohen Lächeln, an das sie sich von ihrer ersten Begegnung entsann. Er musterte sie für einen ausgedehnten Moment; Terisa erwiderte seinen Blick, während er grinste wie ein verliebtes Jüngelchen. Schließlich räusperte er sich. »Edle Dame, Ihr seht wundervoll aus.«

Terisas insgeheime Reaktion war vielschichtiger. Sie freute sich, ihn zu sehen; teilweise weil er, genau wie Saddith, Großmeister Havelock und andere Personen, wiedergekommen war, dadurch seine Eigenschaft kontinuierlichen Existierens unter Beweis stellte; teils weil sie, wie sie glaubte, ihn gerne mochte (sicher war sie nicht, denn sie hatte in solchen Angelegenheiten zu wenig Erfahrung); zum Teil, weil er hier einer der wenigen Menschen war, der sich — allem Anschein nach — dafür interessierte, was sie empfand oder dachte. Dennoch fühlte sie sich durch sein gestreßtes Aussehen unverzüglich beunruhigt; und auch durch sein Erscheinen vor ihrer Tür. König Joyse hatte dem Adepten nicht nur befohlen, ihr keine Auskünfte zu geben; er hatte auch geäußert: *Du wirst künftig keinen Anlaß mehr haben, mit Terisa von Morgan zusammen zu sein oder mit ihr zu sprechen.* Geraden hatte sich als seinem König treu erwiesen; trotzdem war er nun in eindeutigem Ungehorsam zu ihr gekommen. Und obendrein hatte noch nie jemand zu ihr gesagt, sie sähe wundervoll aus.

Sie merkte, wie sie aus Verwirrung errötete. »Das ist für mich«, meinte sie, indem sie auf das Kleid zeigte, »als würde ich zu einem Kostümfest gehen.«

Saddith, die zwischen Terisa und Geraden hin- und herschaute, lachte unterdrückt auf. »Was ist ein Kostümfest, Herrin?« erkundigte sie sich, wohl um ihre Belustigung zu tarnen.

Terisa gab sich alle Mühe, um das Durcheinander in ihrer Seele zu überwinden. »Das ist ein Fest, auf dem die Leute komische Kleidung tragen und so tun, als wären sie was, das sie nicht sind.«

Aus irgendeinem Grund füllte ihre Antwort Geradens Augen von neuem mit Kummer. »Ei, das muß eine gar putzige Sache sein, Herrin«, sagte Saddith, als wäre dieser erneute Umschwung seiner Gemütsverfassung für sie so etwas wie ein Zeichen, »doch ich will, wenn's Euch genehm ist, nun Eure Teller in die Küche zurückbringen. Ich bitte Euch, ruft mich, wann immer Ihr meiner bedürft. Solltet Ihr mich nicht früher rufen, werde ich mich wieder bei Euch einfinden, sobald Prinzessin Elega oder Prinzessin Myste es als an der Zeit erachten, mit Euch Bekanntschaft zu schließen. Was Euch anbetrifft, Adept Geraden«, — sie wandte sich im Tonfall fröhlichen, gutmütigen Spotts an ihn, während sie die Teller aufstapelte und mit dem Tablett zur Tür strebte —, »nehmt von mir ein Wort freundlichen Ratschlags an: Im allgemeinen bewundern Frauen einen Mann nicht, der Maulaffen feilhält.« Sie lachte, als sie hinausging und die Tür mit dem Fuß zuzog.

Aber Geraden schenkte Saddiths Abgang gar keine Beachtung. Er musterte Terisa nun mit einer Eindringlichkeit, die mit der Rotfärbung seiner Wangen korrespondierte. »Täuscht Ihr etwas zu sein vor, das Ihr nicht seid, edle Dame?« fragte er leise. »Was täuscht Ihr zu sein vor?«

Terisa schaute zur Seite. »Ich dachte, ich hätte Sie gebeten, mich Terisa zu nennen.« Alles war absurd. Weshalb war sie innerlich derartig verdattert? Und warum kam Geraden zu ihr, bloß um solche blödsinnigen Fragen zu stellen, wo er dadurch riskierte, von König Joyse streng bestraft zu werden? »Ich täusche nichts vor. Ich trage das Kleid nur, weil Prinzessin Myste es mir geliehen hat und Saddith der Meinung war, die Prinzessin wäre verärgert, wenn ich's nicht anziehe.« Sie drehte sich ihm zu. »Geraden, was machen Sie hier? König Joyse hat angeordnet, daß Sie sich nicht mit mir treffen dürfen. Sie können in Schwierigkeiten geraten.«

Ein gequältes Lächeln verzog Geradens Mund. »Ich befinde mich längst in Schwierigkeiten. So wähne ich denn, sie mögen nicht noch ärger werden. Ihr seid König Joyse begegnet. Heutzutage straft er niemanden mehr. Ich glaube, er bringt's nicht länger übers Herz. Oder's mag sein, für ihn besitzt nichts mehr größere Bedeutung. Das schlimmste, was er mir anzutun vermöchte, wäre wohl, daß er Kastellan Lebbick über meine Bestrafung entscheiden läßt.« Geraden seufzte. »Ich vermute, Lebbick ist ein herzensguter Mann. Artagel behauptet's. Dennoch ist Lebbick nicht eben ein sanftmütiger Mensch. Er hat mich bereits gescholten, dieweil ich Argus und Ribuld gebeten habe, auf Euch achtzugeben.« Also das war die Ursache seiner beeinträchtigten Verfassung; Kastellan Lebbick mußte ihn schwer ausgeschimpft haben. »Seine Schelte hat die halbe Nacht gedauert. Mir war stets danach, um Verzeihung zu bitten, wiewohl wir beide wußten, meine Vorsicht war angebracht.« Unvermittelt zuckte er mit den Schultern. »Zumindest fürchte ich ihn nicht länger. Nun vermag er mich, nachdem er mich in der vergangenen Nacht aufs heftigste getadelt hat, im übelsten Fall lediglich noch einzukerkern. Doch's ist wenig wahrscheinlich, daß er sich dazu versteigt, einen Sohn des Hauses Domne in den Kerker zu werfen ... solange er keine ernstere Veranlassung hat.« Langsam entspannte sich seine Miene, das Lächeln verlor an Verkrampftheit. »Für ein Weilchen brauche ich mich noch keinen schwerwiegenden Sorgen hinzugeben.«

Terisa war betroffen; sie konnte sich vorstellen, wie es sein mußte, von dem Kastellan zur Schnecke gemacht zu werden. »Aber warum?« fragte sie. »Weshalb hat er Sie ausgemault? Was haben Sie nach seiner Ansicht Falsches getan?«

»Nun wohl«, sann Geraden, »ich denke mir, er hat seinen Grund. Er verlangte von mir zu erfahren, wieso ich befürchtete, auf Euch könnte ein Anschlag verübt werden, während offenbar kein anderer zu Orison selbige Befürchtung hegte. Seine Aufgabe ist's, alles zu wissen, was hier geschieht. Wie sollte ich ahnen, daß er nicht alles weiß?«

»Was haben Sie ihm gesagt?«

Geraden schnob gedämpft. »Die Wahrheit. Imagomanten bedrängen Mordant. König Joyse mag die Zunft nicht für Mordant kämpfen lassen, aber selbst wenn er's täte, wär's fraglich, ob's hülfe, so zerstritten sind ihre Imagomanten untereinander. In Cadwal und Alend lechzt man nach einer Gelegenheit, um über uns herzufallen. Und unterdessen benimmt sich König Joyse wie ein Mann, der nicht weiß, wo ihm's Haupt steht. Welcher Mensch im Vollbesitz seiner Geisteskräfte wollte einen so bedeutsamen Gast wie Euch *nicht* bewachen lassen?« Wieder lächelte der Adept reichlich verzerrt. »Kastellan Lebbick fand fürwahr keinerlei Gefallen an diesen meinen Entgegnungen.«

Er gab sich unerschrocken; aber rund um die heißen Rötungen seiner Wangen war sein Gesicht unverändert fahl wie Wachs. »Ich kann mir denken, wie's gewesen ist«, sagte Terisa, um ihn ein wenig zu trösten. »Er war in der Nacht für eine Weile hier. Als alles vorbei war.«

»Das ist mir bekannt.« Ohne Übergang nahm sein Gesicht einen mißmutigen, beinahe grimmigen Ausdruck an. »Der Zwischenfall selbst gab ihm Anlaß zu einer weiteren Frage, die er von mir beantwortet zu haben wünschte. Wie ist's Euch gelungen, Euch des Meuchlers zu erwehren, nachdem Argus und Ribuld es nicht vermocht hatten, ihn Euch vom Leibe zu halten? Und warum habt Ihr ihm auf selbige Frage, als er sie an Euch richtete, keine Auskunft erteilt? Auch danach zu fragen, will mich nicht unbegründet dünken, edle Dame.« Geraden begann vor Terisa auf- und abzustapfen, ohne sie anzusehen. »Nicht einmal Artagel vermöchte Argus und Ribuld zur gleichen Zeit zu schlagen. Man sieht's ihnen nicht an, das mag wohl sein, doch sind sie vortreffliche, bewährte Fechter. Und Ihr habt einen Angreifer vertrieben, der allein jene beiden außer Gefecht gesetzt hat. Ahnt Ihr, welche Art von Schlußfolgerungen Lebbick daraus zieht?«

»Nein«, sagte Terisa kaum hörbar. »Ich habe hier von überhaupt nichts irgendeine Ahnung.«

»Wohlan, so will ich's Euch mitteilen. Er mutmaßt, daß Ihr mit jenem Mann in Schwarz in geheimem Bunde steht. Oder er mit Euch. Er hat sich aus einem bestimmten Grund den Zutritt in Eure Gemächer erfochten — mag sein, um Euch eine Botschaft auszurichten, oder um Euch kundzutun, welche Vorbereitungen Eure Bundesgenossen treffen. Aber man muß keineswegs so weitgehende Vermutungen anstellen. Vielleicht seid Ihr *nicht* seine Verbündete. Dennoch bleibt's bei der Tatsache, daß Ihr ihn fortgescheucht habt, ohne eine Schramme zu erleiden. Für so etwas bedarf's erheblicher *Kraft.*« Es hatte den Anschein, als ob diese Überlegungen ihn innerlich bis an den Rand des Erträglichen aufbrächten. »Ich habe Lebbick davon zu überzeugen versucht, daß dergleichen Euch unmöglich sein dürfte. Ich hatte im Sinn, Euch wider seine Verdächtigungen in Schutz zu nehmen. Doch wenn ich's recht bedenke«, — er blieb stehen und schaute Terisa offen an, Sorge im Blick —, »gibt's keine Begründung, weshalb man's als unmöglich erachten müßte. Keinen Grund als den, daß Ihr darauf beharrt.«

»Wie meinen Sie das?« fragte Terisa zurück. »Natürlich ist es unmöglich.« Sie hatte nur vorgehabt, Mitgefühl auszudrücken, nicht jedoch, irgendwelche Einlassungen zu äußern, die dazu führen könnten, Großmeister Havelock und Meister Quillon zu verraten. »Ich weiß nichts über Imagomantie, über Mordant und nichts«, — im Geiste sah sie wieder das wüste Zähnefletschen, grausam wie Haß, die einem Beil ähnliche Nase, die gelben Augen —, »über den Mann, der mich abmurksen wollte.«

»Edle Dame«, erwiderte Geraden, »ich habe Euch in einer Kammer voller Spiegel angetroffen! Eine Kammer war's, in welche keine bekannte Art der Translation mich hätte befördern können ... es sei denn, Ihr habt die Translation eingeleitet. ihr habt gleich vorm Glas auf einem Stuhl gesessen und mich angestarrt, Eure Aufmerksamkeit galt vollauf mir, mir war gar, als hörte ich Euch nach mir rufen!« Seine Stimme begann nach Kläglichkeit und Geflehe zu klingen. »Edle Dame, ich möchte Euch überaus gerne Glauben schenken. Es ist mein Wunsch, Euch zu vertrauen. Aber ich weiß nicht, wie ich's soll.«

Terisa blieb wenig Zeit, um sich auf die neuen Regeln und unvertrauten Gefühlsregungen ihrer Lage einzustellen; die reine Ernsthaftigkeit von Geradens Auftreten überrumpelte sie. Auf die Weise, wie sein Kummer — nicht etwa seine Argumente — sie beeinflußten, war sie völlig unvorbereitet. »Es tut mir leid ... Ich wußte nicht, daß die Sache für Sie so aussieht. Kommen Sie mal mit.«

Sie drehte sich um und trat ins Schlafzimmer, zu dem Schrank mit der Geheimtür.

Nach wie vor hatte sie nicht die Absicht, Großmeister Havelock und Meister Quillon zu hintergehen. Ihr standen keine Maßstäbe zur Verfügung, um die Parteien, die in Schloß Orison ihre Konflikte austrugen, oder die Tragweite der Gefahren, von denen dauernd die Rede war, zu ermessen, oder um beurteilen zu können, auf welche Seite sie gehörte. Doch was Havelock und Quillon für sie getan hatten, war für ihre Bedürfnisse besser als die Behandlung gewesen, die sie vom König oder von der Zunft genossen hatte, und es widerstrebte ihr, so ein Entgegenkommen mit Unzuverlässigkeit zu belohnen.

Als Geraden ihr gefolgt war, öffnete sie den Kleiderschrank und zeigte ihm den Stuhl, den sie an der Rückwand verkeilt hatte. Dann stellte sie den Stuhl heraus, so daß er die Geheimtür sehen konnte. »Ach«, machte er voller Unbehagen. »Ihr habt hier einen der Geheimgänge.«

»Als ich das Quartier bezog, wußte ich nicht, daß 's hier so was gibt«, sagte Terisa. »Dann kam auf einmal mitten in der Nacht«, — sie schluckte mühsam und hoffte, daß es ihr gelang, genug zu erklären, ohne zuviel zu verraten —, »Großmeister Havelock durch diese Tür. Ich glaube nicht, daß er mir 'n Schrecken einjagen wollte, aber er faselte was von Springbrett«, — für einen Augenblick stockte ihr die Stimme —, »Geilheit, so daß ich am liebsten um Hilfe geschrien hätte. Er war hier, als der Fremde eindrang. Havelock hatte ein Stück Glas dabei, aus dem helles Licht strahlte. Als der Attentäter Argus und Ribuld niedergeschlagen hatte, wollte er sich mich vorknöpfen. Aber Großmeister Havelock lenkte ihm den Lichtstrahl in die Augen. Dadurch ist er geblendet worden. Er mußte seine Absicht aufgeben und fliehen.« Sie ging auf Geradens offensichtliches Staunen so geschickt ein, wie sie es konnte. »Wahrscheinlich hätte ich's dem Kastellan erzählen sollen. Ich hatte bestimmt nicht vor, Ihnen Probleme zu verursachen. Aber Großmeister Havelock hatte mich gerettet, und anscheinend lag ihm daran, seinen Besuch bei mir geheimzuhalten. Als ich merkte, daß Argus und Ribuld ihn nicht gesehen hatten, beschloß ich, seine Anwesenheit gegenüber niemandem zu erwähnen.« Umgehend wechselte sie das Thema. »Und ein für allemal, ich bin keine Imagomantin. In der Welt, aus der Sie mich geholt haben, besitzen Spiegel keine solchen Eigenschaften wie hier.« Die Peinlichkeit, zu erklären zu versuchen, weshalb sie eine Wohnung mit verspiegelten Wänden hatte, wäre sie nicht zu ertragen imstande gewesen, doch sie war auf einen anderen Einwand verfallen. »Als Sie in meinem Zimmer auf'm Fußboden lagen, müssen Sie doch das zerbrochene Glas bemerkt haben. Überall auf'm Teppich war welches. Sie hatten sogar Splitter im Haar. Sie waren's, der's kaputtgemacht hat.«

Geraden ließ das Kinn hängen. »Ich?«

»Zwei Objekte können niemals zur selben Zeit denselben Raum einnehmen«, erläuterte Terisa. »Ihre Translation hat Sie an denselben Punkt im Raum befördert, an dem mein Spiegel war. Hätte ich mit Ihnen 'ne Translation versucht, müßte man sie als Fehlschlag einstufen. Das Glas war zersprungen, ich hätte Sie nicht zurückschicken oder Sie begleiten können. Aber woher ich komme, da ist Glas etwas anderes als hier, 's steckt keine irgendwie geartete Magie drin. Als Sie durch den Spiegel in mein Zimmer geknallt kamen, ist er einfach zerbrochen. Verstehen Sie? Ich sage die Wahrheit. Die Translation ist auf Ihrer Seite erfolgt. Ich sage Ihnen die ganze Zeit hindurch die Wahrheit.«

Für einige Zeit runzelte Geraden in tiefster Nachdenklichkeit die Stirn, während er geistig verarbeitete, was sie ihm auseinandergesetzt hatte. Dann breitete sich allmählich vom Mund aufwärts zu den Augen ein Lächeln auf seinem Gesicht aus. »Ja freilich«, sagte er verhalten, schaute Terisa andächtig an, als hätte sie ihm ein Wunder offenbart. »Fürwahr, ich hätte nie und nimmer an Euch zweifeln dürfen. Natürlich habe ich das zerbrochene Glas gesehen. Wieso habe ich nicht daran gedacht ...?« Mit jedem Satz wich die Bekümmerung mehr von ihm, die Last der Sorgen, die ihn drückten, verlor an Schwere. »Darauf hätte ich mir selber einen Reim machen können.« In überschwenglicher Erleichterung legte er die Hände auf Terisas Schultern und beugte sich vor, um sie auf die Backe zu küssen. Doch seine Begeisterung brachte ihn aus dem Gleichgewicht; sein Mund verfehlte Terisas Wange, statt dessen stieß er seinen gegen ihren Wangenknochen. »Oh, vergebt mir, um Verzeihung«, plapperte er, fast floß er sofort wieder von Bedauern über. Er trat zurück, winkte mit beiden Händen, als könnte er dadurch am sichersten beweisen, nichts Übles im Schilde zu führen. »Verzeiht mir, edle Dame. Ich bitte Euch inständig, vergebt mir.« Er hob eine Hand an die Lippen. »Ach, Scherben und Splitter! Ich habe mir auf die Zunge gebissen.«

Terisa rieb sich den Wangenknochen; der Stoß hatte sie mehr verblüfft als ihr weh getan. Im geheimen wünschte sie sich, er würde nochmals versuchen, sie zu küssen. Im Moment jedoch war sie so ratlos wie er, ihr fiel nichts Klügeres ein als eine gespielte Rüge. »Adept Geraden, wenn Sie mich nicht endlich Terisa nennen, werde ich Kastellan Lebbick erzählen, Sie wären in mein Quartier eingedrungen und hätten versucht, mich bewußtlos zu schlagen.«

Daraufhin fing Geraden zu lachen an. Sein Lachen klang nach Stärke und Lauterkeit, es vertrieb ihm beinahe allen restlichen Kummer. »Edle Dame«, sagte er schließlich, »noch nie im Leben habe ich eine so vornehme Frau mit Vornamen gerufen. Zumindest habe ich drei Brüder, die von mir glauben, ich sei noch jung genug, um den Hintern versohlt zu kriegen — und ich bin mir sicher, sie wollten's versuchen, hörten sie jemals, wie ich Euch anders denn mit ›edle Dame‹ anrede, ganz gleich, wie arg Ihr mir droht, um selbiges zu erreichen. Habt Geduld. Gewißlich vermögt Ihr zu erkennen, daß ich noch vielerlei lernen muß.«

Auch Terisa hatte noch viel zu lernen. Aber sie war gescheit genug für eine unverfängliche Antwort. »Ich werd's versuchen.« Sie lächelte ihm zu, als wüßte sie wesentlich mehr als er. Es freute sie, ihn froher zu sehen — und dem heiklen Thema Havelock so leicht ausweichen zu können.

Einen Moment lang stand Geraden nur da und musterte sie wortlos, hatte offenbar Gefallen an dem, was er sah: Terisas Lächeln, die Art und Weise, wie das Haar über den scharlachroten Stoff auf ihren Schultern fiel. Da schüttelte er den Kopf, riß sich zusammen. Zerstreut pflügte er eine Hand durch seinen Schopf, betastete seinen Wangenknochen. »Um der Wahrheit die Ehre zu geben«, sagte er, »ich habe keinen unanfechtbaren Grund dafür, hier bei Euch zu weilen. Man hat mich lediglich damit beauftragt, Euch eine Nachricht übermitteln zu lassen, doch kann ich behaupten, den Auftrag so aufgefaßt zu haben, sie Euch selber überbringen zu müssen. Sollte jemand fragen, so ist das der Grund meines Hierseins. Die Zunft läßt Euch ausrichten, daß Ihr an ihrer heutigen Versammlung nicht teilzunehmen braucht. Diese Wortwahl ist eine höfliche Umschreibung dafür, daß man Eure Gegenwart nicht wünscht. Man gedenkt über Euch zu sprechen, und dabei«, — humorig verzog er die Miene —, »möchte man sich durch Eure Anwesenheit nicht hindern lassen. In der Tat bin auch ich nicht geladen worden. Man mag keine ganze Versammlung für einen Streit mit einem untergeordneten Adepten verschwenden.« Während des Redens wurden sein Benehmen und Tonfall wieder ernster. Einige Sekunden lang schwieg er, zögerte allem Anschein nach, als wäre er sich darüber im unklaren, wie Terisa das, was er zu sagen beabsichtigte, aufnehmen würde. »Edle Dame«, fügte er danach hinzu, »wie Ihr angemerkt habt, bin ich dem König ohnehin ungehorsam. Und's ist wahrhaft meine Überzeugung, daß ich in keine noch schlimmeren Schwierigkeiten gelangen kann. Daher dachte ich mir ...« Er senkte den Blick auf den Fußboden, als koste es ihn Überwindung, Terisa nicht anzustarren. »... ich könnte Euch, derweil sämtliche Meister in der Versammlung sitzen und ansonsten niemand's uns zu verwehren imstande ist«, — unwillkürlich blickte er wieder auf, und Terisa erkannte in seinen Augen Bangen und Spannung —, »einige Eurer Fragen vielleicht beantworten, indem ich Euch das Laborium zeige ... in welchselbigem die Spiegel der Zunft aufbewahrt werden.«

Seine Verwegenheit verschlug Terisa den Atem. Sich gegen die Obrigkeit zu stellen, gegen Autoritäten, war gefährlich; das wußte sie ganz genau. Man bestrafte Menschen, die Gehorsam verweigerten. »Meinen Sie, daß das 'ne gute Idee ist?« fragte sie überstürzt, wobei sie gleichzeitig ausatmete. Dann fiel ihr auf, daß Geraden sie für undankbar halten könnte. »Ich meine, das geht doch zu weit. Es sind schon zu viele Leute sauer auf Sie. Und wenn Sie das für mich tun ...« Sie verstummte.

»Ich bin bereit, das Wagnis einzugehen.« Geradens freimütiger Gesichtsausdruck bezeugte durch eine nüchternsachliche Nachdrücklichkeit, daß er seinen Vorschlag nicht leichtsinnig äußerte, er die etwaigen Konsequenzen gründlicher als sie durchdacht hatte. »Zu erwägen habe ich's begonnen, als König Joyse befahl, die Suche nach dem Meuchler zu beenden. Wenn er nicht einmal die Unannehmlichkeiten erdulden mag, welche unvermeidlich sind, wenn seine Wächter einen Eindringling zu ergreifen versuchen, der Euch nach dem Leben trachtete ...« Seine Stimme verklang, und er hob mißbehaglich die Schultern. Terisa erkannte in seiner Miene, wie sehr ihn sein König enttäuscht hatte. »Wie auch immer, 's ist weniger gefahrvoll, als Ihr wähnt. Ich mache Euch ja keine Kenntnisse zugänglich, die Euch von Nutzen sein könnten, wärt Ihr eine Feindin Mordants. Wärt Ihr eine Imagomantin, Euch dürfte bereits alles wohlvertraut sein, was ich Euch zu zeigen vermag. Seid Ihr keine, so werdet Ihr mit dem, was Ihr erfahrt, nichts anfangen können.«

»Und warum dann ...?«

»Dieweil ich's Euch schuldig bin. Ich habe Euch hergebracht. Seid Ihr die Falsche, oder solltet Ihr die Richtige *sein*, es jedoch ablehnen, uns Beistand zu leisten, so liegt's in meiner Verantwortung, Euch die Rückkehr in Eure Welt zu ermöglichen. Es ist mein Wunsch, daß Ihr genug über Imagomantie wißt, um zu verstehen, was das bedeutet.« Er schwieg, nahm nochmals allen Mut zusammen, sprach weiter. »Aber das ist nicht alles. Wenn Ihr zurückzukehren wünscht — und ich habe vor, Euch diesen Wunsch zu erfüllen —, steht dem entgegen, daß die Meister Euch die Rückkehr nicht gestatten werden. Selbst wenn sie sich auf die Schlußfolgerung einigen, daß Ihr nicht der ersehnte Kämpe seid, werden sie nicht die Bedeutung dessen, was Ihr verkörpert, mißachten können. Sie werden Euch nicht fortlassen wollen. Einzig um diese Stunde«, — er äußerte sich mit bedächtigem Nachdruck —, »derweil sie ihre Versammlung durchführen, mag die Aussicht bestehen, den rechten Spiegel zu finden und die Bewerkstelligung Eurer Heimkehr zu versuchen.« Sofort schränkte er seine Worte ein. »Mein Wille ist's nicht, daß Ihr uns verlaßt«, ergänzte er. »Ich bin des Glaubens, Ihr seid genau die Person, deren wir bedürfen. Ich weiß nicht, warum oder inwiefern, aber Ihr seid's. Wenn's Euer Bestreben ist, Euch von uns zu wenden, so bitte ich Euch, zu bleiben. Aber ...« Er seufzte auf. »... Ihr habt das Recht zur Rückkehr, Ihr könnt gehen, sollte Euch daran gelegen sein. Es wäre ein Verstoß wider unsere Ethik, Euch gegen Euren Willen bei uns zu behalten.«

Geraden versetzte Terisa in Erstaunen. Die Frage, ob es ihr möglich sein würde, in ihre Eigentumswohnung zurückzukehren, an ihre Arbeit in der Mission, ihre unregelmäßigen Essen mit ihrem Vater, war ihr bislang nicht besonders wichtig gewesen. Andere Vorgänge hatten ihre Aufmerksamkeit in Anspruch genommen. Aber hinter der relativ harmlosen Formulierung seines Angebots verbarg sich die Forderung nach einer grundsätzlichen Entscheidung.

Terisa schaute an ihrem Kleid hinab, besah sich das kräftige Scharlachrot des Stoffs auf ihrer Haut, den knappen Ausschnitt. *Jetzt schon?* bäumte sie sich inwendig auf. *Es ist noch zu früh. Ich bin nicht bereit.* Doch das Risiko, das er um ihres »Rechts« willen auf sich zu nehmen beabsichtigte, verlangte eine andere Antwort.

»Ich komme mit«, sagte Terisa, obwohl das Herz ihr spürbar im Halse schlug, es ihr schwindelte. »Es ist sicher keine schlechte Idee, endlich mal rauszufinden, vor welchen Alternativen ich stehe.«

Geraden lächelte freudlos. »In diesem Falle sollten wir wohl ohne Verzug gehen. Säumen wir, mögen wir die Gelegenheit verspielen. Man kann schwerlich vorhersagen, wie lange die Sitzung dauern wird.« Terisa wünschte sich, sie könnte seinen Arm nehmen, um sich einen Halt zu verschaffen. Vor ihrem geistigen Auge sah sie Frauen in langen Kleidern, die sich an die Arme starker, junger Männer klammerten und dabei glücklich wirkten, beschützt und behütet. Doch Geraden forderte sie mit einer höflichen Gebärde auf vorauszugehen; sie fügte sich und schritt zur Tür. Er hielt die Tür auf, schloß sie hinter ihr. Im Flur sprach er kurz mit den Wächtern, die er mit Namen nannte, und die Männer antworteten im Ton kameradschaftlichen Mitgefühls, als wüßten sie, was er beim Kastellan mitgemacht hatte. Aber sie blieben an der Tür zurück. Terisa verspürte eine neue Anwandlung von Zaghaftigkeit und zögerte, sah sich nach den beiden Wächtern um. »Enthebt Euch aller Sorge«, sagte Geraden, der ihre Beunruhigung bemerkte. »Niemand wird Euch zu Orison am hellichten Tage belästigen.« In dieser Hinsicht hatte er anscheinend keine Zweifel. »Niemand würd's wagen.«

Terisa hätte ihn gerne gefragt, wieso er in dieser Beziehung keine Bedenken hegte. Aber dies war seine, nicht ihre Welt. Sie mußte sich auf das verlassen, was er ihr sagte.

Vorsichtig näherte sie sich den Treppenfluchten. Einige Zeit lang sprachen sie und Geraden kein Wort. Während er sie durch die Korridore geleitete, kam es ihr so vor, als würde sie den Weg wiedererkennen, den sie gestern mit Saddith genommen hatte. Auf der Grundlage dessen, was sie vom Fenster aus gesehen hatte, zog sie die Folgerung, daß Geraden zur Gegenüberseite des riesigen, oben offenen Rechtecks Schloß Orisons strebte; um dort hinzugelangen, ohne Schlamm und Schnee des Hofs durchqueren zu müssen, mußte er einen Umweg durch die Gänge der Längsseite nehmen. Auch diesmal begegneten sie Frauen und Männern unterschiedlichen Ranges in großer Zahl. Statt jedoch Terisa anzugaffen, traten sie beiseite und verbeugten sich respektvoll vor ihr, als wäre sie eine hochstehende Dame, die sie zufällig nicht kannten.

Jede Verbeugung verstärkte Terisas Befangenheit. Soviel Aufmerksamkeit war sie nicht gewöhnt. Um sich abzulenken, erkundigte sie sich bei Geraden, ob sich in Schloß Orison häufiger Attentäter herumtrieben.

»Beileibe nicht.« Er interpretierte den Tonfall ihrer Frage richtig und beantwortete sie ebenso humorvoll. »Derlei ist keineswegs die Regel. Wär's gegenteilig, Kastellan Lebbick wollte gewißlich vom Schlagfluß dahingerafft werden. Er nimmt seine Pflichten *außerordentlich* ernst.«

»Weshalb hat König Joyse letzte Nacht die Suche abbrechen lassen?« Als sie die Frage stellte, entsann sich Terisa an die Merkwürdigkeit der Befehle des Königs, die man Lebbick mitgeteilt hatte. Dem König hatte *›all das Umhergelaufe inmitten der Nacht‹* mißfallen. Trotzdem wußte er genau, was man von dem Kastellan erwarten mußte; er hatte daran gedacht, Terisa vor Lebbicks Wut zu schützen. »Ich habe den Eindruck erhalten, hier käm's dauernd zu Attentaten, so daß man sich die Mühe spart, die Täter zu verfolgen.«

Sofort schüttelte Geraden, die Miene düster, den Kopf. »Orison war *immer* eine Stätte der Sicherheit ... stets seit König Joyse das Krongut nahm. Ich hätte eher vermutet, er riefe die ganze Landwacht her, anstatt den Schurken entweichen zu lassen.« Doch im nächsten Moment machte er ein Zugeständnis. »Allerdings ist das Schloß fürs Durchsuchen eine gänzlich ungünstige Örtlichkeit. Es hat zu viele Gemächer. Ich bezweifle, daß irgendwer weiß, wie sie allesamt miteinander verbunden sind. Und ferner gibt's ja die Geheimgänge. Nachdem er erst einmal einen Vorsprung hatte, wär's ein Wunder gewesen, hätte man ihn doch noch gestellt.« *Obwohl Havelock ihn geblendet hatte?* überlegte Terisa. Doch sie sprach die Frage nicht aus. »Was *ich* zu gerne wüßte«, meinte Geraden, nachdem er sich einige Augenblicke lang still seinen Sorgen hingegeben hatte, »ist hingegen, woher er davon Kenntnis besaß, wo er Euch finden kann.«

Das war eine Frage, die Terisa, wie sie sich eingestand, nicht eingefallen wäre. »Wie haben denn Argus und Ribuld mich gefunden?«

»Das ist nicht vergleichbar. Sie wußten, daß man Euch eine Zofe zuteilt, daher hielten sie unter den Dienstmädchen Umfrage, bis sie erfuhren, daß Saddith sich freiwillig gemeldet hatte. Danach brauchten sie bloß Saddith ausfindig zu machen. Es hatte ja niemand im Sinn, zu verheimlichen, welche Gemächer Ihr bezogen habt. Aber wie hat *er* in Erfahrung gebracht, welche Gemächer es sind? Ein Meuchler ist er, der sich in Orisons Wällen verbirgt. Mit wem hat er geredet? Er muß jemanden befragt haben. Hier muß«, — Geraden sprach langsamer —, »ein Spießgeselle sein. Jemanden, an den er Fragen richten kann, ohne daß's Verdacht erregt. Oder ...«

»Oder?«

Sie stiegen noch eine Treppe hinab, durchmaßen eine untere Etage eines Turms und setzten den Weg um den Hof durch weitere Flure fort. »Oder er ist selbst ein Bewohner Orisons«, sagte Geraden barsch. »Er haust hier gleich jedem anderen, dient vermutlich dem König — will sagen, er täuscht vor, ihm zu Diensten zu sein —, des Nachts jedoch schleicht er umher und sinnt auf Mord. Mag sein, 's ist gar jemand, den ich kenne.«

»Wäre das möglich?«

Steif hob Geraden die Schultern. »Orison ist ein großes Schloß. Und's steht allezeit jedermann offen, vor allem Einwohnern des Kronguts. Niemand überschaut die Vielzahl der Menschen im Schloß. Wiewohl Kastellan Lebbick es beharrlich versucht, sich einen Überblick zu verschaffen.« Geradens Gedanken befaßten sich offenbar mit anderen Angelegenheiten. »Edle Dame, 's dünkt mich empfehlenswert, Ihr hättet auf jedermann ein achtsames Auge. Solltet Ihr einen Mann erblicken, der jenem Schuft ähnelt, so meldet dies unverzüglich.«

Durch diese Eventualität mit Furcht erfüllt, verbrachte Terisa ein paar Minuten äußersten inneren Angespanntseins damit, jedes Männergesicht, das sie sah, aufmerksam zu mustern, nach gelben Augen, narbigen Wangen und Anzeichen einer Neigung zur Gewalttätigkeit zu suchen. Aber mit der Zeit gelang es ihr, sich einzureden, daß sie sich beruhigen durfte. Der Mann würde nicht so dumm sein, sich dort blicken zu lassen, wo er ihr unter die Augen kommen mochte. Und falls er ihr doch in die Arme lief, würde sie keine Mühe haben, ihn wiederzuerkennen. Sie konnte seinen Steckbrief betrachten, wann immer sie wollte, indem sie nur die Lider schloß.

Über eine weitere Treppe gelangten sie hinunter in die ausgedehnte, kahle Halle, den außer Gebrauch geratenen Tanzsaal, den sie schon am Vortag durchquert hatten. Der Saal besaß mehrere Eingänge; doch als sie ihn verließen, erkannte Terisa den Korridor, der zum Sitzungssaal der Zunft führte. Die Luft fühlte sich nach und nach kühler an.

»In alten Zeiten«, erläuterte Geraden, als er mit Terisa in den Korridor trat, »bevor König Joyse Mordant einte, ehe Schloß Orison zu seiner heutigen Größe ausgebaut ward, befanden sich in diesen Kammern Kerker. Einst muß, so will's den Anschein haben, jede Burg zur Hälfte ein Kerker gewesen sein. Doch König Joyse stellte zu Orison sämtliche Folterkammern, die meisten Kerkerzellen und eine größere Kammer, früher wohl so etwas wie eine Wachstube, der Zunft zur Verfügung. Aus all diesen Räumlichkeiten entstand das Laborium.« In seiner Stimme schwang ein gewisses Maß an Stolz mit. »Ihr habt die alte

Vernehmungskammer gesehen. Dort veranstalten heute die Meister ihre Versammlungen. Von selbigem Gewölbe werden wir Abstand wahren.«

Terisa erinnerte sich an die Treppe; aber inmitten der Vielfalt von Türen und Abzweigungen kam ihr die Orientierung bald wieder abhanden. Sie hatte keinerlei Vorstellung davon, wo sie sich aufhielten, als Geraden eine der zahlreichen schweren, eisenverstärkten Türen öffnete, durch die sich die ehemaligen Kerkerräume auszeichneten, und ihr Glutschein und Hitze entgegenschlugen.

Hier mußte die frühere Wachstube sein; die Räumlichkeit wirkte groß genug, um einen Schlafsaal für hundert Mann abzugeben. Jetzt standen darin jedoch keine Betten. Statt dessen beanspruchten zwei enorme Schmelzöfen einen Großteil des Innenraums, in denen es loderte und brauste wie in einem Stahlwerk; daneben lag gebündeltes Brennholz; in Boxen war Sand von unterschiedlichem Feinheitsgrad aufgehäuft; Säcke voller Kalk und Pottasche stapelten sich; Terisa sah steinerne Rohre und Formen verschiedenster Art, alle so glattpoliert, daß sie wie Metall glänzten, Arbeitstische mit Waagen, Töpfen, kleinen Feuerstellen, Retorten; sie sah Eisenplatten und eiserne Walzen von rätselhafter Funktion sowie an den Wänden Regal neben Regal angefüllt mit einer Unmenge von Steingutgefäßen in allen Größen und Farben.

Mehrere junge Männer, ähnlich bekleidet wie Geraden, arbeiteten in dem Raum; sie heizten die Öfen, glätteten Stein, wogen wiederholt winzige Quantitäten von Pulver aus den Gefäßen ab, säuberten ihre Umgebung vom Dreck, den sie erzeugten, schwitzten unablässig in der Lohe. Einer sah Geraden und winkte ihm zu. Er winkte zurück, schloß die Tür, schottete damit den Korridor gegen Lärm und Hitze des Saals ab. »Da möchtet Ihr gewißlich nicht hinein«, sagte er Terisa. »Euer Gewand würde unweigerlich verschmutzt. Hier gießen wir das Glas für unsere Spiegel. Die meiste diesbezügliche Arbeit wird von den Adepten verrichtet. Will ein Jüngling Imagomant werden, ermangelt aber in seinem Blut der erforderlichen Begabung, so wird sich im allgemeinen sein Unvermögen bei dieser Tätigkeit erweisen, bevor die Meister ihn in irgendwelche tatsächliche Geheimnisse einweihen. Anfänger widmen sich niedrigen Hilfsdiensten, etwa der Aufgabe, die Öfen gleichmäßig heiß zu halten. Die Fortgeschrittenen dürfen das Farbenmischen und Vorbereiten der Formen erlernen.«

»Hier sind Sie also tätig, wenn Sie sich nicht damit beschäftigen, dem König ungehorsam zu sein?«

Geraden schnitt eine verkniffene Miene, dann grinste er leicht verzerrt. »Ich war's. Der einzige Vorteil dessen, älter zu sein als die übrigen Adepten, besteht daraus, daß ich bereits alles weiß und kann, was sie noch erlernen müssen. Bloß ist's so, daß ich's, wie's den Anschein hat, nicht auf die rechte Weise auszuführen vermag. Darum bin ich mittlerweile so etwas wie das Faktotum der Zunft geworden. Unter gewöhnlichen Umständen nehme ich an allen Versammlungen teil, nicht weil die Meister Interesse an meinen Ansichten hätten, sondern dieweil ich dann Botengänge für sie erledigen, Mitteilungen ausrichten kann, dergleichen. Glas zu tragen, trauen sie mir nicht zu«, — Terisa hörte einen Ansatz zum Sarkasmus aus seiner Stimme, obwohl er lächelte —, »daher schleppen sie's eigenhändig.« Doch er vermied es, sich weitgehend über die nachteiligen Konsequenzen seines seltsamen Hangs zu Mißgeschicken auszulassen. »Kommt«, sagte er in munterem Tonfall. »Ich möchte Euch ein paar Spiegel zeigen.«

Er berührte Terisa am Arm; wieder verspürte sie das Bedürfnis, sich an seinem Arm festzuhalten, um ein Gefühl von Unterstützung, der Ermutigung zu haben. Die Erregung, die Geraden allem Anschein nach beim Gedanken an Spiegel befiel, wirkte sich auf sie ganz gegenteilig aus; sie stellte an sich eine Neigung zum Zögern fest, einen Widerwillen dagegen, sich einem Risiko auszusetzen, das größer, bedrohlicher sein mochte, als sie beide es überhaupt ermessen konnten.

»Womit befassen sich die Meister?« fragte sie sozusagen ins Blaue.

»Hauptsächlich widmen sie sich der Forschung.« Geradens Augen funkelten vor Aufregung, während er nach vorn spähte, auf den Weg achtete. »Ihr Trachten ist dem Ziel verschrieben, endgültig darüber Klarheit, Beweise dafür zu finden, ob Imagines Bestandteile unabhängiger Wirklichkeiten sind oder nicht. Die Forschungen einiger Meister hingegen gelten Verfahren, wie sich vorherbestimmen läßt, welcherlei Imagines Gläser gewisser Beschaffenheit und Färbung zeigen werden. Vorwiegend vollzieht sich die Forschung schlichtweg durchs Erproben und Verwerfen. Höchst unglückseligerweise hat alle Forscherei der Zunft bis auf den heutigen Tag weder bezüglich der Omen wertvolle Ergebnisse erbracht, noch in bezug auf jene Beweise. Imagomanten wie Meister Barsonage betreiben Versuche, um zu entdecken, wie stark sich ein Spiegel vom anderen Spiegel unterscheiden muß, bevor er ein vollauf eigenständiges Imago zeigt. Aber die Zunft ist auch mit vornehmlich zweckgerichteten Forschungen befaßt. Das hat seinen Ursprung in König Joyses Überlegungen. Es ist sein Begehr, daß Imagomantie für etwas anderes als Krieg und Unheil nutzbar gemacht wird. Vor nicht allzu langer Frist ist ein wesentlicher Fortschritt gelungen ...« Geraden schluckte, runzelte mißmutig die Stirn. »Meister Eremis war's, welcher selbige Großtat vollbrachte. Er schuf ein Glas, in welchselbigem wir ein Imago erblicken, das nichts anderes als Regen zeigt. Sonst ganz und gar nichts. Die Zunft hat das Wasser geprüft, 's ist sauber und frisch. Infolgedessen wissen wir nun eine taugliche Lösung bei örtlicher Dürre. Man kann den Spiegel dort hinbefördern, wo Trockenheit herrscht und die Ernten zu verdorren drohen, mit Wasser abhelfen.« Offenbar wollte der Adept fair gegenüber einem Mann sein, den er nicht ausstehen konnte. »Das ist eine großartige Entdeckung«, betonte er. »In jüngster Zeit allerdings«, — sein gemäßigter Enthusiasmus schwand rasch —, »hat uns die

Sorge um des Königs beeinträchtigten Zustand stärker beschäftigt als das Forschen.« Vielleicht um sich von unschönen Gedanken abzulenken, führte er Terisa schnell weiter. Durch den Korridor gelangten sie in der Nähe einer Abzweigung zu einer wuchtigen Tür, die aussah wie eine Zellentür. Terisas Schritte stockten; an der Tür standen Wachen. Doch Geraden schenkte ihr ein Lächeln der Aufmunterung, grüßte die Männer lässig; einer verbeugte sich voller Anerkennung vor der Dame in scharlachrotem Gewand, als die Terisa auftrat, während der andere die Tür öffnete, Terisa und Geraden in einen kleinen, aber gut beleuchteten Raum einließ, der einem Vorzimmer glich; darin säumten Durchgänge die dicken Mauern. »Hier waren einst Kerkerlöcher«, erklärte Geraden, »doch ließen die Meister alles umbauen, um Kammern zur Verwahrung und Bewachung von Spiegeln verfügbar zu haben.«

»Weshalb haben sie uns nicht aufgehalten?« flüsterte Terisa, sobald der Wächter die Tür hinter Geraden geschlossen hatte.

Er grinste. »Der Zuständigkeit halber untersteht das gemeinsame Laborium der Befehlsgewalt unserer Zunft. Meister Barsonage hat nicht angeordnet, uns fernzuhalten, dieweil's ihm nicht in den Sinn kam, zu argwöhnen, ich könnte Euch hergeleiten. Kommt.«

Seine Aufregung wuchs. Als er sich anschickte, zum benachbarten Durchgang vorauszueilen, verhedderte sich sein Zeh im langen Saum ihres Kleids, stürzte auf die Mauer zu, als müsse er sich daran den Schädel einschlagen. Im letzten Augenblick vermochte er aber den Fall in eine Rolle umzuwandeln. Er prallte mit einem hörbaren Bums gegen die Mauer, doch der Anprall verhinderte nicht, daß er sofort wieder auf die Füße sprang und sich überschwenglich entschuldigte.

»Denken Sie jetzt doch nicht an mich«, sagte Terisa hastig, brachte ihre Besorgnis zum Ausdruck, um dagegen vorzubeugen, daß sie zu lachen anfing. »Sind Sie unverletzt?«

Mühsam gewann Geraden wieder an Gefaßtheit. »Edle Dame, erlitte ich jedesmal Verletzungen, wenn mir etwas Törichtes unterläuft, ich hätte schon im Alter von fünf Lenzen das Zeitliche gesegnet.« Sein Ton zeugte, als er weiterredete, von Bedauern. »Das beklagenswerteste daran, ein solcher Unglücksvogel zu sein, muß ich darin erblicken, daß ich jedem und allem ringsherum Schaden zufüge, selbst dagegen niemals welchen erleide. Das kann man schwerlich gerecht heißen.«

Einen Moment lang lachte Terisa doch. Aber ihre restliche Belustigung unterdrückte sie. »Naja, mich haben Sie nicht geschädigt. Ich bin froh, daß Sie heil geblieben sind.«

Geraden schaute sie an, als vergäße er bei ihrem Anblick, weshalb sie sich hier befanden. »Meinen tiefempfundensten Dank, edle Dame«, sagte er leise und ernsthaft. Gleich darauf hatte er sich wieder unter Beherrschung. »Laßt's uns nochmals versuchen.« Mit umständlicher Vorsicht drehte er sich um und ging durch den benachbarten Durchlaß in die dahinter gelegene Räumlichkeit voraus.

Terisa folgte ihm und betrat einen Raum, bei dem es sich anscheinend um eine frühere Zelle handelte, die man durch das Beseitigen der Trennwände von drei oder vier weiteren Zellen vergrößert hatte. Zahlreiche Öllampen, die nicht qualmten, spendeten Helligkeit. Aber abgesehen von den Lampen und den zierlichen Gestellen, in denen sie hingen, gab es in diesem Raum nichts — keinen Wandschmuck, keine Teppiche auf dem Fußboden — als drei hohe, unter schweren, kostbaren Überzügen aus Satin verborgene Objekte. Heiter entfernte Geraden den Überzug des nächststehenden Objekts und enthüllte einen Spiegel.

Wie der einzige andere Spiegel, den Terisa bisher in Schloß Orison gesehen hatte — den Spiegel, durch den sie in diese Welt versetzt worden war —, hatte diese Glasfläche eine Höhe, die nahezu an ihre Körpergröße heranreichte; das Glas war weder ganz flach, noch völlig klar, und es war auch nicht vollkommen rechteckig; es stak in einem schön polierten Holzrahmen, der ihm festen Stand auf dem Fußboden verlieh, es aber ebenso ermöglichte, ihn nach den Seiten oder nach vorn und hinten zu kippen. Das Glas spiegelte nicht den Stein der Mauern wider, reflektierte den Lampenschein nicht; man konnte darin nicht einmal Geraden sehen.

Was er zeigte, war eine endlose Meeresoberfläche unter einer hellen Sonne. Auf den ersten Blick hätte man meinen können, das Imago wäre nichts anderes als ein brillantes Gemälde, das einen täuschend wirklichkeitsgetreuen Eindruck von Dreidimensionalität hervorrief. Aber die Wellen des Meers bewegten sich. Sie wälzten sich aus der Ferne auf den Betrachter zu, bis sie zu nah waren, um länger sichtbar zu sein. Kleine Schaumkrönchen wehten von den Kämmen der Wogen, zerstoben vor Terisas Augen zu Gischt. Das Imago sah so real aus, daß ihr davon in der Magengegend schwummrig wurde.

»Meister Barsonage hat diesen Spiegel vor mehreren Jahren gefertigt«, begann Geraden erneut mit Erläuterungen. »Er zählt zu jener Art von Spiegeln, auf deren Herstellung alle Anstrengungen zu richten König Joyse von der Zunft verlangt. Er fordert nützliche, sinnvolle Spiegel. Meister Barsonage forschte nach einer Welt des Wassers ... einem Imago, welches Mordant bei Trockenheit und Dürre von Nutzen sein möchte. Oder bei Feuersbrünsten. Es wird erzählt, daß er diesen Spiegel nach dem Vorbild eines kleinen Spiegels schuf, den Großmeister Havelock einst in seinem Besitz hatte. Wenn's wahr ist, so haben wir's bei diesem Spiegel mit einer staunenswürdigen Errungenschaft zu tun ... der Leistung, daß jede Krümmung der Gesamtwölbung, die Färbung sowie die sonstigen allgemeinen Eigentümlichkeiten in einem so erheblich größeren Maßstab nachgebildet worden sind.« Mit den Fingern strich er voller Bewunderung seitlich am Rahmen entlang. »Leider enthält das Wasser«, fügte er hinzu, indem er das Glas wieder zudeckte, »für unsere Scholle und unsere Ernten zuviel Salz.« So behutsam, als säße das Hirn ihr ein wenig locker im Schädel, schüttelte Terisa den Kopf, folgte Geraden in den Nachbarraum. Er war ungefähr so groß wie die vorherige Räumlichkeit. Auch ihn erhellten Öllampen in Gestellen. In ihm standen jedoch vier mit Satin verhangene Spiegel. »Mir liegt's zur Gänze fern, Euch Belehrungen vortragen zu wollen«, sagte Geraden. »Wenn Ihr eine Imagomantin seid, kann ich Euch damit nur langweilen. Seid ihr's nicht, so verursache ich Euch bloß Verwirrung. Gebietet mit Einhalt, sobald ich zu weit abschweife in meinen Darlegungen.« Er überlegte einen Augenblick lang, wählte dann einen Spiegel aus.

Als er ihn aufdeckte, entfuhr Terisa unwillkürlich ein Aufkeuchen, und sie trat zurück. Aus dem Glas glotzte ein Paar Augen, so groß wie ihre Hände, sie an.

Die Augen stierten sie voller unstillbarer Gier an, und die Zähne, die sie unter ihnen sah, schienen Gift zu vertriefen, weit klaffte ein Rachen. Sie erhielt den Eindruck des Körpers einer riesenhaften Schnecke, der hinter Augen und Maul lungerten, die Wahrnehmung eines finsteren, höhlenartigen Raums rings um den Leib, aber sie war nicht dazu imstande, den Blick von den Augen zu wenden, konnte sich, was das restliche Imago betraf, nicht überzeugen. Diese Augen kannten nichts als Lechzen, waren Augen unersättlicher Gefräßigkeit ...

Geraden bückte sich zur unteren Kante des Spiegels hinab und verstellte den Rahmen. Sofort wichen die Augen um ein paar Meter in den Hintergrund zurück, und Terisa blinzelte das greuliche Vieh aus sicherem Abstand an. Nun war klar, daß sie irgendein riesiges, einer Schnecke ähnliches Tier in einer Höhle betrachtete. »So stellen wir die Brennweite ein.« Geraden kippte den Spiegel noch ein wenig mehr hintenüber, und das Imago wich nochmals zurück. Dann schwenkte er geringfügig die Seite des Rahmens, und das Imago verschob sich in diese Richtung, gab Ausblick auf den Berghang, an dem die Höhle lag. »Naturgemäß ist die Reichweite begrenzt. Doch wenn ein gelungener Spiegel fertig ist, ein Spiegel, der seinen Zweck erfüllt, statt lediglich in alle Richtungen Verzerrungen zu erzeugen, vermögen wir das vollständige Imago zu beobachten — in diesem Fall den gesamten Berg —, indem wir die Brennweite verändern. Falls wir dafür genug Geduld erübrigen.« Er erhob sich und streifte den Überzug wieder übers Glas. Beiläufig merkte Terisa, wie seine Stimmung sich erneut verschlechterte. »Es ist überliefert, daß König Joyse diesen Spiegel während der mordantischen Unabhängigkeitskriege unbeschädigt erbeutet hat. Der Imagomant, der ihn schuf, hatte jenes«, — es schauderte ihm —, »Scheusal bereits der Translation unterzogen, und es verschlang ein ganzes Dorf, fraß es Hütte um Hütte. Allerdings geschah das in der Zeit, bevor Großmeister Havelock des Verstands verlustig ging. Nachdem König Joyse das Glas unversehrt erbeutet hatte, vermochte Großmeister Havelock die Translation rückgängig zu machen. Die Zunft ist gegründet worden, um der Imagomantie gewisse Schranken aufzuerlegen, auf daß nicht mehr solche Spiegel wie dies Stück angefertigt werden.«

Terisas Arme und Beine fühlten sich schwach an, und es schien ihr, als wäre ihr Kopf mit Luft gefüllt. »Wie ...« Ihre Stimme drohte zu versagen. »Wie konnte so ein Riesenbiest durch den Spiegel gelangen?«

»Oh, mit der Größe gibt's keinerlei Schwierigkeiten. Schon vor langem haben Imagomanten entdeckt, daß in einem Spiegel von bestimmten Ausmaßen — ungefähr mit jenen Maßen, wie Ihr sie just gesehen habt — alles der Translation unterworfen werden kann. Niemand weiß genau, wie sich dergleichen vollzieht. Doch wenn Ihr zur rechten Zeit eines Spiegels Brennweite auf den rechten Ort richtet, vermögt Ihr eine Lawine durchzubefördern. Kommt.« Ohne sie anzuschauen, strebte er in die nächste Räumlichkeit.

Terisa schloß sich ihm an, obwohl sie sich nicht ganz der lebhaften Befürchtung erwehren konnte, das Monstrum werde gleich von sich aus den Überzug abwerfen und ihr nachsetzen. *So etwas* bedrohte Mordant? Hier befanden sich Leute am Werk, die irre oder bösartig genug waren, um *so etwas* auf das Land, auf Menschen loszulassen? Dann täuschte sich Geraden erheblich. Mordant brauchte nicht sie. Es benötigte den Kämpen in Meister Gilburs Spiegel. Dazu sämtliche Bewaffneten, die dem Kämpen unterstanden. Und alle Waffen des Raumschiffs. Terisa blieb hinter Geraden, weil die Situation völlig abartig war und sie sich schnellstens von hier verdrücken mußte.

Der Adept führte sie in einen Raum, der größer war als die vorderen Räume; anscheinend umfaßte er fünf bis sechs frühere Kerkerzellen. Auf dem glatten Steinboden standen sechs Spiegel, vier davon aber an der Wand, nur zwei in der Mitte. Diese beiden Spiegel hatten die gleiche Größe, und soweit man es unter ihren Überzügen erkennen konnte, besaßen sie auch die gleiche Form.

Während Geraden die Spiegel musterte, verkrampften sich seine Gesichtszüge unbewußt zu einer düsteren Miene. »Für gewöhnlich bewahren wir hier die flachen Spiegel auf«, sagte er zu einer Seitenwand hinüber. »Das ist unser größter Lagerraum, aber flache Spiegel haben wir mehr als solche anderer Art. Die Meister haben jedoch einige hinausgeschafft, um Platz für diese beiden Spiegel zu erhalten. Die Zunft arbeitet an etlichen, mannigfaltigen Untersuchungen und Forschungen hinsichtlich flacher Spiegel, trachtet ein Verfahren zu ihrer nützlichen Verwendung zu finden ... oder sie zumindest zu begreifen.« Ziemlich plötzlich trat er zu einem der an der Wand aufgereihten Spiegel. »Schaut her.« Seine Stimme klang nach Zorn. Den Grund verstand Terisa nicht. »Ich werde Euch zeigen, was Großmeister Havelock widerfahren ist.« Ruckartig heftig zerrte er den Überzug vom Glas. Unwillkürlich zuckte Terisa zusammen. Aber es bestand kein Anlaß zum Erschrecken. Der Spiegel sah tatsächlich flach aus. Terisa vermutete, daß Färbung, der zur Anfertigung genommene Sand und die leichte Unregelmäßigkeit der Ränder es waren, die bestimmten, was für ein Imago ein Spiegel zeigte; aber wegen seiner Flachheit existierte das Imago dieses Spiegels in der hiesigen, nicht in irgendeiner anderen Welt. Irgend etwas an der Szene, die Terisa erblickte, kam ihr bekannt vor. »Der Spiegel ist ein gefährliches Ding«, sagte Geraden leise. »Wer ihn hergestellt hat, weiß ich nicht, sollte er jedoch zufällig entstanden sein, so war's eine gefahrvolle Sache. Und wenn nicht, so ist's jedenfalls ein Wagnis, ihn aufzubewahren.« Terisa betrachtete eine Stelle in einer Landschaft, an der Straßen zusammenliefen. Natürlich bedeckte hoher Schnee die Straßen, man erkannte sie nur an den Wagenspuren, die im Dahinrollen Karren hinterlassen hatten. Die Umrisse entlaubter, winterlich kahler Bäume längs der Landstraßen machte sie gegen den Hintergrund aus aufgehäuftem Weiß allerdings noch besser erkennbar, als es die Wagenspuren ermöglichten. Das Imago wirkte so lebensecht, daß Terisa meinte, sie könnte zwischen den himmelwärts gereckten Gliedern der Bäume das Klirren der Kälte hören. Aber sie wußte sich nicht auszumalen, wieso das Imago gefährlich sein sollte. Hatte sie die Bäume und diese Kreuzung nicht heute früh vom Fenster aus gesehen? Offenbar ja. »Von Euren Gemächern aus habt Ihr auf selbige Örtlichkeit Ausblick«, fügte nämlich Geraden gleich darauf hinzu. »Es ist die Stelle, an welchselbiger die Straße, die von Schloß Orison hinaus ins Land führt, sich südwärts zum Torgau, nach Nordosten zum Perdongau und gen Nordwesten zum Armigitegau verzweigt. Warum jedoch könnte jemand sich die Mühe aufgebürdet haben, einen Spiegel anzufertigen, der eine Stätte zeigt, die wir ohnehin vom Schloß aus zu sehen imstande sind? Naht sich ein Feind auf diesen Straßen, so wird der Spiegel uns schwerlich früher warnen. Er mag, wie ich zuvor erwähnte, durch Zufall zustandegekommen sein. Oder derjenige, der dies Glas gemacht hat, tat's in der Absicht, einen Spiegel zu schaffen, der Schloß Orison zeigt — und's ist ihm nur knapp mißlungen.«

»Wer würde denn so was tun?« fragte Terisa.

Geraden hob die Schultern. »Jemand, der König Joyse unter Beobachtung zu haben wünscht. Was jedoch diesen Spiegel zu einer derartigen Gefahr erhebt — ihn gefährlicher als die meisten flachen Spiegel macht —, ist der Umstand, daß wenig fehlt, und wir sähen darin uns selbst. Brächten wir diesen Spiegel hinaus an jene Straßenkreuzung und stellten uns vor ihn, so sähen wir uns selbst im Imago. Und dann geschähe es, daß wir verlorengingen, ausgemerzt, Opfer eine Translation würden, die uns fortbefördert, ohne uns nur um einen Zoll von der Stelle zu bewegen, an welcher wir stehen.« Er ließ den Überzug auf den Fußboden fallen, trat zurück, um sich das Glas aus einigem Abstand anzuschauen. »Vermutlich war's Glück, daß ein solches Schicksal Großmeister Havelock nicht ereilt hat. *Er* zumindest hatte Glück. Er ist lediglich wahnsinnig geworden, aber sein Geist hat sich nicht zur Gänze in unerahnbare Sphären verflüchtigt. Wollten wir nun dies Glas zu verwenden versuchen — uns durch eine Translation zu der Straßenkreuzung zu versetzen trachten —, so träfe uns das gleiche Unheil wie ihn, die Belastung müßte unseren Geist zerstören. Warum sich das so verhält, weiß niemand.« Geradens Tonfall begann immer gereizter, immer unzufriedener zu klingen, als ärgere er sich über sich selbst. »Jene unter uns, welche dem Glauben anhängen, daß es die Imagines in Wahrheit nicht gibt — daß die Spiegel erschaffen, was wir in ihnen sehen —, vertreten die Auffassung, diese geistige Belastung entstünde daraus, an einem vom Spiegel erschaffenen Ort zu weilen, der bis ins kleinste einem wirklichen Ort gleicht. Man erwartet Wirklichkeit, doch findet sie nicht vor... und so kommt's dahin, daß der Verstand zerspringt.«

»Und wenn die Imagines Wirklichkeit sind?«

»Dann muß es die Translation als solche sein, welche den Schaden verursacht. Ich bin der Meinung, man kann sagen, eine Translation ist ein mit zuviel Kraft verknüpfter Vorgang, um für derlei unbedeutende Zwecke gebraucht zu werden. Wenn Ihr Euch von hier nach dort begeben möchtet«, — er wies auf das Bild im Spiegel —, »genügt ein Pferd, Ihr bedürft nicht der Imagomantie. Dieweil Ihr nicht die volle Kraftentfaltung der Translation ausnutzt, wendet selbige Kraft sich wider Euch, anstatt Euch wohlbehalten an die Örtlichkeit zu versetzen, welche Ihr aufzusuchen gedenkt. Etwas ähnliches jedenfalls muß Großmeister Havelock zugestoßen sein.« Geraden kehrte dem Spiegel den Rücken zu, und da sah Terisa, daß Grimm in seinen Augen glomm. »Darum sinnen die Meister darauf, flache Spiegel verstehen zu lernen. Sie sind allzu gefährlich … und von grundlegender Bedeutung.« Seine Stimme ging nun in ein Geknurre über. »Kommt«, sagte er. »Ich habe mir zur Genüge die Füße vertreten.« Schroff trat er zu den zwei Spiegeln in der Mitte der Räumlichkeit.

Jetzt begriff Terisa seine Gemütsverfassung. Sein innerer Konflikt erzeugte diese Mißstimmung: er handelte sowohl gegen seinen Wunsch wie auch gegen den Willen des Königs, wenn er sich etwas zu tun zwang, was er für richtig hielt, obwohl er glaubte, daß Mordant sie (Terisa) unbedingt brauchte. Zudem riskierte er den Vorwurf des Verrats, wenn er ihr eine Chance zur Rückkehr einräumte.

Trotz ihres warmen Kleids durchfuhr ein Schaudern Terisa, als Geraden einen der Überzüge herunterhob und sie den Spiegel erkannte, der am gestrigen Tag im Versammlungssaal der Zunft stand — das Glas, das sie in diese Welt befördert hatte. Das Imago war noch das gleiche, aber verändert. Inzwischen hatte das Gefecht ein Ende genommen. Die metallisch gepanzerten Gestalten hatten ihren Verteidigungsring erweitert und allen Angriffen widerstehen können. Vollkommen unverändert war die fremdartige Landschaft geblieben, auf die nach wie vor die alte, rote Sonne schien, ebenso hatte sich an dem großen Raumschiff in der Mitte der Szenerie nichts geändert. Wie die übrigen Männer hatte auch die gepanzerte Gestalt, deren Dominanz das Imago beherrschte, einen anderen Standort eingenommen; anscheinend schritt sie gegenwärtig den Verteidigungsring ab, hielt sich für kurze Zeit in jeder Stellung auf, wie um zu überprüfen, ob seine Streitkraft optimal zum Einsatz kam. Wieder ließ die machtvolle Ausstrahlung des Mannes sich beinahe spüren, obwohl ihn Abgründe zwischen Welten von Terisa trennten. Er wirkte wie ein Mann, der fast täglich, gewissermaßen im Rahmen seines Lebensstils, ganze Kontinente eroberte.

Geraden beobachtete Terisa von der Seite, versuchte ihre Reaktion abzuschätzen. Dann hob er den Satin vom Spiegel daneben. Terisa sah sofort, daß er dem anderen Spiegel glich wie ein Ei dem anderen; die Umrisse waren gleich; die Färbung war gleichartig; auch die Krümmung stimmte überein. Selbst die gerundeten Rahmen ließen sich nicht unterscheiden. Aber die Imagines unterschieden sich. Dieser Spiegel zeigte in rötlichem Licht, vor einem kahlen Hintergrund, einen farblosen Metallhelm mit undurchsichtiger Gesichtsplatte, Terisa zugedreht, als würden die dahinter verborgenen Augen sie kaltblütig mustern, sie einschätzen.

Ein Moment verstrich, bis Terisa auffiel, daß die Spiegel verschiedene Ausschnitte derselben Abläufe zeigten; der erste gewährte aus einiger Entfernung Ausblick auf das Raumschiff und dessen Umgebung, der zweite bildete den Kommandanten der Verteidiger des Raumschiffs aus nächster Nähe ab. Wenn sie beide Spiegel im Augenmerk behielt, konnte sie sehen, daß jeder genau die Bewegungen des Kommandeurs, seines behelmten Kopfs widergab, nur aus unterschiedlichem Abstand.

»Zu betrüblich ist's«, sagte Geraden mit gedämpfter Stimme, »daß wir durchs Glas keine Gedanken aufzufangen vermögen. Es möchte wohl gar bereits eine Hilfe sein, könnten wir Sprechen hören. Doch freilich glaubt die Mehrheit der Meister ja nicht, daß es irgendwelche Gedanken aufzufangen, Worte zu belauschen gibt.« Mit äußerster Sorgfalt verstellte er den Fokus des zweiten Spiegels, bis dessen Imago haargenau dem des ersten Spiegels glich. Anschließend trat er zurück und an Terisas Seite. Noch immer wich er ihrem Blick aus. »Einen davon habe ich angefertigt«, sagte er. »Jenen Spiegel, den wir am gestrigen Tag benutzten. Er ist eine Nachbildung. Das Vorbild ist von Meister Gilbur geschaffen worden. Seinen konnte ich nicht nehmen. Die Imagomanten wissen schon seit langer Zeit, daß ein irgendwie gearteter, ganz wesentlicher Zusammenhang zwischen einem Spiegel und der Begabung des Mannes besteht, der ihn gefertigt hat. Deshalb habe ich eine Nachbildung hergestellt.« Er schnob verdrossen. »Die Hälfte eines Jahrs hat's mich gekostet, dieweil mir beständig diese oder jene Fehler unterliefen. Seid Ihr zu unterscheiden fähig, welcher wessen Spiegel ist?« Terisa schüttelte den Kopf. Diese Frage spielte für sie keine Rolle. Sie interessierte sich ausschließlich für den Gegensatz zwischen Geradens Sorgen und ihrer Chance. Vielleicht gab es für sie tatsächlich die Möglichkeit, in ihre Welt zurückzukehren, in ihre Eigentumswohnung, an ihren Arbeitsplatz, zu ihrem Vater … Aber der Mann, der hier neben ihr stand, wünschte sich, daß sie blieb. Er ersehnte es dermaßen heftig, daß die bloße Vorstellung, sie könnte gehen, ihn zutiefst schmerzte. »In der Tat«, ergänzte Geraden leise seine Ausführungen, »ist außer Meister Gilbur und mir niemand zu solcher Unterscheidung imstande. Uns jedoch fordert's kaum Mühe ab. Das eigene Werk vermag ein Imagomant allzeit zu erfühlen. Der Spiegel, den ich gemacht habe, bringt mir die Nerven zum Prickeln.« Er deutete auf den linken Spiegel. »Dieser ist's.« Endlich rang er sich dazu durch, Terisa anzuschauen. »Edle Dame …« Er verschränkte krampfhaft die Arme auf dem Brustkorb, als könne er nur so verhindern, daß sie zupackten. Seine trübselige Miene war zu einer Ballung von Gram und Pein geworden. »Seid Ihr Euch darin, daß Ihr uns verlassen wollt, vollauf sicher?«

»Geraden …« Nun wäre sie, da er ihr endlich in die Augen sah, am liebsten seinem Blick ausgewichen. Sie hatte nie gelernt, anderen Leuten irgend etwas zu verweigern.

Solange sie tat, was man von ihr erwartete, erbat oder sich nur in Andeutungen von ihr erhoffte, konnte sie sich ihrer Umwelt anpassen. Hier jedoch gehörte sie nicht hin. Ihre Anwesenheit war überflüssig. »Bitte verstehen Sie mich richtig«, sagte sie, versuchte sich möglichst klar auszudrücken. »Ich bin keine Imagomantin. Nichts was hier passiert, kann irgendwie mit mir zu tun haben. Sie haben mich nicht zum Mitkommen gezwungen. Sie haben mich darum gebeten, und ich habe Ihnen den Gefallen getan. Ich weiß nicht warum. Ich vermute, ich hatte Lust darauf, einmal glauben zu können, mein Leben müßte nicht so sein, wie's nun mal ist. Ich hatte keinen Bock mehr, bloß immer einfach *rumzuhocken.* Aber jetzt sehe ich, daß ich 'n Fehler gemacht habe. Sie brauchen mich nicht. Sie benötigen den Kämpen. Ich denke, für mich ist's am besten, ich gehe einfach dahin zurück, woher ich gekommen bin.«

»Das ist Euer Recht.« Trotz Geradens Enttäuschung vermittelte sein Tonfall einen Ansatz zur Würde und sogar Selbstsicherheit, Festigkeit, einen Anklang, an den sie sich noch lebhaft erinnerte. Die Wichtigkeit dessen, was er sprach, brachte seine Augen zum Leuchten. »Doch ihr *werdet* hier benötigt. Mordants Friede wird nur das erste und geringste Gut sein, das wir verlieren. Beizeiten wird die Zunft von neuem in die Irre wandeln, von Schloß Orison wird kein Stein auf dem anderen bleiben, und die Reste des Reiches werden aus nichts anderem mehr als Blutvergießen und Bosheit bestehen.« Terisa war, als könnte sie in seiner Stimme oder seinen Worten ein Echo jener Hörner hören, die im Traum ihr Herz gerührt und alles verändert hatten. »Ihr gebt uns Hoffnung«, behauptete Geraden. »Ihr versichert, keine Imagomantin zu sein. Mag sein, Ihr habt recht. Doch ebenso kann's sein, daß Ihr Euch selbst noch nicht zur Gänze kennt. Vielleicht ahnt Ihr lediglich noch nicht, daß Ihr mächtiger seid als jeder andere denkbare Kämpe. Ich versteh's nicht zu erklären — aber ich hege den unerschütterlichen Glauben, daß Ihr hier bei uns seid, weil Ihr hier sein *müßt.* Und ...« Plötzlich wirkte er wieder völlig normal, schaute düster drein. »... Ihr verleiht meinem Leben einen Sinn. Solange ich an Euch zu glauben vermag, behält es seinen Wert.«

Seine Hartnäckigkeit hätte sie abschrecken, ängstigen müssen. Es handelte sich um blanke Unvernunft. *Sie* sollte unentbehrlich sein? *Sie* sollte irgendwelche Macht besitzen? *Sie* und seinem Leben einen Sinn verleihen können? Nein. Es fiel leichter, zu glauben, daß ihr bereits ihr Selbst abhanden gekommen war, es sich in Träumen aufgelöst hatte. Oder daß sie nie existiert hatte, sie nicht mehr war als eine Schöpfung der Translation. Trotz allem bewegte es sie inwendig, was Geraden sich von ihr versprach, was er ihr anbot. Sein Bitten und die Erinnerung an den Hörnerklang rührten sie.

»Sind wir nicht ein bißchen voreilig?« meinte sie verunsichert. »Wir wissen ja noch gar nicht, ob's klappt. Das sollten wir erst mal rausfinden, bevor wir uns über irgendwas anderes den Kopf zerbrechen.«

Geraden maß sie mit außergewöhnlich aufmerksamem Blick, versuchte anscheinend, ihre Empfindungen zu erraten. Dann nickte er. »Mich dünkt, damit habt Ihr recht.« Auf einmal legte er Entschlossenheit an den Tag. »Nehmt meine Hand. Ich werde für den Fall, daß etwas außer der Regel sein sollte, Euch vorangehen.« Schon näherte er sich dem Spiegel. »Ihr könnt Eurerseits mir Halt geben.«

Terisa spürte immer stärker die Kühle der Luft in dem Raum. Sie sah Geradens Hand an, das Glas, seine harte Miene der Entschiedenheit. Nachdem sie ihn schließlich überzeugt hatte, merkte sie, daß sie zögerte. »Müssen wir nicht erst irgendein Ritual abwickeln?« Ihre Widersprüchlichkeit war lächerlich, aber sie konnte nichts dagegen tun. Sobald sie etwas wie einen Entschluß gefällt hatte, verlor sie alles Selbstvertrauen. »Es muß doch Zauberpulver geben ... oder Zaubersprüche ... irgend so was. Oder nicht?«

»Wird Imagomantie in Eurer Welt so betrieben?« erkundigte sich Geraden mit einem Blick der Erbitterung.

»Nein, selbstverständlich nicht. Ich meine, wir kennen keine Imagomantie. Das habe ich Ihnen doch schon oft genug gesagt. Bei uns gibt's keine Magie.« Verlegenheit rötete Terisas Wangen. »Ich habe bloß gedacht, es sind Vorbereitungen erforderlich.«

Geraden unternahm eine sichtliche Anstrengung, um sich besser in die Gewalt zu bekommen. »Um Vergebung. Es war beileibe nicht meine Absicht, Euch so anzuraunzen. Die Imagomantie besteht aus der Art und Weise, wie man Glas herstellt, es gestaltet und färbt. Das sind die Vorbereitungen. Wenn's fertig ist, erfüllt der Spiegel seinen Zweck oder erweist sich als unbrauchbar, je nachdem, ob die Person, welche ihn zu benutzen trachtet, dazu über die Befähigung verfügt. Wollten wir etwas durch Translation zu uns befördern, wär's anders. Es gibt Worte und Gesten, die selbiges Verfahren auslösen. Wir hingegen haben nichts dergleichen vor. Wir brauchen nur eines tun ...« Er versuchte ein Lächeln, das ihm jedoch mißlang. »... nämlich es tun.« Wieder hielt er ihr seine Hand entgegen. Diesmal faßte Terisa sie. Aber es geschah mit dem größten Widerwillen. Geraden zog sie zum Spiegel, legte seine freie Hand auf den Rahmen, um ihn — oder sich — festzuhalten. »Zunächst einmal werde ich den Kopf hindurchstecken«, murmelte er wie im Selbstgespräch, »und einen Blick rundum werfen. Danach kann ich Euch berichten, was ich gesehen habe, und Ihr vermögt Euch endgültig zu entscheiden. Bewahrt meine Hand fest in Eurem Griff. Solange wir einander nicht fahren lassen, ist's Euch gegeben, das Glas genauso wie ich zu durchqueren.«

Recht unvermittelt, ohne ein weiteres Wort, neigte er das Gesicht der Oberfläche des Spiegels entgegen. Und sein Kopf verschwand darin, schien so glatt abgetrennt zu werden wie durch einen Schwerthieb in den Nacken. Im Spiegel verwehrte mit einem Mal sein Hinterkopf den Blick auf das Raumschiff und einen Teil der Landschaft. Instinktiv stemmte Terisa sich gegen sein Körpergewicht.

Er hatte sich zu ruckhaft vorgebeugt, geriet wieder einmal aus der Balance, drohte zu fallen. Seine Hand drückte gegen den Rahmen des Spiegels, verstellte den Fokus. Als er nach vorn sackte, sah Terisa, wie einer der gepanzerten Verteidiger des Raumschiffs einen heißen Strahl aus Licht auf ihn abfeuerte.

Irgendwie riß sie Geraden zurück. Er stürzte aus der Glasfläche und torkelte rückwärts, fing sich ab, die Füße gespreizt, die Knie aneinandergepreßt. Aus seinen Wangen war alle Farbe gewichen; er sah so weiß wie Mehlteig aus. Seine Augen zeugten von Entsetzen und Staunen.

»Sind Sie in Ordnung?« erkundigte sich Terisa.

»Er hat auf mich geschossen«, raunte der Adept heiser. »Fast hätte er mich getroffen.«

»Ich hab's gesehen. Ich habe Ihren Hinterkopf gesehen.«

»Glas und Zerschmetterung.« Mehrmals schluckte Geraden. »Wäre ich beim erstenmal dort hingelangt … statt zu Euch … sie hätten mich getötet, ehe ich nur den Mund aufzutun vermocht hätte.«

Terisas Herz begann zu schmerzen, als sie die Konsequenzen des Vorfalls erfaßte. Der Spiegel, von dem Geraden unverständlicherweise zu ihr anstatt zum erwünschten Kämpen versetzt worden war, funktionierte nun so, wie man es ursprünglich erwartet hatte. »Ich kann's nicht glauben.« Dieser Spiegel verkörperte ihren einzigen Weg zurück nach Hause. Sie saß in dieser Welt fest. »Lassen Sie's mich versuchen.«

»Edle Dame …!« Seine Entgeisterung und Furcht wichen im selben Augenblick höchster Bestürzung. »Man wird auf Euch schießen! Und's mag sein, man wird kein zweites Mal verfehlen.«

»Los, kommen Sie.« Ohne nachzudenken, packte sie eine Hand Geradens, zerrte in die Richtung zum Spiegel. Für alle Zeit saß sie hier fest. Einen anderen Weg als den Spiegel gab es nicht in ihr Leben zurück. »Ich muß's versuchen.«

Geraden entwand ihr seine Hand, dann ergriff er Terisa

an den Schultern, schüttelte sie. »Nein!« Er brüllte sie regelrecht an. »Ich gedenke nicht zu erdulden, daß Ihr in den Tod geht!«

»Ich muß es versuchen!« schrie Terisa. Es war durchaus möglich, daß sie noch nie jemanden derartig angeschrien hatte. »Lassen Sie mich los!«

Sie entzog sich ihm, eilte zum Spiegel — und trat auf den Saum ihres Kleids. Zu vermeiden außerstande, daß sie fiel, stürzte sie direkt auf das Glas. Anscheinend gelang es Geraden mit knapper Not, sie mit einer Hand zu erhaschen und dadurch eine Translation zu ermöglichen. Statt die Scheibe zu zerbrechen, tauchte sie hinein.

Diesmal empfand sie die Translation als wesentlich kürzer; sie machte weniger Eindruck auf ihre Wahrnehmung als die Translation, die sie aus ihrer Wohnung nach hier befördert hatte. Wieder war sie gleichermaßen blitzartig und endlos, etwas Winziges und Gewaltiges, als hätte sie im Vorbeigehen einen Hauch der Ewigkeit verspürt; aber dieses Mal herrschte schon mehr Vertrautheit als Fremdartigkeit vor.

Da prallte sie — heftig genug, daß ihr die Luft wegblieb — auf einem Hügel in dichtes, üppiges, mit Wildblumen gesprenkeltes Gras; genaugenommen, nur ihr Oberkörper, von der Hüfte aufwärts, prallte auf. Sie mußte mit dem Bauch auf der Unterseite des Rahmens liegen, der den Spiegel einfaßte, denn in der Höhe des Nabels schien sie zertrennt zu sein; der gesamte Rest unterhalb dieser glatten Schnittstelle war unsichtbar. Doch sie konnte ihre Beine spüren, sie fühlte Bewegung am unsichtbaren Teil ihres Körpers. Jemand hielt sie fest. Aber sie waren in einer anderen Welt zurückgeblieben.

In dieser Welt war es warm, es roch nach Frühling. Die hellen Blüten der Wildblumen tanzten in schwachem Wind, der Terisa das ungeschützt dem Sonnenschein ausgesetzte Haar kühlte; der Himmel zeichnete sich durch ein wie geschliffenes Blau aus. Rechts neigte sich der Abhang bis zu einem schnellen Bach hinunter, fast breit genug, um als Fluß gelten zu können. Das Wasser strömte wie flüssiger Kristall durch sein goldgelbes Bett aus Gestein und Sand, gurgelte im raschen Fließen fröhlich vor sich hin.

Vor ihr stieg der Untergrund an, sie sah, daß sie sich in einem Tal befand, das sich nach oben hin stark verengte. In nur wenigen hundert Metern Entfernung war es nur noch ein schmaler Hohlweg, fast eine Schlucht, die bis zu den in der Ferne erkennbaren Bergen verlief; dieser Geländeeinschnitt hatte durch die hohen, unregelmäßigen, gewaltigen Felssäulen beiderseits des Bachs, die da wie Wächter standen, einen auffällig gekennzeichneten Zugang. Infolge der steilen Wände erfüllten Schatten den Hohlweg, verliehen ihm ein finsteres, geheimnisvolles Aussehen; aber gleichzeitig wirkte er irgendwie einladend, wie ein Ort, an dem man sich verstecken und sicher fühlen konnte.

Terisas Herz schlug sofort vor Begeisterung rascher, als sie ihn sah. Weil sie in einer Großstadt aufgewachsen war, hatte sie noch nie eine so schöne Gegend gesehen. Für einen Moment genoß sie es, einfach zu sein, wo sie war, atmete den Geruch der Frühlingswiese, den Duft der Wildblumen. Aber gleich darauf dachte sie wieder an Geraden. Hier befand sie sich nicht in einer fremdartigen Landschaft, in der Gepanzerte mit Hitzestrahlen auf Leute feuerten. Ebensowenig war hier ihre Eigentumswohnung. Sie mußte Geraden diese Gegend zeigen.

Zu voll mit Bewunderung, um zu rufen, kroch sie rückwärts. Indem sie sich rückwärtsbewegte, verschwand immer mehr von ihrem Oberkörper an der Translationsstelle außer Sicht. Geraden bemühte sich ziemlich unsanft, ihr zurückzuhelfen. Ihr Busen entschwand, danach ihre Schultern. Einen Augenblick später kauerte sie auf Händen und Knien vor dem Spiegel. Der Stein unter ihren Handflächen fühlte sich kalt an. Die Luft in der Räumlichkeit war kalt. Sogar der Lampenschein schien kalt zu sein.

Die Szene im Spiegel hatte sich kaum verändert. Der Kommandeur unterhielt sich mit seinem Untergebenen, der auf Geraden geschossen hatte. Wahrscheinlich versuchten sie sich den Männerkopf zu erklären, der unerwartet mitten in der Luft erschienen und vor ihren Augen wieder verschwunden war; vielleicht vermuteten sie einen neuen Trick der Leute, mit denen sie im Kampf lagen, die Bewohner jenes Planeten.

»Edle Dame ...!« Geraden keuchte, als hätte er mit jemandem um Terisas Leben gerungen. »Seid Ihr unversehrt? Was hat sich zugetragen? Ich konnte Euch nicht sehen. Ich habe nicht beobachten können, daß sie auf Euch geschossen hätten. Es sah mir so aus, als wüßten sie nicht, wo Ihr seid. Was ist geschehen?«

»Geraden ...« Terisa war so erschüttert, ihr war so kalt, daß sie sich kaum emporstemmen, sich auf die Beine stellen konnte. Der Wechsel war zu unvermittelt gewesen, zu kraß. Terisa atmete schwer. Sie fühlte sich desorientiert. Frühling ...? Ein Bach, der im Sonnenschein dahinbraust ...? Nein, nicht hier. Nicht in diesem umgebauten steinernen Kerker. Und nicht in dem Spiegel, in dem gewalttätige Männer ihre Tätigkeit diskutierten. Irgendwo in ihrem Innern wirkte die Translation noch nach, ging weiter, war sie noch nicht abgeschlossen. Aber jetzt wußte sie, was »Translation« bedeutete. In ihren Nerven sammelten sich Zweifel; sie stand dicht vor dem Zusammenbruch. Für sie war eine Translation das Gefühl des Vergehens, des Erlöschens der Existenz, verstärkt bis zu einem Grade, daß es auf eine Krise hinauslief: der durch nichts gelinderte Moment, in dem sie allen Halt, sich selbst verlor, ihr die Faktizität, das Leben entglitten. Das war es, auf was sie sich zubewegt hatte, seit sie an ihrem eigenen Sein zu zweifeln begann. Und nun erlebte sie es.

Obwohl Geraden neben ihr stand, dringend wissen wollte, was sie gesehen hatte, blieb es Terisa unmöglich, ihm ihre Aufmerksamkeit zu widmen. Sie starrte den Spiegel an, den er unbedeckt gelassen hatte, das flache Glas mit den verschneiten Straßenkreuzungen ... Dieser Spiegel zeigte plötzlich ein anderes Imago.

Die Weise, wie sie den Spiegel anstarrte, bewog Geraden, sich umzudrehen. Als er den Spiegel erblickte, entfuhr ihm ein Aufkeuchen. »Das ist unmöglich! Wie habt Ihr ...?« Er rang um Fassung. »Diese Gegend *kenne* ich. Dort war ich oft ... unweit davon bin ich aufgewachsen. Als Knaben haben wir dort gespielt. Wir nannten die Schlucht die Geballte Faust. Sie liegt im Domnegau. Sie kann nicht weiter als fünf Meilen von Houseldon entfernt sein.« Trotz seiner Überraschung und Verwirrung machte er vor Freude ein Gesicht wie ein Honigkuchenpferd. »Die Schlucht ist in der Tiefe ungemein felsig. Man vermag darin aufs großartigste zu klettern. Wenigstens hundert kleine Höhlen und Schlupfwinkel gibt's dort. Wir wußten die tollsten Spiele ...« Terisa glaubte ihm. Sie war vorhin selbst in dem Tal gewesen. Sie erkannte die Formationen des Geländes, die Umrisse des Tals. Die Höhen waren verschneit gewesen, im Bach hatte Eis gekracht, an den Felssäulen waren Eis und Frost — wie Strähnen von Weiß in grauem Haar — zu sehen gewesen. Die Gegend war dieselbe; nur die Jahreszeit hatte gewechselt; aus Winter war Frühling geworden. Nun schaute Geraden drein, als wäre Terisa eine Wundertäterin. »Edle Dame«, sagte er in wahrer Ehrfurcht, »ich weiß nicht, wie Ihr das vollbracht habt. Es ist unmöglich. Spiegel wandeln ihre Imagines nicht. Aber Ihr habt das bewirkt. Irgendwie. Ihr seid eine Imagomantin. Ganz ohne den geringsten Zweifel seid Ihr eine Imagomantin. Nichts Vergleichbares ist jemals bewerkstelligt worden. Es ist höchst vortrefflich für uns, daß ihr bei uns weilt.« Seine Wangen hatten wieder Farbe angenommen.

Terisa konnte sich nicht erklären, wieso er derartig übereilt schlußfolgerte, sie müsse die Urheberin dieses angeblich unmöglichen Wechsels sein. Aber das war im Augenblick zweitrangig. Sie blieb vorerst außerstande darüber nachzudenken. Etwas anderes erschütterte sie.

Vorhin hatte sie die gleiche Szenerie in zwei Spiegeln gesehen. Eine Szenerie, von der Geraden behauptete, sie sei Realität. Doch sie hatte sie in zwei verschiedenen Jahreszeiten gesehen. Einer der beiden Spiegel war fehlerhaft. Jetzt herrschte kein Frühling, sondern Winter. Der Spiegel, der die Geballte Faust im Frühjahr zeigte, war eine Fehlkonstruktion.

Terisa war zumute, als ob ein Gefühl des Sichverflüchtigens ihr das Herz von Blut leere. Der mißratene Spiegel bestand aus Geradens Glas; war der Spiegel, der sie herversetzt hatte. Sein Glas zeigte Imagines, die nicht existierten.

Als sie begriff, daß folglich auch sie ein Imago sein mußte, das nicht existierte, sank sie beinahe wieder auf die Knie.

8

Verschiedene Begegnungen

»Warum ist es unmöglich?« Terisas Stimme klang schwächlich und leise, alles ringsum schien um ihren Kopf zu trudeln.

Geraden war offenbar völlig aus dem Häuschen, bemerkte Terisas Aufgewühltheit anscheinend gar nicht. »Niemand versteht sich darauf, Imagines zu wandeln. Es ist undurchführbar. Das Imago ist ein Teil des Glases. Dennoch habt Ihr's soeben gemacht. Ihr seid der prophezeite Kämpe.«

Er wußte nicht, was sie im anderen Spiegel — seinem Spiegel — gesehen hatte. Er ahnte nicht, daß sie nun den Beweis für ihre Nichtexistenz hatte. Terisas Hände machten unbewußt Abwehrgebärden, als könnte sie dadurch unliebsame Gedanken verscheuchen. Die Folgen waren für sie entsetzlich.

Andererseits jedoch *fühlte* sie sich *nicht* entsetzt. Sie fühlte sich irgendwie distanziert, enthoben, als begänne sie langsam zu schweben. Der Eindruck, als verlösche sie, nahm zu. Oder vielleicht war sie lediglich sensitiver dafür geworden. Sie konnte sich nicht erklären, wieso sie sich noch mit Geraden hier im selben Raum aufhielt.

Der Spiegel, der sie herversetzt hatte, zeigte Imagines, die nicht existierten.

»Sie haben gesagt, es gibt diese Gegend. Stimmt's? Aber ich habe sie noch nie gesehen.« Ihre Stimme hatte einen leicht brüchigen Klang; einen fistelig-schrillen Unterton nahe der Hysterie. Angestrengt bemühte sie sich um die Zurückgewinnung des Gefühls der eigenen realen Existenz. »Ich bin dort nie gewesen. Ich kann Imagines nicht ändern, wenn ich nicht weiß wie.« Sie schlang die Hände um die Ellbogen, versuchte ruhiger zu sprechen. »Sonst wär's ja einfach für mich, in meine Wohnung zurückzukehren.«

Dies Argument beeindruckte Geraden trotz seiner Aufgeregtheit. Er überlegte, furchte versonnen die Stirn. »Aber Ihr *müßt* es getan haben. Wenn nicht ... käme dafür allein ich in Frage. *Ich* jedoch vermag nicht einmal gewöhnliche Translationen auszuführen. Darum bin ich zu solchen Leistungen erst recht nicht imstande.«

»Haben Sie's denn je versucht?« Es spielte keine Rolle mehr, was sie daherredete. Ihr Leben rückte immer weiter von ihr ab.

Geraden blickte sie starr an; im ersten Moment, so hatte es den Anschein, nahm er die Frage ernst. Dann schüttelte er den Kopf. »Nein, freilich nicht. Es wäre Unfug. Ein Imago ist ein untrennbarer Bestandteil des Spiegels. Deshalb besitzen Spiegel ein so beschränktes Feld der Darstellung. Sie können nichts zeigen, was sie nicht selbst sind.« Plötzlich betrachtete er das Glas genauer. »Aber mit diesem hier ist's geschehen«, murmelte er verstört. »Er hat sich gewandelt, derweil wir uns mit ihm in derselben Kammer aufhielten. Folglich ist's kein Unfug. Einer von uns beiden muß es bewirkt haben.« Er trat zurück; tiefe Nachdenklichkeit ließ ihn zerstreut, gespannt erscheinen. »Es wäre denn, es gäbe jemand anderes zu Orison, der über eine solche Fähigkeit gebietet ... und er wäre zur Stelle.«

»Das ist lachhaft, Adept Geraden«, konstatierte eine forsche Stimme. »Das Unmögliche ist und bleibt unmöglich. Es muß eine andersartige Erklärung geben.« Geraden wirbelte herum. Auch Terisa wandte sich um, fühlte sich dabei, als drehe sie sich im Schweben. In einem der Durchgänge stand Meister Eremis. Unter seiner Kasel trug er dasselbe pechschwarze Gewand, in dem Terisa ihn gestern gesehen hatte. Wieder fiel ihr auf, wie gut, aber auf wie unkonventionelle Weise er gut aussah: durch die große, schmale Nase, die abfallenden Wangen schien sein Gesicht keilförmig zu sein; das drahtige, schwarze Haar an seinem Hinterkopf unterstrich die Kahlheit seiner Schädeldecke. Doch in seinem Fall hatten herkömmliche Begriffe von Attraktivität irgendwie keine Bedeutung. Hochgewachsen, hager und kräftig war er, in seinen hellen Augen glänzten Intelligenz und Humor, das Lächeln seiner Lippen verhieß Geheimnisse. Und die Art, wie er sie *anblickte,* brachte Terisas Atem zum Stocken. Sie hatte gehört, daß er sie unter Umständen für hübsch hielt. Ohne irgendein Vorzeichen begann unter ihrer Haut der Pulsschlag aus Erregung zu rasen. Unerklärlicherweise verlor ihre Empfindung des Sichauflösens erheblich an Stärke. Insgeheim so dankbar, als wäre sie von ihm gerettet worden, wartete sie darauf, was er nun unternehmen würde. Einige Sekunden lang musterte er den veränderten Spiegel mit dem veränderten Imago, in äußerster Konzentration die Stirn gerunzelt. »Ja«, murmelte er, »so etwas ist unmöglich.« Anschließend widmete er seine Aufmerksamkeit wieder Terisa und Geraden. »Frische meine Erinnerung auf, Adept. Mag sein, ich entsinne mich falsch. Hat Meister Barsonage dir verboten, der Dame irgendwelches Wissen preiszugeben, oder hat er's nicht?« Geraden senkte den Blick auf den Fußboden und schwieg. Unbekümmert trat Meister Eremis näher. Ehe sie in die Eigentumswohnung zog, hatte Terisa eine gewisse Art von Männern gesehen — Gäste ihres Vaters —, denen man nachsagte, Macht zu besitzen; aber keiner von ihnen hatte eine Aura gebieterischen Selbstbewußtseins wie Meister Eremis gehabt. Nur die Gegenwart ihres Vaters war für sie stets mit vergleichbarer Autorität verbunden gewesen; allerdings hatte sein Betragen ihr gegenüber erheblich zu wünschen übrig gelassen. Beim Näherkommen redete der Meister mit Geraden, aber das Schimmern von Interesse in seinen Augen, das Lächeln seiner Lippen galt Terisa. »Ach, gleichwohl. Nach meinem Dafürhalten ist's ohnehin ein törichtes Verbot. Die erste Regel untadeliger Höflichkeit lautet, schönen Frauen nichts zu verweigern. Nichtsdestotrotz magst du's als Glücksfall ansehen, daß die übrigen Meister ihren Disput als dermaßen hochwichtig bewerten und deine Umtriebe nicht beachten. Meister Barsonage möchte gar wohl dazu neigen, dich aus der Zunft zu werfen, wenn er erführe, was du getan hast. Von mir aber wird er's nicht erfahren.«

»Meinen Dank«, nuschelte Geraden unfreundlich. Das unvermutete Aufkreuzen des Meisters schien ihn zu einem trotzigen Schulbuben degradiert zu haben.

Eremis musterte ihn. »Meine Nachsicht verdrießt dich? Ich wünschte, ich vermöchte dich davon zu überzeugen, daß du in der gesamten Zunft keinen aufrichtigeren Freund als mich finden kannst. Du weißt, ich habe mich gegen den Beschluß ausgesprochen, dich mit dem Versuch, sich an den erwählten Kämpen zu wenden, zu beauftragen. Wähnst du, ich hätt's getan, dieweil ich dich oder deine Fähigkeiten geringschätze? Du irrst dich. Der Kämpe ist ein gefährlicher Mann. Ich habe mich um deiner Unversehrtheit willen dagegen gewandt, Geraden.«

»Gewißlich war's mir leichter gewesen, dankbar zu sein, hätte ich um Eure Beweggründe gewußt«, sagte Geraden verbissen, ohne den Blick vom Fußboden zu heben. »Welchen Nutzen hat meine Unversehrtheit für Euch?«

»Schande über dich, Adept Geraden.« Der Meister lachte. »Bitterkeit ist unangebracht.« Er trat hinter Geraden und legte wie ein gütiger Vater dem Adepten eine Hand auf die Schulter. Hinter Geradens Rücken schenkte er Terisa ein verschwörerisches Lächeln. »Für mich selbst ist deine Unversehrtheit von keinerlei ›Nutzen‹. Aber ich weiß deine Klugheit zu würdigen ... und deine Beharrlichkeit. Nur höchst ungern sähe ich solche Tugenden verschwendet. Und zudem«, — er drückte Geradens Schulter, dann tätschelte er sie —, »bedeutet die Tatsache, daß du wohlauf bist, du vermagst mich nunmehr aufs förmlichste ...« Er senkte den Blick auf Terisas Augen auf ihren Ausschnitt, beließ ihn dort einen kurzen Moment lang, bevor er ihr erneut ins Gesicht schaute. »... dieser wahrhaftig entzückenden Dame vorzustellen.«

»Ich bin mir darin sicher«, entgegnete Geraden schroff, »daß ihr Name Euch mittlerweile wohlbekannt ist.«

»Ach, aber ich habe ihren Namen nicht aus deinem Mund vernommen. Du bist ihr Translator. Meister Barsonage hat klargestellt, daß du für sie vollauf die Verantwortung trägst.« Die besondere Art, wie er sie ansah, machte die Schwäche, die sie empfand, irgendwie angenehm. »Es ist mein ausdrücklicher Wunsch, daß du mich in aller Förmlichkeit mit ihr bekannt machst.«

Geraden warf Terisa einen Blick zu. Er hatte den Mund zu einem Zähneblecken verzerrt. Trotzdem kam er der Forderung nach. »Edle Dame, gestattet mir, Euch Meister Eremis vorstellen zu dürfen. Sein Stammsitz ist Burg Esmerel, eine der ruhmreichsten Burgen im Torgau.« Er stand so steif und starr da wie eine Eisenstange. »Meister Eremis, vor Euch seht Ihr die Edeldame Terisa von Morgan.« Als er weitersprach, geschah es im Tonfall unterdrückten Grimms. »Sie ist Gast König Joyses und steht unter seinem Schutz. Kastellan Lebbick läßt sie aufs sorgsamste bewachen.«

Von neuem lachte Meister Eremis. »Geraden, du bist so tölpelhaft wie ein Kind.« Nochmals tätschelte er die Schulter des Adepten, dann ließ er von ihm ab. »Dennoch gedenke ich dir meine Freundschaft auf eine Weise zu bekunden, welchselbige dich überraschen dürfte.« Er schenkte seine Beachtung erneut den beiden Spiegeln. »Fürwahr erhebt sich die Frage, wie Imagines sich wandeln lassen könnten. Ich bezweifle, daß jemand den Spiegel ausgetauscht hat.« Behutsam strich er mit den Fingerspitzen übers Glas. »Eine andere, grundsätzlichere Veränderung jedoch ist gänzlich unvorstellbar. Diese Sache muß wohlerwogen werden.« Aber anscheinend hatte er daran nicht so viel Interesse, daß er sofort darüber nachzudenken beabsichtigt hätte. »Indessen wundert's mich freilich«, sagte er, wandte sich wieder an Geraden, »welcher Beweggrund dich dazu verleitet haben mag, die Dame an diese Stätte zu führen. Dein Spiegel und Meister Gilburs Spiegel sind aufgedeckt. Das gibt mir den Verdacht ein, du möchtest vielleicht im Sinn gehabt haben, ihr eine Rückkehr zu ermöglichen ... oder ihr den Beweis zu erbringen, daß jedwede Rückkehr ausgeschlossen ist. Den ersteren Verdacht verwerfe ich. Er dünkt mich abwegig. Nicht einmal du, Adept, wärst so närrisch, dein Leben, deine Zukunft in der Zunft, ja das Überdauern Mordants aufs Spiel zu setzen, nur um bereits am nächsten Tag die Früchte deines Wagemuts zu vertun.« Geraden hielt dem Blick des Meisters stand, ohne mit den Wimpern zu zucken, doch an seinen Kiefern sah man die Muskeln in sich verkrampfen. »Daher schlußfolgere ich, daß eine Rückkehr Terisa von Morgans undenkbar geworden ist. Im Spiegel hat sich irgendeine Änderung vollzogen, die Pforte, durch welche du sie — irgendwie! — zu uns gebracht hast, hat sich geschlossen. Jedoch ist auch das unmöglich.« Er lächelte, als fände er die eigenen Gedankengänge lustig. »Rundum sehen wir uns Unmöglichem gegenüber. Das ist eine außerordentliche Herausforderung für dich, Adept. Ich weiß, wie ich hoffentlich zweifelsfrei verdeutlicht habe, deine Klugheit zu schätzen. Deine Anfälligkeit für Mißgeschicke wirkt sich ausschließlich in deinen Handlungen aus, nicht hingegen in der Leistungsfähigkeit deines Verstandes. So suche denn diese Fragestellung zu ergründen: Ist's denkbar, das Imago eines Spiegels auf einen anderen Spiegel zu übertragen oder in ihn zu versetzen?« Er sprach wie ein Lehrer, der sich zu Problemen äußerte, auf die er bereits die Antworten wußte. »Wäre das eine Erklärung für die anscheinmäßigen Unmöglichkeiten, welche Terisa von Morgan umgeben? Erforsche diese Angelegenheit und laß mich deine Schlußfolgerungen wissen. Ich selbst werde unterdessen die Frage der Zunft stellen. Sollte es dir gelingen, die Antwort früher als die Meister zu entdecken, wird das gewißlich sehr zu deinem Vorteil sein.« Ehe Geraden etwas entgegnen konnte, verlagerte Meister Eremis seine Aufmerksamkeit wieder auf Terisa. »Und nun, edle Dame«, sagte er, verlegte sich erneut auf sein vorheriges, höfliches Auftreten, »werdet Ihr mir, mag sein, die Gnade erweisen, mich in meine Gemächer zu begleiten. Es sind keine königlichen Gemächer, die ich zu Schloß Orison bewohne, doch vermag ich Euch hinlänglich Bewirtung und Annehmlichkeiten zu bieten.« Gleichermaßen vorsichtig wie absichtsvoll trat er auf sie zu. »Es gibt vielerlei Dinge, glaube ich, über die wir uns zum beiderseitigen Nutzen unterhalten können.« Sein Lächeln und seine Nähe vermittelten ihr starke Eindrücke männlicher Verheißungen, durch die Terisa das Blut in die Wangen schoß. Sie las in seiner Miene, bis sich ihre Atemzüge beschleunigten, sie den Blick nicht mehr abzuwenden vermochte. »Wir gedenken dich nicht zu langweilen, Adept«, sagte der Meister leise über die Schulter, »und verzichten auf deine Anwesenheit. Du hast dich dringlicheren Pflichten zu widmen.«

Er reichte Terisa eine Hand. Seine Finger waren lang und schlank, die Finger eines Künstlers, mit zarten Knöcheln, die Fingerkuppen schienen wie geschaffen zum Streicheln, Ertasten, Erkunden. Sein Zeigefinger berührte an der Schulter den Saum ihres Kleids, fuhr sachte am Stoff entlang bis zu der Kluft zwischen ihren Brüsten. »Edle Dame, wohin wollen wir gehen?«

Wider Willen teilten sich Terisas Lippen, als hätte sie nur auf ihn gewartet. Sie fühlte sich zu sehr wie hypnotisiert, zu gebannt von ihm, um sich in Bewegung setzen zu können, zu gelähmt von seiner Ausstrahlung, seiner Anziehungskraft, dem Glimmen in seinen Augen. Aber hätte er seinen Arm um sie gelegt, sie wäre mitgegangen.

»Meister Eremis ...« Geradens Stimme klang so gepreßt, daß sie fast versagte. »Womit befaßt sich die Aussprache der heutigen Zunftversammlung? Wenn die Meister darauf sinnen, in bezug auf Terisa von Morgan einen Entschluß herbeizuführen, sollten wir, so dünkt's mich ratsam, alle drei an der Debatte teilnehmen. Ich weiß bedeutend mehr über sie als noch am gestrigen Tag.« Er redete wie jemand, der gleichzeitig Zorn und Verzweiflung verspürte, doch er wahrte Beherrschung. »Und's mag sein, daß sie selbst in ihrer Sache das Wort zu ergreifen wünscht.«

Der Meister ließ die Brauen emporrutschen; an einem Mundwinkel erstarrte sein Lächeln. »Adept Geraden«, antwortete er gedämpft, ohne den Blick von Terisa zu nehmen oder den Finger aus dem V ihres Ausschnitts, »dein Benehmen ist unerträglich. Ich habe dich an deine Aufgaben entlassen. Wenn's dir unmöglich bleibt, ein erwachsener Mann zu werden, solltest du nach Houseldon heimkehren und Herrn Domne bitten, dich zurück zu deinen Spielzeugen und Ammen zu stecken. Schloß Orison ist kein Ort für Kinder.«

»Meister Eremis.« Geradens Tonfall hatte zur Folge, daß Terisa ihn anblickte. Sie sah in seinem Gesicht die Anfänge von Härte, von einer Kraft, der es noch an Sinngebung mangelte. »Ich habe mich schon in mancherlei Hinsicht geirrt. Mir unterlaufen etliche Fehler. Aber ich habe der Zunft nie zum Schlechten gedient.« In seinen Äußerungen deuteten sich Untertöne verhohlener, tiefer Erbitterung an. »In dieser Kammer hat sich Unmögliches begeben. Die Meister müssen wissen, was ich erfahren habe ... und was die Dame ihnen kundzutun vermag. Was disputieren die Meister?«

»Farbe und Silber, Knabe!« Eremis wandte sich heftig um. »Bist du so blind wie taub?« Aber einen Augenblick später hatte er sich wieder in der Gewalt. »Ach, nun wohl«, brummte er. »Mag sein, es ist das klügste, ich erteile dir Aufschluß, so daß du dich zufriedengibst und trollst. Dieweil sie wirrköpfig und unfähig sind, werden diese großartigen Imagomanten — nach zahlreichen Einwänden, Überlegungen, Widersprüchen und putzigen Einfällen — zu der staunenswerten Schlußfolgerung gelangen, daß bezüglich der Edeldame Terisa von Morgan kein Beschluß gefällt werden kann. Man vermag nicht zu klären, ob du durch einen absonderlichen Zufall oder das Wirken einer zusätzlichen Kraft zu ihr vorgedrungen bist, und daher läßt sich auch nicht bestimmen, ob eine etwaige derartige Kraft deiner- oder Ihrerseits zur Anwendung kam. Und keiner Antwort, die sie uns erteilen mag, kann vertraut werden. *Falls* sie ein eigenes Dasein in einer anderen Welt führt, nicht nur eine Schöpfung des Spiegels ist, dürfte sie für jede Mitteilung, welche sie uns macht, ihre Gründe haben. Die Beweggründe ihres Hierseins werden schwerlich im Einklang mit unseren Erfordernissen stehen. Und sie ist ein Erzeugnis des Spiegels — wie's meines Erachtens fürwahr zutrifft —, so müssen ihre sämtlichen Antriebe und Worte geprägt sein durch die Absichten jenes Imagomanten, welcher verursacht hat, daß du ihr begegnet bist. Eines Imagomanten, der's vorgezogen hat, im verborgenen zu bleiben, dieweil er unanzweifelbar ein Feind der Zunft und Mordants ist. So können denn beim gegenwärtigen Stand der Dinge keine vernünftigen Beschlüsse bezüglich dieser Dame gefällt werden. Ich erwarte, daß die Meister in ein bis zwei Stunden gleichfalls zu dieser bemerkenswerten Einsicht kommen werden ... früh genug, so daß Meister Barsonage nicht mehr als ein Mahl versäumt. Morgen wird die Zunft debattieren, welche Maßnahmen sie in diesem Zwiespalt ergreifen könnte. Bis dahin werde ich ihr von den jüngsten Unmöglichkeiten im Zusammenhang mit Terisa von Morgan Kenntnis gegeben haben. Bist du nun befriedigt, Adept?«

Wieder erwiderte Geraden den Blick des Meisters nicht. Allem Anschein nach hatte ihn schon alle Kraft verlassen. Den Kopf gesenkt, die Schultern herabgesunken, wirkte er, als werde er aus Trübsal mit den Stiefeln auf dem Stein zu scharren beginnen. Trotzdem ließ er nicht locker. Terisa bemerkte besonders, daß er die Aufforderung zum Gehen völlig mißachtete. »Ihr braucht keinen Gedanken an Zufälle zu vergeuden«, sagte er; die Haltung seines Kopfs dämpfte seine Stimme. »Der Spiegel, durch welchen sie hergelangte, war versiegelt worden. Es sind mit Gewißheit fremde Kräfte am Werk gewesen. Und sie hängen mit der Dame zusammen. Sie behauptet, sie sei keine Imagomantin. Sie versichert, es *gäbe* in ihrer Welt keine Imagomantie. Sie verwendet das Wort ›*Magie*‹ — dieselbe soll's dort nicht geben. Derweil ich mich in ihrer Welt befand, sah ich in der Tat Beweise dafür, daß nicht sie die Person war, durch deren Betätigung ich inmitten der Translation zu ihr umgelenkt ward. Aber das muß keineswegs zwangsläufig bedeuten, daß sie *hier* gänzlich ohne Macht ist.« Bei dieser Argumentation zuckte Terisa zusammen. Als Meister Eremis ihr seine Aufmerksamkeit entzog, hatte sie in gewissem Umfang die Fähigkeit zu klarem Denken zurückgewonnen. Deshalb wünschte sie sich jetzt, sie hätte dazu Gelegenheit gehabt, Geraden zu erzählen, was sie in seinem Spiegel gesehen hatte, bevor er sich mit jemandem auf Diskussionen einließ. Dadurch hätte sie verhindern können, daß er sich blamierte. Leider war es nun zu spät, um etwas zu seinen Gunsten zu unternehmen. »Ich glaube«, fügte er hinzu, sprach bedächtiger und aus Anspannung gepreßter, »es hat mit ihr irgend etwas Entscheidendes auf sich. Wir bedürfen ihrer. *Ich* weiß, daß mir keine bislang unentdeckte Begabung zu Gebote steht. Wäre sie nicht von maßgeblicher Bedeutung, ich wäre ihr nie und nimmer begegnet.« Da erst hob er den Blick zu dem höhergewachsenen Meister. Anscheinend kaute er auf der Innenseite seiner Backe, um sich zu innerer Festigkeit zu verhelfen. Seine Miene verriet Sorge und Scham, aber er vermochte dem anderen Mann in die Augen zu schauen. »Meister Eremis, ich glaube, sie ist zu wichtig, als daß aus ihr nichts als eine Eurer Metzen werden dürfte.«

»Unverfrorener Bube!« brauste der Meister auf. Im ersten Moment schien er noch größer zu werden, als stünde er davor, auszuholen und den Adepten niederzuschlagen. Doch plötzlich brach er in Gelächter aus. »Ach, Geraden«, prustete er, »Geraden! Ist's verwunderlich, daß ich auf dein Wohl sinne? Du bist gar zu köstlich. Sag an, Bursche!« Seine Stimme nahm Untertöne des Vergnügens an, als spiele er seine Entrüstung lediglich. »Ist's denn wahrhaftig möglich, daß dein Blick auf diese Dame fällt«, — mit weiträumiger, schwungvoller Gebärde wies er auf Terisa —, »und du *wähnst*, sie könnte jemals für irgendeinen Mann ›nichts als eine Metze‹ sein?« Er warf den

Kopf zurück und lachte nochmals, diesmal laut und ausgiebig.

Terisas Vater lachte nie. Sonderbarerweise flößte Meister Eremis Lachen Terisa Traurigkeit ein. Er erinnerte sie damit an ein Manko. Wäre sie in einer Familie aufgewachsen, in der man lachte, vielleicht wäre alles ganz anders gekommen. Vielleicht wäre sie bereit gewesen ... Nahezu unweigerlich kehrte mit ihrer Trauer auch das Gefühl des Vergehens zurück. Trotz der Blicke Meister Eremis', trotz seiner Berührung war diese Empfindung ein Teil ihres Innenlebens geblieben. Jetzt verstärkte, änderte es sich; Sicherheit wich einer Bedrohung. Daraufhin drehte sie den Kopf, als wüßte sie, was geschah.

In schlagartigem Entsetzen sah Terisa, wie sich in dem flachen Spiegel, den Geraden aufgedeckt hatte, eine Veränderung vollzog. Während sie das Glas anstarrte, verschwamm das Imago der Geballten Faust, als wäre der Spiegel eine kaleidoskopische Manifestation des Winters. Der Bach verzweigte sich zu Straßen; den Felssäulen entsprossen Glieder, sie verwandelten sich in Bäume; der jungfräulich weiße Schnee verkam zu von Wagenspuren zerfurchtem Schneematsch und Schlamm. Erst nach einigen Sekunden ließ sich die Szenerie erkennen: das neue Imago zeigte die Straßenkreuzung in der Nähe Schloß Orisons, an der die Landstraßen zusammenliefen, die es mit den Gauen verbanden; es handelte sich um das ursprüngliche Imago des Spiegels, das eine Örtlichkeit der hiesigen Realität zeigte.

Diesmal jedoch sah man auf der nordöstlichen Straße Reiter. Wenigstens zehn Berittene trieben ihre Pferde durch den Schnee, so daß er hoch emporstob, als wären sie in größter Eile darauf aus, Orison zu erreichen, so eilig, als würden sie verfolgt.

»Edle Dame ...!« raunte Geraden in äußerstem Erstaunen. Dann keuchte er auf. »Glas und Scherben!« Auch Meister Eremis' Blick fiel auf den Spiegel, seine Augen glommen auf; aber er sagte nichts. Wie aus dem Nichts sprang ein schwarzer Fleck einen der Reiter an wie ein Raubtier. Das Etwas war klein, im Vergleich zu dem Mann kaum größer als ein junger Hund, wirkte zu klein, um irgendwie gefährlich werden zu können. Trotzdem erregte es den Eindruck von enormer Kraft und wilder Wut, glich einem kraftvollen Zorngebrüll aus der Ferne. Der Reiter warf die Arme in die Luft, als schreie er auf, und stürzte vom Pferd.

Keiner der Begleiter wendete sein Reittier, um ihm zu Hilfe zu eilen. Die anderen Reiter trieben ihre Tiere noch heftiger an, hielten schnellstmöglich auf das Schloß zu. Das Pferd des Gestürzten lief von der Straße ins Umland, suchte in hastiger Gangart, so rasch der Schnee es erlaubte, das Weite, verschwand am Rand des Spiegels außer Sicht.

Eine eisige Faust schien Terisas Magen zu umklammern und ihn wüst umzudrehen. Sie verspürte solche Furcht, daß sie nicht merkte, daß das Gefühl, sich zu verflüchtigen, von ihr gewichen war.

Zum zweitenmal sprang, als wäre sein Ursprung das Nichts, ein schwarzer Fleck ins Imago. Im gleichen Moment vergrößerte sich das Bild, weil Geraden den Rahmen des Spiegels bewegte; er verstellte den Fokus, brachte das Geschehen näher heran. Jetzt konnte Terisa erkennen, daß der Fleck ein rundliches, knubbliges Geschöpf mit vier ausgestreckten, Enterhaken ähnlichen Gliedern war und furchtbare Kiefer hatte, die um die Hälfte des Körpers reichten. Aus dem nicht ersichtlichen Versteck, in dem das Vieh gelauert hatte, war es dem Reiter auf die Brust gesprungen. Die Krallenpfoten fanden sofort an dem Mann Halt, das Wesen riß das Maul auf und begann zu wüten. Der Spiegel gab die Qual des Reiters in allen Einzelheiten wieder, als er sich in dem zwecklosen Versuch, dem Schicksal, daß das Untier ihm das Herz zerfleischte, zu entgehen, nach hinten fallen ließ; er zeigte die genauen Umrisse roter Lachen, die sein Blut bildeten, als es in den Schnee sprudelte.

»Perdon«, rief Geraden und deutete auf einen der Reiter. »Er wird den Tod finden!«

»Oder nicht«, erwiderte Meister Eremis. »Er und sein Geleit sind bereits seit einiger Zeit auf der Flucht. Wenn's ihnen gelingt, aus der Reichweite des Spiegels, dessen Translation diese Scheusale herbefördert hat, zu fliehen, sind sie gerettet.«

Terisa wußte nicht zu unterscheiden, welcher Reiter Perdon war; für sie sahen sie alle gleich aus, geduckt von grausiger Furcht, während sie um ihr Leben ritten; in den Augen ihrer Pferde blinkte weißlich Panik. In unbewußter Verkrampfung hielt Terisa den Atem an, sie versuchte, sich darauf gefaßt zu machen, daß gleich noch ein schwarzer Fleck mitten aus der Luft springen würde, sich auf den nochmaligen Anblick eines solchen Rachens einzustellen.

Doch Meister Eremis behielt recht. Vom Moment seiner Äußerung bis zu dem Augenblick, als die Reiter die Szenerie verließen, aus dem Imago des flachen Spiegels gelangten, blieben die Reiter unbehelligt. Geraden stand mit an den Seiten zu Fäusten geballten Händen da, keuchte durch die zusammengebissenen Zähne. »Den Sternen sei Dank. Den Sternen sei Dank.«

Der Druck in ihrem Brustkorb veranlaßte Terisa zu einem zittrigen Atemzug. Auf einmal hätte sie sich am liebsten übergeben. Sie fand keine Worte, die ihren Ekel zu lindern vermocht hätten. »Was *waren* das für Viecher?«

Meister Eremis zuckte mit den Schultern. »Für derartiges, das durch Translation zu uns kommt, haben wir keine Namen. Mir stellt sich eine interessantere Frage.« Der Glanz in seinen Augen zeugte von lebhaftem Eifer. »Dem letzten Bericht zufolge lehnte Perdon es ab, Scarping zu verlassen, weil er die Ansicht vertrat, die Ereignisse längs des Vertigons erforderten seine fortwährende Beachtung — Gerüchte aus Cadwal, Umgehen von Spionen, Hinweise auf das Sammeln fremder Heere, Überfälle von Räubern. Dennoch ist er jetzt hier. Was mag geschehen sein, daß er's verantworten zu können glaubt, seinem Gau zeitweilig den Rücken zuzukehren?« Ohne irgendeine Antwort abzuwarten, packte er Terisas Arm. Mit dem Nachdruck ungeteilter Konzentriertheit zog er sie von Geraden und den Spiegeln weg. »Kommt. Ich will den Grund wissen.« Geraden schloß sich mit einer Miene der Mißgestimmtheit an. Meister Eremis hatte es eindeutig eilig, seine langen Beine schritten schnell aus; Terisa hatte Mühe mit dem Schritthalten. Aber nach einem Weilchen merkte er, daß sie sich abplagen mußte, er mäßigte sein Tempo ein wenig, lächelte ihr zu, schob ihren Arm unter seinen Ellbogen, so daß sie an ihm Stütze finden konnte. Doch in der Hauptsache war sie darüber froh, daß er nicht versuchte, weiter auf sie einzureden. Die Aufgabe, ihre Übelkeit niederzuringen, beanspruchte den größten Teil ihrer Willenskraft. Eremis führte sie aufwärts, aus den ehemaligen Kerkergewölben, durch den unbenutzten Tanzsaal und von da in die Hauptkorridore Schloß Orisons; er nahm den gleichen Weg, den am Vortag Geraden genommen hatte, um Terisa in den Turm zu bringen, in dem König Joyse wohnte. Vor der Treppe nach oben betrat er einen größeren Raum, offenbar eine Art von Vorzimmer. Dort befanden sich nur wenige Leute; die Mehrzahl zeichneten sich durch den nach innen gewandten Blick, das bedürftige Aussehen von Bittstellern aus; Terisa erkannte solche Menschen inzwischen sofort, so viele davon hatte sie schon in der Mission gesehen. Diesmal jedoch standen hier mehr Wächter, als sie vom ersten Mal in Erinnerung hatte. Sie gaben Meister Eremis bereitwillig die Auskunft, daß Perdon bereits zu König Joyse vorgelassen worden war; allerdings ließen sie auch keinen Zweifel daran, daß an der Besprechung sonst niemand teilnehmen durfte. Gleich darauf kam Kastellan Lebbick herein, stapfte zur Treppe.

Meister Eremis ließ Terisa stehen und sprach den Kastellan an. »Ist's wahr, Lebbick?« Er ragte über den kleinwüchsigeren Kastellan auf; seine offenkundige Neugier konnte ein gewisses Gebaren des Überlegenheitsstrebens nicht verbergen. »Ist Perdon hier? Das ist eine befremdliche Kunde. Welche Krisis könnte ihn, dies leibhaftige Bollwerk Mordants, dazu bewogen haben, seine Domäne ungeschützt wider Cadwal zurückzulassen?«

»Meister Eremis«, entgegnete Kastellan Lebbick mit schneidender Schärfe, »sich damit zu befassen, ist des Königs Sache.« Er begann die Treppe zu ersteigen und entschwand oben aus der Sicht.

Der Meister starrte ihm verärgert nach. »Unerträglicher Rüpel«, murmelte er an niemand besonderes gewandt. »Ich will eine Erklärung.«

Terisa schaute Geraden an. Er hielt einigen Abstand, sein angenehmes Gesicht widerspiegelte ein Gemisch von Unruhe und Bitterkeit. Falls er für Meister Eremis eine Antwort wußte, behielt er sie für sich; auch niemand anderes im Vorzimmer hatte irgend etwas anzumerken. Die Wachen standen reglos da, in Gedanken anscheinend bei ihren Pflichten — oder beim Mittagessen. Die Bittsteller blieben in ihre eigenen Gedankengänge vertieft. Terisa beruhigte ihre Atmung und versuchte, die Erinnerung an jene knubblig-rundlichen Bestien mit den fürchterlichen Rachen aus ihrem Bewußtsein zu verdrängen. Die Ungeduld des Imagomanten wuchs unübersehbar ständig. Es kostete ihn offenbar beträchtliche Beherrschung, Ruhe zu bewahren. »Im Perdongau ist eine Krisis ausgebrochen«, äußerte er unvermittelt, als hätten alle Anwesenden nur auf seine Meinung gewartet. »Soviel steht fest. Doch bezweifle ich, daß 's selbige Krisis als solche ist, was ihn zu uns gebracht hat. Er ist kein Mann, der leichtfertig in den Schauplatz irgendwelcher Verwicklungen flieht ... oder Schwäche zugibt. Nein, ich glaube, unseres vortrefflichen Königs Haltung zur Krisis des ganzen Reiches ist's, die Perdon zwang, Schloß Orison aufzusuchen. Ich wollte ein Dutzend Golddublonen wetten, daß er die Reise aus lauter Zorn gewagt hat.«

Als hätte er ein Stichwort gegeben, hallte ein Ausruf, ein Aufschrei des Grimms die Treppe herab. »Nein!« Zum

Klirren von Metall erschien ein Mann auf den Stufen. Er hatte einen hünenhaften Wuchs und von Wind und Wetter gebräunte Haut, die eisernen Scheiben auf seinen Schultern — oberhalb des Brustpanzers —, die Halsberge rings um seine Kehle sowie die Armschienen bewirkten, daß er noch größer aussah. An einer Hüfte trug er ein langes Schwert, das den Eindruck erweckte, als könnte man damit Rinder enthaupten; an der anderen Hüfte baumelte ein Dolch. Über seinen Brauen glänzte ein vollkommen kahler Schädel; die Brauen selbst waren dick und rot, rötliche Haarbüschel sprossen ihm aus den Ohren, und sein breiter Schnurrbart war dermaßen zottig, daß Speisen und Getränke den Rand über dem Mund schwarz verfärbt hatten. Die Überstürztheit seiner Ankunft zeigte sich an dem auf seine Beine gespritzten Dreck. Das derbe Gesicht verkniffen, so knorrig, als sollte es eine Keule abgeben, stampfte er die Treppe herunter, als suche er jemanden, an dem er seine Wut austoben konnte.

Eine Frau eilte ihm nach. Ihr himmelblaues Kleid und die kostbaren Juwelen kennzeichneten sie als Adelige; aber sie bewegte sich, als nähme sie nicht die geringste Rücksicht auf die Würde, die ein bodenlanges Kleid erforderte, als hätte sie keinerlei Interesse an den feinen Manieren, die zu Halsketten und Ohrringen paßten. Ihre veilchenblauen Augen, gerahmt von hellhäutigen Wangen und kurzem, weizenblondem Haar, blitzten in höchster Lebendigkeit.

»Herr Perdon, Ihr müßt's noch einmal versuchen«, rief sie, forderte sie, während sie hinter ihm die Treppe herabkam. »Ihr dürft nicht aufgeben! Sicherlich liegt's nur an einem Mißverständnis. Ihr müßt ihm den Sachverhalt nochmals erläutern. *Wir* müssen ihn ihm darlegen, bis er versteht, was daran von so hoher Bedeutung ist. *Herr Perdon!*«

»Nein!« wiederholte Perdon; sein Ausruf dröhnte, als zerberste ein Baum. Von der Treppe stapfte er in die Mitte des Vorzimmers, dann fuhr er zu der Frau herum. »Er hat seine Antwort gegeben!« brüllte er, schüttelte die zur Zimmerdecke emporgestreckten Fäuste. *»Er will den Befehl nicht erteilen!«*

Die Urtümlichkeit seines Wutausbruchs bewog die Frau zum Stehenbleiben. Ihre Haut war so blaß, als flösse darin kein Blut. Aber sie ließ sich nicht abschrecken. »Er *muß* es tun!« entgegnete sie. »Ich sage, er *muß* es! *Irgendeine* Bemühung muß unternommen werden, um Mordant zu verteidigen. Ich bin davon überzeugt, daß Kastellan Lebbick bereits drauf und dran ist, ihn umzustimmen. Kehrt mit mir zu ihm zurück, Herr Perdon. Es ist von großer Bedeutung, daß Eure Vorsprache Erfolg zeitigt.«

Perdon rammte vor sich die Fäuste aneinander, um seine Erbitterung zu mäßigen; seine Armschienen klirrten gedämpft gegen den Brustpanzer. »O nein, meine Dame«, erwiderte er schwerfällig. »Ich gedenk's nicht zu erdulden. Mag er Springbrett spielen, bis das Reich in *Trümmern* liegt!« Seine Arme vollführten eine Geste, als schlüge er mit einem Hammer zu, als hämmere er ein Wahrzeichen der Hoffnung in den Boden. »*Zehn* Jahre habe ich an seiner Seite gekämpft, um Mordant zu dem zu erheben, was es ist. Ich werde nicht vor ihm auf den Knien rutschen und ihn um etwas anflehen, was er aus eigenem Antrieb beginnen müßte. Ihr, meine Dame, richtet ihm *dies* aus; Jeden meiner Männer, der fällt oder umkommt, während er des Königs blinde Untätigkeit verteidigt, werde ich ihm *aufs Schloß* schicken. Soll er ihre Wunden betrachten, mag er Bekanntschaft mit ihren verwaisten Familien schließen und ihnen erklären«, — er vermochte sich nicht länger zu beherrschen —, »*warum* er den Befehl nicht geben will!«

»Herr Perdon ...« Meister Eremis' Stimme besaß einen Klang nach Besänftigung und Unbekümmertheit — und doch sprach aus ihr genug Autorität, um im Vorzimmer jedermanns Aufmerksamkeit auf ihn zu lenken. »Ich vermag mich nicht des Eindrucks zu erwehren, daß unser verehrungswürdiger Oberherr, König Joyse, etwas Törichtes getan hat ... Wieder einmal. Wollt Ihr mir mitteilen, um was 's sich dreht?«

Sein Tonfall trieb der blonden Frau das Blut in die Wangen, aber sie biß sich auf die Lippen und schwieg. Perdon wandte sich um. »Meister Eremis.« Für ein Momentchen verkniff er die Lider, maß den Imagomanten wachsamen Blicks. »Pah!« stieß er dann hervor. »Es ist ganz und gar unglaublich. Ich hätte ihn dessen nimmer als fähig erachtet. Ich mag nicht von den Biestern sprechen, welche erst in dieser Stunde meine Getreuen anfielen ... keinen Steinwurf von den Toren unseres ›verehrungswürdigen Oberherrn‹ entfernt. Sie sind Erzeugnisse der Imagomantie, und ich bin derlei Greuel überdrüssig. Dem Mißbrauch der Spiegel ein Ende zu bereiten, war einer jener Gründe, aus denen ich einst an König Joyses Seite gefochten habe. Ich will nicht von ihnen reden, dieweil's dazu nichts zu sagen gibt«, — sein harter Blick glitzerte bedrohlich —, »es wäre denn, in bezug auf den Imagomanten, der sie ins Leben ruft. Ihr dürftet wissen, daß unsere Grenze nun schon seit geraumer Frist beständig verletzt wird. *Ich* zumindest hab's nie geheimgehalten. Der Jahreszeit zum Trotz sind wiederholt auf des Vertigons Länge, vom einen bis zum anderen Winkel des Gaus, vom Norden bis hinab in den Süden, aus Cadwal Räuber in unser Land geritten, um zu zerstören und zu brandschatzen, was sie gerade vorfinden. Danach ziehen sie sich zurück. Meine Beschwerden beim zuständigen Provinzstatthalter Festtens haben mir nichts als Schulterzucken eingetragen. Die Mordbrenner fügen auch seiner Provinz Schaden zu ... behauptet er. Seit den Kriegen gegen Mordant, hat er mir geantwortet, habe Cadwal nicht länger die Kraft, um das Treiben von Räucherbanden zu endigen ... auch das behauptet er. Und ich, Meister Eremis«, — er schlug sich mit der Faust auf den Brustpanzer —, »*ich* soll jede Meile längs des Vertigons bewachen, obzwar ich lediglich über genug Männer für den zehnten Teil einer so umfangreichen Aufgabe verfüge. Dieweil's mir an Unterstützung oder Ratschlag aus Orison ermangelt«, — er sprach mit gehörigem Sarkasmus weiter — »habe ich mich daran gemacht, dem Übelstand so gut beizukommen, wie's eben geht. Ich ergänzte meine Grenzreiter um Späher und Kundschafter, auf daß es möglich sei, sobald man auf Räuber traf — oder ihre Spuren fand —, sie unauffällig zu verfolgen. Ich wünschte in Erfahrung zu bringen, wo jenes Gesindel lagert. Bei Ausfindigmachung ihrer Lager hätte ich beileibe nicht gezaudert, ein Stück weit nach Cadwal vorzudringen, um ein paar der Räuberscharen in ihren Schlupfwinkeln auszuheben.«

Meister Eremis nickte. »Ein Entschluß, der mich klug dünkt, Herr Perdon. Doch ich glaube zu ahnen, was Ihr entdeckt habt, bereitete Euch eine Überraschung.«

»Überraschung?« brummte Perdon. »Tod und Streitaxt, Meister Eremis! Wir reden über Cadwal. Ich hätte nicht überrascht sein dürfen.« In düsterem Ton setzte er seinen Bericht fort. »Dennoch war ich nicht auf das vorbereitet, was man mir schließlich meldete, und zwar mehrfach. Einige meiner Kundschafter blieben verschollen — ohne Zweifel hat man sie bei ihrem Tun beobachtet und beseitigt. Andere kehrten erst nach so langer Frist zurück, daß ich nicht mehr auf ihre Wiederkehr gehofft hatte. Jene aber, die heimkehrten, brachten mir allesamt die gleiche Meldung. Es lag in der Natur der Sache, wähne ich, daß ich glaubte, die Räuber seien nur gemeine Lumpen und Halsabschneider. Ihre Häuflein waren zahlenmäßig nicht allzu stark. Gekleidet und ausgestattet waren sie nach Art von Männern, die so arg verarmt sind, daß sie kein Blutvergießen mehr scheuen. Sie schlugen aufs Geratewohl zu, als legten sie's drauf an, entweder sogleich jeglichen Widerstand zu brechen oder aufgrund ihrer unzulänglichen Umsichtigkeit und mangelhaften Zucht niedergehauen zu werden. Ich habe sie nur als ernstliches Ärgernis betrachtet, dieweil sie unverkennbar aus Cadwal kamen. Und weil's so *viele* verschiedene Haufen waren. Aber ich täuschte mich, Meister Eremis.« Erneut ballte er die Hände zu Fäusten, sein Zorn schwoll wieder an. »Ich habe mich getäuscht. Werdet Ihr's glauben? Nach Vorstößen, die zwei, vier oder sogar zehn Tage beanspruchten, ritten sämtliche Banden, denen meine Kundschafter folgten, *in ein und dasselbe Lager.*« Terisa blickte Geraden an und sah, wie sein Gesicht erbleichte. »Und in jenem Lager«, erzählte Perdon weiter, »mengten sie sich freimütig unter Soldaten Festtens, unter Männer, die unmißverständlich die Waffenröcke Cadwals trugen. Die Troßwagen wiesen des Großkönigs Wappen auf. Die Zelte, in welchen die Hauptleute und Soldaten hausten, die Zelte mit den Vorräten, alle waren sie von cadwalscher Machart.«

»Wahrlich«, sagte Meister Eremis leise, »es mag sein, Eure Überraschung ist doch begreiflich, Herr Perdon. *Mich* auf jeden Fall erstaunt diese Kunde.« Er erregte allerdings keinen entsprechenden Eindruck. »Wie stark war jene Streitmacht?«

»Die Schätzungen weichen voneinander ab. Meine Kundschafter vermochten sie nur unter ungünstigen Bedingungen zu beobachten. Und einige von ihnen neigten zu Übertreibungen, während andere sich zu großer Zurückhaltung befleißigten. Aber ich bin zu der Auffassung gelangt, daß in dem Lager nicht weniger als fünfzehntausend Bewaffnete versammelt gewesen sein können.« Einer der Wächter im Vorzimmer gab einen gedämpften Pfiff von sich; Terisa konnte nicht feststellen, welcher der Männer. »Und das *im Winter!*« stieß Perdon heftig hervor. »Sie haben vor, uns an die Gurgel zu gehen, sobald das Wetter wechselt.«

»Ihr erseht, wie die Verhältnisse sind, Meister Eremis«, sagte die blonde Frau. »Man *muß* den König dazu bewegen, sich auf seinen Verstand zu besinnen. Diese Drohung kann nicht schlichtweg mißachtet werden.«

»Zwischen dem Norden und Süden des Gaus befehlige ich kaum mehr als dreitausend Mann«, murrte Perdon. »Meinen gesicherten Kenntnissen zufolge verfügt Schloß Orison über mindestens fünftausend Mann, welche allesamt unter dem Oberbefehl Kastellan Lebbicks müßig in den Lagern lungern.«

»Mehr an die achttausend, glaube ich«, berichtigte Meister Eremis.

»Achttausend?! Aber als ich Unterstützung erbat«, — Perdon mahlte die Zähne aufeinander, um dagegen vorzubeugen, daß er von neuem zu schreien anfing —, »lehnte der König ab. Er hat wiederholt Beistand verweigert, aber zuerst vermochte ich's nicht zu glauben. Zuletzt habe ich mich persönlich aufs Schloß begeben und mich um Hilfe an ihn gewandt. Auf der Landstraße, bereits in Sichtweite der Schloßmauern, verlor ich sieben Männer. Und noch immer lehnt er ab.« Der wettergebräunte Adelige schüttelte seinen Schnauzbart. »Wiewohl sich jenseits der Ostgrenze eine feindliche Streitmacht sammelt, um uns beizeiten anzugreifen, sobald sie sich das durch Imagomantie im Innern des Reiches verursachte Chaos zunutze machen kann, und obwohl zweifelsfrei weitere Anschläge wider uns in Alend ausgeheckt werden, lehnt er's ab, Maßnahmen einzuleiten.«

»Es ist unvorstellbar«, murmelte die hellhäutige Frau bei sich. Ihre veilchenblauen Augen hatten einen eindringlichen Ausdruck von Gedankenschwere. »Er muß die Verteidigung befehlen. Wie kann er davon Abstand nehmen?«

Geraden furchte tief die Stirn, stellte offenbar ebenfalls tiefschürfende Überlegungen an, die ihn anzuwidern schienen.

»Zehn Jahre lang habe ich an seiner Seite gekämpft«, beendete Perdon seine Darlegungen. »Ich habe ihm Vertrauen geschenkt. Nun muß ich erfahren, daß ihm derlei nichts zählt.«

Meister Eremis musterte den gewappneten Adeligen. »Dann wird's Euch, mag sein, weniger verwundern«, sagte er in ruhigem Tonfall, »daß ich mich mit der gleichen Schwierigkeit auseinanderzusetzen habe.«

Sowohl Geraden wie auch die Blondine ließen sich Verblüffung ansehen. Perdon hob die roten Brauen. »Ihr, Meister Eremis?«

»In der Tat.« Indem er gelassen in die Runde schaute,

trat Eremis neben Perdon, legte eine Hand auf die Eisenplatte, die dessen Schulter schützte. »Euer und mein Schicksal weisen bemerkenswerte Ähnlichkeit miteinander auf, Herr Perdon. Beliebt's Euch, mich in meine Gemächer zu begleiten? Der Perdongau wird seine Schlachten nicht binnen der nächsten ein, zwei Stunden schlagen müssen, und ich habe vorzügliches termiganisches Bier bereitstehen. Wechselseitiges Mitfühlen wird für uns beide vorteilhaft sein.«

Einen Moment lang starrte Perdon Meister Eremis so unverhohlen verdutzt wie Geraden und die Blondine an. Sein rauher Mund sprach lautlos das Wort *Mitfühlen* nach, als hätte er es noch nie gehört. Dann wurde seine Miene plötzlich verschlossen. »Meinen Dank«, sagte er bedächtig. »Euer Angebot ist überaus freundlich. In einem Faß würzigen Biers, so Ihr eines habt, vermöchte ich die Glut meines Zorns gar wohl zu löschen.«

Der Meister lachte. »Ich hab's ... und noch mehr, so daß ich mir denke, Ihr werdet Eure Freude haben.«

»Sodann bin ich Euer Mann, Meister Eremis«, antwortete Perdon mit ausdrucksloser Miene.

»Vorzüglich!« Sofort verbeugte sich Eremis vor der Blonden und Terisa. »Mit Eurer gütigsten Erlaubnis, meine Damen.« Seine Verabschiedung geschah in aller Hast; er hatte unzweideutig auf einmal nichts Dringlicheres vor, als sich mit Perdon ans Bier zu setzen. Sobald Perdon sich gleichfalls verneigt hatte, geleitete Meister Eremis ihn aus dem Vorzimmer.

Langsam, als täten sie es wider Willen, blickten Geraden und die Frau im blauen Kleid sich an. Beide wirkten leicht verkrampft, verlegen. Die Frau hatte jedoch mehr Selbstsicherheit. »Warum macht er so etwas, Adept?« fragte sie nach einer Weile.

Voller Unbehagen verlagerte Geraden sein Körpergewicht aufs andere Bein, erwiderte jedoch den Blick der Frau. »Das weiß ich nicht, Prinzessin. Perdon besitzt das Herz und die Seele eines Soldaten. Er hat zu lange wider

Cadwal gestritten. Meister Eremis weiß gewißlich darüber Bescheid, daß er keinem Imagomanten über den Weg traut.«

Die Frau schaute beiseite. Sie legte die Hände um ihre Ellbogen, umklammerte sie fest. »Ich *verabscheu's,* wenn er mich so ansieht. Er lächelt und scherzt, doch ich erkenne nichts als Verachtung.«

»Auch mir gilt er nicht unbedingt als Busenfreund«, sagte Geraden leise. »Das vermag indessen nicht zu verdeutlichen, inwiefern er etwas mit Perdon gemein zu haben wähnt.«

Beide verfielen in ein Schweigen des Mißvergnügens. Da er sich dem Blick der Frau nicht länger ausgesetzt sah, betrachtete Geraden nun den Fußboden. Die Blonde schaute in die Richtung des Korridors, in den sich Meister Eremis und Perdon entfernt hatten, als wäre ihr danach zumute, ihnen nachzulaufen und eine Erklärung zu verlangen. Während Terisa sie und Geraden beobachtete, befand sie auf einmal, daß die zwei sich schon lange kennen mußten. Die Frau hatte ungefähr sein Alter, und Terisa war der Meinung, sie könnte für ihn eine geeignete Partnerin sein. Vor allem die Ausdruckskraft ihrer veilchenblauen Augen paßte in Terisas Sicht bestens zu der noch etwas unbeholfenen, plumpen Charakterstärke Geradens.

Mit einem Mal fuhr die Frau auf, offensichtlich peinlich berührt. »Ach, vergebt mir«, sagte sie, indem sie sich an Terisa wandte. »Wie unhöflich von mir! Bereits eine ganze Weile lang steht Ihr hier, und ich habe nicht einmal die Höflichkeit besessen, ein Wort an Euch zu richten. Ihr müßt Terisa von Morgan sein.« Sie brachte ein anscheinend ehrliches, wenngleich etwas zurückhaltendes Lächeln zustande. »Ich kenne das Gewand, welchselbiges Ihr tragt«, merkte sie an. »Wären dieses Adepten Manieren besser als meine«, — der Blick, den sie Geraden zuwarf, bezeugte durchaus auch eine Geringschätzung —, »hätte er uns einander vorgestellt. Ich bin Elega. König Joyse ist mein Vater.«

»Aha, ja.« Terisa entsann sich an den Namen. Weil sie noch nie einer Königstochter begegnet war und deshalb nicht wußte, was für eine Art von Begrüßung man von ihr erwartete, sagte sie einfach das, was sie ihre Mutter so oft hatte dahersagen hören. »Wie schön, Sie kennenzulernen.« Kaum hatte sie es ausgesprochen, erschrak sie insgeheim; ihre Stimme hatte genau wie die Stimme ihrer Mutter geklungen.

Zum Glück hatte Prinzessin Elega niemals Terisas Mutter gekannt. »Myste und ich«, antwortete die Prinzessin, »verspüren den Wunsch, mit Euch Bekanntschaft zu schließen, seit wir von Eurer… Soll ich's ›Ankunft‹ nennen? Seit wir davon vernommen haben. Leider sind die gegenwärtigen Umstände keineswegs die günstigsten. Die Angelegenheiten, in bezug auf welche Ihr soeben einiges mitanzuhören vermochtet, hatten bedauerlicherweise meine anderweitige Inanspruchnahme zur Folge.« Die Art und Weise, wie sie Terisa musterte, deutete an, daß sie offenkundig den Eindruck hatte, nun doch etwas gefunden zu haben, das sie für Perdons schlechte Behandlung seitens ihres Vaters in gewissem Maß entschädigen konnte. »Ich wäre hocherfreut«, — sie lächelte —, »und Myste wäre entzückt, glaube ich, wolltet Ihr uns die Ehre eines Besuchs in unseren Gemächern erweisen. Es mag sein, Ihr seid Euch des Interesses nicht bewußt, das Ihr zu Orison erregt habt. Meine Schwester und ich trachten stets nach neuen Freundschaften. Und ich will Euch unumwunden enthüllen, meine Liebe«, — sie senkte die Lautstärke ihrer Stimme nur ein wenig, als spräche sie ein öffentliches Geheimnis aus —, »Mordant ist ein Reich der Männer. Wir Frauen vermögen unsere Begabungen in den seltensten Fällen zu entfalten. So hätte unsere Bekanntschaft denn für uns einen besonders hohen Wert. Werdet Ihr kommen, meine Liebe?«

Im ersten Moment blieb Terisa unentschlossen. Dann schüttelte sie sich spontan aus lauter Unwillen. Wieso fühlte sie sich bedroht, obwohl man ihr nichts anderes als ganz normale Entscheidungen und Antworten abverlangte? Es mußte am Erbteil ihrer Mutter liegen. Ihre Mutter hätte jetzt gesagt: *Was für eine nette Idee. Wann möchten Sie denn gerne, daß wir Sie besuchen? Bestimmt wird das ein gemütliches Beisammensein. Gegenwärtig ist mein Mann sehr beschäftigt. Soll ich Sie nächste Woche mal anrufen?* »Im Augenblick«, sagte Terisa deshalb und sah Elega so direkt an, wie sie sich nur traute, »habe ich nichts zu tun.«

Im nächsten Augenblick merkte sie, wie diese Äußerung für Geraden klingen mußte, und eine Aufwallung von Bedauern ließ ihr Gesicht rot anlaufen. Geraden schaute sie nicht an; seine Mine war ausdruckslos, glich spiegelfreiem Glas. Nur ein kaum merkliches, ruckhaftes Weiten seiner Augen verriet, daß er sie gehört hatte.

Jetzt erinnerte Terisa sich daran, wieso es natürlich war, selbst die einfachsten Entscheidungen und Reden zu fürchten: Sie verursachten Probleme.

Aber allem Anschein nach erachtete Prinzessin Elega es als völlig unverfänglich, sich in Geradens Anwesenheit derartig zu äußern, obwohl unterstellt werden durfte, daß Terisa sich aus irgendeinem Grund zusammen mit dem Adepten im Vorzimmer des Königs eingefunden haben mochte. Elegas Lächeln wirkte so unbekümmert, wie man es sich so kurz nach ärgerlichen Vorgängen nur wünschen konnte. »Ich danke Euch, meine Liebe. Habt Ihr schon gespeist? Wir können gemeinsam in aller Ruhe ein Mahl einnehmen. Ich hege die feste Überzeugung, daß wir sehr vieles miteinander zu besprechen haben.« Ihre Haltung versteifte sich jedoch, als sie sich Geraden zuwandte. »Magst du dich zu uns gesellen, Adept?« fragte sie im Ton pflichtgemäßer Leutseligkeit.

Geradens Mundwinkel verspannten sich; er widmete Terisa einen kurzen Blick. »Nein, seid bedankt, Prinzessin.« Seine Stimme zeugte von gezwungenem Gleichmut. »Mich dünkt, die Edeldame Terisa von Morgan hat für den heutigen Tag genug von meiner Gesellschaft. Ich bitte Euch, richtet Prinzessin Myste meine Grüße aus.«

Mit eckigen Bewegungen deutete er eine Verbeugung an und machte Anstalten zum Verlassen des Vorzimmers. Als er die Schwelle überquerte, stieß er mit der Schulter an den Türrahmen und taumelte, bis er das Gleichgewicht wiedererlangte. Mehrere Wächter lachten hinter seinem Rücken unterdrückt auf.

Prinzessin Elega hob eine Hand an den Mund, um ein Lächeln zu verbergen. »Armer Geraden.« Dann schüttelte sie den Kopf, verdrängte ihn aus ihren Gedanken. »Wir müssen hinauf, meine Liebe.« Sie wies auf die Treppe, führte Terisa hinüber. »Meine Schwester und ich teilen uns Gemächer im Stockwerk über den Gemächern des Königs. Wie man uns erläutert hat, müssen wir dort unsere Wohnung haben, damit wir wenigstens in solcher Sicherheit wie unser Vater leben. Aber ich glaube«, — ihr Tonfall begann zynisch zu klingen —, »der wahre Grund ist, daß jegliche Kunde von größerer Tragweite erst ihn, nicht erst uns erreichen soll, um uns nach Möglichkeit gänzlich verschwiegen zu werden.« Wie um die Schärfe ihrer Bemerkung nachträglich abzuschwächen, verfiel sie danach in einen humorigen Ton. »Wie ich bereits erwähnte, Mordant ist ein Reich der Männer.«

»Sie können mich Terisa nennen«, sagte Terisa zaghaft. Doch sie nahm den Vorschlag nicht wichtig; er kam nicht von Herzen. Innerlich weilte sie zum Teil noch bei Geraden. Es schmerzte sie, daß sie ihm weh getan hatte. Als einzige Person, die sie kannte, die in ihrem Leben einen Sinn besaß. Zum anderen Teil quälte sie inwendig noch Abscheu. Hatte Perdon dem König von den grauenvollen schwarzen Wesen erzählt? Natürlich, er mußte es getan haben. Er mußte es. Und *trotzdem* weigerte sich der König, zum Handeln überzugehen? Hätte er sie nur *gesehen* …

»Das will ich gerne tun, Terisa«, entgegnete Prinzessin Elega befriedigt. »Und Ihr müßt mich Elega rufen. Ich hoffe, wir werden die engsten Freundinnen.«

»Kennen Sie ihn schon lange?« fragte Terisa. Derartiges

Geplauder war besser als die Erinnerung an bestialische Mäuler und Blut.

»Adept Geraden?« Elega lachte, aber ihre Heiterkeit hatte einen Anklang von Unechtheit. »Ihr werdet's schwerlich glauben, doch waren er und ich einmal einander anverlobt.«

»Verlobt?«

»Ja, Wahrhaft staunenswert, nicht wahr? Jedoch ist sein Vater, Gauherr Domne, wiewohl er, im Gegensatz zu Perdon, kein Kriegsmann ist, einer der ältesten und vertrautesten Freunde Vaters. Aufgrund seiner ...« Ein Stocken in Elegas Rede gab Terisa unversehens den Verdacht ein, daß auch die Töchter des Königs ermahnt worden sein könnten, ihr nicht zuviel zu verraten. »... Kriege hat Vater sich spät vermählt. Obgleich ich seine Älteste bin, habe ich lediglich ein Jahr früher denn Adept Geraden das Licht der Welt erblickt, der Domnes siebenter Sohn ist. In nachfolgenden Jahren, während einer schweren Zeitspanne in jenen Kriegen, sandte Vater seine gesamte Familie zu ihrem Schutz in den Domnegau. Längere Frist habe ich am Stammsitz der Domnes zu Houseldon zugebracht, und dort haben Geraden und ich uns naturgemäß häufig dem gemeinsamen Spiel gewidmet.« Sich daran zu erinnern, bereitete ihr allem Anschein nach keinen Spaß. »Aus dieser Veranlassung, dieweil sie wähnten, wir vertrügen uns aufs vorzüglichste, vereinbarten unsere Eltern eine spätere Vermählung.« Über eine Treppenflucht stiegen sie in die Etage mit den Gemächern des Königs hinauf; Elega schritt an der hohen, mit Schnitzereien verzierten Tür vorbei, und Terisa folgte ihr auf eine andere Treppe. »Einer seiner Brüder wäre mir als Gemahl genehmer gewesen«, erzählte Elega weiter. »Wie's den Anschein hat, sind alle Frauen Artagel sehr zugetan, und Wester sehen und lieben, das ist fürwahr eins. Beiden aber ermangelt's an Strebsamkeit. Nyle entspricht mehr meinem Geschmack. Traurigerweise gestattet man Frauen nur selten, in derlei Angelegenheiten Mitsprache zu halten.«

»Was ist aus Ihrer Verlobung geworden?«

»Ach, ich habe mich rundheraus geweigert, ihn zu ehelichen. Er ist ein ganz und gar unmöglicher Wicht, Terisa.« Elega sparte sich die Mühe, ihre Verachtung zu verheimlichen. »Übel genug ist's, daß man nicht von ihm erwarten darf, ohne Zwischenfälle ein Gemach zu verlassen. Aber darüber hinaus ist er ja ein *solcher* Versager. Er dient den Imagomanten bereits drei Jahre länger als jeder andere Adept seit der Gründung der Zunft, und er steht der Kasel eines Meisters nicht näher als am Anfang seiner Lehre. Seine Entschlossenheit ist löblich ... und ebenso sein Wunsch, sich zu bessern. Doch ich bin die Tochter des Königs von Mordant, und ich habe keinerlei Begehr, mein Leben im Domnegau mit dem Waschen von Laken oder dem Aufkehren von Geradens Scherben zu vertrödeln. Vermögt Ihr Euch folgendes auszumalen?« Unvermittelt kicherte die Prinzessin. »Beim erstenmal, als man ihn feierlich meinem Vater vorstellte — wir waren alle in den Domnegau geritten, um Domne einen Besuch abzustatten, zwölf oder gar vierzehn Jahre ist's nun her —, lief er uns so voller Übereifer entgegen, daß er nichts Gescheiteres wußte, als eine Abkürzung über Balken zu wagen, welchselbige einen Schweinepferch durchmaßen. Als er vor uns stand, hatte er mehr Dreck am Leibe, als sich noch im Schweinepferch befand.« Ums Haar hätte Terisa gelacht. Sie konnte ihn sich so deutlich vorstellen, als wäre sie selbst Augenzeugin gewesen: Jauche klebte ihm im Haar, im Gesicht, an den Kleidern; mit Obstschalen vermischte Nässe troff an ihm herab. Er war genau die Sorte Mensch, der so etwas passieren konnte. Aber eine Sekunde später veränderte sich ihr Empfinden, bis sie in Tränen auszubrechen drohte. *Armer Junge,* dachte sie. *Er hat etwas Besseres verdient.* »Nein, Terisa«, ergänzte Elena. »Adept Geraden wird einen ehrbaren Gatten für ein mehr oder weniger stumpfsinniges Weib abgeben, das mit dem Herzen denkt, voller Verzückung nach Mutterschaft trachtet und für beliebig viele Widerwärtigkeiten alle Duldsamkeit aufbringt. Ich hingegen mag ihn nicht zum Gatten haben.«

Das ist dein Pech, gab Terisa im stillen zur Antwort. Solche Sachen pflegte sie nie laut auszusprechen.

Vom nächsten Treppenabsatz aus näherten sie sich einer Tür, die so hoch und prächtig war wie der Eingang zu den Zimmern des Königs, der möglicherweise genau unterhalb dieser Tür lag. Hier hielt allerdings niemand Wache; anscheinend gab es keinen anderen Aufgang in diese Etage des Turms, so daß alles, was man zur Sicherheit des Königs tat, gleichzeitig seine Angehörigen schützte.

Da entsann Terisa sich der Geheimgänge. Vielleicht war in Schloß Orison kein Ort vorhanden, der vor jemandem sicher war, der sich wirklich gut auskannte.

Elega lächelte, während sie zu der Tür ging, sie weit aufschwang, um ihren Gast einzulassen. »Seid willkommen, Terisa von Morgan«, sagte sie in förmlichem Ton. Dann drehte sie sich um und zog Terisa in die Räume, die sie und ihre Schwester bewohnten.

Es überraschte Terisa gelinde, als sie feststellte, daß diese Räume eine weniger prunkvolle Einrichtung und Ausstattung als die von König Joyse benutzten Räumlichkeiten hatten. Die dicken Teppiche aus Wolle sahen eher wie handwerkliche Produkte von Dorfbewohnern als wie Kreationen von Künstlern aus: wie Teppiche zum Gebrauchen statt zum Repräsentieren. Die Liegesofas, Stühle und Couchen hatten robuste Gestelle, die der Üppigkeit ihrer Polster entsprachen, anstatt die Handwerkskunst des Herstellers hervorzuheben. Einige der Beistelltische wirkten, als wären sie ursprünglich für Kinder bemessen worden; der Eßtisch, den Terisa im Nebenzimmer sehen konnte, hatte schon bessere Zeiten gesehen.

Es erhob sich für sie zwangsläufig die Frage, wieso König Joyse seine Töchter in diesem weniger luxuriösen Wohnstil beließ. Aber Elega gab sofort ungefragt eine Erläuterung ab. »Früher sind diese Gemächer von unserer gesamten Familie bewohnt worden, derweil die Gemächer drunten den minderen Geschäften des Königtums vorbehalten blieben — Empfängen, kleineren Audienzen, Feierlichkeiten in engerem Kreis und dergleichen. Die Königin, meine Mutter, kennt wenig Sinn für persönlichen Pomp, doch war sie sich der Zweckmäßigkeit sichtbaren Wohlstands im Interesse des Herrschers wohlbewußt. Aufgrund selbiger Erwägung sind die der Öffentlichkeit zugänglichen Gemächer unter uns nicht nach den Maßstäben der Behaglichkeit, sondern nach Maßgabe der Wirksamkeit aufs Auge gestaltet worden.« Diese Regelung fand offenbar Elegas Billigung. Die Art, wie sie ihren Schmuck trug, bewies klar, daß ihre Anteilnahme an den Belangen ihres Vaters in keinem Zusammenhang mit Reichtum oder Luxus stand.

Terisa hätte sich gerne danach erkundigt, weshalb der König nach unten gezogen war; oder, da sich sowieso gerade das Gespräch um die Königin drehte (hatte Saddith gesagt, ihr Name sei Madin?), warum sie nicht länger in Schloß Orison lebte. Aber es zählte nicht zu Terisas Stärken, nach privaten Verhältnissen zu fragen, und bevor sie sich aber dazu durchzuringen vermochte, es trotzdem zu riskieren, kam aus einer der hinteren Räumlichkeiten eine Frau in einem wallend-weiten Kleid aus gelber Seide.

»Ah, Myste.« Der Blick, den Elega ihrer Schwester schenkte, bezeugte zwar Zuneigung, gleichzeitig aber auch eine gewisse Herablassung, als hätte sie Myste durchaus gern, jedoch von ihr keine sonderlich gute Meinung. »Ich bringe uns einen gar hochinteressanten Gast. Das ist Terisa … Terisa von Morgan. Sie schaut in deinem Kleid glanzvoll aus, nicht wahr? Wir werden zusammen speisen. Terisa, darf ich Euch meiner Schwester vorstellen, Prinzessin Myste? Sie mag die einzige Person zu Orison sein, die noch stärker als ich danach *eifert*«, — belustigt betonte sie das Wort —, »Euch kennenzulernen.«

Damit brachte sie Myste zum Erröten. Myste hatte, wie sowohl König Joyse wie auch Saddith erwähnt hatten, fast die gleiche Körpergröße wie Terisa, war jedoch an bestimmten Stellen schlanker. Sie ähnelte ihrer Schwester, obwohl ihr der Kontrast zwischen der Lebhaftigkeit der Augen und der Helle von Haut und Haar fehlte.

Nebeneinander glichen sie im geschlossenen Raum beziehungsweise im Freien befindlichen Versionen ein und derselben Person. Der kräftigere Blondton von Mystes Haaren mochte bei Kerzenschein nicht wie feingesponnenes Gold wirken, aber im Sonnenschein mußte es in herrlichem Goldrot schimmern. Ihre Haut sah aus, als ob sie in der Sonne gut bräune. Gleichzeitig legte die weniger auffällige Farbe ihrer Augen die Vermutung nahe, daß sie sich eher dazu eigneten, in hellem Licht in die Ferne zu spähen, als in Winkeln und Reden versteckte Geheimnisse zu erkennen.

Das Fernweh, die Sehnsucht nach Weite, die in Mystes Blick zum Ausdruck kamen, erregten denn auch als erstes Terisas Aufmerksamkeit, als die Prinzessin das Zimmer betrat; sie hätte mit ihren Gedanken in einer anderen Welt weilen können. Und als Elega ihr Terisa vorstellte, erfuhr dieser Ausdruck sogar noch eine seltsame Verstärkung. Mit einem Mal hatte sie ein dermaßen gespanntes Aussehen, ließ sich an ihr eine derartige Erwartung von Wunderbarem beobachten, daß sie fast vor Aufregung zitterte — und doch schien ihr ins Ferne gerichteter Blick Terisa zu durchdringen und auf etwas hinter ihr zu fallen, irgendein Spektrum von Möglichkeiten, das Terisa anhaftete wie ein Schatten. Dieser Eindruck war so stark, daß sich Terisa unwillkürlich umdrehte, halb damit rechnete, hinter ihr stünde jemand.

»Edle Dame«, Myste verbeugte sich so tief, daß sie sich in einen Kegel aus gelber Seide zu verwandeln schien, als läge ihr nicht nur daran, Terisa Respekt zu zeigen, sondern wollte sie auch ihr Erröten verbergen. Terisa erlitt einen regelrechten Schrecken. Ratlos und aufs äußerste beunruhigt warf sie Elega stumm einen flehentlichen Blick des Hilfeersuchens zu.

Prompt legte Elega ihrer Schwester eine Hand auf die Schulter. »Deine Höflichkeit ist wahrhaft ohne Fehl und

Tadel, Myste«, sagte sie leicht ironisch. »Nichtsdestotrotz will's den Anschein haben, daß soviel Ehrung seitens einer Prinzessin unseren Gast Terisa von Morgan ein wenig Unverständnis einflößt. Auf ihre eigene Bitte nenne ich sie Terisa. Gewißlich möchte sie, daß du's ebenso hältst.«

»Ja, bitte«, bestätigte Tersisa sofort. Diesmal meinte sie es aufrichtig.

Prinzessin Myste straffte sich. Anscheinend war sie aus Aufregung rot geworden, nicht aus Verlegenheit; ihr ließen sich keine Beklommenheit oder Befangenheit anmerken. Terisa glaubte jedoch feststellen zu können, daß Mystes Blick sie nun sicherer erfaßte. »Ihr seid uns überaus willkommen, edle Dame«, sagte sie in freundlichem Tonfall. »Mit Gewißheit werde ich mich in einem Weilchen dazu imstande fühlen, Euch Terisa zu rufen … sobald sich das Klopfen meines Herzens gemäßigt hat.« Sie lachte auf eine Weise, die Terisa sofort an König Joyses Lächeln erinnerte. »Verzeiht mir, wenn ich Euch in Verwirrung gestürzt habe. Mag sein, Ihr seid Euch nicht über die Ehre im klaren, welchselbige Ihr uns erweist. So vieles gibt's, was ich Euch zu fragen wünsche!«

»Es ist *fürwahr* eine Ehre«, bekräftigte Elega, bevor Terisa Einwände erheben konnte. »In der Denkweise Mordants sind wir nichts als zwei Weiber, welche bei ihrem Vater leben, weil er sich damit abfinden mußte, für uns keiner Gatten habhaft zu werden. Die Adeligen und Fürsten, die nach Orison kommen, fühlen sich keineswegs dazu verpflichtet, uns Prinzessinnen aufzusuchen oder uns von irgend etwas zu unterrichten. Reiner Zufall war's, daß ich mich beim König aufhielt, als …« Unvermittelt wandte sie sich mit aller Eindringlichkeit an ihre Schwester. »Myste, du wirst's nicht glauben. Vater hat sich selbst übertroffen.« Mit einigen sarkastischen Sätzen informierte sie Myste über Perdons Audienz bei König Joyse. »Fünfzehntausend Mann, Myste«, sagte sie zum Schluß. »Perdon hat dreitausend. Dennoch mag Vater ihm keine Truppen schikken. Das geht zu weit. Dergleichen muß ein Ende haben.«

»Elega, er ist unser Vater«, gab Myste zu bedenken. »Es versteht sich ja von selber, daß wir seine Pläne nicht durchschauen. Wie sollten wir's denn können, wenn wir so wenig von dem erfahren, welche Befürchtungen er hegt, was er weiß?« Anders als Elega sah sie in ihrer Unwissenheit anscheinend keinen Grund zur Klage; sie stellte sie lediglich als Tatsache fest. »Deshalb dürfen wir nicht voreilig über ihn urteilen. Hochbedeutende Ereignisse nehmen in Mordant ihren Lauf. Es hat den Anschein, Krieg dräut. Ein Chaos der Imagomantie droht. Und diese Dame ...« Myste sah Terisa an, errötete nochmals flüchtig, zwang sich dann zum Gebrauch des Vornamens. »Terisa ist aus einem Spiegel zu uns gekommen.« Sie schenkte Terisa ein süßes Lächeln. »Man erzählt, sie sei eine geweissagte Retterin. Darum sollten wir kein vorschnelles Urteil fällen.«

»Myste, du bist unverbesserlich.« Ein ansatzweises Stirnrunzeln fältelte Elegas Stirn. »Sogar wenn des Großkönigs Monomach über uns herfiele, mich vor deinen Augen erschlüge und sodann mit dem Schwert deinen Rock höbe, würdest du davon abraten, voreilig über ihn zu urteilen.«

»Ich vertraue darauf«, antwortete Myste ernst, aber ohne Ärger, »daß der Monomach des Großkönigs ein ehrenhafter Mann ist.«

»Ach, du bist wahrlich eine Törin«, rief Elega unterdrückt. Die veilchenblauen Augen ihres blassen Gesichts blitzten. Aber sie schlang unverzüglich die Arme um ihre Schwester und drückte sie, bis sie ihren Ärger überwunden hatte. Als sie von Myste abließ, war sie wieder zu normalem Verhalten fähig. »Doch selbst eine Törin und eine Dame aus einer anderen Welt«, — sie lächelte, um zu zeigen, daß sie alles nicht so tragisch nahm —, »müssen bisweilen etwas essen. Ich werde auftragen lassen.«

Sie ging zu einem Klingelzug, der in der Nähe hing, zog daran. Anschließend begab sie sich in ein benachbartes Zimmer. Gleich darauf hörte Terisa sie leise zu jemandem sprechen, wahrscheinlich einer Bediensteten. Wenig später betrat ein Dienstmädchen mit etlichen Tabletts das Eßzimmer und begann den Tisch zu decken.

Zwischendurch blieb Terisa mit Myste allein. Die besondere Eigentümlichkeit von Mystes Blick — und ihrer Aufmerksamkeit — machte Terisa nervös. Sie hatte den Eindruck, daß es ihr leichtfallen könnte, Myste zu mögen, aber es wäre ihr lieber gewesen, sie hätte sie nicht so angeschaut. Die Art, wie Myste durch sie hindurch Dinge zu sehen schien, die hinter Terisa oder jenseits ihrer Person existierten, verursachten ihr erneut das Empfinden, sich aus dem Sein zu lösen. Unversehens erinnerte sie sich daran, daß der Spiegel, durch den sie hergelangt war, einen Konstruktionsfehler hatte.

»Ich kann hier vieles nicht begreifen. Warum ist der König ... Wieso ist Ihr Vater so passiv? Aus welchem Grund lehnt er's ab, Perdon zu unterstützen?«

»Ach, edle Da ... Terisa, das ist eine Frage, welche unsere Familie bis in die Herzen gespalten hat, und noch immer wissen wir auf sie keine Antwort.« Die Prinzessin deutete auf einen Diwan. »Möchtet Ihr Platz nehmen?« Sie und Terisa sanken tief in die bequemen Poster. »Ihr weilt erst seit kurzem bei uns«, sagte Myste. »Und's soll wohl so sein, daß wir uns davor hüten müssen, Euch zuviel über uns kundzutun.« Ihre verständnislose Miene drückte so deutlich Mißbilligung aus wie die Formulierung. »Es mag sein, Euch ist noch unbekannt, daß unser Vater *drei* Töchter hat. Unsere Schwester mittleren Alters mit Namen Torrent lebt nicht länger mit uns in Gemeinschaft, sie wohnt bei unserer Mutter, Königin Madin. Sie haben ihren Wohnsitz in Romish — oder vielmehr in einem Landhaus bei Romish, wie ich glaube, denn ich bin nie dort gewesen — bei Mutters Familie, den Fayles. Doch's ist erst seit zwei Jahren so. Davor lebten wir zusammen. Und unser Zusammenleben machte mich froh, wenngleich ich nicht zu behaupten vermöchte, wir seien glücklich gewesen.« Terisa blieb still, sagte kein Wort. Sie ahnte, welche Art von Geschichte sie zu hören bekommen sollte. In der Mission hatte sie gelernt, sich solche Geschichten anzuhören. »Ich wähne, Ihr fändet unsere Mutter angenehm, edle ... Terisa. Sie ist eine Frau, die stets zur Gänze weiß, was sie will — ein Umstand, welcher unserem Vater gelegentlich keinen geringen Unmut bereitete.« Bei der Erinnerung daran lächelte Myste. »Lauscht Ihr Elegas Worten, so wird sie Euch beteuern, es gäbe in ganz Mordant keine fünf solche Frauen wie unsere Mutter. Ich dagegen bin der Meinung, daß sie sich zu Irrtümern versteigt. Ich bin der Auffassung, daß es Frauen schlichtweg an Mut mangelt, um ihren Träumen zu folgen.« Als sie das sagte, schien ihr Blick die Wand zu durchdringen, als wäre das Gemäuer durchsichtig. »Nichtsdestoweniger wollte ich keinesfalls leugnen, daß Königin Madin zu den wenigen Frauen zählt, welche sich selbst genau genug kennen — oder mutig genug sind —, um auf ihren Wünschen zu beharren. Das erklärt, denke ich«, — sie schweifte etwas ab —, »wieso sie Elega gestattete, ihr Verlöbnis mit Geraden von Domne aufzulösen, wiewohl der König in Person es mit seinem Wort besiegelt hatte. Für unsere Mutter war's eine große Freude, eine Tochter mit eigenem Willen zu haben. Madin liebte Joyse schon seit frühester Jugend«, — damit knüpfte die Prinzessin an ihre vorherigen Ausführungen an —, »und er liebte sie, lange ehe er zum König von Mordant erhoben ward. In der Tat ist's nur zu einem kleinen Teil ein Scherz, wenn erzählt wird, er hätte die Feldzüge, durch welche er letztendlich zur Königswürde gelangte, allein zu dem Zweck unternommen, um die Hemmnisse zu beseitigen, welche die Erfüllung seiner Leidenschaft behinderten, die er für sie empfand. Nachdem er sich das Krongut unterworfen, dem Fürstentum Fayle die Freiheit errungen und es sich untertan gemacht hatte, warf er sich ihr zu Füßen und bat sie, auf ähnliche, aber noch engere Weise sein zu werden, wie ihr Vater, der Fürst von Fayle, es als richtig erachtet hatte. Zu seinem Erstaunen«, — erneut lächelte Myste —, »beschied sie ihn abschlägig. Sie leugnete nicht, ihn aus ganzem Herzen zu lieben, aber vorerst stand ihr nicht danach der Sinn, ihn zum Gemahl oder Liebsten zu nehmen. Er hatte sich dem Krieg gewidmet, so wie ein Bauer sich dem Pflug verschwört, ihn nicht stehenlassen kann, bis seine Äcker bestellt und besät sind. Doch derweil Joyses Hand dem Kriege diente, gehörten seine Zeit und sein Leben dem Blutvergießen. Sie sei vollauf dazu bereit, erläuterte Madin ihm, vielerlei mit ihm zu teilen, nicht jedoch eine so eifersüchtige Geliebte wie die Kriegführung, in welcher jeder Speer, jedweder Pfeil, jegliche Klinge seiner Feinde nach dem vollen Besitz seines Herzbluts gierten. Wenn seine Feldzüge vorüber seien, so lautete Mutters Bescheid, er noch lebe und auch sein Wunsch noch lebendig sei, so brauche er ihr nur Nachricht zu senden, sie werde umgehend an jeden Ort der Welt zu ihm kommen. Nun ja, Vater ist ein Mann. Natürlich geriet er sehr in Wut. Ebenso jedoch ist er ein herzensguter Mensch. Nachdem er sich eine Zeitlang seiner wütenden Enttäuschung hingegeben hatte — er spricht stets von Tagen, während sie immer von einem *Weilchen* redet —, lachte er lang und laut. Er schwor, es gäbe keine andere Frau, die so vorzüglich wie sie für ihn geeignet sei, und er legte einen heiligen Eid ab, daß er ihre Festigkeit, was auch geschehen möge, mit der größtmöglichen Treue seinerseits lohnen werde. Dann zog er von neuem ins Feld und prahlte — wie's junge Kerle zu tun pflegen —, er gedenke sowohl Cadwal wie auch Alend noch vor dem Einbruch des nächsten Winters zu erobern. Leider vermochte er selbiger Prahlerei nicht die Tat anzuschließen. Viele Jahre verstrichen, bevor er sich König nennen durfte, ohne befürchten zu müssen, besagten Titel bereits in des folgenden Tages Schlacht zu verlieren. Und sobald das durchgestanden war, begann er eine andere Art von Feldzug, das Ringen um den Zusammenschluß sämtlicher Imagomanten zur Zunft. Bei Gelegenheit stattete er Madin Besuche ab, um sie dessen zu versichern, daß seine Gesinnung sich nicht geändert hatte. Seine

Feldzüge aber nahmen kein Ende. Zu guter Letzt ward sie seines Tuns überdrüssig. Sie verließ Romish hoch zu Roß, ohne andere Begleitung als ihre Zofe, ohne Geleit, und ritt in die Hügel und Wälder Mordants, bis sie schließlich die Gegend fand, in welcher er gerade focht. Er und seine Männer, unter ihnen Großmeister Havelock, hatten just eine Auseinandersetzung mit einem schurkigen Imagomanten bestanden, und Joyse war von den Füßen bis zum Scheitel verschmiert mit Ruß. Dennoch ritt sie zu ihm — wie er's darstellt —, als ob sie sich zu Orison im Audienzsaal begegneten, und fragte ihn: ›Herr König, wie lange wird all das noch währen?‹ Im ersten Augenblick, so gibt er zu, fühlte er sich versucht, ihr eine höhnische Antwort zu erteilen. Sie war ein Weib, das in Begleitung nur einer Zofe durchs Land streifte, und kurz zuvor hatten fünf seiner Männer den Tod gefunden. Aber er überlegte es sich wohl. Statt ihr barsch zu antworten, hob er sie von ihrem Reittier, nahm sie mit in sein Zelt und erklärte ihr, wieviel er bereits vollbracht hatte, was ihm noch zu vollbringen blieb. ›Herr König‹, sagte sie, als er alles dargelegt hatte, ›das mag gut und gerne weitere zehn oder mehr Jahre dauern.‹ Er nickte. Ihre Schätzung stimmte durchaus. ›Das ist zu lange‹, sagte sie daraufhin. ›Ich bin des Wartens müde. Gibt's in Eurem Lager einen Mann, welcher die Ämter und Würden hat, um eine Vermählung zu vollziehen?‹ Vater behauptet, er hätte sie eine volle Stunde lang angestarrt, bis er ihre Worte begriff, während sie darauf besteht, es wären lediglich ein, zwei Augenblicke gewesen, in denen er wie von Sinnen wirkte. Danach jedenfalls stieß er einen Schrei aus und umarmte sie dermaßen überschwenglich, daß der Zeltpfosten zerbrach und das Zelt sie unter sich begrub. Dennoch war er es, der darauf bestand, ohne Verzug Schloß Orison aufzusuchen und eine vollständige, umfangreiche Hochzeitsfeierlichkeit zu veranstalten. Er sagt, sie hätte nichts Geringeres verdient gehabt. Ihrer Ansicht zufolge war's vornehmlich sein Bestreben, sie aus den gefährlichen Gebieten des Krieges in die

Sicherheit seines Kronguts zu verbringen. Des Paars Verbindung«, — Myste sah Terisa an, und Terisa erkannte im Gesicht der Prinzessin sowohl Freude wie auch Trauer —, »gestaltete sich so, daß manche Leute sie ein ›vergnügliches Wetteifern‹ hießen. Ohne Zweifel vertraten beide ihre jeweiligen Standpunkte mit dem entschiedensten Nachdruck. Für jene, die Augenzeugen ihres ehelichen Lebens waren, hatte es den Anschein, als nähme jede Einigung, zu der sie gelangten, zwanzig Jahre in Anspruch. Gleichfalls aber sahen sie, wie während seines Zeterns seine Augen leuchteten, wann immer sie ihm widersprach. Und wir hörten, wie sie, wenn er fort war, ausschließlich voll der Herzlichkeit und liebevollen Treue von ihm Rede führte. Ich bin der Überzeugung, es war eine gelungene Ehe, Terisa. Ihre Beendigung«, — Myste seufzte —, »geschah zugleich allmählich wie plötzlich.«

»Was ist denn passiert?« Terisa dachte an ihre Eltern, versuchte irgendeinen Sachverhalt zu finden, durch den deren Ehe eine Ähnlichkeit mit dem haben könnte, was sie gerade gehört hatte.

»Eine große Gleichgültigkeit kam über ihn«, antwortete Myste kummervoll. »Sein Schwung erlahmte. Immer mehr jener Zeit, welche er den Geschäften und Angelegenheiten des Reiches, dem Schalten und Walten eines Herrschers, hätte widmen müssen, vergeudete er damit, mit dem wahnwitzig gewordenen Havelock — wie er freimütig bekannte — Springbrett zu spielen. Er fällte immer weniger Entscheidungen. Bedrohlichkeiten und Anzeichen von Gefahr beliebte er zu mißachten. Dem Volk widerfuhr nicht länger Gerechtigkeit. Nicht mit einem Mal, vielmehr im Verlauf etlicher Jahre, ward er das, was manche Menschen ihn heute schimpfen ... ein alter Tatterer. Er befaßt sich nur soweit mit dem Herrschen — und ihm ist just genug Treue seitens seiner Gefolgsleute verblieben —, daß gesichert ist, niemand vermag ihn vom Thron zu stürzen. Alles andere vernachlässigt er. Wir erblickten alle darin eine Veranlassung zum Gram, aber für unsere Mutter glich's einem Dolchstoß ins Herz. Sie wußte ihre eigene Willenskraft zu schätzen, und so hatte sie auch seine Willensstärke stets in hohem Ansehen gehalten. Nun jedoch stritt er mit ihr lediglich noch über Geringfügigkeiten, etwa ob seine Töchter lieber das Springbrettspielen statt das Sticken lernen sollten. Mutter nahm's hin, bis sie's nicht mehr zu erdulden vermochte. Dann stellte sie ihn zur Rede. ›Alter‹, sagte sie zu ihm (auf ihren Wunsch waren ihre sämtlichen Töchter zugegen), ›es muß ein Ende haben. Imagomantie des Bösen ist am Werk. Deine Feinde sammeln sich wie Wolfsrudel hinter deinem Rücken. In den Gauen wächst die Unruhe, die Rebellion ist nicht mehr fern. Und derweil all das sich zuträgt, spielst du mit dem Blöden Havelock Springbrett. Ich sage dir, damit gilt's Schluß zu machen.‹ ›Geliebte‹, antwortete er, als hätte sie ihn zu unrecht tief gekränkt, ›vor Jahren hast du's verworfen, meine Gemahlin zu werden, dieweil ich im Felde stand. Ist's dein Wunsch, daß ich nun von neuem ins Feld ziehe?‹ ›Damals war ich jung und unvermählt‹, entgegnete Mutter. ›Heute bin ich aus freiem Willen dein Eheweib. Du bist König von Mordant und mein Gatte. Ich habe deine Königswürde als Last für unsere Ehe hingenommen, und ich erwarte von dir, daß du alle Maßnahmen ergreifst, welche selbige Königswürde die abfordert. Die Pflicht ist dein und muß erfüllt werden.‹ ›Fürwahr‹, sagte darauf Vater mit einem Anflug seiner einstigen Härte, ›ich *bin* König von Mordant. Und niemand als der König hat darüber zu befinden, woraus seine Pflicht besteht. Ich bin in dieser Frage bereits mit mir zu Rate gegangen, und ich befolge, was mich ratsam deucht, mit der größten Genauigkeit.‹ Da erhob sich Mutter von ihrem Sitz. ›Dann wirst du's ohne mich befolgen müssen. Ich liebe dich bis in den Tod, und ich vermag nicht mitanzusehen, wie du dich selbst und alles, was dir einst lieb war und teuer, dem Verderben auslieferst.‹ Vater schaute ihr nach, als sie sich entfernte. Sobald sie fort war, weinte er bitterlich, als wäre ihm das Herz gebrochen. Aber er sprach kein Wort, um seine unnachgiebige Haltung zu erklären oder Mutter zu beruhigen, und er tat nichts, um sie zurückzuholen. Torrent ging mit Mutter, dieweil sie ihre Einstellung als richtig bewertete. Elega blieb hier, weil …«

In diesem Moment kehrte Elega aus dem Nachbarraum zurück. »Ich bleibe hier«, unterbrach sie ihre Schwester, indem es in ihren Augen funkelte, »weil zur Rettung Mordants eingegriffen werden muß, und nichts dergleichen wird in Romish getan werden. Welche Taten auch vonnöten sein mögen, um Mordants Untergang abzuwenden, es wird über sie zu Orison entschieden. Ich gedenke, wenn ich's vermag, daran mitzuwirken. Was meine Schwester anbetrifft«, — Elega sparte sich die Mühe, ihre Herablassung zu lindern, fast völlig —, »so bleibt sie hier, dieweil sie erträumt, der König werde eines baldigen Tages aufstehen und sein Königreich verteidigen … wenn wir nur die Bereitschaft aufbringen, ihm lange genug Vertrauen zu schenken.«

Myste seufzte noch einmal. »So mag's sein.«

Sofort bereute Elega ihre Grobheit. »Verzeih mir, Myste. Ich sollte nicht so unfreundlich über dich reden. Es hat mich allzu stark verbittert, wie übel Vater seinen alten Freund Perdon behandelt hat. Vielleicht ist's der wahre Grund, aus welchem du bleibst, daß Vater die Gesellschaft und den Trost zumindest einer Frau, die ihn liebt, behalten soll.«

Oder vielleicht, dachte Terisa, *weil wenigstens ein Familienmitglied bei ihm bleiben sollte, damit man weiß, was aus ihm wird.* Ihre Mutter war bis zu ihrem Ableben bei ihrem Vater geblieben, allerdings nicht aus Treue. Jede Treue fußte auf Entscheidung, und ihre Mutter war zu Entscheidungen unfähig gewesen. Ihr Ehemann hatte sie als Ehefrau ausgesucht, und sie hatte sein Recht, so etwas zu tun, uneingeschränkt akzeptiert. Möglicherweise war das der einzige ihr ersichtliche Weg gewesen, um an sich selbst zu glauben.

Elega wandte sich an Terisa. »Doch haben wir Euch

nicht zu uns eingeladen, um Euch derlei Geschichtchen zu erzählen.« Sie zwang sich zu einem Tonfall der Gutgelauntheit. »Wie meine Schwester schon erwähnt hat, gibt's vielerlei, was wir von Euch wissen möchten. Das Mahl ist aufgetragen. Wollen wir das Gespräch während des Speisens fortsetzen?«

»Ich kann Ihnen wirklich wenig sagen«, antwortete Terisa, fast ohne nachzudenken. Der Kontrast zwischen ihrer familiären Herkunft und dem, was sie vorhin gehört hatte, rief in ihr irgendwie Scham hervor, als verdeutliche, unterstreiche es die ganze Belanglosigkeit ihres bisherigen Daseins. Was die Gefahr eines gewaltsamen Todes betraf, so hatte sie in dieser Hinsicht noch keinerlei konkrete Erfahrung. »Sie sind sehr freundlich zu mir. Aber ich bin bloß zufällig hier. Ich bin keine Imagomantin. Wir kennen keine Imagomantie ... wo ich herkomme. Irgendwas ist schiefgelaufen, als Geraden seinen Spiegel fabriziert hat. Oder bei der Translation.« Wieder hatte sie das Gefühl, wie ihre Mutter daherzuschwafeln. Aber was hätte sie anderes sagen können? »Ich weiß selbst nicht, weshalb ich mich von Geraden zum Mitgehen habe überreden lassen.« Da sie sich schon einmal dabei befand, wollte sie nun tatsächlich alles aussprechen, was sie beschäftigte, und unter diese Sache einen Schlußstrich ziehen. »Ich wäre schon längst zurückgekehrt. Aber der Spiegel hat sich irgendwie verändert. Geraden kann ihn nicht mehr zum Funktionieren bringen.« Sie verstummte. Das Herz schlug ihr im Halse, als hätte sie soeben eine gefährliche Äußerung von sich gegeben, und sie verspürte erneut die seltsame Anwandlung, weinen zu müssen, wie in dem Moment, als sie sich Geraden im Schweinepfuhl vorstellte.

»Ist so etwas möglich?« flüsterte Myste, starrte sie an, wieder durch Terisa hindurch, als sähe sie ein paar Zimmer weiter jemanden ein ungeheuer eindrucksvolles Kunststück vorführen. »Oh, ist das möglich?« Anscheinend hielt sie, was sie gehört hatte, für weit großartiger, als jede andere denkbare Enthüllung.

Im Gegensatz dazu warf Elega den Kopf zurück, als hätte ihr ein Lakai ins Gesicht geschlagen, ihre Augen blitzten auf. »Wünscht Ihr damit zu behaupten, edle Dame«, fragte sie langsam, mit außerordentlich mühsam beherrschter Stimme, »daß Ihr ohne jeden Zweck hier weilt? Ohne jedwede Absichten? Daß Ihr nicht gekommen seid, um im Zusammenhang mit Mordants Notstand das Eure zu tun? Ist's Euer Wunsch, daß wir glauben sollen, Ihr wärt nichts als ein gemeines Weib? Sollen wir glauben, jener ›Zufall‹, wie Ihr's nennt, hätte Euch nicht zustoßen dürfen?«

Am liebsten hätte Terisa keine Antwort gegeben. Die Ansprüche hinter Elegas Fragen machten sie zu betroffen. Aber sie hatte sich selber in die Situation gebracht, mit den Prinzessinnen reden zu müssen; folglich nahm sie nun allen Mut zusammen, um damit fertigzuwerden. Zumindest in dieser Hinsicht konnte sie versuchen, sich von ihrer Mutter zu unterscheiden.

»Ich bin keine Dame. Ich bin bloß Tippse in 'ner Missionsstation.« Sie hielt den Rücken gerade und den Kopf hoch. »Dort werde ich gebraucht. Nur wenige Leute können's sich leisten, für das Geld zu arbeiten, was mir da gezahlt wird. Aber wenn ich nicht bald wieder aufkreuze, verliere ich meine Stellung. Pastor Thatcher kann sich nicht allein um alles kümmern. Das ist alles. Ich lebe in einer Eigentumswohnung. Ich esse und schlafe. Ich gehe zur Arbeit. Das ist alles.«

Im ersten Moment rechnete sie damit, Elega werde sie heftig anfahren. »Das ist wundervoll«, sagte Myste halblaut. »Wie wundervoll.« Ihr Blick ruhte nun fester auf Terisa. »Immer habe ich mir erwünscht, derlei Dinge wären möglich.« Doch Elegas Gesicht wirkte fiebrig durch das, was sie empfand, und sie hatte sich hoch aufgerichtet, als hätte sie vor, in äußerstem Widerwillen auszuspucken.

»Sie hätten sich an Perdon halten sollen«, meinte Terisa teilnahmslos. »Er und Meister Eremis sind Männer, wie Sie sie brauchen.«

Die Prinzessin versuchte zu lächeln. Anfangs war ihre Miene verzerrt, aber es gelang Elega, ihre Gesichtszüge zum Gehorsam zu zwingen. Fast gewaltsam lockerte sie ihre Körperhaltung. »Meine Liebe, dergleichen ist unnötig. Wir gehören keiner der Parteien an, welche sich in der Zunft streiten. Wir haben keine geheimen Verbündeten unter Mordants Feinden. Es ist nicht unser Vorhaben, Euch irrezuleiten oder zu betrügen. Wir sind Frauen wie Ihr, keine selbstsüchtigen, machtgierigen Männer. Ihr könnt uns getrost vertrauen. Mag sein, wir sind sogar die beiden einzigen Menschen zu Orison, denen Ihr ohne Bedenken vertrauen dürft. Diese Ausflüchte sind überflüssig.«

Sofort schaute Myste ihre Schwester an. »Elega, Terisa besitzt keinen Grund, um uns zu belügen. Ich bin mir gänzlich sicher, daß sie dazu keinerlei Veranlassung hat. Das sind keine Ausflüchte.«

»Es müssen welche sein!« widersprach Prinzessin Elega mit einem Grimm, der Kastellan Lebbick alle Ehre gemacht hätte. Einen Augenblick später hatte sie sich wieder in der Gewalt. Nun ähnelte sie einer Frau, die mit aller Kraft starken Brechreiz unterdrückte.

»Entschuldigung«, sagte Terisa. »Entschuldigung.«

9

Meister Eremis' Auftritt

Die Prinzessinnen Elega und Myste gaben sich erhebliche Mühe, um Terisa in eine oberflächliche Konversation zu verwickeln, während sie gemeinsam aßen, allerdings ohne viel Erfolg. Myste lächelte, als genösse sie hinter ihrem ins Ferne gerichteten Blick ein Geheimnis; sie stellte Terisa höfliche Fragen danach, was sie zu Orison gesehen und getan hätte. Elega überspielte ihre wachsende Ungeduld, indem sie im Essen stocherte, und überbrückte Gesprächspausen mit sarkastischen Schilderungen des Lebens, das Terisa erwartet hätte, wäre sie in Mordant geboren worden und aufgewachsen: eines behüteten Lebens, unerträglich langweilig und öde wegen der grundsätzlichen Unmöglichkeit, das eigene Schicksal zu beeinflussen. Beide behielten offenbar für sich, was wirklich in ihren Köpfen vorging.

Ebenso offenkundig jedoch hemmten sie sich gegenseitig; nicht Terisa hinderte sie daran, zur Sache zu kommen. Der kurze, aber schroffe Moment ihrer Meinungsverschiedenheit hatte sie so schockiert, daß sie sich nicht nur von Terisa, sondern auch voneinander distanzierten. Terisa verspürte enorme Erleichterung, als Myste zuletzt vorschlug, man solle Saddith rufen, damit sie Terisa zurück in die Pfauengemächer führen könne.

In einer Stimmung erhöhter Peinlichkeit warteten sie zu dritt. Zum Glück fand Saddith sich umgehend ein. Einige Augenblicke später hatte sich Terisa linkisch von den Prinzessinnen Myste und Elega verabschiedet und war auf dem Weg zu ihrem Quartier.

In Anwesenheit der Königstöchter hatte Saddith den Blick auf den Fußboden gesenkt gehalten. Aber nun musterte sie Terisa unverhohlen von der Seite. Zuerst widerspiegelten ihre Augen Unsicherheit, die jedoch langsam

Humor und einer gewissen Pfiffigkeit wich. »Nun wohl, Herrin«, sagte sie im Ton heiterer Neugier, sobald sie an den Zimmern des Königs vorüber waren und die Wachen sich außer Hörweite befanden, »Ihr habt Prinzessin Elega und Prinzessin Myste kennengelernt. Sie sind auf Schloß Orison die beiden höchststehenden Damen. Welchen Eindruck haben sie auf Euch gemacht?«

Daß sie beide ganz jämmerliche Figuren sind, dachte Terisa. Aber sie hielt es für nicht empfehlenswert, so etwas zu Saddith zu sagen. Anscheinend bestätigte Terisas Schweigen die Zofe in ihrer Meinung von den Prinzessinnen. Um ihr Schmunzeln zu verbergen, schaute Saddith hinab auf ihren aufgeknöpften Kittel, den von ihrem prallen Busen gedehnten Stoff. »Ich glaube«, ergänzte sie mit Genugtuung, »sie haben vergessen, wer sie sind.«

»Wie meinst du das?« Terisa merkte, wie sie sich unterwegs die Gesichter der Leute ansah, an denen sie vorbeistrebten, auf den Mann zu achten versuchte, der sie hatte ermorden wollen. Diese Betätigung war ihr angenehmer als Gedanken an das, was sie im Laborium in den Spiegeln gesehen hatte.

»Sie sind die höchsten Damen im ganzen Reich«, erklärte die Zofe ihre Auffassung. »Sie haben einen hohen Rang und Reichtum, prachtvolle Kleider und kostbare Juwelen. Ihnen steht das Recht zu, unter den mächtigsten Männern Mordants zu wählen. Was aber fangen sie mit ihren Möglichkeiten an? Prinzessin Elega weist alle Freier höhnisch ab. Sie wünscht sich keinen Mann — sie will selbst einer sein. Und Prinzessin Myste vermag ihre Kinderträume von Romanzen und Abenteuern nicht zu vergessen.« Leise lachte Saddith. »Für ihren Rang leben sie am rechten Ort, sie sind fein gekleidet, wie's ihnen zusteht. Aber sie haben keinen Mumm. Keine von ihnen ist Frau genug, um am Königshof so zu walten, wie ihrerseits gewaltet werden müßte. Eines Tages, Herrin«, — ihre Stimme drückte Zuversicht aus —, »werde ich in ihrer Mitte stehen. Ich werde zu den höchsten und vornehmsten Damen Mordants zählen. Und im Vergleich zu mir werden sie wenig vorteilhaft wirken.«

Die Unverblümtheit der Zofe befremdete Terisa. Sie war kein Personal gewöhnt, das sich so unumwunden äußerte. »Gefällt dir nicht«, fragte sie aus Neugier, »was du zur Zeit machst?«

Daraufhin blickte Saddith sie scharf an, als versuche sie die Absicht hinter der Frage zu erkennen. Was sie sah, untermauerte anscheinend ihre Ansicht, es bei Terisa mit einer ahnungslosen Person zu tun zu haben; ihre Nervosität verschwand sofort. »So wie meine Beschäftigung ist, Herrin«, entgegnete sie freimütig, »ist sie nicht übel. Bevor ich die Anstellung als Zofe erhielt, war ich Spülweib in Schloß Orisons Küche. Davor arbeitete ich als Schankmädchen in einer Taverne unweit der Stätte, wo Mordants Heer sein Lager unterhält. Und *davor*«, — sie verzog das Gesicht —, »fütterte ich Hühner und kehrte Böden in dem Dorf, in dem ich geboren ward … einem der ärmeren Dörfer des Kronguts. Die Stellung einer Zofe zu Orison ist fürwahr nicht schlecht … nicht als solche. Mir ist sie aber nicht gut genug.«

Terisa dachte einen Moment lang darüber nach. »Wie ist das zu verstehen?«

Saddith erlaubte sich ein schlüpfriges Grinsen, bei dem ihre Augen glitzerten. »Herrin, in ihren Betten geschieht's, daß Männer ihres Scheins entsagen und sich wie die abhängigen Kindlein gebärden, welche sie in ihren Herzen allzeit geblieben sind. Sobald ich diese Entdeckung gemacht hatte, konnte nichts mich länger in meinem Geburtsort halten. Ein Soldat Mordants konnte es nicht ertragen, von mir getrennt zu sein, und so verschaffte er mir Arbeit in der Taverne nahe beim Heerlager. Ein Koch Schloß Orisons empfand's als unerträglich, daß mich die schmutzigen Pranken von Soldaten tätschelten, also besorgte er mir eine Anstellung in der Küche. Der gutherzige Sohn eines Aufsehers vermochte mir nichts auszuschlagen, und darum bekam ich die Stellung einer Zofe.

Die Betten der Männer haben mich in diesen Rang erhoben, und sie werden mich auch künftig erheben. Entsinnt Ihr Euch noch daran, Herrin, daß ich die vergangene Nacht mit einem Meister der Imagomantie verbracht habe? Das ist der Anfang meines ferneren Aufstiegs zu Schloß Orison.« SadditHs Gleichmut ließ das Bekenntnis für Terisa wie eine Äußerung in einer fremden Sprache klingen. Unter keinen Umständen hätte sie irgendwem nur erzählt, daß Meister Eremis den Saum ihres Ausschnitts berührt hatte. »Er glaubt«, fügte Saddith hinzu, »er hätte mich mit in sein Bett genommen, um mich zu belohnen, denn er hatte mich um einen Dienst gebeten, und ich habe denselben aufs beste verrichtet. Dieser Glaube jedoch ist bloßer Selbstbetrug, durch welchen er den Schein des freien Willens und der Macht wahrt. Er kroch mit mir ins Bett, dieweil er gar keine andere Wahl besaß. Nun hat er damit begonnen, mich ins Vertrauen zu ziehen. In Bälde wird ihm auffallen, daß er seinen Schein in der Öffentlichkeit geradeso verliert, wie wenn wir allein sind, und dann wird er für meine Beförderung Sorge tragen, um mich näher zu sich zu erheben. Aber die Wahl wird bei mir, nicht bei ihm liegen ... und ich versichere Euch, Herrin«, — man konnte ihr Vorfreude anmerken —, »ich werde meine künftige, neue Stellung so wählen, daß sie mir den Weg zu den einflußreichen Söhnen des mordantischen Adels freimacht.«

Sie näherten sich dem Turm, in dem sich die Pfauengemächer befanden. Für eine Weile schwieg Terisa, obwohl sie Sadditħs halb erwartungsvollen, halb belustigten Blick spürte. So etwas klappt wirklich? hätte sie sich gerne vergewissert. Kannst du so leben? Bist du damit glücklich? Aber die Worte blieben ihr im Hals stecken. »Ich bin noch nie jemandem wie dir begegnet«, sagte sie, obwohl sie eigentlich nicht beabsichtigte, es auszusprechen.

»Das ist offen ersichtlich, Herrin.« Die Zofe bemühte sich um ernsthafte Antworten; trotzdem prustete sie fast. »Jedoch dürft Ihr auf meine Unterstützung bauen«, beteuerte sie, redete nun, als wäre sie Terisas wohlwollende Schwester. »Ihr braucht's nur zu wünschen, und wir machen aus Euch zu guter Letzt doch …«, — sie lächelte hinter vorgehaltener Hand —, »… ein beispielloses Weib.«

Terisa erklomm die Treppe zu ihrer Unterkunft, als wäre sie geistig umnebelt. Sie hatte sich bei den Königstöchtern entschuldigt. Für was? Daß sie keine Super-Imagomantin war, daß sie nicht gekommen war, um die Welt zu retten? Oder dafür, einfach zu unwichtig zu sein, um ihr Interesse zu verdienen, ihre Freundschaft oder ein Verbünden? Wollte sie, daß Saddith ihr dabei half, ein *»beispielloses Weib«* zu werden?

»Ich werde darüber nachdenken«, murmelte sie verspätet, während sie und Saddith auf die Wächter zustrebten, die vor dem Eingang der Pfauengemächer standen. »Das ist alles so neu für mich. Ich brauche Zeit zum Überlegen.«

»Freilich, Herrin.« Saddith sprach wie eine respektvolle Bedienstete, aber die Blicke, mit denen die Wächter Terisa empfingen, rechtfertigten den Verdacht, daß Saddith ihnen zugezwinkert haben mußte. »Laßt mich Euch beim Auskleiden helfen, danach mögt Ihr so lange allein verweilen, wie's Euch beliebt.«

Einer der Wächter erzeugte in der Kehle ein Geräusch, als ersticke er. Es zu verhindern außerstande, errötete Terisa wieder einmal, als Saddith sie in ihre Räume führte. Sobald die Tür zu war, schaute Terisa hinter sich, um nachzusehen, ob Kastellan Lebbick sein Wort gehalten hatte. Das war der Fall: die Verriegelung war repariert worden.

Außerdem hatte man die Zimmer inzwischen gesäubert und aufgeräumt. Die während des nächtlichen Überfalls verstreuten Pfauenfedern waren fort. Auf einem Tisch an der Wand sah Terisa eine Karaffe mit Wein und einige Gläser.

Ihr war wohler zumute, nachdem Saddith die Haken am Rücken des Kleids gelöst und den Brustkorb vom

Druck befreit hatte. Ihre Lungen fühlten sich zusammengekrampft an, als hätte sie seit Stunden keinen richtigen Atemzug getan. Erleichtert zog sie wieder ihr Flanellhemd, die Kordhose und ihre Hausschuhe an. Anschließend wartete sie so geduldig, wie sie es fertigbrachte, bis Saddith von neuem die Kaminfeuer angezündet, Öl in die Lampen nachgefüllt und die Gemächer verlassen hatte.

Dann verriegelte Terisa sofort die Tür. Danach überzeugte sie sich davon, daß in dem Kleiderschrank mit der Geheimtür der Stuhl noch an der richtigen Stelle stand und ein Eindringen verunmöglichte. Es war völlig ausgeschlossen, daß sie jemals »beispiellos« sein konnte. Sie mochte von Männern nicht so angeschaut werden wie von Meister Eremis. Außer Eremis selbst täte es noch einmal. Nur einmal. Damit sie die Chance erhielt, darüber Klarheit zu erlangen, was es bedeutete.

Aber als sie an eines ihrer Fenster trat, über die Winterlandschaft rings um Orison ausblickte und ihre Emotionen zu ordnen versuchte, war es Geradens Gesicht, an das sie sich am deutlichsten erinnerte; seine ausdruckslose, neutrale Miene, angestrengt starr von jeder Gemütsbewegung freigehalten, weil sie ihn gekränkt hatte und er es nicht zeigen wollte.

Im Laufe des Nachmittags sank die Sonne im Westen den eisigen, weißen Hügeln entgegen, und Terisa sah zu, wie ein Trupp Soldaten im Hof mit den Pferden exerzierte, als sie zufällig eine Gestalt in den Schnee und Matsch hinausstapfen sah, anscheinend Perdon. Berittene warteten schon auf ihn, gegen das Wetter dicke Umhänge um die Schultern geschlungen. Er sprang auf ein Reittier, das sie für ihn bereithielten. So schnell, wie die Pferde es auf dem durchweichten Untergrund konnten, ritten die Männer zum Schloß hinaus.

Für Terisa sah Perdon wie ein Mann aus, der einen Entschluß getroffen hatte.

Am folgenden Morgen gönnte sie sich nach dem Frühstück ein Bad, zog ihre mitgebrachten Kleidungsstücke an und versuchte zu entscheiden, was sie unternehmen sollte. Aus irgendeinem Grund war sie seit gestern nicht mehr von dem Gefühl des Schwindens gequält worden, obwohl sie den Abend allein mit ihren Ängsten und im Bewußtsein der fremdartigen Situation verbracht hatte, und ihre eigene Existenz ihr zweifelhafter denn je vorkam; obschon es nirgends Spiegel gab, keinerlei Glas, in dem sie sich hätte betrachten können. Trotzdem blieb ihr Problem vorhanden. Der Spiegel, der sie herbefördert hatte, war mißlungen. Sie war keine Imagomantin, aber Mordant benötigte die Hilfe jemandes, der wenigstens über die Kräfte eines Imagomanten verfügte. Ein Mann in Schwarz hatte sie zu ermorden versucht. Sie hatte mitangesehen, wie Bestien, die dem Nichts zu entspringen schienen, Männer zerrissen, als wären sie rohes Fleisch. Etliche Leute, die sich eindeutig viel von ihr versprachen, würden schwer enttäuscht werden. Sie mußte irgend etwas tun. Das war völlig klar. Aber *was?* Sie hatte keine Idee.

Darum fuhr sie augenblicklich hoch, als jemand an die Tür klopfte, und lief hin, um zu öffnen. Das Pochen besaß für sie einen Klang, als wäre es das Angebot eines Auswegs. Sie entriegelte die Tür und schwang sie auf.

Im Flur stand Meister Eremis. Er hatte Geraden dabei. »Guten Morgen, meine Dame«, begrüßte der Meister sie fröhlich. »Ich sehe, Ihr habt wohl geruht. Eure Augen leuchten heute früh gar noch viel heller ... was mich keinesfalls möglich gedünkt hätte. Doch muß ich bekennen«, — er maß sie lüstern —, »daß Eure gestrige Gewandung mehr meinem Geschmack entsprach. Aber gleichwohl. Ich bin gekommen, um Euch zur heutigen Versammlung der Zunft zu geleiten.«

Das kam Terisa zu plötzlich. Ihr Herz hämmerte noch infolge Meister Eremis' unvermuteten Auftauchens. »Der Zunft?« wiederholte sie, als wäre sie schwerhörig oder stumpfsinnig. »Bin ich eingeladen?« Instinktiv wandte sie sich um Antwort an Geraden.

Das Gesicht des Adepten trug auch jetzt vorsätzliche Ausdruckslosigkeit zur Schau. Er wirkte wie jemand, der sich geschworen hatte, seine Gefühle zu unterdrücken. Anscheinend war er noch immer beleidigt, wollte es aber verheimlichen. Oder lag ihm lediglich daran, seine Abneigung gegen Meister Eremis nicht zu zeigen? Terisa konnte es nicht unterscheiden. Trotzdem war er es, dem sie vertraute, wenn es darum ging, Fragen zu allen Ereignissen beantwortet zu bekommen.

Geraden blickte knapp an ihren Augen vorbei. »Die Wahrheit ist, daß weder Ihr noch ich zur Teilnahme geladen sind«, gab er Auskunft. »Dennoch wünscht Meister Eremis, daß wir ihn begleiten.«

»So ist's in der Tat«, bestätigte der Meister. »Ich habe dir versichert, daß ich dir meine freundschaftliche Gesinnung zu beweisen gedenke. Und heute hat die Zunft darüber zu befinden vor, welche Maßnahmen angesichts der Anwesenheit Terisa von Morgans und der Bedrängnis Mordants vonnöten sind. Diese Beratung wird gewißlich von einigem Interesse für Euch sein, oder nicht, meine Dame?«

Weil sie ihn gekränkt hatte — und weil sie selbst keine Klarheit darüber besaß, in welchem Verhältnis sie zu Meister Eremis oder der Zunft stand —, dachte Terisa über einen Weg nach, wie sie ihn fragen könnte, was sie tun solle. Aber sie brachte kein Wort heraus. Eremis' Lächeln schien ihr die Kehle einzuschnüren.

Geradens Blick schweifte durchs Zimmer. »Es mag sich ergeben, daß die Sitzung nicht allzu erfreulich verläuft«, sagte er in nach wie vor unbestimmbarem Tonfall. »Zumindest die Hälfte der Imagomanten dürfte empört sein, wenn wir uns einstellen, ohne geladen worden zu sein. Aber anscheinend sorgt Meister Eremis sich darum nicht. Und die Gelegenheit ist zu wichtig, so daß ich meine, wir sollten sie nicht versäumen.«

Während sie ihm zuhörte, hatte Terisa den merkwürdigen Eindruck, als sei er seit gestern gealtert. »Na gut«, sagte sie, um klarzustellen, daß sie seine ehrliche Antwort zu würdigen wußte. Dabei sah sie Eremis nicht an. »Ich gehe hin.« Dann verharrte sie still, während der Meister für einen Moment gereizt die Stirn runzelte, obwohl ihr Herz wie verrückt raste. Unglücklicherweise hob Geraden den Blick nicht weiter als bis in die Höhe ihrer Knie; er bekam gar nicht mit, daß sie etwas wiedergutzumachen versuchte.

Meister Eremis zahlte ihr die Mißachtung heim, indem er eine übertriebene Verbeugung in die Richtung zur Tür vollführte. »Wenn Ihr die unendliche Güte haben wollt, meine Dame«, sagte er; sein Spott ließ sich nicht verkennen, aber er nahm ihm die Spitze, indem er Terisa rasch zulächelte. Die Weise, wie er sie anblickte, erinnerte sie an die Berührung seiner Finger auf den Wölbungen ihres Busens. Bevor sie richtig wußte, was sie überhaupt tat, lächelte sie scheu zurück und nahm seinen Arm; er führte sie in den Korridor. Geraden schloß sich mit nichtssagender Miene an.

Einer der Wächter trat vor, lenkte die Aufmerksamkeit auf sich. »Meister Eremis.«

Eremis blieb stehen, hob die Brauen. »Ja?«

»Kastellan Lebbicks Befehlen zufolge müssen wir jederzeit darüber unterrichtet sein, wo die Dame sich befindet. Wohin bringt Ihr sie?«

Terisa stutzte ein wenig. Gestern war, als sie ihre Unterkunft in Geradens Begleitung verlassen hatte, noch keine Rede von so einem Befehl gewesen. Sie schaute Geraden an und sah, daß er ebenfalls Überraschung empfand. Die Verschlossenheit wich aus seiner Miene, mit einem Mal wirkte er so konzentriert, als wälze er überaus anstrengende Gedanken. Sein Aussehen verbesserte sich dadurch ganz beträchtlich.

Meister Eremis dagegen war sich allem Anschein nach keiner Abweichung im Verhalten der Wächter bewußt.

»Ich nehme sie mit zu einer Versammlung der Zunft«, entgegnete er glattzüngig; seine Stimme klang nach Säure unter einer Schicht Samt. »Zweifellos wünscht Kastellan Lebbick — will sagen, der König — gleichfalls zu erfahren, was die Zunft in der Gegenwart dieser Dame zu disputieren hat.« Er rümpfte angewidert die Nase. »Und ebenso zweifelsfrei werden seine Spitzel ihn kurz nach der Sitzung davon in Kenntnis setzen. Kommt, meine Dame.«

Mit so großmächtigem Gebaren, als ginge er mit ihr in festlicher Kleidung auf einen Ball, geleitete er sie die Treppe hinunter. Der Weg, den er zu Schloß Orisons früheren Kerkergewölben nahm, erwies sich als der gleiche, den gestern Geraden eingeschlagen hatte. Beim Gehen neigte Eremis seine hochgewachsene Gestalt leicht über sie, gleichermaßen ehrerbietig-höflich wie besitzergreifend; sie mußten den Eindruck erregen, gemeinsame Geheimnisse zu haben; doch Terisa wußte nichts zu sagen, der Meister bestritt das Geplauder allein. Wieder achtete Terisa unterwegs auf Gesichter, die Ähnlichkeiten mit der Fratze des Mannes aufweisen mochten, der sie zu ermorden beabsichtigt hatte. Deshalb brachte Eremis sie schließlich mit einer seiner Bemerkungen gänzlich aus der Fassung. »Perdon und ich haben uns am gestrigen Tag in aller Ausführlichkeit über Euch unterhalten, meine Dame.« Das verblüffte Terisa zu sehr, als daß sie etwas zu erwidern vermocht hätte. Sie konnte doch unmöglich die Art von Frau sein, über die Männer *»in aller Ausführlichkeit«* diskutierten? Nichtsdestotrotz lachte Eremis gedämpft auf, als hätte sie ihm eine besonders schlagfertige Antwort gegeben. »Er verfügt ... ach, wie soll ich's nennen?« Merklich kostete er das Wort, das er zu benutzen gedachte, im voraus aus. »Er hat *ausgiebige* Erfahrungen mit Frauen, aber er und ich, wir blieben vollauf dazu außerstande, uns darüber zu einigen, welche Eurer zahlreichen Vorzüge wohl am köstlichsten sein möchten. Ich habe versprochen, ihm Aufschluß zu gewähren, sobald er Schloß Orison wieder einmal einen Besuch abstattet.«

Diese Äußerung verursachte Terisa ein Schaudern. Was sollten diese Sprüche bedeuten? Irgend etwas intimes, vorwitziges ... Aber welcher Art? Auf diese Frage kannte sie keine Antwort. Wie würde er sie berühren? Welche Gefühle würde er damit bei ihr auslösen? Sie war zu unwissend; natürlich, sie verstand nichts von Männern, aber ebensowenig kannte sie sich selbst. Unbewußt klammerte sie sich an seinen Arm, als fröre sie und suche Wärme.

Nach Durchquerung des außer Verwendung geratenen Tanzsaals — stets gefolgt von Geraden — durchmaßen sie den Korridor, der zum Laborium der Zunft hinabführte. Auch diesmal verlor sie hinter dem Saal unverzüglich zwischen den vielen Türen und Verzweigungen die Orientierung; doch zuletzt erkannte sie den geraden Gang zur ehemaligen Folterkammer, in der heutzutage die Imagomanten zu debattieren pflegten. Die Wachen vorm Eingang salutierten, ehe sie die schwere hölzerne Pforte öffneten, um Meister Eremis, Terisa und den Adepten einzulassen.

Vom Rand aus betrachtet, von außerhalb der vier gedrungenen Säulen, die die Decke stützten, schien der große, runde Saal die bereits darin versammelten Zunftmitglieder wie eine Faust zu umschließen. Aber sobald der Meister sie zum Kreis der Sitzbänke und in die hellere Beleuchtung durch die Öllampen gebracht hatte, änderte sich Terisas Blickwinkel; die Gewölbe wirkten weniger bedrükkend, weniger wie eine unter einem Berg alter Steine begrabene Gruft.

Während Meister Eremis sie und Geraden zur Mitte begleitete, starrten wenigstens zehn bereits anwesende Imagomanten ihnen entgegen. Ein paar saßen auf Sitzbänken, entweder vorgebeugt oder an das aus Holz geschnitzte Geländer gelehnt, das die Mitte des Saals umgrenzte; der Rest umstand das Podium. Vor zwei Tagen hatte darauf der Spiegel gestanden, dessen Translation Terisa in diese Welt versetzt hatte. Jetzt befanden sich jedoch keine Spiegel hier. Infolgedessen ähnelte das Podest wieder mehr dem, was es einmal gewesen war: ein erhöhter Schauplatz zur besseren Beobachtung des Verhörs von Gefangenen.

Ohne Umstände erkannte Terisa Meister Barsonage wieder: an seinen Kahlkopf, seine wie Stechginster struppigen Brauen, den wie Kiefernholz beschaffenen Teint seines gelblichen Gesichts und seinen beachtlichen Leibesumfang entsann sie sich noch deutlich. Auch an zwei, drei andere Imagomanten erinnerte sie sich schwach: sie mußten in der Nähe des Spiegels gestanden haben, als Geraden sie aus dem Glas zog. Doch die Mehrzahl der Meister erweckten einen fremden, feindseligen Eindruck, als wären sie bereit, sie ohne Ansehen der Person zu verurteilen, sie ohne Gnade vor irgendwelche Alternativen zu stellen.

»Was hat das zu bedeuten, Meister Eremis?« fragte Meister Barsonage im Ton des Mißmuts. »Haben wir nicht ausdrücklich beschlossen, daß weder Adept Geraden bei unserer Beratung zugegen sein darf, noch die Dame?«

Geraden betrachtete die Gratbogen der Deckengewölbe. »Freilich habt Ihr's, Meister Barsonage«, erwiderte Meister Eremis gutgelaunt. »Aber ich habe mir vorgenommen, die Zunft von der Notwendigkeit des Gegenteils zu überzeugen.«

Der Mediator runzelte streng die Stirn. »Ein solches Vorgehen mißfällt mir aufs äußerste. Es ist ein Frevel. Unser Überleben, ja in der Tat das Geschick ganz Mordants, hängt von den Entschlüssen ab, welche wir festlegen müssen. Uns mangelt's an der Zeit«, — er drehte sich Eremis vollends zu —, »und mir an der Geduld, um über bereits gefällte Entscheidungen nochmals zu beraten.« Mehrere Imagomanten nickten und murmelten zustimmende Bemerkungen. Es hatte den Anschein, als wäre Eremis bei ihnen nicht besonders beliebt.

»Laßt uns nicht voreilig sein«, meldete sich eine Stimme zu Wort, die Terisa ebenfalls kannte; sie klang, als wäre der Sprecher unterwürfig bis ins Mark und lenke ungern die allgemeine Beachtung auf sich. »Was mich anbetrifft, Meister Barsonage, so bin ich durchaus willens, Meister

Eremis Gehör zu schenken. Es mag sein, daß er zuwenig Rücksicht auf die Würde der Zunft nimmt, aber mit Gewißheit kann man ihm keine Frevelei nachsagen.«

Bevor sie seine Stimme hörte, hatte Terisa nicht bemerkt, daß auch Meister Quillon auf einem Platz hockte, ein Halbrund des Kreises von Sitzbänken entfernt. Sein graues Gewand und unauffälliges Verhalten ließen ihn nahezu eins werden mit dem Hintergrund aus Stein. Sie schaute sofort zu ihm hinüber, weil es sie freute, hier jemanden zu sehen, den sie als ihr gegenüber freundschaftlich eingestellt empfand, gleichzeitig jedoch furchtsam, weil sie sich sorgte, ihr gemeinsames Geheimnis vielleicht in seiner Anwesenheit nicht ausreichend bewahren zu können. Doch er erwiderte ihren Blick nicht. Seine hellen Augen beobachteten die übrigen Meister, aus angespannter Wachsamkeit zuckte seine Nase.

»In jedem Fall«, sagte Meister Eremis gedehnt, »ist's mein Recht, vor die Versammlung der Zunft zu bringen, was ich durch sie beraten haben möchte. Das ist, wie Ihr aufs genaueste wißt, Meister Barsonage, eine unserer Regeln.«

»Damit spricht er die Wahrheit«, erklärte ein Imagomant. Ein anderes Zunftmitglied pflichtete bei.

Meister Barsonage stieß ein Schnauben aus, verzichtete aber darauf, die Meinungsverschiedenheit fortzusetzen. Er wandte sich ab und nahm von neuem die Unterhaltung mit den Meistern auf, die ihn umstanden.

Einen Moment lang grinste Meister Eremis hinter dem Rücken des Mediators. Dann zog er Terisa zu einer freien Sitzbank und ließ sie dort Platz nehmen; das Geländer trennte sie von der Mitte des Saals. Mit einer halb schroffen, halb leutseligen Geste forderte er auch Geraden zum Hinsetzen auf; Eremis selbst blieb dagegen stehen. Im Sitzen erhielt Terisa einen übertriebenen Eindruck davon, wieviel größer er war als die anderen Männer ringsum. Sie hatte das Gefühl, daß heute weniger Kühle in der Räumlichkeit herrschte als vor zwei Tagen.

Allein oder in Grüppchen trafen die restlichen Imagomanten ein. Terisa sah, daß einige so jung waren, daß sie erst kürzlich zu Meistern ernannte Adepten sein mußten, so jung wie Geraden. Unter den anderen befand sich jemand, den sie gleichfalls kannte: der stämmige Meister Gilbur, überm schwarz gesprenkelten, weißen Bart einen düsteren Ausdruck tief ins wulstige Fleisch seines Gesichts geprägt, das Kraftstrotzen seiner Fäuste schien ein Gegengewicht zur Krummheit seines Rückens zu bilden. Sie hatte seine Stimme noch gut in Erinnerung, rauh wie das Kratzen einer Säge. Aber ob jung oder alt, bekannt oder fremd, alle starrten sie Terisa an und schnitten bei Geradens Anblick eine finstere Miene. Anscheinend hatte keiner der Zunftangehörigen seine Haltung zum Adepten und ihr verbessert. »Was sehe ich hier Närrisches?« brummte Gilbur im Vorbeigehen, meinte die Frage offenbar aber nur rhetorisch.

»Wohlan, wir sind vollzählig beisammen«, hörte sie etwas später Meister Barsonage leise feststellen. »Wir wollen beginnen.« Imagomanten schlurften an ihre Plätze, ihre Kaseln baumelten. Drücken konnte sich hier niemand: alle Türen waren geschlossen. Die mit Eisen beschlagenen Verriegelungen ließen sich nur von innen öffnen. Offensichtlich legte die Zunft großen Wert auf Ungestörtheit. Hätte Meister Eremis sie nicht so zuversichtlich mitgenommen, wäre Terisa der Versammlung ferngeblieben. Sie hatte keine Ahnung, wie sie sich gegen fünfundzwanzig oder dreißig übelwollende Männer behaupten sollte. »Faßt Euch kurz, Meister Eremis«, sagte der Mediator unvermittelt, als alle Meister saßen und er allein neben dem Podest stand. »Wir haben uns wichtigeren Angelegenheiten zu widmen.«

Daraufhin sprang Meister Eremis auf. Sein Lächeln wirkte unbekümmert, als wäre es undenkbar, ihn zu beleidigen; aber seine Haut hatte plötzlich eine Dunkelfärbung wie von in Wallung geratenem Blut, und in seinen bläßlichen Augen glomm es gefährlich. »Meister Barsonage«, antwortete er im Plauderton, »bei aller Achtung vor Eurem Rang und Alter sowie Eurer Erfahrung muß ich doch meine Zweifel daran hegen, daß Eure Angelegenheiten wichtiger als meine sind. Niemandem hier ist entgangen, daß ich zwei Teilnehmer mitgebracht habe, die ursprünglich ausdrücklich von dieser Zusammenkunft ausgeschlossen bleiben sollten — den Adepten Geraden und die Edeldame Terisa von Morgan.« Er vermied es, ihn oder sie anzuschauen; er hatte jetzt einen Auftritt vor seinen Kollegen. »Sie *verkörpern* die Fragen, mit welchselbigen wir uns beschäftigen müssen. Der Adept erhebt die Frage unserer Kräfte, denn unvermindert entzieht's sich unserem Verständnis, wie er's gemacht hat, in einem Spiegel, den wir auf den erwählten Kämpen gerichtet hatten, die genannte Dame zu finden.« Geraden senkte den Kopf und verbarg das Gesicht in den Händen. »Letztere stellt uns vor die Frage des Handelns — des Handelns, wie's zu unserem Schutz und zur Errettung ganz Mordants vonnöten ist. Wem stünd's mehr als ihnen zu, an unserer Beratung teilzuhaben? Befassen wir uns zuerst mit Adept Geraden ...«

»Pah!« unterbrach Meister Gilbur ihn rücksichtslos. »All das ist schon gesagt worden, Eremis! Ein Kind hätte diese Darlegungen nachzuplappern vermocht. Kommt zur Sache.«

»Zur Sache, Meister Gilbur?« Eremis ließ seine Brauen mehrmals auf- und niederrutschen. »Was denn, wünscht Ihr, daß ich auf die aufs feinste ausgefeilte Rede verzichte, welchselbige ich für diesen einzigartigen Anlaß vorbereitet habe? Nun wohl, so will ich Eurem überaus gesunden Menschenverstand vertrauen und von einer weiteren Rechtfertigung meines Vorschlags Abstand nehmen. Mein Antrag lautet«, — schlagartig erhöhte er die Lautstärke seiner Stimme, bis sie von den steinernen Wänden widerhallte —, »Adept Geraden die Kasel eines Meisters zu verleihen!«

Während das Echo seiner Forderung verklang, stierten die anderen Meister ihn entgeistert an. Geraden hob ruckartig den Kopf, riß in heftiger Gefühlsregung die Augen auf. Terisa entsann sich an ein Versprechen Meister Eremis': *Dennoch gedenke ich dir meine Freundschaft auf eine Weise zu bekunden, welchselbige dich überraschen dürfte.* Also das hatte er damit gemeint. Meister Eremis hatte vor, endlich für die Beförderung des Adepten zu sorgen, für die letztendliche Belohnung seiner jahrelangen Dienste. Terisa konnte nicht begreifen, weshalb Geradens Miene weder Freude noch Dankbarkeit ausdrückte, sondern eher eine Art von Furcht.

Dann hörte sie erstickte Laute gedämpften Gelächters das Schweigen brechen. Terisa schaute in die Runde und sah, wie Meister Quillon sich in die Seite einer Hand verbiß, um keinen Ton von sich zu geben. Andere Meister hatten weniger Erfolg. Einem entfuhr ein lautes Auflachen, das sich wie das Platzen eines gerissenen Weinschlauchs anhörte, und die Hälfte der Versammlung brach in unterdrücktes Gelächter und Gejohle aus. Langsam lief Geradens Gesicht rot an, bis es heiß wie Glut zu sein schien. Meister Eremis' Grinsen glich seinem Blick: das eine beißend sardonisch, das andere stechend, beide unheilvoll und enorm amüsiert.

Der Mediator lachte nicht. Das Kinn nach vorn geschoben, wandte er sich an Eremis; er konnte sich durch die Heiterkeit der Imagomanten mühelos Gehör verschaffen. »Meister Eremis, es ist ein schändliches Betragen, den Adepten auf diese Weise zu demütigen.«

»*Demütigen,* Meister Barsonage?« erwiderte Meister Eremis augenblicklich im Ton des Einspruchs und der Empörung, obwohl das Grinsen nicht aus seiner Miene wich. »Ich meine den Antrag vollständig ernst.« Neues Gelächter quittierte diese Behauptung. Daraufhin schrie er die ganze Versammlung an. »Adept Geraden hat etwas vollbracht, was vor ihm noch keinem Imagomanten geglückt ist! Nicht einmal Erz- und Großmeister Vagel hat Glas so zu verwenden verstanden wie *er* es getan hat! Ihr wollt ihn verlachen? Beim puren Sand der Träume, Ihr werdet's *nicht!*« Sein Gebrüll vertrieb die allgemeine Belustigung. »Geraden ist der Kasel nicht minder wert als jeder von Euch, und ich fordere eine Antwort auf meinen Antrag!« Noch immer floh das Grinsen nicht aus seinem Gesicht.

»Ach, fürwahr«, sagte Meister Gilbur, bevor jemand anderes das Wort ergreifen konnte. »›Ich fordere eine Antwort auf meinen Antrag.‹« Sein Sarkasmus war scharf wie ein Säbel. »Ihr träumt, Eremis. Ihr müßt Euer Haupt in flaches Glas gesteckt und es Euch dadurch im gleichen Maß umnachtet haben wie Havelock. Geraden zum Meister befördern? Muß ich Euch erst erklären, warum's unmöglich ist?«

»Das müßt Ihr in der Tat«, entgegnete Meister Eremis in einem Tonfall wie süßliches Gift, während die restliche Versammlung ihn in unterschiedlichen Abstufungen der Verunsicherung und des Ärgers beobachtete. »Die Schmähung soll mich nicht scheren, doch die Antwort will ich vernehmen.«

»So hört mich denn an«, brummte Gilbur. »Wir vermöchten ihn nicht in die Zunft erheben, wäre er auch der größe Imagomant aller Zeitalter. Wir können seiner Treue nicht gewiß sein. Derweil er uns mit den Händen dient, hat König Joyse über sein Herz und seinen Geist Gewalt. Es ist kein Geheimnis, daß er, kaum daß er uns zwei Tage zuvor mit der Edeldame Terisa von Morgan verließ, ohne Verzug mit ihr den alten Tattergreis aufsuchte. Aber was hat er unterwegs zu ihr gesprochen? Stellt ihm diese Frage, Eremis. Wie hat er sich beim König über uns geäußert? Auch *das* fragt ihn. Und wie ist er seither unseren Interessen dienlich gewesen? Meister Barsonage hat ihm befohlen, ihr keinerlei Enthüllungen zu machen, bis die Zunftversammlung Beschlüsse faßt. Ich wollte darauf wetten, daß er wider selbige Weisung verstoßen hat, noch Adept Geraden und die Dame sich zu diesem Saal hinausbegaben.«

Die Muskeln an den Kanten von Geradens Gesicht zuckten bei jedem Wort. Trotzdem ließ er weder den Kopf hängen, noch schaute er beiseite. Statt dessen erbleichte er, als flössen sämtliche Emotionen aus ihm ab, beließen ihn in einem Zustand zugespitzter Konzentration. Terisa hielt den Atem an, sie befürchtete, jeden Moment könnte jemand den flachen Spiegel erwähnen, der sich verändert hatte. Dann würde man ihn zu erläutern auffordern, was er und sie drunten bei den Spiegeln gemacht hätten.

»Adept Geraden.« Mit festem, ernstem Blick sah Meister Barsonage Geraden an. »Du mußt darauf Antwort erteilen.«

Geraden verpreßte die Kiefer, stand ruckartig auf. Seine vorsätzliche Gleichmütigkeit bewährte sich jetzt so wenig wie eine unzulängliche Maske. »Meister Barsonage«, sagte er, sprach mit großem Nachdruck, um zu verhindern, daß seine Stimme bebte, »ich bin König Joyse treu, so wie wir's alle halten sollten. Er hat Mordant begründet. Er hat Frieden geschaffen. Die Zunft hat er zu dem erhoben, was sie ist. Aber er kann nicht«, — eine Sekunde lang drohte seine Stimme zu versagen —, »auf meinen blinden Gehorsam zählen. Ich habe Eure Anweisung befolgt, Meister Barsonage, derweil ich die Dame vor den König führte. Doch während ich mich mit ihr bei ihm befand, schenkte er meinen Darlegungen so wenig Beachtung wie Ihr's getan habt. Er sprach den gleichen Befehl aus. Und er hat mich der Verantwortung für die Dame enthoben. Meister Gilbur beliebt anzudeuten, ich sei ein Spitzel des Königs.« Bitterkeit begann sich in seinem Tonfall durchzusetzen. »Ich bin's nicht. Welchem Zweck sollte es denn auch förderlich sein? Der König, versuchte ich ihm die Geheimnisse der Zunft zu offenbaren, hätte nicht die Güte, meinen Worten zu lauschen.« Poltrig nahm er wieder Platz.

Terisa spürte seinen Schmerz, seine Verzweiflung. Gleichzeitig entsann sie sich an ihren Traum, in dem im Winter drei Reiter auf sie zugesprengt kamen, um sie zu töten, und in dem ein ähnlich wie Geraden gekleideter, junger Mann gegen die Berittenen gekämpft hatte, um sie zu retten. Im Traum war sie untätig geblieben, so passiv wie im Leben. Als sie sich daran erinnerte, erhob sie sich. »Er sagt die Wahrheit.« Sie zitterte, aber das konnte sie nicht mehr bremsen. »Er hat sich an Ihre Anordnung gehalten. Und König Joyse hat ihn kaum ernstgenommen. Er hat ihm befohlen, mir keine Auskünfte zu geben.« Ein halbbewußtes Anschwellen von Zorn oder ein Ansteigen des Adrenalinspiegels bewog sie zum Hinzufügen einer Art von Beschwerde. »Der König hat mir auch alle Auskünfte verwehrt. Er denkt genauso wie Sie. Er traut mir nicht.«

Meister Quillon stierte mit ausdrucksloser Miene ins Nichts. Für eine Sekunde widerspiegelte Geradens Gesicht Trost und Freude; sein Gesichtsausdruck stellte die Lebendigkeit wieder her, die ihn so sympathisch machte. Doch das Lächeln, das Meister Eremis ihr widmete, glich in bezug auf Sanftmut und Freundlichkeit dem Schnabelhieb eines Falken. Plötzlich verließ sie alle Courage. Sie setzte sich und senkte den Kopf, versuchte sich hinter ihren Haaren zu verstecken.

»Ich danke Euch, edle Dame«, sagte Meister Barsonage ruhig. »Adept Geraden, es ist meine Auffassung, daß Euch eine Entschuldigung zusteht ... wenn von niemand anderem, so doch auf alle Fälle seitens Meister Gilburs.«

Meister Gilbur gab einen dumpfen Speilaut von sich. »Erachtet Ihr dies Gewäsch als glaubhaft?« fragte er halblaut.

»Dieweil's jedoch wenig wahrscheinlich ist«, — Meister Barsonage verschärfte seinen Ton —, »daß Meister Gilbur oder irgendein anderer Meister Euch um Vergebung ersuchen wird, muß ich Euch an ihrer statt um Verzeihung bitten. Ein Sohn des Hauses Domne ist einer geziemenderen Behandlung würdig, als Ihr sie genossen habt.«

»Das ist nicht sonderlich bedeutsam«, antwortete Geraden leise. Dann sprach er lauter. »Es wäre mir eine größere Befriedigung, wollte sich die Zunft zu der Haltung durchringen, die Edeldame Terisa von Morgan mit höherer Achtung zu behandeln.«

»Vortrefflich«, raunte Meister Gilbur heiser. »Mit einer Entschuldigung des Mediators der Zunft gibt er sich nicht zufrieden. Darüber hinaus maßt er sich an, uns im Hinblick auf den Vorrang bestimmter Entscheidungen und unsere Pflichten zu belehren.«

»Laßt's gut sein, Meister Gilbur!« schnauzte Barsonage ihn sofort an. »Derlei Reden stehen Euch übel an. Wir haben hier nicht über Adept Geradens Benehmen zu befinden. Es ist die Verleihung der Kasel eines Meisters, über welche wir beschließen müssen.« Meister Gilburs Antwort bestand aus einem Blick, von dem man hätte meinen können, er sei Balken zu spalten imstande. Für einen ausgedehnten Moment musterte der Mediator ihn; aber was Meister Barsonage sah, verunsicherte oder bestürzte ihn allem Anschein nach: er war es, der schließlich den Blick abwandte. Während er mit düsterer Miene wie ins Ferne starrte, um Beherrschung rang, zog das Schweigen im Versammlungssaal sich in bedrückender Weise hin. »Ihr habt Euren Antrag gestellt, Meister Eremis«, sagte Barsonage endlich. »Habt Ihr dazu noch etwas zu ergänzen?«

»Ich gedenke Adept Geradens offenkundiges Verdienst für sich sprechen zu lassen«, antwortete Meister Eremis. Indem er sich vor der Versammlung verbeugte, setzte er sich hin.

»Nun wohl.« Meister Barsonage begann förmlich zu werden. »Meister! Ihr habt den Antrag gehört. Soll er angenommen werden? Was ist der Wille der Zunft?«

Allmählich fing Terisa zu begreifen an — teils aufgrund von Meister Gilburs Aufgebrachtheit, hauptsächlich jedoch infolge der merkwürdigen Heftigkeit Meister Eremis' —, daß es hier um mehr ging, als sie gegenwärtig erkennen konnte. Verborgene Motive spielten eine Rolle. In unvermuteter Spannung schaute sie zu, wie die Imagomanten durch Handzeichen abstimmten.

Im ersten Moment dachte sie, die Abstimmung werde zu Geradens Gunsten enden. Eine Anzahl der Imagomanten befürwortete den Antrag durch Erheben der Hand, wenngleich — mit Ausnahme Meister Eremis' — eher widerwillig. Allerdings zählte Meister Quillon nicht zu ihnen. Er sah Geraden an, in den Augen einen Ausdruck von Verständnis und Mitgefühl, aber er hob seine Hand erst, als Barsonage nach den Gegenstimmen fragte.

Quillon gehörte zur Mehrheit. Sobald Meister Barsonage die Stimmen gezählt hatte, gab er bekannt, daß der Antrag abgelehnt worden sei.

Ach, Geraden, sagte Terisa stumm zu ihm, *das tut mir echt leid.* Aber es fehlte ihr an Mut, um ihr Bedauern laut zu äußern.

»Ihr Meister«, bemerkte Eremis leise, aber deutlich zu dem Ergebnis, »das werdet Ihr bereuen.« Meister Gilbur reagierte darauf mit einem Schnauben der Geringschätzung.

»Adept Geraden«, stellte der Mediator in einer Weise fest, die zu schlußfolgern erlaubte, daß er seine Selbstsicherheit noch nicht ganz wiedergefunden hatte, »die Abstimmung ist beendet. Ich muß dich nun ersuchen, die Zunftversammlung zu verlassen.«

Für Terisa hatte Geraden nie mehr wie ein Mann ausgesehen, mit dem die Zunft künftig noch zu rechnen hatte, als in diesem Augenblick. »Meister Barsonage«, erklärte er, als er aufstand, »Ihr müßt die Edeldame Terisa von Morgan in Eure Entscheidungen einbeziehen. Es ist ihr Recht, zu wissen und verstehen zu können, was hier geschieht.« Gestern mochte sie seine Gefühle verletzt haben; doch anscheinend hatte das seinen Gerechtigkeitssinn nicht beeinträchtigt. »Zudem ist's Torheit, ihr selbiges Recht zu verweigern. Sollte sie lediglich eine Frau sein, welche durch mißliche Umstände bei der Translation zu uns geraten ist, so vermag sie keinen Schaden anzurichten. Falls sie hingegen insgeheim eine Imagomantin ist — der geweissagte Kämpe, dessen's zur Rettung Mordants aus der Not bedarf —, so wär's Narretei, uns leichtfertig ihren Groll zuzuziehen.«

Seine Empfehlungen hallten noch im Saal nach, da

kehrte er den Imagomanten schroff den Rücken zu und verließ den Versammlungsraum. Meister Eremis schüttelte den Kopf und seufzte. Er lächelte vor sich hin, ohne irgendwen anzuschauen. Geradens Abgang drückte ihr schwer auf den Magen; er war völlig zusammengekrampft, als ihr zu guter Letzt auffiel, daß niemand den flachen Spiegel und dessen unmöglicherweise gewechseltes Imago erwähnt hatte.

»Meister Barsonage«, murrte Gilbur, »können wir nun dies Weibsbild gleichfalls fortschicken und sodann ans Werk gehen? Es bestehen Gründe, aus welchen wir uns sputen sollten. Außerdem mißbehagt's mir, ganze Tage mit Gerede zu verbringen.«

»Gewißlich gibt's Anlaß zur Eile«, ergriff unerwartet Meister Quillon das Wort, »doch nicht zu Eurer Art von überstürzter Hastigkeit. Wir dürfen die Fragen, welchselbige Adept Geraden soeben angesprochen hat, nicht ohne weiteres abtun.«

»Meister«, sagte Eremis, »ich will Euch einen überzeugenden Grund nennen, weshalb's klug ist, die Edeldame Terisa von Morgan in unserer Mitte zu dulden. Sie selbst hat ihn uns aus eigenem Munde benannt. König Joyses Begehr ist's, sie möge in Unwissenheit verharren. Wenn das *sein* Vorgehen ist, dann muß es ja wohl *unsere* Maßnahme sein, der Dame im erforderlichen Umfang Aufklärung zu gewähren, sie über alles Nötige in Kenntnis zu setzen. Aus welchem Grund veranstalten wir diese Beratungen, wenn nicht, um diese stumme Tatenlosigkeit zu überwinden, welchselbige unser König uns aufzwingt?«

»Meister Eremis ...« Meister Quillons Stimme zeichnete sich durch eine Nachdrücklichkeit aus, die ihr sonst fehlte. »Lautet Euer Vorschlag, daß wir Verrat üben sollen?«

»So's Verrat ist«, hielt ihm der hochgewachsene Meister entgegen, »um unser Überleben zu kämpfen, um das Überdauern ganz Mordants, dann werde ich ihn vorschlagen. Vorerst aber rege ich lediglich an, daß wir der Edeldame Terisa gestatten, während unserer Sitzung zugegen zu sein.«

»Ihr macht alle Angelegenheiten in überflüssigem Maß heikel«, sagte Meister Barsonage wenig freundlich. »Ferner mißfällt mir die Richtung, welche ihr der Beratung zu geben versucht. Aber genau wie Meister Gilburs ist's auch mein Trachten, alsbald zum Kern der Sache zu kommen, um nicht länger nur Mutmaßungen darüber anstellen zu müssen, welch Geistes Kind Ihr seid. Meister, Ihr habt den Vorschlag vernommen. Seid Ihr damit einverstanden? Was ist der Wille der Zunft?« Diesmal befanden sich Quillon und Gilbur auf entgegengesetzten Seiten der Abstimmung; doch wieder zählte ersterer zur Mehrzahl. Die Versammlung entschied sich mit deutlicher Mehrheit für Terisas Bleiben. Plötzlich ruhten zu viele Blicke auf ihr, zuviel Männer schauten sie an, um zu sehen, wie sie die Entscheidung aufnahm. Sie senkte erneut den Kopf, um ihr Unbehagen zu verhehlen. Geraden war es, dem man die Teilnahme hätte erlauben müssen. »Nun denn.« Die Stimme des Mediators bezeugte Überdruß. »Wenden wir uns nunmehr den Fragen zu, über die's heute zu beschließen gilt.«

»Endlich«, murmelte Meister Gilbur.

»Ich will Euch nicht in aller Ausführlichkeit den gestrigen Disput in Erinnerung rufen«, sagte Meister Barsonage, »sondern mich auf die Feststellung beschränken, daß wir uns angesichts der unerwarteten Folge von Adept Geradens Versuch der Translation für zweckmäßige Maßnahmen oder eine gewisse Vorgehensweise entscheiden müssen. Wir hatten uns zu dem besagten Versuch entschlossen, weil die Drangsal der Verhältnisse es uns abverlangte ... und weil Omen uns dazu ermutigten. Und wir beschlossen, Geraden ins Glas zu schicken, weil wir Achtung vor unseres Königs Glauben ...« An dieser Stelle schnob Meister Gilbur erneut. Der Mediator brauste auf. »Jawohl, ich sage, aus *Achtung* vorm Glauben des Königs, daß das, was wir in den Spiegeln schauen, keine Schöpfung der Imagomantie ist, sondern ein eigenständiges Dasein außerhalb unseres Wissens hat! Aber der Versuch ist zur

Gänze fehlgeschlagen. Wir haben erkannt, daß es unmöglich ist, Gewißheit darüber zu erlangen, in welcher Beziehung die Edeldame Terisa von Morgan für Mordants Schicksal von Bedeutung sein mag. Darum müssen wir nun einen Beschluß bezüglich unseres künftigen Verhaltens fällen. Wollen wir die Weiterungen dessen hinnehmen, was wir getan haben, und das Ergebnis erwarten? Oder gedenken wir anders vorzugehen, um uns einen Ausweg aus dieser Zwickmühle zu bahnen? Darüber müßt Ihr heute entscheiden, Meister.«

»Mein Standpunkt ist«, sagte Meister Eremis unverzüglich, ohne aufzustehen, »daß wir die Folgen unseres Irrtums hinnehmen und des letztendlichen Ausgangs der Ereignisse harren sollten.« Jetzt redete er wirklich wie jemand, der unbedingt eine gegenteilige Entscheidung zu verhindern beabsichtigte. »Wie ich wiederholt beobachten durfte«, — er leistete sich nicht die Spur von Sarkasmus —, »verkörpert die Edeldame Terisa eine ungeheure Machtfülle ohne jedwedes Vorbild, welche sich unserem Verständnis entzieht. Wir dürfen keine weiteren Wagnisse eingehen, bis wir mehr über sie wissen.«

»Seid das *Ihr,* Meister Eremis, der da spricht?« fragte die Stimme eines jüngeren Mannes. Der Fragesteller war ein Imagomant in ungefähr Geradens Alter; er scheute sich nicht, offenen Spott zu zeigen. »Ihr faselt daher wie eine Memme. Wir haben bereits befunden, daß wir nicht wissen können, *was* wir von der erwähnten Dame zu erwarten haben. Auf der Grundlage dieser Erkenntnis vermögen wir keine Beschlüsse zu fassen. In der Gefahr, welchselbiger wir ausgesetzt sind, ist's unerheblich, daß Adept Geraden etwas Unvorhergesehenes getan hat. Es kommt darauf an, daß er *gescheitert* ist. Die Omen an sich bleiben davon unberührt. So muß es sein, andernfalls verstünden wir nichts von Imagomantie. Nur hat der Adept versagt. Deshalb müssen wir den Versuch noch einmal unternehmen.«

In Eremis' Augen blitzte es heftig auf, aber er antwortete nicht. »Und Ihr habt niemals Fehler begangen«, fragte Meister Barsonage gelassen, »während Ihr Adept gewesen seid?«

»Ich habe daraus kein Lebenswerk gemacht«, erwiderte der junge Imagomant. »Das dürfte Euch sehr wohl bekannt sein.«

»Wie's an dem auch sei«, mischte sich Meister Gilbur ein, verlieh seinen Worten beim Sprechen zusehends Nachdruck, »ob Adepten Fehler unterlaufen oder nicht, ist nicht Gegenstand dieses Meinungsstreits. Ich vertrete ebenfalls die Auffassung, daß wir's nochmals versuchen müssen. *Ich* werde den Versuch noch einmal machen. Unter Anwendung des ursprünglichen Spiegels, dessen Nachbildung Adept Geradens Glas ist, werde ich den auserwählten Kämpen durch Translation zu uns bringen ...« Unvermittelt schüttelte er die Faust hinüber zu Meister Quillon. »Und *verflucht* seien des Königs Bedenken, welcher Art sie auch sein mögen! Er wird dahocken und mit dem Verrückten Havelock Springbrett spielen, bis unter ihm die Erde klafft und ganz Orison in Trümmer zerfällt. Wenn Mordant überdauern soll, *müssen wir Macht haben!*«

»Wohlgesprochen, Meister Gilbur«, stimmten zwei, drei Imagomanten ihm zu. Meister Barsonage dagegen musterte Gilbur mit offener Betroffenheit.

Ein Ruck durchfuhr Terisa, als sie in Gedanken — wie in einer Vision — wieder den Gepanzerten sah: obwohl seine Umgebung, die fremdartige Landschaft jenes Planeten, für ihn ebenso fremd war wie für sie, trat er auf, als wäre er ans Siegen gewöhnt; und seine seltsamen Waffen statteten ihn mit den Mitteln aus, die er dafür brauchte.

»Dann ratet also auch Ihr zu dem, was Quillon Verrat nennt?« fragte ein anderer Meister. »Oder habt Ihr vor, durchs Glas zu steigen und den Kämpen ums Mitkommen zu ersuchen?« Kurzes Schweigen. »Er wird auf Euch schießen.«

»›Was Quillon Verrat nennt‹, fürchte ich nicht«, antwortete Meister Gilbur. »Begreift denn niemand hier den

Grund, weshalb wir in solcher Gefahr schweben? In Wahrheit ist's nicht Mordant, das bedroht ist. Vielmehr ist's die Zunft. Uns droht Gefahr, dieweil alle, die König Joyse je gehaßt oder Macht geliebt haben, das verabscheuen, was wir sind … die Verfüger über sämtliche Hilfsmittel der Imagomantie aller bekannten Welt. Und sie erkühnen sich nun, wider das, was sie verabscheuen, zu handeln, weil König Joyse uns im Stich gelassen hat. Zwar hat er die Zunft begründet, aber zugleich hat er ihr Ketten angelegt, um sie nichts anderem als seinem Willen dienstbar zu machen, und nun gibt er sie dem Schicksal preis. Wir müssen selbst um unser Überleben kämpfen oder uns in den Tod fügen.«

»Ich teile diese Meinung mit Euch.« Meister Eremis sprach unverändert sehr umsichtig. »Aber auf welche Art und Weise sollen wir um unser Überdauern streiten? Das ist's, worin wir uneins sind.«

»Meister Eremis«, raunzte Gilbur, »Ihr seid uneins mit jedem und allem. Ihr kennt keinerlei Vernunft.«

»Könnte es uns vielleicht eine Hilfe sein«, äußerte Meister Quillon so diplomatisch, als läge ihm daran, um jeden Preis einem Zank vorzubeugen, »abermals die Omen zu Rate ziehen?«

»Könnte es Euch eine Hilfe sein?« entgegnete Meister Gilbur in unverschämtem Ton. »Habt Ihr ihren Anblick vergessen? Oder wähnt Ihr, sie möchten sich gewandelt haben?«

Quillon ließ sich nicht auf das Glatteis locken. »Ich hätte gerne die Gewißheit, daß sie unverändert sind.«

»Ich ebenfalls«, erklärte ein anderer Imagomant.

»Des weiteren besteht allemal die Frage der Auslegung«, sagte Meister Quillon. »Mag sein, die Vorgänge der vergangenen Tage machens uns möglich, der Omen Natur klarer zu erkennen.«

Eine Handvoll Männer im Kreis der Imagomanten gab gleich Zustimmung zu verstehen. Meister Barsonage seufzte. »Es wird ein Weilchen verstreichen, bis man das

Glas gebracht hat. Meister, wir werden keine Abstimmung durchführen. Jedes Mitglied der Zunft hat das Recht zu einem solchen Begehren, und falls andere Mitglieder es unterstützen, wird ihm stattgegeben.«

»Ich wünsche das Glas zu sehen«, bekräftigte sofort einer der Befürworter von Meister Quillons Vorschlag.

»Und ich auch«, sagte ein zweiter Befürworter.

»Wohlan, so sei's.« Der Mediator nickte jemandem zu, den Terisa nicht sehen konnte; aber die Geräusche einer Tür, die geöffnet und geschlossen wurde, tönten hörbar durch den Sitzungssaal.

Niemand sprach, solange die Zunftversammlung wartete. Vielleicht gehörte dies Schweigen zu den Reglements der Sitzungen. Oder vielleicht wollte keiner der Meister irgendwelche Einlassungen machen, bis man Quillons Forderung erfüllt hatte. Meister Barsonage starrte über die Köpfe der Versammelten hinweg. Meister Gilbur rang seine großen Hände, als übe er das Zerbrechen von Gegenständen. Zurückgelehnt saß Meister Eremis auf der Bank und schaute wie ein Mann hinauf zur Decke, den nur seine guten Manieren daran hinderten, aus Langweile vor sich hinzupfeifen. Meister Quillon mühte sich anscheinend ab, das Zucken seiner Nase zu unterbinden, aber ohne Erfolg. Die übrigen Imagomanten legten verschiedene Grade der Ungeduld, Neugier, Unerschüttertheit oder Beunruhigung an den Tag.

Terisa hatte den Eindruck, sie müßte besorgter sein. In der Debatte kam es zu Untertönen, die sie spüren, aber die sie nicht durchschauen konnte. Möglicherweise verbargen sich dahinter Gefahren. Hier schmiedete man Intrigen gegeneinander, und Intrigen bedeuteten Unannehmlichkeiten. Was sie jedoch empfand, war ein schwaches Gefühl widerwilligen Interesses. Ein wenig interessierte es sie, die Omen zu sehen, die Geraden zu ihr geführt hatten.

Zwei Adepten brachten das Glas herein, trugen es zwischen sich auf einem schön polierten, hölzernen Tablett von gut einem Meter fünfzig Seitenlänge. Während die Adepten auf dem Weg zum Podest in ihrer Nähe vorbeistrebten, sah Terisa, daß Glasscherben das Tablett bedeckten. Die Scherben lagen alle flach auf dem Holz, keine berührte die andere; ansonsten jedoch war allem Anschein nach darauf, wie sie lagen, kein Einfluß genommen worden.

»Es mag sein«, sagte Meister Eremis so leise zu ihr, daß kein dritter Anwesender es hören konnte, »Adept Geraden hat's versäumt, Euch zu erläutern, wie wir Omen schauen, edle Dame. Zweierlei Kunstfertigkeiten bedarf's dazu: Zuerst die Herstellung eines flachen, richtig eingestellten Spiegels, zum zweiten das Vermögen, die Omen zu deuten. Kurzum, es wird flacher Spiegel geschaffen, welcher eine Persönlichkeit, eine bestimmte Stätte oder gewisse Geschehnisse zeigt, und anhand selbigen Spiegels schauen wir Omen. Um Euch ein Beispiel zu nennen, läge uns daran, zu erfahren, ob wir in Zukunft noch einmal im Krieg mit Cadwal liegen werden, würden wir wahrscheinlich einen auf Carmag gerichteten Spiegel anzufertigen versuchen — ein Glas, in dem wir Großkönig Festten zu sehen vermögen. Spiegel zeigen Örtlichkeiten, doch sind's Menschen, die Kriege stiften. Dann läßt man den Spiegel fallen. Wenn er richtig gemacht worden ist, zerbricht er in Stücke, die uns darauf hinweisen, was aus dem Imago, das er zuvor gezeigt hat, entstehen wird. Dieser Spiegel war von Meister Barsonage hergestellt worden.« Eremis lächelte höhnisch. »Aus diesem Grund hat niemand von uns gefragt, ob er richtig gefertigt worden ist. Die andere Schwierigkeit ist, wie Ihr sehen werdet«, — er sprach normal weiter —, »die Bewertung der Omen. Ich habe stets den Verdacht gehegt, meine Dame, daß die Bedeutung von Omen vornehmlich im Geist desjenigen vorhanden ist, der sie zu deuten versucht.«

Sobald die Adepten ihre Last auf dem Podest abgesetzt hatten, erhoben sich die meisten Versammelten von ihren Plätzen und drängten sich um die Glasscherben. Nur Gilbur und einige seiner entschiedensten Gesinnungsgenossen hielten es offenbar nicht für erforderlich, sich den zerbrochenen Spiegel nochmals anzusehen. Alle anderen Anwesenden warfen wenigstens noch einmal einen Blick auf die Omen. Indem er selbstbewußt Terisas Arm faßte, geleitete Meister Eremis sie hinunter, bis sie am Rand des Podests standen. Die Adepten hatten sich entfernt; Terisa konnte das Tablett voller Scherben deutlich überblicken.

Der Spiegel war in Dutzende von Bruchstücken zersprungen. Jede Scherbe zeigte ein anderes Imago. Alle Imagines befanden sich in Bewegung. Als Terisa sie das erste Mal anschaute, kam es ihr so vor, als tasteten die Glasstücke blindlings nacheinander, trachteten danach, wieder zu einer Art von Ganzheit zu werden. *Stücke, die darauf hinweisen ...* Der Anblick verursachte ihr im ersten Moment ein Schwindelgefühl; ihr war plötzlich unwohl wie vor einem Migräneanfall. Sie meinte, sie müßte fallen. Doch sie schloß die Lider und verdrängte die Benommenheit. Als sie erneut hinschaute, bewahrte sie ein gewisses Maß innerer Festigkeit, indem sie sich auf das Betrachten von jeweils nur ein, zwei Imagines gleichzeitig konzentrierte. *... was entstehen wird.*

Anfangs verblüffte es sie, wie viele der Bilder, die sich ihr boten, sie schon kannte, und was für einen Schärfegrad sie trotz ihrer geringen Größe hatten. In einer Scherbe sah sie König Joyse über ein Springbrett-Spielfeld gebeugt; das Spiel nahm einen irgendwie chaotischen Verlauf, die Spielmarken waren überall verteilt; er betrachtete sie starren Blicks, als versuche er dem Durcheinander einen Sinn abzugewinnen, seine Hände bewegten sich unentschlossen überm Spielbrett hin und her. In einer anderen Scherbe machte Geraden sich soeben daran, in einen Spiegel zu steigen, jedoch verdeckte sein Körper dessen Imago. In wieder einer anderen Glasscherbe war er gleichfalls zu sehen, diesmal gänzlich umgeben von Spiegeln, die ausnahmslos Szenen der Gewalt und Zerstörung zeigten. Den Gepanzerten in der fremdartigen Landschaft erblickte Terisa in wiederum einem anderen Bruchstück, wie er seine Waffen in die Richtung der Kante abfeuerte.

Aber das war tatsächlich nur eine kleine Handvoll der Imagines. Der Rest betraf Angelegenheiten außerhalb der Erfahrungen Terisas. Eine Scherbe zeigte ein Schloß — Terisa vermutete, daß es sich um Schloß Orison handelte — mit einem Loch an einer Seite, aus dem Rauch quoll; es gemahnte insgesamt an eine Stätte des Todes. In mehreren Glasscherben gab es ein Schlachtgetümmel zu sehen: Reiter hieben aufeinander ein, ihr Anblick war so wirklichkeitsgetreu, daß Terisa das Blut der Wunden sehen konnte; Gestalten traten auf, die wie ins Toben verfallene Könige wirkten; man sah von Speeren durchbohrte Fußsoldaten, zertrampelte Leichen, Gemetzel. Qualm verdunkelte die Sonne. Und andere Imagines zeigten Ereignisse, die durch Imagomantie möglich werden konnten: Felsen prasselten fast wie bei einem Erdrutsch vom Himmel; Kreaturen mit so heißer Haut, daß alles, womit sie in Kontakt kamen, in Flammen aufging, und drachenähnliche Ungeheuer, die alles ohne Unterschied verschlangen, wüteten im Land. Dörfer wurden dem Erdboden gleichgemacht, Burgen stürzten zusammen, Ernten verbrannten. Männer, Frauen und Kinder kamen ums Leben.

Trotzdem gab es da und dort in diesem ruhelosen Mosaik auch Szenen des Friedens, vielleicht eines Sieges zu sehen: auf einem Hügel pflanzte man ein schlichtes, purpurrotes Banner auf; in einem hohen Festsaal fand eine Feierlichkeit statt, vielleicht eine Hochzeit; Bauern säten auf einem Acker, der noch Spuren einer Schlacht aufwies.

Auf einmal erregte ein gänzlich andersartiges Imago Terisas Aufmerksamkeit. Sie sah drei Reiter. Die Männer trieben ihre Pferde an, schienen direkt auf Terisa zuzugaloppieren, als müßten sie gleich aus der Scherbe geprescht kommen, sie ritten so angestrengt, daß man den Schultern der Tiere die Strapazen ebenso deutlich anmerkte wie den Männern ihren Haß, der in ihren Augen und den scharfen Klingen ihrer erhobenen Schwerter zum Ausdruck gelangte. Es schien, als starrten sie sie über dem Abgrund der Omen und der Translation hinweg an, ritten ohne Pause, ohne Nachlassen, um so schnell wie möglich den Moment zu erreichen, in dem ihre und Terisas Zukunft zusammenliefen. Sie waren die Reiter aus ihrem Traum.

Natürlich. Urplötzlich überkam eine wundervolle, mit Albernheit vermischte Ruhe Terisa. Sie hielt lediglich für einen Moment an; aber während dieses Moments hob sie den Kopf, rechnete halb damit, erneut das zu Herzen gehende Schallen jener Hörner zu hören. Natürlich. Warum hatte sie nicht gleich daran gedacht? Es ging ihr nicht um die Reiter. Sie hatte keinerlei Ahnung, was sie mit ihnen zu schaffen haben wollte. Sie verschwendete jetzt kaum einen Gedanken an sie. Ihr Aha-Erlebnis betraf die *Zukunft.* Die hiesigen Spiegel überbrückten nicht nur Entfernungen und Dimensionen; sie hatten auch die Eigenschaft, Brücken durch die *Zeit* zu schlagen. *Stücke, die darauf hinweisen, was entstehen wird.* Deshalb hatte sie das gleiche Imago in zwei verschiedenen Jahreszeiten sehen können, die gleiche Szene im Frühling und im Winter: der Zeit wegen. Was sie gesehen hatte, bewies keineswegs die Verkehrtheit des Spiegels, durch den sie hergelangt war; sie hatte lediglich einen weiteren Beweis für das Potential erblickt, das die Omen ermöglichte. Und das hieß …

»Vermögt Ihr daraus irgend etwas zu schlußfolgern, edle Dame?« erkundigte sich Meister Quillon von der anderen Seite des Podests. Sein unverbindlicher Ton legte die Annahme nahe, daß er nur aus Höflichkeit fragte. »Mich macht's ratlos, wie ich zugeben muß.«

»Das Geheimnis der Deutung, meine Dame«, erläuterte Meister Eremis leise, »besteht aus dem Erkennen der rechten Reihenfolge der Imagines. Ihre Verteilung ist nicht beliebig. Es gibt … eine ›Strömung‹, wie man's vielleicht nennen könnte, die von der Krisis über das Handeln zum künftigen Ergebnis führt. Bedauerlicherweise läßt eine solche ›Strömung‹ sich nicht allzu leicht erkennen. Wir sehen die Gefahr für Mordant. Wir ersehen die Wichtigkeit

Geradens. Er befindet sich in erhabener Gesellschaft ... König Joyse, Großkönig Festten, der Monarch von Alend. Und er allein tritt zweimal auf. Auch der Kämpe, von welchem wir uns erhofften, er werde ihn uns bringen, ist zu sehen. Des weiteren sind da Imagines, welche wir nicht begreifen.« Er deutete auf das von Spiegeln umgebene Imago Geradens. »Und wir sehen Ergebnisse ... Unheil und Hoffnung. Aber wie die Reihenfolge der Imagines ist, läßt sich weitaus schwieriger bestimmen. Verkörpert Adept Geraden den Weg des Untergangs oder der Hoffnung? Über was grübelt König Joyse nach, derweil seine Feinde wider ihn ins Feld ziehen?«

»Kurz gesagt«, faßte Meister Gilbur von seinem Sitzplatz herüber im Schnarrton zusammen, »alles ist unverändert. Die Omen zeigen uns nur, was wir bereits erkannt haben.«

»Als wir den Entschluß faßten, Adept Geraden solle versuchen, die Translation unseres Kämpen vorzunehmen«, ergänzte Meister Barsonage die Erklärungen Eremis', indem er Gilbur ins Wort fiel, »deuchte die Ersichtlichkeit der Zusammenhänge uns deutlich genug. Er konnte nicht der Urheber des Untergangs sein. Uns drohte bereits Verderben. Also mußte er, so lautete unsere Schlußfolgerung, den Quell der Hoffnung abgeben.« Er seufzte. »Nun hingegen leuchtet diese Einsicht weniger ein.«

»Ach, wahrlich!« Meister Gilbur ließ sich immer stärkere Verärgerung anmerken. »›Leuchtet weniger ein‹, fürwahr! Nichts ist jemals offensichtlicher gewesen. Des Adepten Verwicklung in unser Schicksal *ist* der Weg in den Untergang. Allein der Kämpe, den Ihr seht, ist ein Anlaß zur Hoffnung.«

»Eben darüber gilt's ja zu entscheiden«, entgegnete der Mediator und biß die Zähne zusammen.

Für eine Weile blieben die Imagomanten noch um das Podest gedrängt stehen. Einige flüsterten untereinander. Andere lenkten die Aufmerksamkeit von Kollegen auf Details der Omen, die letzteren entgangen sein mochten.

Dann nahmen sie langsam wieder auf den Sitzbänken Platz. Meister Eremis, der noch immer Terisas Arm hielt, brachte sie an die Plätze zurück, auf denen sie vorher gesessen hatten.

Aber als die Meister wieder saßen, senkte sich erneut Schweigen über die Versammlung. Alle außer Gilbur widmeten sich anscheinend schwerwiegenden Überlegungen, waren vielleicht enttäuscht, weil die Omen keine klarere Antwort lieferten, zögerten vielleicht, sich mit der drastischen Ansicht anzufreunden, die Meister Gilbur geäußert hatte. Gilbur blickte wütend, aber stumm in die Runde, als wäre er fest dazu entschlossen, sich auf keinen Fall als erster wieder zu Wort zu melden.

»Gibt es keinen Mittelweg?« fragte schließlich ein Terisa unbekannter Imagomant. »Muß es denn so sein, daß wir entweder im Nichtstun verharren, oder zuviel wagen?«

»Nein, 's gibt keinen Mittelweg«, antwortete ein anderer Meister gedämpft. »Der König hat uns diese Wahl genommen. Unsere *Bürde* ist von äußerster Schwere. Indem er über Mordant herrscht wie ein Wahnwitziger, hat er die Lage zu ernst werden lassen, als daß sie noch durchs Beschreiten eines Mittelwegs behoben werden könnte.«

»Mir ist ein Gerücht zu Ohren gekommen«, sagte ein dritter Meister in unheilschwangerem Tonfall. »Es heißt, am gestrigen Tag sei Perdon eingetroffen und habe bei König Joyse vorgesprochen. Er habe berichtet, jenseits des Vertigons sammle sich ein Heer von dreißigtausend Cadwalern wider ihn, und um Verstärkung ersucht. Der König soll abgelehnt haben.«

Der Schrecken, den man mehreren Imagomanten ansehen konnte, zeigte an, daß sie davon noch nichts gehört hatten. Meister Eremis lächelte gedankenverloren.

»Nichtsdestotrotz ist er«, stellte Meister Barsonage lauter als nötig fest, weil er sich darum bemühte, eine schwache Position zu verteidigen, »der König. Die Entscheidung lag bei ihm. Wir wissen nicht, welche Gründe er für die Ablehnung hatte.«

»Wie wahr«, erwiderte Meister Gilbur. »Und was mich anbetrifft, so scheren seine Gründe mich nicht. Wenn ein Meuchler mir einen Dolch ins Herz zu stoßen trachtet, und der Mann, welcher mich zu schützen geschworen hat, tritt beiseite, so frage ich nicht lange nach seinen Gründen. Ich erwehre mich des Meuchlers. Erst nachdem ich ihn überwunden, ihn und meinen ›Beschützer‹ in Eisen gelegt, ihnen womöglich, um ihnen eine Lehre zu erteilen, ein paar Knochen gebrochen habe, erst *dann* frage ich meinen geschworenen ›Beschützer‹, was seine Gründe gewesen sein mögen.«

»Meister Gilbur.« Der Mediator schwang seinen Wanst herum und wandte sich direkt an Gilbur. Ein Gemisch aus Zorn und Furcht verlieh seiner Gesichtshaut, wie es den Anschein hatte, trübe Schattierungen. »Wie seid Ihr ein dermaßen wüster Mensch geworden? Ich vermag Eure Einwände zu verstehen, nicht dagegen den Ton des Grimms, in welchem Ihr sie vortragt. Was anderes man ihm auch nachsagen mag, es bleibt das Verdienst König Joyses, die Zunft gegründet zu haben. Er hat uns zu dem gemacht, was wir sind.«

»Zu dem, was wir sind, ja«, höhnte Gilbur, »nämlich zerstritten und nutzlos.«

»Wir dürfen in der gegenwärtigen Bedrängnis unsere Entschlüsse auf keinen Fall auf der Grundlage blinder Leidenschaft fällen«, gab Meister Barsonage mit merklicher Strenge zu bedenken. »Was ist der Ursprung Eures gegen den König gerichteten Grolls, Meister Gilbur?«

Gilbur verklammerte seine Fäuste ineinander, bis sich die Knöchel der Finger weißlich abzeichneten.

»Ich bin, um für mich zu sprechen, zu glauben geneigt«, nölte Meister Eremis, »daß unser guter Meister Gilbur einst die Vermessenheit besaß, zwecks Vermählung um die Hand einer der Töchter des Königs anzuhalten. Wie man's ohne weiteres begreiflich finden kann, dürfte er von König Joyse ausgelacht worden sein.«

Möglicherweise verspürten einige Imagomanten die

Versuchung, nun ebenfalls zu lachen, doch Meister Gilbur verdarb ihnen den Spaß, indem er heftig aufsprang. »Bin ich ein wüster Mensch, Meister Barsonage? Erlauscht Ihr Grimm aus meiner Stimme? Merkt Ihr mir Groll an? Ich habe Verursachung. Wie Ihr wißt, war ich einer der letzten Imagomanten, der sich in den Tagen vor Erz- und Großmeister Vagels Niederlage der Zunft anschließen mußte. Aber die Begebenheit, durch welchselbige es dahin kam, ist nie zur allgemeinen Kenntnis gelangt. Ich habe mein Leben dem Forschen verschrieben, und in jener Zeit hegte ich kein Interesse an irgend etwas anderem, wiewohl ich freilich von des Königs Angebot an alle Imagomanten wußte, ihre Laborien aufzugeben und ihr Wirken zu Schloß Orison gemeinsam fortzusetzen. Dagegen wußte ich nicht, daß sich in der Nähe meiner entlegenen Höhle in den armigitischen Hügeln ein anderer Imagomant eingenistet hatte. Diesen verderbten Schuft gelüstete es nach den Früchten meiner Forschungen ... und darum überfiel er mich, um mir selbige Früchte sowie mein gesamtes Wissen zu entreißen. Ich wehrte mich, jedoch hatte er mich überrascht, und ich vermochte mich nicht gegen ihn zu behaupten. Im Laufe des Kampfs stürzte ein Teil der Felsdecke meiner Höhle herab, begrub mich unter einem Felsbrocken, welchen ich zu bewegen außerstande blieb. Mein Gegner bemächtigte sich jener meiner Besitztümer, welche er am meisten begehrte, und suchte das Weite. Doch wie's sich ergab, lief er auf der Flucht geradewegs König Joyse in die Arme. Der König hatte früher als ich von meinem Widersacher erfahren, und als ich selbigem unterlag, befand er sich auf dem Ritt zu uns, um des Kerls habhaft zu werden. Sofort wandte mein Gegner sich wider den König. Aber in jener Zeit vermochte niemand Großmeister Havelock zu widerstehen, und er fand den Tod. Durch die angerichteten Zerstörungen geschwächt, brachen weitere Teile der Höhlendecke herab. Aber König Joyse wagte sein Leben, indem er in die Höhle eindrang, mich hinaustrug und in Sicherheit brachte. Den Schaden, welchen mein Rücken erlitt — die Schädigung, durch die ich noch heute gezeichnet bin —, konnte er nicht heilen ... dank seines Eingreifens jedoch gewann ich meine Gesundheit zurück und vermochte meine Forschungen wiederaufzunehmen, und der König stattete mein Leben durchs Wirken innerhalb der Zunft mit neuem Sinn aus.«

»Und dafür haßt Ihr ihn?« fragte Meister Barsonage ungläubig.

Meister Gilburs Finger fuhren gekrümmt wie Klauen durch die Luft. »Ja! Oh, es war eine weise Tat, die Zunft zu begründen. Im Aufbau des Reiches Mordant handelte er stark und tapfer. Er erwies mir Gnade. Aber mich mit seiner späteren Schwäche abzufinden, das hat er mich nicht gelehrt; auf seine Tollheiten, seine Verweigerung jeglichen Handelns — als wäre dergleichen etwas anderes denn *Verrat!* —, darauf hat er mich nicht vorbereitet. Ich hasse, was er *geworden* ist, Meister Barsonage. Solltet Ihr oder ich dem Altersschwachsinn anheimfallen, die Bediensteten Schloß Orisons würden uns in unseren Betten pflegen, und andere Männer müßten unsere Pflichten antreten. Unsere Hinfälligkeit oder Verblödung wäre zu niemandes Nachteil. *Er* hingegen bleibt König. Und er unternimmt nichts, außer daß er verhindert, daß wir etwas tun. Ihr solltet geradeso erzürnt sein, wie ich's bin. Der eine Mann in ganz Mordant, den zu lieben wir die meiste Veranlassung besitzen, hat uns *im Stich gelassen!*« Sein Gebrüll hallte durch den Saal. Im nächsten Moment jedoch setzte er sich. »Einmal bin ich bereits überfallen und bezwungen worden«, sagte er mit rauher Stimme unterdrückt in die Stille. »Wir müssen zur Genüge Macht zu unserer Verteidigung haben.« Damit senkte er den Kopf in die Hände und blieb reglos so sitzen.

Niemand äußerte etwas. Meister Eremis rührte sich an seinem Platz, als dränge es ihn, etwas zu sagen, doch anscheinend überlegte er es sich anders. Meister Quillon schien zu schrumpfen; man hätte meinen können, er bemühe sich regelrecht darum, mit dem Hintergrund zu verschmelzen. Der Mediator hatte die Arme auf dem stämmigen Brustkorb verschränkt wie ein Mann, dem nach einem Wutausbruch zumute war, aber seiner Erbitterung keinesfalls nachgeben wollte. Mehrere Imagomanten beobachteten den Rest der Versammlung, als suchten sie Rat, wie sie sich verhalten sollten. Andere wichen beharrlich den Blikken ihrer Kollegen aus.

Terisa lauschte dem gespannten Schweigen und überlegte, was für Konsequenzen es haben konnte, real zu sein. Was verlangte es von ihr? Was sollte sie unternehmen?

Urplötzlich drosch Meister Gilbur mit solcher Kraft vor sich auf das Geländer, daß Terisa das Holz splittern zu hören glaubte. »Blitz und Donner!« schrie er. »Wollt Ihr in alle Ewigkeit hier herumsitzen? Haltet Ihr mich für in die Irre gewandelt, so sprecht's aus. Keiner kennt von Euch Mut genug, um mir ins Angesicht zu sagen, ich ginge irre?«

»Ich unterstütze Meister Gilburs Vorschlag«, sagte im folgenden Augenblick laut der junge Imagomant, der Meister Eremis verspottet hatte. »Wir müssen unseren Kämpen zu uns holen.«

Seine Stellungnahme brach den Damm: auf einmal redeten zahlreiche Stimmen durcheinander, forderten eine Abstimmung über den Vorschlag.

Indem er sich unvermindert äußerste Selbstbeherrschung auferlegte, wartete Meister Barsonage, bis das Stimmengewirr verebbt war. »Nun wohl«, sagte er dann grob und in einem Ton, als zerbrächen Bretter, »es ist Wahnsinn, doch muß darüber entschieden werden. Ich bin mit meiner Pflicht vertraut. Ihr Meister, Ihr habt den Vorschlag hören können. Soll er angenommen werden? Was ist der Wille unserer Zunft?«

Terisa zählte die Handzeichen, so schnell sie konnte, Meister Barsonage, Meister Eremis und Meister Quillon sowie etliche andere Mitglieder der Zunft stimmten gegen den Antrag. Allerdings blieben sie in der Minderheit. Meister Gilbur setzte sich durch. Der Mediator stieß einen Brummlaut des Unmuts aus.

Die Versammlung verfiel, als wäre sie über den eigenen Beschluß erschrocken, erneut in Schweigen. Ein erwartungsvolles Grinsen entblößte Meister Gilburs Zähne; doch er beschränkte sich aufs wortlose Auskosten seines Triumphs. Allem Anschein nach wußte niemand, was man nun als nächstes machen sollte.

Schließlich erhob sich Meister Eremis. Falls sein Verhalten von seinem bisherigen Benehmen abwich, so war es möglicherweise noch nonchalanter geworden; in seiner Miene jedoch erkannte Terisa — vor allem in seinen Augen — neue Erregung, als fände er an einem von ihm betriebenen Spiel Vergnügen.

»Dies Ergebnis flößt mir höchste Betroffenheit ein«, behauptete er mit gedehnter Stimme. »Wahrhaftig, es *ist* Wahnsinn, just wie Meister Barsonage es genannt hat. Dennoch mag ich nicht nachträglich wider den Ausgang der Abstimmung Rede führen. Ich erachte es beileibe nicht als undenkbar, daß ich in meinem Urteil fehlgehe.« Er lächelte kollegial, ohne daß jemand darauf reagierte. »Wie's auch an dem sei«, fügte er hinzu, »der nächste Beschluß muß freilich dem *Zeitpunkt* gelten, an welchselbigem wir uns der Translation von neuem unterfangen wollen. Laßt mich um einen Aufschub von sechs Tagen ersuchen. Sechs Tage dürften genügen.« Mit einem Ruck, als hätte ihm jemand einen Rippenstoß versetzt, hob Meister Gilbur den Kopf. Meister Quillon starrte Eremis wie ein Kleintier eine Schlange an.

»Einen Aufschub, Meister Eremis?« vergewisserte sich Barsonage. »Sechs Tage?« Er schenkte Eremis lebhafte Aufmerksamkeit, und seine Verbitterung ließ nach. »Meister Gilburs Auffassung zufolge sollten wir die Durchführung der Translation ohne Verzug beginnen. Warum empfiehlt's sich nach Eurer Ansicht, eine Frist dazwischenzuschieben?«

»Weshalb soll die Translation nicht sofort vollzogen werden?« fragte Meister Gilbur mit außerordentlicher Schärfe des Tonfalls. »Rings um uns lauert Gefahr, als wär's Treibsand. Dreißigtausend Cadwaler bedrohen Perdon. Der Monarch von Alend allein weiß, auf welcherlei Tücken er sinnt. Allerhand Greuelwerke der Imagomantie bedrängen uns ... fallen uns an den verschiedensten Orten an, als wären Zeit und Entfernung für unsere Feinde keine Beschränkungen. In sechs Tagen können wir allesamt tot sein. Doch ohne Zweifel ist's ratsam, sich der Klugheit unseres hochgeschätzten Meisters Eremis zu beugen.«

»Meister Gilbur«, — erneut wirkte der schnoddrige Imagomant insgeheim erheitert —, »mein Rat an Euch lautet, Eure Zunge zu hüten. Mögt Ihr's nicht tun, so werde ich sie für Euch hüten. Um sie besonders wachsam hüten zu können, werde ich sie aus Eurem Haupt entfernen.« Als Antwort gab Meister Gilbur ein schallendes Gelächter von sich. »Meister Barsonage«, ergänzte Eremis zügig, »ich trage mein Anliegen nicht aus Gedankenlosigkeit vor. Folgendes ist mein Beweggrund. Gestern habe ich mich — nach seiner Audienz beim König — mit Perdon besprochen. Wir haben uns sehr ausgiebig unterhalten, und dabei konnten wir uns darüber einig werden, daß Mordant in ärgster Gefahr schwebt, des Königs Untätigkeit unerträglich ist und ihm zum Trotz Maßnahmen eingeleitet werden müssen.« Er wandte sich an den Kreis der versammelten Imagomanten. »Wir befinden uns in einer üblen Zwangslage, doch bedenkt den Notstand der Gauen. Perdon wird zuerst fallen, wenn Cadwal einen Krieg beginnt, und Fayle ist stets das erste Opfer der Habgier Alends gewesen. Das Volk des Termigan-, des Armigite- sowie des Torgaus wird in Massen abgeschlachtet werden. Darum hat Perdon das Versprechen abgelegt, er wolle alle Gauherren nach Orison rufen — freilich mit Ausnahme Herrn Domnes, dieweil selbiger ein zu enger Freund König Joyses ist —, auf daß sie versuchen mögen, gegen ihre gemeinsame Gefährdung gemeinschaftlich Abhilfe zu finden ... und mit uns wider die Bedrohung ein Bündnis schließen.« Terisa bemerkte Bestürzung in Meister Quillons Miene. Dagegen hörte der Mediator mit sichtlich wachsender Begeisterung zu. »Am Abend des sechsten Tages werden sie sich treffen«, beendete Meister Eremis seine Bekanntgabe. »Ich bin um Teilnahme an ihrer Beratung gebeten worden, um den Sprecher der Zunft abzugeben.«

»Was?« fuhr ein Meister verärgert auf. »In *sechs Tagen?* Innerhalb einer solchen Frist sollen Boten die Gauherren erreichen und selbige sich zusammenfinden? In dieser Jahreszeit?« Rundherum entstand ein Gemurmel der Zustimmung. »Schickt man nach Herrn Armigite, so mag's sein, daß er zur rechten Zeit anlangt. Batten liegt kaum mehr als vierzig Meilen entfernt. Aber Fayle? Und Tor? Welche Verrücktheit! Herr Termigan hat selbst unter den günstigsten Verhältnissen die Reise nach Orison selten in weniger als *zehn* Tagen bewältigt.«

»Dennoch hat Perdon auf das Zustandekommen des Treffens sein Wort gegeben«, antwortete Meister Eremis glatt wie eine Schlange. »Möchtet Ihr ihn einen Lügner schimpfen?« Dann lächelte er. »Allerdings bin ich der Überzeugung, daß er sich bereits für eine derartige Zusammenkunft entschieden und die anderen Gauherren dazu geladen hatte, bevor er sich mit mir darüber ins Einvernehmen setzte. Ich habe ihn, glaube ich, lediglich dazu bewogen, uns mit in das angestrebte Bündnis einzuschließen.« Ohne weitere Abschweifungen machte er einige Ergänzungen zu seinen eigentlichen Ausführungen. »Meister, ich vertrete den Standpunkt, daß wir diese Gelegenheit, Beistand für unser Handeln zu finden, nicht versäumen dürfen. Verbünden wir uns mit den Gauherrn Mordants, erklären wir ihnen, was wir zur Rettung des Reiches zu beginnen gedenken, so beugen wir dagegen vor, daß sie unserem Kämpen abgeneigt sind. Und wir werden in ganz Mordant Freunde gewinnen, deren Freundschaft sich in den bevorstehenden Zwistigkeiten als wertvoll erweisen mag.«

Terisa bemerkte, daß sie zu ihm aufblickte, als drücke ihr Gesicht den größten Enthusiasmus aus. Die Verwegenheit und die Aussichten dessen, was er vorschlug, nahmen ihr den Atem. Er versuchte auf eine Weise für Mordant zu kämpfen, die ihr sinnvoll vorkam.

»Zudem könnte es sich ergeben«, äußerte Meister Barsonage unverzüglich, sobald Eremis schwieg, »daß die Gauherren uns ein Vorgehen zur Verteidigung Mordants zu unterbreiten wissen, durch welches die Translation unseres Kämpen sich erübrigt. Und es bleiben uns noch sechs Tage mehr, um Klarheit darüber zu erringen, was wir tun sollen. Meister Eremis, ich beglückwünsche Euch zu Eurem Weitblick und Eurer Entschlußkraft. Ihr habt aufs vortrefflichste gehandelt.«

»Hat er's?« fragte einer der jüngeren Imagomanten. »Durch welches Recht ist Meister Eremis vor den Gauherren unser Sprecher?«

»Wie Meister Barsonage andeutet«, sagte Meister Eremis mit einem Funkeln in den Augen, »dank des Vorrechts, mit dem meine Weitsicht und Entschlußkraft mich ausstatten.«

»Aber Ihr seid gegen die Translation unseres Kämpen eingestellt«, hielt ihm ein anderes Zunftmitglied entgegen. »Wie können wir die Gewißheit haben, daß Euer Ansinnen keine List ist, um den gefaßten Beschluß zu untergraben? Woher sollen wir wissen, daß Ihr unsere Erkenntnisse und unsere Haltung vor den Gauherren in der angebrachten Weise darlegen werdet?«

»Ihr Meister«, gab Eremis im Ton gutmütigen Spotts zur Antwort, »die Gauherren werden sich nicht darauf einlassen, vor der versammelten Zunft ihr Herz auszuschütten. Gleichwohl wie wir die Sache auch betrachten mögen, die Zunft ist ein Werk König Joyses, und alle, denen seine gegenwärtige *Ausübung der Staatskünste* Sorgen bereitet, erblicken auch in uns einen Grund zur Furcht.«

»Dennoch bleibt meine Frage«, entgegnete der Mann, der vor ihm gesprochen hatte. »Wie können wir Euch das Vertrauen fürs Schmieden eines Bundes schenken, wenn Ihr gegen das seid, was wir zu tun beabsichtigen?«

Einen Moment lang ließ Meister Eremis seinen Blick durch die Runde schweifen, schaute Meister Barsonage an, Meister Quillon, dem aus unterdrücktem Mißbehagen ein wenig die Augen hervorquollen, danach die Imagomanten, die Zweifel empfanden. Zuletzt zuckte er mit den Schultern. »Nun denn, ich erkläre meine Bereitschaft, einen von Euch Meistern zu den Verhandlungen mitzunehmen, um der Zunft die Sicherheit zu geben, daß ich die hier gefällten Entschlüsse geziemend vertrete. Ich scheue das Wagnis nicht, mir den Zorn der Gauherren zuzuziehen. Meister Gilbur, mögt Ihr mich begleiten?«

Die Versammlung reagierte mit Verblüffung. Gilbur starrte Eremis an, nickte aber hastig. »Ich bin bereit.«

Meister Barsonage entfuhr ein Aufseufzen der Erleichterung. »Meister Gilbur, ich lege Eure Einwilligung als Unterstützung des Vorschlags Meister Eremis' aus. Meister, der Vorschlag zum Inhalt, daß wir bis zum zweiten Versuch einer Translation unseres Kämpen eine Frist von sechs Tagen verstreichen lassen, bis Meister Eremis und Meister Gilbur mit den Gauherren verhandelt haben. Soll es so geschehen? Was ist Euer Wille?«

Es gab fast keine Gegenstimmen. Terisa begann freier zu atmen, als wäre eine Drohung abgewendet worden. Sechs Tage. Innerhalb von sechs Tagen konnte alles mögliche passieren.

Aber Meister Eremis war noch nicht fertig. »Eine Kleinigkeit noch«, sagte er, stand unverändert an seinem Platz. »Die Gauherren werden gänzlich offen nach Schloß Orison kommen, wie's Männern ihres Ranges zusteht. Die Zusammenkunft jedoch wird im geheimen stattfinden.«

Lebhaft nickte der Mediator. »Ich verstehe Euch.« Anscheinend hatte die erwirkte Verschiebung sein Selbstvertrauen wiederhergestellt, er erweckte den Eindruck, wieder Herr der Lage zu sein. »Ihr Meister«, sagte er mit durchdringender Stimme und schob das Kinn nach vorn, »und Ihr, Edeldame Terisa von Morgan, niemand darf über unsere heutigen Beschlüsse sprechen. Niemand. Wie immer Eure insgeheime Meinung auch sein mag — sowohl in bezug auf die Zunft wie auch unsere Vorhaben —, Ihr dürft zu keinem Menschen darüber sprechen.« Obwohl er sich an die ganze Versammlung gewandt hatte, ruhte sein Blick ausschließlich auf Terisa. »Die Gauherren werden uns kein Vertrauen entgegenbringen, falls sich die Anberaumung der Zusammenkunft herumspricht, ehe sie auf dem Schloß eintreffen. Falls sich König Joyse einmischt, müssen wir aller Hoffnung auf ein Bündnis entsagen. Wir tun, was wir beginnen, nicht etwa, um uns zu erhöhen, sondern um Mordant zu retten. Darum ist's recht und billig, daß wir's unterm Druck der gegebenen Umstände im verborgenen verrichten.« Langsam trat er näher, bis er vor ihr am Geländer stand; sein Blick wich nicht eine halbe Sekunde lang von Terisas Augen. »Edle Dame«, betonte er nochmals, »Ihr dürft über *nichts von allem* reden, das Ihr heute hier vernommen habt.« Er widmete ihr ein humorloses Lächeln. »Geraden wird Euch mit Fragen bestürmen, daran zweifle ich nicht. Sobald Ihr sie besser kennt, werdet Ihr ersehen, daß die Neugierde Prinzessin Elegas unersättlich ist. Auch Kastellan Lebbick begehrt alles zu erfahren, was innerhalb der Mauern Schloß Orisons geschieht. Mag sein, sogar König Joyse entwickelt ein gewisses Interesse an Euch. Edle Dame, Ihr dürft nichts preisgeben.«

Terisa versuchte, seinen Blick zu erwidern, aber seine Augen forderten sie zu sehr. Er verlangte von ihr, daß sie sich entschied und anschließend an ihre Entscheidung hielt, er forderte sie auf, wenigstens in geringem Umfang mit der Zunft die Verantwortung für einen möglichen Erfolg von Meister Eremis' Plan zu teilen. Vielleicht handelte es sich um eine passive Teilhabe, aber trotzdem wollte man von ihr eine Entscheidung. War es nicht das, was Leute taten, die an sich selbst glaubten: Entscheidungen fällen und sich dann an sie halten?

Sie zögerte, weil sie nicht zu versprechen bereit war, Geraden gegenüber zu schweigen. Zum Glück half ihr

Meister Eremis aus der Klemme. »Meister Barsonage«, sagte er in umgänglichem Tonfall, »ich baue mit Gewißheit darauf, daß wir ihr vertrauen können.«

Der Mediator sah Eremis an und schnitt eine mißmutige Miene, als plagten ihn verdrießliche Gedanken, als hätte etwas in Eremis' Äußerung oder Stimmlage plötzlich jede Menge Fragen aufgeworfen. Doch im nächsten Moment schüttelte er den Kopf und drehte sich um.

»Meister«, fragte er zerstreut, »gibt's noch weitere Angelegenheiten, die wir hier und heute disputieren müßten?« Niemand antwortete. »Dann laßt uns die Sitzung endigen. Ich glaube, für einen Tag haben wir zur Genüge Abstimmungen durchgeführt, welche auf Mordants Zukunft erheblichen Einfluß haben werden.«

Er verließ die Mitte des Kreises, schritt zwischen den Pfeilern hindurch, entriegelte eine Tür und ging aus dem Saal.

Terisa spähte zu dem Platz hinüber, auf dem Meister Quillon gesessen hatte, aber dort kauerte er nicht länger. Anscheinend war er schon fort.

Meister Eremis nahm Terisa am Arm und veranlaßte sie zum Aufstehen. »Kommt, meine Dame«, sagte er in vertraulichem Umgangston. »Heute ist es Euer dritter Tag bei uns, und doch habe ich das Gefühl, bereits viel zu lange darauf zu warten, Euch meine Gastfreundschaft erweisen zu können.«

Terisa konnte der Art, wie er ihren unter seinen Arm und sie selbst an seine Seite zog, nicht widerstehen. Sie spürte, daß er in Triumph schwelgte, Erwartung und insgeheime, geballte Hochstimmung empfand. Für ihre Begriffe beschleunigte er das Geschehen zu sehr. Das forsche Selbstbewußtsein, in dem er mit ihr — vor dem Großteil der Meister — zum Saal hinausstolzierte, verwirrte Terisas Gedanken völlig.

Wenn sie ihm so nahe war, überlagerten die Eindrücke seiner Körperlichkeit alles andere. Er verströmte einen schwachen Geruch nach Schweiß und Nelken, und sie fühlte, wie sich unter seinem pechschwarzen Gewand Muskeln regten. Woher stammten seine Selbstsicherheit, seine Ausstrahlung von Kraft? Als was betrachtete er sie? Weshalb unterzog er sich solchen Umständen, um sie für sich in Beschlag zu nehmen? Sie verstand ihn nicht im geringsten.

Diese Tatsache erhöhte seinen Einfluß auf sie um so mehr. Sein Machtbewußtsein ähnelte einer Anwendung von Magie, es übte auf sie einen Zauber aus, weil es sie verlockte, weil es so weit außerhalb ihres Erfahrungsschatzes lag. So tappte sie neben ihm dahin, als ergäben seine Kraft und ihre Schwäche zusammen einen Bann, der sie in einer Hinsicht unterwarf, die sie zu durchschauen unfähig blieb. Eremis bewirkte, daß sie etwas wollte, das sie nicht nennen konnte.

Er führte sie, ohne seiner Förmlichkeit einen Abbruch zu tun, aus dem Laborium und in die öffentlichen Flure Schloß Orisons. Aber hinter dem Tanzsaal nahm er eine dem Weg, an den sich Terisa inzwischen gewöhnt hatte — dem Weg zu ihrem Quartier —, entgegengesetzte Richtung. Dabei erläuterte er, sie beträten nun einen Teil Schloß Orisons, der die persönlichen Wohnräume der Meister umfasse, einen Gebäudeteil, den König Joyse nach der Gründung der Zunft umzubauen befohlen hatte, damit seine Imagomanten standesgemäße, vielleicht sogar prunkvolle Wohnungen hätten, die zeigten, welche Hochachtung ihre Bewohner genossen. Doch Terisa lauschte nur auf den Klang seiner Stimme, nicht dem Inhalt seiner Worte. Gleichzeitig voller Faszination und Aufgewühltheit konzentrierte sie sich rein körperlich auf ihn, als wären seine Stimme, sein Geruch und der feste Klammergriff seines Arms eine Zauberformel, die endlich die Probleme ihrer Existenz lösen könnte.

Jenseits des Tanzsaals begegneten sie ständig mehr Leuten. Einige Male fiel ihr ein vielsagendes Schmunzeln bei einigen Männer höheren Ranges auf, die Meister Eremis grüßten, einen Ausdruck stillschweigender Gratulation oder von Neid. Wächter verdrehten die Augen aufwärts; ein paar von ihnen waren so dreist, Eremis zuzuzwinkern. Edeldamen und Zimmermädchen musterten Terisa, als ob sie herauszufinden versuchten, was sie begehrenswert mache.

Das Empfinden, bezaubert und trotzdem real zu sein, hatte die Wirkung, daß Terisa sich unvermutet waghalsig fühlte. »Es war sehr nett von Ihnen«, sagte sie, vollständig unbeeindruckt von der Art und Weise, wie die Leute sie anschauten, »daß Sie das für Geraden zu tun versucht haben.«

»Dieser Ansicht seid Ihr, meine Dame?« Terisa hörte seinem Ton an, daß er grinste. »Ihr seid von wahrhaft köstlichem Schlichtmut. Ihr gleicht der Seele eines Kindes im Körper eines Weibes.« Mit der freien Hand streichelte er ihren Unteram; die Berührung schien Spuren von Intimität auf ihrer Haut zu hinterlassen. »Ich bezweifle allerdings, daß Quillon ähnlicher Auffassung ist. Wenn ich mich nicht sehr irre, so hält er mich für grausam.«

Seine Erwährung Quillons rief bei Terisa schlagartig eine Abwehrreaktion hervor. Es gab, was sie selbst oder ihre Verhältnisse betraf, nur wenig, dessen sie sich sicher war; darin jedoch, daß sie weder Meister Quillon noch Großmeister Havelock hintergehen wollte, war sie sich ganz sicher. Sie hatte den Eindruck, daß Eremis ihr auf den Zahn zu fühlen beabsichtigte. »Quillon?« wiederholte sie den Namen sofort, vielleicht zu hastig. »Welcher war das? Ich bin erst wenigen Meistern vorgestellt worden.«

Ungezwungen lachte Eremis auf. »Meßt dem kein Gewicht bei, meine Dame. Glaubt mir, er hat keinerlei Bedeutung.« Mit einer Geste gab er zu verstehen, daß sie seine Wohnräume erreicht hatten. Wenige Augenblicke zuvor waren sie in einen kurzen Flur gelangt, der den Charakter einer Sackgasse besaß; ein, zwei Türen befanden sich auf jeder Seite und eine Tür am Ende. Der Stein der Wände bestand aus dem gleichen, fast gänzlich geglätteten Granit, den man überall in Schloß Orison sah; dagegen hatte die Tür nicht die geringste Ähnlichkeit mit den Kerkertüren des Laboriums. Sie war aus Rosenholz gefertigt und zu solchem Glanz poliert worden, daß sich das hineingeschnitzte Flachrelief mit unmißverständlicher Deutlichkeit vom Hintergrund abhob: ein lebensgroßes Abbild Meister Eremis' selbst, mitsamt seinem sardonischen Lächeln und einem Ausdruck außergewöhnlichen Wissens in den Augen — einem Ausdruck, den man, wie Terisa gleich darauf feststellte, durchs Einlegen feiner Stückchen von Elfenbein ins Holz zustandegebracht hatte. »Ich hoffe, hierdurch wird's Euch, meine Dame, allzeit möglich sein, mich zu finden«, bemerkte Eremis zur Beschaffenheit seiner Tür. »Die Meister kennzeichnen ihre Türen mit allein ihnen eigentümlichen Zeichen und Sinnbildern. Doch Orison ist groß, und derlei Zeichen und Bilder werden allzu leicht verwechselt. Aber jeder, der mich kennt, wird immer erkennen, welches meine Tür ist.« Gewandt entriegelte er die Tür und schob Terisa in seine Räumlichkeiten.

Seine Anspielung auf »Prunk« hatte sie auf das Zimmer, in das sie trat, nicht im mindesten gefaßt gemacht. Nach der vergleichsweisen Kahlheit der Korridore und des Steins empfand sie die Üppigkeit und Pracht der Einrichtung als nahezu exotisch und elegant. Mit aromatisiertem Öl gespeiste Feuer, dezent in bronzenen, an den Seiten mit filigranen Gitteröffnungen versehenen Behältnissen in der Größe von Friedhofsurnen verborgen, spendeten sowohl Helligkeit wie auch Wärme. Das wesentlichste war ein riesiger, mit Satin bezogener, mit Kissen behäufter Diwan; davor stand ein langer, niedriger Tisch, dessen mit Gravierungen verzierte Platte aus Bronze Ketten an den Rosenholzbeinen der vier Ecken befestigten. Außerdem enthielt das Zimmer zwei oder drei Sessel, ebenfalls mit Satinbezügen, die zum Diwan paßten. In einer Nische sah Terisa ein kunstvolles Waschtischchen mit Waschbecken, beides gleichfalls aus Bronze. Nahebei stand ein hölzernes Schränkchen, das anscheinend Weinkaraffen enthielt. Den

Fußboden bedeckten mehrere Teppiche; der oberste Teppich ergänzte das vorherrschende Blau des Mobiliars und das Dunkelgelb der Vorhänge an den Fenstern um eine breite Schwade kräftigen Kaminrots. Die Stoffbahnen, die die Zimmerdecke verhüllten, waren auch dunkelgelb, aber die Wandgehänge ringsum wiederholten alle drei Farben; ihr Kaminrot hatte hauptsächlich den Zweck, die Aufmerksamkeit des Betrachters auf das zu lenken, was sie darstellten: Szenen mit Frauen in verschiedenen Phasen des Verführtwerdens.

Indem er zum Willkommen grinste, ließ Meister Eremis Terisas Arm los und sperrte die Tür von innen ab. »Wie Ihr seht, ist König Joyse zu seinen Imagomanten überaus großzügig«, lautete sein Kommentar. »Allerdings besitzt Mordant keinen landeseigenen Reichtum. Während vieler Jahrhunderte haben die Fürstentümer beziehungsweise Gaue nichts Beachtenswerteres denn Getreide, Trauben und Vieh hervorgebracht … und die Bauern, welche sich darum zu kümmern pflegen. Unseres Königs Reichtum ist — so wie seine Macht — eine Errungenschaft des Krieges.« Mit sichtlicher Genugtuung schaute er rundum. »Zweifellos hatte einst ein Adeliger Cadwels den Genuß dieser Kostbarkeiten. Diese Vorstellung bereitet mir Vergnügen.« Er ging zum Waschtischchen und wusch sich die Hände, spritzte sich ein paar Tropfen Wasser ins Gesicht. Als er zurückkam, empfand Terisa seinen Nelkenduft als stärker. »Macht's Euch behaglich«, sagte er und deutete auf den Diwan. »Wünscht Ihr Wein?« Langsam wich ihm das Lächeln aus dem Gesicht, und in seinen Augen schwelte ein Glimmen der Begierde.

Der Nelkenduft, der Geruch der Aromen und Eremis' Miene hatten eine Verschiebung in Terisas Empfindungen zur Folge, statt der Mischung aus Faszination und Beunruhigung kam plötzlich etwas in ihr auf, das an Panik grenzte, ihr die Kehle einengte. »Da war was«, plapperte sie unversehens drauflos, nur um überhaupt etwas zu sagen, um Zeit zum Überlegen herauszuschinden, »das ich an den Spiegeln nicht kapiert habe, als Geraden sie mir gezeigt hat.«

Eremis schnitt ein finsteres Gesicht, vielleicht aufgrund der Erwähnung Geradens, vielleicht wegen ihrer Unsicherheit. Um seine Verstimmung zu überspielen, stapfte er zu dem Schränkchen und holte zwei Kelchgläser heraus, füllte sie mit Wein, so karmesinrot wie der Teppich. Mit den Gläsern kam er zu Terisa zurück, reichte ihr eins, trank aus seinem Glas. Er lächelte wieder, aber die Begehrlichkeit in seinen Augen hatte sich etwas abgeschwächt, mit Wachsamkeit vermischt. »Offen gestanden, meine Dame«, sagte er, »niemand begreift, was Ihr gesehen habt. Kein Spiegel, sei er flach oder anders beschaffen, kann sein Imago wechseln. Dieweil's als unmöglich gilt, hätte ich's nie und nimmer geglaubt, wär's nicht vor meinen eigenen Augen geschehen. Zweifelsfrei habt Ihr bemerkt, daß dieser rätselvolle Wechsel im Verlauf der heutigen Sitzung nicht zur Sprache gekommen ist. Freilich gibt's über etwas Unmögliches, zumal's inzwischen dahin ist, gar nichts zu besprechen. Die meisten meiner Zunftbrüder schenkten mir keinen Glauben, als ich ihnen erzählte, was sich zugetragen hatte, erst recht nicht«, — er äußerte sich im Tonfall von Belustigung —, »weil ich nicht erkannte, was das neue Imago zeigte, ihnen folglich nicht kundzutun vermochte, um was es sich dabei handelte.«

»Ach, aber Geraden hat die Gegend erkannt. Man nennt die Schlucht ›Geballte Faust‹. Sie liegt irgendwo im Domnegau, hat er gesagt.« Kaum schwieg Terisa, war ihr zumute, als hätte sie besser den Mund halten sollen. Sie hatte das befremdliche Gefühl, ein Geheimnis verraten, Geraden hintergangen zu haben. Doch Meister Eremis' erdrückend männliche Gegenwart zwang sie regelrecht zum Reden. Er beugte sich leicht über sie und hörte zu, als warte er nur darauf, daß sie fertig sei, um sie dann unverzüglich an sich zu reißen. Sie brauchte Zeit. »Aber die Schlucht ist es gar nicht, was ich meine.« Wie gegen ihren Willen erzählte sie Meister Eremis, was sie Geraden vorenthalten, schilderte ihm, was sie jenseits des Spiegels, der eigentlich den Kämpen zeigte, entdeckt hatte: keinen Schauplatz von Gewalt, nicht ihre Eigentumswohnung, sondern die Geballte Faust im Frühling.

Ihre hastige Beschreibung interessierte Eremis, anscheinend jedoch nicht so stark, wie sie es sich davon erhofft hatte. Seine Miene drückte jetzt sinnige Nachdenklichkeit aus. »Das ist *tatsächlich* sonderbar«, gestand er zu. Langsam geleitete er sie zum Diwan, setzte sich so dicht neben sie, daß sie die Wärme seines Leibes spürte, legte hinter ihr einen Arm auf die Kissen, neigte ihr den Oberkörper entgegen. »Hat auch Geraden selbiges Erlebnis gehabt?«

Terisa schüttelte den Kopf. »Er hat's versucht, er wollte feststellen, ob er mich dorthin zurückbringen kann, woher er mich geholt hat.« Aromatische Gerüche, Nelkenduft und unklares Verlangen füllten ihre Sinneswahrnehmung aus. »Ich sollte wenigstens 'ne Chance haben, mich zu verdrücken. Aber als er in den Spiegel stieg, gelangte er zu Ihrem Kämpen.«

»Fürwahr?« Meister Eremis' Brauen zuckten empor. »Also geschah's durch Eure Einwirkung, daß die Translation mißriet?«

Mit solchen Gedanken mochte Terisa sich erst gar nicht befassen. »Oder durch Geradens Einfluß. Wahrscheinlich weiß er nicht mal, daß er die Ursache ist. Er weiß nicht, wozu er fähig ist.« Sie erinnerte sich an die Art, wie er den Sitzungssaal verlassen, wie er in ihrem Namen gesprochen hatte, entsann sich an sein Bitten — nach seinem Auftauchen in ihrer Wohnung —, ihn zu begleiten. »Man hätte ihn«, sagte sie leise zu sich selbst, »zum Meister machen sollen.«

»Dann ist's nur wohlgeschehen«, behauptete Meister Eremis mit Nachdruck, »daß dieser Wechsel der Imagines nicht allgemein erörtert ward. Dieweil die Meister eine derartige Fähigkeit zweifelsohne Geraden nicht zutrauen, wären sie auf die Schlußfolgerung verfallen, Ihr wärt in der Tat die hervorragende Imagomantin, welche sie gleichermaßen herbeisehnen wie fürchten. Doch Ihr seid, wie Ihr und ich bestens wissen, keine Imagomantin. Ich werde ganz im stillen mit vertrauenswürdigen Meistern sprechen, und wir werden darauf sinnen, jene Dinge, die Ihr nicht versteht, zu klären.« Während seiner Worte schlang er den Arm enger um Terisa, und nun streiften seine Lippen ihre Haare. »Stellt diese Zusicherung Euch zufrieden? Ich bin bereit zum Erkunden der Hoheitsgebiete Eurer Weiblichkeit.«

Terisa fühlte sich, als hätte sie keine Wahl, stünden ihr keinerlei Alternativen frei. Unter ihrer Kleidung schmachtete ihr Körper nach mehr. Sie atmete Eremis' warmes Hauchen ein, als er seinen Mund fest auf ihre Lippen senkte.

In diesem Moment klopfte irgendwer an die Tür. Anfangs fiel das Klopfen sehr behutsam aus, bestand lediglich aus ein paar gedämpften Pochlauten. Meister Eremis mißachtete es. Seine Zunge strich über Terisas Lippen, gab ihr einen Vorgeschmack auf Küsse, wie sie sie noch nie erhalten hatte. Aber dann ertönte lauteres Klopfen. Nicht lange, und die Person im Flur knallte die Faust richtiggehend ans Holz.

»Blitzschlag und Donner!« Mit einem Ruck erhob sich Eremis vom Diwan. Indem er Flüche vor sich hinmurmelte, eilte er zur Tür, entriegelte sie und riß sie auf.

Terisa sah Geraden an der Schwelle stehen. Sie atmete schwerer, als es hätte der Fall sein dürfen, und sie spürte, wie heiß ihr Gesicht war; aber Geraden schaute nicht herüber, sah ebensowenig Eremis an. Statt dessen hielt er seinen Blick angestrengt auf irgendeinen Fleck zwischen ihnen beiden gerichtet. »Meister Eremis«, sagte er beflissen, »wie kann ich Euch zu Diensten sein?«

»Zu *Diensten?*« schnauzte der Meister. »Inwiefern versteigst du dich zu der Annahme, ich könnte auch nur den geringsten Bedarf an deinen Diensten haben? Pack dich!«

»Ich stehe in Eurer Schuld. Ohne jedweden ersehbaren Grund habt Ihr mich für die Kasel eines Meisters vorgeschlagen. Dieweil ich nun meine täglichen Pflichten erledigt habe, möchte ich mich Euch irgendwie erkenntlich zeigen.«

»Nun denn, ich erkenne an, daß du in meiner Schuld stehst. Du kannst dich erkenntlich zeigen«, — es kostete Meister Eremis deutliche Mühe, den Adepten nicht anzuschreien —, »indem du mich ungestört läßt.«

Da hob Geraden den Blick. »Die Edeldame Terisa hat etwas Besseres verdient«, sagte er mit gleichmäßiger Stimme. Damit drehte er sich um und ging.

Meister Eremis fluchte nochmals und machte Anstalten, die Tür zuzuschlagen. Aber er fing sie ab, ehe sie zukrachen konnte, schloß sie leise und schob wieder den Riegel vor. Als er sich erneut Terisa zukehrte, hatte sich sein Gesicht zu einem sonderbaren, vagen, unterkühlten Lächeln verzogen, einem Lächeln, das den Eindruck hinterließ, als könne er nur mühselig verhindern, daß es sich zu einem Anzeichen insgeheimer Bewunderung verbreiterte. »Der Bursche stellt mich wahrlich vor Aufgaben«, brummelte er; seine Stimme klang, als wäre er in ein Selbstgespräch vertieft, doch sein Blick, der gleichzeitig auf Terisa fiel, machte ihr klar, daß er ihre Anwesenheit keineswegs vergessen hatte. »Ich muß etwas wirklich und wahrhaftig Besonderes für ihn ersinnen.«

Im folgenden Moment verschob er sein Problem, blickte Terisa wieder direkter an, seine Augen spiegelten erneut eindringliche Leidenschaft wider. Er kehrte zum Diwan zurück, trank sein Glas leer und nahm nochmals dicht neben Terisa Platz.

Ohne es richtig zu wollen, rückte sie ein wenig von ihm ab. Indem sie sich ihm etwas mehr zudrehte, konnte sie ihr Glas zwischen ihm und sich wie einen Grenzpfosten heben. Ihre Wangen waren noch immer heiß; aus einem Grund, der ihr unersichtlich blieb, hatte Geradens Anblick ihr das Gefühl eingegeben, daß sie etwas tat, dessen sie sich schämen sollte. *»Die Edeldame Terisa hat etwas Besseres verdient.«* Was war damit gemeint? Geraden wußte viel zu wenig über sie, um so etwas sagen zu können.

Und doch hatte die Weise, wie er es äußerte *(»Die Edeldame Terisa hat etwas Besseres verdient«)*, sie gerührt. Darum war sie von dem Meister, der sich nun von neuem lüstern vorbeugte, ein Stückchen auf Distanz gegangen.

»Da fällt mir was ein ...« Sie sprach leise, sogar zaghaft; innerlich jedoch gewann sie allem Anschein nach ständig an Gewitztheit, in einem Maß, daß sie sich selbst kaum wiedererkannte. Sie hielt sogar Eremis' gierigem Blick stand. »Er hat gesagt, Sie würden glauben, daß 's mich überhaupt nicht gibt. Entsinnen Sie sich? Und Sie haben gesagt, Sie glaubten, es hätte mich nicht gegeben, bevor ich aus dem Spiegel gekommen bin. Das ist auch so was, das ich nicht verstehe.«

»In welcher Hinsicht nicht?« Eremis' Tonfall bezeugte erzwungene Geduld.

Terisa versuchte es ihm zu erklären. »Ich habe keinen blassen Schimmer von Imagomantie. Es ist wirklich wahr, ich kapiere das kein bißchen. Aber ich will mir Mühe geben. Für mich ist's leichter, mir so einen Spiegel wie ein Fenster vorzustellen. Man sieht durch ihn von einer zur anderen Örtlichkeit. Oder von einer in die andere Welt.« Sie hoffte, daß ihm nicht auffiel, wie heftig ihr Herz schlug, wie unregelmäßig ihr auf einmal der Atem aus dem Brustkorb fuhr. Sie wollte nicht, daß er merkte, wie wichtig diese Frage für sie war. »Es ist viel schwerer, zu glauben, daß ein Stück Glas *erschafft*, was man in ihm sieht.« *Bitte. Denkst du WIRKLICH, ich hätte nicht existiert, ehe du mich zum erstenmal gesehen hast?*

»Aha.« Eremis nickte, hatte jetzt die Fragestellung verstanden. »Wie Ihr mittlerweile wissen dürftet, meine Dame, ist eben das jene grundsätzliche Frage, welche die Zunft in zwei Lager spaltet und somit schwächt. Und Joyse stiftet fernere Wirrnis, indem er Fragen der ›Ethik‹ aufwirkt, etwa solche wie diese: Mit welchem Recht versetzen wir Imagines aus ihrem natürlichen Dasein? Derlei jedoch ist unwesentlich. Der Meinungsstreit kann nicht beigelegt werden, bis wir die wesentliche Tatsache erkannt haben: Ist ein Spiegel ein ›Fenster‹, wie Ihr Euch auszudrücken beliebt, oder werden die Imagines, welche wir im Glas erblicken, durch die Imagomantie selbst ins Sein gerufen, mittels der Tätigkeit des Anfertigens und Formens eines Spiegels?« Während er sprach, rutschte er zunehmend heran, neigte sich näher. Erneut schlang er die Arme um sie, so daß sie nicht zurückweichen konnte, und sein Geruch wirkte wieder stärker auf sie ein. Sie wäre früher nie auf die Idee gekommen, daß leichter Nelkenduft sinnlich sein könnte. Sie vermochte Eremis' Blick nicht länger zu erwidern. Statt dessen betrachtete sie seinen Mund, als wünsche sie sich trotz ihrer Unsicherheit — ganz zu schweigen von der peinlichen Situation vorhin —, daß er sie noch einmal küßte. »Die eigentliche Schwierigkeit besteht allerdings nicht in einem Mangel an Verständnis und Erkenntnis, sondern in mangelndem Vorstellungsvermögen.« Er nahm ihr das Kelchglas aus der Hand und stellte es ab. »Die offenkundige Wahrheit ist leicht zu erkennen«, — seine Stimme klang leiser, rauher —, »aber wir verwerfen sie, dieweil sie, wie Ihr angemerkt habt, schwerer zu glauben ist.« Sein Mund sank ihr entgegen, küßte sie sachte: einmal, ein zweites Mal. Beim zweitenmal reagierte sie, als wüßte sie, was sie tat. »Meine Dame«, raunte er, »es liegt ganz und gar auf der Hand, daß es Euch, bevor die Translation Euch inkarnierte, nicht gegeben hat. Glas ist stumm. Spiegel zeigen Imagines. Sie übermitteln keine Geräusche, keine Laute. Wär's wahr, daß Ihr aus einer anderen Welt zu uns befördert worden seid«, — er küßte sie nochmals —, »welche ein eigenständiges Sein ganz für sich hat«, — abermals küßte er sie, und auf jeden Kuß reagierte sie eifriger —, »wie ist's dann erklärlich, daß wir die gleiche Sprache sprechen? Da Geraden das Glas geschaffen hat, aus dem Ihr hervorgegangen seid, muß ich mich über seinen Geschmack, was Frauen anbetrifft, gar überaus löblich äußern.«

Diesmal küßte er sie auf eine Weise, daß man hätte meinen können, er wolle sie verschlingen, und ließ nicht mehr von ihrem Mund ab. Seine Zunge teilte ihre Lippen. Terisa lehnte sich in die Kissen zurück; in dieser Haltung, halb hintenüber gesunken, umfing Eremis sie mit beiden Armen. Für einen Moment konzentrierten sich all ihre Sinne auf seinen Kuß — und darauf, zu lernen, wie sie ihn küssen konnte. Es mußte stimmen: Der Spiegel hatte sie erschaffen. Das enthob sie aller Verantwortung, machte sie frei. Was sie tat oder unterließ, blieb ohne jeden Belang. Erst merkte sie nicht, daß Eremis ihr Hemd aufknöpfte; doch sein Kuß fühlte sich derartig überwältigend an — und seine Hand so erfahren flink —, daß ihr zunächst gar nichts daran lag, es zu verhindern.

»Edle Dame, Meister Eremis ...«, sagte eine Stimme. »Mögt Ihr vielleicht einen Happen essen?« Eremis sprang auf die Füße, Wut loderte in seinen Augen. Terisa stemmte sich aus den Kissen, ihr Blick fiel auf Geraden. Er mußte diesmal durch eine Tür zu einem der innen gelegenen Zimmer eingedrungen sein, durch einen Personaleingang. Wieder vermied er es, Terisa oder den Meister anzusehen. In den Händen trug er ein verziertes Kupfertablett, auf dem er einen dicken Streifen Käse, Brot sowie mehrere Reben einer Traubensorte zurechtgelegt hatte. »Mich dünkte, Ihr möchtet, derweil Ihr Mordants Schicksal besprecht, etwas Stärkung wünschen«, fügte er mit einer Stimme hinzu, die so wildentschlossen gleichmütig klang, daß sich unterschwelliges Ungestüm heraushören ließ. Er betrat, während er sprach, das Zimmer. »Seit dem Morgenmahl ist schon ein beträchtliches Weilchen verstrichen.«

»Schweinekerl!« raunzte der Meister ihn unterdrückt an. Er krümmte die Finger zu Klauen. »Das ist unerträglich! Muß ich meinen eigenen Dienern die Tür versperren, nur um dich *fernzuhalten?*«

»Ich hab's Euch bereits erklärt.« Geradens Unterwürfigkeit war durchaus mit seiner Nonchalance zu vergleichen. »Ich stehe in Eurer Schuld. Mir kommt's lediglich darauf an, einen Weg zu finden, wie ich Euch Eure Güte vergelten kann.«

Obwohl sie sich alle Mühe gab, gelang es Terisa nur mit knapper Not, zu vermeiden, daß sie zu lachen anfing. Die zweite Störung durch den Adepten war nicht mehr peinlich, sondern ganz einfach lächerlich. Und den Gipfel der Lächerlichkeit gab Meister Eremis ab, der wutentbrannt genug aussah, um Geraden aus einem so unbedeutenden Anlaß den Hals umzudrehen. Wie Geraden da in komischer Höflichkeit völlig verfehlt mitten in Eremis' Verführungshöhle stand, erinnerte er Terisa daran, warum sie ihn so gut leiden mochte. Sie konnte kaum unbewegte Miene bewahren.

Als ob er spürte, daß er sich lächerlich machte, riß sich Meister Eremis nachgerade gewaltsam zusammen. »Adept, ich glaube dir«, maulte er Geraden an, wies mit einem Zeigefinger, als wäre er eine Speerspitze, auf das Gesicht des Adepten. »Du willst's mir fürwahr vergelten. Aber *Rache* wäre ein treffenderes Wort, oder nicht? Du erhebst's mir zum Vorwurf, daß die Zunft lachte, als ich dich für die Kasel eines Meisters vorgeschlagen habe, und nun trachtest du danach, 's mir zu ›vergelten‹, indem du mich in den Irrwitz treibst. Horch, Bube!« Während er weiterredete, schaffte er es, sich nach und nach wieder einen ruhigeren Anschein zu geben, obwohl das Ringen zwischen Selbstbeherrschung und Zorn sich weiterhin in seiner Stimme niederschlug. »Es ist mein Wunsch, daß du gehst und fortbleibst. Ich war stets dein Freund, was immer du auch anderes wähnen magst. Doch du wirst meine Freundschaft verlieren, wenn du mich weiterhin plagst. Und an meiner Feindschaft wirst du keine Freude finden.«

Falls Geraden die Nachdrücklichkeit dieser Drohung spürte, ließ er sich nichts anmerken. »Edle Dame«, fragte er, ohne Terisa anzuschauen, in bescheidenem, gleichmütigem Ton, »wünscht Ihr ungestört zu bleiben?«

Kaum hatte er ihr diese Frage gestellt, mußte Terisa erkennen, daß sie keine Antwort geben konnte. Sie mochte Geraden. Sie hätte jetzt gern etwas geantwortet, das ihn bestätigt hätte; es wäre ihr ein Vergnügen gewesen, ihm diesen Gefallen zu tun. Aber ihr Körper stand so nah davor, zu entdecken, was seine Weiblichkeit bedeutete — zumindest für Meister Eremis bedeutete, und durch ihn auch, welche Bedeutung sie für sie hatte. Inwendig bebte sie, ihre Beine fühlten sich an, als wären sie zu schwach, um sie vom Diwan zu heben; das Verlangen war nicht von ihr gewichen.

»Bist du blind, Adept?« Fast flüsterte der Meister. »Sie will *nichts anderes,* als endlich unbehelligt bleiben.«

»Dann muß ich ...« Für einen Augenblick verlor Geraden beinahe die Beherrschung, in seinem Gesicht zuckte eine Regung von Schmerz. »... in der Tat gehen.« Wie ausgleichshalber verlegte er sich nun auf einen formellen Tonfall. »Ich bitte Euch, verzeiht mir mein unkluges Eindringen. Ich habe mich geirrt.«

Streng vollführte Meister Eremis einen Wink, mit dem er den Adepten wegschickte. Geraden drehte sich um und verließ das Zimmer auf demselben Weg, auf dem er es betreten hatte.

»Narr.« Böse blickte Eremis dem Adepten nach. »Er vermeint, er vermöchte sich's zu leisten, mit mir Possen zu reißen. Ich lasse mit mir keinen Ulk treiben.« Unvermittelt wandte er sich direkt an Terisa. »Meine Dame, seid gewarnt. Mit mir kann man keinen Ulk machen.«

Sie hielt seinem Blick stand, bis ihr zumute war, ihr ganzer Körper finge zu jucken an. Wenn sie in keiner Hinsicht eine Rolle spielte, warum nahm dann alles sie dermaßen mit? Vielleicht hatte sie ein stärkeres Verlangen, als ihr bewußt war, und es veränderte sie. Oder vielleicht litt sie an dem unvernünftigen Bedürfnis, sich vor Geraden zu stellen. Was auch die Ursache sein mochte, sie überraschte sich wieder einmal selbst mit ihrer nächsten Äußerung, die sie tat, als wäre sie es gewöhnt, Bemerkungen über das Verhalten der Leute in ihrer Umgebung von sich zu geben. »Ich kann verstehen, weshalb er von Ihnen einen anderen Eindruck hat.«

Zu ihrem Erstaunen erregte sie damit bei Eremis erhebliches Interesse. Sein Ärger schwand, sein Gesicht bekam einen Ausdruck der Neugier. Dadurch wirkte er noch attraktiver als in seiner stürmischen Leidenschaftlichkeit. »So, fürwahr? Ich bin verdutzt.« Sein Tonfall bezeugte Ironie, aber sie war friedlicher Natur. »Was habe ich getan, um einen solchen Eindruck zu erwecken?«

Terisa bemühte sich um eine möglichst akkurate Antwort, zum Teil, weil sie es genoß, freimütig ihre Gedankengänge in Worte fassen zu dürfen, zum Teil, weil seine Frage, indem sie ihre Gedanken mit Geltung versah, ihr schmeichelte. »Sie bringen den Menschen wenig Respekt entgegen, wenn sie privat über sie reden, darum wirken sie unglaubwürdig, wenn sie in der Öffentlichkeit respektvoll tun. Und Sie benehmen sich widersprüchlich. Man könnte meinen«, — die eigene Frechheit erzeugte in ihr ein Schwindelgefühl —, »Sie tun so was, wie Geraden zum Meister vorzuschlagen, überhaupt nicht, weil's Ihnen ernst ist, sondern weil's Ihnen Spaß macht, andere Leute aufzuschrecken.«

Humorig riß Eremis die Augen auf. »Widersprüchlich, meine Dame? *Ich?* Ihr seid nicht zugegen gewesen, als des Adepten Anteil am Mißlingen jener Translation, welche Euch zu uns brachte, disputiert ward. Ihr habt nicht mitangehört, wie beharrlich ich ihn in Schutz genommen und verteidigt habe.« Offenbar amüsierte es ihn, ihr Fragen zu stellen. »Inwiefern bin ich widersprüchlich?«

Terisa überlegte. Dieser Wortwechsel konnte nicht gutgehen. Bestimmt würde er gleich sauer auf sie sein. So kam es immer, sobald sie Aufmerksamkeit auf sich lenkte. Sie mochte sich diesen Moment mit Eremis nicht verderben. »Es hat mich gewundert«, antwortete sie vorsichtig — sie versuchte das Risiko zu minimieren —, »daß Sie Meister Gilbur ausgeguckt haben, um mit Ihnen an dem Treffen mit Perdon teilzunehmen. Anscheinend kann er Sie ja nicht ausstehen.«

Im nächsten Augenblick wunderte sie sich wieder beträchtlich, weil Eremis in lautes Gelächter ausbrach. Für ein Weilchen war er zu erheitert, als daß er hätte sprechen können. Offensichtlich hatte Terisa eine Sache angesprochen, in der er mit sich selbst außerordentliche Zufriedenheit empfand. Er lachte halblaut vor sich hin, während er zum Diwan zurückkehrte und sich erneut an Terisas Seite setzte, sich in die Kissen fläzte und die Arme über den Kopf emporreckte.

Als er mit dem Lachen aufzuhören vermochte, straffte er sich, legte ihr die Hände auf die Schultern, schickte sich zu einem neuen Kuß an. »Ei, das war ein ergötzlicher Scherz, meine Dame«, sagte er, weidete sich an ihrem Befremden, »und der größte Witz liegt in dem Geheimnis, welches sich darin verbirgt. Ich wollte wetten, die Zunft war nicht minder verblüfft als Ihr.« Nur die Andeutung von Berechnung in seinen Augen, die Weise, wie er allem Anschein nach bei sich die Konsequenzen seines Handelns abwog, hinderte ihn daran, so ungehemmt fröhlich auszusehen, wie manchmal Geraden wirkte. »Keiner jener Trottel ahnt, daß nicht König Joyse, als Gilburs Höhle einstürzte, ihm das Leben rettete. *Ich* war's.«

Während Terisa ihn anstarrte — ihre Gedanken wirbelten, sich ihr Begriff von allem was sich im Laufe der Zunftversammlung ereignet hatte, rasch änderte —, zog Eremis sie an sich, preßte von neuem seinen Mund auf ihre Lippen. Damit nahm er ihr den Atem. »Einen Moment mal«, japste sie, sobald er mit dem Küssen nachließ. »Moment mal. Das kapiere ich nicht.«

Indem er sie auf Augen, Stirn und Mundwinkel küßte, drückte er sie zurück in die Kissen. »Was ist's, das Euch Kopfzerbrechen bereitet?«

»Sie und Meister Gilbur arbeiten zusammen.« Terisa atmete schwer. »Sie haben den Verlauf der Sitzung vorhergeplant.« *Du hast die ganze Zeit Theater gespielt.* »Warum haben Sie so getan, als wären Sie verfeindet?«

»Dieweil etliche dieser schwachköpfigen Imagomanten«, — zwischen den Sätzen leckte Eremis' Zunge zwischen ihren Lippen —, »mir wahrhaftig nicht sonderlich wohlgesonnen sind. Viele vortreffliche Einfälle und hoffnungsvolle Aussichten werden verworfen, nur weil ich's bin, der sie der Zunft in Gestalt dieser oder jener Vorschläge und Anregungen unterbreitet.« Sein warmer Atem schien Terisas Lungen zu füllen. »Die Wahrheit hätte sie auch wider Gilbur aufgebracht.« Wieder spürte Terisa seine Hand auf der Knopfleiste ihres Hemds. »Seine Lüge, durch König Joyse errettet worden zu sein, verlieh ihm Glaubhaftigkeit, und so vermochte er auf die Stimmabgabe Einfluß auszuüben.«

»Aber warum?« hakte Terisa nach, in die Kissen und Eremis' Arm gelehnt, als wären sie vollkommen hilflos. »Weshalb sind Sie so auf den Kämpen versessen? Er ist gefährlich.«

Meister Eremis bog den Kopf so weit rückwärts, daß Terisa ihm in die Augen schauen konnte. »Gewißlich, Waffen und Kriege sind etwas Gefährliches. Macht ist gefährlich. Doch vermag sonst nichts uns zu schützen. Ihr kennt Herrn Perdon nicht. Ihr habt ihn jedoch in seinem Grimm gesehen. Er liebt sein Volk. Er ist stolz auf Mordant ... und auf den Platz, welchen er im Reich einnimmt. Aber sein König hat ihm alle Unterstützung versagt. Getrieben von Verzweiflung, wird er keine Maßnahmen scheuen, um zu verteidigen, was er liebt.« Terisa meinte ein Klopfen von der Tür zu hören. Für einen Augenblick verhielt Meister Eremis. Doch das Pochen war sehr leise gewesen, und es wiederholte sich nicht. »Und ich bin ihm in dieser Hinsicht gleich«, fügte er hinzu. »Ich spotte über meine Zunftbrüder, jedoch nur, dieweil die Begabung zur Imagomantie beileibe keine Gewähr für Klugheit oder Wagemut bietet. Ich schätze die Möglichkeiten, welche der Zunft zu Gebote stehen. Mit Freuden würde ich wider ihre Feinde in den Kampf ziehen. Aber auch mir bleibt dieser Weg verwehrt. Mein König verweigert mir seinen Rückhalt. Darum zaudere ich nicht, mich der einen oder anderen Lüge zu befleißigen, um die Macht zu erlangen, deren's für den unausweichlichen Kampf bedarf.«

Terisa blieb sich über das im unklaren, was sie in seinen Augen sah, aus seiner Stimme hörte. Er hatte die Zunft — nach ihrem Empfinden — zu bereitwillig manipuliert, die Erklärung für seine Lügerei war zu glattzüngig. Aber seine Nähe, seine männlich-leidenschaftlichen Berührungen wirkten auf sie übermächtig; seine Küsse und der Nelkenduft besaßen mehr Verführungskraft als Logik. Ihre Lippen erwiderten die Küsse, so gut sie es verstand. Eremis' Hand glitt unter ihr Hemd, umfaßte eine Brust. Seine Zärtlichkeit erregte ihre Brustwarzen. Instinktiv wölbte sie den Rücken, drängte ihre Brüste an Eremis. Er schob ihr Hemd beiseite, entblößte ihren Busen. Dann nahm er die Lippen von ihrem Mund. »Ich habe mich nicht getäuscht, meine Dame«, säuselte er brünstig-heiser. »Ihr seid für eines Mannes Lust wie geschaffen.« Seine Zunge leckte an ihrer Brust, bis seine Lippen die Brustwarze umschlossen. Nun zu fast jedem Risiko bereit, legte sie die Arme um seinen Kopf und hielt ihn fest, als wolle sie dagegen vorbeugen, daß er etwa von dem abließ, was er tat.

Als Saddith ins Zimmer trat, war sie derartig erstaunt, daß sie zu nichts anderem imstande war, als sie anzustarren.

Genau wie vorher Geraden, vermied die Zofe es sorgfältig, Terisa oder Meister Eremis anzusehen. Sie schaute ein wenig zur Seite, und ihre Miene blieb völlig ausdruckslos. »Meister Eremis ...«, begann sie. Wie ein Tiger sprang Eremis vom Diwan hoch, den Arm angewinkelt, als erwarte er, hinter sich Geraden zu sehen, habe die Absicht, erst zuzuschlagen und danach Fragen zu äußern. »Meister Eremis«, wiederholte Saddith, indem sie zurückschrak, sehr schnell sprach, um seinen Zorn rechtzeitig abwenden zu können, »ich weiß, diese Störung ist unverzeihlich, aber Ihr müßt mir vergeben, ich hatte keine Wahl. Ihr habt Eure Tür nicht geöffnet, Herrin. Ihr müßt mir verzeihen, ich hatte wahrhaftig keine Wahl.«

»Keine *Wahl?*« Sobald Eremis die Zofe erkannte, ließ er den Arm sinken. Trotzdem brauchte er einen Moment, um seine Wut zu überwinden. »Du bist Dienerin. Wieso ist's für dich eine Sache der *Wahl*, dich unerbeten in meine Gemächer zu schleichen?«

»Um Vergebung. Ich weiß, was ich getan habe, ist unentschuldbar.« Infolge der Ausdruckslosigkeit von Saddiths Miene und ihres gleichgültigen Tonfalls wirkte sie allerdings nicht besonders zerknirscht. »Doch ich habe die Anweisung erhalten, die Edeldame Terisa zu holen, dieweil Prinzessin Myste mit ihr zu sprechen wünscht. Sie ist des Königs Tochter, Meister Eremis. Ich durfte ihr nicht den Gehorsam verweigern. Es steht in Eurer Macht, mich auszuschelten, ja mich zu bestrafen.« Sie redete jedoch nicht, als wäre ihr allzu bange. »Aber sollte Prinzessin Myste sich bei Kastellan Lebbick über mich beklagen ...«

Eremis unterbrach sie. »Du hättest der Prinzessin sagen können, daß du die Dame nicht zu finden vermagst.« Inzwischen hatte er aber seine Selbstbeherrschung wiedergewonnen. Er seufzte. »Doch das wäre wohl von dir zuviel erwartet gewesen.« Er wandte sich an Terisa. »Meine Dame, Ihr müßt Euch wohl oder übel zu ihr begeben. Königstöchter sind launisch ... und unser König läßt seine Töchter treiben, was ihnen beliebt. Es ist wenig ratsam, ihren Willen zu mißachten.« Nur seine Augen verrieten, was wirklich in ihm vorging. Ihr Blick war düster und mörderisch.

Es fehlte nicht viel, und Terisa hätte vor Enttäuschung aufgeheult — und aus plötzlicher Furcht. Eremis war so unversehens bösartig geworden, wie sie es von ihrem Vater kannte. Sie fühlte sich entgeistert, fast verstört, den Tränen nah — oder einem Lachen. Ihre Erleichterung stand an Intensität ihrem Frust und ihrem Schrecken nicht nach.

Weil sie nicht wußte, was sie sonst tun sollte, begann sie wortlos ihr Hemd zuzuknöpfen.

10

Der neue alendische Gesandte

Terisa zitterte noch schwächlich, war voller Verwirrung und versuchte es zu verheimlichen, als sie sich zusammen mit Saddith zu gehen anschickte. Meister Eremis entriegelte die Tür und verbeugte sich, als sie seine Wohnung verließen. Dabei widerspiegelte sein Lächeln die Terisa bereits geläufige Mischung von Belustigung und Lüsternheit; man hätte glauben können, er sei über den während der letzten Stunde erlebten Verdruß erhaben. Hätte Terisa nicht seine Augen gesehen, sie wäre frei von Furcht geblieben.

Kaum hatte sie die Tür geschlossen, seufzte Terisa unwillkürlich erleichtert auf, weil es nicht Geraden, sondern Saddith gewesen war, die den Meister das dritte Mal gestört hatte. Es hätte ihr sehr mißfallen, wäre der Adept das Ziel von soviel Wut geworden. Was Saddith anging, so verursachte Eremis' Zorn ihr anscheinend keine Sorgen. Anstatt daß man ihr irgendeine Verlegenheit oder Unruhe ansah, zeugte ihr Mienenspiel von kaum verhohlener Befriedigung.

Warum möchte Prinzessin Myste mich sprechen? wollte Terisa fragen. Noch lieber hätte sie gefragt: Wie hast du es bloß geschafft, ausgerechnet in dem Augenblick aufzukreuzen? Doch sobald sie die kurze Sackgasse zu Meister Eremis' Wohnung verlassen hatten, trat Geraden auf sie zu.

Er bemühte sich nicht um Zurückhaltung. Vielmehr hüpfte er umher wie ein junger Bock. »Saddith, du bist ein wahres Wunder!« Er packte sie an den Armen und tanzte mit ihr im Kreis, bis er an die Wand prallte und beinahe mitsamt Saddith zu Boden stürzte; da schmatzte er ihr einen lauten Kuß auf die Backe und ließ sie los. »Ich stehe in deiner Schuld. Auf ewig! Wie hast du das nur *gemacht?*«

Ohne auf Antwort zu warten, drehte er sich um, tänzelte mehr oder weniger auf Terisa zu. Sie ging weiter. Sie wußte nicht, was er in ihrem Gesicht sah, aber was es auch sein mochte, es ernüchterte ihn trotz seiner Überschwenglichkeit rasch. Aber diesmal entschuldigte er sich ausnahmsweise nicht. »Ich war mir dessen bewußt, daß 's mich nicht zu kümmern hat.« Aus Rücksicht auf Terisa unterdrückte er seine gegen Meister Eremis gerichtete Schadenfreude. »Nur hatte ich das allerstärkste Gefühl …« Er zog ein schiefes Gesicht. »Wir haben bereits über meine ›Empfindungen‹ gesprochen. Ich habe Euch gestanden, daß dieselben sich zumeist als falsch erweisen. Dennoch bestimmen sie mein Handeln. Ich vermag sie schlichtweg nicht unbeachtet lassen. Es ist mir unmöglich. Und diesmal hatte ich das heftigste Empfinden, Ihr befändet Euch in irgendeiner Gefahr.«

»Ei, wahrhaftig, Gefahr«, meinte Saddith geringschätzig. »Ihr mißversteht diese ›Empfindungen‹, Adept. Ihr hattet, das mag sein, ein ›heftiges Empfinden‹, viel lieber selber mit der Edeldame ins Bett steigen zu mögen, Ihr konntet die Vorstellung, daß ein anderer Mann es vor Euch täte, nicht ertragen. Und es mag sein, Ihr habt befürchtet«, — sie schmunzelte —, »daß sie, nachdem sie erst einmal Meister Eremis' Liebeskünste kennengelernt hat, an Euch keinen Gefallen fände.« Bei Sadditlıs Worten füllten sich Geradens Augen mit Kummer, und er fing zu erröten an wie ein kleiner Junge.

Plötzlich verschlimmerte sich Terisas Schlottern. Sie hatte so kurz davor gestanden … Vor was, konnte sie nicht definieren, vielleicht vor einer Art entscheidender Bewußtwerdung dessen, wer oder was sie war. Meister Eremis hatte behauptet, sie hätte vor der Translation nicht existiert. Aber seine Berührung … Terisa bebte am ganzen Leibe. »Willst du damit sagen, Myste möchte mich überhaupt nicht sprechen?« Ihre Stimme zitterte. »Daß du dir das bloß ausgedacht hast?«

Der Adept erschrak, aber Saddith antwortete ohne Umschweife. »Freilich *nicht*«, erklärte sie im Ton heiter gespielter Entrüstung. »Ich bin keine Lügnerin, Herrin.« Mit sichtlicher Anstrengung enthielt sie sich eines Lachens. »Prinzessin Myste hat in der Tat den Wunsch geäußert, mit Euch zu sprechen. Eine beachtliche Weile habe ich damit zugebracht, Euch zu suchen, bis ich Geraden traf und er mir enthüllte, wo Ihr Euch befandet.«

Saddiths Beistand ermutigte Geraden. »Doch ist's *auch* wahr«, räumte er ein, »daß Prinzessin Myste nicht zu jener Art von hohen Damen zählt, welche darauf beharren, daß man sich sofort bei ihnen einstellt.«

Saddith nickte. »Ich glaube, sie weiß wahrhaftig nicht, was es bedeutet, eines Königs Tochter zu sein.«

»Wäre ihr bekannt gewesen, wo Ihr weilt«, ergänzte Geraden — und dabei merkte man ihm trotz seiner mühseligen Beherrschtheit einiges von seinem diebischen Vergnügen an —, »hätte sie, da bin ich mir sicher, darauf bestanden, zu warten, bis Meister Eremis mit Euch seinen Willen gehabt hätte.«

»Ich habe ihn lediglich dazu verleitet«, fügte die Zofe hinzu, »das Gegenteil zu wähnen. In Zukunft dürfte er, wenn er gescheit ist, seine Vorhaben umsichtiger verfolgen.«

Geraden konnte sich nicht länger zusammennehmen: er warf den Kopf zurück und lachte. Saddith fiel in sein Gelächter ein.

Auf ihre unterschiedliche Weise machten beide einen derartig fröhlichen Eindruck, daß sich die innerliche Spannung, die Terisas Gezitter hervorrief, spontan löste. Auf einmal war ihr auch nach Lachen zumute. »Er ist so wütend geworden ...« Sie hatte das Gefühl, im Moment hätte es ihr gewaltig gutgetan, so richtig aus vollem Herzen lachen zu können. »Vielleicht ist er solche Schlappen nicht gewöhnt. Er stand ziemlich blöd da.« Als sie sich ausmalten, wie Meister Eremis *blöd* dastand, mußten Geraden und Saddith erneut lachen.

Weil sie nicht darauf achteten, wohin sie gingen, prallten sie fast mit Meister Quillon zusammen. Infolge seines ganz schlichten, grauen Gewands und seines unauffälligen Gebarens schien er mit einem Mal aus den Nichts vor ihnen aufzutauchen. Sein Lächeln bedeckte nicht die vorstehenden Zähne. »Ach, da steckst du ja, Adept«, sagte er sofort. »Komm mit. Ich brauche dich.«

Terisa konnte sich nicht recht des Gefühls erwehren, daß sein Tonfall Geraden nichts Gutes verhieß. »Meister Quillon ...« Geraden wirkte verdutzt. »Ich habe für den heutigen Tag meine Pflichten erledigt. Ich hatte den Vorsatz gefaßt, am heutigen Nachmittag ...«

»Ganz genau«, fiel ihm der Imagomant ins Wort. »Du hattest dir vorgenommen, mir heute nachmittag behilflich zu sein. Ich habe beschlossen, meine Forschungen zu Ende zu führen, bevor Meister Gilbur seinen Kämpen zu uns holt und man von uns verlangt, all unsere eigenständigen Angelegenheiten um des kommenden Krieges willen zur Seite zu schieben. Komm.« Ohne weitere Umschweife drehte er sich um und begann sich durch den Korridor zu entfernen.

»Meister Quillon«, erhob Geraden Widerspruch, »es ist üblich, daß man die Adepten, wenn sie ihre pflichtgemäßen Aufgaben erledigt haben, während ihrer restlichen Zeit tun läßt, was ihnen behagt.«

Der Meister blieb stehen. Die Weise, wie er seine Zähne bleckte, gab ihm ein Aussehen kümmerlicher Unzivilisiertheit. Seine Augen glitzerten gefühllos. »Was für schändliche Reden, Geraden«, sagte er nachsichtiger, als er dreinzuschauen versuchte. »Müßiggang macht keinen Meister. Allein Arbeit macht den Meister. Wie willst du etwas lernen, solange du Mühe scheust?« Er schnitt eine strengere Miene. »Das ist keine Bittstellung, Adept. Komm mit.« Er setzte sich wieder in Bewegung, schritt zügig aus.

Geraden widmete Terisa einen kläglichen Blick der stummen Bitte um Entschuldigung. »*Geh*, Geraden«, flüsterte Saddith. »Sei kein Dummkopf. Was soll aus dem

Wunsch werden, zum Meister aufzusteigen? Durch Ungehorsam schadest du niemandem als dir selbst.« Der Adept verzog das Gesicht, nickte, warf die Arme in die Höhe und eilte Meister Quillon nach. Saddith lachte nochmals, diesmal über Geraden, aber ihre Erheiterung hatte nichts Unfreundliches an sich. »Er ist ein herzensguter Jüngling, Herrin, und er hat mancherlei anziehende Eigenschaften.« Sie grinste. »Sogar seine Unbeholfenheit könnte durchaus putzig sein. Doch an Eurer Stelle täte ich mich nicht mit ihm abgeben. Ihr vermögt nach Höherem zu streben. Wenn's Euch nun schon gelingt, Meister Eremis' Interesse zu erregen, wiewohl Ihr Euch nicht unbedingt darum bemüht«, — sie sprach jetzt in vollem Ernst und ein wenig gereizt —, »könnt Ihr ganz gewiß Höheres anstreben. Denkt etwa, just um ein Beispiel zu nennen, an Kastellan Lebbick. Ihr werdet's schwerlich glauben, nachdem Ihr sein böses Maul vernommen und seine Übellaunigkeit erlebt habt, aber er hat seine Schwächen. Und kürzlich ist nach einem anhaltenden Leiden seine langjährige Gattin verstorben. *Da* habt Ihr einen Mann, der dringlichst das Bedürfnis nach einem Weib hat. Vermöchte ich's, seine Beachtung zu erlangen, ich bräuchte, das glaubt mir, zu Orison nicht mehr lange Zofe zu sein.«

»Saddith, was soll ich nur tun?« fragte Terisa aufgrund einer unvermuteten Anwandlung. Sie verspürte den Wunsch, mit Geraden zu reden, aber inzwischen war er fort. Trotz Meister Barsonages Verbot hatte sie vor, Geraden alles zu erzählen; und sie wollte von ihm wissen, was er von Meister Eremis' Einstellung hielt. Mit der Zofe jedoch konnte sie nichts davon diskutieren. »Ich bin keine Imagomantin. Ich habe nicht mal 'ne Ahnung von Männern.« Sie erinnerte sich an Eremis' Hände, seinen Mund. »Meister Eremis und Geraden hassen sich.«

»Herrin«, antwortete Saddith, versuchte einen sorglosen Ton anzuschlagen, »ich täte gar wohl darauf achten, Meister Eremis' Haß nicht auf mich zu ziehen.«

Durch ein offenes Fenster drang ein kühler Luftzug in

den Korridor. Es schauderte Terisa. Ohne ein weiteres Wort begann Saddith zu ihrem Bestimmungsort vorauszugehen.

Terisa dachte, die Dienerin würde sie wieder in die Räume bringen, die Prinzessin Myste gemeinsam mit ihrer Schwester bewohnte — im selben Turm wie der König, nur eine Etage höher —, aber Saddith führte sie zurück ins Quartier. Dort wartete Myste.

Saddith schäkerte wie üblich kurz mit den Wächtern vor der Tür, ehe sie sie öffnete und Terisa einließ. Prinzessin Myste stand an einem der Fenster. Trotz der eisigen Kälte im Freien betonte der Sonnenschein ihre sommerlich-frische Haut und ihre Haarfarbe, so daß sie eindeutig schöner als in ihren Wohnräumen und in Elegas Gegenwart aussah. Sie blickte über das Schloß und die öde Winterlandschaft aus, als sei es ihre größte Sehnsucht, wo anders zu sein, nur nicht hier.

Ihr Gesicht behielt den entrückten Ausdruck, aber sie kehrte dem Fenster den Rücken zu und lächelte, als Terisa eintrat. »Edle Dame ...«, setzte sie an, dann berichtigte sie sich. »Terisa, es ist übers Maß freundlich von Euch, daß Ihr Euch unverzüglich einfindet.« Sie hatte von der seltsamen Erregung, in die sie die Mitteilung versetzt hatte, daß sie es bei Terisa weder mit einer Imagomantin noch einer sonstwie mächtigen Persönlichkeit zu tun hatte, sondern lediglich mit der Sekretärin einer Missionsstation, noch nichts abgelegt. »Ich hoffe, mein Ersuchen um ein Gespräch hindert Euch an nichts, was Ihr um diese Stunde lieber tätet. Leider ist's nämlich nichts von arger Unaufschiebbarkeit, das mich zu Euch führt. Für Elega ist immerzu alles ungemein eilig, doch ich möchte nur in Ruhe ein wenig mit Euch plaudern.«

Diese Begrüßung brachte Terisa außer Fassung. Gefühlsmäßig merkte sie, daß Myste hier einer der wenigen Menschen war, der nichts Ausgeflipptes oder sogar Lebensbedrohliches von ihr erwartete — eine der paar Personen, zu denen sie möglicherweise einfach Freundschaft knüpfen konnte. Aber genau aus diesem Grund war sie sich darüber im unklaren, wie sie sich verhalten sollte. Sie wußte so gut wie nichts über Freundschaft.

Zum Glück griff Saddith ein. Sie machte einen Knicks. »Die Edeldame Terisa befand sich bereits auf dem Rückweg in Ihre Gemächer, als ich ihrer ansichtig ward«, log sie. »Sie hat an einer Versammlung der Zunft teilgenommen, doch ist selbige Sitzung unterdessen beendet worden. Mittlerweile ist's an der Zeit für ein kräftiges Mahl. Soll ich Euch Speise und Trank auftragen? Ihr werdet während des Essens nach Lust und Laune miteinander reden können.«

Im ersten Moment rechnete Terisa damit, daß Myste der Zofe antworten würde: Myste war die Königstochter. Doch dann kam ihr zu Bewußtsein, daß sie sich in *ihren* Räumlichkeiten aufhielten, die Gastfreundschaft diesmal in ihrer Verantwortung lag.

»Ja, bitte«, sagte sie hastig. »Ich bin hungrig.« Um nicht durch schlechte Manieren aufzufallen, wandte sie sich eilig an Myste. »Haben Sie auch Hunger? Ich weiß nicht, was Saddith uns bringen kann, es wird aber sicher nicht lange dauern.«

Die Prinzessin lächelte ununterbrochen. Ihr Blick ruhte auf Terisa — und schien ihre Augen schnurstracks zu durchbohren und etwas hinter Terisa zu betrachten. »Meinen Dank. Ihr seid überaus liebenswürdig.«

»Sehr wohl, Herrin«, sagte die Zofe. »Ich werde alsbald zurück sein.« Auf dem Weg zur Tür drehte sie sich so, daß sie Myste den Rücken zuwandte, und schenkte Terisa einen eindringlichen Blick, mit dem sie zu sagen schien: *Wach auf. Gib acht. Diese Frau ist die Tochter des Königs.* Danach ging sie hinaus und schloß leise die Tür.

Aus Terisas Sicht bedeutete die Tatsache, daß Myste eine Königstochter war, allerdings keinerlei Unterschied. Für sie war wichtig, daß sie, Terisa, sich auf einmal so sehr Mystes Freundschaft wünschte, daß der Wunsch nahezu an heftige Sehnsucht grenzte. Sie hatte niemals eine *Freundin* gehabt …

Natürlich hatte sie doch Freundinnen gehabt: Spielkameradinnen in jungen Jahren, diese und jene Mädchen, mit denen sie sich im Flur unterhalten, die mit ihr in der Schule im Flüsterton Klatsch ausgetauscht hatten. Von Anfang an jedoch hatten ihre Eltern Freundschaften nie so richtig gefördert. Vor allem hatten sie ihr nie erlaubt, ihre jungen Spielkameradinnen zu Hause zu besuchen, und nie durfte sie eines jener Mädchen zu sich einladen. Und diese Trennlinie hatte sich bis in die diversen Privatinstitutionen forgesetzt, in die sie geschickt worden war, die exklusiven Schulen, die es sich mehr zum Ziel machten, den Charakter moralisch zu bilden, als zur Freundschaft und Kameradschaft zu ermuntern. Oder vielleicht beruhte die Distanz, die jedermann von ihr trennte, auf etwas in ihr selbst: einer Kluft der Passivität und des Zweifels, über die niemand eine Brücke zu schlagen verstand, einer unverheilten Wunde.

Diesmal wollte sie sich die Gelegenheit nicht entgehen lassen.

Verlegen wies sie auf zwei Stühle. »Möchten Sie sich setzen?« Da fiel ihr die Karaffe ein, die sie auf einem der Tische an der Wand gesehen hatte. »Hätten Sie gerne Wein?« Aber ihre Stimme besaß einen solchen Klang nach Zerfahrenheit, daß sie selbst sie nicht ertragen konnte. »Tut mir leid«, sagte sie, verzichtete auf jeden weiteren Versuch vorzutäuschen, sie wüßte, was sie machte. »Ich baue nur Murks. Hier ist mir alles völlig unbekannt. Ich glaube, ich habe noch nie einen Gast in meiner Wohnung gehabt.«

Myste konnte nicht wissen, daß sie damit buchstäblich die Wahrheit sprach, doch die Prinzessin nahm die Äußerung einfach zur Kenntnis. »Ich bitte Euch, ersucht mich nicht um Entschuldigung. Nach meiner Ansicht findet Ihr Euch erstaunlich gut zurecht. Man muß berücksichtigen, was Euch innerhalb der vergangenen drei Tage widerfahren ist. Ihr seid in eine fremde, unvertraute Welt geraten.

Ihr seid in ein Schloß gelangt, welches als wahre Schlangengrube des Zwists, der Machenschaften und Verrätereien gelten kann. Es hat den Anschein, als wähnte die Hälfte der Menschen in Eurem Umkreis, Ihr vermöchtet sie vor Krieg und Wirren zu behüten. Auf Euer Leben ist ein Anschlag verübt worden. Wäre ich an Eurer Stelle«, — ihr Tonfall nahm einen Anklang von Versonnenheit an —, »es erfüllte mich mit Stolz, käme ich nur halb so gut wie Ihr zurecht.«

Ohne jedes warnende Vorzeichen quollen Terisa Tränen in die Augen. Mystes Verständnis bedeutete für sie eine gehörige Überraschung. »Danke.« In ihrer Dankbarkeit begann sie mit Erklärungen. »Meistens ist mir, als würde ich den Verstand verlieren. Jeder will, daß ich dies oder das mache, und ich werde nicht mal richtig daraus klug, was hier überhaupt los ist.«

»Hier, nehmt Platz.« Myste faßte Terisas Arm und führte sie zu einem Stuhl. Dort zog sie ein zierliches Taschentuch aus dem Ärmel ihres Kleids und reichte es Terisa. »Was Euch zugestoßen ist, darf gewißlich als seltenes, trauriges Vorkommnis gelten. Ihr müßt glauben, daß alle Menschen, denen Ihr begegnet, in irgendeiner Weise in Ränke wider Euch verwickelt sind. Und nun hat man Euch gar zu einer Sitzung der Zunft geschleppt. Ich bezweifle, daß man's mit Wohlwollen aufgenommen hat, als Ihr den Meistern offenbart habt, Ihr seid keine Imagomantin.«

Terisa nickte, wischte sich mit dem Taschentuch die Augen. »Alle machen mich fix und fertig. Die Zunft will nicht, daß ich mit dem König rede. Er verbietet mir, mit der Zunft zu sprechen. Niemand will, daß ich mit jemand anderem spreche.« Um ein Haar hätte sie hinzugefügt: Außer Meister Quillon und Großmeister Havelock. »Und die Meister arbeiten einer gegen den anderen. Meister Eremis ...« *Er hat mich geküßt. Er hat meine Brüste geküßt.* »Kastellan Lebbick brüllt mich an.« Sie zögerte kurz, dann putzte sie sich mit dem feinen Tuch die Nase. »Sogar Geraden will unbedingt in mir 'ne Imagomantin sehen.«

»Ach, Geraden.« Mystes Ton deutete ein Lächeln an. »Zu den anderen, die Ihr genannt habt, mag ich nichts anmerken, doch zumindest ihm könnt Ihr vertrauen. Mag sein, Ihr zweifelt mein Urteil an. Ihn verfolgt das Unglück. Dennoch dürft Ihr seinem Herzen trauen. Allerorten stimmt man darin überein, daß Herr Domne keine schlechten Söhne hat.« Einen Moment lang schwieg sie. »Terisa«, ergänzte sie dann, »ich möchte Eure Freundin sein.«

Terisa sah der Prinzessin in die Augen. Mystes Blick ruhte fest auf ihr, war nicht in irgendwelche Fernen gerichtet, drückte offene Freundschaft aus. Um nicht wieder zu weinen anzufangen, schaute Terisa weg. Mystes Angebot wühlte ihr Gemüt zu tief auf, als daß sie umgehend darauf zu antworten imstande gewesen wäre. Wie sollte es für jemanden wie sie möglich sein, Freundinnen zu haben? »Sie haben von ihm 'ne bessere Meinung«, sagte sie, indem sie sich nicht zu Mystes Anliegen äußerte (und gleichzeitig deswegen auf sich wütend war), »als Elega.«

Erneut lächelte Myste; währenddessen jedoch schweifte ihr Blick von neuem ins Weite, ihr Gesicht bekam wieder den Ausdruck von Geistesabwesenheit. »Ich hege von vielerlei Dingen eine bessere Meinung als sie«, antwortete sie freimütig. »Elega ist die Tochter eines Königs und trachtet nach all dem Einfluß, welchen hoher Rang auf die Angelegenheiten Mordants verleiht. Sie kennt keine Nachsicht mit ihrem Vater, ihrer Umgebung oder irgend etwas, von dem sie der Auffassung ist, es stünde zwischen ihr und ihrem naturgegebenen Recht, geradeso wie jeder Fürst an Verschwörungen, Intrigen und Ränken mitzuwirken. Sie verzeiht Geraden nicht jenes Mißverständnis, durch welchselbiges sie ihm einst anverlobt ward.« Myste zuckte die Achseln. »Ich habe eine höhere Meinung von meinem Dasein als Frau, und eine bessere Meinung von jenen, die zu Orison die Macht in Händen halten.« Sie sprach sanft und zuversichtlich, aber leise, als rede sie in Gedanken an einem anderen Ort und zu einer anderen Person; doch in ihrer Stimme klang die Andeutung eines Sehnens mit, die nicht ganz zu ihren Worten paßte. »Ich habe eine höhere Meinung von mir selbst.«

Terisa nickte, als hätte sie alles restlos verstanden. »War es das, über was Sie sich mit mir unterhalten wollten?«

»O nein«, entgegnete Myste unbekümmert. »Oder's mag sein, wohl doch. Zu sagen habe ich Euch nichts Besonderes. Aber ich möchte gerne alles über Euch erfahren. Ihr gebt mir Veranlassung zum Frohsinn und zum Staunen. Ihr erachtet Euch als ein herkömmliches Weib ... und diesbezüglich glaube ich Euch.« Eilig erläuterte sie diese Bemerkung genauer. »Ich glaube Euch, was Ihr von Euch behauptet, wiewohl's mir schwerfällt, eine Frau aus einer anderen Welt als etwas Gewöhnliches zu betrachten ... Gleichwohl, Ihr seid da, und zwar während der großen Krisis in Mordants Historie. Wenn man in Eurer Welt keine Translation kennt, muß ein solcher Vorgang Euch außergewöhnlich dünken. Was mich anbetrifft, so ist in meinem Leben niemals irgend etwas von sonderlichem Gewicht geschehen. Nie habe ich eine andere als diese Welt gekannt. In der Tat habe ich innerhalb der letzten Jahre kaum einmal Orison verlassen. Wie ist's in Eurer Welt? Was für ein Leben habt Ihr dort geführt?« Als sie Fragen zu stellen anfing, belebte sich Mystes Betragen, ihre Wißbegierde erregte in ihr Eifer. »Was ist's für ein Gefühl, durch einen Spiegel zu treten und eine gänzlich andersartige Welt zu entdecken? Welchen Nutzen haben Spiegel in Eurer Welt, da sie der Magie entbehren?«

»Eins nach dem andern, bitte ...!« Wider Willen lächelte Terisa, als sie sah, wie diese Fragen Myste faszinierten. »Bei uns gibt's keine Magie. Spiegel sind nur ...« Sie dachte über die richtige Beschreibung nach. »Sie spiegeln eben bloß wider. Sie zeigen genau das, was man vor sie hält oder hinstellt. Vorausgesetzt sie sind flach. Sind sie nicht flach, widerspiegeln sie auch, was sich vor ihnen befindet, aber sie verzerren's. In meiner Wohnung ...« Terisa stockte. Noch nie hatte sie jemandem eingestanden: Meine Wände sind voller Spiegel, damit ich sehe, daß es mich gibt. »... habe ich viele Spiegel«, beendete sie den Satz lahm.

»Dann müßt Ihr sehr weise sein«, sagte Myste gedämpft, als wöge sie jedes Wort Terisas sorgsam ab.

»Weise? Wieso?«

»Ihr seid Euch genau so zu sehen imstande, wie Ihr seid. Ihr vermögt alles genau so zu sehen, wie es ist. Eine derartige Sicht bleibt mir verwehrt. Und jene, die mich anschauen, tun's mit den Vorurteilen, welche sie einer Königstochter entgegenbringen — mag sein, gar jedwedem Weib —, darum geben ihre Blicke mir keinen verläßlichen Aufschluß. Niemand von uns sieht jemals irgend etwas so, wie's wirklich und wahrhaftig ist.«

»Uns geht's ebenso«, wandte Terisa ein. »Wir haben auch Vorurteile. Wir sehen nur die Oberfläche. Bloß die Äußerlichkeiten interessieren uns.« Sie bemühte sich ernsthaft um Unvoreingenommenheit. »Vielleicht habe ich sehen können, wie ich ausschaue. Aber ich weiß nicht, was es besagt. Es hilft mir nicht dabei, herauszufinden, wer ich bin.«

Anscheinend empfand Myste diesen Standpunkt sowohl als kauzig wie auch reizvoll. »Also seid Ihr nicht weise?«

»Ich glaube nicht«, antwortete Terisa bedächtig, »daß ich schon mal einen weisen Menschen kennengelernt habe.« *Es sei denn, Pastor Thatchers wirkungslose Hingabe könnte als Weisheit durchgehen.*

Darauf lachte die Prinzessin. »Darin täuscht Ihr Euch sicherlich, Terisa. Ihr selbst seid die klügste Frau in Schloß Orison, denn Ihr habt Euch von jenen, welche überzeugt sind von ihrer eigenen Weisheit, nicht irreleiten lassen. Ihr versteht zu unterscheiden, was sichtbar ist und was unsichtbar bleibt, und Ihr nehmt von dem Versuch Abstand, das eine am anderen zu messen.«

»So was nennen Sie Weisheit?« Jetzt hätte Terisa lachen können, nur weil Myste lachte. Die Fröhlichkeit der Prinzessin verwies deutlich auf die Verwandtschaft mit ihrem Vater; ihr Lächeln steckte fast so an, war fast so sympathisch wie König Joyses Lächeln. »Spricht die Tatsache, daß ich hier *überhaupt keinen* Durchblick habe, nicht gegen mich?«

Myste lachte weiter. »Freilich nicht. Bloßes Begreifen obliegt den Königen, nicht den Weisen ... oder gewöhnlichen Frauen. Weisheit wird stets mißverstanden. Sie stützt sich auf die Einsicht in Dinge, die man nicht wissen kann ... die Kenntnis dessen, was man nicht sieht. Ich muß Euch gestehen, Terisa, ich wünsche mir, Elega wäre mehr Weisheit als Begriffsvermögen zu eigen. Ihr seid klüger als sie.« Für einen Moment schwiegen sie beide, fielen zurück in eine ernstere Stimmung. »Woher rührt soviel Weisheit?« erkundigte Myste sich schließlich. »Erzählt mir von Eurer Welt. Was sind ihre Triebkräfte, wohin geht ihr Drang? Wie verbringt Ihr Euren Tag?«

Noch vor ein paar Minuten hätte jede Frage nach ihrem Privatleben Terisa wie gelähmt. Aber Mystes Verträglichkeit linderte den Druck ihrer unverblümten Neugier auf Terisa. Bevor sie richtig wußte, wovon sie erzählen sollte, begann Terisa über ihre Arbeit in der Mission zu sprechen. Sie hatte bisher mit niemandem darüber geredet. Nun schienen die Worte auf einmal überstürzt aus ihr herauszusprudeln, während sie die Tätigkeit der Mission schilderte, die Menschenwracks und Verkommenen, denen Hilfe zu leisten ihre Aufgabe war, die Lokalität, die Einrichtungen und Möglichkeiten, das Umfeld; ihre Beschäftigung, das Tippen, das Karteiführen, all die öde Plackerei, ihr Verhältnis zu Pastor Thatcher; sie nannte ihre Gründe, warum sie diesen Job angenommen hatte: weil sie es sich erlauben konnte, sich mit der miesen Bezahlung zufriedenzugeben, sie sich zu nichts Anspruchsvollerem oder Aussichtsreicherem fähig fühlte. Sie ließ sich in aller Ausgiebigkeit darüber aus, bis die Diskrepanz zwischen ihren Äußerungen und Mystes mit Bewunderung vermischter, hochgradiger Aufmerksamkeit sie zum Verstummen brachte. Die Prinzessin lauschte auf jeden Satz, als würde ihr eine Geschichte prall von Heldentum und Romantik aufgetischt. »Entschuldigung«, bat Terisa unvermittelt. »Ich hatte gar nicht vor, so lange draufloszureden.«

»Wie wahrhaft wundersam«, seufzte die Prinzessin. »Das Leuchten in ihrem zerstreuten Blick wollte nicht nachlassen. »Verzeiht mir, wenn ich mich wiederhole. Aber daß es eine so sonderliche Welt geben kann! Und Ihr wirkt an ihren Geschehnissen mit.«

»Nur ein ganz klein bißchen«, schränkte Terisa ein. »Und jetzt wahrscheinlich nicht mehr. Bestimmt hat Pastor Thatcher inzwischen jemand anderes angeheuert.« Und für ihren Vater gab es keinen Grund, aus dem er auf ihre Rückkehr Wert legen sollte.

Aus lauter Aufregung konnte Myste nicht sitzen bleiben. »Aber auf selbiges Maß an Mitwirkung, wie geringfügig Ihr's auch darstellt, kommt's an.« Sie fing auf dem Teppich hin- und herzugehen an, ihr Blick mochte nach allem möglichen suchen, mied jedoch Terisa. »Ihr beharrt darauf, in Eurer Welt ein gemeines Weib zu sein, Ihr beteuert, Euer Leben sei dort von der unbedeutendsten Art, ganz gleich, wie wacker und voll des Opfermuts es mir dünken mag. Bedenkt, auch ich bin nur ein Weib. Gewiß, ich bin Tochter eines Königs … Doch was hat's denn schon damit auf sich? Es ist nichts als ein zufälliger Umstand der Geburt. Die Folgen, die ich für mich festzustellen vermag, bestehen lediglich daraus, daß ich mich in schöne Gewänder kleiden und Dienern Befehle erteilen kann. Die Einwirkung meines Daseins auf das, was ich nicht unmittelbar mit eigenen Augen sehe, ist … Ich weiß kaum etwas von irgendeiner Wirkung. Nach meiner Betrachtungsweise ist's zur Gänze klar, daß ich eine gewöhnliche Frau bin … und das ist so gut eingerichtet. Aber ich bin umgeben von Menschen, die keine Zufriedenheit kennen. Ihr Mangel an Einfluß erbittert Elega. Geraden macht sich unglücklich, indem er nach dem Rang eines Meisters der Imagomantie strebt, den er nie erlangen wird. Die halbe Zunft möchte sich vorzugsweise eingehenderen Forschungen verschreiben, die übrigen Meister trachten nach mehr Macht über Mordant. Kastellan Lebbicks Leben hat sich um ein Weib gedreht, doch in seinem Gram sind ihm alle anderen Frauen zuwider. Alend und Cadwal wenden alle Mühe auf, um den Frieden zu brechen, welcher ihnen schon heute mehr Vorteile und Wohlstand als sämtliche, während etlicher Geschlechterfolgen ausgefochtene Kriege brachte. Terisa, ich bewerte meines Vaters Untätigkeit nicht als erfreuliche Sache. Ich *verstehe* sie *nicht*. Dieweil ich seine Tochter bin und ihm in mancherlei Hinsicht ähnlich, weiß ich die Bedeutsamkeit sinnvollen Handelns und Wagens durchaus zu schätzen. Tatenlosigkeit ist nicht das gleiche wie Zufriedenheit. Dessen ungeachtet muß man anerkennen, daß es nicht verwerflich ist, zu sein, wer man ist. Dafür seid Ihr der leibhaftige Beweis.« Mystes Stimme war in einen lauteren, nachdrücklicheren Tonfall übergegangen. »Eurer Einlassung zufolge seid Ihr schlicht ein beliebiges Weib, welches keine Macht kennt und auch keine Begabung zum Ausüben von Macht besitzt. Dennoch ermangelt Euer Leben keineswegs des Sinns. In Mordant sind gewaltige Kräfte am Werk, und Ihr seid in ihren Widerstreit verwickelt worden. Es gibt kein Leben, das nicht seine eigentümliche, ganz besondere Bedeutung hat, kein Leben, das nicht bereits im nächsten Augenblick Großem begegnen kann ... Ja, Großem begegnen und zur gleichen Zeit Hand an es legen.« Einen Moment lang starrte Terisa die Prinzessin an. *Großes?* hätte sie fast wiederholt, und zwar aus einer Anwandlung von Heftigkeit heraus, die sie selbst bestürzte. *Lächerlich. Wie könnte ich irgend etwas mit GRÖSSE zu tun haben?* Gleichzeitig hätte sie am liebsten herzzerreißender geweint als je zuvor im Leben. Glücklicherweise merkte Myste beinahe sofort, was ihre Worte bei Terisa auslösten. Sie minderte den Ernst ihrer Darlegungen ein wenig, indem sie lächelte; sie verfiel wieder in ihr gewohntes Verhalten weitgehenden Gleichmuts. »Im geheimen«, sagte sie (ihre Stimme klag nach einem Schulterzucken), »hält Elega mich für eine Schwärmerin. Sie glaubt, meine romantischen Vorstellungen machten mich unfähig zum Leben.« Ihr Tonfall begann leicht traurig zu klingen. »Mein Vater jedoch mißbilligte meine Vorstellungen nie. Vielmehr hat er mich ihretwegen geliebt, sie glichen stets einem Band zwischen uns.« Ihre Miene verhärtete sich. »Bis er sich wandelte und's für uns alle unmöglich ward, über irgend etwas mit ihm zu sprechen.«

Terisa hielt den Atem an, krampfte sich energisch zusammen, um die Gefühle zu bändigen, die in ihr tobten. Aber sie hatte diese Selbstunterdrückung nicht länger nötig, oder? Sie war jetzt frei, oder nicht? Die Vergangenheit existierte nicht. Was sie sagte oder tat, spielte keine Rolle. Sie konnte Myste die Wahrheit sagen. Nach und nach entließ sie die angestaute Luft aus den Lungen.

»Mein Vater hat sich nicht verändert. Er war immer so.«

»Untätig, meint Ihr?« fragte Myste. »Gleichgültig und achtlos?«

»Nein. Ich meine, mit ihm hat man sowieso nie reden können.« Ganz zaghaft, wie ein kleines Tier, das sich nach einem Unwetter aus seinem Bau traut, fing sie zu lächeln an. Gerade hatte sie sich kritisch über ihren Vater geäußert, nicht anders, als hätte sie dazu ein Recht — und nichts Schlimmes war passiert. Vielleicht lag Freundschaft doch im Bereich des Möglichen.

Myste setzte sich wieder neben sie. Die Miene der Prinzessin vermittelte ihr freundschaftliche Empfindungen und Ermutigung. »Erzählt mir von ihm.«

Doch ausgerechnet in diesem Moment klopfte Saddith an die Tür und kam mit Tabletts voller Essen herein. Weil sie sich dazu außerstande fühlte, in Anwesenheit der Zofe ihrer Stimmung nachzugeben, erhob sich Terisa sofort — plötzlicher als beabsichtigt —, um Saddith zu danken und beim Decken des Tischs zu helfen. Falls der Umschwung in Terisas Benehmen Myste befremdete, zeigte sie es nicht. Möglicherweise spürte sie, daß sich in Terisas Innerem etwas Wichtiges vollzogen hatte, das einer unbeeinträchtigten Privatsphäre bedurfte, um darüber reden zu können. Sie sprach das Thema nicht wieder an. Nachdem Saddith die Speisen serviert und sich entfernt hatte, aß Myste mit betonter Höflichkeit, und währenddessen hielt sie ihre Neugier im Zaum.

Für Mystes Rücksichtnahme dankbar, widmete Terisa sich einige Minuten lang völlig dem Essen, dem Verzehr eines in eine dicke Teigmasse eingebackenen Schmorgerichts. Nach einer Weile richtete sie, um die Unterhaltung nicht völlig versiegen zu lassen, eine praktische Frage — eine der Art, an der sie durch die Arbeit in der Missionsstation Interesse gefunden hatte — an Myste: Wie schaffte Schloß Orison es, mitten im Winter so viele Leute so gut zu ernähren?

Myste erteilte ihr Aufschluß, indem sie das System erläuterte, durch das sich Orison mit allen nötigen Lebensmitteln und sonstigen Gütern versorgte. Nach Generationen, ja Jahrhunderten einer auf Kriegführung beruhenden Wirtschaftsordnung, in deren Rahmen mächtige Fürsten unablässig um das Vorrecht gerungen hatten, sich das, was sie brauchten, mit Gewalt aneignen zu dürfen, war Mordant — trotz seines beträchtlichen Aufkommens an natürlichen Reichtümern — nahezu vollständig darniedergelegen. Daher hatten König Joyses einschneidendste Maßnahmen dem Ziel gegolten, an die Stelle des Krieges den Handel zu setzen. Die wesentlichste Einzelmaßnahme hatte daraus bestanden, Schloß Orison zum hauptsächlichen Einkäufer und Verkäufer all dessen zu machen, an dem man im Reich Bedarf hatte. Sämtliche Dörfer des Kronguts und die gesamten Gaue trieben Handel mit Orison, und Orison verwendete die Gewinne aus diesem Handel, um einzukaufen, was seine Bewohner brauchten, so daß sein Wohlstand gewissermaßen als Dünger zur Vermehrung des Wohlstands im ganzen Reich diente. Ein ähnliches Prinzip wendete man im Handel mit Cadwal und Alend an — beide Nachbarreiche waren zu stark auf Lieferungen aus Mordant angewiesen, um aufs Feilschen mit König Joyse verzichten zu können —, und die Gewinne aus dem Außenhandel flossen gleichfalls den Ländern und der Gesellschaft Mordants zu. Das Resultat war, daß die bittere Armut, die noch zu Beginn der Herrschaft König Joyses die Gaue gedrückt hatte, längst dem Vergangenen angehörte.

Terisa merkte sich nicht alle Einzelheiten, wußte aber Mystes Bereitschaft zu Erklärungen zu würdigen. Sie hatte ihren Vater kritisiert, ohne dafür eins auf den Deckel bekommen zu haben. »Es hört sich komisch an«, sagte sie, als die Prinzessin ihre Ausführungen beendet hatte, »aber mir ist eben aufgefallen, daß ich kein einziges Mal im Freien war, seit ich hier bin.« Sie schaute zum Fenster mit der dicken Verglasung und den deutlichen Anzeichen von Frost hinüber. »Ich habe keine Ahnung, wie's draußen aussieht.«

Myste legte ihre Gabel hin und tupfte sich den Mund mit der Serviette ab. »Euer Erlebnis muß fürwahr schrecklich für Euch sein. So fremdartig mir Eure Welt ist, so seltsam muß unsere Welt Euch dünken. Und man hat uns streng ermahnt«, — einige Sekunden lang wirkte sie verlegen —, »Euch nicht unsere ›Geheimnisse‹ zu enthüllen. Eure Gabe, dergleichen hinzunehmen ... Ei nun, ich habe bereits erwähnt, daß Ihr mich in Erstaunen versetzt. Wie fühlt eine Translation sich an, Terisa? Mir fehlt's an jeglicher Erfahrung damit.« Ein Unterton, der in ihrer Stimme mitschwang, bezeugte Spannung. »Ich bin nie durch ein Glas in eine andere Schöpfung getreten. Es zählt zu meinen romantischen Vorstellungen«, — das sagte sie wie ein Geständnis —, »daß eine solche Erfahrung im Leben jedes Menschen auf irgendeine Weise von wesentlicher Natur sein, ihn im gleichen Maß wandeln muß, wie die Umwelt wechselt, in welchselbiger er sich aufhält.«

»Nein«, widersprach Terisa sofort, entsann sich an die Wahrnehmung einer unbestimmten Gewaltigkeit, zeitweiliger Ewigkeit, des Vergehens, »ich glaube, die Translation hat mich nicht im geringsten verändert.« Fast fügte sie hinzu: Ich wünschte, sie hätte es. »Für so was hat sie gar nicht lange genug gedauert. Sie war ...« Plötzlich wußte sie, was sie sagen wollte. »Wie Sterben ohne Leid. Auf einmal ist Ihr Leben dahin, alles was Sie je gekannt, je verstanden, was Ihnen jemals etwas bedeutet hat, Sie existieren nicht mehr, und Sie können dagegen nichts tun, außer es vielleicht bedauern. Aber es ist frei von Leid. Ich meine ohne körperlichen, auch ohne seelischen Schmerz.« Sie versuchte, den Vorgang genauer zu schildern. »Es ist ganz einfach nicht mit Leid verbunden. Vielleicht liegt das daran, daß es eine komplette Welt gibt, die die andere ersetzt, die man zurückläßt. Verstehen Sie? Ich glaube, das ist der einzige Grund, wieso ich's überhaupt ertragen kann.«

Daraufhin lächelte Myste fahrig, auf eine Art, als achte sie nicht länger auf Terisas Worte, sondern als hätte das, was sie gehört hatte, ihr eine ganze Reihe von Einfällen und Wünschen eingegeben. »Ich versteh's nicht wirklich. Elega wollte sicherlich dazu anmerken, Ihr tätet Unfug reden. Eine Translation ist ein Ortswechsel des Körpers, sonst nichts. Doch für mich ist an dem, was Ihr sagt ...« Unbewußt ballte sie eine Hand zur Faust. »Daran ist etwas, das ich keineswegs als Unfug empfinde. Mag sein, allein der Tod ist's, der dem Leben Sinn gibt.« *Aber ich bin nicht gestorben,* widersprach Terisa in Gedanken. *Das ist es nicht, was ich gemeint habe. Den Tod habe ich nicht erlebt.* Doch die Unmöglichkeit, ihre Erfahrung der Translation besser zu erläutern, verurteilte sie zum Schweigen. »Terisa«, sagte Myste ruhig, sinnierend, erneut wie entrückt, ohne Terisa anzuschauen, »Ihr habt mir vieles erzählt, über das sich nachzudenken lohnt. Ihr bleibt bei der Behauptung, nicht weise zu sein«, — langsam überwand sie ihre Zerstreutheit, erregte allmählich den Eindruck, sich wieder bewußt in diesem Zimmer, in Terisas Gegenwart aufzuhalten —, »aber gestattet mir folgende Feststellung: Bislang bin ich nur äußerst selten närrischen Menschen begegnet, welche mich dazu bewogen, mit solcher Gründlichkeit über mein Dasein nachzusinnen.«

»Das hängen Sie mal nicht mir an.« Terisa wußte nicht recht, was Myste meinte, und im Moment war es ihr auch gleichgültig. Sie konnte sich ein Grinsen nicht verkneifen. »Ich hab's nicht absichtlich getan.«

Da fing Myste abermals zu lachen an. Fröhlich lachte Terisa mit.

Sie kicherten noch immer wie zwei alte Freundinnen vor sich hin, als an die Tür geklopft wurde, und einen Augenblick später Saddith hereinkam. Sie hatte gerötete Wangen und keuchte, als wäre sie ein ganzes Treppenhaus hinaufgerannt. »Prinzessin«, rief sie atemlos, »Herrin, der König ruft Euch. Es gibt Neuigkeiten. Hochwichtige Ereignisse stehen bevor. Der König befiehlt Eure Anwesenheit im Audienzsaal. Sämtliche edlen Herren und Damen Orisons müssen teilnehmen.«

»Das ist fürwahr eine Neuigkeit, Saddith«, entgegnete Myste. Wie die Direktheit, mit der ihr Blick auf die Zofe fiel, klar anzeigte, geriet sie unverzüglich in Aufregung. »Seit über einem Jahr hat mein Vater Schloß Orisons Edle nicht mehr in den Audienzsaal bestellt. Was ist der Anlaß dieser Veranstaltung?«

»Ein Gesandter ist eingetroffen, Prinzessin«, antwortete Saddith, obwohl sie noch nach Luft schnappte. »Ein Gesandter aus Alend … mitten im Winter! Die Reise muß ihn an Zeit, Männern und Vorräten gar äußerst teuer zu stehen gekommen sein. Und's heißt, es sei Prinz Kragen in Person! Was möchte wohl den Ältesten des alendischen Monarchen um diese Jahreszeit, der Entfernung und allen Härten zum Trotz, zu uns bringen, wiewohl doch ganz Mordant weiß, daß Alend nach Krieg, nicht nach Frieden trachtet?«

Myste ging nicht auf diese Frage ein. »Und er ersucht um Audienz bei König Joyse?«

»Ersucht, Prinzessin? Er *fordert*. So wird's jedenfalls berichtet.«

»Und der König geruht zu gewähren, was der Prinz fordert«, schlußfolgerte Myste. »Das ist ausgezeichnet. Mag sein, es ist wahrhaft vortrefflich. Es mag sein, es bedeutet, daß des Reiches Angelegenheiten ihn wieder zu interessieren beginnen. Terisa, wir müssen sofort gehen.« Sie strebte bereits zur Tür. »Wir dürfen die Audienz nicht versäumen.«

Aufgrund der Informationen, die ihr Meister Quillon gegeben hatte, konnte sich Terisa einen gewissen Begriff von der Wichtigkeit der Nachricht Saddiths machen. Sie schloß sich der Prinzessin ohne Zögern an.

Vielleicht war es das, was Freisein bedeutete. Sie durfte ihren Vater kritisieren, ihre Freundin begleiten, sogar an deren Aufregungen teilhaben, ohne sich über die Konsequenzen Gedanken machen zu müssen.

Nachdem sie in die Haupttrakte Orisons hinuntergestiegen waren, wandte sich Myste in eine Richtung, die Terisa bisher nicht kannte. In diesem Teil des Schlosses hatte man weiträumiger gebaut, als Terisa es in anderen Räumlichkeiten gesehen hatte: die Decken lagen höher, die Flure waren breiter. Generationen von Menschen hatten die Fußböden ausgetreten, geglättet. Durch Fenster zwischen den gewölbten Trägern der Decken fiel winterlicher Sonnenschein auf große, bunte Fahnen, so angebracht, daß sie von den Wänden weit in den Raum hingen; unter den Fahnen standen Wachen in strammer Haltung, die Piken vor ihren Füßen auf den Boden gestützt. Deshalb wirkte dieser Bereich offiziöser, weniger bewohnt als der Rest Schloß Orisons.

Allerdings strebte eine beachtliche Anzahl von Männern und Frauen in dieselbe Richtung wie Myste und Terisa. Bei einigen Männern handelte es sich offensichtlich um Offiziere der Schloßwache; andere trugen die prächtige Kleidung von Inhabern hoher Ämter. Fast alle Leute salutierten respektvoll vor Prinzessin Myste oder grüßten sie freundlich; sie antwortete höflich, aber zerfahren; so wie ihr Blick blieb auch ihre Aufmerksamkeit nach vorn gerichtet. Nicht wenige Menschen starrten dagegen Terisa in unverblümtem Befremden an; ihre Kleidungsstücke hoben sie geradeso von der Masse der Leute ab, als wäre sie nackt.

Dadurch befangen gemacht, schaute sie sich um und merkte, daß Saddith sie nicht länger begleitete. Anscheinend hatte man das Schloßpersonal nicht zur Audienz des alendischen Gesandten beordert. Terisa bedauerte Saddiths Abwesenheit; Saddith in ihrer Weltlichkeit hätte ihr mit Rat und Tat nützlich sein können.

Der Strom von Menschen bewegte sich auf ein spitzbogiges Portal mit weit über drei Meter hohen Türflügeln zu, die man in den öffentlichen Korridor aufgeschwungen hatte. Als Terisa und Myste das Portal durchquerten, war auch Terisa augenblicklich klar, daß sie den Audienzsaal betraten.

Er hatte in Ausmaßen und Ausstattung Ähnlichkeit mit einem Dom. Mit Schnitzwerken verzierte, hölzerne Wandschirme verbargen die steinernen Mauern; rund ums Innere des Saals reihte sich Wandschirm an Wandschirm, alle geschnitzten Abbildungen stellten Gestalten und Ereignisse dar, mit denen Terisa nichts anzufangen wußte; unter den Deckengewölben gipfelten die Darstellungen — sechs bis acht Meter über dem Fußboden — in kunstvoll ausgearbeiteten feingliedrigen Spitzen und Fialen. Das dunkelbraune Holz hatte den Effekt, den Saal düster zu machen, doch gleichzeitig schien er die Decke in größere Höhe zu verlegen und die Räumlichkeit durch und durch mit einer Atmosphäre der Autorität zu erfüllen. Helligkeit spendeten zwei schmale Fenster am oberen Ende des Saals, Reihen von Kerzen entlang der Wände, da und dort Kerzen in hohen Ständern sowie Ansammlungen in den Ecken aufgehängter Öllampen. Das aromatisierte Öl der Lampen verbreitete einen Duft nach Sandelholz.

Am anderen Ende, gegenüber des Portals, befand sich ein Gebilde, das nur König Joyses Thron sein konnte: ein an Ornamenten reicher Sitz aus Mahagoni auf einer vier oder fünf Stufen hohen Estrade aus Holz, ziemlich hoch für die freie Fläche davor. Abgesehen von einem breiten, dicken Teppichläufer, der vom Eingang bis zu den Stufen des Throns verlief, war dieser ausgedehnte Freiraum vor dem Thron völlig leer; an drei Seiten umgrenzten ihn Sitzbänke, ähnlich wie das Gestühl in einer Kirche, und darauf nahmen die Leute Platz, die den Saal betraten.

Alle hörten zu reden auf, sobald sie durch das Portal schritten. Anscheinend bewog die Atmosphäre des Saals sie zum Schweigen. Doch als Terisa sich umschaute, bemerkte sie, daß der Saal nicht ausschließlich unter dem Gesichtspunkt des Respekteinflößens konstruiert worden war; oberhalb der Wandschirme führte ein Balkon rund um den Saal, und die Männer, die dort oben auf Wache standen, waren nicht mit Piken bewaffnet, sondern Bogenschützen. Ließ man einmal die beiden Posten am Eingang und die je zwei Wächter links und rechts von König Joyses Thron außer acht, waren die Bogenschützen die einzigen Wachen im Saal. Aber sie genügten, um Terisa zum Halsverdrehen zu verleiten, während Myste vorausging, und sie fragte sich, wie viele Mordversuche schon in Schloß Orison stattgefunden haben mochten, ehe König Joyse oder seine Vorgänger sich diese Vorsichtsmaßnahme ausgedacht hatten. Sie versprach sicheren Schutz. Solange die Schützen ihrem König treu blieben, hatte er wahrscheinlich von niemandem, mit dem er sich in der Halle traf, etwas zu befürchten.

Terisa folgte Prinzessin Myste an den gestaffelten Sitzbänken vorbei, die an drei Seiten die freie Fläche des Saals säumten, auf den Königsthron zu. Beiderseits der Estrade standen einige Reihen von Stühlen, grenzten seitlich an die Sitzbänke: bevorzugte Plätze für Personen, die kraft königlicher Ermächtigung Ämter ausübten oder die Gunst des Königs genossen.

Rechts des Throns hatte Kastellan Lebbick bereits den Stuhl unmittelbar daneben belegt. Wegen des um sein kurzes, angegrautes Haar gewundenen, purpurroten Stirnbands und seines immerzu finsteren Blicks sah er aus wie ein Fanatiker.

Zum Glück mutete man Terisa nicht zu, sich in seine Nähe zu setzen. Offiziere der von ihm befehligten Wache nahmen die vordersten Stühle ein; auf einem Großteil der restlichen Plätze saßen Meister, unter ihnen Gilbur, Barsonage und Quillon. (Quillon? Wieso befand er sich nicht mit Geraden an der Arbeit?) Myste brachte Terisa zur linken Seite des Throns, wo sie zu Prinzessin Elega und mehreren, meist älteren Männern stießen, die eher wie Ratgeber statt wie Höflinge wirkten. Myste stellte sie mit Titeln wir »Oberster Vorsteher der Handelskammer« und »Hauptverwalter der Königlichen Kasse« vor; sie starrten Terisa an, als wäre sie gerade vom Mond gekommen.

Elega zeigte sich erfreuter. »Ich bin überaus von Eurem Hiersein angetan«, flüsterte sie, indem sie Terisa auf den Stuhl neben sich zog. »Ich hatte schon Sorge, man könnte Euch zu spät ausfindig machen ... oder Myste möchte die Weisung, zu einer Audienz zu erscheinen, als des Befolgens unwert abtun.« Das sagte sie, als wäre es nicht als Herabsetzung gemeint, und allem Anschein nach nahm Myste es ihr nicht übel. »Kragen in Person, Terisa! Der älteste Sohn Margonals, des alendischen Monarchen, und Verweser der Baronien Alends. Denkt Euch nur! Im tiefsten Winter hat er die gesamte Entfernung von Scarab bis zu uns zurückgelegt. Der Grund muß gleichermaßen hochbedeutsam wie furchtbar sein. Nun muß Vater sich aufs neue zur wahren Größe seiner Königswürde erheben«, — ihre lebhaften Augen funkelten —, »oder er wird das geringe Maß an Achtung verlieren, welches er in Mordant noch genießt.«

»Elega, er ist unser Vater«, erwiderte Myste leise. »Sollte sich sein Verstand gar vollends trüben, so wird er doch stets unsere Achtung verdienen.«

Elega gab ein Schnauben der Geringschätzung von sich. »Mag er seine Herrschaft abtreten, wenn er drauf und dran ist, des Verstands gänzlich ledig zu werden. Dann werde ich ihn als Vater zu achten imstande sein, ohne ihn als gescheiterten König verachten zu müssen.«

Terisa merkte, daß Kastellan Lebbick böse herüberschaute, als höre und verabscheue er jedes Wort. Sein Blick krampfte eine solche Kälte um Terisas Herz, daß ein längerer Moment verstrich, bis ihr auffiel, daß man das Portal zum Thronsaal inzwischen geschlossen hatte. Oben auf dem Balkon streiften sämtliche Wächter ihre Bogen von den Rücken und legten einen Pfeil an die Sehne. Unwillkürlich klammerte sich Terisa an Mystes Arm. Aber die Prinzessin schüttelte den Kopf und lächelte ihr beschwichtigend zu.

Da erhob sich der Kastellan, wandte sich an die in den Reihen der Sitzbänke Versammelten. »Ihr edlen Herren und Damen des Reiches«, sagte er feierlich, »merkt auf.« Er sprach nicht besonders laut, trotzdem tönte seine Stimme bis in den hintersten Winkel des Saals. »König Joyse von Mordant, Herr des Kronguts, hat Euch zur Teilnahme an dieser Audienz befohlen.«

Auf dies Stichwort hin kam König Joyse hinter der Estrade seines Throns hervor. Er hatte etwas an, das wie genau jene purpurrote Robe aus Samt aussah, die er getragen hatte, als Terisa ihn das letzte Mal sah. Sein Goldreif hielt ihm das schlohweiße Haar aus dem Gesicht; dagegen erregte sein Bart den Eindruck, als hätte er darauf geschlafen und ihn zu kämmen vergessen. Außerdem hatte er jetzt jedoch eine Schärpe aus Brokat über die rechte Schulter geschlungen, an der in einer gepunzten Lederscheide ein Schwert mit einem Griff für beide Fäuste und einem Knauf voller Edelsteine baumelte. Durch das Gewicht des Schwerts schien er noch tattriger als sonst zu sein, noch schrumpliger in seinem übermäßig weiten Gewand. Er ging ganz langsam.

Ihm folgte auf dem Fuße Großmeister Havelock. Die Anwesenden im Saal standen auf und verneigten sich, während König Joyse die Estrade erstieg und sich auf seinen Thron setzte; dann hoben sie — vermutlich auf irgendein Zeichen hin, das Terisa übersah — die Köpfe, blieben stumm vor dem König stehen. Unterdessen latschte Großmeister Havelock in den freien Raum vorm Thron und begann zu tanzen.

Er hüpfte vom einen auf den anderen Fuß, warf den Kopf hin und her, fuchtelte mit den Armen, trat rückwärts mit den Beinen aus. Dank seines fadenscheinigen, am Saum zerfransten Gewands, der verdreckten Kasel, seiner bloßen Füße sowie der kärglichen Haarbüschel, die ihm vom Schädel wehten, sah er wie ein Penner aus, ein Exemplar kürzlich aus der Gosse angeschwemmten menschlichen Treibguts. Seine einem krummen Schnabel ähnliche Nase wies voller Aggressivität auf die Versammlung, doch sein weichlicher, unbeständiger Mund und das Schielen seiner Augen verliehen ihm etwas Lächerliches. Seine Grimasse kam Terisa dermaßen verrückt vor, daß sie beinahe laut gelacht hätte. Glücklicherweise konnte sie sich das Lachen verkneifen. Sämtliche anderen Versammelten starrten Havelock traurig, angewidert oder entsetzt an, oder vermieden es, ihn überhaupt anzuschauen. »Heil dem Schelm des Königs«, murmelte in bitterem Ton jemand, den Terisa nicht sah. Kastellan Lebbick beobachtete den Großmeister mit einem so wutentbrannten Blick, daß man hätte befürchten können, Havelocks Gewand müsse gleich Feuer fangen. Nicht einmal Mystes Toleranz genügte, um Havelocks geschmacklosen Auftritt ohne weiteres hinzunehmen: sie schnitt eine Schmollmiene, kaute auf ihrer Unterlippe, und ihre Augen glänzten vor Zorn oder von Tränen.

Trotzdem kostete er die Reaktionen aus, die er hervorrief — oder sie ließen ihn völlig kalt. In einer Hand hatte er ein silbernes Räucherwerkzeug, das einer großen Rassel für Säuglinge ähnelte und aus dem Raum quoll; während er umhertanzte, schüttelte er es, verschleierte sich mit Dunstschwaden. Nach einem Weilchen widmete er einzelnen Personen seine Aufmerksamkeit. Er sprang vor ihnen auf und nieder, schwang das Räuchergefäß, bis die Betroffenen husten mußten und ihnen die Augen tränten. Im Tonfall einer Liturgie, als sänge er jeder dieser Personen ein spezielles Stoßgebetchen vor, grölte er für jede einen besonderen Spruch. »Brunst in den Stuben! — Springbrett ist das Spiel der Sterne mit dem Schicksal! — Zwölf Kerzen entfachte man auf der Tafel, zwölf für die zwölf Arten des Wahns und der Rätsel. — Alle Weiber sind nackt besser gekleidet. — Löwenzähnchen und Schmetterlinge … Am Ende sind wir allesamt nicht mehr denn Löwenzähnchen und Schmetterlinge.« König Joyse beugte sich auf seinem Thron matt vor, stützte die Ellbogen auf die Armlehnen und den Kopf in beide Hände. »Heil Euch, König Joyse«, rief Havelock ehrfürchtig, ohne jedoch das Getanze einzustellen; unermüdlich tänzelte er vor diesem oder jenem Anwesenden umher, zwang die Versammlung zum Einatmen seines Weihrauchs. »Ohne ihn wäre die Hälfte von Euch tot. Die anderen wären Sklaven in Cadwal.« Als nächste suchte er eine hübsche, junge Frau aus, um einen Spruch vom Stapel zu lassen. »Wärt Ihr von der Hüfte aufwärts tot, mit der unteren Hälfte aber lebendig«, — er grinste wüst —, »könntet Ihr durchaus noch Euren Nutzen haben.« Die Frau war blaß genug, um in Ohnmacht zu sinken. Aber statt umzufallen, kicherte sie nervös hinter vorgehaltener Hand. Da verharrte der Großmeister urplötzlich. Voller Staunen und Empörung schielte er die Frau stier an; mit der freien Hand kratzte er sich an einem der kahlen Flecken seines Schädels. »Firlefanz!« schnob er auf einmal, warf das Räuchergefäß über die Schulter hinter sich; als es auf den Fußboden prallte, barst es auf, ein Klumpen Räucherwerk fiel auf den dicken Läufer. »Erspart Euch die Mühe, auch nur ein Wort noch zu sprechen, edle Dame!« schnauzte der Großmeister. »Ich sehe selbst, daß ich meine Zeit verschwende.« Schroff kehrte er der Frau den Rücken zu und trampelte dorthin zurück, wo er den Saal betreten hatte. »Hört Ihr, Joyse?« schrie er zum König hinauf. Zornig ruderte er an seinen Seiten mit den Armen.

»Ich vergeude meine Zeit!« Einen Moment später verschwand er hinter der Estrade.

Die Teilnehmer der angekündigten Audienz zeigten alle Anzeichen der Betroffenheit. Es hatte ganz den Anschein, als wären die Bewohner Schloß Orisons bis jetzt noch nicht richtig an Havelocks Schrullen gewöhnt. An ein, zwei Stellen in den Reihen der Sitzbänke kam nun eine andere Art gedämpften Gelächters auf, aber lediglich für einen Moment. Der Mediator der Zunft hatte eine Miene der Tiefsinnigkeit aufgesetzt. Meister Quillon bedeckte mit einer Hand die Augen. Ein Ausdruck mißmutiger Abweisung verzog Meister Gilburs Gesicht. In Elegas Blick glomm Erbitterung. Myste schaute drein, als würde sie am liebsten weinen.

Durch den scharfen Weihrauchqualm und den aromatisierten Duft der Öllampen roch Terisa den Gestank angesengten Stoffs. Das hingefallene Räucherwerk schwelte auf dem Läufer. König Joyse schien in seinem Gewand noch stärker zu schrumpfen. Das wäßrige Blau seiner Augen bezeugte nichts als Trostlosigkeit.

Als erster rang sich Kastellan Lebbick wieder zum Handeln durch. Sichtlich außer sich vor Zorn stapfte er von seinem Stuhl zu dem Schwelbrand des Teppichläufers und trat ihn mit dem Absatz aus. Dann drehte er sich, die Fäuste in die Hüften gestemmt, dem König zu.

»Herr König, Ihr mögt wissen, was des Großmeisters Gebaren zu bedeuten hat.« Seine Stimme klang nach Grimm. »Ich weiß es nicht. Mag sein, ich vermöchte alles leichter zu verstehen, ließet Ihr ihn in *Ketten* schließen.« Aber er erlangte unverzüglich die Beherrschung wieder. »Herr König«, sagte er ohne bloß den Anschein eines Übergangs, »Prinz Kragen von Alend hat um diese Audienz gebeten. Er behauptet, als Botschafter im Auftrag seines Vaters Magonal, des Monarchen von Alend, zu kommen. Soll er vorgelassen werden?«

Für ein Weilchen bequemte König Joyse sich zu keiner Antwort. Dann seufzte er. »Mein alter Freund Havelock ist klüger als ich. All das ist Zeitverschwendung. Aber da's nicht abgewendet werden kann, wollen wir's angehen und hinter uns bringen.« Er vollführte eine schlaffe Geste. »Laßt Prinz Kragen ein.« Einen Moment später fügte er hinzu: »Und nehmt alle Platz. Es strengt mich an, zu sehen, wie Ihr allesamt steht.«

Lebbick schaute zum Balkon hoch und nickte. Dann kehrte er zurück zu seinem Stuhl.

Myste gehorchte ihrem Vater augenblicklich und setzte sich; Terisa tat das gleiche. Auch der Kastellan setzte sich hin. Binnen kurzem saß die Versammlung vollzählig wieder auf den Plätzen. Elega war die letzte; sie blieb ein paar Sekunden länger als sämtliche anderen Anwesenden stehen, blickte hinauf zum König, als versuche sie, ihn mittels bloßer Willenskraft dahin zu bringen, sich nach ihren Wünschen zu verhalten. Aber er erwiderte ihren Blick nicht, und nach einem Moment nahm sie gleichfalls ihren Sitz ein, murmelte dabei verdrossen.

Im gleichen Moment schwang man die schweren, hohen Türflügel auf. Irgendwo stieß ein Bläser in eine Fanfare. Ausnahmslos sahen die Versammelten in die Richtung des Eingangs, und drei Männer kamen in den Audienzsaal.

Einer strebte voran, während die zwei anderen zu seinen Seiten und einen Schritt hinter ihm folgten. Terisa dachte sich, der vorderste Ankömmling müsse der Prinz sein. Seine Haltung zeugte von Selbstsicherheit, sein Gang drückte hoheitliches Selbstbewußtsein aus. Schwarzes, gelocktes Haar kräuselte sich unter einem spitzen Helm hervor; sein schwarzer Schnurrbart schimmerte, als wäre er nachhaltig mit Wichse getränkt worden; seine schwarzen Augen glitzerten von Vitalität. Sein prächtiger Helm und der Brustpanzer bestanden aus auf Hochglanz polierter Bronze, die einen Kontrast zu seiner dunklen Haut bildete, und um die Taille hatte er ein Schwert in einer Scheide aus dünner Bronze gegürtet. Die Seide, die seine Beine umwogte, gab einen ähnlichen Gegensatz ab, sie glimmerte bei seinen Bewegungen von hellen und dunklen Glanzlichtern. Er sah tatsächlich aus wie ein Mann, der nicht zögerte, eine Audienz zu *fordern.*

Anhand des Umstands, daß die beiden Männer hinter ihm weniger selbstsicher, dafür aber um so wachsamer wirkten, vermutete Terisa, daß es sich bei ihnen um Leibwächter handelte. Der Prinz schenkte den rundum auf dem Balkon postierten Bogenschützen keine Beachtung; seine Begleiter verhielten sich gegenteilig.

Er schritt durch den Saal nach vorn, bis er sich nahe genug vorm Thron befand, um klarzumachen, daß er sich als König Joyse ebenbürtig betrachtete, doch wiederum nicht so nah, daß die Wachen seine Annäherung als bedrohlich hätten mißverstehen können. Dann blieb er stehen. Er verbeugte sich höchst elegant vor König Joyse, und seine offenbar gut instruierten Begleiter taten es auch. »Heil Euch, König Joyse von Mordant, Herr des Kronguts«, erscholl anschließend seine Stimme. »Ich bringe Euch die Grüße Margonals, des Monarchen Alends und Oberherrn der Baronien Alends, dessen Gesandter ich bin.« Genau wie sein Lächeln bezeugte auch sein Tonfall vollendete Höflichkeit. »In der Welt zeichnen sich große Ereignisse ab. Die Zeiten sind gefahrvoll, und den Herrschern empfiehlt's sich, untereinander wie Brüder zu beraten, um der Gefahr zu begegnen. Mein Vater hat mich nach Orison geschickt, um mancherlei Fragen an Euch zu richten — und Euch einige Vorschläge vorzutragen, welche Euer Interesse erregen könnten.«

Weder stand König Joyse auf, noch erwiderte er die Begrüßung des Prinzen. »Kragen, so?« brummte er ihn rüde an. »Ich kenne Euch.« Wegen der greisenhaften Zitterigkeit seiner Stimme machte er einen zänkischen Eindruck.

Das Lächeln des Prinzen erlitt eine geringfügige Beeinträchtigung. »Sind wir uns schon begegnet, Herr König?«

»O ja, wir sind's, Prinz Kragen.« König Joyse sprach die Anrede mit offenherzigem Ressentiment aus. »Ihr müßtet Euch zu entsinnen imstande sein. Vor siebzehn Jahren war's. Mehrere Abteilungen alendischer Reiterei unterstanden Eurem Befehl, und's war Eure Aufgabe, einen Eurer Imagomanten gegen meinen Vorstoß zu behüten. Als ich Euch geschlagen hatte, mußte ich Euch in Fesseln legen lassen, dieweil Ihr Euch anders nicht in die Niederlage gefügt hättet ... Ja, und das Maul stopfen, damit Ihr Eure Beleidigungen für Euch behieltet. Ihr seid ein unbesonnenes Bürschlein gewesen, Kragen. Ich hoffe, Ihr seid innerhalb der seither verstrichenen siebzehn Jahre schlauer geworden.«

Jetzt lächelte Prinz Kragen nicht mehr. Auch seine Begleiter lächelten nicht länger; einer davon flüsterte etwas, das Terisa nicht verstehen konnte. Trotzdem wahrte Kragen sein von Selbstvertrauen bestimmtes, maßvolles Betragen. »Meinen Dank für die Erinnerung an jenen Vorfall, Herr König. Ich bezweifle, daß ich seitdem erheblich klüger geworden bin, denn immer fand ich mich allzu leicht bereit zum Vergessen meiner Niederlagen. Aus demselben Grunde hege ich wider Euch keinerlei Groll. Doch wie auch immer, es ist günstig, daß ich Euch als Gesandter und nicht als Widersacher aufsuche, ist's nicht so? Dieweil ich nämlich als Gesandter hier bin, braucht Ihr Euch nicht vor einem unbesonnenen Bürschlein zu schützen, indem Ihr mich in Fesseln legt und knebelt.« Als er das hörte, erzeugte Kastellan Lebbick zwischen seinen Zähnen einen Laut, der durch den ganzen Saal tönte. Obwohl er zurückgelehnt und mit verschränkten Armen auf dem Stuhl saß, erweckte er den Anschein, als sei er jederzeit bereit, Prinz Kragen an die Kehle zu springen.

König Joyse zog eine ungnädige Miene. »Oft habe ich sagen hören«, gab er dem Prinzen gedehnt zur Antwort, »ein Welplein sei gefährlicher als ein Hund. Ein Hund lernt aus Erfahrung. Ein Welpe hat keine Erfahrungen, deshalb ist sein Verhalten unvorhersehbar.«

In den Augen des alendischen Gesandten glomm es leicht gelblich, als bekämen sie eine Verfärbung der Tollwut. Aber seine Manieren blieben tadellos. Seine Ungerührtheit sollte wohl andeuten, er sei gar nicht dazu fähig, vor irgend etwas zurückzuschrecken. »Herr König, haltet Ihr Euch Jagdhunde? Mir ist unbekannt, ob Ihr die Jagd schätzt. Sie zählt jedenfalls zu meinen Vorlieben. In unserem Reich gelte ich nicht als schlechter Jäger. Ich darf Euch glaubhaft versichern, es ist nie ein Welpe, welcher den Hirsch zur Stecke bringt.«

Der König umklammerte mit den Händen die Armlehnen des Throns. »Das liegt mit Gewißheit daran«, schnauzte er, »daß Hunde in *Rudeln* jagen.«

»Oh, Vater«, murmelte Elega gedämpft.

Allmählich überforderte die Verärgerung der Begleiter Prinz Kragens ihre Ausbildung oder ihre Vorsicht. Einer der zwei Leibwächter hob die Hand ans Schwert; der andere drehte dem König halb den Rücken zu und flüsterte hitzig etwas in Kragens Ohr. Aber der Prinz bewog beide Männer mit einem knappen Wink der Hand zur Zurückhaltung. Offenbar war er fest dazu entschlossen, sich nicht in der Öffentlichkeit zu Leichtfertigkeiten verleiten zu lassen.

»Herr König, mich will's dünken, als hegtet Ihr wider mich irgendeine Feindschaft ... oder gar gegen den Monarchen Alends. Sollte es so sein, es möchte sich daraus ein Einfluß auf meinen Auftrag als Gesandter ergeben. Wenn's Euer Wunsch ist, werde ich die strittigen Fragen vor der Allgemeinheit freimütig mit Euch besprechen. Aber wäre eine Audienz in kleinerem Kreis nicht viel angemessener? Einer solchen Unterredung galt, wie Ihr Euch entsinnen werdet, mein Gesuch.«

»Ihr habt, wie *ich* mich entsinne, eine *Forderung* geäußert«, sagte barsch der Kastellan.

»Nichtsdestotrotz gehe ich Euch um Eure Entschuldigung an, weil ich Euch ein Bürschlein genannt habe«, sagte der König, als beteilige er sich an einer anderen Unterhaltung. »Ihr seid klüger geworden, als Ihr zugebt. In dieser Hinsicht ähnelt Ihr Eurem Vater.«

Daraufhin zeigte Prinz Kragen wieder sein Lächeln.

»Ach, ich glaube, Ihr fällt ein Fehlurteil über den Monarchen Alends, Herr König«, antwortete er bedächtig. »Im Laufe der Jahre hat er das stärkste Interesse an Weisheitslehren entwickelt. Daß ich in seinem Namen bei Euch vorspreche, ist dafür ein Beweis.«

Der Kastellan musterte Kragen fortgesetzt bösartigen Blicks. »Der Monarch Alends«, sagte er in beißend-scharfem Ton, »hat in Mordants Landen mehr Tod und Verderben gesät als irgendein anderer Mann, ausgenommen der Großkönig von Cadwal. Kommt zur Sache, Prinz, und wir werden selber über Eures Vaters Weisheit befinden.«

Zum erstenmal entzog Prinz Kragen dem König seine Aufmerksamkeit. »Ihr seid Kastellan Lebbick, nicht wahr?« vergewisserte er sich, lächelte unablässig. »Solltet Ihr Euch fortan keiner höflichen Redeweise befleißigen, werde ich Euch erdrosseln lassen.«

Terisa erstarrte. Trotz seiner Gleichmütigkeit wirkte die Drohung des Prinzen völlig überzeugend. Überall im Saal erklangen unterdrückte Keuchlaute. Die Wachen packten ihre Waffen fester; Lebbicks Offiziere nahmen Haltungen der Wachsamkeit und Bereitschaft an. Myste war sichtlich beunruhigt. Dagegen beobachtete Elega den Kastellan oder den Prinzen — wen von beiden, konnte Terisa nicht feststellen — mit Bewunderung und Neid in der Miene.

Lebbicks Gesichtsausdruck blieb fast unverändert; trotzdem wirkte er mit jedem Moment, der verging, immer mehr wie jemand, der einen starken Drang zur Gewalttätigkeit verspürte. Langsam erhob er sich; bedächtig drehte er sich dem König zu. Dann wartete er stumm darauf, daß der König das Wort ergriff.

König Joyse war auf seinem Thron zurückgesunken. Mehr denn je vermittelte er den Eindruck des Schrumpfens. »Ich wünschte, Ihr kämt *wahrhaftig* zur Sache, Kragen«, sagte er in deutlichem Überdruß. »Ich bin zu alt, um den lieben, langen Tag hindurch mit Euch Maulfechterei zu betreiben.« Er wandte sich an den Kastellan. »Setzt Euch, Lebbick. Falls er wahrlich so unbesonnen ist, in Orison jemanden anzugreifen oder einen Schaden anzurichten, dann wird er verdient haben, was ihm zustößt. Ich hege die Gewißheit, Ihr würdet mit tiefer Genugtuung seine Leber an die Krähen verfüttern.«

Flüchtig sah Kastellan Lebbick den Prinzen an, dann verneigte er sich zum Zeichen der Zustimmung. »Mit Vergnügen, Majestät«, bestätigte er leise, ehe er erneut Platz nahm.

Terisa hörte Elega und mehrere andere Personen aufseufzen. Einige Seufzer klangen nach Erleichterung, andere hingegen nach Enttäuschung.

»Wir haben wenig Anlaß, Alend zu lieben«, sagte König Joyse in strengerem Ton als vorher. »Laßt mich Euch schlicht und einfach die Frage stellen, Kragen: Warum seid Ihr hier?«

»Ich will Euch ebenso schlicht und einfach Antwort erteilen, Herr König«, entgegnete der Prinz, als wäre nichts geschehen. »Der Monarch von Alend wünscht zu erfahren, was sich in Mordant begibt. Er möchte dem Wirrwarr der Gerüchte und des Gemunkels ein Ende bereiten. Und er hegt den Wunsch«, — er legte um der Dramatik willen eine kurze Pause ein —, »Euch einen Pakt vorzuschlagen.«

Die Reaktion im Audienzsaal fiel so erregt aus, wie er es sich nur erhofft haben konnte. Sich zurückzuhalten außerstande, sprang Elega auf, geradeso wie der Kastellan, zwei seiner Offiziere und Meister Barsonage. Meister Quillon sperrte den Mund auf. Getuschel der Überraschung raunte zu den Deckengewölben empor. Die Hand an den Mund gehoben, starrte Myste entgeistert, voller Hoffnung, hinauf zu ihrem Vater.

Terisa wußte keinen Grund, weshalb sie dem Prinzen so feindlich wie der Kastellan Lebbick gegenüberstehen sollte. Was sie betraf, so lautete ihr Standpunkt, daß der Prinz vorhin die ersten vernünftigen Worte, die in diesem Audienzsaal gefallen waren, gesprochen hatte.

»Einen Pakt?« brauste Lebbick auf. »Mit Margonal? Zum Teufel damit!«

»Wähnt der Monarch Alends etwa«, fragte einer der Offiziere, »wir wären des Verstands verlustig gegangen?«

»Aber wenn's ein Pakt gegen Cadwal wär?« rief ein anderer Offizier. »Jenseits des Vertigons sammelt der Großkönig seine Heere. Herr Perdon sollte dies Anerbieten hören.«

»Einen Pakt?« dröhnte Meister Barsonages Stimme fast gleichzeitig dazwischen. »Einen Pakt wider unser Verhängnis?« Mit einem Mal glich er nahezu einem Besessenen. »Herr König, Ihr müßt einwilligen!« Einen Augenblick lang dachte Terisa, er werde rufen: Ihr müßt einwilligen, damit die Zunft den Kämpen nicht holen muß.

»Aufs vortrefflichste gesprochen, Prinz Kragen«, sagte Prinzessin Elega gemäßigter, aber mit nicht weniger leidenschaftlichem Nachdruck. »Wacker gesprochen!«

König Joyse dagegen schwieg, bis die allgemeine Aufregung verebbt war; er wirkte gar nicht überrascht. Anscheinend fand der Vorschlag bei ihm kaum Anklang. Sein Gesicht war verspannt, als unterdrücke er mühsam ein Gähnen.

Als im Saal endlich neue Stille herrschte, nahmen Kastellan Lebbick und die restlichen aufgesprungenen Anwesenden widerwillig — als schöbe jemand sie rücklings auf die Sitze — wieder Platz. Gleich darauf ruhten die Blicke der gesamten Versammlung auf König Joyse.

Er murmelte vor sich hin, während er sich straffte, aufrechter hinsetzte. Sein Stirnreif war verrutscht, ein paar Strähnen seines Haars hingen ihm über die Stirn. »Einen Pakt, Kragen? Nach etlichen Dutzend Geschlechterfolgen des Krieges? Weshalb sollte ich derartigem meine Zustimmung geben?«

»Herr König, ich habe nicht die mindeste Ahnung«, antwortete der Prinz in umgänglichem Ton. »Mir sind keine Tatsachen bekannt, doch verweisen die Gerüchte, welche uns aus Mordant erreichen, auf einen ernsten Notstand. Sie gestatten zu schlußfolgern, daß die Bedrängnis schwerer wird. Darum hatte der Monarch Alends den Gedanken, Euch seinen Beistand anzutragen.«

»Was wähnt der Monarch, welcher Art unser Notstand ist?«

Geziert zuckte der Prinz mit den Schultern. »Ich muß wiederholen, Gerüchte dringen allein zum Monarchen vor. Doch dünkt der Inhalt selbigen Hörensagens uns unmißverstehbar.« Er nickte an Lebbick vorbei in die Richtung der Meister. »Es will den Anschein haben, als hätten sich ein paar — mag sein, sogar viele — Eurer Imagomanten insgeheim wider Euch gekehrt.«

»Das ist ausgeschlossen!« widersprach sofort Meister Barsonage. »Ihr redet Unverschämtheiten, Prinz.«

König Joyse achtete nicht auf den Mediator. »Und welchen Vorteil verspricht sich der alendische Monarch vom fraglichen Pakt?«

»Euer Vertrauen, Herr König.«

Das leuchtete Terisa ein. Dagegen nahm König Joyse es anders auf; mit einer Miene der Ungläubigkeit beugte er sich vor. »Was? *Vertrauen?* Er möchte nicht halb Cadwal unterwerfen? Er wünscht nicht eigene Imagomanten zu Gebote zu haben?«

»Wie ich bereits erwähnte«, erklärte Prinz Kragen geduldig, »hat sich Alends Monarch der Weisheit geweiht. Er ist zu der Einsicht gelangt, daß zwischen Herrschern, welchselbige einander Vertrauen schenken, Dinge verwirklichbar sind, die ansonsten unmöglich bleiben. Freilich strebt er zum Wohle seines Volkes nach den Mitteln der Imagomantie. Gewißlich begehrt er den Wohlstand Cadwals, um mehr von jenem erwerben zu können, was Mordant hat, aber was Alend fehlt. Doch er weiß, daß selbige Wünsche ohne Vertrauen unerfüllt bleiben müssen. Und mit Vertrauen gilt's irgendwo einen Anfang zu machen. Darum bietet er Euch seinen Beistand an, ohne auf irgendeiner Gegenleistung zu beharren. Wenn das, was er zu erreichen gedenkt, in die Tat umsetzbar ist, wird's dahin kommen, sobald das gemeinsame Handeln bewirkt hat, daß Ihr ihn besser kennt und ihm vertraut.«

»Ich verstehe Eure Worte.« König Joyse lehnte sich wieder zurück. »Sicherlich ist das auch die Erklärung dafür, warum Margonal an der Grenze zu unseren Gauen Fayle und Armigite ein Heer von furchtbarer Größe sammelt. Zumindest habe ich, laßt's mich so ausdrücken, über ein solches Heer Gerüchte vernommen.«

»Dann ist Euch mit Gewißheit auch zu Gehör gekommen«, erwiderte der Prinz schlagfertig, »daß Großkönig Festten einen gewaltigen Angriff auf Euer Reich vorbereitet. Sicherlich«, — er erlaubte sich einen Anflug von Sarkasmus —, »hat er vor, diese Zeit Eurer Schwäche — will sagen, Eures Notstands — zu nutzen, um Euer Königreich zu überrennen, die Gaue zu unterjochen und alle Imagomantie seinem Willen dienstbar zu machen. Ich glaube, Herr König, Ihr werdet begreifen können, daß Alends Monarch an Cadwal keinen derartigen Sieg fallen lassen kann. Ob Ihr einen Pakt mit ihm schließt oder nicht, er muß dem Großkönig entgegentreten. Mit der Gründung der Zunft habt Ihr etwas geschaffen, das nie und nimmer unter den falschen Einfluß geraten darf.«

»Das ist wahr«, gestand der König. »Das ist wahr.« Für ein ausgedehntes Weilchen starrte er offenen Mundes zur Decke des Saals empor, als wäre er tief in Gedanken versunken. Seine Lider schlossen sich. *O nein,* dachte Terisa plötzlich, *er fängt zu schlafen an!* Doch im nächsten Moment schaute der König unversehens wieder Prinz Kragen an und lächelte. Das Lächeln schien sein Gesicht aufzuhellen wie von einem Sonnenstrahl. »Pflegt Ihr Springbrett zu spielen, Prinz?« erkundigte er sich in einem Ton, als sähe er zum erstenmal seit Beginn der Audienz Anlaß zum Frohsinn.

»Springbrett, Herr König?« fragte Kragen. Auf einmal verengte ein wachsendes Gefühl drohender Panik Terisas Kehle. »Damit bin ich unvertraut.«

»Es ist ein Spiel.« Die unstete Stimme des Königs neigte unerwartet zu Tönen der Begeisterung. »Ich erachte es als außerordentlich lehrreich.« Er schlug die Hände zusammen, und es klatschte, als hätte er jemandem eine Ohrfeige verpaßt. Unwillkürlich fuhr Terisa auf. Myste und Elega blickten besorgt und bestürzt hinauf zu ihrem Vater.

Fast sofort schoben Diener zwei der Wandschirme im Saal beiseite, gaben den Blick auf eine Tür an der Seitenwand frei. Die Tür stand schon offen, und zwei Diener kamen heraus, die zwischen sich einen kleinen Tisch trugen. Ihnen folgten noch zwei Bedienstete, jeder mit einem Stuhl. Mit gesenkten Köpfen brachten sie die Möbelstücke zu dem langen Teppichläufer und stellten sie ungefähr in der Mitte zwischen dem Prinzen und den Stufen zu König Joyses Thron ab. Während der Adel Schloß Orisons fassungslos zuschaute, schoben die Diener die Stühle so an den Tisch, als sollten Kragen und der König sich an ihn setzen. Anschließend entfernten sich die Bediensteten, schlossen hinter sich die Wandschirme und die Tür.

Terisas Angst nahm zu. Sie erkannte den Tisch, die Stühle: zuletzt hatte sie sie in König Joyses Privatgemächern gesehen. Auf dem Tisch befand sich, vorbereitet für ein Spiel, das Spielbrett.

»Ach, Vater«, flüsterte Myste. »Bist du denn wahrhaftig so tief gesunken?«

Elegas Wangen waren rot und erhitzt. »Er ist *wahnsinnig*«, antwortete sie ihrer Schwester. »Wahnsinnig.«

Aber König Joyse scherte sich offensichtlich nicht darum, was man im Saal von seiner Idee hielt. »Bei vordergründiger Betrachtung«, sagte er, indem er sich eifrig vorbeugte, zum Prinzen, »ist's ein schlichtes Spiel. Ein Kind vermag's zu meistern. Doch zur gleichen Zeit hat's auch seine Feinheiten. Im wesentlichen besteht's daraus, daß man den Gegenspieler Schlachten zu gewinnen zwingt, auf daß er den Krieg verliere. Werdet Ihr ein Spiel wagen?«

»Ich?« Nun legte auch Prinz Kragen einige Überraschung an den Tag. »Wie ich bereits bekennen mußte, ist mir selbiges Spiel nicht geläufig. Gerne werde ich zuschauen, wenn's gespielt wird, falls es Euer Wunsch ist ... so Ihr denn«, — sein Ton blieb beherrscht —, »für diese

Audienz keinen sinnvolleren Zweck wißt. Aber spielen kann ich's nicht.«

»Blödheit!« In der Stimme des Königs begann nun etwas mitzuschwingen, das sie von ihm noch nicht gehört hatte: eine Spur von Härte. »Ich beharre darauf. Springbrett verhilft vorzüglich zur rechten Einschätzung von Menschen.«

»Und ich muß ablehnen.« Kragen antwortete mit Entschiedenheit, hatte jedoch zu schwitzen angefangen. »Herr König, fast dreißig Tage habe ich zwischen Scarab und Orison im Schnee zugebracht, dieweil die mir vom Monarchen Alends anvertraute Aufgabe nicht bis zum Frühling warten konnte. Die Aussicht, abermals einen Tag mit ihrer Erledigung zu warten, behagt mir wenig. Doch wenn's denn sein muß, so werde ich mich fügen. Wollen wir uns morgen erneut, aber in engstem Kreis treffen?«

König Joyse tat Kragens Worte mit einem Wink seiner Hand ab. Er hustete, als er zu sprechen anfing, stieß ein Räuspern aus. »Ich gedenke Euch Gerechtigkeit widerfahren zu lassen«, beteuerte er. »Ich will nicht selbst gegen Euch spielen. Obwohl ich schwerlich Großmeister Havelock gleichkomme, verfüge ich mittlerweile reichlich über Erfahrung in diesem Spiel. O nein, Prinz.« Sein Ton wurde noch herber. »Seit siebzehn Jahren habe ich Euch nicht nochmals auf die Probe stellen können. Eure Stärken, Eure Fähigkeiten sind mir unbekannt. Ich werde Euch einen Gegenspieler zuteilen, welcher mir gleichermaßen unbekannt ist.« Vor der nächsten Äußerung des Königs, sehr förmlich ausgesprochen, hatte nichts als ihre unklare Angst Terisa gewarnt. »Terisa von Morgan, edle Dame, hättet Ihr wohl die Güte, Prinz Kragen für mich im Springbrettspiel zu erproben?«

Augenblicklich starrten alle Anwesenden im Saal sie an. Terisa spürte ihr Gesicht heiß werden. Sie schaute hinauf zum König. Vor all diesen Leuten ...? Furcht machte ihre Sicht schärfer, genauer, und auf einmal schien es zwischen ihnen kaum einen Abstand zu geben; sie vermochte jeden seiner Gesichtszüge deutlich zu unterscheiden. Unter der dünnen, alten Haut seiner Schläfen sah sie die Venen pulsen. Seine wäßrigen Augen wirkten schwach, fast blicklos. Die Strähnen, die ihm ins Gesicht fielen, verliehen ihm ein leicht albernes Aussehen.

Aber er lächelte. Und sein Lächeln hatte nicht an Ausstrahlungskraft verloren. Es flößte ihr Mut ein, wie ein Versprechen, daß es nicht etwa seine Absicht sei, sie hereinzulegen, eine Versicherung, daß sie zu wertvoll sei, um schlecht behandelt zu werden; wie ein Ausdruck der Überzeugung, sie könne schaffen, was immer er von ihr verlangen mochte.

Ohne sich bewußt zum Handeln zu entschließen, stand Terisa auf und ging hinüber zu Prinz Kragen. Im selben Augenblick wünschte sie sich, sie wäre sitzen geblieben. Sie begriff zuviel von dem, was hier geschah, um Ruhe bewahren zu können, aber nicht genug, um zu wissen, ob sie das Richtige tat. Und buchstäblich alle einflußreichen Persönlichkeiten Schloß Orisons sahen ihr zu. Die Tochter ihres Vaters hätte sich nie auf so etwas eingelassen. Nur mit beträchtlicher Mühe konnte sie sich dazu durchringen, den Blick des Prinzen zu erwidern.

Er hatte die schwarzen Brauen über seinen Augen verkrampft, biß anscheinend auf der Innenseite seiner Wange herum. Sein unbefangenes, selbstsicheres Auftreten war verflogen; er lächelte Terisa nicht zu, verbeugte sich nicht, grüßte sie nicht einmal in irgendeiner Weise. Die gelbliche Schattierung in seinen Augen war kräftiger geworden und deutete vermutlich auf erheblich angeschwollene Wut hin. Offenbar war er innerlich dermaßen angespannt, daß Terisa befürchtete, er könnte jeden Moment das Schwert zükken. Sie trat so nahe zu ihm, wie sie es wagte; das hieß, sie hielt ungefähr drei Meter Distanz. So blieb sie stehen.

»Edle Dame«, — König Joyses Stimme schien vom anderen Ende eines Tunnels an ihr Gehör zu dringen —, »darf ich Euch Prinz Kragen vorstellen, den Verweser der Baronien Alends und Sohn des alendischen Monarchen

Margonal? Prinz, vor Euch erblickt Ihr die Edeldame Terisa von Morgan. Edle Dame, ich bin mir vollauf sicher, daß Prinz Kragen Euch den ersten Zug gewähren wird.« Mit einer Hand deutete der König auf den Stuhl, der Kragen und den Zuschauern zugewandt stand.

Der Prinz widmete seine Beachtung wieder König Joyse. »Verschwendet keine Zeit, edle Dame«, sagte er. »Ich werde nicht spielen.«

»O doch, ich glaube, Ihr werdet's.« Inzwischen beeinträchtigte nichts Greisenhaftes mehr König Joyses Stimme, und ebensowenig vermittelte er länger den Eindruck eines harmlosen alten Tattergreises. Er sprach wie ein Herrscher, der sich dem Ende seines Langmuts näherte. »Ich bitte Euch, nehmt Platz, edle Dame.«

Als hätte sie keinen eigenen Willen, wäre sie völlig hilflos, strebte Terisa zu dem Stuhl, auf den König Joyse gezeigt hatte. Sie zog ihn zurück, setzte sich und richtete den Blick auf das Spielbrett, alles ohne Prinz Kragen noch einmal anzusehen. Sie konnte das Gefühl nicht loswerden, daß sein Blick, falls sie ihn nochmals ansah, sie niederschmettern müßte. Der ganze Saal konzentrierte alle Aufmerksamkeit auf sie. Ihr war, als könnte sie Besorgnis, Zweifel und Bedenken ringsum in der Luft spüren.

Aber vielleicht war sie gar nicht hilflos. Wenn der Spiegel sie geschaffen hatte, mußte alles, was sie von sich und ihrer Vergangenheit glaubte, reine Einbildung sein. In diesem Fall gehörte sie in diese Welt. Sie war ausschließlich dafür erschaffen worden, um da zu sein, wo sie sich jetzt befand, und was sie zu tun hatte, konnte sie nicht überfordern.

»Ihr irrt Euch, Herr König.« Obwohl er in gelassenem Ton sprach, klang Kragens Stimme so heftig, als hätte er zu schreien angefangen. »Ich habe Euch nun durchschaut. Sobald ich als meines Vaters Gesandter zu Euch kam und um Audienz ersuchte, habt Ihr sogleich beschlossen, mich zu demütigen. Ihr habt eine öffentliche Audienz anberaumt, wiewohl ich eine Audienz in kleinem Kreise wünschte. Und's war von vornherein Eure Absicht, mir dieses …« Er verkniff sich eine häßliche Bemerkung. »… dies Spiel zuzumuten. Ihr hattet es bereitstehen, Eure Diener harrten Eures Zeichens. Ohne Zweifel ist die Edeldame Terisa von Morgan von Euch zu meiner Gegenspielerin erkoren worden, weil dadurch meine Erniedrigung um so übler ausfällt. Wahrlich, Herr König, mich verwundert's, daß Ihr Euch der Mühsal unterzogen habt, die Erklärung meiner Ankunft anzuhören, bevor Ihr diese schäbigen Mätzchen beginnen ließet. Es ist genug. Ich werde zum Monarchen Alends heimkehren und ihm mitteilen, daß Ihr mit ihm keinen Pakt einzugehen wünscht.«

»Ihr werdet nichts dergleichen.« Beim Tonfall des Königs sträubten sich Terisas Nackenhaare. »Setzt Euch und spielt.«

»Nein!«

»Bei meinem Schwert, *doch!* Ich bin König von Mordant und mein Wille gilt!« Ehe der Prinz oder seine Leibwächter etwas sagen oder tun konnten, gab Kastellan Lebbick ein unauffälliges Zeichen. Auf dem Balkon hoben die Schützen ihre Bogen und spannten sie; alle zielten mit den Pfeilen auf Kragen.

»Verrat!« knirschte einer der Leibwächter. Zum Glück blieb er besonnen genug, um sein Schwert in der Scheide zu lassen.

»Verrat, so?« schnauzte Kastellan Lebbick in offensichtlicher Schadenfreude. »Solltet Ihr Euch keiner höflicheren Redeweise befleißigen, werde ich Euch an die Schweine verfüttern.«

Langsam drehte Prinz Kragen sich durch einen vollständigen Kreis, musterte den Balkon, die Wandschirme, die Anordnung der Sitzbänke und Stühle; doch es bot sich kein Fluchtweg an. Danach drehte er sich erneut König Joyse zu. Seine Miene war verschlossen, ausdrucksarm geworden. Die Menschen im Saal beobachteten ihn in völliger Lautlosigkeit.

»Geht!« schrie urplötzlich Prinzessin Elega, als litte sie

Qualen. »Fügt Euch nicht diesem Wahnwitz! Ihr seid als Gesandter gekommen, mit einer Botschaft des Friedens. Läßt er Euch morden, wird ganz Mordants Verfluchtheit ihn ins Grab martern!«

Der Prinz sah sie nicht an. Er sagte kein Wort. Mit raschen, geschmeidigen Bewegungen setzte er sich Terisa gegenüber an den Tisch und verschränkte die Arme auf der Brust, starrte sie an, als wäre sein Blick eine Pike, mit der er sie zu durchbohren beabsichtigte.

König Joyse schwieg. Kastellan Lebbick grinste höhnisch und schwieg gleichfalls. Meister Barsonage wand sich an seinem Platz. Meister Quillon schien aus Terisas Wahrnehmungsbereich verschwunden zu sein. Keine der Königstöchter tat irgend etwas. Niemand griff zu Terisas Gunsten ein. Es lag ausschließlich an ihr, den Prinzen aus der Affäre zu ziehen.

Sie sah ihm nicht ins Gesicht; vielmehr konzentrierte sie sich auf das Spielfeld. Sie empfand es nachgerade als ausgeschlossen, daß sie so ein Spiel schon einmal gespielt hatte. Der Hausangestellte, der ihr Dame beigebracht hatte, war gefeuert worden. Vielleicht war er, ohne es selbst zu merken, ihr Freund gewesen. Möglicherweise war er aus diesem Grund hinausgeworfen worden. *Warum?* dachte sie, fühlte sich der Panik nah. Nicht: Warum macht König Joyse so etwas? Sondern: *Warum bin ich hier?*

Sie wußte die Antwort. Weil der König sich wie ein Irrer verhielt und eine derartige Demütigung Kragens unausweichlich zum Krieg mit Alend führen müßte. Weil Mordant sich keinen Krieg mit Alend leisten konnte. Denn Cadwal rüstete bereits zum Krieg gegen Mordant. Meister Quillon hatte ihr zu der Antwort verholfen. Er beobachtete sie genau. Und Geraden hatte sie ihr im Spiegel gezeigt: Weil knubblige Bestien mit gräßlichen Kiefern aus dem Nichts geschickt worden waren, um Menschen in Stücke zu reißen.

Wenn ihre Vergangenheit nicht existierte, was hatte sie zu verlieren?

Nach einem ausgedehnten Moment, in dessen Verlauf sich auf ihrer Kopfhaut Schweiß sammelte, Furcht ihr den Brustkorb einschnürte, streckte sie die Hand aus und machte den ersten Zug.

Sofort langte Prinz Kragen zu, nahm auf seiner Seite die gleiche Spielmarke und wiederholte mit einer markigen Geste Terisas Zug. Die Bewegung seines Arms entblößte dunkle Flecken, die sich in der Seide unter seiner Achselhöhle ausbreiteten.

Bei sich nickte Terisa, ihre innere Anspannung wich etwas. Was hätte er anderes tun sollen? Er kannte das Spiel nicht. Sie hatte ihn in der Hand.

Begleitet von Eindrücken fernen Hörnerklangs, kam Terisa die Erkenntnis, daß es einen Weg aus dem Dilemma gab.

Sie machte noch einen Zug. Wieder ahmte Kragen ihn nach. Ohne Zögern, damit sie der Mut nicht verließ, zog sie zum drittenmal. Erneut tat Kragen seinerseits den gleichen Zug.

Nach einigen weiteren Zügen war es soweit: Terisa war dazu imstande, sich auf ihrem Stuhl umzudrehen und zu König Joyse hinaufzublicken. Ihr Herz hämmerte, als hätte sie sich soeben ein erhebliches Risiko aufgeladen, etwas getan, das maßgebliche Bedeutung hatte. »Es liegt ein Unentschieden vor.«

Die gefühlsmäßige Aufwühlung, die sich in König Joyses Gesicht widerspiegelte, berechtigte die Befürchtung, ihm drohe ein Schlaganfall. Er platzte fast vor Wut. Oder er amüsierte sich ungeheuer. Was es war, vermochte Terisa ihm nicht anzusehen.

Der Prinz faßte ihre Äußerung wie einen Hinweis auf. Er erhob sich, ohne Terisa nur eines Blicks zu würdigen, verbeugte sich merklich ironisch vor König Joyse. »Ich danke Euch, Herr König. In der Tat ist's ein ungemein lehrreiches Spiel. Es eignet sich aufs beste zur Beurteilung von Menschen. Der Monarch Alends wird die Kunde von diesem Spiel mit Erstaunen aufnehmen. Nunmehr werde ich mich mit Eurer gütigen Erlaubnis zurückziehen. Leider hat der weite Weg von Scarab bis zu Euch mich ermüdet. Ohne Erholung bin ich zur Fortsetzung der Verhandlungen nicht fähig.« Er nickte seinen Leibwächtern zu; sie vollführten ebenfalls Verbeugungen. Dann drehte er sich um und strebte auf das Portal zu.

Es kostete König Joyse offenbar alle Mühe, seine Gefühle zu verbergen. »Geht und verschnauft, wenn's sein muß.« Sein Tonfall zeichnete sich wieder durch Streitsuche aus, er quengelte wie ein enttäuschtes, schmollendes Kind. »Ihr seid ein weitaus jämmerlicheres Bürschlein, als ich's gewähnt habe.«

Prinz Kragens Schritt stockte für eine Sekunde, und man sah ihn die Schultern hochziehen. Die im Saal Versammelten, entsetzt über die Rüpelhaftigkeit, mit der König Joyse den Gesandten und sein Anliegen abgekanzelt hatte, starrten ihn oder den König an.

Doch der Prinz blieb nicht stehen. Man öffnete ihm die Türflügel, und er stapfte aus dem Audienzsaal.

Ehe sonst jemand etwas tun konnte, sprang Elega auf. Ihre Augen leuchteten wie von Blitzen. Ihr Ausruf hallte an die hohen Deckengewölbe des Saals empor. »Vater, ich *schäme* mich!« So schnell, wie ihre langen, schweren Röcke und Unterröcke es zuließen, eilte sie dem Prinzen nach.

Sonst sagte niemand etwas. Niemand wagte es.

König Joyse seufzte leise. Mit beiden Händen strich er sich die Strähnen aus dem Gesicht und rückte den Stirnreif zurecht. Anschließend kratzte er sich mit den Fingernägeln im Bart. »Das bekümmert mich«, murmelte er, als wüßte er nicht, daß jeder im Saal ihn hören konnte. »Ich bin allzeit stolz auf dich gewesen.« Lahm richtete er sich auf und stieg die Stufen seines Throns hinab.

»Oh, Vater«, stieß Myste mit ruhiger, schmerzerfüllter Stimme hervor, als er sich der Rückseite der Estrade näherte, und lief ihm hinterdrein.

Terisa hätte mit sich zufrieden sein sollen. Sie hatte eine Art von Sieg errungen. Trotzdem tat das Ergebnis Myste weh, und Elega war schier außer sich vor Erbitterung. König Joyse war weniger denn je das, was er gewesen war, was er sein müßte. In Terisas Herz blieb ein Gefühl der Hohlheit wie bei einem Patt zurück.

Die Erinnerung an den Hörnerschall war fort.

11

Ein paar Tage der Untätigkeit

Den Weg zu ihrem Quartier allein zu finden, hätte Terisa Probleme bereitet; in diesem Teil Orisons kannte sie sich überhaupt nicht aus. Doch in diesem Fall ließ Kastellan Lebbick sie nicht im Stich. Sobald die Adeligen sich den Saal zu räumen anschickten, in ihrer Fassungslosigkeit untereinander raunten und diskutierten, teilte er ihr einen Wächter zu, der sie zu den Pfauengemächern zurückbegleitete.

Der Rückweg kam ihr länger als der Hinweg vor; doch zu guter Letzt befand sie sich wieder in ihrer Unterkunft, hatte die Tür von innen abgesperrt und eine erste Gelegenheit, über all das nachzudenken, was sie heute erlebt hatte.

Es überraschte sie, vom Fenster aus einen klaren Himmel und auf den schneebedeckten Dächern und Türmen des Schlosses einen rosa Widerschein zu sehen, während Zwielicht das Land und die entfernten Hügel trübte. Sie hatte nicht gemerkt, daß soviel vom Nachmittag verstrich. Für eine Weile verdrängte sie alles andere aus ihrem Bewußtsein und schaute sich einfach den Sonnenuntergang an, bezaubert von der Art und Weise, wie er Orison das Aussehen eines Märchenschlosses gab: alter Stein, gehüllt in Winter und Düsternis, und doch ragte es wie Hoffnung oder Träume zum Licht empor, zum Himmel, der zarten Berührung all der Pracht des Sonnenscheins entgegen. Jetzt konnte sie sich wieder ans Klingen der Hörner erinnern. Während eines längeren Moments verspürte sie die Sehnsucht, das Schloß zu verlassen, nicht um in die Illusion ihres früheren Lebens zu flüchten, sondern um durch die Gegenden Mordants zu streifen und jenen Flecken Erde zwischen Bäumen und Hügeln zu finden, wo die Möglichkeit bestand, Jäger oder Musiker Freude und Gemütvolles in die Kälte blasen zu hören.

Wieso kannten die Omen die Reiter aus ihrem Traum? Selbstverständlich konnte sie sich darauf eine Antwort zurechtlegen. Wenn ein Spiegel sie geschaffen hatte, dann war der Spiegel auch die Ursache ihrer Träume. Aber aus irgendeinem Grund half das ihr nicht.

Sie hatte Geraden soviel zu erzählen. Ungeachtet dessen, was sie hinsichtlich Meister Eremis' empfand, war Geraden der einzige, dem sie zutraute, ihr bei der Entscheidung behilflich sein zu können, was sie tun sollte.

Und eine Entscheidung galt es zu fällen — das stand offensichtlich fest. Irgend etwas mußte geschehen. König Joyse hatte einen Weg der Selbstzerstörung genommen, einen Weg, der viel gefährlicher war als die Passivität, die ihm seine Umgebung ankreidete. Jetzt besaß sie darüber Klarheit, daß er sich alles andere als passiv verhielt. Wenn er sich weigerte, Perdons Verteidigungskraft zu verstärken, wenn er Prinz Kragen demütigte, wirkte er aktiv auf Mordants Ruin hin.

Mordant benötigte eindeutig ein Oberhaupt, das tatkräftig genug war, die Lage unter Kontrolle zu bringen — und ausreichend intelligent, um dazu imstande zu sein, diese Aufgabe konstruktiv anzupacken. Nicht Kastellan Lebbick: er war dem König mit viel zu großer Anhänglichkeit treu. Auch die Zunft insgesamt eignete sich nicht zum Regieren. Trotz der Macht, die sie verkörperte, war sie zu sehr aufgesplittert, als daß sie wirksam einzugreifen vermocht hätte. Großmeister Havelock? Er hatte nicht alle Tassen im Schrank. Meister Quillon? Sie kannte seine Motive nicht, konnte ihn sich aber jedenfalls nicht vorstellen, wie er den Kampf um Mordants Überleben leitete.

Damit blieb Meister Eremis übrig. Davon würde Geraden natürlich gar nichts halten. Aber vielleicht gelang es ihr, ihn zu überzeugen. Wenn sie dahingehend übereinkamen, dem Meister Unterstützung zu leisten, ergab sich vielleicht die Chance, künftig mehr Zeit mit ihm zusammen zu verbringen.

Diese Überlegung erinnerte sie an das Gefühl seines

Mundes auf ihren Brüsten. Sie schlang die Arme um den Leib und erschauderte. *Ich weiß lediglich*, hatte Saddith behauptet, *daß jeder Meister mir kundtun wird, was ich wissen möchte, sollte ich den Wunsch haben, dies oder jenes von seinen Kenntnissen zu erfahren.* Und sie hatte gesagt: *Gleiches gilt für Euch, so Ihr's nur wollt.* Nun, warum nicht? Ihr fehlten Sadditihs Erfahrung — und ihre Kaltschnäuzigkeit. Aber Eremis hielt sie für begehrenswert.

Noch nie hatte irgendwer sie als begehrenswert betrachtet.

Während die Sonne sank, Dunkelheit das Schloß zu verschlingen schien, drehte sie dem Fenster den Rücken zu, schenkte sich ein Glas Wein ein und machte es sich bequem, um die Gedanken, die sie hatte, in Ruhe zu genießen.

Später brachte Saddith ihr das Abendessen. Die Zofe zeigte sich sehr am Gespräch interessiert; Schloß Orison schwirrte von Gerüchten in bezug auf Prinz Kragen und die Audienz, und sie hatte alle gehört, aber jetzt gern die Wahrheit erfahren. Terisa hatte jedoch das Empfinden — abgesehen davon, daß sie zu müde war für Schwatzerei —, noch zu stark unter dem Eindruck der Ereignisse zu stehen, als daß sie sie unvoreingenommen hätte schildern können. Die Geschehnisse des Tages hatten ihre Gefühle erschöpft. Und durch die Gedanken an Meister Eremis war sie schläfrig geworden. Halbherzig entschuldigte sie sich ein paarmal und schickte Saddith weg. Anschließend aß sie zu Abend, trank noch ein Glas Wein, hängte ihre Kleidung in den Kleiderschrank, in dem kein Stuhl stand, und legte sich ins Bett.

Fast sofort schlief sie ein ...

... und ein dumpfes Klopfen auf Holz weckte sie. Träume schienen ihr das Gehirn zu verkleben, an die sie sich nicht entsann; in einem Gemütszustand, der irgendwie mit kaltem, eingedicktem Haferbrei Ähnlichkeit aufwies, hegte sie die Überzeugung, was sie hörte, seien ihre Kleider, die von innen an die Schranktüren pochten und herausgelassen zu werden verlangten, weil ihnen stark daran lag, von den trügerischen Unterröcken und irreführenden Gewändern getrennt zu werden, die man ihr geliehen hatte, um sie von sich selbst abzulenken. Andererseits fand sie diese Möglichkeit irgendwie wenig einleuchtend, doch sie kam nicht dahinter, inwiefern; der Brei rings um ihr Hirn war zu dick, es ließ sich darin nicht rühren.

Das Klopfen wiederholte sich. Nach einer ausgedehnten Weile der Begriffsstutzigkeit merkte sie, daß es aus dem anderen Schrank drang. Es ertönte von der Tür des Geheimgangs.

Anfangs blieb sie so schlaftrunken, dermaßen müde, daß sie überhaupt nicht auf die Idee verfiel, darauf zu reagieren. *Auf diese Weise,* dachte sie so klar, wie sie es eben konnte, *werde ich ja nie genug Schlaf bekommen. Treibt sich hier jeder bloß die ganze Nacht lang hinter den Rücken der anderen herum?*

Doch die Zumutung nahm dadurch, daß sie sie ignorierte, kein Ende. Es klopfte nochmals. »Edle Dame!« krächzte eine gedämpfte Stimme.

Soviel sie wußte, kannten sich nur Meister Quillon und Großmeister Havelock mit dem Geheimgang aus. Sollte das Geklopfe lauter werden, mußten die Wächter es hören. »Schon gut«, murmelte sie, schob die Decken beiseite und taumelte aus dem Bett. »Ich komme ja.« Zum Glück war das Kaminfeuer niedergebrannt. Deshalb war die Luft kühl und erinnerte sie an ihr Nacktsein. Ihr Kopf begann sich zu klären. Sie wankte zum anderen harmlosen Kleiderschrank, holte ihre Kleidung heraus, zog sie an. Das Pochen ertönte abermals. »Ich *komme*«, wiederholte sie so laut, wie sie sich traute.

Sobald sie den Stuhl entfernt hatte, öffnete sich die Geheimtür, der Schein einer Lampe viel in den Schrank. Obwohl Terisas Augen ein Momentchen brauchten, um sich auf die veränderten Lichtverhältnisse einzustellen, hatte sie keine Mühe, den Besucher zu erkennen. Meister Quillon drängte sich durch die Kleider und trat aus dem

Schrank. »Ihr habt einen tiefen Schlaf, edle Dame«, flüsterte er mit einem Anklang vorwurfsvoller Strenge.

»Entschuldigen Sie.« Terisa verzichtete darauf, sich um Glaubwürdigkeit ihrer Entschuldigung zu bemühen. »Ich bin noch nicht dran gewöhnt, daß mitten in der Nacht Leute bei mir aus und ein gehen.«

»Mir selbst wäre vollauf wohler, dürfte ich im Schlummer ruhen«, erwiderte Quillon. »Doch's gibt dringlichere Angelegenheiten.« Aus Verdruß zuckte seine Nase. Im Lampenschein sah er noch mehr als vorher wie ein mickriger Nager aus. Nur die Eindringlichkeit seines Auftretens paßte nicht zu seinem Gesicht. Es verlieh seinen Augen einen irren Glanz, so als wäre er ein übergeschnapptes Meerschweinchen. »Habt Ihr seit Prinz Kragens Audienz Geraden gesehen?«

Mit dieser Frage schreckte er Terisa auf. Sein Benehmen flößte ihr Furcht ein. Plötzlich schienen überall im Düstern Gefahren zu lauern. »Wird er vermißt?«

»Vermißt? Unfug. Warum sollte er vermißt werden? Ich begehre zu wissen, ob Ihr heute irgendwann mit ihm gesprochen habt ... seit wir uns das letzte Mal begegnet sind.«

Terisa schöpfte gründlich Atem, rang um Gefaßtheit. »Was ist los?«

»Edle Dame«, — halb brauste Quillon auf —, *»habt Ihr mit ihm gesprochen?«*

»Nein«, antwortete Terisa trotzig. »Ich habe ihn nicht gesehen. Gesprochen haben wir uns auch nicht. Was ist denn los?«

Einen Moment lang starrte Meister Quillon sie an. Dann seufzte er. »Vortrefflich.« Seine Miene entspannte sich. »Das ist tröstlich.« Aber sein Blick wich nicht von Terisa. »Edle Dame, Ihr habt am heutigen Tag anläßlich der Sitzung unserer Zunft gar mancherlei zur Kenntnis erhalten. Und ich möchte die Vermutung wagen, daß Ihr noch einiges mehr von Meister Eremis erfahren habt. Ihr dürft über diese Dinge nicht mit Geraden reden. Ihr dürft ihm *nichts* enthüllen.«

»Was?« Terisa schrak auf; Bestürzung krampfte ihr den Magen zusammen. Sie hatte sich bereits darauf gefreut, ihn wiederzusehen, den nächsten Tag mit ihm zu verbringen, ihm alles zu erzählen. »Warum nicht?« *Er ist der einzige Mensch, bei dem ich mich aussprechen kann!*

»Weil darin das alleinige Vorgehen besteht«, sagte der Meister mit nachdrücklicher Betonung, »wie sein Leben geschützt werden kann.«

»Was?«

»Solange er nichts weiß, ist's wahrscheinlich, daß seine Feinde das Wagnis, sich zu offenbaren, indem sie ihn meucheln, fortgesetzt scheuen. Falls Ihr ihm anvertraut, was Ihr wißt, werden sie sich dadurch sicherlich zum Handeln gedrängt fühlen. Dann wird er für sie zu gefährlich sein, und man wird ihn ermorden.«

»Ermorden?« Insgeheim schwindelte es Terisa. Der Fußboden, das Lampenlicht schienen zu kippen. »Weshalb sollte jemand ihn zu ermorden vorhaben?«

»Edle Dame«, entgegnete Quillon gedehnt, »es muß Euch doch offenkundig sein, daß Eure Anwesenheit nicht auf einem Zufall beruhen kann. Ihr seid durch ein Glas zu uns versetzt worden, welches man einem anderen Zweck zugedacht hatte. Wie ist dieser Vorgang geschehen? Keine Fehler, keine Mißgeschicke vermögen ihn zu erklären. Ihr beharrt darauf, nicht dafür verantwortlich zu sein. Aber wer ist's dann? Edle Dame, Ihr seid von höchster Wichtigkeit.« Unvermittelt drehte Meister Quillon sich um, zwängte sich zurück in den Schrank. Die Kleidungsstücke dämpften seine Stimme. »Geraden hat entscheidende Bedeutung.« Für einen Moment starrte Terisa ihm nach, während er den Geheimgang betrat und die Tür zuschob, so daß die Helligkeit seiner Lampe dahinter verschwand. Da setzte sie sich mit einem Ruck in Bewegung. Die Vorstellung, daß Geradens Leben von ihrem Schweigen abhing, belastete sie so gewaltig, daß sie beinahe geschrien hätte. Sie stieß Kleider zur Seite, drängte sich zu der Tür durch und riß sie auf. Meister Quillon befand sich drunten auf der Treppe. Er wandte sich um, als er die Geräusche hörte, die Terisa verursachte. Der Winkel, in dem sich das Lampenlicht ausbreitete, warf ihm Schatten in die Augen, ließ sie wie dunkle Flecken wirken. »Edle Dame?«

»Wer sind seine Feinde?«

Seine Miene konnte sie nicht erkennen. Seine Stimme blieb ausdruckslos. »Wüßten wir's, vermöchten wir ihnen in den Arm zu fallen.«

Ehe Terisa nochmals den Mund öffnen konnte, kehrte er ihr erneut den Rücken zu, stieg weiter die Treppe hinunter. Seine schemenhaften Umrisse zuckten wie eine Marionette. »Wer sind seine Freunde?«

Das Echo der Schritte Meister Quillons gab keine Auskunft.

Als sie das Tappen seiner Sandalen auf den Stufen nicht mehr hören, den Lampenschein nicht länger beobachten konnte, verließ Terisa den Geheimgang. Sie schloß die Geheimtür und verkeilte sie wieder mit dem Stuhl.

Nach einer Weile legte sie sich zurück ins Bett.

Am folgenden Morgen hatte sie wenigstens eine Entscheidung gefällt. Sie wollte nicht mit Geraden sprechen. Unglückseligerweise mochte dieser Vorsatz weniger leicht zu halten als zu fassen sein. Ihr Wunsch, sich ihm anzuvertrauen, war stark. Und sie ahnte, daß ihr Schweigen ihn kränken mußte.

Um ihn zu schützen, würde sie ihm einige Zeitlang aus dem Weg gehen müssen. Darum stand sie früh auf. Trotz ihres Mangels an Übung schaffte sie es, in den Kaminen Feuer zu machen. Danach badete sie, wegen der Kälte zwar mit zusammengebissenen Zähnen, aber gründlich. Anschließend streifte sie mühsam — trotz der Umstände, die sie dabei mit Kleidungsstücken hatte, die nicht so geschneidert waren, daß man sie ohne Hilfe anziehen konnte — ein schlichtes taubengraues Kleid über, von dem sie hoffte, darin recht unauffällig zu sein.

Sie hatte die Absicht, Saddith um eine Führung durch

Schloß Orison zu bitten, eine möglichst vollständige Besichtigung. Wenn sie sich mit etwas beschäftigte, das Geraden nicht erwartete, auch nicht vorhersehen konnte, sie einer zufälligen Begegnung vorbeugte, gelang es ihr vielleicht, sich noch für einen Tag vor weiteren Entschlüssen und kritischen Entwicklungen zu drücken.

Allerdings beanspruchte es eine beachtliche Weile, sich allein anzukleiden. Als sie fertig war, brauchte sie nicht mehr lange aufs Frühstück zu warten. Bald klopfte Saddith an die Tür, kam mit einem Tablett Essen herein, sobald Terisa ihr öffnete. Heute wirkte sie besser gelaunt — oder aufgedrehter — als sonst, ihr Lächeln schien genüßlicher zu sein, ihre Schritte bezeugten, wie es den Anschein hatte, erhöhte Lebensfreude. »Du siehst richtig glücklich aus«, sagte Terisa spontan. »Hast du die Nacht wieder mit deinem Meister verbracht? Oder hast du jemand Besseren aufgetan?«

»Wie, Herrin«, meinte Saddith, flatterte mit den Wimpern, »wovon redet Ihr da? Ich bin so züchtig wie eine Jungfer.« Dann grinste sie. »Das heißt, ich werde von den Männern so gezüchtigt, wie sich's die meisten Jungfern nur wünschen.« Während sie über den eigenen Scherz vor sich hinlachte, deckte sie Tersia den Frühstückstisch. Beim Essen schlug Terisa ihr den Rundgang durchs Schloß vor. Die Zofe gab sofort ihr Einverständnis. »Zuvor jedoch«, sagte sie, indem sie Terisa kritisch musterte, »müssen wir Euer Gewand schicklich herrichten. Sollte es Euer Wille gewesen sein, den Eindruck zu erregen, als hättet Ihr die ganze Nacht darin zugebracht und um Eure Unschuld gerungen, so habt Ihr damit Erfolg. Wahrlich, Herrin, Ihr müßt mich Euch beim Ankleiden behilflich sein lassen.«

»Ich dachte nicht, daß es so übel aussieht.« Terisa hatte es mit der Besichtigung eilig; sie wollte nicht riskieren, daß Geraden sie noch in ihrem Quartier antraf. Doch nach genauerem Hinsehen mußte sie Saddith recht geben. Gequält ließ sie die Zofe die erforderlichen Korrekturen vornehmen.

Das erwies sich als Fehler. Saddith brauchte lediglich ein paar Minuten, um das Kleid zurechtzuzupfen und wieder zu schließen; aber kaum war sie fertig, pochte erneut jemand an die Tür. Terisas Mut sank. Sie fühlte sich nicht auf ein Wiedersehen mit Geraden vorbereitet. Mußte sie ihn belügen? Sie bezweifelte, daß sie es über sich bringen konnte, ihn anzulügen.

Saddith hatte natürlich keine Ahnung von dem, was in Terisa vorging. Munteren Schritts verließ sie das Schlafzimmer, öffnete die Tür. »Adept Geraden, welche Überraschung!« hörte Terisa sie in spöttischem Ton äußern. »Seid Ihr gekommen, um mir den Beistand zu vergelten, welchen ich Euch gestern erwiesen habe? Dafür wäre ein trauteres Beisammensein zu empfehlen. Oder schätzt du mich gering und ziehst meine Herrin vor, die Edeldame Terisa?«

Geradens Lachen klang leicht nach Unbehagen. »Ach, hör auf, Saddith! Du kannst dir höhergestellte Männer als mich zugetan machen. Und fürwahr, du *machst* dir höhere Männer zugeneigt. *Ich* vermag die Edeldame Terisa bloß drum zu bitten, daß sie mir die Gnade eines Gesprächs gewährt. Ist sie frei?«

»Geraden«, antwortete Saddith mit gespieltem Ernst, »kein Weib ist jemals *frei.*« Sie lachte, als sie ins Schlafzimmer zurückkehrte, in dem Terisa wartete, so gebückt, als wäre ihr danach zumute, sich zu ducken. »Herrin, Adept Geraden ist da. Er dürfte Euch bei der Besichtigung Orisons ein tauglicherer Führer sein. Er ist ein Mann, wiewohl ein Plumpling, der rasch in Verlegenheit gerät, und nur ein Adept. Ich werde Euch ihm anvertrauen.«

Nein, wollte Terisa widersprechen. Bitte nicht. Aber Saddith war bereits auf dem Weg hinaus. Sie erteilte Geraden noch einen Rüffel, dann schloß sie die Tür von außen.

Einen Moment lang regte sich Terisa nicht vom Fleck, blieb einfach, wo sie war, wünschte sich, wie dümmlich es auch sein mochte, sie hätte irgendwann einmal richtig herzhaft zu fluchen gelernt. Aber sie konnte nicht ewig wie gelähmt hier herumstehen. Gleich würde Geraden ein paar Schritte ins Innere des Wohnraums tun, und dann mußte er sie sehen. Sie fühlte sich mindestens so beschämt wie vor den ›jungen Hechten‹, die ihr Vater für sie zu interessieren versucht hatte — darauf bedacht, sie zu verheiraten, um sie los zu sein —, als sie das Schlafzimmer verließ.

Fast hätte Geradens Grinsen ihren guten Vorsatz vereitelt; er wirkte, sobald er sie sah, dermaßen erfreut, daß sie am liebsten sofort zu erzählen angefangen und alles ausgeplaudert hätte. Mit knapper Not gelang es ihr, sich darauf zu beschränken, ihn anzuschauen und den Mund zu einem Lächeln zu verziehen.

»Ich bedauere, daß es mir gestern verwehrt geblieben ist, Euch nochmals aufzusuchen«, begann er unverzüglich, dazu außerstande, den Frohsinn zu verbergen, der in ihm emporschäumte. »Ich weiß nicht, was in Meister Quillon gefahren war. Für gewöhnlich beträgt er sich nicht so unklug. Er nahm mich mit in seine Werkstatt hinab und befahl mir, ihm Sand zu mahlen ... ausgerechnet Sand zu mahlen! Diese Arbeit gilt als so niedrig und geistlos, daß man sie im allgemeinen nicht einmal neuen Adepten zumutet. Später sprach sich die Kunde herum, Prinz Kragen sei eingetroffen, und König Joyse gewähre ihm Audienz. Ich wähnte, das sei meine Erlösung. Dessen ungeachtet, was über ihn gekommen sein mochte, so dachte ich mir, wollte Meister Quillon schwerlich zu solcher Stunde von mir verlangen, Sand zu mahlen.« Er schnitt eine Grimasse. »Wie gewohnt hatte ich recht ... auf jene Weise, wie ich so oft recht behalte. Ich brauchte nicht länger Sand zu mahlen. Indessen gab er mir die Zubereitungsanweisung für die allerheikelste Farbe, von welcher ich jemals vernommen habe, und beauftragte mich mit ihrer Zubereitung auf dreierlei Weise. ›Zu Forschungszwecken.‹ Manche Meister lassen Adepten keine so schwierigen Aufgaben erledigen. Und's ist Jahre her, seit *irgendein* Meister mich mit einer solchen Arbeit betraut hat. Zunächst wußte ich nicht, ob ich dankbar sein oder mir die Gurgel durchschneiden sollte. Gleichwohl, ich ward erst nach Mitternacht fertig. Bis zur Stunde weiß ich nicht, ob ich den Auftrag zur vollen Zufriedenheit erfüllt habe. Vermutlich habe ich die ganze Aufregung um des Prinzen Ankunft versäumt.«

Terisas Kehle fühlte sich an, als wäre sie mit Watte ausgestopft. Mühsam schluckte sie. »Aber Sie müssen doch einiges davon gehört haben.«

Bedächtig nickte Geraden, musterte sie; ihr seltsames Benehmen dämpfte seine Wiedersehensfreude. »Habt Ihr wirklich und wahrhaftig Springbrett gegen Prinz Kragen gespielt?«

Dazu außerstande, seinem Blick standzuhalten, entfernte sich Terisa ans Fenster. Heute war der Himmel nicht so klar wie am Vorabend; niedrige Wolken, scheinbar schwer wie Stein, schwebten über dem Schloß und den Hügeln der Umgebung, machten alles grau. Im gräulichen Licht wirkte das Kleid, das Terisa trug, so trostlos, wie es in ihrem Gemüt aussah. »Ja.«

Geraden stieß einen Pfiff des Staunens aus. »Wie verwunderlich! Und er kannte das Spiel nicht. Wie ist's Euch gelungen, dennoch ein Unentschieden herbeizuführen? *Das* hat Eindruck hinterlassen! Der alendische Monarch sollte Euch zur Baronin erheben, um Euch für soviel Rücksicht auf seine Ehre seine Dankbarkeit zu erweisen.« Seine Stimme nahm einen mißmutigeren Tonfall an. »Nach den Gerüchten geurteilt, war das die klügste Tat, welche in jener verhängnisvollen Lage vollbracht worden ist. Besäße König Joyse nur halb soviel Vernunft wie Ihr, es gäbe für uns noch Hoffnung.«

Ach, Geraden! Obwohl ihr zuwider war, was sie tun mußte, nutzte sie den vorteilhaften Ansatzpunkt — den er ihr unwissentlich bot —, um den Fragen auszuweichen, die ihn mit Gewißheit beschäftigten, oder sie wenigstens aufzuschieben. »Aber darauf kommt's ja eben an, oder?« meinte sie bitter, ohne den Kopf zu drehen. »Er hat keine

Vernunft. Wie ich es sehe, hat er die Audienz bloß aus einem Grund veranstaltet ... um den Prinzen auf den Arm zu nehmen. Er *will* Krieg mit Alend.« Nun wandte sie sich um, sie zwang sich dazu, weil sie sich schämte. »Geraden, weshalb bleiben Sie ihm treu? Vielleicht ist er mal 'n großer König gewesen ... ich weiß es nicht. Aber jetzt ist er's nicht mehr.« Sie sprach, als wäre es ihr während der Audienz jederzeit möglich gewesen, dem Lächeln des Königs zu widerstehen, als hätte sie ihm in diesem Moment widerstehen können. »Warum geben Sie das nicht lieber auf?« Die flüchtigen Anzeichen von Schmerz in seinen Augen hatten zur Folge, daß sie gern ins Schlafzimmer geflüchtet wäre und den Kopf unter den Kissen versteckt hätte. »Darum trauen die Meister Ihnen ja nicht über den Weg«, fügte sie rasch hinzu. »Weil Sie ihm die Treue halten und's niemand versteht."

»Haben sie Euch dergleichen mitgeteilt?« fragte Geraden sofort. »Daß sie mir mißtrauen, weil ich dem König in Treue ergeben bin? Ich wähnte, es sei, weil ich, seit ich neun Lenze zählte, nichts richtig gemacht habe.« Betroffen kehrte Terisa sich wieder dem Fenster zu, lehnte die Stirn an das kalte Glas, als könnte sie dadurch ihr Weh betäuben. Nicht mit ihm reden? Ihm die Tatsachen verschweigen? Wie sollte sie dazu fähig sein, selbst wenn es darum ging, sein Leben zu retten? »Verzeiht mir«, hörte sie ihn sagen. Ihr Verhalten flößte ihm augenblicklich Bedauern ein. »Ich hatte beileibe nicht die Absicht, so unfreundlich zu Euch zu sprechen. Doch ist dies ein wunder Punkt für mich ... wie Ihr Euch sicherlich zu denken vermögt. Aber ich habe ungemein stark das Empfinden ...« Er verstummte.

Terisa wartete, aber er sprach nicht weiter. »Worum dreht's sich diesmal?« fragte sie schließlich.

»Ich habe aufs stärkste das Gefühl«, antwortete er, als dränge eine tiefe, jedoch unerklärliche Überzeugung das Bekenntnis aus ihm hervor, »daß er sehr wohl weiß, was er beginnt.«

»Oh, Geraden!« Terisa konnte sich nicht beherrschen; erneut wandte sie sich ihm zu, zeigte ihm offen ihren Unwillen. »Glauben Sie wirklich, es wäre *vernünftig*, einen Krieg gegen Alend anzufangen? Halten Sie so was für 'ne *gute* Lösung für Mordants Probleme?«

»Nein«, bekannte er verdrossen. »Ich habe Euch bereits eingestanden, daß meine Empfindungen mich stets in die Irre leiten. Bloß vermag ich sie schlichtweg nicht zu mißachten.« Einen Moment lang zögerte er. »Ich habe Euch noch nicht vom ersten Mal erzählt, als ich ihm begegnete.«

Terisa glaubte zu wissen, was sie nun zu hören bekommen sollte, schrak insgeheim zurück. »Möchten Sie sich nicht setzen?«

»Nein, seid bedankt.« Geraden legte ein sehr zerstreutes Betragen an den Tag; in Gedanken war er schon ganz bei der Geschichte, die er ihr erzählen wollte. »Gestern habe ich zu viele Stunden hindurch gebückt an einem Mörser gehockt. Noch heute zwickt's mich im Rücken.« Er begann langsam vor Terisa auf- und abzuschlendern. »Damals dürfte ich elf oder zwölf Lenze alt gewesen sein, und ich war noch nie von daheim fort gewesen. Ach, freilich, kaum eine Meile in Domne gab's die ich noch nicht — im Gefolge meiner Brüder — durchritten, wo ich noch nicht gearbeitet, die Aufgaben, welche man mir zuteilte, verrichtet hatte, oder versucht«, — er lächelte —, »mich lästigen Arbeiten zu entziehen. Mir ist's gleich, was andere reden, für mich ist Domne der schönste Gau … insbesonders im Frühling, wenn Apfelbäume, Hartriegel und Roter Holunder sprießen und etliche Hügel, so weit man blicken kann, von Blüten strotzen … Und's hat mir allzeit großes Vergnügen bereitet, durchs Land zu streifen, es zu erkunden, an solchen Stätten wie der Geballten Faust zu spielen, wie ein Wilder durch die Ausläufer der Berge zu sprengen.« In der Erinnerung an glückliche Zeiten seufzte er auf. »Der Mittelpunkt meines Lebens jedoch war Houseldon. Mein Vater, Gauherr Domne, ist ein Mann, der sein Heim mehr als jeden anderen Ort der Welt liebt. Er schätzt die Gesellschaft seiner Familie höher denn die jedwedes anderen Menschen, wiewohl das Volk ihn zu des Königs engsten Freunden rechnet. Alle ein, zwei Jahre mußte er da- oder dorthin, um für König Joyse oder Mordant etwas zu bewerkstelligen, und jedesmal nahm er zumindest zwei meiner Brüder mit. Daher kam's, daß Artagel seine Begabung zur Fechtkunst entdeckte, zu Haus wäre sie ihm gewiß verborgen geblieben. Ich jedoch war stets zu jung, um meinen Vater begleiten zu dürfen. Natürlich war ich meiner Mutter Liebling. Und als sie starb, übernahmen's Tholden und seine Gemahlin — Tholden ist mein ältester Bruder —, über mich zu wachen, als sollte ich nimmer erwachsen werden. Irgendwie ist's schwer zu erklären, aus welchen Gründen ich nicht meinem Vater nachgeschlagen bin. Tholden ist zweifelsfrei nach ihm geraten — wenn er Gauherr wird, werden nicht einmal Vaters geliebte Kirschbäume einen Unterschied bemerken. Ein gleiches gilt für Minick und Wester ... Wester ist der am besten aussehende Mann der Familie. Und der einzige Grund, weshalb ich Stead nicht gleichwertig an ihre Seite stelle, ist der, daß er's vorzöge, um jede Dorfjungfer im Gau zu buhlen, statt seinen Teil am Scheren zu leisten. Habe ich erwähnt, daß unsere Sippe Schafe züchtet? Naturgemäß betreibt man bei uns alle Arten von Landwirtschaft. So verhält's sich in sämtlichen Gauen. Doch Wolle und Tuch sind's, für welche man uns kennt.« Sein Ton verriet Stolz. »Sobald meine Brüder meine Ungeschicklichkeit bemerkten«, erzählte er mit einem Anklang von Selbstironie weiter, »ließen sie mich nicht noch einmal beim Schafescheren mitwirken. In einem Sommer jedoch hütete ich für so lange Frist die Herden, daß ich im Umkreis von fünf Meilen jegliches Schaf mit Namen kannte. Betrachte ich's im nachhinein, neige ich zu dem Gedanken, daß meines Vaters Liebe mich unwiderstehlich hätte halten müssen. Noch immer vermag er einem Schaf das Fell in einem Stück zu scheren, so gleichmäßig, daß man's weiterverwenden kann, so wie's ist. Seine Augen leuchten, wenn er eine frische Saat aufgehen oder neue Ernten gedeihen sieht. Er hat sogar die Befähigung, an *mir* Vorzüge zu erblicken — welcher Art auch immer sie sein mögen. Wenn ich meinem Zuhause einen Besuch abstatte, bringe ich die ersten fünf Tage damit zu, mein großes Glück zu bestaunen, ein solches Elternhaus zu haben, mich zu fragen, wieso ich jemals fortgegangen bin.« Er hob die Schultern und grinste. »Während der *nächsten* fünf Tage grüble ich drüber nach, wie ich's meinem Vater, dem Gauherrn, erklären soll, daß ich wieder fort muß. Mag sein, 's liegt daran, daß ich ihn, wenn er auf Reisen zog, nie begleiten durfte. Ich mußte warten, bis er und meine Brüder wiederkehrten und in der ganzen folgenden Jahreszeit Geschichten von all jenen aufregenden Dingen erzählten, welchselbige sie gesehen und getan hatten. In dieser Hinsicht erging's mir wie Nyle. Er ist, mich ausgenommen, der Jüngste. Auch er mußte oft daheim verbleiben. Als Artagel eine Ausbildung in der Kriegskunst beim Heer Mordants antrat, behandelten Nyle und ich ihn, wann immer er sich wieder einfand, als wäre ein Mitglied des Königshauses zu Besuch. Wir wünschten *alles* von ihm erzählt zu bekommen. Oder's mag sein, 's kommt daher, daß König Joyse Königin Madin und seine Töchter zu uns sandte, als ich fünf oder sechs Jährchen alt war, und sie für über eines Jahres Dauer bei uns wohnten. Das war, glaube ich, als Alends Monarch und Großkönig Festten bei der Verteidigung ihrer Imagomanten zu verzweifeln begannen und König Joyse befürchtete, sie könnten versuchen, ihn aufzuhalten, indem sie die Hand nach seiner Familie ausstreckten. Auf jeden Fall, Prinzessin Elega und ich befanden uns ungefähr im gleichen Alter, und die meiste Zeit verbrachten wir in gemeinsamem Spiel. Schon damals«, — man merkte ihm freundschaftliche Zuneigung an —, »war sie in solchem Maß eine Königstochter, daß 's mir wahrhaft schwerfiel, irgend etwas mit ihr anzufangen. Doch ich habe sie dafür bewundert. Ich lauschte ihr gern, wenn sie über Krieg, Macht und sonderliche Kräfte redete, wiewohl ihr's gelang, sich selbst häufiger des Reiches Rettung zuzuschreiben, als die Mehrzahl fünfjähriger Maiden es zu tun pflegt. In meinem Kindesalter weckte sie in mir die Sehnsucht, die weite Welt kennenzulernen, so wie mein Vater, der Gauherr. Oder's mag sein, 's rührt daher, daß die erregendste Sache, von welcher ich Kenntnis hatte, die Freundschaft Vaters mit dem König war... Was auch die Verursachung abgeben mag, ich habe mich nie mit der Vorstellung abfinden können, bäuerlicher Gutsherr oder Schafzüchter zu sein, nicht solange ich mich zurückzuerinnern vermag.« Unvermittelt verstummte er, schaute Terisa an. »Um Vergebung, ich hatte keineswegs vor, mich so weitschweifig auszulassen. Ich hatte lediglich die Absicht, Euch ersichtlich zu machen, was für eine Art von Knabe ich war, als ich zum erstenmal König Joyse begegnete.«

»Sie brauchen sich nicht zu entschuldigen«, antwortete Terisa freundlich. Sie war über alles froh, was ihn davon abhielt, ihr Fragen zu stellen. Und es gefiel ihr, etwas über seine Familie zu erfahren. Seine Herkunft war für sie — angesichts ihrer Erfahrungen — genauso fremdartig wie Mordant oder Imagomantie; gleichzeitig empfand sie sie als interessant, als so seltsam und wunderbar wie ein Märchen. »Hätten Sie mich nicht darauf aufmerksam gemacht, wäre mir gar nicht aufgefallen, daß Sie abschweifen.«

Neckisch verbeugte sich Geraden. »Ihr seid zu gütig, edle Dame.« Dann erzählte er weiter. »Wie ich schon sagte, war ich ungefähr dreizehn Jahre alt. In Mordant herrschte ein Zustand annähernden Friedens, dieweil Großmeister Havelock die Zeit noch nicht reif sah, um die Kabale des Erz- und Großmeisters und seiner Imagomanten zu entlarven, und König Joyse ritt durch die Gaue, bereitete sich auf spätere Zeiten vor, wenn es keiner ferneren Feldzüge bedürfen würde. Nach einem Besuch in Termigan kam er in den Domnegau. Am Tag seiner Ankunft jätete ich Unkraut in einem der Kornfelder nahe Houseldons. Ich befand mich so weit vom Wohnsitz entfernt, wie ich's ertragen konnte, und ich hatte mich nur so weit entfernt, weil das Feld auf einer Anhöhe lag, von welcher aus ich die Landstraße zu beobachten vermochte. Ich stak dermaßen voll der Aufregung, daß ich immerzu übersah, wohin es die Hacke zu hauen galt. Zu jener Stunde, als der König und sein Geleit zu guter Letzt in meine Sichtweite geritten kamen«, — er lachte verhalten auf —, »hatte ich einen Pfad gefällter Halme mitten durchs Feld gehackt. Doch darum scherte ich mich nicht. Kaum daß ich ihn erblickte, warf ich die Hacke hin und lief heim. Eine Einpfählung umgibt Houseldon, vornehmlich zu dem Zweck, Tieren das Eindringen zu verwehren, und zu meinem Unglück erstreckte sich zwischen mir und dem nächstgelegenen Tor ein ausgedehnter Schweinepferch. Allerdings hatte einer meiner Brüder in unternehmungslustiger Stimmung einmal, um den Weg abzukürzen, durch selbigen Pferch lange Balken verlegt, und diese Abkürzung benutzte ich, um rascher abzulangen. Gewißlich könnt Ihr Euch ausmalen, was geschah.« In gespieltem Ekel verzog er das Gesicht. »Aber das hielt mich nicht auf. Ich *mußte* König Joyse so schnell wie nur möglich kennenlernen. Das war das dringlichste Anliegen meines Lebens. So gelang's mir denn, just in dem Augenblick vor unserem Haus einzutreffen, als König Joyse und die Seinen es erreichten … Königin Madin mit Elega, Torrent und Myste, Großmeister Havelock mit seiner zerknitterten Kasel, Kastellan Lebbick und eine Handvoll Leibwächter, zwei oder drei Ratgeber des Königs, eine Anzahl von Dienern — Ihr erseht, ich entsinne mich noch recht genau —, und ich gelangte hin, als sie soeben absaßen.« Er schnob. »Ich hatte Kirschkerne im Haar, Apfelsinenschalen an der Gewandung und Melonenschalen an den Füßen kleben, und ich troff von Jauche. Viele Leute lachten — außer Elega, die mein Anblick verärgerte —, nicht jedoch mein Vater und der König. ›Herr König‹, sprach der Gauherr, ›das ist Geraden, mein jüngster Sohn.‹ Er sagte es, als hätte er mich niemals mehr als in eben diesem Augenblick geliebt. Da winkte der König mich zu sich. Trotz des Schlicks, der mich bedeckte, legte er mir die Hand auf die Schulter, drückte sie kraftvoll. ›Du gefällst mir, Knabe‹, meinte er. ›Komm in ein paar Jahren nach Schloß Orison.‹ Einfach so legte er's mir nahe. ›In deiner Familie gibt's bereits einen Kriegsmann, und Artagel ist ein überaus tüchtiger Kämpfer. Du hingegen sollst Imagomant werden.‹« Er blieb stehen, wandte sich entschlossen Terisa zu. »Damit machte er mich glücklicher, als ich je zuvor im Leben gewesen war, und das kann ich ihm nicht vergessen. Ich bin ihm keinesfalls so treu, wie ich's sein müßte — er wünscht, daß ich nicht mit Euch rede, erinnert Ihr Euch an sein Gebot? —, aber er ist mein König, und ich werde nicht davon ablassen, ihm so gut zu dienen, wie ich's vermag.« Nach dieser Beteuerung lachte er verlegen. »Ei nun, jedenfalls ist das die gelungenste Erklärung, welche ich Euch zu geben imstande bin. Doch aufgrund meiner Weitschweifigkeit werdet Ihr wohl, solltet Ihr noch mehr Fragen an mich richten, keine Gelegenheit finden, Eurerseits mir zu erzählen, was Ihr gestern während der Audienz erlebt habt.«

Ein Stich durchfuhr Terisa. »Ich höre Ihnen gern zu, wenn Sie über Ihre Familie sprechen«, sagte sie, nicht ganz dazu fähig, seinen Blick zu erwidern. »Haben Sie mitgekriegt, was Saddith vorhin von einer Besichtigung sagte? Sie wollte mich durchs Schloß führen. Ich würde mich gern besser im Schloß auskennen.« Sie verdoppelte ihr Falschspiel, indem sie hinzufügte: »Allmählich fühle ich mich in diesen Räumen beengt.«

Unverzüglich überwand Geraden seine Befangenheit, verhielt sich sachlich, zeigte sich hilfsbereit. »Ich werde Euch mit Freuden durchs Schloß geleiten. Nach dem gestrigen Tag kann ich selbst ein wenig Ablenkung wohl vertragen. Aber die Sitzung der Zunft war eine bei weitem zu bedeutungsschwere Angelegenheit, als daß wir in der Öffentlichkeit darüber reden dürften. Bei dem Glück, das ich habe, könnte es geschehen, daß jemand uns belauscht. Möchtet Ihr mir nicht berichten, was sich, nachdem ich gehen mußte, ereignet hat? Danach können wir uns sorglos auf einen Rundgang begeben.«

Falls er insgeheim Interesse daran hatte, in Erfahrung zu bringen, was aus ihr und Meister Eremis geworden war, verbarg er es gut. Dennoch brauchte Terisa irgend etwas, um das Thema der Zunftversammlung erneut zu umgehen, und weil ihr nichts Besseres einfiel, brachte sie das Gespräch auf den Meister. »Sind Sie sicher, daß Sie nicht lieber was über Meister Eremis wissen möchten?« fragte sie. »Sie haben's sehr darauf angelegt, uns zu stören.«

Sie versuchte, ihre Äußerung so klingen zu lassen, als zöge sie Geraden nur auf — aber der Versuch schlug völlig fehl. In Wirklichkeit redete sie wieder einmal genau wie ihre Mutter daher, täuschte Harmlosigkeit vor, um das Kränkende ihrer Äußerungen zu verschleiern.

Geraden runzelte die Stirn, um seine Betroffenheit zu verheimlichen, doch unwillkürlich bekam sein Gesicht einen grimmigen Ausdruck. »Habe ich falsch gehandelt, edle Dame?« fragte er in harschem Ton. »Sinnt Meister Eremis auf Euer Wohl?«

Darauf wußte Terisa keine Antwort. Sie schämte sich zu sehr. »Wissen Sie«, meinte sie so gedämpft, als entschuldige sie sich, »was er getan hat? Er hat bewiesen, daß es mich nicht gibt. Oder nicht gegeben hat, ehe Sie mich im Spiegel entdeckt haben. Ich muß irgendwie von Ihnen erschaffen worden sein.«

Damit versetzte sie den Adepten schlagartig in Zorn. Seine Augen glommen wutentbrannt. »Das hat er *Euch* eingeredet? *Euch?* Dann muß er Wunderwerke der Überzeugungskraft gewirkt haben. Was hat er im einzelnen gesprochen? Welcher Beweisführung hat er sich diesmal bedient?«

»Sprache«, antwortete Terisa, fühlte sich durch Geradens Verärgerung überrascht und ein wenig erschreckt.

»Spiegel übermitteln keine Töne.« Kurzgefaßt wiederholte sie Meister Eremis' Argumentation.

Daraufhin warf Geraden die Hände in die Höhe. Er stapfte zum Fenster und blickte hinaus in den Winter. »Dieser Sohn eines Schwachkopfs«, schalt er. »Warum tut er so etwas?« Schroff wandte er sich wieder Terisa zu. »Das alles ist Blödsinn, und er weiß es genau. Die Begründung, welche er anführt, ist zwar interessant, doch *kein* Beweis.« Begriffsstutzig starrte Terisa ihn an. »Es ist zumindest eine andere Erklärung zu berücksichtigen. Die Translation wandelt. Selbige Wandlung ist Teil der Magie. Ich nehme nicht allein Bezug auf Sprache. Als ich mein Haupt durch den Spiegel schob — jenen mit dem Kämpen —, fiel's mir keineswegs schwer, die Luft zu atmen. Sicherlich hat eine Welt wie jene dort jedoch andere Luft als wir. Wieso sollte ein Spiegel fremde Gegenden, fremde Menschen, befremdliche Mächte, fremdartige Wesen erschaffen, aber keine andersartige Luft? Das wäre widersinnig. Ich muß durch die Translation so gewandelt worden sein, daß ich die Luft drüben zu atmen vermochte. Wären jene Menschen nicht so fest dazu entschlossen gewesen, mich ohne Verzug niederzustrecken, wir hätten uns gewiß verständigen können. Freilich vermag ich meinerseits auch das nicht zu beweisen. Doch Beweise sind nicht das Wesentliche. Es kommt mir darauf an, daß das, was Euch Meister Eremis dargestellt hat, nicht zwangsläufig eine Tatsache sein muß. Eine andere Erklärung ist möglich. Er spricht nicht aus Liebe so zu Euch.« Geradens Stimme hatte einen harten Klang, sie glich einer erhobenen Faust. Anscheinend bemerkte er nicht, daß Terisa vor seinen Augen in einen Zustand äußersten Entsetzens zu geraten drohte.

Die Vergangenheit sollte *doch* Realität gewesen sein? Sie konnte ihr nicht einfach den Rücken zukehren und sich verhalten, als hätte sie nur eine Rolle zu spielen und darauf ein Recht? Dann gehörte sie nicht in diese Welt — und alles, was sie tat, war zu wichtig, ihre Fehler mochten ernste Konsequenzen haben; das Risiko, das sie zu Prinz Kragens Gunsten und gegen König Joyse eingegangen war, konnte üble Folgen nach sich ziehen. Sie schenkte Geradens Worten kaum noch Beachtung. »Es muß einen Grund haben, weshalb er wünscht, daß Ihr glaubt, von mir erschaffen worden zu sein«, sagte er, verzog bitter die Miene. »Er will etwas von Euch. Gewiß, er will mit Euch ins Bett steigen — aber nicht das ist's, was ich meine. Wär's so einfach, nähme er nicht das Wagnis hin, Euch zu verstimmen. Edle Dame, was ist, nachdem ich fort war, in der Zunftversammlung geschehen? Was hat man beschlossen?«

Terisa achtete kaum auf seine Äußerungen, aber mit einem Mal kam ihr Sinn ihr nachträglich zu Bewußtsein; sie begriff die Frage. Das Blut wich ihr aus dem Gesicht. »Beschlossen?« wiederholte sie im Flüsterton, konnte mit Mühe verhindern, daß sie um Atem rang. Selbst die Entscheidung, Geraden zu schützen, mochte falsch sein. Vielleicht sollte sie Meister Quillon vertrauen. Oder vielleicht bestand sogar die Notwendigkeit, daß Geraden starb — vielleicht bedeutete er in einer Hinsicht, die zu durchschauen ihr versagt blieb, weil sie nicht in diese Welt gehörte, eine Gefahr für Mordant. Sie wußte zu wenig; es war ihr nicht möglich, die richtige Lösung zu finden. Ein Gefühl der Schwäche suchte Terisa heim, Dunkelheit umwirbelte die Ränder ihrer Wahrnehmung. Die Knie knickten ihr ein.

Irgendwie überwand Geraden den Abstand zwischen ihnen, seine Hände packten Terisas Arme, stützten sie, hielten sie aufrecht. »Terisa!« Seine Stimme war scharf wie eine Klinge. »Was ist beschlossen worden?«

Terisa vermochte nicht länger zu stehen. Falls er sie losließ, mußte sie zusammenbrechen. Doch einen Moment später spürte sie, wie die eindringliche Ausdrucksstärke seiner Miene ihre Kräfte wiederherstellte. Er schwebte in größerer Gefahr, als sie je gefährdet sein würde. Meister Quillon hatte recht: Geraden handelte mit zu leidenschaftlicher Entschiedenheit, als daß er in Sicherheit sein könnte. Sie durfte nicht zulassen, daß man ihn umbrachte, durfte seinen Feinden keinen Anlaß zu seiner Ermordung liefern.

Aber als sie ihre Knie durchdrückte, das eigene Körpergewicht wieder selber trug, erkannte sie, daß diese Einsicht keinen Ausweg verhieß. Sie konnte nicht zulassen, daß man ihn ermordete. Und was nutzte das ihr? Ebensowenig konnte sie ihn belügen. Es war ihr unmöglich, einen Mann anzulügen, der sie so anschaute wie er. Selbst wenn sie vor der Translation kein Leben besessen haben sollte, vom Moment der Translation an mußte sie durch die Art und Weise, wie er sie ansah — gleichzeitig ihretwegen empört und voller Verlangen nach ihrer Hilfe —, Wirklichkeit geworden sein.

Nach und nach befreite sie die Arme aus dem Griff seiner Fäuste. »Die Zunft will nicht, daß ich Ihnen was verrate«, sagte sie, fühlte sich noch schwach. »Man hat mir erklärt, wenn Sie wüßten, was die Zunft vorhat, würden Ihre Feinde Sie ermorden.«

Mit einer Plötzlichkeit, als hätte er eine Ohrfeige erhalten, widerspiegelte Geradens Gesicht Verblüffung, er tat einen Schritt rückwärts. »Ermorden ...?« Sein Blick huschte hin und her, während er Terisas Auskunft zu verstehen versuchte. »Mich? *Welche* Feinde? Warum sollte jemand ...?« Unvollständige Fragen brachen sich aus ihm Bahn; er konnte sie nicht so schnell formulieren, wie er sie stellen wollte. »Und Ihr ...? *Das* haben sie Euch angetan? Wer sind ...?« Mit einem Mal riß er sich mit einer beinahe körperlich sichtbaren Willensanstrengung zusammen, verdrängte seine Verwirrung. »Ihr armes Weib«, murmelte er mit gepreßter Stimme. »Ihr wißt etwas, das ich nicht weiß, und Ihr wißt, daß ich's wissen muß, jedoch Ihr glaubt, es müßte mich, tätet's Ihr mir kund, das liebe Leben kosten. Und sollte ich euch entgegenhalten, daß ich keine Feinde habe — Feinde zu haben, vermag ich mir schlichtweg nicht *vorzustellen* —, werdet Ihr nicht wissen, wem Ihr glauben sollt.« Sie nickte. Falls er in diesem Stil weiterredete, würde sie zu weinen anfangen. Ohne irgendein Vorzeichen tat er etwas, das sie zutiefst erstaunte. Nichts an der sturen Lieblosigkeit ihres Vaters, Pastor Thatchers Schwäche oder Meister Eremis' Lüsternheit hatte sie darauf vorbereitet, wie Geraden sich jetzt entkrampfte, seinen Unmut unterdrückte und ihr ein Lächeln widmete, als mache er ihr ein Geschenk. »Horcht, Terisa, einen Rundgang durchs Schloß dünkt mich wahrlich als ein glänzender Gedanke.« Er blickte der Gefahr mit einem Funkeln in den Augen entgegen. Beiläufig, wie benommen, merkte sie, daß er nun endlich ihren Vornamen verwendete. »Es wird mir ein großes Vergnügen sein, Euch Orison zu zeigen. Ich kenne mich nicht in den Geheimgängen aus, von welchen, wie's scheinen will, immerzu alle reden, doch wähne ich, mit dem gesamten übrigen Schloß bin ich wohlvertraut.«

Terisa war so erleichtert, so froh, daß sie, ohne nachzudenken, zu ihm trat, ihm die Hände auf die Schultern legte und ihm die Wange küßte.

Sofort steigerte er sich so in regelrechte Freude hinein, daß Terisa lachen mußte. Beide lachten noch ein Weilchen später leise vor sich hin, als sie ihr Quartier verließen, um sich an die Besichtigung Schloß Orisons zu machen.

Die Besichtigung dauerte erheblich länger, als Terisa erwartet hatte. Tatsächlich nahm sie sogar mehrere Tage in Anspruch. Geraden kannte eine verwirrende Vielfalt von ineinander verschlungenen Wegen, die durch Orison vom einen zum anderen Ende sowie von oben nach unten führten. Er hatte nicht Meister werden, nicht in die Geheimnisse der Zunft eingeweiht werden dürfen; aber er konnte die Geschichte jeder der Fahnen erzählen, die im Flur vor dem Audienzsaal hingen (jede war einmal das Banner eines Feldherrn gewesen, den König Joyse in der Schlacht besiegt hatte). Der Mehrzahl der Männer und Frauen von hohem Rang, denen er und Terisa während des Umherstreifens durchs Schloß begegneten, war er entweder unbekannt, oder sie behandelten ihn mit einer Belustigung, die an Geringschätzung grenzte; dagegen verhielt jeder Wächter, jede Dienerin, jeder Küchenjunge, Koch, Feger, Kellermeister, Knappe, Waffenmeister, jeder ›Installateur‹, Steinmetz und Krämer — von den untersten Lagerräumen bis hinauf unter die Dächer Schloß Orisons — sich ihm gegenüber wie ein Freund und guter Bekannter, entweder seiner selbst oder seiner Familie. Und sein Verhältnis zu diesen Leuten entsprach seiner Vertrautheit mit dem Schloß; er benahm sich so unbeholfen wie ein junges Hündchen, stolperte auf Treppen über die eigenen Füße, stieß an die Wände, ließ Gegenstände fallen, stand vor Heiterkeit fast kopf, wenn jemand einen besonders treffenden Witz machte; trotzdem genoß er bei den Küchenjungen, Fegern, Waffenmeistern und anderen Bediensteten Orisons — trotz der ungewöhnlichen Häufung von Mißlichkeiten, die ihm passierten — durchaus Ansehen, weil er sich durch Humor auszeichnete und für so gut wie alles einsichtiges Verständnis aufbrachte, so daß viele ihn mit einer Sympathie betrachteten, die sich von Respekt nicht unterscheiden ließ.

Nach ein paar Stunden war Terisa bereits erschöpft, mochte es aber nicht zeigen; darum fragte sie Geraden, wie lange er es sich erlauben dürfe, seinen Pflichten fernzubleiben. »Wenn man mich nirgendwo findet«, antwortete er mit einem Schulterzucken und einem Auflachen, »vermag man mir keine Arbeit zuzuteilen, und noch weniger kann man mich strafen.« Ohne weiter darauf einzugehen, geleitete er Terisa in eine der schwülen Großküchen, in denen man Orisons Speisen zubereitete; oder vielleicht (nach einer Weile erinnerte sie sich nicht mehr richtig) in einen der langgestreckten Speisesäle voller auf Schragen gestellter Tische, an denen zahlreiche der Menschen, die im Schloß arbeiteten, ihre Mahlzeiten einnahmen; oder möglicherweise in eines der Labyrinthe steinerner Räumlichkeiten und Wohnbereiche, verzweigt und belebt wie ein Heerlager, aber peinlich sauber (so hielt man sie auf Kastellan Lebbicks Anordnung, deren Befolgung er auch

Zwischendurch: [redacted] Eine derart ausführliche Schloßbesichtigung ermüdet natürlich irgendwann. Da ist – wie bei anderen anstrengenden Tätigkeiten auch – eine Pause höchst willkommen. [redacted] Eine kleine Mahlzeit zwischendurch wirkt da oft Wunder und weckt neue Lebensgeister. Und dazu braucht man noch nicht einmal eine Großküche in einem Schloß, es genügt bereits heißes Wasser, 5 Minuten Geduld und ... [redacted]

kontrollierte, denn er hatte geschworen, daß Orison niemals irgendeiner Seuche erliegen sollte), in welchen die Leute wohnten, die sich im Schloß als Diener oder Handwerker betätigten.

Unterwegs plauderte Geraden für längere Zeit liebenswürdig mit Terisa. Schließlich war seine Neugier jedoch so stark, daß er sagte, es wundere ihn, daß sie nicht mehr Fragen habe. »Gewißlich habe ich Euch doch unzweifelhaft klargestellt«, merkte er an, »daß ich mir, was Euch anbetrifft, von niemandem Vorschriften machen zu lassen gedenke.« Er gab sich alle Mühe, unverfänglich zu wirken. »Ich werde Euch über alles Aufschluß geben, das Ihr zu wissen wünscht.«

Sie durchschaute ihn. Er wollte herausfinden, wieviel sie inzwischen wußte; und woher sie es erfahren hatte. Sein Angebot machte sie erneut nervös. Sie mochte nicht aufdecken, was Meister Quillon mittlerweile für sie getan hatte. »Erzählen Sie mir was«, bat sie, um schnell zu antworten — und weil sie beim Gedanken an Meister Quillon auch an Großmeister Havelock dachte, der sie wiederum an Erz- und Großmeister Vagel und dessen Komplott erinnerte, »über den Monomach des Großkönigs.«

Das war eine so abwegige Frage, daß Geraden stehenblieb und Terisa anstarrte. »Gart? Wo habt Ihr von ihm reden hören?«

Die eigene Plumpheit, mit der Terisa sich zu Ausflüchten nötigte, verursachte ihr beträchtliches Unbehagen. »Einer der Meister hat ihn erwähnt«, sagte sie, sonst nichts, um ihre Unwahrhaftigkeit so gering wie möglich zu halten. »Es wurde über Vagel und Cadwal gesprochen.«

Während eines langen, für Terisa peinlichen Moments maß Geraden sie aufmerksamen Blicks. Dann jedoch zuckte er zu ihrem Glück die Achseln und setzte sich wieder in Bewegung, faßte ihre Erklärung — vielleicht mit Vorsatz — nach ihrem vordergründigen Wortlaut auf. »Cadwal ist ein gar sonderliches Land.« Seine Antwort fiel typisch weitschweifig aus. »Dank seiner Schiffe hat's bessere Verbindungen zum Rest der Welt als Alend, und wir haben nie derartige Verbindungen gepflegt. Der Handel mit Landen jenseits des Meers bringt einen Reichtum nach Cadwal, wie man ihn hierzulande nie und nimmer zu sehen bekommt. Doch Wohlstand ist zu nichts anderem nutzbar, als damit Nahrung, Kurzweil oder Einfluß zu erkaufen. Nun wohl, Nahrung kann Cadwal zu annehmbaren Preisen von uns erwerben ... Oder's konnte es, bis es an Perdons Grenze Unruhe zu stiften begann. Nunmehr wickelt es den Handel über Räuberbanden ab. Seit König Joyse das Reich Mordant und die Zunft gegründet hat, ist Cadwal alle Macht, aller Einfluß nicht länger von allzu großem Nutzen gewesen. Daher verwendet man in Cadwal viel, *viel* vom Reichtum zur Kurzweil. Andererseits ist's ein bitterlich rauhes Land. Ein Großteil besteht aus zerklüfteten Felsen und öden Wüsteneien, doch selbst in jenen Gegenden, welche über Wasser verfügen, weht diese Art von Wind, die einem Menschen die Haut von den Knochen zu fetzen vermag. Eine so unwirtliche Natur lehrt Härte ... lehrt jeden, der in ihr zu überleben versteht, Stärke und Grausamkeit. Das Bemerkenswerteste an den Cadwalern ist, wie sie Vergnügungssucht und Grausamkeit miteinander vereinen.« Geraden überlegte für einige Augenblicke, bevor er eine nähere Erläuterung versuchte. »Großkönig Festtens Monomach ist gemäß dem überlieferten Brauch sein persönlicher Kämpe und Assassine. Er soll der gewaltigste Kämpfer des Reiches sein, das stärkste und härteste Ergebnis der Rauheit des Landes und der vorzüglichsten Unterweisung. Die Cadwaler behaupten wahrhaftig gern, schon jene Männer, welchselbige als Schüler des Monomachs ihres Großkönigs scheitern, seien so stark, daß man zu Carmag ihre Gebeine für Grundmauern nimmt. Der Lohn jedoch, welcher diesem gewaltigsten Kämpfer des Landes gewährt wird, umfaßt nichts denn Vergnügungen. Sie sind ihm vergönnt ... und die Aussicht, im Dienst des Großkönigs zu sterben oder in Ungnade zu fallen. Aus irgendeiner Ursache haben in Cadwal Macht und Reichtum — und das Vorrecht des Gewährens von Vergnügungen — stets zur genüßlichen Seite der dortigen Lebensweise gezählt. In den vergangenen zehn Geschlechterfolgen hat Großkönig Festten keinen einzigen Ahnherrn, der je in der Wüste in einem Zelt gehaust, den Wind überstanden hat, welcher die Felsen schleift oder der je einmal das Leben eigenhändig mit dem Schwert verteidigen mußte. Und doch ist seine Macht über Cadwal in solchem Maß unumschränkt, daß Alends Monarch im Vergleich zu ihm dem Mediator der Zunft ähnelt.« Geraden grinste Terisa zu. »Nach allem, was ich weiß, hat der Großkönig schlichtweg nur deshalb immerzu nach der Beherrschung Mordants getrachtet, um Kosten für Nahrungsmittel einzusparen und folglich um so mehr Geld für den Zeitvertreib verfügbar zu haben.«

Im Überschwang des Erzählens vergaß Geraden anscheinend den sonderbaren Umstand, daß Terisa an ihn keine Fragen richtete. Indem sie aus Erleichterung unmerklich aufatmete, zog sie die Schlußfolgerung, daß die Zunft und König Joyse beide gute Gründe dafür hatten, all das Wissen und die Kenntnisse, die sie besaßen, vor Fremden zu schützen. Wenn sie ihre Phantasie sehr strapazierte und sich ausmalte, eine Kumpanin Garts zu sein, dann konnte sie sich vorstellen, daß diese Besichtigung Schloß Orisons sich als hochgradig aufschlußreich erweisen mochte. Am zweiten Tag zeigte Geraden ihr das immense Reservoir, in dem Regen, Schmelzwasser und das Naß der kleinen Quelle, die auf dem Schloßgelände entsprang, sich sammelten, in dem man sie speicherte. Das war beispielsweise eine Information, die jeder Feind zu nutzen verstanden hätte.

Diese Einsicht erhöhte ihre Wertschätzung für das Entgegenkommen des Adepten. Sie wußte von sich, daß sie eine völlig harmlose Person war — aber er konnte diesbezüglich keine Gewißheit haben. Bereits seine Vertrauensseligkeit an sich war riskant.

Darum verstärkte sich in Terisa das Gefühl, vor ihm Geheimnisse zu haben, sei eine fiese Art, ihm zu danken. Sie mochte ihm nicht weh tun.

Am folgenden Tag fand er sich allerdings nicht ein, um die Besichtigung mit ihr fortzusetzen. Statt dessen ließ er ihr mitteilen, Meister Quillon habe ihn erneut in Beschlag genommen. Zu ihrer eigenen, gelinden Verwunderung legte Terisa sich zurück ins Bett und verschlief fast den ganzen Tag.

Aber ihre Träume betrafen Meister Eremis, und in der Nacht schlief sie schlecht. Als der Morgen anbrach, hoffte sie, daß Geraden wiederkäme. Andernfalls konnte sie in die Versuchung geraten, ihre Fragen mit zu dem Mann zu nehmen, der sie auf so intime Weise geküßt hatte, und ihre Entscheidungen unter seiner Einflußnahme zu fällen.

Wo steckte er? Warum ließ er sie allein? Begehrte er sie nicht mehr? War sie so wenig attraktiv, daß er schon das Interesse an ihr verloren hatte?

Glücklicherweise klopfte kurz nach dem Frühstück Geraden an ihre Tür. Er brachte ihr einen dicken Mantel aus Schaffell und Stiefel mit, wie er welche trug. »Heute besehen wir uns die Wälle«, kündete er im Ton eines Urteilsspruchs an, und aus seinen Augen glänzte Frohsinn. Sobald sie den Mantel über ihr graues Kleid gezogen hatte, führte er sie, indem er sich auf der Schwelle mit verspielt-höfischem Schwung verbeugte, aus ihrem Quartier.

Wie sie bereits vom Fenster aus festgestellt hatte, besaß Schloß Orison keine äußeren Befestigungen; die Mauern der Räume und Flure im Innern und die Wälle, die sie schützten, bestanden aus dem gleichen Stein. Allerdings waren die Wälle, wie Terisa sah, als Geraden sie ihr zeigte, von enormer Dicke. An den Außenseiten verliefen Wehrgänge entlang, so breit, daß Gespanne darauf hätten fahren können, die Zinnen lagen hoch genug, um Bogenschützen ein weites Schußfeld und ausreichende Sicherheit vor feindlichem Beschuß zu bieten; die Dicke der Außenmauern machte sie gegen Katapulte und Rammböcke widerstandsfähig. Zudem gab es (wie sie erfuhr) in den Wällen Lagerräume, Wachstuben und Gänge. Jetzt erstaunte Terisa jenes Bruchstück der Omen noch mehr, das Schloß Orison mit einem qualmenden Loch in der Seite und dem Eindruck des Ausgestorbenseins wiedergab. Welche Art von Kraft mochte stark genug sein, um solche Mauern so erheblich zu beschädigen?

Von den Zinnen begleitete Geraden sie auf die Höhe des Turms, in dem sich ihre Unterkunft befand. Die eisige Luft schien scharf wie Glassplitter zu sein, und Terisa kühlten Nase und Ohren ab. In dieser Luftigkeit wirkte der schwache Wind viel rauher, als er es tatsächlich war; die dichte Bewölkung der Vortage hatte sich etwas aufgelockert, doch die zunehmende Aufklärung des Wetters machte die Kälte nur um so spürbarer. Der zwischen den Zinnen und in den Ecken der Brüstung angehäufte Schnee sah alt und vergammelt aus, vom gelegentlichen Sonnenschein zusammengeschmolzen, aber nicht beseitigt. Der eigene Atem dampfte Terisa vor dem Gesicht; sie schob die Unterarme wechselseitig in die Ärmel des Mantels, zitterte. Doch es fiel ihr gar nicht ein, Geraden um Rückkehr in geschlossene Räume zu bitten. Von der Spitze des Turms aus erhielt sie den bislang besten Fernblick in die Gegend rings um Orison.

Der Stand der Sonne ermöglichte ihr die Einschätzung, daß das lange Rechteck der Schloßanlage sich ungefähr von Nordwest nach Südost erstreckte. Sie und Geraden hatten den östlichsten Turm bestiegen. Zerwühlter Schlamm zeigte sich durch den Schnee, der die Straße bedeckte, die von den Schloßtoren im nordöstlichen Außenwall ihren Verlauf ins Land nahm, sich fast noch in Pfeilschußweite verzweigte; eine Abzweigung führte in den Süden zu einem Fluß namens Breithweyn und in den Torgau (wie Geraden ihr schon einige Tage zuvor erläutert hatte), eine verlief parallel zum Breithweyn nordostwärts in den Perdongau und die dritte Abzweigung in nordwestlicher Richtung in den Armigitegau. Geraden versicherte, zu anderen Jahreszeiten könne man den Fluß in der Ferne sehen, im Winter sei er wegen Eis und Schnee jedoch zwischen den Hügeln nicht zu erkennen. Jedenfalls handelte es sich um denselben Fluß, den sie in einem der flachen Spiegel gesehen hatte; er entströmte, noch kaum breiter als ein Bach, dem schluchtartigen Hohlweg, den Geraden als Geballte Faust bezeichnet hatte. Er floß mitten durch Domne, trennte den Tor- vom Termigan- und Armigitegau, teilte ein Gebiet des Kronguts vom Perdongau ab und zerschnitt schließlich letzteren in seine nördliche und südliche Region, bevor er an Mordants Grenze in den Vertigon mündete.

Wie merkwürdig, dachte sie sich, daß die Straßenkreuzung in Wirklichkeit ein viel harmloseres Aussehen als in dem Spiegel hatte, in dem sie, Geraden und Meister Eremis die Angriffe auf Perdon und seine Begleiter hatten beobachten können. Unter freiem Himmel war es beinahe undenkbar, sich so etwas wie blutgierige Monster und gewaltsamen Tod zu vergegenwärtigen. Existierte dergleichen vielleicht nicht doch bloß in Spiegeln?

Sie konnte sich von allem, was Geraden ihr zum Umland erklärte, nur wenig merken; um es sich zu verdeutlichen, hätte sie eine Karte gebraucht. Trotzdem fand sie sehr großen Gefallen an Schloß Orisons Umgebung. Es ragte über die schneebedeckten Anhöhen im näheren Umkreis empor, aber die in weiterer Entfernung gelegenen Hügeln waren höher, zerklüfteter, hinterließen einen irgendwie interessanteren Eindruck. Hinter der Kreuzung säumten Bäume die drei Abzweigungen der Landstraße; aber die Hänge der Hügellandschaft rund um Orison waren dermaßen kahl, daß Terisa vermutete, sie seien gerodet worden. Geraden bestätigte ihre Annahme: Kastellan Lebbick legte Wert darauf, daß seine Soldaten Platz zum Exerzieren und zu Manövern hatten, und Schloß Orisons Herren hatten ohnehin schon immer dagegen vorbeugen wollen, daß Feinde unbemerkt anrücken konnten. In der Ferne lagen jedoch Wälder mit dichtem Baumbestand, so schwärzlich und geheimnisvoll wie die Gehölze in ihrem Traum. Und die Straßen schienen zu derartig entlegenen Orten zu führen, daß sie einfach wunderbar sein mußten.

Bring mich nach Domne! Hätte sie Geraden am liebsten aufgefordert. Geh mit mir nach Termigan, Armigite und Fayle! Schaff mich von hier weg! Aber das Wetter war zu kalt, der Schnee zu hoch. Und sie war nicht Prinz Kragen oder einer seiner Männer; unter diesen Bedingungen konnte sie keine Reise antreten. Als sie aus dem Süden einen Trupp Reiter auf Orison zureiten sah, wurde ihr bewußt, daß sie noch nie auf einem Pferd gesessen hatte.

Geraden blinzelte, um die Klarheit seiner Sicht zu bewahren, während er in den Wind spähte. »Sand und Farbe!« stieß er einen Moment später unterdrückt hervor. »Schaut aus, als wär's Gauherr Tor. Herr Tor selbst! Seit ich hier bin, ist er nicht mehr auf dem Schloß gewesen!« Er sah Terisa an. »Manche Leute behaupten, er sei zu feist zum Reiten. Ich hingegen bin des Glaubens, er ist schlichtweg zu alt. Er zählt mindestens zehn Lenze mehr als der König.« Seine Stimme ging in zerstreutes Gemurmel über. »So er's wahrlich ist, was tut er hier? Um diese Zeit des Jahres?« Während er vor sich hinnuschelte, spürte Terisa auf einmal die Kälte bis ins Herz; sie drehte sich zur Treppe ins Innere des Turms. Perdon hielt sein Meister Eremis gegebenes Versprechen. Aber hatte nicht irgendein Meister gesagt — oder wenigstens angedeutet —, Tor könnte nicht kommen? Wegen zu kurzer Frist? oder zu weiter Entfernung? Ohne Vorwarnung flitzte Geraden an Terisa vorbei, rannte fast zur Treppe. »Kommt!« rief er über die Schulter. »Ganz unverkennbar Herr Tor. Man hat eine Bahre dabei.« Eine Sekunde lang stand Terisa wie zu Stein erstarrt da. Eine *Bahre?* Im nächsten Augenblick steckte Geradens Hast sie an. Er eilte die Treppe hinunter, indem er jeweils zwei Stufen auf einmal nahm. Das lange Kleid machte es Terisa unmöglich, sich seinem Tempo anzupassen. Auf dem ersten oberen Treppenabsatz blickte er sich jedoch nach ihr um und sah, welches Problem sie hatte, und verringerte seine Geschwindigkeit. Fast gemeinsam beeilten sie sich im Turm die Treppenflucht hinab. Kurz vorher hatte Terisa gefroren; nun wurde es ihr zu warm. Trotz Geradens Hast blieb sie auf einer Stufe stehen, um den Mantel abzustreifen. Geraden versuchte Ruhe zu wahren, doch seine Miene verriet, wie sehr die Verzögerung ihn mißmutig machte.

»Entschuldigung«, sagte Terisa leise, als sie den Abstieg fortsetzte. Ehe Geraden antworten konnte, tat er einen Fehltritt, schrie auf und polterte kopfüber den gesamten Rest der steinernen Treppe abwärts. »Geraden!« Erschrokken lief Terisa ihm nach. Als sie ihn erreichte, stemmte er sich auf Händen und Knien hoch, erhob sich vom Fußboden. Sein Kopf wankte von einer zur anderen Seite, als könnte er oben und unten nicht länger unterscheiden. Terisa packte ihn am Arm, versuchte ihn aufzurichten. »Sind Sie in Ordnung?«

Er erregte einen ziemlich benommenen, nahezu betäubten Eindruck, doch er stützte das Körpergewicht auf Terisa, bis er die Füße unter sich zurechtgestellt hatte. Dann gelang es ihm, sich aufzuraffen.

»Sorgt Euch nicht. Geschähe derlei mir nicht zumindest einmal am Tag, ich wüßte nicht, wer ich bin.« Leicht lahm begann er erneut die Stufen hinabzusteigen. »Kommt! Kürzlich habe ich bemerkenswerte Ereignisse versäumt. Diesmal möchte ich nicht abseits stehen.« Allmählich fielen seine Schritte gleichmäßiger, während er sie weiter abwärts, hinunter zur Höhe der Tore führte. Unversehens kühlte die Luft wieder ab. Terisa und Geraden näherten sich einer hohen breiten Pforte, die Zutritt zum riesigen Innenhof Orisons gewährte. Die Pforte konnte mit Türflügeln aus wuchtigen eisenverstärkten Balken geschlossen werden; gegenwärtig jedoch stand sie offen. Rufe hallten von den Schloßmauern wider. Wachen kamen durch den Gang gelaufen. Andere Wächter rannten bereits in den Matsch des Hofs und hinüber zum Tor. Einen Moment später erschien Kastellan Lebbick. Die Befehle, die er erteilte, als auch er sich auf den Weg zum Tor machte, klangen herber, als man die bittere Kälte spürte. »Zieht den Mantel an«, flüsterte Geraden mit gepreßter Stimme. Sobald sie der Aufforderung nachgekommen war, nahm er Terisa am Arm und betrat mit ihr den Innenhof.

Die Füße sanken ihr bis an die Knöchel in den Schlick ein. Beim Gedanken, so hübsche Stiefel dadurch zu versauen, stöhnte Terisa unhörbar auf, aber dann mußte sie die Stiefel Stiefel sein lassen und sich darauf konzentrieren, für jeden Schritt, immer wieder, Fuß um Fuß mit aller Kraft aus dem klebrigen, zähen Morast heben zu müssen.

Sie und Geraden hatten den Schloßhof am südöstlichen Ende betreten; dort war er relativ frei. Die Buden des Basars und die Karren der Bauern standen auf der Nordwestseite zusammengedrängt, dazwischen ragten die spitzen Zelte der Menschen auf, denen sie gehörten, und ebenso der Wächter, denen es oblag, für Ordnung und Ehrlichkeit zu sorgen. Doch schon die andere Hälfte des Hofs wirkte so ausgedehnt, als könnten in ihr mehrere Kavallerieabteilungen gleichzeitig exerzieren.

Auch die Schloßtore waren offen. Das Tor als solches, eine kolossale Holzkonstruktion aus Balken, die den Umfang von Baumstämmen hatten und reichlich beschlagen waren mit Eisen, war gehoben worden, wie es jeden Morgen geschah. Im Laufe des Rundgangs durchs Schloß hatte Geraden ihr die riesiggroßen Winden gezeigt, mit deren Hilfe man das Tor ins Gemäuer oberhalb der Torgewölbe hochzog. Der Kastellan reihte seine Männer zu einer Ehrenformation auf, um den Gauherrn Tor vom Torgau gebührend zu empfangen. Ein Trompeter blies sein Instrument. Geraden brachte Terisa so nahe an die Stelle, wo Tor und seine Begleiter ins Schloß reiten und absitzen würden, wie die Wachen es gestatteten. Dort warteten sie.

Die Reiter befanden sich inzwischen auf der Straße zum Schloß. Trotz ihres gemächlichen Tempos waren sie nicht mehr weit vom Eingang entfernt. Da sah Terisa, daß die Reiter allesamt Schwarz trugen. In der unerbittlichen Kälte glitzerte der Atem der Pferde silbrig, doch sie trugen schwarze Geschirre. Die Bahre, an den Sätteln von vieren der Pferde befestigt, war mit schwarzem Tuch bedeckt. Der Mann, der dem Trupp voranritt, verbarg das Gesicht unter einer schwarzen Kapuze, hatte sich in einen schwarzen Umhang gehüllt. Dieser Reiter war dermaßen fett, daß sich Terisa fragte, wie sein Reittier so ein Gewicht überhaupt tragen konnte.

Er lenkte sein Tier seinem Trupp voraus, auf Kastellan Lebbick zu, und schließlich standen die Ankömmlinge zwischen der akkurat aufgestellten Ehrenformation. Ihre Pferde schienen unter ihren Lasten durchzusacken.

»Meinen Gruß, Herr Tor«, sagte der Kastellan rauhbeinig. Seine Schultern waren verkrampft, als stemme er auf ihnen die ganze Bürde des Winters; das purpurne Band rings um seine Stirn betonte die grimmige Zerfurchtheit seiner Brauen. »Ihr seid auf Schloß Orison willkommen. Gleichwohl welche Veranlassung Euch um diese Zeit zu uns bringt, Ihr seid willkommen.«

Langsam hob Tor seine Hände, die in schwarzen Handschuhen staken, streifte die Kapuze vom Kopf, entblößte gelichtetes weißes Haar, das ihm strähnig vom fahlen Schädel wehte, Gesichtszüge in der Form und Färbung kalter Kartoffeln sowie traurige Augen. Die Kälte hatte ihm die feisten Wangen aufgerauht. »Ich will zum König«, krächzte er mit heiserer Stimme.

Klarheit und Eisigkeit der Luft machten alles bis ins kleinste deutlich erkennbar. Terisa sah in Lebbicks harter Miene ein Anzeichen von Betroffenheit zucken. »Herr Tor«, antwortete er, »König Joyse ist von Eurer Ankunft unterrichtet worden. Gegenwärtig ist er mit anderen Angelegenheiten befaßt.« Es gelang ihm nicht, die Verachtung für diese ›anderen Angelegenheiten‹ aus seinem Tonfall fernzuhalten. Wahrscheinlich spielte der König Springbrett. »Doch ich bin sicher, daß er Euch binnen kurzem eine Audienz gewährt.«

Die Wolken, die den Himmel verhängten, besaßen die

Farbe von Grabsteinen. Die Kälte schien den Schloßhof wie mit frostig-eisigen Armen zu bedrängen. Für einen langen Moment regte Tor sich nicht, sagte kein Wort. Er zwinkerte mit den Augen, als drohe er zu erblinden. Dann schwang er mit einem Aufknurren der Anstrengung ein Bein über den Rücken seines Pferds und stieg ab. Die Wächter verharrten in völliger Ruhe. Man konnte die Geräusche, mit denen die Pferde auf den Gebißstangen kauten, und das Schmatzen von Tors Stiefeln im Matsch hören, während er wie ein Greis zwischen seinen Begleitern zu der Bahre hinkte.

Auf den Armen hob er die in Schwarz überdeckte Leiche eines Mannes oder einer Frau, der oder die größer als er gewesen sein mußte, von der Bahre. Er sah nicht aus, als wäre er stark genug, um ein solches Gewicht zu tragen; dennoch hielt er den Leichnam an den Leib gedrückt, schleppte ihn nach vorn, blieb damit unmittelbar vor Kastellan Lebbick stehen. »Das ist mein Ältester«, sagte er mit der gleichen hohlen Stimme, im gleichen kehligen Ton wie zuvor. »Ich will zum König.«

Nun konnte der Kastellan seine Bestürzung nicht länger verbergen. »Euer Sohn, Herr Tor. Das ist ein schrecklicher Verlust.« Terisa entsann sich daran, daß Lebbick Verlust kennengelernt hatte. »Ganz Mordant wird mit Euch trauern. Wie hat ihn der Tod ereilt?«

»Ein Wolf zerfleischte ihm das Angesicht, wie man in Mordant, Cadwal und Alend zusammengenommen noch keinen gesehen hat.« Für einen Moment rührte sich in Tors Stimme ein Anklang von Heftigkeit. »Wünscht Ihr die Wunde in Augenschein zu nehmen?« Er streckte Lebbick den verhüllten Leichnam hin. Doch fast sofort verflog seine Aufgewühltheit wieder. »Ich will zum König«, wiederholte er mit unerschütterlicher Sturheit.

»Das dürfte unmöglich sein.« Kastellan Lebbick sprach schwerfällig, in rauhem Ton, wie ein Mensch, der litt. »Noch hat König Joyse Euch keine Audienz gewährt.«

Die Reiter hinter Tors Rücken raunten Flüche in die Stille. Wie weit mochten sie geritten sein, um Tors toten Sohn zum König zu bringen?

Unvermutet verließ Geraden Terisas Seite. Er schritt durch den Schlamm, als ob es auf einmal völlig ausgeschlossen wäre, daß ein Ausrutschen oder irgendein sonstiges Mißgeschick ihn aufhielt — als hätte er seinen Hang zu Pannen abgelegt —, trat zum Tor. Die jungenhafte Täppischkeit und Ungeschicklichkeit seines jugendlichen Überschwangs und seiner Unsicherheit waren gänzlich aus seinem Verhalten gewichen. Die Art, wie das nußbraune Haar seine ausdrucksvollen Gesichtszüge krönte, ließ ihn unanfechtbar wirken, derartig selbstsicher, als besäße er beträchtliche Macht und verstünde sie anzuwenden.

Er achtete nicht auf Kastellan Lebbicks grimmigen Blick. »Herr Tor«, sagte er, »ich bin Geraden, jüngster Sohn Herrn Domnes. Gestattet mir, Euch im Namen meines Vaters und seiner gesamten Familie das tiefempfundenste Beileid auszusprechen. König Joyse wird Euch empfangen. Wenn er erfährt, aufgrund welcher Veranlassung Ihr gekommen seid, wird er Euch gewißlich empfangen.«

»Sei gewarnt, Geraden«, knurrte der Kastellan ihn mit bösem Unterton an. »Du vergißt dich, Bursche.«

Sofort wandte Geraden sich Lebbick zu. »Nein, Kastellan.« Nahezu ohne Übergang schien er größer geworden zu sein, erweckte den Eindruck, keinerlei Zweifel an seiner Autorität zu kennen. »Laßt Ihr Euch warnen. Mich mögt Ihr so arg verachten, wie's Euch beliebt. Aber noch ist der Tag nicht angebrochen, an welchselbigem Ihr den Domne mit Verachtung strafen dürft. Ich spreche in seinem Namen. In seinem Namen bürde ich die Verantwortung auf mich. Mag sie mich zermalmen, wenn's denn sein muß. Der König wird Herrn Tor empfangen.«

Tor schwieg. Er stand mit seinem toten Sohn auf den Armen da, als hätte ihn Sprachlosigkeit befallen, wäre er seine Trauer nichts anderes als dadurch auszudrücken fähig, daß er vom König forderte, sie zur Kenntnis zu nehmen.

Kastellan Lebbick verzerrte erbittert den Mund. An seinen Seiten verkrampfte er die Hände zu Fäusten. »Du magst's versuchen, Bursche«, entgegnete er nach einem Moment des Schweigens leise. »Derlei Gesten sind billig für jene, denen keine hohen Pflichten obliegen ... für solche, die sich um die Folgen dessen, was sie tun, nicht zu scheren brauchen. Ich aber habe die Aufgabe, zu sichern, daß man König Joyse Gehorsam erweist, und wenn's sein muß, werde ich keine Mittel scheuen«, — er schlug mit der Faust auf das Schwert an seiner Hüfte —, »um selbigen Gehorsam durchzusetzen.« Dann trat er beiseite. Er schnauzte einen Befehl, und die Ehrenformation tat das gleiche. Geraden griff zu, stützte Tors Arme, um ihm das Gewicht der Leiche tragen zu helfen. Gemeinsam machten sie sich auf den Weg zur nächstbefindlichen Pforte. Hinter ihnen formierte sich ungefähr ein Dutzend Wächter zu einer Eskorte und schloß sich ihnen an. Terisa wollte ebenfalls folgen. Doch der Kastellan hielt sie mit einer schroffen Gebärde zurück. »Nein, edle Dame. Es geschieht ohne Eure Mitwirkung Unheil genug.« Er fauchte die Worte hervor wie mörderisch heißen Dampf. »Ich gedenke den König in seiner Beladenheit nicht zudem einem Weib mit so zweifelhaften Bindungen auszuliefern.« Mit erhöhter Lautstärke befahl er zwei Wächtern, »die Edeldame Terisa von Morgan« zurück in ihre Unterkunft zu geleiten.

Für einen Moment stand Terisa dicht davor, sich gegen ihn aufzulehnen, obwohl sie sich so etwas noch nie erlaubt hatte und auch nicht dazu in der Lage gewesen wäre, hätte sie vorher darüber nachgedacht. Sie wollte mit Geraden gehen. Falls sich irgend etwas für den Tor tun ließ, hätte sie gern dazu das ihre beigetragen. Aber Kastellan Lebbicks Blick übte auf sie eine hinlänglich abschreckende Wirkung aus; sie erkannte darin äußerste Entrüstung und eine extreme Bereitschaft zu buchstäblich allem, er schien ihr zu sagen, daß Lebbick, falls sie ihn zu gewaltsamem Vorgehen gegen sie zwänge, verrückt werden müßte.

Terisa drehte sich den Männern zu, denen sein Befehl

gegolten hatte, und vertraute sich ihrer Obhut an. Während sie sich mit ihnen durch den Schlamm schleppte, hörte sie, wie Kastellan Lebbick Tors Gefolge förmlich begrüßte, Reitern und Pferden Orisons beste Gastfreundschaft und Versorgung zusicherte. Anschließend eilte er Tor und Geraden nach.

Nachdem Terisa in ihrem Quartier die Stiefel so gut wie möglich gesäubert und zum Trocknen ins Bad gestellt hatte, überlegte sie sich, daß Tor offenbar *nicht* infolge einer Einladung Perdons Schloß Orison besucht hatte. Doch welchen Unterschied bedeutete der Grund für Tors Anwesenheit jetzt noch? Seine Gegenwart war es, was zählte. Sie wirkte sich zu Meister Eremis' Gunsten aus.

Meister Eremis gab keinen angenehmen Gegenstand ihrer Überlegungen ab. Seine Abwesenheit verursachte ihr ein insgeheimes Weh der Enttäuschung und der Zaghaftigkeit. Dennoch dachte sie lieber an ihn, als sich an Tor zu erinnern, wie er da bis zu den Fußknöcheln im Schlick gestanden hatte, auf den Armen den toten Sohn, in den Augen untröstliche Trauer. Als ihre Mutter gestorben war, hatte Terisa es sich herausgenommen zu weinen, und daraufhin hatte ihr Vater sie geschlagen — einmal ins Gesicht geschlagen —, weil sie aufhören sollte. Danach hatte er sich betrunken; soweit sich Terisa entsann, das erste und einzige Mal. Später hatte er andere Frauen nach Hause mitgebracht, als hätte er nie eine Ehefrau gehabt. Deshalb zog Terisa es nun eindeutig vor, statt an ihn an Meister Eremis zu denken.

Eine gute Stunde verstrich, bis sie merkte, wie unruhig sie war; normalerweise wanderte sie nicht hin und her, aber jetzt schritt sie in ihren Zimmern immer wieder die Länge der Wände Teppiche ab, wartete auf Geraden. Er hatte sich gegen den Kastellan behauptet. Sie hatte das Gefühl, es sei lange her, daß sie ihn zuletzt so energisch erlebt hatte. Bestimmt würde er doch kommen, um ihr zu erzählen, was geschehen war?

Er kam. Noch vor der Mittagszeit hörte sie jemanden an die Tür klopfen. Als sie öffnete, stand im Flur Geraden.

Er sah wie ein kleiner Junge aus. Seine Augen waren noch verquollen vom Weinen, und ihr Ausdruck bezeugte eine derartige Trostlosigkeit, daß sie ihn jetzt gern ohne Umstände in die Arme geschlossen hätte.

Aber es gelang ihr nicht, sich dazu durchzuringen. Ein Leben des Gehemmtseins hinderte sie daran: sie hatte nie gelernt, auf andere Menschen zuzugehen. Doch sie faßte ihn unwillentlich, ohne es zu bewerten, am Arm. »Oh, Geraden«, sagte sie gedämpft. »Was ist los?«

Er bemühte sich um Fassung, jedoch nur mit dem Resultat, daß sein Benehmen barsch zu werden schien. »Es ward ihm gewährt, den König aufzusuchen. Zu soviel zumindest ist's von Vorteil, Sohn des Domne zu sein. Ich habe mich schlichtweg von niemandem abweisen lassen. Doch hat König Joyse nicht ...« Da erstickte ihm die Stimme, als schmerze es seine Kehle zu sehr, aussprechen zu sollen, was er zu äußern beabsichtigte. Für einen Moment verkniff er die Miene. Hastig streifte sein Blick die Posten beiderseits der Tür. »Ich bitte Euch, Tersia ... ich vermag nicht hier im Gang darüber zu reden.«

Terisas Herz schlug doppelt so schnell wie sonst. »Kommen Sie herein«, bat sie ihn überstürzt. »Wie dumm von mir ...! Ich wollte Sie nicht vor der Tür stehen lassen.« Ihre Hand noch an seinem Arm, zog sie ihn in den Wohnraum. Wäre er nicht so davon beansprucht gewesen, die Beherrschung zu bewahren, und hätte Terisa nicht ihre Verlegenheit zurückgehalten, möglicherweise wären sie sich jetzt in die Arme gefallen. Doch er erregte in seinem Kummer einen Anschein der Unnahbarkeit, und Terisa mußte für einen Augenblick von ihm ablassen, um die Tür zu schließen. Als sie sich umdrehte, stand er mit an die Seiten gepreßten Ellbogen im Zimmer, die zu Fäusten zusammengekrampften Hände auf die Herzgegend gedrückt. »Oh, Geraden«, wiederholte sie leise. »Geraden ...«

»Ich weiß nicht, was vorgeht.« Seine Stimme klang noch herb, er quetschte die Wörter hervor. Er versuchte, irgend etwas in seinem Innern unbedingt aufrechtzuerhalten. »Ich schwör's, ich begreif's nicht. Zum König zu gelangen, war nicht schwierig. Ich hatte nicht mehr Mühe damit, als es kostete, der Wächter vor seiner Tür nicht zu achten, als sie sagten, der König sei beschäftigt. Angesichts der Umstände war's wenig wahrscheinlich, daß sie Herrn Tor am Eintreten hindern mochten. König Joyse und Großmeister Havelock spielten Springbrett. Sicherlich hab Ihr's schon erraten. Was sonst«, — sein Tonfall zeugte auf einmal von Hohn —, »könnte den König so stark beschäftigen, daß man annimmt, er möchte jenen Mann nicht empfangen, welcher ihm gleichsam den Steigbügel hielt, als er einst ausritt, um König von Mordant zu werden? Aber anscheinend ärgerte die Behelligung ihn nicht. Als ich ihn störte, ließ er das Spielen und hieß uns willkommen. Und er lächelte in jener Weise, wie's ihm eigentümlich ist ... so daß man begehrt, sich ihm zu Füßen zu werfen und ihm als Steg durch den Unrat zu dienen. Da sah er, was Herr Tor auf den Armen trug. Ich sagte ihm, um was es sich handelte. Und da wähnte ich einige Augenblicke lang, ich hätte einmal etwas richtig gemacht. Ich vermeinte fürwahr, *endlich* einmal in meinem Leben etwas recht getan zu haben. Es schien, als entsänne sich der König seiner Kraft, riefe sie von irgendwoher zu sich zurück. Mit einem Mal glich er einem Hünen, sah groß und stark aus, seine Augen wirkten wie entflammt. ›Wie ist das geschehen?‹ wünschte er zu erfahren. Herr Tor vermochte nicht zu sprechen. ›Durch Imagomantie‹, gab darum ich dem König Auskunft. ›Eine fremde Art von Wolf.‹ Und in der Hoffnung zu wissen, was ich tat, fügte ich zu ihm: ›Schaut Euch sein Antlitz an.‹ König Joyse hob das Bahrtuch.« Ein Schaudern durchfuhr Geraden. »Der Tote bot einen gräßlichen Anblick. Selbiger wäre allerdings noch weitaus grauenhafter gewesen, wäre der Leichnam nicht gefroren, derweil Herr Tor zehn Tage lang die Landstraße bereiste. Sobald König Joyse hinschaute, schien er sich inwendig aufzurichten, zu ermannen. Er nahm Herrn Tor den Toten von den Armen. Er hob das Haupt, als sei's sein Wunsch, ein Geheul auszustoßen. So voll des Zorns und Wehs stak er, daß sie sich in seiner Miene zeigten, nicht anders als ein Schrei. Ich glaubte, er wäre endlich so empört — *endlich!* —, daß er einen Drang zum Handeln verspürte. Ich hatte mich geirrt.« Geraden tat nichts, um seinen Schmerz zu verheimlichen. »Just in diesem Augenblick sagte Großmeister Havelock zu ihm: ›Joyse, Ihr seid am Zug.‹ Als wüßte er nicht, daß sich Dritte im Gemach aufhielten. Und da brach König Joyse zusammen. Sein Angesicht schien zu verfallen, er begann zu weinen ... ganz leise, fast ohne einen Laut. ›Ach, mein alter Freund‹, sprach er, ›verzeiht mir. Vergebt mir.‹ Dann sank er auf die Knie, er vermochte sein und des Toten Gewicht nicht länger zu tragen.« Geraden weinte selbst wieder, drückte sich die Ellbogen gegen die Rippen, die Hände auf die Brust. »So behutsam, wie er's noch vermochte, senkte er Herrn Tors Sohn auf den Boden. Für ein Weilchen blieb er über den Leichnam gebeugt. Dann richtete er sich wieder auf«, — Geraden mußte seiner Entschlossenheit gewissermaßen kräftig mit beiden Fäusten nachhelfen, um aussprechen zu können, was er zu sagen hatte — »und begab sich wieder ans Spielen.« Einen Moment lang verharrte Geraden reglos, rang darum, seine aufgewühlten Gefühle wieder in die Gewalt zu bekommen, während Terisa mit ihm litt, auch mit Tor und König Joyse, und schwieg. »Danach versagte er uns jegliche fernere Beachtung«, fügte Geraden schließlich hinzu, seufzte zittrig auf. »Er gab nicht länger irgend etwas um unsere Anwesenheit. Er erteilte keine Anweisungen bezüglich des Begräbnisses. Ebensowenig beantwortete er Fragen. Mag sein, er vergaß unser Anwesendsein. Zu guter Letzt tat er einen Zug. Soviel ich sehen konnte, war er zum Vorteil Großmeister Havelocks. Unterdessen hatte Herr Tor kein Wort gesprochen. Zu tief betroffen wirkte er, zu schmerzlich verletzt, als daß er ein

Wörtchen zu sagen vermocht hätte. Ich sorgte mich, er werde niederstürzen, aufs Angesicht fallen. Da jedoch erlangte er ein gewisses Maß an Fassung zurück. ›Mein Sohn ist tot‹, sprach er, als wäre es denkbar, daß König Joyse diese besondere Tatsache übersehen hätte. ›Zu mehr seid Ihr angesichts dessen nicht imstande?‹ Der König achtete seiner nicht. ›Schließt die Tür, wenn Ihr geht‹, sagte jedoch Großmeister Havelock.« Geraden zuckte mit den Schultern. »Kastellan Lebbick schritt ein und erzwang unseren Abgang. Zwei seiner Männer mußten Herrn Tor handgreiflich hinausschaffen. Ich hingegen war froh, gehen zu können. Lebbick erwies uns eine Gefälligkeit, als er uns zum Gehen nötigte.« Unvermittelt preßte der Adept sich die Handballen auf die Augen, um Tränen, Jammer und Schwäche nachhaltiger niederzuringen. Als er Terisa wieder ansah, hatten seine Augen rote Ränder, waren voller Hoffnungslosigkeit. Seine gesamte Selbstsicherheit war erneut völlig dahin. Jetzt entsprach er mehr denn je dem Bild eines jungen Mannes, den seine Anfälligkeit für Pleiten und Unglücke fix und fertig machte. »Kastellan Lebbick hatte recht«, sagte er. »Es wäre klüger gewesen, Herrn Tor nicht zum König zu lassen. Was geschah, hat seinen Gram lediglich vertieft.«

»Das tut mir alles schrecklich leid«, meinte Terisa; ihr Unvermögen, Geraden zu helfen, zu trösten, erfüllte sie mit Mißmut. Aber sie blieb zu allem anderen als diesen läppischen Floskeln außerstande. »Es tut mir schrecklich leid.«

Später am Tag, mitten am Nachmittag, während sich Terisa allein in ihrem Quartier aufhielt und nichts anderes zu tun hatte als nachzudenken, sah sie, wie sie am Fenster stand und grübelte, in die Richtung der Landstraße blickte, noch einen Trupp Reiter kommen.

Diese Gruppe umfaßte mehr Personen als Tors Begleitung und hatte allem Anschein nach einen militärischeren Charakter. Ein Trompetenstoß verkündete die Ankunft der

Reiter am Schloßtor. Kastellan Lebbick begrüßte sie mit einer Ehrenformation, die der, die er für Herrn Tor aufgeboten hatte, nicht nachstand. Anschließend begaben die Ankömmlinge sich hinein.

Aber Terisa blieb noch immer zu jeder Entscheidung unfähig.

Mit dem Abendessen brachte Saddith auch Neuigkeiten. »Habt Ihr's schon vernommen, Herrin? Sowohl Gauherr Fayle wie auch Gauherr Armigite sind auf Schloß Orison eingetroffen. Beide wünschten eine Audienz beim König. Und beide sind sie abgewiesen worden.« Die Zofe war regelrecht stolz darauf, Terisa diese Information ausplaudern zu können, als stammten sie von irgendwelchen geheimen, höheren Stellen. »Man erzählt, Herr Fayle brächte Botschaft von Königin Madin und Prinzessin Torrent. Und dennoch durfte er nicht zum König. Wenn das Gerede wahr ist, trägt er die Abweisung mit Gleichmut. Anders dagegen Herr Armigite. Ich habe ihn mit eigenen Ohren schelten hören. Er streift durch die Gänge, wendet sich in seinem Unmut an jeden, welchselbiger ihm zu lauschen geneigt ist, und schildert ihm den Grund seiner Empörung.« Sie kicherte. »Ich sehe Veranlassung, an seiner Mannhaftigkeit zu zweifeln, Herrin.«

Nachdem Saddith fort war, hatte Terisa sich endlich auf einen Entschluß festgelegt. König Joyse hegte keine Bereitschaft, die Gauherren zu empfangen; er war nicht einmal dazu bereit, eine Nachricht von seiner Gattin entgegenzunehmen. Offensichtlich war er inzwischen zu abgehoben. Meister Eremis lag richtig. Jetzt konnte Mordant nur noch gerettet werden, wenn jemand anderes die Dinge anpackte. Sie faßte den Vorsatz, ihn aufzusuchen, mit ihm zu reden, ihm alles darzulegen, was sie wußte.

Möglicherweise mußte sie ihn auch in ihre insgeheimen Unterhaltungen mit Meister Quillon und Großmeister Havelock einweihen; aber nicht, um die beiden zu hintergehen, sondern um Meister Eremis zu unterstützen; genaueres Bescheidwissen erlaubte ihm vielleicht ein wirksameres Handeln.

Terisa fällte diese Entscheidung, weil sie das Richtige tun wollte. Sie mochte nicht ihr Leben lang passiv bleiben. Ihre Gegenwart in dieser Welt kam ihr widersinnig vor, doch solange sie sich nun einmal hier *befand,* sollte sie durchaus den einen oder anderen hilfreichen Beitrag leisten können. Um Geradens willen, und ebenso für Mordant. Geraden lähmte seine Unterwürfigkeit, die er dem König entgegenbrachte, zu sehr, sie machte ihn handlungsunfähig, weil sie ihm zuviel Kummer verursachte; seine Abneigung gegen Meister Eremis beschränkte seinen geistigen Horizont. Er blieb blind für den Sachverhalt, den Terisa unmißverständlich sah: Meister Eremis war der einzige Mann, der eine Chance hatte, die Zunft und die Gauherren gegen Mordants Feinde einigen zu können.

Aber als sie ihre Entscheidung traf, dachte sie nicht an Geraden, und ebensowenig an Mordant; sie dachte daran, wie Meister Eremis sie berührt, sie geküßt hatte.

Folglich stand sie am nächsten Morgen, nach einer ruhelosen Nacht, früh auf. Sie badete. Sie wusch und trocknete ihre Haare. Als Saddith das Frühstück brachte, stellte Terisa fest, daß sie nicht essen konnte; statt Übelkeit zu riskieren, bat sie die Zofe, ihr beim Anziehen des Kleids behilflich zu sein, das sie am Vorabend ausgesucht hatte, eines malvenfarbenen Damenkleids, das sich ihr eng um die Schenkel schmiegte und die Kluft zwischen ihren Brüsten tief und augenfällig anziehend aussehen ließ. Dann gab sie Saddith für den Rest des Tages frei, sagte ihr, sie hätte vor, ihn mit Prinzessin Myste zu verbringen. Saddith zwinkerte ihr zu, als sie diesen durchsichtigen Vorwand zur Kenntnis nahm, grinste beifällig und verabschiedete sich, als hätte sie sowieso ihre eigenen Absichten.

Doch nachdem die Dienerin gegangen war, blieb Terisa noch beträchtliche Zeit lang in ihrem Quartier. Sie versuchte sich einzureden, sie zögere nicht, jedenfalls nicht richtig; sie warte nur auf den geeigneten Zeitpunkt. In

Wahrheit jedoch hatte sie ihre vorübergehende Zuversicht bereits verloren. Meister Eremis überforderte sie; er war zu erfahren, zu kundig, zu machtvoll. Geraden hatte ihn beschuldigt, er beeinflusse sie. Daß er die Zunft beeinflußt hatte, ließ sich nicht bezweifeln. Die Erklärung, die er dafür geboten hatte, stellte wenig zufrieden. Und anscheinend hatte er an ihr kein Interesse mehr.

Trotzdem hielt sie zuletzt an ihrem Entschluß fest. Ungefähr um die Mitte des Vormittags ging sie zur Tür, sperrte sie mit unsicherer Hand auf und verließ ihre Unterkunft. Einer der Posten im Flur pfiff gedämpft durch die Zähne, sobald er sie sah; sie achtete nicht auf ihn.

Während sie die Treppenflucht im Innern des Turms hinabstieg, packte sie einmal für einige Momente Panik, denn sie war sich des Wegs zu Meister Eremis' Räumen keineswegs sicher. Bei dem einen Mal, als sie ihn besuchte, hatte sie dem Weg ungenügende Aufmerksamkeit geschenkt. Und zudem hatte sie den Eindruck, daß ihr ein Mann nachschlich ...

Sie bemerkte ihn drei- oder viermal in verschiedenen Etagen. Kaum daß sie ihn bemerkte, schien er aus ihrer Sicht zu verschwinden. Jedenfalls war er groß und wirkte stark. Ein grauer Umhang verbarg die Kleidung, bedeckte auch den Kopf, aber die Spitze des langen Schwerts neben den Stiefeln blieb sichtbar.

Allerdings war er offensichtlich nicht der Mann, der sie in ihrem Quartier überfallen hatte. Er lief nicht in Schwarz herum. Außerdem hielt er die Verfolgung nicht bis zum Schluß aufrecht. Es schien, als vergäße er sie nach einer Weile. Danach sah sie ihn nicht mehr.

Nachdem sie sich wahrscheinlich seinetwegen mehr Sorgen gemacht hatte, als er es wert war, verdrängte sie ihn aus ihrem Bewußtsein, konzentrierte sich wieder auf das Problem, den Weg zu Meister Eremis' Wohnung zu finden.

Dabei erwies sich die Schloßbesichtigung mit Geraden als Hilfe. Endlich gelangte sie in jenen Teil Orisons, den man den Meistern als Wohnbereich zur Verfügung gestellt hatte. Von da an brauchte sie lediglich noch die polierte Rosenholztür mit der lebensgroßen geschnitzten Flachrelief-Darstellung Meister Eremis' ausfindig zu machen.

Als sie davor stand, hob sie die Hand, um anzuklopfen — und unterließ es. Sie atmete zu mühsam. Sie brauchte noch einen Moment, um sich zu beruhigen. Doch die Schnitzarbeit an der Tür besaß wirklich außergewöhnliche Eigenschaften. Die Augen schienen alles zu sehen, der Mund verhieß Lust, die ihr vielleicht gar nicht behagen mochte. Eremis war einfach eine Nummer zu groß für sie. Falls sie noch ein Fünkchen Verstand besaß, fand sie sich damit ab. Für sie war es nichts, so ein Risiko einzugehen.

Deshalb klopfte sie nicht. Getrieben von einer verdrehten Logik, als wäre sie eine Besessene, legte sie ihre Hand auf die Klinke und öffnete die Tür leiser, als ihr Herz schlug.

Genau so, wie sie ihn in Erinnerung hatte, erblickte sie das pompöse Zimmer, in dem der Meister sie umarmt und geküßt hatte. Sie sah das Karminrot des obersten Teppichs, das durchs Blau des Mobiliars und durch das Gelb der Vorhänge noch dramatischer wirkte; sah die bronzenen Urnen, aus deren filigranartigen Öffnungen Helligkeit und parfümierte Wärme drangen. Sie sah die Gobelins, die die Wände mit Verführungsszenen bedeckten. Sie sah den Diwan …

Auf dem Diwan befand sich Meister Eremis. Zum Glück schaute er nicht in Terisas Richtung. Er lag bäuchlings auf einer Frau, der seine ganze Beachtung gehörte. An seinem nackten Rücken und Gesäß spannten und lockerten sich unablässig die Muskeln im Rhythmus seiner Bewegungen. Die Frau hatte die Beine um seine Hüften geklammert, ihre Arme um seinen Rücken geschlungen. Aus der Tiefe ihrer Kehle gab sie Stöhnlaute von sich. Ihre Kleidungsstükke lagen am Boden verstreut. Terisa kannte sie; doch sie hätte der Bestätigung durch die Kleider nicht bedurft, um Gewißheit zu haben. Die Frau war eindeutig Saddith.

Terisa hatte ähnliches bereits mitangesehen. Ihre Eltern hatten getrennte Schlafzimmer gehabt. Nach dem Tod ihrer Mutter hatte sie damit angefangen, deren Schlafzimmer als eine Art von Versteck zu benutzen, als Zufluchtsort, als wäre ihre Mutter tot eine angenehmere Gesellschaft als lebendig. Natürlich hatte sie ihrem Vater nichts davon verraten; daher hatte er vermutlich nicht gewußt, was er anstellte, als er eine seiner Frauen ins Bett von Terisas Mutter mitnahm. Terisa hatte eine ganze Zeitlang zugeschaut, ehe sie begriff, was sie sah.

Nun schloß sie die Tür leise. Um das eisige Weh in ihrem Herzen die Arme gewunden wie eiserne Reifen, kehrte sie in ihr Quartier zurück. Indem sie sorgsam darauf achtete, es nicht zu zerreißen, pellte sie sich umständlich aus dem engen Seidenkleid und hängte es weg. Dann zog sie ihre alten Klamotten an, trat ans Fenster und starrte hinaus in die Wildnis des Winters.

Dort stand sie noch kurz vor Sonnenuntergang, als sich erneut ein Trupp Reiter dem Schloß näherte. Wie die Gruppe am gestrigen Nachmittag war auch diese Gruppe größer als Herrn Tors Gefolge und erweckte weniger den Eindruck eines Trauerzugs. Wieder empfing ein Trompetenstoß die Reiter, als sie vorm Schloßtor anlangten. Wieder begrüßte Kastellan Lebbick sie mit einer Ehrenformation. Während die Ankömmlinge von den Pferden stiegen, meinte Terisa, sie könnte die von Wind und Wetter gebräunte Miene und den Glatzkopf Perdons erkennen. Aber sicher war sie sich nicht.

12

Was Männer mit Frauen tun

Terisa wußte nicht, wie sie Saddith je wieder gegenübertreten sollte. Doch als die Zofe mit dem Abendessen kam, stellte sich heraus, daß Terisas eingefleischte Gewohnheiten ihr nutzten. Sie begegnete Sadditths Fröhlichkeit mit der gleichen nichtssagenden, betrügerischen Passivität, die sie so oft gegenüber ihren Eltern an den Tag gelegt hatte; sie hüllte sich in Unauffälligkeiten, so als setze sie eine Tarnkappe auf, so daß nichts an ihr irgendwie auf sie aufmerksam machte, nichts die Entfaltung von Sadditths Gefühlen und Interessen beeinträchtigte. Infolgedessen konnte sie sich Sadditths Andeutungen und Äußerungen der Hochstimmung so unbeeindruckt anhören, als empfände sie überhaupt nichts. Und es fiel ihr leicht, die Zofe bei ihren fröhlichen bis lüsternen Bemühungen, zu erfahren, wie Terisa den Tag verbracht hatte, abblitzen zu lassen.

Terisa erachtete es durchaus als möglich, daß sie nichts empfand. Woher hätte sie es wissen sollen, wenn sie ein Gefühl von größerer Bedeutung hatte, wie hätte sie es erkennen sollen?

Unglücklicherweise forderten die Gewohnheiten, die ihr aus der Klemme halfen, ihren Preis. Von neuem begann die Befürchtung, sie sei von allmählichem Vergehen bedroht, sie zu beschleichen. Wieder einmal stand ihr ein schlimmer Abend bevor — und sie hatte keine Spiegel zu ihrem Schutz.

Nachdem die Zofe das Tablett abgeräumt und sich bis zum nächsten Tag verabschiedet hatte, genehmigte sich Terisa noch ein Bad, machte sich die Kälte des Wassers und die Hitze des Feuers zunutze, um sich die Illusion körperlicher Tatsächlichkeit zu verschaffen. Anschließend verwendete sie einige Zeit darauf, die Lampen im Zimmer übergenau neu zu verteilen, zu versuchen, auf diese Weise im Fensterglas eine Spiegelung zu erzeugen. Aber die schwarze Nacht draußen weigerte sich hartnäckig, ihr Spiegelbild wiederzugeben.

Sie rang mit der Versuchung, sich gehen, sich fallenzulassen, die Konsequenzen ihrer Kapitulation zu tragen. Aber sie kämpfte diesen Kampf schon seit Jahren. Was hatte Meister Eremis eigentlich mit ihr zu tun? Er hatte ihr Problem nicht verursacht. Sie konnte doch nicht so dumm sein zu glauben, er sei es zu beheben imstande? Daß er ihr, indem er ihren Körper berührte, geben könnte, was ihr fehlte? Warum vergeudete sie dann ihre Zeit damit, sich seinetwegen so elend zu fühlen? Weshalb stand sie mitten im Zimmer herum …

… und zitterte, das Herz wie in Raserei geraten, bloß weil irgendwer an ihre Tür geklopft hatte?

Sie wußte darauf die Antwort. Heute abend war der Abend, für den Meister Eremis und Meister Gilbur ihr geheimes Treffen mit den Gauherren anberaumt hatten.

Im ersten Moment war ihr danach zumute, die Person vor ihrer Tür, wer sie auch sein mochte, einfach zu überhören. Aber dann klopfte es nochmals, und das Pochen verdeutlichte ihr, daß sie sich nirgends verstecken konnte. Sie bot ihr ganzes, geringes Maß an Mut auf und öffnete die Tür. Im Flur stand Meister Eremis und grinste.

Die Art und Weise, wie er sie ansah, zeugte nach wie vor von einem Übermaß an Macht über sie: ohne Umstände beseitigte sein Blick die Frage ihrer möglichen Auflösung, verlieh Terisa vor ihm Realität … Realität für ihn. Hatte er ihr denn geschadet, indem er mit Saddith kopulierte? Seine Augen versprachen, daß jeder Grad von Aufmerksamkeit, die er jemandem schenkte, sich lohnte. Wen sonst kannte Terisa, der sie mit genau dieser Mischung aus Erfahrenheit, Leidenschaft und Lust küssen konnte?

Und falls er das Interesse an ihr verloren hatte, konnte sie es leicht neu wecken, indem sie ihm von Großmeister Havelocks und Meister Quillons Aktivitäten erzählte.

»Ich möchte nicht mitgehen«, sagte sie wie zur Selbstbehauptung, versuchte souverän zu sein.

Unbekümmert trat er ein, als würde er sie besser kennen als sie sich selbst. »Meine Dame«, erwiderte er in spöttelndem Ton, »Ihr müßt's.«

»Warum?« Die Anstrengung, die sie aufbieten mußte, um von seinem leuchtenden Blick und seinem Lächeln nicht überwältigt zu werden, machte sie schwindlig. »Dieser Treff hat überhaupt nichts mit mir zu tun.«

»Ach«, antwortete der Meister, »da irrt Ihr Euch.« Er benahm sich jetzt etwas sachlicher. »Ihr müßt mich als Beweis meines guten Willens begleiten. Es mag wohl sein, daß Ihr Euch nicht des üblen Ansehens bewußt seid, welches König Joyse allen Imagomanten verschafft hat. Entweder sind wir Ausführer seines Willens, allein in dem Maß aufrecht, wie er aufrecht ist, oder wir unterhalten im geheimen Verbindungen zu Cadwal oder Alend und sind Verräter, oder wir gelten als Urheber der gegenwärtigen Drangsal. Wir genießen einen so schlechten Ruf, dieweil die Zunft mittels Zwang und nicht auf der Grundlage der Freiwilligkeit begründet worden ist. Ich muß jene ungebärdigen Gauherren dazu bewegen, mir zu vertrauen, und das vermag ich ausschließlich, indem ich zu ihnen ehrlich bin. Ich muß sie Euch vorführen, auf daß sie sich davon einen Begriff zu machen vermögen, welcher Bemühungen sich die Zunft in der Vergangenheit befleißigt hat, um damit zu verstehen, was die Zunft nunmehr zu beginnen gedenkt. Insofern, meine Dame, hat diese Zusammenkunft sehr viel mit Euch zu tun. Begleitet Ihr mich nicht, werde ich dort ohne Erfolg auftreten, und«, — er bemühte sich, nicht allzu belustigt dreinzuschauen —, »und mein Trachten, Mordant zu retten, wird vergeblich sein.« Seine Hände zupften geziert an den Enden seiner Kasel. Terisa entsann sich an seine Hände. Wozu sie imstande waren, hatte sie gerade erst zu lernen begonnen. Das Herz schlug ihr im Hals. Fast hätte sie gesagt: Na schön, ich komme mit ... Unter der Bedingung, daß Sie mich nachher zu sich mitnehmen. So wenig fehlte, und sie hätte ausgesprochen, daß sie sich benommen fühlte. Sie mußte mehr als einmal schlucken, ehe sie fähig war zu nicken. Eremis streckte die Hand nach ihr aus. »Meine Dame«, nölte er, indem er sie am Arm nahm, »ich habe darauf gezählt, daß Ihr für meine Lage Verständnis aufbringt.«

Die Wächter sprachen ihn an, als er die Tür von außen schloß. Sie wollten wissen, wohin er mit Terisa ginge, und beriefen sich auf Kastellan Lebbicks Befehl. Merkwürdigerweise fragten sie Geraden nie danach — wie Terisa beiläufig aufiel —, wenn er mit ihr das Quartier verließ. Meister Eremis gab säuerlich an, die Edeldame Terisa von Morgan habe darin eingewilligt, sich zu ihm und einigen anderen Meistern zum Zwecke eines geruhsamen Abendmahls in die Gemächer des Mediators der Zunft zu gesellen. Dann führte er sie den Korridor entlang. Die Art, wie er das Kinn vorschob, zeigte an, daß er sich über die Wächter geärgert hatte.

Die Hand an Terisas Arm, brachte er sie den Turm hinunter und durch mehrere der großen Korridore. Beinahe geriet sie außer Fassung, wäre wie angewurzelt stehengeblieben, als sie wieder den Mann im grauen Umhang bemerkte. Aber fast augenblicklich verschwand er, wich aus ihrem Blickfeld, bevor sie eine Gelegenheit hatte, ihn Meister Eremis zu zeigen. Sie lächelte, wie um sich für einen Fehltritt zu entschuldigen, und ging weiter. Der Mann im grauen Umhang ließ sich nicht nochmals blicken.

Meister Eremis verzichtete auf alle offensichtlichen Bestrebungen zur Heimlichkeit, doch nahm er einen Weg durchs Schloß, der sich dazu eignete, die wenigen Wachen, denen sie begegneten, bezüglich ihres Ziels zu verwirren. Trotzdem war Terisa bald klar, daß er sie nicht zu dem Trakt Schloß Orisons führte, in dem die Imagomanten ihre Wohnungen hatten; ebensowenig waren die labyrinthischen Gewölbe und Gänge des Laboriums ihr Bestimmungsort. Vielmehr stieg er mit ihr — auf umständlichen Umwegen, aber zielbewußt — in muffige, ungenutzte Tiefen des Schlosses hinab, in denen es ähnlich aussah wie dort, wo Großmeister Havelock seine Behausung hatte, tief zwischen die Fundamente Orisons. Einen Moment lang hatte Terisa die wilde Idee, Meister Eremis könnte mit Meister Quillon und dem Großmeister verbündet sein. Aber obwohl die Gänge, durch die Eremis mit ihr schritt, kalt waren, leer und ungepflegt, gehörten sie in gewissem Umfang noch zu den öffentlich benutzten Räumlichkeiten, denn man hielt sie beleuchtet: In bestimmten Abständen hingen Laternen an den Wänden. Die beiderseits gelegenen Räume und Nebenflure deuteten allem Anschein nach darauf hin, daß auch hier einmal jemand gewohnt hatte. Vielleicht war Schloß Orison abgesunken, als man es aufstockte, höher baute. Oder vielleicht waren die Grundmauern mit der Zeit zu feucht geworden. Jedenfalls hatte man diese Wohnräume zugunsten in oberen Etagen befindlicher trockenerer Räume aufgegeben. Meister Eremis' Stiefel klatschten durch eisüberzogene Pfützen am Fußboden, und die Echos klangen dumpfig. Weitab konnte Terisa Wasser tröpfeln hören.

Sie schlang gegen die Kälte die Arme um den Leib, versuchte sich den Weg zu merken, um nicht völlig richtungslos zu sein.

Ohne Warnung schien eine finstere Gestalt aus der Wand zum Vorschein zu kommen. Unwillkürlich fuhr Terisa heftig zusammen. Von der nächsten Laterne trennten sie noch acht bis zehn Meter, und in dem trüben Licht wirkte die Gestalt so massig und bedrohlich wie ein Bär.

Aber Meister Eremis lachte nur durch die Zähne, und einen Moment später erkannte Terisa ein Profil mit kahlem Schädel, buschigen Brauen und zottigem Schnurrbart. Der Mann trug einen Pelzumhang in der gleichen dunklen nassen Farbe wie die Schatten. Wahrscheinlich gab er im Düstern eine so schauderhafte Erscheinung ab, weil er unterm Umhang Brustpanzer, Halsberge und Schulterplatten trug. Als Terisa genauer hinsah, bemerkte sie hinter ihm die schwachen Umrisse einer Tür. Er mußte dort auf Meister Eremis gewartet haben.

»Meister Eremis«, sagte der Mann leise. Die Begrüßung dampfte in der Kühle. »Alle sind versammelt ... selbst der bucklige Schweinehund, von welchselbigem Ihr darauf beharrt, wir müßten ihn dulden, um die Zunft bei Laune zu halten. Ihr seid nicht gerade das, was ich pünktlich nenne.« Im Lichtschein der Laternen konnte Terisa nur ein Auge seines Gesichts sehen, aber mit diesem Auge schaute er sie an. »Warum bringt Ihr ein Weib mit?«

»Herr Perdon«, antwortete der Imagomant, »es ist keineswegs eine solche Leichtigkeit, als welche Ihr's Euch etwa vorstellt, so eine geheime Zusammenkunft vorzubereiten.« Die geringe Lautstärke seiner Stimme milderte seinen Sarkasmus. »Lebbick läßt alles und jeden bespitzeln — oder wähnt zumindest, alles und jeden unter Beobachtung zu haben. Eine Anzahl glaubwürdiger Lügen muß den verschiedensten Ohren eingeflüstert werden. Ich werde die Teilnahme dieser Dame erklären.«

Perdon musterte Terisa noch einen Augenblick länger. »Erklärt sie uns gut, Meister Eremis.« Dann richtete er den Blick auf den Imagomanten. »Als Ihr mich von der Notwendigkeit einer derartigen Zusammenkunft überzeugt habt, gab ich Euch mein Wort, die anderen Gauherren so bald wie nur möglich zu Schloß Orison zu versammeln. Mir hatte es den Anschein, daß das Erfordernis, in dieser Jahreszeit über so erhebliche Entfernungen hinweg Botschaften zu senden und darauf Antworten zu erhalten, voraussichtlich nicht weniger denn fünfzehn Tage zu seiner Erledigung beanspruchen dürfte. Ihr dagegen habt beteuert, es sei binnen kürzerer Frist möglich. Ich muß bekennen, daß ich Euch nicht ganz geglaubt habe. Nun erstaunt's mich, daß Ihr mit solcher Trefflichkeit recht behaltet.«

Fünfzehn Tage? hätte Terisa beinahe laut gefragt. Er hat *sechs* gesagt. Er hat der Zunft gesagt, Sie hätten von *sechs* Tagen gesprochen.

Doch Eremis' Griff um ihren Arm bewog sie zum Schweigen. »Imagomantie hat ihre Vorzüge«, gab er geheimnistuerisch zur Antwort.

»So ist's zweifellos«, sagte Perdon. »Und ohne Zweifel werdet Ihr uns auch in dieser Hinsicht eine Erklärung liefern ... wenn's Euch beliebt. Die Anwesenheit Herrn Tors in unserer Mitte ist mir allerdings Veranlassung zur Besorgnis.«

»Besorgnis, Herr Perdon?«

»O ja, Meister Eremis.« Vorn zwischen den Rändern von Perdons Umhang zeigte sich eine Faust. »Ich mißtraue ihm. Stets ist er ein zu enger, treuer Freund des Königs gewesen. Ihm habe ich lediglich eine Einladung gesandt, dieweil ich unterstellte, er sei zu alt — und zu feist —, um sich auf einen solchen Ritt zu begeben. Nun beunruhigt mich seine Gegenwart.«

Daraufhin ließ Meister Eremis die Brauen emporrutschen. »Und nunmehr beginnt Ihr *mich* zu beunruhigen. Ich neige nachgerade dazu, Herr Perdon, zu argwöhnen, es möchte gar nicht Herr Tor sein, dem Ihr mißtraut, sondern ich.« Perdons mürrische Miene blieb ungerührt. »Das verdrießt mich.« Eremis' Tonfall bezeugte einen Anflug von Ärger. »Als Ihr fünfzehn Tage nanntet, wußte ich, es würde weniger Zeit brauchen, dieweil sich Herr Termigan bereits auf der Straße nach Orison befand. Ich habe einen flachen Spiegel, welcher zufällig seinen Wohnsitz zu Sternwall zeigte, und ich sah ihn beim Aufbruch. Als Herr Tor eintraf, kannte ich kein Zaudern, ihm die Teilnahme an unserer Zusammenkunft dringlich nahezulegen. Hat niemand mit Euch gesprochen, Herr Perdon? Hat Herr Tor selbst Euch nicht den Grund seines Hierseins erläutert? Er ist gekommen, um unseren wackeren König zum Handeln aufzufordern, dieweil sein Ältester durch die Folgen mißbrauchter Imagomantie den Tod gefunden hat. Doch der König hat sich geweigert. Er hat's gar abgelehnt, Herrn Tors Verlangen anzuhören ... Und ebenso ist Herrn Fayle und Herrn Armigite eine Audienz versagt geblieben. Herr

Tor liebt seine Söhne.« Meister Eremis kam zu einer Schlußfolgerung. »Ich glaube, fortan wird er unser Bundesgenosse sein.«

»Nun ja«, murmelte Perdon. »Nun wohl.« Er hatte den Kopf zur Seite gedreht. Sein Gesicht verbargen Schatten nun ganz. »Er ist seit vierzig Jahren des Königs Freund. Doch's mag sein, daß der Gram ihn verbittert. Vielleicht ist's das Wagnis wert, ihn in unserer Mitte zu haben.«

»Herr Perdon«, sagte der Meister humorlos, »Ihr habt angedeutet, ich habe mich verspätet. Gesellen wir uns nicht baldigst zu ihnen, werden auch die anderen Gauherren mißmutig, und wenn sie sich störrisch zeigen, wird im ärgsten Fall niemand zu uns halten.«

Perdons Augen drehten sich zurück in den Laternenschein, blitzten im Licht auf. »Seid gewarnt, Meister Eremis«, äußerte er halblaut. »Ich bin Gauherr des Perdongaus. Machenschaften mißfallen mir … und ebenso hintergangenes Vertrauen. Und ich hege den Verdacht, daß die übrigen Gauherren ähnliche Vorbehalte haben.« Damit wandte er sich um und strebte, indem seine Fersen auf dem Stein des Fußbodens vernehmlich hallten, den Gang hinab.

Meister Eremis hielt Terisa noch für einen Moment zurück. »Eines Tages«, sagte er leise und in nachdenklichem Ton, »muß diesem unbesonnenen Gauherrn gelehrt werden, mit Drohungen vorsichtiger zu sein.«

»Weshalb haben Sie die Zunft belogen?« fragte Terisa fast wider Willen, als dränge irgend etwas die Frage aus ihr hervor. »Sie haben gesagt, das Treffen heute abend sei Perdons Idee gewesen.«

Sofort hob er einen Finger an die Lippen. »Meine Dame«, flüsterte er, »wie ich Euch bereits erwähnte, schätzen manche meiner Zunftbrüder mich nicht oder bringen mir Argwohn entgegen. Sie haben für diese wagemutige Zusammenkunft ihr Einverständnis erteilt, dieweil sie vermeinten, der Vorschlag zu ihrer Einberufung beruhe auf Herrn Perdons Ehrenhaftigkeit statt auf meiner Weitsicht.

Nun versprecht mir, daß Ihr kein Wort sagt, bis Ihr wohlbehalten in Eure Gemächer zurückgekehrt seid.« Terisas Arm unvermindert in festem Griff, zog er sie Perdon hinterdrein.

Sie folgten dem harschen Echo seiner Stiefelabsätze, bis sie erneut um eine Ecke bogen; da sah Terisa voraus Licht aus einer offenen Tür dringen. Niemand bewachte sie; anscheinend betrachteten sich die Gauherren im Schloß durchaus als in Sicherheit. Perdon trat durch den Eingang, und Terisa hörte, wie ihn gedämpfte Stimmen begrüßten. Gleich darauf geleitete Meister Eremis sie ins Helle.

Auf der Schwelle ließ er ihren Arm los, stieß sie mit einem schwachen Schubs vorwärts. Terisa konnte sich nicht des Eindrucks erwehren, daß er hinter ihr zurückblieb — sie benutzte, um irgendeine Art von Ablenkung zu bewirken.

Hinter der Tür lag ein Raum, so kahl wie eine Zelle und kaum größer. Die Beleuchtung umfaßte mehrere Laternen, die auf einem länglichen, roh gezimmerten Holztisch standen, der vom vorhandenen Platz beinahe die Hälfte beanspruchte. Die Menge klobiger Stühle rings um den Tisch machte die Räumlichkeit eng.

Als Terisa eintrat, sah sie als ersten Meister Gilbur; er saß am anderen Ende des Tischs, die Gesichtszüge zu einer Miene der Verbissenheit verkniffen, als hätte er sich eben erst erbittert gestritten.

Perdon stand noch, aber die restlichen Gauherren hatten schon Platz genommen. Terisa erkannte natürlich Tor wieder. Er saß in der Nähe Meister Gilburs. Im Gegensatz zu seinem Aussehen im Freien — in der Luft des Winters — hatte seine Haut hier eine lebhaftere Färbung; trotzdem glich sein Gesicht noch immer einer Handvoll mehliger Kartoffeln, und seine Augen stierten glasig drein. Vor ihm stand eine sehr große Karaffe mit Wein auf dem Tisch.

Ihm gegenüber saß ein Mann, von dem Terisa sofort annahm, daß es sich bei ihm um Gauherr Armigite handelte, und zwar ganz einfach anhand von Saddiths Beschreibung. Aufgrund der Weichheit des Gesichts schien es fleischiger als in Wirklichkeit zu sein, und er hatte eine ausgesprochene Schmollmiene; die Haare waren schwarz gefärbt und mit Pomade oder etwas Ähnlichem zu Kringellocken frisiert; die Kleidung wirkte auf eine Weise teuer, die an ein Damenschlafzimmer erinnerte. Als einziger anwesender Mann wirkte er jünger als Meister Eremis; offenbar hatte er den Titel eines Gauherrn geerbt und nicht während der Unabhängigkeitskriege Mordants errungen. Wie die anderen Gauherrn war er bewaffnet, aber die schmale Klinge an seiner Seite taugte wohl vornehmlich etwas als Zierdegen.

Der Mann neben ihm gab einen krassen Kontrast ab: Er schien aus einem Klotz Feuerstein gemeißelt worden zu sein. Jede Furche des Gesichts, jeder der Blicke, jede Geste der Hände hinterließen den Eindruck, als wären mit Hämmern scharfe Kanten herausgearbeitet worden, hätte man ihnen durch Hammerschläge Schärfe verliehen. Die Haut wies eine Gräulichkeit wie von Staub auf und paßte zu den stumpfen Augen. Die Brauen schienen gar keine Farbe zu haben. Er mußte Herr Termigan sein. Zu dieser Auffassung gelangte Terisa, weil er alt genug war, um Königin Madins Vater sein zu können. Der Mann ihm gegenüber, neben Tor, war wahrscheinlich Fayle; er war wenigstens in Tors Alter, die spärliche weiße Behaarung am Hinterkopf hatte er kurz geschoren, und im Körperbau war er so hager-sehnig wie ein Windhund. Er hatte ein so langes Gesicht, das Kinn war so überproportioniert, daß sein Anblick zum Lachen gereizt hätte, wären die Augen nicht so klar, blau und lebendig gewesen. Die Haltung, in der er auf seinem Stuhl saß — kerzengerade, die Arme fest auf dem mageren Brustkorb verschränkt —, deutete ganz auf den Stoizismus hin, den Saddith ihm zugeschrieben hatte.

Mit der Ausnahme Tors, dessen Interesse ausschließlich der Karaffe mit Wein galt, schauten die Versammelten nun Terisa an. Fayles durchdringender Blick blieb ausdruckslos, aber Termigans Augen bezeugten Empörung, Armigites Miene widerspiegelte Geringschätzung, und Meister Gilburs ohnehin gewohnheitsmäßig ungnädige Miene hatte jetzt zudem einen Ausdruck unheilverheißenden Zorns angenommen. Durch die Männer und die Laternen schien es in der Räumlichkeit wesentlich wärmer als davor im Gang zu sein.

Niemand machte Anstalten zu gegenseitigem Vorstellen. »Meister Eremis versichert«, gab Perdon griesgrämig bekannt, sobald Eremis hereinkam (ein, zwei Sekunden später als Terisa), »er wird uns für ihre Anwesenheit eine Erklärung geben.« Die roten Haare der Brauen und in den Ohren schienen sich ihm zu sträuben, als er sich auf den freien Stuhl neben Termigan setzte.

»Eine Erklärung wollte ich fürwahr ungemein begrüßen«, brummte unverzüglich Meister Gilbur. »Welche Art von Schwindel gedenkt Ihr uns zuzumuten, um uns zur Duldung ihres Verbleibens zu beschwatzen, Eremis?«

Terisa fühlte, wie sich angesichts von soviel feindseliger Aufmerksamkeit ihre Wangen erhitzten. Wer sie genauer ansah, mußte ganz einfach den Schweiß bemerken, der ihr die Schläfen hinabrann. Wie hatte sie zum Werkzeug von Meister Eremis' Plänen werden können? Wieso hing plötzlich alles, was er mit diesem Geheimtreffen erreichen wollte, von ihr ab?

»Edle Dame«, — sein Ton war nicht sonderlich höflich —, »bitte nehmt Platz!« Er deutete auf den Stuhl neben Fayle. Anschließend setzte er sich ans diesseitige Ende des Tischs, so daß er Meister Gilbur gegenübersaß. Seine Hagerkeit, das Büschel schwarzen Haars hinter der hohen Stirn, die Weise, wie die Wangen zwischen den Ohren und der großen Nase keilförmig abfielen, verliehen ihm Ähnlichkeit mit einem exotischen Vogel. In gewisser Hinsicht hatte sie ihn nie weniger ernst als jetzt wirken gesehen. Das Funkeln in seinen Augen bildete einen Gegensatz zum grimmigen Ausdruck seines Munds. In einem Versuch, ein würdig-ernstes Verhalten an den Tag zu legen, faltete er auf der Tischplatte die Hände, hatte damit allerdings augenfällig wenig Erfolg. »Ihr Herren«, sagte er, schaute die Anwesenden der Reihe nach an, »unsere größte Schwierigkeit ist die Frage der Zeit. Wäre nicht höchste Eile geboten, hätte ich mir nie und nimmer angemaßt, ohne Euer Wissen und ohne Eure Billigung Entscheidungen zu fällen. Es ist wahr, der Winter mag noch dreißig, vielleicht gar fünfzig Tage währen. Doch sein Ende kann auch in zehn Tagen da sein. In zehn Tagen könnte aus Cadwal ein Heer von beträchtlicher Stärke wider uns ziehen. Und erst wenige Tage sind verstrichen, seit unser weiser König Joyse es vorzog, ein von Alend angebotenes Bündnis auszuschlagen, die Ablehnung endgültig machte, indem er den alendischen Gesandten erniedrigte und beleidigte. Nach den Streitkräften des Großkönigs werden die Heerscharen Margonals nicht lange auf sich warten lassen.«

»Das ist wahr«, meinte Armigite mit jungenhafter Bitterkeit. »Hätte König Joyse mir eine Audienz gewährt, ich hätte ihm darüber Aufklärung geben können, daß Margonals Heerhaufen sich keinen halben Tagesmarsch jenseits des Pestils sammeln. Meine Hauptleute sagen, sie vermöchten ihnen keinesfalls standzuhalten. Wenn sich Alend zum Angriff entschließt, wird man meinen Gau überrennen. Und König Joyse weigert sich, mir nur Gehör zu leihen.«

Er hätte weitergesprochen, aber flink unterbrach Meister Eremis ihn. »Ärger als feindliche Heere ist Imagomantie. Und Imagomantie braucht nicht des Frühlings zu harren. Sie bedrängt schon ganz Mordant. Befremdliche Wölfe haben Herrn Tors Sohn getötet. In den Dörfern des Faylegaus gehen Unholde um. In des Kronguts Lagerhäusern wimmelt's von gefräßigen Echsen. Im Erdreich des Termigangaus reißen Feuerschlünde auf ... nahezu innerhalb der Befestigungen Sternwalls.«

Bedrückt nickte Termigan. »Und deshalb bin ich hier. Ich bin Kriegsmann. Gegen Feuerschlünde in der Erde kenne ich keine Waffen.«

»Uns bleibt keine Zeit, Ihr Herren«, bekräftigte Meister Eremis. »Aufgrund dieser Erkenntnis habe ich es als notwendig erachtet, das zu tun, was ich getan habe.« Er schwieg.

»Nur zu, sprecht, Eremis!« murrte Meister Gilbur. »Was habt Ihr getan?«

Fast wäre es Meister Eremis mißlungen, seine vergrämte Miene länger aufrechtzuerhalten. »Ich habe noch jemanden zu unserer Zusammenkunft eingeladen«, antwortete er, indem er sich energisch in der Gewalt behielt. »Edler Herr«, rief er über die Schulter, bevor irgendwer darauf eingehen konnte, »Ihr könnt nun eintreten!«

Als Prinz Kragen in den Raum kam, begleitet von seinen zwei Leibwächtern, starrte Terisa ihn entgeistert an. Sein Gebaren verdeutlichte, daß sein Selbstbewußtsein nicht gelitten hatte. Diesmal war er nicht so großartig aufgeputzt, trug weder den Helm, den Brustpanzer noch die Schwertscheide aus Bronze. Statt dessen betonten schwarze Seidengewänder die dunkle Haut, der Schnurrbart glänzte. Aber ein schweres Schwert hatte er auch jetzt umgeschnallt. Die Waffen seiner Leibwächter dienten nicht der Repräsentation, sondern dem Gebrauch.

Sobald er ihn sah, erblaßte Armigite. Termigan schob seinen Stuhl zurück, sprang auf und griff nach seinem Schwert. Meister Gilburs Gesicht lief so dunkelrot an, als müsse ihn gleich der Schlag treffen. Tor trank einen Zug aus der Karaffe und rülpste.

»Fürwahr, das ist eine Überraschung«, bemerkte Fayle mit einer Stimme, die wie das Rascheln vertrockneten Laubs klang. »Eure Anmaßung kennt wahrlich kein halbes Maß, Meister Eremis.«

»Habt Ihr den Verstand verloren?« schnauzte Perdon Meister Eremis an. »Ich habe Euch gewarnt, daß wir uns nicht von Euch betrügen lassen werden. Ihr gedenkt den Sohn des alendischen Monarchen zum Teilnehmer unserer geheimen Beratung zu machen?«

Einer der Leibwächter stellte sich zwischen Prinz Kragen und Termigan. Doch der Prinz griff ein, ehe der Mann das Schwert zücken konnte. »Ihr Herren«, sagte er mit einer Gebärde der Beschwichtigung, »hört mich an. Ihr seid gewißlich überrascht — jedoch keineswegs in Gefahr. Vielmehr bringe ich Meister Eremis, weil er mir diese Gelegenheit zu einer Zusammenkunft mit Euch einräumte, höchsten Dank entgegen. Nachdem Euer König mich so übel abfertigte, hatte ich ursprünglich die Absicht, Orison alsbald wieder zu verlassen. Doch daraus wäre gewißlich zwischen Mordant und Alend Krieg entstanden. Dagegen sehnt sich Alends Monarch nach Frieden. Sein größter Wunsch ist's, ein Bündnis wider jene Gefahren und Bedrohungen zu schmieden, welche von Cadwal und der Imagomantie ausgehen. Daher rührt's, daß ich mich, als Meister Eremis mich bat, auf Schloß Orison zu verbleiben, mir die Möglichkeit einer Aussprache mit Euch in Aussicht stellte, von ihm überreden ließ. Ihr Herren, ein Bündnis mit Mordants König ist undurchführbar geworden. Aber möchte es sich nicht so ergeben, daß sich der gleiche Zweck durch einen Bund mit den Gauherren Mordants erreichen ließe?«

»Alend ist mein Feind«, fuhr sofort Termigan auf, die Hand unverändert am Schwertgriff. »Zu viele Brüder und Freunde sind mir durch Alender erschlagen worden, welchletztere wähnten, sie besäßen ein Recht, unsere Freiheit mit Füßen zu treten. Ich hatte keine Klarheit darüber, Meister Eremis, daß Ihr uns zusammenruft, um uns das Begehen von Verrat zu empfehlen.«

»Ach, *Verrat,* wahrhaftig!« Armigite wedelte mit den zierlichen Händen, überwand seinen anfänglichen Schrekken schnell. »Was mich anbetrifft, so erfreut's mich, Prinz Kragen einmal unter freundschaftlichen Umständen zu begegnen. Wem gilt Eure Treue, Herr Termigan — König Joyse oder Mordant? Euch ist geläufig, was unser König unternommen — oder unterlassen — hat, um dem Notstand entgegenzuwirken. Ich nenne es *Verrat,* ihm ferner zu gehorchen. Die Treue zu Mordant«, — den Schlußsatz äußerte er in nahezu andächtigem Ton —, »ist ein höherer Dienst am Reich.«

»Herr Termigan«, ergriff Prinz Kragen erneut das Wort, »Ihr müßtet die Haltung des Monarchen von Alend verstehen können. Wie ich bereits erwähnte, sinnt er aufs nachdrücklichste auf Frieden. Wir kennen Frieden, weil Ihr so gewaltig gekämpft und uns eine Niederlage zugefügt habt — und seither haben wir gelernt, daß Frieden besser ist als Krieg. Euer König jedoch hat sich nicht mit Frieden begnügt. Er hat die Zunft der Imagomanten gegründet. Ihr Herren«, — er wandte sich an sämtliche Gauherren —, »die Zunft verkörpert eine große Gefahr. Solange Euer König sie im Zaum hatte, so daß sie der Sache des Friedens diente, vermochten wir mit selbiger Gefahr zu leben. Indessen aber ist Euer König schwach geworden. Imagomantie bedrängt Mordant, doch es setzt keine Imagomantie zu seiner Verteidigung ein. Welche Erklärung sollen wir dafür sehen? Entweder ist Euer König dem Irrwitz anheimgefallen und scheut nun den Aufwand, dessen's bedarf, um all das zu schützen, was er während so langen Kämpfens errungen hat. Oder er ist wahnsinnig geworden und mißbraucht die Zunft wider die eigenen Lande, erprobt seine Macht«, — Meister Gilbur wollte Widerspruch einlegen, doch der Prinz ließ sich nicht unterbrechen —, »um beizeiten uns alle zu vernichten!«

»*Das* ist eine Lüge!« brauste Meister Gilbur auf, schlug die Faust auf den Tisch. »Freilich ist König Joyse von Sinnen. Aber er mißbraucht *nicht* die Zunft! Bei des Erz- und Großmeisters Geiß, wir sind *nicht* die Urheber der Gefahr!«

Der Prinz zeigte sich über Gilburs Heftigkeit nicht verärgert. »Ihr sprecht für Euch, Meister Gilbur«, sagte er nachsichtig, »und was Euch anbetrifft, so schenke ich Euch Glauben. Daß die Zunft eine solche wie diese Begegnung ermöglicht, spricht ungemein stark für ihre Ehrbarkeit. Nach meinem Verständnis hat sich Meister Eremis als ehrenhafter Mann erwiesen, indem er uns hier zusammenbrachte und von der Zunft die Einwilligung erlangte, uns über das, was die Meister zur Verteidigung Mordants zu beginnen gedenken, zu unterrichten. Beklagenswert ist jedoch, daß sich dadurch nichts wandelt. Euer König ist ein Schwächling geworden. Darum begehrt Cadwal sich die Macht über die Zunft anzueignen. Und dagegen muß Alend einschreiten. Wir können keinesfalls dulden, daß eine solche Zahl von Imagomanten eine Waffe in den Händen des Großkönigs wird. Herr Termigan, Ihr habt im Krieg gegen uns vieles verloren. Auch wir haben vielerlei verloren. Aber Mordant und Alend werden noch weitaus mehr verlieren, sollte sich Festten zum Herrn der Zunft aufschwingen.«

»Wohlgesprochen!« Armigite jubelte regelrecht. »Wahrlich wohlgesprochen.«

Perdons Blick ruhte fest auf Meister Eremis. »Ihr seid klüger, als mir einsichtig war, Meister Eremis«, meinte er einen Moment später verhalten. »Hätte ich geahnt, daß Ihr über solchen Weitblick verfügt, ich hätte mich eher um Rat an Euch gewandt.« Eremis' Augen glitzerten, aber er versagte sich ein Lächeln.

Die Argumentation des Prinzen genügte, um Termigan zum Nachdenken zu bewegen. Er ließ das Schwert sinken, runzelte die Stirn und starrte auf die Tischplatte. Unvermutet setzte Tor seine Karaffe mit einem Knall auf dem Tisch ab. »Oh, setzt Euch hin, Herr Termigan! Soviel aufrechter Zorn ermüdet mich. Laßt uns schauen, welche Überraschungen überdies unserer harren.«

»Bevor wir uns zu beraten beginnen«, sagte Fayle stur, »wird Meister Eremis, mag sein, die Güte haben, uns zu erläutern, weshalb er dies junge Weib mitgebracht hat, so daß es hören wird, was wir besprechen und beschließen.« Seine Äußerung schreckte Terisa auf; wieder fing ihr Herz zu wummern an.

Unvermittelt stieß Termigan das Schwert in die Scheide zurück und setzte sich; seine ausdruckslosen Augen blickten niemanden an. »Ja, Meister Eremis. Erklärt uns die

Anwesenheit selbiger Dame. Ihr mutet uns zuviel auf einmal zu.«

Meister Eremis öffnete den Mund, um zu antworten, aber Prinz Kragen war schneller. »Ihr Herren, sie ist die Edeldame Terisa von Morgan. Ich weiß nichts von ihr. Dennoch stehe ich in ihrer Schuld. Während meiner Audienz bei Eurem König tat sie alles, was sie zu tun vermochte, um mir eine Demütigung zu ersparen. Dafür gebührt ihr ganz Alends Dankbarkeit.« Er vollführte eine förmliche Verbeugung in Terisas Richtung. »Ihr Herren«, fügte er dann mit einer Stimme hinzu, die gleichermaßen an Samt und Eisen erinnerte, »ich muß Euch darum ersuchen, sie mit aller Achtung zu behandeln.«

Meister Gilbur schnob unterdrückt. Tor glotzte sie durch den Alkoholschleier vor seinen Augen an Fayle vorbei an. »Ihr seid mit einem der Söhne Domnes zusammen gewesen«, sagte er schwerfällig. »Mit Geraden. Als ich eintraf.« Unversehens füllten seine Augen sich mit Tränen. Er blinzelte wie wild, lehnte sich auf dem Stuhl zurück und patschte eine Hand auf die Tischplatte. »Seid auch meinerseits bedankt. Prinz Kragen und ich werden dafür sorgen, daß man Euch die geziemliche Achtung erweist.« Er nahm einen tüchtigen Schluck aus der Karaffe und sackte seitwärts, als hätte er die Besinnung verloren.

»All diese Bekundungen rühren zutiefst«, murmelte Armigite, schaute knapp an Terisa vorüber. »Was werden wir als nächstes erleben? Eine Brautwerbung?«

Aber die anderen Gauherren hatten anscheinend vor Tor mehr Respekt als vor Armigite, denn sie gingen nicht im geringsten auf seinen Sarkasmus ein. Statt dessen widmeten sie ihre Aufmerksamkeit gespannt Meister Eremis. »Ich werde ihr die gebührende Achtung entgegenbringen«, versicherte Termigan, »wenn ich begriffen habe, warum sie unter uns weilt.«

»Ihr Herren …« Meister Eremis spreizte die Hände zu einer weiträumigen Geste. »Ich will's Euch erläutern. Wünscht Ihr Euch zu setzen, Prinz?«

»Meinen Dank.« Geschmeidig trat Prinz Kragen zu einem Stuhl neben Terisa, zwischen ihr und Fayle. Seine Augen glänzten sie an. »Darf ich an Eurer Seite sitzen, edle Dame?« fragte er leise. Allerdings wartete er nicht auf ihre Erlaubnis. Als er Platz nahm, bemerkte sie, daß seine Hände gut gepflegt waren, doch sah sie in den Handtellern und an den Fingern längliche Schwielen. Seine Leibwächter stellten sich hinter ihm auf.

»Wie Ihr bereits vernommen habt«, begann Meister Eremis, kaum daß der Prinz saß, »ist sie die Edeldame Terisa von Morgan. Sie ist durch Imagomantie zu uns gelangt.« Auf diese Feststellung erfolgte keinerlei Reaktion; vielleicht enthielt sie lediglich etwas ohne weiteres Offensichtliches. »Davon einmal abgesehen, weiß ich über sie soviel wie Ihr ... läßt man einmal gewisse zweitrangige Einzelheiten außer acht.« Er konnte sich eines lüstern-genießerischen Schmunzelns nicht enthalten, das Armigite zu einem Kichern veranlaßte. Aber er rang die Anwandlung rasch nieder. »Sie enthüllt uns nichts. Sie hat keine erkennbare Begabung zur Imagomantie. Ich habe sie mitgebracht, auf daß Ihr zu begreifen imstande seid, was die Zunft bisher zur Behebung von Mordants Notstand unternommen hat ... und was wir nun zu unternehmen vorschlagen. Ihr Herren, unsere Zwangslage ist auch Eure, und für diesen Sachverhalt sind wir keineswegs blind. Große Gefahr droht Mordant. Und König Joyse ist des Verstandes nicht länger mächtig. Darum haben wir getan, was Imagomanten immer zu tun pflegten. Wir haben Omen geworfen. Dafür haben wir eine beträchtliche Zeitspanne aufwenden müssen. Es ist keine leichte Aufgabe, das Glas herzustellen, das für eine ganz besondere Weissagung erforderlich ist. Doch als der Spiegel fertig war, warfen wir die Omen. Nach bestem Wissen und Können verfuhren wir nach dem, was wir erlernt haben. Ich mag Euch nicht mit ausgedehnten Erläuterungen der Omen langweilen. In ein schlichtes Wort gefaßt: Die Omen offenbaren Mordants künftiges Schicksal. Sie zeigen eine fremde Gestalt im Besitz gewaltiger Macht. Sie geben Hinweise auf Siege. Und anscheinend verweisen sie auf einen Zusammenhang zwischen der erwähnten Gestalt und Herrn Domnes jüngstem Sohn Geraden. Bemerkenswerterweise ist derselbe Inhaber von Macht in einem der am herausragendsten gelungenen Spiegel Meister Gilburs sichtbar.« Meister Gilbur ließ einen ausdruckslosen Blick durch den Raum schweifen. »Daraus haben wir die Schlußfolgerung gezogen«, ergänzte Eremis, »daß jene Gestalt der zur Rettung Mordants berufene Kämpe ist ... unter der Voraussetzung, es gelingt uns, ihn in der rechten Art einer Translation zu unterziehen. Und wir kamen dahin überein — nicht ohne ausführliche Dispute —, es müsse Geraden sein, der die Translation vollzieht.« Er lehnte sich zurück und deutete mit einem Nicken auf Terisa. »Sie ist das Ergebnis. In irgendeiner Beziehung, die wir nicht zu ergründen vermögen, ist Geradens Translation mißlungen.« Er verstummte, genoß die verdutzten Mienen und das Gemurmel der Gauherren.

Tor machte an seinem Platz ruckhafte Bewegungen. »Ich kenne Geraden«, brabbelte er. »Er ist ein vortrefflicher Jüngling. Ein wahrer Sohn seines Vaters.« Zerstreut gähnte er und nahm noch einen Zug aus der Karaffe.

»Versucht Ihr uns einzureden, Meister Eremis«, erkundigte sich einen Moment später Armigite im Tonfall wachsender Entrüstung, »Mordant solle durch dieses ...« Mit dem Handrücken winkte er zu Terisa herüber. »Durch dieses *Weib* gerettet werden?«

»Nein, Herr Armigite.« Fayles Stimme klang unverändert spröde, ja knochentrocken, aber sie vermittelte einen unerwarteten Eindruck von Autorität. »So etwas wollte Meister Eremis einem Mann, welcher weder Gattin noch Töchter hat, niemals zumuten. Es ist seine Absicht, uns die Entscheidungen verständlich zu machen, welche die Zunft infolge besagter Translation der Edeldame Terisa gefällt hat.«

»Ganz richtig, Herr Fayle.« Trotz seiner ernsthaften

Miene lief die Heiterkeit in Meister Eremis' Augen auf einen Kommentar zur Verlegenheit Armigites hinaus. »Ich gebe mich der Hoffnung hin, daß der Anblick der Edeldame Terisa es Euch zu verstehen gestattet, weshalb wir beschlossen haben, uns nicht länger von der naheliegendsten Auslegung der Omen leiten zu lassen. Wiewohl er in den Omen auffällig im Vordergrund steht, sind wir zu dem Entschluß gelangt, fortan auf Geradens Beistand zu verzichten. Meister Gilbur wird die Translation des Kämpen vollbringen, sobald Ihr den Wunsch nach Ausführung selbiger Maßnahme äußert.«

Terisa hatte das Gefühl, als würde es kälter in der Räumlichkeit. Aber ... Einsprüche lagen ihr auf der Zunge. Aber ... Was Eremis hier vortrug, war gar nicht das, was die Zunft beschlossen hatte. Meister Eremis nahm sich zuviel heraus.

Von Tor war ein leiser Schnarchlaut zu hören. Die anderen Männer dagegen waren aufmerksamer. Termigan musterte Meister Eremis. Armigite stand der Mund offen. Prinz Kragens Blick huschte wachsam durch den Raum, während er einzuschätzen versuchte, was er sah. Fayle bewegte die Lippen, als rede er mit sich selbst. Im Schweigen der Verblüffung, das für eine Weile herrschte, konnte Terisa das Knarren des Leders hören, das Prinz Kragens Leibwächter trugen, wenn sie das Standbein wechselten.

Auf einmal änderte sich Terisas Beurteilung der Situation. Ungeachtet seines seltsamen Verhaltens besaß Meister Eremis die Fähigkeit, sie immer wieder zu erstaunen. Jetzt begriff sie, was er trieb. Er verfolgte den Plan, eine Allianz zustandezubringen, alle drei hier vertretenen Kräfte — die Gauherren, die Zunft und den Repräsentanten Alends — in Positionen zu manövrieren, in denen es ihnen unmöglich sein würde, sich gegen ihn zu stellen. Da er nicht soviel Macht wie der König hatte, nicht einmal über soviel Einfluß wie der Mediator der Zunft verfügte, war er dazu gezwungen, sich listiger Tricks zu bedienen.

Aber das Ziel seiner Aktivitäten war und blieb die Rettung Mordants.

Unversehens schlug Prinz Kragen die Hand auf den Tisch. »Euer Handeln ist glanzvoll, Meister Eremis!« rief er. »Ihr seid in der Tat kühn und einfallsreich, und ich zolle Euch meine Bewunderung. Alend, die Gauherren Mordants und die Zunft vereint — das ist der Bund, zu welchem Ihr den Weg ebnet. Ich hätte nicht geglaubt, daß es irgendwo einen Mann gibt, der unerschrocken genug ist, um einen solchen Vorschlag zu unterbreiten ... und gar so klug, daß er dessen Verwirklichung ermöglicht, indem er alle, die daran beteiligt sein müssen, um einen Tisch versammelt.«

»Unerschrocken und einfallsreich ist Meister Eremis ohne jedweden Zweifel«, sagte Fayle. »Der Lohn fürs Schmieden des Bundes, welchen er anstrebt, besteht daraus, den Kämpen der Zunft einzusetzen, als wäre er ganz und gar unser Mann.«

»Ihr habt ihn als ›Inhaber von Macht‹ bezeichnet«, äußerte Termigan barsch. Sein Ton deutete Mißfallen an, doch die stumpfen Augen gaben nichts von den Gedanken preis. »Wie ist das zu verstehen?«

»Ich bitte Euch, geduldet Euch noch für ein kurzes Weilchen, Herr Termigan«, drängte Fayle ihn in umgänglichem Ton. »Ich beharre auf dringlicher Klärung eines vorrangigen Sachverhalts.« Termigan hielt den Mund. »Berichtigt mich, sollte ich mich täuschen, Meister Eremis.« Fayles blaue Augen glitzerten wie die Äuglein eines Vogels. »Hat König Joyse nicht jegliche Art von Translation verboten, welche ihren Gegenstand des freien Willens beraubt?«

»Er hat's«, bestätigte grob Meister Gilbur. »Je stärker wir der Imagomantie zu unserer Hilfe bedürfen, um so nachdrücklicher bemüht er sich darum, unser Handeln zu vereiteln.«

»Und ist ihm bekannt, daß Euer Kämpe wider Willen zu uns versetzt werden soll?«

In einer Gebärde, die einem Achselzucken glich, spreizte Meister Eremis die Hände. »Herr Fayle, das ist einer von etlichen Gründen, warum wir uns im geheimen zusammenfinden müssen. Unser weiser König mag keine Hand zu Mordants Verteidigung rühren. Aber um eine verbotene Translation zu verhindern, wollte er wohl gar Schloß Orison niederreißen und keinen Stein auf dem anderen lassen.« Eremis wies auf Terisa. »Das letzte Mal, als wir seinem Gebot gehorchten, war sie das Ergebnis.«

»Ich habe verstanden«, antwortete Fayle. »Verzeiht die Unterbrechung, Herr Termigan.«

»Was mich anbetrifft«, erklärte Perdon mit Nachdruck, »so gedenke ich alles zu befürworten, was dazu beiträgt, Festtens Schlächter auf ihrer Seite des Vertigons zu halten. Ich habe geschworen, König Joyse meine Gefallenen und Verwundeten zu schicken, falls man mich angreift ... und ich werde es tun.«

Armigite schaute drein, als würde ihm übel. Termigan hatte unterdessen seinen Blick nicht von Meister Eremis gewandt. »Gebt uns Aufschluß über diesen ›Inhaber von Macht‹, Meister Eremis!« forderte er leise.

»Wozu soll's vonnöten sein?« meinte Meister Gilbur mißmutig. »Er ist *geweissagt*. Wir müssen ihn haben.«

Trotzdem erteilte Meister Eremis Auskunft. »Er hat Waffen, die eine vernichtungskräftige Glut verschleudern. Er ist mit einer Rüstung gewappnet, welche ihn wider alle Feindseligkeiten schützt. Dieweil wir ihn im Kampf geschaut haben, vermögen wir uns nicht vorzustellen, wie selbst ein ganzes Heer ihm zu widerstehen imstande sein sollte. Mit Gewißheit können Wölfe, Unholde und Echsen ihm nicht zu schaffen machen. Feuerschlünde werden ihn nicht behelligen. Er wird dessen fähig sein, diese Werke mißlicher Imagomantie zu bekämpfen und ihren Ursprung auszumerzen.«

»Eure Darlegungen gefallen mir immer mehr.« Prinz Kragens Lächeln strahlte ähnlich, wie sein Schnurrbart glänzte. »Und was *ist* ihr Ursprung, Meister Eremis?«

»Ich glaube«, entgegnete Eremis so düster-grimmig, wie

seine insgeheime Erregung es zuließ, »es ist Erz- und Großmeister Vagel.″

Tor entfuhr erneut ein Schnarchlaut. Er hob den Kopf, schaute einen Augenblick lang dösig umher, dann stemmte er sich von seinem Platz hoch. »Ihr Herren, ich muß mich in mein Bett zurückziehen. Für derlei Zechereien bin ich zu alt.«

»Geht nicht, mein alter Freund!« widersprach gedämpft Fayle. »Ihr müßt uns dabei helfen, eine Entscheidung zu finden.«

Mühevoll blinzelte Tor. »Welche Entscheidung? Ich habe keine Entscheidung zu fällen. Ich werde nach Marshalt heimkehren. Wie gesagt, ich bin *alt*. Diese Fragen überfordern mich. Wenn's König Joyses Wille ist, Mordant zugrunde zu richten, werde ich zur Stelle sein, um ihm Beistand zu leisten. Ich werde bis zum Ende an seiner Seite stehen.« Er stieß ein unterdrücktes, abgehacktes Auflachen aus. »So hat er's von mir verdient.« Er begann seine kloßige Gestalt zur Tür zu schleppen. »Mein Sohn hat stets behauptet, ich sei ein Narr und Feigling gewesen, weil ich Joyse, als er sich anschickte, die Königswürde zu erringen, nicht mehr denn zweihundert Mann mitgab. Nun ist mein Sohn tot. Ich hätte weniger vorsichtig sein sollen.« Langsam schlurfte er aus dem Raum.

»Herr Tor hat recht«, sagte zu Terisas Verdutzung Gauherr Armigite. »Es wäre für uns alle empfehlenswert, uns zu Bett zu begeben. Eine derartige Entscheidung darf man nicht überstürzen.« Seine Augen zeigten deutlich zuviel Weiß, und Schweiß schimmerte auf seiner Oberlippe. »Wenn man uns nun entdeckt? Wenn Kastellan Lebbick uns auf die Schliche kommt? Wir brauchen Bedenkzeit. Wir müssen unsere Festlegungen mit Sorgsamkeit erwägen.« Seine Stimme versagte. »Entscheidungen sind mir unlieb«, fügte er hinzu, indem er um einen Rest von Würde rang.

»Herr Armigite«, maulte Perdon ihn mit beträchtlicher Schroffheit an, »Euer Vater dreht sich im Grab um! Hat er so viele blutige Schlachten«, — sein Blick streifte Prinz Kragen —, »gegen Widersacher allerlei Schlages ausgefochten, nur um seinen Gau unter die Verwaltung eines Halbmannes zu stellen, dem Entscheidungen unbequem sind?« Armigite errötete, fühlte sich anscheinend aber zu angewidert, um etwas zu entgegnen. »Ihr Herren«, wandte sich Perdon an die Runde, »der Armigitegau grenzt im Osten an meinen Gau, im Westen an den Fayle- und den Termigangau sowie im Norden an Alend. Wir sind in der Überzahl. Herr Armigite kann unsere Beschlüsse nicht mißachten. Er wird uns sicherlich erlauben, unsere Entscheidung auch in seinem Namen zu treffen.«

Ein Moment der Stille folgte, in dem Armigite sich an seinem Platz wand, Perdon hitzig rundumschaute. »Werdet deutlicher, Herr Perdon!« verlangte schließlich Fayle. Seine Stimme erinnerte an trockene Spreu. »Welche Entscheidung schlagt Ihr vor?«

»Mein Vorschlag gilt dem Bund, welchselbigen Meister Eremis uns vorgeschlagen hat«, antwortete Perdon ohne Zögern. »Meine Anregung lautet, daß wir uns zusammenschließen und die erforderlichen Schlachtpläne entwerfen, sowohl wider Cadwal wie auch die Attacken mittels Imagomantie. Um König Joyse sollten wir nichts geben. Wenn Prinz Kragen hinlänglich Zeit gehabt hat, um seine Streitkräfte vorzubereiten«, — er redete, als könne er schon Trompeten zur Schlacht blasen hören, und seine Glatze schien vor Begeisterung zu leuchten —, »werden die Gauherren und der Kämpe der Zunft mit ihm ins Feld ziehen, um das Reich zu retten.«

Meister Eremis saß sehr still da, versuchte nicht zu lächeln. Am anderen Ende des Tischs, ihm gegenüber, hatte Gilbur das Gesicht mit seinen großen Händen bedeckt.

»Ihr befleißigt Euch einer überzeugungsstarken Beredsamkeit, Herr Perdon.« Termigans Ton verriet weder Zustimmung noch Spöttelei. »Ich gelte als herzloser Mann. Gewißlich habe ich wenig für Euch übrig, Ihr Herren ... und ganz und gar nichts für König Joyse. Aber Termigan ist *mein* Gau. Von den Gruben seiner Kupferbergwerke über die etlichen Morgen an Weizenfeldern bis zu den Spitzen von Sternwalls Türmen ist er mein. Nun gebt mir Antwort auf folgende Frage: Wenn Cadwal geschlagen ist, wir uns der Imagomantie erwehrt haben, Joyse nicht länger als König herrscht, wer wird dann über Mordant und damit auch über Termigan Oberherr sein? Wem wird die Oberherrschaft über meinen Gau zufallen?«

Prinz Kragen antwortete mit erstaunlicher Bereitwilligkeit. »Prinzessin Elega.« *Elega?* Terisa war zumute, als hätte jemand sie getreten. »Sie ist Eures Königs älteste Tochter, seine rechtmäßige Erbin. In den letzten Tagen konnte ich das Vergnügen ihrer Bekanntschaft genießen. Von Macht und Herrschaft versteht sie mehr als Ihr.« Kragen schwieg einen Moment lang. »Und sie ist keine Alenderin.«

»Ein Weib!« stöhnte Armigite, anscheinend darauf aus, sein angekratztes Ansehen wiederherzustellen. »Danach werdet Ihr sie ehelichen, und Margonal wird unser König sein.

Kragens Augen glitzerten bedrohlich, aber er würdigte Armigite keiner Antwort. »Könntet Ihr Euch mit ihr abfinden, Herr Termigan?« fragte er statt dessen den anderen Gauherrn.

»Ihr Herren«, unterbrach plötzlich Fayle die Unterhaltung. Zum erstenmal löste er die Arme aus ihrer Verschränkung und legte die langen schmalen Finger auf den Tisch. Auf den Handrücken zeichneten sich verwundene Adern ab. »Hiermit muß Schluß gemacht werden.« Sofort gehörte ihm die Aufmerksamkeit der ganzen Runde. »Ich habe genug mitangehört.« Seine Stimme klang nach Alter und Müdigkeit; trotzdem hatte sie einen Unterton von Festigkeit und Entschiedenheit. »Wenn's Euer Vorhaben ist, einen solchen Bund zu schließen, so müßt Ihr's gegen meinen Widerstand tun. Der Faylegau wird für den König streiten.« Als er weitersprach, geschah es im Tonfall einer Entschuldigung. »Ihr müßt dafür Verständnis aufbringen, daß ich Vater seiner Gemahlin bin. Königin Madin ist eine außergewöhnliche Frau. Welche Entscheidung ich auch fälle, sie muß vor ihr zu rechtfertigen sein.«

»Weiber, Weiber!« Perdon war aufgesprungen, die Miene erbittert verkniffen. »Muß Mordant untergehen, dieweil Ihr vor Eurer Tochter keinen eigenen Standpunkt zu vertreten vermögt? Oder dieweil Prinz Kragen in Elega verliebt ist? Oder weil«, — er wandte sein schnauzbärtiges Gesicht Terisa zu —, »Meister Eremis mit diesem Ergebnis der Imagomantie ins Bett kriechen möchte? Ihr Herren, derlei Angelegenheiten mangelt's an jeder Wichtigkeit! Während wir kleinlich allerlei Rücksichtnahmen disputieren, rückt unser Untergang stetig näher. Wir müssen ...«

»Nein, Herr Perdon.« Obwohl sich Termigan in maßvoller Lautstärke äußerte, konnte er sich durch Perdons Zornausbruch Gehör verschaffen. »Ihr werdet beginnen, was Euch beliebt. Aber Ihr werdet's ohne meine Beteiligung tun. Herr Fayle ist ein zu höflicher Mann, um in Worte zu fassen, was er denkt. Ich bin nicht so höflich. Hier ist eine Verschwörung im Gange. Prinz Kragen erklärt sich allzu eilfertig mit allem einverstanden. Ich *kenne* Alends Monarchen. Hat er erst einmal seine Hand auf Mordants Lande gelegt, wird er nicht wieder von ihnen ablassen ... auf keinen Fall, bevor Prinzessin Elega sich dazu erniedrigt hat, seine Statthalterin zu werden.« Er stand auf. »Schließt Bündnisse, soviel Ihr mögt. Ich traue keinem Alender und keinem Imagomanten.« Schroff verließ er den Raum.

Für einen Moment regte sich niemand, kein Anwesender sagte etwas. Die unerwartete Erklärung Termigans war anscheinend allen als gehöriger Schreck in die Glieder gefahren. Das plötzliche Scheitern der Pläne Meister Eremis' verursachte Terisa ein Schwindelgefühl. Er wirkte, als wäre ihm zum Lachen; Terisa interpretierte das als Wut.

»Eines noch«, sagte Fayle. Auch er hatte sich erhoben. »Meister Eremis, Meister Gilbur ... Ihr dürft jenen ›Inhaber von Macht‹ keiner Translation unterziehen.«

Meister Eremis zuckten lediglich die Brauen aufwärts.

Armigite erweckte den Eindruck, als versuche er auf seinem Stuhl niederzuschrumpfen, um sich, falls nötig, rechtzeitig unterm Tisch verstecken zu können. Perdon stierte Fayle an, als verkörpere er geballten Grimm. »*Nicht?*« fragte Meister Gilbur, unverzüglich stark verärgert.

»Ihr würdet wider des Königs ausdrückliche Gebote verstoßen. Und nicht allein das ... zudem wiche die Zunft von den Zwecken ab, für welche sie gegründet worden ist. Deshalb dürft Ihr's nicht tun.«

»Selbige Zwecke hat Joyse ersonnen, wir waren's nicht«, entgegnete Gilbur. »Wir werden einem tattrigen Greis nicht gestatten, uns unsere Aufgaben und Pflichten vorzuschreiben.« Unvermittelt drosch er mit derartiger Gewalt die Faust auf die Tischplatte, daß Tors zurückgebliebene Karaffe über die Kante auf den Fußboden kippte. »*Wir gedenken zu überleben!*«

»Dann muß ich dem König offenbaren«, sagte Fayle leise und bekümmert, »was Ihr zu unternehmen beabsichtigt.«

Terisa empfand eine Regung des Entsetzens, als sie erkannte, wie sich alles, was sich Meister Eremis vorgenommen hatte, zum Schlechten entwickelte. Prinz Kragen war aufgesprungen, stand zwischen seinen Leibwächtern.

»Habt Ihr vor«, wandte sich Perdon über den Tisch hinweg an Fayle, »uns zu verraten, Herr Fayle?«

»Nein, Herr Perdon«, antwortete Fayle wie in tiefem Gram. »Ich werde dem König nichts von dieser Zusammenkunft erzählen. Mein Vorhaben ist's lediglich zu verhüten, daß die Imagomanten ihren König verraten.«

Eigentlich hätte er lächerlich aussehen müssen, als er die Räumlichkeit verließ; er war alt und dürr, seine aufrechte stocksteife Körperhaltung betonte die spitzen Schultern, die unpassenden Proportionen des Kopfs. Die Männer, gegen die er sich gestellt hatte, waren jünger, kräftiger, sahen angenehmer aus. Doch er wirkte nicht lächerlich. Zu ihrer Verblüffung bewunderte Terisa ihn; seine Treue rührte sie. Sie war sich darin sicher, daß Geraden diesem Abgang Fayles Beifall gespendet hätte.

Sobald der alte Gauherr fort war, warf Meister Eremis den Kopf zurück und stieß einen Laut aus, der dem Aufheulen eines Irren glich. »Ach, beherrscht Euch, Eremis!« maulte Meister Gilbur ihn an. Der gebeugte Imagomant war eindeutig voller Wut. »Ich habe Euch davor gewarnt, daß 's so kommen möchte. Diese *Herren* vergessen jede Lehre der Vergangenheit, aber sie erinnern sich daran, daß sie Imagomanten mißtrauen. Von Anbeginn an habe ich Euch gesagt, daß wir eigenständig zum Handeln schreiten und die Gaue ihren Kampf selber führen lassen müssen.«

»Ja, Meister Gilbur«, sagte Eremis. »Fürwahr, Ihr habt mich gewarnt. Ihr habt mich oft gewarnt.« Indem er ihn mit einem plötzlichen Ruck zurückschob, erhob er sich vom Stuhl. »Prinz Kragen, Herr Perdon«, fügte er hastig hinzu, sichtlich von Eile getrieben, »Ihr müßt mich entschuldigen.« Armigite mißachtete er. »Meister Gilburs Warnungen zum Trotz habe ich mit keinem solchen Ausgang unserer Beratung gerechnet.« Seine Miene war so verkrampft, daß Terisa darin zu lesen außerstande blieb. »Unsere Zunftbrüder befinden sich bereits am Werk, treffen Vorbereitungen zur Translation des Kämpen. Wir müssen sie ohne Verzug verständigen, bevor Fayle den Zorn des Königs auf sie zu lenken vermag. Sollten sie bei der Durchführung einer verbotenen Translation ertappt werden, fürchte ich, daß unser gütiger König dem Brauch der Exekution von neuem Geltung verleiht. Prinz Kragen, wolltet Ihr wohl so hilfreich sein und dafür sorgen, daß man die Edeldame Terisa in ihre Gemächer geleitet?« Er wartete nicht auf Antwort. »Kommt, Meister Gilbur«, sagte er und eilte hinaus. Meister Gilbur schloß sich ihm so rasch an, wie es sein buckliger Rücken erlaubte.

Terisa blieb an ihrem Platz sitzen, zu verwirrt, um sich von der Stelle rühren zu können. Warum bewunderte sie Fayle, obwohl er und Termigan die Anstrengungen Meister Eremis', Mordant zu retten, sabotiert hatten? Und wieso hatte man schon mit der Translation angefangen? Die Zunft hatte festgelegt, damit zu warten, bis das Resultat dieses Treffens feststand.

»Es ist zu betrüblich, Prinz«, sagte Armigite, »daß es so am Mut fehlt, um auf Euer Angebot eines Bundes einzugehen. Ich hege die Bereitschaft zu einem zweiseitigen Bündnis mit Euch. Mir ist an Schutz gegen Vergeltungsmaßnahmen gelegen. Als Gegenleistung wäre ich …« Seine Stimme verklang; niemand hörte ihm zu.

»Prinz Kragen«, meinte Perdon formell-steif, »Ich bitte Euch, verzeiht das Scheitern der Zusammenkunft … und die Euch dadurch zugefügte Kränkung. Ich kann Euch nur versichern, daß Meister Eremis und ich die untadeligsten Absichten hatten. Es wäre unklug, länger hier zu verweilen. Soll ich die Edeldame Terisa in meine Obhut nehmen?«

»Es bedarf keiner Ersuchen um Vergebung, Herr Perdon.« Prinz Kragen wirkte weniger verstimmt, als Terisa erwartet hatte. »Es ist wahr, daß meinem Auftrag und Anliegen wenig Erfolg beschieden gewesen ist. Um der Wahrheit auch in dieser Beziehung die Ehre zu geben, ich weiß nicht, wie ein Krieg zwischen Mordant und Alend nun noch abgewendet werden könnte.« Er funkelte Terisa aus seinen schwarzen Augen an und lächelte. »Doch's mag sein, daß ich fortan wieder mehr Glück habe. Ich stehe in der Schuld dieser Dame. Mit Freuden werde ich sie in ihre Gemächer geleiten.«

»Wie Ihr wünscht, Prinz.« Perdon machte eine eckige Verbeugung, streifte seinen Umhang um die Schultern und ging. Fast sofort hastete Armigite ihm hinterdrein, als hätte er davor Furcht, mit Kragen und dessen Leibwächtern allein zu bleiben. Terisa hörte, wie er im Gang Perdon etwas nachrief, weil es ihm wohl auf Begleitung ankam. Antworten hörte sie Perdon nicht.

»Edle Dame.« Prinz Kragen hatte die Hände auf die Rücklehne von Terisas Stuhl gelegt. »Geruht Ihr mit mir zu gehen?« Er neigte sich leicht vor und lächelte fortgesetzt. »Wie Herr Perdon erwähnt hat, wär's unklug, länger zu säumen.« Terisa hatte keine Ahnung, wie sie sein Lächeln auffassen sollte. In gewissem Maß erinnerte es sie an Meister Eremis' Lächeln. Gleichzeitig deutete es für ihr Empfinden an, daß der Prinz ein besserer Diplomat war, seine Gefühle geschickter zu verheimlichen verstand. Seine Selbstsicherheit war so gut wie eine Maske. Gehorsam erhob sich Terisa. Sie hatte ihre Manieren von ihrem Vater gelernt. Kragen schob ihr den Stuhl aus dem Weg, nahm ihren Arm und zog sie dicht an sich, ohne aufdringliche Nähe zu suchen. Während ein Leibwächter vorausstrebe, der andere Mann nachfolgte, führte der Prinz Terisa aus dem Raum. Nahezu ohne spürbaren Übergang sank die Temperatur der Luft. Ringsum schien das Geräusch von Tropfwasser Terisa zu belauern. »Ist's Euch warm genug, edle Dame?« erkundigte der Prinz sich mit leiser Stimme. »Mich deucht, Ihr seid unzulänglich bekleidet.«

Sie hätte irgendeine Belanglosigkeit äußern sollen. Aber ihr war die Fähigkeit, so folgsam zu sein, wie sie den Eindruck erregte, abhanden gekommen. Aufgrund einer instinktiven Abwehrhaltung antwortete sie mit einer Gegenfrage. »Kennen Sie Elega wirklich so gut?«

Sie spürte, wie er ein wenig erstarrte. Einen Moment lang sagte er nichts. »Edle Dame«, meinte er dann in höflichem Ton, »es ist üblich, mich mit meinem Titel anzureden.«

»Ob Sie Elega gut kennen, Prinz Kragen.«

Er lachte launig in die Muffigkeit des Gangs. »Meinen Dank. Ja, ich habe mich des großen Vergnügens erfreuen können, mit Prinzessin Elega nähere Bekanntschaft schließen zu dürfen. Seit dem verhängnisvollen Mißlingen meiner Audienz bei König Joyse hat es mir beträchtliche Kurzweil bereitet, sie kennenzulernen.«

Die Stiefel der Leibwächter erzeugten abgehackte Knack- und Klatschgeräusche, während sie durch mit dünnem Eis verkrustete Wasserlachen latschten. Bei geeignetem Laternenlicht konnte Terisa ihren Atem dampfen sehen. »Warum sind Sie dann an mir interessiert?« fragte sie, sich ihrer Frechheit bewußt.

Wieder schwieg der Prinz für ein Weilchen, als brauche er Zeit, um über ihre Frage nachzudenken und sich eine Antwort zurechtzulegen. »Edle Dame«, entgegnete er endlich, »stellte eine andere Frau mir diese Frage, ich wüßte besser was ich zu erwidern hätte. Kann's Euch verborgen geblieben sein, daß Ihr ein Antlitz und einen Leib besitzt, welche eines jeden Mannes Interesse wecken müssen? Mag sein, so ist's. Doch ich mutmaße, Eure Frage hat eine andersartige Bedeutung. Solltet Ihr nicht kokettieren (falls Eure Frage aufrichtiger Natur ist, mich nicht lediglich umgarnen soll), will ich Euch mit aller Offenheit Antwort erteilen. Prinzessin Elega hat mich in der Tat aufs stärkste beeindruckt und für sich eingenommen. König Joyse hat, als er eine solche Tochter zeugte, mehr geleistet, als ihm klar gewesen sein dürfte.« Fast hätte Terisa aus Erleichterung hörbar aufgeseufzt. Plötzlich stockten die Schritte des vorderen Leibwächters geringfügig, man merkte ihnen eine Neigung zum Zögern an. Doch gleich darauf fielen sie wieder gleichmäßig und zielstrebig. Eisige Hände schienen Terisa unters Hemd zu greifen. »Allerdings glaube ich, nur wenige Mordanter verstehen mit völliger Eindeutigkeit«, ergänzte Prinz Kragen seine Äußerungen in einem Ton, als spräche er über Unwesentliches, »daß die Herrschaft über Alend nicht ererbbar ist. Wenn mein Vater, der gegenwärtige Monarch Alends, gestorben ist, werde ich keineswegs ohne Umstände zu Scarab seinen Thron besteigen können. Vielmehr wird der neue Monarch aus dem Wettstreit all jener hervorgehen, welche miteinander um die Herrschaft zu wetteifern wünschen. Selbiges Verfahren, den Herrscher zu küren, ist es, welches dem Bund Alender Baronien stets den Zusammenhalt gesichert hat. Jene zügellosen Barone bleiben Scarab nur treu, weil sie wissen, sie oder ihre Familien werden immer aufs neue eine Gelegenheit zum Erringen des dortigen Throns haben. Natürlich ist selbiger Wettstreit nicht einfach so aus heiterem Himmel eingerichtet worden. Er hat sich im Verlauf der Zeit entwickelt. In vergangenen Zeitaltern bestand er schlichtweg aus einem Wetteifern der Rücksichtslosesten. Wer am tüchtigsten mordete, vergiftete, die meisten Widersacher einzuschüchtern vermochte, stieg zum Monarchen auf. Doch der Frieden hat seine Vorzüge.« Kragens Stimme gab eine Art von halblautem Unterton zum feuchten Echo der Stiefelschritte ab. »Und wie ich unterdessen mehrfach wiederholt habe, hat sich Alends Monarch der Weisheit verschrieben. Heute gestattet's man jenen, welche das Herrschertum über Alend begehren, nicht mehr, im geheimen Ränke zu schmieden, Morde zu planen. Man verkündet ihre Namen der Allgemeinheit, und sie werden im Dienst am Reich erprobt. Um es in einfachen Worten zu erklären: Sie erhalten die Möglichkeit zu beweisen, daß sie sich für den Thron eignen.« Gedämpft lachte er kurz auf. »Vor Jahren sandte ein toll gewordener alter Baron seinen Sohn zum Wettstreit — und indessen machte er sich im verborgenen daran, alle übrigen Bewerber zu meucheln. Sein Sohn ward zur Reifeprüfung damit betraut, am Baron Gerechtigkeit zu üben. Wie's sich ergab, hatte er den wunderbarsten Erfolg.« Er redete versonnener weiter. »Edle Dame, diese Vorsprache an König Joyses Hof ist die mir auferlegte Prüfung. Doch sie bietet mir wenig Hoffnung. Leider will's mich dünken, Ihr vermöchtet ohne Bedenken darauf zu wetten, daß ich nicht der nächste Monarch Alends sein werde.« Aber umgehend nahm seine Stimme wieder einen heitereren Tonfall an. »Wir sprachen jedoch über Prinzessin Elega. Ich habe Euch das alles erläutert, damit Ihr mich begreift, wenn ich sage, daß der Thron des Monarchen für Prinzessin Elega, wäre sie Alenderin, ein durchaus erreichbares Ziel wäre. Ich bin des Glaubens, daß sie unter den Mächtigen des Reiches eine hohe Stellung erlangen könnte.« Der vordere Leibwächter zögerte wieder. Diesmal verharrte er fast mitten im Schritt. Mit einem Mal schien sich Kälte in Terisas Herz zu krallen. Anscheinend hörte sie das gleiche wie er — ein kaum vernehmliches Geräusch von Leder, das sie unwillkürlich an Schwerter und Scheiden denken ließ. Prinz Kragen griff nach seiner Waffe. »Achtgegeben!« konnte er noch befehlen. »Schützt die Dame!« Dann schien die Dunkelheit selbst zum Angriff überzugehen.

Männer stürmten aus einem Nebengang. Wie viele? Terisa vermochte es nicht genau zu erkennen, fünf oder sechs mußten es sein. Von den Schultern wehten ihnen Umhänge wie Schwingen. Ihre ledernen Panzer waren so schwarz, daß sich ihre Gestalten nur schlecht erkennen ließen. Laternenschein glomm auf blankem Stahl. Gegen den Widerstand Prinz Kragens und seiner Leibwächter versuchten sie geradewegs zu Terisa vorzudringen.

Schwerter klirrten, daß es im Gang widerhallte. Rote Funken sprühten schaurig von den Klingen, die die Gegner kreuzten. Gewalt erfüllte Terisas Blickfeld. Sie sah, wie einem Leibwächter der Kopf von den Schultern gehauen wurde und unbeachtet wie ein Ball zur Seite rollte. Warmes Blut spritzte ihr ins Gesicht, der Leichnam sackte gegen sie, stieß sie an die Wand. Sie rutschte auf Blut und Eis aus, stürzte der Länge nach neben die Leiche.

Zwei Angreifer trieben Prinz Kragen zurück. Er war mit dem Schwert flink, offenbar auch stärker, als er aussah: aber bei seinen Gegnern handelte es sich — das war ebenso offensichtlich — um erfahrene Fechter. Mit zwei derartigen Männern gleichzeitig fertigzuwerden, war dem Prinzen unmöglich. Die Wucht der Hiebe, die sie mit ihren Schwertern, gepackt mit beiden Fäusten, gegen ihn führten, drängte ihn rückwärts durch den Gang.

Ein Angreifer streckte sich auf dem Boden aus, hustete seine Lungen in eine Pfütze. Der andere Leibwächter konnte sich nur noch mit Mühe wehren. Eine Hand preßte er auf eine blutende Wunde in seiner Seite, mit der anderen Faust schwang er das Schwert gegen seinen Kontrahenten. Mit einem kräftigen Schlenker warf sein Opponent dem Leibwächter den Umhang über den Kopf.

Den Rest sah Terisa nicht. Über ihr stand eine schwarze

Gestalt, das Schwert erhoben. Helligkeit leuchtete dem Mann ins Gesicht. Seine Nase ähnelte einem Beil. Ein wüstes Grinsen entblößte ihm die Zähne. Seine Augen glänzten gelb wie Katzenaugen. Wieder versuchte dieser Mann sie umzubringen.

Diesmal mußte es ihm gelingen. Sie vermochte nichts zu tun, um ihn daran zu hindern, und sie wußte noch immer nicht, warum er ihren Tod wollte, besaß keinerlei Vorstellung, was den Grund betraf, sie sah keinen *Sinn* …

»Halt!«

Der Zuruf hemmte ihn. Er hallte durch den Gang, der Mann wich zurück, um sich etwaiger Angriffe von hinten erwehren zu können. »Fünf gegen drei ist ein Kampf für Memmen«, sagte gedehnt, aber deutlich eine Stimme. »Doch nicht einmal eine Memme verstiege sich dazu, ein Weib zu überfallen.« Mühsam richtete Terisa den Blick ins Zwielicht und sah den Mann im grauen Umhang sich durch den Gang langsam nähern. Wegen der ungünstigen Lichtverhältnisse blieb sein Gesicht weitgehend unkenntlich; sie konnte nicht feststellen, ob sie es schon einmal gesehen hatte. Jedenfalls hielt er sein Schwert jetzt in der Hand. Das Lächeln seiner Lippen milderte den kämpferischen Glanz seiner Augen nicht im geringsten. Der Angreifer, der dem zweiten Leibwächter mit dem Umhang die Sicht genommen hatte, zog nun seine Klinge aus dem Leib des Gefällten und machte Anstalten, dem Mann bei Terisa Unterstützung zu leisten, doch er winkte ab, schickte ihn den Männern zu Hilfe, die gegen Prinz Kragen fochten, um ihn zu töten. Terisas Bedränger und der dazugekommene Mann drehten sich einander zu, Schwarz gegen Grau. Einen Moment lang verhielten sie. »Es möchte wohl von Aufschluß sein«, sagte der Mann in Grau in freundlichem Ton, »zu erfahren, wer Ihr seid.«

Der Mann in Schwarz lachte heiser auf und ging auf ihn los. Stahl blitzte, schrammte aneinander. Schwerthiebe hallten. Der Mann in Schwarz prallte an die Wand. Er verkraftete den Anprall, setzte sich zur Wehr, als wäre er unempfindlich gegen Schmerz, unternahm einen Versuch, den Mann in Grau in seinen Umhang zu verheddern. Die Absicht schlug fehl. Die Schwerter der beiden Gegner sausten, klirrten gegeneinander, lösten sich, zertrennten erneut die Luft. In ständigem Wechsel von Vorstoßen und Zurückweichen huschten die zwei Gestalten hin und her, schienen rings um sich ein Gespinst aus Funken zu weben, als läge ihnen an nichts anderem als einem kleinen Feuerwerk.

Der Mann in Grau lächelte unentwegt, aber er konzentrierte sich mit Verbissenheit.

Terisa hätte helfen sollen. Sie wußte es. Sie hätte aufstehen, eines der hingefallenen Schwerter nehmen und einzugreifen versuchen sollen. Um Prinz Kragens willen. Oder für den Mann in Grau. Doch sie rührte sich nicht vom Fleck. Statt dessen lag sie auf dem eiskalten nassen Stein, die Hände an die Schläfen gepreßt, erfüllt von Grauen angesichts der Fürchterlichkeit und Tragweite dessen, was ihretwegen geschah.

Sie vermochte sich nicht im entferntesten das *Warum* auszumalen. Was hatte sie getan, um soviel Haß zu verdienen? Oder um verdient zu haben, daß man sie dagegen beschützte?

Der Mann in Grau bewegte sich mit derartiger Schnelligkeit, daß es schwerfiel, seine Behendheit gebührend zu würdigen, mitzuverfolgen schwierig war, wie sein Schwert wirbelte und schwirrte, als wäre es etwas Lebendiges in seinen Händen. Er und sein Kontrahent hüllten sich in Düsternis, Echos und das Stieben heißer Funken. Innerhalb eines Augenblicks, der nur die Dauer eines Herzschlags beansprucht haben konnte, wehrte er einen Schwertstreich seines Gegners ab, nahm eine Faust vom Griff des eigenen Schwerts und versetzte dem Mann in Schwarz mit dem Handrücken einen Hieb ins Gesicht, der den Schwarzgekleideten taumeln ließ.

Doch geschmeidig, fast geringschätzig wies Terisas Bedränger den Vorstoß des Graugekleideten ab, der danach erfolgte. Mit einer Faust, die in einem Handschuh stak, umklammerte er die Klinge des Grauen so lange, wie er brauchte, um ihm den Ellbogen gegen den Hals zu rammen.

Der Mann in Grau torkelte zu Boden. Auf einem Knie fing er den Sturz ab, vereitelte einen brutalen Angriff, kam wieder auf die Füße. Noch lächelte er, *er lächelte noch immer.* Aber sein Widersacher hatte allein Argus und Ribuld geschlagen. Dem Graugekleideten rann Schweiß übers Gesicht. Der Laternenschein ließ in seinen Augen einen Schimmer der Verzweiflung erkennen.

Rufe schollen durch den Gang. Der Mann in Grau machte den Fehler, sich umzuschauen, um festzustellen, was sie bedeuteten. Sein Gegner stieß mit dem Schwert so flink nach seinem Bauch, daß es schien, als könnte der Stoß unmöglich pariert werden. Der Graugekleidete parierte ihn.

Aber diese krampfhaft-blitzartige Anstrengung kostete ihn das Gleichgewicht. Obwohl es ihm gelang, den nächsten Streich mit seinem Schwert abzublocken, hatte der Hieb eine solche Wucht, daß er ihn auf den Rücken warf. Für einen Sekundenbruchteil war er geradeso hilflos wie Terisa.

Da mischte sich Prinz Kragen in die Auseinandersetzung, schwang sein blutiges Schwert. Nur einen halben Schritt hinter ihm folgte Perdon.

Der Mann in Schwarz widmete Terisa einen gelblichen Blick voller Haß. Einen Moment später sprang er zurück. Seine Hände vollführten mit dem Schwert eine seltsame Gebärde. Urplötzlich verschwand er. Noch bevor die Echos des Gefechts verklangen, war er so vollständig aus dem Gang verschwunden, als wäre er nie dagewesen.

Perdon gaffte geradeaus. In fassungsloser Verblüffung senkte Prinz Kragen die Waffe. Der Mann in Grau raffte sich auf, erforschte die Luft, als glaube er, noch etwas von seinem Gegner hören oder riechen zu können. Zittrig schob Terisa die Arme unter den Leib und stemmte den Oberkörper vom Boden hoch.

Der Prinz atmete in rauhen, stoßweisen Atemzügen, war der Erschöpfung nahe, aber er schaute unverzüglich nach seinen Männern. Als er sah, daß einer von ihnen enthauptet worden war, ballte er die Hände auf der Herzgegend zu Fäusten und verzerrte das Gesicht zu einer Grimasse. »Sie waren meine Freunde«, sagte er heiser. »Ich stand in Eurer Schuld, edle Dame. Nun ist sie gewißlich übers Maß hinaus beglichen.«

»Schweinerei!« schimpfte Perdon. Er sprach nicht mit Prinz Kragen. »Wer waren diese Kerls? Woher konnten sie wissen, wo wir uns befinden?«

Auf Händen und Knien sah Terisa zu, wie ihr Retter sein Schwert abwischte und es in die Scheide zurückschob; danach kniete er sich vor sie, um ihr beim Aufstehen behilflich zu sein. Er hatte ein nettes Lächeln — mit dem er sie aufzumuntern versuchte — und ein ausdrucksvolles Gesicht. Es erinnerte sie an irgendwen. Trotzdem verlieh Besorgnis den Augen einen trübsinnigen Blick.

»Edle Dame, ich bin Artagel, einer von Geradens vielen Brüdern. Er hat mich darum gebeten, über Euer Wohlergehen zu wachen. Leider habe ich mich dabei nicht sonderlich bewährt. Allem Anschein nach«, — er verzog das Gesicht —, »hat wahrhaftig jemand vor, Euch zu meucheln.«

Der Geruch des Bluts, das Terisas Kleidung tränkte, war zu stark; sie konnte nicht verhindern, daß sie in Ohnmacht sank.

13

In gutem Glauben

Als sie die Besinnung wiedererlangte, erlebte sie zuerst einen Moment der Desorientierung. Halb schien sie zu stehen; ihre andere Hälfte schien eingeknickt zu sein. Sie meinte, sie müsse fallen, aber etwas Hartes hielt sie um die Taille fest.

»Wir sind verraten worden«, polterte Perdon. »Ist das kein Anlaß zum Argwohn? Mag sein, in Alend hat das Wort ›Bündnis‹ eine andere Bedeutung. Welches wirksamere Mittel gäbe es, um in Mordant Zwietracht zu säen, als eine bis dahin beispiellose Zusammenkunft zwischen den Gauherren und den Meistern der Zunft durchs Stiften von Gewalt zunichte zu machen? Zwist ist der sicherste Weg, um zu gewährleisten, daß wir zu schwach sind, um uns zu verteidigen.«

»Herr Perdon ...«, begann Prinz Kragen in bedrohlichem Ton.

»Und wenn wir zu schwach sind, um uns zu verteidigen«, zeterte Perdon, »an wen als an Margonal und Euch könnten wir uns um Beistand wenden?«

»Zwei meiner Freunde sind *tot!*« entgegnete der Prinz. Seine diplomatische Selbstbeherrschtheit hatte stark gelitten. »Käm's mir drauf an, in Mordant Zwietracht zu säen, ich hätte einen der *Gauherren* erschlagen lassen, nicht *meine Männer!*« Als Terisa allmählich, aus verkniffenen Augen wieder sehen konnte, merkte sie, daß sie sich tatsächlich in aufrechter Haltung befand; allerdings hing ihr Oberkörper vornüber, ihre Arme baumelten. Die Handrücken streiften leicht den kalten Stein des Fußbodens. Ein um ihre Taille geschlungener Arm verhinderte, daß sie auf den Kopf fiel. »Wenn Ihr Verräter sucht«, fügte Prinz Kragen heftig hinzu, »so empfehle ich Euch, sie unter den anderen Gauherren zu suchen. Wem kann's zum Gewinn gereichen, wenn die Gaue nicht einig gegen den König zusammenstehen?«

»Genau das ist die Frage, Prinz«, erwiderte Perdon. »Wer?«

»Jeder Gauherr, der die Hoffnung zu hegen vermag, geradewegs die Königswürde erlangen zu können, ohne Joyse untreu werden zu müssen. Herr Tor hat nicht die Absicht, nach Marshalt heimzukehren. Königin Madin hat zur Genüge Zeit besessen, um einen Bund zwischen ihrem Gemahl und Herrn Fayle zu flechten. Ist's denn undenkbar, daß es einen kürzeren Weg zur Macht gibt als durch ein Bündnis der Gauherren mit Alend und der Zunft?«

»Seid Ihr unversehrt, edle Dame?« fragte Artagel. Er war es, der Terisa festhielt.

Jetzt verstand sie die Situation: Er hielt sie so, weil sie vorhin das Bewußtsein verloren hatte. Nun half er ihr dabei, sich aufzurichten, und sie stellte fest, daß sie wieder aus eigener Kraft stehen, im Gleichgewicht bleiben konnte. Aufmerksam beobachtete er sie, als er den Arm von ihrer Taille nahm. Terisa blickte sich um und sah, daß er sie ein kurzes Stück weit vom Schauplatz des Gefechts weggebracht hatte. Ihre Kleider stanken noch nach Blut, doch inzwischen war sie den Gestank zu verkraften imstande. Sie schöpfte tief Atem und strich sich die Haare aus dem Gesicht. »Ich glaube, ja«, antwortete sie leise. »Danke.«

Artagel schenkte ihr ein flüchtiges Lächeln, wandte sich jedoch sofort ab. »Eine andere Möglichkeit wär's, Ihr Herren«, meinte er, indem er zu Prinz Kragen und Perdon schlenderte, »daß Euch ein Imagomant hintergangen hat.«

»Daran möche ich gern glauben können«, sagte Perdon griesgrämig. Anscheinend erachtete er Artagel als ranggleiche Person. »Aber nur Meister Eremis und Meister Gilbur kannten den Ort unserer Zusammenkunft. Und Meister Eremis war's, der zu selbiger Zusammenkunft die Anregung gab. Hätte er lediglich Zwistigkeiten auszulösen beabsichtigt, soviel Umstände wären nicht erforderlich gewesen. Er hätte uns nur uns selbst zu überlassen brauchen.« Er schwieg für einen Moment. »Meister Gilbur vermag ich nicht so eindeutig in Schutz zu nehmen.«

»Und ich habe nicht gewußt«, gestand Prinz Kragen, »daß sich mittels Imagomantie derweil Werke verrichten lassen. Verhält's sich nicht so, daß es zum Zwecke einer solchen Translation eines flachen Spiegels bedarf? Und ist's nicht so, daß eine Translation durch flaches Glas Wahnsinn verursacht? Wer vermöchte ein solches Verschwinden, wie wir's eben bezeugen mußten, zu bewerkstelligen?«

Niemand hätte etwas zu Terisa gesagt. Sie war sich nicht einmal sicher, ob Perdon und der Prinz sich dessen bewußt waren, daß sie ihnen zuhörte. »Der Erz- und Großmeister«, äußerte sie trotzdem. »Vagel.«

Einen Moment lang standen die drei Männer nur reglos da. »Wie auch Meister Eremis mutmaßt«, brummte dann Perdon. »Aber wer auf Schloß Orison — oder wer überhaupt in ganz Mordant — könnte so toll oder so schurkig sein, sich mit diesem Halunken zu verbünden?«

»Laßt uns nachschauen, Ihr Herren.« An Perdon und Prinz Kragen vorbei trat Artagel zu einem der gefallenen Angreifer, der in der Nähe lag. Terisa folgte ihm, kehrte zaghaft zurück in die schonungslose Gegenwart des vorhin stattgefundenen Blutvergießens. Artagel kniete schon an dem Leichnam, als sie ihn einholte. Er drehte die Leiche auf den Rücken. Terisa zuckte zusammen, als sie die gräßliche Wunde in der Brust des Toten sah. Dennoch sah sie zu, während Artagel den Umhang des Gefallenen beiseite schob, um Gesicht und Rüstung in Augenschein nehmen zu können. Der Brustpanzer aus gehärtetem Leder war so schwarz, daß Terisa keine der Details erkannte, die Artagel anscheinend untersuchte. Sie begriff nicht, was er meinte, als er plötzlich auf das Leder überm Herzen des Toten tippte. »Da.«

»Mir mangelt's an Eurem Scharfblick«, knurrte Perdon. »Was ist's, das Ihr seht?«

»Ein Wappen.« Unvermittelt erhob sich Artagel. »Ich kenne es.« Sein Blick war ausdruckslos; seine Miene wirkte so hart wie der Stein ringsherum. »Dieser Mann ist ein Cadwaler. Das Wappen weist ihn als jemanden aus, der bei des Großkönigs Monomach in die Fechtschule geht und in seinem Dienst steht.«

»Gart?« fragte Prinz Kragen ungläubig. »Hier? Gart war's, mit dem Ihr die Klinge gekreuzt habt?«

»Wer's war, weiß ich nicht.« Artagels Stimme glich seinem Gesicht, war ohne Ausdruck und verkrampft. »Wer er auch war, er hat mich geschlagen. Dieser Tote jedoch ist einer von Garts Fechtschülern. Die anderen müssen desgleichen sein.«

»Aas und Dreck!« fluchte Perdon. »Ein Fechtschüler von des Großkönigs Monomach!«

»Aber *hier?*« beharrte der Prinz. »Wie sollen solche Männer ins Schloß gelangt sein? Wer könnte Männern wie ihnen zu Schloß Orison Einlaß gewähren? Sie können nicht schlichtweg durchs Tor gekommen sein. Eine derartige Nachlässigkeit ist Kastellan Lebbick gewißlich fremd.«

Artagel nickte knapp. »Sie dürften auf jenem Wege hergelangt sein, auf welchselbigem eben ihr Anführer entschwunden ist.«

»Durch Vagels Hilfe?« In unverhohlenem Mißbehagen runzelte Prinz Kragen die Stirn. »Ach, warum haben wir nur jemals geglaubt, er sei tot?«

Darauf wußte Perdon keine Antwort. Als Kragen Kastellan Lebbick erwähnte, hob er ruckartig den Kopf, als wäre er dadurch an etwas Wichtiges erinnert worden. Nun blickte er voller Unruhe andauernd im Gang von einer zur anderen Seite, versuchte beide Richtungen gleichzeitig unter Beobachtung zu halten. »Ich habe eine sinnvollere Frage. Wünschen wir hier angetroffen zu werden, wenn der Kastellan sich einfindet?«

Augenblicklich legte der Prinz höchste Wachsamkeit an den Tag. »Wird er kommen? Sind wir nicht außerhalb der Hörweite seiner nächsten Schloßwächter?«

»Dank Armigites, dieses feigen Stutzers, wird er nicht ausbleiben«, erläuterte Perdon. Seine Stimme troff gewissermaßen von Gift. »Sobald wir den Lärm des Gefechts vernahmen, welcher mich zurück an Eure Seite lockte, floh er in die entgegengesetzte Richtung, schrie Mordio. Er muß sich verirrt haben, andernfalls wäre der Kastellan längst hier. Wie's auch sein mag, uns bleibt nur eine kurze Frist.«

»Er wird mich befragen, was ich auch beginne«, überlegte Kragen. »Meine Männer liegen erschlagen. Aber trifft er mich hier nicht an, vermag er mir eine Teilnahme am Gefecht nicht nachzuweisen.« Ohne Zögern fällte er eine Entscheidung. »Herr Perdon, Herr Artagel von Domne, ich danke Euch, dieweil Ihr mein Leben gerettet habt. Doch ich werde nicht verweilen, so daß wir nicht allesamt in den Verdacht der Verschwörung und Verräterei geraten müssen. Edle Dame, lebt wohl.« Er schob das Schwert in die Scheide und entfernte sich im Laufschritt. Rasch verklang das Geräusch seiner Schritte im ausgedehnten Labyrinth der Gänge.

»Auch ich werde Euch nun verlassen«, sagte Perdon zu Artagel. »Ich weiß nicht, welche Rolle dies Weib in unserem Schicksal zu spielen gedenkt, aber ich habe nicht vor, mir den Vorwurf des Verrats einzuhandeln, indem ich sie schütze.« Er murmelte verdrossen vor sich hin, während er dem Prinzen nacheilte. »Cadwaler? Verdammte Schweinerei!«

Terisa schaute Artagel an und sah, daß seine Augen wieder glänzten, und er lächelte erneut. Als er ihren Blick bemerkte, verbeugte er sich humorvoll. »Was mich anbetrifft, edle Dame, so habe ich nichts, das des Geheimhaltens wert wäre. Wie sich die Ereignisse nunmehr auch entwickeln werden, ganz Orison wird unterstellen, daß es nicht ohne meine Beteiligung zu diesen vielen Toten gekommen ist. Zu meinem Bedauern habe ich nun einmal ein solches Ansehen — warum, das vermag ich Euch nicht zu sagen. Gleichwohl hege ich von Lebbick eine höhere

Meinung als die meisten Menschen. Allerdings gibt's keinen Grund, aus dem Ihr ihm während der restlichen Nacht zuhören müßtet, wie er mit Euch schimpft.« Er deutete den Gang hinab. »Wollen wir gehen?«

»Danke«, wiederholte Terisa. Sie wünschte, er nähme ihren Arm; sie konnte eine Stütze gebrauchen. »Ich bezweifle, daß ich mich jetzt mit ihm rumstreiten kann. Er hat was gegen mich.«

»Unfug.« Wie infolge einer Gedankenverbindung hakte er seinen unter ihren Arm, gab ihr kameradschaftlich Halt. Sein munterer Ton erleichterte es ihr, sich in Bewegung zu setzen. »Ihr kennt ihn weniger gut als ich. Unser treuer Kastellan beschimpft ausschließlich jene Menschen, welche er schätzt. Und wenn er jemanden sehr ins Herz geschlossen hat, gebärdet er sich schier wie ein Tollwütiger. Seine Gemahlin — Friede ihrer Seele — war die einzige Person zu Orison, die ihm ein bestimmtes Maß an Zuwendung und Verträglichkeit abzuringen vermochte.«

Zusammen strebten sie durch die Düsternis auf die nächste Laterne zu. Fast sofort hörten sie Geräusche schneller Füße. Artagel blieb unbeeindruckt. Er lächelte unablässig und zog Terisa in einen Nebengang, nahm einen anderen Weg zurück in die bewohnten Etagen Schloß Orisons. Es gelang ihm — anscheinmäßig ohne Mühe —, eine Begegnung mit den Wachen zu vermeiden. Innerhalb kürzerer Zeit, als sie erwartet hatte, brachte er Terisa in den Turm, in dem sich ihr Quartier befand.

Mittlerweile hatte sie es geschafft, sich wenigstens annähernd ein Bild von der Lage zu machen. Sie verdankte Artagel ihr Leben. Weil Geraden ihn gebeten hatte, auf sie aufzupassen. Und nun ersparte er ihr einen Zank mit dem grimmigen Kastellan, den sie endlos hätte anlügen müssen, um Meister Eremis, Prinz Kragen und die Gauherren zu decken. Sie hätte schon vor einer Weile Überlegungen in bezug auf Dankbarkeit anstellen sollen.

So schnell fielen ihr nur wenig Möglichkeiten ein, um Artagel glaubhaft ihren Dank zu zeigen. Doch zumindest

eine Kleinigkeit kam ihr gleich in den Sinn. Bis jetzt hatten sie Glück gehabt; niemand hatte sie aus der Nähe gesehen, das schmutzige Wasser und das Blut, die ihre Kleider versaut hatten, waren unbemerkt geblieben. Ihre Unterkunft würde sie jedoch nicht betreten können, ohne daß ihr Zustand den Posten vor ihrer Tür auffiel ...
Am Fuß der Treppe blieb Terisa stehen, entzog Artagel ihren Arm. »Ich kann von hier aus allein weitergehen«, erklärte sie, fühlte sich etwas verlegen, weil sie es nicht gewöhnt war, auf diese Weise, während ein hochgewachsener, kraftvoller Mann sie anlächelte, sie leicht ratlos anschaute, Entschlüsse zu treffen. »Bisher haben wir Glück gehabt. Ich glaube, Sie möchten wohl lieber nicht mit mir gesehen werden.«

Belustigt hob Artagel die Brauen. »Nicht, edle Dame?« Die Vorfälle des Abends hatten sein Selbstbewußtsein nicht ernsthaft angekratzt. »Ei nun, ich gebe zu, Ihr seid weniger sauber, als Ihr's sein müßtet. Doch pflege ich meine Bekannten beileibe nicht auf der Grundlage solcher Zufälligkeiten auszuwählen.« Verhalten lachte er auf. »Wär's anders, der arme Geraden stünde mir am fernsten.«

Er lächelte so, daß Terisa hätte dahinschmelzen mögen, aber sie blieb hartnäckig. »Das meine ich nicht. Die Wächter werden merken«, — angewidert verzog sie den Mund —, »wie ich aussehe. Und irgendwer wird sich denken, daß eine mit Blut bespritzte Frau im Zusammenhang mit den Toten stehen muß. Wenn man Sie mit mir sieht, werden Sie mit in die Sache hineingerissen. Ich weiß, Sie machen sich deswegen keine Gedanken, Sie sollten sich aber welche machen. Welche Erklärung könnten Sie dem Kastellan denn liefern?« Es gelang ihr nicht, ihn zu überzeugen; sie sah es ihm an. Er fürchtete Lebbick nicht. Und sie konnte ihn unmöglich bitten zu lügen, weder für sie noch für Meister Eremis. Also verlegte sie sich auf ein anderes Argument. »Wissen Sie, was er mit Geraden angestellt hat, nachdem er ihn letztens dabei erwischt hat, wie er versuchte, mich nach seinen Vorstellungen zu schützen?«

Daraufhin runzelte Artagel nachdenklich die Stirn. »Da erwähnt Ihr etwas Beachtenswertes, edle Dame. Geraden bemühte sich ernstlich, mir zu verdeutlichen, weshalb er den Wächtern mißtraue, jedoch habe ich ihn nicht zur Gänze verstanden. Hat's etwas mit den Befehlen zu tun, welche König Joyse dem Kastellan erteilte? Oder damit, wie er selbige Befehle aufgefaßt hat?« Er zuckte mit den Schultern. »Geraden ist stets ein schlauerer Kopf als ich gewesen. Ist's wahr, daß die Wachen, wenn Ihr Eure Gemächer verlaßt, Euch nicht einmal fragen, wohin Ihr Euch zu begeben gedenkt?« Terisa empfand eine neue Anwandlung von Schrecken. Sie bildete es sich nicht nur ein: Die Wächter behandelten Geraden *wirklich* anders als die übrigen Leute, die sie aufsuchten. Stumm nickte sie. »Ich begreif's nicht«, bemerkte Artagel dazu. Er schüttelte den Kopf. »Aber ich vertraue darauf, daß ich's am Ende verstehen werde. Einen Makel hat Geraden — will sagen, läßt man seine Unbeholfenheit außer acht —, er ist zu ungeduldig. Zu guter Letzt ergibt alles einen Sinn, wenn man nicht zu arg darüber nachgrübelt.« Erneut lächelte er. »Aber Ihr habt recht. Ich möchte ihm nicht noch mehr Schwierigkeiten bereiten. Darum werde ich Euch hier verlassen.« Für einen Moment hatte er einen sehr ernsten Gesichtsausdruck. »Dennoch werde ich Euch auch künftig im Augenmerk behalten. Wenn Geraden so besorgt ist, verdient's Beachtung. Und diesmal hat er allen Grund. Des Großkönigs Monomach unterweist seine Fechtschüler besser denn einst. Solltet Ihr meiner bedürfen, ich werde für gewöhnlich irgendwo in Eurer Nähe sein.« Er setzte ein keckes Grinsen auf und verabschiedete sich mit einer ebenso eleganten wie humorigen Verbeugung. »Schlaft wohl, edle Dame.« Damit ging er seines Wegs.

Hinter seinem Rücken, während sich Artagel entfernte, lächelte Terisa. Doch sobald er außer Sicht war, fing sie wieder zu zittern an, als hätte sie die eisige Kälte der Untergeschosse mit sich nach oben gebracht. Die Reaktion auf den Schock der Geschehnisse setzte ein.

Sie war allein. Falls plötzlich noch mehr Männer in Schwarz wie aus dem Nichts auftauchten, um über sie herzufallen, hatte sie keinen Schutz. Sie würde sich auch allein vor Kastellan Lebbick rechtfertigen müssen.

Terisa verspürte das Bedürfnis, sich hinzusetzen. Ihre Knie fühlten sich an, als wären sie zu schwach, um sie zu tragen. Aber sie setzte entschlossen die Füße auf die Stufen, zwang die Beine zu den Bewegungen, die sie nach oben beförderten.

Als die Posten vor ihrer Türe sie sahen, ließen sie sich sofort Beunruhigung und Besorgnis anmerken. »Edle Dame«, erkundigte sich einer von ihnen, »seid Ihr wohlauf? Benötigt Ihr Hilfe?«

Terisa konnte ihnen nicht in die Augen blicken. »Nein, danke«, antwortete sie so fest, wie ihre Stimme klingen wollte. »Mit mir ist alles klar.«

Indem sie sich bemühte, sich nicht allzu hastig zu verhalten, betrat sie ihr Quartier. Drinnen verriegelte sie als erstes die Tür. Dann überzeugte sie sich davon, daß der Stuhl nach wie vor den Durchstieg des Geheimgangs versperrte.

Anschließend schleuderte sie ihre Hausschuhe von den Füßen, riß sich in einer Aufwallung von Ekel, Bestüzung und Entschiedenheit die Kleidung vom Leib, nicht länger dazu imstande, den Kontakt des im Gerinnen begriffenen Bluts mit ihrer Haut zu ertragen. Danach nahm sie erst einmal ein Bad, bespritzte sich mit eiskaltem Wasser, als könnte sie sich durch Abkühlung oder Kälteschock in ausreichenden Mut für das hineinsteigern, was sie tun mußte. Als nächstes wusch sie die Kleidungsstücke gründlich, fast rücksichtslos, und hängte sie am Kaminfeuer zum Trocknen auf.

Sie hatte vor, auf alles vorbereitet zu sein, wenn Kastellan Lebbick kam. Aber es blieb ihr unmöglich, mit dem Zittern aufzuhören.

Lebbick kam ziemlich früh am folgenden Morgen, nur ein knappes, gerade noch mit Höflichkeit zu vereinbarendes Weilchen, nachdem Terisa das Frühstück beendet hatte. Sie trug das taubengraue Kleid, weil eine Anwandlung von Feigheit sie zu der Auffassung verleitet hatte, darin sähe sie unschuldiger aus, weniger wie jemand, mit dem man übel umspringen durfte.

Lebbick trat wie üblich mit den Symbolen seines Amtes auf: dem um das kurze graue Haar gewundenen purpurnen Stirnband und der gleichfarbenen, überm Kettenpanzer über die Schulter geschlungenen Schärpe; in Wahrheit jedoch gelangte seine Autorität im zornigen Blick seiner Augen, der stolzen Steifheit seiner Bewegungsabläufe, dem energisch vorgeschobenen Kinn zum Ausdruck. Selbst wenn er auf Orison keine hohe Position gehabt hätte, in jeder Räumlichkeit, die er betrat, hätte er dominiert.

»Edle Dame.« Er wandte sich in einem Ton an Terisa, der so feingeistig war wie eine Eisenstange. »Ich hoffe, Ihr habt nach Euren Abenteuern in der vergangenen Nacht aufs beste geschlummert.«

Terisa hatte den Vorsatz gefaßt, ihn zu belügen. Es wäre günstiger gewesen, hätte sie ehrlich zu ihm sein können; doch soviel Mut überforderte sie. Bis jetzt in ihrem Leben hatte sie sich noch nicht einmal getraut, einen so wütenden Mann anzulügen. »Was für Abenteuer?« Es mißfiel ihr, daß ihre Stimme so armselig und schwach klang, aber vielleicht wirkte das sich auf lange Sicht zu ihrem Vorteil aus.

Anscheinend jedoch kannte Kastellan Lebbick keinerlei Mitgefühl für arme, schwache Frauen. »Begegnet mir nicht widerborstig, edle Dame. Ich erfülle meine Pflicht unter in mancherlei Hinsicht untunlichen Bedingungen, doch zählt keinesfalls Dummheit zu meinen Untugenden.«

»Ich bin nicht widerborstig.« Damit sprach Terisa jedenfalls die Wahrheit. Sie mußte alle ihr verfügbare Willenskraft aufbieten, um nicht einfach ins Nebenzimmer zu rennen und sich unterm Bett zu verstecken. Oder nicht plötzlich die Tatsachen auszupacken. »Ich war mit Meister Eremis zusammen. Ich bin allein zurückgekommen. Wir hatten keine Abenteuer. Sie können ihn fragen. Er wird's Ihnen bestätigen.«

»Edle Dame«, — Lebbick täuschte eine Müdigkeit vor, von der sich in seinen Augen nichts bemerken ließ —, »mir mangelt's am heutigen Morgen an Sinn für jene Art von Mist, welcher aus Mäulern quillt. Was Ihr auch getrieben haben mögt, für mich war die Nacht länger als für Euch, und als ich mich in mein Bett legte, war dasselbe kalt. Erweist mir die Höflichkeit, aufrichtig zu mir zu sein.«

Terisas Ablehnung ließ nach; sie spürte es. Die Vorsätze, die sie sich vorgenommen hatte, mochten ganz gut und schön sein — aber was hatte das alles hier denn überhaupt mit ihr zu schaffen? Ihr Vater hatte sie nicht zum Starksein erzogen. »Ich *bin* aufrichtig«, sagte sie ohne Überzeugungskraft, duckte sich innerlich bereits in Erwartung der Erwiderung Lebbicks.

Er antwortete ohne Umschweife. »Dreck! Ihr habt seit Eurer Ankunft kein einziges wahres Wort gesprochen. Bei den Sternen, Weib, Ihr werdet mir Rede und Antwort stehen! Herr Armigite kam aus den verlassenen Grundfesten Orisons gelaufen — zwischen welchselbigen er ohnehin nichts zu suchen hatte — und erging sich in Geplärr, beharrte drauf, drunten gäb's Mord und Totschlag. Natürlich besaß er keinerlei Kenntnis von den Beteiligten. Anstatt eines Hirns hat er Mus im Schädel. Doch war's erforderlich, seine Behauptung nachzuprüfen, und folglich geschah's. Wir entdeckten zwei Tote — durch einen überaus verwunderungswürdigen Zufall Prinz Kragens Leibwächter — und so viel Blut, als hätte eine Schlacht stattgefunden. Aber eine Erklärung dafür fanden wir nicht.« Zwei, drei Sekunden lang war Terisa völlig entgeistert. *Zwei* Tote? Es hätten sechs sein müssen. Vier Cadwaler waren ebenfalls gefallen. Plötzlich stand sie kurz davor, weinerlich loszujammern: *Entschuldigung. Ich habe es nicht gewollt. Es ist nicht meine Schuld. Was ist aus den vier Cadwalern geworden?* Zum Glück hörte Lebbick nicht zu reden auf und gab ihr keine Gelegenheit. »Ich befragte Prinz Kragen. Er mimte den aufrecht Empörten und beteuerte, *irgend jemand* müsse seine Männer gemeuchelt haben. *Irgend jemand,* behauptet er, habe die Absicht, einen Krieg anzustiften. *Jemand*«, — der Kastellan meinte unmißverständlich König Joyse —, »gedenke sicherzustellen, daß er, Prinz Kragen, auf jede nur vorstellbare Weise herausgefordert würde, bevor er nach Alend heimkehre. Und zudem waren jene Leibwächter auch noch seine *Freunde.*« Er ballte die Fäuste. »Edle Dame, ich weiß sehr wohl, wie man Kerlen seines Schlages die Wahrheit entlockt. Einige der alten Folterwerkzeuge sind noch vorhanden. Zu meinem Bedauern ist er ein Gesandter. Ich darf ihn nicht anrühren. Mit Euch dagegen steht's anders.«

Auf einmal klärte sich Terisas Verstand. Ihre Furcht verringerte sich nicht, doch ein Gefühl der Notwendigkeit richtigen Handelns machte ihren Gedanken klar und scharf. Vier Leichen fehlten. Irgendwer mußte sie weggebracht haben. Wahrscheinlich auf demselben Weg, auf dem die Angreifer verschwunden waren. Also wußte Kastellan Lebbick nichts über Aktivitäten von Cadwalern in Schloß Orison. Er ahnte die Wahrheit nicht einmal. Meister Eremis war in Sicherheit, und genauso Artagel — solange sie nicht die Nerven verlor.

»Sie meinen«, fragte sie mit beinahe gleichmäßiger Stimme, »Sie wollen mich foltern?«

»Denkt Euch mein Erstaunen«, erwiderte Lebbick grob, ohne direkt zu antworten, »als ich im Anschluß an die Unterredung mit Prinz Kragen erfuhr, daß Ihr von Eurem Abendmahl mit Meister Eremis und dem Mediator der Zunft *allein* zurückgekehrt«, — sein Tonfall bezeugte pure Gehässigkeit —, »und mit Blut befleckt gewesen seid.« Er stemmte die Hände in die Hüften. »Soll ich glauben, daß Prinz Kragens Leibwächter sich im Streit um Eure Gunst gegenseitig gemordet haben? Oder soll ich glauben, Ihr hättet Euch beim Lustwandeln *zufällig* in diesen entlegenen Teil Orisons verirrt, hättet *zufällig* inmitten dieser vielen Meilen von Gängen dort unten jene zwei Leichname gefunden und wärt zufällig in deren Blut, solang's noch warm war, ausgerutscht und gestürzt ... alles infolge einer ganz und gar außergewöhnlichen Verkettung von sonderlichen Umständen? Nein, edle Dame. Dergleichen werde ich mir von Euch nicht aufschwatzen lassen. Ihr seid allein und blutbesudelt in Eure Gemächer zurückgekehrt. Dennoch habt Ihr niemandem erzählt, was sich ereignet hat, wiewohl schon die bescheidenste Vernunft, wie man sie selbst irgendeinem Köter nicht absprechen mag, es Euch hätte als ratsam dünken lassen müssen, es den Schloßwachen zu melden. Darauf schlußfolgere ich, daß Ihr, was geschehen ist, geheimzuhalten wünscht. Ihr habt etwas zu verbergen. Und eben *das*, edle Dame, werde ich aufdekken.«

Die Zumutungen seines Geschimpfes hoben aus den unerforschten Abgründen in Terisas Herz unvermuteten Zorn. Wieviel Sarkasmus im Laufe eines Lebens hinzunehmen erwartete man eigentlich von ihr? »Ihre Wächter müssen sich getäuscht haben«, erwiderte sie. »Vielleicht wegen der Schatten. Ich war nicht ›blutbesudelt‹. Oder vielleicht haben sie halb geschlafen. Ich bin nie da unten gewesen. Ich habe keinen Schimmer, wovon Sie reden.«

Als sie verstummte, hätte sie am liebsten einen Freudenschrei ausgestoßen, um der Welt zu verkünden, was sie geleistet hatte.

Aber der Kastellan verhielt sich, als hätte sie kein Wort gesagt — oder als hätte er nichts gehört. »Ich bin Kastellan Schloß Orisons und Oberbefehlshaber der Landwacht, der Streitkräfte Mordants«, sagte er, indem er seine Stimme so weit senkte, daß sie an Finger erinnerte, die rührig die Stränge einer Peitsche streichelten. »Fragt Ihr Euch, wie ich in diese hohe Stellung gelangt bin? Dem liegt eine schlichte Geschichte zugrunde. Während seiner Kriege um

Mordants Freiheit fand König Joyse mich als Gefangenen in der Gefängnisgrube einer alendischen Besatzungsstreitmacht nahe der Grenze des Termigangaus vor. Damals war ich schwerlich mehr als ein Knabe und doch bereits«, — seine Kehle krampfte sich zusammen —, »seit zehn Tagen vermählt. Unsere elterlichen Familien zählten zu den Bauern und Ländlern Termigans, einem Völkchen, bei welchem man Ehen frühzeitig schließt. Seit zehn Tagen war ich vermählt — und sechs davon hatte ich in der Gefängnisgrube zugebracht. Wie's sich ergab, war der Befehlshaber der Besatzungsstreitmacht an meinem kleinen Hof vorübergeritten, hatte meine Gemahlin erblickt und nach ihr Gelüste entwickelt. Weil ich so unklug war, kein Verständnis dafür zu hegen, ward ich gefangengesetzt. Jedoch mißhandelte man mich nicht. Mir tat man nichts an.« Lebbick bleckte die Zähne. »Man machte mich lediglich zum Zuschauer, zwang mich, das Vielfältige mitanzusehen, das meinem Weib sowohl vom Befehlshaber der Besatzer wie auch etlichen seiner Untergebenen zugefügt ward. Da überraschte ein Angriff König Joyses die Besatzungssoldaten. Wir erhielten die Freiheit zurück.« Die Stimme des Kastellans klang immer brüchiger und kraftloser. »Als der König den Eifer sah, mit welchem ich am alendischen Befehlshaber Vergeltung übte, gab er mir einen Auftrag, auf daß mein Eifer sinnreich genutzt werde. Und dieweil ich für meine Aufgaben eine Begabung offenbarte, stieg ich während des Dienstes im Rang. Nun hat er den Verstand verloren«, — Lebbick flüsterte nur noch —, »und's ist meine Pflicht, sein Leben und seine Macht zu bewahren, bis der Tag anbricht, an dem er zur Besinnung kommt und all das dringlich braucht, was er mir anvertraut hat. Erzählt mir keine Lügen, edle Dame. Verschweigt Ihr mir die Wahrheit, so werde ich sie Euch entreißen.«

Terisas Kehle war während seiner Äußerungen ausgedörrt. Nur mit Mühe brachte sie eine Antwort zustande. »Der König hat Ihnen befohlen, mich in Ruhe zu lassen.«

»Edle Dame«, — Terisa empfand seinen Tonfall, als hätte er sie mit der Spitze einer Peitsche angetippt —, »mir gerät die Geduld rasch abhanden, wenn ich den Weisungen eines Wahnsinnigen Folge leisten muß. Als mein König mich zum Kastellan Schloß Orisons und Oberbefehlshaber der Landwacht erhob, befand er sich im Vollbesitz seiner Geisteskräfte. Die Verantwortung, welche er mir damals auferlegte, ist es, der ich gerecht zu werden gedenke.«

Auf seltsame Weise flößte er ihr gleichzeitig Furcht ein und rührte sie. Doch momentan konnte sie sich weder Furcht noch Mitleid gestatten. Sie mußte sich gegen ihn schützen.

»Bestimmt werden Sie das hinkriegen«, sagte sie, als wäre ihr geringes Maß an Zorn seinem Grimm gleich. »Aber ich habe den Eindruck, Sie haben Ihre moralischen Kategorien von dem alendischen Befehlshaber übernommen. Ich habe Ihnen gesagt, was ich getan habe. Ehe Sie mich 'ne Lügnerin nennen, sollten Sie mal überprüfen, ob ich nicht die Wahrheit sage. Schauen Sie sich meine Kleider an. Sie sind sauber. Erkundigen Sie sich bei Meister Eremis. *Fragen* Sie ihn. Oder sind Sie sowieso der Meinung, daß er auch 'n Lügner ist, ohne sich anhören zu wollen, was er zu sagen hat? Sie möchten sich den Dienst leichtmachen, indem Sie die schwächste Person schikanieren, die Sie finden können. Wenn Sie sich 'n bißchen anstrengen, kommen Sie vielleicht zu ganz anderen Resultaten.« Sie verstummte, hielt den Atem an, während ihr Herz raste.

Schmerzlichkeit verschleierte Lebbicks Blick. »Das ist genug, Weib«, antwortete er schwerfällig. »Wenn Ihr einmal so gelitten haben solltet wie meine Gemahlin, werde ich mir von Euch derlei Bezichtigungen anhören. Bis dahin jedoch besitzt Ihr dazu kein Recht. Ihr seid eine Feindin Mordants und König Joyses, und Ihr habt dazu kein *Recht.*«

Wieder war Terisa danach, einfach draufloszufaseln: *Ich weiß, ich weiß, ich habe kein Recht. Es war nicht so gemeint.* Der innere Druck, der sie dahin drängte, zu kapitulieren und ihm mitzuteilen, was er wissen wollte, war enorm stark, bedrohte die Klarheit ihrer Gedanken. Irgendwie gelang es ihr jedoch, der Belastung standzuhalten. »Nein, das bin ich nicht«, widersprach sie. »Ich bin niemandes Feindin. Nicht mal Ihre. Wir haben eins gemeinsam. Ich bin auch zum Zuschauen verurteilt. Ich habe hier mit nichts irgendwas zu *tun.*«

Einen Moment lang mahlten Lebbicks Kiefer, er stierte Terisa noch finsterer als vorher an, und sie dachte, er würde dermaßen zu brüllen anfangen, daß sie einfach zusammenbrechen müßte. Aber er tat es nicht. Er war gefährlicher als ein Schreihals; er wußte mit seiner Wut etwas anzufangen.

»Bleibt bei der Betrachtungsweise, welchselbige Euch beliebt, edle Dame. Ich werde mit Meister Eremis reden ... und Eure Darstellung prüfen. Ich werde ferner diesen weichhirnigen Armigite dazu *bringen*«, — er knurrte das Wort regelrecht —, »nochmals jede Einzelheit seiner Angaben mit mir durchzusprechen. Ich beabsichtige, jeden Schloßwächter Orisons zu befragen, der Prinz Kragens Leibwächtern begegnet sein mag ... oder gesehen haben könnte, wohin Ihr Euch mit Meister Eremis begeben habt. Die Örtlichkeit, an welcher die beiden Männer den Tod fanden, ist bereits von mir aufs genauste untersucht worden. Soviel Blut kann unmöglich von ihnen allein stammen. Bevor's gerann, sind wenigstens vier Personen durch selbiges Blut gelaufen. Eine davon hatte die Füße einer Dame.« Obwohl die Drohung, die er damit aussprach, sich nicht mißverstehen ließ, hob er, um sie zu unterstreichen, eine Hand in die Höhe von Terisas Wange, als fühle er sich versucht, ihr eine Ohrfeige zu geben. »Ich werde die Wahrheit erfahren. Gleich, auf welchem Weg.«

Ruckartig wandte er sich ab und ging hinaus. Die Tür schlug laut hinter ihm zu. Er war dazu fähig, eine Frau zu schlagen. Wenn Meister Eremis ihn nicht irgendwie davon überzeugen konnte, daß sie die Wahrheit gesagt hätte, würde sie ihm ausgeliefert sein.

Aber sie hatte ihren Vorsatz eingehalten. Sie hatte es geschafft, *geschafft:* Sie hatte Lebbick von den Tatsachen abgelenkt. Es gab noch Hoffnung für Mordant. Aufgrund dessen, was sie getan hatte. Sie, Terisa Morgan, eine Frau, die nie gelernt hatte, an sich selbst zu glauben. Sie hatte einen *Unterschied* bewirkt. Bei diesem Gedanken war ihr zum Singen zumute. Sie malte sich aus, sie träte ans Fenster, schwänge die Fensterflügel auf und verkünde der Welt drunten (dem schlammigen Innenhof, den schneebedeckten Dächern, den Schornsteinen, aus denen Rauch quoll, den Posten, die auf den Zinnen patrouillierten): Ich hab's geschafft! Ich habe den Kastellan belogen! Aber diese Vorstellung kam ihr selbst derartig lächerlich vor, daß sie lachte.

Sie amüsierte sich so darüber, daß das dringliche Klopfen an ihre Tür ihr die Laune nicht verdarb. »Herein!« rief sie, ohne zu zögern, ohne sich nur zu fragen, wer ihr diesmal einen Besuch abstatten könnte.

Es war Meister Eremis. Wieder brachte er Geraden mit.

Die Miene des Adepten widerspiegelte Ratlosigkeit; anscheinend wußte er nicht, weshalb der Meister ihn mitgenommen hatte. Terisa empfand bei Geradens Anblick spontane Freude. Obwohl sie ihm nicht verraten durfte, was sie eben geleistet hatte, stand es ihr frei, ihm zuzulächeln, und sie tat es mit ungewohnter Fröhlichkeit. Trotz seiner Verwirrung erwiderte er ihr Lächeln, dann blickte er hinterrücks Meister Eremis an und zuckte mit den Schultern. Der Imagomant trug eine dermaßen bitterböse Grimasse zur Schau, als wäre er in Wirklichkeit so glücklich wie nie zuvor im Leben und hätte um jeden Preis zu vermeiden vor, daß irgend jemand es merkte.

Hastig schloß er die Tür und eilte auf Terisa zu. Eine Elektrizität der Aufregung und Eindringlichkeit schien von ihm auszugehen und hatte zur Folge, daß das bloße Zusammensein mit ihm im selben Raum ihre Nerven gereizt, fiebrig zu machen schien, als müsse sie jeden Moment hochfahren. »Der Kastellan«, wandte Eremis sich halb im

Flüsterton an sie, während er die Pfauenteppiche überquerte. »Eben war er bei Euch. Warum?« Die Frage verschloß ihr die Kehle, als ob Hände ihre Luftröhre umklammerten. Ihr war sofort klar, was er wissen wollte: nämlich wieviel von seinem nächtlichen Tun Lebbick erfahren hatte. Doch Terisa wußte nicht, wie sie antworten sollte. Geraden blickte sie an, durch ihre Bestürzung erschrocken und beunruhigt. Man hatte sie gewarnt, sie solle ihm alle Kenntnisse vorenthalten. Aber wie konnte sie jetzt eine Antwort geben, ohne sein Leben zu gefährden — und wie, ohne preiszugeben, was der Meister zu erreichen versuchte? Sobald Eremis vor ihr stand, faßte er sie an den Schultern, packte sie so roh, daß er sie fast von den Füßen hob. »Sprecht!« fauchte er sie wütend an. Seine Augen funkelten. »Warum war Lebbick hier?« Terisa nahm seinen Einfluß für einen Moment — vielleicht ein, zwei Herzschläge lang — derartig stark wahr, daß fast der unvernünftige Wunsch sie überwältigte, ihn zu fragen: Warum haben Sie mich gestern abend allein gelassen? Ich hatte vor, zu Ihnen mitzugehen. Doch er brauchte mehr als das von ihr. Und Geraden schaute, hörte zu. Er hatte etwas anderes verdient — auf keinen Fall, nochmals von ihr gekränkt zu werden.

»Er weiß nichts«, gab sie mit möglichst deutlicher Stimme Auskunft, indem sie den seltsamen Blick des Meisters erwiderte.

»Nichts?« Eremis' Brauen rutschten aufwärts, er lockerte den Griff an Terisas Schultern. »Weshalb hat er Euch denn aufgesucht?«

Da steigerte sich Terisas Anspannung zur Furcht. Plötzlich sah sie die Situation um eine Dimension der Ungewißheit bereichert. Vielleicht wußte Meister Eremis gar nicht, was geschehen war, nachdem er die Zusammenkunft verlassen hatte. Falls es sich so verhielt, mußte sie es ihm erzählen, ihn darauf hinweisen, daß Fechtschüler des Monomachs Großkönig Festtens die Möglichkeit besaßen, im Innern Schloß Orisons nach Lust und Laune aufzutauchen und zu verschwinden. Aber auch darüber durfte sie nicht in Geradens Anwesenheit reden.

Geraden beobachtete sie voller unverhohlener Sorge. Wenn ihn auf persönlicher Ebene die Tatsache störte, daß sie und Meister Eremis gemeinsame Geheimnisse hatten, blieb sein Verdruß jedenfalls zweitrangig hinter seiner direkten Besorgnis um sie.

Terisa durfte weniger aussprechen, als sie zu sagen hatte. »Die Wächter haben ihm gesagt«, antwortete sie, bemühte sich um Nonchalance, »daß ich mit Ihnen weggegangen«, — ihr Blick huschte hinüber zu Geraden —, »und allein zurückgekehrt bin. Das hat ihn neugierig gemacht.«

Der Meister musterte sie noch eine Sekunde länger, versuchte den Wahrheitsgehalt ihrer Aussage zu ergründen. Dann ließ er sie los, drehte sich um und fing zu lachen an, als hätte er sich noch nie so köstlich vergnügt. »Neugierig?« prustete er. »Der alte Lüstling! Ich will Golddublonen gegen Kupferpfennige wetten, daß er mehr war als nur neugierig. Er muß aufs leidenschaftlichste *wißbegierig* gewesen sein.« Geraden schaute fort. Auf seinem Gesicht breitete sich dunkles Rot aus. Plötzlich schämte sich Terisa. Zum Glück verebbte Meister Eremis' Heiterkeit schnell. »Nun wohl, so haben die Sterne uns denn gelächelt«, sagte er, verfiel wieder in Hast. »Ich bin mir ganz darin sicher, daß Fayle mit dem König gesprochen hat. Daraus folgt, daß der König zu Lebbick schweigt. Entweder hat unser ruhmreicher Oberherr das Vermögen verloren zu verstehen, was ihm zugetragen wird, oder er glaubt's nicht, oder er vermag sich zu keinem Entschluß durchzuringen. Wir müssen handeln, solange er uns eine Frist läßt.« Ohne weitere Umstände beeilte er sich zur Tür. »Die Meister versammeln sich«, sagte er über die Schulter. »Kommt!« Terisa blieb stehen, wo sie stand. Das alles lief ihr zu schnell ab. Noch immer empfand sie unklare Scham. Und sie hatte Meister Eremis längst nicht all das mitgeteilt, was er wissen mußte. Und wieso trat die Zunft so überstürzt zusammen? Hatte Meister Eremis sie gestern abend nicht mehr daran hindern können, die Translation des Kämpen vorzunehmen? Was hatte sich seitdem geändert? Meister Eremis war jedoch nicht zu warten bereit. »Geraden«, schnauzte er auf der Schwelle, »bring sie mit!« Damit stapfte er hinaus.

Geradens Blick fiel wieder auf Terisa, und er wandte sich nun gleichfalls in hastigem Geflüster an sie, als würde die Äußerung aus ihm herausgepreßt. »Terisa, *was* geht vor?«

»Ich kann's Ihnen nicht verraten«, entgegnete Terisa. Sie versuchte, sich unmißverständlich auszudrücken. »Ich möchte es ja, aber ich darf's nicht.« Hauptsächlich jedoch kam es ihr darauf an, ihn zu beruhigen. »Ich habe keine Ahnung, worüber er gelacht hat. Ich war letzte Nacht nicht mit ihm zusammen.«

Erneut blickte Geraden zur Seite. Zuerst dachte Terisa, er gräme sich noch; aber dann begriff sie, daß er nur versuchte, seine Erleichterung zu verbergen. Als er sich ihr wieder zudrehte, hatte sich seine Miene normalisiert. »Wir sollten gehen.« Er bemühte sich, nicht zu lächeln. »Er hat mir befohlen, Euch mitzunehmen. Ich werde nicht viel länger Adept sein, sollte ich mich vermessen, damit zu beginnen, bereits solchermaßen schlichte Anweisungen nicht auszuführen.«

Jetzt fühlte Terisa sich besser. »Na schön«, antwortete sie. »Ich weiß wirklich nicht, was die Zunft machen will. Aber's ist wohl gescheiter, wir vermeiden unnützen Ärger.« Sie genoß sein widerwilliges, einfältiges Grinsen, als sie seinen Arm nahm. Gemeinsam folgen sie Meister Eremis.

Auf der steinernen Treppe vermißte Terisa ihre Mokassins. Sie waren wärmer und für die Füße bequemer als die feinen Halbstiefel, die Saddith ihr beschafft hatte. Ihr Unbehagen war jedoch nicht so stark, daß sie sich dazu entschlossen hätte, ins Quartier umzukehren und die Hausschuhe anzuziehen.

Als sie und Geraden den Turm verließen und in die Hauptkorridore gelangten, holten sie Meister Eremis ein: er war stehengeblieben, um sich mit jemandem zu unterhalten. Zunächst konnte Terisa nicht erkennen, um wen es sich bei dieser Person handelte, weil Eremis' Gestalt die Sicht versperrte; doch sobald sich der Blickwinkel änderte, erkannte sie Artagel.

»Das ist Artagel«, raunte Geraden flugs. »Ich habe ihn einmal erwähnt. Er ist einer meiner Brüder. Um Euch ein gewisses Maß an zusätzlichem Schutz zu gewähren, bin ich mit der Bitte an ihn herangetreten, auf Euch Obacht zu haben. Müßten wir uns um Meister Eremis willen nicht sputen, nun wäre die Gelegenheit da, um ihn Euch vorzustellen.«

Seine Worte versetzten Terisa in einen Zustand erhöhter Wachsamkeit. Also hatte Artagel seinem Bruder nicht von den Vorfällen des gestrigen Abends erzählt. Und wenn er Geraden nichts anvertraut hatte, dann wahrscheinlich auch sonst niemandem. Es bestand tatsächlich die Möglichkeit, daß Meister Eremis über den Überfall nicht Bescheid wußte.

Artagel lehnte gelassen an der Wand, ein Lächeln auf den Lippen, das Schwert unübersehbar an der Hüfte. Anscheinend schmunzelte er höflich über etwas, das der Imagomant zu ihm gesagt hatte. Meister Eremis schüttelte den Kopf. »Artagel, Artagel«, murmelte er kummervoll, »ich wähnte, wir seien Freunde.«

»Ich wähnte desgleichen.« Artagels Lächeln hätte genausogut eine Beleidigung sein können. »Doch Geraden versichert mich dessen, daß Ihr sein Freund nicht seid … und drum bin ich nicht Euer Freund.«

Der Meister richtete einen Blick, den Terisa nicht zu deuten verstand, auf Geraden. Dann schaute er wieder Artagel an. »Laßt Ihr Euch Eure Freunde stets durch ihn erwählen?«

Unbekümmert lachte Artagel auf. »Immer. Er ist mein Bruder.«

Einen Moment lang stand Meister Eremis reglos da. Er zeigte Terisa den Rücken, so daß sie nur Artagels Gesicht sah. Irgendwie verstärkte die Mischung aus Zuversicht und Frohsinn in seinen Augen die Ähnlichkeit mit seinem Bruder. Unvermittelt setzte Eremis seinen Weg fort. »Geraden täuscht sich«, beteuerte er, als er sich zum Gehen wandte. »Ich bin ein besserer Freund, als er vermeint.«

Artagel schaute an Geraden und Terisa vorbei, zuckte geschmeidig die Achseln. »Er wünscht mich zu mieten«, bemerkte er, als spräche er zur Luft. »Er ist der Ansicht, Schutz zu benötigen. Ausgerechnet auf Schloß Orison. Ich frage mich, wovor er sich fürchtet.«

Geraden schnob. »Mag sein, vor seinen Freunden.«

Artagel lächelte noch immer. »Da wir just von Freunden Rede führen, wußtest du, daß Nyle hier ist?«

»Nein.« Geradens Antwort klang nach ehrlicher Überraschung.

»Durch Zufälligkeit bin ich ihm begegnet. Es hatte den Anschein, als wäre er nicht sonderlich erfreut über unser Zusammentreffen gewesen. Mir gelang's jedoch, ihm das Zugeständnis zu entlocken, daß er sich schon seit acht oder zehn Tagen zu Orison aufhält. Ich vermag mir nicht vorzustellen, weshalb er mitten im Winter eine derartige Reise unternommen haben könnte. Er behauptete, er hätte lediglich das Bedürfnis verspürt, eine Zeitlang von Houseldon fort zu sein.«

»Das klingt geradeso wie eine Ausrede für einen deiner Streifzüge«, äußerte Geraden unterdrückt. »Es muß so sein, daß er sich versteckt. Gegenteiligenfalls wäre auch ich ihm begegnet. Vermutest du, daß er in irgendwelchen Schwierigkeiten steckt?«

»An derlei habe ich nicht gedacht.« Artagel stieß sich von der Wand ab. »Du solltest gehen. Meister Eremis ist heute ungeduldig und in ungnädiger Stimmung. Edle Dame ...« Er verneigte sich vor Terisa und schlenderte langsam den Korridor hinunter, in Gegenrichtung zum Laborium.

Geraden zog Terisa sofort weiter. »Er hat recht. Es ist klüger, wir lassen Eile walten.«

Terisa beeilte sich, so sehr ihr Kleid es zuließ, doch ihr Hirn schien zu kreiseln. »Ist Nyle nicht einer Ihrer anderen Brüder?« fragte sie einen Moment später. »Wieso sollte er mitten im Winter herkommen und dann versuchen, nicht von Ihnen gesehen zu werden?« Geraden hob die Schultern, ohne Terisa anzuschauen, als quäle ihn die Frage. Sie verzichtete darauf, ihn zum Antworten zu drängen. »Was für 'ne Art von ›Streifzügen‹ unternimmt Artagel?« erkundigte sie sich statt dessen.

Diese Frage erwies sich als unverfänglich. »Habe ich Euch davon nicht erzählt? Er sagt von sich selbst, er sei zu stark aufs Gemütliche aus, um ein regelrechter Soldat zu werden, doch die Wahrheit ist: Es ist ihm zuwider, Befehle entgegenzunehmen. Deshalb erledigt er für Kastellan Lebbick eine Art von ganz besonderen Aufträgen, etwas das man Stückwerk heißen könnte. Sobald ihm danach der Sinn steht, meldet er sich freiwillig für derlei Zwecke. Der Kastellan sendet ihn an Orte überall in Mordant — und wahrscheinlich auch nach Cadwel und Alend, jedoch wird darüber niemals laut gesprochen. Vor wenigen Tagen erst kehrte er von der Erfüllung der Aufgabe zurück, die Umtriebe eines Schmugglers zu endigen, welcher Ernteerträge Mordants an Großkönig Festtens Heeresversorger verschacherte. Als ich vernahm, daß er zu Orison weilt, vermochte ich nicht der Versuchung zu widerstehen, ihn um ein wenig Beistand zu bitten. Habe ich erwähnt, daß er der beste Fechter Mordants ist?«

Terisa warf ihm einen Blick der Betroffenheit und des Mitgefühls zu, den er — zum Glück — nicht bemerkte. Sein Bruder mochte der tüchtigste Fechter in Mordant sein, aber der Mann in Schwarz war besser. Die Vorstellung, daß Artagel von einem Mann im Fechten geschlagen werden konnte, der dazu imstande war, in Orison zu kommen und zu gehen, wie es ihm paßte, verursachte ihr ein Schaudern des Unbehagens.

Wenig später durchquerten sie und Geraden den leeren Tanzsaal, hinter dem ein Korridor ins Laborium führte. Sie stiegen die Treppe in den einstigen Kerker hinab. Bald durchmaßen sie den Gang zum Versammlungssaal der Zunft. Voraus betraten Eremis und ein anderer Meister das Gewölbe. Die Wächter salutierten mit aller Korrektheit; ihnen ließ sich nicht anmerken, ob König Joyse oder Kastellan Lebbick vom Treiben der Imagomanten wußten. Trotzdem verspürte Terisa unwillkürlich eine Verengung des Brustkorbs, als sie und Geraden sich Meister Eremis anschlossen.

Nach ihr und Geraden trafen noch zwei, drei Meister mehr ein; danach schloß man die Türen und verriegelte sie, und die Imagomanten sammelten sich im Kreis der Sitzbänke zwischen den Säulen. Terisa erkannte inzwischen immer mehr von ihnen vom Sehen. Alle bereits bekannten Gesichter waren da. Ausgenommen Meister Quillon. Das überraschte Terisa. Sie hatte erwartet ... Nein, er war da, hockte schon — in einigem Abstand — auf einer Bank. Sein Kopf nickte abwärts, als schliefe er halb. Er war der einzige Anwesende im Saal, der Geraden, Terisa und Meister Eremis nicht in diesem oder jenem Grad der Verwirrung, Neugier oder Empörung anstarrte. Die Helligkeit der Öllampen flackerte, gab den Meistern ein hohlwangiges Aussehen, bewirkte Rötlichkeit in ihren Augen, so daß sie Gespenstern ähnelten.

Aber die freie Mitte des Saals zog Terisas Aufmerksamkeit an. Einige Meister, die im Weg standen, nahmen Platz; andere wichen beiseite, als sich Eremis näherte. Terisa sah den hohen Spiegel, den man auf den niedrigen Podest gestellt hatte: den Spiegel mit dem Kämpen.

Die Szene im Glas hatte sich verändert; das Raumschiff war fort. Hatte Geraden nicht gesagt, die Spiegel würden auf *Örtlichkeiten* gerichtet, nicht auf *Personen*? War das Raumschiff gestartet? Oder befand es sich nur nicht länger im Sichtbereich? Die fremdartige Landschaft wirkte jedenfalls wie vorher, obwohl einige Details sich geändert hatten; sie war kahl, rötlich-trüb beleuchtet und umfaßte nichts als zerklüftete alte Felsen und Sand unterm Licht einer sterbenden Sonne.

Die metallischen Gestalten drängten sich in der Mitte des Imagos — und nun kämpften sie um ihr Leben. Schwarze Flammen, scheinbar flüssig wie Wasser und flexibel wie Peitschen, waberten von allen Seiten auf sie zu. Drei oder vier Tote lagen im Umkreis, ihre Panzer, ihr Fleisch qualmten noch aus großen unregelmäßigen Einschußlöchern. Die übriggebliebenen Männer benutzten Felsen als Deckung, so gut es möglich war, und wehrten sich gegen die schwarzen Flammen mit ununterbrochenem Feuer aus ihren Waffen. Nach wie vor stach der Kämpe von den anderen Gepanzerten ab. Seine Gesten lenkten das Feuer seiner Kameraden und sein riesengroßes Gewehr verschoß Eruptionen, die die Ränder der sichtbaren Umgebung umpflügten. Diesmal vermittelte er einen Eindruck von Verzweiflung, den Terisa zuvor nie bemerkt hatte. Zum erstenmal vergegenwärtigte sie sich, daß auch er jemand war, der unterliegen konnte.

Meister Eremis betrachtete seine Lage jedoch unter anderen Gesichtspunkten. »Vortrefflich«, sagte er, rieb sich lebhaft die Hände. »Ob er nun ein eigenständiges Dasein besitzt oder eine Schöpfung des Spiegels ist, er wird keine Veranlassung haben, um sich über unsere Translation zu beklagen.«

»Meister Eremis, Ihr maßt Euch zuviel an!« Neben dem Spiegel stand der Mediator der Zunft, beide Fäuste in die Hüften gestemmt, und das wie Kiefernholz gelbliche Gesicht fleckig aus äußerster Wut. Allem Anschein nach hatte sich seine Furcht vor dem, was Meister Gilbur und andere Zunftmitglieder beabsichtigten, in eine Ballung von Grimm verwandelt. »Eure Überheblichkeit ist eine unverfrorene Herausforderung. Ihr ruft uns in höchster Hast zusammen, Ihr laßt diesen Spiegel hier aufstellen, und von neuem bringt Ihr ohne unser aller Einwilligung Geraden zur Versammlung mit, als hätten wir bereits über unser

Vorgehen entschieden. Aber es ist noch *keine* Festlegung hinsichtlich unseres künftigen Handelns getroffen. Ihr seid damit betraut worden, in unserem Namen mit den Gauherren zu sprechen. Bislang habt Ihr uns nicht über das Ergebnis selbiger Zusammenkunft unterrichtet. Ihr habt uns keinerlei Aufschluß darüber erteilt, was besprochen worden ist, welche Haltung die Gauherren einnehmen. Über unsere weitere Handlungsweise kann nicht entschieden werden, bevor wir — sowohl von Euch wie aus Meister Gilburs Mund — einen vollständigen Bericht vernommen haben. Auch diese Dame«, — er meinte Terisa —, »ist hier zur Gänze fehl am Platze. Macht Eure Anmaßung rückgängig, indem Ihr sie und den Adepten fortschickt.«

»Ach was, Anmaßung!« ertönte die rauhe Stimme Meister Gilburs, ehe Eremis antworten konnte. »Hier geht's nicht um Anmaßung. Es geht ums Überleben. Wir müssen handeln oder sterben. Laßt davon ab, die Lage zu beschönigen, Barsonage. Das Weib zählt nicht. Geraden hingegen sehr wohl. Schaut ihn Euch an!« Mit einer seiner kraftvollen Hände vollführte er eine Gebärde, die einem Zuhacken glich. Alle Augen im Saal richteten sich auf den Adepten. »Er ist täppisch und vom Unheil verfolgt. Aber dumm ist er nie gewesen. *Schaut* ihn Euch an!« Geraden schien gar nicht zu merken, wie man hier über ihn redete. Er kaute auf der Unterlippe, überlegte so angestrengt, daß er momentan Augen wie ein Besessener hatte. »Wo sonst wünscht Ihr ihn zu haben? Ihr habt bereits alles ausgeplaudert, was er wissen muß, und binnen eines Weilchens wird er die Tragweite dessen begreifen, was wir im Sinn haben — und dann wird er sich schnurstracks zum König begeben, um es ihm zu enthüllen. Hier dagegen kann er zumindest niemandem etwas kundtun.«

Als wollte er Gilburs Ansicht bestätigen, wandte sich Geraden mit einem Ruck Terisa zu. In diesem Moment schien es, als existiere für ihn sonst niemand. Seine Erkenntnisse lösten bei ihm Fassungslosigkeit aus. »Ist's das, war Ihr mir nicht mitteilen zu können glaubtet?« flüsterte er. »Die Zunft hat beschlossen, den Kämpen zu uns zu holen? Und Meister Eremis hatte eine Zusammenkunft mit den Gauherren?« Einen Augenblick später zog er weitergehende Schlußfolgerungen. »Aber man hat bis nach der Zusammenkunft gewartet. Meister Eremis nahm daran teil, um irgendein Bündnis vorzuschlagen. Die Zunft und die Gauherren gemeinsam wider König Joyse?« Terisa konnte ihm nicht helfen. Das Herz hämmerte ihr im eigenen Hals, als sie spürte, wie sich plötzlich ringsherum Gefahr zusammenbraute, aber es gab nichts, das sie zu tun vermocht hätte. »Ich muß ihn warnen.«

So flink, daß sie nicht einmal eine Chance zu dem Versuch hatte, ihn aufzuhalten, lief Geraden zur nächsten Tür. Mit ungeahnter Behendigkeit rannte Meister Gilbur dem Adepten nach. Um ihn fassen zu können, versetzte Gilbur ihm hinterrücks einen Schlag. Der Hieb hatte das Resultat, daß Geraden stolperte, an eine Säule prallte und längs auf den Fußboden stürzte. Unverzüglich krallte Gilbur eine klobige Faust ins Rückenteil von Geradens Lederwams, zerrte ihn auf die Beine. »Nein, Bursche«, rasselte seine Stimme. »Du hast zuviel gehört. Nun wirst du alles mitanhören dürfen.«

Aus Geradens Schläfe sickerte Blut. Der Anprall seines Kopfs hatte an der Säule einen kleinen roten Fleck zurückgelassen. Einen Moment lang wehrte er sich, als bräche ihm das Herz. Doch es gelang ihm nicht, sich Gilburs starkem Griff zu entwinden, und das Wams riß nicht. Alle Widerstandskraft verließ ihn, er ermattete und fügte sich. Terisa war danach zumute, mit Meister Gilbur Streit anzufangen. Der Umstand, daß sie Geradens Einstellung für falsch hielt, bedeutete für sie keinen Unterschied. Bekümmert stellte sie sich seinem stummen Schmerz. »Entschuldigung.«

»Es ist nicht Eure Schuld«, antwortete er schlaff. »Jemand hat Euch eingeredet, man würde mich meucheln, wüßte ich, was geschieht. Wer's auch gewesen sein mag, er trägt die Schuld.«

Rasch blickte Terisa sich um. Meister Quillon hatte nicht den Kopf gehoben. Meister Eremis' Miene jedoch zeigte eine Anwandlung aufrichtiger Überraschung. Aber er faßte sich rasch. »Damit ist ihr die Wahrheit gesagt worden, Geraden«, erklärte er, indem er einen finsteren Gesichtsausdruck aufsetzte. »Freilich, du wirst's nimmer glauben ... und doch, ich habe dich in diese Versammlung mitgenommen, um dein Leben zu schützen. Nun darfst du nicht fort, und dein Leben wird dir erhalten bleiben.« Dann wandte er sich unverzüglich an die restlichen Imagomanten. »Ihr Meister, wenn's Euch beliebt, nunmehr Platz zu nehmen und für die Dauer meiner Darlegungen Ruhe zu wahren, werde ich Euch berichten, was sich anläßlich meines Zusammentreffens mit den Gauherren ereignet hat ... und Euch erläutern, warum wir unseren Entschluß, den Kämpen durch Translation zu uns zu befördern, ohne Aufschub in die Tat umsetzen müssen.«

Sein Benehmen war gebieterisch, er verbreitete eine Atmosphäre von Dringlichkeit. »Nun wohl«, quetschte Meister Barsonage nach einem Moment des Schweigens durch die Zähne, »soweit will ich mich Euch anschließen, Meister Eremis. Aber es gibt vieles, von dem ich erwarte, daß Ihr uns dazu Erklärungen vortragt.« Mit vergrämter Miene des Verstimmtseins überließ er die Mitte des Kreises aus Sitzbänken Eremis. Die übrigen Meister ahmten sein Beispiel nach. Terisa erhaschte Geradens Arm, ehe sie durch das Gedränge voneinander getrennt werden konnte. Meister Gilbur, der Geraden wachsam im Griff behielt, brachte ihn zu einer Bank, und Terisa setzte sich neben ihn. Unterdessen ging Meister Eremis zu dem Podest. Dort begann er fast ohne Verzögerung zu reden.

»Ihr Meister, es ist mir möglich, Euch die erwünschte Klarheit in aller Einfachheit zu geben.« Er sprach leise, doch die Echos seiner Worte schienen bis in die entferntesten Winkel des Saals zu dringen. »Die Zusammenkunft mit den Gauherren mußte ohne greifbares Ergebnis abgebrochen werden, dieweil selbige Herren uns nicht trauen.

Sie glauben, wir dienten allein König Joyse und hätten lediglich vor, sie in eine Falle zu locken … oder sie glauben, wir wirkten ausschließlich zu unseren eigenen Gunsten und sännen darauf, sie unseren eigennützigen Zwecken dienlich zu machen.«

»Und da bezichtigt man Meister Eremis der Überheblichkeit«, bemerkte dazu ein jüngerer Imagomant. »Sollen die Gauherren etwa als nicht überheblich gelten?«

»Keine Bange«, flüsterte Terisa so leise wie möglich Geraden ins Ohr. »König Joyse weiß schon Bescheid.« Verdutzt starrte er sie an.

»Naturgemäß verliefen die Verhandlungen selbst weniger einfach«, sprach Meister Eremis in abschätzigem Sarkasmus weiter. »Zuvor jedoch muß ich bekennen, ich bin noch weitaus ›anmaßender‹ gewesen, als Ihr wähnt. Als ich vom üblen Ablauf seiner Audienz beim König erfuhr, lud ich auch Prinz Kragen zu der Zusammenkunft ein.« Bei diesem Geständnis merkten etliche Meister auf. Jetzt gehörte Eremis die vollkommene Aufmerksamkeit der Zunftversammlung. Der Mediator widmete ihm einen Blick höchster Wut, äußerte sich jedoch nicht. »Ich wiche vom Gebot der Ehrlichkeit ab, wollte ich behaupten, ich wäre einem Abgesandten des alendischen Monarchen Vertrauen zu schenken imstande. Doch er beharrt darauf, daß Alend Frieden anstrebt. Und ich bin durchaus davon überzeugt, daß der Monarch uns vor dem Zugriff Cadwals zu bewahren gedenkt. So erwog ich denn, daß Prinz Kragens Gegenwart im ärgsten Fall keinen Schaden anrichten, im günstigsten Fall aber in ein weit stärkeres Bündnis münden möchte, als ein Bund bloß zwischen der Zunft und den Gauherren es sein könnte.«

»Er weiß es von Fayle«, wisperte Terisa Geraden zur Erklärung zu. »Wenigstens weiß er von der Sache mit dem Kämpen. Aber nichts über das geheime Treffen.«

»Und warum …?« Im ersten Moment vergaß Geraden zu flüstern. Die scharfen Blicke vieler Meister — und Meister Gilburs in sein Wams geklammerte Faust — erinnerten ihn rechtzeitig wieder daran. »Warum schreitet er nicht ein?«

»Ihr überbietet Euch selbst, Meister Eremis«, sagte Meister Barsonage sichtlich besänftigt. »Ihr seid ein durch und durch vermessener Mensch ... aber kein Mann von schwerfälligem Verstand. Ich sah Anlaß zu der Befürchtung, daß Euer gewagtes Handeln die Gauherren dagegen abgeneigt machte, Euch Gehör zu schenken. Bin ich einem Irrtum erlegen?«

Eremis seufzte. »Das ist die zweite Angelegenheit, welchselbige ich klarstellen muß. Die Gauherren brachten fürwahr wenig Bereitwilligkeit auf, mir Gehör zu schenken, allerdings keineswegs aufgrund der Anwesenheit Prinz Kragens. Im Gegenteil, ich vermute, sie hätten ihm ihr Ohr geliehen, wäre nicht *ich* zugegen gewesen. Ihr Haß auf Alend ist geringer als ihr gegen uns Imagomanten gerichteter Argwohn.« Mehrere Meister bekundeten Überraschung. Einige murmelten gepreßt Flüche. Doch Meister Eremis hob die Hände, um zur Zurückhaltung zu mahnen. »Ich will nicht ungerecht sein. Prinz Kragen hegte an unserem Vorschlag erhebliches Interesse. Auch bei Perdon fanden wir damit Anklang, ja sogar eifrige Billigung. Was jedoch die anderen Gauherren anbetrifft ...« Er zuckte mit den Schultern. »Armigite ist zu arm im Geiste, um entschiedenen Sinnes zu sein. Tor hatte seinen Geist im Wein ertränkt.«

»Kapieren Sie nicht?« raunte Terisa, versuchte sich Geraden begreiflich zu machen. »Deshalb hat Meister Eremis keine Wahl.«

Zermürbung trübte nun Geradens Blick. Anscheinend wollte er sie einfach nicht so gut verstehen, wie er sie verstand.

»Ich glaube, unter günstigeren Umständen hätte Termigan überredet werden können«, fügte Eremis hinzu. »Gemeinsam mit ihm und Perdon wären wir, mag sein, genug gewesen. Wir hätten jedenfalls eine Grundlage geschaffen, auf welcher zu bauen möglich geworden wäre.

Doch dank Fayles Vorurteile wider die Imagomantie steht's nun alles hoffnungslos.«

»Fayle?« fragte Meister Barsonage. »Er hat den Ruf, ein Mann der Vernunft zu sein.« Auch Meister Quillon schenkte der Unterhaltung jetzt volle Beachtung. Seine Augen glommen, gleichgültig was er ansah.

»O gewiß, er ist *vernünftig*«, meldete sich Meister Gilbur zu Wort, »wenn Ihr's vernünftig nennt, daß er alles verwirft, was wir vorzuschlagen haben, allein dieweil wir beabsichtigen, die Translation des Kämpen ohne König Joyses Einwilligung zu vollziehen.«

»Sprecht Ihr im Ernst?« wollte ein anderer Meister wissen. »Was wähnte er denn, weshalb die Zusammenkunft im geheimen stattfand. Warum hat er Eure Einladung angenommen, wenn des Königs Zustimmung für ihn so großes Gewicht besitzt?«

»Um uns zu belauschen«, brummte Meister Gilbur. »Warum sonst?«

Der Mediator war völlig entgeistert. »Ist das wahr?«

»Es ist's«, bestätigte Meister Eremis mit Nachdruck. »Er gab offen seine Absicht zu, König Joyse von unseren Plänen zu unterrichten, auf daß wir jeglicher Ausübung unseres freien Willens und jedweder Anwendung unseres eigenen Urteilsvermögens enthoben würden.«

Seine Äußerungen schreckten Terisa aus ihrer ganz Geraden gewidmeten Konzentration. So war es doch nicht wirklich, dachte sie. Oder doch? Aber es mußte so gewesen sein. Je genauer sie sich zu entsinnen versuchte, um so mehr fühlte sie sich mit Meister Eremis' und Meister Gilburs Betrachtungsweise einig. Sie mußte durch ihre persönliche Reaktion auf Fayles würdevolles Gehabe irregeführt worden sein.

»Und wieso hat dann der König«, fragte unerwartet Meister Quillon nach, »bislang nichts unternommen, um uns zu hindern?«

In plötzlicher Verärgerung fuhr Meister Eremis herum, drehte sich Quillon zu. »Ihr mutet mir zu, *seine* Entscheidungen zu erklären? Stünde *so etwas* in meiner Macht, ich wollte Mordant mit Leichtigkeit erretten!«

»Es ist uns verwehrt, sie zu erklären«, sagte der Imagomant, der kurz zuvor gesprochen hatte, im Tonfall des Drängens. »Es gilt zu handeln, bevor Lebbick und seine Männer kommen und alles vereiteln.«

Geradens Gesicht hatte einen Ausdruck innerer Verbissenheit, als höre er mit größtmöglicher Aufmerksamkeit zu. »Nun wohl.« Schwerfällig stand Meister Barsonage auf. »Ich habe mich bis zur Stunde auf alles eingelassen.« Er wirkte wie jemand, der eine Niederlage erlitten hatte; selbst seine Brauen schienen zu welken. »So kostet's mich nun wenig, auch das Erfordernis zur Eile zuzugestehen. Meister Eremis, sprecht in aller Kürze und Klarheit. Wie lautet Euer Vorschlag?«

Eremis wandte sich zum Mediator um. Die Weise, wie er sich drehte, seine Haltung ausbalancierte, sich Meister Barsonage zukehrte, vermittelte einen Eindruck derartiger geballter Kraftfülle, daß er Funken zu sprühen schien. Seine Miene bezeugte so viel Anspannung, daß Terisa sie nicht durchschauen konnte. »Er lautet, die Translation des Kämpen auszuführen«, sagte er. »Und zwar ohne Verzug.«

Meister Barsonage nickte. Einen Moment lang schwieg er. »Warum?« fragte er dann.

Darauf jedoch war Meister Eremis vorbereitet. »Um unsere Vertrauenswürdigkeit unter Beweis zu stellen. Man schenkt uns kein Gehör, weil der Glaube vorherrscht, wir wähnen auf nichts denn unseren Vorteil. Oder weil wir, Werkzeuge des Königs, welche wir sind, letztendlich geistig ebenso wie er abgeirrt seien.« Er erhöhte die Lautstärke seiner Stimme, so daß sie in den Gewölben des Versammlungssaals tönte und hallte, als erklängen Trompeten und Orgel. »Es mangelt uns an Mitteln und Wegen, um vom Gegenteil zu überzeugen, solange wir keine eindeutige, selbstlose Maßnahme zu Mordants Schutz ergreifen. Allein indem wir aus eigenem Antrieb der Gefahr entgegentreten, ist's uns zu beweisen gegeben, daß wir des Vertrauens würdig und als Bundesgenossen wünschenswert sind.« Möglicherweise hätte diese Begründung genügt, um sein Ziel zu erreichen. Terisa jedenfalls langte sie; sein Schwung, seine leidenschaftliche Argumentation rissen sie mit. Aber Meister Gilbur ließ es nicht dabei.

»Des weiteren müssen wir die Möglichkeit berücksichtigen«, krächzte seine Stimme, »daß Prinz Kragen und die Gauherren aufgrund gänzlich andersartiger Beweggründe an der Zusammenkunft teilgenommen haben. Die Zunft ist durch König Joyse geschaffen worden. Damit hat er Cadwal und Alend ein Vorbild gezeigt. Sie glauben, man könnte uns nach Gutdünken benutzen, darum trachten sie einander durch Intrigen zu übervorteilen, um uns in die *Gewalt* zu bekommen.« Erbittert verkrampfte er vor sich auf dem Geländer die Hände zu Fäusten. »Sie wollen uns ihrer Verfügung unterwerfen, als wären wir Gegenstände, keine Menschen. Wir haben weder Schwerter noch Soldaten.« Seine Stimme rief weniger Hall hervor, klang jedoch kraftvoll genug, um aufzurütteln. »Wir werden uns nie und nimmer schützen können, *beweisen wir nicht unsere Macht!*«

Während des Schweigens, das sich seinen Worten anschloß, hörten sämtliche Anwesenden das Hämmern an den Eingang. Anscheinend klopfte jemand mit einem Schwertknauf oder dem unteren Ende einer Pike ans Holz. Und jeder hörte auch den Befehl, der dem Pochen folgte. »Im Namen des Königs, öffnet die Tür!«

Terisa hatte nur einen Sekundenbruchteil lang Zeit, um sich zu fragen, weshalb König Joyse auf einmal von seiner Passivität abwich. Da ruckte Geradens Kopf empor. *»Der Kastellan.«* Er versuchte aufzuspringen. »Kastellan Lebbick!« schrie er. »Brecht die Tür auf! Greift ein!«

Gilbur riß ihn zurück. Mit steinharter Faust gab der Meister ihm einen dermaßen wuchtigen Hieb gegen die Seite des Schädels, daß Geradens gesamte Gestalt schlakkerte wie ein nasser Sack, sich ihm die Augen glasig überzogen.

Terisa stand wie erstarrt da. Jetzt geschah plötzlich alles auf einmal. König Joyse hatte endlich eine Entscheidung gefällt. Meister Eremis' Pläne waren gefährdet. *Geraden war verletzt.*

Die meisten Imagomanten hatten sich überstürzt erhoben, schrien wie Verrückte aufeinander ein; Meister Barsonage dagegen sackte auf die Sitzbank. Aus seinem Gesicht war jeder Ausdruck von Kraft, von Willen verschwunden; er wirkte restlos verstört. »So muß es denn geschehen«, murmelte er, ohne sich an irgendwen bestimmtes zu wenden. »Oder's wird das Ende der Zunft sein.«

»Gilbur!« brüllte Meister Eremis. Ein Grinsen entblößte seine Zähne. »Geht ans Werk!«

Meister Gilbur ließ Geraden fallen und eilte zur Mitte des Saals, auf das Podest mit dem Spiegel zu. Mehrere Imagomanten stießen Jubelrufe aus; andere schnappten vor Schrecken nach Luft. Aber alle wichen sie aus Gilburs Weg. Sie scharten sich hinter den Säulen an den Wänden zusammen, so weit wie möglich entfernt vom Eingang, an den Kastellan Lebbick hämmerte, und dem Spiegel.

Eremis nahm Meister Gilburs Stelle ein, zog Geraden vom Steinboden hoch, hielt sowohl ihn wie auch Terisa mit unwiderstehlichem Griff fest. Direkt gegenüber stand der Spiegel. Geraden bekam offensichtlich nicht mehr mit, was sich abspielte — er konnte nicht einmal noch den Kopf hochhalten —, aber Terisa vermochte alles genau zu beobachten.

Meister Gilbur legte Hand an den Rahmen und verstellte zügig den Fokus des Spiegels. Schon nach einer Sekunde befand sich der Kämpe im Mittelpunkt des Imagos. Noch eine Sekunde später schien er sich vorwärtszubewegen, bis er die ganze gläserne Fläche ausfüllte.

Statt des Klopfens dröhnte jetzt ein wuchtvolles, regelmäßiges Wummern vom Eingang herüber. Terisa konnte Holz splittern hören. Doch die mit Eisen beschlagenen

Balken waren zu widerstandsfähig, um allzu schnell nachzugeben. »Meister Barsonage!« erscholl zwischen den einzelnen Stößen Kastellan Lebbicks Stimme. »Imagomanten! Bei den Sternen, diese Pforte will ich offen haben!«

Meister Gilbur sah Meister Eremis an. *»Vollzieht die Translation!«* schnauzte Eremis.

Geraden rührte sich, schüttelte den Kopf. In rascher Folge blinzelte er, versuchte seine Sicht zu klären. Meister Gilbur stemmt die Hände gegen die Ränder des Spiegels, als bereite er sich darauf vor, den Kämpen mit Brachialgewalt aus dem Glas zu zerren. Seine rauhe Stimme schnarrte Worte, die Terisa nicht verstand.

»Muß ihn hindern.« Geradens Äußerung klang, als ersticke er. Irgendwie purzelte er vornüber übers Geländer. Unsicher rappelte er sich hoch, torkelte hinüber zu Meister Gilbur.

Meister Eremis hielt Terisa nicht länger fest. Hatte er versucht Geraden zurückzuhalten, es jedoch nicht geschafft? Und gleichzeitig Terisa losgelassen? Sie hatte keine Ahnung; sie sah ihn nicht. Ihre Aufmerksamkeit galt ausschließlich Geraden. Sie schwang die Beine über das Geländer und folgte ihm.

Er kam zu spät. Wäre er nicht aufgrund des Schlags, den ihm Meister Gilbur versetzt hatte, so benommen gewesen, hätte er erkannt, daß er den Spiegel nicht mehr rechtzeitig erreichen konnte.

Vor ihm verdunkelte sich die Oberfläche des Spiegels, als der Kämpe ihn durchquerte. Durch den Panzeranzug war er wenigstens zwei Meter zwanzig groß. Am Kopf sah man kein Gesicht, sondern nur eine dicke Platte, die so etwas wie eine Helmscheibe war. Die metallische Schutzkleidung, in der er stak, wies mehrere schwarz versengte Stellen auf; an mindestens zwei Stellen war sie beschädigt. Aus den Rissen quoll beißender Qualm. Der Kämpe bewegte sich, als wäre er verwundet.

Aber er hielt sein schweres Gewehr bereit. Im selben Augenblick, als er auf dem Podest das Gleichgewicht wiedererlangte, zielte die Mündung der Waffe direkt auf Geradens Brust.

Terisa warf die Arme über Geradens Schultern. Er war dermaßen schwach, daß ihr Körpergewicht ihn zu Boden zog. Der erste Schuß fegte über sie beide hinweg. Die Meister lärmten durcheinander. Mindestens einer von ihnen stieß einen gellenden Schrei aus.

Während sie sich abmühte, um auf die Füße zu kommen, sich aufzurichten, fiel Terisas Blick plötzlich auf den Lauf des Gewehrs. Für einen Sekundenbruchteil, der so unvermittelt und schaurig war wie ein Herzanfall, sah sie, wie die mit Metall umkleidete Hand des Kämpen sich um den Abzugsmechanismus krampfte. Da riß er unversehens den Lauf aufwärts, und der Schuß traf die Decke. Geborstene Steine prasselten in den Saal.

Der Kämpe nahm eine Hand vom Gewehr, packte Terisa im Nacken und drückte sie auf Geraden nieder. »Bleib hier!« Seine Stimme röhrte wie ein Megaphon, war aber durch das Gedonner der Steine, die von der Decke herabbrachen, kaum zu hören. »Ich schieße nicht auf Frauen.« Im nächsten Moment schoß er wieder.

Schlagartig stürzte die ganze Decke ein.

ZWEITES BUCH

14

Unter Trümmern

Kastellan Lebbich befürchtete, inwendig zu zerbrechen. Freilich gestaltete sich das Dasein zu Orison bereits seit geraumer Frist immer ärger; mit einem Mal jedoch war seines Lebens Zweck ein eitel Ding geworden.

Dank der Zunft und Wagemut mußte er sich zur gleichen Zeit mit mehreren unerwünschten Entwicklungen befallen. Doch sie besaßen keine grundsätzliche Bedeutung; es handelte sich dabei lediglich um Anzeichen der grundlegenden Krisis. Derweil er sich auf dem Weg befand, um sich der Lage zu stellen, lächelte er wie ein Falke; und allein seine Gemahlin — und vielleicht König Joyse — hatte ihn jemals nahe genug gekannt, um zu wissen, sein Lächeln war ein schlechtes Zeichen. Auf andere Menschen wirkte er wahrscheinlich wie jemand, der sich mit aller Entschlossenheit seinen Aufgaben widmete, sich voll des Eifers anschickte, Widrigkeiten und Unheil, kaum daß sie sich ergeben hatten, flugs zu beheben, sich nebenbei eine Rechtfertigung seiner Grimmigkeit zu verschaffen und sie auszutoben. Allein seine Gemahlin und sein ältester Freund hätten die besondere Wüstheit seines Lächelns zu deuten verstanden.

Doch zu seinem Unglück war seine Gemahlin tot, einen elendigen Tod gestorben, dahingesiecht an einer langwierigen, grausamen Krankheit, welchselbige ihr das Leben so langsam und unaufhaltsam genommen hatte wie ein Messer in den Lungen. Beinahe ein Jahr war verstrichen, und noch immer vermißte er sie so stark, daß er bisweilen erbebte bis ins Mark.

Und König Joyse hatte sich von ihm abgewandt. *Er hatte sich geweigert, Herrn Fayle anzuhören.* Auf die eine oder andere Weise verhinderte er jede gewichtige Maßnahme, verdarb er jede Hoffnung.

Der Kastellan biß die Zähne noch fester zusammen, sein Lächeln ward noch dünnlippiger, verwarf jedweden weiteren Gedanken an diese Umstände. König Joyse verkörperte den Zweck seines Lebens. Die Hingabe, der Opfermut, welche in die Begründung Mordants gemündet waren, jene hohen Werte, die zur Gründung der Zunft beflügelt hatten — sie gaben in seinen Adern das Blut ab, die Luft in seinem Busen. Er war des Königs Hände. Der König hatte ihn gerettet …

Aber nun hatte der König *sich geweigert, Herrn Fayle anzuhören.* Alles hatte er dem Tod und Untergang preisgegeben, Mordant, die Werte, die Hingabe, sie einem elendigen Ende ausgeliefert, einem grausamen Verderben, während er, Lebbick, es gleichsam in den Armen hielt, wie einst seine Gemahlin, und davon nicht zu lassen vermochte.

Nein, er mochte endgültig nicht länger darüber nachsinnen. Er mußte sich bereits mit zu vielen anderen Schwierigkeiten befassen.

Das Weib! Lebbick murmelte eine lange, bitterliche Verwünschung. Irgendwie hatte es an allem Anteil. Zusammenhänge mußten bestehen, es galt für ihn nur, sie aufzudecken; irgendwie wirkte diese Person zu Orisons und Mordants Schaden.

Und sie dörrte ihm die Kehle mit einem Verlangen aus, wie er es seit den Tagen, als seiner Gemahlin Schönheit in höchster Blüte stand, nicht wieder empfunden hatte.

Aber auch daran wollte er nicht denken. Er hegte den Vorsatz, seiner Pflicht Genüge zu tun, daran *festzuhalten,* bis jene Bedeutsamkeit zurückerrungen war, welche sie hatte.

Zunächst gedachte er die Folgen des jüngsten Unglücks zu ermitteln, an dem diese schweinsköpfigen Imagomanten die Schuld trugen.

Seine Aufgaben hatten den Vorzug, sowohl mit Aufregung wie auch Feinheit einherzugehen. Alle Begleiterscheinungen der Krisis hingen in irgendeiner Art und Weise zusammen.

Als vordringliche Angelegenheit, wiewohl sie keineswegs am wichtigsten sein mochte, erachtete er die Frage der beiden toten Leibwächter Prinz Kragens. Sie mußten aus einem *Grund* erschlagen worden sein. All das viele Blut konnte unmöglich allein von ihnen stammen. Des weiteren betrachtete er es als unwahrscheinlich, daß die Toten an anderen Örtlichkeiten als jener, da sie hingestreckt lagen, eigenes Blut versprengt hatten. Und jenes Weib war reichlich mit Blut bespritzt in die Pfauengemächer zurückgekehrt.

In Schloß Orison mußte eine Bande abtrünniger Soldaten umgehen (wenn nicht gar Schlimmeres), zahlreich und kampftüchtig genug (wenn nicht gar Ärgeres), um erfahrene Leibwächter töten und die eigenen Gefallenen oder Verwundeten fortschleppen zu können. Sie hatten Freunde, welche ihnen Unterschlupf boten. Irgend etwas hatten sie mit dem Weib zu schaffen. Und sie verfolgten das Ziel, zwischen Mordant und Alend Krieg anzustiften. Falls ihre Absichten nicht etwa noch greulicherer Natur waren.

Diese Überlegungen erinnerten an andere Fragen. Was mochte aus dem Mann in Schwarz geworden sein, der das Weib schon in der Nacht nach der Ankunft zu erschlagen versuchte? Er hatte allzuleicht zu entweichen vermocht. Warum hatte er noch keinen zweiten Versuch unternommen?

Was stand als nächstes bevor? Ein Anschlag auf den König selbst?

Und König Joyse *hatte sich geweigert, Herrn Fayle anzuhören.* Der greise Gauherr hatte den König vor den Bestrebungen der Zunft warnen wollen, aber der König lehnte es ab, ihn zu empfangen. Dieweil er keinen anderen Ausweg wußte, hatte Fayle sich an Lebbick gewandt. Damit erhob sich die Frage, wieso Fayle vom Trachten der Imagomanten Kenntnis besaß. Was der Zunft unsinniges Trotzen wider König Joyses Verbot aller von Unfreiwilligkeit gekennzeichneter Translationen anbetraf, so wußte Kastellan Lebbick, wer die Verantwortung trug — oder, um genauer zu sein, wen er zur Rechenschaft ziehen konnte. Er hatte Fayle ein, zwei Namen entlockt. Doch die Rechenschaft mußte warten. Das Ergebnis der Translation verursachte Schwierigkeiten, welchselbige dringender, gebieterischer nach Bewältigung verlangten.

Anscheinend um sich Schutz wider Alend oder Cadwal zu verschaffen, hatten die Imagomanten einen in ihren Spiegeln entdeckten fremden Kriegsmann zu ihrem Beschützer erkoren, einen Soldaten von übermächtiger Kraft, mit gewaltigen Waffen und voller Kampfesgrimm. Was mochten sie von ihm erwartet haben, nachdem sie einen solchen Streiter aus seinem Leben gerissen hatten? Eine unterwürfige Verbeugung? Ein untertäniges Anerbieten seiner Dienste? Sie durften es einen Glücksfall nennen, daß er nur die Decke ihres Versammlungssaals zum Einsturz gebracht hatte, anstatt sie, so wie sie es verdienten, einen um den anderen totzuschlagen.

Danach geurteilt, wie er sich einen Weg aus dem Laborium und durch Orisons dicken nordwestlichen Außenwall ins Freie gebrannt hatte, verfügte er ohne Zweifel über hinlängliche Macht, um eine beliebige Anzahl von Menschen vom Leben zum Tode zu befördern. Anfangs hatte Lebbick sich gesorgt, er möchte sich gegen das Schloß selbst wenden und es zu zerstören trachten. Wäre es dazu gekommen, dem Kastellan wäre keine Wahl geblieben, als an Imagomanten zur Verteidigung aufzubieten, was sich noch finden ließ; dieweil er keinerlei Vorwarnung erhalten hatte, waren seine Streitkräfte und Kriegsmaschinen nicht auf Kampfhandlungen vorbereitet.

Aber zum Glück hatte der Kämpe das Weite gesucht, Orison den Rücken zugekehrt, war eilends durch den Schnee davongehastet wie ein wildes Tier. Etwas an seinen Bewegungen rechtfertigte für Kastellan Lebbicks in solcherlei Beobachtungen geübtes Auge die Annahme, daß er sich eine Verwundung zugezogen hatte.

Dadurch geriet Lebbick in eine zweifache Zwangslage, jene Bresche, welche nun in Schloß Orisons Außenwall klaffte, einmal außer acht gelassen. Sicherlich war selbige Bresche eine beträchtliche Unannehmlichkeit, und in Bälde würde ihre Beseitigung dringlich sein; aber noch war sie es nicht. Zunächst galt es, auf des Kämpen Fährte zu bleiben; an diesem Erfordernis gab es keinen Zweifel. Man mußte wissen, wo er sich aufhielt, um Anstrengungen zu seiner Bändigung, wenn möglich, zu seiner Bezwingung, machen zu können. Sein gegenwärtiger Weg des Wütens würde ihn durchs am dichtesten bevölkerte Gebiet des Kronguts sowie in die Richtung Battens und ins Kernland des Armigitegaus führen. Zum anderen blieb Meister Quillon an des Kastellans Fersen gleich einem Wiesel, zeigte sein mit Staub bedecktes Angesicht vor, wann immer Lebbick einmal verharrte, und zeterte, jenes Weib und Geraden seien beim Einsturz der Decke des Versammlungssaals unter den Trümmern verschüttet worden.

Kastellan Lebbick entblößte die Zähne. »Ihr seid der Meinung, sie könnten noch leben?«

»Ich weiß es nicht«, entgegnete Quillon. »Jedoch graben wir sie nicht aus, werden sie keinesfalls mit dem Leben davonkommen.«

Lebbick erwog, was getan werden konnte. Zur Stunde hatte er zu wenig Männer zur Verfügung, um sowohl den Kämpen verfolgen wie auch mit dem nötigen Nachdruck Schutt abtragen lassen zu können. Es brauchte Zeit, um Verstärkungen aus den Heerlagern in den Hügeln im Umland Schloß Orisons anzufordern. Allerdings lag eines jener Lager in einigermaßen günstiger Nähe jenes Wegs, welchselbigen der Kämpe aller Voraussicht nach nahm. Ohne Zögern erfüllte der Kastellan seine Pflicht. Er sandte einen Adjutantus die gesamte Schloßbesatzung zur Stätte des eingestürzten Versammlungssaals zu rufen; einem zweiten erteilte er klare Anweisungen für mehrere Regimenter der Königlichen Streitkräfte, und der Mann beeilte sich in den Innenhof, um sich aufs Roß zu schwingen. Dann wandte Lebbick sich erneut an Meister Quillon.

»Das Ausgraben wird langsam vonstatten gehen. Eine solche Menge Stein vermögen wir nicht binnen weniger Stunden umzuschichten.« Er schätzte die örtliche Lage des Versammlungssaals und der Bresche im nordwestlichen Wall im Verhältnis zueinander ein. »Die Trümmer müssen aufwärts verlagert werden«, merkte er an. »Sollten jenes Weib und Geraden noch nicht mausetot sein, so dürften sie alsbald ersticken. Es wäre denn, Ihr und der Rest Eurer Zunft«, — er äußerte diesen letzten Satz nahezu ohne Gehässigkeit —, »erweist Euch dank einer wundersamen Ausnahme einmal als dessen fähig, etwas Hilfreiches zu ersinnen.« Ohne zu ahnen, daß er lächelte, ließ er den Meister stehen.

Quillon ging Meister Barsonage suchen. Er fand den Mediator vor, wie er neben einer der Pforten des Versammlungssaals auf dem Fußboden kauerte. Jene Pforten hatten die Rettung der Zunft bedeutet. Dieweil sie nicht vorauszusehen vermochten, welche Erwartungen sie in den Kämpen setzen sollten, hatten die Meister sich an die Wände des Saals zurückgezogen gehabt, und so war es ihnen möglich gewesen, als die Gewölbe einstürzten, fast ohne Verzug die Ausgänge zu erreichen. Darum hatten nur zwei von ihnen den Tod erleiden müssen; einer war von des Kämpen erstem Schuß aus dem Feuerrohr getroffen worden; den anderen hatte ein Brocken Stein zerschmettert. Alle übrigen Imagomanten waren wohlbehalten, auch Meister Gilbur und Meister Eremis, wiewohl niemand zu berichten verstand, wie es jenen beiden gelungen war, dem Herabhageln der Steine zu entfliehen.

Aber Meister Barsonage sah nicht unbedingt wohlbehalten aus. Staub, Steinsplitter und Gekörn uralten Mörtels bedeckten ihn — geradeso wie Quillon —, verliehen ihm das Aussehen eines zerkerbten Standbilds. Durch die Staubschicht erblickte man rote Ränder um die Augen; der Mund hing ihm offen; die Hände baumelten ihm, wie er da hockte, zwischen den Knien. Er mochte benommen infolge einer aufgrund des Drecks unerkennbaren Verletzung sein.

»Barsonage!« fuhr Meister Quillon ihn an. »Erhebt Euch! Wir müssen uns sputen.«

Einen Augenblick lang blieb Meister Barsonage unbewegt. Er stierte an Quillon vorüber, als sähe er nichts, hätte die Zerstörung des Versammlungssaals ihn taub gemacht. Aber als Meister Quillon zu schimpfen begann, hob der Mediator das Haupt und blinzelte ihn an.

»Quillon«, röchelte er, die Stimme heiser vom Staub und aus Gram. »Ich wußte, 's war ein Irrtum. Von Anfang an. Nimmer hätten wir's wagen dürfen, uns jemandem mit solcher Macht leichtfertig zu nahen. Doch's blieb uns keine Wahl. Oder? Die Omen ... Und alle standen gegen uns. Die Gauherren, Cadwal und Alend, König Joyse ...« Er senkte das Haupt. »Ein Fehler war's ...«

»Gleichwohl, wir alle begehen Fehler«, unterbrach Meister Quillon ihn ungeduldig. Kommt *mit* mir!« Meister Barsonage widmete Meister Quillon einen Blick der vollständigsten Begriffsstutzigkeit. »Um Geraden und die Edeldame Terisa geht's!« Ruhelos trat Quillon unablässig von einem auf den anderen Fuß. »Sie liegen unter all den Trümmern verschüttet.«

Des Mediators Miene wechselte nicht. »Desgleichen Gilburs Spiegel. Er ist zerschellt. Wir vermögen, was wir angerichtet haben, nicht rückgängig zu machen. Von Geradens Spiegel hat sich erwiesen, daß er keine ordnungsgemäßen Translationen bewirkt. Und jedweder sonstige Spiegel wäre ein Verhängnis, entweder für unsern ›Kämpen‹ oder für das Imago, in welches er von hier aus einginge.«

»Spiegel errettet uns! Kommt zu *Euch,* Meister Barsonage! Laßt mit Euren Gedanken ab vom Kämpen. Wir müssen Geraden und der Edeldame Beistand leisten. Kastellan Lebbick und seine Mannen werden einen diesbezüglichen Versuch unternehmen, doch er wird zu langsam verlaufen. Alle diese Steintrümmer müssen abgetragen und fortgeschafft werden. *Das wird zu lange währen.*«

Allmählich begann Meister Barsonage zu begreifen. »Sie können nicht am Leben sein«, erwiderte er gedämpft. »Unter soviel Schutt? Derlei ist unmöglich.«

»Sie müssen's sein!« schrie Meister Quillon so laut, daß sich seine Stimme schrill überschlug. »Wir haben keine andere Hoffnung. *Kommt!*« Eindringlich faßte er zu, versuchte den erheblich größer gewachsenen Imagomanten aufzurichten.

Für ein kurzes Weilchen schien der Mediator nicht genug Willenskraft sammeln zu können, um sich zu erheben. »Ja wahrlich«, murmelte er dann jedoch. »Mich will's deuchen, wir müssen's angehen, wenngleich's ein hoffnungsloses Unterfangen ist. Wie sollten wir nach diesem Unglück noch auf andere Art unsere Gutwilligkeit unter Beweis stellen können?« Schwerfällig stand er auf, eine Staubwolke wehte von seiner Gestalt empor.

So geschwind wie nur möglich geleitete Quillon Meister Barsonage in das Gewirr umgebauter Kerkerzellen, darin der Zunft Spiegel aufgestellt standen und man sie bewahrte. Nach einer gewissen Unentschlossenheit entschied der Mediator sich für jenen Spiegel, welchen Meister Quillon ohnehin längst als das für den gedachten Zweck geeignete Glas erachtete: den hohen Spiegel, der nichts als eine unermeßliche Meeresoberfläche zeigte, in sämtlichen Himmelsrichtungen nichts außer Wasser. Meister Barsonage, trotz seiner Beleibtheit mit bemerkenswerten Körperkräften ausgestattet, packte den Spiegel und trug ihn ohne Hilfe zum Versammlungssaal.

Nach und nach schritt er rascher aus. Seine Haltung ward aufrechter, er wirkte wieder gefestigter. Sobald er und Meister Quillon anderen Imagomanten begegneten, welchselbige den Ort des Unheils geflohen hatten, in den Gängen umherirrten, gab er ihnen mit stets wachsender Befehlsgewohnheit Anweisungen, rief den Rest der Zunft zu seiner Unterstützung heran.

Wenig später gelangten die zwei Meister zum Versammlungssaal. Die nächstbefindliche Pforte stand offen, und des Winters Wind blies Staub, Kälte und Schnee in den Gang.

Drinnen türmte sich ein Berg von Schutt, ungeheuer in

seinen Ausmaßen, in die Höhe, fast bis dorthin, wo sich zuvor des Saals Decke gewölbt hatte. Auf die Trümmer selbiger Deckengewölbe war ein weiter Bereich des darübergelegenen Stockwerks herabgebrochen, des weiteren all der geborstene Stein gerutscht, den der Kämpe während seines Vordringens nach oben und des Durchbrechens der Außenmauer hinterließ. Ein Großteil des Trümmerbergs bestand aus behauenem Granit — riesigen Steinplatten der Grundfesten, langen Blöcken aus dem Innern der Wände, welche sie gestützt hatten, sowie Säulen und kleineren, von den Erbauern Schloß Orisons wie Ziegel benutzt wordenen Granitblöcken —, doch hatte des Kämpen Feuerrohr gewaltige Mengen Stein zu Staub, Grieß, Bröckchen und Geröll zerborsten.

Bei diesem Angriff begriff Meister Quillon besser, was des Kastellans Worte bedeuteten. Der alleinige Weg, auf welchem die Schloßbesatzung den Schutt forträumen konnte, führte aufwärts durch die Bresche im Außenwall. Selbst unter Verwendung jedes brauchbaren Spiegels, welchen es auf Schloß Orison gab, mochte das Werk den ganzen Tag in Anspruch nehmen.

Die Stätte des Unglücks lag in Düsternis gehüllt; Orisons Mauern und das immer dichtere Schneetreiben nahmen ihr fast sämtliche Helligkeit. Nichtsdestotrotz vermochte Meister Quillon den von Wolken trüben Morgenhimmel sowie den aufgestobenen Staub zu erkennen, welcher die Luft durchzog, ebenso Schloßwachen und andere Knechte Orisons, die bereits zur Stelle waren und damit begonnen hatten, mit Schaufeln, Hacken, und Brecheisen Trümmer fortzuräumen. Droben auf dem Schutthaufen erspähte er Artagel, wie er schuftete, einem Besessenen vergleichbar, gar versuchte, Granitplatten und granitene Bruchstücke, nicht minder groß als er, zur Seite zu stemmen. Seine Flüche klangen wie Notschreie.

Sofort klommt Meister Quillon die Schutthalde hinauf zu Geradens Bruder. Der Mediator, bebürdet mit des Spiegels Last, folgte langsamer. Als er zu Artagel gelangte, faßte Quillon ihn am Arm. Artagel stieß den Meister beiseite, ohne ihn nur eines Blicks zu würdigen. Die starre Wildheit in seinen Augen ließ ihn bedrohlich aussehen.

»Weicht hinfort, Artagel!« brauste Meister Quillon auf. »Wir vermögen dies Werk wirksamer zu verrichten. Es wird für Geraden keine Hilfe sein, verrenkt Ihr Euch die Knochen. Mag sein, wir finden ihn unversehrt, doch dazu bedarf's keiner Blindwütigkeit, vielmehr bedürfen wir des Zusammenwirkens.«

»Er ist mein Bruder«, keuchte Artagel, derweil er unentwegt Steine wuchtete.

Der Meister keifte eine Schamlosigkeit, welche aus seinem Munde wie Torheit klang. »Mich schert's nicht, ob er Eure Mutter, Euer Vater oder der Bankert jedweder unzüchtigen Handlung in aller Historika Mordants ist. Helft uns oder trollt Euch!«

Artagel schwang mörderisch die geballten Fäuste; mit Mühe konnte er sich dazu zwingen, sie zu senken, zu lokkern. »Beweist's mir, Imagomant!« knirschte er leise durch die Zähne. »Zeigt mir, daß Ihr's besser könnt!«

Inzwischen hatte Meister Barsonage die Kuppe des Schutthügels erstiegen. »So weicht beiseite«, maulte Meister Quillon Artagel an, als der Mediator den Spiegel neben dem Granitblock abstellte, welchselbigen Artagel zuletzt zu bewegen versucht hatte. Quillon half Barsonage, den Spiegel zu halten. Derweil der Mediator die Invokationen raunte, auf die bei des Spiegels Anfertigung das Glas geeicht worden war, neigten die beiden Imagomanten den Spiegel dem Granitblock entgegen …

… und eine Translation schleuderte ihn ins Wogen der See.

Für eines Herzschlags Dauer schaute Artagel gänzlich verblüfft drein. Dann grinste er.

Noch mehr Schloßwächter und weitere Imagomanten fanden sich ein. Mehrere Meister, darunter auch Eremis, brachten Spiegel. Meister Quillon merkte, daß Gilbur fehlte; gegenwärtig mangelte es ihm jedoch an der Zeit, um sich darum zu kümmern. Indem er und Meister Barsonage den Spiegel verstellten, rief er den Schloßwächtern Weisungen zu. Rasch scharten sich die Helfer in Häuflein um jeden verfügbaren Spiegel. Jemand warf Artagel eine Schaufel zu. Auf ein Nicken Meister Barsonages hin schaufelte er Schutt in den Spiegel, schickte sich an, den nächsten größeren Granitklotz freizulegen.

Zerriebenes Gestein, Geröll und so große Steinbrocken, daß sie unter herkömmlichen Umständen jeglichen Spiegel in Scherben zersplittert hätten, flogen ins Imago und fielen ins Meer. Hätte Meister Quillon daran Interesse gehegt, es wäre ihm mitanzuschauen möglich gewesen, wie es hochauf spritzte, wenn die Trümmer ins Wasser klatschten.

Indem er auf dem Schutthaufen Umschau hielt, nahm er die anderen Spiegel, welche man zum Einsatz gebracht hatte, in Augenschein. Nur zwei davon besaßen ähnliche Maße wie der Spiegel, den er und Meister Barsonage hielten, aber sie waren gleichfalls klug ausgewählt worden; keiner zeigte Imagines, in denen das plötzliche Erscheinen großer Brocken Stein irgendeinen Schaden auslösen konnte. Die einzige mögliche Ausnahme war der Spiegel, den Meister Eremis verwendete, eifrig unterstützt von einem dadurch geschmeichelten jungen Adepten. In selbigem Spiegel erblickte man ein riesenhaftes, räuberisches, einer Schnecke ähnliches Vieh, das bösartige Augen hatte, dazu Zähne, die giftig aussahen. Die Schloßwächter in Eremis' Umkreis schaufelten dem Ungetüm Trümmer geradewegs in die Fratze. Es hatte den Anschein, als brülle das Ungetier vor Wut.

»Quillon!« erscholl Meister Barsonages Stimme. »Habt acht!«

Eilig leistete Meister Quillon dem Mediator dabei Hilfe, den Spiegel zwecks Translation eines weiteren großen Brockens Stein zu verstellen.

»Gibt's Aussicht auf Rettung?« erkundigte sich Artagel.

»Kann's wahrlich sein, daß unter all dem Getrümmer noch jemand lebt?«

»Es muß so sein«, beharrte Quillon erneut. Doch fiel es immer schwerer, bei dieser Überzeugung zu bleiben.

Terisa merkte, daß sie lebte. Das bißchen Luft, das sie in die Lungen saugen konnte, war vom Staub stickig; auch ihre Lungen waren voller Staub, und wenn die trockene Stickigkeit sie zum Husten zwang, war ihr, als müsse der Druck ihres eingekeilten Brustkorbs gegen die Kanten und Spitzen von Steinen ihr die Rippen brechen. Mit jedem Atemzug rieselte ihr Grus ins Gesicht, ätzte ihre Augen, machte sie sogar für die Finsternis blind. Und sie spürte, wie das Gewicht der Trümmermassen auf sie drückte, sie allmählich zusammenpreßte, bis ihr nachgiebiges Fleisch, ihre schwachen Knochen platzen und brechen mußten. Zudem waren die Steine heiß, versengt von den Hitzestrahlen aus dem Gewehr des Kämpen. Die Luft war so warm, daß es schmerzte, sie zu atmen.

Sie wußte, daß sie lebte. Aber sie hatte keine Ahnung, wieso eigentlich noch.

Der Kämpe hatte sie mit dem Gesicht auf Geraden gestoßen; sie war dazu außerstande gewesen zu beobachten, wie seine in Metall gehüllte Gestalt und sein verheerendes Feuer sie vor den schlimmsten Konsequenzen des Zusammenbruchs der Gemäuer bewahrten. Steinklötze trafen ihn, prallten ab und fielen zur Seite, häuften sich zu so etwas wie einer Tasche rund um sie an; Granitplatten zersprangen in Stücke und auch in Splitter und Grieß, und letztere lagerten sich zu einer Art von Polsterung über Terisas und Geradens Körpern ab. Infolgedessen stammte der Schutt, der unmittelbar auf sie und Geraden stürzte, nachdem der Kämpe anfing, sich einen Weg aus Orison hinauszuschmelzen, nicht von den Deckengewölben und der Etage darüber, sondern aus den Mauern rings um den engen Hohlraum, der ihnen das Zermalmtwerden ersparte. Kleinere Trümmerstücke verkeilten den anfangs herabgestürzten Schutt fest genug, um ihn unverrückbar gemacht zu haben, als gleich darauf der Ausbruch des Kämpen aus dem Schloß noch mehr zerbrochenen, geborstenen Stein auf ihn schichtete.

Nach wie vor atmete Terisa. Gegen alle Wahrscheinlichkeit gab es unter all dem aufgehäuften Stein noch Luft. Aber sie konnte nicht lange anhalten.

Mit spürbarem Ruck senkte sich der harte Stein, der quer mitten auf ihrem Rücken lastete, um vielleicht einen Zentimeter tiefer. Trotz aller verzweifelten Bemühungen konnte Terisa nur die Finger bewegen. Bei jedem flachen Atemzug, den sie inmitten der Steintrümmer tat, verursachten Hitze und Staub ihr Brechreiz. In ihren Lungen, den Augen, den ausgestreckten Gliedern schwoll ein Schmerz an, der den Zärtlichkeiten einer Flamme glich. So sterben zu sollen, so langsam, Sekunde um Sekunde immer ein wenig mehr, unter stets stärkeren Schmerzen, indem der Schuttberg Millimeter und Millimeter zusammensank …

Sie hatte schon einmal etwas ähnliches erlebt. Ab und zu, wenn sie sauer auf sie gewesen waren, hatten ihre Mutter und ihr Vater sie in eine Abstellkammer gesperrt. Niemand hatte auf ihr Weinen und Schreien, weder auf schüchternes noch auf hysterisches Flehen geachtet, bis sie für eine ausreichend lange Zeitspanne ruhig gewesen war, um den Ärger ihrer Eltern zu beschwichtigen. Und bei einer Gelegenheit — wegen einer harmlosen und bloß unschönen Unartigkeit — war sie an die Rückseite der Abstellkammer gestoßen worden, und man hatte ihr Armevoll Kleider nachgeworfen, auf sie geschmissen, ehe man die Tür abschloß, um das Haus gegen jedes Geschrei abzuschirmen, das sie von sich geben mochte. Dort im Dunkeln hatte sie ihre ersten Erfahrungen mit dem Gefühl des Sichauflösens gesammelt. Die Kleider hatten ihr die Luft genommen, die Dunkelheit war ringsherum abgeschottet und vollkommen gewesen; und plötzlich hatte sie begriffen, daß ihr Leid und ihr Grauen keinerlei Bedeutung besaßen, daß Empfindungen wie Furcht und Ersticken nicht zählten — daß die abgeschlossene Tür, die angehäuften Kleidungsstücke und die Finsternis sie unwirklich machten. Zum erstenmal hatte sie das Gefühl kennengelernt, ihr käme die Realität abhanden, ihre Existenz entsickerte ihr ins Schwarz, das sie umgab.

Damals war es ihr nicht klar geworden — und vielleicht hatte sie es nie erkannt —, aber diese Reaktion auf die kritische Lage hatte sie geschützt; sie hatte verhindert, daß die Finsternis und die Lieblosigkeit ihrer Eltern ihr ins *Innere* krochen.

Diesmal war unglücklicherweise kein Schutz vorhanden. Sie fürchtete, wahnsinnig zu werden. Sie spürte, wie in ihr, als dränge es tief aus dem Bauch aufwärts, ein rasendes Verlangen entstand, ganz einfach loszuschreien. Und dann würde sie so viel Staub einatmen, daß die Anstrengung weiteren Atmens ihr Herz überfordern müßten.

»Geraden.« Sie flüsterte, und ihr Flüstern verriet das ganze Maß der Verzweiflung, die das Brennen des Staubs in den Lungen bei ihr auslöste. »Geraden. Können Sie mich hören?« Aber natürlich konnte er sie nicht hören. Zwar hatte sie auf ihm gelegen, doch in keiner Position, die für ihn irgendwie einen Schutz abgegeben hätte. Und er war auf dem Rücken ausgestreckt gewesen, hatte den Steinklötzen, die von den Deckengewölben heruntergeprasselt waren, das Gesicht zugewandt gehabt. Ihm mußte unverzüglich der Kopf zertrümmert worden sein. Er mußte noch irgendwo unter ihr liegen, obwohl sie nichts fühlte, das so weich war wie eine Leiche. »Geraden.« Sie würde zweifellos verrückt werden. »Geraden.«

Doch ein Ausweg bot sich an. Er fiel ihr ohne dramatisches Aha-Erlebnis ein, sie empfand nicht einmal Überraschung. Sie konnte sich jetzt ins Vergehen fügen. Sie konnte sich selbst loslassen, ihren langen Kampf gegen die Unwirklichkeit einstellen, einfach hinnehmen, daß die Dunkelheit sie forttrieb. Dann würde sie in Sicherheit sein. Ob sie überlebte oder starb, sie würde in Sicherheit, nämlich fort sein.

Kaum kam ihr diese Idee, erkannte sie, daß dieser Ausweg ihr leichtfiele; diese Art des Versagens war einfach; sie führte sie bereits ihr gesamtes Leben lang in Versuchung, versprach ihr Schutz, verhieß ihr Frieden.

»Terisa?« Das Wort ähnelte einem heiseren Raunen der Qual, schien aus solcher Ferne zu ihr zu dringen, daß sie nicht glaubte, es tatsächlich gehört zu haben. »Terisa!« Die Stimme klang ganz schwach, brüchig, nach Schmerz — und doch drückte sie Hartnäckigkeit aus, den entschiedenen Willen, sich bei ihr Gehör zu verschaffen. Unversehens mußte sie weinen, und das Weinen machte ihr das Sprechen unmöglich. Nun konnte sie nicht mehr fliehen. Sicherheit blieb ihr verwehrt. Geraden lebte und lag mit ihr unterm Stein begraben. Es erleichterte sie zu stark, seine Stimme zu hören. Sie mußte bleiben. »Terisa?« Er bemühte sich, seine Beunruhigung zu mäßigen. »Seid Ihr wohlauf?« Er hustete. »Vernehmt Ihr mich?«

»Geraden.« Fürchterliche Atemnot verkrampfte Terisas Brust. »Ich kriege keine Luft. Ich kann's nicht aushalten.«

»Schont Euch, müht Euch nicht ab.« Sein Geflüster kam von irgendwo völlig außerhalb ihrer Reichweite. »Atmet gänzlich flach. Bewahrt Ruhe. Mir strömt von irgendeiner Seite Luft zu.« Trotz der schaurigen Distanz zwischen ihnen hörte Terisa seiner Stimme Pein an. Auch er wurde ganz langsam zerquetscht. »Man wird uns retten. Gewißlich wird man uns ausgraben. Wir brauchen lediglich zu warten.«

»Ich kann's nicht … kann nicht.« Ihren Ausweg, ihre einzige Möglichkeit zur Flucht, nun verbaut zu sehen, setzte Terisa so sehr unter seelischen Druck, daß sie sich dem Zustand der Hysterie näherte. »Ich kann mich nicht bewegen. Mir bricht der Rücken. Geraden!«

»Denkt nicht dran.« Seine Stimme schien wie Staub durch die Steinmassen zu rieseln. »Verdrängt dergleichen aus Euren Gedanken.«

»Ich kann nicht.« Sie biß die Zähne zusammen, um nicht loskreischen zu müssen.

»Ihr könnt's.« Irgendwie gelang es ihm, seinem Tonfall mehr Nachdruck zu verleihen. »Es ist gar nicht schwierig. Denkt an etwas anderes. Erzählt mir, was geschehen ist. Ich vermag mich an nichts zu erinnern, was sich zutrug, nachdem Meister Gilbur mich niedergeschlagen hat. Ist des Kämpen Translation von ihm vollzogen worden? Oder ist der Kastellan ihm in den Arm gefallen?« Für einen Moment war Terisa so verdutzt, daß sie die drohende Panik vergaß. Er entsann sich an nichts …? Er war ohne jede Vorstellung zu Bewutsein gekommen, wo er stak, oder warum … »Terisa.«

Erst als sie den Anklang von Drangsal in seiner Stimme hörte, begriff sie, wie stark er von ihr abhing. Wenn er jetzt den Kontakt zu ihr verlor, fing vielleicht auch er zu schreien an. *Ich kann nicht,* heulte sie tief in ihrem Innern. *Ich kann nicht. Ich werde zerquetscht. Ich kann es nicht aushalten! Laßt mich gehen!* Aber sie rang darum, das gleiche zu leisten wie Geraden, an ihn zu denken statt an sich. Er wußte nicht einmal, wie es sich ergeben hatte, daß er verschüttet lag. »Ich werd's versuchen.« In raschen, abgehackten Sätzen, bruchstückhaften Erklärungen im Rhythmus ihres Atmens, schilderte sie das Resultat der von Meister Gilbur durchgeführten Translation.

Als sie fertig war, stöhnte Geraden auf, verfiel danach in Schweigen. Doch ehe Terisas Grauen erneut akut werden konnte, meldete er sich wieder. »Für eins ist das der Beweis«, sagte er. »Ganz unzweideutig seid Ihr die rechte Person … jene die Mordant erretten wird. Der Kämpe.«

»Was?« keuchte Terisa. »Wovon reden Sie?«

»Freilich bestand stets die Möglichkeit«, — er schien die einzelnen Wörter hervorzuwürgen —, »daß Ihr allein durch ein Mißgeschick zu uns gelangt seid … daß mir ein Fehler unterlaufen ist. Dann hätte Meister Gilbur recht gehabt. Nun jedoch wissen wir, daß er einem Irrtum erlegen ist. Sein Kämpe wird uns nicht retten. Ihr müßt der wahre Kämpe sein.«

»Das ist ja Quatsch.« Terisa meinte zu spüren, wie das Gewicht auf dem Rücken ihr die Knochen der Wirbelsäule in Splitter und Gebröckel zerdrückte. Die Luft verschlechterte sich. *›Ihr könnt's. Denkt an etwas anderes.‹* »Alles ist genau wie vorher. Ich bin keine Imagomantin. Ich verstehe von allem hier überhaupt nichts. Meister Eremis ist der einzige, der Mordant retten kann.«

Ihre Stimme verklang. Falls Eremis noch lebte ... Er hatte dicht hinter ihr gestanden, als der Kämpe aus dem Spiegel trat. War er tot? Wenn der Einsturz der Deckengewölbe ihn nun zermalmt hatte? Was sollte werden, wenn er wirklich tot war? Bestürzung verleitete sie zu einer Regung, einem Aufbäumen gegen die Last der Steintrümmer. Der steinerne Grat quer über ihrem Rücken senkte sich abermals ein wenig tiefer.

»Meister Eremis ...« Irgendwie schaffte Geraden es, ein Schnauben auszustoßen. »Ihr wähnt, er könne Mordant retten? Sollte es Euch gelingen, mir selbige Behauptung glaubhaft zu machen, bedürft Ihr keiner Imagomantie. Dann seid Ihr ohnehin mächtig genug.« Terisa biß sich auf die Lippen, um zu verhindern, daß sie zu kreischen anfing. *Ich kann es nicht durchhalten!* Als sie nicht antwortete, verlegte sich Geraden auf ein anderes Vorgehen. »Mag sein, Ihr solltet mir jene Dinge erzählen, deren Kenntnis meinerseits angeblich zur Folge haben müssen, daß man mich meuchelt. Ich möchte verstehen können«, — anscheinend mahlten seine Zähne aufeinander —, »warum Ihr Meister Eremis vertraut.«

»Na schön.« *Ich kann nicht ... ›Ihr könnt's.‹* Ausschließlich seine Stimme verhinderte, daß der Schutt sie zerquetschte. Mit einer bewußten Willensanstrengung verdrängte sie Schmerz und Staub, Stickigkeit und Wärme, das Lasten des Steins aus ihrer Wahrnehmung. Statt dessen stellte sie sich Geraden vor, sein Gesicht, die Form seiner Wangen, die Weise, wie ihm das Haar lockig in die

Stirn fiel — *Blut rinnt über seine Schläfe, Meister Gilbur schlägt ihn, sein nettes Gesicht zermatscht unterm Schutt …* Nein! Nicht so etwas. An so etwas durfte sie nicht denken. Der rasche Wechsel von Fröhlichkeit und Kummer in seinen Augen … Geraden verkörperte den Grund, weshalb sie nicht einfach kapitulieren, nicht ohne weiteres vergehen durfte. Sich ihn vorzustellen, half ihr dabei, sich an das zu erinnern, was er wissen wollte.

Was sie erzählte, fiel lückenhaft und mehr oder weniger zusammenhanglos aus, weil das Gewicht des Steins sie beim Reden störte, wiederholt beeinflußte. Trotzdem legte sie ihm, so gut sie imstande war, alles offen, was sie wußte. Sie bestätigte, was er bezüglich der Entscheidung der Zunft, den Kämpen der Translation zu unterziehen, sowie Meister Gilbur und Meister Eremis zu einem geheimen Treffen der Gauherren zu schicken, bereits gemutmaßt, geschlußfolgert hatte. Meister Eremis hatte für das Zustandekommen des Treffens gesorgt, aber sich gegen die Translation des Kämpen ausgesprochen. Meister Quillon war es, der sie gewarnt hatte, sie solle Geraden nichts verraten. ›*Ihr könnt's.*‹ Sie beschrieb das Geheimtreffen und dessen Ausgang, ferner alles, an das sie sich in bezug auf Prinz Kragen entsinnen konnte, und den Überfall des Mannes in Schwarz.

Sobald sie verstummte, hielt sie für einen Moment den Atem an, weil sie hoffte, das Druckgefühl im Brustkorb werde sich mildern. Aber das tat es nicht. Geradens Reaktion verdutzte sie. »Also ist Quillon ein Verräter«, sagte er mit leiser Stimme, die zerfahrener und trostloser denn je klang.

»Was meinen Sie?«

»Er hat Euch davon abgeraten, mich einzuweihen, dieweil er darüber vollauf Klarheit besaß, ich würde König Joyse Kunde von der angesagten Zusammenkunft geben … Und vom Kämpen.«

»Nein.« Der Staub in Terisas Lungen schien sich in Stein zu verwandeln. Sie konnte unmöglich Ruhe bewahren, sie schaffte es nicht ... »So betrachtet, wären alle Meister Verräter. Sie haben für die Translation des Kämpen *und* das Treffen gestimmt. Meister Quillon ist bloß der Zunft treuer als König Joyse. Und er versucht dafür zu sorgen, daß Sie am Leben bleiben.« *Geraden, hilf mir!*

Er überlegte eine Zeitlang. »Es muß ein Verräter in der Zunft sitzen.« Der Schmerz in seiner Stimme machte sich deutlicher bemerkbar. »Jener Fremdling, welcher Euch überfallen hat, muß von jemandem gewußt haben, wohin Ihr geht. Folglich kommen die Gauherren und Prinz Kragen nicht in Betracht.« Abgehackt stöhnte er. »Ah!« Doch im nächsten Moment sprach er schneller, mit etwas hellerer Stimme weiter. »Selbst wenn Meister Eremis ihnen angekündigt haben wollte, daß er Euch mitzubringen beabsichtigt, wußte dennoch keiner von ihnen über Eure Anwesenheit Bescheid, als der erste Anschlag auf Euch stattfand. Allein die Zunft wußte von Euch. Und daß jener Meuchler schlichtweg im Handumdrehen verschwand ... Für derlei erfordert's Imagomantie. Ein Meister wünscht Euren Tod. Er weiß, Ihr seid der einzige Mensch, welcher Mordant zu retten vermag. Wenn's nicht Quillon ist, so muß's Eremis sein.«

»Nein«, wiederholte Terisa. *Das habe ich nicht gemeint. Du verstehst mich nicht. Ich brauche ihn.* Wieder verschob sich der Schutt. Terisa glaubte spüren zu können, wie ihre Rippen nachzugeben begannen. *Ich brauche ihn, damit er mir zeigt, wer ich bin.* Andererseits kühlte die Luft anscheinend ab. Das jedenfalls war ein kleiner Segen. »Er versucht Mordant zu *schützen.* Sehen Sie das denn nicht ein? Er bemüht sich um Verbündete. Er will Möglichkeiten zur Verteidigung schaffen. Weil König Joyse nichts unternimmt.«

»Nein, ich sehe nichts dergleichen«, entgegnete Geraden im Ton von Zerstreutheit. »Seid Ihr nicht der Auffassung, es war seltsam von ihm, Euch zu jener Zusammenkunft mitzunehmen? Ihr habt nicht gewußt, daß er selbige Absicht hegt. Woher hat der Mann, der Euch überfiel, es erfahren? Weshalb hat Meister Eremis sich so eilends verabschiedet und Euch in Prinz Kragens Obhut belassen? Mag sein, er hatte es so eilig, um mittels Spiegel das Erscheinen und Verschwinden des Meuchlers bewerkstelligen zu können.«

»Nein. Nein.« *Du verstehst nichts.* Druck. Staub. *Ich habe das aufreizendste Kleid angezogen, das ich finden konnte, und ich bin ganz von mir aus zu seiner Wohnung gegangen ... Ich muß NACHDENKEN.* »Sie sind unfair. Sie waren doch heute früh bei ihm, als er mich holen kam. Sie haben miterlebt, wie er sich verhalten hat. Er wußte nichts von dem Überfall. Das Attentat muß schon vorher geplant worden sein. Wie hätte er denn wissen sollen, wie das Treffen ausgeht? Er wollte, daß es ein Erfolg wird. Er hat ganz bestimmt nichts getan, um Resultate zu verhindern.«

»Herr Fayle war dort«, murmelte Geraden. »Er ist kein Mann, der irgend etwas mit verbotener Imagomantie zu schaffen haben möchte. Das ist jedermann bekannt.«

Terisa hörte nicht zu. Ihre gesamte Konzentration galt dem, was sie klarzustellen versuchte. Es war wichtig; sie wußte, es war wichtig. *›Ihr könnt's.‹* Falls sie dies Unglück überlebte — und Meister Eremis auch —, mußte sie umgehend mit Eremis reden. Er mußte darüber informiert werden, daß es in der Zunft einen Verräter gab. »Und woher hätte Eremis wissen können, wo König Joyse mich unterbringt? Der erste Überfall auf mich muß ebenfalls im voraus geplant gewesen sein. Aber kein Meister konnte ahnen, daß Sie nicht den Kämpen, sondern mich durch den Spiegel holen.« Schwächlich hustete Geraden. Dann hörte Terisa ihn röcheln. Augenblicklich verflog alles andere als die Sorge um ihn aus ihrem Bewußtsein. Der Schutt zermalmte ihn. »Geraden! Was ist mit Ihnen? Was ist los?« Für eine Weile antwortete er nicht. Terisa sah ihn vor sich, wie er in Meister Gilburs Griff hing, baumelte, fiel, unaufhörlich fiel, den Kopf blutverschmiert, den Schädel gebrochen. Noch einmal versuchte sie wie verrückt, sich von der Stelle zu bewegen, aber vergeblich. *»Geraden!«*

»Um Verzeihung.« Zu Terisas Staunen und Erleichterung klang seine Stimme nun, als hätte sich seine Situation gebessert. »Ich hatte beileibe nicht vor, Euch Schrekken einzuflößen. Diese Trümmer bewegen sich fortwährend. Ein Weilchen lang drückte mir Stein auf den Hals. Fällte Euch das Atmen nicht auch leichter als zuvor?« Zunächst begriff Terisa nicht, was er meinte. Der Staub war womöglich noch dichter geworden. Aber dann merkte sie, wie stark die Luft abgekühlt war, wie deutlich kühler als die Steine rundherum; sie war fast eisig. »Man kommt uns nahe«, sagte Geraden. »Man wird uns ausgraben. Wir werden befreit.«

Sich länger zu beherrschen außerstande, brach Terisa in Tränen aus.

Doch bis zur Rettung schien noch eine Ewigkeit zu verstreichen. Die Luft wurde immer kühler, sie kühlte die Steine ab, linderte den fürchterlichen Druck in Terisas Lungen; davon abgesehen, änderte sich jedoch nichts, mit Ausnahme eines Anwachsens der Bewegungen im Schuttberg. Das ständige Schieben und Absacken stürzten Terisa beinahe doch noch in Panik: sie hatte den Eindruck, schon das geringfügigste Verrücken der Steine müsse ihr das Rückgrat brechen. Sie konnte nicht vermeiden, daß sie vor sich hinschluchzte. Trotzdem erwies Geradens Nähe sich als Hilfe. Und sie wußte, wie man durchhielt, hatte es während der Stunden gelernt, in denen sie zu vergehen schien.

Und plötzlich schwand das Gewicht ganz einfach von ihr, als wäre es nie vorhanden gewesen. Sie hörte Stimmen; weitere Steine verschwanden. Hände wühlten im Schutt, packten sie mit einer Grobheit, die Besorgnis anzeigte, an den Armen, zogen sie aufwärts.

Sie weinte noch, als sie auf den Beinen stand, aber die Tränen wuschen ihr den Grus aus den Augen. Als sie wieder etwas erkennen konnte, sah sie, wie Artagel seinen Bruder unterhalb der Selle, wo sie gelegen hatte, aus den

Trümmern zerrte. Meister Quillon stützte sie. »Seid Ihr wohlauf, edle Dame?« Er wirkte, als weine er auch. »Seid Ihr unversehrt?« Seine Stimme kam Terisa ebenso wundervoll vor wie der Halt, den seine Arme ihr boten, wie die eiskalte, freie Luft, die Möglichkeit des Bewegens.

Geraden klammerte sich an seinen Bruder und hustete, als ob ihm die Lungen platzten. Doch er atmete. Anscheinend hatte er sich nichts gebrochen. Staub verbarg die Blutspuren an seiner Schläfe.

Schneefall machte die Umgebung so düster wie Dämmerung, aber Terisa konnte unterscheiden, was vom Versammlungssaal der Zunft übrig war; rings um die geborstenen Stümpfe der Säulen standen die Türen offen. Noch immer bedeckten enorme Mengen zersprungenen Steins den Fußboden. Zwischen den Trümmern standen wenigstens ein Dutzend Meister, die Spiegel hielten, und zahlreiche Schloßwächter mit Schaufeln, Hacken und Brechstangen. Flüchtig sah sie Meister Eremis; er entfernte sich, als hätte er es sehr eilig.

»Wir haben's vollbracht!« brüllte auf einmal Artagel; die Schloßwächter ließen die Werkzeuge fallen und fingen zu jubeln an.

»Ein schrecklicher Fehler ist uns unterlaufen«, sagte Meister Barsonage leise. Unterm Staub, der ihm das Gesicht verkrustete, waren seine Augen von Müdigkeit gerötet. Seine Hände stemmten einen großen Spiegel, den Geraden kannte: Man sah im Glas ein endloses Meer. Dem Mediator bebten aus Erschöpfung die Schultern. »Niemals hätten wir das Wagnis einer Translation des Kämpen eingehen dürfen. Wir waren allesamt von Sinnen. Kastellan Lebbick hat ihm fünfzig Mann nachgesandt, jedoch bezweifle ich, daß sie genug an der Zahl sind. Nichtsdestoweniger haben wir weitaus mehr Glück gehabt, als wir's für unsere Torheit verdienen. Die Zunft hat lediglich zwei Meister zu beklagen.« Er nannte zwei Namen, die Terisa nie gehört hatte. »Und Ihr lebt, edle Dame.« Seine Stimme nahm einen Ton von Verunsicherung an. »Ich bitte Euch inständigst, edle Dame, verzeiht uns. Wir haben wie Dummköpfe gehandelt … doch lag's keineswegs in unserer Absicht, Euch irgendeinen Schaden zuzufügen.«

Geraden rieb sich eine Staubwolke aus dem Haar. »Erklärt das Meister Gilbur.« Er lächelte. »Hätte er ein wenig fester zugeschlagen, mir wäre das Genick zerhauen worden.« Aber allem Anschein nach konnte er seinen Blick nicht klären. »Mit Erlaubnis, edle Dame«, sagte er zu Terisa, »mich dünkt, ich kann's nicht abwenden, ich muß mich für eine Weile niederlegen.« So umstandslos, als wäre es das Eleganteste, was er je zustande gebracht hatte, sank er in Artagels Armen in Ohnmacht.

In der Decke des Saals klaffte ein Riesenloch, und in der Etage darüber waren schwere Verwüstungen entstanden; die schlimmsten Schäden befanden sich allerdings seitlich des Versammlungssaals, wo der Kämpe sich mit Gewalt einen Weg nach oben und durch die Schloßmauer gebahnt hatte. Böiger Wind wehte Schnee herein. Das Schneetreiben war so stark, daß sich Flocken in Meister Quillons Haar niederschlugen und auf den breiten Schultern des Mediators sammelten.

Geraden glaubte, daß sie, Terisa, Mordant retten könnte.

Als sie in den Schneefall hinaufschaute, meinte sie, sie höre fernen Hörnerschall.

15

Romantische Anwandlungen

Terisa zitterte. Die Lufttemperatur schien rasch zu sinken, aber Terisa wußte: Dabei handelte es sich nur um eine körperliche Reaktion, um die Konsequenzen dessen, was sie mitgemacht hatte, für Körper und Seele. Das graue Kleid, ursprünglich so warm und angenehm, gewährte ihr nun gegen die Eisigkeit keinerlei Schutz. Granitstaub bedeckte jede Faser des Stoffs, jeden Quadratzentimeter ihrer Haut, und ihr Haar fühlte sich davon an wie verklebte Wolle. Sie hatte dafür, daß Geraden in Ohnmacht gefallen war, volles Verständnis.

Jemand hielt ihr einen derben Becher, wie ihn wohl Soldaten benutzten, vors Gesicht. Sie nahm ihn und trank einen ergiebigen Zug, weil sie dachte, darin sei Wein. Doch das Getränk erwies sich als starker Schnaps. Die Eingeweide krampften sich ihr zusammen. Aber als sie mit Husten und Japsen fertig war, fühlte sie sich wohler. Die Lungen begannen sich zu reinigen, noch mehr Dreck war ihr aus den Augen gespült worden. Ihr war wärmer.

Geraden blieb besinnungslos. Artagel hatte ihn auf dem Schutt ausgestreckt, und ein Mann in grauem Wams und ausgebauschter Baumwollhose untersuchte ihn; nachdem er seine Brust abgehört und den Puls gefühlt hatte, wischte der Mann ihm den Schmutz aus dem Gesicht, bemerkte die Wunde an der Schläfe und säuberte sie, dann entnahm er einer Ledertasche ein Fläschchen und träufelte ihm eine Flüssigkeit zwischen die Lippen. »Er schläft«, konstatierte der Mann gelassen, indem er sich aufrichtete. Anscheinend war er Arzt. »Wie's ausschaut, hat er keine ernstlichen Verletzungen erlitten. Bringt ihn in sein Bett. Laßt ihn für ein bis zwei Stunden lang ruhen. Danach weckt ihn, auf daß er ein Bad nehme und etwas speise. Sollte er Beschwerden äußern — oder nur mit Mühe geweckt werden können —, werde ich mich sogleich einfinden.« Artagel nickte, und der Mann wandte sich an Terisa. »Seid Ihr verletzt, edle Dame?« Sie erprobte ihre Arme und Beine; sie fühlten sich unnatürlich steif an, und sie konnte einfach nicht zu zittern aufhören, aber offenbar war noch alles heil. Der Arzt beobachtete sie mit sachkundiger Aufmerksamkeit. »Prellungen und Kopfschmerzen sind zu erwarten. Doch solltet Ihr Schmerz im Leibesinnern verspüren oder größere Schwellungen entdecken, oder Anfälle von Schwindel oder längerer Schwäche Euch heimsuchen, müßt Ihr mich zu Euch rufen.« Er nahm seine Tasche und verließ den zerstörten Versammlungssaal.

Artagel hob Geraden auf seine Arme. »Kümmern Sie sich um ihn«, bat Terisa leise. Artagel schenkte ihr ein Lächeln und ging, trug seinen Bruder mit Leichtigkeit.

»Kommt, edle Dame!« Noch immer stützte Meister Quillon sie. »Gestattet mir, Euch zu Euren Gemächern zu geleiten. Auch Euch dürften Ausruhen, ein Bad sowie Speise und Trank gar aufs vortrefflichste erquicken.«

Auf Meister Quillon gestützt, weil ihre Beine irgendeine Art von Eigenwilligkeit an den Tag legten, ließ sich Terisa von ihm von der Unglücksstätte führen. »Ist Geraden jetzt außer Gefahr?« stellte sie die Frage, die sie am meisten beschäftigte, sobald sie sich in der relativen Ungestörtheit — und wärmeren Luft — der Korridore befanden, die aus dem Laborium führten. »Haben seine Feinde jetzt noch einen Grund, ihn ermorden zu wollen?«

Einen Moment lang zögerte Quillon mit der Antwort. »Edle Dame«, entgegnete er schließlich, »laßt mich zuvörderst erklären, daß ich nicht weiß, welchen Vorteil Mordants Feinde durch dieses ›Kämpen‹ Gegenwart zu erlangen hoffen. Ebensowenig allerdings weiß ich, welchen Nutzen *wir* von seiner Anwesenheit haben könnten. Ich stehe zu den Beschlüssen der Zunft, dieweil ich Imagomant bin — aber den Entschluß zu seiner Translation vermag ich nicht zu begreifen. Anscheinmäßig ist er eine Gefahr ohne bestimmten Zweck, ohne Sinn, ohne Verbindungen. Insofern dürften aus seinen sämtlichen Taten allein zufällige Einflüsse gedeihen. Mag sein, sie werden unseren Gegnern, mag sein, sie werden uns nutzen. Dennoch ist's klar, daß die unmittelbare Gefährdung Geradens geringer geworden ist. Solltet Ihr ihm auch alles offenbaren, was Ihr vernommen habt, welcherlei Maßnahmen vermöchte er nun doch wider jene, die ihm Übles wollen, zu ergreifen? Und doch, edle Dame«, — jetzt sprach er mit Betonung —, »der *Grund* seiner Gefährdung ... Ich habe nie festzustellen vermocht, welcher Art er ist. Ich weiß nicht, was ihn für seine Gegner zu einer Bedrohung erhebt; folglich mag ich nicht behaupten, daß sie ihm nunmehr weniger grollen. Der Grund seiner Gefährdung bleibt bestehen.«

Meister Quillons Darlegungen verursachten Terisa ein Schaudern; aber sie nahm sie zur Kenntnis. Sie brauchte etwas, um ihren Verstand zu beschäftigen. »Warum macht König Joyse diese Leute nicht unschädlich?« fragte sie, da Quillon gerade so redselig war. »Weshalb hat er so lange gewartet, bis er Kastellan Lebbick schickte?«

Mißbehaglich räusperte sich der Meister. »Edle Dame, Herr Fayle trachtete König Joyse zu warnen, fand jedoch kein Gehör. Der König lehnte es ab, ihn zu empfangen. Kastellan Lebbick hatte keinen Befehl zum Einschreiten. Er handelte aufgrund eigener Erwägung, nachdem Herr Fayle sich an ihn gewandt hatte.«

»Aber wieso ist das so gelaufen?« hakte Terisa nach. »Ich dachte, König Joyse ist gegen diese Art von Translation. Ich war der Meinung, eben wegen solcher Überlegungen habe er die Zunft gegründet ... um sämtliche Imagomanten an einem Ort zu haben und sicherzugehen, daß sie keine Translationen gegen den Willen der Betroffenen mehr durchführen.«

Meister Quillon stieß ein Schnaufen des Überdrusses aus. »Wäre ich dazu fähig, unseres Königs Handlungen oder seine Unterlassungen zu durchschauen, Mordant befände sich nicht in solcher Not, wie's der Fall ist.« Das war die aufschlußreichste Auskunft, die Terisa von ihm erhalten konnte.

Durch Ansammlungen furchterfüllender, beunruhigter, neugieriger Menschen brachte Quillon sie in die Richtung zum Turm; als sie ihr Quartier erreichten, fanden sie die Tür unbewacht vor. »Vorzüglich«, murmelte Quillon verärgert. »Das ist vortrefflich.«

Benommenheit kroch wie Nebel in die Furchen und Windungen von Terisas Gehirn. Ihre nachträgliche Reaktion auf das Unglück nahm noch an Stärke zu. »Was ist vortrefflich?« fragte sie, als wäre ihr Kopf voller Watte.

»Die Wachen.« Der Meister blieb stehen, stemmte die Fäuste in die Hüften; er vollführte ruckartige Kopfbewegungen, spähte nach allen Seiten. »Sie sind alle zusammengerufen worden, um den Schutt abzutragen. Nun seid Ihr ohne Beschützer. Sollte jener Meuchelmörder, welcher darauf sinnt, Euch das Leben zu rauben, diesen Augenblick ausersehen, um einen neuen Anschlag auf Euch zu wagen, wärt Ihr verloren.«

Offensichtlich maß er dem, was er sagte, erhebliche Wichtigkeit bei. Doch irgendwie entging es Terisa, worauf es ihm ankam. »Woher wissen Sie davon?« fragte sie bedächtig.

Quillon widmete ihr einen scharfen Blick, rümpfte die Nase. »Edle Dame, Ihr müßt ausruhen. Zudem schlage ich Euch vor, einen tüchtigen Schluck Wein zu trinken. Dennoch, Ihr seid ohne Schutz.«

»Ich mein's ernst.« Es fiel Terisa immer schwerer, mit hinlänglicher Lautstärke zu sprechen. *Ich habe niemandem etwas erzählt. Artagel auch nicht. Und Prinz Kragen und Perdon sicher auch nicht.* »Woher wissen Sie, daß ich gestern nacht überfallen worden bin?«

»Gestern nacht?« Verblüffung machte Quillons Stimme schrill. »Ihr seid in der gestrigen Nacht überfallen worden? Von jenem selbigen Mann?« Stumm nickte Terisa. »Tod und Verhängnis. Beim puren Sand der Träume, wozu unterzieht sich Kastellan Lebbick überhaupt der Mühsal, dem dummen Vieh, welches ihm als Schloßwache dient, irgendwelche Unterweisungen einzutrichtern?!« Offenbar kostete es ihn alle Anstrengung, sich zu beherrschen. »Edle Dame«, fragte er Terisa, indem er sich dicht vor sie stellte, »wie seid Ihr mit dem Leben davongekommen?«

»Artagel hat mich gerettet. Geraden hat ihn gebeten, auf mich aufzupassen.«

»Den Sternen sei Dank für dieses ungestümen Burschen hartnäckige Neigung zum Einmischen!« stieß Meister Quillon mit regelrechter Leidenschaft hervor. »Weshalb habt Ihr niemanden von selbigem Vorfall unterrichtet?« wollte er gleich darauf wissen.

Terisa blinzelte ihn an, seine Aufregung zu verstehen außerstande. Die Unterhaltung zog sich zu lange hin. Sie hatte nur noch eines vor, nämlich sich hinzulegen. »Was erwarten Sie denn«, hielt sie ihm entgegen, um ihn von einer Fortsetzung des Gesprächs abzubringen, »wem ich vertrauen soll?«

Für einen kurzen Moment sah Quillon so kummervoll und verzweifelt aus wie ein naßgewordenes Meerschweinchen. Dann schüttelte er den Kopf, schnitt eine düstere Miene. »Euer Einwand überzeugt mich, edle Dame. Ihr befindet Euch in keiner einfachen Lage. Eines Tages jedoch wird sie günstiger sein ... falls Ihr so lange lebt.« Als er weiterredete, tat er es in lebhafterem Ton. »Begebt euch in Eure Gemächer. Verriegelt die Tür. Ich werde Wache halten, bis Lebbicks Männer ihre Aufgaben von neuem aufnehmen. Sobald's sich einrichten läßt, werde ich Euch durch Eure Zofe Speise und Wein bringen lassen.« Der Nebel um Terisas Hirn verdichtete sich; sie starrte Quillon an, ohne irgend etwas zu begreifen. Sein Gesicht nahm einen sanftmütigeren Ausdruck an. »Geht, edle Dame!« Er faßte sie am Arm und schob sie zur Tür. »Ihr bedürft dringlich der Erholung. Und bleibt Ihr länger hier stehen, wird Euer Argwohn mir unerträglich sein.«

Irgendwie genügte seine sonderbare Mischung aus

Kummer und Sorge, um Terisa in Bewegung zu setzen. Sie betrat ihr Quartier, und er schloß hinter ihr die Tür.

Danach verließ die Fähigkeit zum Handeln Terisa vollständig. Sie vergaß, die Tür zu verriegeln. Sie stand mitten im Zimmer und betrachtete die Fenster. Der Schneesturm trübte die Scheiben. Schnee häufte sich draußen vor der Verglasung auf den Fenstersimsen; Schnee glitzerte in der Helligkeit, die ins Freie drang, spiegelte den Lichtschein aus dem Zimmer wider. Flocken wehten, wirbelten immerzu heran wie winzige Stückchen Licht, doch hinter ihnen war alles dunkel, undurchdringlich wie Stein.

Nach einer Weile merkte sie, daß sie nicht länger stand, sondern auf dem Teppich lag. Sie fühlte sich schwach, irgendwie überdreht, gleichzeitig jedoch klarer, weniger benebelt.

Vorsichtig erhob sie sich und suchte die Karaffe mit dem Wein. Sie war aufgefüllt worden, ein Sachverhalt, der ihr gleichgültige Überraschung bereitete, bis ihr auffiel, daß außerdem das Bett gemacht worden war, jemand die Kaminfeuer neu entfacht, den Vorrat an Brennholz ergänzt hatte, und sie begriff, daß viel Zeit vergangen war, seit sie heute morgen ihre Unterkunft verlassen hatte; genug Zeit für Saddith, um diesen Teil ihrer Pflichten zu erledigen.

Weil Meister Quillon es ihr geraten hatte, füllte sie ein Glas mit Wein, trank es leer, schenkte es nochmals voll. Anscheinend erhöhte der Wein nicht nur ihren inneren Abstand zum Geschehen, sondern festigte auch ihre Gemütsverfassung. Deshalb erschrak sie nicht, als sie plötzlich Stimmen vor der Tür hörte.

»Wie geht es ihr?« erkundigte sich eine Frau.

»Sie ruht, hochedle Dame«, antwortete Meister Quillon.

»Es mißfällt mir, daß sie allein ist.« Terisa hatte den Eindruck, daß die Frau zögerte. »Doch wenn sie ruht, könnte ein Klopfen sie stören.«

»Öffnet getrost die Tür«, empfahl der Meister. »Sie hat sie, glaube ich, nicht verriegelt.«

»Meinen Dank, Meister Quillon.« Die Klinke bewegte sich, und Prinzessin Myste betrat das Zimmer. Sie sperrte die Tür ab, ehe sie sich umdrehte und Terisa sah. Die Prinzessin trug einen sehr dicken Umhang in der Farbe alten Schnees, zu schwer und zu warm, um darin im Innern Schloß Orisons herumzulaufen. Sie hielt ihn mit den Armen geschlossen, so daß er sie vom Hals bis zum Boden verhüllte, ihr ein Aussehen gab, als wolle sie auf diese Weise die Peinlichkeit verbergen, schnell zwanzig oder fünfundzwanzig Kilo Gewicht zugenommen zu haben. Die Röte der Wangen und der Schweiß auf der Stirn bewiesen, daß sie tatsächlich viel zu warm angezogen war, aber sie lächelte, und die Augen funkelten von Scharfblick, als sähe sie die Dinge zum erstenmal seit Jahren in aller Deutlichkeit. »Terisa«, sagte sie, indem sie sie rasch musterte, »ich sehe, Ihr seid wohlbehalten. Ein Bad bekäme Euch gut.« Sie lächelte humorig. »Doch Ihr seid wohlauf. Ich bin höchlichst erfreut.« Man konnte ihr ansehen, daß sie sich wirklich freute. »Ganz Orison weiß, was Ihr heute erleiden mußtet. Zieht man des Unglücks Schwere in Betracht, so dünkt's geradezu unglaublich, daß Ihr's unversehrt zu überstehen vermochtet. Habe ich Euch nicht zu erleutern versucht, daß Ihr außergewöhnlicher seid, als Ihr's wahrhaben möchtet?«

Diese Auffassung verdutzte Terisa. Sie war sich ganz sicher, nichts Besonderes zu sein. Andererseits machte es sie froh, Myste wiederzusehen. Mehrere Tage waren seit ihrem letzten Gespräch vergangen, aber sie erinnerte sich noch daran, daß die Königstochter darauf Wert legte, ihre Freundin zu werden. »Darf ich Ihnen etwas Wein anbieten?« fragte sie verlegen.

Das Lächeln der Prinzessin blühte zu einem Lachen auf, dann jedoch war sie auf einmal ernst. »Ich wollte gern ein wenig Wein mit Euch trinken. Zuvor aber«, — sie stockte, als fürchte sie sich plötzlich, das auszusprechen, was sie zu sagen beabsichtigte —, »müßt Ihr darin einwilligen, mich zu verstecken.«

Dieser Seltsamkeit erwies sich Terisas Gleichmut als nicht gewachsen. »Euch zu verstecken?«

»Nur bis zum Abend«, erklärte Myste rasch. »Nur bis zum Anbruch der Dunkelheit. Dann werde ich forteilen, und niemand wird wissen, daß Ihr mir Beihilfe gewährt habt. Solltet Ihr hingegen nicht einwilligen, so bleibt mir keine Zeit, um mit Euch Wein zu trinken. In diesem Fall müßte ich ohne Verweilen gehen und darauf hoffen, daß es mir gelingt, mich ohne Hilfe zu verbergen.«

»Einen Moment mal!« Terisa begann wieder schwummrig zu werden. »Moment mal!« Sie winkte mit beiden Händen ab. »Wie meinen Sie das, niemand wird's wissen? Meister Quillon weiß schon Bescheid. Er weiß, daß Sie hier sind.«

»Gewiß, aber wem wird er's vermelden? Der Schloßwache? Eurer Zofe? Die Meister der Zunft kennen im allgemeinen keine Neigung, derlei Leuten irgend etwas mitzuteilen. Und wenn wir die Sache klug handhaben, wird er die Bedeutung dessen, was er weiß, nicht ersehen, bis ich weit fort bin. Und überdies«, — die Miene der Prinzessin bezeugte Kummer, aber sie hielt Terisas Blick stand —, »muß ich Euch bitten, um meinetwillen zu lügen. Sobald Meister Quillon kundgibt, was er weiß, und man fragt Euch, wohin ich entschwunden sei, so antwortet, ich hätte mich baldigst nach meinem Besuch bei Euch wieder verabschiedet, und aufgrund ihres Ausbleibens hätten die Wächter mich nicht gesehen. Oder nennt schlichtweg als Auskunft, Ihr hättet davon keine Kenntnis, wohin ich gegangen bin. Terisa, ich täte mich nie und nimmer mit einem solchen Ersuchen Euch nahen, bliebe mir eine Wahl.«

»Nein, halt mal, einen Moment«, sagte Terisa nochmals. »Ich kapiere gar nix. Wo wollen Sie denn hin?«

Myste setzte zu einer Antwort an, aber plötzlich forderte sie Terisa mit einer Geste zum Schweigen auf. Terisa hörte Sadditha Stimme. »Ist meine Herrin unbeschadet? Sobald ich von ihrer Errettung vernahm, habe ich mich herbeeilt.«

»Sie wird sich erholen«, antwortete Meister Quillon. »Ehe du dich zu ihr begibst, spute dich und hole die Wächter, welche hier vor ihrer Tür Wache halten sollten. Ich habe wichtigere Angelegenheiten zu verrichten, als für den Rest des Nachmittags vor einer Tür des Müßiggangs zu pflegen. Und bringe Speise und auch Wein.«

»Jawohl, Meister.«

Als sich Saddith entfernte, hob Myste in einer Gebärde die Schultern, die anscheinend ausdrücken sollte: Ich hab's ja gesagt. »Sie wird bald wiederkommen«, flüsterte Terisa heftig. *»Wohin wollen Sie?«*

Man sah der Königstochter Unbehagen an, eine gewisse Traurigkeit, doch gleichzeitig wirkte sie erregt, als brodle in ihr eine insgeheime Leidenschaft. »Gebe ich Euch mein Vorhaben preis, seid Ihr dazu imstande, es zu vereiteln. Darum müßt Ihr mir zuvörderst Euer Wort geben, daß Ihr mein Geheimnis hüten und mich nicht hindern werdet.« Terisa verharrte reglos, dachte nach. Ihr Verstand war inzwischen wieder klar genug, um begreifen zu können, daß man von ihr etwas forderte, das sie nicht im geringsten einschätzen konnte, das Konsequenzen haben würde, die sich nicht voraussehen ließen. Sie zögerte, weil sie nicht wußte, was sie sagen sollte. Ihr Schweigen verstärkte die Schmerzlichkeit in Mystes Miene. »Verzeiht mir!« bat die Prinzessin leise. »Ich sollte Euch nicht soviel abverlangen. Ihr tragt bereits selbst an schweren Bürden. Ich werde unverzüglich gehen.«

»Nein!« Damit schreckte sie Terisa aus ihrer Unsicherheit. »Das ist nicht nötig. Ich werde niemandem verraten, wohin Sie gehen. Ich verstecke Sie. Ich möchte ja nur eine Erklärung. Die Meister haben die Translation ihres Kämpen durchgeführt, und er hat sich wie ein Berserker benommen. Geraden und ich sind verschüttet worden. Menschen werden getötet. Leute tauchen auf und verschwinden. Jeder betrügt jeden.« *Geraden glaubt, ich könnte Mordant retten.* »Es ist zum Verrücktwerden. Ich möchte wenigstens *ein*mal *etwas* verstehen.«

Zu ihrer Erleichterung lächelte Myste und nickte. »Ich will's Euch freudig erklären, so wohl ich's vermag, zumal ich dadurch eine Last von meinem Herzen wälzen kann. Wärt Ihr Elega«, — ihr Lächeln verwandelte sich in eine Grimasse —, »Ihr wolltet mit Gewißheit wähnen, ich sei von Sinnen geworden. Freilich, es handelt sich dabei erneut um etwas von jener Art, die sie ›romantische Anwandlungen‹ heißt, und durchaus wohl um die ärgste von zahlreichen derartigen, schlimmen Anwandlungen. Dennoch hoffe ich, daß Ihr für mich Verständnis hegt. Darf ich nun vom Wein haben?«

»Selbstverständlich.« Halb geschmeichelt, halb erfreut, füllte Terisa Wein in einen zweiten Pokal und reichte ihn der Prinzessin. Unterdessen öffnete Myste ihren Umhang, streifte ihn von den Schultern und legte ihn beiseite. Darunter trug sie so etwas wie eine schwere Herrenlederjacke, eine ebenfalls aus Leder genähte Hose sowie eindeutig für den Aufenthalt im Freien bestimmte Stiefel. Die Prinzessin hatte im Umhang so massig ausgesehen, weil sie sich eine Anzahl von Beuteln, anscheinend voller Proviant, an Gurten um die Schultern geschlungen hatte. An ihrem Gürtel hingen Messer: ein langer Parierdolch und ein kurzer Dolch. Sie bat, sich setzen zu dürfen. Terisa nickte, war froh, sich jetzt selbst hinsetzen zu können; die Knie schienen ihr immer wackliger statt standfester zu werden.

»Terisa«, begann Myste nach einem langen Zug aus dem Pokal, »ich habe von Anfang an geglaubt, daß Ihr dazu bereit wärt, mir beizustehen. Ebenso glaube ich, daß Ihr für mich Verständnis haben werdet. Doch geschieht's beileibe nicht aus bloßer Leichtfertigkeit, daß ich jemandem zumute, an dem mitzuwirken, was ich mir vorgenommen habe. Ich besitze wahrhaft keine Wahl. Seid Ihr Euch dessen bewußt«, — sie äußerte die Frage sehr langsam —, »daß Schloß Orison durch und durch von Geheimgängen durchzogen wird?«

»Ja«, sagte Terisa verblüfft, bevor sie zum Überlegen kam. »Ich habe einen im Schlafzimmer entdeckt.«

Myste lächelte, als wäre sie allein, und ihr Blick entglitt ins Ferne. »Seit kaum zehn Tagen weilt Ihr unter uns, und Ihr habt bereits so vieles in Erfahrung gebracht. Ich hätte mich nicht so wie Ihr bewährt. Ich bin stets ein Weib gewesen, welches jahrelang ein Leben führen konnte, ohne derlei Entdeckungen zu machen. Elega dagegen ist von anderem Schlage. Schon als sie zwölf Lenze zählte, war ihr das Erkunden geheimer Gänge zur liebsten Kurzweil geworden. Doch vermochte sie niemals Torrents Interesse daran zu wecken, daher drängte sie mich, sie zu begleiten. Gälte es, unsere jeweilige Natur während unserer Kinderjahre zu bezeichnen, so müßte man sagen, Elega war kühn, Torrent schüchtern, und ich war verträumt. Auf gewisse Weise empfand ich die Geheimgänge als aufregender denn Elega. Sie würde sagen, für mich seien sie ›romantisch‹. In anderer Hinsicht hingegen blieben sie mir gleichgültig. Ich erkundete sie gemeinsam mit Elega, allein um mein Vorstellungsvermögen zu beflügeln. Damit gab ich mich zufrieden. Am Ende mißachtete ich ihr Drängen. Aber ich habe genug Kenntnisse der Geheimgänge gesammelt, um mich nun dessen zu unterfangen, was ich im Sinn habe. Terisa, es mag sein, Euch ist unbekannt, daß nicht sämtliche Geheimgänge miteinander verbunden sind. Man hat sie zu verschiedenen Zeiten und unterschiedlichen Zwecken angelegt. Die Mehrzahl gewährt nur zu einigen Örtlichkeiten Orsions Zugang. Mein Wissen über die Geheimgänge ist nicht allzu umfangreich. Der einzige Zugang, welchen ich kenne, ist selbiger, dessen ich nun bedarf, er führt in einen Geheimgang, der just den Verlauf nimmt, wie er meiner Absicht dienlich ist, und besagter Zugang befindet sich im Kleiderschrank in Eurem Schlafgemach. Darum hatte ich keine Wahl, ich mußte Euch aufsuchen.« Fast hätte Terisa gefragt: Sie meinen, Sie wollen dorthin, wo Großmeister Havelock haust? Aber ihr fiel ein, daß es in dem Geheimgang mehrere Abzweigungen gab, und sie hielt den Mund. »Falls ich nicht vergessen habe«, sagte Myste bedächtig, »was Elega und ich gemeinsam in Erfahrung brachten, falls meine Vorstellungskraft sich nicht mit meiner Erinnerung vermengt, so mündet eine Abzweigung dieses Geheimgangs nahe des Versammlungssaals der Meister ins Laborium.«

»Wozu wollen Sie *dort*hin?« Terisa konnte sich die Frage nicht verkneifen.

»Von dort aus mag's mir möglich sein«, antwortete die Prinzessin mit fester Stimme, »Orison durch die Bresche im Außenwall unbeobachtet zu verlassen. Geheime Ausgänge kenne ich nicht, und die Tore läßt Kastellan Lebbick weitaus besser bewachen, als den meisten Menschen klar ist. Gelingt's mir nicht, aus dem Schloß ungesehen zu fliehen, wird man mich wider meinen Willen zurückbringen, und mein Vorhaben wäre vereitelt. Freilich wird auch die Bresche in der Mauer bewacht sein. Mit dieser Aufgabe jedoch dürften die Wachen noch nicht so vertraut sein. Gewißlich achten sie auf Feinde, welche womöglich von außen einzudringen trachten, aber nicht auf Bewohner Orisons, welchselbige das Schloß zu verlassen wünschen. Und wenn's auch ferner so stark schneit, wird der Schnee in gewissem Maß meiner Entdeckung vorbeugen. Mag sein, es kann mir gelingen.«

Wieder beschlich ein Gefühl der Umnachtung Terisas Hirn. Sie brauchte Schlaf. Ein Bad, eine anständige Mahlzeit, dann Schlaf, in dieser Reihenfolge. »Was haben Sie denn vor?« fragte sie so gemächlich, als würde sie langsam blödsinnig. »Was ist so wichtig, daß Sie sich bei diesem Wetter wegschleichen wollen?«

»Es ist mein Wille«, entgegnete Myste, indem sie jedes einzelne Wort mit betonter Deutlichkeit aussprach (wie jemand, der den Drang unterdrücken mußte, sofort aufzuspringen und fortzueilen), »jenen armen, verirrten Mann zu finden, welchen die Meister ihren Kämpen heißen. Er benötigt aufs allerdringlichste Beistand.«

»Beistand?« Terisa verschluckte sich beinahe. »Er benötigt *Beistand?«* Myste vollführte einen Wink der Warnung, und Terisa verminderte die Lautstärke ihrer Stimme. »Er

hätte das ganze Schloß bis auf die Grundmauern niederbrennen können«, flüsterte sie heftig. *Er hätte mich fast umgelegt.* »Und Sie denken, er braucht *Beistand?*« Er hatte gesagt: *Ich schieße nicht auf Frauen. Trotzdem hätte er mich fast abgeknallt.*

»Gewißlich hätte er so etwas tun können«, bestätigte die Prinzessin ohne Umschweife. »Er hätte über uns alle den Tod zu bringen vermocht. Aber er hat's nicht getan. Ist das keine Tatsache, welche uns etwas Bedeutsames über ihn mitteilt, etwas Entscheidendes, wollen wir ihn und sein schweres Schicksal verstehen?«

»Sicher!« fauchte Terisa. »Es besagt, daß er seine Kräfte nicht vergeuden will, bevor er weiß, in was für einem Schlamassel er steckt ... wieviel Leute er abmurksen muß, um am Leben zu bleiben.«

Plötzlich war Myste verärgert. Sie stand auf. »Mag sein, Ihr habt recht«, erwiderte sie. »Es kann sein, ihm liegt lediglich daran, seine Macht zum Töten aufs vorteilhafteste einzuteilen. Aber wähnt Ihr denn, Kastellan Lebbicks Soldaten vermöchten ihn zur Mäßigung anzuhalten? Nein. Sie werden ihn von Mord zu Mord treiben, ihn hetzen, nach der Gelegenheit trachten, ihrerseits ihn zu erschlagen. Wenn irgendwer ihm Einhalt gebieten kann, so allein jemand, der ihm keinerlei Harm zuzufügen vermag.« Die Prinzessin hätte weitergeredet — sie hatte eindeutig noch mehr zu sagen —, schwieg jedoch, weil erneut vor der Tür Stimmen ertönten.

»Der Kastellan ersucht Euch um Vergebung, Meister.« Saddith äußerte sich in patzigem, unaufrichtigem Ton; mit Meister Quillon ins Bett zu gehen, hatte sie anscheinend keinen Ehrgeiz. »Er bedauert's, daß Ihr so lange Wache halten mußtet. Ihr werdet binnen kurzer Frist abgelöst.« Kräftig klopfte sie an die Tür.

»Werdet Ihr mich verbergen?« flüsterte Myste.

»Ich hab's ja versprochen«, sagte Terisa halblaut. »Aber ich weiß nicht wo«, gestand sie ein.

Die Prinzessin nahm ihren Umhang. »Laßt die Zofe ein.

Ich verberge mich in einem Kleiderschrank.« Sie vergaß auch den Pokal nicht. »Legt's drauf an, sie für ein Weilchen hier festzuhalten, so lange zumindest, bis die Wachen Meister Quillon ablösen. Sie wissen nicht, daß ich bei Euch weile, folglich werden sie nicht erwarten, daß ich Eure Gemächer verlasse.« Sie war wieder ziemlich aufgeregt. »Doch duldet nicht, daß sie den Kleiderschränken frische Gewandung für Euch entnimmt. Sollte sie mich entdecken, wird sie mit Gewißheit darüber schwatzen.« Geräuschlos eilte Myste aus dem Zimmer.

Saddith klopfte ein zweites Mal. Für einen Moment, den sie wahrnahm wie einen Klumpen Eiswürfel in ihrer Magengrube, blieb Terisa zu jeder Regung unfähig. Was sie jetzt tat, war schlimmer als bloß Lügen; es handelte sich um bewußte, aktive Irreführung. Sie mußte Saddith austricksen. Und dabei fühlte sie sich zu schwach und zu benommen, um nur aufzustehen, ganz davon zu schweigen, daß sie es sich zugetraut hätte, irgendwen zu überlisten. Die Kälte lähmte sie.

Doch im nächsten Moment war sie sich dank ihrer Phantasie auf einmal darüber im klaren, was geschehen müßte, wenn sie nicht öffnete. Saddith würde nochmals klopfen. Danach würde sie, öffnete niemand, Meister Quillon fragen, was sie tun solle. Und Meister Quillon wäre besorgt. Er würde etwas sagen wie: ›Vielleicht schläft Terisa von Morgan. Aber Prinzessin Myste ist bei ihr. Sie müßte öffnen.‹ Und damit wäre Mystes Vorhaben zum Scheitern verurteilt. In plötzlichem Schrecken sprang Terisa auf und hastete zur Tür.

Als sie öffnete, kam Saddith großartig wie eine Jacht auf einer Regatta ins Zimmer gerauscht, die unteren Knöpfe ihres Kittels konnten den Busen nur noch mit knapper Not verhüllt halten. Ihr Benehmen stellte klar, daß sie von Meister Quillon keine gute Meinung hatte. Sie trug ein vollbeladenes Tablett zu einem Tisch, während Terisa die Tür schloß. »Dieser Mann sollte zu mir höflicher sein«, sagte Saddith so laut, als wolle sie, daß man sie im

Flur hören konnte. »Ich verstehe meine Pflichten sehr wohl ohne die Gnade seiner Anweisungen zu verrichten.« Sie setzte das Tablett ab und schaute Terisa an. Ihre erste Reaktion bestand aus unverhohlener Heiterkeit und einem kurzen Kichern. »Herrin, Ihr seht ja schrecklich aus!« Aber sofort bemühte sie sich ums Unterdrücken ihrer Belustigung. »Ach, meine arme Herrin, wie grauenvoll! So gräßlich, unter Trümmern begraben zu sein. Und in solchem Zustand geborgen zu werden, derweil rundum Männer lungern ...!« Sie runzelte die Stirn. »Welche Schande, daß dies schnöde Gewand nicht stärker zerrissen worden ist. Ein paar Löcher an den rechten Stellen hätten Euer Aussehen zweifelsfrei erheblich reizvoller gemacht.«

Die Zofe schwafelte unablässig drauflos, anscheinend um ihren Drang zum Lachen durchs Daherfaseln dessen zu bezähmen, was ihr gerade durch den Kopf ging. Bis zu diesem Moment hatte Terisa keine Ahnung gehabt, was sie tun sollte. Aber das Gefühl der Schwäche, das ihr das Bedürfnis einflößte, sich einfach ins ständig drohende Weichwerden ihrer Knie zu fügen, zusammenzuklappen und alles sausen zu lassen, kam ihr auf einmal zu Hilfe wie eine Inspiration.

»Ich brauche Unterstützung«, murmelte sie. »Ich bin so schwach.« Sogar in den eigenen Ohren klang ihre Stimme schwächlich und fahrig. »Ich würde gerne 'n Bad nehmen, aber ich werde jedesmal besinnungslos, wenn ich mich ausziehen will.« Sie hatte auf dem Teppich genug Staub hinterlassen, um diese Behauptung glaubwürdig zu machen. »Mir ist, als würde mir überhaupt nicht mehr warm.« Trotz des neuen Nebels im Kopf kam sie sich beachtlich schlau vor. Niemand konnte ihr beweisen, daß sie log. Und während Saddith für heißes Wasser sorgte, gewann sie kostbare Zeit.

Doch das Herauskehren ihrer Schwäche war möglicherweise etwas zu überzeugend. Saddith zeigte erhöhtes Mitgefühl, trat zu ihr und faßte sie am Arm. »Arme Herrin, stützt Euch auf mich. Ihr müßt Euch setzen.« Behutsam geleitete sie Terisa zu einem Stuhl. »Es wird nur ein kurzes Weilchen dauern, bis ich Wasser erwärmt habe. Dann werden wir Euch dieses verschmutzten Gewands entledigen, und ich werde Euch baden.« Zu jedem einleuchtenden Einwand außerstande, nahm Terisa Platz. Saddith entfernte sich ins Badezimmer. Terisa hörte Wasser laufen; gleich darauf schleppte die Zofe den mit Wasser gefüllten Blechkübel herein und stellte ihn am Kamin so dicht wie möglich neben den Rost. »In der Badekammer ist's zu kalt«, erklärte sie, indem sie mehr Holz ins Feuer schichtete. »Ich werde Euch hier baden.« Sie rollte den Teppich auf, schuf vorm Kamin Platz. Dann holte sie die Wanne aus dem Badezimmer und schob sie dicht vorm Kaminfeuer zurecht. Anschließend streifte sie Terisa das Kleid ab.

Zum erstenmal seit der Kindheit hatte Terisa wieder das Erlebnis, ausgekleidet und gewaschen zu werden wie eine Invalidin; es verursachte ihr gehörige Verlegenheit. Das Resultat war allerdings unbestreitbar wohltuend. Sie genoß es, bei einem glutheißen Feuer in der Wanne zu hokken, während Saddith ihr warmes Wasser ins frischgewaschene Haar goß. Die Erleichterung, die es ihr bereitete, wieder sauber zu sein, es warm zu haben, entschädigte sie hinlänglich für die geschmacklosen Kommentare, die Saddith zu ihrem Körper abgab. Sobald sie vom Flur Geräusche hörte, die unmißverständlich anzeigten, daß von nun erneut Schloßwächter vor der Tür Dienst taten (unmißverständlich, weil sich Meister Quillon, ehe er ging, übellaunig über die Wartezeit beschwerte), fühlte sie sich dem nächsten Trick, den sie anwenden mußte, nahezu gewachsen; es kam darauf an, die Dienerin loszuwerden, ohne zuzulassen, daß Saddith ihr irgendwelche Kleidungsstükke bereitlegte.

»Das Bad bekommt mir toll«, sagte Terisa gedämpft. »Ich glaube, ich werde noch 'ne Zeitlang in der Wanne bleiben«, — unausgesprochen: Du kannst abhauen! —, »bevor ich ins Bett gehe.«

Großmütig nickte Saddith. »Ich werde Euch ein Gewand herauslegen.«

»Nein danke.« Nur mit Mühe gelang es Terisa, ihr Erschrecken zu verheimlichen. »Ich brauche keins. Das Feuer ist heiß, und es sind genügend Handtücher da.« In der Hoffnung, es sei zusätzlich nützlich, fürge sie verschämt hinzu: »Ich trage im Bett nichts.«

»Unfug, Herrin«, erwiderte die Zofe, »Und wenn Ihr's Euch nun anders überlegt und dazu entschließt, ein wenig zu speisen, ehe Ihr zu Bette geht? Ihr dürft Euch keinen Schnöw holen.« Bevor Terisa es verhindern konnte, begab sich Saddith ins Schlafzimmer. Fast fiel Terisa aus der Wanne. Wasser spritze in den Kamin und verdampfte, während sie sich in überstürzter Hast aufrichtete. Aber beinahe unverzüglich kehrte Saddith zurück, über den Armen das weinrote Samtkleid, in der Miene einen Ausdruck der Verwunderung.

»Was ist?« fragte Terisa; ihr Herz wummerte, raste.

»Nichts Besonderes, Herrin.« Saddith überwand ihr Befremden. »Ich vermag mich lediglich nicht dran zu entsinnen, daß ich am heutigen Morgen, als ich Eure Gemächer reinigte, Euer rotes Kleid auf dem Stuhl zurückgelassen hätte.«

Aus Erleichterung wurde es Terisa so schwindlig, daß sie um ein Haar zusammengesackt wäre. Myste war gewitzter, als sie gedacht hatte. »Ich hab's rausgenommen«, — sie schien ihre eigene Stimme aus weiter Ferne zu hören —, »als ich noch glaubte, ich könnte mich allein ausziehen.«

»Herrin«, sagte Saddith vorwurfsvoll, »Ihr dürft hier nicht naß herumstehen.«

So ruhig, als schwebe sie, langte Terias nach einem Badetuch. Saddith wickelte ihr ein anderes Tuch um den Kopf, die Haare, während Terisa sich abtrocknete. Als sie fertig war, stieg sie aus der Wanne und ließ sich von Saddith das Kleid überstreifen. »Danke«, sagte sie. »Du kannst jetzt gehen.« Sie hatte den Nerv für alle pfiffigen Tricks verloren. »Ich komme schon zurecht.«

Die Zofe betrachtete sie einen Moment lang. Dann zwinkerte sie Terisa zu. »Ich glaube«, meinte sie in gespieltem Ernst, »ich habe die Stimme eines Eurer Türwächter erkannt. Er hat in bezug auf das, was ich Euch empfehlen möchte, einen vorzüglichen Ruf. Ihr werdet's als erholsam empfinden — und als lohnende Ablenkung —, wenn er Euch auf Euer Ersuchen das Bett wärmt. Wäre ich dem Tode so nahe gewesen, ich wollte wahrlich danach lechzen«, — vielsagend strich sie mit den Händen die Oberschenkel hinab —, »mir in Erinnerung zu rufen, daß das Leben lebenswert ist. Ich meine den Großen mit den grünen Augen.« Saddith lachte fröhlich, als sie das Zimmer verließ.

Unverzüglich eilte Terisa zur Tür und verriegelte sie. Als sie sich umdrehte, stand schon Myste auf der Schwelle zum Schlafzimmer. Die Prinzessin hatte einen zerstreuten, versonnenen Gesichtsausdruck.

»Das war knapp«, flüsterte Terisa. »Es ist mir unbegreiflich, wie Sie so schnell denken können.«

»Hmm?« machte Myste. Ihre Überlegungen beschäftigten sich offensichtlich mit anderen Angelegenheiten. »Ach, das Gewand.« Sie tat das Thema mit einem Schulterzucken ab. »Terisa, mich dünkt's, es ist kein günstiger Einfall von Euch gewesen, einen Stuhl in jenen Schrank zu stellen.«

»Warum nicht?« Ihre Überraschung und die nervliche Belastung verliehen Terisas Stimme einen strengen Ton. »*Ich* weiß nicht, wohin diese Geheimgänge führen. Irgend etwas muß ich ja wohl tun, um fremde Leute aus meinem Schlafzimmer fernzuhalten.«

Ein Schmunzeln verzog Mystes Lippen. »Diese Auffassung ist mir einsichtig. Gewißlich erliegt man leicht der Versuchung einer solchen Vorsichtsmaßregel. Allerdings ist sie heikel, dieweil das Vorhandensein des Stuhls jedermann, welcher ihn erblickte, darauf hinweist, daß Ihr vom Geheimgang wißt. Eigentlich gedachte ich Euch zu fragen, wie Ihr ihn entdeckt habt ...« Terisas Atem stockte. »Doch

Ihr seid mir keine Rechenschaft schuldig. Wir müssen guter Hoffnung bleiben, daß Eure Zofe, was sie weiß, nicht den falschen Ohren erzählt. Ich vermag Euch jedoch vollauf dessen zu versichern, daß Euer Leben sich gar noch weitaus schwieriger und unerfreulich als gegenwärtig gestalten wird, sollte Kastellan Lebbick den Stuhl in Eurem Kleiderschrank zu sehen bekommen.«

»Oh.« Mit einem Seufzlaut der Betroffenheit über sich selbst ließ Terisa den Atem aus ihren Lungen entweichen. »Sie haben recht.« Warum dachte sie nicht selber an solche Dinge?

Sofort versuchte Myste, sie zu beruhigen. »Ich bezweifle, daß Ihr irgendeinen Anlaß zur Besorgnis habt. Eure Zofe hat sicherlich bereits alles ausgeplaudert, was sie zu erzählen weiß, und Kastellan Lebbick sieht keinen Grund, um Eure Gemächer zu durchsuchen.«

»Ich hoff's.« Terisa bemühte sich um Gelassenheit. Natürlich hatte der Kastellan keinen Grund, um ihr Quartier zu durchsuchen. Wahrscheinlich befand sie sich in Sicherheit. Und Mystes rücksichtsvoller Verzicht auf die Frage, wie sie auf den Geheimgang aufmerksam geworden war, bedeutete Terisa gleichfalls eine Erleichterung. Allmählich spürte sie, daß das Bad ihr ausgezeichnet bekam. Ein Tablett mit Essen stand bereit; sobald sie es roch, merkte sie, wie hungrig sie war; sie lud Myste zum Mitessen ein und setzte sich zu Tisch. Den Umhang hatte Myste im Schlafzimmer gelassen. Sie nahm Terisas Einladung an, legte die Beutel mit dem Proviant beiseite. Während sie aßen, sprach Terisa nochmals die Frage der Absicht Mystes an. »Sie haben mir erklärt, warum der Kämpe Ihrer Meinung nach Ihre Hilfe benötigt. Darum geht's Ihnen doch, nicht wahr? Aber das ist was, das kann ich ganz einfach nicht verstehen. Sie kennen ihn ja nicht mal. Welche Bedeutung nimmt er für Sie ein?«

Die Prinzessin spülte sich die Kehle mit einem Schluck Wein. »Ihr stellt mir mehrere Fragen zur gleichen Zeit. Die Wahrheit ist wahrscheinlich nichts Tiefgründigeres, als daß es mir, sobald ich von seinem Schicksal vernahm, ans Herz griff ... und als ich den Einfall hatte, ich vermöchte ihm zu helfen, verwandelte sich meine Kümmernis in Freude. Dennoch will ich versuchen, Euch Gründe zu nennen. Daß er Beistand benötigt, ist offenkundig. Denkt drüber nach.« Ihr Blick schien auf irgend etwas jenseits der Wände des Zimmers gerichtet zu sein. »Er ist ein Kriegsmann, gewöhnt an Feindschaft von allen Seiten. Unterwerfung und Zerstörung machen sein Leben aus. Und nun — ganz plötzlich, auf unerklärliche Weise — befindet er sich allein in einer Welt, welche ihm sicherlich fremder ist als jedes Land, das er je erobert haben mag. Der große Disput bezüglich der Imagomantie ist Euch geläufig. Gibt es jene Menschen, Stätten und Geschöpfe, welche wir in Spiegeln erblicken, in Wirklichkeit und unabhängig von unserem Dasein, oder sind sie lediglich Spiegelungen in einer Pfütze gleich, ohne alle Wirklichkeit. Erzeugnisse des von Menschenhand geschaffenen Spiegels? Ist der Kämpe ein Mensch, welchem die Rechte sowie die einem Menschen gebührende Achtung zustehen? Oder ist er letzten Endes nicht mehr als irgendein Tier, ein Wesen wie etwa ein Roß, das man, ohne dem Anstand abträglich zu sein, ja in Ehren, seines Willens berauben darf? Terisa, sei's so oder so, in jedwedem Fall benötigt er Beistand.« Mystes Erregung veranlaßte sie zum Aufstehen. Sie schritt auf dem Teppich hin und her. »Ist er ein Mensch — und mein Vater täte drauf beharren, daß er ein Mensch ist —, dann haben die Meister ein abscheuliches Werk vollbracht. Ob er ein guter Mensch ist, entzieht sich unserem Urteil. Mag sein, er ist ein greulicher Unterdrücker und Sklavenfänger ... aber vorerst haben wir keine Kenntnis. Jeder Mensch hat doch etwas Besseres verdient, als einfach seinem bisherigen Leben, seiner Welt, Heim, Familie, Sinn und Zweck des Daseins entrissen zu werden, allein um dem nutzbar zu sein, was im wesentlichen nur die Grillen der Imagomanten sind. Denkt an ihn! Er kennt hier niemanden, er versteht nichts. Man hat ihn nicht eingeladen, bei uns Aufenthalt zu nehmen. Bei ihm müssen wir wohl oder übel den Eindruck von Feinden hinterlassen. Er wird uns bekämpfen, bis ihm Waffen, Nahrung und Hoffnung dahin sind. Danach wird er den Tod finden. Wenn er ein Mensch ist, wird sein Tod nichts anderes denn Mord sein ...« Sie schob eine längere Pause ein. »Ist er etwas Geringeres als ein Mensch, ein Wesen vielleicht, vergleichbar mit einem Roß oder einem Jagdhund, so hat er geradeso ein Recht auf Beistand. Die Dienste, welche wir Tieren abverlangen, sind untrennbar von Verantwortung. Zum Ausgleich dafür, was wir von ihnen fordern, gewähren wir ihnen Futter, Unterschlupf, Heilung, bisweilen gar Zuneigung. Verweigerten wir's ihnen, kaum jemand wollte uns als bewunderungswürdig erachten. Gebührt einem Kämpen mit der Seele, den Bedürfnissen und den Wünschen eines Menschen nicht mindestens soviel Rücksichtnahme wie einem Tier? Selbst wenn es ihn bis zum Augenblick seiner Translation nicht in Wirklichkeit gegeben haben sollte, so ist er nunmehr doch Wirklichkeit und darf nicht zu Tode gehetzt werden, nur dieweil er, ähnlich einem Tier, nicht versteht, was wir von ihm verlangen.«

Vielleicht hatten die Vorfälle des Tages Terisa sentimental gemacht; möglicherweise geriet als Reaktion ihr Gefühlsleben außer Kontrolle. Was auch die Ursache sein mochte, sie steigerte sich in unverhältnismäßige Fröhlichkeit hinein, während sie der Prinzessin zuhörte. Sie war froh darüber, sich dazu entschlossen zu haben, Myste zu helfen, sehr froh. Die Sache war es wert. »Kann sein, daß das alles wahr ist«, meinte sie, nur um es sich noch einmal bestätigen zu lassen, »aber was hat es mit Ihnen zu tun? Weshalb glauben Sie, daß ausgerechnet Sie sich aus Schloß Orison wegstehlen und ihm in diesem Wetter zu Fuß nachlaufen müssen?«

Für einen Moment schnitt Myste eine Miene des Mißmuts. Dann lächelte sie auf eine Weise, die irgendwie von Selbstherabsetzung zeugte. »Damit rührt Ihr an meine schwächste Stelle. Ich bin ein Bündel romantischer Vorstellungen, welche jeder Vernunft spotten.« Aber indem sie ihren Standpunkt zu erläutern versuchte, merkte man ihr nach und nach wieder erhöhtes Selbstbewußtsein an. »Ich bin allerdings stets der Überzeugung gewesen, daß Schwierigkeiten von jenen gelöst werden sollten, die sie erkennen ... daß eine Person, welche eine Schwierigkeit erkennt, der sie sich darbietet, selbst danach trachten soll, sie zu beseitigen, anstatt zu versuchen, die Behebung anderen Menschen zu überlassen oder aufzubürden.« Anklänge von Leidenschaft schwangen in ihrem Tonfall mit, glichen Andeutungen von Goldglanz im Feuerschein. »Für eine Königstochter gilt dieser Grundsatz, so glaube ich, um so mehr, keineswegs minder. Was ist denn ein König, wenn nicht ein Mann, der für Schwierigkeiten, sobald er ihrer gewahr wird, die Verantwortung übernimmt? Und sollten seine Töchter es nicht desgleichen tun?« Ihre Augen funkelten auf einmal dermaßen, wie Terisa es schon bei Elega beobachtet hatte. »Aber die Wahrheit ist«, sagte Myste, indem sie Terisa direkt ins Gesicht sah, so heftig, als schriee sie, »daß ich zu ihm gehen *will.* Ich bin's überdrüssig, mein Leben lang auf irgendeinen Sinn meines Daseins zu harren.« Gleich darauf bemühte sie sich um Zurückhaltung. »Wie erwähnt, ich bin ›romantisch‹.« Verlegen lachte sie auf. »Aber ich vermag nicht zu behaupten, daß ich seit der Audienz Prinz Kragens, seit mein Vater«, — von ihm zu reden, war ihr sichtlich unangenehm —, »Euch zwang, wider ihn Springbrett zu spielen, nur einen Augenblick des Glücks und der Zufriedenheit erlebt habe. Als meine Mutter und Torrent Schloß Orison verließen, blieb ich, dieweil ich vermeinte, es diene einem nutzreichen Zweck. Ich begehrte die eine Person an des Königs Seite zu sein, die an ihn glaubt, sobald er seine Verhaltensweisen zu erklären geruht. Es mag so sein, daß ich unfähig bin, ihm beim Beheben des Notstands Mordants zu helfen, aber ich hatte vor, ihm den Trost und die Stütze meiner Bereitwilligkeit zu geben, an seiner Seite zu stehen. Doch als er aus Schrulligkeit einen Gesandten

Alends beleidigte, sich dabei bis an den Rand eines Krieges wagte — allein aus *Schrulligkeit*, Terisa! — und ich ihn aufsuchte, um seine Rechtfertigung zu erfahren, da wies er's von sich, mich bloß anzuhören.« Sie konnte ihre innere Aufgewühltheit nicht verbergen. »›Meine Tochter und dieser Kragen gedenken mich zu hintergehen‹, herrschte er mich an. ›Sie haben schon den Anfang gemacht. Weiche von mir! Töchter sind mir verleidet.‹ Das gesprochen, warf er mir die Tür ins Gesicht.« Erneut schwieg Myste für eine Weile. Dann hob sie die Schultern, und diese knappe Geste stellte anscheinmäßig ihre Ausgeglichenheit wieder her, ihre Aufregung ließ nach. »Unverändert bin ich zur Genüge seine Tochter, um zu Taten schreiten zu wollen, wenn ich das Erfordernis zum Handeln erblicke. Und ich habe *nicht* vor, noch länger bloße Zeugin seiner Untätigkeit und seines Aberwitzes zu bleiben.«

Terisa gab ihr Bestes, um die Prinzessin in ihrer Haltung zu bestärken, sie zu ermutigen. »In dem Moment, als der Kämpe die Translation hinter sich hatte, hat er mich beinahe getötet«, sagte sie bedächtig. »Aber er hat sich gebremst. Er hat zu mir gesagt: ›Ich schieße nicht auf Frauen.‹«

Myste lächelte, als fiele durch die Sturmwolken, aus denen es auf Schloß Orison schneite, ein Sonnenstrahl.

Kurz nach Sonnenuntergang ließ der Schneefall nach. Weil sie das Risiko scheute, aus Orisons Umgebung bei hellem Mondschein, unverschleiertem Himmel und über eine ausgedehnte Fläche Schnee hinweg, in der sie augenfällige Spuren hervorrufen mußte, fortgelangen zu müssen, verabschiedete Myste sich unmittelbar nach Anbruch der Dunkelheit von Terisa. Den Proviant unterm Umhang um die Schultern geschlungen, in einer Hand eine kleine Öllampe, öffnete sie die getarnte Tür und stieg durch den Kleiderschrank in den Geheimgang.

»Seien Sie vorsichtig«, flüsterte Terisa ihr nach. »Wenn Sie sich verirren und Kastellan Lebbick schickt Ihnen 'n

Suchtrupp in den Gang nach, sitzen wir beide ganz schön in der Tinte.«

»Laßt Euch nicht von ihm bedrängen«, empfahl die Prinzessin fast heiter. »Er wütet allein aus dem Grunde so, weil er meinen Vater liebt. Ich danke Euch von ganzem Herzen. Ich glaube, ich bin seit Jahren nicht so beglückt wie am heutigen Tag gewesen.«

»Was soll ich Elega sagen?« fragte Terisa aufgrund eines nachträglichen Gedankens.

Die Lampe vor sich erhoben, schien Myste am Schlund eines Abgrunds von Finsternis zu stehen. »Sagt ihr nichts.« Ihre Stimme klang hohl wie ein Echo. »Beobachtet sie. Sollte es wahrhaftig ihre Absicht sein, den König zu verraten, fallt ihr in den Arm.«

Und wie soll ich so was anstellen? Diese Frage lag Terisa auf der Zunge. Aber sie sprach sie nicht aus. Myste war bereits fort.

Nun gut. Terisa schloß den Geheimgang und verließ den Kleiderschrank. Für den nächsten Tag nahm sie sich vor, mit Meister Eremis zu sprechen. Er mußte wissen, daß jemand ihn hintergangen hatte. Doch aus irgendeiner Ursache freute die Aussicht eines Gesprächs mit ihm sie nicht. Sie dachte lieber an Myste.

Sie hätte gern daran glauben können, irgendwann einmal soviel Courage zu haben wie die Königstochter.

Sobald sie im Bett lag, schlief sie die gesamte Nacht hindurch wie eine Tote.

Früh am folgenden Morgen weckte sie Hörnerklang. Er scheuchte sie aus dem Bett, als wäre er das Hörnerschallen aus ihrem Traum, das ferne, zu Herzen gehende Rufen von Musik oder Jagdhörnern. Viel zu hastig, um zu merken, daß die Kaminfeuer nahezu erloschen waren, die Luft sich eisig abgekühlt hatte, tappte sie nackt aus dem Schlafzimmer, suchte nach der Quelle dessen, was sie gehört hatte.

Die Töne erschollen nochmals. Aber sie klangen gar

nicht so, wie sie sich an sie erinnerte. Vielmehr handelte es sich um das Schmettern einer Trompete, jenes einzelnen Blasinstruments, das die Ankunft der Gauherren vor Schloß Orison angekündigt hatte.

Daraufhin gewann sie so weit die Fassung zurück, daß sie die Kälte spürte. Trotzdem trat sie ans Fenster und schaute in den schlammigen Innenhof hinab.

Noch ein Trompetenstoß erscholl. Anscheinend erhielt jeder Gauherr beim Abreisen einen eigenen Abschiedsgruß geblasen. Sie sah Gauherrn Fayle mit seiner Begleitung auf die Straße hinausreiten, wenig später danach Perdon das Schloßtor durchqueren, während Termigan gerade erst sein Pferd wendete, sich von der hinter Kastellan Lebbick feierlich aufgereihten Ehrenwache abkehrte. Anschließend machte sich Armigite auf den Weg, begleitet von seinen Leibwächtern und Höflingen — und zwei oder drei Frauen, vielleicht seinen Liebchen oder Kurtisanen.

Als letzter erschien Prinz Kragen im Innenhof. Also reiste er auch ab. Allem Anschein nach war er — genau wie die Gauherren — nur noch lange genug geblieben, um die Konsequenzen dessen, was die Zunft angestellt hatte, einschätzen zu können. Verließen sie alle Orison, weil sie es nicht mehr als sicher betrachteten, nicht länger als ausreichend gegen Belagerung geschützt ansahen, ja nicht einmal gegen das Wetter? Hatte Prinz Kragen vor, den Krieg zu entfesseln, den die Gauherren so fürchteten? Wie teuer würde die Translation des Kämpen Mordant letztendlich zu stehen kommen?

Die Kälte des Steins, den ihre Arme und Brüse berührten, verursachte Terisa ein Schaudern. Der Ablauf der Ereignisse beschleunigte sich. Terisa hatte den Eindruck, sie könne aus der Art, wie der Trompeter den Salut blies, als Prinz Kragen mit schroffer Zügigkeit von Kastellan Lebbick verabschiedet worden war und mit seinem Anhang von Leibwächtern zum Tor ritt, einen grausigen Ton der Warnung heraushören. Sie schlotterte regelrecht, als sie sich vom Fenster abwandte.

Zuerst zog sie ihr Kleid an, schlang sich dessen Schärpe fest um die Taille. Danach schürte sie die Kaminfeuer, schob Reisig hinein, stocherte in der Glut und blies in die Kohlenreste, bis das Brennholz Feuer fing; anschließend legte sie größere Mengen an Holzscheiten nach. Nach einer Weile war es ihr wärmer.

Sie wollte ihre eigenen Kleidungsstücke anziehen; bis auf weiteres hatte sie von Kleidern genug. Aber zu ihrer Verblüffung konnte sie ihre Mokassins nicht finden. Das war seltsam. Wann hatte sie sie zuletzt getragen? Am vorgestrigen Abend; sie war damit zum Geheimtreffen der Gauherren gegangen. Wo waren sie geblieben? Hatte Saddith sie aus irgendeinem Grund an sich genommen?

Die Stirn gerunzelt, kleidete sie sich vollständig an, nahm statt ihrer Hausschuhe wieder das Paar weicher Stiefel; dann ging sie zur Tür und entriegelte sie.

Die Wächter im Flur kamen ihr unbestimmt bekannt vor; sie mußten hier kürzlich schon einmal Posten gestanden haben. Sie nahmen Haltung an, und der eine Mann fragte sie, ob sie irgend etwas wünsche. »Können Sie meine Zofe verständigen?« fragte Terisa. »Ich möchte 'n Frühstück.«

»Gewißlich, edle Dame.« Einen Moment lang zögerte der Mann. »Adept Geraden war bereits in aller Frühe hier«, fügte er dann hinzu, »und hat sich nach Eurem Befinden erkundigt. Es sollte mich nicht wundern, käme er alsbald wieder.« Er grinste. »Soll ich ihm kundtun, daß Ihr nunmehr Besucher zu empfangen bereit seid?«

»Ja, danke.« Sie lächelte, weil es Geraden inzwischen wieder recht gut gehen mußte, wenn sein Bruder und der Arzt es zuließen, daß er sich Sorgen um andere Personen machte, schloß die Tür und kehrte ans Fenster zurück, um den Leuten im Hof zuzuschauen — Schloßwächtern auf Wachdienst, Dienern und Knechten, die sich mit Vorräten abschleppten, Männern und Frauen, die bei den paar Verkaufsbuden, die am Nordwestende schon geöffnet waren, Einkäufe tätigten —, beobachtete sie, wie sie durch Kälte und Schlick des Schloßhofs stapften, während sie auf Saddith oder den Adepten wartete.

Es dauerte nicht lange, bis jemand an die Tür pochte. Ehe Terisa hingehen und öffnen konnte, stampfte Kastellan Lebbick herein, knallte die Tür hinter sich zu. In der Mitte des Teppichs blieb er stehen, bog einen Arm auf den Rücken, stemmte den anderen Arm in die Hüfte, heftete den Blick auf Terisa. Seine Kiefer mahlten vor Zorn, der ihm die Schultern verkrampfte. Trotzdem lächelte er. »Edle Dame«, — man mußte seinen Tonfall praktisch als fröhlich bezeichnen —, »all Euer Lügen hat sich als eitel erwiesen.« Zu Terisas eigener Überraschung und Erleichterung schrak sie nicht vor ihm zurück. Einmal hatte sie sich bereits gegen ihn behauptet. Folglich konnte sie es noch einmal schaffen. »Ich hätte Euch früher aufgesucht«, versicherte Lebbick im Plauderton, »doch war ich gar zu sehr beschäftigt. Ich mutmaße, Ihr möchtet nichts davon hören, aber ich werd's Euch dennoch mitteilen. Gestern befand ich mich unterwegs zu Euch, um Euch erneut zur Rede zu stellen, da machte Herr Fayle mich ausfindig und enthüllte mir, was jene Schweinsküttel von Imagomanten trieben. Später mußte ich natürlich alle meine Männer aufbieten, um Euch und Geraden aus den Trümmern auszugraben. Ich mußte für den Fall, daß dieser ›*Kämpe*‹ zum Angriff überging, den Schutz der Gauherren, Prinz Kragens«, — er verzog bösartig den Mund —, »sowie auch König Joyses gewährleisten. Es galt, seine Verfolgung und Einkreisung zu veranlassen, um zu verhindern, daß er noch mehr Unheil anrichtet. Dieweil ich Meister Eremis' Aufenthalt kannte, brauchte ich mich seiner nicht anzunehmen. Aber etliche tüchtige Männer haben viele Stunden dafür aufwenden müssen, um Gilbur zu suchen. Ich wähne, Ihr wißt bereits um das Ergebnis selbiger Suche. Aber ich will's Euch nennen. Gilbur ist verschwunden. So gänzlich entschwunden, als wäre er des Wahnsinns und vermöchte vollauf nach Belieben flache Spiegel zu benutzen. Die Gauherren haben den Heimweg angetreten. Sie halten die

Meister für wahnwitzig und kennen keine Bereitschaft zum Ausharren an des Königs Seite. Prinz Kragen mußte ich ziehen lassen. Er ist ja *Gesandter.*« Lebbick fletschte die Zähne, als spiele er mit dem Gedanken, Terisa zu beißen. »Und obendrein geht der Kämpe frei um.«

»Frei?« Myste hatte der Kastellan nicht erwähnt. Er sagte nicht die Dinge, die Terisa erwartet hatte. Ihr ging alles viel zu schnell. Warum wollte er sie ›zur Rede stellen‹? Wieso konnte Meister Gilbur verschwunden sein? »Was meinen Sie damit?«

»Damit meine ich, edle Dame«, antwortete Lebbick in einem Ton, der an die Schneide einer Axt erinnerte, »daß meine Männer versagt haben. Freilich, nur fünfzig waren's, die ich ausgeschickt habe ... doch hätten zweihundert nicht mehr zu erreichen vermocht. Ach, man hat ihn ohne viel Mühe aufgespürt. Seine sonderbare Rüstung hat keine Schwingen. Ohnehin sehe ich Anlaß zu der Vermutung, daß er verwundet ist. Darum hätt's ihnen möglich sein müssen, ihn im Zaume zu halten. Mein Befehl lautete nicht, ihn zum Kampf zu stellen. Ich wollte lediglich bewirken, daß er an ein und demselben Ort verbleibt, bis wir darüber zu entscheiden Gelegenheit hätten, was wir mit ihm tun sollen. Aber diese Translation ist gar glanzvoll geplant worden. Gilbur und Eremis müssen sie von langer Hand vorbereitet haben.« Jetzt ließ der Grimm, der in seinem Lächeln zum Ausdruck gelangte, sich nicht länger mißdeuten. »Bis dahin hatten meine Männer Erfolg. Sie vermochten den ›Kämpen‹ zu umzingeln und zum Einhalten zu bewegen. Doch bevor sie mehr unternehmen konnten, als mir einen Berittenen mit einer diesbezüglichen Nachricht zu senden, fand ein Angriff auf sie statt. Mitten aus der Luft zeigte sich vor ihnen eine Raubkatze, so groß wie eine *Kate.*« Auf merkwürdige Weise hielt seine Wut den Kastellan in Schwung, als wäre sie die Nahrung, von der er lebte. »Eine Bestie von solcher Größe wäre unter allen Umständen eine beträchtliche Bedrohung gewesen. *Dieses* Geschöpf jedoch, edle Dame ... dies Tier setzte alles in Brand, was es berührte. Fleisch und Eisen galten ihm wie Zunder, und es mordete meine Männer hin wie Vieh. Nur zwei vermochten zu entweichen. Als sie flohen, mästete die Bestie sich an verkohlten Leichen. Ich erachte es als Glücksfall, keine zweihundert Männer ausgeschickt zu haben. Ich kann's mir nicht leisten, zweihundert Soldaten zu verlieren. Seither habe ich mich am Schauplatz des schaurigen Geschehens aufgehalten.« Er sprach ruhig weiter. »Dank des Schnees ließ sich mit Leichtigkeit feststellen, daß jener Kämpe und die Feuerkatze sich in verschiedene Himmelsrichtungen entfernt haben. Offenbar mochten sie uns nicht die Gefälligkeit erweisen, einander zu töten. Nun gehen zwei Greuel anstatt bloß eins im Lande um.«

Unwillkürlich schauderte Terisa zusammen. Fünfzig Mann! Und Myste war dorthin unterwegs ... Fast hätte sie laut aufgestöhnt: Myste ist dorthin unterwegs!

Aber diese Vorfälle hatten sich gestern ereignet, und Myste hatte Orison erst gestern abend verlassen. Die Wahrscheinlichkeit war hoch, daß sowohl der Kämpe wie auch die ›Feuerkatze‹ mittlerweile so lange fort waren, daß sie weder ihm noch ihr je über den Weg laufen würde. Terisa schöpfte tief Atem, um sich zu beruhigen. »Das ist sicherlich 'ne schreckliche Sache«, sagte sie. »Nur verstehe ich nicht, was sie mit mir zu tun hat.«

»Edle Dame«, erwiderte Lebbick, »in irgendeiner Weise seid Ihr dafür verantwortlich.« Terisa setzte zum Widersprechen an, aber er unterbrach sie. »Am gestrigen Morgen, kurze Frist nachdem Ihr mit Eremis und Geraden Eure Gemächer verlassen hattet, habe ich Euren Rat befolgt. Ich habe mich ein wenig ›angestrengt.‹ Ich habe nämlich Eure Gemächer durchsucht.« Terisa mußte sich an die Wand lehnen, um zu verhindern, daß ihr die Knie einknickten. »In einem Eurer Kleiderschränke habe ich einen Stuhl entdeckt.« Seine Genugtuung war ebenso intensiv wie sein Zorn. »Und das hier habe ich entdeckt.« Er nahm die Hand vom Rücken und zeigte Terisas Mokassins vor.

»Ihr habt das Blut aus Eurer Gewandung waschen können«, sagte er, während Terisa sie anstarrte. »Dies Schuhwerk jedoch ist aus Leder. Das Blut läßt sich nicht von den Sohlen entfernen.« In diesem Moment störte ein Pochen an die Tür ihn in seinen Vorhaltungen. »Herein!« rief er barsch.

Die Tür wurde geöffnet, und Geraden betrat das Zimmer. Im ersten Augenblick sah Terisa sein bereitwilliges Lächeln und Freude in seinen Augen leuchten, und sie fühlte sich bereits gerettet, hatte das Gefühl, seine bloße Anwesenheit genüge, um sie zu schützen. Er war König Joyse treu und müßte daher normalerweise — wie der Kastellan — jetzt gegen sie eingestellt sein. Doch Terisa vertraute zuversichtlich darauf, daß er, was auch passieren mochte, zu ihr hielt. Im nächsten Augenblick aber wich seine Freude deutlicher Betroffenheit, als er begriff, was sich abspielte. »Kastellan Lebbick?« fragte er, sichtlich auf der Hut. »Edle Dame ...?«

Zum Gruß nickte Lebbick ihm zu. »Geraden. Ist's Zufall, oder kreuzt du mit Vorsatz just nun auf? Bist du mit ihr darin verstrickt?«

»Worin verstrickt?« fragte Geraden.

Für einen Moment musterte ihn der Kastellan. »Nein, ich glaub's nicht«, sagte er dann verdrossen, fast erbittert, als wäre er enttäuscht. »Du bist nahezu jedweder von Blindheit geleiteten oder irrigen Tat fähig. Aber deinen König wolltest du niemals verraten. Solltest du's versuchen, Herr Domne würde dich mit Birkenruten in Fetzen dreschen.«

»Ihr beschuldigt die Edeldame Terisa des Verrats?« Geradens Antwort klang ein wenig nach Furchtsamkeit, verursacht durch die eigene Frechheit, aber er zeigte alle Entschiedenheit. »Ist das nicht recht absonderlich? Bedenkt, sie ist nicht seine Untertanin. Er hat über sie keine königliche Gewalt. Wie kann sie also an ihm Verrat verüben?«

Kastellan Lebbick richtete seinen Blick wieder auf Terisa. Sie erwiderte ihn, um nicht unwillkürlich Geraden anzuschauen, ihrem Gesicht nicht anmerken zu lassen, wie sehr sie seine Hilfe brauchte. »Warum bist du hier, Bursche?« brummte Lebbick gedämpft.

»Die Zunft wird am heutigen Morgen eine Beisetzungsfeierlichkeit zum Andenken der beiden gestern ums Leben gekommenen Meister veranstalten«, gab Geraden ohne Umschweife Auskunft. »Die Edeldame Terisa wird um Teilnahme ersucht.«

»Mit anderen Worten«, — Lebbicks Ton begann erneut so zu klingen, daß man sich ans Schwingen einer Peitsche erinnert fühlte —, »die Meister wünschen darüber zu entscheiden, was sie im Zusammenhang mit Eremis und Gilbur zu unternehmen gedenken und vermeiden, daß jemand von ihren Entschlüssen erfährt.« Er ließ Geraden keine Gelegenheit zum Widerspruch. »Du magst ihnen mitteilen, die Edeldame Terisa wird nicht kommen. Sie steht unter Arrest. Du darfst sie im Karzer besuchen, wenn ich das Verhör beendet habe.«

Nicht länger dazu imstande, sich zu beherrschen, warf Terisa dem Adepten stumm einen flehentlichen Blick zu. Sie sah, wie er die Wörter ›Unter Arrest‹ lautlos wiederholte, als wäre er bestürzt. Zwischen zwei Herzschlägen glaubte sie, er werde in ihrem Namen protestieren, etwas tun; sie hielt es nicht einmal für undenkbar, daß er Lebbick an die Gurgel sprang, sie gewaltsam zu verteidigen versuchte.

Aber er tat nichts dergleichen. »Ich werd's ausrichten«, sagte er, drehte sich um, verließ den Raum und schloß die Tür von außen.

Terisas Knie drohten endgültig nachzugeben. Sie spürte, wie aller Mut ihr schwand, so wie Wasser aus einem zerbrochenen Krug rann. Sie war sich so *sicher* gewesen, Geraden sei ihr Freund ...

»Wie's mich deuchen will, schenkt Ihr mir endlich doch Eure Aufmerksamkeit«, äußerte der Kastellan hämisch. »Jawohl, Ihr steht unter Arrest. Mangels besserer Begründung beschuldige ich Euch der Mittäterschaft bei der Ermordung der Leibwächter Prinz Kragens.« Wirklich, es wäre besser gewesen, sie wäre nie hergekommen, hätte sich durch Geradens Lächeln und seine Ernsthaftigkeit (und seine zeitweilige, unerklärliche Autorität) nicht so weit verführen lassen, den gesunden Menschenverstand zu mißachten. Wie kam sie dazu, sich zu verhalten, als hätte sie hier irgend etwas zu suchen, irgendeine Bedeutung? »Ich werde Euch in die tiefste, finsterste Zelle sperren, die's gibt, jene mit den dicksten Ratten, und dort dürft Ihr schmachten, bis Ihr mir die Wahrheit offenbart.« Hier betrog jeder jeden; sie gab auf der Liste jedes Beteiligten nur einen unwichtigen Punkt ab. Sie konnte sich nicht wehren, weil es ihr unmöglich blieb, sämtliche Hintergründe zu durchschauen. Und betrügen konnte sie auch niemanden, weil überhaupt niemand auf ihrer Seite stand. »Solltet Ihr Euch einsam fühlen, so vermögt Ihr mit Eurem Buhlen zu plaudern. Eremis wird in der Nachbarzelle sitzen. Wenn's nach meinen Wünschen verläuft, werdet Ihr seine Schreie vernehmen.«

Damit hielt er das fortwährende Absacken ihres Stimmungstiefs auf, verhinderte ein weiteres Stärkerwerden ihres Schreckens. Eremis? Eremis war eingelocht worden? Das war schlimm, entsetzlich im Vergleich zu dem, was mit ihr geschah. Er brauchte seine Freiheit. Er mußte um Mordants willen Bewegungs- und Handlungsfreiheit haben. Vor allem jetzt, nachdem die in den Kämpen gesetzte Hoffnung zu einer Katastrophe geworden war, die Gauherren den Heimweg angetreten hatten.

»Wenn Sie wüßten, wie blödsinnig sich Ihr Gerede anhört«, sagte Terisa, als spräche eine Fremde für sie. »Ich habe nichts getan. Ich tue sowieso nie irgendwas.«

»Nennt Ihr eine Tatsache?« Lebbicks Sarkasmus glich dem Gerinnen von Blut.

»Sie leisten echt hervorragende Arbeit«, sagte Terisa, nur um nicht mit dem Reden aufzuhören, um zu vermeiden, daß sie plötzlich darüber Klarheit erlangte, wie gefährlich ihr Betragen für sie werden konnte. »Ich bin wahrscheinlich die einzige Person in Orison, die an allem völlig unschuldig ist. Und Meister Eremis ist wahrscheinlich die Person, die am wenigsten eingesperrt zu werden verdient.«

»Scheißdreck!« brauste der Kastellan auf. »Ihr stellt meine Geduld auf die Probe, edle Dame!«

»Mit Ihrer Geduld war's ja wohl nie weit her«, entgegnete Terisa.

Einen Moment lang musterte er sie wortlos, vielleicht überrascht, und während dieses Moments begriff sie noch nicht, daß sie ihm genau zu dem verhalf, was er wollte. Dann warnte sein Lächeln sie. Doch natürlich erfolgte die Warnung zu spät. Ihr unüberlegtes Gestichel hatte ihm bereits das begehrte Ziel seiner Wut geliefert. »Ja«, sagte er beinahe nachsichtig, »meine Geduld war immer kurz.« Er grinste wie ein Barrakuda. Furcht löste Terisas Frechheit ab. Unwillkürlich versuchte sie zurückzuweichen; aber die Mauer hielt sie fest, wo sie stand. »Freilich verfüge ich, wie Ihr zuvor anzudeuten beliebtet, nur über wenig Beweise. Gestern beanspruchten mich andere Vorgänge zu stark, als daß es mir möglich geworden wäre, Herrn Fayle oder den Gecken Armigite zu befragen. Und heute beharrten sie auf ihrer Heimreise. Ich konnte sie ihnen schwerlich verwehren. Aber ich bin kein Schwachkopf. In der vorletzten Nacht — derselben Nacht, in welcher meine Schloßwachen, verständigt durch Armigite, Prinz Kragens Leibwächter erschlagen fanden — erlangte Herr Fayle auf irgendeine Weise davon Kenntnis, daß Eremis und Gilbur den festen Vorsatz gefaßt hatten, die Translation des Kämpen zu vollziehen. Am selben Abend habt Ihr in Eremis' Begleitung Eure Gemächer verlassen — und seid später allein zurückgekehrt, besudelt mit *Blut.*« Er schleuderte ihr das Wort gewissermaßen entgegen. »Gewißlich, Ihr seid unschuldig. In aller Unschuld habt Ihr das Blut aus Eurer Gewandung gewaschen, Euch dessen zu entledigen versucht, was Euch in einen Zusammenhang mit jenen toten Leibwächtern zu stellen vermochte. Allein aus Unschuldigkeit habt Ihr mich belogen. Doch in all Eurer Schuldlosigkeit habt Ihr *vergessen«*, — er schwang Terisas Hausschuhe —, »daß Euer Schuhwerk Euch verraten muß. Dank eines staunenswürdigen Zufalls weilten sämtliche Gauherren, Herr Domne ausgenommen, zur gleichen Zeit auf Schloß Orison. Prinz Kragen, Alends Gesandter, weilte gleichfalls hier. Am nächsten Tag begibt sich die Zunft übereilt an die Translation, darum bemüht, sie in die Tat umzusetzen, ehe ich's vereiteln kann. Als meine Männer den Kämpen aufzuhalten trachten, tritt jemand ihnen mit einer anderen Anwendung von Imagomantie entgegen. Was soll ich nach Eurer Meinung von alldem denken, edle Dame? Erwartet Ihr, daß mich die Reinheit Eurer Unschuld rührt, edle Dame, oder die Ehrbarkeit der Beweggründe Eures Buhlen mich beeindruckt?« Er fluchte und verschaffte sich damit offensichtlich große Erleichterung. »Ich will Euch mitteilen, wie ich darüber denke.« Seine Flüche bestanden aus unbekannten Redewendungen, aber ihre Heftigkeit genügte trotzdem, um Terisa einzuschüchtern. »Zum ersten steht fest, daß jene Translation seit langem geplant worden ist. Spiegel werden nicht über Nacht angefertigt. Wiewohl ich nicht weiß, wie sie's gemacht haben. Wo ist das zur Translation unentbehrliche Glas?« Die beiden letzten Sätze äußerte er wie im Selbstgespräch. Dann jedoch tobte er sich weiter an Terisa aus. »Dieweil Eremis und Gilbur es waren, die mit Herrn Fayle sprachen, und Gilbur nun verschwunden ist, erachte ich's als unanzweifelbar, daß sie die Urheber sind. Aber was ist geschehen, daß wir zwei Tote fanden, rings um sie so viel Blut, als stamme es von fünf bis sechs Getöteten mehr? Zwei Möglichkeiten gibt's, edle Dame, und beide sprechen für Verrat. Entweder war's so, daß Eremis und Gilbur sich mit den Gauherren trafen und mit Hilfe des Kämpen an Mordant Verrat zu begehen trachteten, daß sie Prinz Kragen ertappten, wie er sie belauschte, und seine Leibwächter, als sie ihn schützten, der Tod ereilte. Oder Eremis und Gilbur trafen sich mit Prinz Kragen, und die Gauherren erwischten sie dabei, wie sie Verrat an Mordant ausheckten, und des Prinzen Leibwächter fielen, als sie ihn verteidigten. Ob's so oder so gewesen sein mag, Herr Fayle hat sich an mich gewandt, dieweil das, was Eremis und Gilbur im Sinn hatten, ihm Grausen einflößte. Wie soll ich mir das viele Blut erklären ... und den augenfälligen Mangel an Leichen? Darauf erteilt der Stuhl in Eurem Kleiderschrank Antwort. Jene Männer, welche für Euch fochten und *fielen,* hat man in einen der Geheimgänge verbracht. Ja wahrlich, selbiger Stuhl erklärt mir mancherlei. Er macht mir klar, wie's Euch gelungen ist, das Leben zu bewahren, als in der ersten Nacht Eures Aufenthalts zu Orison ein Anschlag auf Euch stattfand. Eure Helfer — will sagen, Eremis' Helfer — entsprangen dem Geheimgang und standen Euch bei. Danach zogen sie sich in ihr Versteck zurück.« Ein Gefühl äußersten Entsetzens stieg Terisa in die Kehle, nahm ihr die Luft. Lebbick kam der Wahrheit so nahe! »Auch hätte ich unter anderen Umständen angenommen«, fügte Lebbick hinzu, »daß Ihr noch gar nicht lange genug hier seid, um so tief in derlei Widerwärtigkeiten verwickelt sein zu können. Eremis mag der rührigste Hurer ganz Mordants sein, doch im allgemeinen brauchen Weiber ihre Zeit, um sich durch ihn erniedrigen zu lassen. Ihr aber habt dank des Geheimgangs mehr Zeit gehabt, als ich wähnte ... all jene Zeit, in welcher Ihr, wie ich vermeinte, untätig in Euren Gemächern gesessen haben müßtet. Was ist's, edle Dame? Welche Schandtat ist's, an der Ihr teilhabt? Oder gibt's eine dritte Erklärung, ein gar noch verwerflicheres Verbrechen?« Er trat näher, richtete seinen Zorn mitten in Terisas Gesicht. Sie duckte sich, vermochte aber nicht den Blick von ihm zu wenden. Seine Leidenschaft wirkte auf sie wie ein Bann. »Was ist Euer Vorteil? Ist die Weise, wie Eremis seine Metzen gebraucht, Euch Lohn genug? Oder verfolgt Ihr andersartige Zwecke? Hat Euch der Erz- und Großmeister geschickt, um an unserer Vernichtung zu wirken?« Er schmiß Terisas Mokassins beiseite, packte sie an den Armen, grub seine Finger in ihre Oberarme. »Wer hat für den König gekämpft, edle Dame? Oder ist *jeder* ein Verräter?« *Nicht. Laß mich in Ruhe. Es ist nicht meine Schuld. Ich weiß nicht, wovon du redest!* Er schüttelte sie, als hätte er vor, seine Zähne in ihren Hals zu schlagen. »Weshalb habt Ihr nicht den Geheimgang benutzt, um in Eure Gemächer zurückzukehren? Dann wäre auf Euch kein Verdacht gefallen. Niemand hätte einen Zusammenhang zwischen Euch und jenen toten Leibwächtern erblickt.«

»Weil er dort nicht hinführt!« schrie Terisa. Sofort verstummte sie, starrte ihn an, während rings um ihr Herz das Blut zu stocken schien, seine Miene einen Ausdruck des Triumphs annahm.

»Das ist ein Anfang, edle Dame«, raunte er durch die Zähne. »Wohin *führt* er denn?«

Das durfte sie dem Kastellan auf keinen Fall sagen. Andernfalls würde sie Meister Quillon und Großmeister Havelock bloßstellen, und ebenso Myste. Sie hatte schon zuviel gesagt.

Diesmal trotzte sie dem Kastellan vorsätzlich. »So eine Behandlung habe ich nicht verdient.« Terisa selbst war es, die das äußerte, keine übermütige Fremde in ihrem Körper. »Wäre Ihre Frau hier, würde sie sich für Sie schämen.«

Danach war ihr auf einmal aus Panik schwindlig. Sie sah, wie sich Lebbicks Augen weiteten, ein Blick wahnwitziger Wut ihr aus ihnen entgegenschlug. »Meinen Dank, edle Dame«, hörte sie ihn antworten, als spräche er eine fremde Sprache. »Solches Vergnügen hatte ich nicht, seitdem König Joyse mir gestattete, den Obersten der alendischen Besatzer zu strafen.« Wie durch einen Schleier der Furcht sah sie, wie er ihre Arme losließ, zurücktrat und ausholte, wie sein Handrücken auf ihr Gesicht zusauste. Instinktiv zog sie den Kopf ein, riß die Arme hoch. Obwohl sie ihn dadurch abwehrte, besaß der Hieb eine derartige Wucht, daß er sie zu Boden warf. Schmerz begann ihr in den Ohren zu brausen. Sie hatte den Eindruck, als erblinde sie; alles was sie noch erkennen konnte, war der Kastellan, wie er seine Hand anstierte, als ob sie einem anderen gehöre. Der Schmerz verfügte über seine Stimme. »Was tue ich?« fragte sie laut und deutlich. Da hörte Terisa jemanden an die Tür pochen. »Verschwindet!« brüllte Lebbick.

»Um Vergebung, Kastellan«, ertönte die Stimme eines Schloßwächters. »Befehl des Königs.«

»Des Königs?« Kastellan Lebbick war allem Anschein nach einem Schlaganfall nahe.

»Er wünscht mit der Edeldame Terisa zu sprechen. Ich habe Weisung, sie zu ihm zu geleiten.« Der Tonfall des Wächters bezeugte, daß er sich aufgrund des Tobens Lebbicks reichlich unwohl fühlte. »Es ist sein Wunsch, ohne jedweden Aufschub mit ihr zu reden.«

»Sie steht unter Arrest. Sie sollte bereits im Karzer sitzen.«

»Kastellan, ich habe ausdrückliche Anweisung erhalten, Euch mitzuteilen, daß Sie nicht unter Arrest zu stellen ist.«

Dem Kastellan entfuhr ein heiserer, erstickter Laut. Unversehens packten Fäuste Terisa, richteten sie auf. Einen Moment später merkte sie, daß es sich um Lebbicks Fäuste handelte. »Eines Tages, edle Dame, wird meine Gelegenheit da sein«, sagte er unterdrückt. »Wenn dieser Tag anbricht, werdet Ihr mir nicht noch einmal entrinnen.«

Er überließ sie der Obhut des Schloßwächters.

16

Wer die Freunde sind

Im großen und ganzen, überlegte sich Terisa in einem Zustand irgendwie abseitiger geistiger Klarheit, während der Schmerz in ihrem Kopf hin- und herzudröhnen schien wie ein Echo und der Schloßwächter sie stützte, gefiel es ihr, gerettet zu werden; es war besser, als nicht gerettet zu werden. Eindeutig.

Aber was hatte König Joyse dazu bewogen, gerade jetzt jemanden zu ihr zu schicken? Woher hatte er gewußt, daß sie Hilfe benötigte? Wieso war ihm bekannt, daß sie unter Arrest gestellt werden sollte? In Anbetracht dessen, über wie wenig Informationen sie selbst verfügte, war es wirklich erstaunlich, wieviel anscheinend alle anderen Leute wußten.

»Seid Ihr wohlauf, edle Dame?« erkundigte sich der Schloßwächter. Sie hörte aus seinem Tonfall gleichzeitig Erleichterung und Besorgnis. Andererseits: Niemand hatte Myste erwähnt. Vermißte man sie noch nicht? Sie dachte darüber nach, bis sie die Frage des Wächters vergessen hatte. Sachte rüttelte er sie. »Seid Ihr wohlauf?« wiederholte er. Terisas Sicht wirkte normal. Trotzdem hatte sie den sonderbaren Eindruck, daß alles in ihrem Blickfeld verzerrt aussah. Die Winkel, in denen die Wände an den Fußboden grenzten, kamen ihr irgendwie falsch vor. Die Türschwelle hatte ein so geradkantiges Aussehen, daß sie es als trügerisch empfand. Natürlich war sie verrückt geworden. Aber sie hatte gar nichts dagegen. Diese Art von Verrücktheit half ihr dabei, den Schmerz im Schädel zu ertragen. »Edle Dame?« Die Erleichterung des Wächters wich nun rasch immer stärkerer Sorge.

Wissen Sie …? wollte Terisa ansetzen, doch kein Laut drang aus ihrem Mund. Sie räusperte sich, bemühte sich, den Kopf zu heben. »Wissen Sie, warum er mich geschlagen hat?«

»Nein, edle Dame.« Der Wächter stand neben ihr, stützte sie mit einem Arm im Rücken, mit der anderen Hand an der Schulter. Terisa wußte bis jetzt nicht einmal, wie er aussah. »Ich war nicht zugegen.«

»Er hat mich geschlagen«, sagte Terisa betont deutlich, »weil ich ihn beleidigt habe.« Plötzlich war ihr zum Lachen zumute. Oder zum Weinen. Den Unterschied festzustellen, erwies sich als schwierig. Sie hatte ihn beleidigt. *Sie,* Terisa Morgan. Das war es wert, eine heruntergehauen zu kriegen. Jedenfalls vielleicht. »Oh, mein Kopf schmerzt!«

»Hier, edle Dame.« Behutsam führte der Mann sie zu einem Stuhl, drückte ihr dann einen Pokal mit Wein in die Hand. Terisa trank einen langen Zug; für einen Moment war ihr, als würden ihr Nägel in den Kopf gehämmert. Anschließend jedoch fühlte sie sich zunehmend wohler.

»Danke«, sagte sie mühsam. Jetzt hätte sie am liebsten ein Nickerchen gemacht. Allerdings gab es irgendeinen Grund, aus dem es ihr vorerst unmöglich blieb. Worum drehte es sich? Ach ja. »Haben Sie vorhin gesagt, der König wolle mich sprechen?«

»Jawohl, edle Dame. Sobald Ihr Euch so weit wiederhergestellt fühlt, daß Ihr ihn aufzusuchen vermögt.«

Terisa wandte den Kopf, schaute ihn an und lächelte. Sie entsann sich nicht daran, daß sie ihn schon einmal gesehen hätte. Der Schloßwächter war ein relativ junger Mann mit schmalem Gesicht und ernsten Augen, vielleicht nicht der richtige Mann, um eine Mitteilung zu überbringen, die Kastellan Lebbick wütend machen mußte. Aber er hatte den Befehl ausgeführt. Und sie war ihm für seine Höflichkeit dankbar. »Wir können's ruhig versuchen«, sagte Terisa. »Kann sein, es bekommt mir gut, ein bißchen zu laufen.«

Indem er ihr zur Aufmunterung zunickte, half der Wächter ihr beim Aufstehen. Dann hielt er ihr seinen Arm hin, damit sie sich Halt verschaffen konnte. Versuchsweise tat Terisa ein paar Schritte, fand dabei heraus, daß der Zustand ihres Kopfs sich weiter besserte. Unglaublich. Wie es den Anschein hatte, war es tatsächlich möglich, sich einem so cholerischen Menschen wie dem Kastellan zu widersetzen und es zu überleben. Einem Mann wie ihrem Vater. Sie vermochte es kaum zu glauben.

Sie ließ sich von dem Schloßwächter, indem sie sich vorsichtig bewegte, in den Turm bringen, in dem sich die Wohnräume König Joyses und seiner Töchter befanden. Zum Zeitpunkt, als sie vor dem hohen, mit Schnitzereien verziertem Portal zur Wohnung des Königs anlangte, fühlte sie sich einigermaßen stabil, in einer Art von Gleichgewicht zwischen leichtfertiger Abgehobenheit und den Folgen der Gewalttätigkeit Lebbicks.

Die Türwächter des Königs öffneten das Portal, ohne Fragen zu stellen; offenbar erwarteten sie Terisa. Der eine Posten meldete sie an, während der andere sich verbeugte und sie einließ. Im Handumdrehen stand sie zum zweitenmal in dem prächtig ausgestatteten Zimmer, in dem König Joyse Springbrett zu spielen pflegte.

Kerzen in Leuchtern und kupfernen Wandhaltern erhellten den Raum, der dicke blaurote Teppich bildete einen warmen Kontrast zur verzierten hellen Holztäfelung der Wände, betonten die Schnitzereien und die feinen schwarzen Intarsien. Ein an Ornamenten reicher Mantel faßte den Kamin. Auf dem Tischchen mit dem Spielfeld war ein Spiel unterbrochen worden; gegenwärtig spielte niemand.

»Herr König«, sagte der Wächter mit fester, gleichmäßiger Stimme, »die Edeldame Terisa von Morgan ist da.« Dann ging er mit seinem Kameraden und Terisas Begleiter hinaus. König Joyse jedoch reagierte nicht. Er ruhte schlaff in einem Lehnstuhl mit vergoldeten Kanten, die Beine auf einem dicken Kissen, den Kopf an die Stuhllehne gestützt. Sein purpurnes Samtgewand umhüllte ihn wie ein Leichentuch; allmählich sah es so alt und lumpig aus wie Großmeister Havelocks Gewand. Ein langer Bogen Pergament — ein entrolltes Schriftstück — lag ihm über das Gesicht gebreitet; die Arme baumelten an den Seiten, so daß die geschwollenen Knöchel der Hände fast den Boden berührten. Rund um den Stuhl bedeckten noch mehr Schriftrollen den Teppich, manche entrollt, andere lässig mit Schnur zusammengebunden. Der König schnarchte diskret. Der steife Bogen Pergament raschelte jedesmal leise, wenn er ausatmete.

›Des Königs Schelm‹ war nicht anwesend. An seiner Stelle leisteten Geraden und der Gauherr Tor dem König Gesellschaft. Entgeistert schaute Terisa die beiden an.

»Edle Dame«, brummelte Tor, »es ist mir eine Freude, die Bekanntschaft mit Euch erneuern zu dürfen.« Seine Fettmassen quollen schier über den Stuhl, auf dem er saß, und seine dicklichen Hände umklammerten eine Weinkaraffe, als könnte er ohne sie nicht durchhalten. Das dünne weiße Haar fiel ihm in wirren Strähnen von der bleichen Kopfhaut. Aber sein weites schwarzes Gewand war sauber, das Kinn sorgfältig rasiert. Obwohl seine Schweinsäuglein Trostlosigkeit widerspiegelten, wirkten sie weniger verschleiert, als Terisa sie in Erinnerung hatte.

Geraden grinste, als er Terisa so verdutzt sah. Doch fast sofort nahm sein Gesicht einen Ausdruck von Bestürzung an. Er sprang von seinem Stuhl auf und eilte auf sie zu. Behutsam strich er mit der Hand über die noch heiße Haut ihrer Wange. »Dieser rohe Schuft!« stieß er gedämpft hervor. »Er hat Euch geschlagen.« Da überkam ihn Bedauern. »Verzeiht mir«, bat er unterdrückt. »Ich trage die Schuld. Daß er sich zu so etwas hinreißen ließe, habe ich nicht geahnt. Ich vermeinte, noch rasch genug handeln zu können. Ich bin gerannt wie ein Roß, den ganzen Weg zum ...«

»Genug davon, Jung Geraden«, fiel Tor ihm ins Wort, lugte düsteren Blicks in seine Karaffe. »Du bist ein Sohn Herrn Domnes. Wahre mehr Würde.«

»Ich blicke nicht durch.« Irgendwie hatte Terisa den Eindruck, plötzlich außerordentlich begriffsstutzig zu sein. »Was tun Sie hier?«

»So wenig wie nur möglich«, sagte Tor, als hätte sie mit ihm geredet. »König Joyse unterhält ein warmes Feuer im Kamin und hat gar köstliche Weine. Andere Bedürfnisse kenne ich nicht. Ich gestehe, es war schwierig und peinlich, in ihren Genuß zu gelangen.« Versonnen runzelte er mit finsterer Miene die Stirn. »Er mochte mich nicht empfangen. Nach der Sitzung in jener Klause drunten zwischen Orisons Grundfesten fühlte ich mich so eisig kalt, wie mein Sohn es ist. Ich begehrte wieder warm zu sein. Auch deuchte es mich angebracht, mir mit meinem alten Freund, dem König von Mordant, einen letzten Umtrunk zu vergönnen. Habe ich schon erwähnt, daß ich nicht mehr von ihm gewichen bin? Ich wollt's erwähnen. Nun, aber er mochte mich nicht empfangen. Ein ungemein widriger Umstand.« Unerwartet lächelte er. Unter anderen Bedingungen wäre sein Lächeln fröhlich geworden; nun jedoch konnte es den Gram nicht aus seinen Augen vertreiben. »Doch er hat mich unterschätzt. Ich hockte mich vor seine Tür und hob zu heulen an. Kein höfliches, untertäniges Winseln war's, was ich seinen Ohren bescherte, das versichere ich Euch, vielmehr ein Geheul, welchselbiges Tote zu wecken vermochte.«

»Das habt Ihr getan?« Trotz allem grinste Geraden erneut, so verdutzt, daß er seine Zerknirschung ablegte.

Tor nickte. »Von Vorteil ist's, daß meine Sippschaft mein Betragen nicht miterleben konnte. Ich wäre arg in ihrem Ansehen gesunken. Aber ich hatte Erfolg.« Er blickte hinüber zu König Joyse. »Seit er mich einließ, ist's ihm unmöglich geblieben, mich fortzuschicken.«

Terisa sah in allem keinen richtigen Sinn. Sie schüttelte den Kopf, um ihn zu klären, aber erzielte eine gegenteilige Wirkung. Sie mußte sich setzen; oder hinlegen. »Aber wieso?« Sie konnte nicht vergessen, wie Tor mit seinem toten Sohn auf den Armen im Schlamm des Schloßhofs gestanden, was Geraden ihr über das Verhalten des Königs angesichts von Tors totem Sohn erzählt hatte. »Alle anderen Gauherren sind abgereist. Weshalb Sie nicht?«

Tor verzog das Gesicht. »Der Grund heißt Vergeltung.«

Geraden zuckte zusammen. »Vergeltung?«

»Nahezu mein Lebtag lang hat mich das Wissen verfolgt und geplagt«, erklärte Tor mit rauher Stimme, »König Joyse nicht meinen vollen Beistand gewährt zu haben, als er ihn brauchte. Das wäre kluge Zurückhaltung gewesen ... hätte er einen Mißerfolg erlitten. Doch er errang den angestrebten Sieg, und dadurch ward ich in den Augen ganz Mordants zu einem eigensüchtigen Feigling. Dafür will ich Vergeltung üben.«

»Ich kapiere nichts«, gestand Terisa matt. Vielleicht riß Tor einen Witz. Aber was für eine Art von Scherz sollte das sein?

»Der König bedarf eines Kanzlers.« Der Gauherr blickte nicht auf. »Jemanden, der zwei zusammenhängende Befehle besser erteilen kann als jener wahnsinnige Imagomant. Solange ich hier sitze«, — er ließ eine Hand lasch auf die Armlehne des Stuhls plumpsen —, »und Rede führe, als besäße ich dazu jedwedes Recht, wird man mir Gehorsam erweisen. Ob's ihm genehm oder nicht ist, Joyse wird nicht länger ein untätiger Herrscher sein. Entweder werde ich in seinem Namen zu Taten schreiten, oder er muß handeln, um mich daran zu hindern.«

Beifälligkeit glänzte in Geradens Augen. »Moment mal«, sagte Terisa. Ihre Gedankengänge liefen zu träge ab; sie mußte erst einmal aufholen, was die Situation betraf. Als der Adept sie mit Lebbick allein ließ, hatte sie gedacht, er ließe sie gleichzeitig im Stich. »Sie geben Befehle im Namen des Königs?« Sie wandte sich an Geraden. »Sie sind zum König gegangen ... zu ihm gerannt ... damit er Kastellan Lebbick bremst.« Geraden nickte. Terisa richtete den Blick auf den König. »Will er mich wirklich sprechen?«

Mit der übertriebenen Bedächtigkeit überhöhten Weingenusses schweifte Tors Blick durchs Zimmer, als suche er nach Lauschern. »Nein«, sagte er dann. Sofort hob er einen dicken Finger an den Mund, wie um sich selbst zum

Schweigen zu ermahnen. »Doch wollte er's sehr wohl«, fügte er in schwerfälligem Flüsterton hinzu, »wäre er vernünftig. Dieweil er schlummerte, nahm ich mir die Freiheit heraus, für ihn zu sprechen. Jung Geraden hat recht.« Die letztere Feststellung äußerte er in kernigem Ton. »Dem teuren Kastellan darf man, sobald Frauen die Betroffenen sind, keinerlei Entscheidungen zu fällen gestatten.«

Terisa merkte, daß sie ihn aus Verblüffung immer noch anstarrte. Sie wollte mehrere Dinge gleichzeitig sagen. Was erwarten Sie davon? Geraden, es tut mir leid! Glaubt ihr wirklich, daß das gutgeht? Aber darum ging es selbstverständlich gar nicht. Es kam darauf an, König Joyse dahin zu bringen, daß er seine Haltung klarstellte — daß Mordants Souverän Stellung bezog und seine wahren Absichten erklärte. Also sprach sie ihre Fragen nicht aus. »Ich bin froh, daß Sie das getan haben«, sagte sie statt dessen ehrlich. »Ich habe dringend Hilfe gebraucht.«

Tor zwinkerte ihr kläglich zu. »Siehst du's?« meinte er zu Geraden. »Schon beginnt mein Werk der Vergeltung Früchte zu tragen.«

»Mein Vater pflegt die mannigfaltigsten Anekdötchen über Euch zu erzählen, Gauherr«, sagte Geraden. »Nun glaube ich fürwahr, daß sie Euch gerecht werden.«

Aber Terisa hatte noch nicht alles gesagt. Sie wandte sich an Geraden. Wenn sie inzwischen mutig genug war, um zu lügen, ja sogar Kränkungen zu äußern, konnte sie auch den Mut zur Offenheit haben. »Ich muß mich entschuldigen. Als Sie weggegangen sind, dachte ich, Sie lassen mich in der Patsche sitzen. Ich hätt's besser wissen müssen.«

Er sah sie scharf an, straffte die Schultern. »Ihr sprecht wahr.« Sein Ton war ernst. »Ihr hättet's wahrlich besser wissen sollen. Lieber wollte ich mir die Hände abhacken, ehe ich Euch im Stich lasse.« Aber fast sofort machte sich wieder seine Befangenheit bemerkbar. »Ich bin hocherfreut, einmal richtig gehandelt zu haben.« Sein Lächeln drückte Verlegenheit und Vergnügen zugleich aus. »Doch bitte ich Euch, baut nicht drauf. Dergleichen gelingt mir selten.«

»Prächtig, Jung Geraden«, merkte Tor dazu an. »Du erniedrigst und schmähst dich selbst.« Er trank die Karaffe leer, winkte damit, bis Geraden eine Flasche Wein gefunden hatte und das Gefäß nachfüllte. »Die Schwierigkeit, vor welchselbiger du stehst, ist gänzlich schlichter Natur. Du hast noch nicht deine wirklichen Fähigkeiten entdeckt. Als des Königs Kanzler erteile ich jedermann großherzig Rat. Geborene Fechter geben untüchtige Bauern ab, darin täte dein Bruder Artagel mir gewißlich zustimmen. Entsage der Imagomantie. Ein Sohn Herrn Domnes sollte sein Leben nicht damit vergeuden, vor Imagomanten den Hofnarren zu mimen.«

Geraden schnitt eine düstere Miene, jedoch nicht aus Ärger, sondern aus seelischem Schmerz. »Ich wollt's, könnte ich's.« Das Weh, das sich seiner Stimme zeitweilig anhören ließ, übertrug sich unverzüglich auf Terisas Herz. »Ich bin meiner gesamten Familie eine herbe Enttäuschung. Dessen bin ich mir wohl bewußt. Aber ich vermag's nicht ... ich kann nicht aufgeben.«

Tor betrachtete den Wein wie jemand, der sich nicht dazu imstande fühlte, Geraden in die Augen zu blicken. »Zumindest bist du deines Vaters Sohn. Nimm das als Trost. Auch er ist ein Dickkopf. Ich habe König Joyse sagen hören, es möchte ihm leichterfallen, sich an einer Mauer den Schädel einzurennen, als einen Meinungsstreit mit Herrn Tor zu bestehen.«

Terisa dachte, daß Artagel, wäre er anwesend, es entschieden leugnen würde, von seinem Bruder enttäuscht zu sein.

Plötzlich entfuhr dem König ein lauter Schnarchlaut. Eine Kopfbewegung brachte die Schriftrolle auf seinem Scheitel aus dem Gleichgewicht, das Pergament rutsche abwärts, rollte sich ein und blieb zwischen den übrigen Pergamentrollen auf dem Teppich liegen. Er blinzelte, hob die Hände an die Brust, spannte sie, als wären sie gefühllos geworden. »Domne«, murmelte er. »Ein starrsinniger Mensch. Leichter ist's, sich den Schädel am Mauerwerk einzurennen, als ihn von etwas zu überzeugen.«

Er betastete die Armlehnen seines Stuhls, versuchte sich zu erheben, war aber noch zu benommen vom Träumen — oder zu schwach —, um es zu schaffen. »Herr König.« Geraden trat zu ihm, half ihm beim Aufstehen.

Mit lahmen Händen rieb sich König Joyse den Schlaf aus den Augen. Während sie ihn beobachtete, lösten der Anblick seiner hutzeligen Haut, seiner wäßrigen Augen — der Gebrechlichkeit, die darin zum Ausdruck kam —, bei Terisa stummes Weh aus. Er wirkte keineswegs wie ein verdrehter oder halbverrückter Herrscher, der es ablehnte, sein Königreich zu verteidigen, sondern wie ein zittriger, durch Greisentum und Arthritis nahezu verkrüppelter Invalide, der die Mehrzahl jener Menschen, die er liebte, verloren hatte, dem es nun nur noch mit Mühe gelang, bei Verstand zu bleiben.

Aber sobald er Terisa erblickte — als sein Blick sich klärte, er sie erkannte —, begegnete er ihrer stillen Anteilnahme mit einem Lächeln reiner, ungetrübter Wiedersehensfreude. Bei ihm lag der Ursprung jenes sonnigen Lächelns, durch das sich Prinzessin Myste auszeichnete: sie hatte es von ihrem Vater geerbt. Terisa versuchte, sich dem Einfluß seiner unverhohlenen Freude zu verschließen, brachte es jedoch nicht fertig. Würde er sie lediglich so anlächeln, nichts unternehmen, um sie in ihrer Einstellung zu ihm zu beeinflussen, sie wäre alles für ihn zu tun bereit gewesen. Aber dummerweise öffnete er den Mund. »Edle Dame, seid Ihr zu mir gekommen, um ein Spiel mit mir zu wagen? Wie gütig von Euch. Ich muß mich da mit einer Verzwicktheit abplagen«, — er deutete auf den Spieltisch —, »welche mein armes Hirn überfordert.« Terisa empfand so tiefe Enttäuschung, daß sie ihren Blick abwenden mußte. König Joyse hielt sich auf eine Weise aufrecht, die zu schlußfolgern erlaubte, daß seine Beine nicht so schwach waren wie seine Arme. »Havelock verdanke ich diese Mühsal. Falls ich ihn recht begreife — und das ist nicht immer einfach —, hat er einst eine Lösung entdeckt. Das hier sind seine Aufzeichnungen.« König Joyse stieß mit dem Fuß eine der Schriftrollen an. »Dieweil's mir nicht gelungen ist, eine eigene Lösung zu ersinnen, habe ich in seinen Aufzeichnungen gelesen und versucht ...« Seine Stimme verklang, er geriet aus dem gedanklichen Zusammenhang. Sein Blick streifte Tor und Geraden, als könnte er sich nicht genau daran erinnern, um wen es sich bei ihnen handelte. Dann schaute er wieder Terisa an und beendete den Satz. »... seine Lösung zu finden.« Er zuckte mit den Schultern. »Ohne Ergebnis. Mag sein, Ihr vermögt mir ein paar neue Anregungen zu geben.«

Terisa verspürte ein mulmiges Gefühl in der Magengegend, als sie sich an das Springbrett-Spiel mit Prinz Kragen entsann. Mit genau diesem Lächeln hatte König Joyse sie in eine dermaßen unangenehme Situation gebracht. Sie wollte sich nicht noch einmal solche Probleme machen lassen. »Entschuldigen Sie«, sagte sie rücksichtsvoll, »aber ich bin nicht zum Spielen gekommen. Herr Tor«, — sie hoffte, daß der Gauherr es ihr nicht verübelte, wenn sie sich an die Tatsachen hielt —, »hat mich von Ihren Wächtern holen lassen.«

»Ach, mein alter Freund Tor.« König Joyse schnitt eine Grimasse, als hätte er Galle im Mund. »Er ist einer jener wenigen Schauspieler, dessen Masken man nicht voraussehen kann.« Anscheinend wechselte er je nach Stimmung zwischen Leutseligkeit und eher förmlicher Ausdrucksweise. »Wer hätte zu ahnen vermocht, daß er all den Demütigungen zum Trotz, welche zu erdulden ich ihm auferlegte, darauf beharrt, mir seine Dienste aufzudrängen?« Er vermied es, den alten Gauherrn anzuschauen. »Das widerspricht den Regeln. Es genügt, um mich gehörig zu verdrießen, edle Dame.«

»Herr König«, — Tors Stimme klang ruhig und rauh —, »gewißlich besitzt Ihr vollauf darüber Klarheit, daß keineswegs Trachten nach Wohltätigkeit mein Handeln bestimmt.«

Der König achtete nicht auf seinen Einwand. »Dennoch müssen wir allesamt unsere Bürde so getreulich tragen, wie wir's können«, sagte er zu Terisa, strengte sich sichtlich an, um seinen Gleichmut wiederzuerringen. »Meine Bürde ist das Springbrett-Spiel.« Nochmals wies er auf das Tischchen. »Dies Rätsel ist mir zu verzwickt. Möchtet Ihr's Euch fürwahr nicht ansehen? Es ist wahrhaft dämonisch heikel.« Langsam fältelte sich die Haut rund um seine Augen zu einem Ausdruck des Humors und Frohsinns. »Ich bin des Glaubens, daß Ihr davon etwas versteht. Ich bitte Euch ...«

Ohne es eigentlich zu wollen, trat Terisa zu dem Tischchen. Es war nicht ganz fair zu unterstellen, daß ausschließlich sein Lächeln sie zu dem Spiel gegen Prinz Kragen verleitet hätte. Sie hatte für das, was sie getan hatte, ihre eigenen Beweggründe gehabt. Die gesamte Schuld König Joyse zuzuschieben, wäre ungerecht.

Als sie die Anordnung der Spielmarken auf dem Spielbrett überschaute, begriff sie seine Ansicht, sie verstünde etwas von dem Problem, vor dem er stand. Es lag ein buchstäbliches Patt vor, genau jener Art, mit dem ihr Spiel gegen Prinz Kragen geendet hatte. Wer war am Zug? Falls als nächstes Weiß zog, konnte das Spiel weitergehen; falls Rot, mußte der einzige noch mögliche Zug das Patt vervollständigen. »Rot ist am Zug«, sagte der König obwohl Terisa nicht gefragt hatte.

»Ich sehe, was Sie meinen«, antwortete Terisa leise. »Da gibt's keinen Ausweg. Großmeister Havelock hat sicher einen Scherz gemacht.«

»Oh, daran zweifle ich. Ihm ermangelt's an so gearteter Launigkeit.« Finster betrachtete König Joyse das Spielbrett. »Es gibt einen Ausweg. Ich bin mir dessen sicher. Ich vermag ihn lediglich nicht zu ergründen.«

Terisa schüttelte den Kopf. Das Thema Springbrett interessierte sie nicht. »Ich habe jahrelang nicht gespielt«, sagte sie, um es endlich zu erledigen. »Ich sehe nur die Möglichkeit, noch mal von vorn anzufangen. Versuchen Sie diese Spielsituation zu vermeiden.«

Wieder schenkte der König ihr ein strahlendes Lächeln. »Edle Dame, ich wünschte, 's wäre so einfach.«

Angesichts seiner Fröhlichkeit glaubte Terisa mit einem Mal, sie begriffe Havelocks Jux. »In diesem Fall«, sagte sie, »versuchen Sie's so.« Ohne sich Zeit zum Nachdenken zu nehmen, faßte sie die Tischkante und ruckte ihn kurz hin und her, so daß die Mehrzahl der Spielmarken von ihren Feldern rutschten. Im nächsten Moment war das Patt zu einem Chaos geworden. Sie grinste, drehte sich zum König um. Er hielt das, was sie getan hatte, anscheinend gar nicht für lustig. Einen Ausdruck von Übelkeit im Gesicht, starrte er das Spielbrett an. Seine Hinfälligkeit setzte sich wieder voll durch; die Augen wurden ihm feucht, als wäre er den Tränen nahe. »Ich glaube noch immer«, erklärte Terisa hastig, »daß Großmeister Havelock sich einen Witz erlaubt hat.« Sie zeigte aufs Spielbrett. »*Die* Art von Humor hat er doch, oder?« König Joyse war nicht anzumerken, daß er sie gehört hätte. »Entschuldigung. Ich wollte Sie nicht ärgern. Es ist ja bloß 'n Spiel.«

Ohne Warnung blitzten seine Augen auf wie Stahl im Wasser. »Für Euch, das mag sein, ist's allein ein Spiel. Für mich hingegen bedeutet's den Unterschied zwischen Leben und Untergang.« Er kehrte zu seinem Stuhl zurück, bewegte sich dermaßen wacklig, daß er tatsächlich fast tatterte. Die Mühseligkeit, mit der er sich niederließ, bereitete Terisa solchen Kummer, als trüge irgendwie sie daran die Schuld.

»Herr König«, fragte Geraden, »fühlt Ihr Euch wohl? Kann ich Euch irgend etwas bringen?«

Langsam richtete König Joyse den feuchten blauen Blick auf den Adepten. »Wie ich feststelle, hast du meinen Befehlen geringe Folgsamkeit erwiesen«, rügte er ihn merklich säuerlich. »Ausdrücklich habe ich dir's verboten, dich zu der Edeldame Terisa zu gesellen oder mit ihr zu reden.

Auch lautete mein Gebot, ihr auf Fragen keine Antworten zu erteilen. Nennst du das, was du treibst, etwa Gehorsam? Vor einem Sohn des Domne erwarte ich verläßlicheren Gehorsam.«

Seine Vorwürfe überraschten Geraden. Ruckartig hob der Adept den Kopf, die sorgenvolle Miene wich einem Gesichtsausdruck des Mißmuts. »Herr König«, gab er bedächtig zur Antwort, unterdrückte seine Gefühle, als bisse er auf eine Kandare, »ich wollte Eure Befehle aufs genaueste befolgen, wär's mir möglich, sie zu verstehen. Doch ich ersehe in ihnen keinen Sinn. Ihr habt das Interesse an Mordant abgelegt. Prinz Kragen habt Ihr arg genug beleidigt, um einen Krieg mit Alend heraufzubeschwören. Ihr habt geduldet, daß die Zunft die Translation ihres Kämpen ausführte, wiewohl Herr Fayle alles tat, um Euch Warnung zu geben. Wir bedürfen aller Freunde, welche wir finden können. Ich lehn's ab, die Edeldame Terisa wie eine Feindin zu behandeln.«

König Joyse wirkte, als wäre er zu müde, zu alt, um nur den Kopf erhoben zu halten; aber sein Blick blieb fest. »Bist du fertig mit deinen Reden?«

Heftig atmete Geraden ein. »Nein.« Er fing in steifem Ton zu sprechen an, als lege er ein förmliches Schuldbekenntnis ab. »Herr König, am Tag, nachdem Ihr mir geboten hattet, weder mit der Edeldame Terisa zusammenzutreffen, noch mit ihr zu reden, habe ich mich mit ihr zu jenem Spiegel begeben, welcher sie zu uns befördert hat, und unternahm den Versuch, sie in ihre Welt zurückzuversetzen.« Damit verstummte er, stand still da.

Genau wie er erwartete Terisa nun einen Wutanfall des Königs. Es hätte sie nicht gewundert, hätte er nach dem Kastellan gerufen. Anscheinend rechnete Tor ebenfalls mit so etwas, denn er beugte sich an seinem Platz vor, machte Anstalten, das Wort zu ergreifen. Doch der König seufzte nur. Er lehnte sich zurück und ließ das Kinn auf die Brust sinken. »Man wird so flugs alt«, murmelte er, betrachtete verwaschenen Blicks den Teppich. »Dies hätte geschehen sollen, derweil ich jünger war. Als ich noch jünger war, hatte ich genug Kraft.«

Was hätte geschehen sollen? wollte Terisa — leise, ganz behutsam — ihn fragen. Doch die Anschuldigungen des Königs hatten Geraden zu stark aufgewühlt, er konnte keine Ruhe geben. »Ich begann den Versuch, sie in die Welt ihrer Herkunft zurückzubefördern, dieweil ich all das glaube, was Ihr über die Wirklichkeit und Eigenständigkeit dessen sagt, das wir in Spiegeln erblicken. Es ist meine Überzeugung, daß ihr die Freiheit zusteht, uns zu verlassen. Wann immer's ihr beliebt. Hätte ich geahnt, daß Ihr den Meistern gestattet, die Translation des Kämpen durchzuführen, hätte ich gewußt, daß Ihr den hohen Werten den Rücken zukehrt, von welchen Ihr Rede führtet, als Ihr die Zunft gegründet habt, dann hätte ich wesentlich mehr Mühe drauf verwendet, sie von hier fortzubringen.« Was er äußerte, waren keine Gegenbeschuldigungen; er meinte es als Appell. Terisa konnte ihm anhören, daß er aus ganzem Herzen sprach. »Warum habt Ihr's geduldet, daß man so etwas anrichtet? Ums Haar hätte der Kämpe uns getötet. Er hat eine Bresche, so groß wie ein Haus, in den nordwestlichen Schloßwall gebrannt. Noch fehlt's, daß wir Cadwal und Alend einladen, auf daß sie uns belagern. Und noch geht der Kämpe im Land um, jedermann zu fällen bereit, der ihm den Weg vertritt.« *Und Myste ist dort draußen unterwegs,* dachte Terisa. *Seine Tochter. Sie versucht den Kämpen einzuholen.* »Herr König, Gauherr Fayle war bestrebt, Euch zu warnen. Warum mochtet Ihr seine Warnung nicht hören?«

König Joyse sah den Adepten nicht einmal an. Als Geraden schließlich verstummte, schwieg der König einen Moment lang. »Weil's mich gutdünkte, ihn nicht anzuhören«, sagte er dann. In seiner Stimme schwang ein Zittern der Bitterkeit und des Wehmuts mit. »Vermißt du dich des Wahns, du dürftest mir meine Entscheidungen abnehmen? Ich habe bereits darum gerungen, aus Mordant und der Zunft eine Einheit zu schmieden, lange bevor du alt genug warst, um mit dem Maul in Schweinekot zu fallen.« Geraden lief bei diesem Seitenhieb rot an, sah sich anscheinend jedoch zu einer Erwiderung außerstande. »Ich ließ den Meistern ihren Kämpen, dieweil ich's vorzog, ihr Treiben nicht zu unterbinden. Außerdem befindet sich Eremis in Arrest. Das sollte dich zufriedenstellen. Lebbick wird auch Gilbur einsperren, wenn er seiner habhaft werden kann. Die Ungehorsamen wird die gerechte Strafe ereilen. Was willst du mehr?«

»Ich will *verstehen!*« rief Geraden.

»Bravo, Jung Geraden«, brummte unvermutet Tor dazwischen. »Ich bezweifle, daß Herr Domne noch dickschädeligere Söhne hat. Sicherlich bist du kein Blödkopf. Nun muß 's dir offenkundig sein, dein König *wünscht nicht,* daß du verstehst.«

Geraden fuhr zu Tor herum. »Aber *weshalb?* Ich bin nur Adept. Niemals werde ich zum Meister aufsteigen. Welchen Harm soll's zur Folge haben, wenn ich verstehe? Wem könnt's Schaden zufügen?«

Tor hob die feisten Schultern. »Wie ist's mir gelungen«, fragte er, sprach halb in die Weinkaraffe, »Audienz beim König zu erhalten?«

Verdutzt blinzelte Geraden den alten Gauherrn an. »Ihr habt vor seiner Tür ein Geheul ausgestoßen«, sagte er gedehnt, »bis er Euch eingelassen hat.«

König Joyse schnob gedämpft. Tor verzog angeödet das Gesicht. »Du vermagst mir nicht einzureden, daß du ein Dummerjan bist. Ich beharre drauf, daß du's nicht bist. Wie erlangte ich Audienz beim König, als ich anfangs Schloß Orison betrat?«

Geraden öffnete den Mund. »Ich ...« Und schloß ihn.

»Jung Geraden«, — Tor betonte jedes einzelne Wort —, »der König wünscht nicht, daß du verstehst. Ich rate dir, begib dich in deine Kammer und schlag dein Haupt gegen die Mauer, bis dein Schädel weit genug aufplatzt, um ein wenig Licht eindringen zu lassen.«

»Ja, geh«, fügte sofort König Joyse halblaut hinzu. »Ich

bin's überdrüssig, stetig daran erinnert zu werden, wie wenig mein Volk seinen König achtet.«

Mit einem Ruck wandte sich Geraden wieder dem König zu. Jetzt sah Terisa so etwas wie Wildheit in seinen Augen, etwas so Extremes, daß es gefährlich sein mochte. Dennoch wirkte er nun in seiner Haltung bestärkt, als ob Druck sein inneres Gleichgewicht festige. »Wahrlich«, sagte er, »ich müßt's längst gewöhnt sein.« Er sprach in fast gelassenem Ton. »Schließlich war ich stets der Jüngste. Meine Brüder haben nur selten so viel Geduld aufgebracht, mir irgend etwas zu erklären.« Seine Stimme klang fast gelassen und gleichzeitig beinahe bedrohlich. »Wahrscheinlich verhält's sich so, daß ich besser fahre, wenn ich selbst herausfinde, was ich wissen will.« Ohne den Blick vom König zu nehmen, wandte er sich an Terisa. »Edle Dame, geruht Ihr mich zu begleiten?«

»Sie bleibt«, antwortete König Joyse an Terisas Stelle. »Es ist mein Wunsch, mit ihr zu reden.«

Also wollte er mit ihr sprechen. Terisa wußte nicht, ob sie erleichtert oder beunruhigt sein sollte. »Wir sehen uns später«, sagte sie zu Geraden, darum bemüht, ihn aufzumuntern. »Wir werden uns was ausdenken.« Sie wartete ab, bis er sich zu gehen bequemte. Vorher widmete er ihr noch einen Blick, der auf ein eisernes Versprechen des Zusammenhaltens hinauslief, einen Blick, der Leidenschaft und Befugnis ausdrückte. Dann entfernte er sich. Als er die Tür schloß, seufzte Tor schwer auf; er leerte die Karaffe erneut, rückte seinen Wanst behaglicher auf dem Stuhl zurecht, als habe er vor, sich ein Nickerchen zu genehmigen. Terisa drehte sich König Joyse zu.

Aufgrund einer Ahnung meinte sie zu wissen, weshalb König Joyse mit ihr zu reden wünschte. Und sie hatte vor, diese Gelegenheit zu nutzen. Sie empfand Zorn. Kastellan Lebbick hatte sie geschlagen. König Joyse konnte es nicht lassen, auf Geraden herumzuhacken. Meister Eremis hatte man eingesperrt. Sie war viel wütender, als sie bis jetzt gemerkt hatte.

»Sie wissen, daß Meister Eremis in Arrest sitzt«, sagte sie, und ihre Stimme zitterte leicht. »Kastellan Lebbick hat Ihnen alles berichtet.« Diese Schlußfolgerung hielt sie für naheliegend. »Sie wußten, daß er auch mich einsperren wollte. *Sie* haben in Kauf genommen, daß er sich an mir vergreift. Hätte Herr Tor es nicht verhindert, säße ich jetzt auch in einem Kerkerloch. Ich glaube mich daran entsinnen zu können, daß Sie gesagt haben, eine mächtige Imagomantin wie ich wäre das gleiche wie ein Gesandter und müßte daher mit Respekt behandelt werden. Nennen Sie das Respekt?«

König Joyse hob den Kopf, als hätte er die Absicht, ihr zu antworten. Er schob sich in seinem Stuhl herum, drehte sich ihr direkt zu. Nun widerspiegelte seine Miene weder länger Unmut noch irgendeine Spur von Bitterkeit. Er schaute mit aller Würde seiner Jahre ernst drein, so eindringlich, wie seine wäßrigen Augen es zuließen — und so trauervoll, daß Terisa insgeheim erschrak. »Edle Dame«, fragte er leise, »wo ist meine Tochter?«

Sie hatte recht. Ihr Pulsschlag beschleunigte sich: Endlich gab es etwas, das jemand von ihr wollte, das sie als Hebel zur Durchsetzung ihres Willens benutzen konnte. Solange sie Myste nicht verriet, lag darin eine Chance. Die Aussicht eines Streits mit dem König jagte ihr Furcht ein, aber sie war fest dazu entschlossen, diese Chance nicht zu versäumen. »Welche Tochter?« fragte sie zurück; unverändert zitterte ihre Stimme. »Sie haben mehrere.«

Sie erwartete einen Ausbruch von Empörung und Wut — so etwas erwartete sie ständig —, doch König Joyse blieb gefaßt. Seine Miene wechselte nicht. Für einen ausgedehnten Moment maß er sie durch die Nässe in seinen Augen. Dann zeigte er auf den Stuhl, der auf der anderen Seite des Tischchens stand, ihm gegenüber. »Edle Dame, möchtet Ihr Platz nehmen?« Zuerst zögerte Terisa. Vielleicht war sie stärker, überlegte sie, wenn sie stehen blieb. Aber König Joyses Trauer war so überwältigend wie sein Lächeln. Sie trat zum Tisch, zog ihn vom Tisch weg, um

Abstand zum Spielbrett zu wahren, und setzte sich. »Edle Dame«, sagte Joyse im gleichen gedämpften, grämlichen Ton, »meine Tochter Myste ist verschwunden. Wo ist sie?«

Plötzlich fühlte sich Terisas Zunge so trocken an, daß sie kaum noch schlucken konnte. »Herr König«, stellte sie — wie ein furchtsames, aber trotziges Kind — eine Gegenfrage, »warum haben Sie Kastellan Lebbicks Absicht hingenommen, mich einzukerkern?«

Es kam ihr im Zimmer auf einmal ungemütlich warm vor. Wieder glommen die Augen des Königs wie Stahl. Er erwiderte ihren Blick, bis sie es nicht länger aushielt und abwärtsschaute. »Edle Dame«, sagte er schließlich kaum hörbar, »spielt mit mir kein solches Spiel. Es ist gefährlicher, als Ihr Euch zu vergegenwärtigen vermögt.«

Einige Sekunden lang, in denen ihr Herz hämmerte, ihr Magen sich zusammenkrampfte, stand Terisa dicht vorm Nachgeben. Unmöglich, daß es ihr gelang, sich gegen Joyse zu behaupten. Jeder war willensstärker als sie. Wie schon im Umgang mit Saddith, hatte sie auch jetzt das Gefühl, Schwäche und Wehrlosigkeit seien ihr einziger Schutz, ihre einzige Waffe. Aber Einlenken würde zu gar nichts führen. Der König würde trotzdem, auf jeden Fall, von ihr wissen wollen, wo sich seine Tochter befand, auf Auskünften bestehen. Wenn sie darauf verzichtete, was sie zu erfahren wünschte, verbesserte sie damit keinesfalls ihre Situation. Und es müßte noch schwieriger für sie werden, zu vermeiden, daß sie Myste verriet. Zudem war sie zu verärgert, um aufzugeben. Kurzentschlossen blickte sie dem König wieder ins Gesicht.

»Mir bleibt keine Wahl. Geraden hat versucht, mich dorthin zurückzuschicken, wohin ich gehöre, aber anscheinend funktioniert der Spiegel nicht mehr. Ich muß mein eigenes Spiel spielen. Warum haben Sie Kastellan Lebbick erlaubt, mich zu arrestieren?«

Etwas im Hintergrund der Miene König Joyses änderte sich, als ob Wolken ihre Schatten über eine entfernte Landschaft bewegten. Ohne genauer bestimmbaren Wandel gewann seine Aufmerksamkeit an Intensität und Vorsicht. »Edle Dame«, — er äußerte sich in sarkastischem Tonfall, aber auf seltsam unpersönliche Weise, als meine er den Sarkasmus nicht ernst —, »ist Euch bekannt, wer Eure Freunde sind?« Überrascht starrte Terisa ihn an, biß sich auf die Lippe und versuchte sich jede Entgegnung zu verkneifen. »Ei nun, ich weiß es auch nicht. Euch einzusperren, wäre ein ausgezeichnetes Verfahren gewesen, um's herauszufinden. Höchlichst von Interesse wär's gewesen zu beobachten, wer versucht hätte, Euch zu helfen, mit Euch in Verbindung zu treten, mich zu Eurer Freilassung zu überreden. Doch freilich, Geraden mußte sich dreinmengen ... Mit seiner üblichen, gar überaus treffsicheren Neigung zu verhängnisvollen Streichen. Aber daß *er* Euer Freund ist, wußte ich bereits.«

Diese Antwort verblüffte Terisa. Sie warf ein anderes Licht auf ihn, auf die Art und Weise, wie sein Verstand arbeitete, und dadurch korrigierte sich in gewissem Umfang ihr Eindruck von ihm; es hatte den Anschein, daß er für die Ereignisse im Schloß sehr wohl Beachtung erübrigte. »Einen Moment«, sagte sie lasch. »Einen Moment mal. Sie meinen, Sie haben meine Verhaftung *geplant?* Das war bloß 'n Trick?«

»Nein, edle Dame.« Er drohte ihr mit einem Zeigefinger, der geschwollene Gelenke hatte. »Ihr verstoßt wider die Spielregeln. Nun bin ich am Zuge. Wo ist meine Tochter?«

Terisa atmete jäh ein. Für einen Augenblick überlegte sie, ob es sich machen ließe, ihm Informationen zu entlokken, ohne selbst etwas zu verraten. Aber trotz seines Alters wirkte Joyse zu energisch für diese Taktik. Und ein solches Verhalten wäre nicht fair. Er war Mystes Vater.

»Sie hat mich gestern nachmittag besucht«, sagte sie zurückhaltend. »In meinem Quartier. Wir haben uns lange unterhalten.«

Er nickte. »Das habe ich gemutmaßt. Aber ich versteh's nicht. Was wollte sie von Euch? Was hat sie Euch erzählt?«

»Nein, Herr König. Jetzt bin ich dran.« Sie hatte so *viele* Fragen. Zu viele, um sich an alle auf einmal erinnern zu können. Und sie mochte nicht nochmals eine solche Gelegenheit mit einer Frage verschwenden, wie sie vorhin voreilig eine dahergeplappert hatte. Darum konzentrierte sie sich auf die Umstände, die sie zum König gebracht hatten — auf Kastellan Lebbick und sein Verhalten. »Wenn ich mit jemandem meine Unterkunft verlasse — zum Beispiel Meister Eremis —, fragen meine Türwächter immer danach, wohin ich gehe. Aber wenn ich mit Geraden fortgehe, fragt niemand. Weshalb ist das so?«

König Joyse schnob, als hätte sie gerade einen besonders schlechten Zug getan. »Das hättet Ihr Euch selber zurechtreimen können«, sagte er auf die gleiche unpersönlich-sardonische Weise wie zuvor. »Ich wußte bereits, daß Geraden Euer Freund ist.« Richtig. Natürlich. Das hätte sie sich *wirklich* selber denken können. Ein Gefühl naher Panik drohte in ihr aufzukommen. Sie vermochte nicht schnell genug zu überlegen. »Ihr habt von meiner Tochter gesprochen, edle Dame«, fügte der König ungeduldig hinzu.

»Ja.« Sie mußte schlauer sein. Genauer. Sie empfand die Versuchung, sich um Unterstützung an Tor zu wenden. Aber sie hörte, wie er tief und schwer atmete, als müsse er gleich zu schnarchen anfangen. »Können Sie sich deutlicher ausdrücken?« fragte sie, bemüht um neue Einfälle.

»Freilich«, schnauzte er sie an. »Wo ist sie?«

Glücklicherweise weckte sein Tonfall von neuem Terisas Ärger. Na schön. Wenn das sein Stil war zu spielen, konnte er es so haben. »Es ist die reine Wahrheit, daß ich nicht weiß, wo sie ist.« Sie bemühte sich um einen zuckersüßen Ton. »Aber Sie haben vorhin gefragt, was sie von mir wollte. In einem meiner Kleiderschränke ist ein Durchstieg zu einem Geheimgang. Den wollte sie benutzen.«

Wieder nickte Joyse. Anscheinend bestätigte sie auch diesmal lediglich seine Vermutungen. »Warum?«

Der Ärger bedeutete für Terisa eine große Hilfe. Sie war

grausam zu König Joyse, aber nur weil man sie selbst so mies behandelt hatte. »Herr König«, sagte sie unfreundlich, »in der ersten Nacht meines Hierseins hat ein Mann mich kaltzumachen versucht. Als er verscheucht worden war, hat Kastellan Lebbick eine Fahndung nach ihm organisiert. Sie haben die Suche abbrechen lassen.« Trotz ihres Mangels an Erfahrung in derartigen Auseinandersetzungen wendete sie alle Mühe auf, um ihm in einem Tonfall zu antworten, der seiner Redeweise entsprach. »Weshalb?«

Für einen Augenblick zögerte König Joyse. Hinter seinen Augen wanderten Schatten vorüber. »Weil ich nicht wünschte«, sagte er dann mit starkem Nachdruck, »daß man ihn faßt.«

»Was? Wieso nicht?«

»Ich bezweifelte, daß er dumm sei, folglich erwartete ich nicht, daß er Lebbick auf seiner Verbündeten oder Auftraggeber Spur führen würde, und ebensowenig hielt ich ihn für einen Feigling, darum nahm ich nicht an, er wollte mir, falls Lebbick ihn ergriff, irgend etwas erzählen. Die einzige Möglichkeit, etwas über ihn zu erfahren, erblickte ich darin, ihn entweichen zu lassen und seiner nächsten Handlungen zu harren.« Er sprach schroffer, aber seine Grobheit blieb unpersönlich, als sei sie unecht, beruhe nur auf Berechnung. »Seid Ihr nun zufrieden, edle Dame? Warum hat meine Tochter den Geheimgang benutzen wollen?«

Terisas Mißstimmung machte sie stärker, als sie es je für vorstellbar gehalten hatte. »Um Schloß Orison zu verlassen.«

Das machte den König betroffen, versetzte ihm einen Stich. »Um Orison zu verlassen?«

»Sie war sich darüber im klaren, daß Sie sie zurückhalten würden, wenn sie Ihnen 'ne Gelegenheit gäbe, also hat sie den Geheimgang genommen, der ins Laborium hinunterführt. Von dort aus hat sie sich durch das Loch in der Schloßmauer hinausgeschlichen.«

»Um Orison zu verlassen?« wiederholte der König. »Warum?«

»Nein.« Terisa ballte die Hände zu Fäusten, um sich seinem Kummer verschließen zu können. »Weshalb haben Sie mich genötigt, mit Prinz Kragen Springbrett zu spielen? Sie haben getan, was Sie konnten, um einen Krieg anzustiften. Es hat mir keinen Spaß gemacht, derartig mißbraucht zu werden.«

Urplötzlich, so daß Terisa keine Chance zur Gegenwehr erhielt, sprang König Joyse aus seinem Lehnstuhl, krallte die Finger, als wäre er nie im Leben alt und schwach geworden, ins Vorderteil ihres Hemds, riß sie hoch. »Das ist unerträglich! Sie ist meine *Tochter!*« Seine Augen liefen ihm, als weine er. »Ihre Mutter und eine ihrer Schwestern haben mich im Stich gelassen. Ihre andere Schwester bringt mir nichts denn Verachtung entgegen. *Wohin hat sie sich begeben?*«

Das war für Terisa der richtige Augenblick zum Kapitulieren; darüber besaß sie volle Klarheit. Es war soweit, sie mußte die Waffen strecken, Myste aus bloßer Furcht verraten. Ihr Zorn hätte sich jetzt verflüchtigen müssen. Aber dazu kam es nicht. »Zu ihrer Mutter«, entgegnete sie. Myste war ihre Freundin. »Sie wollte treu bleiben. Sie hatte vor, Ihnen zu helfen. Aber als Sie Prinz Kragen dermaßen beleidigt haben, ist ihr nahezu das Herz gebrochen. Sie ist zur Tochter eines *Königs* erzogen worden, nicht irgendeines kleinen Tyrannen, der einerseits auf Krieg wild ist, den man andererseits aber nicht mit der Verteidigung des eigenen Volkes belästigen darf. Sie ...«

Terisa verstummte. Sein Gram brachte sie zum Schweigen. Vom einen zum anderen Moment war seine unvermutete Kraftentfaltung vorbei. Er ließ Terisas Hemd los und die Hände sinken. Er verkniff die Augen, doch Tränen rannen ihm unter den verhutzelten Lidern hervor. »Solltet Ihr mich belügen ...«, raunte er heiser aus der Tiefe der Kehle. »Solltet Ihr's wagen ...« Er drohte ihr nicht; er flehte sie an. Er tastete hinter sich, seine Hände fanden die

Armlehnen des Stuhls, er stützte sich auf sie, während er sich setzte. Sein Gewand breitete sich über ihn, als solle er darunter verschwinden. »Meine Tochter, was habe ich dir nur angetan?«

»Warum haben Sie das getan?« hakte Terisa nach, um zu verhindern, daß sein Schmerz sie um die Wahrheit betrog. »Warum haben Sie mich gezwungen, mit Prinz Kragen Springbrett zu spielen?«

»Um ihn auf die Probe zu stellen«, antwortete er wie jemand, der nicht wußte, was er redete. »Aus keinem andern Grund. Wie hätte ich ihm vertrauen können? Alend ist seit etlichen Geschlechterfolgen Mordants Feind. Kragen hegt wider mich persönlichen Groll. Wäre mit seinem Besuch ein ehrenwerter Auftrag verbunden gewesen, hätte er sich zu spielen geweigert, keinen Anlaß erblickt, mein Ansinnen als Kränkung des alendischen Monarchen aufzufassen. Falls er dagegen auf Hinterlist sann, müßte er einwilligen — so lautete meine Überlegung —, um sich nicht meine Ungunst zuzuziehen, er könnt's sich nicht erlauben, vom Schloß gewiesen zu werden, ehe er sein hinterlistiges Treiben beendet hätte.« Er bedeckte das Gesicht mit beiden Händen. »Ach, meine Tochter ...!«

Also stimmte es. Er wußte, was er tat, was rings um ihn passierte. Diese Einsicht schien Terisas Blut zu vereisen. Wie war sie nur auf die Idee verfallen, es könnte im Zimmer zu warm sein? Ihr war zum Schlottern zumute. Unwissenheit oder Altersschwachsinn hatten nichts mit König Joyses Verhalten zu schaffen. Er arbeitete vorsätzlich an Mordants Untergang.

Trotz allem behob sein Leid Terisas Zorn. Sie war ihn zu fürchten imstande, aber sie konnte ihm nicht böse sein. »Entschuldigen Sie bitte«, sagte sie, achtete diesmal auf einen freundlichen Ton. »Ich habe den Eindruck, dies Spielchen geht auch mit einem Patt zu Ende.«

Schlaff senkte er die Hände. Sie bebten, als er sie im Schoß faltete. Er schaute sie nicht an. »Edle Dame«, sagte er ruhig und deutlich, »ich rate Euch, sinnt gründlicher nach, bevor Ihr nochmals versucht, einem Unentschieden auszuweichen, indem Ihr dem Spielbrett einen Stoß versetzt.« Mit einer Kopfbewegung wies er auf die Tür, schickte Terisa hinaus. Sie wandte sich zum Gehen, als ergriffe sie die Flucht.

Gauherr Tor war wach. Er musterte den König mit einem Blick, der an Gier erinnerte. Als Terisa an seinem Stuhl vorübereilte, nickte er ihr nachdrücklich und beifällig zu.

Sie hatte bereits die Tür hinter sich geschlossen, als ihr die Frage einfiel, wie König Joyse zu schlußfolgern fähig gewesen sein mochte, daß Myste sie um Hilfe angesprochen hatte.

17

Terisa ergreift Maßnahmen

Terisa hatte den Eindruck, innerlich vor Hast zu rasen, um ihren Gefühlen, den Fragen und Verwicklungen dessen, was sie tat, voraus zu bleiben. Sie mußte vor der Lüge fortlaufen, die sie König Joyse erzählt hatte. Zuviel Schmerz hatte sie ihm verursacht. Lügen umgaben sie. Nicht einmal Meister Eremis vertraute ihr in größerem Umfang die Wahrheit an. Möglicherweise hatte selbst der König sie belogen. Falschheit war Terisas einzige Waffe, die einzige Methode, um sich zu wehren. Am liebsten wäre sie vor allem geflohen.

Sie war zwei Treppen hinabgestiegen, stand unmittelbar davor, einen der Hauptkorridore zu betreten, da merkte sie, daß sie gar nicht wußte, wie sie dort hingelangen sollte, wohin sie zu gehen beabsichtigte.

Unterdrückt versuchte sie vor sich hinzuschimpfen, aber es fehlte den ungewohnten Ausdrücken an Überzeugungskraft. Die mit Geraden gemachte Schloßbesichtigung hatte ihr die Information, die sie jetzt brauchte, nicht geliefert. Sie mußte mit allem ganz von vorn anfangen.

In beiden Richtungen schaute sie sich im Korridor um. Viele Leute befanden sich unterwegs; es war ohne weiteres möglich, jemanden nach dem Weg zu fragen. Doch sie hatte keine Ahnung, wie sie sie ansprechen sollte. Was taten sie alle hier? Terisa sah Steinmetze, Schornsteinfeger, Zimmermädchen, Näherinnen, Feger, Träger, sogar Hufschmiede; das Schloßpersonal ließ sich leicht erkennen. Aber wo stak der Rest der Frauen und Männer, die das Schloß bewohnten, wo waren die Damen und Adeligen? Myste hatte betont, wie sehr Mordant und Orison vom Handel abhingen. Widmete sich die Oberschicht ausschließlich Kommerz- und Finanzangelegenheiten, bestand sie nur aus Personen wie Kaufhausdirektoren, Steuerbeamten, Reedern, Spediteuren, Buchhaltern, leitenden Angestellten und Schwarzhändlern? Wenn ja, hätte ihr Vater sich hier wie daheim gefühlt. Ihr Vater, das glaubte sie fest, hätte nicht gezögert, König Joyse einen ganzen Sack voll Lügen aufzutischen. Sie glaubte es trotz der Tatsache, daß sie ihn nie eine Unwahrheit äußern gehört hatte.

Innerlich noch immer von Hast gedrängt, erspähte sie plötzlich Artagel. In einigem Abstand strebte er zügig durch den Korridor. Seinem Benehmen nach war es möglich, daß er sie nicht bemerkt hatte. Aber einen Moment, nachdem sie ihn sah — noch ehe sie dazu kam, die Hand zu heben und zu winken —, wich er von seiner Richtung ab, trat auf sie zu. »Edle Dame.« Höflich verbeugte er sich. »Habt Ihr Euch bereits von Euren Abenteuern erholt? Wäre mir derlei zugestoßen, ich wollte mich ins Bett legen und mehrere Tage lang nicht erheben.«

»Sagen Sie Terisa zu mir«, entgegnete sie, um das Thema ihrer ›Erholung‹ zu umgehen. Sie hatte es eilig. Was sie sich vorgenommen hatte, war für sie noch untypischer als die Unterhaltung mit König Joyse. Ließ sie sich Zeit, dachte sie darüber nach, würde sie zurückschrecken, ihre Entschlossenheit verlieren und vielleicht nie wiederfinden. »Wo ist der Karzer?«

Artagels Brauen rutschten aufwärts. »Ich kann Euch nicht Terisa rufen, edle Dame. Täte ich's, bestünde die Gefahr, daß ich vergesse — Geraden ist mein Bruder. Ich bin nicht wie Stead ... Hat Geraden erwähnt, daß wir einen Bruder haben, welcher wahrhaft unersättlich nach Weibern lechzt? Doch auch ich bin wider Schönheit nicht gefeilt. Um alles in der Welt, wozu wünscht Ihr zu wissen, wo der Karzer ist?«

Als sie sich an den Wortwechsel zwischen ihm und Meister Eremis entsann, den sie mitangehört hatte, zögerte Terisa. Aber sie konnte sich den Luxus des Zögerns nicht erlauben. »Kastellan Lebbick hat Meister Eremis eingesperrt«, sagte sie, versuchte ihrer Stimme einen Tonfall zu verleihen, als wüßte sie, was sie tat. »Ich muß mit ihm reden.«

Diese Mitteilung weitete Artagels Augen. Terisa beobachtete, wie er in rascher Folge eine Anzahl verschiedener Reaktionen in Betracht zog und verwarf: Überraschung, Mißbilligung, Neugier. Als er antwortete, hatte er sich für ungetrübte Heiterkeit entschieden. »Wenn Eremis sicher eingekerkert ist, dürfte Lebbick, so glaube ich, keineswegs wünschen, daß er Besuch erhält.«

Damit hatte er wahrscheinlich recht. »Aber Sie können mich zu ihm bringen«, sagte Terisa, erwog Möglichkeiten, die ihr eine Sekunde vorher noch nicht durch den Kopf gingen. »Auch ohne Genehmigung des Kastellans. Wir könnten einfach hingehen. Weil Sie eben Sie sind«, — sie drückte sich etwas unbeholfen aus —, »werden die Wächter Sie einlassen.«

Seine Miene widerspiegelte Wachsamkeit. »Mag sein. Doch Ihr nähmt ein Wagnis auf Euch. Selbst wenn Lebbick Euch nicht an Ort und Stelle ertappt, wird man ihm vermelden, daß Ihr Eremis aufgesucht habt. Ich denke mir, 's muß einen *Grund* haben, warum man Eremis festgesetzt hat. Ihr vermöchtet nicht den Verdacht zu vermeiden, Ihr wärt seine Kumpanin. Ebenso entstünde der Eindruck, *ich* wäre sein Spießgeselle. Welchen Nutzen sollten derlei Unerquicklichkeiten erbringen?«

Für einen Moment stand Terisa starr da, blieb ratlos. Ihr Vorhaben war zu wichtig, als daß sie es jedem erklären dürfte. König Joyse wußte genau, was er trieb. Er handelte vorsätzlich. ›*Meine Tochter, was habe ich dir nur angetan?*‹ Darüber mußte Meister Eremis Bescheid wissen. Er konnte nicht richtig planen, nicht richtig vorgehen, solange er nicht wußte, gegen was er anzukämpfen hatte. Und er verkörperte Mordants einzige Hoffnung. Leider durfte sie auch das nicht als Begründung angeben, Artagel gegenüber noch weniger als Geraden. Domnes Söhne waren dem König viel zu vorbehaltlos treu. Getrieben von ihrer Hast, versuchte Terisa es mit einer Ausflucht.

»Kann sein, ich bin naiv, aber ich glaube, was hier nicht stimmt, ist ganz einfach, daß die Leute, die Mordant verteidigen möchten, nicht miteinander zu sprechen bereit sind. Die Zunft mißtraut Geraden. Der König mißtraut der Zunft. Niemand traut Meister Eremis. Kastellan Lebbick vertraut niemandem. Und inzwischen geht das gesamte Königreich vor die Hunde.« Insgeheim genoß sie es, daß ihre Stimme klang, als wüßte sie, wovon sie redete. »Ich will versuchen, ob's mir gelingt, die Leute zum Dialog zu bewegen. Vorhin habe ich mich mit König Joyse unterhalten. Nun möchte ich mit Meister Eremis sprechen. Ich glaube, er ist in dieser ganzen Sache die Schlüsselperson.«

Artagel musterte sie während ihrer Darlegungen, auf den Lippen ein Lächeln der Belustigung. Sobald Terisa schwieg, schüttelte er den Kopf, nicht aus Ablehnung, sondern aus Staunen. »Ihr flößt mir Verwunderung ein, edle Dame. Eure Worte machen alles so schlicht. Es muß einen Grund geben, weshalb dergleichen noch nicht versucht worden ist.« Da verbreiterte sich sein Lächeln zu einem Grinsen. »Es möchte gar kurzweilig sein, den Versuch zu wagen ... mehr noch, er könnte sich bewähren.« Er verbeugte sich äußerst schwungvoll und bot Terisa seinen Arm an. »Wollen wir's angehen?«

Augenblicklich dankbar für seine Zustimmung und gleichzeitig beunruhigt durch das eigene Verhalten, nahm sie seinen Arm und ließ sich von Artagel in Schloß Orisons Karzer führen.

Die Zellen lagen in der Nachbarschaft des Laboriums. Nach dem Umbau des ursprünglichen Kerkers war die Örtlichkeit, wo der Kastellan seine Gefangenen unterbrachte, von den Arbeitsräumen der Meister durch nicht mehr als eine Ziegelmauer getrennt worden. Artagel durchquerte mit Terisa den unbenutzten Tanzsaal, den Terisa schon kannte; sie empfand seine Leere als Symbol der Mutlosigkeit, die auf Schloß Orison vorherrschte. Dahinter mündete ein Gang, der parallel zum Zugang des Laboriums verlief, auf eine mit ihm verbundene Treppe; damit jedoch endeten die Gemeinsamkeiten des Wegs. Die Atmosphäre im Karzer unterschied sich vom Laborium wie die Nacht vom Tag.

Der Karzer, durch Fackeln, die in gewissen Abständen an den alten Mauern brannten, nur schlecht beleuchtet, war feucht und bedrückte das Gemüt; Terisa fühlte den gewaltigen Berg von Schloß Orisons Stein über sich lasten. Stroh bedeckte den Fußboden, roch nach Fäulnis und vielleicht auch schwach nach Blut. Früher war es wohl ausgestreut worden, um aufzusaugen, was die Häftlinge an Ausscheidungen absonderten, während es heute anscheinend zum Eindämmen der Feuchtigkeit diente. Der Gang, durch den Terisa und Artagel hinlangten, war eng, bot aber direkten Zutritt; hinter einer zweiten abwärtigen Treppe betraten sie die Wachstube.

Die Männer, die dort Dienst taten — oder gerade abgelöst worden waren oder Pause machten —, konnten sich darin wärmen, stärken und sonstigen körperlichen Bedürfnissen nachkommen; gleichzeitig jedoch hatte die Wachstube den Zweck der Verteidigung des Karzers. Obwohl die Räumlichkeit wie eine robuste Kneipe eingerichtet war, mitsamt aufgebockten Tischen und rohen Sitzbänken für die Wächter, ein paar Betten an den Wänden, einem großen Kamin, in dem ein Feuer sich gegen die Naßkälte des Gemäuers zu behaupten versuchte, sowie eine Art von kurzer Theke, an der ein Bediensteter Bier und Fleisch servierte, konnte man die Zellen nur durch sie erreichen; niemand vermochte den Karzer zu betreten oder ihn zu verlassen, ohne die Wachstube zu durchqueren. Reihen von Schwertern und Piken über den Betten legten die Schlußfolgerung nahe, daß man von der Besatzung der Wachstube erwartete, jederzeit zu den Waffen greifen zu können und kampfbereit zu sein.

Allerdings handhabte man die Disziplin offensichtlich lasch, vielleicht weil die Mehrheit der Schloßwächter Orisons noch erschöpft war von den Strapazen des Vortags, oder vielleicht schätzte man den Karzer nicht als den wichtigsten oder interessantesten Teil des Schlosses ein. Ein Mann hockte da und wetzte mit der vollkommenen Hingabe minderer Intelligenz sein Schwert; der Rest der Wächter kümmerte sich noch weniger um die Pflichten. Am Tisch saßen drei Männer und hatten eindeutig bereits mehr Bier konsumiert, als ihnen guttat; zwei Wächter lagen auf Betten und schnarchten in schönster Terz; die übrigen Wachen würfelten in einer Ecke mit mehr Grimm als Spaß.

Bei diesem Anblick setzte Artagel eine böse Miene auf, aber gleich darauf wich dieser Gesichtsausdruck einem gleichmütigen Lächeln. »Welch ein Haufen von Schlafmützen und Bierbäuchen«, sagte er, indem seine Augen funkelten, ohne jemand bestimmtes anzusprechen. »Jeden beliebigen Eurer Häftlinge vermöchte ich unter Gesang an Euch vorüber durch diese Kammer führen, und Ihr tätet's nicht bemerken, bevor Kastellan Lebbick Euch in Eisen schließt.«

Sämtliche Wächter, die wach waren, drehten sich um, schauten überrascht, verärgert oder verdutzt auf. Doch sobald sie Artagel erkannten, verflog ihre Feindseligkeit sofort. Ihre Mienen nahmen verschiedenerlei Ausdrücke rauhen Humors an. Einige lachten laut auf. »Das ist nur zu wahr«, erwiderte einer. »Wer schert sich schon um Häftlinge? Doch versucht einmal, das Weib an uns vorbeizuschmuggeln.«

»Der Kastellan kreuzt ohnehin nie hier auf«, sagte ein anderer Mann. »Außer wenn er Meister Eremis ins Verhör nehmen will. Wir erhalten stets hinlänglich frühe Vorwarnung.«

»Es ist eine Tatsache«, meinte ein dritter Wächter, »daß Meister Eremis als einziger Gefangener in unserem Gewahrsam weilt. Das ist übel zur Genüge — doch Ihr ahnt nicht, was Jammer ist, bis Ihr einmal eine ganze Nacht lang damit zugebracht habt, Scharen von Weibsbildern abzuweisen, welche ihn zu besuchen begehren.« Indem er

Terisa schamlos anglotzte, griff er sich an den Unterleib. »Ich wollte meine linke Hand opfern, könnte ich erfahren, wie er dergleichen macht.«

Terisa bemerkte, daß sämtliche Wächter sie angafften. Plötzlich war ihr danach zumute, ihr Vorhaben abzubrechen und lieber in ihr Quartier zurückzukehren.

In diesem Moment stand einer der Männer auf, die gewürfelt hatten. Eine um den rechten Oberarm gewundene purpurrote Binde wies ihn als irgendeine Art von Unterführer aus. »Haltet ein, ihr Lümmel!« nölte er. »Falls mich mein hohes Alter nicht umnachtet hat, handelt's sich bei Artagels Begleiterin um die Edeldame Terisa von Morgan. Sie ist keine von Meister Eremis' Metzen … und schon gar nicht eine der euren.« Er vollführte vor Terisa eine korrekte Verbeugung. »Edle Dame, schaut nicht so sorgenvoll drein. Ihr schwebt keinesfalls in Gefahr. Artagel vermag die Hälfte dieser Galgenstricke zu entmannen, ehe sie die Hand an des Schwerts Griff haben. Die andere Hälfte täte Kastellan Lebbick den Schweinen zum Fraß vorwerfen, erfrechten sie sich, Hand an ein ihnen abgeneigtes Weib zu legen.« Artagels Lächeln bewirkte, daß der Mann sich straffte, höher aufrichtete. »Was kann ich für Euch tun?« erkundigte er sich in formellerem Ton.

Terisa wußte nicht, was sie darauf sagen sollte, aber Artagel antwortete gänzlich unbekümmert. »Die Edeldame Terisa befindet sich auf einem Rundgang durchs Schloß. Sie wünscht den Karzer zu besichtigen.«

Der Wächter mit der Armbinde zögerte; er verkniff die Lider. »Dem Kastellan dürfte das nicht gefallen.«

Artagel lächelte breiter. »Der Kastellan wird's nicht erfahren.«

Terisa hielt den Atem an. Mehr spürte sie, als sie es sah, wie die Männer ringsum angespannt erstarrten. »Sollte er's erfahren«, sagte der Befehlshabende der Wachstube bedächtig, »werdet's nicht Ihr sein, dem er den Hals umdreht. Vielmehr werde *ich* es sein.«

»Das ist wahrscheinlich die Wahrheit.« Anscheinend

amüsierte Artagel sich von Minute zu Minute mehr. »Jedoch gibt's einen Trost. Du hast von mir nichts zu befürchten. Wer Lebbick zuträgt, daß wir hier gewesen sind, hat kein solches Glück.«

Einen Moment lang maßen Artagel und der Befehlshaber der Wache einander. Allmählich entkrampfte sich die Miene des Befehlshabers, bis sie Artagels bedrohlichem Grinsen ähnelte. Er löste einen Schlüsselring von seinem Gürtel und warf ihn Terisas Begleiter zu. »Ich vermag mir nicht auszudenken, wieso Ihr mit Meister Eremis zu reden wünscht. Ich mag's auch gar nicht wissen. Aber laßt ihn nicht heraus.«

»Mit Meister Eremis reden?« Artagel grinste wie ein Honigkuchenpferd. »Das kann nicht dein Ernst sein. Lieber wollte ich in eine Schlangengrube springen.«

»Welche Verirrung«, sagte ein Mann und lachte gepreßt. »In einer Schlangengrube gibt's keine Weiber.« Alle Männer lachten, mit Ausnahme des Wächters, der seine Klinge schärfte, dabei ein trübseliges Gesicht machte, als sprächen die restlichen Anwesenden eine Fremdsprache.

Artagel klirrte mit den Schlüsseln. »Wir werden alsbald zurück sein.« Er wandte sich an Terisa. »Kommt, edle Dame«, meinte er zu ihr, als hinge sie nicht noch immer an seinem Arm. Zusammen strebten sie durch die Wachstube zu der Tür, die in die Gänge und zu den Zellen des Karzers führte.

»Würden Sie wirklich jemanden umbringen, der uns verrät?« fragte Terisa leise, nachdem sie die Wachstube verlassen hatten.

»Freilich nicht«, antwortete er lässig. »Darum werden wir keinen Verdruß bekommen. Fürchteten diese Kerls mich wirklich, täte einer von ihnen plaudern.« Aber irgendwie schaffte er es nicht, Terisa davon zu überzeugen.

Indem sie tief durchatmete, um den Druck zu mildern, der ihr auf den Brustkorb zu drücken schien, inhalierte sie die schale, dumpfige Luft, versuchte sich darauf zu besinnen, warum sie dies Loch aufsuchte. Um mit Meister Eremis zu sprechen, ihm zu erzählen, was sie beim König herausgefunden hatte, damit er besser wußte, woran er war, genauer feststellen konnte, welche Ausmaße die Gefahr tatsächlich hatte, die Mordant bedrohte, damit er entscheiden konnte, was getan werden mußte, nachdem seine Bemühungen gescheitert waren, die Zunft mit den Gauherren und Prinz Kragen zu verbünden. Um ihn wiederzusehen und darüber Klarheit zu gewinnen, was er ihr bedeutete, weshalb der bloße Gedanke an ihn genügte, um sie nervös zu machen.

Ihr Herz wummerte, während sie mit Artagel um eine, dann um eine zweite Ecke bog, dahinter den Bereich der Zellen betrat. Vielleicht weil man den Karzer insgesamt so gut gesichert hatte, bestanden die Zellen aus relativ erträglichen Kämmerchen. Es gab keine massiven Türen, um die Insassen hinter ihnen wegzusperren. Statt dessen umfaßte jede Zelle im wesentlichen eine schmale, in den Grundmauern des Schlosses eingelassene Nische mit einer Tiefe von zwei Meter fünfzig bis drei Meter und gerade breit genug, um an der Rückwand eine niedrige Pritsche und ein Tischchen mit einem Waschbecken aufzustellen. Gitter aus dicken, im Stein verankerten Eisenstangen verschlossen die Zellen; Ein- und Ausgang gab jeweils eine verschließbare Gittertür ab.

Alle vorderen Zellen standen leer; allem Anschein nach hatte König Joyses Herrschaft es in den letzten Jahren überflüssig gemacht, daß der Kastellan sich mit einer nennenswerten Zahl von Gefangenen beschäftigen mußte. Aber Lampenschein in einigem Abstand verwies darauf, daß wenigstens eine Zelle belegt war; Terisa und Artagel gingen auf den Lichtschein zu, ihre Füße raschelten im Stroh des Fußbodens. Während sie vorüberstrebten, warf die eine Laterne, die diesen Korridor unzulänglich erhellte, schaurige Schatten, die an beiden Seiten in und aus den Zellen huschten.

»Erstaunlich«, sagte Meister Eremis mit höherer Stimme als sonst, wohl um ihr verstärkte Reichweite zu verleihen. »Ich wähnte, man wollte mich länger allein schmachten lassen. Dies ist keine Stunde zur Atzung. Sind noch mehr Unschuldige verhaftet worden? Hat der Kastellan bereits König Joyses Erlaubnis erwirkt, mich der Tortur unterwerfen zu dürfen?« Seine Stimme hörte sich fast jovial an. »Oder kann's sein, daß man mir Besuch genehmigt hat?«

»Ihr seid guten Mutes, Meister Eremis«, bemerkte Artagel mit trockenem Humor, als er und Terisa vor der Zelle standen. »Ich hoffe, dazu besteht aller Grund. Entsinne ich mich recht, so ward jene Person, welche Lebbick das letzte Mal hier einkerkern ließ, zwei Tage später exekutiert. Ich glaube, 's war eine Spionin Cadwals. Vor ihr war's ein Räuber, der für seine Untaten beide Hände einbüßte.«

Auf den ersten Blick schien Eremis' Zelle so leer wie die anderen Zellen zu sein. Ein kleines Öllämpchen auf dem Waschtisch enthüllte, daß auf der schmutzigen Matratze der Pritsche eine verwühlte Decke lag, aber das Licht zeigte nicht Meister Eremis. Statt dessen spiegelte es sich schwach in den dünnen Rinnsalen von Nässe, die am Granit herabsickerten. Dann jedoch nahm eine dunklere Stelle an der Wand — eine Stelle ohne Spiegelung — Gestalt an. Eremis saß am vorderen Ende der Pritsche, so weit von der Öllampe entfernt wie möglich, und sein pechschwarzer Umhang machte ihn eins mit den Schatten. Bis sich Terisas Augen dem Dunkel angepaßt hatten, sah sie die helle Haut seines Gesichts und der Hände lediglich, als wären sie Flecken auf dem alten Stein des Gemäuers. Er trug seine Kasel nicht mehr. Entweder hatte er sie abgelegt, oder sie war ihm abgenommen worden.

»Meine Dame«, sagte er leise. Seine Stimme reichte nicht länger weit; jetzt sprach er gedämpft, in fast vertraulichem Ton. »Ich habe mir ersehnt, daß Ihr mich besucht.«

Diese Erklärung drang Terisa geradewegs ins Herz. In ihrem ganzen Wesen fand sie durchdringenden Anklang. Kein Mensch — mit Ausnahme Geradens — hatte jemals so etwas zu ihr gesagt. Und niemand anderes auf der gesamten Welt hatte je in genau dieser besonderen, eindringlichen Tonlage zu ihr gesprochen, mit dieser Leidenschaftlichkeit, die Erfahrung und gleichzeitig persönliche Hinwendung bezeugte. Vom einen zum anderen Augenblick änderten sich die Beweggründe für ihren Besuch bei Eremis, korrespondierten auf einmal mit dem Tonfall, in dem er geäußert hatte: *›Ich habe mir ersehnt, daß Ihr mich besucht.‹*

»Lassen Sie mich hinein«, wandte sich Terisa an Artagel, ohne zu überlegen. »Ich muß mich mit ihm unterhalten.«

Artagel widmete ihr einen Blick des Befremdens. Doch anscheinend überzeugte ihr Gesichtsausdruck ihn davon, daß es keinen Zweck hatte, mit ihr zu diskutieren. Mit einem Achselzucken trat er zur Gittertür, probierte mehrere Schlüssel aus, bis er den richtigen fand, und sperrte die Zelle des Imagomanten auf. Bevor Vernunft oder Anstand sie dazu bewegen konnten, ihr Tun in Frage zu stellen, betrat Terisa die Zelle. Sofort schloß Artagel die Tür. »Ich werde nahebei verweilen«, sagte er im ausdrucksarmen Ton zerstreuter Nachdenklichkeit. »Ihr braucht nur nach mir zu rufen. Sollte er sich erkecken, sich an Euch zu vergreifen, werde ich ihn so geschwind erschlagen, daß er erst weit später erkennt, der Tod hat ihn ereilt.« Leise entfernte er sich im Korridor einige Schritte weit.

Terisa achtete nicht auf ihn. Ihre Aufmerksamkeit galt voll und ganz Meister Eremis. Er hatte seinen Platz am Ende der Pritsche nicht verlassen. Er sagte nichts mehr. Noch immer war es in den schlechten Lichtverhältnissen schwierig, ihn zu sehen. Gegen ihren Willen verlangsamte sie, während sie sich ihm näherte. Die Pritsche war niedrig angebracht; trotz seiner Körpergröße reichte Eremis ihr im Sitzen mit dem Scheitel nur bis unter die Schultern. Doch sobald sie nahe genug war, beugte er sich vor, klammerte sie zwischen seine gespreizten Knie und zog ihren Kopf hinab, um sie wild auf den Mund zu küssen. Sein Atem roch nach Wein und Lüsternheit.

Die Stärke seiner Umarmung und die Beharrlichkeit seiner Zunge schienen den Wechsel in Terisas Beweggründen für ihre Anwesenheit zu vervollständigen. Sie reagierte mit allem auf ihn, was er sie bereits gelehrt hatte, bemühte sich, ihn so intim wie er sie zu küssen. Ein ausgedehnter Moment verstrich, ehe sie sich daran erinnerte, daß es andere Gründe für diesen Besuch gab; daß sie sich, ohne es geplant zu haben, bei den Gegenspielern König Joyses eingereiht hatte; daß Mordants künftiges Schicksal möglicherweise von dem abhing, was sie Meister Eremis erzählen konnte. Und sie waren nicht wirklich allein.

Aus bewußtem Vorsatz ging sie ein wenig auf Abstand von Eremis. »Deshalb bin ich nicht hier«, flüsterte sie, schnappte nach Luft.

»Nicht?« Er hielt sie noch mit beiden Knien und einem Arm, hob die freie Hand zu den Knöpfen ihres Hemds. »Es wäre mir vollauf genug.« Wieder küßte er sie. Als er die Umarmung erneut lockerte, begannen seine geschickten Finger Terisas Hemd aufzuknöpfen.

»Artagel wird uns sehen.« Trotz ihrer Aufgewühltheit legte sie nur mit verhaltener Lautstärke Einspruch ein. Sie wollte von Eremis angefaßt werden.

»Er wird's keineswegs, solange Ihr Euch still und leise verhaltet. Artagel ist ein höflicher, rücksichtsvoller Mann.« Eremis' Hände glitten unter Terisas Hemd. Seine Finger waren kalt, so daß Terisas Brustwarzen sofort versteift hervortraten, ihre Brüste mit schmerzlichem Verlangen nach ihm erfüllten.

Eremis' Verhalten und ihre unvermuteten Empfindungen verwirrten Terisa; sie war kaum noch zum Denken imstande. Trotzdem unternahm sie noch einen Versuch der Versachlichung. »Ich habe gerade vorhin mit dem König gesprochen. Ich bin von ihm direkt zu Ihnen gekommen.«

Es bereitete ihr nicht nur Erleichterung, sondern auch einiges Bedauern, als Meister Eremis in seinen Zärtlichkeiten deutlich nachließ. »Ihr hattet eine Unterredung mit dem König?« meinte er gedämpft, bog den Kopf zurück, um ihr ins Gesicht zu schauen. »Das ist eine Ehre, um die ganz Orison und halb Mordant Euch zu beneiden Anlaß hat. Was begehrte der alte Tatterer von Euch?« Er streichelte eine von Terisas Brüsten. »Regt sich noch zur Genüge Leben in ihm, so daß 's ihn nach Eurer Schönheit gelüstete?«

»Kastellan Lebbick kam zu mir und wollte mich einlochen.« Sie hatte vor, alles völlig klar zu erläutern, restlos klarzustellen, wie wichtig das war, was sie herausgefunden hatte; aber sie hatte den Eindruck, wirr draufloszuquasseln. »Tor und Geraden haben's verhindert. Aber König Joyse wollte sowieso mit mir reden.« Wütend über die Zusammenhanglosigkeit ihres Geredes, unterbrach sie sich für einen Moment, holte tief Atem. »Er ist kein Tattergreis«, sagte sie dann mit aller Deutlichkeit. »Er weiß, was er tut. Er tut's absichtlich.«

Die aufmerksame Miene des Meisters gab von seiner inneren Reaktion nichts preis; aber die Besinnlichkeit, die sich ihm plötzlich anmerken ließ, zeigte für Terisas Begriffe an, daß sie etwas Bedeutsames angesprochen hatte. Langsam senkte er die Hände. »Meine Dame, Ihr müßt mir alles erzählen. Beginnt am Anfang. Weshalb hatte Kastellan Lebbick sich dazu entschlossen, Euch in Arrest zu nehmen?«

Sein Betragen besaß eine Wirkung wie Magie: Es gab Terisa innerlichen Halt, ungeahnte Kraft. Ihre Wirrheit schwand. »Ich glaube, aus dem gleichen Grund, warum er Sie eingesperrt hat. Sie wissen ja, Sie haben gegen ein Verbot des Königs verstoßen ... aber ich bezweifle, daß das der wahre Grund ist. Ich glaube, der wirkliche Grund ist — er hat rausgekriegt, daß wir uns mit den Gauherren und Prinz Kragen getroffen haben. Er hält uns alle für Verräter.« Seine Art, sie zu umarmen, zu umfangen, der gleichmäßige Druck seiner Knie, die Ruhe in seinem fast ausdruckslosen Gesicht waren es, die ihr Kraft einflößten. Sie empfand die Bereitschaft, ihm buchstäblich alles zu erzählen. Aber sie erwähnte weder Mystes Idee, noch deutete sie ihr Wissen von den Geheimgängen an; ebenso schwieg sie über Meister Quillon. Gefühlsmäßig konzentrierte sie sich auf den Überfall nach dem von Eremis' veranlaßten Geheimtreffen vor zwei Tagen, auf das Blutvergießen, das Kastellan Lebbick auf ihre Spur gebracht, die Schlußfolgerungen, die der Kastellan gezogen hatte. Danach erklärte sie, wie Tor und Geraden sie vor der Karzerhaft bewahrt hatten. Anschließend mußte sie vorsichtiger sein. »König Joyse wollte mit mir über seine Tochter Myste reden«, sagte sie, sich unangenehm dessen bewußt, sie war keine begabte Lügnerin. »Sie ist nämlich verschwunden. Er dachte, ich könnte wissen, wohin sie abgehauen ist. Ich habe so getan, als wüßte ich was, um ihn gesprächig zu machen.« Ziemlich schnell, um die Unwahrheit hinter sich zu bringen, gab sie die Antworten wieder, die König Joyse auf ihre Fragen erteilt hatte.

Nun ließen sich Meister Eremis' Reaktionen ansehen. Im Lampenlicht sah sie, als fielen im Düstern rasch nacheinander Spotlights in sein Gesicht, Ausdrücke der Entgeisterung, der Wut und der Erbitterung in seiner Miene. »Der alte Schlächter«, raunte er einmal, als könnte er nicht an sich halten. »Gerissen. Wie gerissen! Man hat mich gewarnt, aber ich habe nicht geglaubt, daß ...« Hinter seinen Augen stellte er — blitzartig wie das Wechselspiel seiner Empfindungen — pausenlos Überlegungen an. Als Terisa fertig war, dachte er ein ganzes Weilchen lang ernst nach. Ohne daß er sie losgelassen hätte, entstand bei Terisa der Eindruck, daß sie sich auf einmal fern voneinander befänden. »Das wird ein weitaus bemerkenswerterer Widerstreit werden«, sagte er, als hätte er sie nicht noch in den Armen, »als ich bislang erwartete.« Aber beinahe unverzüglich schenkte er Terisa wieder Beachtung. Er umarmte sie fester, betrachtete ihr Gesicht. »Ihr habt mir eine beachtliche Gefälligkeit erwiesen, meine Dame«, sagte er im Ton von Geistesabwesenheit. »Mir erhebt sich die Frage, warum wohl. Ich nehme Euch für mich in Anspruch«, —

er drückte sie mit den Knien —, »und Ihr seid mein. Keine Frau verweigert sich mir. Doch's ist schwerlich zu übersehen, daß Ihr in Geraden, diesen jungen Burschen, verliebt seid. Und indem Ihr mich hier aufsucht, geht Ihr ein größeres Wagnis ein, als Euch bloß Lebbicks Grimm zuzuziehen. Weshalb habt Ihr's getan?«

Also hatte sie richtig gehandelt. Sie hatte ihm geholfen. Diese Einsicht rief in ihr solche Schwäche hervor, machte sie ihm so gefügig, daß sie seine Frage kaum noch zu beantworten vermochte. Wäre sie mutiger gewesen, sie hätte sich vorgebeugt und ihn geküßt. Ein Kuß konnte eine bessere Erklärung sein als jede Begründung. Doch er brauchte die Antwort genauso wie alles andere, was sie ihm gesagt hatte.

»König Joyse treibt's vorsätzlich so«, meinte sie, fühlte sich aus inwendigem Zwiespalt verlegen. »Ich weiß nicht warum, 's ist ja völlig verrückt. Aber jedenfalls lehnt er's wissentlich ab, Mordants Verteidigung zu organisieren. Irgendwer muß dagegen auftreten. Sie sind der einzige Mann, der allem Anschein nach genug Initiative aufbringt — oder genügend Intelligenz oder Entschlossenheit hat —, um irgend etwas zu tun. Alle anderen Leute sitzen bloß rum und warten darauf, daß König Joyse aufwacht und sein Benehmen erklärt.« Der Meister schwieg, blieb unbeeindruckt von ihren Ausführungen. Für einen Augenblick war Terisa reichlich mulmig zumute. »Sie haben Feinde«, platzte es dann aus ihr heraus. »In der Zunft ist 'n Verräter. Sie sind verraten worden.«

Da schienen sich seine Gesichtszüge in Stein zu verwandeln. Seine Augen forschten in Terisas Gesicht; sein Körper dagegen verharrte in völliger Reglosigkeit. »Meine Dame ...« Er sprach leise und spöttisch. »Zu dieser Schlußfolgerung seid Ihr nicht allein gelangt. Wer hat sie Euch vorgesagt?«

Bitte. Du kannst mir Selbstsicherheit geben. Du kannst mit mir alles machen. Sie hörte selbst kaum, wie sie antwortete. »Geraden.«

Das war die falsche Antwort. Sie spürte den jähen Zorn des Meisters förmlich durch die Haut. »Nun begreife ich Euch«, fuhr er sie an. »Ihr seid auf ärgere Weise, als ich's ahnte, in ihn vernarrt. Freilich glaubt *Geraden*, daß in der Zunft ein Verräter sitzt. Es *gibt* einen Verräter in der Zunft.« Böse starrte er sie an. »Doch weshalb hat er Euch diese Tatsache enthüllt?« Ehe sie etwas entgegnen konnte, bevor sie überhaupt verstand, womit sie ihn so verärgert hatte, löste Verblüffung seinen Unmut ab. »Dieser tückische Sohn eines Bankerts!« murmelte er. »Natürlich hat er's Euch anvertraut, denn schon aus allein selbigem Grunde werdet Ihr nie und nimmer glauben, daß er selbst jenem Verräter zu Diensten steht.« Jetzt war Terisa zu erschrocken, um irgend etwas erwidern zu können. *Er selbst ...?* In der Zelle war es kühl, viel zu kalt. Sie sollte ihr Hemd zuknöpfen. Von Meister Eremis strömte anscheinend keinerlei Wärme auf sie über. Konnte Artagel mit anhören, was sie besprachen? Wahrscheinlich nicht; andernfalls hätte er Eremis bereits die Klinge an die Kehle gesetzt. *Geraden?* »Meine Dame, Ihr müßt lernen, klarer zu denken.« Der Imagomant redete nun in fast mitfühlendem Tonfall. »Ich weiß, daß Herrn Domnes Jüngster die stärkste Anziehungskraft auf Euch ausübt. Das ist verständlich, bedenkt man, daß er Euch geschaffen hat. Hättet Ihr mich nicht aus freien Stücken aufgesucht, ich schwiege von derlei Dingen, ich ließe es dabei bewenden, Eurem entzückenden Leib die Liebe zu schenken, nach welcher er sich verzehrt — jene Liebe, für welchselbige er geschaffen ward —, und meine Gedanken verschweigen. Aber wenn Ihr mir Beistand zu leisten wünscht, müßt Ihr Euren Verstand wirksamer anzuwenden lernen. Vergegenwärtigt Euch, welche Gründe Euch Geraden für seine Ansicht genannt hat, daß es in den Reihen der Zunft einen Verräter gibt — welcher Art sie auch sein mögen —, und berücksichtigt all das, was wir seither erfahren haben. Während er mich erstmals ins Verhör nahm, erwähnte Lebbick, daß Meister Gilbur verschwunden sei. Muß es da nicht als wahrscheinlich erachtet werden, meine Dame, daß Gilbur der Verräter ist?«

Ja, dachte Terisa, gehalten von Eremis' Armen und Knien, gebannt von seinem Blick. *Nein. Woher hätte er wissen können, daß ich an dem Geheimtreffen teilnehme? Wie hätte er wissen sollen, wo ich mich nach dem Treffen befinde, um die Männer, die den Überfall begingen, per Translation an den richtigen Ort zu befördern? Und verursachen Translationen durch flache Spiegel nicht Wahnsinn?* Doch diese Bedenken schienen ihr keinen Sinn zu ergeben. Gilbur war es nun einmal, der sich verdrückt hatte. »Ich bekenne«, fügte Meister Eremis gedämpft hinzu, »ich habe seinen Verrat nicht vorausgesehen. Törichterweise habe ich ihm vertraut, ganz einfach, weil er Grund hat, mir dankbar zu sein. Aber als Geraden in Gilburs Glas stieg, angeblich um unseren Kämpen zu holen, und mit Euch wiederkehrte, da wurden mir die Augen aufgetan. Meine Dame, habt Ihr Euch nie zu verstehen bemüht, warum ich betreibe, was ich unternehme? Habt Ihr Euch nie die Frage gestellt, weshalb ich Meister Gilbur zu jener Zusammenkunft mit den Gauherren einlud, wiewohl's der gesamten Zunft offen ersichtlich war, daß er und ich in nachgerade jedweder Angelegenheit auf entgegengesetzten Seiten standen? Ich trachtete danach, seine Arglist aufzudecken, ich wollte ihm die Möglichkeit, eine Gelegenheit geben, sich zu entlarven. Und ich hatte Erfolg … Allerdings um einen höheren Preis, als ich erwartet habe. Orisons Außenwall ist gebrochen. Der Kämpe hat das Weite gesucht. Mich hat man hinter Schloß und Riegel gebracht … und Barsonage, der elendige Kriecher, hat mich meiner Kasel entkleidet, um dem Kastellan die Vertrauenswürdigkeit der Zunft unter Beweis zu stellen.« Er stieß ein Brummen des Widerwillens aus, bevor er seine Darlegungen fortsetzte. »Habt Ihr Euch denn nie gefragt, weshalb mir's so wichtig war, Geradens Leben zu schützen? Ich wünschte, daß er am Leben ist, auf daß es mir gelänge, seine Freundschaft zu gewinnen, mit ihm zu beratschlagen, seine absonderliche

Begabung zu beobachten und zu erforschen. Hat sich Euch niemals die Frage aufgeworfen, warum ich versuchte, ihn als Meister in die Zunft aufnehmen zu lassen? Sicherlich muß mein Antrag selbst auf Euch, die Ihr so wenig über Orison und die hiesigen Zwistigkeiten wißt, einen Eindruck höchster Großmut gemacht haben. In dieser Hinsicht jedoch blieb mir der Erfolg versagt. Ach, einen Teil dessen, was ich zu entdecken mich bemühte, brachte ich in Erfahrung ... ich erfuhr, wie unser gütiger König die erste Gegenüberstellung mit Euch aufnahm. Selbige Kenntnis hätte mir eine Hilfe sein können, wäre ich im Besitz des Schlüssels zu ihrem Verständnis gewesen.« Während er sprach, steigerten sich Schärfe, Eindringlichkeit und Forderndes seiner Stimme. »Meinen hauptsächlichen Zweck jedoch erreichte ich nicht, welcher daraus bestand, für Geraden einen Fallstrick auszulegen ... ihn in eine Stellung zu befördern, in welcher er unter stetiger Obacht stünde — wenngleich nur durch Tölpel, die ihn nicht fürchten —, in der sich seine Geheimnisse offenbaren müßten, die Erfüllung des größten Traums seines Lebens ihn bezüglich seiner wahren Begabung achtlos machen könnte.«

»Nein.« Terisas Ablehnung dieser Einstufung war zu stark, als daß sie sie hätte für sich behalten können. »Das ist doch Unsinn.« Die Unterstellungen des Meisters schmerzten ihr überall in der Brust. »Welche wahre Begabung?« Sie fühlte sich, als richte sie sich innerlich auf. »Wie kommen Sie darauf, daß er und Meister Gilbur irgend etwas miteinander zu tun hätten?«

»Gebraucht Euren Verstand!« knirschte Eremis verbissen. »Gilbur war's, welcher den Spiegel schuf, in dem der Kämpe das erste Mal geschaut ward. Er war's, der Geraden darin unterwies, ein gleichartiges Glas anzufertigen, er war's, der selbige Anfertigung während jedes Abschnitts des Verfahrens überwachte, stets die Richtigkeit prüfte, angefangen von der Herstellung der hochwertigsten Tinktur, übers Sieben des geeigneten Sands bis zum

Schleifen der erforderlichen Formen. Er muß gemerkt haben, was mißriet, welche Abweichung entstand, wie Geraden daraus jenen Spiegel schuf, welchselbigem wir Eure Gegenwart verdanken. Denkt nach! Derweil er sein Glas erstellte, muß Geraden Fähigkeiten angewendet haben, wie sie nie zuvor beobachtet worden sind, besondere Fähigkeiten, welche es ihm gestatteten, sämtliche Regeln der Imagomantie zu brechen und sie seinen Absichten nutzbar zu machen … Befähigungen, die auf ihre Weise nicht weniger großartig sind als die Gabe des Erz- und Großmeisters, durch flaches Glas zu gehen und bei Verstand zu bleiben. Gilbur muß besagte Fähigkeiten erkannt, ihre Anwendung durch Geraden mitangesehen haben. Doch er hat davon *geschwiegen.* Unter seinen Augen geschahen derartige Angelegenheiten von grundlegender Bedeutung, und er ließ kein Wort verlauten. Welche Schlußfolgerung zieht *Ihr* daraus, meine Dame? Welche Schlußfolgerung *vermögt* Ihr daraus zu ziehen? Bringt Ihr's über Euch, darauf zu beharren, ich sei im Unrecht?«

Nein. Terisa schüttelte den Kopf, obwohl er sich anfühlte, als wäre er aus Blei, und ihr Herz bäumte sich auf. Diesmal war sie ihm zu widersprechen außerstande. Mit seiner Logik, seiner körperlichen Anziehung blieb er ihr schlichtweg überlegen. Wenn sie den Verdacht, daß Meister Gilbur Verrat begangen hatte, als berechtigt ansah, ergab sich alles andere, was Eremis geäußert hatte, ganz zwangsläufig. *›Er war's, der Geraden darin unterwies …‹* Warum war sie nicht selbst darauf gekommen? Trotzdem war es nicht ausgeschlossen, redete sie sich ein — so benommen, als müsse sie gleich in Ohnmacht sinken —, daß sie Geraden als Freund betrachten durfte, er ihr Wohl im Auge behielt. Wenn er so unwissend und ein solcher Unglücksvogel war, wie anscheinend alle glaubten … »Vielleicht«, flüsterte sie, klammerte sich an diesen Strohhalm. »Vielleicht sind Sie's. Sie haben selbst gesehen, was passiert ist, als er versuchte, Meister Gilbur an der Translation des Kämpen zu hindern. Es kann sein, daß er mißbraucht wird und es nicht ahnt.« Die Schläfen begannen ihr zu schmerzen. »Kann sein, er ist bei der Herstellung des Spiegels getäuscht worden ... Vielleicht hat er *geglaubt*, der Spiegel sei 'ne exakte Kopie. Wie hätte er den Unterschied merken sollen, wenn Meister Gilbur ihn belogen hat? Vielleicht besitzt Gilbur diese ›Fähigkeiten‹, nicht Geraden.«

Meister Eremis schüttelte den Kopf. »Das ist durchaus vorstellbar.« Sein Gesicht schien sich zu verdüstern. »Was meint Ihr wohl, weshalb ich mich etlicher Irreführungen befleißigt habe, anstatt zu unmittelbarem Handeln zu schreiten? Ich mochte nicht dafür die Verantwortung tragen, womöglich jemandem zu schaden, der ohne Schuld ist. Doch bedenkt zweierlei, meine Dame. Eines ist eine Tatsache. Geraden ist's, welchen die Omen so augenfällig hervorheben, nicht Gilbur. Selbiger Umstand kann keinesfalls ohne Bedeutung sein. Das andere ist eine Möglichkeit. So wie's denkbar ist, daß man Geraden lediglich benutzt, ist's auch vorstellbar, daß er und Gilbur ihren Streit nur vorgetäuscht haben, um ihre Kumpanei zu verhehlen, Geraden die Fortsetzung der verräterischen Machenschaften zu ermöglichen, als Gilbur sich zur Flucht genötigt sah.«

»Das ist doch völlig verrückt!« widersprach Terisa augenblicklich. Ihre Heftigkeit verblüffte sie selbst. Sie und Geraden waren zusammen verschüttet gewesen. »Meister Gilbur hat ihn mit der Translation beinahe umgebracht.«

»Pah!« Schlagartig ward der Meister wieder wütend. »Ein solches Ergebnis hat Gilbur weder voraussehen noch anstreben können. Ihn beschäftigte viel zu sehr die Bewerkstelligung der Translation.« Eremis' Knie drückten kräftiger zu. »Beleidigt nicht meinen Verstand.«

So rasch, wie Terisas Widerstand aufgeloht war, erlosch er nun. »Entschuldigen Sie«, sagte sie, als werde sie im nächsten Moment zu wimmern anfangen. *Tu mir nicht weh.* Inzwischen hatte Dunkelheit Eremis' Gesicht gänzlich überzogen; Terisa sah nur noch die Umrisse seiner

Gestalt sich gegen die Wand abzeichnen. »Ich bin's nicht gewöhnt, so zu denken.« Unglücklicherweise war das es nicht, was er zu hören wünschte. Seine Umklammerung fühlte sich hart wie Stahl an, als müßte sie davon blaue Flecken bekommen. »Was soll ich tun?« fragte Terisa in wachsender Beunruhigung.

Der Druck seiner Knie ließ nicht nach, er lockerte die Umarmung nicht, aber seine Gereiztheit verebbte. »Unter günstigeren Umständen«, sagte er leise, mit harscher Stimme, »läge es mir fern, von solchem Fleisch zu fordern, daß es anderen Zwecken als seinem bloßen Dasein dient. Aber ich bedarf Eurer Hilfe. Ich erwünsche mir von Euch folgenden Dienst.« Er öffnete die letzten Knöpfe ihres Hemds, zerrte es vorn auseinander. »Es ist mein Wunsch, daß Ihr Jung Geraden Freundschaft mimt.« Ihre Brüste waren der kalten Luft und Eremis' feuchtem Atem entblößt. »Ich wünsche, daß Ihr ihn für mich unter Beobachtung behaltet, darauf achtgebt, ob sich Beweise für Verräterei oder außergewöhnliche Gaben erkennen lassen, darauf achtet, ob er mit irgendeinem Wort, einer Andeutung, irgendeiner Tat Euch auffällt, durch welche mir seine Geheimnisse zugänglich werden könnten. Und verschweigt ihm diese Eure Aufgabe. Offenbart ihm nichts von allem, worüber Ihr mit mir gesprochen habt. Laßt Artagel Stillschweigen geloben, wenn's sein muß. Laßt niemanden argwöhnen, daß wir miteinander im Bunde stehen.«

Indem er den Kopf von einer zur anderen Seite bewegte, strich er mit der feuchten Zunge über Terisas Brustwarzen, so daß sie sich erhärteten, ihr Verlangen nach ihm einflößten. Dann setzte er den Mund an die Brustwarzen, saugte an ihnen, küßte Terisas Brüste. Sie vermochte ihm nicht zu widerstehen. Sie spürte, wie sie ihre gleichgewichtete Haltung aufgab, sich an ihn lehnte, um die Kosungen seiner Lippen noch deutlicher spüren zu können. Er machte es für denkbar, daß sie ihm die Arme um den Hals schlang und sich an ihn schmiegte. Aber er forderte von ihr, Geraden zu betrügen, zu bespitzeln ... Beim bloßen Gedanken daran krampfte sich ihr Magen zusammen. Er wollte, daß sie Geraden hinterging, *Geraden!* Heute hatte sie einmal gegen seine Zuverlässigkeit Bedenken gehabt, und fast im Handumdrehen hatte er seine Verläßlichkeit bewiesen. Unter dem Schutt des Versammlungssaals hatte er dafür gesorgt, daß sie nicht wahnsinnig wurde, daß sie geistig gesund blieb. Nur die abstrakte Möglichkeit einzuräumen, er könnte irgendeiner Unehrlichkeit fähig sein, empfand sie schon wie eine ernste Ungerechtigkeit. Er war treuer als andere Leute. Hatte er nicht mehr Treue verdient? Wie sollte sie ihn hereinzulegen imstande sein? Doch wie könnte sie sich andererseits über Meister Eremis' Gründe für das hinwegsetzen, was er tat, über die Hingabe, mit der er für Mordants Überleben eintrat, seinen Mut? Sowohl er wie auch Geraden versuchten ihr klarzumachen, wer sie war. »Ihr seid mein«, flüsterte Eremis im Brustton der Überzeugung, ohne den Kopf zu heben, ohne seine Küsse und Zärtlichkeiten einzustellen. »Ich erhebe auf Euch Anspruch. Wann immer Ihr an einen anderen Mann denkt, wann immer Ihr die Versuchung spürt, an mir zu zweifeln, werdet Ihr Euch meiner Lippen auf Euren Brüsten entsinnen, und Ihr werdet Euch allzeit aufs neue zu meinen Gunsten entscheiden. Ihr werdet in bezug auf Geraden tun, um was ich Euch ersuche.«

»Ja.« Terisa konnte keine andere Antwort geben. Was ihr an Eigenwilligkeit noch zur Verfügung stand, bot sie bereits auf, um ihre Arme von Eremis' Hals fernzuhalten, in seiner Umarmung passiv zu bleiben. Es wäre leichter gewesen, ihm ihre Leidenschaft zu schenken, wie gering ihre Erfahrung auch sein mochte, ihn damit anfangen zu lassen, was er wollte. Aber ihre Abneigung gegen eine solche Art von Unterwerfung war zu stark.

»Ihr werdet tun, um was ich Euch ersuche«, wiederholte er wie in einer Litanei.

»Ich werde tun, was Sie wollen.«

»Wenn ich aus dieser Zelle freigekommen bin … Denn

ich werde freikommen. Bezweifelt nicht, daß ich die Freiheit zurückerlangen werde. Sollte Lebbick unfähig sein, meine Unschuld zu erkennen, so werde ich selbst für meine Befreiung Sorge tragen. Und wenn ich frei bin, werde ich Euch aufsuchen. Dann werden wir soviel Küsse genießen, wie wir mögen, und Eure liebreizende Schönheit wird ganz mein werden. Es wird keinen Teil Eurer Weiblichkeit geben, den ich nicht auskoste, und keinen Teil meiner Männlichkeit, in dem Ihr nicht schwelgen dürft.«

»Ja«, sagte Terisa noch einmal. Einen Moment lang wünschte sie das gleiche wie er, ersehnte es trotz ihres inneren Widerstrebens. »Ja.« Als wüßte sie, was ihre Zustimmung bedeutete.

»In diesem Fall«, — ohne Vorwarnung lehnte Eremis sich zurück, ließ die Arme sinken, lockerte seine Knie —, »müßt Ihr unverzüglich gehen. Sollte Lebbick Euch hier antreffen, werdet Ihr mir in keiner Hinsicht noch eine Hilfe sein können. Selbst wenn er sein Amt nicht so arg mißbraucht, daß er Euch einsperrt, wird er doch mit Gewißheit dagegen vorzubeugen wissen, daß wir uns von neuem treffen und besprechen. Schließt Euren Kittel und ruft Artagel.«

Der Wechsel in seiner Stimmung und seinem Verhalten erfolgte so plötzlich, daß Terisa vor Scham errötete. »Ja.« Warum wiederholte sie sich andauernd, beteuerte ihm fortwährend ihr Einverständnis, immer wieder, wie ein schwachsinniges Kind? »Ja.« Die Launen ihres Vaters waren ähnlich unerwartet wechselhaft gewesen, hatten geschwankt zwischen Toleranz und ihr, was die Ursache betraf, völlig unverständlichem Zorn. Wegen des dumpfen, schmerzhaften Gefühls in der Magengegend und der Hitze in den Wangen schaute sie Meister Eremis nicht noch einmal an. Sie drehte sich um; die Hände zitterten ihr, während sie eilig das Hemd zuknöpfte, es in die Hose stopfte. Für einen Augenblick gehorchten ihre Stimmbänder nicht. »Artagel«, sagte sie schließlich im Flüsterton.

»Sprecht lauter, meine Dame«, empfahl Meister Eremis

in kaltschnäuziger Belustigung. »Ich bezweifle, daß er Euch vernehmen kann.«

Lauter. »Artagel. Ich bin fertig.« Terisas Stimme krächzte in der Kehle. *Er will, daß ich Geraden betrüge.*

Als husche ein Schatten heran, näherte sich Artagel von der Seite der Zelle, der Gittertür. Er schloß sie auf. »Edle Dame«, sagte er halblaut, streckte ihr die Hand, den Arm entgegen. Das Schweigen des Meisters hinter sich wie eine Mauer, suchte Terisa an Artagel Halt. Er zog sie aus der Zelle, verharrte ganz kurz, um die Gittertür abzusperren; danach geleitete er sie durch den Korridor, aus dem Sichtbereich von Meister Eremis' Karzerzelle. »Edle Dame«, brummte er, sobald sie sich außer Hörweite befanden, »seid Ihr wohlauf? Was hat er zu Euch gesagt?« Die Sorge, die in seiner Stimme zum Ausdruck kam, bezeugte soviel spontane Aufrichtigkeit — darin war er seinem Bruder ähnlich —, daß Terisas Knie nachgaben, sie sackte zusammen. Widerwille und Scham. Begierde und Kummer. Meister Eremis hatte recht: Sie würde die Berührung seiner Lippen, seiner Zunge niemals vergessen können; sie gehörte ihm; er konnte alles von ihr verlangen, was er wollte. Aber was er verlangte ...! Die Person zu bespitzeln, der zu vertrauen sie am meisten das Bedürfnis verspürte, den Mann, dessen Lächeln ihr ins Herz drang. Ihn irrezuführen ... Artagel hielt sie aufrecht. *»Terisa.«* Seine Augen glommen eindringlich. *»Was hat der Schuft zu Euch gesagt?«*

Die Zumutung schmerzte. Schon aus bloßem inneren Widerstand hätte sie laut aufschreien können. Aber dadurch würde sie alles verderben. Artagel war Geradens Bruder. Trotz seiner Besorgnis, des Funkelns seiner Augen, des bedrohlichen Halblächelns seiner Lippen durfte sie ihm nicht mitteilen, welchen Grund ihr Zustand hatte. Andernfalls würde er es Geraden weitererzählen. Das war vollkommen klar. Artagel mochte die Bereitschaft haben, ihr zuliebe Kastellan Lebbick das eine oder andere zu verschweigen, aber Geraden würde er nichts vorenthalten.

Jetzt mit Artagel zu reden, wäre nichts anderes als feiger Verrat an Meister Eremis, ein Widerruf ihrer ihm gegebenen Zusage von Unterstützung und Hilfe, ein Verzicht auf ihre ungewohnte Leidenschaft, ohne ausreichenden Mut zu haben, Geraden selbst zu gestehen, daß sie aus Wortbrüchigkeit seine Seite wählte, seine Freundschaft Eremis' Liebesgunst aus keinem besseren Grund vorzog, als daß sie nicht mutig genug war, um anders zu handeln.

Mit Mühe fand sie das Gleichgewicht wieder, richtete sich auf, entwand sich Artagels festem Griff. »Entschuldigung.« Sobald er ihre Arme losgelassen hatte, fuhr sie sich mit den Händen durchs Haar. »Ich glaube, ich habe mich von gestern wirklich noch nicht erholt.«

»Seid Ihr Euch sicher, daß es allein daran liegt?« Aus Anteilnahme klang Artagels Stimme heiser. »Vor Eurem Aufenthalt in jener Zelle ist Euch wohler gewesen. Ihr schaut aus, als hätte Eremis soeben versucht, Euch zu schänden.«

Damit lag er der Wahrheit so fern, daß Terisa zu kichern anfing. Aber das minderte seine Sorge nicht. Ihr Kichern hörte sich verhängnisvoll hysterisch an. Und sie hatte Schwierigkeiten, es sich zu verkneifen. Sie mußte Artagel eine triftigere Erklärung nennen, wenn ihr daran lag, ihn zu beschwichtigen. »Entschuldigung«, wiederholte sie. Sie mußte noch immer kichern, versuchte es zu unterdrücken. »Ich weiß nicht, was mit mir los ist. Ich habe gerade eine Lektion in Bescheidenheit gelernt. Sie wissen, ich hatte vor, vielleicht einige Leute miteinander ins Gespräch zu bringen.« Unvermittelt verflog ihre künstliche Heiterkeit, urplötzlich war sie den Tränen nahe. »Das wird schwerer sein, als ich gedacht habe.«

Für einen Moment musterte Artagel sie sehr aufmerksam. Dann nahm er Terisas Hand, hakte sie unter seinen Arm, wie um sie durch diese Geste zu trösten, und führte sie erneut in die Richtung zur Wachstube. »Seid deshalb nicht bekümmert, edle Dame. Es war den Versuch wert. Mich will dünken, 's ist's auch künftig wert, 's zu versuchen. Nur ist Meister Eremis«, — sein Lächeln fiel vielleicht ein wenig zu grimmig für jemanden aus, der Trost zu spenden beabsichtigte —, »schwerlich der rechte Mann für derlei Bestrebungen.«

»Stimmt's, daß Sie und er mal Freunde waren?« erkundigte sie sich, um ihn vom Thema abzulenken. »Ich meine, bevor Geraden Sie gegen ihn aufgebracht hat?«

Er hob die Schultern. »Auf gewisse Weise. Aber keine wahren Freunde. Ich habe mich niemals dazu imstande gefühlt, ihm wahrhaftige Zuneigung zu schenken, jedoch weil ich keine Verursachung für mein Empfinden erblickte, ließ ich mir nichts anmerken.« Er schaute sie an. »Geraden versteht derlei Sachen besser als ich, und er kennt Eremis weit genauer. Ihr solltet mit ihm darüber sprechen.«

Terisa wich seinem Blick aus. »Sie haben völlig Vertrauen zu Geraden, nicht wahr?«

»Er ist mein Bruder«, antwortete Artagel ohne Zögern.

»Ist das der einzige Grund?«

Ihre Frage bewog ihn zu einem verhaltenen Auflachen. »Nein, edle Dame, das ist nicht der einzige Grund. Meine Antwort umfaßt wenigstens zwei Gründe: Erfahrung und Blutsbande. Wie Euch bekannt ist, haben wir fünf weitere Brüder. Ich habe Geraden im Umgang mit ihnen allen beobachten können.« Er schnitt eine Miene des Unwillens und drehte sich ihr zu, so daß sie ihn ansehen mußte. »Edle Dame, rät Eremis, Ihr sollt Geraden keines Vertrauens als würdig erachten?«

»Das habe ich nicht gemeint«, entgegnete Terisa, indem sie sich zusammenriß und insgeheim zur Vorsicht mahnte. »Ich weiß nicht, ob Ihnen klar ist, in welch seltsamer Position Sie sich befinden. Soweit ich weiß, sind Sie die einzige Person auf Schloß Orison, der jeder vertraut. Sogar Meister Eremis möchte Sie auf seiner Seite haben.« Ihre unvermutete Begabung zum Lügen, zum Verwenden von Teilen der Wahrheit zum Verhüllen anderer Teile, erstaunte sie und machte ihr gleichzeitig angst. »Ich möchte wissen, warum Sie Geraden trauen, weil ich versuche, *Sie* zu verstehen.«

Anscheinend glaubte er ihr, doch er wußte nicht recht, was er antworten sollte. »Lauteres Leben, edle Dame«, erklärte er nach einem Moment verlegenen Schweigens im Ton vorsätzlicher Einfältigkeit, als wäre Terisas Frage ihm peinlich. »Niemand traut jemandem, der seines Lebens Lauterkeit übertreibt. Ich bin zügelloser und ausschweifender als nahezu jeder andere weit und breit, daher fällt's leichter, mir zu vertrauen.«

Seine Antwort war eindeutig scherzhaft gemeint, aber Terisa nahm sie hin, ganz einfach weil es sie erleichterte, daß es ihr gelungen war, Artagels Ernst zu untergraben. »So habe ich's noch nie betrachtet«, sagte sie leise, während sie ihn den Korridor entlang zur Wachstube begleitete.

Aus der Wachstube kehrten sie durch den unbenutzten Tanzsaal zurück in die Hauptkorridore Schloß Orisons. Es wäre Terisa angenehm gewesen, hätte sich Artagel dort von ihr verabschiedet; aber er bestand in ärgerlicher Ritterlichkeit darauf, ihr auf dem Großteil des Wegs zu ihrem Quartier nicht von der Seite zu weichen. Sie konnte sich seiner fürsorglichen Aufmerksamkeit nicht entziehen, ehe sie in den Turm gelangten, in dem sich ihre Unterkunft befand. Nachdem sie sich reichlich unvermittelt bei ihm bedankt hatte, lief sie die Treppe hinauf, als flöhe sie vor ihm.

Aber wovor sie wirklich floh, war natürlich die Gefahr, die er verkörperte — die Gefahr, daß sie die Entscheidung preisgeben mußte, die sie gefällt hatte, ohne sich der Richtigkeit sicher zu sein. Ja, hatte sie zu Meister Eremis gesagt, immer wieder: *Ja.* Die Flauheit in Terisas Magengrube nahm zu. Artagel besaß genug Ähnlichkeit mit Geraden — und sie war eben dermaßen unehrlich zu ihm gewesen —, um das, was der Imagomant von ihr verlangte, abstoßend und abscheulich wirken zu lassen.

Daß Ihr Freundschaft mimt. Ihn unter Beobachtung behaltet. Offenbart ihm nichts.

Terisa befürchtete, sich übergeben zu müssen, ehe sie

ihr Quartier erreichte. Doch als sie sich der Tür näherte, trat einer der Posten vor, verbeugte sich zackig. »Eure Dame«, sagte er mit rauhbeiniger Höflichkeit, »Ihr habt Besuch.«

Im ersten Augenblick glaubte Terisa, ihre Knie würden wieder weich. Besuch. Jetzt? *O nein!* Aber sie hatte es satt, ständig so schwach zu sein. Ihr Ekel selbst erwies sich als eine Art von Kraftquell, ermöglichte es ihr, auf den Beinen zu bleiben, den Kopf hoch, die Stimme ruhig zu halten. »Wer ist es?«

Der Posten fühlte sich anscheinend etwas unbehaglich. »Wir konnten den Zutritt in Eure Gemächer nicht verweigern, edle Dame, zumal Ihr uns nie geboten habt, keine Besucher einzulassen.«

Terisa verstand seinen Rechtfertigungsversuch nicht, aber sie bemühte sich erst gar nicht darum. »Wer ist es?« wiederholte sie.

»Prinzessin Elega. Wir konnten sie nicht abweisen, Ihr seht's ein, oder? Sie ist des Königs Tochter.«

»Natürlich nicht«, hörte Terisa sich wie von weitem sagen. »Sie haben sich völlig richtig verhalten.« Doch sie erübrigte kaum Beachtung für den Mann. Prinzessin Elega — Mystes ungeduldige und unzufriedene Schwester. Seit dem peinlichen, enttäuschenden Essen mit den beiden hatte Terisa nicht mehr mit Elega gesprochen. *›Wir sind Frauen wie Ihr‹*, hatte Elega ihr bei der Gelegenheit beteuert, *›keine selbstsüchtigen, machtgierigen Männer. Ihr könnt uns getrost vertrauen. Diese Ausflüchte sind überflüssig.‹* Als Terisa es ablehnte, die ›Ausflucht‹ aufzugeben, ein ganz normaler Mensch zu sein, hatte Elega sie ungefähr so angeschaut, wie sich Terisa momentan fühlte. Was wollte sie diesmal? überlegte Terisa. Da fiel es ihr ein, und ein Adrenalinschub schoß ihr durch die Adern. Myste.

Plötzlich merkte Terisa mit einer Anwandlung von Verlegenheit, daß sie mit dummem Gesicht im Flur stand, während der eine Wächter ihr die Tür aufhielt, beide Männer sich sichtlich anstrengten, um vorzutäuschen, sie sähen ihre Zerstreutheit nicht. Ruckartig setzte sie sich wieder in Bewegung, tat so, als hätte sie es noch immer eilig.

Elega stand an einem Fenster, ähnlich wie Myste dagestanden hatte. Und wie Myste war sie schön. Allerdings schien ihre Schönheit eine Spiegelung des Lampen- und Feuerscheins im Zimmer zu sein, einen Kontrast zum trüben grauen Winter außerhalb der Fensterscheiben zu bilden. Auf gewisse Weise sah ihre Haut so bleich aus wie ihr kurzes Blondhaar; beides betonte das faszinierende veilchenblaue Leuchten der Augen. Obwohl sie Kleidung und Edelsteinschmuck wie eine Königin trug, war ihr Benehmen zu unverblümt, zu selbstsicher, um solcher Äußerlichkeiten zu bedürfen. Trotzdem hatte sie den Geist, die Denkweise einer Königin.

Sofort kehrte sie dem Fenster den Rücken zu. Als Terisa die Tür schloß, kam Elega ihr ein paar Schritte entgegen; dann blieb sie stehen. Ihr Blick erinnerte Terisa an einen zweiten Unterschied zwischen den beiden Königstöchtern. Anders als bei Myste fielen Elegas Blicke so direkt und hitzig aus, daß sie alles, was sie anschaute, in einen krassen Gegensatz zu sich zu setzen schien. Aber beide vermittelten einen gleichartigen Eindruck von Aufgeregtheit, einer Ballung unverwirklichter Möglichkeiten. »Edle Dame«, sagte Elega mit leiser Stimme. »Terisa ... Ich hoffe, Ihr werdet mein Eindringen verzeihen. Ich wußte nicht, wann Ihr wiederkehrt, mochte indessen nicht im Gang Eurer harren.«

Terisa fühlte sich der Situation nicht gewachsen. Sie wollte nichts anderes, als sich ans Kaminfeuer hocken, um sich die Kälte aus den Gliedern zu vertreiben, und Wein trinken, bis sich ihr Magen entweder beruhigte oder umstülpte und seiner Beschwerden entledigte. Aber um Mystes Willen mußte sie sich mit Elega befassen. Als spiele sie eine einstudierte Rolle, deutete sie auf die Weinkaraffe und die Pokale; zum Glück hatte Saddith die Karaffe nachgefüllt. »Ich möchte 'n bißchen Wein trinken«, sagte sie. »Halten Sie mit?«

»Meinen Dank.« Offenbar hatte Elega kein Interesse an Wein. Trotzdem nahm sie den Pokal an, den Terisa ihr reichte, als wüßte sie die Geste zu schätzen. Terisa trank einen längeren Zug, als Anstand und Vorsicht es ratsam sein ließen, schenkte sich nach. Ohne daran zu denken, Elega einen Platz anzubieten, setzte sie sich auf einen Stuhl nahe beim Kaminfeuer. Die Flammen zogen sie sonderbar in ihren Bann. Sie hatte nicht gemerkt, wie ausgekühlt sie war, wie sie fror. Wie lange hatte sie mit offenem Hemd in Meister Eremis' Zelle gestanden ...? »Terisa?« Sie hörte Elegas Stimme so deutlich wie im Fieber. »Befindet Ihr Euch wohlauf?«

Mit Mühe brach Terisa den Bann des Feuers. »Es passiert zuviel auf einmal.« Im Gegensatz zu Elegas Stimme hörte Terisa die eigene Stimme in dumpfer Gedämpftheit. »Und ich verstehe überhaupt nichts.« Sie bemühte sich um Höflichkeit. »Warum nehmen Sie nicht Platz und erzählen mir, was Sie von mir möchten?«

Einen Moment lang zögerte Elega. Man sah ihre Zweifel unverkennbar ihrer Miene an. *Ich muß gräßlich aussehen,* dachte Terisa. Aber auf einmal legte die Prinzessin ein resolutes Betragen an den Tag. Zuerst setzte sie sich. »Terisa«, fragte sie dann halblaut, aber mit allem Nachdruck, »wo ist Myste?«

Für Terisas Zustand war es symptomatisch, daß die Frage sie zu der Schlußfolgerung verleitete, König Joyse müßte ihre Lügen irgendwie durchschaut haben. »Hat Ihr Vater Sie geschickt«, fragte sie argwöhnisch, innerlich gespannt zusammengekrampft, »um mit mir zu reden?«

Überrascht hob Elega die Brauen. »Nein. Wieso sollte er derlei tun?« Allmählich klang in ihrem Tonfall Verachtung mit. »Ich bezweifle, daß er von ihrem Verschwinden weiß. Und sollte er davon Kenntnis und mich gebeten haben, jene Fragen zu stellen, welche ein Vater selbst stellen müßte, so hätte ich sein Ansinnen abgelehnt. Ich bin seine Tochter, aber er hat mich aller Pflichten enthoben, indem er alle Pflichten verwarf, die einem König obliegen. Nein.«

Sie verschwendete keinen weiteren Gedanken an ihren Vater. »Ich richte diese Frage an Euch, dieweil mich tiefe Sorge plagt. Meine Schwester Myste ist zu Orison weder die klügste noch die im Leben erfahrenste Frau. Des öfteren ermangeln ihre Träumereien gar des allergeringsten Maßes an Vernunft. Ich befürchte, sie könnte etwas ungemein Törichtes getan haben. Terisa, wo ist sie?«

Terisa schaute wieder ins Feuer, um Elegas durchdringendem Blick auszuweichen. Also hatte der König ihre Schwindeleien nicht durchschaut. Das war zumindest ein Trost. Unglücklicherweise mußte sie trotzdem auf Elegas Frage antworten. »Was soll sie denn angestellt haben?« fragte Terisa verhalten; starrte in die Flammen, als könnten sie sie hypnotisieren und sie dadurch stärken.

»Ich vermag nichts Genaues zu sagen.« Anscheinend war die Prinzessin sich tatsächlich im unklaren. »Freimütig gestehe ich, daß ich sie nicht begreife, Terisa. Träume sind ihr wichtiger als die Wirklichkeit. Ich weiß, daß das Verhalten unseres Vaters sie ebenso schmerzt wie mich, besonders die Demütigung, welche er Prinz Kragen zugefügt hat. Daß der König von Mordant«, — für einen Augenblick verdrängte Zorn ihre Besorgnis —, »willentlich Krieg mit Alend zu stiften trachtet, ist eine Ungeheuerlichkeit.« Sie beherrschte sich. »Doch ich kann mir nicht vorstellen, was Myste aus Schmerz zu tun imstande ist. Mag sein, sie hat aus irgendeinem abwegigen Grund Orison verlassen.« Ihre Stimme klang plötzlich gepreßter. »Mag sein, sie folgt Prinz Kragen, hat die Absicht, ihm einzureden, er dürfe die auf ihn gehäuften Schmähungen nicht ernstnehmen.«

Elega kam der Wahrheit nahe genug, um Terisa Furcht einzuflößen. »Wie kommen Sie auf die Idee«, fragte sie matt, »ich könnte wissen, wo sie steckt?«

Wieder zögerte Elega. Als sie antwortete, hatte ihre Stimme einen vorsätzlich neutralen Klang, sie sprach deutlich, aber ohne jeden Unterton eines Vorwurfs. »Zum einen hege ich daran meine Zweifel, daß irgendein anderer auf Schloß Orison ihr bei irgendwelchen außergewöhnlich närrischen Unterfangen Unterstützung gewähren wollte. Sie ist eine Tochter des Königs. Orisons Bewohner halten sie in zu hohem Ansehen, als daß sie ihr behilflich wären, wenn sie Anstalten macht, sich in Schwierigkeiten zu bringen. Zum zweiten — und das ist mein hauptsächlicher Grund, aus dem ich mich an Euch wende — habe ich sehr wohl bedacht, wie sie Euer Beharren auf der Aussage, Ihr wärt ein Weib wie jedes andre, aufgenommen hat.« Terisa blickte wie geistlos ins Feuer und wartete. »Eure Äußerung hat mich fürwahr erstaunt«, gab Elega unumwunden zu. »Ich vertrete die Auffassung, daß Menschen so ungewöhnlich oder herkömmlich sind, wie sie's sein möchten. Gewiß, ich bin davon überzeugt, daß niemand sich die Gabe der Imagomantie oder zur Staatskunst durch nicht mehr als reine Willenskraft anzueignen vermag«, — allerdings hörte sich ihr Tonfall an, als sei sie keineswegs vollständig davon überzeugt —, »und es gibt keine vernünftigen Einwände gegen den Sachverhalt, daß jemand, der das Unglück hat, als Weib geboren zu werden, sich der Vorurteile aller Welt erwehren muß, um seine Tüchtigkeit zu beweisen. Dennoch glaube ich, daß mich letzten Endes allein die Grenzen meines Willens beschränken, nicht die Zufälligkeiten der Begabung oder irgendwelcher Vorurteile wider mein Geschlecht. Myste dagegen ...« Elega seufzte. »Myste denkt darüber anders. Sie will keine Pforten auftun. Sie träumt davon, daß jemand anders ihr Pforten öffnet. Und sie sieht Euch, Terisa, als leibhaftigen Beweis dafür ein, daß sich im Laufe eines *jeden* Lebens — mag's auch so öde und eintönig sein, daß der Geist ein für allemal verblödet — irgendwann eine Pforte des Zaubers und der Geheimnisse öffnet und selbst dem jämmerlichsten Dummkopf den Weg zur Größe freigibt.« Elegas Ton drückte mehr Enttäuschung als Geringschätzigkeit aus. »Bis dahin jedoch, so wähnt sie, solle man sich, derweil man harrt, in Zufriedenheit üben. Ich habe keinen einsichtigen Anlaß zu glauben, daß Ihr wißt, wo sie sich aufhält. Dennoch bin ich der Auffassung, daß Ihr's seid, wenn überhaupt jemand, der's wissen muß. Ihr seid eine Flamme, von welchselbiger nicht angelockt zu werden sie einem willenlosen Falter zu ähnlich ist.«

Diese Meinung von Myste empfand Terisa als dermaßen unschön — und so irrig —, daß sie keine Ahnung hatte, wie sie darauf eingehen sollte. Elegas Vorstellungen kamen ihr weniger realistisch als Mystes Schwärmereien vor, nicht umgekehrt. Und Terisa hatte eigene Fragen, was die älteste Tochter des Königs betraf. Darum jedoch drehte es sich gegenwärtig nicht. Was sie dachte, war unwichtig. In dieser Lage zählte ausschließlich das Versprechen, das sie Myste gegeben hatte.

»Sie hat mich gestern aufgesucht«, sagte sie leise, als läse sie ihre Antwort aus Flammen und Kohle ab, »um den Geheimgang hinter meinem Kleiderschrank zu benutzen.« Mehr spürte sie, wie Elega erstarrte, als daß sie es sah. »Sie hat ihn benutzt, um unbemerkt aus dem Schloß abzuhauen.« Obwohl die Glut knisterte, Wind vernehmlich um den Turm fegte, schien mit einem Mal bedrückende Stille das Zimmer zu erfüllen. »Sie ist zu ihrer Mutter gegangen.«

Für einen Moment schwieg Elega, verhielt sich so lautlos, daß Terisa keinen Begriff davon hatte, was sie tat. »Das kann nicht die Wahrheit sein«, sagte die Prinzessin zuletzt in so sanftem Ton der Verblüffung, als hätte sie soeben eine Offenbarung gehabt. Beunruhigung packte Terisa. Halb wider Willen wandte sie sich um und schaute Elega an. Die Prinzessin war aufgestanden. Ihre Augen leuchteten, als ob in ihren veilchenblauen Tiefen Blitze zuckten. Doch in ihrem sonstigen Betragen blieb sie gefaßt, fast vollkommen beherrscht. »Ich glaube Euch, daß Myste Orison verlassen hat. Ich danke Euch dafür, daß Ihr mir enthüllt habt, wie sie's tat. Aber sie kann keinesfalls die Absicht verfolgen, sich in den Faylegau, nach Romish und zu unserer Mutter zu begeben.«

Weil sie log, wollte Terisa sofort beteuern, sie löge nicht, ihre gesamte Anspannung und ihre ganze Furcht aufbieten, um möglichst starken Ärger vorzutäuschen. Aber Elegas Sonderbarkeit hielt sie zurück; sie hatte wenig Ähnlichkeit mit der Reaktion, die sie erwartet hatte. »Sie war entrüstet wegen der Ungehörigkeiten, die sich der König mit Prinz Kragen geleistet hat. Sie konnt's nicht mehr mitansehen, wie er sich selbst und Mordant kaputtmacht, darum hat sie beschlossen, zum Rest der Familie zu gehen.«

»Terisa ...« Die Prinzessin vollführte mit den Armen eine heftige Bewegung, eine Art von schroffem Abwinken, nahm sich jedoch sofort wieder zusammen. »Sprecht nicht weiter. Es hätte keine fernere Bedeutung. Eine Lüge ist Einsatz von Macht, und es bereitet mir Vergnügen, Euch Macht anwenden zu sehen. Ihr seid nicht länger untätig, bescheidet Euch nicht länger damit, Euch hinter einer Maske der Gewöhnlichkeit zu verbergen. Ihr habt Euch in einer Zeit der Bedrängnis Mordants zum Handeln entschieden. Das ist ein großer Schritt vorwärts — ein Schritt, von welchem ich nur hoffen kann, daß auch Myste ihn getan hat —, und er ehrt Euch in meinen Augen.«

Derartig verdutzt, daß sie beinahe in Tränen der Reue ausbrach, starrte Terisa die Prinzessin an. »Ich lüge nicht«, murmelte sie, nur weil sie überhaupt irgend etwas sagen mußte.

Nachdrücklich schüttelte Terisa den Kopf. »Ich will versuchen, Euch davon zu überzeugen, daß dies Versteckspiel im Umgang mit mir nicht vonnöten ist.« Dann jedoch schwieg sie erst einmal. Ihr Blick wanderte durchs Zimmer, als suche sie irgendwo ringsum Hinweise für die einleuchtendste Erklärung. »Terisa«, fragte sie schließlich zerstreut, als schweife sie zeitweilig vom Thema ab, um ihre Gedanken ordnen zu können, »was erachtet Ihr als Orisons schlimmste innere Schwäche?«

»Die Wasserversorgung«, gab Terisa, von der Frage gänzlich überrascht, ohne Nachdenken zur Antwort.

Allem Anschein nach erübrigte die Prinzessin für die jetzige Unterhaltung kaum Beachtung. »Inwiefern?«

»Wenn jemand das Reservoir vergiftet, ist das ganze Schloß wehrlos.« Natürlich wäre das nicht auf Dauer der Fall. Die kleine Quelle in Orisons Mauern lieferte einiges Wasser. Auf Dächern und durch Dachrinnen ließen sich bei jedem stärkeren Regen- oder Schneefall erhebliche Mengen Wasser sammeln. Aber zumindest für ein paar Tage ... Aber wieso redeten sie und Elega eigentlich über so etwas?

Prinzessin Elega kehrte zu ihrem Stuhl zurück, lächelte und setzte sich, strich sich das Kleid glatt. Die Ausdrucksstärke ihres Blicks jagte Terisa einen Schauder über den Rücken. »Ihr weilt nunmehr seit einiger Zeit auf Orison«, sagte Elega in gelassenem Plauderton. »Leider habt Ihr nur wenige von uns von ihrer vorteilhaftesten Seite kennengelernt. Dennoch hattet Ihr dazu Gelegenheit, Euch Eindrücke zu verschaffen, vielleicht gar, diese oder jene Schlußfolgerungen zu ziehen. Wie denkt Ihr über uns? Gibt's für Orison und Mordant Hoffnung? Was haltet Ihr von König Joyse?«

Verblüfft und gereizt, wie diese Fragen sie machten, sah sich Terisa der Versuchung ausgesetzt, darauf zu erwidern: Nein, ich glaube nicht, daß es Hoffnung gibt. Nicht solange ihr dabei bleibt, euch derartig aufzuführen. Aber sie fühlte Gefahr. Was sie auch sagte, es würde Konsequenzen haben. »Ich glaube«, sagte sie vorsichtig, »er weiß, was er tut.«

Elegas Lächeln, so hätte man meinen können, wurde ein klein wenig freundlicher. »Und die Zunft? Was haltet Ihr von den Imagomanten? Sie haben eine ernstere Bedrohung heraufbeschworen. Sind sie ehrlich? Oder's mag sein, die Frage muß lauten: Sind sie aufrecht und ehrbar?«

Terisa zuckte die Achseln. Sie hatte nicht vor, mit dieser merkwürdigen Königstochter Meister Eremis' oder Geradens Gedanken zu diskutieren. »Einige sind's anscheinend. Andere nicht. Ich bin der Meinung, nur die wenigsten von ihnen haben erwartet, der Kämpe würde dermaßen wild werden.«

Diese Antwort befriedigte Elega weniger, doch sie ging darauf nicht ein. »Und die Gauherren? Wie urteilt Ihr über sie?«

Ein Schreck durchfuhr Terisa. Wieso ...? Um ihre plötzliche Furcht zu überspielen, stand sie auf — ziemlich ruckartig —, holte die Weinkaraffe und füllte ihren Pokal nach. Woher wußte Elega, daß sie sich mit den Gauherren getroffen hatte? Mit einem Schlag empfand Terisa das Zimmer, die Umgebung als durch und durch gefährlich, als wären die Wände durchsichtig, könnte der Boden unter ihren Füßen unvermutet absacken. Elega wußte Bescheid, weil jemand es ihr verraten hatte. Soviel konnte man sich leicht denken. Oder sie wußte davon, weil sie an der Planung der Attentate auf Terisa mitgewirkt hatte; dadurch sähe die Sache weit komplizierter aus. Aber so oder so mußte jemand ihr von dem geheimen Treffen erzählt haben. Wer könnte dazu einen Grund besitzen?

Unversehens befand sich Terisa an der Grenze ihrer Belastbarkeit. Sie hatte es schon schwer genug, und Elegas Gerede war nach ihrem Empfinden sinnlos. Anscheinend stellte sie Terisa irgendwie auf die Probe, horchte sie aus. Doch warum?

Terisa trank ihren Pokal leer, schaute Elega offen an. »Prinz Kragen und ich haben über Sie gesprochen«, sagte sie. »Da haben Sie 'ne richtige Eroberung gemacht. Er ist wirklich sehr beeindruckt von Ihnen. Was hat er über Sie gemeint?« Das war eine rein rhetorische Frage. »Er meinte, wären Sie 'ne Alenderin, Sie würden ›unter den Mächtigen des Reiches eine hohe Stellung erlangen‹.« Dabei ließ sie es bewenden. Sollte Elega daraus soviel Rückschlüsse ziehen, wie sie wollte.

Unverzüglich erhob sich die Prinzessin, erwiderte Terisas Blick. Ihr Lächeln glich der Beleuchtung im Eßzimmer ihrer verspiegelten Eigentumswohnung; es hatte so etwas wie einen Regelwiderstand, der es nach und nach immer mehr verstärkte. »Terisa«, sagte sie leise, »Ihr macht meinen Atem stocken. Ist's das, wie in Eurer Welt ein gemeines Weib ist? Dann muß sie ein Reich einer Kühnheit außerhalb jeglichen Vorstellungsvermögens sein. Ihr habt die Ereignisse aufs nachhaltigste zu beeinflussen begonnen. Ich verstehe Euch. Versteht Ihr Eurerseits auch mich?« Terisa gab keine Antwort. Sie fürchtete sich, noch einmal den Mund zu öffnen. »Terisa«, drängte Elega im Flüsterton, »wie ich Euch bereits versichert habe, bedarf's im Umgang mit mir keiner solchen Scharade. Ihr vermögt keinesfalls länger Tatenlosigkeit vorzutäuschen ... und's ist nicht erforderlich, daß Ihr die Unwissende spielt.« Terisa antwortete noch immer nicht. Langsam verschlechterte sich Elegas Laune. Aber sie gab nicht auf. »Da Ihr Prinz Kragen erwähnt habt, mögt Ihr mir vielleicht sagen, was Euer Eindruck von ihm ist.«

Mit einiger Mühe fand Terisa wieder Worte. »Wissen Sie, daß das alendische Monarchentum nicht erblich ist? Man muß es sich verdicnen. Und das versucht er hier zu erreichen. Er unternimmt den Versuch, das Recht zu erwerben, der nächste alendische Monarch zu werden.« Sie beobachtete Elega aufmerksam, doch außer ihrer inneren Aufgedrehtheit bezeugte die Miene der Prinzessin nichts. »Ich glaube, das ist ihm wichtiger als Frieden.«

Diese Bemerkung führte zu einem leichten Weiten von Elegas Augen und einem allmählichen Starrwerden ihres Lächelns. Doch die Weise, wie Terisas gelinde Schadenfreude sofort verflog, erinnerte sie daran, daß sie in Wirklichkeit nicht im geringsten begriff, was hier eigentlich geschah. Eindeutig verstand Elega besser, was Terisa redete, als umgekehrt.

»Bezweifelt Ihr, daß Ihr mir Vertrauen schenken könnt?« fragte die Prinzessin so leise, daß es kaum vernehmlich war: »Wir sind Frauen, Ihr und ich, genießen in einer Welt der Männer wenig Wertschätzung. Hier ist niemand, dem Ihr vertrauen *dürft,* außer mir. Kein anderer Mensch sinnt in solchem Maße wie ich ebenso auf Mordants wie auch Euer Wohl. Was kann ich tun, um Euch davon zu überzeugen?«

Das war eine Frage, die Terisa zu beantworten wußte. »Erklären Sie mir, was hier los ist«, verlangte sie ohne Zögern. »Vertrauen Sie mir, bevor Sie von mir verlangen, Ihnen zu trauen.«

Daraufhin nickte Elega bedächtig. Sie schaute Terisa nicht länger an, und das Lächeln war aus ihrem Gesicht gewichen. »Ihr seid tüchtiger, als ich vermeinte. Doch ich kann Euch nicht vertrauen, ehe Ihr mir nicht vertraut habt. Ich habe mehr als Ihr zu verlieren.« Traurig wandte sie sich zum Gehen.

Aber was *ist* das? hätte Terisa in ihrer Verwirrung und Verärgerung am liebsten gefragt. *Was* haben Sie in diesem Durcheinander mehr als jeder andere zu verlieren? Doch sie verzichtete auf die Frage. »Sagen Sie mir bloß eins«, meinte sie statt dessen, bevor Elega die Tür erreichte. »Wie kommen Sie auf die Idee, ich hätte gelogen, was Myste betrifft?«

Die Prinzessin verharrte, die Hand schon auf der Klinke. Jetzt verzog ihr eine andere Art des Lächelns den Mund, ein Lächeln, das dem zwar zuneigungsvollen, aber etwas herablassenden Schmunzeln ähnelte, wie sie es manchmal für ihre Schwester Myste erübrigte. »Ihr seid tüchtig, Terisa, wie ich erwähnte. Doch kennt Ihr Mordant nicht gut genug, um Macht und Einfluß ohne Wagnisse ausüben zu können. Offenkundig wißt Ihr nicht, daß jenes Vorhaben, welches Ihr Myste zuschreibt, undurchführbar ist. Romish liegt zu weit entfernt. In diesem Winter wär's für ein einzelnes Weib leichter, Orisons geborstenen Außenwall wiederaufzubauen, denn das Krongut und den Armigitegau zu Fuß zu durchqueren.« Elega war eine Andeutung von Triumph anzumerken. »Ich zweifle daran, daß Ihr mir glaubhaft zu machen gedenkt, Myste hätte beschlossen, aus dem Leben zu scheiden.« Sie lächelte noch, als sie das Zimmer verließ.

Terisa nahm ihren Abgang kaum zur Kenntnis. Sie erinnerte sich daran, wie König Joyse vor ihr gestanden hatte, die Augen zusammengekniffen, während ihm Tränen über die Wangen rannen, tief getroffen durch die Mitteilung, Myste sei zu ihrer Mutter gegangen. *›Solltet Ihr mich belügen‹*, hatte er wie flehentlich gesagt. *›Solltet Ihr's wagen ...‹* Aber da mußte er sich bereits gedacht haben, daß sie nicht die Wahrheit sprach.

Ihr Magen drehte sich um. Leider mochten all die Lügen und Machenschaften, all der Schmerz, mochte das alles, was ihr auf dem Magen lag, nicht ausgestoßen werden. Nach einem Moment des Abwartens ging Terisa zur Tür, öffnete sie und schärfte den Wachposten ein, daß sie heute keinen Besuch mehr haben wollte. Dann verriegelte sie die Tür, setzte sich wieder ans Kaminfeuer und trank mehr Wein, als sie je zuvor im Leben getrunken hatte.

18

Eine kleine Plauderei

Am folgenden Morgen litt sie an der Art von Kopfweh, wie es sogar kräftige Männer dazu veranlaßt, dem Alkohol abzuschwören. Inwendiger Druck schien ihre Schädelknochen auseinanderzupressen, und sie hatte das Gefühl, eine Gehirnerschütterung davongetragen zu haben. Zudem fühlte sich ihre Kehle so rauh an, als wäre sie mit Schmirgelpapier bearbeitet worden, und von ihrem Magen hatte sie den Eindruck, als schwappe er aufgeweicht in ihrem Leib hin und her. Trotzdem hatte sie sich inzwischen von ihrer starken Verunsicherung infolge des Gesprächs mit Elega erholt.

Die Prinzessin und Prinz Kragen mußten irgendeine Abmachung getroffen haben. Elega wußte über Terisas Treffen mit den Gauherren Bescheid, weil Prinz Kragen sie eingeweiht hatte. Was die beiden bezweckten, darüber blieb sich Terisa im unklaren; klar war ihr allerdings, daß es, um was es sich auch handeln mochte, König Joyse weder gefallen würde, noch ihn glücklich und zufrieden machen. Und aus irgendeinem Grund hofften sie, Terisa in ihr Treiben einbeziehen zu können.

Irgendwann während des vierten oder fünften Pokals Wein war sie gestern abend — sehr zu ihrer Überraschung — zu der Feststellung gelangt, daß ihr Elegas Umtriebe mißfielen. König Joyse verhielt sich schlichtweg nicht so, daß Terisa irgendwelche Vergleiche zu ihrem Vater zu ziehen vermocht hätte. Vielleicht hatte er einen Großteil seines normalen Anrechts auf die Treue seiner Untertanen verwirkt, aber er verdiente es nicht, von seiner Tochter hintergangen zu werden.

So lautete die Frage, vor der Terisa stand (eine Frage, zu deren Klärung weder zuviel Wein noch eine mit Alpträumen durchschlafene Nacht irgend etwas beigetragen hatten) nicht anders als jene, die ihr schon vorher das Dasein vermiest hatte. Was sollte sie in bezug auf Geraden tun? Oder bezüglich Meister Eremis'?

In ihrem verkaterten Zustand empfand sie die Zärtlichkeiten des Meisters nicht länger als ganz so unentbehrlich oder umwerfend. Allerdings besaßen seine Argumente unverändert Gewicht. Tatsächlich klangen seine Gründe, weshalb er Geraden mißtraute, erheblich einleuchtender als Geradens Motive, von ihm immer nur das Schlimmste zu erwarten. Andererseits hielt sie die Unterstellung, Geraden sei ein Verräter, für absurd.

Sie stöhnte vor sich hin — mehr um sich dessen zu vergewissern, daß sie noch lebte, als weil sie sich davon eine Schmerzlinderung versprochen hätte —, während sie schlaff aus dem verwühlten Wirrwarr stieg, den ihre Träume aus dem Bett gemacht hatten. In ihrer Unterkunft war es kalt: Indem sie die Tür verriegelte, hatte sie Saddith ausgesperrt, und sie konnte sich nicht daran entsinnen, mehr als ein-, zweimal Brennholz nachgelegt zu haben. Doch wenigstens zwang die eisige Kälte sie zur raschen Bewältigung der Situation. Mühselig streifte sie das Kleid über, schleppte sich ins Badezimmer und trank so viel Wasser, wie ihr Magen aufnehmen wollte. Dann ging sie ins Wohnzimmer und versuchte den noch warmen Kohlen im Kamin ein Flämmchen zu entlocken.

In ihrer Verfassung in die Glutasche zu blasen erwies sich als so schmerzhaft, als schlüge sie den Kopf gegen die Wand. Trotzdem hielt sie durch, weil sie den festen Entschluß gefaßt hatte, niemanden in ihre Gemächer, sich von niemandem helfen zu lassen. Sie mochte keine Zuschauer haben, solange sie unter den Folgeerscheinungen ihrer Unüberlegtheit litt. Also entfachte sie das Feuer trotz des qualvollen Drucks, der auf ihrem Hirn lastete. Anschließend nahm sie ein Bad, wusch sich sogar aus purer Starrköpfigkeit die Haare. Und sie kleidete sich allein an, suchte eines von Mystes eher unauffälligen Kleidern aus, ein warmes Stück aus gelbem Samt. Erst danach gestattete sie es sich, die Tür zu öffnen und nachzuschauen, ob Saddith ein Tablett mit einem Frühstück hinterlassen hatte.

Tatsächlich hatte die Dienerin es so gehalten. Terisa betrachtete es auch als Segen, daß niemand vor der Tür wartete, um mit ihr zu reden. Sie konnte in aller Ruhe ein wenig Grütze essen und jede Menge eines heißen Aufgußgetränks trinken, das sie als Tee ansah, obwohl es eher nach Zimt und Rosenblättern schmeckte, bis ein Klopfen an der Tür ankündigte, daß wieder einmal jemand sie zu sprechen wünschte. Sie traute ihrer Stimme nicht, also strebte sie umsichtig zur Tür und öffnete. Im Flur stand Geraden.

Ach, prächtig! Das war genau, was sie jetzt brauchte.

»Ich hoffe, ich störe Euch nicht«, sagte er ohne Umschweife. »Seit gestern haben wir keine neue Gelegenheit zu einem Gespräch gefunden. Ich möchte Euch kundtun …« Da wich sein Lächeln. »Seid Ihr wohlauf? Ihr wirkt ein wenig kränklich.«

Dank Meister Eremis pulste beim Anblick des Adepten Beängstigung durch Terisas Adern und steigerte ihren Kopfschmerz dermaßen, daß sie dachte, ihr müsse der Schädel platzen. »Das liegt an dem Kleid.« Ihre Stimme krächzte. »Gelb steht mir nicht.« Trotzig schenkte sie ihm ein Lächeln, das sich in ihrem Gesicht anfühlte, als bekäme eine Porzellanvase einen Sprung, und ließ ihn herein.

»Schon gestern hatte ich vor, Euch aufzusuchen«, sagte Geraden, indem er sie musterte, sobald sie die Tür geschlossen hatte, »doch erfuhr ich von den Wächtern, Ihr wünschtet keine Störung. Ich erblickte einen gewissen Anlaß zur Besorgnis.« Hinter seiner Sorge verbarg sich gehörige Befangenheit. »Wie ist Eure Unterredung mit Meister Eremis verlaufen?«

Terisa mußte sich voll darauf konzentrieren, nicht zu winseln oder die Augen zu schließen. »Artagel hat Ihnen also davon erzählt.«

Geraden nickte. »Mag sein, er hätt's ohnehin getan. Doch als Ihr aus der Zelle kamt, habt Ihr so verhärmt ausgeschaut, daß er meinte, keine Wahl zu haben.«

»Dann wird er Ihnen wohl auch erzählt haben, was passiert ist.« Ihre plötzliche Bitterkeit überraschte Terisa. Wann war sie zu der Ansicht gelangt, daß sie ein Recht besaß, dagegen zu sein, wenn man sie schlecht behandelte? »Ich dachte, ich könnte was erreichen … irgend etwas hinkriegen, in die Wege leiten. Ich hatte mir in den Kopf gesetzt, ich könnte die Leute möglicherweise zur Zusammenarbeit bewegen.« *Statt dessen wird von mir gefordert, daß ich dich bespitzele, obwohl du nun, nachdem Myste fort ist, der einzige Freund bist, den ich habe. Wenngleich du hier der einzige Mensch bist, der sich überhaupt genug für mich interessiert, um etwas für mich zu TUN.* »Aber ich habe mich bloß blamiert.«

Nein, sie würde es nicht tun. Sie konnte es nicht. Die Verheißung ein paar leidenschaftlicher Küsse war zu wenig. Geraden bedeutete ihr zuviel. Sie nahm sich vor, ihn zu beobachten. Doch sie würde niemandem erzählen, was sie beobachtete. Auf keinen Fall, solange er nichts tat, was sie zu der Einsicht zwang, daß Meister Eremis mit seiner Einschätzung recht hatte. Und die Entscheidung darüber wollte sie ganz allein treffen, ganz egal, was der Meister ihr versprach. Unvermutet fühlte sie sich wohler. »Ich habe gestern zuviel Wein getrunken«, räumte sie ungeachtet ihrer Entschlossenheit ein, um Geraden nicht durch mürrisches Betragen zu verletzen. »Wahrscheinlich wollte ich meinen Kummer ertränken. Mein Kopf fühlt sich wie ein Fußball an.«

Diesmal vermittelte Geradens Lächeln eine Andeutung von Erleichterung. »Derlei habe auch ich schon einige Male getan«, gestand er, gab sich reuig. »Bis heute weiß ich nicht, was mich zu dem Irrtum verleitete, das sei ein vortrefflicher Einfall. Vermutlich hatten mich mehr meine gewohnten Mißgeschicke verdrossen, als ich zu ertragen vermochte. Ich bedaure, daß Ihr mit Eurem Vorhaben keinen Erfolg verzeichnen konntet.« Diese Äußerung klang allerdings, als sei sein Bedauern nicht allzu groß. »Ich hätte Euch gewünscht, daß er so klug ist, auf Euch zu hören. Terisa, ich …«

Unversehens unterbrach er sich mitten im Satz, seine Augen füllten sich mit Tränen. Urplötzlich befürchtete Terisa, er sei zu ihr gekommen, um ihr irgend etwas Schreckliches mitzuteilen. Aus gefühlsmäßiger Vorsicht eilte sie zur Tür und verriegelte sie. Dann schaute sie ihm in die trübseligen braunen Augen. »Was ist los, Geraden?«

»Nichts«, antwortete er rasch. »Nichts.« Viel zu schnell. »Ich meine, Ihr habt ja überlebt, nicht wahr? Es hat sich alles zum Wohle gewendet.« Aber er konnte seine Spiegelfechterei nicht aufrechterhalten. »Um Vergebung.« Seine Stimme klang heiser, doch er drehte sich nicht um, suchte seine Gefühle nicht zu verbergen. »Wahrlich, verzeiht mir. Nach unserer Rettung — nachdem man uns aus all jenen Trümmern ausgegraben hatte — hatte Artagel mich in meine Kammer gebracht. Später habe ich selbst reichlich Wein genossen. Aber als ich mich zum Schlafe gebettet hatte, kam mir immer wieder ein Traum, genau der gleiche Traum.« Sein Gesicht zuckte. »Für ein ganzes Weilchen wähnte ich, 's sei ein Alpdrücken. Es war der *ärgste* ...« Er schöpfte Atem, rang um Fassung. »Am Ende jedoch begriff ich, 's war gar kein Alptraum. Ich träumte nicht. Vielmehr erinnerte ich mich.« Er verbiß die Zähne, konnte nur mit Mühe weiterreden. »Ich erinnerte mich daran, daß Ihr ums Haar das Leben verloren hättet.« *Ach, sonst nichts?* Terisa versuchte ihre Erleichterung zu verheimlichen. Was er sagte, war doch nichts Schreckliches. »Dazu ist's allein durch meine Schuld gekommen.« Verdutzt sah Terisa ihn an. »Ich habe Euch hergebracht«, begründete er bekümmert seinen Selbstvorwurf. »Ich weiß nicht, wie ich Euch dorthin zurückschaffen könnte, wohin Ihr gehört. Es gibt Menschen, die Euch zu meucheln trachten. Andere sinnen darauf, Euch für ihre Zwecke zu benutzen. Und der Kämpe ... Ihr habt jene schwere Prüfung erleiden müssen — seid lebendig begraben worden, so daß nur wenig fehlte, und es hätte Euch zermalmt —, und ich bin der Urheber Eures Leids. Als ich mitansehen mußte, wie Kastellan Lebbick Euch bedrängte, hätte ich ihn am liebsten mit einem Stuhl niedergehauen. Verzeiht mir. Ich hätt's fürwahr tun sollen. Ich *hätte* ihm in den Arm fallen sollen. Daß er Euch geschlagen hat, ist meine Schuld. Sollte Euch jemals irgend etwas zustoßen, 's müßte mir das Herz brechen.«

Wäre Terisa weniger übel gewesen, hätte sie vielleicht gelacht. Statt dessen legte sie ihm lediglich eine Hand auf den Arm, berührte die Muskeln, die seine Knochen umspielten. »Geraden«, widersprach sie, »er hätte Sie schlimm verdroschen. Er will, daß man ihm entgegentritt, um jemanden fertigmachen zu können.« Daraufhin blickte er sie schmerzlich an; und sie erkannte, daß er eine bessere Antwort brauchte. Niemals hatte irgendwer sich so sehr wie er um sie gesorgt. Das war wirklich bemerkenswert — und liebenswürdig. Ihretwegen hatte er Alpträume? Terisa gab sich so viel Mühe, wie sie konnte. »Sie haben mich bei *Verstand* gehalten. Dabei sah die Sache für Sie genauso miserabel aus wie für mich. Sie waren sogar schlimmer dran. Meister Gilbur hatte Ihnen ja fast schon den Schädel eingeschlagen. Trotzdem haben Sie's geschafft, zu verhindern, daß ich überschnappe. Ohne Ihre Unterstützung wäre ich bereits Stunden vor unserer Rettung verrückt geworden.« Sie hätte weitersprechen, hinzufügen sollen: Sie und Myste sind die einzigen Freunde, die ich je hatte. Noch nie ist jemand zu mir so gut wie Sie gewesen. Ich bin froh, daß ich hier bin. Aber das überforderte ihre Schüchternheit, ihr Selbstbewußtsein, ihr unausgeprägtes Gespür für sich selbst und ihre Möglichkeiten. Verlegen ließ sie die Hand sinken. Trotzdem mußte sie ihm etwas gewähren, was ihm vielleicht gleich viel wie eine Berührung bedeutete. Statt zu versuchen, sich auf die Ebene seiner Erklärungen zu begeben, versuchte sie es auf spaßige Weise. »Eins muß aufhören. Ich werde in dieser Hinsicht Grenzen ziehen müssen. Wenn Sie sich künftig mehr als einmal am Tag bei mir entschuldigen, trete ich Sie in den Hintern.«

Geraden sah sie voller Unsicherheit an, wußte nicht

recht, wie er ihre Worte auffassen sollte. »Ist das Euer Ernst? Ich weiß, ich bitte oftmals um Vergebung. Erging's Euch so, daß Ihr so viele Mißhelligkeiten anrichtet wie ich, Ihr tätet desgleichen. Bislang seid ausschließlich Ihr noch etwas, bezüglich dessen ich noch nicht des Irrtums überführt bin. Ihr dürftet nicht die Folgen meiner Mißlichkeiten tragen müssen.«

Es stand außer Frage: Er hatte von ihr etwas Besseres verdient. Erneut unternahm sie einen Versuch, es ihm zu geben, blickte ihm direkt in die Augen. »Es ist überhaupt nicht so«, sagte sie, »daß Sie mich in Probleme bringen. Im Gegenteil, Sie sind mir 'ne Hilfe. Orison steckt voller Unheil, aber was mich angeht, haben Sie noch keins verursacht. Sie sind einer der wenigen Menschen, die etwas dagegen tun möchten. Es gibt nichts, wofür Sie sich entschuldigen müßten.«

Geraden betrachtete sie fortgesetzt sehr wachsam. Aber als sie den Blick nicht senkte, begann er sich zu beruhigen. Er straffte die Schultern; der Kummer schwand aus seiner Miene; die Augen hellten sich auf, als wären sie saubergewischt worden. »Ich danke Euch«, sagte er einen Moment später verhalten.

Jetzt war Terisa leichter ums Herz. Sie hatte alle Bereitschaft, gegen ihre Kopfschmerzen zu kämpfen, wenn sie dadurch in die Lage geriet, etwas für Geradens Wohlbefinden tun zu können. Sie lächelte — diesmal fiel ihr Lächeln erträglicher aus — und setzte sich auf einen der Stühle am Kamin, deutete auf das Tablett mit dem Frühstück. »Haben Sie schon gefrühstückt? Das ist mehr, als ich essen kann.«

Er schüttelte den Kopf. Er erweckte den Anschein, als unterdrücke er eine Aufwallung von Übermut, das Bedürfnis, zu johlen, zu singen oder Terisa in die Arme zu reißen. Indem er sich mit komischer Vorsicht bewegte, damit er nicht stolperte oder aus der Balance kam, drehte er einen Stuhl Terisa zu und setzte sich ebenfalls. Danach grinste er in scherzhaftem Triumph, als wollte er sagen: Und du dachtest, ich würde es nicht schaffen! Tatsächlich jedoch äußerte er im nächsten Moment etwas völlig anderes. »Über was begehrte König Joyse mit Euch zu sprechen?« Ohne viel Optimismus hoffte Terisa, daß er ihr nicht ihre schlagartige Bestürzung ansah. Unter dem Druck der neueren Vorkommnisse hatte sie die Frage vergessen, was sie Geraden über ihre Unterhaltung mit dem König mitteilen sollte. Möglicherweise würde es ihn entsetzen zu erfahren, was sie entdeckt hatte, ihn zutiefst deprimieren, daß der alte Freund seines Vaters und der Held seiner Kindheit nun aktiv auf Mordants Verderben hinwirkte. Und Meister Quillon hatte klargestellt, daß Geraden nach wie vor seitens seiner unbekannten Feinde gefährdet war, er unter Umständen noch immer dafür, zuviel zu wissen, einen hohen Preis entrichten müßte. Oder war Meister Quillon zu der gleichen Überzeugung wie Meister Eremis gelangt, der Meinung, Geraden selbst sei gefährlich, nicht vertrauenswürdig? Waren die Gründe für Eremis' Argwohn so stichhaltig? »Aus seinen Gemächern geworfen zu werden«, ergänzte Geraden seine Frage, als Terisa nicht sofort antwortete, »war mir nicht unbedingt das glanzvollste Ereignis meines Lebens.« Er redete in unpassend heiterem Ton, als versuche er, Terisa zum Sprechen zu ermuntern. »Ich habe nicht die Erwartung gehegt, daß Herr Tor es mit ihm hielte.« Er hob die Schultern. »Andererseits kenne ich keinen Grund, aus welchselbigem ich glauben dürfte, jemals vorausschauen zu können, was Herr Tor beginnen wird. Ich möchte lediglich verstehen, was geschieht. Es ist mein Herzenswunsch, daß König Joyse ein Wort spricht, das ich zu begreifen vermag.«

Terisa hörte nicht zu. Die Frage, mit der sie sich zu beschäftigen hatte, war zu vielschichtig, um bei der Suche nach der Lösung leichtfertig vorgehen zu dürfen. Sie brauchte mehr Zeit zum Überlegen. Mehr Zeit zum Beobachten. »Er wollte wieder über Dame quatschen«, sagte sie, ohne sich ihrer Schroffheit bewußt zu werden. Das Kopfweh marterte sie zu heftig. »Elega war hier«, fügte sie spontan hinzu.

Erwartungsvoll schwieg Geraden. »Prinzessin Elega?« fragte er, als Terisa nicht weitersprach. »Meine einstige Verlobte? Wann war das?«

Terisa versuchte ihre Gedanken zu ordnen. Es gab eine ganze Reihe von Angelegenheiten, über die sie sich mit Geraden zu verständigen beabsichtigte. Vielleicht ließ sich mit dem Thema Elega ein unverfänglicher Anfang machen. Vorausgesetzt sie konnte ihren Kater in den Griff bekommen. »Sie hat hier auf mich gewartet. Als ich von meinem Besuch bei Meister Eremis zurückkam.«

»Was wünschte sie von Euch?«

Terisa zögerte für einen Moment. Wollte sie Geraden wirklich so etwas sagen? Ja. Sie quälte sich bereits mit zu vielen Fragen allein herum. »Prinzessin Elega«, gab sie in unvermutetem Zorn sehr nachdrücklich zur Antwort, »hatte vor, mich in eine Intrige gegen ihren Vater zu verwickeln.«

Geraden schien zu versteinern. »Eine Intrige? Welcher Art?«

»Ich habe keine Ahnung.« So vollständig wie möglich wiederholte sie das mit Elega geführte Gespräch und erläuterte ihm, zu welchen Mutmaßungen es sie bewog. Als sie Prinz Kragens Namen nannte, verkniff er die Lider, doch er hörte zu, ohne sie zu unterbrechen. »Deswegen mochte ich gestern keine Besucher mehr haben«, beschloß Terisa verstimmt ihre Darlegungen. »Ich hatte keine Lust, mir womöglich bald noch mal so etwas ähnliches anhören zu müssen.«

Für ein Weilchen saß Geraden mit düsterem Gesichtsausdruck da, ohne ein Wort von sich zu geben — lange genug, um Terisa vor die Frage zu stellen, ob er ihr glaubte. Sie wollte, daß er ihr Glauben schenkte. Je mehr Geheimnisse sie für sich behielt, je mehr Lügen sie verbreitete, um so stärker verspürte sie das Bedürfnis, daß man ihr glaubte, vor allem, wenn sie die Wahrheit sprach. Zum Glück nickte Geraden. »Mit derlei hat sie bei mir immerzu Befremden ausgelöst«, sagte er halblaut und versonnen.

»Stets hatte ich das Gefühl, sie sei an dem, was Könige sind, viel mehr als an dem interessiert, was sie tun, mehr an der Macht als an jenen Zwecken, welche Macht dienlich sein kann. Ich traue ihr zu, daß sie recht bedenkenlose, rücksichtslose Entschlüsse zu fällen vermag.«

»Sie meinen also nicht, daß meine Befürchtungen voreilig sind?«

»Keineswegs.« Nachdenklichkeit machte Geradens Gesicht ernst. »Jedenfalls nicht nach Eurer Unterhaltung mit Prinz Kragen. Da waren die beiden gewißlich bereits dahingehend übereingekommen, sich an Euch zu wenden.«

»Ich wollte, ich wüßte, was sie sich von mir versprechen«, klagte Terisa, nur weil ihr für einen Moment zum Klagen zumute war. »Es ist das gleiche Problem, das ich hier mit jedem habe. Auch mit Ihnen. Alle denken, ich könnte irgendwas *erreichen.*« Aber ihre Eltern hatten ihr niemals Gejammer erlaubt, und sie stellte fest, daß sie an Weinerlichkeit keinen Gefallen fand. »Ich sehe kaum irgendwelche Anzeichen dafür, daß ich für irgendwen was tun könnte«, fügte sie hinzu.

Verdrossen dachte Geraden weiter angestrengt nach. »Was vermöchten *wir* zu tun?« sann er. »Sollen wir König Joyse in Kenntnis setzen?«

»Glauben Sie«, fragte Terisa, achtete ständig darauf, nicht zuviel auszuplaudern, »wenn wir ihn zum Zuhören bewegen könnten, er würde sich überhaupt um diese Dinge kümmern?«

Geraden stieß einen Seufzer der Niedergeschlagenheit aus. »Wahrscheinlich nicht. Wie jedoch wär's mit Kastellan Lebbick?«

Terisa zuckte mit den Schultern. »Ich halt's nicht für gut, ihm irgend etwas zu sagen. Es paßt mir nicht, wie er mich behandelt. *Tun* wird er bestimmt was. Kann sein, er ist zu verhindern imstande, was die beiden planen, oder nicht — aber egal, wie's kommt, er wird damit den Umstand verraten, daß wir ihm was erzählt haben. Dann weiß die Prinzessin, daß sie mir nicht übern Weg trauen kann. Von da an hätten wir keine Chance mehr, irgendwie rauszufinden, was sie tut.«

Der Adept schaute sie an und lächelte flüchtig. »Für jemanden, der zu keinerlei Taten fähig sein will, zeichnet Ihr Euch durch eine beachtenswerte Entschlossenheit aus, etwas zu bewerkstelligen. Wie lautet Euer Vorschlag?«

Keine Ahnung, wollte Terisa schon antworten, aber da hatte sie so etwas wie einen Geistesblitz. »Sie könnten Argus und Ribuld bitten, ein Auge auf sie zu haben.«

Diese unerwartete Anregung veranlaßte Geraden zu heftigem Zwinkern. »Man kann schwerlich behaupten, sie hätten Vergnügen an dem gehabt, was sich ereignete, nachdem ich sie das letzte Mal um eine Gunst gebeten hatte«, murmelte er, als dächte er laut nach. »Indessen jedoch ist nun Artagel da und gewährt mir Rückhalt. Mag sein, sie hegen dazu Bereitschaft ... besonders wenn eine Möglichkeit gefunden wird, selbige Beobachtung durchzuführen, ohne Kastellan Lebbicks Argwohn zu erregen.« Er erwiderte Terisas Blick. »Es mag sehr wohl den Aufwand wert sein«, ergänzte er seine Überlegungen. »Ließe sich entdecken, auf welche Weise sie mit Prinz Kragen in Verbindung zu bleiben gedenkt, wäre das bereits ein Schritt nach vorn. Ich werde mich an Argus und Ribuld wenden.« Diese Entscheidung gefällt zu haben, belebte seinen Humor neu. »Tätet Ihr's«, erklärte er mit lustigem Funkeln der Augen, »wollten sie womöglich versuchen, Euch zu einer Gegenleistung zu überreden, und sicherlich ahnt Ihr, was solche Kerle sich von einem Weibe wünschen. Mir hingegen können sie nicht mehr als eine Ablehnung zumuten.«

Mittlerweile fiel es Terisa leichter, ihn anzulächeln. Ihre Kopfschmerzen begannen merklich nachzulassen. Und ihre Beunruhigung war erneut einer Erleichterung gewichen. Das Empfinden, endlich mit einer Angelegenheit einmal nicht völlig allein dazustehen — in der Geraden sogar mit ihr übereinstimmte —, tat ihr gut. Als er ihr Lächeln erwiderte, fühlte sie sich dabei so wohl, daß sie sich traute, das Gespräch auf eine ihrer zahlreichen Wissenslücken zu lenken. »Beim Gedanken an die Unterredung mit Prinz Kragen fällt mir was ein ... Was ist 'n Erz- und Großmeister?«

Geraden richtete sich an seinem Platz höher auf, als er diese Frage hörte. »Bei dem Gedanken ...? Aber welcher Zusammenhang ...?« Doch fast augenblicklich überwand er seine Verwirrung; er mochte seine nicht wichtiger als Terisas Frage nehmen. »Ein Erz- und Großmeister ist jemand, der gemeistert hat, was wir den Gipfel aller Künste der Imagomantie heißen — nämlich das Vermögen, flaches Glas zu durchqueren. Allem zufolge, was uns bekannt ist, hat nur ein Mann jemals selbige Errungenschaft gemeistert: Erz- und Großmeister Vagel. In der Theorie besteht die Schwierigkeit aus dem Umstand, daß die Translation ihren Gegenstand verändert. Wenn die Translation einen Übergang zwischen verschiedenen Welten, oder (falls Meister Eremis im Recht ist)«, — er verzog das Gesicht —, »zwischen unserer Welt sowie daselbst nicht vorhandenen Imagines bedeutet, sind jene Wandlungen, welche dabei auftreten, zweckmäßiger Natur. Zum Beispiel lösen sie die Fragen der Sprache und der Atemluft. Durchquert man dagegen flaches Glas, gelangt man nirgends hin, will sagen, zwar bewegt man sich von einer zur anderen Stätte, verbleibt jedoch in ein und derselben Welt. Darum erfordert's keine Änderungen. Dennoch wird man verändert.« Er senkte den Blick auf die Hände. »So fiel Großmeister Havelock dem Wahnwitz anheim. Blickt man nach der Theorie in einen flachen Spiegel und sieht sich selbst (mit anderen Worten: ein Spiegel, welcher auf eben jene Stelle gerichtet ist, an der man steht, so daß man sich zur gleichen Zeit im Imago befindet und sich anschaut), so wird man in eine Art von Kreislauf der Translation geraten müssen, man wird immerzu gleichzeitig zwischen dem eigenen Imago und sich selbst hin- und hergerissen, unterdessen unablässig verändert, ohne irgendwohin befördert zu werden. Sehr wahrscheinlich ist's, daß kein Mensch, welchselbiger Euch anblickt, mit bloßem Auge irgendeinen Wechsel festzustellen vermag. Euer Geist jedoch wäre erloschen. Ich rede nicht von Irrsinn. Eure Seele wäre fort.

Noch immer begreife ich nicht, wie ich's überstanden habe, als ich in jenem Gemach, da ich Euch antraf, in all den Spiegeln mich selbst sah. Ich muß Euch glauben, daß Spiegel in Eurer Welt *wirklich* anders sind. Oder Ihr seid die mächtigste Imagomantin, von der wir je Kunde erhalten haben. Wie's denn auch sein mag, eine andere höchst bedeutsame Sache ist, daß 's sich bei der Gabe, flaches Glas zu durchqueren, wie's den Anschein hat, um genau das und nichts anderes handelt — eine Begabung. Selbige Fähigkeit ist keine Fertigkeit, wie man sie zu erlernen vermöchte, es ist eine Eigenschaft, mit der man geboren wird. Verhielte es sich anders, hätte Großmeister Havelock sich diese Fähigkeit gewißlich irgendwie aneignen können. ›Großmeister‹ ist kein Ehrentitel. Er hat ihn errungen, indem er Translationen vortrefflicher als sämtliche übrigen Meister bewerkstelligte. Insbesondere konnte er besser als andere Meister Translationen mit nicht von ihm persönlich hergestellten Spiegeln durchführen. *Mir* gelingt's nicht einmal, jene Spiegel, welche *ich* angefertigt habe, in der rechten Weise anzuwenden. Ist Eure Frage damit beantwortet?« Terisa nickte. Sie versuchte, was er ihr erläutert hatte, mit den eigenen Erfahrungen zu vereinbaren. »Dann gebt mir Antwort auf meine Frage. Welcher Zusammenhang besteht zwischen alldem und Eurem Gespräch mit Prinz Kragen?«

»Ach so, Entschuldigung. Ich wollte nicht geheimnistuerisch sein. Irgendwie habe ich den Eindruck, als seien diese Probleme von maßgeblicher Bedeutung. Kurz vor dem Überfall habe ich noch mit ihm gesprochen. Deshalb bin ich durch seine Erwähnung daran erinnert worden.« Dann kam sie zum Kern ihrer Frage. »Als Artagel sich die Toten angesehen hat (die Gefallenen, die später verschwunden waren), fand er 'n Abzeichen oder so was — 'n Wappen, sagte er, glaube ich —, das klarmachte, 's waren Cadwaler. Sie sollen Fechtschüler beim Monomach des Großkönigs gewesen sein. Aber bei dem Angriff schienen sie regelrecht aus dem Nichts aufzutauchen. Und als die Mehrheit tot war, mußte ihr Anführer nicht weglaufen. Er verschwand einfach vom Fleck weg. Er und seine Männer müssen durch 'nen flachen Spiegel aufgekreuzt und abgehauen sein. Aber ist das nicht ausgeschlossen? Perdon und Prinz Kragen sind der Auffassung, Vagel müsse mitmischen, aber das ist keine ausreichende Erklärung. Wenn es auf angeborener Begabung fußt, flaches Glas ohne nachteilige Folgen durchqueren zu können, und nicht erlernbar ist, müßten die Attentäter samt und sonders Erz- und Großmeister gewesen sein.« Und jetzt, da sie darüber nachdachte, erhob sich die Frage: Wie war es Meister Gilbur gelungen, dem Kastellan zu entwischen? Wenn es denkbar war, daß der Meister in Schwarz und Meister Gilbur als Komplizen zusammenarbeiteten, konnte doch der Gedanke, daß der Meister sich auf gleichem Weg verdrückt hatte, nicht allzu verstiegen sein?

Für ein beträchtliches Weilchen betrachtete Geraden sie aufmerksam. »Denkt Euch«, sagte er schließlich, indem er in trockenem Humor auflachte, »vor etlichen Jahren, als ich noch ein gänzlich neuer Adept war und vermeinte, ich vermöchte herausragende Großtaten zu vollbringen, lag ich des öfteren nachts wach und stellte Überlegungen zu genau derlei Fragen an. Und mir kam ein Verfahren in den Sinn, das tauglich sein könnte. Als erstes fertigt man einen flachen Spiegel an und richtet ihn mit aller Genauigkeit auf jene Örtlichkeit, auf welche man ihn gerichtet haben will.« Belustigt hob er die Schultern. »Eine mindere Leistung für den Imagomanten, der ich zu werden beabsichtigte. Als nächstes stellt man einen zweiten, diesmal einen herkömmlichen Spiegel her, welcher eine im wesentlichen unbelebte Welt zeigt, ohne Mensch und Tier — und am günstigsten auch ohne Wetter —, wie sie dem, was man zu tun trachtet, hinderlich sein könnten. Danach versetzt man den ersten Spiegel durch eine Translation in den zweiten Spiegel, stellt ihn so auf, daß er möglichst viel vom Imago ausfüllt. Sodann möchte es sehr wohl durchführbar sein — falls der erste Spiegel sich nicht verändert und es fürwahr möglich ist, zwei Translationen innerhalb derselben Zeitspanne abzuwickeln —, hindurchzugehen und doch bei heilem Verstand zu bleiben.« Er grinste. »Ein bemerkenswerter Einfall, oder nicht?«

»Ja.« Tatsächlich hielt sie diese Konzeption für mehr als bemerkenswert: nämlich für brillant. Aber einige Einzelheiten blieben unklar ... »Dafür wären zwei Personen nötig, oder wie? Eine zur Translation der anderen, oder?«

»Nicht zum Hineinsteigen, jedoch zur Rückkehr. Das allerdings gilt für jede Translation.«

Wenn Meister Gilbur dank derselben Methode verschwunden war, die den Mann in Schwarz gerettet hatte, bewies das Geradens Unschuld. Jeder auf Orison war unschuldig (vor allem Geraden, doch auch Meister Eremis, der im Kerker saß und keinen Zugang zu Spiegeln hatte), eben weil alle sich *hier* und nicht anderswo aufhielten, wo sich die verwendeten Spiegel befanden. Niemand im Schloß hätte Meister Gilbur fortbefördern können.

»Ich wollte«, sagte Terisa, schauderte fast, »wir wären irgendwie herauszufinden imstande, was wirklich passiert ist. Falls Ihre Überlegung stimmt, hat Meister Eremis Schloß Orison wahrscheinlich auf genau dem Weg verlassen wie die Männer, die mich überfallen haben.«

»Aber wer hat die Translation vollzogen?«

»Kann Vagel dahinter stecken? Jedenfalls kommt's mir jetzt neheliegend vor, wenigstens dann, wenn's wahrhaftig 'ne Methode gibt, um Personen in Mordant durch Imagomantie hin- und herzubefördern, ohne daß sie dabei verrückt werden.«

Der Adept warf die Hände in die Höhe. »*Ich* weiß es nicht. Jahrelang galt der Erz- und Großmeister als tot. Nun glaubt mit einem Mal jedermann, er lebt. Doch's mag sein«, — voller Anerkennung musterte er Terisa, und in seiner Stimme begann ein Anklang von Eifer mitzuschwingen —, »es gibt eine Möglichkeit, um aufzudecken, ob bei den Anschlägen auf Euch Imagomantie zur Anwendung gelangte, vielleicht gar«, — er beugte sich vor —, »um die Nützlichkeit meiner Erwägungen nachzuprüfen.« Terisa beobachtete ihn, während er erklärte, was er meinte. Aufregung machte sein Gesicht lebhafter und damit für sie immer attraktiver. »Offenbar gibt's noch sehr vieles, was wir über Imagomantie nicht wissen. Mancherlei ist in der Theorie anscheinend machbar, jedoch in der Wirklichkeit niemals erprobt worden. Um ein Beispiel anzuführen: Der Theorie nach dünkt's uns möglich, daß ein Imagomant aufgrund einer gewissen Gabe empfindsam für jenseitige Spiegel ist, will sagen, sobald er eine Stätte betritt, die man andernorts in einem Spiegel erblickt, spürt er selbigen Sachverhalt, er spürt, daß man ihn als Imago sieht. Dazu ist's freilich vonnöten, daß es die Imagines in der Tat gibt. Andernfalls wäre das, was man in einem flachen Glas sieht, lediglich das Abbild etwas Vorhandenen, und es ließe sich nichts spüren. Aber *sollte* jemand dessen fähig sein, so etwas zu fühlen«, — Geraden konnte nicht länger sitzen, er sprang auf —, »so ist's *auch* denkbar, daß er über die Fähigkeit verfügt, eine Translation von der anderen Seite aus zu vollziehen. Versteht Ihr, was das bedeutete? Er könnte eigenständig aus dem Imago an jenen Ort zurückkehren, an welchem sich der Spiegel befindet.«

Während er sprach, beschleunigte sich Terisas Herzschlag. Seine Erregung steckte sie an. »Wenn Sie recht haben«, sagte sie nachdenklich, »braucht's keine zwei Personen. Meister Gilbur könnt's allein schaffen. Er könnte auf Schloß Orison kommen und gehen, wie's ihm paßt.«

»Ja freilich«, bestätigte Geraden ungeduldig. »Aber das ist nicht das Wesentliche ... wesentlich ist vielmehr, daß es *möglich* sein mag.« In seinem Enthusiasmus packte er die Armlehnen ihres Stuhls, um ihr aus unmittelbarer Nähe ins Gesicht zu schauen. »Es könnte *Euch* möglich sein.« Unglückseligerweise verschätzte er sich, was den Abstand betraf. Ihre Stirnen krachten mit einem Geräusch gegeneinander, als brächen Knochen. »O Terisa, verzeiht mir, ich flehe Euch an!« plapperte Geraden sofort. »Um Vergebung, um Vergebung.« Eine Hand drückte er an seinen Kopf, den anderen Arm hielt er Terisa entgegen. »Seid Ihr unversehrt? Um Verzeihung.«

Für einen Sekundenbruchteil sah das ganze Zimmer aus, als stünde es in Flammen. Dann flackerte das heiße orangerote Feuer zu einem Gewaber der Pein in ihrem Blickfeld herunter, und ihr Schädel begann zu dröhnen, als hätte Geraden ihn als Gong benutzt. Der Zusammenprall war keineswegs wuchtig gewesen; aber ihr Kater verschlimmerte die Folgen. Sobald sie sicher war, daß ihre Stirn weder aufgeplatzt war noch blutete, schob sie Geradens flehentlich hingestreckte Hand beiseite. Zielstrebig stand sie auf, obwohl zwischen ihren Ohren ein komplettes Glockenspiel zu hallen schien, und gab ihm nach Kräften einen Tritt ans Schienbein. Zunächst starrte er sie an, als sei er der Überzeugung, sie hätte den Verstand verloren. Dann lachte er laut. »Ich habe Sie gewarnt«, nuschelte Terisa in ihrem Schmerz. Er begann zu verebben. Fast konnte sie sich selbst wieder hören. »Eine Entschuldigung pro Tag. Mehr gestehe ich Ihnen nicht zu.« Sie konnte nicht vermeiden, daß sie auch lachte. »Ich bin kein Adliger oder Meister, den Sie verarschen können.« Anscheinend stand Geraden vor Heiterkeit kurz vorm Zusammenklappen. »Bringen Sie mich bitte nicht zum Lachen.« Schwächlich nahm sie wieder auf ihrem Stuhl Platz. »Mir zerspringt der Kopf.«

Geraden holte tief Luft, um seine Erheiterung zu bändigen. Als er zu lachen aufgehört hatte, trat er nochmals vor Terisa, legte ihr eine Handfläche auf die Wange und küßte sie sachte auf die geprellte Stirn. Im ersten Moment dachte Terisa, danach werde er seine Lippen auf ihren Mund senken. Wäre sie das Pochen in ihrem Schädel zu unterbinden imstande gewesen, hätte sie den Kopf in den Nakken gebogen, um sich ihm halb entgegenzubewegen. So schnell jedoch ließ der Schmerz nun auch wieder nicht nach. Sie wußte nicht, ob sie erleichtert sein oder sich ärgern sollte, als sich Geraden auf seinen Stuhl setzte. »Terisa«, wiederholte er, »es könnte Euch möglich sein.«

Sie seufzte und schloß die Augen. Mit beiden Händen massierte sie sich den Nacken. »In Ihrem Kopf muß was angeknackst sein. Das ist die verrückteste Idee, die Sie bis jetzt gehabt haben.«

»Eigentlich durchaus nicht«, widersprach Geraden gutmütig. »Gewiß, 's ist lediglich eine Erwägung. Doch Ihr hegt ja den Wunsch, darüber Aufschluß zu erlangen, weshalb Ihr hier bei uns weilt … und wessen Ihr fähig seid. Leider ist's unmöglich, Euch zur Genüge in die zur Anfertigung von Spiegeln erforderlichen Kenntnisse einzuweihen, um zu klären, ob Ihr etwa eine herkömmliche Imagomantin seid. Die Meister lassen keinen Zweifel daran, daß sie's nicht dulden mögen, und das Laborium untersteht ihrer Gewalt. Aber's mag sein, daß Ihr eine andere Art von Begabung besitzt. Es mag sich dergestalt verhalten, daß selbige Gabe die Verursachung abgab, weshalb ich zu Euch verschlagen worden bin, anstatt zum Kämpen befördert zu werden, wie's nach den Regeln der Imagomantie hätte geschehen müssen. Wir könnten diesbezügliche Forschungen zu betreiben versuchen. Was haben wir denn zu verlieren?«

Terisa öffnete die Augen und musterte ihn angestrengt. »Das ist Ihr Ernst, was?« Er wirkte nicht wie jemand, der soeben gemeingefährlich verrückt geworden war. »Sie meinen, es gibt irgendeinen Weg, um zu überprüfen, was Sie sich da ausgedacht haben? Zu klären …?« Er nickte begeistert. *Aber's mag sein, daß Ihr eine andere Art von Begabung besitzt.* Auf einmal, völlig unvermutet, nahm sie ihr Kopfweh nicht mehr so wichtig. »Fast bin ich zu bange, um zu fragen, wie Sie sich das vorstellen.«

Wieder packte ihn höchste Aufregung, seine Augen glänzten. »Ich hoffe sehr, Euch ist vollauf klar«, sagte er, bemühte sich um Sachlichkeit, »daß ich über das alles so wenig wie Ihr weiß. Es handelte sich um Erwägungen theoretischer Natur. Die Mehrheit der Meister hätte daran gar kein Interesse. Das Herstellen von Spiegeln erfordert ein großes Maß an handfestem Forschen und Wirken.« Aber seine Begeisterung setzte sich voll durch, er sprang erneut vom Stuhl auf. »Wir brauchen jedoch lediglich die Stätte aufzusuchen, wo der Überfall stattgefunden hat. Sobald wir am rechten Ort sind, schlendert Ihr langsam ein wenig in der Umgebung umher und achtet aufs genaueste auf das, was Ihr empfindet.«

Die gefühlsmäßigen Regungen, die er bei ihr auslöste, waren Terisa so ungewohnt, daß sie nicht gewußt hätte, wie sie sie bezeichnen sollte. War es Furcht oder Tatendrang? »Was könnte ich denn für Empfindungen haben?« fragte sie; ihre Frage war vielschichtiger gemeint, als sie zum Ausdruck brachte.

»Wer kann's wissen?« stellte Geraden eine Gegenfrage, sich des Umfangs ihrer Verwirrung nicht bewußt. »Doch's ist wahrscheinlich, daß nur eine schwache Wahrnehmung auftritt. Mag sein, ein leichtes Ziehen? Der Eindruck, daß vor Euch etwas Verschwommenes ist? Ein Schwindelgefühl, wie man's hat, wenn man vom Rand einer Klippe in den Abgrund blickt? Solltet Ihr ganz und gar nichts verspüren, wäre das in keinerlei Hinsicht ein Beweis. Ihr mögt eine sonderliche Gabe besitzen oder nicht. Es kann Imagomantie im Spiel gewesen sein oder nicht.« Er lachte verhalten. »Wir können an der richtigen oder an der falschen Stelle sein. Aber *wenn* Ihr irgend etwas spürt ...« Sichtlich gab er sich Mühe, gelassen zu erscheinen. »*Das* dürfte von allerhöchstem Interesse sein. Wollt Ihr's wagen? Sollen wir uns auf den Weg machen?«

Für einen geraumen Moment fühlte Terisa sich zum Antworten außerstande. Fast war ihr, während sie ins Kaminfeuer starrte, als höre sie eine Stimme sagen: Das ist das Dümmste, was ich heute von dir gehört habe. Vergeude nicht meine Zeit. Die Stimme ähnelte stark der Stimme ihres Vaters. Und sie wußte, was ihre Mutter jetzt gesagt hätte: Kleine Mädchen tun solche Sachen nicht.

Solche Sachen. Wenn Geraden nun recht hatte? Falls er sich irrte, entstand daraus kein Problem. Nichts würde sich in ihrem Leben ändern. Aber wenn er recht hatte … Sie könnte nie wieder dieselbe Person sein.

»So einfach ist das nicht«, sagte sie endlich leise. »Ich bezweifle, daß ich die Stelle wiederfinden kann. Ich bin nur einmal dort gewesen. Und … ich war in Gedanken bei anderen Angelegenheiten.«

Seinem kurzen Zögern, ehe er antwortete, ließ sich entnehmen, daß er Terisa äußerste Aufmerksamkeit schenkte, sich im klaren war über die Wichtigkeit des Gesprächsstoffs. »Diese Schwierigkeit ist zu beheben«, versicherte er nachdenklich. »Wir können Artagel um Hilfe ersuchen. Er dürfte sich an die rechte Stelle entsinnen.« Unterdrückt wiederholte er die vorhin geäußerte Frage. »Terisa, was habt Ihr zu verlieren?«

Mich, wollte sie schon entgegnen. Wer bin ich? Doch das kam ihr auf unmögliche Weise melodramatisch vor. Warum nahm sie alles so ernst? Als Mittel gegen den Kopfschmerz bewährte dieser Denksport sich bestens: Der Kopf tat ihr noch weh, aber sie konnte die Beschwerden mißachten. Aber die Gefahr, die ihr — allem Anschein nach — soviel Sorge bereitete, war so unwahrscheinlich, daß sie ihre Besorgnis als albern abzutun imstande sein müßte. Sie sollte wirklich mehr gesunden Menschenverstand haben. In der Absicht, ihm eine schnoddrige Antwort zu geben, schaute sie Geraden an. Das Eindrucksvolle seines Gebarens jedoch bewog sie zum Schweigen; er betrachtete sie wie jemanden, der davor stand, sein Leben zu riskieren. Er hatte sich auf eine höhere Ebene des Einfühlungsvermögens emporgerungen, mit seiner Eindringlichkeit vermochte er nun direkt auf den Kernpunkt ihrer Furcht abzuzielen. »Wüßte ich, wie ich's vermöchte«, sagte er mit rauher Stimme, als quölle er insgeheim vor Mitleid über, »würde ich Euch in Eure Welt zurückbefördern. Das ist Euch wohlbekannt.«

Im ersten Augenblick stieg Terisa so etwas wie Gram in

die Kehle. Geradens Blick bezeugte, daß er sehr wohl darüber Klarheit besaß, was sie bereits verloren hatte. Sie war durch ihn schon um ihr früheres Leben gebracht worden. Jetzt verlangte er von ihr, auch ihr geringes Selbstverständnis in die Waagschale zu werfen, das wenige, was sie über sich selbst wußte. »Ja, ich weiß«, meinte sie, lächelte mit Mühe. »Erlauben Sie sich bloß nicht, sich wieder mal zu entschuldigen.« Sie stand auf. Was auch geschah, sie hatte auf keinen Fall vor, auch noch seine Freundschaft aufs Spiel zu setzen. »Vielleicht tut's mir gut, mich damit zu beschäftigen.«

Geradens Gesicht strahlte dermaßen vor Freude, daß Terisa fast wieder zu lachen anfing.

Sie fanden Artagel in einem Flur in der Nähe des Turms. Inzwischen hatte Terisa gemerkt, daß das Bewegen ihren Kopfschmerz erst einmal verschlimmerte; nach und nach jedoch reinigte ihr offenbar die belebte Blutzirkulation das Gehirn, und sie begann sich besser zu fühlen. Während sie an Geradens Bruder dachte, fragte sie sich, ob er sich bei ihrer Bewachung an irgendein System hielt. Der Flur, in dem sie ihn antrafen, war für ihre Begriffe kein sonderlich überzeugender Standort für einen Leibwächter. Jedenfalls bereitete es ihnen keine Umstände, ihn zu finden.

Er begrüßte Terisa mit einer humorvollen Verbeugung und einem kameradschaftlichen Frotzeln über ihr beeinträchtigtes Aussehen. Geraden nahm sie mit gespielter Entrüstung in Schutz und mußte für sein Eintreten einen Hieb gegen die Schulter hinnehmen, der allerdings harmlos blieb. Anschließend legte Geraden ihr Vorhaben dar, ließ dabei jedoch, wie Terisa festzustellen glaubte, wesentliche Einzelheiten aus — und bat Artagel um Unterstützung.

Artagel geriet darüber stärker in Grimm, als Terisa es je erwartet hätte. »Du magst für den Glücksfall dankbar sein«, schnauzte er Geraden an, »daß die Edeldame Terisa sich *nicht* genau an jene Stätte entsinnt. Ist dir dein Hirn unter den Trümmern weich geworden? Oder hast du vielleicht schlichtweg *vergessen,* daß sie dort unten durch Fechtschüler von des Großkönigs Monomach überfallen ward? Es ist sogar möglich, daß sich Gart selbst bei ihnen befand.« Kurz schweifte er ab. »Fürwahr, 's wäre mir Grund zum Mißbehagen, hätte irgendein anderer mir einen so harten Kampf geliefert.« Dann kam er auf das Thema zurück. »Was hättest du getan, wäre es nun zu einem erneuten Anschlag gekommen? Die Meuchler höflich gebeten, sich doch hinfortzuheben?«

»Nicht unbedingt.« Anscheinend machte der Unmut seines Bruders wenig Eindruck auf Geraden. »Ich neigte dazu, sie zu bitten, sie möchten doch gütigst warten, bis du dich zu uns gesellt hast. Indessen bezweifle ich, daß man uns überfallen wird. Man dürfte schwerlich auf uns vorbereitet sein. Unsere Gegner können nicht wissen, was wir tun, und sie hocken gewißlich nicht *allzeit* vor ihrem Spiegel und lauern drauf, daß sie zufällig ein lohnenswertes Opfer ihrer Mordpläne erspähen. Wir werden sicherlich ungefährdet bleiben.«

Widerwillig ließ Artagel sich besänftigen. »Du bist allzu schlau, um recht zu haben. Doch wie sich's ergibt, weiß ich heute morgen nichts Gescheiteres anzufangen.« Ohne sichtbare Mühe streifte er seine Verärgerung ab und lächelte Terisa zu. »Edle Dame«, meinte er förmlich, bot ihr seinen Arm an, »wollen wir gehen?« Als sie den Arm ergriff, widmete er Geraden ein Grinsen gutmütigen Grolls und führte Terisa davon, ließ Geraden hinterhertrotten. Während er folgte, trug Geradens Gesicht einen Ausdruck einseitiger Zuneigung zur Schau. Immerhin hatte er, überlegte Terisa, sechs ältere Brüder, und wahrscheinlich machten sich alle daraus einen Spaß, ihn aufzuziehen. Wie er jetzt aussah, bestärkte er Terisas Zuversicht. Er und Artagel erleichterten es ihr, daran zu glauben, daß sie richtig handelte.

Doch als sie in die unbenutzten feuchten Gänge zwischen den Fundamenten Schloß Orisons zurückkehrte, begann ihr anders zumute zu werden. Sie hatte nun einmal keine angenehmen Erinnerungen an diese Räumlichkeiten. Das unaufhörliche Tröpfeln von Wasser hatte etwas Unheilvolles an sich, und obwohl genug Laternen brannten, um es Artagel zu ermöglichen, den Weg zu finden, verliehen ihr verstreuter, entfernter Widerschein auf den Pfützen und Wasserlachen des Fußbodens dem Stein ein irgendwie bösartiges Aussehen, als lägen unter den Spiegelungen finstere Geheimnisse verborgen. Das Echo der Stiefelabsätze brach die Stille bis in Seitengänge und hinter Biegungen, bis Terisa sich unsinnigerweise sicher fühlte, sie würden belauert. Die Wärme des Tages erreichte diese Tiefen niemals, und sie empfand die Luft als noch kälter, als sie sie in Erinnerung hatte; bestimmt war noch mehr von der allgegenwärtigen Nässe zu Eis gefroren. Sobald sie oder einer ihrer Begleiter die starre Oberfläche einer vereisten Pfütze zertrat, knisterte und knackte das Eis wie Flammen.

Und falls Geraden recht hatte, sie durch irgendeinen dunklen Zufall tatsächlich über die Art von Talent verfügte, wie sie von Geraden beschrieben worden war... Sie klammerte sich fester, als sie selbst es so recht merkte, an Artagels Arm. Anscheinend in der Annahme, sie fröre, schlug er ihr den Saum seines grauen Umhangs um die Schultern.

»Wer jenen fraglichen Spiegel auch gefertigt haben mag«, sagte Geraden (er redete wie jemand daher, der im Wald vor sich hinpfeift, um seine Angst in Schach zu halten), »entweder war ihm das Glück aufs außerordentlichste hold, oder er muß ein überaus tüchtiger, kundiger Mann sein. Schwerlich ist's vorstellbar, daß jemand *zufällig* einen Spiegel geschaffen haben sollte, welcher diesen Teil Orisons zeigt. Andererseits ist's nicht unbedingt leicht denkbar, wie er ihn vorsätzlich angefertigt haben könnte. Selbst die herausragendsten Meister müssen Jahrzehnte der Forschung aufwenden, um die von ihnen erwünschten Spiegel herstellen zu können.«

»Ich hoffe, Sie wissen, was Sie tun«, murmelte Terisa nervös. »Ich fühle mich dabei gar nicht wohl.«

Artagel drückte sie flüchtig. »Wahrscheinlich weiß er's. Die einzige Gelegenheit, bei welchselbiger man sich Sorgen machen muß, liegt dann vor, wenn er sich gebärdet, als hätte er alles zur Gänze in der Hand.«

Terisa hätte Geraden gern etwas darauf entgegnen gehört, doch er schwieg. »Wer kümmert sich um diese Laternen?« erkundigte sie sich einen Moment später.

Artagel zuckte die Achseln. »Gesinde.«

»Aber warum?« hakte Terisa nach. »Steht dieser ganze Bereich denn nicht leer?«

»Nun, gänzlich *leer* sind sie freilich nicht. Ich habe vernommen, daß viele dieser feuchten kalten Kammern als Weinkeller Verwendung finden. Wüßten wir nur, welche's sind, so vermöchten wir selig zu sterben. Und ich weiß mit Gewißheit, daß der Kastellan Teile dieser Gewölbe nutzt, um mit Schloßwächtern deren Aufgaben einzuüben, besonders im Winter. Außerdem«, — sein Tonfall wurde ironisch —, »haßt er das Dunkel. Ihm ist zuzutrauen, daß er hier Lampen anbrächte, auch wenn sie niemandem als Dienern nützlich wären, die bloß einmal im Jahr kämen, um sie aufzufüllen.«

Der Gedanke an Kastellan Lebbick munterte Terisa nicht gerade auf. »Wie weit ist's noch?« fragte sie.

»Wir sind fast dort.« Artagels Stimme klang gleichmütig, doch als Terisa ihn anschaute, sah sie dem Hin- und Herhuschen seines Blicks, den Bewegungen seines Kopfes höchste Wachsamkeit an. »Lebbick muß befohlen haben, den Boden zu säubern. Sonst könntet Ihr nun bereits das Blut sehen.«

Er behielt recht. Nach einem Dutzend weiterer Schritte begann das Aussehen des Gangs mit den ihrem Gedächtnis eingeprägten Einzelheiten übereinzustimmen, obwohl die Blutspuren fehlten. »Hier«, sagte sie leise. Zwar wußte sie, daß Spiegel keine Töne übermittelten; trotzdem beunruhigte sie stark die Vorstellung, womöglich von Personen mit üblen Absichten belauscht zu werden. Hier war es gewesen. Fast glaubte sie, Nachschwingungen ihrer Furcht, vom Überfall des Manns in Schwarz zurückgebliebene Vibrationen wahrnehmen zu können. »Hier war's.«

»Ja.« Artagel blieb stehen, drehte sich um. Er schob Terisa rückwärts, bis sie mit dem Rücken an die Mauer stieß. »Da habt Ihr gestanden.« Mit einer Geste deutete er den Gang hinab. »Dort fand der Kampf statt.« Die zwielichtige Beleuchtung machte seine Miene ebenso grimmig wie seinen Tonfall. »Herr Perdon und Prinz Kragen eilten aus der anderen Richtung herbei. Sie waren unsere Rettung.« Unvermittelt wandte er sich an seinen Bruder. »Ich bin mir keineswegs darin sicher«, knirschte er, »daß du dir darüber im klaren bist, daß der Schuft, wer er auch gewesen sein mag, mich niedergerungen hat ... Beim letzten Mal, als mir derlei widerfuhr, war ich erheblich jünger, als du's heute bist.«

Auf Geradens Stirn gleißte schwach Lampenschein, als schwitze er trotz der Kälte. »Aus irgendeinem nicht näher erfindlichen Grund hege ich die Überzeugung«, sagte er halblaut, »daß du eine Gelegenheit erhalten wirst, um dich nochmals mit ihm zu messen. Bloß hoffe ich, daß es nicht in dieser Stunde dazu kommen wird. *Ich* bin gewißlich kein geeigneter Mann, um auf deiner Seite als Retter einzugreifen. Aber das sind nicht jene Überlegungen, welche uns hergeführt haben.« Er trat an seinem Bruder vorbei auf Terisa zu, schaute sie durch die Düsternis an. »Wir müssen die genaue Stelle der Translation entdecken ... Stets vorausgesetzt, es hat eine Translation stattgefunden. Aus welcher Richtung haben sich die Angreifer genaht?«

Terisa schloß die Lider. Sie war mit Prinz Kragen den Gang hinabgestrebt. Sie hatten über Prinzessin Elega gesprochen. Ein Leibwächter war vorausgegangen; einer hinter ihnen gefolgt. Sie hatte ein ganz leises Geräusch von Leder gehört — von einem Schwert, das jemand aus der Scheide zog? Dann hatten die Männer sich auf sie und ihre Begleiter gestürzt. Wegen des schwarzen Leders ihrer Brustpanzer waren sie schwer zu sehen gewesen. Deutlicher hatte man — aufgrund des Laternenscheins, den sie widerspiegelten — die gezückten Schwerter sehen können … »Dort«, flüsterte Terisa und schlug die Augen auf. Sie deutete auf etwas, bei dem es sich anscheinend um einen finsteren Nebengang handelte, der diagonal zu dem Gang verlief, in dem sie standen. »Dorther sind sie gekommen.«

»Nun denn.« Auch Geraden flüsterte, als befürchte er, belauscht zu werden. »Laßt uns einen Blick tun.«

Sein Atem hinterließ in der Luft einen Dunstschwaden, als er sich entfernte. Artagel zog das Schwert. Die Klinge schien selbst der kleinsten Bewegung seines Handgelenks zu gehorchen. Mit der freien Hand nahm er Terisa am Arm, und sie schloß sich mit ihm Geraden an. Vor ihnen war es stockfinster. Wenn dort wirklich ein Seitengang lag, war er vermutlich zu kurz, als daß man darin Laternen aufgehängt hätte. Die Helligkeit, die aus dem Gang hineinfiel, reichte nicht weit. »Möchtest du warten«, fragte Artagel nach einem Moment, »derweil ich uns Licht verschaffe?«

»Nein«, zischelte Geraden. »Sollte ein Spiegel auf diesen Winkel gerichtet sein, könnten wir durch Licht nur um so leichter gesehen werden.« Artagel nickte. Er behielt Terisa zwischen sich und der Wand, um die Zahl der Richtungen zu reduzieren, aus der man sie angreifen konnte. »Befleißigt Euch der äußersten Aufmerksamkeit«, sagte Geraden über die Schulter zu ihr. »Die Stelle der Translation könnte überall sein. Versucht sie zu erfühlen. Verdrängt alles andere aus Eurer Wahrnehmung, versucht sie zu spüren.«

»Tun Sie das gleiche«, erwiderte Terisa. Ihr Flüstern klang heiser. »Ich bin nicht der einzige, der nicht weiß, welche Fähigkeiten er hat.«

Für eine Sekunde stockte Geradens Schritt. »Wohlgesprochen.« Artagel widmete Terisa ein Lächeln, das sie in der immer schwärzeren Finsternis, in die sie vordrangen, kaum erkennen konnte.

Das ist Albernheit, versuchte Terisa sich einzureden. Alle drei waren sie erwachsene Menschen, und trotzdem tappten sie hier durch einen nachtschwarzen Gang, suchten einen bestimmten Punkt in der Luft, im Stein oder sonstwo, der den Effekt haben könnte, daß einem von ihnen sich die Haare sträubten. Sie mußten bescheuert sein. Wäre jetzt irgend jemand auf sie zugesprungen, hätte *Buh!* geblökt, sie hätte vor Entsetzen geschrien. Bei diesem Gedanken war ihr auf einmal zum Kichern zumute.

Das lenkte sie ab. Sie merkte nicht, was geschah, bis ein Hauch von Kälte, leicht wie eine Feder und doch scharf wie Stahl, ihr geradewegs mitten durch den Unterleib zu gleiten schien. Ehe sie reagieren, einen Warnruf ausstoßen konnte, trat ein Mann aus der Wand. Sein Körper fühlte sich wie ein Steinklotz an, als er wuchtig mit Terisa zusammenprallte und sie gegen Artagel warf. Artagel umklammerte ihren Arm. »Zurück!« fuhr er auf. »Zurück ins Licht!« Er gab ihr einen Schubs. Sofort verschwand die Kälte.

Terisa bemerkte den Unterschied nicht. Sie taumelte, errang das Gleichgewicht wieder. Wo war Geraden? Jeder Muskel ihres Körpers schien auf Flucht eingestellt zu sein, aber sie drehte sich um, sah Artagel seinen Bruder hinter ihr herschubsen, während er einer schattenhaften Gestalt mit seiner Klinge drohte. Eilig lief Terisa zurück in den Gang mit den Laternen. Geraden war schneller. Als sie den Gang erreichte, befand er sich bereits an ihrer Seite. Er führte sie nach rechts, auf die nächste Laterne zu. Durch ihren Schwung stolperten sie beide bis zur gegenüberliegenden Wand, an die Stelle, wo sie gestürzt war, darauf gewartet hatte, daß der Mann in Schwarz sie erschlug. Dort wirbelten sie herum, um zu sehen, was sich hinter ihnen abspielte.

Artagel trat ins Helle, immer noch zwischen sich und

der schemenhaften Gestalt das Schwert erhoben. Nein, es war nicht nur eine Gestalt; Terisa sah zwei Gestalten. Drei. Vier. Sie bewegten sich langsam, schwerfällig; die Bedrohlichkeit von Artagels Klinge schreckte sie nicht ab.

Vier. Das war ziemlich gefährlich. Doch wenigstens kamen nicht noch mehr. Als sie in den Lichtschein gelangten, sah man, daß sie tatsächlich Köpfe, Gesichter und Glieder von Menschen hatten. Ihre Nacktheit zeigte die Körper von Männern. Sie hielten die Arme vor sich wie zur Umarmung ausgestreckt. Die Augen jedoch waren leblos. Und unter der Haut regten sich sichtlich Beulen in Faustgröße — Beulen, die keine Muskeln sein konnten. Allerdings trugen die Gestalten keine Waffen. Und ihre Bewegungen liefen so bleiern ab, daß es Artagel unmöglich Schwierigkeiten bereiten konnte, mit ihnen fertigzuwerden.

Artagel wich in die andere Richtung zurück, hatte offenbar vor, die Gestalten hinter sich her und so fort von Geraden und Terisa zu locken. Diesmal fehlte sein kämpferisches Grinsen. Hinter der Fassungslosigkeit in seinem Blick deuteten seine Augen Grauen an.

Aber die vier Gestalten übersahen ihn. Sobald sie den Nebengang verließen, kamen sie auf Terisa und Geraden zu. Artagel rief ihnen etwas zu, um ihre Aufmerksamkeit auf sich zu ziehen. Auch darauf achteten sie nicht. Sie mochten taub sein. Mit hölzern-eckigen Bewegungen stapften sie auf ihr angestrebtes Ziel zu.

Um sie aufzuhalten, griff Artagel sie an. Sein Schwert sauste und blitzte, fuhr mit solcher Kraft auf ein Handgelenk der vordersten Gestalt herab, daß Terisa zusammenzuckte, die Hand auf den Steinboden klatschen zu sehen erwartete. Doch die Hand fiel nicht ab. Kein Blut spritzte. Statt dessen schälte sich da, wo die Klinge das Gelenk zertrennt hatte, die Haut zurück, enthüllte dort, wo die Knochen der Hand hätten sitzen müssen, ein Insekt, das einer übergroßen Küchenschabe glich. Die Haut verwelkte regelrecht; das Insekt plumpste vom Stumpf des Handgelenks auf den Boden. Eine Sekunde lang tastete es mit den Fühlern in der Luft, ließ die Zangenkiefer schnappen, dann huschte es in Terisas und Geradens Richtung. Gleichzeitig wand sich ein zweites derartiges Insekt aus dem Gelenk der Gestalt, die heranschwankte; die Haut des Handgelenks schrumpfte zusammen, als hätten ausschließlich die darin versteckten Schaben die Lebendigkeit des Gewebes gewährleistet.

Jetzt hätte Terisa wirklich geschrien, wäre sie noch ihrer Stimme mächtig gewesen. Doch das Insekt am Boden war flinker als der klotzhafte Leib oder Wirtskörper, in dem es verborgen gewesen war, und Geraden hatte sie schon angeschrien, am Arm gepackt, sie fortzuziehen versucht; und irgendein Überbleibsel der schneidend-eisigen Kälte, die dem Erscheinen der Gestalten vorausgegangen war, schien ihr den Brustkorb zusammenzupressen, so daß sie kaum zu atmen vermochte.

Während das zweite Insekt ebenfalls vom Handgelenk der Gestalt auf den Boden fiel, zwängte sich eine dritte Schabe aus ihrem Unterarm.

Terisa blieb dazu außerstande, den Blick vom Geschehen zu wenden. Geraden mußte sie rückwärtszerren. Sie sah den stärksten Ekel in Artagels Augen, als er erneut vorsprang und angriff.

Ein kraftvoller Schwertstreich traf die letzte Gestalt am Halsansatz in die Schulter, die Klinge drang bis tief in die Brust der Männergestalt ein. Artagel schlug noch einmal zu — so rasch, daß der zweite ein Teil des ersten Hiebs zu sein schien —, die Klinge fuhr von der anderen Seite mörderisch tief zwischen die Rippen. Noch immer floß kein Blut. Der Mann brach nicht zusammen. Sein Oberkörper platzte auf wie eine morsche Schote. Der Kopf wies unverändert starr nach vorn; auch weiter folgten die Beine mit steifen, schwerfälligen Schritten den anderen Gestalten durch den Gang — und Aberdutzende von Schaben purzelten aus dem gespaltenen Brustkorb, dem zerhauenen Leib.

Einen Augenblick lang wimmelten die Tiere durcheinander, als nähmen sie eine Witterung auf. Dann näherten sie sich wie ein Blutrinnsal Terisa und Geraden.

Plötzlich barst der Kopf der Gestalt, verstreute eine Traube von Insekten zwischen die Tiere auf dem Fußboden. Danach verloren die Beine ihre Zielstrebigkeit. Die Gestalt torkelte seitwärts, prallte gegen die Mauer und kippte um, während immer mehr riesige Schaben aus den zerbröckelten Überresten von Taille, Hüften und Schenkeln schwärmten. Gleich darauf war davon nichts übrig als ein Gewimmel von Insekten. Terisa hörte Artagel in erbitterter Verzweiflung fluchen, als stünde er dicht davor, sich zu erbrechen.

»Terisa!« Geraden zog sie am Arm. »Lauft!« Wie gebannt vom Angriff Artagels und dem Resultat, hatte Terisa nicht bemerkt, wie sehr sie Geraden zur Last fiel, wie zügig die Insekten näher rückten. Schon hatten die ersten Viecher beinahe den Saum ihres Kleids erreicht. Sie keuchte auf, fuhr herum. Sie lief einige Schritte weit, lief rasch und mit allem Einsatz. Aber dann erlag sie dem schier unwiderstehlichen Drang, sich umzudrehen, um sehen zu können, was sich ereignete ... Artagel hatte das Schwert in die Scheide gesteckt. Mit verbissener, bleicher Miene, die Unterlippe zwischen den Zähnen, folgte er einer der drei restlichen Gestalten, bückte sich behende und klammerte die Hände um die Fußknöchel, unter deren Haut es sich rührig tummelte, und riß sie kräftig nach hinten. Der Mann stürzte mit der langsamen, trägen Gewichtigkeit eines gefällten Baums vornüber. Als er auf den steinernen Fußboden prallte, barst sein ganzer Leib auf, setzte sämtliche Insekten, die sich in seinem Fleisch drängten, mit einem Schlag frei. Die Tiere bedeckten den Fußboden des Gangs von Wand zu Wand. Lampenschein glänzte und glitzerte auf den dunklen Rücken; sie bildeten eine Art breiter Marschsäule, strömten rasch vorwärts, in Erwartung des Fleischs ihrer Opfer ruckten und zuckten die Zangenkiefer. Erneut ergriff Terisa die Flucht. Geraden hielt Anschluß. »Wir können zur Genüge Abstand halten«, schnaufte er. Sein Brustkorb hob und senkte sich mühsam, er rang um Atem. »Zaudert nicht. Wir vermögen ihnen voraus zu bleiben.«

»Wie lange?« Terisas Herz schien zu glühen, als wäre sie bereits etliche Kilometer weit gerannt. Ihr war, als müsse sie an Kälte und Furcht ersticken. »Wie weit können Sie laufen?«

»Weit genug«, versprach er grimmig. Doch seine Stimme klang, als schmerze ihn jeder Atemzug, den er nahm, in den Lungen.

In der Nähe einer Laterne blieb Terisa stehen und schaute sich um. Sie und Geraden hatten von den vordersten Schaben sechs oder neun Meter Distanz gewonnen. Aus ihrem jetzigen Blickwinkel schien der gesamte Boden des Gangs bedrohlich zu brodeln, indem die Insekten vorwärtskrabbelten. Dahinter krachte soeben die Gestalt, die Artagel zuerst angegriffen hatte, auf den Fußboden, die letzten der Insekten, die sie beherbergt hatte, schwärmten aus ihr hervor. Die nun noch übrige Gestalt beschleunigte die Schritte, um mit dem Strom der Insekten, die wie auf Jagd daherstrebten, mithalten zu können.

Artagel folgte, als befände er sich in Raserei. »Geraden!« Sein Zuruf hallte durch den Gang, Echos verzerrten ihn zu etwas, das einem Geheul ähnelte. »Was kann ich tun? Sag mir, was zu tun ist!«

»Nein«, japste Terisa. Sie schnappte nach Luft, aber ihre Furcht war zu groß, als daß sie richtig zu atmen imstande gewesen wäre. »Ich kann nicht weit genug laufen. Wir wissen nicht, wohin wir gelangen. Wenn wir flüchten, werden wir diese Tiere bloß hinauf ins Schloß führen.«

Geraden warf ihr einen Blick tiefster Betroffenheit zu.

»Wir müssen sie irgendwie bekämpfen«, sagte Terisa, als rede statt ihr eine völlig Fremde, die keinerlei Begriff von der Panik hatte, die Terisas Herz zum Hämmern brachte, der Furcht, dem Abscheu, der ihr fast den Magen umdrehte. »Wir müssen sie bekämpfen.«

Für einen Moment, während die Schaben unablässig herankrochen, schaute Geraden sie nur an, als werde er gleich zu schluchzen anfangen. Da stieß er auf einmal einen unartikulierten Brüllton aus, als versuche er sich an einem Schlachtruf, und sprang zu der Laterne. Ohne darauf zu achten, daß das erhitzte Eisen ihm die Hände versengte, riß er sie von ihrem Haken und schleuderte sie den Insekten entgegen. Sie zersprang beim Aufprall, brennendes Öl schwallte heraus, und ein Dutzend oder mehr Kreaturen fingen Feuer. Sie brannten fast augenblicklich, gaben Stichflämmchen ab, als hätte man Fackeln angezündet; sie mußten durch irgend etwas leicht entzündlich sein. Nach zwei, drei Sekunden war von ihnen nichts übrig außer verkohlten Rückenschildern ...

... und schwarzem Dunst, der sich in die Luft erhob und schnell ausbreitete.

Er roch wie eine starke Mischung aus Formaldehyd und halbverdautem Fleisch, drang in Terisas Kehle und Lungen wie Säure. Sie würgte, krümmte sich: Die Krämpfe, die ihre Brust schüttelten, waren viel zu stark, als daß sie hätte husten können. Durchs Erlöschen der Laterne war es im Gang düsterer geworden, aber aus ihrer verkrümmten Haltung konnte Terisa sehen, wie die vordersten Insekten flink näher krabbelten, unbeeindruckt von ein paar Verlusten. Sie mußte flüchten, *mußte* laufen ... Aber sie blieb dazu außerstande. Es erwies sich als unmöglich. Sie konnte sich gegen die Krallen des schwarzen Dampfs in der Brust, die sie festhielten, nicht wehren.

Obwohl Geraden selbst so heftig würgte, daß man hätte meinen können, ihm müßten davon die Rippen brechen, schaffte Geraden es, die Arme um Terisa zu schlingen, und irgendwie brachte er genug Kraft auf, um sie von den Füßen zu heben. Ihr zusammengekrampftes Gewicht unbeholfen umklammert, torkelte er durch den Gang, versuchte erneut von den Insekten Abstand zu gewinnen. Nach einigen Metern stellte er Terisa zurück auf die Beine, um zu sehen, ob sie wieder fähig sei, sich aus eigener

Kraft aufrechtzuhalten. Terisa saugte mit einem Ächzlaut fast gewaltsam Luft in die Lungen, und die Verkrampfung des Brustkorbs löste sich. Ohne Geraden loszulassen — sie brauchte den Halt an ihm —, floh sie noch ein ganzes Stück weiter, bevor sie sich abermals umwandte, genau rechtzeitig, um zu sehen, wie Artagel wie ein Verrückter mit einer Laterne angerannt kam, die er aus der anderen Seite des Gangs geholt haben mußte, und sie dem letzten der vier Angreifer an den Kopf warf. Er hatte keine Ahnung von der Gefährlichkeit seines Vorgehens; er war zu weit entfernt, um richtig beobachtet haben zu können, wie der Dampf auf Terisa und Geraden gewirkt hatte. Doch Terisa vermochte ihm keine Warnung zuzurufen. Ihre wie aufgerauhte Kehle konnte mit knapper Not seinen Namen raunen, als die Laterne die Gestalt traf, das Glas zersplitterte, die ungefüge Gestalt entflammte, plötzlich dermaßen heftig loderte, als lohe sie von innen her — und die schwarzen Ausdünstungen zahlreicher verkohlter Insekten quollen Artagel entgegen, umwallten ihn, hüllten ihn ein, und er sackte nieder, nicht anders, als hätte ihm jemand ein Schwert in den Leib gerammt. »Artagel«, krächzte Geraden. *»Artagel.«*

Terisa beobachtete Artagel und die Insekten, während sich ihre Furcht in kalte gallige Wut umwandelte. Diesmal war sie es, die Geraden am Arm faßte und mitzog. »Kommen Sie!« Ihre Stimme glich einem schmerzhaften Schrammen im Hals, aber irgendwie schien die Eiseskälte ihr nun zu helfen, die scheußliche Wirkung des schwarzen Dampfs zu vertreiben. »Kommen Sie *weiter.*« Voraus sah sie den Gang zu einem T werden, nach rechts und links abzweigen. Sie hatte den Eindruck, daß von der rechten Seite mehr Helligkeit einfiel als aus dem linken Nebengang. Als sie das T erreichte, vergewisserte sie sich, daß im rechten Seitengang tatsächlich nahebei eine Laterne hing. Erst danach ließ sie Geradens Arm los. Die Schaben hatten es auf sie abgesehen. Sie waren durch denselben Spiegel gekommen, den der Mann in Schwarz benutzt hatte, um seine Attentate auf sie auszuführen. Sie war die einzige ihr bekannte Person, von der sie wußte, daß sie tatkräftige Feinde hatte. »Nehmen Sie die Laterne«, röchelte sie Geraden zu. »Ich locke das Viehzeug hinter mir her.« Er starrte sie an, als hätte das Zusammenbrechen seines Bruders ihn den Verstand gekostet. Terisa versetzte ihm einen nachdrücklichen Stoß. »*Geh'n* Sie! Ich locke die Tiere mir nach. Sie folgen ihnen. Mit jeder Laterne, an der wir vorbeikommen, können Sie ein paar mehr vernichten. Bloß atmen Sie den Dampf nicht ein.«

Anscheinend begriff er endlich; indem er den Schaben um einige Schritte voraus blieb, betrat er den rechten Nebengang. Terisa wich rückwärts vor den Insekten zurück, um sehen zu können, was Geraden tat, nahm den linken Seitengang.

Unglücklicherweise stellte sich ihre Vermutung als falsch heraus. Der gesamte Schwarm mißachtete sie vollständig und eilte Geraden hinterdrein.

Geraden! Terisas Zorn machte restlos Entsetzen und Ratlosigkeit Platz. Alle Kräfte schienen sie zu verlassen; beinahe wäre sie auf die Knie gesunken. Langsam hob sie die Hände an den Mund, Furcht verschleierte ihr die Sicht.

Geraden bemerkte die Gefahr nicht, bis er bei der Laterne stand, sie vom Haken hob und sich umdrehte. Da erst sah er die ganze Masse der Insekten an seinen Fersen. Innerhalb eines Augenblicks verdrängte äußerstes Grausen den Ausdruck trotziger Streitbarkeit aus seiner Miene. Seine Hände senkten die Laterne; es sah aus, als werde sie ihnen entfallen.

Ein Knie Terisas knickte ein. Sie verlor das Gleichgewicht, sackte auf den Fußboden, zerbrach die Eisschicht auf einer großen Pfütze. Wasser tränkte ihr Kleid. »Terisa!« hörte sie einen gellenden Schrei Geradens. »Holt Hilfe!« Aber sie befand sich nicht einmal noch auf den Beinen.

Doch sie beobachtete ihn, behielt ihn mit allem, was sie noch an Willenskraft hatte, im Augenmerk, sehnte sich in stummer Verzweiflung danach, jetzt bei ihm zu sein, nach ihm — da sah sie Großmeister Havelock an seiner Seite erscheinen, einen Lichtstrahl auf den Vormarsch der Schaben richten.

Anscheinend hatte der irrsinnige alte Imagomant genau zu diesem Zweck in dem Nebengang gewartet. In seinen Augen tanzten und gaukelten Spiegelungen und Glanzlichter wie Wahnwitz, seine Bewegungen jedoch hatten nichts von der zerstreuten Hektik und hysterischen Blindwütigkeit an sich, wie sie sie vorher bei ihm bemerkt hatte; statt dessen fielen sie sicher und geschickt aus, fast ruhig. Mit einer Hand packte er Geraden am Kragen und riß ihn zurück; mit der anderen Hand lenkte er den Strahl auf das Getümmel von Schaben.

Terisas Gemütszustand war für Überraschung nicht länger empfänglich, folglich nahm sie es nachgerade als selbstverständlich hin, daß die Waffe des Großmeisters dasselbe kleine Stück Glas war, das er bereits verwendet hatte, einmal um den Weg durch die Geheimgänge zu erleuchten, das zweite Mal, um ihr das Leben zu retten. Jetzt aber verschoß der kleine Spiegel weitaus heißeres Licht; es mußte die Temperatur von Feuer haben. Es entzündete die Insekten noch wirkungsvoller als brennendes Öl. Sie lohten auf und verbrannten augenblicklich, knatterten beim Verglühen wie Knallfrösche.

Gleich darauf wogte qualmiger schwarzer Dunst so dicht, so dick durch den Gang, daß er den Lichtschein von Geradens Laterne verdunkelte. Nur Großmeister Havelocks Glutstrahl leuchtete hell genug, um durch die plötzliche mitternächtliche Schwärze sichtbar zu sein, während der Strahl über den Fußboden wanderte und Insekten zu Hunderten einäscherte. Im letzten Moment dachte Terisa daran, den Atem anzuhalten.

Für eine Zeitspanne, die sie als recht lange empfand — obwohl sie wahrscheinlich nur ein, zwei Dutzend Sekunden umfaßte —, schwenkte der Lichtstrahl aus dem Glas des Großmeisters rasch, aber systematisch über den Boden hin und her, verkochte die Feuchtigkeit zu Wasserdampf, um die Insekten bis zum letzten Exemplar zu vernichten. Natürlich erleichterten die Geschöpfe ihm dies Verfahren, indem sie unentwegt immer nur — in geistloser Entschlossenheit — in Geradens Richtung marschierten. Großmeister Havelock brauchte nicht zu befürchten, daß welche sich an den Wänden an ihm vorbeischlichen oder kehrtmachten und flohen. Trotzdem ließ er Umsicht walten, und deshalb beanspruchte die Säuberung des Gangs von dem Ungeziefer einige Zeit. Terisa schwindelte es, während sie sich fragte, ob der Großmeister genug Verstand besaß — und Geraden genügend Geistesgegenwart —, um das Atmen einzustellen.

Dann verräucherte so undurchdringlicher Dunst den Gang, daß man selbst Großmeister Havelocks Hitzestrahl nicht mehr sehen konnte. Die Dämpfe begannen in den Augen zu brennen. Terisa senkte die Stirn auf den Fußboden. Der Schmerz, den ihr der kalte Stein in der Beule an der Stirn verursachte, diente ihr als Brennpunkt zur Konzentration, und sie konzentrierte sich mit aller Standhaftigkeit auf ihn, um nicht zu atmen.

Unvermutet berührte etwas sie an der Schulter. In der von Panik begleiteten Überzeugung, eine Schabe sei zu ihr vorgedrungen, warf sie sich auf die Seite und rang um Atem, wollte schreien. Aber neben ihr stand lediglich Großmeister Havelock, wie üblich in sein verschlissenes Gewand und die ausgefranste Kasel gekleidet. Den Lichtkegel hatte er nun an die Decke gerichtet, wo er unstet zitterte, den Gang aufhellte. Havelock sah, ebenfalls wie gewohnt, wie ein gefährlicher Irrer aus. Seine Schielaugen schienen ihm aus den Höhlen zu quellen, die paar ihm verbliebenen Haarbüschel standen ihm wild vom Schädel ab. Sein fleischiges Grinsen wirkte boshaft und lüstern. Unter den verdreckten Bartstoppeln der Wangen lief die Haut dunkelrot an. Doch sobald Terisa zu husten anfing, entließ er ruckartig seinen angestauten Atem und atmete gleichfalls weiter. Auch er mußte aufgrund der verqualmten Luft husten, und ein paar Tränen rannen ihm aus den Augen; aber seine hervorgequollenen Augen normalisierten sich fast sofort, die bläulichrote Verfärbung seiner Gesichtshaut schwand. »Wie ich ersehe«, schnarrte er heiser, »vermag man die Luft wieder zu verkraften. Es war ungemein gütig von Euch, sie für mich zu prüfen.«

Geraden wankte in Terisas Blickfeld. Seine Augen waren gerötet, und man sah seiner Miene die Mühsal des Atmens an. Dennoch befand er sich auf den Beinen. »Artagel«, stöhnte er, als er erkannte, daß auch Terisa keine Gefahr mehr drohte, lief unter Gehuste in die Richtung der Stelle, wo sein Bruder liegen mußte.

»Artagel?« Ein Auge Havelocks linste stier und scheel zur Seite, aber das andere Auge blickte vernünftig und ernst drein. Seine Asketennase, scharf und schmal wie der Schnabel eines Falken, verlieh jedem seiner Worte besonderen Nachdruck. »Ist auch er in diese Falle geraten?«

»Dort hinten.« Terisa mußte stark und krampfhaft husten. Danach jedoch ließen die Beschwerden in den Lungen nach, und sie war zu normalerem Atemholen imstande. Mühsam erhob sie sich auf Hände und Knie, stand dann vollends auf. »Er hat versucht, uns zu schützen. Der Dampf hat ihn umgehauen.«

»Beim Gemächt des Geißbocks!« wetterte der Großmeister. Ohne Umschweife ließ er Terisa stehen. Sie eilte ihm nach, darauf bedacht, nicht zurückzubleiben. Allmählich gelang es ihr immer besser, wieder die Balance zu halten, indem die Wirkung des Dampfes sich abschwächte. Als Großmeister Havelock Geraden einholte, hatte Terisa kaum noch Schwierigkeiten mit dem Gehen und Stehen. Geraden bemerkte sie und den Großmeister gar nicht. Er kauerte auf dem Boden, stützte Artagels Kopf mit den Armen. Überanstrengung und Pein machten Artagels Gesicht fleckig, und seine Augen starrten zur Decke empor, als wäre er erblindet. Aber er atmete. Terisa empfand so enorme Erleichterung, daß ihr Tränen aus den Augen schossen. Großmeister Havelock beugte sich über Geraden und gab ihm einen lebhaften Klaps auf die Schulter. »Vorwärts, Geraden, auf, auf, trag ihn, wenn's sein muß! Mir mißbehagt's, in solcher Nähe zur Stätte der Translation zu verbleiben. Wer kann wissen, wie viele Überraschungen Vagel noch für uns bereithält? Ich werde dich an einen sicheren Ort führen.« Geraden drückte seinen Bruder fest an sich, rührte sich jedoch nicht vom Fleck. Terisa hätte nicht sagen können, ob er den Großmeister überhaupt gehört hatte. »Ich habe Wein«, sagte der greise Imagomant, als mache er ein Zugeständnis. »Ich glaube, er wird ihm vorzüglich bekommen.« Da verlor er plötzlich die Geduld. »Greuel und Gruseln, Bursche! Sollte ein erneuter Anschlag erfolgen, möcht's sich ergeben, daß ich kein zweites Mal Rettung bringen kann.« Geraden regte sich noch immer nicht. Artagel dagegen nickte ruckhaft, hatte den Großmeister anscheinend verstanden. Als Terisa ihn am Arm faßte und hochzuziehen versuchte, unternahm er einen schwachen Versuch, sich aufzurichten. Rauh rieb sich Geraden mit den Handrücken die Augen. Dann half er Terisa dabei, seinen Bruder vom Fußboden hochzuwuchten. »Vorwärts, vorwärts!« wiederholte der Großmeister. Mit zügigen Schritten strebte er voran. Indem sie Artagel zwischen sich stützten, schlossen Terisa und Geraden sich an. Artagel konnte noch nicht wieder aus eigener Kraft gehen, aber seine Atmung besserte sich; sie klang allmählich, als würde er überleben. Terisa merkte, daß sie völlig die Orientierung verloren hatte; sie besaß nicht die leiseste Vorstellung, wohin Großmeister Havelock sie führte. Nach einer kurzen Strecke betrat er einen Seitengang, der gleich darauf vor einer Tür aus dicken Balken endete, die wie der Eingang zu einem Lagerraum aussah; und sie erwies sich tatsächlich als ein derartiger Eingang. Drinnen gab es allem Anschein nach jedoch nichts als leere Kisten in unterschiedlichen Stadien der Vergammelung. Ohne sie zu beachten, suchte sich Großmeister Havelock durch ihr Gewirr einen Weg zu einer anderen, an der Rückseite in einer Nische verborgenen Tür. Diese

Tür sah von außen ganz gewöhnlich aus, hatte an der Innenseite allerdings genug Riegel und Sperren, um große Ähnlichkeit mit einer Kerkertür zu haben. Hinter Terisa, Geraden und Artagel verschloß Havelock sie; danach geleitete er die drei durch einen Gang, der schon wenig später in einen Raum mündete, in dem in wildem Durcheinander Spiegel standen. »Die Mehrheit dieser Spiegel hat König Joyse im Verlauf seiner Feldzüge erbeutet«, erklärte der Großmeister gesprächig, während sie die Räumlichkeit in Richtung auf einen weiteren Gang durchquerten. »Nach der Gründung der Zunft hat er den Meistern etliche Spiegel verfügbar gemacht. Indessen hat er jedoch mehr Spiegel in Gewahrsam behalten, als er der Zunft zur Verfügung stellte. Ich wünschte, ich hätte von ihnen einen Nutzen.«

Der Anblick der vielen Spiegel erstaunte Geraden so sehr, daß er — wenigstens für einen Moment — alle Beunruhigung vergaß. Allerdings trug Großmeister Havelock das Licht, und er verließ das Lager umgehend. Terisa und Geraden folgten ihm mit Artagel.

Nach zwei oder drei Abzweigungen mehr, ebenso vielen kurzen Gängen und noch einer Tür gelangten sie plötzlich in die große viereckige Räumlichkeit, in der Terisa Meister Quillon Gehör geschenkt hatte, während er ihr die Vorgeschichte von Mordants Notstand erläuterte. Dort wirkte alles unverändert; der Raum war noch immer eingerichtet, nach wie vor so chaotisch wie das Arbeitszimmer eines Menschen, der nicht alle Tassen im Schrank hatte. In Wandnischen und an der zentralen Säule verteilte Öllampen beleuchteten die Zugänge zu Orisons geheimem Gangsystem. Vielleicht weil sie noch unter dem Schock der Ereignisse stand, kam Terisa unversehens die seltsame Vorstellung, daß Großmeister Havelock einer Spinne ähnelte. Dieser Raum glich der Mitte seines Netzes; die Geheimgänge gaben die restlichen Fäden ab. Nun hingen sie und Geraden mitten im Netz fest. Sie fragte sich, welche Pläne der Großmeister haben mochte.

Er verschwand hinter der Säule. Während er außer Sicht blieb, halfen Terisa und Geraden Artagel dabei, sich auf einen der Stühle am Spieltischchen zu setzen. Artagels Atmung zeichnete sich noch durch ein vernehmliches asthmatisches Pfeifen aus, das sich schaurig anhörte, aber inzwischen war er wieder ausreichend bei Kräften, um seine Umgebung wahrzunehmen. »*Wohnt* er hier?« preßte er mühsam in geröchelten Tönen hervor.

»Sieht so aus«, antwortete Terisa unbestimmt. Noch immer hegte sie keine Bereitschaft, irgendwem zu verraten, daß sie diesen Saustall schon kannte.

»Ich wüßte wahrlich zu gern drüber Bescheid, was er mit all jenen Spiegeln zu betreiben pflegte«, murmelte Geraden. Furcht, nervliche Belastung und Verblüffung verliehen ihm ein fiebriges Aussehen.

Großmeister Havelock fand sich mit einer Karaffe voll Wein wieder ein. Endlich erhielt Terisa die Gelegenheit, ihn eingehender zu beobachten. Er vermittelte den Eindruck unterdrückter Hastigkeit, als strenge er sich an, um der Beschleunigung irgendwelcher innerer Abläufe zu widerstehen. Seine Bewegungen waren bedächtig, verliefen fast gewaltsam beherrscht; aber seine Augen ruckten in erkennbarem Rhythmus von Seite zu Seite, wie ein Herzschlag, den Adrenalin nach und nach beschleunigte.

Er reichte die Karaffe Artagel. »Trinkt alles. Es wird widerlich schmecken. Ich habe einen Balsam hinzugefügt, welcher Eure Kehle zu heilen vermag.« Barsch wandte er sich an Geraden. »Sorg dafür, daß er alles trinkt. Sobald er sich erholt hat, überrede ihn dazu, mit dir Springbrett zu spielen.« Er zeigte auf den leeren Spieltisch. »Du bedarfst dringlich der Einübung. Ich wünsche mit der Edeldame zu reden.«

Ohne eine Antwort abzuwarten, faßte er Terisa am Arm und zog sie herum, dann mit sich hinter die Säule, bis sie Geraden und Artagel nicht länger sehen konnte. Doch als er stehenblieb, schwieg sie erst einmal. Seine Augen befanden sich in einem ständigen Wechsel zwischen Herschauen und Fortschauen, blickten sie mal an, mal sahen sie ruckartig weg … Ihre Unstetigkeit und der Nachgeschmack des schwarzen Dampfes erzeugten in Terisas Magen Übelkeit. Havelocks Grimasse verzerrte ihm den lüsternen Mund, als hätte er sich geschworen, ihr niemals zuzulächeln. Langsam hob er die dürren Greisenarme und verschränkte sie auf der Brust.

Von der anderen Seite der Säule ertönten rauhe Würglaute. Der Wein mußte schlimmer als nur übelschmeckend sein. Zum Glück verstummten die Laute bald.

Während Terisa allein dem Großmeister gegenüberstand, verspürte Terisa mit einem Mal einen starken Drang, einfach in Hysterie zu verfallen. Damit könnte sie eine ganze Reihe von Problemen lösen. Sie entzöge sich damit Havelocks irrem Blick. Sie käme dadurch zu einer längst überfälligen Verschnaufpause. Außerdem enthöbe sie sich der Notwendigkeit, ein für allemal zu klären, was sich hier eigentlich abspielte. Aber Havelock hatte ihr das Leben gerettet. Und nicht nur ihr, sondern auch Geraden. Zudem hatte er offenbar dafür einen Grund, sie hergebracht zu haben. Als Gegenleistung mußte sie es ihm ermöglichen, seinen Zweck zu verwirklichen. Terisa räusperte sich, schluckte mühselig. »Sie sind gar nicht so bekloppt«, sagte sie, »wie die Leute denken.«

Daraufhin stieß Havelock ein heiseres Gelächter aus. »O doch, ich bin's! Dies ist lediglich einer meiner Augenblicke der geistigen Klarheit. Quillon hat Euch darin eingeweiht, daß ich Augenblicke der Geistesklarheit habe. Gegenwärtig durchlebe ich einen solchen Augenblick.« Ruckhaft nahm er eine von Altersflecken gesprenkelte Hand von seiner Hühnerbrust und wies mit dem Zeigefinger auf Terisa. »Es ist von ungemein wesentlicher Bedeutung«, raunte er eindringlich, »daß Ihr mir keinerlei Fragen stellt. *Unterlaßt's!* Alles ist für mich bereits zur Genüge schwierig.«

Sofort nahm er erneut die vorherige Haltung ein, das Her- und Wegschauen seiner Augen ging weiter, ihr rhythmisches Hin und Her schien das Anwachsen irgendeines inneren Drucks anzuzeigen, vielleicht sogar von Gewalttätigkeit. Terisa spürte, daß ihr der Unterkiefer herabhing, also schloß sie den Mund. Anscheinend brauchte er in irgendeiner Beziehung ihre Unterstützung. Aber ohne daß sie Fragen stellte. Wollte er, daß sie irgend etwas erriet? Hatte das, was er daherredete, überhaupt einen Belang? Vielleicht spielte sein Gerede gar keine Rolle. »Ich habe mich noch nicht dafür bedankt, daß Sie uns gerettet haben«, sagte sie vorsichtig. »Ich weiß nicht, wie's dem Erz- und Großmeister — oder wer's halt war — gelungen ist, uns in so 'ne Falle zu locken. Wie er rausfinden kann, was wir tun, ist mir völlig unbegreiflich. Aber wären Sie nicht zufällig dazugekommen, wären wir ...« Ihr schauderte, und sie konnte den Satz nicht beenden.

»Vagel!« brüllte Havelock ohne jede Vorwarnung auf. Seine Stimme klang grimmig-wütend, doch seine Miene drückte Empfänglichkeit für Terisas Dank aus. »Vermöchte ich nur eine Hand an ihn zu legen, ich risse ihm ohne Zaudern das Herz aus dem Leib. Aber's schadet mir, der Heftigkeit und Ungeduld nachzugeben.« Welche Gefühle auch in seiner Miene oder Stimme zum Ausdruck gelangten, sie hatten keinen Einfluß auf seine Haltung oder das Huschen seiner Augen. »Ein glückliches Zusammentreffen war's. Das erste Glück seit langer Frist. Ich kenne jene Geschöpfe ... Einmal habe ich sie bereits zuvor gesehen, derweil ich den Mitverschwörer einer durch Großkönig Festten angestifteten, von Vagel geführten Kabale zu Carmag mimte. Dort habe ich erlebt, was sie tun. Den Spiegel hingegen habe ich nie erblickt. Man hat uns kundgetan, daß sie Jagdhunden gleichen. Befördert man mittels Translation etwas in ihre Welt, dem der Geruch jenes Menschen anhaftet, auf welchen man sie zu hetzen gedenkt, so geraten sie in Tollwut. Allerdings kann man jene Käfer nicht ohne Umstände einer Translation unterziehen. Während derselben vergessen sie den Geruch und greifen an, wen oder was sie an lebendigem Wesen als erstes vorfinden. Deshalb muß man ihnen lebende Leiber als Wirte zuteilen.« Als sie das hörte, verschwammen die Ränder von Terisas Blickfeld, als wäre sie drauf und dran, nachträglich in Ohnmacht zu sinken. »Sie fressen sich ins Innere der Leiber und brüten, vermehren sich, und derweil vermag man ihre Translation zu bewerkstelligen, ohne daß sie den Geruch ihres Opfers vergessen.«

»Und das gleiche hätten sie mit Geraden getan«, murmelte Terisa matt. Sie hob eine Hand an den Mund, mühte sich ab, um ihren Ekel zu bändigen.

»Sowie jedwedem anderen, der ihren Weg gekreuzt hätte«, erklärte der Großmeister. Anscheinend wurde er ruhiger. »Darum mein Wort, daß wir gewaltiges Glück hatten. Hätte ich nicht in der Nähe des Orts der Translation geweilt, als jene Geschöpfe kamen, sie wären nach ihm auf die Suche gegangen. Wir hätten sie in den öffentlichen Fluren Orisons bekämpfen müssen, Wer weiß, wie viele Menschen dabei der Tod ereilt hätte.«

Nachdrücklich darauf aus, die Vorstellung, wie Geraden den scheußlichen Insekten als Wirtskörper diente, aus ihren Gedanken zu verdrängen, machte Terisa Anstalten, eine Frage zu äußern; aber zum Glück gelang es ihr, den angefangenen Satz übergangslos umzuformulieren. »Es ist gut, daß Sie da waren, um uns zu retten.« Sie verspürte unerwartet ein starkes Drängen, der Äußerung hinzuzufügen: Ich habe die Reiter aus meinem Traum in den Omen gesehen. Geraden hält mich für eine Imagomantin.

»Wie ich erwähnte, bin ich des Wahnsinns«, entgegnete der Großmeister mit einer gewissen Strenge. »Ich habe nicht behauptet, ich sei blöde.« Dann lächelte er zu Terisas Überraschung, enblößte schiefe gelbe Zähne. »Es ist vollauf klar, daß Vagel mit jener Stelle der Translation seine Absichten hat. Nach all der Mühe, welche es ihn gekostet haben muß, sie einzurichten, wird er sie schwerlich ungenutzt lassen. Seit Ihr Quillon davon erzählt habt, ist sie von mir mehr oder weniger ständig unter Beobachtung gehalten worden … seit jenem Tag, an dem Gart kam und Euch zu meucheln trachtete.«

»Gart?« entfuhr es Terisa; sie konnte es nicht verhindern. »Der Monomach des Großkö ...?« Sofort entstellten Zuckungen des Zorns Havelocks Gesicht. Er verkniff die Augen. Als hätte er seine Hände nicht in der Gewalt, ballte er sie zu Fäusten, riß sie empor und schlug sich damit auf die Schläfen. Terisa sah, daß er den Atem anhielt. »Entschuldigung«, flüsterte Terisa eindringlich, plötzlich voller Furcht, ohne den Grund zu wissen. »Entschuldigung, 's war keine Absicht. Bloß wußte ich nicht, daß es Gart ...« Sie stockte, verstummte.

Heftig holte Havelock durch die Nase tief Atem und öffnete die Augen. »Freilich war's Gart.« Muskel um Muskel, als sei es ihm nur durch einen schieren Gewaltakt des Willens möglich, nahm er wieder die vorherige Haltung ein. Wieder zuckte ihm der Mund. Anscheinend hatte er sich wieder in der Hand. »Noch hält das Bündnis zwischen Vagel und Festten. Cadwal sinnt noch weitaus sehnlicher auf Euren Tod als Alend und jener tückische Prinz.« Der Rhythmus seiner Augen jedoch war schneller geworden, ihr Blick fiel in so raschem Wechsel auf sie und wich von ihr, als übe er den Taktschlag seines Wahnsinns aus. Havelock versuchte nochmals zu lächeln, diesmal ohne Erfolg. »Sicherlich verwundert's Euch, daß ich Euch an diese Örtlichkeit gebracht habe«, sagte er ohne jeden Übergang. »Nun, leider vermag ich's Euch nicht zu offenbaren. Wüßte ich selbst den Anlaß, 's deucht mich wahrscheinlich, es ergäbe keinen Sinn. Doch ich gedenke Euch ein wenig über König Joyse zu erzählen.« Terisa fand sich damit ab, daß er sich auf ein anderes Thema verlegte, so gut sie es konnte, und wartete darauf, was er zu sagen hatte. »Beachtet, daß das Verhältnis zwischen Imagomantie, Omen und Schicksal eine wahrhaft interessante philosophische Frage ist.« Er sprach nun in friedlichem Ton, zu dem aber nach wie vor seine Augen im Gegensatz standen. Sein Verhalten weckte bei Terisa erneut den Vergleich mit dem Lauern einer Spinne. »Bevor Joyse geboren ward, war ich, was manche Leute den ›Lieblings-Imagomanten‹ jenes cadwalschen Fürsten hießen, welcher Orison und das Krongut beherschte. Ein kleiner mickriger Tyrann war er, aber einfallsreich in seiner Grausamkeit, und ich ersehnte immer verzweifelter neue Hoffnung. Darum versuchte ich mich im Hinblick auf die nahe Geburt mit Omen. Bedauerlicherweise mißlang's mir, einen flachen Spiegel anzufertigen, der jenes Gemach zeigte, in welchem er geboren werden sollte. Mein Spiegel bot mir lediglich Ausblick auf eine Anhöhe in Orisons unmittelbarer Nähe … eine Erhebung, welchselbige sich heute *im* Schloß befindet. In der Tat gibt sie die Grundfesten für den Turm ab, in dem die Königsgemächer liegen. Damals jedoch gelang's mir nicht, den Brennpunkt des Spiegels näher aufs Schloß zu richten, als in demselben die Ställe standen, in welchen unser Fürst uns unsere dürren Gäule unterzustellen gestattete. Natürlich hätte ich warten können, bis das Kind geboren worden und alt genug war, um selber die Ställe aufzusuchen. Doch wie erwähnt, wuchs in mir die Verzweiflung. So stahl ich denn nach seiner Geburt in einer rabenschwarzen Nacht Klein-Joyse aus seiner Wiege und nahm ihn mit hinab in die Ställe, bürdete mir das Wagnis auf, ihn dort allein auf einem Bündel Stroh zurückzulassen, derweil ich in mein Laborium eilte, um mich den Omen zu widmen. Er bekam's Gschnäuf und wäre fast dran gestorben … aber ich bekam, was ich wollte.« Terisa sah, wie Geraden und Artagel langsam um die Säule schlichen. Sie schaute hinüber, um zu sehen, in welchem Zustand Artagel sich inzwischen befand, und um sie mit ihrem Blick von jeder Störung abzuhalten. Dann schenkte sie ihre Aufmerksamkeit wieder dem Großmeister. »Die Omen fielen ungemein bemerkenswert aus, in mancher Beziehung ungewöhnlich deutlich, ärgerlich unklar in anderer Hinsicht. Einerseits zeigten sie unmißbräuchlich, wie Joyse zum König aufsteigt. Andererseits stellte sich heraus, daß sie nahezu gar keine Hinweise auf den Weg gaben, welchen er bis zu seiner Krönung beschreiben mußte. Sie gaben keinen Ausblick auf die Schlachten, die er in Wirklichkeit zu schlagen hatte, die Siege, welche er in Wahrheit errang, alle die Entscheidungen, die er tatsächlich fällte. Daher waren uns diese Omen später nicht die geringste Hilfe. Im günstigsten Fall vermochten wir ihnen einige geringfügige Erkenntnisse zu entnehmen, wenn die Ergebnisse dessen, was er begann — etwa die Gründung der Zunft —, unerwartet mit den Imagines der Omen übereinstimmten. Laßt mich Euch ein Beispiel nennen.« Havelocks Stimme klang ausdruckslos, doch seine Augen zuckten immer nervöser hin und her. »Meinen Omen zufolge sollte er erst in hohem Alter König werden. Irgendwann *nachdem* Unerklärliches in Orisons Außenwall eine gewaltige Bresche bricht.« Während Terisa den Großmeister anstarrte — und Geraden und Artagel ihre Verblüffung zu mäßigen versuchten —, hob Havelock steif die Schultern. Terisa war fest der Überzeugung, daß er ihr etwas sehr Wichtiges klarmachen wollte, irgend etwas, das sie einfach nicht verstehen konnte. »Derzeitig schmetterte die Aussicht, so lange — bis er ein hohes Alter erreichte — warten zu müssen, mein Gemüt aufs ärgste nieder … so daß ich fast darauf verzichtet hätte, ihn aus dem Stall zu holen. Seither jedoch habe ich des öfteren darüber nachgesonnen, was damals wohl falsch abgelaufen sein mag. Habe ich die Omen verfälscht, indem ich nicht zuließ, daß das Geschehen sich nach des Lebens natürlichem Lauf entwickelte? Beeinflußt bereits die Handlung, Omen zu werfen, die Ereignisse? Oder gibt's noch andere Möglichkeiten? Ist König Joyses Schicksal verändert worden, weil er stärker oder schwächer ist, als er's geworden wäre, hätte er sich in jener Nacht nicht's Gschnäuf zugezogen und wäre fast dran gestorben? Unsere Lage wäre bedeutend vorteilhafter, verstünden wir auf derlei Fragen Antworten zu finden.« Als mache er eine Pause, um vorübergehend eine völlig andere Person zu werden, lockerte er die krampfhafte Körperhaltung und kratzte sich ungeniert. Sofort verflog alles, was er zeitweilig an Würde und Beherrschung gehabt hatte. Sein Gewand sah durchaus alt und dreckig genug aus, um Läusen als Wohnsitz zu dienen; vielleicht war der Juckreiz unerträglich. Gleich darauf straffte er sich wieder zu einer verkrampften aufrechten Haltung. »Ich will Euch noch etwas mitteilen, das ich in den Omen geschaut habe ... Falls Ihr das Versprechen ablegt, es nie irgend jemandem zu erzählen. Niemals-niemals-niemals.« Er sprach im Rhythmus seiner Augen. »Niemals-niemals-niemals.« Die Anstrengung, die er anscheinend aufbieten mußte, um geistig klar zu bleiben, trieb ihm trotz der Kühle im Gewölbe Schweiß auf die Stirn. »Ich sah seine Töchter. Freilich ahnte ich derzeitig noch gar nicht, daß sie seine Töchter sind. Heute aber besteht daran kein Zweifel.« Sein Gesicht verzog sich zu einem Ausdruck von Durchtriebenheit. »Ihr werdet nie und nimmer erraten, was ich Myste tun sah.« Terisa grub sich die Fingernägel in die Handteller, um Ruhe bewahren zu können. Am Rande ihrer Wahrnehmung bemerkte sie, wie Geraden in Erregung geriet, aber sie konnte keine Zeit für ihn erübrigen. Mit sichtbarer Mühe setzte Großmeister Havelock wieder eine Miene ernster Strenge auf. »Versteht sich von selbst, daß Ihr's nie erraten werdet«, schnauzte er, als hätte sie etwas Beleidigendes gesagt. »Wie vermöchtet Ihr's? Deshalb werde ich's Euch ja enthüllen.« Sein Tonfall begann sarkastisch zu werden. »Ich erblickte sie gemeinsam mit einer Gestalt, welchselbige eine erstaunliche Ähnlichkeit mit dem Kämpen Gilburs besaß. Es hatte den Anschein, daß sie ihn anflehte, sie nicht zu töten.«

Terisa hatte den Eindruck, viel stärker, weit widerstandsfähiger zu sein, als sie es bisher von sich angenommen hatte. Wie sollte es sonst möglich sein, daß sie nach allem, was sie schon durchgestanden hatte, noch derartiges Entsetzen empfand? Havelock wußte, wohin Myste gegangen war; vielleicht wußte es auch König Joyse. Vielleicht hatte er es von Anfang an gewußt. *Ihn anflehte, sie nicht zu töten.* Myste!

»Hat er sie getötet?« fragte Terisa, aus Furcht regelrecht

benommen. »Hat sie sich diese Umstände gemacht, bloß um getötet zu werden?«

Aber wahrscheinlich hörte Großmeister Havelock ihre Fragen gar nicht, denn während sie sie mit gedämpfter Stimme stellte, war Geraden vorgesprungen. »Myste weilt beim Kämpen?« wollte er wissen. »Ist das der Grund, weshalb sie seit kurzer Frist vermißt wird? Hat König Joyse davon Kenntnis?«

Wut in der Miene, fuhr Havelock herum, als hätte er vor, Geraden niederzuschlagen. Doch seine Drehung ging in eine Pirouette über, er kreiselte, schlug dabei mit den Armen wie eine alte Krähe. Als er verharrte, wirkte er, als werde er doch noch auf Geraden losgehen, aber er kicherte, Belustigung machte seine Stimme undeutlich. »Weißt du, was der Unterschied zwischen einem Großmeister und einem Adepten ist?« Vor Betroffenheit wie versteinert, gaffte Geraden den verrückten Imagomanten an. Mit lächerlicher Ernsthaftigkeit hob Großmeister Havelock die Finger an die Wulstlippen und brachte sie zum Flappen, erzeugte ein Stottern. »Ge-ge-ge-ge!« Dann lachte er über den eigenen Humor und wandte sich an Terisa. »Begreift Ihr's? Ge-ge-ge-ge. Geh! Die Größe!« Aber er hörte zu lachen auf, als er die Bestürzung in Terisas Gesicht sah. »Weiber!« schnob er. »Wer's auch gewesen sein mag, der Weiber ausgeheckt hat, er gab ihnen statt des Hirns Euter. Bei der altergrauten Geiß des Erz- und Großmeisters! Es ist kein Wunder, daß Mordant in solcher Not schmachtet.«

Plötzlich verengte schmerzliche Rührung Terisas Kehle. Havelock war ein so wertvoller Mensch — und gleichzeitig so nutzlos. »Entschuldigen Sie«, flüsterte Terisa. »Sie armer Mann ... Es tut mir leid.«

Aber kein noch so großes Bedauern konnte ihm den Verstand wiedergeben. Er schielte sie an, schmatzte mit den Lippen. »Schafsdreck«, sagte er im Ton der Endgültigkeit.

Sobald Artagel sich hinlänglich erholt hatte, machten sich Terisa und Geraden mit ihm auf den Rückweg in den bewohnten Bereich Schloß Orisons. »Es ist klüger, du unterrichtest Kastellan Lebbick von dem Vorfall«, sagte Geraden unterwegs in düsterer Stimmung zu Artagel. »Er muß erfahren, wo sich der Translations-Punkt befindet. Und sollte Myste noch leben, so muß er wissen, daß sie beim Kämpen weilt... oder bei ihm sein wird, wenn sie ihn gefunden hat. Vermutlich ist's zu spät, aber die Männer, welche nach dem Kämpen fahnden, sollten Nachricht erhalten, daß sie auch nach Myste auszuschauen haben.«

Artagel nickte und verabschiedete sich; er bewegte sich noch sehr behutsam, als hätte er noch Beschwerden im Brustkorb, aber er benötigte nun nichts anderes mehr als Schlaf.

Die Aussicht, allein zu sein, verursachte Terisa eine Gänsehaut, also bat sie Geraden, ihr in ihrem Quartier Gesellschaft zu leisten. Angeborene Rücksicht hielt ihn anscheinend von heiklen Gesprächsthemen zurück; mit absichtlicher Beiläufigkeit vertrieb er Terisa einen Teil des Nachmittags, indem er mit ihr über seine Familie plauderte, kurz seine Brüder charakterisierte, das Leben im Domnegau beschrieb. Nachdem seine sanftmütige Redeweise, das Abspulen seiner von Zuneigung und Freundlichkeit geprägten Erinnerungen Terisas aufgewühlte Seele einigermaßen beschwichtigt hatten, fühlte sie sich genügend ausgeruht, um sich Gedanken über die Vorkommnisse des heutigen Tages zu machen. Leider wurde er ausgerechnet in diesem Moment weggerufen; ein jüngerer Adept fand ihn und holte ihn an seine vernachlässigten Pflichten.

Der restliche Nachmittag verlief sehr schlimm für Terisa. Und der Abend drohte noch verheerender zu werden, bis sie feststellte — zu ihrer Verdutzung ebenso wie ihrer Erleichterung —, daß sie viel zu müde war, um länger die Augen offenhalten zu können. In ihrer Verfassung war Terisa auch für Kleinigkeiten dankbar und legte sich ins Bett.

Am nächsten Morgen, nach einer Nacht voller Träume, aus denen Terisa erwachte, als hätte sie geschrien, kam aufgeregt Saddith in ihre Unterkunft und erzählte äußerst erfreut, Meister Eremis sei freigelassen worden.

»Wirklich? Bist du sicher?« Terisa versuchte, ihre Gefühlswallung zu verheimlichen, aber ihr Herz raste. *Wenn ich frei bin,* hatte der Meister versprochen, *werde ich Euch aufsuchen.* Wie durch Zauberei empfand sie die gestrigen Ereignisse auf einmal als weniger wichtig. *Es wird keinen Teil Eurer Weiblichkeit geben, den ich nicht auskoste.* »Warum sollte Kastellan Lebbick ihn freigelassen haben?«

Saddith wirkte unmißverständlich begeistert. »All die Hintergründe sind mir unbekannt, Herrin. Es hat den Anschein, daß der Kastellan seinen Männern zu schweigen befahl. Doch's gehen Gerüchte um«, — dramatisch senkte sie die Lautstärke ihrer Stimme —, »nach denen Orison am gestrigen Tag mit Hilfe von Imagomantie angegriffen worden sei. Meister Eremis soll im Karzer gesessen haben, dieweil man den Verdacht hegte, er befleißige sich an derlei Ungeheuerlichkeiten der Mittäterschaft.« Anscheinend erfüllte die bloße Vorstellung sie mit Entrüstung. »Aber freilich vermochte er Orison keineswegs mittels Imagomantie anzugreifen, derweil er im Karzer festsaß. Es lassen sich keinerlei Beweise für seine Schuld entdecken.« Sie prustete vor Erheiterung. »Nicht einmal unser griesgrämiger Kastellan vermag's zu rechtfertigen, einen Unschuldigen gefangenzuhalten.«

Terisa faßte den Vorsatz, nicht über den Grund von Saddiths Frohsinn nachzudenken. Die eigenen Erwartungen riefen in ihr schon genug Verwirrung hervor; sie mochte sie nicht zusätzlich verschlimmern, indem sie sich daran erinnerte, wie Saddith gestöhnt und Meister Eremis umschlungen hatte, während er ihr seine Stöße versetzte. Statt dessen erinnerte sie sich an die Berührung seiner Lippen, seiner Zunge auf ihren Brüsten — während er gleichzeitig von ihr verlangte, Geraden zu hintergehen —, und wartete ungeduldig darauf, daß die Zofe wieder ging.

Sie wünschte sich, daß der Meister zu ihr kam, jedoch fürchtete sie sein Erscheinen auch, weil sie es ablehnte, Geraden zu bespitzeln. Ihre einander widerstreitenden Bedürfnisse bewirkten hinter ihrer Stirn Kopfschmerzen. Kaum hatte Saddith die Tür von außen geschlossen, eilte Terisa ins Badezimmer, nahm rasch, aber gründlich ein Bad, um auf Eremis' Ankunft vorbereitet zu sein. Anschließend jedoch zwang sie sich zum Anziehen des bescheidensten Kleids, das sie zur Verfügung hatte, als lege sie Wert darauf, unattraktiv auszusehen. Meister Eremis. Geraden. Sie verspürte verschiedenartiges Verlangen nach beiden Männern und sie hatte keine Ahnung, wie sie mit dieser Widersprüchlichkeit umgehen sollte.

Aber Meister Eremis kam nicht. Terisa hatte gedacht, herausfinden zu können, wer sie war; doch keiner der zwei Männer, die an ihr Interesse zeigten, gab ihr auf ihre Frage eine Antwort. Sie hatte es riskiert, Geraden zu Vagels Translations-Punkt zu begleiten, ohne davon im Unterleib mehr zu spüren als eine Wahrnehmung schneidend-scharfer Kälte; und von Meister Eremis wußte sie schon die ganze Zeit über, daß er jede Frau haben konnte, die er wollte. Sie wollte er anscheinend nicht.

Vielleicht aus diesem Grund — einfach weil sie ihn nicht haben konnte —, begehrte sie ihn, wie sie merkte, ganz besonders stark.

19

Die Vorteile frühen Tauwetters

Vier Tage später änderte sich das Wetter. Mittlerweile hatte Terisa die Kränkung überwunden, die ihr Meister Eremis' unausgesprochene Zurückweisung bereitet hatte. Sie machte schlechtweg weiter, indem sie möglichst viel Zeit mit Geraden verbrachte, sich mit ihm unterhielt, ihn zu verstehen versuchte. Trotzdem belastete das Bewußtsein, nichts Besseres zu tun zu haben, nicht konstruktiver handeln zu können, ihre Nerven ständig. Es gelang ihr nicht, das Grau eines Bedrücktseins abzustreifen, das irgendwie allem anhaftete, alles trübte und stumpf machte, was sie dachte und fühlte; ihr gegenwärtiges Verhalten ähnelte ihrem früheren Dasein mehr als je zuvor, seit sie auf Schloß Orison wohnte. Infolgedessen gestalteten sich etliche ihrer Zusammenkünfte mit Geraden ein wenig wie die Gespräche, die sie mit Pastor Thatcher geführt hatte. Aber das unterschwellige Empfinden von Nutzlosigkeit war diesmal ganz auf ihrer statt auf irgendeiner anderen Seite.

Sie hatte das schwache Gespür für Zweck und Richtung wieder verloren. Die Schlußfolgerungen, die sie manchmal aus dem Vorkommen der Reiter aus ihrem Traum in den Omen der Zunft zu ziehen sich versucht fühlte, hatte sie noch nie als so lachhaft wie jetzt empfunden. Es gab keinen Grund dafür, daß sie war, wo sie sich befand. Und allem Anschein nach wollte es ihr auch nicht gelingen, sich einen zurechtzulegen. Der wahre Sinn ihrer ausgedehnten Gespräche mit Geraden bestand nicht etwa daraus, die undurchschaubaren Aspekte ihrer Situation irgendwie aufzuhellen, sondern vielmehr, mit ihm in Kontakt zu bleiben, damit er nicht aus ihrem Leben verschwand wie Meister Eremis.

Während Schnee, harsch und brüchig wie Eis, gegen Terisas Fenster prasselte, Wind unheilvoll um die Ecken des Turms heulte und Orison in eine Art von unbeweglicher Ruhe zu verfallen, nicht vom Frost zu erstarren schien, sondern in einer Abwartehaltung, tat Terisa im wesentlichen nichts außer essen, schlafen, in ihren Zimmern herumsitzen und mit dem Adepten reden, wann immer er sich von seinen Aufgaben freimachen konnte.

Er versorgte sie mit Neuigkeiten aus der Umgebung. Die Meister befaßten sich mit einer wütenden, scheinbar endlosen Debatte, bemühten sich um eine Entscheidung, was mit ihrem ›Kämpen‹ geschehen solle, berieten über eine Verbesserung ihrer schlechten Gegebenheiten. Kastellan Lebbicks Schloßwächter und jeder auffindbar gewesene Steinmetz arbeiteten daran, die Lücke in Schloß Orisons Außenwall zuzumauern; dazu benutzte man die Steintrümmer, die der Fremde bei seinem Abgang zurückgelassen hatte. Und Argus und Ribuld gaben ihr Bestes, um Prinzessin Elega unter Beobachtung zu halten. In der übrigen Zeit besprachen Terisa und Geraden die Lage.

Auf Geradens Seite erforderten diese Gespräche beharrliche, jedoch unauffällige, fast verdeckte Anstrengungen, um Terisa aufzumuntern, zu ermutigen. Als wüßte er, daß jede Niedergedrücktheit seinerseits ihr Weh bereiten könnte, legte er fortwährend gute Laune an den Tag; und so als sei er sich darüber im klaren, daß er nicht — noch nicht — an ihre wunden Punkte rühren durfte, blieb er taktvoll auf gefühlsmäßiger Distanz. Als spüre er, daß sie zu schwach war, um einen Anstoß verkraften zu können, drängte er sie zu nichts. Mit zartfühlender Sanftheit, dank der seine körperliche Unbeholfenheit den Anschein erregte, als wäre sie die Eigenschaft einer völlig anderen Person, kümmerte er sich um Terisa — obwohl er selbst Fürsorge gebraucht hätte, sie aber nicht erhielt. Seine Feinde waren zu ebensolchen Widerlichkeiten fähig wie Terisas Gegner, genauso dringend wünschten sie seinen Tod — und ebensowenig war irgendein Grund ersichtlich. Doch falls er sich fürchtete, verheimlichte er seine Furcht.

»Habt Ihr am Ort der Translation irgend etwas verspürt?« erkundigte er sich einmal sehr nachdenklich. »Vermochtet Ihr zu bemerken, daß er dort ist?«

Ein Hauch von Kälte, leicht wie eine Feder und doch scharf wie Stahl. Das war jedoch etwas, über das Terisa nicht reden mochte; die Erinnerung daran jagte ihr zu starkes Grausen ein. »Da unten war's so kühl, und ich hatte Angst. Unmittelbar bevor«, — sie schauderte zusammen —, »diese Männergestalten auftauchten, war mir, als würd's noch kälter, und ich hatte noch mehr Angst.« Sie hatte bereits beschlossen, Meister Eremis nie davon zu erzählen. »Ich glaube, das war alles.« Geraden musterte sie aufmerksam, ehe er wegschaute. »Und Sie?« fragte Terisa ihrerseits. »Wenn Sie was gespürt haben, wäre das für so manches 'ne Erklärung. Falls Sie so 'ne besondere Begabung haben und Meister Gilbur davon Wind gekriegt hat, während er Sie unterwies, sähe man wenigstens 'nen Anlaß für das Attentat auf Sie.«

Geraden verdrehte die Augen nach oben. »Ach, wie wär's schön! Gar zu gern hätte ich eine Erklärung. Aber ich vermag mich bloß noch daran zu entsinnen, wie ich mir dachte, es sei doch wahrlich ein allzu törichter Einfall gewesen. Allein aufgrund überstiegener Theorien tappte ich mit Euch und Artagel in Dunkelheit, Kälte und Feuchtigkeit umher. Ich habe nicht einmal gesehen, wie die Translation stattfand.« Er seufzte verdrossen. Mehrmals kam die Rede auf die seltsame Begegnung mit Großmeister Havelock. »Was glaubt Ihr, worum's ihm ging?« fragte Geraden. »Warum lag ihm so dran, Euch all das zu erzählen? Weshalb mit all jenen Einzelheiten?«

Terisa konnte sich darauf keinen Reim machen. »Er ist verrückt. Vielleicht besteht das, was er ›geistige Klarheit‹ nennt, nur aus der Fähigkeit, ausnahmsweise ein paar zusammenhängende Sätze von sich zu geben.«

Diese Vermutung befriedigte allerdings weder sie noch Geraden. Zuletzt gab Terisa ihren ursprünglichen Vorsatz auf und beschrieb ihm ihre erste Nacht auf Schloß Orison. Sie erzählte, wie Großmeister Havelock sie zu sich in seine

Behausung geholt, was Meister Quillon ihr über Mordants Geschichte dargelegt und wie der Großmeister sie vor dem Mann in Schwarz gerettet hatte. Geraden hörte in einem Gefühlsgemisch aus Staunen und Nichtverstehen zu. »Sie wußten's bereits«, sagte er gedämpft, als Terisa schwieg. »Schon in der ersten Nacht Eures Aufenthalts im Schloß wußten sie, daß Euch Gefahr droht. Meister Quillon handelt im geheimen.« Kauzig runzelte er die Stirn. »Täten wir dem Rest der Zunft davon Kenntnis geben, man wollt's nicht glauben. Meister *Quillon?* Er sollte versuchen, dergestalt auf das allgemeine Geschick Einfluß auszuüben?« Terisa wurde wieder ernster. »Zumindest kennen wir nun meine Feinde. Meister Gilbur sowie Erz- und Großmeister Vagel.« Terisa nickte. Sie merkte, wie sich ihr Trübsinn vertiefte. Geraden dagegen ließ sich von dem Gedanken an solche Gegner nicht beeindrucken. »Einen Vorteil hat all das immerhin, was sich ereignet hat«, meinte er, indem er lächelte. »Nun weiß ich, wie Euch zumute ist. Ihr begreift nicht, wieso jedermann Euch eine besondere Gabe zuspricht. Ich verstehe nicht, weshalb so hochgestellte, mächtige Männer mich als so bedeutsam erachten, daß sie mir nach dem Leben trachten.«

Terisa war zu trübselig, um daran irgend etwas amüsant zu finden. »Ich wüßte gern, auf welcher Seite Meister Quillon und Großmeister Havelock stehen. Nicht auf der Seite des Königs, der Zunft oder Meister Gilburs.« Genauso hätte sie sagen können: Nicht auf Meister Eremis' Seite. Wie viele Parteien *gab* es?

Diese Frage brachte sie erneut auf die Begegnung mit dem Großmeister zurück, auf die Andeutungen, die sich mutmaßlich in dem versteckten, was er geäußert hatte. Schließlich entschloß sich Terisa zur Preisgabe noch einiger ihrer Geheimnisse. Sie fühlte sich Geraden verpflichtet; nicht weil sie gewußt hätte, was sie eigentlich tat, sondern weil er ihr Freund war; und Meister Eremis wollte sie nicht. Es konnte nicht schaden, Geraden von Mystes Vorhaben zu erzählen.

Er lauschte in beklommenem Schweigen. Während sie Mystes Beweggründe auseinandersetzte, aus denen sie dem Kämpen gefolgt war, hob er den Kopf wie zu einem stummen Gruß, und Tränen standen ihm in den Augen. Als Terisa fertig war, sprach er für geraume Zeit kein Wort. »Ich habe sie stets gemocht«, murmelte er nach einer Weile rauh. »Natürlich kenne ich Elega besser«, fügte er hinzu. »Und Torrent ist ein so süßes Geschöpf, man möchte sich vor ihr niederwerfen und ihr als Fußmatte dienen, auf daß sie sich nicht die Füßlein verkühlt. König Joyse hat keine einzige häßliche Tochter. Aber Myste ...« Seine Stimme verklang.

Ihn anflehte, sie nicht zu töten. Terisa war zum Weinen zumute.

Am fünften Tag weckte sie frühmorgens das Geräusch von Regen aus einem oberflächlichen, wenig erholsamen Schlaf. Benommen von Schläfrigkeit und Verdutztheit, stieg sie aus dem Bett und schlurfte ans Fenster.

Im ersten Moment war sie fassungslos, weil sie keinen Regen sehen konnte. Der Himmel war sogar völlig wolkenlos. Die frühmorgendliche Sonne warf geisterhaftes Licht auf die Mauern und Zinnen, der Himmel zeichnete sich durch kräftiges Blau aus, kein reines Azurblau, sondern mit leicht lilafarbenem Stich. Unter ihren dicken Mänteln aus Schnee wirkten die entlegenen Hügeln weicher, und die verschachtelten Bauten Orisons sahen erheblich malerischer als am Vortag aus, so daß sie stärker denn je einem Märchenschloß glichen.

Da erkannte sie, daß das Geräusch vom Schmelzen des Schnees stammte. In Mengen sickerte Wasser von den Dächern und Türmen, floß in Sturzbächen über die Dachkanten. Der Innenhof ähnelte bereits einem Sumpf; der zerwühlte Schlick lag unter braunen Pfützen verborgen, so groß wie Tümpel. Schloßwächter und andere Leute eilten in den Hof oder verließen ihn hastig, liefen hinüber zu der dichtgedrängten Ansammlung von Buden, Zelten und

Hüttlein hinüber oder kamen von dort; gegen das Triefen von den Dächern trugen sie Umhänge, der Pfützen wegen hohe Stiefel; unterm freien Himmel jedoch schoben sie die Umhänge zurück oder streiften sie ganz ab, um die Wärme, der sie fast entwöhnt waren, zu genießen. Der Winter neigte sich dem Ende zu, Tauwetter hatte eingesetzt.

Der Gedanke, sie könnte eine Gelegenheit erhalten, das Schloß endlich einmal für eine Weile zu verlassen, bereitete Terisa einen Schauder aufgeregter Erwartung. Vielleicht durfte sie sich zur Abwechslung einmal anders als niedergeschlagen fühlen. Eilig wusch sie sich das Gesicht und zog ihre Kleidung an.

Es überraschte sie nicht, daß Geraden sie aufsuchte, noch ehe Saddith sich mit dem Frühstück einfand. Aufregung rötete ihm die Wangen, er atmete schwer. Er mußte die Treppen heraufgerannt sein. Zuerst dachte Terisa, er sei lediglich von neuem Schwung beseelt, hätte ähnlich wie sie, nur stärker, auf das Umschlagen des Wetters reagiert. Doch die Art und Weise, wie seine Augen glommen, zeigte an, daß nicht nur das Tauen als solches ihn so in Fahrt brachte. »Habt Ihr's gesehen?« schnaufte er, sobald er die Tür geschlossen hatte.

»Ja.«

Gemeinsam traten sie ans Fenster, verlockt durch die Aussicht auf Sonne, Wärme und Frühling nach dem langen zermürbenden Winter. »Glas und Scherben«, raunte Geraden, während sich seine Atmung mäßigte, »welch ein Unsegen.«

Terisa blinzelte ihn an, hatte dabei das Gefühl, wie eine entgeisterte Eule auszusehen. »Unsegen?«

Sofort lachte Geraden auf. »Ist's nicht närrisch? In jedem Frühling empfinde ich dies Drängen. Mir ist, als erwache die ganze Welt zu neuem Leben. Wenn's zu tauen anhebt, ist mir jedesmal danach, ins Freie zu laufen und mich dem Spiel hinzugeben wie ein Knäblein. Dennoch ist's ein Unsegen, wiewohl auch dieser Frühling mein

Herz erquickt.« Er bemühte sich um Ernst. »Terisa, 's ist ein *überaus* schlimmes Vorkommnis.«

Sein Lachen rang Terisa ein Lächeln ab. »Es ist gut, daß ich Sie schon seit einiger Zeit kenne. Wären Sie 'n Fremder, würde ich jetzt annehmen, Sie hätten den Verstand verloren. *Warum* soll der Frühling auf einmal was Schlimmes sein?«

»Ihr meint, dieweil Ihr mich kennt, braucht Ihr nicht erst zu *vermuten,* ich sei des Verstandes nicht mächtig, sondern habt bereits diesbezügliche Gewißheit?« Als Terisa widersprechen wollte, erstickte er ihren Einspruch mit einem Auflachen. »Weil das Tauwetter früh anbricht. Zu früh. Gegenwärtig ist der Winter noch unser einziger Schutz. Sollte zuviel Schnee schmelzen, wird nichts mehr vorhanden sein, was Alend oder Cadwal daran hindern könnte, noch *heute* wider uns zu marschieren. Ihr habt die Worte Herrn Perdons vernommen. Großkönig Festten hat bereits sein Heer aufgestellt. Das war ihm möglich, weil in Cadwal wesentlich weniger Schnee als hierzulande fällt. Doch wir haben uns im Herbst nicht auf Krieg vorbereitet, König Joyse weigerte sich, die erforderlichen Befehle zu erteilen«, — Geraden schaffte es, seiner Stimme einen grimmigen Klang zu verleihen —, »und wir sind nach wie vor zur Gänze unvorbereitet, denn während des gesamten Winters hat er für derlei Angelegenheiten keinerlei Aufmerksamkeit erübrigt. Es war unsere einzige Hoffnung, daß der Schnee so lange liegen bleibt, bis er sich besinnt.«

Terisa überlegte angestrengt, runzelte die Stirn. »Wenn sie jetzt losmarschieren, wer wäre als erster hier?«

Geraden konnte keine so düstere Miene aufrechterhalten, wie sie vielleicht zur Situation gepaßt hätte, er grinste sie an. »Darauf läßt sich nicht mit Leichtigkeit antworten. Cadwal liegt näher, insbesondere im Falle man von Südosten her den Perdongau durchquert. Für Alend verläuft der günstigste Weg aus nahezu genau südlicher Himmelsrichtung durch den Armigitegau, allerdings ist selbige

Strecke fast zweimal so weit. Der Perdongau umfaßt jedoch vornehmlich Hügellandschaft, welche teils ungemein zerklüftet ist. Im Armigitegau gibt's beinahe nur Flachland. Des Großkönigs Heer muß, um zu uns vorzustoßen, zwei Flüsse überqueren, den Vertigon und den Breithweyn. Hingegen brauchen die Alendischen bloß den Pestil zu überschreiten. Herr Perdon wird den Cadwalern nur Schritt um Schritt weichen, unter Entbietung nachhaltigster Gegenwehr. Herr Armigite aber ...« Geraden seufzte. »Es dürfte Glück sein, wähne ich, wenn er Margonals Heer, derweil's vorübermarschiert, mit ein paar Katapulten unter Beschuß nehmen läßt.« Obwohl die Luft im Freien offensichtlich viel wärmer als in der vorangegangenen Zeit war, konnte man nicht behaupten, sie sei lau; Geradens Äußerungen erzeugten auf dem Fensterglas kleine flüchtige Ovale kondensierten Atems. »Es verhält sich gar alles noch weitaus verwickelter. Wie lange ist Prinz Kragen nun fort? Seit sechs Tagen? Ich mutmaße, er reitet zügig, doch dürfte er nicht allzu schnell vorwärtskommen. Nicht einmal bei Tauwetter. Es wird Tage dauern, bis all der Schnee geschmolzen ist. Folglich ist er noch weit von daheim entfernt. Wird Alends Monarch während seiner Abwesenheit zu irgendwelchen Taten schreiten? Ich weiß es nicht. Um Euch mit dem vollen Maß meiner Klugheit«, — er zog eine Grimasse —, »Antwort zu geben: Meine Ansicht lautet, daß gegenwärtig nahezu alles geschehen mag. Bei der Weise, wie das Schicksal uns huldvoll gesonnen ist, wird wohl auch nichts ausbleiben.«

»Na schön, ist doch recht«, sagte Terisa halblaut. »Seit ich hier bin, ist die ganze Zeit ›nahezu alles geschehen‹.«

Geraden lachte gedämpft auf und vollführte eine Verbeugung. »Edle Dame, Ihr verfügt in beneidenswertem Umfang über die Gabe zum Untertreiben. Mag sein, wir sollten den Lauf der Ereignisse doch als glückvoll erachten. Käme das Geschehen zum Stillstand, wir möchten gar wohl arg verstört sein.«

»Sprechen Sie mal lieber für sich«, entgegnete Terisa.

»Verstört sein ist mein Normalzustand.« Sie täuschte Verwirrung vor. »*Glaube* ich jedenfalls.«

Er lachte erneut. »Ihr seid eine gütige Seele. Es ist nicht verwunderlich, daß ich zu Euch Zuneigung gefaßt habe.«

Terisa schaute hinaus ins Tauwetter und seufzte beglückt. »Das haut mich ja wirklich um.«

Kurze Zeit später klopfte jemand an die Tür »Verzeiht mir die Verspätung, Herrin«, sagte Saddith, als sie mit einem großen Frühstückstablett ins Zimmer trat. »Die Wächter verwiesen mich darauf, daß Adept Geraden bei Euch weilt ... schon zu so früher Stunde.« Sie zwinkerte Terisa zu. »Darum bin ich umgekehrt, um mehr Speise zu holen.«

Aufgrund des Frühlingswetters fühlte sich Terisa irgendwie leichtsinnig und gegen Mißlichkeiten gefeit. »Wie geht's heut früh Meister Eremis?« fragte sie albern.

Saddith senkte den Blick auf den eng eingezwängten Busen. »Er ist außerordentlich stark beschäftigt. So erzählt man's auf alle Fälle. Doch er befindet sich wohlauf.« Als sie aufblickte, hatte sie eine Miene bewußter Blauäugigkeit aufgesetzt, aber ihre Mundwinkel zuckten. »So erzählt man's auf alle Fälle.«

Terisa bemerkte, daß sie keineswegs so gut gelaunt war, wie sie gedacht hatte. Geraden schaute sie mit einem Blick stummer Fragestellung an; doch er hielt den Mund. Anscheinend hatte er sich zu dem Entschluß durchgerungen, daß er überhaupt nicht wissen mochte, in welchem Verhältnis sie zur Zeit zu dem Meister stand. Als die Zofe fort war, versuchte Terisa den inneren Auftrieb, den sie vorübergehend verspürt hatte, zu erneuern, indem sie beim Frühstücken kräftig zulangte. Trotzdem ließ es sich nicht leugnen: Sie war jetzt in eine ruhelose Stimmung geraten. Sie wollte etwas *tun,* so weit wie möglich weg von diesem Zimmer und von sich selbst. »Lassen Sie uns verduften«, schlug sie unvermittelt vor. »Heute. Heute morgen.«

Geraden starrte sie mit vollem Mund an. »Ihr wollt fort? Ihr wißt, ich kann Euch nicht ...«

»Das habe ich nicht gemeint. Aus dieser Wohnung, meine ich. Aus dem Schloß. Nach draußen.« Sie versuchte sich verständlich zu machen. »Vielleicht können wir Pferde leasen. Ich kann zwar nicht reiten, aber womöglich können Sie's mir beibringen. Irgendwas. Ich möchte ganz einfach für 'ne Weile *raus.*«

Er gab sich Mühe, sie zu begreifen. »Ich werde tun, was Ihr begehrt. Was bedeutet ›leasen‹?«

Aus keinem allzu schönen Grund überlegte Terisa, es könnte ganz spaßig sein, ihn einmal richtig anzuschreien. Oder vielleicht nicht unbedingt *spaßig;* eher eine *Befriedigung?* Zum Glück klopfte in diesem Moment jemand an die Tür. Terisa unterdrückte ihre niedrige Anwandlung. »Herein!« rief sie statt dessen.

Ein Posten öffnete mit förmlichem Gehabe die Tür. »Prinzessin Elega«, kündete er an, trat beiseite und verbeugte sich, während die älteste Königstochter hereinkam. Sie trug einen warmen Pelzmantel mit hohem Kagen und schmucke Lederstiefel, als hätte sie sich einen Ausflug vorgenommen. Geraden sprang auf. Unwillkürlich erhob sich auch Terisa.

Elega musterte die beiden. »Um Vergebung«, sagte sie mit ironischem Lächeln. »Ich hatte nicht die Absicht, jemanden zu erschrecken.«

»Geheimnisse zu hüten«, antwortete Geraden schlagfertig, »verursacht ein schlechtes Gewissen. Ihr kennt mich, Hoheit.« Sein Lächeln fiel kaum unschuldiger aus als Elegas. »Stets schmiede ich Ränke.«

Die Prinzessin maß ihn abschätzigen Blicks. Dann wandte sie sich an Terisa. »Auf was er auch sinnen mag, Terisa«, sagte sie, »ich hoffe, Ihr werdet Euch nicht von ihm darin verstricken lassen. Freilich weiß ich nicht, welche Pläne er verfolgt. Doch gewißlich schmiedet er Ränke dergestalt, wie er alles andere zu betreiben pflegt.« Sie lächelte. »Nämlich auf seine berüchtigte irrige Art.«

Daraufhin verneigte sich Geraden. »Ihr seid zu gütig, hochedle Dame.«

»Möchten Sie mit uns frühstücken?« fragte Terisa, statt zu schreien: Schluß damit!

»Nein, ich danke Euch.« Die Königstochter ließ sich auf den Wechsel des Gesprächsstoffs ein. Ihr Verhalten legte die Schlußfolgerung nahe, sie sei auf buchstäblich alles gefaßt. »Ich habe bereits ein Morgenmahl verzehrt. Indessen ist's mein Wunsch — solltet Ihr daran Gefallen finden —, mit Euch Besorgungen zu machen.« *Besorgungen?* Ratlos schaute Terisa die Prinzessin an, durch die Vertrautheit des Worts so verblüfft wie durch die Tatsache, daß sie es aus Elegas Mund hörte. »Leider wird's angesichts des Schlamms keine allzu feine Sache sein«, erklärte die Prinzessin. »Dennoch ist's wundervoll, daß es nun taut. Selbst wenn's zunächst nur ein, zwei Tage lang tauen sollte, werden dadurch die Landstraßen rings um Orison wieder in ausreichendem Maße befahrbar, so daß die Händler ihre Vorräte aufstocken können. So spät im Winter haben sie zumeist fast alle Ware verkauft, so daß es sich schwerlich lohnt, sie aufzusuchen. Nun jedoch vermögen sie ihr Angebot zu erneuern. Terisa, ich eracht's als wünschenswert, daß Ihr Tuch erwerbt und einen Schneider mit dem Auftrag betraut, Euch Kleidung anzufertigen, wie sie«, — fast unmerklich stockte Elega —, »Eurem Geschmack und Gutdünken entsprechen.«

»Kleidung?«

»Gleichwohl welche Art von Bekleidung Euch auch behagen mag«, bekräftigte Elega mit Nachdruck. »Natürlich werde ich Euch, was die Berücksichtigung des Wetters und der Bräuche anbetrifft, meinen Rat geben. Vordringlich jedoch liegt mir daran, Euch zu ein wenig Kurzweil und Vergnügen zu verhelfen.«

»Aber ich habe«, — das fiel Terisa als erstes ein —, »kein Geld.«

Überrascht hob die Prinzessin geziert die Brauen. »Ihr seid eine Freundin einer Tochter des Königs. Wozu braucht Ihr Geld?«

Terisa fand keine Worte für einen Widerspruch. Erfreulicherweise war Geraden für die Eigentümlichkeiten ihrer Unwissenheit sehr empfindsam. »Prinzessin Elega hat recht«, sagte er betont, versuchte Terisa mehr Sicherheit einzuflößen, als die Situation, betrachtete man sie vordergründig, überhaupt erforderte. »Solange Ihr Euch in Ihrer Begleitung befindet, wird in Mordant jeder Händler Euch geben, was Ihr wollt, jeder Handwerker tun, was Ihr verlangt. Das ist eins der Privilegien der Herrscherfamilie. Gerecht ist's nicht.« Sein Tonfall erinnerte Terisa an den Umstand, daß er die Mehrzahl seiner Freunde und Bekannten unter den arbeitenden Menschen Orisons hatte, nicht den Adligen und Damen. »Aber die Art und Weise, wie König Joyse übers Reich herrscht und es verwaltet, verschafft den Gauen mehr Wohlstand, als sie an Aufwendungen haben, sie an Geldern in die Fremde schicken müssen, und darum entsteht aus seinen Privilegien kein Schaden.« Anscheinend befürwortete er, daß Terisa das Angebot der Prinzessin annahm.

Terisa bemühte sich ums Überwinden ihrer Verwirrung. Inzwischen müßte sie sich, überlegte sie, wirklich an Überraschungen gewöhnt haben: Sie entwickelten sich in ihrem Leben zum Alltag. Und wenn sie genauer in ihr Inneres horchte, fand sie es aufregend. »Vielen Dank«, sagte sie zur Prinzessin. »Das ist echt 'ne Idee, die mir Freude macht. Eben wollte ich zu Geraden sagen, daß ich einfach mal raus muß. Mir war, als müßte ich zu schreien anfangen.«

Elega lächelte. »Ich weiß sehr wohl, wovon Ihr da sprecht. So habe ich mich während etlicher Jahre ohne Unterlaß gefühlt. Wann wär's Euch angenehm?«

Terisa schaute Geraden an, aber er hatte seine Gesichtszüge zu einer Maske der Ausdruckslosigkeit verkrampft. »Wie wär's jetzt sofort?«

»Das gefiele mir ungemein.« Elega wirkte erfreut. »Doch wenn Ihr mir gestattet, Euch schon am Anfang einen Rat zu erteilen«, fügte sie hinzu, »solltet Ihr Euch umkleiden, bevor wir gehen. Die Schneider und Näherinnen, welche für die Damen Schloß Orisons tätig sind, kennen sich nur mit Kleidern aus. Ich vermute, sie sind nicht im mindesten vertraut mit dem«, — sie dachte kurz über eine höfliche Formulierung nach —, »was Frauen, wie's den Anschein hat, in Eurer Welt an Gewandung tragen. Wenn Ihr ein Kleid anlegt und Eure eigenen Kleidungsstücke mitnehmt, könnt Ihr letztere beim Schneider zurücklassen, so daß sie ihm als Musterbild dienen mögen und danach gearbeitet werden kann.«

Obwohl sich Terisa in der Frage, ob ihr Hemden und Hosen tatsächlich lieber waren als Kleider und Röcke, empfand sie Elegas Empfehlung als zu vernünftig, um sie zu mißachten. »Gut, wenn Sie sich für 'n Moment gedulden.« Rasch entnahm sie dem einen Kleiderschrank in ihrem Schlafzimmer das unauffällige graue Kleid; dann ging sie zum Umziehen ins Bad.

»Kleidet Euch warm!« rief Elega. »Und gedenkt des Schlamms.« Nachdem sie das Kleid übergestreift hatte, suchte sich Terisa den dicken Schaffell-Umhang und das Paar Stiefel heraus, die ihr Geraden für die Besichtigung der Befestigungen Schloß Orisons besorgt hatte. Innerhalb weniger Minuten war sie fertig zum Ausgehen. Ihre alten Klamotten nahm sie unterm Umhang mit. Ihr Herz pochte, als wäre sie noch Schülerin. »Werdet Ihr uns begleiten, Geraden?« fragte Elega. »Ich bezweifle, daß das Auswählen von Stoffen und Begutachten der handwerklichen Leistungen von Schneidern und Näherinnen deinen Neigungen sehr entgegenkommt. Doch es ist unklug von Damen, sich ohne männliches Geleit zu den Händlern zu begeben.« Sie wandte sich an Terisa, um diese Feststellung zu erklären. »Trotz Kastellan Lebbicks unermüdlicher Anstrengung lockt der Markt vielerlei übles Gesindel an — Taschendiebe, Zigeuner, Gaukler und Haderer. Die Schloßwache erhält im großen und ganzen Ruhe und Ordnung aufrecht, aber sie vermag nicht alle kleinen Gaunereien zu verhüten.« Dann wandte sie sich wieder an Geraden. »Sollte es dir angenehm sein, dich vor deinen üblichen Pflichten drücken zu dürfen, werde ich gern vorgeben, dir befohlen zu haben, uns zu begleiten.«

»Ihr seid abermals zu gütig, Hoheit.« Hinter seiner Unterwürfigkeit war Geraden erheitert. »Eine Vortäuschung, verübt von des Königs Tochter, ist zweifelsfrei gleich viel wert wie ein Befehl. So versteht's sich denn von selbst, daß ich mit Euch gehe.«

Elega lächelte ihm zu wie einem artigen Kind. »Dann solltest du dir wohl einen Umhang um die Schultern werfen.«

Geraden stutzte; er erregte plötzlich einen nahezu argwöhnischen Eindruck, als vermute er hinter dem Rat der Prinzessin irgendwelche verwerflichen Motive. Aber er äußerte sein Mißtrauen nicht. »Das ist ein kluger Gedanke. Welchen Ausgang werdet Ihr nehmen? Ich werde Euch binnen kürzester Frist einholen.« Elega gab ihm Auskunft. Geraden verbeugte sich vor Terisa und verließ ihre Unterkunft. »Wollen wir uns auf den Weg machen?« meinte Elega freundlich zu Terisa. Als sie der Königstochter aus ihrem Quartier folgte, war sie sich nicht sicher, auf was sie sich damit einließ.

Während sie ungezwungen über diverse belanglose Dinge plauderte, führte Elega sie durch die Schloßgemäuer ans nordwestliche Ende Orisons. Unterwegs erspähte Terisa im Korridor Argus und Ribuld. Die beiden Schloßwächter schienen herumzulungern, als ob sie mit ihrer Freizeit nichts besseres anzufangen wüßten. Terisas Laune trübte sich leicht. Was als gewöhnliche Vorfreude auf den Frühling begonnen hatte, erwies sich als neuer Schachzug in dem Wirrwarr von Plänen und Intrigen, die mit Mordants Notstand zusammenhingen. Vorerst fand sie sich damit ab. Im Moment wollte sie nichts anderes als *hinaus,* ihr gegenwärtiges Stimmungstief überwinden.

Nach einer Weile gelangten sie und Terisa zu einer Pforte, die zum Innenhof Zutritt bot. Mit ihren dicken Balken und Eisenriegeln gab die Pforte sicherlich ein schwer durchdringliches Hindernis ab, wenn man sie schloß; jetzt jedoch stand sie offen, die Posten lehnten im Freien, beobachteten die Vielzahl von Leuten, die aus den Gebäuden Orisons strömten und sich zwischen den Buden und Zelten vermischten, durcheinanderwimmelten. Geraden war schon da; er mußte wieder gerannt sein. Um sich warmzuhalten, hatte er einen Umhang um die Schultern geschlungen. Für eine Sekunde zeigte seine Miene Erleichterung, die er nicht verheimlichen konnte. Anscheinend hatte sich nun eine seiner Befürchtungen als unbegründet herausgestellt. Er begrüßte die beiden Frauen mit einem Lächeln.

Terisa atmete die frühlingshafte Luft tief ein, durchquerte mit ihrer Begleitung hastig das Geträufel von den Dachkanten, eilte in den Morast. Wieder versetzte die Ausdehnung des Schloßhofs sie in Staunen. Verborgen im eigenen Schatten, hoben die östlichen Bauwerke Orisons sich dunkel gegen den unermeßlichen blauen Himmel ab; im Westen dagegen lag die gesamte Innenseite des Schlosses im Sonnenschein, so daß die Grau- und Brauntöne des Steins glänzten, der Atmosphäre in der näheren Umgebung fast mehr Wärme als das Wetter verliehen. In diesem Licht wirkten die unregelmäßigen, verschachtelten, hochaufgetürmten Schloßgemäuer wie ein wirklicher Schutz, ringsherum ragten sie empor, wie um alles, was sie umschlossen, sicher gegen Gefahren abzuschirmen. Fensterscheiben spiegelten den Sonnenschein wider, blitzten grell; an den zwischen Balkonen, Erkern und Söllern gespannten, an Pfosten, Vorsprüngen und Fahnenmasten befestigten Leinen hatte man Wäsche zum Trocknen aufgehängt, die nun mit ihren vielen Farben den Mauern eine auffällige Buntheit gab; auf den Türmen flatterten und leuchteten Wimpel und Banner, die von unten winzigklein aussahen.

Der Morast erwies sich als weniger schlimm, als Terisa es aufgrund der Äußerungen Elegas erwartet hatte. An diesem Ende des Innenhofs, abseits der Zone, in der die Schloßwache mit ihren Pferden exerzierte, waren Kies und

Asche auf den Schlick gestreut worden. Das behob nicht die Verschlammung des Hofs, machte aber den unvermeidlichen Matsch weniger tief und zäh. Der Saum von Terisas Kleid saugte unverzüglich Nässe auf und wurde schmutzig, doch sie konnte sich unvermutet ungehindert bewegen.

Die Leute, die im Schloßhof ihre Geschäfte und Gewerbe betrieben, waren offensichtlich von ihrer eigenen Art der Frühlingserwartung gepackt worden, denn sie hatten die hölzernen Läden ihrer Buden weit geöffnet, ihre Zelte mit Bändern geschmückt, Karren mit Erfrischungen herangefahren, zu deren Genuß sich gestern noch niemand in die Eiseskälte gewagt hätte. Sie hatten farbenprächtige Kleidung angezogen und spontan für den heutigen Tag ein Fest ausgerufen. Terisa hörte die Musik von Dudelsäkken und Flöten, untermalt durch die Klänge von Tamburins. Wahrscheinlich tanzte man irgendwo. Dem Rauch entzündeten Brennholzes, der im schwachen Wind aus kleinen Schornsteinen in den Dächern von Holzhüttchen, den Abzugslöchern von Zelten wehte, von offenen Feuern aufquoll, folgten dichtauf Kochgerüche und der Duft von Gewürzen. Aus keinem anderen Grund, als daß sie sich auf einmal pudelwohl fühlte, lachte Terisa laut auf. Geradens Laune war ähnlich. Auch Terisa lächelte, wenngleich die Überlegenheit in ihrem Blick andeutete, daß ihr stilles Vergnügen einen vielschichtigeren Ursprung hatte. Terisa grinste den beiden zu, mußte sich zurückhalten, um nicht in ungestümes Tempo zu verfallen.

»Da!« Inmitten der Buden und des Gedränges nutzte Geraden seinen anscheinmäßigen Status als *Freund einer Tochter des Königs* aus, stürzte zu einem Verkaufsstand und bemächtigte sich einiger Stücke des Angebots, das aus an langen Holzspießen gebratenen Brocken Fleisch bestand. »Dies ist in der ganzen Welt meine allerliebste Speise.« Der Händler verbeugte sich unaufhörlich, wie ein Stehaufmännchen, während Geraden in wahrem Triumph seine Beute zu Terisa und Elega brachte. »›Domneschatz‹ heißt sie. Das Fleisch stammt von nichts anderem denn Lamm, doch ist's mit einer Soße getränkt, die Eures Herzens Schmelzen bewirken wird.« Schwungvoll reichte er jeder seiner Begleiterinnen einen Spieß. »Eßt und beklagt's, daß Ihr nicht im Domnegau geboren worden seid!«

»Mich will's dünken«, entgegnete Elega leise und ohne Bosheit, »ich wollt's eher beklagen, *wäre* ich im Domnegau geboren.«

Saft rann Terisa übers Kinn, als sie in das zarte Fleisch biß. Es war mit etwas gewürzt, was sie noch nie geschmeckt hatte. Erinnerte es an abgestandenen Koriander? Oder falsch gelagerten Kreuzkümmel? Aus Rücksicht auf Geraden aß sie den abgebissenen Brocken auf, dann versuchte sie sich einen Vorwand auszudenken, der es ihr ersparen könnte, den Rest aufzuessen. Zum Glück mundete es ihm selbst derartig hervorragend, daß er sich zeitweilig gegenüber seinen Begleiterinnen wie blind und taub verhielt. Flink reichte Elega ihre Portion der nächstbesten Person, die vorüberstrebte. Nach kurzem Zögern tat Terisa das gleiche. Sie verspürte gelinde Gewissensbisse, während sie sich das Kinn abwischte.

Sie und Elega spazierten wortlos weiter; die Menschenmenge verursachte zu viel Lärm, als daß man sich in Ruhe hätte unterhalten können. Leute lachten lustig, riefen einander rauhbeinig Zuspruch oder schrien sich Schimpfworte zu, grüßten Bekannte oder Freunde, feilschten um Ware. Aber Terisa hatte ohnehin keine Lust zum Reden; sie wollte sich nur alles anschauen, die vielfältigen Eindrücke auf sich wirken lassen. Das laute Getümmel hatte für ihr Empfinden wenig Ähnlichkeit mit der rasereiartigen Hetze in den städtischen Straßen, die sie aus ihrem früheren Leben kannte. Diese Menschen hier befaßten sich nicht damit, wie sie reich werden, wie sie es vermeiden könnten, ausgeraubt oder aus ihren Wohnungen geworfen zu werden. Ebensowenig beschäftigten sie sich mit dem etwaigen Krieg gegen Cadwal und Alend, den ethischen Problemen der Imagomantie oder der unerklärlichen Schwäche des Königs. Sie widmeten sich wichtigeren Angelegenheiten.

Geraden gesellte sich wieder zu Terisa, grinste leicht dümmlich. Zusammen mit Elega bahnten sie sich durch das Gedränge den Weg des geringsten Widerstands.

Hier war alles völlig unsystematisch aufgebaut oder aufgestellt worden, ohne an Fragen wie mühelosen Zugang oder vorteilhafte Ausbreitung der Auslagen einen Gedanken zu verschwenden — und genausowenig hatte man auf die sanitären Verhältnisse irgendeine Mühe verwendet. Allem Anschein nach reichte Kastellan Lebbicks Autorität nicht bis in alle Winkel dieses kleinen Dorfs, das entstanden war, um die Bedürfnisse Schloß Orisons zu befriedigen. Wacklige Holzhüttlein, die viel zu hoch für ihre Unterbauten wirkten, zu schnell und nachlässig zusammengehämmert, um mehr als nur halb zur dauerhaften Benutzung geeignet zu sein, lehnten aneinander, machten es oftmals den Kunden schwer, die Eingänge zu den Gewerberäumen zu finden. Einige Zelte nahmen wie in einem Ausdruck überhöhten Selbstbewußtseins zuviel vom vorhandenen Platz in Anspruch, und man konnte nicht an ihnen vorbei, ohne sich unter ihre Seile zu dukken oder über sie zu steigen. Von Kochstellen flogen gefährlich nahe an morschen Brettern und trockenem Segeltuch Funken empor. Terisa wurde so häufig angerempelt, daß sie froh war, kein Geld bei sich zu haben.

Hinter einer Ecke gelangten sie und ihre Begleiter zu einem Marktschreier, der auf einem grell bemalten Karren Geheimmittelchen feilbot. Sein Kittel war ihm um mehrere Größen zu klein, die Hose dagegen deutlich zu groß. Und beide Kleidungsstücke waren völlig zerfleddert. Er hatte jedoch aus der Not eine Tugend gemacht, indem er sich vom Hals bis zu den Fußknöcheln in Stoffstreifen aller Farben wickelte, so daß die Fetzen seiner eigentlichen Kleidung wie ein Bestandteil seiner Kostümierung aussahen. Sein Schnauzbart stand dem Haar an Filzigkeit nicht nach, und das Haar zeichnete sich zusätzlich dadurch aus, daß es von hineingeriebener Asche wie gemasert wirkte. Auch seine schwärzlich-dunkle Haut war mit Asche eingerieben; er rollte wie im Fieber mit den Augen. Seine Quacksalbermedizinen befanden sich in kleinen schiefen Glasfläschchen, großen unregelmäßigen Tontöpfen sowie aus Schilf geflochtenen Körben. Er pries sie mit gellendschrillen Rufen an, die wie das Gejohle eines Schwachsinnigen klangen. Hätte er ein Schild mit der roten Aufschrift SCHWINDLER um den Hals getragen, er hätte nicht zweifelhafter als jetzt ausgesehen. Eine beachtliche Anzahl von Leuten interessierte sich für seine Waren, doch anscheinend fand er nur wenig Käufer.

»Woher *kommt* denn so jemand?« erkundigte Terisa sich bei Elega. »Ich kann mir nicht vorstellen, daß er genug verkauft, um davon zu leben.«

»Ihr habt Euch nie außerhalb der Mauern Orisons aufgehalten.« Ton und Miene der Prinzessin blieben gleichgültig; offenbar teilte sie Terisas Neugier nicht. »Macht Euch anhand Eurer Erlebnisse bei uns kein falsches Bild. Außerhalb des Kronguts — und in geringem Umfang auch der größeren Städte der Gauen — gibt's unter Mordants Bevölkerung eine beträchtliche Menge von Einfaltspinseln und Gimpeln. Kerle wie dieser führen nicht selten ein besseres Leben als Ihr wähnen mögt.«

Trotzdem hielt Terisa den Mann irgendwie für faszinierend. Tatsächlich empfand sie ihn sogar als viel faszinierender, als sie es sich erklären konnte. Irgend etwas an der Art, wie er die Augen verdrehte und idiotisch vor sich hinglotzte, weckte bei ihr den Verdacht, daß er genau wußte, was er trieb, sich hinter seinem Auftreten Berechnung verbarg. Schauspielerte er nur? Versuchte er jedem Argwohn vorzubeugen, indem er sich als offenkundig unverläßlich darstellte?

Doch Terisas Begleiter wollten weiterschlendern, und nach einem Moment des Zögerns fügte sie sich. Kurze Zeit später zeigte Elega nach vorn. »Sämtliche Tuchhändler und Schneiderinnen befinden sich dort«, sagte sie laut.

»Fast stehen sie einer auf dem andern, und es geht dort, anders als man vermeinen sollte, nicht immer ruhig zu. Ich glaube, des öfteren drängt's sie mehr, voneinander abzuschauen, als zum Anlocken von Kunden. Aber solange ich bei Euch verweile, werden sie sich wohl Mäßigung auferlegen.« Terisa fühlte die Versuchung, darauf zu entgegnen: Anscheinend haben Sie auf jeden diese Wirkung. Sie verkniff es sich jedoch, sagte nichts. Sie kamen an einem Karren vorüber, dessen Besitzer etwas anbot, das frischgebackenes Brot sein mußte. Ein anderer Krämer hatte die Sorte von billigem Schmuck und ähnlichen Kinkerlitzchen anzubieten, wie ein Soldat der Schloßwache sie einem Dienstmädchen schenken mochte. Auf einem freien Platz, einer Stelle, wo noch niemand eine Bude aufgebaut oder ein Zelt aufgerichtet hatte, arbeitete ein Jongleur in weitem schwarzen Gewand mit spitzen silbernen Sternen aus Metall, als wären sie lediglich Teller oder Kegel. Das Gewand umwehte, umwirbelte ihn wie ein Strudel aus Mitternachtsschwarz. Gleich darauf waren Terisa und ihre Begleitung den Schneidern und Tuchhändlern nahe genug, um an Fenstern und Türen Stoffbahnen ausgebreitet und aufgehängt zu sehen, um zum Betrachten, zur Begutachtung einzuladen, Männer mit Maßbändern um den Hals und in die Kleidung gesteckte Nadeln um Vorbeigehende werben zu hören. Plötzlich stieß Geraden einen Ruf der Überraschung und Freude aus, lief unvermittelt davon, spritzte Schlick auf. Terisa und Elega starrten ihm nach. »Ich schwör's Euch, Terisa«, meinte die Prinzessin, »dieser Mann verwandelt sich von Jahr zu Jahr mehr zurück in einen Knaben.« Trotz ihres abfälligen Tons erregte sie einen Eindruck der Verwirrung, vielleicht sogar von Besorgnis. »Sicherlich muß er doch wissen, daß es weder höflich ist, von unserer Seite zu weichen, noch klug?«

Terisa beobachtete, wie er sich rücksichtslos durch die Menschenmenge schob, hielt den Atem an, weil sie befürchtete, er werde hinfallen. Aber er fiel nicht. Statt dessen blieb er so unvermutet, wie er losgerannt war, wieder stehen. »Lassen Sie uns mal nachsehen, was er da tut.« Ohne auf Elegas Zustimmung zu warten, strebte Terisa in Geradens Richtung. Die Prinzessin seufzte vernehmlich und schloß sich an.

Geraden hatte sich nicht weit entfernt. Er stand mit einem anderen Mann zusammen, der sich darüber, von ihm erspäht worden zu sein, sichtlich bedeutend weniger freute. »Terisa«, sagte der Adept, als sie und Elega sich zu den beiden gesellten, »das ist mein Bruder Nyle.« Dann begann er draufloszureden. »Artagel hat mir erzählt, du seist hier, doch ich mocht's fast nicht glauben. Ich konnte dich nirgends finden. Wo hast du dich versteckt gehalten? Wie prachtvoll, dich wiederzusehen! Weshalb weilst du auf Orison? Das letzte Mal, als ich über dich Kunde vernahm, hattest du dich für den Winter nach Houseldon begeben. Du wolltest dir's ausreden ... Ach, was soll's. Sind alle gesund und wohlauf? Wie ergeht's Vater? Und Tholden? Wie steht's um ...«

»Gestatte ihm zu antworten, Geraden«, schalt Elega streng. »Gewißlich hat er sich nicht ›versteckt gehalten‹, wie du's zu nennen beliebst, allein um zu vermeiden, daß du ihn zu Tode schwatzt.«

Mit Mühe unterdrückte Geraden seinen Redeschwall. Terisa musterte Nyle unverhohlen neugierig. Sie hätte ihn jederzeit und überall als Geradens Bruder erkannt. Er hatte Geradens Haar, den gleichen Teint, einen vergleichbaren Körperbau, war höchstens zwei, drei Zentimeter kleiner; sein Gesicht hätte die gleiche Miene wie Geraden gehabt, wären seine Gesichtszüge nicht durch düstere Grübelei statt von Offenherzigkeit geprägt worden. Man hätte ihn als unzufriedene Ausgabe seines jüngeren Bruders bezeichnen können, einen Mann, dessen grundsätzlich ernstzunehmende, gute Natur sich inzwischen auf irgendwelchen Abwegen befand. Daß ihn das Zusammentreffen mit Geraden nicht freute, war eindeutig. Förmlich verbeugte er sich vor den zwei Frauen. »Prinzessin Elega ...«

Er und Elega schauten aneinander vorbei. »Edeldame Terisa, ich bin froh, Euch zu begegnen«, — davon konnte Terisa seiner Stimme nichts anhören —, »wiewohl mein Bruder sich nicht der Mühe unterzogen hat, uns miteinander bekanntzumachen.« Geraden fing sich zu entschuldigen an, aber Nyle unterbrach ihn. »Du hast mich nicht finden können, dieweil ich mich persönlichen Angelegenheiten widmen mußte.« Er betrachtete Geraden mit ziemlich säuerlichem Blick, und dementsprechend war auch sein Tonfall. »Dieselben haben mit dir nichts zu schaffen, darum gibt's keinen Anlaß, weshalb ich dich in sie verwickeln sollte.«

»Was willst du damit sagen, ›persönliche Angelegenheiten‹?« schnob Geraden. »Ich bin dein *Bruder.* Nicht einmal Stead«, — er lachte kurz auf —, »kennt ›persönliche Angelegenheiten‹, welche er geheimhalten zu müssen wähnt, und er hätte, mag sein, dazu weit mehr als du Gründe. Die Hälfte aller Ehegatten des Domnegaus schrickt zusammen, sobald er nur durch die Tür tritt. Was könnt's sein, das du treibst und deine Familie nichts scheren soll?«

In Nyles Wange zuckte ein Muskel; es gelang ihm jedoch, den Rest seines Gesichts reglos zu halten. Er entzog Geraden seine Aufmerksamkeit, verbeugte sich erneut vor Terisa und Elega. »Hoheit, edle Dame, ich hoffe, das Lustwandeln bereitet Euch Vergnügen. Es ist ein Glück, daß uns ein solches Wetter vergönnt ist.« Die Schultern gestrafft, den Rücken stocksteif, entfernte er sich zwischen die Marktstände.

Terisa warf Geraden einen Blick zu. Seine Miene war verkrampft; einen Moment lang, so hatte es den Anschein, stand er dicht davor, seinem Bruder nachzulaufen oder etwas nachzurufen. Aber auf einmal schwang er sich zu Elega herum. »Hochedle Dame ...« Er mußte sich gehörig bezähmen, um sich in Lautstärke und Tonfall zu mäßigen. »Ist das Euer Werk?«

Die vorwurfsvolle Frage schockierte die Prinzessin keineswegs. »Es möchte sehr wohl etwas mit mir zu schaffen haben«, murmelte sie, während sie Nyles im Entschwinden begriffener Gestalt lebhaften Blicks nachschaute. »Ich sollte mit ihm ein Wörtchen wechseln. Man entschuldige mich.« Sie raffte ihren Saum hoch und eilte Nyle hinterdrein.

Geraden machte Anstalten, ihr zu folgen. Wie aufgrund einer Eingebung legte Terisa ihm eine Hand auf den Arm. Hatte sie nicht irgendwann einmal gehört, wie Elega seinen Bruder Nyle erwähnte? Wann war das gewesen? Ach ja: als Elega sie das erste Mal zu Myste mitnahm. *›Nyle entspricht mehr meinem Geschmack.‹* Geraden blickte sie an, um zu erfahren, warum sie ihn zurückgehalten hatte. »Wie könnte sie was damit zu tun haben?« fragte Terisa.

Elega holte Nyle ein und bewog ihn zum Stehenbleiben. Ihre Gesichter ließen sich nicht genau erkennen; zu viele Leute bewegten sich davor durch Terisas Blickfeld. Und was sie redeten, konnte man natürlich nicht hören.

»Seit Jahren nährt er leidenschaftliche Zuneigung zu ihr, doch erachtet er dieselbe als hoffnungslos und bar jeglicher Aussichten«, antwortete Geraden zerstreut. »Er glaubt ...« Gereizt runzelte er die Stirn. »Ich versteh's nicht. Er wähnt, er sei für sie nicht großartig oder außergewöhnlich genug. Noch nie hat er irgendwo auf der Welt irgendeine besondere Tat vollbracht. Er weiß, wie voll des Ehrgeizes sie ist, drum glaubt er, 's sei gewiß, daß sie ihn niemals erhören wollte. Ich vermute, 's erfüllt ihn mit Groll, daß *ich* es war, den man ihr versprach ... und daß ich selbige Gelegenheit vertat. Er hat behauptet, er gedenke während des ganzen Winters in Houseldon zu verbleiben, um sich den Gedanken auszureden, um ihre Hand anzuhalten.«

»Sie meinen, jetzt ist er doch nach Orison gekommen, um rauszufinden, ob sie ihn haben will?«

Geraden nickte. Tiefes Mitgefühl verpreßte ihm das Gesicht. »Doch ich mutmaße, er hat sie noch nicht gefragt. Denn hätte er's getan und wäre abgewiesen worden, er würde hier nicht länger säumen. Ich denke mir, sie muß etwas getan haben, das ihn kränkte, noch bevor er hinlänglichen Mut zu sammeln vermochte, um sich ihr mit seinem Antrag zu nahen. Nun kann er nicht fort, dieweil er nicht gewagt hat, was zu wagen er sich eingefunden hat. Er grämt sich zu sehr, um's tun zu können. Verwünschtes Weib!« Geraden sah Terisa an. »Freilich äußere ich nur Mutmaßungen. Aber beobachtet die beiden. Was 's auch sein mag, das ihn verdrießt, offenkundig weiß sie, was es ist.«

Was Terisa durch das Hin- und Hergelaufe der Menschenmenge von dem Paar sehen konnte, bestätigte allem Anschein nach Geradens Vermutungen. Elega redete auf Nyle ein — bat ihn um etwas, legte ihm etwas nahe? —, als wüßte sie genau, was sie sagen mußte. Und seine Antworten erlaubten, obwohl sie kurz ausfielen, auf Verständnis, ja sogar Einlenken zu schlußfolgern. Weil sie keine Ahnung hatte, wie sie Geraden trösten könnte, wechselte Terisa das Thema. »Was halten Sie von dem Marktschreier? Dem ganz in Lumpen und Streifen gekleideten Mann?«

Zunächst blieb Geradens Aufmerksamkeit bei Nyle und Elega. Nur mit einer merklichen Willensanstrengung gelang es ihm, den Blick erneut auf Terisa zu richten. »Was habt Ihr gesagt? Ich hab's nicht vernommen.«

»Der Marktschreier, an dem wir vorhin vorbeigegangen sind. Was halten Sie von ihm?«

»Was ich von ihm halte? Mir ist nichts Ungewöhnliches an ihm aufgefallen. Weshalb fragt Ihr?«

Terisa bemerkte den Unterschied, der bestand, wenn Geraden sie *wirklich* anblickte. »Bloß Neugier«, entgegnete sie gleichmütig. »Irgendwas an ihm ...«

Eine der Eigenschaften Geradens, die sie zu schätzen wußte, war seine Bereitschaft, jederzeit auf sie einzugehen. Er forschte in seinem Gedächtnis. »Ich habe ihn noch nie gesehen«, sagte er schließlich. »Das verwundert mich. Er schaut nicht so jung aus, daß er ein Neuling in seinem Gewerbe sein könnte.«

»Na ja, alt sieht er nicht unbedingt aus«, begann Terisa, »er …« In diesem Moment kam sie auf die Wahrheit. »Er sieht mir bekannt aus.« Darum hatte er ihr Interesse geweckt. »*Ich* habe ihn schon mal gesehen.«

Geraden starrte sie an. »Was habt Ihr?«

»Ich *habe* ihn schon mal irgendwo zu sehen bekommen«, beharrte Terisa. »Ich bin ganz sicher. Aber nicht in dem Aufzug. Er hat sich verkleidet.«

»Wo ist's gewesen?« Geraden glaubte ihr sofort. »Ist er jener Mann, welcher Euch überfallen hat?«

Gart? »Nein.« Terisa schloß die Lider, versuchte ihre Erregung zu meistern. »Das ist er nicht.« Aber die Bruchstücke und Andeutungen ihrer Erinnerung fügten sich nicht zusammen. »Ich weiß nicht. Irgendwo.« Je deutlicher sie sich den Marktschreier nun vorstellte, um so weniger kam er ihr bekannt vor. »Ich kann mich nicht entsinnen.«

»Trachtet's nicht zu erzwingen. Laßt davon ab, und um so rascher wird's Euch wieder gegenwärtig sein. Und habt Dank.«

Terisa schüttelte den Kopf. »Dank? Wofür?«

Geraden nickte in Nyles und Elegas Richtung. »Ich konnte Ablenkung gebrauchen.«

Als Terisa ebenfalls hinüberschaute, verschwand Nyle im Gedränge, und Elega befand sich auf dem Rückweg. Ihr Lächeln, das Entschiedenheit bezeugte, und ihr verschleierter Blick machten gleich klar, daß sie nicht beabsichtigte, ihren Begleitern den Inhalt des Gesprächs zwischen ihr und Nyle zu verraten. »Ich ersuche um Vergebung für das Warten«, sagte sie, ehe Terisa oder Geraden ein Wort von sich geben konnten. »Dort hinten ist der vorzüglichste all dieser Tuchhändler. Wollen wir sogleich ihn aufsuchen?« Indem sie die Zustimmung der beiden als selbstverständlich annahm, ging sie in die entsprechende Richtung. Hinter Elegas Rücken blickte Geraden Terisa in die Augen und zuckte die Achseln. Der Ausdruck seines Munds zeugte eher von Bedauern als von Mißmut. Schließlich sammelte er heute nicht seine ersten Erfahrungen mit der ältesten Königstochter. Offenbar beherrschte er inzwischen irgendeinen Trick, der es ihm ermöglichte, sich über ihre Verhaltensweisen nicht zu ärgern. Gemeinsam folgten er und Terisa der Prinzessin. Als sie sich den Stoffhändlern und Schneidern näherten, steigerte sich das laute Gerufe zu wahrem Tohuwabohu. Die Gewerbetreibenden wetteiferten so aggressiv um jeden einzelnen möglichen Kunden, daß Terisa sich nie zwischen sie getraut hätte, wäre sie allein gewesen. Aber Prinzessin Elega ließ sich nicht im geringsten beeindrucken. Sie lächelte leutselig, als sie sich unter sie mischte. »Ihr ehrenwerten Handwerker«, sagte sie, ohne im mindesten die Stimme zu heben, »eure laute Werbung erübrigt sich, ihr wißt, daß ich mit dergleichen nicht überzeugt werden kann.« Ihr Ton klang ebenso selbstsicher wie nachsichtig. »Möchtet ihr mir wohl die Gefälligkeit erweisen und euch ein wenig rücksichtsvoller betragen?« Fast unverzüglich verbreitete sich rings um sie Ruhe, indem die Leute sie erkannten und sich gegenseitig in die Rippen stießen. Zur Anerkennung neigte Elega huldvoll den Kopf, eine Geste, bei deren Anblick Geraden die Augen verdrehte. Aber wie Terisa merkte, meinten die Händler ihre Ehrerbietigkeit völlig ernst. Die Gunst einer Königstochter mußte wohl, wie teuer sie auch zu stehen kommen konnte, ihren besonderen, eigenen Wert haben. Elega faßte eine Bude ins Auge und schritt wie an der Spitze eines umfangreichen Gefolges darauf zu. Wie viele dieser Holzbauten stand der Laden auf einem niedrigen Unterbau, so daß die Bodenbretter nicht direkt im Schlamm ruhten. Ein paar anscheinend robuste Stufen führten zu einem winzigen Vorbau hinauf, der bereits einen erheblich weniger soliden Eindruck machte, dann betrat man durch eine offene Tür die kleine Räumlichkeit, in der die Waren des Händlers auslagen. Der Großteil der Helligkeit in dem putzigen Schuppen drang durch die unverglasten Fenster herein, deren Läden offenstanden, doch lieferte ein Kohlenbecken in der Mitte der Fußbodens außer Wärme zusätzliches Licht. Der Inhaber hastete Elega voraus ins Innere, bezog dort Aufstellung hinter einer Theke und begann seine pflichtschuldige Begeisterung über ihren Besuch mit halblautem Genuschel zu bekunden. Abgesehen von der Ladentheke und dem Kohlenbecken war der Raum allerdings völlig leer. Kahle Bretter ohne Regale gaben die Wände ab. Das Geschäft hatte außer Stoffbahnen an den Fenstern und auf dem Vorbau keinerlei Stoffe ausliegen. Elega nahm diese Tatsache gelassen auf. »Ich sehe, ich habe die richtige Tuchhandlung aufgesucht.«

»Fürwahr, Ihr habt's, Eure Hoheit«, war der Händler zu entgegnen unverfroren genug. »Meine Angebote des Winters sind restlos verkauft. Es ist nichts als meine Muster zurückgeblieben.«

»Ich fasse das als Beweis für die hohe Güte deiner Waren auf.«

Der Mann verbeugte sich in untertänigem Stolz. »Doch ich werde, sobald die Landstraßen wieder befahrbar sind, alles haben, was Ihr wünscht«, versicherte er rasch.

»Vortrefflich. Dann laß uns deine Muster anschauen.« Elega deutete auf ihre Begleitung. »Die Edeldame Terisa von Morgan bedarf neuer Kleider.«

»Sogleich, Hoheit.« Unter der Theke holte der Mann lange schmale Stoffstreifen hervor, die er zum Anschauen ausbreitete.

Geraden räusperte sich. »Mit Eurer Erlaubnis, Prinzessin«, sagte er zu Elega, »möchte ich Euch nun für ein Weilchen verlassen. Meine Stellungnahmen dürften Euch schwerlich bei der Auswahl behilflich sein. Und sollte jemand Euch behelligen, derweil Ihr Tuch auswählt oder Euch mit einem Schneidermeister beratet, wird jeder Händler ringsum Euch eilends Beistand leisten.«

»Laß Nyle in Frieden«, antwortete Elega, obwohl sie ihr Einverständnis nicht verweigerte. »Mich dünkt's, heute ist er nicht in der Laune, um obendrein von Verwandten belästigt zu werden.« Sie nahm zwei, drei Streifen Stoff zur Hand, zeigte sie Terisa. »Was haltet Ihr davon?«

Nur Terisa bemerkte die Verbeugung des Adepten, als er die Bude verließ. Sie nutzte diese Gelegenheit, um Elega eine Frage zu stellen, bemühte sich um einen harmlosen Tonfall. »Haben Sie gewußt, daß Nyle in Orison ist? Geraden war überrascht, als er es erfuhr.«

»Nein. Warum?« Elegas Desinteresse war nahezu vollkommen. »Ich hätte überraschter als er sein müssen. Bevor ich ihn erblickte, ahnte ich nicht, daß Nyle zu Orison weilt. Doch ich glaube, ich entwöhne mich des Vermögens, durch irgend etwas überrascht zu werden, was die Söhne Herrn Domnes treiben.«

Terisa zuckte die Achseln. »Ich dachte bloß, Sie könnten ihn schon vorher gesehen haben. Sie haben ihn mal erwähnt. Ich hatte den Eindruck, daß Sie ihn mögen.«

»In der Tat, ich mag ihn.« Elega war einfach besser als Terisa, was Nonchalance betraf. »Er gilt mir als Freund. Und ich achte ihn. Er zeichnet sich durch ... Ernstmut ...? Nein, eine Ernsthaftigkeit des *Strebens* aus, an welcher's seinen Brüdern anscheinend mangelt. Um Euch ein Beispiel zu nennen, es ist undenkbar, daß er — wie Geraden — Jahr um Jahr als Adept tätig wäre, ohne zum Meister der Imagomantie erhoben zu werden. Ebenso ist's unvorstellbar, daß er die Fähigkeiten und Kenntnisse Artagels erwürbe, ohne sie zu seinem Vorteil zu verwenden — was zu tun Artagel ablehnt — und zu einem hohen Befehlshaber der Landwacht aufzusteigen. Einst gab's eine Zeit, da hätte ich ihn, hätte er um meine Hand geworben, so ernstgenommen, wie er ernstlich meiner gedachte.« Elega machte diese Einlassungen ohne irgendwelche Bedenken wegen der Anwesenheit des Händlers. »Dennoch war mir nicht bekannt, daß er nach Orison gekommen ist. Seine ›persönlichen Angelegenheiten‹, um was es sich dabei auch handeln mag, haben mit mir nichts zu schaffen.«

»Ich war bloß neugierig.« Lustlos widmete Terisa ihre Aufmerksamkeit den Stoffen.

Wie sich herausstellte, hatte Elega dafür einen geübten Blick. Die Materialien, die sie in die nähere Auswahl gezogen hatte, waren von hervorragender Qualität: warmer Körper, leichter Popeline für den Alltag, Seide und Samt für feierliche Anlässe; und die Farben, die sie in Betracht zog, paßten zu Terisas Haar, Augen und Haut. Bald hatte Terisa zehn Muster, die ihr am besten gefielen, vor sich liegen. »Das dürfte fürs erste genügen«, sagte Elega auf einmal, während Terisa sich noch für ein, zwei (oder drei?) Stoffe zu entscheiden versuchte. »Sobald das Tuch eintrifft, beliefere damit Schneidermeister Mindlin. Er wird dir kundtun, wieviel von jedem Tuch er braucht.«

»Gewißlich, Hoheit, mit der größten Genugtuung.« Die Aussicht, Stoff für zehn Kleidungsstücke umsonst liefern zu müssen, bereitete dem Händler allem Anschein nach keinen Verdruß.

Terisa war zu erstaunt, um zu widersprechen. *Zehn* neue Kleider? Was sollte sie mit *zehn* neuen Kleidern anfangen?

Elega wirkte, als genösse sie Terisas Gesichtsausdruck. »Kommt«, sagte die Prinzessin und lächelte. »Mindlin hat meine Gewänder immer geschneidert. Ich hege keinen Zweifel daran, daß er höchst erfreut sein wird, das gleiche für Euch tun zu dürfen.«

»Keine Frage, edle Dame«, bestätigte der Händler. »Gar keine Frage. Eine glanzvolle Wahl, falls Ihr die Bemerkung gestattet. Mindlins Schneiderwerk ist wahrhaft prachtvoll. Ganz und gar eine Pracht. Noch in derselben Stunde, in welcher diese Stoffe anlangen, werde ich sie ihm zukommen lassen.«

Indem sie ihm voller Huld zunickte, zog die Prinzessin Terisa aus der Bude. Mindlins Werkstatt befand sich in der Nähe. Sie war, falls überhaupt möglich, vielleicht noch bescheidener oder anspruchsloser ausgestattet als das Geschäft des Stoffhändlers. Mindlin war ein hochgewachsener Mann mit hohlen gräulichen Wangen und strengen Gebärden, und er sprach in einem arroganten Ton, der aus einem anderen Mund zu stammen schien als die schleimscheißigen Floskeln, die er daherredete. Seine Äußerungen waren so darartig kriecherisch, daß sie selbst Elega in Verlegenheit brachten. »Dank des hohen Ansehens, zu welchselbigem er als mein Schneider gelangt ist«, meinte sie zu Terisa, »hat er beträchtlichen Wohlstand errungen.« Terisa konnte sich ein Schmunzeln nicht verkneifen. Doch keine Verlegenheit verhinderte, daß Elega Herrin der Lage blieb. Kurz und bündig teilte sie Mindlin mit, welche Materialien er von wem geliefert erhalten würde. »Welche Gewänder wünscht Ihr?« fragte sie danach Terisa.

Im ersten Moment fiel Terisa beim besten Willen nichts ein. »Ich weiß nicht ... Ich habe noch nie Kleider maßgeschneidert bekommen.«

»Dann wird's Euch sicherlich gefallen, nunmehr solche Gewandung zu erhalten«, sagte Elega mit Befriedigung. Sie überlegte für eine Weile, erklärte schließlich Mindlin, ›die Edeldame Terisa‹ brauche zwei Festgewänder, zwei warme Winterkleider, zwei leichtere Kleider für den Frühling sowie — sie reichte ihm das Bündel mit Terisas alten Kleidungsstücken — viermal ›Gewandungen nach diesem ungewohnten Vorbild‹, wieder je zwei für den Winter und fürs Frühjahr. Außerdem bestimmte sie genau, welche Stoffe für welchen Zweck genommen werden sollten, eine Leistung von Gedächtnisstärke, die Terisa überfordert hätte. »Die Einzelheiten des Zuschnitts müßt jedoch Ihr festlegen«, meinte sie dann zu Terisa, »es sei denn, Ihr wollt sie Mindlins Geschmack und Erfahrung überlassen. Doch es besteht, solltet Ihr Euch nicht in diesem Augenblick entscheiden können, kein Grund zur Eile. Er wird Euch sein Werk zeigen, lange bevor's endgültig fertiggestellt ist, darum werdet Ihr über das letztendliche Aussehen noch rechtzeitig zu befinden imstande sein. Ihr werdet reichlich dazu Gelegenheit haben, mit ihm zu besprechen, wie der Faltenwurf beschaffen sein soll, welche Menge und Vielfalt an Rüschen und Spitzen Ihr wünscht oder«, — sie ließ sich ironische Toleranz gegenüber den Schwächen des weiblichen Geschlechts anmerken —, »welche Freizügigkeit des Ausschnitts Euch angebracht dünkt.«

»Das wäre ganz gut«, sagte Terisa, fühlte sich gleichzeitig schüchtern und aufgeregt.

»So will ich Euch nun in seine kundige Obhut geben«, äußerte Elega ohne Umschweife. Die Weise, wie sie sich zur Tür in Bewegung setzte, hatte etwas irgendwie Erwartungsvolles an sich, und beim Gedanken, in der jetzigen Situation allein zu bleiben, befiel ein Schrecken Terisa, als wäre sie noch ein Schulmädchen.

»Wohin gehen Sie? Bleiben Sie nicht bei mir?«

Die Prinzessin lächelte ihr aufmunternd freundlich zu. »Ich muß mich einigen geringfügigen Erledigungen widmen. Und ich habe Euch schon zu viele Eurer Entscheidungen abgenommen. Ich werde nachgerade im Handumdrehen wieder zur Stelle sein. Sollte es sich anders ergeben, wartet hier auf meine Rückkehr. Ich werde mich alsbald wieder zu Euch gesellen.« Bevor Terisa noch einmal Einspruch erheben konnte, war sie bereits fort.

Terisa verspürte den starken Drang, der Prinzessin nachzulaufen. Plötzlich fühlte sie sich allein in einer feindseligen Welt. Sie hatte so viele Fragen. Wie sollte Mindlin an ihr Maß nehmen? Erwartete man von ihr, daß sie sich hier im Laden entkleidete? Wie könnte sie so etwas tun? Wie um ihre Verunsicherung zu verschlimmern, änderte sich das Betragen des Schneiders unverzüglich. Sein Gebaren war auf einmal entschieden weniger förmlich; er erlaubte sich sogar ein abstoßendes Feixen. Gleichzeitig schwand alle Unterwürfigkeit aus seinen Worten. »Hegen edle Dame fürwahr die Absicht«, fragte er, indem er Terisas Kleidung regelrecht angewidert in die Höhe hob, »solcherlei Gewandung anzulegen?«

Weil sie sich durch ihre Ängste — und Erinnerungen an den Sarkasmus ihres Vaters — wieder wie ein Kind fühlte, hätte Terisa fast zu plappern angefangen: Nein, natürlich nicht, nicht wenn Sie die Idee für schlecht halten, was empfehlen Sie mir? Aber sie riß sich zusammen. Sie müßte sich vor sich selbst schämen. Hatte sie nicht schon mehr als einmal jemandem wie Kastellan Lebbick die Stirn geboten? Und nun sollte sie sich von einem *Schneider* zur Minna machen lassen?

Mit schierer Willenskraft schaute sie ihm ins Gesicht, erwiderte seinen Blick, und während sie es tat, faßte sie irgendwie Mut. »Was ist damit nicht in Ordnung?« fragte sie zurück, indem sie lächelte.

Seine Miene näherte sich sehr stark einem hämischen Grinsen an. »Sie schmeicheln Euch nicht, edle Dame. Sie sind nicht weiblich.«

»Meinen Sie? Wo ich herkomme, gelten sie als *keß.*« Terisa ließ das Wort gewissermaßen auf der Zunge zergehen und stellte fest, daß sie daran ihren Spaß hatte.

Mindlin wirkte unversehens bestürzt. Terisa vermutete, daß er nun befürchtete, sich hinsichtlich ihrer Schüchternheit geirrt zu haben. Indem die Anmaßung in seinem Ton nachließ, nahm die Überheblichkeit in seiner Miene wieder zu. »Wie Ihr meint, edle Dame. Selbstverständlich werde ich meine bescheidenen Handwerkskünste mit der äußersten Tüchtigkeit aufbieten, um Eure Wünsche aufs vollständigste zu erfüllen.«

Es stand wirklich fest: Terisa konnte sich mit ihm ihren Spaß machen. Sie wollte aber nicht übertreiben. »Wahrscheinlich haben Sie recht«, sagte sie, als hätte er sie überzeugt. »Ich brauche davon keine vier Garnituren. Zwei genügen.« Ihr kam plötzlich ein Einfall. »Wie wär's, wenn Sie mir von dem restlichen Stoff zwei Garnituren Reitkleidung nähen?«

»Reitkleidung?« Mindlins Stimme klang erstickt, als drohe ihm insgeheim ein Schlaganfall. »Begehren edle Dame zu reiten? Auf einem Roß?«

»Natürlich«, antwortete Terisa richtig lieb. »Wo ich herkomme, reiten alle Damen. Wissen Sie nicht, wie man solche Kleidung anfertigt?«

Der Schneider senkte den Blick. »Ich bin's nicht gewohnt, derlei Gewandung für Damen von Stand zu fertigen. Aber ich werde tun, was Ihr wünscht, edle Dame.«

»Gut.« Terisa begann überhöhten Stolz zu empfinden.

»Wenn's Euch recht ist, edle Dame«, sagte Mindlin, den Blick noch auf den Fußboden statt auf ihr Gesicht gerichtet, »werde ich hieran«, — seine Finger zuckten, wiesen auf Terisas Hemd und Hose —, »Maß nehmen und Euch diese Kleider nicht später als am heutigen Abend zurückgeben. Anschließend muß ich, wie tief's mich auch dauert, das Eintreffen der angekündigten Stoffe abwarten, um Euch ferner zu Diensten sein zu können. Wie Prinzessin Elega, meine erhabene Förderin und Gönnerin, bereits erwähnte, werden wir uns über Einzelheiten verständigen, sobald das Werk ausreichend zur Anprobe gediehen ist.«

»Ist mir recht«, gab Terisa zur Antwort. Damit wandte sie sich zum Gehen, weil sie wußte, sie konnte keinen Moment länger bleiben, wo sie war, ohne die Fassung zu verlieren. Sie versuchte Elegas königliches Gehabe nachzuahmen, als sie die Schneiderwerkstatt verließ, in den Sonnenschein hinaustrat und sich erneut unter die Leute mischte.

Wäre Geraden bei ihr gewesen, hätte sie laut gelacht. Sie hätte nur jemanden gebraucht, der an ihrem Humor Anteil nahm. Aber er war nirgends zu sehen. Und auch Elega fand sich nicht wieder ein. Das Lärmen der Händler hatte sich erneut zu seiner ursprünglichen Lautstärke gesteigert. Falls irgendwer ihren Namen rief, hätte Terisa es wahrscheinlich gar nicht gehört. Das Gedränge machte es leichter, sich mit ihm zu bewegen, statt auf der Stelle zu stehen, also ließ sie sich langsam von Mindlins Werkstatt fortschieben und -schubsen. Ehe sie weit genug weg war, um ans Umkehren zu denken, fiel ihr Blick plötzlich auf Nyle. Er zwängte sich zielstrebig durch die Menschenmenge, ohne Hast, aber auch ohne Zeit zu versäumen. Terisa verlor ihn fast sofort aus den Augen, aber einen Moment später erhaschte ihr Blick ihn von neuem, diesmal zwischen zwei Marktständen; er ging noch in dieselbe Richtung. Aufgrund einer spontanen inneren Regung folgte ihm Terisa.

Es wäre ihr sehr schwergefallen, ihr Verhalten zu erklären. Sicher, sie kannte ihn jetzt flüchtig, und es behagte ihr gar nicht, ganz allein zwischen so vielen Fremden zu sein. Ein wesentlicher Grund war vielleicht ihre Neugierde, denn immerhin war er Geradens Bruder. Aber noch grundlegenderer Natur war wohl ihr gefühlsmäßiges Interesse an seinen Absichten. Um was es sich auch drehen mochte, es brachte ihn dazu, Geraden zu brüskieren; Elega dagegen nicht. Wußte er nicht, daß Elega Pläne schmiedete, um am besten Freund seines Vaters Verrat zu üben?

Sie eilte zu den Marktständen, zwischen denen sie ihn zuletzt erspäht, erreichte den engen Zwischenraum, den er passiert hatte. Fast augenblicklich hatte sie ihn wieder im Blickfeld. Er war nicht allzuweit entfernt. Terisa mochte ungern Aufmerksamkeit erregen, indem sie zu rennen anfing; andererseits wollte sie ihn unbedingt im Auge behalten. Nach einem Moment des Zögerns entschied sie sich fürs Rennen.

Der Entschluß erwies sich als klug, denn obwohl sie ständig gegen Leute stieß, ihr Rempeln völlig fremde Personen dazu veranlaßte, sie wütend zu beschimpfen, holte sie so sehr auf, daß sie Anschluß hielt, obwohl Nyle in eine Gasse mit Ställen und Futterplätzen abbog und von dort aus nochmals eine Biegung nahm. Sie gelangte noch rechtzeitig zu den Ställen, um zu sehen, wie er über die Vertäuung eines Zelts stieg, das man viel zu dicht an anderen Bauten aufgeschlagen hatte, und hinterm Zelt verschwand.

Terisa ging bis zum Zelt; dort blieb sie stehen. Konnte sie ihm weiter folgen? Ihr Kleid und der Umhang würden es ihr reichlich erschweren, über die Seile zu steigen. Und anscheinend gab es für Nyle keine Möglichkeit, den Weg fortzusetzen, als auf dieser oder der Rückseite des Zelts; falls sie sich in dieser Beziehung irrte, würde sie ihn allerdings kaum wiederfinden können. Und wenn er zurückkam, während sie ihm nachschlich, mußte er sie ertappen. Schließlich stellte sie sich in die Nähe des Zelteingangs, um da zu warten, um Unauffälligkeit bemüht, beobachtete beide Seiten.

Das Zelt hatte ungefähr die Größe eines gemütlichen Bungalows. Um den Zeltpfosten hatte man im Kreis grob gezimmerte Tische im Matsch aufgestellt (der Erdboden war unbedeckt), und an diesen Tischen verkaufte eine Anzahl Männer und Frauen Perlen und Ziermünzen, Kopftücher und billigen Schmuck. Keine der Personen hinter den Verkaufstischen war sonderlich beschäftigt; ein Mann rief Terisa etwas zu, um sie hineinzulocken. Sie achtete nicht auf ihn, blieb an dem Fleck, wo sie stand, und beobachtete.

Ein paar Minuten verstrichen, bis sie sich albern zu fühlen anfing, aber noch ein oder zwei Minuten, bevor ihr Starrsinn sich erschöpft hatte, bebte auf einmal ein Zittern durch die Zeltbahnen, als Nyle zurückkehrte, erneut über die Seile stieg, sie dabei streifte. Klopfenden Herzens wich Terisa ein Stück weit in den Zelteingang zurück, um nicht von ihm gesehen zu werden, drehte sich dann um, beobachtete ihn weiter, hielt sich mit einer Hand am Segeltuch fest.

Nyle hatte eine eindringlich verbissene Miene aufgesetzt. Was er auch trieb, offensichtlich bereitete es ihm wenig Freude; seine düstere Miene war derartig verkniffen, daß man hätte meinen können, darunter zeichneten sich die Gesichtsknochen ab. Trotzdem war er eindeutig kein Mann, der etwas zu tun zögerte, nur weil er daran kein Vergnügen fand. Vielleicht erwartete er vom Leben gar keine Freude. Ohne Terisa zu bemerken, entfernte er sich in die Richtung, aus der er gekommen war, und Terisa schickte sich schon an, ihm wiederum zu folgen, als ein nochmaliges Beben der Zeltbahnen sie darauf aufmerksam machte, daß noch eine Person über die Seile des Zelts stieg.

Sie verharrte im Zelteingang und konnte den Mann, der jetzt von dort kam, wo Nyle vorhin gewesen war, deutlich aus der Nähe sehen. Er war der Marktschreier, seine Fetzen und Bänder flatterten ihm üppig vom Körper. Der *Marktschreier?* Das war erstaunlich genug. Schon dieser Umstand hätte sie verdutzt. Aber es war die Tatsache, daß sie ihn kannte, die sie aus Entgeisterung zur Bewegungsunfähigkeit verurteilte, zur Folge hatte, daß ihr das Kinn abwärtssank. Er ging so nahe an ihr vorüber, daß sie ihn erkennen konnte.

In der so gut zum Ablenken geeigneten Verkleidung, unter der Asche in Gesicht und Haar stak niemand anderes als Prinz Kragen, der alendische Bewerber für das Amt des Monarchen.

Rings um Terisa schien mit einem Schlag alles, der gesamte Tag, eine völlig veränderte Bedeutung anzunehmen. Alle Verhältnisse schienen urplötzlich einen gewandelten Sinn zu haben. Das *kann* nicht sein, sagte sie sich. Sie hatte gesehen, wie er *abreiste,* wie er mit seinem ganzen Anhang Schloß Orison verließ.

Aber wenn er vorgehabt hatte, im geheimen zurückzukehren, wie hätte es ihm anders als in Verkleidung möglich sein sollen? Terisas Kehle zog sich zusammen, schnürte sich ein, bis sie meinte, sie müsse ersticken. Wie könnten er und Elega anders miteinander Verbindung halten? Gemeinsame Pläne ausarbeiten? Und Nyle war ihr Komplize. Elega hatte gelogen. Natürlich hatte sie gelogen. Seine ›persönlichen Angelegenheiten‹ hatten mit nichts anderem als ihr zu schaffen. Kein Wunder, daß er eine Begegnung mit seinem Bruder zu vermeiden versucht hatte. Er beteiligte sich mit Elega und Prinz Kragen an einem Komplott gegen den König von Mordant.

Und Elegas Einladung, auf den Markt zu gehen, war keine harmlose Sache. Sie hatte überhaupt nichts mit dem schlichten Wunsch nach einem Spaziergang in aller Freundschaft zu tun, sondern war ein Vorwand. Elega versuchte ihr irgendeine Falle zu stellen.

Terisa fühlte sich dermaßen erschüttert durch diese Erkenntnisse, daß sie den in Schwarz gekleideten Jongleur nicht bemerkte, ehe er gleich vor ihr, keine sechs Meter entfernt, einen Auftritt mit seinen spitzen silbernen Sternen begann. Erst das mitternachtsschwarze Wehen seines Umhangs erregte ihre Aufmerksamkeit. Es schien, als ob die Sterne auf seinen Händen tanzten. Sie erzeugten ein Glitzern und Flimmern im Sonnenschein, richtiggehend zauberhaft schön, während sie durch die Luft wirbelten, ihm zwischen den Fingern hindurchsausten wie Scherben von Licht. Gleich darauf wirkte er, als wäre er mit einem Gegaukel von Glanzlichtern umgeben. Er achtete nicht auf das, was er tat; brauchte es auch nicht; seine Hände übten ihre Geschicklichkeit wie selbständig aus. Statt dessen musterte er aus schmalen Lidern Terisa.

Die Sterne versetzten Terisa in eine Art von Trancezustand. Einen Moment lang sah sie alles rundum wie in einem Traum.

Hier mitten im Basar, in gehörigem Abstand von den Gießbächen, die von den Dächern und Dachkanten Schloß Orisons troffen, fing der Schlamm infolge des Hin und Hers so vieler Füße sowie der Wärme der Sonne zu trocknen an. Naturgemäß waren die Stiefel der Männer verdreckt, die Kleider der Frauen am Saum verschmutzt; aber sie stapften nicht länger durch Schlick, der ihnen bis zu den Fußknöcheln reichte. In der einen Richtung war Nyle im Gewimmel der Menschen verschwunden; in der anderen Richtung mußte Prinz Kragen gleich auch außer Sicht sein. Aber wie um die Szenerie wieder ins Gleichgewicht zu bringen, näherten sich jetzt aus den beiden entgegengesetzten Richtungen der Gasse aus Ställen und Futterkrippen Geraden und Elega. Der Sonnenschein, so hatte es den Anschein, verstärkte den Geruch aus den Ställen; er und der Duft nach Süßigkeiten, Salben, Nüssen, gewürztem Fleisch, alles schien ein Bestandteil des Rundherumschwirrens der silbernen Sterne zu sein.

Elega suchte offenbar jemanden, vielleicht Terisa. Die Weise, wie Elega in die Helligkeit blinzelte, erinnerte Terisa daran, daß Sonnenschein nicht das natürliche Element der Prinzessin war, nicht die Art von Licht, die ihre

Schönheit betonte. Dagegen hatte Geraden Terisa bereits gesehen. Er winkte mit den Armen und lächelte, eilte herüber. Der Himmel sah traumhaft blau aus, vollkommen blau, gab für das Wirbeln des Silbers den besten denkbaren Hintergrund ab.

Aber der Jongleur *besaß eine Nase wie ein Beil, er bleckte die Zähne zu einem mörderischen Grinsen, und Terisa meinte, auf seinen Wangen Narben zu sehen.* Seine lichten gelblichen Augen waren auf sie gerichtet …

Da endete der Moment der Bezauberung, und Terisa wußte schlagartig nicht länger, was oder wie ihr geschah.

Ohne Vorwarnung wechselten die Sterne mitten im Tanzen die Richtung. Sie begannen aus den Händen des Jongleurs geradewegs auf Terisas Kopf zuzufliegen wie metallische leuchtende Blätter auf einem Sonnenstrahl. Sich kaum darüber im klaren, was sie tat, warf sie das Gesicht seitwärts, ehe der erste Stern sie treffen konnte. Das zweite Wurfgeschoß streifte ihre Wange. Der Rest hätte sie unweigerlich getroffen, aber es lenkte die Sterne von ihrem Ziel ab, daß sich Geraden auf den Jongleur stürzte, ihn am Arm packte.

Der Jongleur versetzte Geraden mit dem Ellbogen einen Stoß, der ihn in den Dreck schleuderte. Dann wehte erneut sein Umhang, und wie ein Lohen stählernen Feuers lag auf einmal ein langes Schwert in seiner Hand. Er sprang auf Terisa zu.

Sie wich bereits zurück, taumelte ins Zelt. Alles schien dunkel zu werden. Leute schrien und fluchten. Terisa wankte gegen einen Verkaufstisch und kippte ihn um. Jemand heulte auf, durch die Klinge des Jongleurs verletzt. In einem Gewirr von Krimskrams und Modeschmuck sackte Terisa über den umgekippten Tisch, prallte gegen den Zeltpfosten. Im nächsten Moment konnte sie wieder richtig sehen.

Der Jongleur folgte ihr, schwarz und unaufhaltsam wie Mitternacht, schwang sein Schwert wie einen Dreschflegel, um entsetzte Krämer und Kunden aus seinem Weg zu jagen. Irgendwie gelangte Terisa auf die Beine, brachte den Zeltpfosten zwischen sich und den Angreifer. Aber sie rutschte aus, sank nochmals in den Matsch.

»Gart!« brüllte eine rauhe Stimme. Bei dem Zuruf fuhr der ›Jongleur‹ herum. »Versucht mir nicht einzureden«, äußerte Artagel gedehnt, indem er sich im Laufschritt näherte, im Gesicht ein schroffes Grinsen, »des Großkönigs Monomach vermöchte keinen würdigeren Gegner als ein unbewehrtes Weib zu finden. Ich habe Euch, was das anbetrifft, schon einmal gewarnt.«

»Ihr haltet Euch für würdig?« fauchte der Mann in Schwarz mit seidenweicher Stimme. »Ich weiß bereits, daß Ihr's nicht seid.«

Artagel trat einen Tisch beiseite, und fast noch im gleichen Bewegungsablauf ging er zum Angriff über. Gart drehte sich blitzartig um und führte nach Terisa einen Streich, der die Gewalt eines Axthiebs hatte. Die Wucht des Schwertstreichs genügte, um sie entzweizuhauen. Doch zum Glück hatte Artagel die Absicht Garts vorausgesehen. Er erreichte die andere Seite des Zeltpfostens früh genug, um den Hieb abzuwehren und sie zu retten. Damit stand er zwischen ihr und dem Monomach des Großkönigs.

Außer Terisa und den beiden Gegnern waren inzwischen sämtliche Leute aus dem Zelt geflohen. Die Stiefel der zwei Männer stampften Perlen und Schnürchen in den Schlamm, während sie Finten ausführten, Schläge parierten. Ihre Klingen sprühten Funken, erzeugten eine düstere, schaurige Version des vom Sonnenschein zum Gleißen gesteigerten Tanzes der Wurfsterne. Terisa hörte Artagels heisere Atemzüge; sie klangen, als hätte er sich noch nicht völlig von der Beeinträchtigung seiner Lungen erholt. Garts Atmung war so gleichmäßig und ruhig, daß sie keinen Laut hervorrief.

Ausfall. Parade. Das Klirren von Eisen.

Die Tische machten Artagel Schwierigkeiten. Sie behinderten ihn beim Zuschlagen, störten ihn beim Abwehren von Hieben Garts; sie gerieten seinen Füßen in die Quere, so daß er mehrmals fast stürzte. Allen seinen Bewegungen ließ sich anmerken, daß sie für ihn die extremste Belastung bedeuteten. Gart dagegen schien zwischen den Hindernissen umherzuspringen, als hätte er selber nach Maßgabe seines Trainings und seiner Erfahrung verteilt.

Terisa umklammerte den Zeltpfosten und richtete sich auf. Ihre Hände waren schlüpfrig von Blut. Wessen Blut? Wahrscheinlich war es ihr eigenes Blut, stammte aus ihrer Wange. Und nun mußte Artagel ihretwegen ums Leben kommen. Ihretwegen. Sie dachte ans Weglaufen. Das war das einzige, was sie tun konnte. Wenn sie Gart ablenkte, indem sie fortlief, erhielt Artagel vielleicht eine Chance. Aber der Monomach des Großkönigs blieb immer in der Nähe des Zelteingangs, schloß jede Flucht aus. Terisa hätte um Hilfe geschrien, doch das Klirren und Klingen des Eisens und das heisere Röcheln der Atemzüge Artagels verurteilten jedes Rufen zur Sinnlosigkeit.

Es erwies sich als überflüssig, um Hilfe zu rufen. Indem sie wie wütende Stiere brüllten, kamen aus dem Sonnenschein Argus und Ribuld in die Trübnis im Zelt gestürmt.

Selbst wenn Terisa gewußt hätte, auf was es zu achten galt, wäre ihr möglicherweise entgangen, wie Gart es schaffte, sich aus der Klemme zu ziehen. Es geschah viel zu schnell. Vielleicht nutzte er den Moment für sich aus, den die Augen der zwei Schloßwächter brauchten, um sich den Lichtverhältnissen anzupassen. Nachher wußte sie nur, daß sie ihn aufknurren hörte, ihn herumwirbeln sah, Argus und Ribuld mit einem Hieb entgegenwerfen sah, der beide Männer regelrecht zurückschreckte, sie nach verschiedenen Seiten auszuweichen zwang. Artagel setzte ihm nach. Zu wild, zu unüberlegt; ohne aufs Gleichgewicht zu achten.

Gart hielt auch diesem Vorstoß stand, parierte Artagels Schwertstreich, stemmte sich gegen dessen Waffe, schob sie seitwärts, dann führte er einen Schlag, der Artagel zwischen die Rippen schnitt, so daß Blut hervorschoß. Artagel keuchte und sank aufs Knie.

Mehr Zeit brauchten Ribuld und Argus nicht, um sich zu besinnen und erneut zum Angriff überzugehen. Unverändert blieb Gart für sie zu schnell. Ehe sie ihn stellen konnten, tat er einen Satz auf den Zeltpfosten zu — über den Schwerthieb hinweg, mit dem Artagel nach seinen Beinen zielte — und zertrennte mit einem nach oben geführten Streich das Tau, mit dem man das gesamte Segeltuch der Zeltbahnen am Mittelpfosten befestigt hatte. Dann duckte er sich, hechtete auf den Ausgang zu, flitzte mit einer Rolle, geschmeidig wie Öl, zwischen Ribuld und Argus hindurch, während seinen Gegnern das Zelt auf die Köpfe herabrutschte.

Das feuchte schwere Segeltuch drückte Terisa zurück in den Matsch. Sie ließ sich zusammensinken, streckte sich langsam aus. Vor ihrem geistigen Auge sah sie, wie Garts Schwertklinge in Artagels Seite drang, dunkles Blut hervorquoll. Sie hörte kaum das Lärmen der Augenzeugen, während der Monomach des Großkönigs das Weite suchte.

Vom Tumult angelockt, eilte fast unverzüglich eine Anzahl von Schloßwächtern herbei. Sie trennten das Segeltuch auf und befreite Terias, Artagel, Argus und Ribuld. Auf einer provisorischen Tragbahre beförderte man Artagel schnellstmöglich zum nächsten Arzt. Man kümmerte sich um Geraden, brachte ihn mit Massage und Ohrfeigen wieder zur Besinnung. Gleichzeitig begann man nach Gart zu fahnden. Bald kam Kastellan Lebbick mit Verstärkung an den Schauplatz des Geschehens, organisierte die erforderlichen Maßnahmen und teilte reichlich Schelte aus. Man durchsuchte den ganzen Basar.

Aber man fand Gart nicht.

20

Familienangelegenheiten

Terisa wollte umgehend mit Geraden zu Artagel. Sie war es, die gesehen hatte, wie ihn der Schwerthieb traf, wie er zusammenbrach. Während er um ihr Leben focht. Doch auch wenn sie keine direkte Zeugin — und zudem die Ursache des Kampfes — gewesen wäre, ja selbst wenn sie Artagel überhaupt nicht gekannt hätte, ihr wäre genauso zumute gewesen. Geraden war infolge von Garts Ellbogenstoß noch völlig benommen, und seine Bestürzung spiegelte sich ungeschminkt in seiner Miene wider. Er konzentrierte sich so stark auf das Schicksal seines Bruders, daß er für alles andere blind blieb. Unbeholfen versuchte er Schloßwächter, Fragesteller und verblüffte Gaffer abzuschütteln, um den Männern zu folgen, die Artagel fortschafften. Als sie Geraden in diesem Zustand sah, gelangte Terisa zu der Überzeugung, daß er sie brauchte. Trotz ihres eigenen Entsetzens, ihrer Furcht wollte sie ihn zu Artagel begleiten.

Aber Elega ließ nicht von ihr ab. Sobald die Schloßwächter ausgeschwärmt waren, um nach dem Monomach des Großkönigs zu suchen, kam die Prinzessin an Terisas Seite. Sie umfaßte Terisas Arm, tupfte ihr das Blut von der Wange, gab dabei gedämpfte Beschwichtigungslaute von sich, die aus ihrem Mund etwas gekünstelt klangen. Um sie loszuwerden, hätte Terisa sie ziemlich grob vor den Kopf stoßen müssen. Und gerade jetzt fehlte es ihr dazu an Rückgrat. Ausgerechnet in diesem Moment, während ihr in Armen und Beinen jeder Muskel schlotterte, ihr Magen sich ständig um sich selbst zu drehen schien, noch gar nicht feststand, wie sie auf den Anblick von Artagels Blut reagieren würde, mangelte es ihr am nötigen Durchsetzungsvermögen. Deshalb konnte sie sich nicht von der Stelle rühren, als Geraden durch die Menschenmenge fortschwankte, den Männern nach, die seinen Bruder wegtrugen. Der Kastellan — vielleicht aufgrund einer Regung des Mitgefühls — ließ ihn gehen. Dagegen empfand er allem Anschein nach keine so sanftmütigen Gefühlsregungen wie Mitleid oder Verständnis, als er Anstalten machte, Terisa mit Fragen zu bedrängen.

Doch Elega nahm sie in Schutz. »Kastellan«, sagte sie mit Entschiedenheit zu ihm, »es kann Euch schwerlich überraschen zu erfahren, daß die Edeldame Terisa einen Feind hat, welcher auf ihren Tod sinnt. Es mag lediglich eine Überraschung für Euch bedeuten, daß ihr Feind ein so bedeutsamer und gefährlicher Mann wie der Monomach des Großkönigs ist. Und sicherlich überrascht's Euch ebenso, daß er sich zu Orison, wiewohl Ihr für des Schlosses Sicherheit die Verantwortung tragt, so frei und ungehindert zu tummeln vermag.« Am Kinn des Kastellans zuckte ein Muskel. »Gewißlich werdet Ihr mir darin zustimmen«, fügte die Prinzessin hinzu, »daß am wenigsten die Edeldame Terisa Euch aus der Verlegenheit Eures Befremdens helfen kann. Was weiß sie über Cadwals Geheimnisse ... oder Orisons Sicherheit? Wenn Ihr nicht darauf zu verzichten gedenkt, so befragt sie später, nachdem sie sich vom Schrecken erholt hat, in ihren Gemächern.«

Daraufhin widmete der Kastellan Terisa einen Blick, bei dem sich ihr Herz zusammenkrampfte. Dann verneigte er sich formell, teilte den beiden Frauen eine Eskorte zu und ließ sie stehen. Elega begleitete Terisa zurück in die Pfauengemächer.

Anfangs spürte Terisa in der Wange keinen Schmerz. In der sonderbaren Losgelöstheit eines Schockzustands fragte sie sich, ob ihr Körper dermaßen ausgekühlt sein konnte, daß ihre Nerven taub geworden waren; als nächstes überlegte sie, ob Gart die Spitzen seiner Wurfsterne vergiftet haben mochte. Nach einer Weile jedoch fühlte sie infolge der relativen Wärme im Innern Orisons und der Erwärmung ihrer Glieder durchs Laufen wieder die Berührung des glänzenden Metalls, das die Wange gestreift hatte, als wäre sie ihr eingesengt worden. Allerdings war es kein richtiger Schmerz, was sie empfand; der zurückgebliebene Kratzer war zu oberflächlich, um weh zu tun. Statt dessen verspürte sie etwas, das einem Pinselstrich von Feuchtigkeit glich, einem nassen Streicheln, ähnlich wie das Lecken einer Zunge.

Einmal hatte sie, als sie das Ereignis, durch das sie in diese Welt verschlagen worden war, zu erklären versuchte, zu Myste gesagt: *Wie Sterben ohne Leid. Frei von Leid.* Jetzt mußte sie mit einer Aufwallung von Panik wieder an eine solche Art des Sterbens denken. Hätte ihr die Wange geschmerzt, sie wäre sich darüber im klaren gewesen, was sie dagegen tun konnte. Plötzlich wünschte sie sich sehnlicher denn je einen Spiegel, irgendein Glas, in dem sie hätte feststellen können, ob die Verletzung ihr Gesicht entstellt hatte.

Sie merkte überhaupt nicht, daß Elega auf sie einredete, bis die Prinzessin sie anhielt und an den Schultern packte. »Terisa«, sagte sie eindringlich, »ich weiß, Ihr habt Furcht. Dennoch müßt Ihr mir Gehör schenken. Es mag so scheinen, daß Eure Anlässe zur Furcht geringer werden, wenn Ihr ihnen keine Gedanken widmet, aber ich versichere Euch, so ist's nicht. Das Umgekehrte ist die Wahrheit. Ihr vermögt Eure Gefährdung allein zu mindern, indem Ihr über sie nachsinnt, um sie zu durchschauen und dagegen zu handeln.« Allerdings wirkte Elega im Moment keineswegs wie jemand, der für Furcht Verständnis aufbrachte.

Sie standen auf der Treppe, die zu Terisas Quartier hinaufführte. Anscheinend sah Elega in den beiden Schloßwächtern, die die Eskorte abgaben, keinen Grund zur Zurückhaltung; vielleicht war sie der Meinung, daß die Wichtigkeit der Fragen, die sie angesprochen hatte, mehr als Vorsicht zähle. Aber Terisa hatte keinerlei Lust zum Reden; und schon gar nicht mochte sie diese Dinge in Gegenwart zweier ihr unbekannter Männer diskutieren. Irgendwo in Orison versuchte in diesen Augenblicken ein Arzt, Artagels Leben zu retten. Und Geraden war bei ihm … »Und was kann ich nach Ihrer Ansicht tun?« fragte sie, war darüber verdutzt, wieviel Ärger in ihrer Stimme zum Ausdruck gelangte.

»Verwerft Eure Furcht und trachtet die Wahrheit zu begreifen«, antwortete Elega sofort. »Es muß einen guten Grund haben, wenn des Großkönigs Monomach das eigene Leben wagt, um Euch das Leben zu nehmen.«

Terisa musterte die Prinzessin. *Sie glaubt noch immer,* dachte sie, *ich sei irgend so etwas wie eine Imagomantin. Deshalb will sie mich auf ihrer Seite haben. Zusammen mit Prinz Kragen. Und Nyle.* Doch im nächsten Moment sah sie ein, daß Elegas Gedankengänge weitaus komplexer sein mußten. Bestimmt zog die Prinzessin auch in Betracht, daß Terisa sich unter Umständen schon in die Machenschaften anderer Leute hatte hineinziehen lassen — in Machinationen von solcher Tragweite und Ungeheuerlichkeit, daß Großkönig Festten sie als Bedrohung der eigenen Person auffaßte, eine Intrige, von der Elega nichts wußte und die folglich alles, was sie zu erreichen hoffte, zunichte machen könnte. »Möchten Sie wirklich hier auf der Treppe darüber sprechen?« fragte Terisa, ohne Müdigkeit vortäuschen zu müssen.

Elega hob die Brauen und schaute sich um. Ihre Wangen liefen rot an. War ihre Achtlosigkeit ihr peinlich? Unvermittelt stieg sie weiter die Treppe empor. Indem sie der Versuchung widerstand, sich in die Gegenrichtung zu wenden, sich zu verdrücken, schloß sich Terisa an.

Sobald sie sich in der Privatsphäre der Pfauengemächer befanden, schenkte Elega für sie zwei Pokale voll Wein. Mittlerweile hatte sie ihre Fassung wiedererrungen. Sie trank einige Schlucke, betrachtete Terisa über den Rand des Pokals hinweg. Dann stellte sie das Trinkgefäß mit einer Gebärde der Entschlossenheit beiseite.

»Ihr müßt mir verzeihen, daß ich in einer solchen Stunde das Gespräch auf derlei Belange lenke. Ich verstehe, daß Ihr Euch zutiefst erschreckt fühlt. Und ich bin mir sicher, daß Ihr Euch um Artagel sorgt. Doch Ihr müßt einsehen, daß es schierer Wahnwitz wäre, meine Frage zu mißachten. Terisa ...« Die Augen in Elegas bläßlichem Gesicht leuchteten nun mit äußerster Lebhaftigkeit. »Mit Gewißheit hegt Ihr irgendeinen Verdacht, warum Gart hier unter uns weilt, um Euch zu meucheln. Es ist undenkbar, daß Ihr eine derartige Gefahr für den Großkönig verkörpert, ohne Euch dessen bewußt zu sein.«

Terisa seufzte. Ihr war gegenwärtig nicht danach, sich mit Elega zu beschäftigen. Sie hätte sich am liebsten hingelegt und ein paar Jahre lang durchgeschlafen. Zur gleichen Zeit bewegte sie der Wunsch, Artagel aufzusuchen. Das spürbare Nässegefühl der Kratzwunde begann Schmerz zu ähneln. Als sie Wein trank, kam es ihr so vor, als fühle der Kratzer sich danach schlimmer an. Behutsam hob sie eine Hand an die Wange. Geronnenes Blut klebte ihr an den Fingern, als sie sie sich besah. Ihr Gesicht mußte gräßlich aussehen. »Wie scheußlich ist es?« erkundigte sie sich mit zittriger Stimme, weil sie sich wegen einer möglichen Narbe sorgte.

Gereizt machte Elega ein böses Gesicht, schnitt jedoch hastig eine friedliche Miene. Mit einer Geste, durch die sie Terisa zum Warten aufforderte, entfernte sie sich ins Badezimmer, kehrte mit einem angefeuchteten Handtuch zurück. Dann bat sie Terisa, sich auf das sofaähnliche Möbelstück zu setzen. Sobald Terisa saß, begann Elega die Wunde mit dem Handtuch sachte auszuwischen, säuberte sie von Blut und Dreck.

»Nun ist die Wunde rein«, konstatierte Elega, nachdem sie die Verletzung einen Augenblick lang untersucht hatte. »Noch blutet sie geringfügig.« Erneut tupfte sie mit dem Handtuch auf Terisas Wange. »Aber dieser Umstand trägt nur dazu bei, sie sauberzuhalten. Wir können einen Arzt kommen lassen, so's Euer Wunsch ist, doch bezweifle ich, daß Ihr weiterer Behandlung bedürft. Die Wunde ist lediglich so lang wie mein Finger«, — so dicht vor Terisas Augen sahen Elegas Finger außerordentlich lang aus —, »und besteht nur aus einem ungemein feinen Einschnitt. Wenn sie verheilt ist, werdet Ihr nichts als eine schwache gerade Narbe haben, welchselbige man ärgstenfalls in gewissem Licht erkennen kann.« Sie trat zurück, um die Verletzung aus einigem Abstand zu betrachten. »Und niemand, der nicht in Eurer Nähe steht, wird sie sehen können. Sobald sie geheilt ist«, — ihr Tonfall wurde ausdruckslos —, »dürften die meisten Männer den Eindruck haben, daß Eure Schönheit durch selbiges Närbchen nicht gemindert, sondern betont wird.«

»Ich wollte, ich könnte die Wunde sehen«, sagte Terisa lasch. »Wo ich her bin, verwenden wir Spiegel für nichts anderes … bloß um uns darin anzuschauen.«

»Für derlei Zwecke haben wir Zofen«, entgegnete Elega in unverändert neutralem Ton, »so daß Frauen, welchen an vornehmem und betörendem Aussehen gelegen ist, in dieser Hinsicht keine Fehler begehen.« Doch sie konnte über das, was sie tatsächlich interessierte, nicht hinwegtäuschen. »Dann sind in Eurer Welt«, fügte sie hastig eine Frage hinzu, »alle Spiegel flach?«

Mühsam verkniff Terisa sich ein nochmaliges Aufseufzen. »Ja.«

»Und man vermag mit ihnen keine Translationen auszuführen?«

»Nein.«

Die Prinzessin stand auf. Sie drehte sich dem Kamin zu, stützte die Ellbogen in die Hände, die Arme über den Leib gelegt, als müsse sie schwer an sich halten, um keinen heftigen Gefühlsausbruch zu erleiden. »Ihr beharrt darauf, ein gewöhnliches Weib zu sein. Mag sein, in Eurer Welt seid Ihr's. Doch wär's nicht möglich, daß in Eurer Welt Translationen stattfinden, ohne daß man's dort bemerkt … oder's als so natürlich hinnimmt, daß sie als solche niemandem auffallen? Hier bei uns heißt's, daß ein Mensch, der vor einem flachen Glas steht, in welchem er sich vor sich selbst stehen sieht, in eine Translation gerät, die niemals wieder ein Ende haben wird. Aber wenn's nun so wäre, daß man drüben in der Welt, aus der Ihr kommt — alle Menschen selbiger Welt —, eine Gabe besitzt, deren wir ermangeln? Die Macht, sogar die gefahrvollsten Manifestationen der Imagomantie zu meistern? Es möchte so sein, daß man sich dessen nicht im geringsten bewußt ist … und doch könnten diese Vorgänge von dermaßen grundsätzlicher Natur sein, daß sie alle Wahrnehmungen beeinflussen und wandeln.«

»Nein.« Terisa lehnte diese Überlegungen ab, so wie sie von Anfang an alle derartigen Erwägungen zurückgewiesen hatte. »Wo ich herkomme, sind Spiegel bloß *Gebrauchsgegenstände.* Es steckt kein bißchen Magie drin.« In der Hoffnung, die Diskussion damit abkürzen zu können, ging sie auf das ein, was sie für den Kern von Elegas geistiger Akrobatik hielt. »Ich habe *wirklich* keine Ahnung, warum der Monomach des Großkönigs mich killen will.«

Elega wandte sich blitzenden Auges vom Kaminfeuer ab. »Das ist gänzlich unmöglich.«

Terisa hob das Handtuch an die Wange, um ihren Zorn zu verheimlichen. »Trotzdem ist es wahr.«

Für eine Sekunde sah es so aus, als würde Elega zu schreien anfangen. »Dann …« Aber es gelang ihr noch einmal, sich zu beherrschen; ihre Augen drückten ein solches Maß an Berechnung aus, daß man ihre Gedankengänge beinahe nachvollziehen konnte. »Dann bedürft Ihr dringlich des Schutzes.«

»Des Schutzes?«

»Der König mag Euren Schutz nicht gewährleisten. Er ersieht keine Notwendigkeit. Und weil der König keine Notwendigkeit erkennt, *kann* der Kastellan Euch keinen Schutz bieten. Er ist bei weitem überfordert. Wie's sich gezeigt hat, ist er nicht einmal dazu in der Lage, Gart auf Orison den Zutritt zu verwehren. Die Gauherren bedeuten für Euch keine Hilfe. Tor ist ein alter Säufer geworden. Armigites Geckenhaftigkeit schändet das Andenken seines Vaters. Fayle weiß nicht, wem seine Treue gehören soll.

Und weder Perdon noch Termigan befinden sich *hier.* Und was die Zunft anbetrifft«, — sie machte eine verächtliche Geste —, »so sind die Meister untereinander zu arg zerstritten, als daß sie jemanden zu beschützen vermöchten. Allesamt gleichen sie Meister Quillon, welcher zu feige ist, um irgendwelche Wagnisse einzugehen, oder Meister Barsonage, der zu sehr aufs Ansehen der Zunft bedacht ist, um sich zu Taten durchzuringen … oder Meister Eremis, welchselbiger zu stark der Selbstsucht erlegen ist, um an irgend etwas Interesse zu hegen. Terisa …« Die Prinzessin zögerte, als bezweifle sie, daß es richtig sei, den begonnenen Satz zu beenden; jedenfalls hatte es diesen Anschein, aber Terisa wußte, daß Zaudern keinen ausgeprägten Bestandteil von Elegas Charakter bildete. »Ihr müßt mir gestatten«, sagte die Prinzessin so deutlich und nachdrücklich, als lege sie einen Treueschwur ab, »Euch zu schützen.« Terisa war so verblüfft, daß sie Elega bloß anstarrte. »Vorerst, das gebe ich zu«, ergänzte Elega eilig, »vermag ich kaum mehr zu tun, als Euch in einem Versteck Zuflucht zu gewähren. Das jedoch kann ich mit Gewißheit. Orisons Geheimnisse sind mir aufs beste geläufig. Aber nicht mehr lange, und ich werde jeden zu beschirmen fähig sein, dem ich diese Gunst zukommen lassen mag. Ich kann Euch in Sicherheit bringen, wenn Ihr Euch mir anvertraut.«

Obwohl sie gründlich nachdenken wollte — und es war wichtig, daß sie in dieser Situation gründlich nachdachte —, wirbelte in Terisas Kopf alles durcheinander. Sie glaubte Elega zu verstehen. Allerdings würde sie mehr Informationen erhalten, wenn sie auch weiter Unwissenheit vorspiegelte. Gleichzeitig aber schmerzte ihre Wange, sie sorgte sich um Artagel und Geraden, und sie befürchtete, daß Elega für sie viel zu listig war; und sie ärgerte sich noch. »Wie denn?« fragte sie mit einiger Mühe, statt die Geduld zu verlieren. »Sie haben sich darüber beschwert, wie wenig Einfluß, wie wenig Sie mit dem zu tun hätten, was geschieht. Wie wollen Sie mich unter diesen Umständen schützen können?«

Fest erwiderte die Prinzessin Terisas Blick. »Ich kann Euch in Sicherheit bringen«, wiederholte sie, »wenn Ihr Euch mir *anvertraut.* Terisa, ich habe Euch nichts als Freundschaft gezeigt. Ich begehre nichts anderes als Euer Wohlergehen und Mordants Bewahrung ... und ein Ende der Übel und Greuel im Reich. Aber solange Ihr mir kein Vertrauen schenkt, bin ich zum Nichtstun verurteilt.«

›Mit Gewißheit hegt Ihr irgendeinen Verdacht, warum Gart hier unter uns weilt, um Euch zu meucheln.‹ Es wurde alles zuviel für Terisa. »Sie wollen also an Macht kommen«, entgegnete sie in unfreundlichem Ton. »Und woher wollen Sie sie kriegen? Ich kenne nur eine Möglichkeit. Von Ihrem Vater. Er wird sie Ihnen aber nicht einfach geben. So gewährt er solche Sachen nicht. Sie haben vor, ihn zu hintergehen. Sie möchten ihm irgendwie den Thron unterm Hintern wegziehen. Sie und Prinz Kragen.« Sie konnte mit knapper Not verhindern, daß sie hinzufügte: Und Nyle. Sie haben sogar Geradens Bruder gegen ihn aufgehetzt. Aber der Ausdruck des Erschreckens in Elegas Gesicht stellte klar, daß sie bereits ziemlich viel riskierte. »Mit so was will ich nichts zu tun haben.«

»Und warum nicht?« Zorn verdrängte den Schrecken der Prinzessin. »Habt Ihr eine Wahl? Seid Ihr so reinen Herzens, daß Ihr Abhilfe für Mordants Notstand zu schaffen vermögt, ohne den König zu täuschen?«

»Er ist Ihr Vater. Das müßte 'n Unterschied ausmachen.«

Elega rückte die Schultern gerade, richtete sich höher auf. Der veilchenblaue Glanz ihrer Augen verlieh ihr ein herrisches, selbstbewußtes Aussehen, wie einer Frau, die ihre Rechte wahrnimmt. »Ich darf Euch versichern, edle Dame«, erklärte sie ernst, »daß es einen Unterschied bedeutet. Ihr versteht mich so ausgezeichnet, daß ich's tief bedauere, bei Euch so wenig Verständnis zu finden.« Indem sie sich so korrekt und trotzig vor Terisa verneigte, als gäbe sie eine Kriegserklärung ab, verließ Prinzessin Elega das Zimmer.

Nachdem sich die Tür geschlossen hatte, starrte Terisa sie noch lange an. Sie hatte einen schweren Fehler begangen, nämlich soeben ihre einzige Chance verspielt, um zu erfahren, *wie* Elega und Prinz Kragen dem König sein Reich abzuringen beabsichtigten. In ihrem Frust neigte sie zu Selbstvorwürfen; doch nicht einmal das wollte ihr noch richtig gelingen. Sie konnte in Elegas Angebot ganz einfach keinen Sinn entdecken.

Der Vorschlag Elegas lautete, sie zu verstecken. Für wie lange? Bis zum Ende des Winters? Bis die alendische Armee kam? Orison vor Belagerern kapitulieren mußte? Für zwanzig, dreißig oder vierzig Tage? Daraus ergab sich kein Sinn.

Sie mochte nicht über solche Fragen nachdenken. So etwas war entweder irrelevant oder unmöglich. Sie wollte wissen, wie es um Artagel und Geraden stand.

Und sie wollte wissen, was sie so bedeutsam machte, daß Leute ihretwegen ihr Leben aufs Spiel setzten. Was war an ihr, daß sie Artagels Blut wert war, Garts Haß verdient hatte?

Draußen schien die Sonne so warm, als wäre sie mit sich enorm zufrieden.

Hätte sie lange allein abwarten müssen, wahrscheinlich hätte sie eine Dummheit angestellt; sie hätte — da war sie sich sicher — *irgend etwas* getan, und sie war der Überzeugung, daß alles, wozu sie sich momentan entschließen könne, sich als Dummheit erweisen müßte. Zum Glück erschien, während sie noch unentschlossen herumsaß, Geraden vor ihrer Tür.

Fiebrige Flecken der Erregung röteten ihm die Wangen, und der Blick war leicht glasig; seine Miene hatte einen derartig krampfhaft-düsteren Ausdruck, als litte er Schmerzen; und obwohl er die Arme an die Seiten gepreßt hielt, zuckten ihm schwach die Finger. Trotzdem war er zu ihr gekommen.

Weil Terisa in einer Familie aufgewachsen war, in der

man keinen Trost zu spenden pflegte — und so etwas auch nicht erwartete —, unterließ sie es, die Arme (ob um seiner oder ihrer selbst willen) um ihn zu schlingen. Aber sie bat ihn rasch herein, schloß die Tür, verkniff sich die Frage, die sie beschäftigte: Wie geht es ihm?

Mit sichtlicher Anstrengung heftete Geraden den Blick auf sie, quälte sich aus seinem Weh, um sie *anzuschauen*. Vorsichtig hob er eine Hand und berührte mit den Fingerspitzen Terisas verletzte Wange. Irgendwie schaffte er es, den Mund zu einem Lächeln zu verziehen. »Schmerzt's nicht? Es sieht nicht allzu schlimm aus. Ich bin überaus froh, daß ich Euch wohlauf antreffe.«

»*Geraden.* Wie *geht's* ihm?«

Er zuckte zusammen, konnte die Beherrschung nicht länger aufrechterhalten. Das Lächeln wich aus seinem Gesicht, Tränen schossen ihm in die Augen. »Der Arzt leistet aufs beste, wessen er fähig ist, doch weiß er nicht, zu welchem Ergebnis 's führen wird. Artagel hat viel Blut verloren. Mag sein, er stirbt.« Langsam neigte er sich vor, hob die Arme an die Brust, als zerbräche er innerlich, sacke inwendig nieder. Für einen Moment blieb Terisa reglos. Dann trat sie zu ihm, als könnte sie vom einen zum anderen Augenblick vergessen, was sie über Menschen und ihren Schmerz gelernt hatte, umarmte ihn so fest, wie sie es konnte. So standen sie für lange Zeit beisammen. Als sie die Arme von ihm nahm, vermied er es zunächst, sie anzuschauen. »Meine Mutter starb, als ich erst ein Knabe war«, sagte er leise, rieb sich im Gesicht. »Ich glaube, ich hab's Euch noch nicht erzählt. Irgendeine Art von Fieber hatte sie heimgesucht ... wir haben nie herausgefunden, welcher Art, doch währte ihr Siechtum lange. Jedenfalls kam's *mir* lange vor. Ich zählte kaum fünf Lenze, und ich war ihr Liebling, drum wollte sie mich bei sich haben ... und so sah ich mit an, wie sie starb, wiewohl's mir schier das Herz im Leibe zerriß. Ich *schwor* ...« Langsam hob er den Kopf, zeigte Terisa seine Trauer. »Erst fünf Lenze zählte ich, aber ich schwor mir, niemals wieder jemanden,

den ich liebe, sterben zu lassen.« Dann seufzte er, seine Miene entkrampfte sich allmählich. »Ich hoffe, Artagel nimmt mich nicht beim Wort, denn was ihn anbelangt, so vermag ich nichts zu tun, um ihn zu retten.«

»Entschuldigung.« Etwas anderes fiel Terisa nicht ein. »Irgendwie ist das alles mein Fehler. Ich bin's, auf die Gart es abgesehen hat. Ich verstehe bloß nicht, warum eigentlich.«

Geraden schneuzte sich die Nase. »Redet nicht so töricht daher. Es ist nicht Eure, sondern Garts Schuld.« Sein Gesichtsausdruck verfinsterte sich nach und nach wieder, während er sie aufzumuntern versuchte. »Oder Ihr könntet mir vorwerfen, 's sei meine Schuld, dieweil ich dazu unfähig blieb, ihm in den Arm zu fallen. Oder's ließe sich auch so betrachten, daß Großkönig Festten die Schuld trägt. Immerhin ist Gart des Großkönigs Monomach. Er befolgt lediglich Befehle.« Mit einem Mal wurde seine Miene sehr verbissen. »Man vermöchte gar König Joyse die Schuld beizumessen. Hielte er sich nicht allem so fern, der Großkönig wollt's nicht wagen, Gart nach Orison zu schicken.« Ohne Erfolg bemühte Geraden sich um ein Lächeln. »Fürwahr, im rechten Licht besehen, seid Ihr der einzige Mensch, der an alldem *keine* Schuld hat.«

Er mißverstand sie. Sie machte sich wegen Artagels Verletzung keine Selbstvorwürfe, sondern empfand Bedauern, herbes Bedauern. Doch dieser Unterschied war im Moment unwichtig. »Da bin ich nicht so sicher«, sagte sie jedoch, als hätte sie vor, beim Thema zu bleiben, verzichtete darauf, das Mißverständnis aufzuklären. »Ich glaube, ich habe 'ne gehörige Dummheit begangen.«

Anscheinend erachtete Geraden es aufgrund mangelhaften Begreifens ihrer Äußerung für angebracht, sich genauer zu informieren. »Wartet, wartet ... Ihr wollt sagen, Eure Meinung ist's, Gart trachtet Euch nach dem Leben, dieweil Ihr eine Torheit begangen habt?«

Terisa schüttelte den Kopf. »Elega hat mich herbegleitet. Sie hat mir ihren Schutz angeboten.«

Mißmutig musterte er sie, verpreßte den Mund. Unvermutet kam Terisa zu Bewußtsein, daß es möglich sein mochte, sich vor ihm zu fürchten; die Eindringlichkeit, die er ihr jetzt schenkte, wirkte regelrecht einschüchternd. »Mag sein, es ist klüger«, sagte er, als müßte er sich stark beherrschen, »Ihr vertraut mir den gesamten Vorgang an.«

Mit möglichst einfachen Worten schilderte Terisa die Unterhaltung mit Elega, sah währenddessen, wie sein Zorn wuchs. »Als ich Prinz Kragen erwähnte«, fügte sie zum Schluß hinzu, »habe ich die Chance verdorben, mehr über ihre Pläne zu erfahren. Jetzt wird sie mir niemals trauen.«

Geraden wandte sich ab, entzog seine Miene Terisas Sicht. »Glas und Scherben!« murrte er sehr verdrossen. »Nun dürfte sie gewarnt sein. Sie wird umsichtiger vorgehen. Nicht lange mehr, und sie wird Argus und Ribuld bemerken, und von da an wird niemand sie länger unter Beobachtung zu halten vermögen. Wir sind unterlegen, noch ehe wir so recht einen Anfang machen konnten.«

Diesmal hätte Terisa sich entschuldigen können, ohne mißverstanden zu werden. Aber die Entschuldigung, die sie momentan zu äußern vermocht hätte, war nichts im Vergleich mit der Entschuldigung, die er in Kürze verdient hätte. Einen Augenblick lang zögerte sie, wand sich innerlich. Warum sollte sie nicht auch *das* verheimlichen? Oder wenigstens so lange, bis seine ungewohnte Wut nachgelassen hatte. Wem könnte es schon schaden? Doch sie wußte die Antwort. An diesem Ort der Geheimnisse hatte sie zumindest das mit Gewißheit herausgefunden. Wenn er die Wahrheit entdeckte, würde *er* gekränkt sein. Und der Umstand, daß sie sie ihm vorenthalten hatte, wäre nachteilig für ihre Freundschaft. Sie holte tief Atem, sammelte Mut. »Vielleicht haben wir noch nicht verloren«, sagte sie. Geraden drehte sich um. Er wirkte in solchem Maß in Bedrängnis, so überempfindlich, daß Terisa kaum sprechen konnte. »Sie hat mich mit ihrem Schneidermeister allein gelassen. Ich war fertig, bevor sie wiederkam, also habe ich den Laden verlassen.« Bei der Erinnerung an das, was sich ereignet hatte, befiel sie ein flüchtiges Schwächegefühl. »Da habe ich Nyle gesehen.« Vom einen zum anderen Moment schwand Geradens Zorn. »Ich bin ihm gefolgt … Warum, weiß ich nicht. Kann sein, ich wollte wissen, weshalb er Sie so abgekanzelt hat.« Verzweiflung regte sich in ihr; möglicherweise verübelte Geraden ihr diese Enthüllung. »Er hat sich hinter dem Zelt mit jemandem getroffen. Er hat mich nicht gesehen, aber ich ihn … und ich habe gesehen, mit wem er sich getroffen hat.« Sie stockte. Geraden erregte den Eindruck, als wäre ihm vor Spannung schwindlig. »Nämlich mit dem Gaukler. Dem Mann, über den wir gesprochen haben. Und da habe ich ihn erkannt. Ich weiß, wer er ist. Ich bin völlig sicher.« Sie redete schneller, um nicht in Ohnmacht zu sinken, ehe sie alles gesagt hatte. »Es ist Prinz Kragen. Er hat sich mit Nyle hinter dem Zelt getroffen.«

Für eine Sekunde sah Geraden tatsächlich so entgeistert und schmerzlich betroffen aus, wie Terisa befürchtet hatte. Die Liebe zu seiner Familie war eines seiner stärksten Gefühle, und soeben hatte sie seinen Bruder des Verrats angeschuldigt. All die krasse, zutiefst persönliche Bestürzung in seiner Miene war beinahe mehr, als Terisa zu verkraften vermochte. Aber nach der ersten Schrecksekunde änderte sich seine ganze Haltung. Im Rücken und in den Schultern richteten sich die Knochen auf, machten ihn größer; sein Gesicht nahm einen gleichermaßen trostloseren wie energischeren Ausdruck an, als wären im Handumdrehen die weicheren oder unvorteilhafteren Eigenheiten der Wangen und des Kinns abgeschliffen worden. In den Augen glänzten Andeutungen von Tatkraft und Tüchtigkeit. »Das erklärt's«, sagte er unumwunden. »Wenig erstaunlich, daß er von Artagel und mir Abstand zu wahren beliebt. Darin hat ihn Elega verwickelt.«

In gewisser Hinsicht ahnte Terisa, daß seine innere Krise damit nicht vorbei war (vielleicht sogar erst begann), doch seine anfängliche Reaktion erleichterte sie so sehr, daß sie ihn fast geküßt hätte. »Also haben wir noch nicht unbedingt verloren«, bekräftigte sie leise. »Sie können Argus und Ribuld sagen, daß sie nicht mehr Elega nachzulaufen brauchen. Sie sollen Nyle im Auge behalten.«

Geraden schien nicht zuzuhören; er schaute drein, als konzentriere er sich nachdrücklich auf die eigenen Gedanken. »*Falls* es ihnen möglich ist, ihn zu finden«, antwortete er jedoch halblaut. »Das dürfte am schwierigsten sein. Wenn wir ihn finden, ist es vielleicht noch nicht zu spät, um zu verhüten, daß er etwas anstellt, das zu bestrafen sich selbst König Joyse aufraffen müßte.« Unvermittelt setzte er sich in Bewegung. »Kommt. Wir werden jemanden in diese Angelegenheit einweihen.«

Schon stand er an der Tür. »Einweihen?« wiederholte Terisa, während sie ihm nacheilte. »Wen?«

»Nicht König Joyse«, antwortete Geraden, als dächte Terisa rasch genug mit, um seine Überlegungen nachzuvollziehen. »Er wollte uns wahrscheinlich ohnehin kein Gehör schenken. Und Kastellan Lebbick würde, das halte ich ebenfalls für wahrscheinlich, zu gänzlich übertriebenem Handeln neigen. Was denn — er täte womöglich Nyle niederhauen, sobald er ihn erblickt. Herr Tor ist ein geeigneter Bundesgenosse.« Die Art, wie Geraden ihr die Tür aufhielt, lief auf eine Ermahnung zur Eile hinaus. »Ihn einzuweihen, ist gegenwärtig alles, was wir zu tun vermögen, um Nyle zu schützen. Sollte es uns verwehrt bleiben, seine Umtriebe zu unterbinden, und man ergreift ihn, wird man ihn möglicherweise nicht hinrichten, wenn das, was er verbricht, nicht als Überraschung ans Licht kommt.« Er sagte das mit solcher Überzeugung, daß Terisa ihm glaubte. Trotz ihrer schlammbespritzten Kleidung und trotz des Bluts, das ihr auf der Haut klebte, hielt sie mit ihm Schritt. Zügig legte er den gesamten Weg zu den Königsgemächern zurück, ohne ein einziges Mal zu stolpern.

Weil der König abwesend war, ließ man sie ohne Umstände in seine Räumlichkeiten. »Er hockt irgendwo mit seinem Imagomanten zusammen, glaube ich«, sagte Herr Tor in gedämpftem Tonfall zur Begründung. »Er beträgt sich höflich, doch vertraut er mir nur wenig an, just so viel, wie vonnöten ist, daß ich von neuem in Geheul ausbreche.« Seine Stimme hatte Ähnlichkeit mit einem unterirdischen Gluckern, als dränge sie aus einer Quelle irgendwo tief zwischen seinem vielen Fett durch Gänge hervor, die sich allmählich mit Wein füllten. Wein- und Essensflecken auf seinem grünen Gewand verrieten, daß er es bereits seit Tagen trug. Seine unrasierten Wangen und die Öligkeit des Haars zeigten an, daß er auch die Körperpflege vernachlässigt hatte. »Ich bin ein geduldiger Mann, Jung Geraden«, konstatierte er über seine Karaffe hinweg. »Keine geringe Zahl von Jahren habe ich schon in der Welt zugebracht, und dieweil sie verstrichen, habe ich gelernt, daß Fett dauerhafter ist denn Stein. Aber 's ist die Wahrheit, daß meine hiesige Anwesenheit bislang nicht zur Gänze das erreicht hat, was meiner Absicht entspricht.« Er winkte fahrig mit einer Hand, eine Gebärde, durch die Terisa darauf aufmerksam wurde, daß der Springbrett-Spieltisch des Königs fehlte. »Er spielt seine Spielchen nunmehr andernorts.« Kummervoll seufzte er, ihm verschleierten sich die Augen. »Es ist eine wahrhaft traurige Sache für jemanden meines Alters, auf derlei Weise mißachtet zu werden.«

Während sie Tor zuhörte, begann Terisas Zuversicht zu schwinden. Geraden dagegen war zu entschlossen zu Taten, um ohne weiteres aufzugeben. »Ihr habt Euch zum Kanzler erhoben, Herr«, rief er dem Gauherrn in Erinnerung. »Ihr habt versprochen, in des Königs Namen zu handeln. Das sollte eine Leichtigkeit sein, wenn er nicht hier weilt, um Euch zu widersprechen.«

Tor widmete Geraden einen mürrischen Blick. »Du bist zu jung, um dergleichen zu begreifen. Möchte ich als nächste Mahlzeit lieber Hammel denn Ente speisen, brauche ich nur den Mund aufzutun. Käm's mir in den Sinn, einen Feiertag auszurufen, auf daß jedwede Edeldame zu

Orison unversehens ohne Zofe dastünde, 's wäre mir möglich, indem ich's anordne, als wär's selbstverständlich. Wer hier wollte den Wunsch verspüren, sich wider den Willen eines alten Freundes des Königs zu wenden?« Mit einer Faust schlug er zu seinen Worten den Takt. »Und nähme ich's gar morgen auf mich, den Krieg zu erklären, ich bezweifle nicht, man würde mir Gehorsam erweisen. Aber der *König*, Jung Geraden!« Wie um seine Darlegungen zu unterstreichen, wuchtete er die massige Gestalt vom Stuhl hoch. »Wo ist der *König?* Wo ist der Mann, welcher sich für jeden Befehl, den ich in seinem Namen gebe, schämen müßte? Abseits von allem spielt er mit Großmeister Havelock *Springbrett*, indessen sein Reich *zusammenbricht*.« Langsam beruhigte sich Tor. »Und was Kastellan Lebbick angeht …« Erneut seufzte er auf. »Das geringe Maß wirklicher Macht, welchselbiges sich zu Orison ausüben läßt, übt er aus. Doch sogar für ihn ist's schwierig, meine Gegenwart gänzlich mit Mißachtung zu strafen; doch dieweil er mich bezüglich seiner Entscheidungen nicht um meine Meinung fragen mag, meidet er mich. Ich mutmaße, insgeheim läßt er sich alle meine Befehle zur Kenntnis geben, um sie zu billigen, bevor man sie ausführt. Es will den Anschein haben, als hätte ich einen närrischen Weg gewählt, um den Tod meines Sohns zu betrauern.«

Terisa versuchte Geradens Blick auf sich zu ziehen; sie hatte vor, ihm irgendwie verständlich zu machen, er solle Tor lieber nichts über Nyle und Elega erzählen. Der alte Gauherr erinnerte sie allmählich an Pastor Thatcher.

Doch Geraden bemerkte nichts von ihrem Versuch. Seine ungeteilte Beachtung galt Tor, und seine Miene war sanftmütiger geworden, obwohl sein Auftreten grimmig blieb. »Verzeiht mir, Herr«, sagte er barsch. »Ich kann für Eure Trauer keine Zeit erübrigen.« Unterm Fett strafften sich die Muskeln in Tors Gesicht zu einem bedrohlichen Ausdruck, aber Geraden sprach sofort weiter, ließ ihm keine Gelegenheit zu einer Zwischenbemerkung. »Ich müßte mit König Joyse reden. Dieweil er nicht da ist, muß ich mich an Euch wenden. Mit dem Kastellan kann ich darüber nicht sprechen. Ich gedenke zu niemandem davon zu sprechen, der kein Freund meines Vaters ist.«

Damit hatte er Tors Interesse geweckt. »Ich erachte Domne als einen Freund«, brummte er bedächtig. »Und Deine frühere Höflichkeit wiegt deine gegenwärtige Rüpelhaftigkeit auf.« Er zwinkerte, befreite die Augen vom Alkoholschleier; darunter erwies sich der Blick als ehern hart. »Ich möchte hören, was du dem König mitteilen müßtest.«

Plötzlich schämte sich Terisa. Anstatt der Mutlosigkeit Tors mit Argwohn zu begegnen, versuchte er ihm zu helfen. Diese Beobachtung verursachte ihr Gewissensbisse. Sie hatte nie irgend etwas getan, um Pastor Thatcher zu helfen. Stundenlang hatte sie ihm zugehört, aber sich niemals darum bemüht, ihm irgendwie behilflich zu sein.

»Wahrscheinlich habt Ihr bereits das Gerücht vernommen, daß König Joyse glaubt, Prinzessin Elega wirke im geheimen wider ihn.« Geraden brauchte keiner Empörung Ausdruck zu verleihen; die rohe Willenskraft, die ihn in die Königsgemächer getrieben hatte, machte seine Stimme rauh. »Nun wohl, so vernehmt folgendes: Er hat recht.« Mit der Behutsamkeit einer Säge berichtete Geraden dem Gauherrn, was er über Elega, Prinz Kragen und Nyle wußte. »Zwei Freunde — zwei Schloßwächter — halten die Prinzessin im Augenmerk«, fügte er hinzu, nachdem er die wesentlichen Tatsachen dargelegt hatte. »Doch inzwischen weiß sie, daß wir ihr mißtrauen. Darum wird sie erhöhte Vorsicht walten lassen. Ich werde meine Freunde bitten, von ihr abzulassen und statt ihrer Nyle zu beobachten.« Er sprach den Namen seines Bruders im Ton gezwungener Unbeteiligtheit aus. »Mag sein, wir gelangen durch ihn an Aufschlüsse.«

Tors Blick blieb klar und fest; seine Augen ähnelten in aufgequollenen Teig gesteckten Stücken Glas. »Ich vernehme zahlreiche Gerüchte«, merkte er an, sobald Geraden schwieg. »Der Wachdienst vor des Königs Tür ist langweilig, und viele Wächter vertreiben sich die Zeit mit Schwatzen. Ich habe auch ein Gerücht vernommen, daß dein Bruder Artagel, welcher im Rufe des vortrefflichsten Fechters ganz Mordants steht, einen Kampf mit des Großkönigs Monomach austrug und unterlag.« Erst jetzt klang auch seine Stimme deutlicher. »Ist er ernstlich verwundet worden?«

Krampfhaft schluckte Geraden. »Ja.«

Starren Blicks musterte Tor ihn eine Zeitlang. »Ich habe einen Sohn verloren«, sagte er dann. »Ich wünsche nicht, daß an Domnes Ohr dringt, ich hätte trunken auf meinem Hintern gesessen, derweil des Großkönigs Monomach ihm einen Sohn erschlug und ein anderer Sohn sich an den alendischen Monarchen verkaufte. Was möchtest du meinerseits getan sehen?«

Geraden antwortete augenblicklich. »Laßt nicht zu, daß Kastellan Lebbick sich einmischt. Sorgt dafür, daß er Nyle in Ruhe läßt.« Es bereitete ihm sichtlich Erleichterung, sich nicht weiter über Artagel äußern zu müssen. »Und sagt ihm, er soll Ribuld und Argus mir unterstellen. Erklärt ihm, ich bräuchte sie, um Euch eine Art von Gefälligkeit zu erweisen, bräuchte zu diesem Zweck ihre Unterstützung.« Er trug seine Vorstellungen mit solcher Deutlichkeit vor, wirkte seiner Sache so sicher, als hätte er während seines Lebens schon oft in ähnlichen Situationen gesteckt. »Das letzte Mal, als sie mir zu helfen versuchten, hat er sie dafür aufs ärgste gerügt. Sie werden mir besser beistehen können, wenn's für sie nicht erforderlich ist, ihm beständig aus dem Weg zu gehen.« Er redete so selbstsicher darüber, was zu unternehmen sei, daß Terisa ihm am liebsten Beifall geklatscht hätte. Dennoch lief ihm, als er verstummte, der Schweiß von der Stirn.

Tor betrachtete ihn noch eine Weile länger. Dann wandte er den Kopf und stieß einen derb-heiteren Ruf aus, der Terisa zum Zusammenzucken und die Türwächter umgehend ins Zimmer brachte. »Ja, Herr Tor?« fragte einer der Wächter. Anscheinend stand er in etwas vertrauterem Verhältnis zu dem selbsternannten Kanzler. »Eure Donnerstimme ist an unsere Ohren gedrungen.«

»Hornochse!« schnob Tor. »Ich habe beileibe nicht mit Donnerstimme gerufen. Das war lediglich ein gütliches Ersuchen um eure Aufmerksamkeit.« Sein Lachen klang wie ein Rülpsen. »Widerführe euch jemals das Unglück, mich mit Donnerstimme rufen zu hören, du tätest keineswegs so wohlgemut davon reden. Doch da ihr nun zur Stelle seid ...« Er verdrehte die Augen zur Zimmerdecke, als liste er in Gedanken eine ganze Reihe von Wünschen auf. »Ich möchte Preiselbeersoße zu der Ente, welchselbige der Koch mir längst vorzusetzen versprochen hatte. Ich will mehr Wein. Ich begehre Frieden oder Krieg mit unseren Feinden, je nachdem, was ihnen den härtesten Verdruß verursacht.« Er strich sich mit einer feisten Hand über die Wangen. »Ich wünsche, daß ein Barbier kommt. Am dringlichsten jedoch ist's mein Wunsch«, — auf einmal setzte sich in seiner Stimme Messerschärfe durch —, »daß der Kastellan mich aufsucht.« Er sprach in lebhafterem Ton weiter. »Teilt ihm mit, daß ich ein wenig von seiner kostbaren Zeit in Anspruch nehmen muß ... und zwar nachgerade ohne Verzug.«

»Wie Ihr befehlt, Gauherr.« Beim Hinausgehen grinsten die Türwächter.

Tor sah Geraden an und hob die Schultern. »Mag sein, er wird sich nicht sofort einfinden, aber ich werde es fordern, bis er nachgibt.«

»Meinen Dank, Herr Tor«, sagte Geraden leise und aus vollem Herzen. »Dadurch dürfte mancherlei leichter werden.«

Mit einem zerstreuten Wink der freien Hand tat Tor den Dank ab. Für ein Weilchen dachte er nach. »Jung Geraden«, meinte er dann ernst, »dein Ansehen, ein Tölpel zu sein, führt aufs schwerste in die Irre. Du hast mir gezeigt, daß mein König weit dringlicher einen Kanzler braucht, als ich's je gewähnt hätte. Ich glaube, ich werde damit beginnen, meine Stellung zu festigen.« Er deutete mit einem

Wurstfinger auf den Adepten. »Jedoch rate ich dir«, ergänzte er in unheilvollem Tonfall, »unterdessen Nyle in den Arm zu fallen, bevor er allzu verwerfliche Taten begeht. Des Reiches Einheit ist ohnehin brüchig geworden. Ein offener Zwist zwischen König Joyse und dem Domnegau möchte sehr wohl unser aller Untergang zur Folge haben.« Hastig trank er die Karaffe leer. »Derweil du dich dieser Aufgabe widmest«, nölte er belustigt, »werde ich Prinzessin Elega die Furcht vor Entdeckung lehren.« Einen seltsamen Moment lang war Terisa zum Lachen zumute. Die Vorstellung eines Zusammenstoßes zwischen dem klobigen alten Gauherrn und der königlichen Prinzessin kitzelte ihre Phantasie. Aber mit der Erheiterung reagierte sie vornehmlich auf die vorherige nervliche Belastung; sobald sie Geraden anschaute, verflog ihre Fröhlichkeit. Sein Grinsen war eine ziemlich fahle Imitation des Lächelns, das man Artagel beim Schwertkampf ansah. Zum Glück bemerkte auch Tor seinen Gesichtsausdruck. »Du kannst nun gehen, Jung Geraden«, sagte er mit Nachdruck, »es sei denn, du hättest noch mehr Verrätereien zu enthüllen. Ich habe nicht vor, meine Ente mit jemandem zu teilen. Sende mir Nachricht, sobald du neue Kunde über Artagel weißt.«

»Meinen Dank, Herr.« Ohne Umschweife schritt Geraden zur Tür.

Terisa verspürte das Bedürfnis, Tor ausführlicher zu danken, ihm zu verdeutlichen, wieviel er für Geraden getan hatte. Doch sie konnte nicht das tun und gleichzeitig Geraden folgen. Aber allem Anschein nach verstand der alte Gauherr sie. »Habt auf ihn acht, edle Dame«, raunte er, indem er sie mit einem Wink fortschickte. »Er bedarf Eurer.« Terisa schenkte ihm ihr strahlendstes Lächeln und hastete aus dem Zimmer, eilte Geraden nach, die Treppe hinab.

Ein, zwei Treppenfluchten tiefer verlangsamte er den Schritt, so daß sie ihn einholen konnte. »Zu lange bin ich Artagel ferngeblieben«, sagte er. »Mögt Ihr mich entschuldigen? Ich nähme Euch mit zu ihm, aber der Arzt wird

Euch nicht einlassen. Selbst ich mußte ihm bereits mit dem Tode drohen, um Artagel sehen zu dürfen. Ihr vermögt den Weg zu Euren Gemächern allein zu finden, nicht wahr? Hättet Ihr die Huld, mir zu gestatten, daß ich mich zu meinem Bruder spute?«

»Geraden ...« Terisa legte ihm eine Hand auf den Arm, um zu gewährleisten, daß er ihr zuhörte. »Sie haben sich bei Tor genau richtig verhalten. So wie er es brauchte.« Sie war es nicht gewohnt, solche Dinge auszusprechen, für ihr Empfinden klangen ihre Worte schrecklich gestelzt, und das wiederum war ihr peinlich. Aber sie machte keinen Rückzieher. »Ich bin stolz auf Sie.«

Da endlich merkte er auf. Um seine Augen lockerten sich die Muskeln, und etwas wie der Ansatz zu einem Lächeln verzog ihm die Mundwinkel. »Ich schätze ihn«, erklärte er bündig.

»Ich komme allein zurecht«, versprach Terisa. »Gehen Sie zu Artagel. Geben Sie mir bald Bescheid.«

Er nickte und entfernte sich im Laufschritt. Terisa kehrte ohne Begleitung in ihr Quartier zurück, brachte den Rest des Tages in dem Bemühen auf, nicht zu grübeln.

Am nächsten Morgen wagte Artagels Arzt die Prognose, daß sein Patient eine Überlebenschance habe. Geraden, der gleichermaßen ausgezehrt vor Erschöpfung und zittrig aus Erleichterung daherkam, erzählte es Terisa, bevor er seine Wohnung aufsuchte, um ein wenig zu schlafen. »Nun hängt's davon ab, ob eine Entzündung entsteht«, berichtete er. »Wenn er diese Gefahr überwindet, wird er am Leben bleiben ... Herr Tor hat den Kastellan überredet. Argus und Ribuld sind nun mir unterstellt. Lebbick hat daran Mißfallen, jedoch hat Herr Tor ihm wohl zu verstehen gegeben, ich hätte mir überlegt, wie ich Euch vor Gart beschützen könnte. Aber bislang haben sie Nyle nicht zu finden vermocht.«

Terisa wäre es lieber gewesen, wäre er bei ihr geblieben. Die frühere Fähigkeit, mit dem Alleinsein zurechtzukommen, geriet ihr immer mehr abhanden. Wenn sie allein war, schienen ringsum der Monomach des Großkönigs, Kastellan Lebbick und Meister Eremis zu lauern, auf den Moment zu warten, in dem sie ihr am meisten anhaben konnten. Und es spendete ihr wenig Trost, wenn sie sich gedanklich auf Elega, Nyle und den alendischen Thronbewerber konzentrierte, sich wegen Myste und des ›Kämpen‹ Sorgen machte, das Verhältnis zwischen Meister Quillon, Großmeister Havelock und König Joyse zu analysieren versuchte oder sich fragte, welch dunkles imagomantisches Talent sie oder Geraden möglicherweise hatten. Jede Frage hing mit Bedrohlichem zusammen.

Aber Geraden sah derartig ausgelaugt aus — sowohl seelisch zermürbt wie auch körperlich ermüdet —, daß sie Mitleid empfand. So entschieden, wie sie es fertigbrachte, schickte sie ihn weg, sagte ihm, er solle nicht wiederkommen, bevor er sich gründlich ausgeschlafen habe.

Wieder allein, versuchte sie sich in derselben Haltung auf den Tag einzustellen, in der sie sich oft auf die Abende in ihrer Eigentumswohnung gefaßt gemacht hatte: Mit einer Einstellung, als wäre das einzige, was sie mit ihrer Zeit anfangen könnte, auf das sie hoffen dürfte, sich an ein unentbehrliches, spärliches Gefühl der eigenen Existenz zu klammern.

Eine Zeitlang interessierte sie die Aussicht, die ihr die Fenster boten. Das frühzeitige Tauwetter machte den Eindruck, als werde es anhalten. Sonnenschein überströmte die aufgetürmten, verschachtelten Bauten Schloß Orisons, schmolz noch mehr Schnee, verschlimmerte die Verschlikkung des Innenhofs. Zahlreiche Menschen wimmelten durch den Basar, genauso geschäftig wie am Vortag. Karren und Fuhrwerke holperten über die Landstraße aufs Schloßtor zu, ihre in Eisen gefaßten hölzernen Räder verwandelten Matsch und Schnee in eins. Erneut wünschte sich Terisa, ins Freie zu können; doch das war unmöglich; jedenfalls konnte sie nicht allein hinaus.

Mit sich allein fühlte sie sich einsam und verlassen.

Nach einiger Zeit kam der Schneider Mindlin, um ihre alten Klamotten zu bringen; er erklärte, er erwarte das Eintreffen der Stoffe, die er für ihre neue Kleidung brauchte, für morgen, spätestens aber übermorgen, falls sich keine erhebliche Änderung des Wetters mehr ergab. Als Freundin Prinzessin Elegas gelte ihr sein vorrangiges und hingebungsvollstes Wirken, so daß er zuversichtlich versprechen zu können glaube, ihre neuen Kleidungsstükke seien in sechs Tagen zur Anprobe bereit. Unglückseligerweise bedeutete die Überlegung, wie ihre neuen Kleider aussehen würden, nicht die geringste Ablenkung für sie. Andere Fragen beschäftigten ihren Geist.

Wo war Meister Eremis? Was tat sie eigentlich hier? Wie sollte sie ohne Spiegel irgend etwas über sich wissen können? Warum konnte sie zu Geraden nur dann innere Nähe herstellen, wenn er litt? Weshalb hielt sie noch immer dies und jenes vor ihm geheim, als ob sie ihm mißtraue?

Wenn sie noch viel länger über diese Fragen nachgrübelte, so sah sie ein, mußte sie sich damit buchstäblich in den Irrsinn treiben. Sie drehten sich ausschließlich um das, was ihr fehlte; hingegen ließen sie völlig außer acht, was sie hatte: Geradens und Artagels Freundschaft; Tors Respekt; vielleicht auch, falls Myste noch lebte, Mystes Dank.

Sie war froh, weil überhaupt irgend etwas gechah, als jemand an ihre Tür klopfte, sich dadurch ein Besucher ankündigte. Möglicherweise war es Meister Eremis. Sogar Kastellan Lebbick wäre ihr angenehmer als das Alleinsein mit sich selbst gewesen.

Es war Meister Barsonage. Der Mediator der Zunft war ein so unerwarteter Besucher, daß Terisa sein verändertes Aussehen nicht sofort bemerkte. Doch aufgrund der fahrigen Art, wie er hartnäckig ihrem Blick auswich, während er sie begrüßte, überwand sie ihre Überraschung, erkannte sie seinen üblen Zustand. »Kommen Sie bitte herein, Meister Barsonage!«

»Habt Dank, edle Dame.« Wie ziellos, als wüßte er nicht recht, wohin, schlurfte er ins Wohnzimmer. Er wirkte *geschrumpft* — eine zutreffendere Beschreibung hätte Terisa im Moment nicht von ihm geben können. Als sie ihn zum erstenmal gesehen hatte, war er fast so breit wie groß gewesen. Die Brauen hatten sich durch eine Buschigkeit wie Farnkraut ausgezeichnet. Die Haut hatte in Tönung und Teint der Beschaffenheit von Kiefernholz geähnelt. Jetzt haftete dem Gelblichbraun der Haut etwas Kränkliches an, und auf dem kahlen Schädel schien sie aufgeweicht zu sein. Die Brauen waren herabgesackt, Falten verliefen auf den Wangen abwärts. Bewegungen und Erscheinung hatten eines gemeinsam: weitgehende Schlaffheit. Er erinnerte insgesamt an einen schlaffen Sack.

»Das ist ja 'ne Ehre für mich.« Terisa meinte die Äußerung durchaus nicht sarkastisch; Barsonage sah schon jammervoll genug aus — und als sei er sich dessen gar nicht bewußt. »Was kann ich für Sie tun?«

Noch immer vermied er es, ihren Blick zu erwidern. »Ich weiß es nicht recht, edle Dame.«

Trotzdem konnte sie ihn nicht einfach mitten auf dem Pfauenmusterteppich stehen lassen. »Nehmen Sie doch Platz.« Sie zeigte auf einen Stuhl. »Möchten Sie 'nen Schluck Wein?«

Barsonage setzte sich, lehnte jedoch den Wein mit einem matten Wink ab. »Ihr seid überfallen worden, edle Dame …« Sein Tonfall klang ähnlich ziellos wie sein Gebaren.

Seine Feststellung löste bei Terisa Überdruß aus. Für ihre Bedürfnisse hatte sie über dies Thema schon mehr diskutiert, als ihr behagte. Doch ihr war einsichtig, daß er an ihrer Unzufriedenheit keine Schuld hatte. »Ja, wieder mal«, antwortete sie unfreundlicher, als gewollt. »Das war das dritte Attentat.«

Barsonage blinzelte in Terisas ungefähre Richtung. »Der dritte Anschlag?«

»Hat Meister Eremis Ihnen nichts vom zweiten Überfall

erzählt? Er hat unmittelbar nach seinem Treffen mit den Gauherren stattgefunden. Fast wären Prinz Kragen und Perdon ums Leben gekommen.«

»Nein«, entgegnete Barsonage leise. Auch die Lautstärke seiner Stimme war geschrumpft. »Meister Eremis hat davon nichts erwähnt ... Er hat Orison verlassen. Um nach Esmerel heimzukehren, sagte er. Gestern, als das Tauwetter begann. Ich mußte ihm seine Kasel zurückgeben. Es liegen wider ihn keinerlei Beweise vor. Er hat erklärt, er vermöchte unsere Dispute nicht länger zu ertragen.« Ihm entging, welche Wirkung diese Eröffnungen auf Terisa hatten. »Weshalb hat man diese Anschläge auf Euch verübt, edle Dame?« fragte er rundheraus, als wären sie beide Kinder.

Terisa schlug das Herz gegen die Rippen. Also das war der Grund, wieso Meister Eremis sich seit dem jüngsten Attentat Garts nicht hatte bei ihr blicken lassen. Wahrscheinlich war er zum Zeitpunkt des Anschlags schon nicht mehr auf dem Schloß gewesen. Andererseits: Lebewohl hatte er nicht gesagt ... In schmerzlicher Verstörung versuchte Terisa ihre Aufmerksamkeit dem Mediator zu widmen. »Jeder will wissen, warum sie passiert sind.« Für diesen Ton hätte ihre Mutter sie in ihr Zimmer geschickt. »Sie, Kastellan Lebbick, Geraden und Artagel ...« Mit knapper Not konnte sie es sich verkneifen, auch Elega zu nennen. »Auch König Joyse. Sogar *ich* wüßte gern, warum ich abgemurkst werden soll. Und was für 'ne Rolle spielt's für Sie, es zu wissen oder nicht, Meister Barsonage?«

Unverändert war er dazu außerstande, ihr in die Augen zu sehen. Es hatte den Anschein, als sei seine gesamte sonstige Grimmigkeit verpufft. »Es betrifft mich um einer Sache willen«, gab er im selben schlichten Tonfall wie vorher zur Antwort, »welcher ich mein Leben geweiht habe. Die Zunft steht vor ihrem Zerfall, edle Dame.«

»Zerfall?« Diese Mitteilung war für Terisa etwas noch Unerwarteteres als sein Besuch und sein Aussehen. »Wieso? Was meinen Sie damit?«

»Sie wird aufgelöst.«

Terisa starrte ihn an. »Moment mal. Sagen Sie das noch mal. Die Zunft soll *aufgelöst* werden?«

»Dem Namen nach wird sie freilich auch ferneren Bestand haben. König Joyse will nicht, daß sie zu bestehen aufhört. Darum wird's die Zunft auch künftig geben. Aber sie wird keine Bedeutung mehr haben. Wir haben genug … genug von den unerfüllbaren Wunschträumen unseres Königs und seiner Art und Weise, wie er uns im Stich läßt. Jeder von uns wird fortan eigene Wege beschreiten … Es sei denn, Ihr offenbart mir, warum Ihr überfallen worden seid.« Mit einem Mal fühlte sich rings um Terisas Herz das Blut wie kaltes Schmalz an, widerwärtig eingedickt, fast wie geronnen. »Edle Dame, wir haben Wortgefecht um Wortgefecht ausgefochten, bis uns die Worte ausgingen … und mit ihnen der Mut. Ich will Euch nicht mit der Darlegung der verschiedenerlei Standpunkte behelligen. Ohne gemeinsames Trachten sind wir ein Nichts. Entweder ist Meister Gilbur ein Verräter, oder er ist's nicht. Weder im einen Fall vermögen wir etwas zu tun, was ihn betrifft, noch im anderen, denn er hat sich unserem Zugriff entzogen. Entweder war die Translation des Kämpen ein Fehler, oder sie war's nicht. Uns ermangelt's am Spiegel, um ihn zurückzuschicken. Auch liegt's gegenwärtig nicht in unserer Macht, ihn irgendeiner anderen Translation zu unterziehen. Entweder war die Translation, welchselbige Euch zu uns befördert hat, im Ablauf fehlerhaft, oder sie hat andersartige Ursachen. So oder so können wir in dieser Hinsicht nichts unternehmen. Es sei denn, wir wüßten Bescheid.«

»Wüßten Bescheid?«

Barsonages Hände vollführten eine lasche Geste. »Wir könnten Euch zu Diensten stehen, edle Dame … falls Euer Hiersein einen Zweck hat. Des Großkönigs Monomach wagt sein Leben, um eurem Leben ein Ende zu bereiten. Müßt Ihr folglich nicht eine Bedrohung sein? Ihr seid keine Imagomantin? Dann wendet Euch an uns, edle Dame.

Gewährt uns die Möglichkeit, Eure Bestrebungen zu unserem Streben zu machen. Laßt uns Euch dienen.«

Nein. Das war zuviel. Nein. Sie schrak davor zurück. »Haben Sie keine Bedenken, ich könnte eine Feindin sein?«

Der Mediator zuckte mit den wie kraftlosen Schultern. »Des Großkönigs Monomach wagt sein Leben, um Eurem Leben ein Ende zu bereiten«, wiederholte er. »Folglich seid Ihr keine Freundin Cadwals. Darin besteht größere Gewißheit als in manch anderem, das wir zu wissen glauben. Wir werden darauf bauen ... wenn Ihr unserem Dasein einen neuen Sinn verleiht.«

Das konnte er ihr doch nicht *antun*. Sie konnte unmöglich die Verantwortung für die Zunft übernehmen, all die Meister, die sie, die Geraden nicht leiden mochten. Barsonage war derselbe Mann, der ihr — unmittelbar nach ihrer Translation — Informationen versagt hatte. »Sie finden keine einfachen Lösungen«, entgegnete sie erbittert. »Deshalb schmeißen Sie leichtfertig alles hin. Haben Sie das schon Geraden gesagt?«

»Dazu vermochte ich bislang noch nicht den Mut aufzubringen«, gestand Meister Barsonage ruhig. »Kein Adept hat bis zur Stunde davon Kenntnis«, fügte er hinzu. »Weiterhin schüren sie die Feuer, versehen das Laborium, auf daß wir unser Wirken fortzusetzen imstande sind ... falls wir dafür irgendeinen Sinn und Zweck entdecken.«

Einen flüchtigen Moment lang erwog Terisa, ihm zu erzählen,was sie bis jetzt Geraden verschwiegen, auch sonst niemandem verraten hatte: daß sie die drei Reiter aus ihrem Traum in den Omen der Zunft wiedergesehen hatte. Doch der Gedanke, daß sie nicht voraussehen konnte, was er mit diesem Wissen anfangen würde, hielt sie davon ab. Er könnte es benützen, um ihr allen Ernstes die Verantwortung für die Zunft aufzubürden, Forderungen an sie zu stellen, von denen sie nicht wüßte, wie sie sie erfüllen oder zurückweisen sollte. »Meister Barsonage«, sagte sie, während ihr Blutdruck stieg, »meinen Sie nicht auch, daß

Sie ein bißchen zuviel verlangen? Seit ich hier bin, sind Sie nicht mal *höflich* zu mir gewesen. Auf keinen Fall waren Sie *anständig* zu mir. Sie haben meine Unkenntnis der Verhältnisse ständig außer acht gelassen ... und die Folgen für mich. Und Sie lassen sie noch immer außer acht. Mir ist völlig unklar, weshalb Gart mich kaltmachen will. Woher ich komme, dort erzeugen Spiegel bloß Spiegelbilder. Sonst haben sie *keinen* Effekt. *Und ich bin keine Imagomantin.*«

Trotz der Vehemenz ihrer Äußerungen traute sich Barsonage nach wie vor nicht, ihr in die Augen zu sehen. Statt dessen holte er mehrmals tief Atem, als müsse er sich um Gefaßtheit bemühen, und ballte die Hände zu Fäusten. »Edle Dame, Ihr handelt falsch. Die Zunft hat ihren Wert, gleichwohl was König Joyse im Augenblick von ihr halten mag. Sie steht zwischen uns und den blutigsten Wirren ... zwischen Mordant und den grausigsten Schrecknissen. Krieg ist lediglich Krieg. Männer sterben. Weiber werden mißhandelt. Danach verlagert das Ringen sich an andere Orte, und für eine Weile herrscht Friede. Aber sobald die Zunft der Imagomantie nicht länger ihre Regeln vorschreiben kann, wird sie solcherlei Greuel über die Unschuldigen bringen ... Dahin wird's kommen, edle Dame. Anders kann's nicht geschehen. Selbst wenn jeder lebende Imagomant ein Mensch des guten Willens und der besten Vorsätze wäre, allein die vortrefflichsten Wohltaten im Sinn hätte, so werden am Ende doch Greuel das Ergebnis seines Wirkens sein. Denn er wird ein Untertan Großkönig Festtens oder des Monarchen von Alend werden, eben desjenigen, der zu Orison die Macht ergreift — und diese Herrscher werden die Imagomantie ausschließlich Zwecken der Zerstörung und Vernichtung weihen. Das müssen sie tun, dieweil sie nicht davon ablassen, nach Krieg zu trachten. Aber keineswegs sind sie's, die leiden müssen. Ihre Soldaten entrichten einen gewissen Preis, aber all das andere Leid müssen die Unschuldigen in aller Welt ertragen. Weil König Joyse uns den Rücken zugekehrt hat, gibt's keine andersgeartete Hoffnung. Nur die Zunft vermag diese Schrecken abzuwenden ... wenn sie stark und ihrer Sache gewiß ist, ein gemeinsames Streben kennt, das sie eint. Ihr seid die Antwort, edle Dame, Ihr dürft uns nicht dem Verderben ausliefern.«

Damit rührte er Terisa. Ihre Verärgerung, ihrer instinktiven Ablehnung zum Trotz schaffte er es, ihr Herz zu rühren. Sein Glaube, sie könne Hilfe leisten, mochte illusionär sein; doch die Furcht, die ihn dazu trieb, bei ihr Hilfe zu suchen, war eine Tatsache. »Meister Barsonage«, sagte sie leise, »ganz ehrlich, es ist wirklich so, daß ich überhaupt nicht weiß, was eigentlich los ist. Ich kapiere absolut nichts von allem, was hier passiert. Aber in einer Beziehung bin ich wie Sie. Ich bin auch der Meinung, daß man Imagomantie nicht zum Zerstören benutzen sollte. Ich werde Ihnen die Wahrheit über mich erzählen, wenn ich sie herausgefunden habe. Falls sich darauf irgendwie 'ne Lösung ergibt, wird das für uns beide 'ne Hilfe sein.«

Terisa konnte ihm nicht ansehen, ob er verstand, was sie ihm erklärte; sie konnte nicht einmal feststellen, ob er zuhörte. Unverändert mied sein Blick sie, die Umrisse seines Gesichts hingen dermaßen schlaff am Schädel, als hätte sie seine Bitte völlig abgelehnt. Nach einem Weilchen erhob er sich vom Stuhl und schlurfte hinaus.

Terisa blieb mit noch einer scheußlichen Erkenntnis zurück, die sie Geraden anvertrauen mußte. Die Einsicht hatte den Vorteil, daß sie sich nicht länger Sorgen um ihren Halt in Realität und Stofflichkeit machte; inzwischen sorgte die Gefahr des Vergehens, die ihm drohte, sie nämlich viel zu stark.

Ungefähr um die Mittagszeit des folgenden Tags kam Geraden zu Terisa, um diesmal mit ihr zusammen Artagel zu besuchen. Terisa hatte den gesamten vorherigen Abend hindurch um Mut gerungen. Doch es gab keine rücksichtsvolle Art, das auszusprechen, was gesagt werden mußte, also schilderte sie ihm ganz einfach ihre Unterhaltung mit dem Mediator. Dann biß sie sich auf die Lippe und hielt den Atem an, wartete auf seine Reaktion. Zu ihrer Bestürzung lachte Geraden über die Neuigkeit. Er lachte derartig heftig, daß er sich an die Wand lehnen mußte — ein seltsames stummes Lachen, das seinen ganzen Körper schüttelte, ohne daß er einen Laut ausstieß. Er krümmte sich, als hätte er einen Weinkrampf; und tatsächlich rannen ihm Tränen über die Wangen, als befände er sich im tiefsten Gram. Aber es war völlig eindeutig, daß er lachte; er geriet aus Erheiterung so außer Fassung, daß sein Zustand an Hysterie grenzte. Er schlug unablässig die Hände gegeneinander, als klatsche er Beifall. »Nun, Ihr müßt gestehen«, rief er inmitten seiner Heiterkeit, »es leuchtet ein!« Terisa wußte nicht, was sie tun sollte. War er wahrhaftig übergeschnappt? Es wäre verständlich, so überdreht zu sein; er war erheblichem Streß ausgesetzt. Hieß das, daß es sich empfahl, ihm jetzt eine runterzuhauen? Sie müßte ihn über die Reiter aus ihrem Traum aufklären. Das wußte sie genau. Aber sie brachte es nicht fertig. Sie fürchtete sich davor. »Alles dreht sich letztendlich um Euch.« Er bemühte sich um Beherrschung, biß sich so fest in die Knöchel der Finger, daß es blutete. Der Schmerz verhalf ihm zu einer gewissen Mäßigung. »Auch wenn Ihr an alldem, was sich ereignet, keinerlei Urheberschaft habt, wenn Ihr allein aus der Ursache bei uns weilt, weil ich eine verwunderungswürdige, neuartige Gabe besitze, wie nie zuvor jemand dergleichen vernommen hat … auch dann muß es einen Grund haben. Einen Grund, aus welchselbigem meine Translation Euch und niemand anderes zu uns gebracht hat. Andernfalls wär's nur blinder Zufall gewesen, ein Geschehnis ohne jedwede Bedeutung. Ob's so oder so war, wir stehen damit vor der grundsätzlichen Frage der Imagomantie. Ihr seid *fürwahr* die Antwort.« Genau wie Meister Barsonage konnte er Terisa nicht in die Augen schauen. »Die Zunft aufgelöst … Mein Leben vertan, seit ich nach Orison kam … Ach, Terisa!« Aber er ließ sich nicht von ihr anfassen. »Mag sein, es ist besser so«, sagte er, unternahm einen wackeren, jedoch kläglich erfolglosen Versuch, seiner Stimme einen fröhlichen Tonfall zu verleihen. »Meistenteils trachte ich ohnehin danach, mich vorm Tagewerk zu drücken. Nunmehr vermag ich meine Kräfte wichtigeren Angelegenheiten zu widmen.«

Nachdrücklich bestand er darauf, Terisa zu Artagel mitzunehmen. Unterwegs bewegte er sich wie ein Mensch, dem etwas in der Brust zersprungen war, ohne daß er wußte was. Doch er schritt aus. Seine Selbstbeherrschung vermittelte den Eindruck, daß er sich noch gar nicht darüber im klaren war, wie tief ihn das Leben verwundet hatte.

Artagels Wohnung lag in einem Teil Schloß Orisons, den Terisa bisher nur einmal, nämlich während der Schloßbesichtigung mit Geraden, betreten hatte; dieser Teil umfaßte einen ausgedehnten Irrgarten aus chaotisch neben- und übereinander angelegten Behausungen. Terisa wäre nicht darauf gekommen, daß es sich dabei um Orisons Äquivalent einer Kaserne handelte, wären sie und Geraden nicht so vielen Schloßwachen begegnet, hätte sie nicht da und dort zwischen den Quartieren eindeutig militärisch genutzte Säle gesehen, in denen sich die Wachen sammelten. Nach dem Aussehen der Wohnräumlichkeiten schlußfolgerte Terisa, daß jeder Mann höchstens ein Zimmer für sich hatte; die größeren Räume wurden wahrscheinlich von mehreren Männer bewohnt. Artagel stand dagegen eine einigermaßen geräumige Wohnung zur Verfügung — ein Schlaf- und ein Wohnzimmer, eine Vorratskammer und ein Abtritt, die insgesamt allerdings kleiner waren als Terisas Schlafzimmer.

Ein Großteil der Wohnung bot einen kahlen Anblick, es gab darin fast keine Möbel; anscheinend brachte ihr Bewohner so wenig Zeit auf Schloß Orison zu, daß er sich kaum um die Ausstattung der Wohnung kümmerte. Oder vielleicht betraf sein Gefühl fürs *Zuhause* ausschließlich

Houseldon. Was auch der Grund sein mochte, das Quartier enthielt nur ein einziges Stück Dekoration: eine lange Leiste, die sich über zwei Wände des Wohnzimmers erstreckte und an der ein umfangreiches Sortiment zerkerbter und gebrochener Schwerter hin. »Alles Klingen, welche seinen Fechtkünsten nicht gewachsen waren«, flüsterte Geraden zur Erklärung, ehe er Terisa ins Schlafzimmer führte. Dort ruhte Artagel auf einem kargen Bett, einem spartanischen hölzernen Bettgestell, über das man — quasi als Matratze — ein paar Lagen Stoffbahnen gebreitet hatte. Einen Kamin gab es nicht, und die Luft in der Wohnung war kühl. Zudem war Artagel, sah man einmal von dem um seinen Leib gewickelten Verband ab, bis zur Hüfte nackt. Trotzdem sickerte ihm Schweiß über den Körper, und seine Augen glommen dunkel, als wäre in ihm ein Schwelbrand entstanden.

Geraden hatte sie in bezug auf Artagels Fieber vorgewarnt; dennoch erschreckte es sie, ihn geradeso grinsen zu sehen, als müsse er im nächsten Moment unter neuen Schwerthieben Garts zusammenbrechen. Terisa hatte sich ein paar Worte zurechtgelegt, um sich bei ihm zu bedanken, doch sie brachte keinen Ton heraus. Artagels Gestalt wies kein Fett auf; sämtliche Muskeln zeichneten sich deutlich unter seiner Haut ab. Der Schweiß hob seine Narben hervor, so daß das Licht ihnen eine abweichende Farbnuance verlieh und man sie unmöglich übersehen konnte. Überall hatte er Schnitte und Stiche erhalten ... Eine Stelle seines Brustkorbs wirkte, als hätte einmal jemand eine Eisenstange hindurchgerammt, und es wäre gerade genug Gewebe nachgewachsen, um die Wunde auszufüllen. Und unter dem Verband verbarg sich eine neue, frische Verletzung. Terisa kamen die Tränen, so daß sie Artagel nur noch als einen verschwommenen Widerschein des Lampenlichts sah. »Es tut mir alles sehr leid. Ich weiß nicht, weshalb er mich umbringen will. Ich schwör's, ich habe keine Ahnung, warum er drauf aus ist, mich zu töten.«

»Edle Dame …« Artagels Augen glühten Terisa durch die Verwaschenheit ihrer Sicht an, und seine Stimme hatte mit seinen Augen viel Ähnlichkeit. »Eure Wange ist nahezu verheilt. Das ist vortrefflich. Als er Euch mit dem Wurfstern traf, konnte ich nicht erkennen, ob er Euch nur gestreift oder aufs schwerste verwundet hatte. Ich fürchtete schon, ich griffe zu spät ein. Da sprang dieser Narr«, — er meinte Geraden —, »ihn an und brach sich ums Haar das Genick. Ich wähnte Euch und ihn gleichermaßen verloren. Ich bin hocherfreut über Eure Behendigkeit.« Terisa zwinkerte, bis sich ihr Blickfeld klärte. »Ich habe jenen Gegenstoß geübt«, ergänzte Artagel unterdessen, »mit welchselbigem ihm's gelang, mich in Bedrängnis zu bringen. Ich glaube, nun weiß ich, was sich dagegen tun läßt.«

»Stets vorausgesetzt, du erhältst eine Gelegenheit dazu«, sagte Geraden barsch zu ihm. »Ich werde dich ans Bett fesseln, bis alles vorüber ist. Dadurch wird's uns erspart bleiben zu entdecken, ob er dich dreimal hintereinander zu schlagen vermag. Ich vermöchte die Spannung nie und nimmer zu erdulden.«

Artagels Lächeln glich der fiebrigen Glut seines Blicks. »Das ist mit dir der Verdruß … du hast zu mir kein Vertrauen.«

Geraden hatte heute wirklich einen Unglückstag. Für einen Moment befürchtete Terisa, ihm risse der Geduldsfaden. Irgendwie jedoch gelang es ihm, das Lächeln seines Bruders zu erwidern. »Ach, schweig still!« murmelte er dumpf. »Du brichst mir's Herz.«

»Ihr habt's vernommen, edle Dame.« Unerwartet döste Artagel ein. »Solltet Ihr eines Morgens erwachen und tot sein sowie mich gefesselt neben Eurem Bett vorfinden, so wißt Ihr, was geschehen ist … Mangel an Vertrauen.« Er schloß die Lider, und eine leichte Verkrampfung wich aus seinem Körper.

Terisa und Geraden ließen ihn schlafen und gingen.

Noch zwei Tage lang ereignete sich nichts. Das Tauwetter schwächte etwas ab, blieb jedoch bestehen. Mindlin benachrichtigte Terisa davon, daß die bestellten Stoffe eingetroffen seien. Argus und Ribuld fanden keine Spur von Nyle. Um sich die Zeit zu vertreiben, unternahm Terisa lange ziellose Spaziergänge durch Schloß Orison; sie besuchte sogar nochmals den Basar, aber nur weil sie ein wenig Frischluft schnappen wollte. Jetzt begleitete sie jedesmal, wenn sie ihr Quartier allein verließ, ein Schloßwächter. Kastellan Lebbick hatte, was ihren Schutz anbelangte, strengere Anordnungen erteilt. Aber weder sah Terisa irgendwo Prinz Kragen, noch lief ihr abermals Gart über den Weg.

Am dritten Tag kam kurz nach dem Frühstück Geraden zu ihr. »Ich hatte soeben eine Unterredung mit Herrn Tor«, sagte er, bemühte sich um einen fröhlichen Tonfall; doch seine seelische Belastung war nach wie vor zu groß, als daß er dabei hätte Erfolg haben können.

Terisa stellte die nächstliegende Frage. »Was wollte er?«

»Mich über seine Aussprache mit Prinzessin Elega unterrichten.«

»Und wie ist sie verlaufen?«

»Nicht allzu gut. Mich dünkt, er hat sie unterschätzt.« Geraden schüttelte den Kopf. Die eigenen Gedanken mißfielen ihm. »Gewißlich erinnert Ihr Euch an seine Äußerung, er habe sie ›Furcht vor Entdeckung‹ zu lehren. Beklagenswerterweise will's den Anschein haben, daß sie Entdeckung nicht fürchtet. ›Sie weigert sich‹, sagte Herr Tor, ›sie zu lernen.‹ Vielmehr forderte sie ihn auf, er möge auch nur den kleinsten Beweis dafür erbringen, daß sie mit Prinz Kragen in insgeheimer Verbindung stünde. Schon das war übel. Welche Pläne sie auch verfolgt, sie befinden sich bereits in der Verwirklichung, und sie hegt die feste Überzeugung, daß wir sie nicht mehr aufzuhalten vermögen. Aber am ärgsten ist …« Geraden verzog das Gesicht und erwiderte Terisas Blick mit düsterer Miene. »Sie trat so eindrucksvoll auf, daß sich Herr Tor nicht länger darin sicher ist, uns Glauben schenken zu dürfen.« Terisa fuhr zusammen. »Er hat sich ausgiebig dazu geäußert. Er riet mir, ehe ich von neuem Anschuldigungen wider meinen Bruder und des Königs älteste Tochter erhebe, ein oder zwei Zeugen vorzuführen, anstatt mich auf nichts als reinen Verdacht zu stützen.«

»Aber ich habe *beobachtet,* wie Prinz Kragen und Nyle sich getroffen haben«, stellte Terisa klar.

Wieder schüttelte Geraden den Kopf. »Sie kamen hinter demselben Zelt hervor. Mag sein, sie waren nur zufällig gemeinsam dahinter gewesen, um ihr Wasser abzuschlagen.«

»Sie glauben, ich irre mich?"

»Nein«, antwortete Geraden sofort. »Nyle beträgt sich zu absonderlich. Dafür muß es einen Grund geben. Doch ich möchte nicht«, — sein Tonfall begann schmerzlich zu klingen —, »daß Kastellan Lebbick ihn aus solchermaßen unzureichendem Verdacht, wie wir ihn hegen, in den Karzer wirft.«

Diese Zusicherung seines Vertrauens bewirkte kaum, daß Terisa sich wohler fühlte.

Später am Tag kam Geraden wieder, um mit Terisa den Abend zu verbringen. Sie saßen beisammen, als ein Schloßwächter eine Nachricht von Argus und Ribuld übermittelte. Ihr Text war reichlich rätselhaft und lautete: *Nyle gefunden. Geht zu Artagel.* Folglich suchten Terisa und Geraden unverzüglich Artagel auf.

Er saß halb aufrecht im Bett, hatte mehrere Kissen im Rücken; die Augen schauten klarer und kühler drein, weniger fiebrig. Statt grimmig lächelte er eher zerstreut und ein wenig traurig. »Er hat mich besucht«, erläuterte er. »Die beiden haben sich, als er mich verließ, an seine Fersen geheftet.«

»Das begreife ich nicht«, meinte Geraden halblaut. »Seit Tagen hält er sich versteckt. Wieso hat er sich plötzlich dazu entschlossen, dir einen Besuch abzustatten?«

Artagel versuchte die Achseln zu zucken; die Bewegung tat ihm im Oberkörper weh. »Wenn *du's* nicht verstehst, dann erwarte nicht von *mir,* daß ich's zu durchschauen vermag.« Er war durchaus nicht sarkastisch. »Ihn verstehe ich so wenig, wie ich dich verstehe.«

Geraden achtete nicht auf diese Bemerkung. »Worüber hat er gesprochen? Was hat er für Reden geführt?«

Sich daran zu erinnern, verstärkte die ungewohnte Traurigkeit Artagels. »Er erregte keineswegs den Eindruck«, gab er mit schwacher Stimme zur Antwort, »als erfreue ihn mein Anblick. Das wird wohl an meiner Verwundung gelegen haben. Aber er hat mich schon früher verwundet gesehen. Zumindest bin ich nicht tot. Wäre er um mich besorgt gewesen, hätte er nicht frohlocken müssen, mich auf dem Wege der Genesung anzutreffen? Wie dem auch sein mag, er fragte mich, ob ich Neuigkeiten aus Houseldon erhalten hätte. Indessen hat er noch vor kürzerer Frist als ich zu Houseldon geweilt. Er stellte mir die Frage«, — Artagels Augen wichen Geradens Blick aus —, »wann du damit ein Ende machen wolltest, zu Orison unsere Familie der Lächerlichkeit preiszugeben und dorthin zurückzukehren, wohin du gehörst. Ich habe versucht, auf selbige Frage nicht zu antworten.« Geraden bewahrte Ruhe. »Danach fragte er, was aus Orison, da nun im Außenwall jene Bresche klafft, im Fall einer Belagerung werden solle. Die Mauer, welche Lebbick errichten läßt, hat mich, als ich sie das letzte Mal sah, wenig beeindruckt. Er fragte, welche Möglichkeiten zur Verteidigung Orison noch hätte. Zudem fragte er, wie lange es nach meiner Ansicht noch dauern könne, bis König Joyse uns mit *irgend*wem in einen Krieg verwickle. Aber er hat gar nicht auf die Antworten geachtet. Und dann ...« Artagel schaute zur Zimmerdecke hinauf, die Falten seines Gesichts traten auf einmal herber hervor, als ob die Erinnerung sie ihm tiefer einfurche. »Dann beteuerte er, daß er mich überaus bewundere. Ich sei sein Held ... für ihn sei ich *immer* der Held gewesen. Das erste, woran er sich aus dem eigenen Leben entsänne, sei sein Wunsch, so wie ich zu werden. Aber er sei eben nicht so leibestüchtig und so flink geworden, seine Muskeln hätten schlichtweg nicht die rechte Art von Kräften zum Schwingen eines Schwerts erlangt. Und alle in unserer Familie seien, wie's für ihn den Anschein gehabt hätte, damit zufrieden gewesen, wie er ist, obschon er keinesfalls jemals so war, wie *er* gern gewesen wär. Es hatte ihn geschmerzt, daß seine Eltern und Brüder mit ihm zufrieden gewesen seien, ohne irgendwelche Ansprüche an ihn zu stellen. Niemand hätte je von ihm erwartet, daß er sich in irgendeiner Hinsicht *bewähre.* Auf mich seien alle stolz gewesen. In bezug auf dich sei man voller Ehrgeiz gewesen. Dich habe man mit Prinzessin Elega zu vermählen und zu einem berühmten Imagomanten zu erheben gedacht. Aber von ihm hätte niemand etwas gewollt ... Oder für ihn.« Mühselig schluckte Artagel und verstummte.

»Das war sein Gerede?« vergewisserte Geraden sich gelassen. »Sonst hat er nichts geäußert?«

»Ich habe dich bereits gebeten«, raunzte Artagel, »nicht von mir zu verlangen, daß ich dir derlei Geschwafel erkläre.« Doch sein Zorn galt gar nicht Geraden. »Nichts Klügeres fiel mir ein, als ihn meinerseits zu fragen, wie's ihm denn möglich sei, mich zu bewundern, obschon ich kein eigenes Heim habe noch eine Gattin, welche an meiner Seite steht, gänzlich zu schweigen von Sprößlingen, und derweil ich mit einem scheißigen *Loch* zwischen den Rippen daniederliege, nachdem des Großkönigs Monomach mich zweimal überwunden hat.«

Geraden legte seinem Bruder eine Hand auf die Schulter. »Zerbrich dir darüber nicht den Kopf. Du hättest nichts sagen können, das etwas geändert hätte. Er hat sich längst entschieden.« Sein Ton bezeugte mehr Zuversicht als seine Miene. »Er hat lediglich versucht, sich zu rechtfertigen.«

»Zu rechtfertigen? Wofür?«

»Daß er die Gegenseite gewählt hat.« Geraden wirkte,

als verstände er Nyles Motive vollständig. »Sollte dem, was er, Elega und Prinz Kragen ausgeheckt haben, Erfolg beschieden sein — und du und ich fallen nicht von König Joyse ab —, so dürfte er letzten Endes die Verantwortung für unseren Tod tragen.« Ein Anklang von Grimm machte sich in seiner Stimme bemerkbar. »Darum müssen wir sein Treiben vereiteln. Wenn er erst einmal uns beide auf dem Gewissen hat — außer allem anderen —, dürfte er seines Lebens Rest kaum noch zu verkraften imstande sein.«

Terisa schaute zu, wie die zwei Brüder einander musterten. Artagel rang sich ein verzerrtes Lächeln ab. »Tja, leider werde ich keine sonderliche Hilfe sein. Der Arzt hat geschworen, er wolle mich mit einem Knüttel niederhauen, falls ich das Krankenlager zu früh zu fliehen versuche. Doch vermutlich gibt's zu Orison keinen Schloßwächter, welchselbiger nicht weiß, daß Argus und Ribuld dir in meinem Namen eine Gefälligkeit zu erweisen trachten. Gewißlich wirst du hinlänglichen Beistand erhalten.«

Irgendwie brachte Geraden es fertig, gedämpft aufzulachen. »Ich wollte deine Unterstützung wohl vorziehen. So jedoch werde ich mich wohl mit ein- oder zweitausend von Kastellan Lebbicks tüchtigsten Männern zufriedengeben müssen.« Er seufzte. »Ich hoffe, Nyle läßt uns nicht mehr länger warten. Ich möchte endlich erfahren, was vorgeht.«

Terisa empfand den gleichen Wunsch.

Tatsächlich ließ Nyle sie nicht mehr allzu lange warten. Hätten Argus und Ribuld ihn nicht erspäht, als er Artagel besuchte, wäre er wahrscheinlich ihrer Aufmerksamkeit völlig entgangen. Noch bevor am nächsten Morgen die Dämmerung anbrach, während Terisa noch im Bett lag und träumte — verheddert in schweißige Decken —, Garts Schwertklinge sause auf sie zu wie der spitze Zacken eines Sterns, weckten ein Wummern gegen Holz sowie Geradens Stimme sie. »Terisa! *Terisa!*« Zuerst kam ihr der

Gedanke, das Hämmern müsse aus dem Geheimgang dringen, jemand klopfe an die Geheimtür. Sie streifte das Laken ab, das an ihrem nackten Rücken klebte, fing augenblicklich zu schlottern an, stieg in der Absicht aus dem Bett, Meister Quillon oder Großmeister Havelock einzulassen. Aber da fiel ihr auf, daß etwas nicht stimmte. Weshalb sollte einer der beiden Imagomanten derartig laut an die Geheimtür hämmern, obwohl sie den Stuhl in den Kleiderschrank zurückzustellen vergessen hatte? Ruckhaft orientierte sie sich um, ihre Wahrnehmung berichtigte den falschen Eindruck. War es *wirklich* dermaßen kalt, oder war es eine Nachwirkung ihrer Träume, daß sie so fror? Ihr Kleid lag über dem Stuhl, der im Kleiderschrank stehen sollte. Terisa riß es an sich, schob die Arme in die Ärmel, knüpfte den Gürtel um den dunklen Samt. Geraden? Sie zitterte so heftig, daß sie fast das Gleichgewicht verlor, aber sie strebte ins Wohnzimmer und öffnete die Tür. Aus dem Flur drang Lampenschein ein, schien Geraden hereinzuwehen. »Kommt«, flüsterte er sofort. »Wir müssen uns eilen. Er will fort.«

»Fort?« Terisas Stimme bebte hörbar. »Wovon reden Sie? Wie spät ist es?«

»Kurz vor Anbruch der Morgendämmerung.« Geraden atmete schwer; er mußte gerannt sein. »Ich spreche von Nyle. Nun ist unsere Gelegenheit da, um zu entdecken, was er treibt. Mag sein, auch die rechte Gelegenheit, um's zu vereiteln.«

»Fort?« wiederholte Terisa. Sie hatte das Gefühl, daß das Kleid sie nicht im geringsten wärmte. »Wie kann er fort? Und wohin denn?«

»Das gedenken wir ja eben in Erfahrung zu bringen«, raunte Geraden. »Macht Euch *fertig*. Als Argus und Ribuld bemerkten, was er vor hat, befand er sich bereits in den Ställen. Wahrscheinlich ist er nun schon im Hof. Bis Ihr vollauf bekleidet sein, wird er wohl längst zum Tor hinaus sein. Wir müssen uns *sputen*.«

Etwas von Geradens Erregung griff auf Terisa über. Sie

wandte sich ab, um geeignete Kleidung auszusuchen. Was sollte sie anziehen? Am besten ihre alten Sachen, das Hemd und die Hose. Und den Umhang aus Schaffell. Dazu die warmen Stiefel. Im Kamin brannte noch ein kleines Feuerchen. Weshalb *fror* sie derartig? »Wie können wir ihm denn nach?« fragte sie, versuchte sich in die Gewalt zu bekommen. »Er ist doch praktisch schon weg.«

Geraden gestattete sich ein Brummen der Ungeduld. »Argus wartet auf uns. Ribuld folgt Nyle. Er wird uns ein Zeichen hinterlassen. *Kommt!*«

Terisa setzte sich in Bewegung, bemühte sich um Eile. Ihr starkes Bibbern machte ihre Hände unsicher. Obwohl sie mit den alten Kleidungsstücken vertraut war, hatte sie dabei Schwierigkeiten, sie anzuziehen. »Wie ist eigentlich das Wetter geworden?« rief sie im Badezimmer. »Ich friere gräßlich.«

»Es ist bitterkalt, ja«, antwortete Geraden unterdrückt. »Das Tauwetter ist vorüber... jedenfalls für einige Zeit. Aber's ist kein neuer Schnee gefallen. Hätte es erneut geschneit, wäre das allerdings für uns weitaus günstiger. Ein Heer auf dem Marsch gen Orison käme langsamer voran. Und es fiele uns leichter, Nyle zu verfolgen.«

Teils war Terisa froh, weil es zu kalt war und die Eile zu groß, als daß sie über das, was sie tat, hätte richtig nachdenken können. Sonst würde sie vielleicht merken, daß sie drauf und dran war, sich auf eine Verrücktheit einzulassen. In ihrem Quartier schienen noch immer die Alpträume auf sie zu lauern. Es mochte nur gut für sie sein, sich ihnen für eine Weile zu entziehen. Einen Moment später warf sie sich den Umhang um die Schultern und verließ das Bad. »Ich bin zu allem bereit«, sagte sie; wahrscheinlich sprach sie damit Unsinn. »Also los!«

Geraden packte ihre Hand, und sie eilten aus ihrer Unterkunft. Fast rannten sie die Treppen hinab. Geradens Hand zu halten, rief bei Terisa die Illusion hervor, sie könne verhindern, daß er stürzte, aber er stolperte nicht. Was die Ställe betraf, so entsann Terisa sich nur noch daran, daß sie irgendwo in der Nähe des Irrgartens aus Zimmern lagen, in dem die Schloßwächter wohnten. Und sie war noch nie auf einem Pferd geritten. Der Weg, den Geraden zu den Ställen einschlug, schien reichlich verschlungen zu sein, weil er eine Anzahl von langen Fluren und Korridoren umging, die in die verkehrte Richtung verliefen. Soeben begann die Anstrengung des Laufens unter Terisas Umhang ein wenig Wärme zu erzeugen, da gelangten sie und Geraden zu dem Teil Orisons, wo die Pferde den Winter verbrachten.

An einem Seiteneingang nickte ein Wächter ihnen schläfrig zu. »Argus wartet. Macht keine Unruhe. So früh darf niemand in die Ställe. Es stört die Rösser.« Dann ließ er sie hinein.

Eine große Zahl steinerner Säulen sowie hölzerne Pfosten — dicke Balken, wie sie auch die Wände, Gatter und Türen der einzelnen Boxen stützten — trugen die niedrige Decke der Stallanlagen. Viele Boxen waren wenig überlegt gebaut worden, so daß die Zwischengänge stellenweise einen unregelmäßigen, verwinkelten Verlauf hatten. Infolgedessen blieb die volle Ausdehnung des Stallgebäudes unübersichtlich. Die Ausmaße ließen sich nur ungefähr von einem der Hauptgänge aus schätzen, die sich — wie Straßen — in der Mitte trafen. Geraden hatte Terisa während der Besichtigung Schloß Orisons zur Mitte geführt und ihr gezeigt, daß die Ställe sich nach jeder Seite mehrere hundert Meter weit erstreckten.

Die niedrige Decke des Gebäudes verstärkte jedes Geräusch; trotzdem war es darin gegenwärtig stiller, als Terisa es in Erinnerung hatte. Dennoch konnte man immerzu eine Art von dumpfem Gegrummel hören, durchsetzt von abgehacktem Husten sowie Rumsen und Geraschel, indem etliche hundert Pferde im Schlaf prusteten, schnaubten, die Haltung wechselten, mit den Hufen gegen die Bretterwände der Boxen schlugen. Die Körperwärme so vieler Tiere erwärmte die höhlenähnlichen Stallgewölbe beträchtlich, und eine der auffälligsten Folgen bestand aus einer Intensivierung des dumpfigen, süßlichen Gestanks von Pferdekot und Urin, die im feuchten Stroh gärten. Insgesamt vermittelten Geräuschkulisse, Wärme und Geruch eine seltsame Behaglichkeit, als kehre man in eine primitive Art von Mutterleib zurück. Und die Tatsache, daß des Nachts nur ein paar kleine, in größeren Abständen in den Zwischengängen aufgehängte Laternen die Ställe aufhellten, verstärkte die gebärmutterhafte Atmosphäre zusätzlich. Nichtsdestotrotz flößte die stickige Luft Terisa das Gefühl ein, in ihren Lungen wuchere Schwamm.

Unnötigerweise legte Geraden einen Finger an die Lippen, ehe er Terisa durchs Gewirr der Boxen geleitete. Sie erübrigte so viel Aufmerksamkeit dafür, nicht in die braunen Pferdeäpfel zu treten, die die Gatter säumten, wie sie konnte, doch inzwischen befaßten sich ihre Überlegungen mit einigen anderen Dingen. Sie war jetzt wacher, sowohl erregt wie auch ängstlich. Endlich durfte sie *hinaus*. Zum erstenmal, seit ihr ungewöhnliches Erlebnis angefangen hatte, sollte sie Schloß Orisons Außenwelt kennenlernen. Andererseits neigte sie gefühlsmäßig zu der Überzeugung, daß irgend etwas schiefgehen mußte.

Geraden sah Argus. Der Schloßwächter wartete im Lichtkreis einer Laterne mit drei bereits gesattelten Pferden. Die Tiere wieherten und schnaubten verhalten, als wollten sie sich beschweren, weil sie schon so früh am Morgen an die Arbeit sollten. Geraden winkte und hastete zu dem ergrauten alten Veteran. Terisa folgte, versuchte sich innerlich auf Argus' grobschlächtigen Humor einzustellen.

Über lederner Kleidung trug Argus ein Kettenhemd und Beinkleider aus Kettengliedern, überm Kettenhemd einen Umhang, der nach Bärenfell aussah. Auf dem Kopf saß der eiserne Helm. Links hing sein Schwert, rechts ein Dolch, aber seine Pike hatte er zurückgelassen. Als Geraden und Terisa sich zu ihm gesellten, grinste er, zeigte seine Zahnlücken. »Vortrefflich«, nölte er lüstern. »Ich habe

Rösser. Auch habe ich Branntwein.« Er wies auf eine kleine, an einem der Sättel festgebundene Beutelflasche. »Du hast gar ein Weib dabei. Unser Ausritt wird viel lustiger als Wachdienst sein.«

Geraden überhörte die Bemerkung. »Was wähnst du, wie weit er uns voraus ist?«

»Dies Weib steht in meiner Schuld, oder nicht?« meinte Argus hartnäckig. »Mir ist's einerlei, wie vornehm es ist. Je vornehmer, um so besser. Schon zweimal habe ich für diese Mährliese mein Leben eingesetzt. Sie schuldet mir ein wenig Dankbarkeit.« Er hob eine schmuddlige Pranke an Terisas Wange.

»Argus.« Plötzlich umklammerte Geradens Faust das Handgelenk des Schloßwächters. Obwohl Argus deutlich größer und kräftiger was als Geraden, riß der Adept ihm den Arm herunter. »Treibe mit mir keinen schnöden Scherz.« Seine Stimme drückte innere Kraft aus, eine energische Autorität, wie Terisa sie schon länger nicht mehr an ihm bemerkt hatte. »Nyle ist mein Bruder. Wie weit ist er voraus?«

Unwillkürlich schrak Argus zurück. »Er hat das eigene Roß genommen«, antwortete er in einem Ton, als verdutze ihn seine Nachgiebigkeit. »Er bedurfte keiner Erlaubnis, um's zu nehmen und fortzureiten. Und er brauchte niemandes zu harren. Aber Ribuld ist ihm auf den Fersen. Wir dürften dazu imstande sein, ihn einzuholen.«

»Dann wollen wir reiten«, sagte Geraden ungeduldig. Die Kraft war wieder aus seiner Stimme gewichen. »Wer besteigt welches Roß?«

»Hier ist meins.« Argus zog am Zügel einen knochigen Rotschimmel heran, einen Hengst, patschte ihm eine Hand gegen die Flanke. »Du nimmst die Stute.« Er deutete auf ein kleineres Pferd, dessen Fell die Farbe von Schmierseife hatte. »Sie tritt gern aus, aber du wirst mit ihr zurechtkommen. Jedenfalls ist sie zäh. Die Dame mag den Wallach besteigen.«

Unversehens schaute Terisa einem Pferd mit häßlichen

Augen, gesprenkeltem Fell und einem Ausdruck enormer Dummheit ins Gesicht. Mühsam räusperte sie sich. »Ich habe keine Ahnung vom Reiten.« Ihre Stimme klang schwächlich und nach Hilflosigkeit.

Argus warf ihr einen Blick zu, der vielleicht Ärger, vielleicht Häme widerspiegelte. »Geraden hat's erwähnt. Er hat verschwiegen, warum Ihr uns überhaupt begleiten sollt. Ich meine, wenn Ihr des Reitens unkundig seid und auch nicht willens, für einen Mann, welcher Euch das Leben gerettet hat, die Schenkel zu spreizen, wozu kommt Ihr mit uns?« Behäbig hob der die Schultern. »Aber zumindest hat er mich gewarnt. Die alleinige Weise, wie dieser Wallach Euch Unbilden bereiten könnte, wäre wohl, er tritt Euch auf die Füße. Er ist zu stumpfsinnig, um irgend etwas anderes tun zu können, als dem nächstbesten Etwas nachzulaufen, welchselbiges ihm bekannt ist, und alles was er kennt, ist ein anderes Roß. So verschafft Euch und bewahrt Halt am Sattelknauf und laßt das übrige den Gaul tun.«

Noch immer zögerte Terisa. Geraden und Argus starrten sie an. Geraden gab sich einen Ruck, kam zu ihr und zog sie neben das Pferd. »Stellt da Euren linken Fuß hinein«, sagte er, indem er den Steigbügel hielt, »faßt den Sattelknauf und schwingt Euer rechtes Bein über des Tiers Rücken. Laßt die Zügel unberührt. Sobald Ihr im Sattel sitzt, verstellen wir die Steigbügel so wie's für Euch recht ist.«

Terisa blickte ihn aufmerksam an und sah in seinen Augen den dunklen Glanz unterdrückter Unruhe. Sie verdrängte eine Anwandlung von Bestürzung und nickte. Bevor ihre Verängstigung sie daran hindern konnte, setzte sie den Fuß in den Steigbügel und streckte sich nach dem Sattel. Von der anderen Seite des Tiers half Argus ihr beim Aufsitzen und Zurechtsetzen im Sattel. Terisa spürte die Decke gefährlich dicht über dem Kopf. Ohne sich darüber zu äußern, machten Argus und Geraden ihre Steigbügel länger oder kürzer. Der Wallach verlagerte sein Körpergewicht. Terisa klammerte sich an den Sattelknauf, bis ihr die Knöchel der Hände weh taten. »Warum mache ich das bloß mit?« fragte sie, ohne sich an jemanden bestimmtes zu wenden.

»Dieweil Ihr vernommen habt«, — Argus bleckte die verbliebenen Zähne —, »daß ein paar Stunden auf einem Roß in einem Weib das allerwildeste Verlangen nach einem Mann auslösen.«

Geraden saß bereits auf der Stute. »Läßt du nicht davon ab, sie zu behelligen«, sagte er leise, »werde ich dir, sobald wir einige Meilen zurückgelegt haben, die Beine brechen und dich zu Fuß umkehren lassen.«

Argus stieß ein Auflachen aus, das mehrere Pferde im näheren Umkreis zu einem Wiehern des Mißmuts bewog, und ein Stallknecht, der nahebei wartete und den Terisa bisher nicht bemerkt hatte, rief ihm verärgert eine Beschimpfung zu. Doch Argus blieb unbeeindruckt. Indem er vor sich hinlachte und seinen Hengst antrieb, ergriff er die Zügel des Wallachs und zog ihn mit. Terisa hielt sich am Sattel fest, während Argus ihr und Geraden durch einen der großen Zwischengänge zu dem abgetrennten Gang vorausritt, der in den Innenhof mündete.

Die Posten am Haupttor hoben das Fallgitter ohne ein Wort; anscheinend hatte Argus schon mit ihnen gesprochen. Doch als sie sich im Zwinger befanden — Terisa zitterte in der plötzlichen Kälte —, mußten sie warten, während sich Argus ein paar Minuten lang mit den Wachen unterhielt. Sie sah, wie er auf Geraden zeigte, hörte ihn Artagel erwähnen. Schließlich öffnete man ihnen auch dies Tor, und die Pferde stapften in den gefrorenen Matsch des Vorhofs hinaus, der unter ihren Hufen knackte und knirschte. »Noch ein Tor gilt's zu durchqueren«, flüsterte Geraden. »Danach vermögen wir ernstlich Eile zu entfalten.«

Über den hohen finsteren Mauern Schloß Orisons ließ sich klarer Himmel sehen, doch nur wenig Sterne waren sichtbar, das Grau in Grau der Morgenfrühe, die nun rasch heraufzog, trübte ihren Schein nachhaltig. Die Luft war dermaßen eisig kalt, daß es Terisa so vorkam, als schlitze sie ihr beim Einatmen die Luftröhre auf, und bis in die untersten Zipfel der Lungen stach sie wie mit Nadeln. Aus der Höhe des Pferderückens schien der Erdboden bedrohlich weit unten zu sein. Es hatte den Anschein, als würde das Leder des Sattels durch die Kälte schlüpfrig, und weil Terisa darum keinen wirklich festen Sitz hatte, fiel es ihr schwer, während des steifen Stelzgangs ihres Reittiers die Balance zu wahren. Geraden glich neben ihr einem Schatten. In der Dunkelheit unterhalb der Mauer ließ Argus sich fast nicht mehr erkennen.

Mittlerweile kamen andere Leute aus dem Schloß ins Freie, die Schloßbewohner erwachten allmählich, bereiteten sich auf den neuen Tag vor. Hinter inneren Erkern glomm Lichtschein auf. Auch im Basar zeigte sich Helligkeit; ein, zwei Kochfeuer waren entzündet worden. Terisa achtete kaum auf das alles. Das düstere Morgengrauen und der Schatten der Mauern verbargen das Tor, aber Terisa erinnerte sich daran: ein schweres wuchtiges Balkenwerk, das man mit Winden hob und senkte. Weil sich Mordant offiziell im Frieden befand, standen die Tore tagsüber offen, jedoch schloß man sie für die Nacht.

Kurz vor dem Außentor stieg Argus vom Pferd und trat zu den Wächtern, um sich mit ihnen zu verständigen. Aus irgendeinem Grund — vielleicht weil er Terisa und Geraden den Rücken zuwandte — hörte man seine Stimme nur als undeutliches Raunen, während man die Äußerungen des Postens, mit dem er sprach, deutlich verstehen konnte. »Du bist von Sinnen, Argus.« Argus antwortete etwas. »Wir *mußten* ihn ziehen lassen. Er ist ein Sohn Herrn Domnes. Es ist kein Befehl ergangen, ihn im Schloß festzuhalten.« Wieder sagte Argus etwas. »*Das* versuch dem Kastellan zu erklären.« Ungeduldig rutschte Geraden im Sattel hin und her. Terisa fühlte das Gesicht in der Kälte starr werden. »Nun wohl«, sagte der Torwächter. »Er ist gleichfalls Herr Domnes Sohn, und du bist ihm unterstellt. Und wir vermeinten, es sei lediglich eine Hure in eurer Begleitung. Doch solltest du nicht zu uns stehen, werde ich eigenhändig dafür sorgen, daß du niemals Kinder haben wirst.«

Ein gedämpfter Ruf ertönte. Geraden knirschte einen Seufzlaut der Erleichterung, als Argus zu seinem Pferd zurückkehrte. Seine Stiefel verursachten im gefrorenen Schlamm Geräusche, als stampfe er durch Glasscherben. Einen Moment später hörte Terisa ein längerwährendes Knarren, indem sich zwischen den Winden und dem Tor Taue spannten. Sie sah zu, wie sich das Tor hob, das tiefe Dunkel der Balken den Blick auf den helleren Hintergrund der Zufahrtsstraße freigab.

»Vorwärts«, sagte Argus halblaut. Er faßte wieder Terisas Zügel, trat seinem Hengst die Fersen in die Flanken, ritt so ruckartig los, daß Terisa ein Aufschrei entfuhr, sie beinahe aus dem Sattel kippte.

Draußen holte Geraden auf. »Trefflich getan«, herrschte er Argus sarkastisch an. »Ist's dein *Wunsch,* daß sie vom Roß stürzt?«

»Sei nicht so hadersüchtig«, entgegnete der Schloßwächter. »*Ich* wußte ja nicht, das sie so zimperlich ist.« Terisa konnte sich nicht des Eindrucks erwehren, daß er feixte.

Sie entkrampfte die Muskeln, lockerte den Griff um den Sattelknopf, konzentrierte sich bewußt darauf, weitestmöglich auf dem Rücken des Wallachs im Gleichgewicht zu bleiben.

Droben wirkte der im Aufhellen befindliche Himmel unglaublich weit und frei. In der abgestuften Hügellandschaft in unmittelbarer Umgebung Schloß Orisons stand kein Baum mehr; Kastellan Lebbick hatte alles abholzen lassen, um den Aufmarsch etwaiger Feinde besser beobachten zu können. Im Zwielicht der Morgendämmerung sahen die Anhöhen infolge ihrer Kahlheit so ausgedehnt wie der Himmel aus, schienen sich — zumal nach der relativen Beengtheit im Schloß — unermeßlich weit bis an den äußersten Horizont zu erstrecken. Obwohl ihr auf dem Rücken des Gauls recht mulmig zumute war, spürte Terisa, wie ihre Erregung wuchs.

Außerhalb der Schloßmauer war die Luft womöglich noch eisiger. Tagelanges Hindurchrollen von Karren- und Wagenrädern hatten die schlammige Straße stark zerwühlt, der Frost hatte sie in eine Piste aus eisenhart gewordenen Furchen verwandelt, und jedesmal wenn die Hufe der Pferde auf einen Flecken Schnee traten, schloß sich dem klaren Klirren des Eisens auf erstarrtem Dreck ein seltsames Krachen an, das augenfällig hallte, ein Brechen mitsamt Echo, während die Hufeisen durch die vereisten Flächen aus beim Tauwetter geschmolzenem und anschließend erneut gefrorenem Schnee auf den Untergrund durchbrachen. Immer stärker erhellte sich, wenngleich vorerst gräulich, der Himmel, so daß Terisa zuletzt die schwärzlichen Bäume sehen konnte, die die Straße hinter der Kreuzung säumten. Eine Abzweigung, so entsann sie sich, führte in den Süden, eine nach Nordwesten und die dritte nordostwärts in den Perdongau: alles Straßen in Richtungen, in denen Geheimnisse und Überraschungen warteten. Diese Welt war etwas, dessen Entdekkung Terisa noch bevorstand.

Obwohl man den Frühling allmählich vorherahnen konnte, stand die Sonne noch so tief im Süden, daß Terisa die Helligkeitsquelle des Morgengrauens hinter Schloß Orisons Gemäuern nicht zu erkennen vermochte, bevor sie fast bis zur Kreuzung der Landstraßen geritten waren. Dann wiesen die Bäume auf einmal Glanzlichter auf, als ob sie Feuer fingen. Kühl schimmerte Sonnenschein auf den Türmen und Zinnen des Schlosses, verlieh Orison ein weniger finsteres Äußeres, ließ es gleichzeitig größer aussehen, als wäre es unmöglich, seine tatsächlichen Ausmaße von innen her zu erfassen. Der graue Stein wirkte fester und dauerhafter als Terisa gedacht hätte.

Von der Kreuzung aus konnte sie schließlich die Sonne aufgehen sehen, und sie wünschte sich, ihr Schein wäre nicht so kühl, so daß sie im Gesicht ein wenig Wärme spüren könnte.

»Was nun?« Geraden wandte sich an Argus. All seine Überlegungen, sein gesamtes Handeln galten ausschließlich der Verfolgung. »Woher wissen wir, wohin wir uns wenden müssen?«

»Dafür zu sorgen, ist Ribulds Aufgabe.« Argus schaute umher. »Er sollte Zeichen hinterlassen. Wahrscheinlich sind sie im Schnee abseits der Straße zu finden.« Er warf Terisa die Zügel des Wallachs zu und lenkte sein Pferd an die linke Straßenseite. »Haltet Umschau.«

Geraden ritt an den anderen Straßenrand. Die beiden Männer sahen sich unter den Ästen der Bäume um. Versuchsweise nahm Terisa die Zügel zur Hand, hielt sie so wie ihre Begleiter und drückte dem Wallach behutsam die Fersen in die Flanken, wollte ihn dazu bringen, Geraden zu folgen. Statt dessen aber wackelte er hinüber zu Argus.

Als Argus in Gelächter ausbrach, blickte sie dorthin, wohin er deutete, und sah im Schnee ein pfeilförmiges Zeichen. Es war ziemlich unregelmäßig mit einer warmen gelben Flüssigkeit gesetzt worden und zeigte nach Nordwesten. Geraden kam und mußte widerwillig grinsen. »Das dürfte er gewesen sein.«

»Fürwahr. Nun vermögen wir geschwinder zu reiten.« Der Schloßwächter schaute Terisa an, als rechne er mit heiteren Darbietungen. »Aber wir sollten achtsam sein. Unter Umständen weichen sie von der Landstraße ab.« Geraden nickte und trieb sein Tier zum Nordende der Kreuzung. Obwohl er im Sattel weder sonderlich elegant wirkte, noch allzu selbstsicher — seine Ellbogen ruckten auf und nieder, bei jedem Schritt des Pferds hüpfte seine ganze Gestalt —, merkte man ihm an, daß er über einige Erfahrung im Reiten verfügte. Er beherrschte es gut genug, um dabei nicht über das, was er dazu tun mußte, nachdenken zu müssen. Argus überließ Terisa die Zügel endgültig. »Kommt. Ihr vermögt nun etwas zu lernen.« Indem er sie über die Schulter hinweg anschaute, lenkte er den Hengst vorwärts, paßte sich Geradens Tempo an, der am westlichen Rand der Straße entlangritt.

Terisa überlegte noch, wie kräftig sie den Wallach in die Flanken treten müßte, um ihn anzutreiben, als er sich in Bewegung setzte und sich dem Hengst anschloß.

In der ersten Sekunde, die sie als unnatürlich lang empfand, weil Erschrecken und Eisigkeit sie starr und steif machten, ließ Terisa die Zügel fallen und langte nach dem Sattelknopf, aber die beschleunigte Gangart des Wallachs schüttelte sie so durch, daß sie danebengriff und aus dem Sattel zu rutschen begann. Daß sie trotzdem nicht vom Pferd stürzte, verstand sie zuerst nicht. Doch nach und nach verwies die Verkrampfung ihre Beine sie darauf, daß sie sich mit den Knien auf dem Klepper festklammerte und deshalb nicht hinabfiel. Ihre unbewußte, jedoch völlig richtige Reaktion verblüffte sie so, daß sie nur eine Hand um den Sattelknopf legte. Mit der anderen Hand faßte sie die Zügel. Dann bewog sie eine Aufwallung lange angestauten Unmuts dazu, den Wallach in die Flanken zu treten, um Argus einzuholen.

Der Schloßwächter widmete ihr ein Nicken mit Enttäuschung vermischter Anerkennung und schenkte seine Aufmerksamkeit fortan der Landstraße.

Die lange Wirbelsäule des Gauls warf Terisa immerzu hoch, das Zaumzeug klirrte so laut — und Terisas Beine und Gesäß klatschten unablässig so hörbar auf das Leder —, daß sie am liebsten geschrien hätte: Müssen wir so schnell reiten? Doch ein Rest von Begriffsvermögen sagte ihr, daß Argus und Geraden aus Rücksicht auf sie ohnehin langsamer ritten, als es ihnen eigentlich recht war; also schloß sie den Mund, um sich nicht versehentlich auf die Zunge zu beißen, und versuchte das Gehopse durchzuhalten.

Orison schien bereits erstaunlich weit entfernt zu liegen. Terisa mußte sich über die linke Schulter umblicken, um das Schloß sehen zu können. Auf dem Wohnturm des Königs wehte nun eine purpurrote Fahne, die man gehißt hatte, um den neuen Tag zu begrüßen. Dann führte die Landstraße über einen Hügel und dahinter in eine Senke, und Orison verschwand außer Sicht.

Nach einer kurzen Strecke zweigte von der Landstraße ein Feldweg zu einem Dorf ab, das malerisch in eine kleine Schlucht eingebettet lag. Die Mehrzahl der zwanzig bis dreißig Gebäude waren Fachwerkbauten, aber ein paar Häuser waren offensichtlich aus Stein erbaut worden. Von den Schieferdächern war der Schnee abgeschmolzen; Rauch kräuselte aus den Schornsteinen empor, während die Bewohner zum Wärmen und Kochen in ihren Kaminen Feuer entfachten. Dank des Winkels, in dem das Sonnenlicht übers Land fiel, konnte Terisa im Schutz der Hügel Pferche voller Vieh erkennen. Diese Leute züchteten für das Schloß Rinder, um es mit Fleisch zu versorgen. Wenn es im Kriegsfall zu einer Belagerung kam, müßte man sie aus ihren Häusern evakuieren und im Schloß unterbringen.

Geraden entdeckte keinerlei Anzeichen dafür, daß Ribuld irgendwann seinem Pferd die Sporen gegeben hätte. Sie ritten weiter.

Terisas Hände waren eiskalt und gerötet, obwohl sie sie ständig bewegte, um sich festzuhalten und auf dem Rükken des Pferds zu bleiben. Ihr Gesicht war so starr, daß es sich anfühlte, als könnte es einen Sprung bekommen. Jedesmal wenn eine Bö ihre Augen traf, froren auf ihren Wangen Tränen zu Eis. Allmählich fing sie zu begreifen an, daß es tatsächlich leichter für wie wäre, sich im Sattel zu halten, wenn das Pferd noch etwas rascher liefe. Aber anscheinend ritten Argus und Geraden jetzt so schnell, wie sie es als angebracht erachteten. Sie mußten auf ein Zeichen Ribulds achten.

Auf der Kuppe eines anderen Hügels begegneten sie plötzlich einem mit Fässern aller Größen beladenen Karren; Terisa hielt ihn für erheblich überladen. Offenbar war er bis hier in die Richtung Schloß Orisons gefahren, doch nun stand er aus keinem ersichtlichen Grund am Straßenrand. Terisa wußte auf den ersten Blick nicht zu entscheiden, wer jämmerlicher aussah, das zottige plumpschädelige Arbeitspferd, das als Zugtier angeschirrt war, oder der Fahrer, der zusammengekauert auf dem Kutschbock hockte, die Zügel in Händen, die kaum aus den Wolldecken hervorragten, in die er sich gewickelt hatte. »Argus?« krächzte der Fahrer einen Moment später. »Ist einer von euch Argus?«

Mit Geschlitter blieb Argus' Hengst neben dem Wagen stehen. »Ich bin Argus«, sagte der Schloßwächter, musterte den Kutscher.

»Ein Schloßwächter wie du hat mir 'ne Silberdublone gegeben, auf daß ich hier eurer harre«, erklärte er Mann. Seine Stimme klang, als ersticke ihn das Gewicht der zahlreichen Wolldecken. »Für derlei ist's zu kalt. Ich wollte schon weiterziehen.«

»Warum hat Ribuld das getan?« erkundigte Argus sich gedehnt.

Die Augen des Kutschers glitzerten pfiffig. »Viel zu kalt. Eine Silberdublone ...« Sein Zugpferd verschnaubte Dunst. »Viel zu wenig.«

»Schweinekerl!« schnauzte Argus ihn an. »Zu Orison wirst du mit deiner Fracht nicht mehr als 'n halbes Dutzend Kupfermünzen einhandeln. Du hast deinen Verdienst bereits verdreifacht. Trachte dein Glück nicht zu zwingen.« Ein Achselzucken fuhr durch das Bündel Dekken. Der Kutscher gab einen Schnalzlaut von sich, und sein Pferd stellte die Ohren auf. Er ruckte an den Zügeln, das Pferd stemmte sich ins Geschirr, und der Wagen rollte an. Geraden schimpfte unterdrückt vor sich hin. Argus dagegen ließ sich nicht beirren. »Ich bin durstig«, sagte er in freundschaftlichem Ton ins Knarren der Achsen. »Mich dünkt, ehe du des Weges ziehst, werde ich ein paar Löcher in einige deiner Fässer hauen.« Er zückte sein Schwert. »Der Großteil wird ungenießbares Gesöff sein, aber's mag sein, es ist doch etwas Trinkbares dabei.«

Der Kutscher zügelte das Pferd. »Es ist mir 'ne große

Freude, des Königs Schloßwächtern behilflich sein zu dürfen«, versicherte er, nachdem er für einen Augenblick nachgedacht hatte. »Der andere Schloßwächter hat hier die Landstraße verlassen. Er bat mich, auf euch zu warten, gleichsam als Wegzeichen.«

»In welche Richtung ist er geritten?« fragte Geraden.

»Nach Norden.«

Der Adept trieb sein Reittier an den nördlichen Rand der Straße. »Ich sehe Spuren!« rief er fast unverzüglich. »Wenigstens zwei Reiter sind gen Norden getrabt.«

Argus schob das Schwert zurück in die Scheide und verbeugte sich übertrieben vor dem Mann auf dem Kutschbock. »Ach, ich bin mir sicher, 's ist *alles* nur Gesöff«, sagte er im Tonfall von Dankbarkeit, bevor er Geraden nachritt. Terisas Wallach folgte mit einem lächerlichen Gehabe regelrechten Duldertums.

Sobald sie und ihre Begleiter von der Landstraße abwichen, verdutzte es Geraden, welchen Lärm sie verursachten. Indem die Hufe der Pferde die harte weiße Eiskruste zertraten und darunter aufs Erdreich stampften, tönte ihr Hufschlag so laut, daß man ihn — ein Geräusch, das wie das Zusammenfallen von zerklirrendem Glas und Kanonendonner klang — bestimmt einen Kilometer weit hören konnte. Trotzdem legte Argus jetzt ein zügigeres Tempo vor, ritt voraus. Nach einer Weile begriff Terisa, daß er seinen Hengst dazu brachte, genau in die Spuren von Ribulds Reittier zu treten, die Hufe weitgehend in schon gesprungenes Eis zu setzen. Als Geraden sein Pferd hinter Argus trieb, um es ebenso zu machen, und der Wallach seine Orientierung vom Hengst auf die Stute verlagerte, gelangten sie wesentlich leiser vorwärts.

Ribulds Fährte verlief durch ein flaches Tal zwischen niedrigen Hügeln, danach über einen Höhenzug und anschließend eine Reihe von Hängen hinunter, auf denen dürres Gesträuch und schwärzliche Gehölze wuchsen. Wald füllte eine Senkung im vorausliegenden Gelände aus, die sich, indem die Hügel beiderseits schroffer anstiegen, als tieferer Einschnitt in der Landschaft erwies. Argus folgte der Fährte schnurstracks in den Wald.

Dort mußten sie langsamer reiten. Der Erdboden zwischen den Baumstämmen war nicht sonderlich stark bewachsen, und die Bäume standen nicht allzu dicht; doch viele Äste ragten so tief aus den Stämmen, daß ein unvorsichtiger Reiter vom Pferd geworfen werden mochte.

Kaum noch im leichten Galopp folgte Terisa, während sie auf die metallischen Klänge des Zaumzeugs lauschte, die wegen der höheren Abhänge an beiden Seiten schwach von jedem einzelnen Baum widerzuhallen schienen, und sich fragte, wieso ihr so sehr danach war, den Atem anzuhalten, als Geraden in ein Rinnsal ritt, das sich bald zu einem steinigen Bach verbreiterte, weniger als zur Hälfte voller Eis von einer Eiskruste überzogen. Die Bäume an den Hängen standen nun dichter, deuteten mit ihren dunklen Ästen und Zweigen wie mit Fingern aufeinander; doch das Bett des Bachs blieb passierbar. Wenn die Pferde jetzt durch Eisflächen brachen, klirrten und klapperten ihre Hufe auf Stein.

Terisas Beine schmerzten. Die Hände taten ihr dermaßen weh, als wären sie durch und durch zu Eis geworden. Sie hatte den Eindruck, die Kälte würde ihr das Fleisch von den Gesichtsknochen schälen. Wie sollte sie sich das Gefühl dumpfer Pein in Wangen, Kinn und Nase anders erklären? Ihr hätte es so kläglich gehen müsssen wie dem Kutscher und seinem Zugpferd. Doch sie fühlte sich keineswegs so. Statt dessen erwartete sie aus irgendeinem Grund Hörnerklang zu hören.

Der Bach strömte in ein Tal, in dem er in einen Fluß mündete, der sich ein Bett durch die Hügellandschaft gefurcht hatte. Die Schlucht, durch die er floß, verlief ungefähr von Osten nach Westen, und die Nordseite war besonders steil, aber noch ersteigbar. Im selben Moment, als Argus eine Warnung fauchte und nach vorn zeigte, sah Terisa das in der flachen Mulde, die sich erstreckte, wo der Bach sich in den Fluß ergoß, angebundene Pferd.

Auf der Höhe des Nordhangs kauerte Ribuld, spähte über den Rand der Schlucht; dank seines Umhangs ähnelte er einem unregelmäßigen Felsbrocken. Er drehte den Kopf, blickte nach unten und winkte.

»Da ist er«, raunte Geraden. »Wahrscheinlich macht der Hang uns unhörbar. Dennoch sollten wir leise sein.«

»Nur zu wahr.« Argus saß ab, und Terisa tat desgleichen. Während Argus, genau wie Ribuld es getan hatte, seinen Hengst an einem Trumm abgestorbenen alten Holzes festband, das aus dem Schnee auftragte, brach Terisa beinahe zusammen, weil sie auf einmal in den Beinen Krämpfe befielen. Sie hatte vergessen, wie kalt ihre Füße geworden waren, und ihre Füße waren nicht mehr mit festem Boden vertraut; unwillkürlich erwartete sie, daß der Untergrund schaukle wie der Wallach. Ihre Begleiter erklommen bereits den Hang der Schlucht.

Fest dazu entschlossen, sich keinesfalls abhängen zu lassen, kletterte sie ihnen nach. Das Klettern stellte sich als leichter heraus, als sie befürchtet hatte. Unter dem Schnee und Dreck sowie der vom Herbst übriggebliebenen Laubschicht befand sich genug Fels, um ihren Füßen Halt zu geben, und die Abwechslung für ihre Beine, endlich wieder etwas anderes tun zu dürfen, als sich um einen Pferderücken zu klammern, war ihr willkommen. Sie erreichte Ribuld nur ein, zwei Augenblicke später als Argus und Geraden.

»Ihr trefft zur rechten Zeit ein«, flüsterte Ribuld, schnitt rings um die alte Narbe, die ihm vom Haaransatz zwischen den Augen bis fast zum Mund verlief, eine Grimasse. »Er ist schon seit einem Weilchen da. Die anderen sind eben erst angelangt.«

Terisa kniete neben Geraden im Schnee nieder und lugte über einen Grat in einen Hohlweg, der einige Ähnlichkeit mit der Schlucht hatte, von deren Sohle sie soeben nach oben gestiegen waren. Direkt unter ihr klapperte ein Pferd infolge der Kälte mit den Zähnen. Unweit des Tiers stand ein Mann, der ihr den Rücken zudrehte, vor einem kleinen Feuer, das nahezu ohne Qualm brannte. Terisa nahm an, daß er Nyle war. Sie empfand sein Feuerchen als etwas so Wunderbares, daß sie dessen Wärme geradezu auf der Haut zu spüren glaubte.

Auf der anderen Seite des Hohlwegs befaßten sich vier Männer damit, ihre Pferde festzubinden. Drei von ihnen sahen wie Leibwächter aus; der vierte Mann war Prinz Kragen.

21

Wenigstens ein Komplott aufgedeckt

»Nyle«, sagte der Prinz.

Geradens Bruder begrüßte ihn seinerseits. »Herr Prinz.«

Terisa konnte sie vollkommen deutlich verstehen. Es war erstaunlich, wie gut die Kälte und die Gegenseite des Hohlwegs den Schall aufwärtstrugen. »Ich hoffe, Ihr mußtet nicht lange ausharren.«

»Lediglich lange genug, um ein Feuer entfachen zu können.«

Wie seine Männer hatte Prinz Kragen sich in ein weißes Gewand, weiße Fellstiefel und eine weiße Pelzmütze gekleidet; auf diese Weise nutzten sie den Winter zur Tarnung aus. Auf den ersten Blick wirkte Nyles Kleidung — sein halblanger Umhang und die Beinkleider waren schwarzbraun — im Vergleich dazu unvorteilhaft. Doch seine Kleidungsstücke ließen sich von den Farben des verstreuten toten Holzes und den dunklen Baumstämmen kaum unterscheiden, und wenn er sich nicht bewegte, konnte man ihn nicht sehen.

»Welche Neuigkeiten bringt Ihr aus Schloß Orison?«

»Was für Neuigkeiten gibt's aus Alend, Herr Prinz?«

Unterm Rand der Pelzmütze Prinz Kragens sah man einen Kranz schwarzen Haars, so schwarz wie seine Augen. Einen Moment lang betrachtete er Nyle, dann wandte er sich seinen Männern zu, gab ihnen einen Wink, auf den hin sie Aktivitäten zu entfalten begannen: Zwei entfernten sich in entgegengesetzte Richtungen, um am oberen und unteren Ende des Hohlwegs Wache zu stehen. Der dritte Leibwächter machte sich daran, hinter dem Sattel seines Pferds befestigte Bündel aufzuschnüren.

»Ihr vertraut mir noch immer nicht aus ganzem Herzen, nicht wahr, Nyle?« meinte Prinz Kragen leicht kummervoll.

»Ja und nein, Herr Prinz.« Nyles Stimme drang aus beengter Kehle. »Ich bin Euch ergeben. Aber wir sind althergebracht Feinde. Das läßt sich schwerlich zur Gänze vergessen.«

An Terisas Seite klaubte Geraden eine Handvoll Schnee auf und rieb sich damit das Gesicht ab, wie um die Glut eines grausamen inneren Feuers zu kühlen.

»Ich hege Verständnis für Eure Einstellung«, sagte der Prinz gelassen. »Doch schwebe ich hier in ärgerer Gefahr. Ihr vermögt nach Orison zurückzureiten und Euer Leben wie zuvor fortzusetzen. Sobald unsere Wege sich wieder trennen, befindet Ihr Euch von neuem im Stande der Unschuld. Sollte hingegen *ich* ergriffen werden, mag's sein, daß Kastellan Lebbick mich hinrichten läßt, ehe jemand eine Gelegenheit hat, um ihm zu verdeutlichen, daß es unklug sein möchte, fremdländische Prinzen zu henken. Nun denn, was bringt Ihr von Orison für Neuigkeiten?«

Argus kehrte dem Grat den Rücken zu. Ribuld zischte ihm zu, er solle ruhig sein, doch Argus achtete nicht auf die Ermahnung und kletterte den Abhang hinab zurück in die Schlucht. Zum Glück konnte man die Geräusche, die er verursachte, hinter dem Grat nicht hören.

»Elega steckt in Schwierigkeiten«, antwortete Nyle verdrossen.

Prinz Kragens Augen funkelten. »Was für Schwierigkeiten?«

»Aufgrund irgendeiner Veranlassung — welcher Art, das weiß ich nicht — ist jenes Weib namens Terisa von Morgan zu der Auffassung gelangt, daß Ihr und Elega in eine Verschwörung wider den König verwickelt seid. Sie hat meinen Bruder Geraden davon überzeugen können. Und er hat's Herrn Tor eingeredet. Wie ich Euch bereits vermeldet habe, hat Herr Tor sich selbst zu so etwas wie einem Kanzler eingesetzt. Er erteilt Befehle, als stünde des Königs Herrschergewalt hinter ihm, und niemand wagt sein Walten in Frage zu stellen. Und's mag sich durchaus so verhalten, daß der König hinter ihm steht ... Immerhin *ist* er Herr Tor, jener Adelige, welcher König Joyse auf dem Weg zur Macht in entscheidendem Maße half.«

»Er ist auch ein stets betrunkener Trottel«, bemerkte dazu Prinz Kragen.

»Gewißlich. Das dürfte der Grund sein, weshalb er Geraden Glauben geschenkt hat. Es sind nur noch wenige Leute übrig, welche soviel Zuversicht aufbringen wie Geraden.« Diese Äußerung nahm Geraden mit einem Grinsen zur Kenntnis, das Terisa an Artagels Lächeln erinnerte, wenn er das Schwert schwang.

»Und welcherlei Schwierigkeiten hat jener trunkene Tropf Prinzessin Elega bereitet?« hakte Prinz Kragen nach.

»Er sagte ihr ins Antlitz, er wisse, was sie triebe. Danach erging er sich in einer längeren Belehrung über den Gehorsam, welche Kinder ihren Eltern schulden.« Nyle zuckte mit den Schultern. »Elega zufolge vermochte er ihr nicht sonderlich zu schaffen zu machen. Sie verwies ihn in die Schranken, so daß er das Haupt duckte ... er soll wahrhaft eingeschüchtert gewesen sein, erzählte Elega. Und sie *behauptet*, er werde sie an der Ausführung ihres Teils Eures Plans nicht hindern können. Ich dagegen bin in dieser Hinsicht weniger sicher. Er braucht lediglich zu Lebbick ein paar Andeutungen zu äußern, und sie wird fortan keinen Schritt zu tun imstande sein, ohne daß die Hälfte der Schloßwächter Orisons sie unter Beobachtung hält.«

»Verstehe.« Prinz Kragen überlegte einen Moment lang. »Ich bedaure, daß ihr Gefahr droht. Aber sie hat mehrfach beteuert, in ihrer Stellung bräuchte sie nichts zu fürchten, und sie ist eine Frau, welche sehr wohl zu überzeugen vermag.« Seine Stimme nahm einen Ton von Entschiedenheit an. »Wir müssen darauf vertrauen, daß sie so verfährt, wie sie's versprochen hat.«

»Ich harre unvermindert Eurer Auskunft darüber, welches Vorgehen ihrerseits vorgesehen ist.« Nyles Stimme klang noch immer, als drücke ihm jemand die Gurgel zu.

Der Prinz richtete sich höher auf. »Herr Prinz«, sagte er Nyle mit irreführender Beiläufigkeit vor.

»Herr Prinz.«

Vergiß das nicht noch einmal, Bursche! schien Prinz Kragens Nicken zu sagen. »Prinzessin Elegas Sicherheit und der Erfolg ihres Handelns hängen von der vollständigsten Geheimhaltung ab«, lautete seine Antwort.

»Dann werdet Ihr vielleicht die Güte haben, mir die Neuigkeiten aus Alend mitzuteilen ... Herr Prinz.« Nyles Zorn war beherrscht, aber unübersehbar. »Mag sein, Ihr habt die Huld, mir kundzutun, warum wir uns unbedingt heute treffen mußten, nicht früher, nicht später. Bislang habe ich aus Eurem Mund nichts denn Zusicherungen und wohlfeile Worte vernommen. Vielleicht solltet Ihr mir nunmehr offenbaren, was eigentlich vorgeht.«

Geraden nickte wie beifällig vor sich hin. »Vorzüglich«, murmelte er. »Mag er ausplaudern, was sich zuträgt.« Ribuld widmete dem Adepten, weil er gesprochen hatte, einen bösen Blick.

»In einem kurzen Weilchen.« Prinz Kragens Gleichmut war der Situation vollauf gewachsen. »In einem flüchtigen Weilchen werde ich auf etliche Eurer Fragen Antwort geben. Doch ist's mein Wunsch, Euch zuvor davon zu unterrichten, was Ihr für mich tun sollt.« Nyle drehte den Lauschern unverändert den Rücken zu; Terisa konnte sein Gesicht nicht sehen. Aber er zog die Schultern hoch, als müsse er an seinem Innern diese und jene Regungen nahezu gewaltsam unterdrücken. »Ich habe Euch darum gebeten, Euch unbedingt am heutigen Tag mit mir zu treffen«, erklärte der Prinz mit fester Stimme, »und ich habe Euch darum ersucht, Euch auf eine Frist der Abwesenheit von Orison einzustellen, dieweil's mein Begehr ist, daß Ihr zu Herrn Perdon reitet. Ich wünsche, daß Ihr Perdon aufsucht und ihm Mordants Königswürde anbietet.«

Argus kam wieder den Hang heraufgeklettert, schnaufte und atmete viel zu laut; er hatte die Beutelflasche mit dem Branntwein geholt. Seine Begleiter schenkten ihm keine Beachtung. Prinz Kragens Wunsch hatte zur Folge, daß Geraden am ganzen Leib zuckte. Terisa starrte entgeistert in den Hohlweg hinab. Zumindest vorerst interessierte das, was er hörte, auch Ribuld zu sehr, als daß er sich für den Schnaps interessiert hätte.

Nyles Verblüffung gelangte in seiner Körperhaltung zum Ausdruck. »Warum?«

»Warum Herr Perdon?« Prinz Kragens schwarzer Schnurrbart verbarg eine Andeutung von Belustigung. »Warum die Königswürde? Oder warum Ihr?« Allem Anschein nach war Nyle zu nichts anderem mehr als zum Nicken imstande. »Perdon ist die einzige vernünftige Wahl. Ihr müßt wissen, die Zusammenkunft mit den Gauherren war für mich, obwohl sie nicht das erstrebte Ergebnis zeitigte, überaus aufschlußreich. Fayle ist zu alt ... und dem König zu treu. Tor ist ein Säufer und Tölpel geworden. Domne täte mich abschlägig bescheiden. Armigite ...« Prinz Kragen schnob verächtlich. »Was Termigan betrifft — sein Gau liegt zu weit entfernt, und er schert sich ausschließlich um seines Gaus Schicksal. Die Königswürde muß Herrn Perdon angeboten werden, um dadurch unsere Gutwilligkeit unter Beweis zu stellen.«

»Nicht von der Tatsache zu reden«, flüsterte Geraden erbittert, »daß Perdon der einzige Gauherr ist, dessen Heer nahebei genug steht, um Euch gefährlich zu werden, Herr Prinz.«

»Dem zum Trotz, was König Joyse und Kastellan Lebbick glauben«, meinte Prinz Kragen in freundschaftlichem Tonfall, »war's niemals die Absicht des alendischen Monarchen, sich Mordant zu unterwerfen. Vielmehr ist's sein vordringliches Anliegen — seine fürwahr vorrangigste Bestrebung —, dem Mangel an wirklicher Macht in Mordant abzuhelfen, auf daß die Zunft der Imagomanten nicht unter Cadwals Einfluß gerate. Um das zu bewerkstelligen, werden wir Mordant besetzen, weil uns keine andere Möglichkeit bleibt. Was könnten wir noch anderes unternehmen? Der König hat mich geschmäht und abgewiesen.

Die Gauherren haben das Bündnis verworfen, welches Meister Eremis und ich ihnen vorschlugen. Doch wir werden Mordant nicht für uns erobern, wenn Herr Perdon sich überzeugen läßt und den Thron besteigt. Ihn davon zu überzeugen, daß es vonnöten ist, erachte ich als Eure Aufgabe. Er würde einen solchen Vorschlag wohl ablehnen, käme er von mir, denn's ist ja durchaus so, wie Ihr's erwähnt habt, wir sind von alters her Feinde. Aber ein Sohn Herrn Domnes — seit Lebzeiten ein Freund Prinzessin Elegas — vermag ihm vielleicht die nötige Überzeugung zu vermitteln ... zum Wohl aller, welche wider Festten und Cadwal zusammenstehen. Wollt Ihr dies Unterfangen angehen, Nyle?«

Für geraume Zeit schwieg Nyle. Als er schließlich antwortete, klang seine Stimme sowohl nach Verwunderung wie auch Erleichterung. »Ja.« Obwohl er leise sprach, kam ihm das Wort mit viel zuviel Atemdunst über die Lippen, als platze es regelrecht aus ihm hervor. »Ja, Herr Prinz. Ich will's tun.«

Geraden bedeckte den Kopf mit den Händen, strich sich unbeabsichtigt Schnee ins Haar.

»Vorzüglich.« Prinz Kragen trat näher ans Feuer, um sich die Hände zu wärmen. »Dann müßt Ihr darüber Bescheid wissen, was gegenwärtig geschieht, auf das Ihr Herrn Perdon davon Kenntnis zu geben vermögt.«

Argus hielt Terisa die Beutelflasche mit dem Schnaps unter die Nase. Sobald Terisa sie sah, merkte sie, wie fürchterlich sie fror. Sie schauderte zusammen, entstöpselte den Beutel und hob ihn an den Mund. Wie die Wangen waren auch die Lippen viel zu kalt, um etwas zu spüren, doch die Zunge bestätigte Terisa, daß ihr Schnaps in den Mund, nicht aufs Kinn rann. Er schmeckte wie scheußlich aromatisierter Fleckentferner, hatte jedoch seine Wirkung: die Temperatur ihres Bluts stieg um mehrere Grad. Terisa reichte das Behältnis an Geraden weiter.

Drunten im Hohlweg gab Prinz Kragen dem Leibwächter, der die Bündel geöffnet hatte, mit gekrümmtem Zeigefinger ein Zeichen. Der Mann kam zu ihm und übergab ihm eine kleine Schreibtafel und einen Stift. Prinz Kragen begann, während er am Feuer stand, zu schreiben. Seine Finger hielten den Stift, als verstünde er nichts vom Schwertschwingen, hätte nie dazu beigetragen, Terisas Leben zu retten.

»Schreibt Ihr eine Botschaft an Herrn Perdon, Herr Prinz?« Nyles Ton bezeugte Ungeduld.

Der Prinz schüttelte den Kopf. »An meinen Vater. Alends Monarch muß erfahren, daß Ihr darin eingewilligt habt, in unserem Namen bei Herrn Perdon vorstellig zu werden.«

»Und was wird er daraufhin unternehmen?«

»Was er bereits begonnen hat.« Prinz Kragens Gedanken befaßten sich ganz mit dem Verfassen der Nachricht. »Am ersten Morgen des Tauwetters habt Ihr mir auf Orisons Markt Prinzessin Elegas Bescheid ausgerichtet, daß sie eine Möglichkeit gefunden hat, ihren Teil unseres Plans in die Tat umzusetzen. Euch dürfte, so wähne ich, aufgefallen sein, daß mich diese Kunde erfreut hat. Fürwahr hatte ich Anlaß zur Freude, dieweil von der Erfüllung ihrer Aufgabe viel abhängt. Derweil Ihr und ich uns besprachen — Ort und Stunde unseres heutigen Treffens beschlossen —, überschritt mein Vater mit seinem Heer bereits den Pestil und zog in den Armigitegau.«

Argus, Ribuld und Geraden waren auf einmal vollständig still; sie schienen keiner Bewegung mehr fähig zu sein. Ihre Lider zuckten nicht, sie blickten einander nicht an; scheinbar atmeten sie nicht einmal noch. Sie wirkten, als ob sie sich mit Geist und Körper — sogar in Armen und Beinen, der Krümmung des Rückens, der Haltung ihrer Schultern — ganz auf das konzentrierten, was sie hörten.

Also war alles gelogen, schlußfolgerte Terisa. Seine gesamte *Friedens*mission war eine einzige faustdicke Lügengeschichte. Auch das Geheimtreffen mit den Gauherren: Verlogenheit. Der alendische Monarch war losmarschiert, bevor er überhaupt vom Resultat des Besuchs seines Sohnes bei König Joyse hatte erfahren können. Er hatte nie etwas anderes als den Einmarsch nach Mordant vorgehabt.

»Ihr habt niemals Frieden erstrebt«, sagte Nyle leise, als gäbe er zu Terisas von Betroffenheit gekennzeichneten Gedanken das Echo ab. »Nie war's Euer aufrichtiger Wunsch, daß König Joyse sich mit Eurem Anliegen ernstlich beschäftigen möge. Ihr seid nur gekommen, um Euch Leute zu suchen, welche ihn zu Euren Gunsten hintergehen.« In einer heftigen, von Gewalttätigkeit bestimmten Gebärde warf er die Arme hoch, senkte sie ebenso ruckhaft. »Das also ist's, was Ihr Vertrauen heißt.« In der Kälte scharf und klar hörbar, fuhr ein Schwert aus der Scheide. Prinz Kragens Leibwächter trat vor und setzte Nyle die Spitze der Klinge an die Kehle. Ribulds Faust umklammerte den Griff seines Schwerts. Doch ein rascher Wink Prinz Kragens hinderte den Leibwächter an Weiterungen. Der Mann hob steif die Schultern und schob die Waffe zurück in die Scheide.

»Ich bringe Eurem Unmut Verständnis entgegen, Nyle.« Prinz Kragen sprach mit ruhiger Stimme, fast betont sachlich, aber mit einem gewissen Anklang des Warnens, als wolle er Nyle raten, ihn nicht zu sehr zu reizen. »Ihr jedoch erliegt einem Mißverständnis. Die Unklarheit betrifft die Nachrichtenverbindungen, nicht wahr? Dieweil Ihr wißt, daß ich nachgerade dreißig Tage lang im ärgsten Winter vom Wohnsitz des alendischen Monarchen zu Scarab nach Schloß Orison unterwegs gewesen bin, verleitet Euch zu dem Glauben, seit meiner Ankunft dortselbst wär's mir unmöglich gewesen, mit meinem Vater Botschaften auszutauschen. Daraus zieht Ihr die Schlußfolgerung, ich sei lediglich gekommen, um Pläne zu verwirklichen, welchselbige schon feststanden, bevor ich ihn verließ.« Nyle rührte sich nicht. Der Prinz lächelte andeutungsweise. »Jene ungebärdigen Barone, die alendischen Vasallen, sinnen immerzu darauf, einer über den anderen Vorteile zu erringen. Doch zumindst bringt ihr widerwärtiges Gezänk diese oder jene nutzreiche Sache hervor.«

Auf einen erneuten Wink hin brachte der Leibwächter einen in ein Tuch gehüllten Gegenstand, bei dem es sich anscheinend um eine Art von Kasten handelte.

Prinz Kragen rollte seine Mitteilung stramm zusammen und verschnürte sie mit einem Stück Draht zu einem winzigen Päckchen. Als er fertig war, entfernte der Leibwächter das Tuch, und ein viereckiger Käfig mit einem Vogel darin kam zum Vorschein.

»Eine Brieftaube«, flüsterte Terisa erstaunt. »Sie verwenden *Brieftauben.*«

Argus, Ribuld und Geraden schauten sie einen Augenblick lang an, dann richteten sie ihre Aufmerksamkeit wieder auf das Geschehen im Hohlweg.

Der Vogel war eindeutig eine Taube. Sie gurrte gutmütig, als der Leibwächter sie aus dem Käfig nahm und so hielt, daß Prinz Kragen ihr den Brief ans Bein binden konnte. »Einer selbiger Vasallen«, erläuterte der Prinz, »hat die Entdeckung gemacht, daß diesen Vögeln die Begabung zugeeignet ist, über jedwede Entfernung hinweg den Weg zurück zu jenem Ort zu finden, welchselbigen sie als ihre Heimat kennengelernt haben. Dies Tier hat's gelernt, eine bestimmte Anordnung aus Zelten, Fahnen und Reihen von Wagen wiederzuerkennen, wie sie in meines Vaters Feldlagern unweigerlich vorgefunden werden kann. Sobald wir es freilassen, wird es zu ihm fliegen. Versteht Ihr nun recht, Nyle?« Prinz Kragens Tonfall klang hart, hinter seinem umgänglichen Verhalten stak unzweideutig eine Drohung. »Ich habe aus Alend eine Anzahl solcher Vögel mitgenommen. Sie befördern binnen eines Tages — mag sein, sogar in kürzerer Frist — Nachrichten zu meinem Vater. Auf diese Weise ermögliche ich ihm Entscheidungen. Ich hatte mich nach Orison mit der schweren Verantwortung begeben, die Frage der Zunft, Cadwals und des Kriegs zu lösen ... die Verlegenheit der absonderlichen Schwäche Eures Königs zu beheben. Ich bin ein Thronbewerber Alends. Es ist mein stärkster Wunsch, der künftige alendische Monarch zu werden. Aus diesem Grund, dessen versichere ich Euch, verspürte ich das ehrlichste Bedürfnis, den Frieden zu wahren. Doch als König Joyse mein Ansinnen schändlich zurückwies, mußte ich zwangsläufig an Krieg denken. Ich sandte dem Monarchen diesbezügliche Nachricht. Dann jedoch gaben sowohl Meister Eremis wie auch Prinzessin Elega mir Anlaß zu der Hoffnung, ein Krieg ließe sich abwenden, eine Aussicht, welche mir weit mehr behagte. Wieder schickte ich dem Monarchen eine dementsprechende Botschaft. Als die Gauherren das Bündnis ablehnten, welches ihnen Meister Eremis vorschlug, und als ich sah, wie schwach Orison im Fall eines Angriffs Cadwals wäre — und wie leicht daher die Zunft unter des Großkönigs Einfluß gelangen kann —, da beschloß ich, jene Möglichkeiten wahrzunehmen, welchselbige Prinzessin Elega und ich schon zuvor in Erwägung gezogen hatten. Alends Monarch verfährt so, wie ich's ihm empfohlen habe, und ich hab's ihm empfohlen, dieweil ich des Glaubens bin, daß selbige Vorgehen die am wenigsten blutige und gleichzeitig wirksamste Vorbeugung wider eine unerträgliche Gefahr ist. *Großkönig Festten darf um keinen Preis Gewalt über die Zunft der Imagomanten erlangen.* Die Bresche in Schloß Orisons Außenwall bietet eine Gelegenheit, welche ich *unmöglich* ungenutzt lassen kann. Wie lautet nunmehr Eure Antwort, Nyle?« Der Prinz stellte die abschließende Frage mit fester Stimme.

Nyle machte von hinten den Eindruck, als schlucke er schwer, habe alle Mühe, seine Ansichten den neuen Informationen anzupassen. Geraden hatte anscheinend momentan keine Meinung darüber, wie sein Bruder sich verhalten solle. Offenbar versuchte er in aller Eile die Konsequenzen dessen, was sie belauscht hatten, zu durchdenken. Argus und Ribuld beobachteten die Verschwörer sorgenvollen Blicks.

»Herr Prinz«, begann Nyle umständlich, »mich dünkt, ich muß Euch wohl um Nachsicht bitten. Ich wußte nicht, daß dergleichen möglich ist.« Ratlos bewegte er an seinen

Seiten die Hände. »Freilich werde ich Herrn Perdon aufsuchen. Irgendwie wird's mir gelingen, ihn zu überzeugen.«

Prinz Kragen musterte Nyle einen Moment lang. Dann nickte er. Sein Leibwächter ließ die Taube frei.

Wie ein Schwirren von Grau, Blau und Grün flatterte sie empor. Terisa sah, wie sie mühelos an den eisigen Himmel hinaufflog, schaute ihr nach, als wäre sie es, die sich auf den Weg machte, um über Schloß Orison Mord und Totschlag zu bringen. Das Tier kreiste kurz, ehe es nordwärts verschwand.

Ribuld blickte sie wütend an. »Ihr wußtet von dem Vogel«, murrte er vorwurfsvoll.

»Es gibt sie auch dort, woher ich komme«, sagte Terisa, als müßte sie sich tatsächlich rechtfertigen. »Wir haben auch Pferde, und ich bin trotzdem noch nie geritten.« Mit einem Stoß in die Rippen veranlaßte Geraden den Schloßwächter zum Schweigen.

Nyle bemühte sich unterdessen noch immer um ein gründlicheres Erfassen der Situation. »Aber bleibt zur Genüge Zeit?« fragte er, nachdem er überlegt hatte. »Wann wird Alends Monarch nach Eurer Einschätzung vor Orison anlangen? Ich weiß nicht, wo Herr Perdon sich gegenwärtig aufhält. Mag sein, er weilt nicht zu Scarping. Er kann sich irgendwo längs des Vertigon befinden und im Kampf mit Cadwalern liegen.«

»Ich habe den rechten Zeitpunkt mit großer Umsicht gewählt«, antwortete Prinz Kragen, als wäre diese Auskunft für Nyle eine Beruhigung. »Es ist von Bedeutung, daß Ihr Herrn Perdon nicht zu früh aufsucht. Solltet Ihr ihn vorzeitig ansprechen und ihn nicht zu überzeugen vermögen, so wird er seine Streitkräfte wider uns wenden und könnte uns den Weg nach Orison verlegen. Aufgrund dieser Erwägung haben wir uns erst am heutigen Tag getroffen. Nach meinen Berechnungen wird's ihm unmöglich sein, falls Ihr ihn alsbald ausfindig macht und unseren Vorschlag zurückweist, Orison zu erreichen, ehe wir das Schloß genommen haben.«

Geraden schüttelte den Kopf. »So leicht ist das nicht«, raunte er.

»Ihr wähnt, so leicht wär's, Orison zu nehmen?« Geradens Gedanken schien sich auf Nyle übertragen zu haben. »Eine Belagerung mag den ganzen Frühling beanspruchen. Trotz der Bresche im Außenwall. Ihr könnt nicht ohne weiteres …«

»Nyle«, unterbrach ihn der Prinz, »Ich bin kein Knäblein. Belehrt mich nicht über die Mittel und Wege der Belagerung. Ich habe mich darin aufs eingehendste kundig gemacht. Daher versichere ich Euch dessen, daß ich Orison zu bezwingen vermag.«

Nyle nahm diese Behauptung zur Kenntnis wie jemand, den es alle Anstrengung kostete, sich von dem, was er zu hören bekam, nicht überwältigen zu lassen. »Dennoch will's mich dünken, Herr Prinz«, sagte er bedächtig, »Ihr versucht die Ereignisse allzu unreichend zu beeinflussen. Wenn sich nun das Wetter gegen Eure Absichten kehrt? Es wird mit Gewißheit neue Unwetter geben.«

Prinz Kragen zuckte die Achseln. Seine Geduld ließ nach. »Dann werdet Ihr und Perdon geradeso wie wir behindert werden.«

»Und wie steht's mit Armigite?« Nyle wirkte, als könne er seinen Ärger nicht länger bezähmen. »Wird er Euer Heer geradewegs durch seinen Gau ziehen lassen, ohne wenigstens einen Versuch zu unternehmen, sein Vordringen zu verlangsamen, und wird er's *versorgen*?«

Auf diese Fragen reagierte Prinz Kragen mit einem abgehackten Auflachen. »Ich bezweifle, daß ich mir Armigites wegen irgendwelche Sorgen machen muß.« Sein Lachen vermittelte einen Anklang derartiger Verachtung, daß Terisa plötzlich noch kälter war als vorher. »Dennoch habe ich's sicherheitshalber getan. Er und ich haben eine Abmachung ausgehandelt. Er bot mir ungehinderten Durchzug so vieler Heere an, wie mir beliebte, schwitzte derweil vor Furcht. Und was forderte er als Gegenleistung? Daß wir die Bewohner der Städte und Dörfer seines Gaus verschonen? Die Speicher und das Vieh, welche das Volk ernähren, unangetastet lassen? Nein. Er erbat lediglich, unbehelligt und unwissend — *unwissend,* Nyle! — bleiben zu dürfen, während Mordants Schicksal entschieden wird.« Argus fluchte unterdrückt. Terisa dagegen war nicht im geringsten überrascht: sie hatte Armigite kennengelernt. »Was mich anbetrifft«, fügte der Prinz wieder gelassener hinzu, »so wollte ich ihm wohl gern seine ›Unwissenheit‹ mit ein wenig Unbilden vergelten, dieweil sein Gau einen besseren Verwalter verdient hätte. Doch ich gedenke unsere Vereinbarung zu achten. Und wir werden uns weder am Volk, am Vieh noch an den Speichern vergreifen. Unser Zweck ist's, jene Schwierigkeiten zu beheben, welchselbige durch Eures Königs unbegreifliche Schwäche entstanden sind — und der Machtgier Cadwals einen Riegel vorzuschieben —, nicht hingegen, die alte Feindschaft zwischen Mordant und Alend ferner zu schüren. Seid Ihr nunmehr zufriedengestellt, Nyle?«

Von hinten sah Nyle nicht allzu zufrieden aus; die Haltung seiner Gestalt verriet zuviel Anspannung und Verkrampfung. Eigentlich hätte Terisa erwartet, daß er Prinz Kragen dafür dankbar war, so wenig Anlaß zum Argwohn zu geben, so viele Gründe, aus denen er glauben konnte, richtig zu handeln. Weshalb war Nyle also noch immer so verärgert? »Ja, Herr Prinz.« Warum hatte es den Anschein, als schäume er bei dieser Antwort insgeheim vor Wut?

Für einen Moment betrachtete Prinz Kragen seinen Verbündeten, als durchschaue er Nyle, sähe seine zwiespältige Gemütsverfassung. Doch offenbar beruhigte ihn Nyles Miene. »Nun denn«, sagte er mit plötzlicher Lebhaftigkeit. »Perdon wird Euch Gehör schenken. Laßt uns ans Werk gehen.« Er winkte seinen Leibwächtern.

Die zwei Männer, die an den beiden Enden des Hohlwegs Wache gehalten hatten, kehrten zurück zu ihren Pferden. Mit eckigen, steifen Bewegungen machte Nyle sein Pferd fertig zum Abreiten. Endlich konnte Terisa sein Gesicht sehen. Seine Miene zeugte von Gefaßtheit, ja

Sturheit, als könnte nichts — nicht einmal seine innere Aufgewühltheit — ihn vom eingeschlagenen Weg abbringen.

Argus richtete sich halb auf, lockerte das Schwert in der Scheide. »Wir werden uns auf sie stürzen, bevor sie den Hohlweg verlassen. Mag sein, so gelingt's uns, sie aufzuhalten.« Das Grinsen, mit dem er seine lückenhaften Zähne entblößte, zeigte kaum Furcht. Kämpfen war sein Beruf; er und Ribuld betrachteten es offensichtlich als etwas Selbstverständliches.

Doch Geraden hielt die beiden zurück. »Seid nicht närrisch. Sie sind zu viert, und wenn der Prinz schlau ist, warten irgendwo in der Nähe noch mehr Männer. Du.« Indem er so schnell redete, daß die Schloßwächter gar keine Möglichkeit zum Widersprechen hatten, deutete er mit dem Zeigefinger auf Argus. »Folge dem Prinzen. Finde heraus, wo er lagert. Behalte ihn unter Beobachtung und hinterlaß uns Zeichen. Ribuld, du kehrst zurück nach Orison.« Geradens Gesichtszüge glichen in ihrer Herbheit der Kälte. Schnee im Haar und Eis in den Brauen verliehen ihm ein seltsam barbarisches Aussehen. »Berichte Kastellan Lebbick, was wir hier belauscht haben. Führ ihn her. Erklär ihm, wenn er den Prinzen gefangenzunehmen vermag, können wir ihn als Geisel benutzen. Noch besteht eine Gelegenheit, um das ärgste Unheil zu verhüten. *Vorwärts!*« Er versetzte dem Schloßwächter einen kräftigen Schubs.

Ribuld schaute Argus an, danach wieder Geraden, furchte aus Konzentration die Stirn und damit auch seine Narbe. Dann beeilte er sich fast im Laufschritt den Hang hinab.

Prinz Kragen und seine Leibwächter stiegen auf ihre Pferde. Nyle begann mit Händen voll verharschten Schnees das Feuer zu löschen.

»Meinen Dank«, sagte Argus ironisch zu Geraden. »Du hast den schweren Auftrag mir zugeteilt. Wenden sie sich westwärts, kann ich ihre Fährte finden, wo diese Schlucht und jener Hohlweg sich vereinen. Doch reiten sie gen Osten ...« Er wies mit dem Daumen hinter sich. »Die Schlucht verläuft sich dort im Gelände. Aber der Hohlweg führt aus den Hügeln. Ich werde mit dem Pferd nicht diesen Grat überwinden können. Ich müßte ihnen zu Fuß folgen.«

»Dann hast du Glück.« Geraden deutete hinunter in den Hohlweg.

Drunten saß Nyle auf. Domnes Sohn und der Sohn des alendischen Monarchen drehten sich einander zu, und Prinz Kragen hob eine Hand zum Abschiedsgruß. Gemeinsam wandten sich die Alender nach links und ritten am teilweise vereisten Fluß entlang davon.

Argus gab Geraden einen gemäßigten Fausthieb gegen den Oberarm und sprang auf, hastete den Hang hinab zu seinem Pferd. Terisa beobachtete noch immer Nyle. Sie hörte, wie hinter ihr Ribuld losritt.

Nyle blieb noch für einen Moment, wo er sich befand, dachte vielleicht über den günstigsten Weg zum Perdongau nach oder überlegte vielleicht, was er vortragen könnte, um Perdon zur Annahme des Vorschlags zu bewegen; oder vielleicht zögerte er ganz einfach. Schließlich trieb er das Pferd mit den Fersen an und ritt in die östliche Richtung.

Geraden ergriff Terisas Hand. »Kommt. Wir müssen ihn aufhalten.« Fast hätte er sie niedergerissen, als er sich anschickte, Argus nach unten zu den Reittieren zu folgen.

Sofort kam er zu Fall. Zum Glück war er so geistesgegenwärtig, Terisas Hand loszulassen, als er stolperte, und er fing sich ab, ehe er sich auf den Felsen Knochen brechen konnte. Trotzdem erreichte er auf diese Weise die Sohle der Schlucht erheblich früher als Terisa.

Unbeholfen aus überstürzter Hast sprang er in den Sattel seiner Stute. Ribuld war mittlerweise aus der Geländemulde, in der Bach und Fluß zusammenströmten, in die Richtung Schloß Orisons verschwunden. Argus ritt in vorsichtigerem Tempo westwärts, auf den Punkt zu, wo

Schlucht und Hohlweg zusammenliefen. Indem Geraden der Stute die Stiefel in die Flanken trat, sprengte er Terisa im Galopp nach Osten voraus. Terisa streckte eine Hand nach ihm aus. »Warten Sie!« rief sie so laut, wie sie sich traute. Aber anscheinmäßig sah oder hörte er sie gar nicht.

Als sie zuletzt ihren Wallach erreichte, war sie dazu entschlossen, diesen ganzen Scheiß schlichtweg sausen zu lassen und Ribuld zurück nach Orison zu folgen. Inzwischen war ihr die Kälte durch Mark und Bein gedrungen; sie wußte nicht, wieviel länger sie sie noch erdulden konnte. Was sie mitangehört hatte, flößte ihr Furcht ein.

Doch ihrer Entscheidung zum Trotz entfaltete sie auch weiterhin alle Eile. Irgendwie gelang es ihr, den Wallach loszubinden; irgendwie schaffte sie es, den Fuß in den Steigbügel zu setzen und das rechte Bein über den Rücken des Gauls zu werfen. Mit den Zügeln zerrte sie den Kopf des Tiers nach Osten. Während sie die Zähne zusammenbiß, trat sie ihn in die Flanken.

Beinahe packte Panik sie, als der Wallach zügig vom Trab zum Kanter und danach zum Galopp überging, aus etwas ähnlichem wie eigenem Interesse versuchte, Geradens Stute einzuholen.

Die Geschwindigkeit des Tiers verursachte Terisa Grausen. Zudem war der Untergrund in der Schlucht rutschig. Sie müßte das Pferd irgendwie in die Gewalt bekommen, dafür sorgen, daß es langsamer lief, es auf festeren Boden lenken ... Ja sicher! Und gleichzeitig müßte sie das Heer des alendischen Monarchen in die Flucht schlagen, Meister Gilbur sowie Erz- und Großmeister Vagel abservieren und Friede auf Erden herbeizaubern ... während sie mit der freien Hand ein Hörnerkonzert dirigierte. Aber statt irgend etwas Dahingehendes zu tun, konzentrierte sie sich mit einer blindwütigen, inbrünstigen Intensität, die schierem Entsetzen glich, auf den Vorsatz, bloß im Sattel zu bleiben.

Die Nordwand der Schlucht ging über in kahlen grauen

Fels, nahm danach etwas an Steilheit ab. Auf der Höhe des Hangs wucherte dichtes Gestrüpp. Die Südseite war stärker abgestuft, zerklüftet durch die tief ins Erdreich gegrabenen Wurzeln dicker düsterer Bäume. Aber bald wich der Baumbestand in den Hintergrund, auch der Südhang wurde steiler.

Während der Wallach in wüster Schnelligkeit vorwärtsschaukelte, schwor Terisa sich unablässig, daß sie nie wieder — niemals! — reiten würde, solange sie lebte.

So urplötzlich, als hätte das Land selbst mit Terisa Mitleid, ragten die Hänge der Schlucht schroff empor und schlossen sich zu einer Art von natürlicher Sackgasse, verwehrte dem Bach den Weg. Irgendwann mußte die Schlucht einmal weiter ostwärts verlaufen sein, anscheinend jedoch waren ihre Wände eingestürzt und hatten dem Wasser ein anderes Bett aufgezwungen. Die Pferde konnten nicht weiter.

Grob zügelte Geraden seine Stute, sprang ab, allerdings zu hastig, so daß er erneut hinfiel, der Länge nach in den Schnee stürzte. Als er sich aufraffte und den Nordhang erklomm, sah er aus wie ein Wilder.

Terisa fehlte es an Atem, um ihm etwas zuzurufen, ihn zu bitten, auf sie zu warten, darum mußte sie sich selber etwas ausdenken, um den Wallach zum Stehen zu bringen.

In unwissentlicher Rücksichtnahme enthob das Vieh sie ihrer Verlegenheit. Sobald es die Stute eingeholt hatte, war es allem Anschein nach wieder mit der Situation zufrieden. Neben der Stute angekommen, beschnupperte der Wallach sie kurz, dann senkte er den Kopf und fiel in einen Zustand unerschütterlichen Stumpfsinns zurück. Terisa stellte zu ihrer Verwunderung fest, daß sie noch ganz und heil war.

Sie hätte es genossen, sich für ein Weilchen hinsetzen und die Tatsache, daß sie noch lebte, auskosten zu können. Aber Geraden kletterte wie ein Verrückter den Hang hinauf. Zunächst sah es so aus, als wäre er für ihn zu steil.

Dann jedoch erkannte Terisa, daß Geraden den Aufstieg schaffte; bald würde er außer Sicht sein.

Mühselig stieg Terisa vom Pferd, tat ein paar vorsichtige Schritte, um die Festigkeit beziehungsweise Begehbarkeit des Untergrunds zu prüfen, ehe sie entschlossen loslief.

Der Hang war tatsächlich ziemlich steil. Aber er wies reichlich Gesteinsvorsprünge und Wurzelstränge auf, und Geradens Aufstieg hatte eine beachtliche Menge an Schnee beiseite geräumt. Sie merkte, daß sie, selbst wenn sie sich nicht beeilte — und nicht nach unten schaute —, ohne allzu erhebliche Anstrengung hinaufzuklettern vermochte. Nachdem sie erst einmal zu kraxeln angefangen hatte, versuchte sie nicht mehr daran zu denken, wie weit Geraden ihr voraus sein oder was er vorhaben mochte.

Während sie trotz der Eisigkeit der Luft heftig um Atem rang, erreichte sie die Höhe des Abhangs. Der Grat trennte Schlucht und Hohlweg an dieser Stelle kaum andersartig als dort, wo sie und Geraden Prinz Kragen und Nyle belauscht hatten: die Nordwand war etwas weniger schroff, wies Gesträuch, aus der Erde ragende Felsklötze und ein paar Bäume auf, aber noch steil genug. Der Fluß, der auf den Hohlweg zufloß, nahm seinen weiteren Verlauf unmittelbar unterhalb des Grats und bog nach und nach in die östliche Himmelsrichtung ab, entschwand dort aus dem Blickfeld. Die Schlucht als solche jedoch endete. Ihre Nordseite war eingestürzt, grenzte an ein Wäldchen, das den niedriger gelegenen Untergrund zwischen dem Grat und einem entfernteren Höhenrücken ausfüllte. Durch die kahlen Baumwipfel konnte man diesen Höhenzug trotz der Entfernung deutlich erkennen. Geraden dagegen war nirgends in Sicht.

Normalerweise wäre Terisa jetzt von einem gehörigen Schrecken gepackt worden, aber dazu blieb ihr gar keine Zeit. Fast augenblicklich erspähte sie Nyle.

Er ritt im Trab am Fluß entlang. Noch befand er sich, weil er ostwärts ritt, links von Terisas Standort, aber in ein paar Sekunden würde er direkt unter ihr sein. Wäre sie die geeignete Person gewesen, um so etwas zu tun, hätte sie ihm einen Stein auf den Kopf werfen können. Mehr weil Nyles Annäherung ihren Blick in die richtige Richtung lenkte, weniger weil sie bereits wieder ihren Verstand zu gebrauchen gewußt hätte, bemerkte sie am Abhang, der sich vor ihr erstreckte, die Spuren von Geradens Abstieg. Sie führten auf ein Dickicht zu, das knapp oberhalb des Flußufers wucherte.

Terisa ahnte rechtzeitig genug, was geschehen würde, um ihre Überraschung zu meistern, als Geraden aus dem Dickicht seinen Bruder ansprang. Die Höhe und die Nähe, aus der er es tat, gaben ihm einen Vorteil; er konnte Nyle so gut wie gar nicht verfehlen. Und er sprang kraft- und schwungvoll. Die Wucht des Anpralls warf Nyle aus dem Sattel, und beide Brüder fielen auf der anderen Seite des Pferds mit einem Geräusch, bei dem Terisa unwillkürlich an Armbrüche und zertrümmerte Wirbelsäulen denken mußte, in den Schnee. Sie kletterte den Hang hinunter, in der Kehle einen Schrei, den sie nicht hervorzustoßen vermochte.

Auch Geradens lebenslange Erfahrungen mit dem Hinfallen wirkte sich für ihn vorteilhaft aus. Er stand fast sofort wieder auf den Beinen. Während er beträchtlich Schnee aufwirbelte, hastete er zu dem verstörten Pferd und gab dem Tier einen Schlag gegen die Flanke, so daß es fortgaloppierte, aus Nyles Reichweite. Dann drehte sich Geraden seinem Bruder zu. Nyle hob den Kopf. Im ersten Moment, so hatte es den Anschein, blieb er zu begreifen außerstande, daß er nichts sah, weil Schnee ihm das Gesicht verkrustete. Doch sobald er es sich abgewischt hatte, konnte er wieder sehen.

»Bist du wohlauf?« fragte Geraden. »Ich habe beileibe nicht in der Absicht gehandelt, dir irgendeinen Harm zuzufügen. Mir lag allein daran, dich aufzuhalten.«

Während er wild blinzelte, schüttelte Nyle den Kopf. In einer Reihe ruckartiger Regungen bewegte er erst die Arme, danach die Beine. Er klopfte sich den Schnee von seinem halblangen Umhang. Dann stand er so jäh auf, daß er Terisa an das Aufspringen eines Klappmessers erinnerte.

»Solltest du etwa vermeinen«, knirschte er, »das sei ein gelungener Scherz, so muß ich klarstellen: Er ist keineswegs lustig.« Terisas ermüdete Beine ließen sie fast im Stich; sie stolperte, mußte sich an einen Baum stützen. Aber sie war beinahe am Schauplatz der Handlung angelangt.

»Das ist kein Scherz.« Geraden war noch dermaßen voller Schnee, daß er wie ein Kind aussah, das sich mit anderen Kindern im Schnee gewälzt und gebalgt hatte. Doch an seinem Auftreten war ganz und gar nichts Kindliches. »Ich werd's nicht dulden, daß du's tust.« Terisa erreichte das Flußufer, schlitterte auf dem Eis auf die zwei Brüder zu.

»*Was* tue?« brauste Nyle auf. »Du hast den Verstand verloren. Ich bin bloß *geritten.* Auf einem *Pferd.* Weißt du, was Pferde sind? Du beträgst dich, als wäre das Reiten eine Schändlichkeit wider die Menschheit.«

»Nyle ...« Geraden beherrschte sich offenbar sehr. Sogar seine Stimme klang jetzt ganz ruhig. »Ich habe alles mitangehört. Ich war nahebei.« Er deutete auf Terisa. »Wir waren beide dort. Wir haben alles vernommen, was du gesprochen hast ... und was Prinz Kragen geredet hat.«

Eine Sekunde lang starrte Nyle seinen Bruder, danach Terisa an. Zur Bestätigung nickte Terisa wortlos. Dann straffte Nyles die Schultern, Wut machte das Gesicht verschlossen wie ein Bollwerk.

»So, mich aufzuhalten hast du dich entschlossen. Voll der höchsten sittlichen Größe und Reinheit hast du dich dafür entschieden, mich aufzuhalten, dieweil du, wie verwunderlich's auch sein mag, dem Wahn anhängst, König Joyse und Wirren, Greuel der Imagomantie, ein neues Ausbrechen jener Kriege, welche Mordant einst für die Dauer etlicher Geschlechterfolgen verheerten, seien einer Thronnahme durch Herrn Perdon und der Errettung des gesamten Königreichs *vorzuziehen.* Du ...«

»Nein.« Geraden schüttelte den Kopf, mäßigte seinen Grimm. »So wird's nicht kommen. Herr Perdon wird Prinz Kragens Angebot nie und nimmer annehmen, und das weiß der Prinz sehr wohl. Er schickt dich allein zu dem Zweck hin, Verwirrung zu stiften, auf daß Perdon die Möglichkeit verwehrt bleibe, zur Verteidigung Orisons einzugreifen, wenn Alend die Belagerung beginnt.«

»Sie irren sich, Geraden.« Es verblüffte Terisa selbst, daß sie sich zu Wort meldete. Ihre Stimme glich einem kleinen Tier, das sich in der Eiseskälte zusammenkauerte, kaum noch Leben in sich hatte. »Entschuldigung, aber ich habe Perdon kennengelernt. Ich habe ihn und Prinz Kragen zusammen erlebt. Perdon ist völlig verzweifelt. Er wird Prinz Kragens Angebot nicht ablehnen.«

Geraden widmete ihr einen flüchtigen Blick der Betroffenheit; doch Nyle wandte die Augen nicht von seinem Bruder. »Gleichwohl ob du dich täuschst«, sagte Nyle, »oder nicht, du beträgst dich wie ein Kind. Prinz Kragen hat recht. Alends Monarch hat recht. Das *Allerärgste,* was sich begeben könnte, träte ein, erlangte Großkönig Festten die Verfügungsgewalt über die Zunft der Imagomanten. Seit einiger Zeit schon richtet ein Imagomant, welchen niemand aufzufinden oder zu hindern vermag, beträchtliches Unheil an. Wenn die Zunft versagt, wird Cadwal alles Land westlich des Vertigon unterjochen können. Bei unserer Mutter Grab, Geraden, wir müßten Margonal darum *anflehen,* Soldaten nach Mordant zu senden. Weshalb überlegst du dir nicht, anstatt die Bestrebungen zur Errettung zu stören, was du all jenen Familien erzählen wirst, welche man niedermetzeln wird, den vielen Kindern, welchselbige Waisen werden müssen, jenen Männern und Weibern, die Verstümmelungen und gewaltsamen Tod zu erdulden haben werden? Indessen jedoch bleib mir aus dem Weg!« Er stapfte zwischen Geraden und Terisa hindurch und machte Anstalten, seinem Pferd zu folgen.

Geradens Gesicht widerspiegelte immer stärkere Bestürzung. Einen Moment lang wirkte er, als wäre er zu jeder Regung außerstande. Beunruhigt und verwirrt streckte Terisa eine Hand nach ihm aus. »Geraden?«

Unvermittelt schnitt er eine Miene wütender Verbissenheit und fuhr herum. »Wie großartig!« schrie er, während er Nyle nachlief. »O wunderbar! Freilich, du hast recht. Du bist überaus schlau. Unser Vater wird auf dich ungemein stolz sein.« Nyle zuckte zusammen, aber er ging weiter. »Nur eins verbleibt ungeklärt. Wie steht's um die Treue? König Joyse ist unseres Vaters *Freund*. Wie verhält's sich mit der Selbstachtung? Du begehst Verrat an unserem *König*, jenem selben Mann, welcher in einer Zeit, da man nichts als Blutvergießen und Greuel kannte, Mordant geschaffen und ihm Frieden geschenkt hat. Ist's dein Wunsch, den Rest deines Lebens ohne Treue oder Selbstachtung zu verbringen?«

»Treue zu *wem?*« Obwohl Nyles Schritt nicht stockte, klang seine laut gerufene Gegenfrage wie ein Aufschrei der Qual. »Zu König Joyse? Hat er jemals Treue zu *mir* bewiesen? Wir sind ihm alle vorgestellt worden. Er muß bemerkt haben, wie tief ich's ersehnte, seine Beachtung, seine Gunst zu erlangen. Dennoch erwählte er *dich*, berief dich nach Orison. Als er beschloß, Elega zu verloben, erkor er wiederum *dich*. Und was für eine vorzügliche Wahl er da traf, wie gar vortrefflich du sein glanzvolles Urteilsvermögen bestätigt hast, nicht wahr? Vergib mir, doch mir fällt's schwer, für jenen Mann Zuneigung oder andere Arten des Wohlwollens zu empfinden. Und er wird über uns alle den *Tod* bringen!« Seine Erbitterung hallte gedämpft von den Baumstämmen wider. »Begreifst du's nicht? Welches Maß an *Selbstachtung* wird's dir denn bereiten, gibst du dein Leben für einen Herrscher hin, welchselbiger dich opfert, nur dieweil's ihm *zu lästig* ist, für seines Reichs Zusammenhalt einzutreten? Magst du von Selbstachtung Rede führen, so frag ich dich, wieso du dein eigenes Blut so geringschätzt, gänzlich zu schweigen vom Blut all jener Menschen, von denen du behauptest, dir läge an ihrem Wohlergehen.«

»Und warum …« Geraden holte Nyle ein und packte ihn am Arm. Nyle schüttelte Geradens Hand ab. Die zwei Brüder wandten sich einander zu, ihr Atem dampfte, als kochten sie vor Zorn. »Und warum«, begann Geraden von vorn, »bist du dann so voll des Mißmuts?« Er schrie nicht länger; im Gegenteil — seine Stimme sank zu einem Flüstern herab. »Du treibst, was du als vollauf richtig erachtest. Ist das dir kein Anlaß zum Wohlgefühl? Und zudem tust du, was Elega will. Dafür wird sie dir huldvoll gesonnen sein. Sie wird dir nicht widerstehen können. Erhebt das nicht dein Herz, frohlockst du nicht?«

»Nein.« Genau wie Geraden sprach Nyle nun leise, als wollte er nicht vom Schnee oder von den Bäumen gehört werden. »Nein, nicht.« Jedes einzelne Wort verursachte ihm Schmerz. »Durch sie bin ich in diese Betreibungen verwickelt worden, doch's wird mir, was sie anbetrifft, von keinem Nutzen sein. Sie liebt mich nicht. Niemals wird sie mich lieben. Sie liebt Prinz Kragen.«

Ringsum schwieg der Wald. Das einzige hörbare Geräusch stammte von Terisas Stiefeln, während sie sich den Brüdern näherte. Der Sonnenschein, der vom bleigrauen Himmel kam, hatte anscheinend keinerlei Kraft, auf die Kälte keine Wirkung.

Geraden breitete die Arme zu einer flehentlichen Geste aus. »Dann gib dein Tun auf, ich bitte dich. All das ist ohnehin Unfug. Alends Monarch vermag Orison niemals ohne eine langwierige, grausame Belagerung einnehmen, nicht ohne eine größere Anzahl von Menschen zu erschlagen. Für mich zählt's nicht, was Prinz Kragen daherredet. Tor und Kastellan Lebbick werden sich nie beugen. Du wirst nicht etwa uns, sondern Alendern das Leben retten. Erniedrige dich nicht zum Verworfenen für ein Weib, das am eigenen Vater Verrat verübt.«

Sofort erkannte Terisa, daß Geraden einen Fehler begangen hatte. Es wäre gescheiter gewesen, Nyle sich allein mit seinem Liebeskummer auseinandersetzen zu lassen, er hätte Elega nicht nochmals erwähnen sollen. Doch es war zu spät; der Schaden war da. Als verschöben sich die Knochen seines Schädels, nahm Nyles Gesicht den undurchschaubaren Ausdruck von Unerschütterlichkeit an, der Prinz Kragen dazu bewogen hatte, ihm zu trauen. Seine Augen blickten so stumpf drein wie verwitterter Fels.

»Wenn du meinen Rat beherzigen magst«, — Nyle mußte sich sichtlich bis zum äußersten anstrengen, um die Beherrschung zu bewahren —, »so kehre heim, solange dir noch Zeit bleibt. Und nimm Artagel mit, Ihm dürft's mißfallen, seiner vielgerühmten Unabhängigkeit verlustig zu gehen.«

»Nyle!« sagte Geraden vorwurfsvoll.

Nyle schaute sich über die Schulter um. »Ich sehe mein Roß. Es wird sich von mir einfangen lassen ... falls du's nicht zu arg erschreckt hast.« Er heftete den Blick wieder auf Geraden. »Du wirst auf diesem Fleck verbleiben, derweil ich's fange, und sobald ich seiner habhaft bin, werde ich fortreiten. Wenn dein Geist so schwach ist wie deine Begabung zur Imagomantie, wirst du nach Orison zurückkehren und Lebbick alles ausplaudern. Er wird davon keinen Vorteil erlangen, sondern lediglich ein paar Tage lang vor Ingrimm toben. Aber wenn du über ein Mindestmaß an Klugheit verfügst, wirst du schweigen.«

»Nein«, antwortete Geraden leise. Nach wie vor bedeckt mit Schnee, sah er neben seinem dunkel gekleideten Bruder weiß und dümmlich wie ein Schneemann aus. Sein Kummer schien sich mit den Dunstwolken des Atems aus seinem Innern Bahn zu brechen, aber seine Stimme, die Augen und Hände bezeugten feste Entschiedenheit. »Nein, Nyle. Ich gedenke dich nicht reiten zu lassen.«

Kurz verzerrte sich Nyles Miene, als versuche er zu lächeln. Dann lockerten sich ihm Arme und Schultern. »Ich glaube, ich habe geahnt, daß du mir eine solche Entgegnung gibst.« Erfolglos bemühte er sich um einen gleichmütigen Tonfall. »Du bist immer außerordentlich starrsinnig gewesen.« Terisa wollte Geraden warnen, doch ihre Stimme ließ sie im Stich. Als sei sie völlig hilflos, sah sie, wie sich Nyle um die eigene Achse drehte, aus dem Schnee in die Höhe sprang, sein Stiefel Geraden am Kopf traf. Der Tritt warf seinen Bruder nieder. Für einen Moment krümmte sich Geraden, die Hände scharrten im harschen Schnee. Dann lag er so still da, als wäre sein Genick gebrochen. Rasch beugte sich Nyle über ihn, um ihn zu untersuchen. Als er damit fertig war, drehte er sich Terisa zu. Er konnte seine Wut nicht länger bändigen. Wie in Krämpfen ballte und öffnete er an den Seiten die Hände. Seine Kiefer mahlten. »Nehmt Euch seiner an. Solltet Ihr ihn hier sterben lassen, so werde ich wiederkehren und Euch mit bloßen Händen erwürgen.«

Als wären ihm Hunde auf den Fersen, lief er seinem Pferd nach. Terisa achtete nicht auf ihn. Ihre Hände waren kalt; sie hatte kein Gefühl in den Fingern. Sie weinte aus Furcht und Verzweiflung, bis sie schließlich an Geradens Hals den Pulsschlag spürte und feststellte, daß er nicht schon tot war.

Lange Zeit schien zu verstreichen, bevor sie merkte, daß die Umgebung ihr irgendwie bekannt vorkam. Hinter den schwärzlichen Baumstämmen sah sie einen Höhenzug. Sie hatte ihn auch vorher schon gesehen, aber ohne irgendwelche Aufmerksamkeit dafür zu erübrigen; nun jedoch war ihr, als ob seine zerklüfteten Umrisse, wie sie sich gegen den Winterhimmel abzeichneten, bei ihr Erinnerungen weckten. Wo ...? Es war ein bißchen anders gewesen. Was machte den Unterschied aus? Der Schnee war anders. Sie erinnerte sich an trockene leichte Schneeflokken, die umherflogen wie im Gestöber, aufgewirbelt durch den schnellen Hufschlag von Pferden. Sie entsann sich an das Knarren von Leder, das Klirren von Zaumzeug. Und sie erinnerte sich ...

Sie erinnerte sich an Hörnerklang. Ihr Traum. Hier war die Gegend aus ihrem Traum, der Traum, den sie in der Nacht gehabt hatte, ehe sich ihr Leben änderte, den sie geträumt hatte, als hätte er eine Vorbereitung auf Geradens Erscheinen sein sollen. Die Bäume und die Kälte stimmten mit dem Traum überein. Der Höhenrücken war vorhanden. Und Geraden war da, der junge Mann, der in ihrem Traum plötzlich aufkreuzte — ohne Mantel, ohne Waffen —, um ihr das Leben zu retten. Nur die drei Retter fehlten, die sie so sehr haßten, daß sie ihre Pferde durch den Schnee auf sie zuhetzten, um sie sang- und klanglos totzuschlagen; und der Hörnerschall, der durch Wald und Frost zu ihr drang, als sei er der Ruf, auf den ihr Herz seit jeher wartete.

Terisa hörte keine Hörner. Obwohl sie es gern getan hätte, sich sogar darum bemühte, gelang es ihr nicht, die Jagdklänge aus dem Kopf in die Luft zu zaubern.

Trotzdem hörte sie jetzt in einiger Entfernung Pferde schnaufen, ihre Hufe durch Eiskrusten krachen. Der Frost trug jedes Geräusch vom Höhenkamm herab so scharf wie Glasscherben in den Wald. Der Eindruck, unversehens wieder in ihren Traum geraten zu sein, stattete alles mit überhöhter Deutlichkeit aus, schien es gleichzeitig aufs Zeitlupentempo zu verlangsamen; ihr blieb genug Zeit, um alles klar zu sehen, jedes Geräusch, jeden Laut zu hören, ausgenommen den Klang von Hörnern, den sie sich so ersehnte. Dort kamen sie, genau dort, woher Terisa sie hatte erwarten müssen: Drei Reiter sprengten am Höhenzug entlang. Sie erkannte sie durch die weiten Abstände zwischen den Bäumen, sah Dunstwölkchen heftig aus den Nüstern der Pferde stieben. Jeder einzelne Hufschlag, jedes Bersten von Eis, jedes dumpfe Wumsen der Hufe auf Schnee und Erde erreichten Terisas Gehör.

Aber auch ohne daß das helle beschwingte Schallen der Hörner, das Terisas Traum vervollständigt hätte, bogen die drei Reiter auf einmal vom Längsverlauf des Höhenzugs ab und lenkten die Tiere auf sie zu.

Terisa beobachtete sie so aufmerksam, daß sie nicht merkte, wie Geraden das Bewußtsein zurückerlangte, bis er neben ihr aufstand, sich den Schädel rieb. Im doppelten Erleben dessen, was geschah und was sie geträumt hatte, war sie wie gelähmt, unfähig zu sprechen, dazu außerstande, den Reitern ihre Beachtung zu entziehen. Aber auch Geraden richtete seine Aufmerksamkeit auf sie. »Sind sie Euch bekannt, edle Dame?« Infolge der Nachwirkungen des Tritts, den ihm sein Bruder versetzt hatte, klang seine Stimme matt.

Die Reiter waren noch zu weit entfernt, um erkennbar zu sein, doch Terisa kannte den Anblick ihres Hasses bereits. Sie schüttelte den Kopf. »Es dünkt mich wahrscheinlich, daß sie's auf Euch abgesehen haben.« Geraden hätte nicht so hastig zu sprechen brauchen; es bestand kein Anlaß zur Eile, es blieb noch genügend Zeit. »Es dürfte nicht unmöglich gewesen sein, uns ausfindig zu machen, wenn man in den Ställen und an den Schloßtoren die rechten Fragen zu stellen verstand. Und sie sind wohl auch dem Weinhändler auf seinem Karren begegnet.« Er drehte sich um, spähte dann wieder hinüber zum Höhenzug. »Es hätte keinen Sinn, wollten wir zu fliehen trachten. Unsere Rösser sind zu weit fort.« In den Fäusten der Reiter blitzten Klingen auf, lang wie Schwerter, jedoch stark gekrümmt, wie Säbel. Die Reiter hatten vor, Terisa hier im Schnee, wo sie gerade stand, in Stücke zu hacken. Sie mußte handeln. Sie und Geraden mußten etwas tun. Aber im Augenblick galt Terisas Interesse mehr der seltsamen Beobachtung, daß in ihrem Traum die Waffen der Reiter keine krummen, sondern gerade Klingen gehabt hatten. Geraden schien gleichfalls in gewissem Umfang den Bezug zur Realität verloren zu haben. Er wirkte auf Terisa viel zu ruhig. Aus irgendeinem Grund trat er ausgerechnet in diesem Moment gegen Klumpen im Schnee. Dann aber begann sie sein Verhalten zu verstehen. Unterm Schnee kamen abgebrochene, heruntergefallene Äste zum Vorschein. Zumeist bestanden sie aus verkümmertem, verkrümmtem, abgestorbenem Holz; zwei davon jedoch waren recht dick — sie hatten den Umfang von Terisas Arm — und lang genug, um als Knüppel verwendet werden zu können.

Daran stimmte etwas nicht. In ihrem Traum hatte es sich nicht so zugetragen. Aber es war noch reichlich Zeit. Geraden reichte einen Ast Terisa und behielt den anderen für den eigenen Gebrauch. »Wenn sie jenen Baum dort erreichen«, — er zeigte hinüber —, »werden wir uns trennen. Sollten sie sich folglich aufteilen, mag's sein, daß wir günstigere Aussichten haben werden, um uns ihrer zu erwehren. Andernfalls werde ich sie, sobald sie Euch niedermachen wollen, von der Seite angreifen.« Terisa hatte den Eindruck, daß sie ihm, wenn sie ihn *genau* anschauen würde, sein Entsetzen ansehen müßte. Aber ihre Ohren beharrten sozusagen darauf, seine Stimme so zu hören, als wäre er die Ruhe selbst. »Schert Euch nicht um die Reiter. Eure Gegenwehr muß die Rösser treffen. Richtet Eure Hiebe wider ihre Köpfe. Mit ein wenig Glück mag der Reiter stürzen und sich verletzen.«

Terisa antwortete nicht. Ihre Aufmerksamkeit galt ganz den Reitern, während sie darauf wartete, Hörner klingen zu hören.

Da wurden auf einmal die Gesichter der Reiter unterscheidbar, und sie ersah, daß sie sich getäuscht hatte. Das waren überhaupt nicht die Reiter aus ihrem Traum. Es waren nicht einmal Menschen.

Ihre Augen saßen an den falschen Stellen. Rings um die Augenhöhlen strotzte es von langen Schnurrhaaren. Schnauzen verbargen die Mundöffnungen, nicht jedoch ihre Hauer. Terisa konnte die Köpfe deutlich erkennen, weil die Kapuzen ihrer Reitmäntel zurückgerutscht waren; gesprenkeltes rotes Fell bedeckte die Schädel.

Anscheinend hatten sie mehr Gliedmaßen als nötig. Scheinbar schwang jeder Reiter zwei Schwerter.

Nein. So verhielt es sich natürlich nicht. Trotzdem verstärkte sich Terisas Gefühl, einen Traum noch einmal zu durchleben.

Sie stand bewegungslos da, wartete ab. Durchdringende Kälte zeichnete die Luft aus, sie war herb wie Stein, stach wie Glassplitter. Terisa konnte jeden einzelnen Hufschlag hören. »Wohlan!« zischelte Geraden, als die Reiter an dem Baum vorbeiritten, den er Terisa vorhin gezeigt hatte. Dann rannte er davon, als hätte er sich im letzten Augenblick zur Flucht entschlossen. Er riß bei jedem Satz die Füße hoch empor, um Schnee und Eis von ihnen abzuschütteln. Terisa rührte sich nicht.

Ohne Zögern lenkten alle drei Reiter ihre Pferde seitwärts und sprengten ihm hinterdrein. Ihre fremdartigen Augen würdigten Terisa keines einzigen Blicks.

Unversehens schwallte eine Aufwallung von Furcht in ihr auf. Geraden? *Geraden?*

So plötzlich, daß er ums Haar zu Fall kam, drehte er sich um und erkannte die Gefahr. Er warf Terisa einen Blick zu, der einem Notschrei glich, bevor er seinen Knüppel hob. Fast hatten die Reiter ihn schon erreicht. Er umklammerte den Ast mit beiden Händen und drosch ihn dem vordersten Pferd so kraftvoll auf die Stirn, daß er zerbrach.

Das Pferd, das zu spät auszuweichen versucht hatte, wieherte schrill vor Schmerz. Aus der Balance gebracht, stürzte der Reiter vor dem zweiten Angreifer in den Schnee. Weil sie einen Zusammenprall um jeden Preis vermeiden wollten, überschlugen sich letzterer und sein Pferd; Geraden schlug ihn mit dem Reststück seines Knüppels nieder, wich dann um das Pferd, das sich aufzurappeln bemühte, dem dritten Angreifer aus — und stolperte. Vornüber plumpste er in eine Fläche noch unzerwühlten Schnees.

Während er fiel, hieb der erste Reiter nach ihm, obwohl er selbst noch am Boden lag. Doch der verharschte Schnee behinderte seine Bewegungen; der Hieb verfehlte Geraden. Er und sein Gegner rafften sich gleichzeitig auf, während der dritte Reiter sein Tier wendete, um ein zweites Mal auf Geraden loszugehen.

Unbeholfen entzog sich Geraden seinen Bedrängern lange genug, um die Waffe des niedergeschlagenen Reiters in seinen Besitz zu bringen. Aber offensichtlich verstand er damit nicht umzugehen. Er hielt sie wie eine Keule, als er sich seinem Gegner zudrehte.

Das Geschöpf gab ein Schnaufen der Verachtung von sich und holte mit dem Krummsäbel aus. Geraden wehrte den ersten Streich ab. Einen zweiten Hieb würde er nicht mehr parieren können.

In ihrem Traum hatte Terisa gesehen, wie ein Mann sein Leben einsetzte, um sie zu retten. Trotz seines offenkundigen Mangels an Erfahrung im Umgang mit Waffen hatte er einen Angreifer niedergehauen, um sie zu schützen, danach den zweiten Bedränger. Und sie hatte zugeschaut. Sonst nichts. Sie hatte den dritten Reiter hinter ihm herankommen sehen. Das Schwert erhoben, hatte dieser Reiter sich in Position gebracht, um Terisas Retter zu erschlagen. Und sie hatte nichts getan, um ihm zu helfen. Sie war aus dem Traum aufgeschreckt, als sie ihm eine Warnung zurief.

Aber jetzt war es Geraden, über den man herfiel, Geraden benötigte Hilfe. Und sie hatte noch den Ast in der Hand, den er ihr gegeben hatte. Sie rannte los, lief angestrengter, als sie je vorher im Leben gelaufen war, und obwohl sie das Empfinden hatte, viel zu lange unterwegs zu sein, zu spät kommen zu müssen, erreichte sie Geradens Gegner rechtzeitig und schlug ihm ihren Knüppel gegen die Seite des pelzig bewachsenen Schädels, ehe er Geraden töten konnte.

Allem Anschein nach geschahen in diesem Moment mehrere Dinge zur gleichen Zeit. Aber Terisa sah alles. Im gesprenkelten roten Fell zeigte sich ein mattdunkler Fleck. Während das Wesen auf die Knie sackte, fing der Fleck zu bluten an, erst langsam, dann in schaurigen Schwällen. Das Geschöpf sank in den Schee, sein Lebensblut besudelte schwärzlichrot dessen harsche Kruste. Es würde sich nie wieder rühren. Geraden starrte Terisa in zeitweiliger Fassungslosigkeit an.

Im selben Augenblick sah sie, wie sich hinter ihm der dritte Reiter näherte. Den Krummsäbel in die Höhe gereckt, drängte er sein Pferd heran, um Geraden niederzumachen. Geraden blickte unverwandt Terisa an. Er hatte den dritten Reiter völlig vergessen. Terisa hatte keine Gelegenheit zu einer Warnung, fand keine Zeit mehr zu erneutem Einschreiten, Geraden blieb keine Möglichkeit mehr, um sich zu ducken oder auszuweichen. Aber Terisa sah einen anderen Reiter die Kreatur erreichen und ihr einen langen Dolch wie einen Spieß mitten in den Rücken stoßen. Sie sah, wie sie Blut auf Geradens Schultern hustete und vom Pferd kippte, im Stürzen beinahe Geraden mit auf den Erdboden riß.

Nyle zügelte sein Reittier und sprang aus dem Sattel. »Bist du ungeschoren geblieben?« rief er Geraden zu, begann sich, ohne auf Antwort zu warten, die hingestreckten Reiter anzuschauen. »Wo hast du dir denn *solche* Feinde gemacht?« Als er feststellte, daß der zuerst gefällte Reiter noch lebte, entnahm er einer Satteltasche seines Pferds ein Stück Strick und fesselte dem Geschöpf Hände und Füße zusammen. »Ich habe sie in diese Richtung reiten gesehen. Dieweil sie's so eilig hatten, an dieselbe Stätte zu gelangen, welchselbige ich kurz zuvor verlassen hatte, entschied ich, es sei ratsam, ihnen zu folgen.« Geraden und Terisa starrten ihn an, als wäre er soeben vom Mond gekommen. »Bist du ungeschoren geblieben?« wiederholte er. In seinen Augen ließ sich Sorge erkennen, jedoch auch eine Andeutung von Humor, ebenso eine Spur Stolz; einen Moment lang sah er Artagel und Geraden dermaßen ähnlich, daß sein Anblick Terisa die Kehle einschnürte. »Ich habe den Eindruck gewonnen, du bist's nicht gewöhnt, gegen derlei Widersacher zu streiten.«

»Meinen Dank«, sagte Geraden in einem Ton, als empfände er genauso wie Terisa. Ein Ausdruck des Ekels verzog ihm das Gesicht. Mit einem Schaudern des Abscheus ließ er den Krummsäbel fallen. »Ich danke dir für deine hilfreiche Rückkehr.«

Im gleichen Bewegungsablauf griff er sich einen anderen, recht dicken Ast und schlug seinen Bruder besinnungslos. Anschließend verharrte er gebeugt, das Kinn vorgeschoben, das Gesicht trostlos wie der Winter, bei Nyle, atmete mit hörbaren Keuchlauten, die ihn, wie es den Anschein hatte, in der Brust schmerzten.

Terisa lauschte auf den fernen Schall von Hörnern. Aber ihn gab es nur in ihrem Geist.

22

Fragen der Belagerung

Zu guter Letzt fand eine Schar von Kastellan Lebbicks Schloßwache Terisa und Geraden.

Inzwischen waren sowohl Nyle und der überlebende Angreifer wieder zu Bewußtsein gelangt. Nyle konnte sich nicht dafür begeistern, feststellen zu müssen, daß er mit dem eigenen Strick gefesselt worden war; nach einigen Minuten erbitterten Fluchens und Schimpfens, die auf Geradens feindselige, eisig-abweisende Miene keinerlei Einfluß hatten, verfiel er in Schweigen. Der gefangengenommene Angreifer brummte in Abständen vor sich hin und verzerrte seine ungewohnten Gesichtszüge. Allerdings vergeudete er seine Kräfte nicht mit aussichtslosen Bemühungen, sich zu befreien.

Die Schloßwächter brachten Geradens Stute, Terisas Wallach sowie genug Branntwein mit, von dem Terisa trank und auf diese Weise die schlimmste Kälte aus dem Körper vertrieb; und sie überhäuften sie derartig mit Fragen, daß sie sich mit einem Mal nichts anderes mehr wünschte, als schlafen zu dürfen. Zum Glück übernahm Geraden die Führung, bevor jemand merkte — vielleicht nicht einmal er selbst —, was er tat; er setzte durch, daß die Fragen weniger wichtig seien als das Erfordernis, Argus' Fährte zu folgen und Prinz Kragen nachzureiten.

Terisa dagegen wollte nicht mehr, als sich aus dem Freien, aus diesem Wetter, irgendwohin zurückziehen, wo es warm war und wo sie sich hinlegen konnte, wo es möglich sein mochte, zu vergessen, wie der matte, dunkle Fleck im gesprenkelt-roten Pelz zu bluten angefangen oder wie Geraden seinen Bruder Nyle niedergeschlagen hatte. Argus und dem Prinzen nachzujagen, würde ihr Elend nur verlängern.

Doch wenigstens bekam dadurch niemand eine Gelegenheit, sie mit Fragen zu belästigen. Obwohl sie sich geschworen hatte, nie wieder zu reiten, saß sie wenig später erneut auf dem Wallach. Die Zügel benutzte sie nicht, sondern hielt sich am Sattelknopf fest und ließ sich von dem Gaul hinbringen, wohin er sie trug. Sobald man Nyle und den Fremden auf ihren Pferden festgebunden hatte und die Schloßwächter wieder aufgesessen waren, ritt Terisa gemeinsam mit allen anderen zurück in die Richtung, aus der sie sich eingefunden hatten.

Geraden war auf erhöhte Schnelligkeit aus und galoppierte häufig voraus. »Laßt ab von dieser Hastigkeit«, empfahl ihm ein Schloßwächter. »Es sind ihm schon ein Dutzend Männer auf der Fährte. Sie werden ihn einholen, doch wird's nicht früher geschehen, allein dieweil Ihr keine Geduld kennt.«

Terisa bemerkte den Blick, den Geraden dem Mann zuwarf. Seine Augen drückten Wüstheit und Widerwillen aus, und nahezu wie selbstverständlich begriff sie, weshalb er schneller vorwärts gelangen wollte. Ihm kam es weniger darauf an, an Prinz Kragens Gefangennahme mitzuwirken, als das hinter sich zu bringen, was er seinem Bruder antun mußte. Unwillkürlich streckte Terisa den Rücken, bemühte sich um die Verbesserung ihrer Balance, als wäre es dadurch erreichbar, dem Wallach und den anderen Pferden ein schnelleres Laufen zu ermöglichen.

Die Reiterschar wandte sich ostwärts, durchquerte den Fluß erst, als eine Verwerfung der südlichen Landschaft Zugang in die Hügel gewährte. Der Weg durch diesen südwärtigen Geländeeinschnitt war etwas umständlich, aber jedenfalls kamen sie rascher voran als zu Fuß, und zweifellos wesentlich schneller, als es Terisa möglich gewesen wäre, hätte sie sich verirrt, und das wäre geschehen, hätte sie auf sich gestellt einen Weg zu finden versucht. Trotzdem dauerte der Ritt so lange, daß sie vor Kälte wieder nahezu gefühllos wurde, achtlos für sich selbst, das Vorbeihuschen düsterer Bäume an beiden Seiten, die angespannte Stimmung der Reiter, blind für so gut wie alles war, als sie schließlich die Geländemulde erreichten, wo der Bach in den Fluß mündete, wo Ribuld nach Süden geritten war, um Schloß Orison zu alarmieren, Argus nach Westen, Prinz Kragen hinterdrein, so blind, daß sie nicht einmal merkte, wie viele Schloßwächter sich in der Mulde aufhielten.

Obwohl sie in den Sätteln saßen, taten sie anscheinend gegenwärtig nichts als warten. Ihre Blicke ruhten auf Geraden und Terisa. Keiner der Männer sprach ein Wort.

Ribuld saß hochaufgerichtet auf seinem Pferd, zeigte seine Narbe vor wie eine Anklage. Mit unwillkürlicher Ruckartigkeit zügelte Geraden seine Stute. Auch seine Begleiter brachten ihre Reittiere zum Stehen. Terisas Wallach rempelte die Stute an, ehe er verharrte. »Was gibt's? Warum seid ihr ...?« Ihm stockte die Stimme.

Bei Ribuld stand ein Pferd ohne Reiter; aber nicht ohne Last: Ein Mann lag bäuchlings quer überm Rücken des Tiers, die Hände und Füße ans Zaumzeug gebunden, damit er nicht herunterrutschte. Zwischen seinen Schultern sah man einen Feuchtigkeitsfleck. Terisa blinzelte dümmlich, erkannte Argus' Hengst, bevor sie Argus erkannte.

»Um Vergebung«, sagte ein Schloßwächter, der um den Oberarm das purpurrote Band eines Hauptmanns trug, rauh zu Geraden. »Ich weiß wohl, er war Euer Freund.«

»Was ...?« setzte Geraden nochmals an, brachte jedoch wieder keinen vollständigen Satz heraus. »Was ...?«

Der Hauptmann war ein stämmiger Mann mittleren Alters, dessen Gesicht auf mehr Anstand als Phantasie schlußfolgern ließ. »Wir fanden ihn etwa eine Meile entfernt im Hohlweg. Er ist wohl nicht achtsam genug gewesen. Es hat keinen Kampf gegeben. Er lag mit einer Wunde im Rücken auf der Erde. Anscheinend war's ein Pfeil, der ihn gefällt hat.« Der Hauptmann spie in den Schnee und fluchte. »Von dort an ward die Fährte unkenntlich. Sobald der alendische Meuchler bemerkte, daß jemand ihm folgte, wußte er, was er zu tun hatte. Er und seine Männer haben ein vortreffliches Werk des Fährtenverwischens geleistet, selbiges muß ich ihnen zugestehen. Ich habe meine tüchtigsten Fährtenleser darauf angesetzt, doch mich dünkt's, 's ist hoffnungslos. Bis wir seine Fährte wiederentdeckt haben, dürfte er zu einem anderen Gewässer oder einer Landstraße gelangt sein, so daß eine fernere Verfolgung gänzlich ausgeschlossen sein wird.«

Geraden hörte nicht zu. Er starrte die Leiche an, die überm Hengst hing. Terisa glaubte seinem Gesicht ansehen zu können, wie er um Jahre alterte. »Argus«, sagte Geraden schwerfällig, »ich habe deinen Tod verschuldet.«

»Gar glanzvoll«, schnauzte Nyle ihn an. »Du hast Bemerkenswertes zustande gebracht. Nunmehr kann allein noch das Schlimmste geschehen. Ohne Prinz Kragen zu ergreifen, vermag Margonals Heer nicht aufgehalten zu werden. Mich jedoch hinderst du an der Ausführung meines Auftrags. Darum wird Alends Monarch keine Wahl haben. Nach der Einnahme Orisons muß er das Schloß zu seiner Festung machen.«

Geraden zuckte zusammen, verweigerte seinem Bruder aber eine Antwort. Statt dessen trieb er sein Pferd vorwärts, auf Ribuld zu.

»Vergib mir«, sagte er. »Ich trage die Schuld. Ich hätte dich mit ihm schicken sollen.« Ribuld senkte den Kopf. Für einen Moment befürchtete Terisa, er werde Geraden schlagen; aufgewühlt und erbittert genug sah dafür er aus. Ohne darüber nachzudenken, lenkte sie ihren Gaul an Geradens Seite, um im Notfall bei ihm zu sein. »Nyle hat recht«, fügte er hinzu. »Ich hätte ihn reiten lassen sollen. Wir hätten alle Anstrengungen darauf richten müssen, den Prinzen zu fassen.«

Ribuld ballte die Hände zu Fäusten. »Sehe ich wie ein Mann aus, der Befehle von einem unerfahrenen Bürschlein entgegennimmt?« murrte er. »Ich wähnte, er sei hinlänglich klug, um auf das zu achten, was hinter seinem Rücken geschieht.« Nun senkte Geraden den Kopf, wußte nichts mehr zu sagen.

Die einzigen hörbaren Geräusche in der Mulde waren

das Stampfen der Pferde und das Klirren des Zaumzeugs. Da wies plötzlich ein Schloßwächter auf die gefesselte Kreatur. »Welche Art von Wesen ist denn *das?*« fragte er bestürzt.

Der Adept drehte sich um. Terisa erkannte ihn kaum wieder: mit einem Mal wirkte er gefährlicher, als Artagel je ausgesehen hatte. »Das gedenke ich herauszufinden.«

»Kommt, Männer, wir reiten heimwärts!« befahl der Hauptmann. »Der Kastellan wird, sobald er von diesen Vorkommnissen erfährt, in Tobsucht verfallen. Je länger wir ihn warten lassen, um so ärger wird seine Wut sein. Reiht euch auf.«

Es dauerte noch ein Weilchen, bis sie losritten, weil der Hauptmann den Fährtenlesern Verstärkung schickte und ein paar seiner Untergebenen als Kuriere einteilte. Dann bildete der Reitertrupp am Flußufer eine Kolonne. Terisa ritt neben Geraden zwischen zwei Reihen von Schloßwächtern, die unter anderem eindeutig gern gewußt hätten, was eigentlich sie hier tat.

Terisa blickte sich nach Nyle um; seine Miene war finster, verschlossen. Geradens Schlag schien jede Ähnlichkeit zwischen Nyle und seinen Brüdern beseitigt zu haben.

Der Fremde hatte die Augen an den falschen Stellen, und lange Schnurrhaare umgaben sie; er hatte statt eines Munds eine Schnauze und Hauer. Aber diese Einzelheiten nahm Terisa nicht wahr. Vielmehr sah sie Blut aus gesprenkeltem roten Fell schießen, Blut in den Schnee sikkern und Tod.

Sie merkte kaum, wie ihr das Gesäß und die Beine schmerzten, als der Wallach allmählich in einen Trab verfiel, um Anschluß an die übrigen Pferde zu halten.

Der Ritt zurück nach Orison verlief in eisiger Kälte und bedrückter Stimmung; ebensogut hätte er endlos sein können. Terisa verlor den zeitlichen Überblick, ihr Geist klärte sich erst wieder, als sie begriff, daß es sich bei der Horde rotpelziger Reiter, die sie jedesmal, wenn sie den

Kopf drehte, auf sich zugaloppieren und Säbel schwingen sah, um eine Halluzination handelte, das Resultat von zuviel gräulichem Sonnenschein, der auf zuviel Schnee gleißte. Orison lag jedoch keineswegs so weit entfernt, wie ihre körperliche Verfassung ihr suggerierte. Zuletzt gelangte der Trupp in den Schloßhof und hielt an.

Terisa ließ sich vom Rücken ihres Gauls rutschen, stemmte die Füße in den zerwühlten Schnee, stand da, zitterte und wartete. Die Schloßwächter saßen ab. Einen Moment lang herrschte rundum Durcheinander; Männer stapften hin und her, wechselten gedämpfte Worte. Aus dem Innern Orisons eilten gruppenweise weitere Männer ins Freie. Mit einem Mal schien der ganze Hof von Schloßwächtern zu wimmeln, die in die eine oder andere Richtung liefen. Dazwischen schoben Bauern oder Händler Karren. Terisa wußte nicht, was sie mit ihrem Pferd anfangen sollte. Nun war Wärme erreichbar nahe; irgendwo innerhalb der hohen Mauern, die ringsum emporragten, mußte es warm sein. Aber irgendwie konnte sie sich nicht mehr richtig vorstellen, wie sie in diese Wärme gelangen sollte.

Da brüllte der Hauptmann einen Befehl. Sein Trupp ordnete sich zu einer Formation, nahm in Reih und Glied Haltung an.

Kastellan Lebbick kam herüber. Er trug keine Winterkleidung, sondern nur, als wäre es für ihn typisch, seine ledernen Kleidungsstücke und den Kettenpanzer, dazu schräg über der Brust die purpurne Schärpe und über den Brauen das purpurrote Stirnband. Infolge der Kälte dampfte seine Haut, doch allem Anschein nach spürte er den Frost gar nicht; in ihm schwelte ausreichend Glut, um ihn warmzuhalten. Obwohl er kleiner war als Terisa, erheischte sein Auftreten bei ihr, den Männern und selbst den Pferden sofort völlige Aufmerksamkeit, als wäre er ein wahrer Hüne von Mann. Zorn glomm ihm in den Augen.

Schroff erwiderte er den Gruß des Hauptmanns mit einer Geste, sagte aber nichts. Statt dessen musterte er die Männer, die vor ihm standen. Sobald er Ribuld mit Argus' Leichnam erblickte, schritt er unvermittelt auf Ribuld zu.

Geraden legte eine Hand auf Terisas Arm, wie um ihr Mut einzuflößen oder sie zu trösten. Doch seine Miene widerspiegelte zuviel Härte, um in so einer Hinsicht überzeugend zu sein.

In krampfhaftem Schweigen schauten die angetretenen Schloßwächter zu, wie sich Kastellan Lebbick durch ihre Reihen drängte, bis er vor der Leiche stand. Grob krallte er eine Faust in Argus' Haar und hob den Kopf des Toten an, als wolle er das Aussehen seines Gesichts nachprüfen, ihn identifizieren. Der Blick, den der Kastellan Ribuld widmete, war dem Veteranen so unerträglich, daß er ihn nicht zu erwidern vermochte.

Mit einem ähnlichen Blick maß Lebbick die abweisende Feindseligkeit Nyles. Danach betrachtete er den nichtmenschlichen Fremden. Einige Sekunden lang starrten die beiden sich über die Kluft ihrer Gegensätzlichkeit und Fremdheit hinweg an. »Ist das sein Roß?« erkundigte Lebbick sich unerwartet, ohne den Kopf zu wenden.

»Ja«, antwortete Geraden verbissen. »Es waren ihrer drei. Einen ereilte der Tod. Dennoch wären die edle Dame Terisa und ich erschlagen worden, hätte nicht Nyle den anderen getötet.«

Doch der Kastellan interessierte sich nicht dafür, wie viele rotgepelzte Kreaturen gefallen waren. »*Das* Roß ritt er?« vergewisserte er sich. »Mit *dem* Zaumzeug?«

»Ja.«

Kastellan Lebbick trat zu Geraden. »Mir mißfällt's, wenn meine Soldaten sterben«, sagte er leise, kaum lauter als im Flüsterton und doch mit einem Nachdruck, daß man meinte, seine Stimme müsse noch auf den obersten Zinnen zu hören sein. »Hast du mich verstanden, Bursche? Mir mißfällt's gar sehr.« Geraden versuchte erst gar nicht, darauf etwas zu entgegnen, und ohnehin wandte sich der Kastellan ab, ohne eine etwaige Erwiderung abzuwarten. »Werft Nyle und jenes Greueln der Imagomantie entsprungene Ungeheuer in den Karzer!« rief er dem Hauptmann barsch zu. »Dich, Geraden, und die Edeldame Terisa von Morgan«, — er sprach Terisas Namen voller Häme und Hohn aus —, »wünsche ich sogleich in der südlichen Wachstube zu erblicken.« Während ihm Dampf von den Schultern aufwallte, stapfte er davon.

»In den Karzer ...« Geraden stöhnte vor sich hin. »Ach, Nyle ...! Was muß ich dir antun?«

»Gräm dich darum nicht, mein kleiner Bruder«, sagte Nyle laut und in scharfem Tonfall. »Du treibst's ebenso, wie du's in deinem gesamten Leben getrieben hast, du stellst nichts als Narrheiten an. Und Lebbick hat wohl seit längerem niemanden der Tortur unterziehen können. Für ihn wird's ein größeres Vergnügen als eine Zecherei sein.«

Geraden verspannte die Schultern. Terisa sah Nyle trotz ihrer Abstumpfung an. Aber es war Ribuld, der sich zu Wort meldete.

»Ich rate dir, dein Schandmaul zu halten.« Obwohl seine Stimme bebte, bemühte er sich um einen ruhigen Ton. »Niemand schert sich drum, was aus dir wird. Wärst du kein Sohn Herrn Domnes — und wären deine Brüder nicht ungleich bessere Männer als du —, wir hätten dich zu Herrn Perdon reiten und dich vor ihm zum Trottel machen lassen. Schwatz du von *Vergnügen!*«

»Ribuld«, mahnte ihn der Hauptmann, »schweig still!«

Aber Ribuld konnte sich nicht bremsen. »Gewißlich hätt's Herr Perdon als vergnüglich empfunden, von dir die Königswürde Mordants angeboten zu kriegen«, — man merkte ihm gleichermaßen Bösartigkeit und Trauer an —, »wenn wir jenen verhurten Prinzen ergriffen hätten und Alends ganzes Heer wider uns machtlos gewesen wäre. Geraden hat dir 'ne *Gefälligkeit* erwiesen.« Nyle mied den Blick des Schloßwächters. »*Argus* hat dir 'ne Gefälligkeit getan, du verderbter ...«

»*Ribuld!*« Der Zuruf des Hauptmanns erinnerte an einen Peitschenknall. »Ich sagte, schweig still!«

Ribuld verdrehte die Augen, so daß man das Weiße sah, glich in diesem Moment einem verwundeten Raubtier. Seine Narbe leuchtete wie von frischem Blut. Diesmal jedoch tat der Befehl des Hauptmanns seine Wirkung; Ribuld fügte sich. Er kehrte Nyle den Rücken zu und band Argus' Hände los. »Er hat keine Anverwandten. Jemand muß ihn begraben.« Er nahm die Leiche seines Kameraden auf die Arme und trug sie aus dem Schloßhof. Terisa befürchtete, loszuweinen, falls sie nicht bald ins Innere der Gebäude durfte.

Verdrossen erteilte der Hauptmann seinen Untergebenen Anweisungen. Man führte Nyle und das fremdartige Wesen unsanft in die Richtung zum Karzer. Die restlichen Schloßwächter kümmerten sich um die Pferde, während der Hauptmann selbst Geraden und Terisa zur südlichen Wachstube geleitete.

Terisa hatte den Eindruck, als sei in ihr keinerlei Gefühl zurückgeblieben. Was sich abspielte, ergab für ihre Begriffe keinen Sinn, und ihr grauste vorm Kastellan. Wie hatte sie eine derartige Frostkälte bloß überlebt? Vielleicht war es im Innern der Gebäude Schloß Orisons gar nicht wärmer. Sie fürchtete sich wegen seines unnachsichtigen Zorns vor Kastellan Lebbick. Oder weil sie ihn belogen hatte?

Wann und wieso hatte sie ihn angelogen? Wie oft? Sie hatte einen von Geradens Gegnern umgebracht, und nun mochten all ihre Lügen und Unwahrheiten ihr zur Falle werden.

Aber trotz aller Falschheiten und aller Kälte öffnete und schloß sich eine Tür, und plötzlich rührte Wärme nahezu wie ein Segen an ihr Gesicht. Sie befand sich im Innern Schloß Orisons; noch war ihr kalt, ausgekühlt bis ins Mark, trug an ihrer jämmerlichen Verfassung wie an einem Panzer aus Eis; die Luft jedoch war warm, warm. Sie konnte sie atmen, an den Fingern spüren. Sie versuchte sich zu räuspern, und ein gedehnter Laut drang ihr aus der Kehle, der wie ein Schluchzen klang.

»Wartet!« Geraden hielt sie an, öffnete ihr den Umhang. »Ihr seid mit derlei unvertraut.« Er nahm ihre Hände und tätschelte sie kraftvoll, aber nicht zu stark, massierte ihr anschließend die Handgelenke. »Ich bitte Euch um Vergebung. Mir blieb vollauf unklar, daß Ihr in solchem Maß unter der Kälte leidet.«

Terisa begann von neuem zu schlottern. Geraden schlang einen Arm um sie und brachte sie in die Wachstube.

Die Wachstube erwies sich als niedriger Saal mit bloßem Steinboden und kahlen Wänden, eine Wand ausgenommen, an der eine große Schiefertafel hing. Den meisten Platz nahmen Reihen hölzerner, vor der Schiefertafel aufgestellter Sitzbänke ein; anscheinend erläuterte Kastellan Lebbick hier seinen Hauptleuten und sonstigen Untergebenen den Sinn und Zweck seiner Anordnungen. In dem Saal war es noch wärmer, und Terisa zitterte noch stärker.

Kastellan Lebbick betrat die Wachstube einen Moment später als Terisa. Er knallte die Tür hinter sich zu und blieb vor Terisa und Geraden stehen. Aus irgendeinem Grund fiel ihr auf, daß Lebbick die Finger verkrümmt hielt. Zunächst dachte sie, die Ursache sei seine Verärgerung. Dann jedoch begriff sie — er hatte in seinem Leben so viel Zeit mit einem schweren Schwert in den Fäusten zugebracht, daß er die Finger nicht mehr richtig strecken konnte.

Er musterte sie aufmerksam, und da geschah etwas Seltsames. Seine Miene nahm einen sanftmütigeren Ausdruck an; die sonst immerzu sichtbare schwelende Grimmigkeit wich aus seinem Gesicht. So unvermittelt, wie er die Wachstube betreten hatte, verließ er sie wieder.

Ratlos drehten Terisa und Geraden sich zum Hauptmann um. Aber er hob nur die Schultern und versuchte, nicht die eigene Überraschung zu zeigen.

Als Kastellan Lebbick zurückkehrte, folgte ihm auf dem Fuße ein Dienstmädchen mit einem Tablett. Auf dem Tablett standen Messingbecher. Von dem, was sich darin befand, wallte Dampf von süßlich-schwerem Duft auf.

»Erwärmter Wein«, erklärte Lebbick, ohne jemandem in die Augen zu sehen. Er wirkte, als schäme er sich für sein Benehmen. »Mich will's deuchen, durchfrorenen Menschen ist er gar wohl bekömmlich.«

Das Dienstmädchen hielt das Tablett zuerst Terisa, anschließend Geraden und dem Hauptmann hin, dann ging es hinaus. Darum bemüht, seine Verwunderung zu verbergen, leerte der Hauptmann seinen Becher mit unbekümmerter Hast. Danach blickte er in das Gefäß, als wäre er an mehr Wein interessiert, nur um irgendeine Beschäftigung zu haben bis irgendwer das Wort ergriff.

Geraden betrachtete sein Getränk so mißtrauisch, als argwöhne er, es sei vergiftet.

Terisa konnte nicht warten, bis er zu einem Entschluß kam. Sie legte die Hände um das warme Metall und trank von der dunklen Flüssigkeit, als koste sie Nektar. Erwärmter Wein. Sie trank mehr. Sie hatte noch nie warmen Wein getrunken, nicht einmal Glühwein. Er schmeckte herrlich. Sie genehmigte sich einen langen Zug. Er rann ihr so weich und mild die Speiseröhre hinab, wie der Schnaps der Schloßwächter scharf war; er schien sie innerlich zu straffen, so daß ihr Gebibber aufhörte, dann zu lockern, so daß sie das Gefühl hatte, alle Verkrampfung ihrer Muskeln löse sich mit einem Mal. Ihr wurde wieder warm, sogar in Bereichen ihres Körpers, für die sie schon jede diesbezügliche Hoffnung aufgegeben hatte. Erwärmter Wein. Der Becher enthielt zuwenig für ihre Bedürfnisse, aber sie trank, was darin war, bis zum letzten Tropfen aus.

In plötzlicher Entschlossenheit trank Geraden mehrere Schlucke, aber viel zu überstürzt, mit dem Ergebnis, daß er sich übel verschluckte, zu röcheln und würgen anfing, einen Hustenanfall erlitt. Hilfsbereit klopfte der Hauptmann ihm unauffällig auf die Schultern.

»Danke schön«, sagte Terisa zu Kastellan Lebbick, als sie den Becher zum letztenmal senkte. »Vielen Dank.«

»Dankt mir nicht.« Die Stimme des Kastellans klang bitter, doch seine Miene war noch immer sanft und drückte eine sonderbare Scham aus. »Ihr solltet's eher wie Geraden halten. Er vermeint, ich hätte etwas in den Wein gemischt, um Euch reden zu machen.«

Terisa seufzte; es erleichterte sie, daß sie nun ruhig atmete, ihre Stimme nicht zitterte, als sie antwortete. »Schon gut. Sie haben ihn nicht für ihn holen lassen, sondern für mich. Und ich bin Ihnen dankbar.«

Mit finsterer Miene wandte Kastellan Lebbick sich an den Hauptmann. »Was gibt's zu berichten?« Der Hauptmann errang, da er jetzt wieder durchschaute, um was es ging, die Fassung zurück. Ohne Zeit zu vergeuden, teilte er dem Kastellan mit, was er wußte, stellte klar, daß er jedoch von allem, was Geraden und Terisa zugestoßen war, nachdem Ribuld sie verließ, keine Kenntnis hatte. Der Kastellan hörte sich die Einzelheiten an, nickte einmal. »Nun wohl. Sende ein Fähnlein Reiter zurück an jene Stätte, wo Geraden und die Edeldame Terisa angetroffen worden sind. Deine Männer sollen die Fährte jener drei Geschöpfe soweit wie überhaupt möglich zurückverfolgen. Ich will wissen, woher sie gekommen sind. Ich möchte wissen, wie's erklärlich ist, daß Wesen, die Greuel der Imagomantie verkörpern, zu solchen Rössern und solchem Zaumzeug gelangen konnten. Laß deinen Fährtenlesern, welche Prinz Kragens Spur wiederzufinden trachten, Vorräte und Ablösung zukommen. Es ist schwerlich zu erwarten, daß Prinz Kragen Fehler unterlaufen ... aber sollt's dennoch geschehen, sollen sie sich für ihn verhängnisvoll auswirken. Und schicke mir einen Falkner. Ich wünsche mehr über diese Brieftauben«, — er knurrte das Wort, schaute dabei Terisa an —, »zu erfahren.«

Der Hauptmann salutierte und eilte mit unverkennbarer Erleichterung aus der Wachstube.

Für eine ganze Weile sagte Kastellan Lebbick nichts mehr. Anfangs schaute er Terisa und Geraden nicht einmal an; er verhielt sich wie ein zerstreuter, völlig in seine

Gedankengänge vertiefter Mensch. Danach erst begann er sie zu mustern, maß sie beide der Reihe nach, während man ihm ansah, wie seine Galligkeit wieder wuchs. Anscheinend wartete er darauf, daß einer von ihnen als erster etwas äußerte, irgend etwas Unüberlegtes, was er gegen denjenigen verwenden könnte. Oder vielleicht brauchte er einige Zeit, um seine ungewohnte Stimmung von Freundlichkeit zu überwinden.

Die Miene, mit der Geraden der Aufmerksamkeit des Kastellans begegnete, widerspiegelte keine Streitbarkeit, war jedoch angespannt und bezeugte Wachsamkeit, und er öffnete den Mund nicht.

Was Terisa betraf, so hatte sie nichts zu sagen. Der Haß in den fremdartigen Gesichtern der Reiter, die sie überfallen hatten, verfolgte sie wie ein Bann.

Endlich zog sich der Kastellan einen Stuhl heran und setzte sich, verschränkte die Arme auf dem Brustkorb. Sein Gebaren legte Terisa und Geraden keineswegs nahe, das gleiche zu tun. »So«, sagte Lebbick; sein Blick ruhte irgendwo zwischen ihnen, jederzeit in die eine oder andere Richtung zu huschen bereit. »Erneut ist etwas gar Absonderliches geschehen, und abermals ist die Edeldame Terisa von Morgan darin verwickelt.« Er sprach jedes einzelne Wort mit überdeutlichen Konsonanten und harten Selbstlauten aus, so daß sich seine Sätze durch eine nahezu unwiderstehliche Nachdrücklichkeit auszeichneten. »Diesmal ist zumindest eine Rätselhaftigkeit ergründet worden. Hingegen weiß ich bislang zwar noch nicht, wer ihre Mitverschworenen sind oder zu welchem Zweck sie sich mit denselben verschworen hat, doch ich werd's aufdecken. Indessen weiß ich nunmehr, wie sie an selbiger Verschwörung mitwirkt.«

»Verschwörung?« Im Handumdrehen war Geraden aufgebracht. »Terisa? Wovon redet Ihr?«

Kastellan Lebbicks Blick fiel auf den Adepten. In seinen Augen glänzte immer deutlicher ein unheilvoller Ausdruck. »Ich spreche von Brieftauben.«

»Aber das ist Torheit! Sie hat keine Brieftauben. Wo sollte sie derlei Tiere verstecken?«

»Mag sein, sie kommen lediglich mit einer Botschaft zu ihr geflogen, und sie schickt sie ohne Verzug mit einer Antwort zurück. Auf diese Weise braucht sie nur ihr Fenster zu öffnen, um mit jedermann in der Welt Verschwörungen betreiben zu können.«

»Nein«, beharrte Geraden, »dennoch ist's Narretei. Die Tauben müßten angelernt werden. Wann sollte sie dazu eine Gelegenheit gehabt haben?«

»Uns ist unbekannt, welches Maß an Belehrung sie erfordern.« Lebbicks Gesicht schien vom Leben zu eherner Härte geschmiedet worden zu sein. Die Unmöglichkeit dessen, was er unterstellte, blieb ihr offenbar völlig uneinsichtig. »Doch diese Frage ist gar nicht so belangvoll. Ist sie nicht aus einem Spiegel zum Vorschein gekommen? Einem Spiegel, welchselbiger mit ihr in keinem Zusammenhang stand? Sie ist zweifelsfrei irgendeine Art von Imagomantin.« Sein Tonfall verbot jeden Widerspruch. »Woher willst du wissen, daß sie keine Gelegenheit hatte, all das zu bewerkstelligen, was sie zu erreichen trachtete? Sie mag bereits seit Jahren insgeheim hier weilen und auf König Joyses Sturz hinwirken.«

Terisa schüttelte den Kopf. »Sie mißverstehen da was.« Sie konnte Lebbicks Anschuldigungen nicht persönlich nehmen; sie waren viel zu abwegig. Außerdem war sie zu müde. »Brieftauben finden nur immer an einen bestimmten Ort zurück. Man bringt sie von ihrem Heimatstandort weg, und sie fliegen wieder hin. Mehr ist da nicht dran. Prinz Kragen kann seinem Vater Nachrichten schicken, aber keine von ihm erhalten.« Dann verstummte sie, weil sie die Mühe, die es sie kosten müßte, ihm zu erklären, daß er seine Ermittlungen auf Prinzessin Elega konzentrieren sollte, als zuviel empfand.

»Erseht Ihr's?« fragte Geraden den Kastellan. »Euer Verdacht ist töricht. Schon *in dieser Stunde* führt Alends Monarch ein Heer durch den Armigitegau, und Ihr verschwendet Zeit mit unhaltbaren Beschuldigungen. Man wird Orison *belagern. Begreift* Ihr das nicht?«

Für eine Sekunde traten die Muskeln an Kastellan Lebbicks Hals hervor, er verkrampfte die Arme auf der Brust, befand sich offensichtlich am Rande seiner Selbstbeherrschung. Trotzdem richtete er seinen Blick, als hätte Geraden nichts gesagt, bedächtig auf Terisa.

»Ein Falkner wird mir offenbaren können, ob Ihr die Wahrheit sprecht. Sollt's sich so verhalten, dann muß ich annehmen, daß einer Eurer Verbündeten hier zu Orison jene Tauben für Euch hütet.« Geraden warf die Arme in die Höhe, doch der Kastellan übersah ihn. »Wie verständigt Ihr Euch mit Euren Verbündeten, derweil meine Männer Euch recht achtsam unter Obacht behalten? Mittels des Geheimgangs hinter Eurem Kleiderschrank. Wahrlich, jedes Kindlein wäre dazu fähig. Aber lassen wir diese Angelegenheit bis aufs weitere unberücksichtigt. Hättet Ihr wohl die Güte, edle Dame, mir unterdessen zu erklären, woher Ihr davon Kenntnis hattet, daß sich Nyle und Prinz Kragen an heutigem Morgen zu treffen gedachten?« Terisa blinzelte ihn an, ihr Herz flatterte plötzlich. »Für eine Person, welchselbige sich dermaßen den Schein der Unschuld verleiht, wie Ihr's zu tun bestrebt seid, ist's wahrhaft überaus bemerkenswert, so will's mich deuchen, daß Ihr unversehens an der rechten Stätte weiltet, um selbiges Treffen belauschen zu können. Darf ich darin einen Beweis dafür erblicken, daß Eure Mitverschwörer keine Alender sind? Oder opfert Ihr Eure Bundesgenossen, um Eure wahren Pläne zu verschleiern?«

Terisa fühlte sich zu zermürbt durch seine Anklagen und zu dösig vom Wein, als daß sie seinem Blick standzuhalten fähig gewesen wäre. Vielleicht war sie wirklich so schuldig, wie er sie sah. Jedenfalls kam es ihr auf einmal möglich vor. Sie durchschaute das Geheimnis der Anschuldigungen und Gegenbeschuldigungen; man verdiente sie, weil sie ausgesprochen wurden; Beschuldigungen weckten eben das Schuldgefühl, das sie rechtfertigte. Weil der Kastellan sie so streng anschaute, er derartig harte Worte zu ihr sagte, hatte sie es so und nicht anders verdient. Dagegen gab es keine Gegenwehr.

Aber Geraden hatte sie schon zu verteidigen begonnen. »Schenkt mir Gehör.« Es fehlte seiner Stimme an Lebbicks verbissener, unnachsichtiger Bereitschaft zur Aggressivität. »Ich hege den Wunsch, Euch einige Tatsachen darzulegen.« Trotzdem bewog er den Kastellan zum Zuhören. »Am ersten Tag des Tauwetters begaben die Edeldame Terisa und ich uns auf den Markt im Schloßhof. Das ist Euch bereits bekannt.« Und indem er redete, um so mehr hatte sie das Empfinden, daß er die Drangsal, der Kastellan Lebbick sie aussetzte, allmählich behob. »Derweil wir uns dort aufhielten, erblickten wir einen Marktschreier. Die Edeldame Terisa hat ihn erkannt. Prinz Kragen war's.« Terisa sah nicht, wie der Kastellan seinen Blick von ihr auf Geraden richtete, aber sie spürte es. »Dank bloßen Zufalls«, ergänzte Geraden, »beobachtete sie, wie der vorgebliche Marktschreier und Nyle«, — er äußerte den Namen seines Bruders, als verursache das Aussprechen ihm tiefes Weh —, »hinter einem Zelt hervortraten, als ob sie eben eine vertrauliche Unterredung gehabt hätten. Das geschah kurz bevor Gart sie erneut zu morden versuchte. Ich befand, das klügste Vorgehen, um die Hintergründe aufzuklären, bestünde darin, Nyle fortan zu beobachten. Darum bat ich Herrn Tor, Argus und Nyle von ihren üblichen Dienstpflichten zu befreien, so daß ich sie mit Nyles Beobachtung zu betrauen vermochte.« Lebbick schob bedrohlich das Kinn nach vorn. »So einfach ist's alles.« Geraden blieb so fest, als wäre er in bezug auf Mut und Entschlossenheit dem Kastellan ebenbürtig. »Die Edeldame Terisa ist niemandes Mitverschworene. Besäße sie Brieftauben zu ihrer Verfügung, 's wäre eine unfaßliche Dummheit ihrerseits, uns ihre Kenntnis solcherlei Getiers zu enthüllen.« Terisa stand mit gesenktem Kopf dabei und schwieg.

»Höchlichst aufschlußreich, Bursche.« Lebbicks Ton

glich einem Dolchstoß. »Sie erzählte dir, was sie sah, und du hast entschieden, was zu tun sei. Aber ich bin Schloß Orisons Kastellan. Meine Aufgabe ist's, den König vor allen Feinden zu schützen. Zeigt sich im Krongut oder zu Orison Gefahr, so muß ich's erfahren.« Er ähnelte der aufgedrehten Feder eines Uhrwerks, war gespannt bis an die Grenze des Erträglichen. »Weshalb hast du nicht *mich* unterrichtet?«

»Dieweil Ihr, mein teurer Kastellan«, brummelte eine Terisa bekannte Stimme, »zu Übertreibungen neigt.«

Verblüfft blickte Terisa auf und sah Tor die Wachstube betreten. Anscheinend hatte er heute leutselige Laune, war ein wenig unsicher auf den Beinen, aber offenbar guten Willens. Beim Hereinkommen zeigte er ein fleischiges Lächeln, das ein Anzeichen für nichts anderes als ein Übermaß an Fett zu sein schien. Die Art, wie er sich bewegte, wie er ging, legte die Vermutung nahe, daß er jeden Hohlraum, jede Höhlung in seinem Wanst mit Wein gefüllt hatte, ehe er sich aus den Königlichen Gemächern wagte.

»Herr Tor«, knirschte Kastellan Lebbick, ohne aufzustehen, »mich verwundert's, daß Ihr Euch der Mühsal unterzieht, Euch zu uns zu gesellen. Heute wäre ein gar vorzüglicher Tag für jemanden, der nichts anderes zu verrichten hat, als im Bett zu bleiben, um dieser Vorliebe zu pflegen.«

»Ach, fürwahr, Ihr habt recht«, entgegnete Tor umgänglich. »Das ist nur allzu wahr. Es geschieht zu meinem äußersten Mißvergnügen, daß es die Fama gibt, deren Stimme mir allerlei Kunde bis ins Innere dieses Steinhaufens zuträgt, mich unerbittlich in alle Neuigkeiten einweiht. Ihre Gewohnheit ist's, gar leise zu flüstern, aber je tiefer ich dem Schlummer entgegensinke, um so lauter ruft, ja schreit ihre Stimme. Am heutigen Morgen erachtete ich's wahrlich als denkbar, daß sie sogar König Joyse wecken könnte. Doch weh! Es will den Anschein haben, daß der König an den großen Ereignissen des Tages keinen Anteil nehmen mag. Daher fällt diese Bürde seinem Kanzler zu.« Er schlurfte zur nächststehenden Sitzbank und ließ sich, indem er aufseufzte, darauf nieder. Das dicke Brett knarrte unter dem Gewicht.

»Das ist ungemein umsichtig von Euch, Herr Tor«, sagte Lebbick schroff, »doch wie's sich ergibt, ist's auch überflüssig. Ich bin vollauf dazu imstande, die ›großen Ereignisse des Tages‹ selbst anzugehen.«

»Freilich seid Ihr's.« Tor ähnelte einem Klumpen zähen Teigs; aller Sarkasmus glitt an ihm ab, und anscheinmäßig stand er über jedem Streit. »Ohne Zweifel versteht Ihr von Belagerungen so viel, wie die Mehrheit der Männer von ihren Weibern versteht. Ich bin der festen Überzeugung, daß Ihr alles veranlassen werdet, was veranlaßt werden muß, um auf den Ansturm des alendischen Monarchen vorbereitet zu sein. Und dennoch, teurer Kastellan, muß ich darauf verweisen«, — seine Stimme klang freundlich, beinahe onkelhaft —, »daß Ihr, hätte die Sache Eurer Verantwortung unterlegen, bislang keine Kenntnis von Margonals Anmarsch besäßt. Denn Ihr neigt, wie ich bereits erwähnte, zu Übertreibungen.«

Kastellan Lebbicks Augen quollen ein wenig aus ihren Höhlen. »In welcher Weise, Herr Tor?«

Der Gauherr spreizte die dicklichen Hände. »Denken wir uns einmal, Geraden hätte sich mit seinem Verdacht wider seinen Bruder an Euch gewandt. Was wäre Eurerseits unternommen worden? Nun, Ihr hättet Nyle selbstverständlich in den Karzer geworfen. Anstatt ihn zu dem Treffen mit Prinz Kragen zu verfolgen und die Absichten der Verschwörer zu erlauschen, hättet Ihr versucht, Nyle die Pläne durch Überredung oder Tortur zu entpressen. Und wäre er sowohl Euren Überredungskünsten wie auch der Tortur zu widerstehen fähig gewesen ...« Tor hob die massig-feisten Schultern. »Oder nehmen wir einmal an, Jung Geraden hätte Euch die *Gründe* für den Verdacht wider seinen Bruder genannt. Stellen wir uns einmal vor, er hätte Euch erzählt, von Prinzessin Elega geäußerte Andeutungen seien von der Edeldame Terisa von Morgan so ausgelegt worden, daß die Prinzessin im Bunde mit Prinz Kragen stehen müsse.« Nun ähnelte der Gauherr nicht länger einem sprechenden Teigklumpen. Seine Stimme hörte sich an, als rieben Mühlsteine aneinander. »Unterstellen wir einmal, er hätte Euch mitgeteilt, daß die Schloßwächter Argus und Ribuld Prinzessin Elega unter Beobachtung hielten ... allein deshalb nahe genug weilten, um Artagel, als des Großkönigs Monomach die Edeldame Terisa bedrängte, das Leben zu retten?« Tors Hände ruhten schlaff auf den fetten Oberschenkeln, aber die Augen blickten immer härter drein. »Nehmen wir einmal an, Geraden hätte Euch mit der Kunde aufgesucht, Bemühungen Prinzessin Elegas, die Edeldame Terisa zur Unterstützung des Prinzen zu gewinnen, seien von selbiger Edeldame abgelehnt worden, und daß die Prinzessin, infolge dieser Zurückweisung gewarnt, es für Argus und Ribuld unmöglich machte, ihr Kommen und Gehen zu beobachten. Was hättet Ihr getan, teurer Kastellan? Hättet Ihr Eure Stimme gegen die Prinzessin erhoben?« Endlich hatte Tor keinerlei Ähnlichkeit mehr mit einem verfetteten alten Säufer; er war ganz Gauherr Tor vom Torgau, König Joyses erster Bundesgenosse in dem vergangenen Feldzug, der zuletzt zur Gründung Mordants geführt hatte. »Hättet Ihr Schloßwächter zu ihr geschickt, um sie ergreifen, sie vor ihren Vater bringen zu lassen und sie öffentlich des Verrats anzuklagen?«

Das Gesicht des Kastellans war dunkelrot angelaufen, aber er nahm kaum die Zähne auseinander, als er antwortete. »Dazu habe ich bereits den Befehl erteilt.«

Für einen Augenblick sah Tor aus, als wolle er aufspringen und zu brüllen anfangen. Aber statt dessen lächelte er kummervoll und verfiel wieder in die vorherige Abgeschlafftheit. »Nun denn. Und mit welchem Ergebnis?«

»Wir vermögen sie nicht zu finden.«

»Freilich vermögt Ihr's nicht. Sie hält sich verborgen. Sie hat damit geprahlt, getreuer Kastellan, die Geheimnisse Schloß Orisons so vorzüglich zu kennen, daß sie sich für lange Frist verbergen kann. Und so haben wir nun die Gelegenheit vertan, ihre Absichten aufdecken zu können — selbige Absichten, von welchen das Gelingen der Pläne Prinz Kragens abhängt, dieselben Absichten, dank welcher Orison ohne längere Belagerung dem Monarchen Alends in die Hände fallen soll. Guter Kastellan, Ihr bedürft meines Beistands weitaus dringlicher, als Euch einsichtig ist.«

Geraden wirkte, als hätte er am liebsten Beifall geklatscht. An Kastellan Lebbicks Mundwinkeln wölbten sich die Muskeln. Sein Blick glitt durch die Wachstube, als suche er die kahlen Wände nach der richtigen Stelle ab, um daran Tors Schädel zu zerschmettern. Aber er blieb auf dem Stuhl sitzen.

»Edle Dame Terisa von Morgan«, sagte er langsam, »Geraden ... bisher ist nicht zur Sprache gekommen, wie jene Geschöpfe der Imagomantie aufgekreuzt sind, und ebensowenig, auf welche Weise Nyle in Gefangenschaft geraten ist. Er ist dein Bruder, Geraden. Er kennt dich aufs vertrauteste. Gewißlich hast du ihn nicht wehrlos gemacht, indem du gestrauchelt und auf ihn gestürzt bist. Du hast Herrn Tor mancherlei berichtet. Warum erzählst du ihm nicht auch davon?«

»Geschöpfe der Imagomantie?« Der Gauherr lächelte Geraden wohlwollend zu. »Ja, Jung Geraden. Berichte uns.«

Geraden blickte zwischen den zwei Männern hin und her, versuchte anscheinend einzuschätzen, wie jeder der beiden zu ihm stand, bevor er die Achseln zuckte. »Nun wohl«, sagte er. Noch vor wenigen Minuten hätte Terisa geschworen, so etwas sei unmöglich, aber jetzt empfand sie es in der Wachstube als zu warm. Sie schob ihren Umhang ein wenig zurück, befreite den Hals vom Schaffell. »Ich bin kluger Abwägung unfähig gewesen«, räumte Geraden verlegen ein. »Die wahre Gefahr ging nicht von Nyle aus. Ich hätte ihn reiten lassen und alle Anstrengungen darauf richten sollen, Prinz Kragen zu ergreifen. Das jedoch kam mir nicht in den Sinn. Mir war's zu bedeutsam, Nyle aufzuhalten …« Auf unbeholfene Weise, so hätte man meinen können, bat er um Entschuldigung. »Er ist mein Bruder. Ich vermochte nicht zu dulden, daß er sich zum Verräter macht.«

Wie geistesabwesend nickte Tor; seine Gedanken schienen sich mit anderem zu beschäftigen. »Dafür war's ein wenig spät«, murrte Kastellan Lebbick leise, aber in sehr mißmutigem Ton, »nicht wahr?«

Geraden errötete. Aber er verkniff sich eine Antwort auf Lebbicks Bemerkung. »Doch auch in dieser Hinsicht bin ich gescheitert. Es gelang ihm, uns zu entweichen, und wir blieben ohne unsere Rösser in der Wildnis zurück. Da griffen jene ›Geschöpfe der Imagomantie‹, wie Ihr, Kastellan, sie nennt, uns an. Ich vermutete, sie hätten's auf die Edeldame Terisa abgesehen, darum war ich nicht im mindesten darauf gefaßt, als sie sich ausschließlich wider mich wandten.«

»Dich?« vergewisserte sich der Kastellan. »Sie kamen um *deiner* willen, Bursche?«

Erst jetzt gelangte Terisa zu Bewußtsein, daß Kastellan Lebbick wahrscheinlich keine Ahnung von dem vorherigen Attentat auf Geraden hatte, vor dem er durch Großmeister Havelock bewahrt worden war. »So hatte es den Anschein«, bestätigte Geraden. Er blieb nur mit merklicher Mühe gefaßt. »Wir trennten uns. Sie haben die Edeldame Terisa ganz und gar unbeachtet gelassen. Alle drei setzten mir allein nach.«

Obwohl er Geradens Darlegungen noch immer keine Aufmerksamkeit zu schenken schien, zeigte Tor auf einmal eine Miene stärkster Überraschung, als hätte er soeben eine sehr gute Nachricht erhalten. »Jung Geraden, du bist wirklich und wahrhaftig ein rechtes Wundertier. Schon einmal habe ich dich dessen versichert — ich hab's, oder nicht? —, daß du dich unterschätzt. Nicht einmal die Edeldame Terisa von Morgan hat solche Feinde.«

»O gewiß«, schnob Lebbick. »Deine Darstellung leuchtet mir aufs glaubwürdigste ein, Geraden, zumal du noch lebst. Du hast allein gegen jene drei Wesen gestanden. Was hast du getan? Ist dir ein *Mißgeschick* unterlaufen, welches allein für sie den Tod zur Folge hatte?«

Irgendwie behielt Geraden sich in der Gewalt. »Ich habe einen Knüppel gegen ihre Rösser geschwungen«, erklärte er beherrscht. »Zwei von ihnen stürzten. Ein Fremdling fand den Tod. Der andere ist Euer Gefangener.«

»Nein«, sagte Terisa kaum hörbar.

Kastellan Lebbick achtete nicht auf sie. »Und der dritte?«

»Nyle fällte ihn. Er beobachtete die Fremdlinge, während sie in unsere Richtung ritten, darum kehrte er um. Ohne sein Eingreifen könnten die Edeldame Terisa und ich nun durchaus tot sein. Derweil er noch über den Vorfall nachsann, schlug ich ihn nieder. Ich habe ihn mit einem Ast geschlagen. So habe ich ihn gefangengenommen.«

»Nein«, wiederholte Terisa. Sie konnte nicht anders; alles holte sie wieder ein. Sie sah es so klar und deutlich vor sich wie in einem Tagtraum. »Er hat um sein Leben gekämpft«, flüsterte sie. »Ich mußte ihm helfen. Oder nicht? Ich kann nicht mein Lebtag bloß rumhängen und mich fragen, wann ich mich einfach auflösen werde. Das kann ich nicht. So was ist schlimmer, als nur was falsch zu machen. Nicht wahr? Geraden hat zwei von den Pferden gehauen. Einen hat er mit dem Knüppel betäubt. Der andere ging mit dem Säbel auf ihn los.« Ihr schauderte, als wäre es ihr wieder kalt, aber in Wirklichkeit konnte sie es in dem dikken Umhang kaum noch aushalten. »Ich mußte ihm helfen. Ich habe einen der Fremden umgebracht ... Mit einem Knüttel. Hinterrücks habe ich ihm den Schädel eingedroschen.« Ein kleines Stück rotes Fell am Hinterkopf war feucht geworden und hatte Blut zu verströmen begonnen. »Erst danach ist Nyle aufgetaucht. Geraden hat niemanden getötet.« Ihr fiel nichts mehr ein, und sie verstummte.

Die Männer starrten sie an. Geradens Kehlkopf bewegte sich, als drohe er an Terisas Namen zu ersticken. »Edle Dame«, brummelte Tor nach einem Moment des Schweigens in gutmütigem Ton, »freilich mußtet Ihr ihm beistehen. Ihr hättet's Euch nie und nimmer verziehen, hättet Ihr ihm nicht geholfen. Und's mag sein, Ihr und er wärt nun beide tot.«

Kastellan Lebbick schaute zur Seite. »Weiber.« Seine gesamte Haltung zeugte von Verbissenheit und Bitterkeit. »Immerzu Weiber. Ein ungehöriger Vorfall ... Sollte ich jemals durch ein Weib vorm Tode gerettet werden, so gedenke ich von eigener Hand aus dem Leben zu scheiden. Aber die Rösser.« Seine Stimme klang wieder rauher. »Auf sie kommt's an. Die Sättel und das *Zaumzeug,* Herr Tor. Äußere dich zu den Sätteln und zum *Zaumzeug,* Geraden.«

In seiner Unsicherheit blickte Geraden den Kastellan an, während er Tor Auskunft gab. »Die Angreifer waren offenkundig Geschöpfe, welche mittels Imagomantie zu uns gelangt sind. Ihre Rösser jedoch machten auf mich einen gänzlich gewöhnlichen Eindruck. Mir ist nichts Absonderliches an ihnen aufgefallen.«

Plötzlich sprang Lebbick auf. »*Gewöhnliche* Rösser, Herr Tor. *Gewöhnliche* Sättel und ebensolches Zaumzeug. Wie lauten daraus Eure Schlußfolgerungen?«

Der Gauherr spitzte die Lippen. »Jene Geschöpfe haben die Rösser nach ihrer Translation erhalten. Entweder haben sie die Rösser mitsamt Sätteln und Zaumzeug selber gestohlen, oder jene, die für ihre Translation verantwortlich sind, haben sie damit ausgestattet ... haben sie ausgestattet und ihnen Weisungen erteilt.«

»Vortrefflich.« Kastellan Lebbick trat vor den Gauherrn, als stünde er kurz vor einem Wutanfall. »Die Rösser waren ganz gewöhnliche Tiere. Die Sättel stammen eindeutig nicht aus Cadwal — in Cadwal benutzt man Steigbügel mit Sporen —, doch können sie aus jedem beliebigen Landstrich Mordants oder Alends stammen.«

»Und das Zaumzeug?« fragte Tor prompt.

»Das Zaumzeug ...« Lebbick vermied eine wüste Gebärde, indem er die Fäuste in die Hüften stemmte. »Zum Zaumzeug zählt eine Art von aus Kordel gefertigten Zügeln, wie man sie nirgendwo in Cadwal, Alend oder Mordant vorfinden kann ... ausgenommen in Mordants Torgau.« Sein Blick schien hart genug zu sein, um aus einem Feuerstein Funken schlagen zu können. »Allein in Eurem Gau verwendet man derlei Zügel, Herr Tor.« Der Gauherr betrachtete den Kastellan, als wäre Lebbick ein ausgestelltes, aufgespießtes Exemplar einer besonders merkwürdigen Insektengattung. »Mag sein, Ihr werdet dagegenhalten«, geiferte der Kastellan, »auch das sei eine meiner *Übertreibungen.*«

Seine Andeutungen machten Terisa derartig betroffen, daß ein Moment verstrich, bis sie begriff, wie ernst er sie meinte. *Tor?* Mit Vagel gegen Geraden, König Joyse und Mordant im Bunde? Ihre Beine waren schwächer, als sie bis jetzt gemerkt hatte; sie mußte sich setzen. Reiten war anstrengend. Ohne sich dessen richtig bewußt zu werden, ging sie zur nächstbesten Sitzbank, nahm neben dem Gauherrn Platz.

Geraden war regelrecht entsetzt. »Das kann unmöglich Euer Ernst sein«, sagte er zu Lebbick. »Wißt Ihr, was Ihr da redet?«

Ohne Vorwarnung verzog Lebbick das Gesicht zu einem Grinsen, fletschte wild die Zähne.

»Oh, ich bin vollauf der Überzeugung, daß unser getreuer Kastellan zur Gänze weiß, was er redet.« Tor hatte wieder sein teigiges Aussehen, schien gegen jeden Affront gefeit zu sein. »Eins der größten Übel in Mordant sind stets jene arglistigen, vermittelst Imagomantie ausgeführten Anschläge gewesen, welche uns plagen, ohne daß wir ihren Ursprung zu entdecken vermöchten. Mein Sohn ist durch einen Feind gemeuchelt worden, welchselbiger sich überall in Alend oder Cadwal verbergen mag ... oder in Mordant.«

»Falls Euer Sohn tatsächlich gemeuchelt worden ist«,

bemerkte dazu der Kastellan. »Bislang habe ich dafür allein Euer Wort und das Wort Eurer Männer. Der Leichnam, welchen Ihr uns vorgewiesen habt, kann irgend jemand gewesen sein.«

Bei dieser Kränkung des Gauherrn wurde Geraden kreideweiß. Tor selbst dagegen schien sie überhört zu haben. »Aber nunmehr«, beendete er seine Äußerungen, »haben wir einen bedeutenden Erfolg errungen, dieweil wir nun wissen, wo wir suchen müssen.«

»Nämlich im Torgau.« Lebbick blieb unerbittlich. »In Eurem Gau, Herr Tor.«

Der Gauherr erlaubte sich eine Andeutung von Ärger. »Staunenswert, nicht wahr?«

»Ohne Zweifel«, schnarrte der Kastellan voller Schadenfreude.

»Bedauerlicherweise ist's gegenwärtig ausgeschlossen«, — Tors Zorn schwand augenblicklich wieder —, »eine Suche durchzuführen. Wir müssen uns anderen Herausforderungen stellen. Ich bitte Euch, setzt mich davon in Kenntnis, was Ihr unternehmt, um Orison auf eine Belagerung vorzubereiten. Wie vermeldet ward, hegt Prinz Kragen höchstes Vertrauen ins Vermögen des alendischen Monarchen, das Schloß ohne viel Mühen bezwingen zu können. Das mag fürs erste lachhaft klingen, doch zweifle ich daran, daß Prinz Kragen irgendeine Neigung kennt, auf Lächerlichkeiten zu bauen. Jammerschade ist's, daß es uns verwehrt ist, Prinzessin Elega zu befragen oder zumindest zu beobachten. Aber daran läßt sich nichts mehr ändern. Wir müssen auf alles aufs beste vorbereitet sein, teurer Kastellan.«

»Ich werde bereit sein«, versicherte Kastellan Lebbick. »Nach meiner Schätzung bleibt uns noch eine Frist von ein paar Tagen, doch habe ich Späher ausgesandt, um Gewißheit zu erhalten. Der Umstand, daß Armigite zum Verräter geworden ist, hat wohl für uns wenigstens einen Vorteil.« Beim Sprechen nahm Lebbick unbewußt das Gebaren eines alten Soldaten an, der einen Bericht abgibt.

»Wir dürfen getrost davon ausgehen, daß Margonal die wichtigsten Landstraßen durch den Armigitegau benutzt. Das ist der kürzeste, schnellste Weg. Daher dürfte sein Heer unschwer zu finden sein. Ferner habe ich Boten in sämtliche Gaue geschickt, aus welchen wir Beistand erwarten können ... Fayle, Perdon.« Finster schaute er Geraden an. »Was Herr Perdon vernehmen wird«, bemerkte er zu ihm, »ist keineswegs das, was dein lieber Bruder ihm zu erzählen beabsichtigte.« Dann setzte er seine Erläuterungen fort. »Auch habe ich Boten zu Herrn Termigan gesandt, jedoch liegt sein Gau zu abseits, als daß wir davon einen alsbaldigen Nutzen zu erfahren vermöchten. Mich mit der Zunft zu beraten, hatte ich noch keine Zeit, aber ich werd's binnen kurzem tun. Mag sein, es wird mir zu guter Letzt doch gelingen, diese Imagomanten zur Besinnung und Vernunft zu zwingen.« Anscheinend hatte es noch kein Meister für angebracht gehalten, in das Vorhaben, die Zunft aufzulösen, irgendwen einzuweihen. »Unterdessen werde ich die Landwacht aus ihrem Heerlager nach Orison rufen. Die Mehrheit jener Männer, welchselbige nach dem *Kämpen*«, — er fauchte das Wort —, »der Zunft fahnden, sind aufs Schloß zurückgekehrt, und ich werde sie hier belassen. Die einzigen Männer, deren Leben ich außerhalb Orisons aufs Spiel setzen muß, sind jene, die unter Umständen noch die Möglichkeit haben, Prinz Kragen abzufangen, ehe er zu seinem Vater stößt, und die Fährtenleser, welche die Herkunft jener Greuelwesen zu ergründen trachten. Morgen in der Frühe werden meine gesamten Streitkräfte zu Orison versammelt und zur Verteidigung eingeteilt sein.« Tor nickte, unterbrach Lebbick jedoch nicht. »Dieweil der Winter sich dem Ende zuneigt, verfügen wir lediglich über geringe Vorräte. Darin besteht eine Schwierigkeit. Doch im Umland Orisons ist eine ganze Anzahl von Händlern und Dörfern erreichbar, von denen wir Versorgung anzufordern imstande sind. Damit verursachen wir ihnen keine unzumutbaren Härten, denn dieweil eines Krieges Ausbruch bevorsteht, werden die meisten Händler und Dörfler der Umgebung ohnehin zu Orison Zuflucht suchen, darum wird's sie nicht untragbar deuchen, den ihnen gewährten Schutz mit Nahrung zu entgelten. Sollte Margonal uns noch drei Tage lang Zeit lassen, werden unsere Vorräte soweit wie nur möglich aufgestockt sein. Unsere ernsthafteste Schwierigkeit jedoch ist die Bresche im Außenwall.« Erneut nickte Tor. Diesmal hatte er allerdings die Lider geschlossen; er sah aus, als schliefe er ein. »Ohne selbige Bresche«, erklärte Lebbick rauh, »könnte ich Orison wider jedweden Belagerer halten. Lange bevor unsere Vorräte aufgebraucht wären, kämen uns mehrere Gauherren mit ihren Streitkräften zu Hilfe. Aber die Bresche hat die Lage gewandelt. Ich habe alle Steinmetze, welche ich ausfindig machen konnte, ans Werk gehen lassen, auf daß sie die Bresche mit einer behelfsmäßigen Mauer schließen. Sie wird sicherlich eine Verteidigung gestatten, jedoch den Ansturm, welchem uns Margonal aussetzen dürfte, schwerlich auf längere Dauer widerstehen. Langweile ich Euch, Herr Tor?«

Der Gauherr öffnete ein Auge. »Beileibe nicht, teurer Kastellan. Ich erhole lediglich meinen Geist von der Mühe des Nachsinnens über die Frage, was wohl der Ursprung von Prinz Kragens Zuversicht sein möchte.« Als der Kastellan den Kämpen erwähnte, hatte Terisa gemerkt, daß eine Frage sie beschäftigte. Sie hatte das Gefühl, allmählich wieder sie selbst zu werden, eine gewisse Wachheit, die Fähigkeit zum Aufmerksamsein zurückzuerlangen. Aber jetzt war kein geeigneter Zeitpunkt zum Fragenstellen. »Jung Geraden«, erkundigte sich Tor, »vermagst du dich genau daran erinnern, was Nyle und der Prinz miteinander sprachen?«

»Recht genau«, antwortete Geraden. »Prinz Kragen sorgte sich um Elega. Nyle hatte ihm erzählt, daß sie Eurerseits zur Rede gestellt worden war. Darin ist ein Beweis dafür zu erblicken, daß sie über den Umfang Eures Verdachts wider sie volle Klarheit besaß, und ebenso dafür, daß sie und Nyle sich verständigt haben, bevor er heute im Morgengrauen fortritt. Außerdem berichtete Nyle, sie hätte versichert, Ihr würdet nicht dazu imstande sein, sie an der Erfüllung ihres Teils des Plans, ihrer Aufgabe, zu hindern.« Kastellan Lebbick stieß ein Brummen aus. Tor hob die Brauen. »Daran mochte Nyle nicht recht glauben. Aber der Prinz ... Laßt mich nachdenken, auf daß ich mich seiner Worte aufs genaueste entsinne.« Geraden schaute zur Decke hinauf, während er in seinem Gedächtnis forschte. »Prinz Kragen entgegnete ihm: ›Ich bedaure, daß ihr Gefahr droht. Aber sie hat mehrfach beteuert, in ihrer Stellung bräuchte sie nichts zu fürchten. Wir müssen darauf vertrauen, daß sie so verfährt, wie sie's versprochen hat.‹«

»Sonst nichts?« fragte der Kastellan.

Geraden zuckte die Achseln. »Nyle war noch nicht überzeugt. Doch Prinz Kragen hielt ihm entgegen: ›Prinzessin Elegas Sicherheit und der Erfolg ihres Handelns hängen von der vollständigsten Geheimhaltung ab.‹ Er ließ beträchtliche Vorsicht walten. Ich bezweifle, daß Nyle bemerkt hat, wie viele seiner Fragen ohne Antwort blieben.«

»Armer Nyle«, höhnte der Kastellan.

»Ein unglückseliger Jüngling«, berichtigte Tor ihn versonnen. »Was vermag ein zu Orison verborgenes Weib zu tun, um der Belagerung durch den alendischen Monarchen zum Erfolg — zum *unverzüglichen* Erfolg — zu verhelfen? Ich gestehe, ich bin ratlos. Ich brauche Wein.« Mühselig raffte er sich auf; von seinem Körpergewicht entlastet, knisterte unter Terisa das Holz der Sitzbank. »Getreulicher Kastellan«, sagte Tor halblaut, »ich schlage vor, Ihr verhört Eure Gefangenen. Aber verzichtet darauf, sie zu quälen. Ihr müßt Euren Hang zum Übertreiben wahrlich mäßigen. Nyle dürfte freundschaftlichem Zureden wohl zugänglicher sein als der Tortur. Mag sein, er wird freimütig sprechen, falls man ihm vortäuschen kann, Elega sei ergriffen worden, und der einzige Weg, um ihr Unbilden zu ersparen, bestünde daraus, daß er die Wahrheit spricht. Und vielleicht läßt sich auch jenem Greuelwesen der Imagomantie etwas Aufschlußreiches entlokken.«

»Meinen Dank für Euren Ratschlag, Herr Tor«, antwortete Kastellan Lebbick. »Verhören der Gefangenen ... Von allein wäre mir dergleichen niemals in den Sinn gekommen. Was werdet Ihr tun, derweil Ihr darauf wartet, daß ich Euch von ihren Aussagen unterrichte?« Die Frage war offensichtlich als Anspielung auf den Weinkonsum des Gauherrn gemeint.

Tor seufzte. Für einen Moment legte sich sein fleischiges Gesicht in Falten des Kummers. »Werter Kastellan, ich vertraue Euch weitaus mehr, als Ihr's ahnt. Ich bin der Überzeugung, daß Ihr alles getan habt, was in Eurer Macht steht. Dennoch bin ich mit dem gegenwärtigen Stand der Angelegenheiten nicht zufrieden. Ich beabsichtige nochmals einen Versuch zu machen, um bei König Joyse Interesse am Schicksal seines Königsreichs zu erwecken.« Daraufhin watschelte er aus der Wachstube.

Sofort warf der Kastellan Terisa und Geraden einen Blick zu, der so scharf und gefährlich war wie eine Schwertklinge. »*Das* will mir gar sehr behagen. Ich ringe seit etlichen Lenzen mit dieser Widrigkeit, und ein fetter Alter kommt daher und wähnt, er vermag sie zu beheben, indem er vor des Königs Tür wie ein Hund heult.«

Jetzt geht es los, dachte Terisa voller Überdruß. *Jetzt wird er sich uns richtig vorknöpfen.*

Sie irrte sich; der Kastellan erwies sich als viel phantasievoller. »Ich weiß noch immer nicht von Euch, edle Dame, und von dir, Geraden, was ich wissen will«, sagte er mit boshafter Erwartung in der Stimme. »Freilich jedoch wünsche ich keinesfalls der *Übertreibung* geziehen zu werden. Und innerhalb der nächsten Zeit wird niemand Orison verlassen. Es wird eine reichliche Frist zur Verfügung stehen, um ausgiebig abzuwägen, ob's sich empfiehlt, mir die Tatsachen zu enthüllen. Unterdessen ist's mein Wunsch, Unterstützung beim Befragen der Gefangenen genießen zu dürfen. Das müßte sowohl Euch, edle Dame, wie auch dir, Geraden, Vergnügen bereiten.«

Terisa und Geraden sahen einander an. In der Wachstube war es doch nicht ganz so warm; Terisa verspürte nicht länger das Bedürfnis, den Umhang abzustreifen. Geradens Gesicht trug einen Ausdruck von Verstörung, der Terisa beunruhigte. Ihre eigenen Probleme beanspruchten sie so stark, daß sie häufig vergaß, wie sehr er unter der Situation litt. ›*Unterstützung beim Befragen* ...‹ Hatte der Kastellan wirklich vor, ihn gegen seinen Bruder zu benutzen? Nach dem, was Geraden schon getan hatte?

Weil sie glaubte, daß Geraden ihren Rückhalt brauchte, stand sie auf und erwiderte Kastellan Lebbicks bösen Blick. »Sie suchen Elega.« Sie fürchtete sich durchaus noch von ihm; aber sie hatte sich schon einmal gegen ihn behauptet, darum ging sie davon aus, daß sie es nochmals schaffen konnte. »Glauben Sie, daß es 'ne Aussicht gibt, sie zu finden?«

Lebbick mahlte mit den Kiefern, als bisse er auf Eisen. Doch trotz seiner Erbitterung antwortete er Terisa. Dabei wirkte er seltsam hilflos, als bliebe ihm nichts anderes übrig. »Das hängt davon ab, wie viele Geheimgänge sie kennt. Ich kann gegenwärtig unmöglich genug Männer aufbieten, um sie allesamt gleichzeitig durchsuchen zu lassen.«

»Aha.« Das hatte Terisa erwartet. Aber es war unwichtig, ihre nächste Frage war es, auf die es ihr ankam. »Stimmt's, daß Ihre Leute den Kämpen nicht aufgespürt haben?« fragte sie, als wechsle sie damit nicht gänzlich das Thema. *Ist es wahr, daß deine Leute Myste nicht wiedergefunden haben?*

»Diese Schweinsgesichter von Imagomanten«, schimpfte Lebbick. »Nein, meine Männer haben den *Kämpen* nicht entdeckt. Und das ist schwer zu begreifen. Er müßte eine Fährte hinterlassen haben. Er muß sich nähren, oder nicht? In Dörfern müßte er Essen gestohlen oder geraubt haben. Derlei Vorkommnisse zählen nicht zu den Ereignissen, welche ein Bauer oder Hirte einfach vergißt. Selbst wenn er geradewegs nach Cadwal gewandert sein sollte, hätt's möglich sein müssen, seine Spur bis zur Grenze zu verfolgen. Dennoch haben meine Männer nicht einmal *Gerüchte* über ihn vernommen. Entweder er liegt tot unter irgendeiner Schneeverwehung, oder Gilbur und Vagel haben ihn mittels Translation in Sicherheit gebracht. Oder ihm sind Schwingen gewachsen, und er ist durch die Lüfte davongeflogen. Sagt *Ihr's* mir. Und was jene Feuerkatze anbetrifft«, — trostlos zuckte Lebbick mit den Schultern —, »so ist auch sie schlichtweg verschwunden. Man wird sie wohl dorthin zurückversetzt haben, woher sie stammte.«

Und Myste? Was war aus Myste geworden? Wenn der Mann, für den sie ihr Leben riskiert hatte, fort war, was tat sie dann jetzt?

»Kastellan«, ergriff Geraden das Wort. Terisa hatte ihm mit ihren Fragen ausreichende Zeit verschafft, daß er seine Fassung wiedergewinnen konnte. »Wenn's Eure Absicht ist, Nyle in bezug auf Elega zu täuschen, so wird's günstiger sein, Ihr beharrt nicht auf meiner Anwesenheit. Er ist mit mir zu wohlvertraut. Sobald er Lügen vernimmt, wird er meinem Angesicht die Wahrheit ansehen. Ich werde sie nicht zu verhehlen fähig sein.«

Lebbick blickte den Adepten an. Zum zweitenmal durchlief sein Mienenspiel eine sonderbare Verwandlung. Terisa rechnete mit einer unhöflichen Entgegnung, doch sie blieb aus. Geraden hatte ihn in einem Moment der Schwäche überrascht, seine Gefühle schmerzlich verletzt. »Ich habe keineswegs vor, Lügen zu äußern.« Er sprach in strengem Ton, doch diese Strenge beruhte nicht auf Verärgerung. »Ich pflege nicht zu lügen.«

»Um Vergebung«, bat Geraden sofort, durch den Wandel im Verhalten des Kastellans beschämt. »Das ist mir geläufig. Ich habe lediglich nicht verständig genug nachgedacht.«

»Es wäre kein Unterschied, hättest du's getan.« Kastellan Lebbick bediente sich eines barschen Tonfalls, aber vielleicht mit freundlichen Hintergedanken. »Gleichwohl für wie bedeutsam Herr Tor dich erachtet, du bist nicht der Urheber dieses Unheils. Prinz Kragen hat deinem Bruder eine Menge Humbug aufgeschwatzt. Ich kenne Margonal. Er hat sich mit Gewißheit nicht unversehens zur Wohltätigkeit und zur Friedensliebe bekehrt. Zweifellos plant er, seit er von König Joyses Zustand weiß, den Überfall auf Mordant. Kommt!«

Er überging Geradens Entschuldigung, indem er seine ungewohnte Empfindlichkeit verdrängte, und strebte zur Tür.

In der Wachstube, durch die man Zutritt in Schloß Orisons Karzer erhielt, hatte sich seit dem Zeitpunkt, als Terisa sie mit Artagel betreten hatte, um mit Meister Eremis zu reden, nichts verändert. Trotz ihrer Ähnlichkeit mit einer robusten Kneipe — der auf Schragen gestellten Tische, groben Sitzbänke, der Betten und des Kamins, der Getränketheke — ließ ihre Funktion, den Zugang zum Karzer zu schützen, nicht übersehen. Die Gestelle an sämtlichen Wänden enthielten genug Piken und Schwerter für vierzig bis fünfzig Soldaten. Und man konnte ausschließlich durch die Wachstube in die Gänge gelangen — oder von dort hinaus —, die zu den Zellen des Karzers führten.

Die Erinnerung an Meister Eremis griff Terisa ans Herz. Er hatte Orison verlassen, ohne sie aufzusuchen, ohne sein Versprechen zu halten. Eine Anwandlung leidvoller Sehnsucht packte Terisa.

Während die Räumlichkeit unverändert war, boten die Männer, die darin Wachdienst taten, diesmal jedoch ein ganz anderes Bild. Sie zeigten keinen Mangel an Disziplin, lümmelten sich nicht herum; im Gegenteil, sie standen schramm, nahmen bei der Ankunft des Kastellans zackig Haltung an. Lebbick erwiderte die Grußgeste des Hauptmanns und stapfte durch den Raum, ohne ein Wort zu sagen.

Geraden hob die Schultern und schnitt den Wächtern kameradschaftlich eine Grimasse, während er und Terisa dem Kastellan folgten. Ein oder zwei Männer nickten andeutungsweise, bekundeten ihm damit heimlich, daß sie seine unerfreuliche Situation verstanden.

Hinter der Wachstube roch die Luft noch immer muffig, miefte nach fauligem Stroh und unsichtbar gewordenen Hinterlassenschaften von Folterungen, stank nach alten Überresten von Blut. Die in unregelmäßigen Abständen aufgehängten Laternen schienen mehr Düsternis als Helligkeit zu verbreiten; der Gang wand sich, als führe er in die schwärzesten Pfühle der Seele Schloß Orisons hinab. Kastellan Lebbick umquerte eine, dann noch eine Ecke, betrat den Bereich der Zellen.

Über Lebbicks Schulter hinweg sah Terisa, wie ihnen zwei Schloßwächter entgegenkamen; sie gingen hintereinander, schleppten offenbar zwischen sich irgend etwas Schweres. Im nächsten Moment erkannte sie, daß die beiden Männer eine Tragbahre trugen.

Geradens Gesicht spiegelte auf einmal höchstes Entsetzen wider. *Nyle?* dachte Terisa wie benommen.

Doch sobald Kastellan Lebbick an die eine, die zwei Schloßwächter mit der Tragbahre an die andere Seite des Gangs auswichen, sah sie, daß es sich bei dem Mann auf der Bahre nicht um Nyle handelte. »Artagel!« rief Geraden in einem Gemisch aus Erleichterung und Bestürzung. »Du sollst doch im Bett bleiben.« Die Schloßwächter hielten an, und Artagel stützte sich auf einen Ellbogen.

»Was treibt Ihr hier?« fuhr der Kastellan ihn an. »Diese Sache schert Euch nicht. Ich habe heute bereits einen Mann verloren, und des weiteren ist die Gelegenheit versäumt worden, uns Margonals schweinsköpfigen Sohn zu greifen. Ich mag nicht erleben, daß obendrein Ihr durch eigene Torheit verblutet.«

»Bist du wohlauf?« fragte Geraden dazwischen. Urplötzlich hatte er soviel zu erzählen, daß er versuchte, alles auf einmal zu sagen. »Anders war's nicht möglich, ihn aufzuhalten. Ich vermochte ihm sein Vorhaben nicht auszureden. Aber er hat uns gerettet. Er hätte zulassen können, daß man uns mordet, doch hat er's nicht getan. Ach, all das ist mir so zuwider! Ich habe ihn niedergeschlagen …« Seine Stimme stockte; er war zum Weitersprechen außerstande. Seine ganze Miene bezeugte, daß ihm an nichts stärker lag als an Artagels Verständnis, ja Vergebung.

Aber Artagel würdigte Geraden keines Blicks. »Er ist mein Bruder«, antwortete er dem Kastellan mit einer Stimme, die heiser und rauh klang.

Er sah aus, als hätte er einen Rückfall ins Fieber erlitten; seinem Mund fehlte jeder Anflug von Humor, die Augen schimmerten wie polierter Stein. »Ich muß ihn aufsuchen.«

Trotz des Gewichts der Tragbahre zuckte einer der Schloßwächter, die sie hielten, mit den Schultern. »Wir vermochten's ihm nicht auszureden, Kastellan. Hätten wir ihn nicht hingebracht, er hätte sich aus eigener Kraft hinbegeben.«

Kastellan Lebbick achtete nicht auf den Mann. »Was hat er gesprochen?« fragte er Artagel.

Mit überraschendem Kraftaufwand langte Artagel zu, packte Lebbicks Schärpe, zog den Kastellan näher zu sich heran. »Er hat mir die Wahrheit offenbart. Er ist in diese Ränke verwickelt worden, weil er jene aberwitzige Prinzessin liebt. Dennoch vermeint er, im Recht zu sein. Jemand müsse Mordant retten. Er wähnt, unsere alleinige Rettung sei Margonal.« Während sie ihn anschaute, erkannte Terisa, daß er keine Wut empfand. Wenn er wütend war, pflegte er zu grinsen. Nein, was er jetzt verspürte, lief mehr auf Verzweiflung hinaus. »Sie hat mit ihm über alles Erdenkliche geredet, nur über ihren Anteil an Kragens Plänen nicht. Er weiß nicht, wo sie sich befindet, und ebensowenig, was sie zu tun beabsichtigt.«

Kastellan Lebbick hingegen war wütend für zwei. »Ihr erwartet, daß ich das glaube?«

»Artagel?« drängte Geraden hartnäckig. »Artagel?«

Artagel erwiderte den Blick des Kastellans. Langsam ließ er die Schärpe los und bettete sich wieder auf die Bahre. »Mich schert's nicht, ob Ihr mir glaubt oder nicht? Mich wird's nicht einmal kümmern, wenn Ihr ihn der Tortur unterzieht. Er ist ein Sohn Domnes. Gleichwohl wie Ihr's haltet, die Kunde seines Verrats wird meinen Vater das Leben kosten.«

Der Kastellan richtete sich höher auf. Seine Miene wurde nicht im geringsten sanfter. »Nun wohl«, sagte er trotzdem. »Ich will versuchen, ihm für eine Weile zu glauben, und abwarten, was geschieht.«

Jetzt richtete Artagel zum erstenmal den Blick auf Geraden. Der Winkel, in dem die Helligkeit der Laterne in sein Gesicht fiel, füllte seine Miene mit Schatten. Geraden erschrak regelrecht. Noch nie hatte Terisa ihn einem kleinen Jungen ähnlicher gesehen, der sich wand, weil er jemanden gekränkt hatte, den er liebte, und nicht wußte, was er tun sollte. Er benötigte von seinem Bruder Verständnis, Nachsicht, irgendeine Art von Trost. Doch er bekam davon nichts.

»Du bist der Schlaumeier unserer Familie.« Artagels Stimme klang noch immer so brüchig, als hätte er hohes Fieber. »Finde jenes Weib und vereitle seine Absicht. Gelingt's dir nicht, und es verübt an uns Verrat, so werde ich, das schwöre ich, Margonals Männern den Zutritt verwehren, ganz gleichgültig, wer mir befehlen mag, die Waffen niederzulegen. Wenn's sein muß, werde ich allein gegen sein gesamtes Heer kämpfen.« Geradens Gesicht zuckte, als wolle er sich übergeben.

»Ach, schafft ihn fort!« schnauzte Kastellan Lebbick die Bahrenträger an. »Bringt ihn zurück ins Bett. Legt ihn in Fesseln, wenn er sich nicht anders bändigen läßt. Ruft seinen Arzt. Die Luft hier unten verwirrt ihm den Verstand. In seiner gegenwärtigen Verfassung vermöchte er nicht einmal einer schwangeren Lahmen zu widerstreiten.«

»Jawohl, Kastellan.« Die Schloßwächter packten ihre

Last fester und trugen Artagel in die Richtung zur Wachstube.

»Geraden?« Terisa berührte mit der Hand Geradens Arm und spürte die harte Verkrampfung seiner Muskeln. »Er hat's nicht so gemeint, er hat noch Fieber. Es wäre besser für ihn gewesen, das Bett nicht zu verlassen.« Geraden war dermaßen tief verletzt, daß sie ihn am liebsten in die Arme geschlossen hätte, aber Kastellan Lebbicks Anwesenheit hielt sie davon ab. »Hören Sie mir zu ... Er wollte Ihnen keine Vorwürfe machen.«

Der Adept drehte sich ihr zu. Dunkelheit verbarg seine Augen, weil er damit der Laterne den Rücken zudrehte; Düsternis überschattete seine Gesichtszüge. Er ging auf das, was Terisa geäußert hatte, nicht ein. Aber er blieb Terisa zugekehrt, als er sich an den Kastellan wandte.

»So haben wir nur noch jenes Wesen zu befragen, welches zu unserem Gefangenen geworden ist.« Sein Tonfall war so hohl, wie die umliegenden Zellen des Karzers leer waren. »Was erwartet Ihr von ihm in Erfahrung bringen zu können?«

»Das kommt auf die Umstände an«, lautete Lebbicks Antwort. »Du bist Schüler der Imagomantie. Darum sag du's mir. Besteht die Möglichkeit, daß es eine Sprache spricht, welchselbige wir zu verstehen vermögen?«

Einmal hatte Geraden mit Terisa über dies Thema diskutiert; jetzt jedoch ließ er sich nicht darauf ein. »Das werden wir ersehen.«

Er und Lebbick setzten den Weg durch den Gang fort — und in diesem Moment huschte eine schemenhafte Gestalt an ihnen vorüber, hastete auf die Zelle des Fremden zu. »Niemand unterrichtet mich über irgend etwas«, nuschelte die Gestalt vor sich hin, indem sie vorbeieilte.

Terisa sah flüchtig das Gesicht eines Mannes und erkannte Großmeister Havelock. *Großmeister Havelock?*

Unwillkürlich griff der Kastellan nach seinem Schwert; dann jedoch stieß er es zurück in die Scheide. Zusammen mit Geraden lief er dem verrückten Alten nach.

Terisa zog eine plötzliche Schlußfolgerung und rannte den Männern hinterdrein; aber sie waren zu schnell, sie konnte sie nicht rechtzeitig einholen. »Stellen Sie ihm keine Fragen!« rief sie ihnen in stärkster Beunruhigung zu.

Kastellan Lebbick fuhr so unerwartet herum, daß Geraden gegen ihn prallte. Infolge des Zusammenpralls torkelte der Adept gegen die Gitterstäbe einer Zelle. Lebbick fluchte erbittert, faßte Terisas Umhang und zerrte sie dicht zu sich heran. *»Ich soll ihm keine Fragen stellen?«*

»Ja, richtig, Fragen machen seinen Zustand nur schlimmer.« Der Atem des Kastellans roch trocken-säuerlich. Terisa war durchaus bereit, Lebbick die Sachlage deutlich zu erklären, aber im Moment geschah wieder einmal alles viel zu überstürzt. »Vielleicht sagt er uns was, aber nicht, wenn wir Fragen stellen.«

»Edle Dame«, raunte Kastellan Lebbick durch die Zähne, »woher wißt Ihr das?«

»Von ihm.«

»Von *ihm?*«

Zum Glück blieb Terisa gar keine Zeit, um darüber nachzudenken, was sie antworten sollte. Eine Gelegenheit zum Überlegen wäre gleichzeitig die Möglichkeit gewesen, einen Fehler zu begehen, versehentlich irgend etwas preiszugeben. »Ja, von ihm. Ich glaube, er wollte mir was sagen. Aber ich hab's nicht kapiert. Als ich mich nicht nach ihm gerichtet habe, bekam er fast 'nen Anfall.«

Der Kastellan packte Terisas Umhang noch brutaler; sein Grinsen — eher ein Zähneblecken — verlieh ihm das Aussehen eines Irren, der kurz vorm Durchdrehen stand. Doch eine Sekunde später ließ er die Hände sinken, lief erneut Havelock nach.

Inzwischen hatte Geraden den Großmeister eingeholt. Zusammen standen sie vor einer Zelle. Hinter der Vergitterung leuchtete Laternenschein.

Ein Knurren hallte durch den Gang. Vier pelzige Arme mit Krallen an den Fingern griffen durch die Gitterstäbe nach Geraden. Er sprang im letzten Augenblick zurück.

Rabiat stieß sich Großmeister Havelock die kleinen Finger beider Hände in die Nasenlöcher und wackelte dem Wesen mit den restlichen Fingern zu, als wäre er ein Kind, das ein möglichst schauriges Gesicht zeigen möchte. Kastellan Lebbick zog Havelock am Kragen seines Gewands auf sicheren Abstand vom Gitter. Als Terisa die drei Männer einholte, klammerte das Geschöpf alle vier Fäuste um die Stäbe. Der Brustkorb des Wesens wogte, die Schnurrhaare rings um die Augen sträubten sich wie Stacheln. Vielleicht sind sie vergiftet, überlegte Terisa, während sie das unbekannte Lebewesen anstarrte. Obwohl die Gesichtszüge völlig fremdartig waren, zeugten sie unmißverständlich von Gewalttätigkeit.

Der angestaute Druck zu vieler unbeantworteter Fragen, das unvermutete Erscheinen des Großmeisters und die Fremdartigkeit des Geschöpfs stellten Terisa irgendwie außerhalb der gewohnten Vernunft. »Heute ist es kalt geworden«, bemerkte sie in so gelassenem Ton völliger Selbstverständlichkeit, als wäre hier sie die Geisteskranke. Das mochte genau der richtige Weg sein, um Havelock zum Reden zu bewegen.

Er blickte sie nicht an. Zunächst einmal nahm er die Lippen zwischen die Finger und zog sie auseinander, schnitt eine schauderhafte Grimasse. »Von diesen Wesen habe ich vernommen«, erklärte er dann, »aber nie eines gesehen.«

Der Kastellan wollte aufbrausen, aber Geraden drosch ihm die flache Hand auf die Brust, um ihm zur Zurückhaltung zu raten. Schlagartig war Terisas Kehle wie ausgedörrt. Sie mußte mehrmals schlucken, ehe sie wieder sprechen konnte. »Wir sind heute ausgeritten. Ich bin fast erfroren.«

Havelock versuchte es mit einer anderen gräßlichen Fratze, doch auch sie machte auf das Geschöpf keinen erkennbaren Eindruck. »Zwei Imagomanten Vagels führten über sie Rede«, sagte er halblaut. »Nicht Vagel selbst. Jedoch hegte er an ihnen höchstes Interesse. Im Spiegel sah man sie ausschließlich auf der Jagd nach Leben, welches sie zu töten vermochten. Was sie suchten, fanden sie, ohne es zu sehen. Man erblickte sie stets in riesigen Horden. Eindeutig sind sie mit Vernunft begabt. Sie hatten gezähmte Reittiere. Er sann darauf, sich ein ganzes Heer von ihnen untertan zu machen.«

Um dafür zu sorgen, daß der Großmeister weitersprach, sagte Terisa das erstbeste, was ihr einfiel. »Wir haben Geradens Bruder Nyle verfolgt. Er hat sich mit Prinz Kragen getroffen.«

Geraden zuckte zusammen. »Es stimmt fürwahr«, antwortete Havelock, als sähe er dazu Veranlassung, Terisas Angaben zu bestätigen. »Festten hat sich beständig dreingemengt.« Er entblößte die Zähne zu einem freudlosen Grinsen, steckte die Daumen in die Ohren und verzog mit den Fingern die Lider zu Schlitzen. »Unterstünde Vagel ein eigenes Heer, er bräuchte den Großkönig nicht. Festten ersann Mittel, um die Forschungen zu vereiteln, bevor jene beiden Imagomanten sie mit Erfolg zu vollenden vermochten. Einer von ihnen verschwand schließlich. Ich wähne, man hat ihn gemeuchelt.«

Terisa tat ihr Bestes, um klare Gedanken fassen zu können. Ihre Konzentrationsfähigkeit war stark beeinträchtigt. Sie hatte getötet ...

Was für Forschungen hatten die Imagomanten betrieben? Was hinderte sie daran, per Translation das Heer aufzustellen, das der Erz- und Großmeister haben wollte? *Was ist Sprache?*

»Wir haben versucht, Nyle aufzuhalten«, sagte Terisa, indem sie sich stumm bei Geraden entschuldigte. »Da sind sie über uns hergefallen. Sie waren hinter Geraden her. Nicht hinter mir.«

Der Großmeister schenkte ihr ein Lächeln, das so unerwartet und schief ausfiel wie ein schrilles Kichern. »Mir ist vollauf einsichtig, was Ihr meint.« Der Laternenschein machte seine Augen milchig, als erblinde er. Aus einem Ärmel brachte er den kleinen Spiegel — so groß wie eine

Handfläche — zum Vorschein, den Terisa ihn schon zweimal als Waffe verwenden gesehen hatte.

Für einen Zeitraum, der keine meßbare Dauer zu haben schien, beobachtete sie ihn bloß, während er auf das Glas einmurmelte und mit der Hand darüberstrich. Da warnte auf einmal ihre Intuition sie, und sie sprang vor, griff nach seinem Handgelenk.

Sie haschte daneben. Er hatte sich bereits umgedreht. In völliger Unkenntnis ihres mißlungenen Eingreifens zielte er mit dem Glas, und ein dermaßen heißer Lichtstrahl schoß daraus hervor, daß das Geschöpf wie ein Bündel Anmachholz in Flammen aufging.

Während er aus Zorn und Erbitterung kehlig aufschrie, stieß Kastellan Lebbick den Großmeister beiseite, und als Havelock gegen die Wand taumelte und zu Boden sackte, erlosch der Strahl. Aber das Wesen brannte wie eine Fackel. Es gab keinen Laut von sich; es wich nicht zurück, schlug nicht mit den Armen, lockerte nicht einmal die Umklammerung der Gitterstäbe. Ganz langsam sank es am Gitter zusammen.

Als spiele sich alles im Zeitlupentempo ab, spürte Terisa einen trägen Hitzeschwall. Der Gestank versengten Fells und verkohlten Fleischs erfüllte die Luft.

Außerstande, Fassung zu bewahren, fiel Terisa auf die Knie. In der Höhe des Fußbodens war die Luft noch kühl. Aber der Modergeruch des Strohs war für sie zuviel. Großmeister Havelock kauerte auf Händen und Knien und schaute zu, wie das Geschöpf verbrannte. Als er merkte, daß Terisa ihn ansah, zwinkerte er ihr bedächtig verschwörerisch zu.

Dann breitete sich in Terisa Finsternis aus, und sie verlor, als ob sie sich im eigenen schwarzen Innern auflöse, die Besinnung.

23

In Erwartung des Unheils

Terisa hatte deutlich den Eindruck, sehr lange bewußtlos gewesen zu sein. Ein Mann hatte sich über sie gebeugt; daran entsann sie sich noch. Aber wer war es gewesen? Meister Eremis? Diese Vorstellung verursachte ihr in der Magengegend ein Gefühl strömender Wärme. Sie mochte nicht ohnmächtig sein. Falls er sie irgendwie berührte, wollte sie es nicht im Traum, sondern bewußt erleben.

Aber jetzt glich die Gestalt bei ihr mehr einer Frau. Allmählich merkte Terisa, daß sie nicht länger im Karzer auf dem Fußboden lag, vor allem, weil ihr warm war, richtig warm, sogar bis in die Zehen. Sie mußte in einem Bett liegen; Stein war nicht so weich. Unter Decken ... Mit Mühe öffnete sie die Augen.

Über ihr hing der längst vertraute Pfauenfedern-Baldachin ihres Betts. Saddith erwiderte ihren matten Blick. »Geraden«, rief die Zofe gedämpft, »ich glaube, sie erwacht.«

Sofort kam Geraden ans Bett geeilt. Müdigkeit und Sorge hatten sein Gesicht gezeichnet, seine Miene war verhärmt; aber sobald er Terisa in die Augen schaute, lächelte er, als hätte sie die ganze Welt in Ordnung gebracht. »Den Sternen sei Dank«, sagte er mit leiser rauher Stimme. »Ich bin hocherfreut, Euch wieder bei Besinnung zu sehen.«

Terisa hustete, als hätte sie die Kehle voller klebriger Watte. »Wie lange bin ich abgetreten gewesen?«

»Viel zu lange.«

Saddith lachte unbekümmert. »Edle Dame, der Adept ist von Euch wahrhaft berauscht. Jedes Augenblickchen, währenddessen Ihr geschlummert habt, galt ihm als ›viel zu lange‹, und ihn marterte Beklommenheit. Aber Ihr habt lediglich seit langem überfälligen Schlaf nachgeholt. Habt Ihr erst einmal gespeist und«, — sie rümpfte die Nase —,

»ein Bad genommen, werdet Ihr Euch wieder so prachtvoll fühlen, daß Ihr seine übersteigerte Sorge belacht.«

Auch Terisa bemerkte den leicht modrigen Geruch. Allem Anschein nach stak er in ihrem Haar; und in ... ihr Umhang war über eine Stuhllehne geworfen worden, aber sie hatte unter den Decken noch ihre Kleider an. Der Mief haftete auch in ihrem Hemd und der Hose. Als sie die Decken anhob, wehte er ihr schwach ins Gesicht.

Sie schob die Decken zur Seite, ließ sich von Saddith und Geraden dabei behilflich sein, sich auf die Bettkante zu setzen. Im Kamin prasselte ein kräftiges Feuer. Das fremde Geschöpf war verbrannt ... »Was ist passiert?« fragte Terisa.

Geradens Lächeln verzerrte sich. »Wenig. Ihr seid in Ohnmacht gesunken. Großmeister Havelock verließ den Karzer. Der Kastellan fluchte und schimpfte auf jedermann. Ein Arzt und ich haben Euch in Eure Gemächer verbracht. Der Arzt versicherte, Ihr würdet Euch ohne Umstände erholen, doch ich mochte ihm keinen Glauben schenken.« Er schaute fort. »Saddith hat mir ihres Lebens ganzen Lauf erzählt, um zu verhindern, daß ich, derweil Ihr schlummert, in Geschrei ausbreche.«

»Warum hat ...?« Terisa pflügte sich mit den Fingern durch die Haare, verzog wegen des Gestanks, der ihnen anhaftete, das Gesicht. Sie mußte tief einatmen, um dagegen vorzubeugen, daß sich rundum alles um ihren Kopf zu drehen anfing. »Warum hat Großmeister Havelock es umgebracht, das arme ...?«

Sofort nahm Geradens Miene einen schroffen Ausdruck an. »Er ist des Wahnsinns. Selbst wenn wir wüßten, weshalb er dies oder jenes macht, ergäb's keinerlei Sinn.«

»Ich weiß es zu erklären«, sagte Saddith in spöttischem Ton. »So die Gerüchte stimmen, hat er seit seiner Rückkehr aus Cadwal kein Weib mehr gehabt.« Sie stieß Geraden den Ellbogen in die Rippen. »Alle Männer werden zu Irren, betten sie sich nicht häufig genug zu Weibern.« Aus keinem ersichtlichen Grund lief Geraden rot an.

Terisa mußte das Verbrennen der fremden Kreatur aus ihrem Bewußtsein verdrängen. Sie mußte den Gestank aus dem Haar und der Kleidung entfernen. »Ich verstehe das nicht«, sagte sie, kümmerte sich nicht um Saddith. »Weshalb haben die Imagomanten, die mit Vagel zusammenarbeiteten, ihm nicht durch Translation das Heer besorgt, das er wollte? Welche Forschungen haben sie betrieben?«

»Darüber weiß ich freilich nicht Bescheid«, antwortete Geraden sofort, als wäre er froh über die Ablenkung durch Terisas Fragen. »Doch ich vermag gewisse Vermutungen anzustellen. Wir haben uns einmal über Sprache unterhalten.« Aufmerksam schaute er Terisa ins Gesicht. »Als der Erz- und Großmeister Kabale ein Imago dessen erblickte, was sie als der vollkommene Krieger dünkte, wußte sie nicht, ob's möglich wäre, sich mit jenen Wesen zu verständigen. Sie glaubte nicht, daß die Translation als solche sie dieser Schwierigkeit entheben könnte. Das dürfte die Angelegenheit gewesen sein, welche sie erst erforschen mußte.« Er prustete ein humorloses Auflachen. »Auf gewisse Weise ist's recht ulkig. Großkönig Festtens oder der Erz- und Großmeister geböten längst über ein ganzes Heer jener Wesen, hegten sie die gleiche Überzeugung wie König Joyse, und sie vermöchten ihn zu bezwingen. Aber nun«, — sein Ton wurde bitter —, »werden wir die Wahrheit niemals erfahren.«

Terisa nickte, ließ Geradens Worte ihre unliebsamen Erinnerungen verdrängen. Saddith dagegen war anscheinend vom Verlauf des Gesprächs nicht sonderlich angetan. »Edle Dame«, sagte sie, kaum daß Geraden schwieg, »ich habe weder Speise für Euch bereitstehen noch Euch ein Bad vorbereitet, dieweil ich nicht wußte, wann Ihr erwacht. Doch beides kann Euch nahezu ohne Verzug verfügbar sein. Mit Eurer Erlaubnis werde ich Euch holen, was Ihr braucht.«

»Danke.« Wie üblich zogen Saddiths offene Bluse und pralle Brüste Terisas Blick an. Willentlich hob sie den

Kopf, um nicht mehr das Gefühl zu haben, mit Sadditths Busen zu reden. »Das wäre nett.«

Daraufhin widmete die Zofe Geraden einen kessen Blick. »Sei gewarnt«, sagte sie verschmitzt. »Für das, was du begehrst, werde ich zu rasch zurück sein. Selbst der hitzigste Jüngling bedarf dafür einer bestimmten Frist.« Sie lachte und verließ Terisas Gemächer.

Probeweise stand Terisa auf. Überhastet sprang Geraden vor, um ihr zu helfen. Kläglich geriet er aus dem Gleichgewicht und fiel fast aufs Bett. Terisa stützte ihn, statt gestützt zu werden.

Geraden fluchte vor sich hin, wich zurück. Offenbar hatte er in mehr als nur einer Hinsicht das Gleichgewicht verloren. Jetzt wirkte er, als wäre er den Tränen nahe.

Geraden? Was war los? Terisa war sich darin unsicher, ob sie richtig sah. Oder sie war sich ihrer selbst nicht sicher. Sie befand sich in ziemlich schlechtem Zustand. Sie fühlte sich sogar miserabel. Wo war der Geraden, der sich immer um sie sorgte, als wäre sie die wichtigste Person in seinem Leben?

Zusammenhanglos äußerte sie das, was ihr gerade einfiel und nichts mit dem zu tun hatte, was sie empfand. »Es kam mir so vor, als ob Sie eben rot geworden sind. Was haben Sie und Saddith getan, während ich schlief?«

Geradens Haltung versteifte sich; während er zu seinem Stuhl zurückging, konnte er für einen Moment das Gesicht abwenden. Als er sich setzte, war seine Miene hart geworden, als wäre er wütend. Aber er war es nicht. Seine Augen schimmerten feucht vor Kummer.

»Ich verstehe das Frauenzimmer nicht«, sagte er leise, ohne Terisas Blick zu erwidern. »Ich meine, auf gewisse Weise verstehe ich Saddith durchaus. Ich bin keineswegs so unwissend, wie sie wähnt. Aber es ist mir nicht gegeben, ihr Verhalten zu begreifen.« Seine Verwirrung bewog ihn zu einem Stirnrunzeln. »Sie hat mir nicht ihres Lebens Geschichte erzählt, derweil Ihr schlieft. Indessen wollte sie mich dazu verleiten, sie hier auf dem Fußboden zu besteigen.« Irgendwie fand Terisa das überhaupt nicht lustig. Rings um ihr Herz schienen sich die Muskeln zusammenzuziehen. »Sie behauptete, sie hätte seit einer Weile keinen Mann mehr gehabt. Sie sprach davon, als beträf's nichts anderes als das Beheben eines Juckens. Freilich gibt's im Umkreis einer Steinwurfweite ungefähr zweihundert Männer, welche ihr nur zu gerne willführen. Doch sie mochte sich auf nichts einlassen, was womöglich an die Ohren jenes Mannes dränge, welchselbigem ihr wahres Interesse gilt. Ich habe den Eindruck, er ist gegenwärtig fort, wer's auch sein mag.« Er seufzte, brachte es aber noch immer nicht fertig. Terisa anzusehen. »Sie führte an, mit mir sei's ohne Wagnis, dieweil sich mein Herz nach Euch, nicht nach ihr sehne. Zudem erwiese sie mir eine Gefälligkeit, dieweil sie mich lehre, was mit Eurem Körper zu tun sei, sobald ich schließlich Hand an ihn legen dürfe. Ich vermocht's ihr nicht zu verdeutlichen, daß sie nichts als Ekel bei mir hervorruft, wenn sie solcherart daherredet.«

»Wieso?« Terisa bemühte sich um einen sachlichen Ton, aber ohne Erfolg. »Finden Sie sie nicht hübsch?«

Geradens Blick war kalt, als er sie endlich ansah. »Gewißlich ist sie ein reizvolles Weib. Eine steinerne Mauer wäre reizvoll, sähe sie so aus wie sie. Ihre innere Einstellung ist's, welche mir mißbehagt. Mit der Liebe hat's mehr auf sich als nur die Befriedigung des Triebs. Ich bitte Euch, erteilt mir auf eine Frage Antwort.« Nun war er tatsächlich zornig. »Vor einiger Zeit — ich glaube, 's war am ersten Morgen des Tauwetters — weilte ich hier bei Euch, als Saddith kam. Da habt Ihr Euch bei ihr nach Meister Eremis' Befinden erkundigt.« Um Terisas Herz verstärkte sich die Verkrampfung. »Selbige Nachfrage erachtete ich sogleich als sonderbar. Doch ich mochte Euch nicht mit Neugierde behelligen. Aber je länger ich dessen gedenke, um so absonderlicher dünkt sie mich. Weshalb habt Ihr *sie* nach ihm gefragt? Was könnte sie von Meister Eremis wissen?«

Saddith hatte Geraden zu verführen versucht. Terisa setzte sich wieder aufs Bett, um zu verheimlichen, daß sie zitterte, und um das Zittern zu unterbinden. Sie schob ihre Gefühle in den Hintergrund ihres Empfindens, weil sie sie fürchtete. »Sie hat 'n Verhältnis mit ihm«, sagte sie. »Dauernd erzählt sie mir was davon.« Niemals würde sie zugeben, daß sie Meister Eremis und Saddith zusammen gesehen hatte. »Ich glaube, sie ist der Meinung, wenn sie sich lange genug nach oben bumst, wird sie irgendwann mal Königin von Mordant sein.«

»Das erklärt's zur Genüge«, murmelte Geraden nach einem Moment des Schweigens. Seine Stimme drückte nicht länger Zorn aus, sondern Gedankenverlorenheit und Einsamkeit. Unvermittelt erhob er sich vom Stuhl. »Eben habe ich eine Mitteilung erhalten. Artagel hat einen Rückfall erlitten. Sein Arzt beteuert jedoch, er sei lediglich zeitweiliger Natur. Er wird genesen. Es dünkt mich angebracht, ihm nun einen Besuch abzustatten. Saddith wird alsbald zurückkehren. Mag sein, ihre Gegenwart wird Euch nicht aufheitern, doch zumindest werden Euch Speise und ein warmes Bad zuteil werden.« Dazu außerstande, seine Wehmut zu verbergen, wandte er sich zum Gehen.

»Geraden, warten Sie!« Der Anblick seines Rückens, während er zur Tür strebte, schien alles in Terisas Innerem in eine andere Richtung zu verlagern. Sie sprang auf, streckte eine Hand, die er nicht sah, nach ihm aus. »Bleiben Sie hier.«

An der Stelle verhielt er. Er beugte die Schultern, als ränge er mit einem Schmerz in seiner Brust. »Ich muß zu Artagel.« Seine Stimme drang aus beengter Kehle.

»Bitte«, sagte Terisa. »Ich bin die ganze Zeit über sehr egoistisch gewesen. Sie sind immer so gut zu mir, und ich vergesse, daß Sie selbst Probleme haben. Bitte sagen Sie mir, was los ist.«

Er kam nicht zurück. Langsam hob er eine Hand und lehnte sich an den Türrahmen. »Terisa«, sagte er gequält, »all dieser Unsegen ist fürwahr meine Schuld.«

»Nein, das stimmt nicht.« Terisa widersprach ohne Zögern. »Sie sind nicht Prinz Kragen. Und nicht Elega.«

Geraden fuhr sich mit der anderen Hand übers Gesicht. »Nyle hat recht. Bei allem, dessen ich mich unterfange, erweise ich mich als Narr. Er hat begonnen, was er als richtig ansah. Damit tat er etwas, das keinen ernstlichen Schaden gezeitigt hätte, wär's dahin gekommen, daß es sich als falsch herausstellte. Das ist's, was zählt. Um ihn hätten wir uns nicht zu scheren brauchen. Er war keine Gefahr. Ihr und ich, wir hätten nach Orison umkehren sollen, so daß Ribuld bei Argus zu bleiben vermocht hätte. Wir hätten Kastellan Lebbick sofort über Elegas Treiben in Kenntnis setzen sollen.« Nach und nach klang seine Stimme nach eiserner Härte, wie ein Meißel, mit dem er die einzelnen Wörter in Stein zu hauen schien. »Ihr weiltet nicht unter uns, hätte ich nicht jene Translation verpatzt. Statt dessen wäre lediglich der Kämpe da. Oder nicht, denn hätte er's abgelehnt, uns Beistand zu leisten, wäre wider seinen Willen keine Translation vorgenommen worden. Orisons Außenwall wäre unbeschädigt. Myste wäre noch hier. Wenn überhaupt irgend jemand, so wäre sie dessen fähig gewesen, Elega ihr verwerfliches Tun auszureden.«

»Geraden.« Vorsichtig trat Terisa zu ihm, legte ihm die Hände auf den Rücken, der sich ein wenig so anfühlte, als wäre er mit Kordel umwickelt, um zu verhindern, daß er aus innerem Druck aufbarst. Geradens Jungenhaftigkeit starb ab. Er zerbrach Stück um Stück, verlor alles, was er liebte, ihn aufrechthielt. »Bitte, Geraden.« Sie mußte ihm etwas sagen.

Er konnte nicht mehr aufhören. »Alends Monarch wird Orison einnehmen. Es ist unmöglich — oder *sollte* unmöglich sein —, und doch wird er's tun. Und's ist meine Schuld. Einst bin ich jenem Weib anverlobt gewesen. Mag sein, wir haben wenig gemeinsam, aber ich wähnte, sie besser zu kennen. Erst Nyle. Nun sie. Was immer ich liebe ...« Die Kehle schnürte sich ihm zu. Terisa spürte, wie er darum rang, weiterreden zu können. »Artagel hat Wahres gesprochen«, sagte er dann. »Unseren Vater wird's dahinraffen.«

Sie hätte es ihm schon längst sagen müssen. »Geraden, tun Sie sich das nicht an.«

Ohne Vorwarnung wandte er sich um. Seine Wangen waren feucht von Tränen, aber er sah gar nicht wie jemand aus, der weinte; er wirkte nur durch und durch unglücklich, fast wie umnachtet aus Verachtung für sich selbst und seine ständigen Fehler.

»Artagel ist der Ansicht, ich trage die Schuld.« Er sprach in ruhigem Ton, so gefaßt, daß er unansprechbar zu sein schien. »Von Nyle hatte ich einen solchen Vorwurf erwartet. Doch auch Artagel denkt, 's ist meine Schuld.«

»*Geraden.*« Terisa hatte die Grenze dessen erreicht, was sie ertragen konnte. Um sich irgendeinen Halt zu verschaffen — weil sie sich fürchtete —, packte sie mit beiden Händen das Vorderteil seines Hemds. »Sie liegen nicht falsch. Ich weiß nicht warum ... oder inwiefern. Aber Sie täuschen sich nicht. Entsinnen Sie sich an die Omen. Erinnern Sie sich daran, Reiter gesehen zu haben? *Drei Reiter, die ihre Tiere antrieben, auf den Betrachter zu, als wollten sie aus dem Glas hervorgesprengt kommen, sie nachdrücklich vorwärtstrieben, so daß man den Schultern der Pferde die Anstrengung ebenso ansah wie den Reitern ihren Haß, den die scharfen Klingen ihrer erhobenen Schwerter zum Ausdruck brachten.* »Ich hatte sie schon mal gesehen ... ich habe von ihnen geträumt, noch ehe ich die Omen zu sehen kriegte. Bevor ich Sie kennengelernt habe. Ich hatte einen Traum, der genau mit dem Imago der Omen übereinstimmte.«

Terisa forschte in seiner Miene und sah Überraschung und Verblüffung zu Freude werden. »Folglich *hat* Euer Hiersein einen Grund«, raunte er erleichtert. »Ich bin keinem Irrtum erlegen. Ihr *seid* der Kämpe.«

»Ich weiß nicht warum«, wiederholte Terisa hartnäckig. Ihre Einlassung war das einzige, was sie ihm geben konnte, der einzige Trost, den sie für ihn wußte. »Ich weiß nicht wieso. Aber es gibt tatsächlich irgendeinen Grund. Sie haben sich nicht geirrt.«

Daraufhin strahlte Geraden immer mehr, als würde er gleich zu glühen anfangen. Er schlang die Arme um Terisa, senkte seine Lippen auf ihren Mund. Begierig warf sie die Arme um seinen Hals und küßte ihn.

Sie hielten sich umfangen, drückten einander, bis Saddith mit einem Tablett Essen sowie einem Diener kam, der einen Kübel mit Badewasser trug.

Nachdem Terisa und Geraden gegessen hatten, taten sie, was sich tun ließ, um auf die bevorstehende Belagerung vorbereitet zu sein.

Am Mittag des nächsten Tages hatte Kastellan Lebbick sämtliche Streitkräfte des Königs auf Schloß Orison zusammengeholt, sie einquartiert, wo sich gerade Platz fand, und ihnen entsprechend der Erfordernisse und Notwendigkeiten Verantwortungsbereiche für die Gewährung des täglichen Lebens im Schloß sowie für dessen Verteidigung zugeteilt. Als die Mannschaftsunterkünfte überbelegt waren, fanden so manche der verlassenen Gänge und sonstigen Räumlichkeiten unter den bewohnten Etagen wieder Verwendung. Die Köche beschwerten sich über den vermehrten Arbeitsanfall; die Bediensteten und Dienerinnen, die für die Sauberhaltung zuständig waren, beklagten sich heftig. Trotz allem konnte Orison die zusätzlichen Truppen aufnehmen und unterbringen. An der Mauer, die die Lücke im Außenwall schließen sollte, setzte man die Arbeit fort.

Zur gleichen Zeit ritten Späher aus dem Krongut in den Armigitegau. Obwohl es sie erschreckt hätte, dem Heer des alendischen Monarchen so bald zu begegnen, legten sie von da an erhöhte Vorsicht an den Tag.

Im Laufe der Nacht waren die Männer wiedergekehrt, die Prinz Kragen verfolgt hatten. Der alendische Thronbewerber hatte seine Verfolger auf die denkbar einfachste Art abgehängt, nämlich indem er auf einer Landstraße weitergeritten war, auf der seine Spuren sich von denen anderer Reisender nicht unterscheiden ließen. Diese Nachricht bewog den Kastellan zu ausgiebigem Gefluche, aber er konnte daran nichts ändern.

Von den Männern, die herausfinden sollten, woher die Fremden, die Geraden hatten töten wollen, gekommen waren, hörte man nichts.

Die meisten Bauern und Händler in der näheren Umgebung Orisons hatten aus ihren Scheunen, Speichern, Lagern und Schuppen alles aufs Schloß zu schaffen begonnen. In den Dörfern lebten noch viele Menschen, die sich daran erinnerten, wie das Dasein gewesen war, ehe König Joyse in Mordant die Macht errungen und durch die Kraft seiner starken Faust Frieden erzwungen hatte. Sie hielten die Menschen in ihrem Umkreis zum Handeln an. Großmütter und Ziegenherden bewegten sich nicht eben schnell, doch sie befanden sich unterwegs.

Infolge dieser Umstände wimmelte es im Schloßhof von allen möglichen Aktivitäten, und auch in den Fluren und Korridoren herrschte äußerste Geschäftigkeit vor. In einer derartigen Situation hätten die Verhältnisse leicht in Chaos und Gezänk umschlagen können. Aber Kastellan Lebbick verstand sich auf seine Pflichten, und seine Männer wußten seine Befehle richtig auszuführen. Der Großteil der Bevölkerung, die auf Orison Zuflucht suchte, bezog Quartiere und richtete sich darin ein, ohne zu merken, wie aufmerksam man sie überwachte. Und die Leute, die es bemerkten, kamen nicht auf die Idee, daß der wichtigste der den Schloßwächtern erteilten Befehle gar nicht dem Aufrechterhalten der Ordnung galt, sondern der Aufgabe zu verhüten, daß sich Alender oder Spione ins Schloß schlichen.

Sobald er mit dem Stand der Vorkehrungen zufrieden war, suchte Kastellan Lebbick Barsonage auf. Das Resultat dieses Besuchs fiel weniger zufriedenstellend aus. Da die Meister es für angebracht gehalten hätten, argumentierte der Kastellan, auf Mordants Schicksal Einfluß auszuüben, indem sie per Translation ihren ›Kämpen‹ herbeiholte, könne sie jetzt wohl kaum so tun, als ginge sie das, was jetzt geschah, nichts an. Es läge in ihrer Verantwortung, an der Verteidigung Orisons und ihres Königs mitzuwirken. Das wäre — so Lebbick — doch wohl völlig klar.

Darauf gab ihm Meister Barsonage jedoch — nahezu verräterisch — nur die Information, daß die Zunft sich aufgelöst habe. Durch die eigenen Ideale handlungsunfähig gemacht, könnten sich die Meister auf nichts mehr einigen. Es fehle ihnen an einem glaubwürdigen Ziel. Es stünde Kastellan Lebbick frei, erklärte Meister Barsonage, sich nach Belieben an einzelne Imagomanten zu wenden — im Gegensatz zu Meister Eremis waren die meisten auf Orison geblieben —, aber gemeinsame Entscheidungen oder ein gemeinschaftliches Vorgehen der Zunft könne er nicht erwarten. König Joyses Mißachtung der Zunft sei zuletzt zu ihrem konsequenten Abschluß gelangt. Kastellan Lebbick kochte vor Wut, als er Barsonage verließ.

Tor sprach mit König Joyse; oder richtiger ausgedrückt, er sprach *zu* König Joyse. Er schmeichelte und forderte; er redete leise und schrie. Er machte sich lächerlich, und er unternahm mutige Anstrengungen, einen ernsthaften Eindruck zu erregen. Leider trugen seine ganzen Mühen ihm nichts anderes von König Joyse ein als ein reichlich gequältes Lächeln und die zerstreut ausgesprochene Beteuerung, er sei davon überzeugt, daß sein alter Freund Tor immer das tun würde, was er als am besten betrachtete. König Joyse fühlte sich zu sehr vom neuesten Springbrett-Problem beansprucht, mit dem Großmeister Havelock ihn konfrontiert hatte, als daß ihn so etwas wie eine Belagerung hätte ablenken können. Dennoch zeigte er sich ungeheuer verärgert, als Tor es riskierte, Prinzessin Elega zu erwähnen. Schließlich gab Tor auf und widmete sich den Tröstungen, die ihm die stets volle Weinkaraffe eines Kanzlers spendeten.

Inzwischen hatten zwei Abteilungen Soldaten — jede in Bataillonsstärke — im Innern Orisons ungefähr vierzig Kilometer Geheimgänge abgesucht, ohne Elega zu finden. Der Kastellan ließ sie mit dem Suchen noch einmal von vorn anfangen.

»Aber was *vermag* sie denn zu tun?« fragte Geraden, während er in Terisas Wohnzimmer den Pfauenaugenteppich abschritt. Terisa hatte bereits vergessen, wie oft er die Frage schon gestellt hatte, aber wenigstens war er so nett, keine Antwort von ihr zu erwarten. »Ich will damit sagen, man muß sich einmal vergegenwärtigen, was das bedeutet. Im wesentlichen hat sie Prinz Kragen versprochen, ihm Orison in die Hand zu liefern. Und sie vermocht's ihm glaubhaft zu machen. Aber er weiß, was Belagerung heißt. Und er kennt Orison. Was mag sie ihm zugesichert haben, das er als glaubwürdig bewertete?«

Terisa seufzte und schaute trübsinnig zum Fenster hinaus.

Wie zugesagt, kam Mindlin mit ihren neuen Kleidern zur vorläufigen Anprobe. Terisa traf ein paar willkürliche Entscheidungen und ließ sich zu einigen Abänderungen überreden, und der Schneider verabschiedete sich wieder.

Sie kehrte zurück ans Fenster. Obwohl ihr der frühlingshafte Sonnenschein gefiel, der auf den Hängen der Hügel glänzte, aber die Straßen verschlammte, hoffte sie auf Schnee.

In der Tat hofften die gesamte auf Schloß Orison zusammengedrängte Bevölkerung und die Schloßbewohner, es möge schneien. Doch am folgenden Morgen gab es keine Wolken, keine Kälte, sondern eine weitere Erwärmung. Man hätte meinen können, das Wetter sei auf der Seite der Alender.

Kastellan Lebbick vergeudete jedoch keine Zeit damit, übers Wetter zu schimpfen. Es gab wichtigere Dinge, über die er schelten und fluchen konnte.

Der Zustrom von Menschen, Vieh und Vorräten war wirklich gut organisiert. Selbstverständlich ähnelten die Verhältnisse im Schloßhof mehr einem ganz grob geordneten Wirrwarr, und die Menschen, die man in den vorher unbenutzten Tiefen der Schloßmauern unterbrachte, mußten sich mit einer Feuchtigkeit abfinden, die nur um so schlimmer wurde, indem Feuer und Massen von Leibern die Wände aufwärmten. Aber für jeden fand man irgendwo Platz. Und die erhöhte Zahl an verfügbarem Vieh sowie der anbeförderte Proviant glichen die wachsende Menge von Menschen aus, die ernährt werden wollte.

Kastellan Lebbicks unterdrückte Wut hatte andere Ursachen. Von den Spähern hatte er bisher keine Nachricht erhalten; aber das war gut, nicht schlecht. Andererseits hatte er auch von dem Trupp, der damit beauftragt worden war, die Fährte der Fremden zurückzuverfolgen, die Geraden zu ermorden beabsichtigt hatten, noch nichts gehört. Dieser Umstand war eindeutig als nachteilig einzustufen. Er legte die beunruhigende Schlußfolgerung nahe, daß sich irgendwo eine ganze Horde dieser Kreaturen sammelte, um womöglich im ungünstigsten Moment Orison zu attackieren.

Zu allem Unglück plagten den Kastellan noch andere Sachverhalte. Zum Beispiel weigerte Tor sich halsstarrig, ihn in Ruhe zu lassen. Nachdem es ihm mißlungen war, König Joyse aus seiner Gleichgültigkeit zu reißen, bestand der fette alte Gauherr darauf, sich umfassend über Orisons Verteidigung zu informieren. Mit Allgemeinheiten war er nicht zufrieden; er beharrte auf Details: den Namen von Offizieren, die bestimmte Befehle erhalten hatten; der Menge und Verfügbarkeit gewisser Lagerbestände; den wichtigsten Beförderungswegen für Männer, Waffen und Wasser (ob der Kastellan Vorbereitungen zur Brandbekämpfung veranlaßt hätte, verlangte er zu wissen) durchs Schloß. Die andauernden Störungen durch den Gauherrn hätten ausgereicht, um selbst einen gutmütigen Menschen rasend zu machen.

Ein anderes Ärgernis war, daß König Joyse es ablehnte, Lebbicks Wiedergabe der Äußerungen Meister Barsonages in bezug auf die Auflösung der Zunft ernstzunehmen. »Aufgelöst?« schnob der König. »Unfug. Barsonages Seele ist zerrüttet. Sucht Meister Quillon.« Der König versetzte eine Spielmarke und besah sich aufmerksam die veränderte Situation auf dem Spielbrett, die sich daraus ergeben hatte. »Teilt ihm mit, er ist der neue Mediator. Ich brauche die Imagomanten.« Obwohl Kastellan Lebbick — wenngleich gemäßigt — eine Empörung bekundete, die an Verzweiflung grenzte, ließ sich König Joyse nicht dazu bewegen, dem noch irgend etwas hinzuzufügen.

Und Prinzessin Elega war allem Anschein nach spurlos verschwunden. Die Schloßwächter fanden nicht nur sie nicht, sondern ebensowenig etwas, das auf einen vorübergehenden Aufenthalt am einen oder anderen Ort, in diesem oder jenem Versteck hingewiesen hätte — keine Reste von Essen und Getränken, keine zurückgebliebenen Kleidungsstücke, weder Laternen noch Kerzen, und (die Schloßwächter suchten sehr gründlich) auch keine Brieftauben. Lediglich Großmeister Havelock lief ihnen in unregelmäßigen zeitlichen Abständen in den Geheimgängen über den Weg und lieferte ihnen Beispiele der Weisheit und des Anstands, die sogar betrunkenen Flegeln während des Karnevals peinlich gewesen wären.

Aber Kastellan Lebbick ließ sich nicht vom wesentlichen ablenken. Trotz seines Grimms, seiner Konzentration auf seine Pflichten und seiner entschiedenen Überzeugung, daß kein Weib ihn und Orison den Feinden des Königs in die Hände spielen könne, wurde er insgeheim allmählich ziemlich unruhig.

»Erachtet Ihr's als denkbar«, fragte Geraden Terisa, »sie könnte irgendein ganz einfaches, naheliegendes Vorgehen im Sinn haben, wie etwa, daß sie schlichtweg hingeht und Schloßwächtern Befehle erteilt? Das möchte wohl gelingen, wären selbige Männer ohne Arg. Zumindest ist's vorstellbar, daß sie's schaffen könnte, inmitten der Nacht die Tore öffnen zu lassen.«

Heute war er nicht mehr so nervös; dadurch enthob er Terisa der Verantwortung für ihn und räumte ihr die Möglichkeit ein, sich selbst mies zu fühlen. Vielleicht übertrug sich seine Besessenheit auf sie, machte sie ohne nachvollziehbaren Anlaß so zappelig und gereizt. Oder vielleicht hatte ihre Ratlosigkeit doch einen Grund ... Dieser Gedanke ging ihr nicht wieder aus dem Kopf. Wußte sie irgend etwas und konnte sich daran nicht erinnern? Müßte ihr etwas Bestimmtes ganz klar sein?

Ach, verdammt! Während sie den Adepten so mißgelaunt anschaute, als trüge er wirklich an allem die Schuld, versuchte sie das geringe Wissen, das sie besaß, im Zusammenhang zu betrachten. »Erklär mir mal folgendes. Weshalb hat Cadwal oder Alend — oder beide — Mordant nicht schon längst angegriffen?«

»Dieweil sie König Joyse fürchteten. Sie fürchteten, was er mittels der Zunft wider sie auszurichten vermöchte.«

Terisa nickte. »Und warum greift Margonal jetzt an? Wieso hat er keine Furcht mehr?«

»Dieweil er von Prinz Kragen und wahrscheinlich ebenso aus etlichen Dutzend anderen Mündern vernommen hat«, — das auszusprechen, fiel ihm sichtlich schwer —, »daß König Joyse sich nicht länger um sein Reich schert und sorgt.«

»Nein.« Terisa hatte den Eindruck, sich der Lösung zu nähern. »Das ist keine ausreichende Erklärung. Was soll es denn, wenn dem König alles egal ist? Warum fürchtet sich Margonal nicht vor der Zunft? Weshalb befürchtete er nicht, daß sich die Meister wehren, ganz gleich was König Joyse tut?«

»Die Zunft ist zerfallen.«

»Aber das weiß er nicht. *Elega* weiß es wahrscheinlich auch nicht.«

Auf einmal betrachtete Geraden sie mit einem Glanz in den Augen, als wäre sie plötzlich schöner und klüger geworden. »Dann hat sie etwas zu tun versprochen, das die Meister daran hindern soll, Gegenwehr zu entbieten.«

»Ja.« Das leuchtete Terisa ein. Im ersten Moment fühlte sie sich bestätigt, erlebte fast eine Anwandlung des Triumphs. Doch damit spiegelte sie sich etwas vor.

»Aber was mag's sein?« fragte Geraden, nachdem er über Terisas Überlegungen nachgedacht hatte. »Was *kann* sie tun? Welche Macht sollte sie über die Zunft haben können?« Terisa hatte keine Ahnung. Nun war es Geraden, der verdrossen zum Fenster hinausstarrte. »Ich hab's Euch angekündet«, murmelte er zusammenhanglos. »Ein frühes Tauwetter bringt Gefahr.«

Am nächsten Tag zeigte sich der Himmel bedeckt und trüb, und kalter Wind wehte; ein neuer Wintereinbruch schien absehbar. Kastellan Lebbick hielt den Himmel unter Beobachtung, während er sich über die ständigen Belästigungen durch Tor ärgerte und mürrisch über den Umstand Gedanken machte, daß seine Späher noch nicht zurückgekehrt waren. Ohne sich dessen bewußt zu werden, verfiel er in die Angewohnheit, seiner Umgebung vorherzusagen, wenn er nichts Konkreteres oder noch Wüsteres redete, daß er Gauherr Armigite bei nächstbester Gelegenheit auf kleinem Feuer rösten werde.

Bei oberflächlicher Betrachtungsweise verlangte Schloß Orison sehr viel von seinem Kastellan. Das Schloß war erheblich überbevölkert, und Überbevölkerung verursachte Streitigkeiten und lockte Ungeziefer an. Die Menschen waren griesgrämig, weil sie gezwungen gewesen waren, ihre Häuser zu verlassen. Manche Händler hegten Groll, weil man alles, was sie besaßen, beschlagnahmt hatte. Andere Leute waren aufgebracht, weil fast niemand noch die überhöhten Preise bezahlen konnte, zu denen der Mangel führte. Viele Schloßwächter empfanden Erbitterung, weil sie auf zu engem Raum hausen mußten, man sie zu hart drillte oder sie irgendwelchen Dienst, den sie nicht mochten, zu leisten hatten. Damen und Herren des Adels waren verärgert, einfach weil allgemein Ärger in der Luft lag. Alle waren wütend, weil alle sich fürchteten. Und aufgrund der Furcht wirkte der Ärger um so mehr wie gerechter Zorn, je angebrachter und gerechtfertigter.

Tatsache war jedoch, daß Kastellan Lebbick das ganze

Schloß und das Leben darin mittlerweile weitgehend durchorganisiert hatte, so daß alles ohne ihn funktionierte. Seine Offiziere wußten, was sie zu tun hatten; seine Soldaten wußten es. Alle Menschen im Schloß waren voller Zorn, aber niemand erlitt dadurch irgendwie Schaden. Der Kastellan hatte nichts anderes zu tun, als in Ungeduld und Ungewißheit zu schmoren und das Wetter zu beobachten.

Am Abend kehrte endlich ein Rest des Trupps wieder, der den Auftrag erhalten hatte, die Fährte der Fremden zurückzuverfolgen, mit denen sich Terisa und Geraden herumgeschlagen hatten: zwei herb in Mitleidenschaft gezogene Veteranen, deren Verletzungen, offengehalten durch rücksichtsloses Reiten, noch bluteten. Eine Anzahl der fremdartigen Kreaturen hatte dem Trupp aufgelauert. Er war nicht weit südlich vom Breithweyn in den Hinterhalt geraten — und unweit des Torgaus.

Als wolle er diesen Überfall feiern, schlug Tor ein neues Faß Wein an. Kastellan Lebbick hatte dagegen nur Interesse an Schnee. Wenn es wieder schneite, würden die Kuriere, die er den Gauherren Perdon, Fayle und Termigan geschickt hatte, genug Zeit haben, um ans Ziel zu gelangen.

Aber am folgenden Morgen kündete das Wetter noch stärker den zu erwartenden Frühling an. Sonnenschein strömte durch die Fenster, erzeugte freigebig prachtvollen goldenen Schimmer auf den steinernen Fußböden und dicken Teppichen. Ein Lüftchen, das wie ein Frühlingsstrauß duftete, ein Vorbote der Blumen, die bald sprießen sollten, durchzog den Innenhof. An den Hängen der Hügel rings ums Schloß zeigten sich ein paar Flecken bloßen Erdreichs, und einige Bäume sahen sogar von weitem so aus, als würden sie demnächst Knospen schlagen. Unerwartet kreisten Vogelschwärme über den Dächern Orisons, ließen sich lautstark auf den Schindeln und Regenrinnen nieder und sangen.

Kurz nach Mittag fanden sich die anderen Späher des Kastellan ein und berichteten, das alendische Heer marschiere bereits ins Krongut ein. Falls keine schwere Naturkatastrophe ihm den Weitermarsch unmöglich machte oder irgendein Wunder Orison rettete, mußte das Schloß für den Nachmittag des kommenden Tags mit dem Beginn der Belagerung rechnen.

Die Späher schätzten Margonals Heer auf zehntausend Mann, zweitausend Reiter und achttausend Fußsoldaten; außerdem führte er genug Kriegsmaschinen mit, um das Schloß Stein um Stein einreißen zu können. Viele dieser Apparate waren offensichtlich im Armigitegau gebaut worden. Offenbar waren die Abmachungen zwischen Prinz Kragen und Armigite nicht so harmloser Art, wie der Prinz es Nyle eingeredet hatte.

Leider blieb es nicht bei dieser einen schlechten Nachricht. Kurze Zeit vor Sonnenuntergang meldete ein Trompetenstoß die Ankunft von Reitern. Fast hundert Soldaten kamen die Landstraße aus der Richtung des Perdongaus heraufgeritten. Sie sahen erschöpft und wie vorzeitig gealtert aus, als wären sie bereits unzumutbar lange unterwegs. Sie hatten Perdons Wappen auf den Waffenröcken und ritten unter der Fahne des Perdongaus, aber sehr langsam. Ausnahmslos waren sie verwundet; manche hatten Gliedmaßen verloren, andere trugen Verbände um Kopf oder Brust; ihre Gesichter wirkten abgehärmt. Viele ihrer Pferde beförderten zusätzlich Bahren, auf denen Tote lagen.

Als der Trompeter erkannte, um wen es sich bei den Reitern handelte, wechselte er den Ton und blies so etwas wie einen Trauermarsch. »O nein!« stöhnte Terisa, die die Kolonne vom Fenster aus näher kommen sah. »Genau damit hat Perdon gedroht.«

»Cadwal ist wider uns ins Feld gezogen«, sagte Geraden grimmig. »Perdon wird uns keinen Beistand leisten. Er führt bereits Krieg.« Er biß sich auf die Lippen. »Wir müssen Elega in den Arm fallen. Sollte sie uns nun einen Dolchstoß in den Rücken versetzen, so müssen wir aller Hoffnung entsagen.«

Kastellan Lebbick und Tor empfingen die Reiter im

Schloßhof. Tor hielt eine knappe Ansprache. Der Kastellan wußte nicht, wie er Trauer oder Mitgefühl zum Ausdruck bringen könnte, also hielt er den Mund.

»Unser Gau ist dem Verderben geweiht«, antwortete der Anführer der Reiter lediglich auf Tors im Namen Schloß Orisons ausgesprochene Begrüßung. »Herr Perdon hat uns befohlen, Orison aufzusuchen.«

An diesem Abend war der Sonnenuntergang von besonders herrlicher Schönheit.

Terisa schob das Abendessen von sich, ohne es angerührt zu haben. Geraden zupfte winzige Bröckchen aus einem Kanten Brot, rollte sie zu Kügelchen und schleuderte sie in den Kamin. Die Stimmung der beiden war so düster wie die Nacht draußen vorm Fenster. Lange Zeit hatte keiner von ihnen etwas gesagt.

»Es reichte nicht aus«, murmelte Geraden schließlich.

»Hmm?« machte Terisa geistesabwesend.

Aus keinem besonderen Anlaß hatten sie es unterlassen, die Lampen zu entzünden. Die einzige Helligkeit stammte vom Kaminfeuer. Das Flackern der Flammen leuchtete in orangeroten Streifen im Gesicht des Adepten oder warf Schatten in seine Miene; Der Feuerschein glitzerte ihm in den Augen.

»Es reichte nicht aus«, wiederholte er. »Nehmen wir einmal an, Elega wüßte ein Verfahren, um die Meister zur Wehrunfähigkeit zu verurteilen, zum Beispiel — nur um überhaupt irgend etwas anzuführen — eine Säure, welche Glas zerfrißt, und sie wüßte einen Weg, um sich ins Laborium zu schleichen, in welchselbigen die Spiegel gehütet werden ... *und* sie wüßte, wo sämtliche Meister die jeweils in ihrem persönlichen Besitz befindlichen Spiegel aufbewahren. Nehmen wir einmal an, sie hätte die Möglichkeit, zu Orison alle Spiegel unbrauchbar zu machen. Das wäre ein bedeutsamer Erfolg. Aber es wäre zu wenig.« Während er sprach, überkam Terisa nach und nach der Eindruck, daß sich seine Gesichtszüge veränderten. Der

Schein des Kaminfeuers schien eine gewisse Verwandlung im Ausdruck des Kinns, den Flächen der Wangen und der Art des freudlosen Mienenspiels deutlich hervorzuheben. Die Belastungen der vergangenen Tage hatten ihm das Jugendliche ausgetrieben. Er sah nicht mehr wie ein junger Mann aus, der ständig über die eigenen Füße stolperte und dann über die Folgen krampfhaft grinste. »Es könnte nicht Orisons Niederlage erzwingen«, überlegte er laut, den Blick ins Feuer gerichtet, redete mehr mit sich selbst als mit Terisa. »Aufgrund solcher Umstände täte Kastellan Lebbick nicht die Waffen strecken. Es muß sich etwas anderes dahinter verbergen.«

Ja, sagte sich Terisa. Dahinter mußte etwas anderes stecken. Aber sie pflichtete Geraden nicht bei. Sie war sich ihrer unübersehbaren, fast willentlichen Mißgestimmtheit voll bewußt. Sie war Artagel, Kastellan Lebbick und Nyle böse. Auch auf König Joyse war sie sauer, der genau wußte, was er den Menschen antat, die ihm ihr ganzes Leben lang immer vertraut hatten. Sie nahm den Meistern ihre Arroganz übel, ihre mangelnde Bereitschaft, Verständnis zu haben. Geradens jungenhaftes Benehmen war ihr *sympathisch* gewesen. Sie hatte seine Fähigkeit *gemocht,* dauernd über irgend etwas zu fallen, solange ihn nicht das Gefühl gequält hatte, an der Vernichtung all dessen, was er liebte, schuld zu sein.

Warum sind *wir* für Elega verantwortlich? Das fragte sich Terisa. Weshalb ist es *unser* Problem, daß sie voraussichtlich alle verraten wird?

Aber im folgenden Moment erinnerte sie sich an ein anderes Gesicht, entsann sich so lebhaft daran, wie sie deutlich Geradens Miene sah; Prinzessin Myste fiel ihr ein. Myste hatte hier in diesem Zimmer gesessen und ihr erläutert, warum sie dem Kämpen folgen mußte. *›Ich bin allerdings stets der Überzeugung gewesen‹*, hatte sie gesagt, *›daß Schwierigkeiten von jenen gelöst werden sollten, die sie erkennen … Für eine Königstochter gilt dieser Grundsatz, so glaube ich, um so mehr.‹*

Myste! dachte Terisa in stummem Weh. *Was ist aus dir geworden? Wo bist du?* Was treibt Elega? »Wasser«, sagte Terisa plötzlich laut, ohne darüber nachgedacht zu haben.

Geradens Gesicht bewegte sich durch Schatten und Glanzlichter, bis er es ihr zugedreht hatte. »Wasser?«

»Woher kriegen wir Wasser?«

Verwirrt runzelte Geraden die Stirn. »Während unserer Besichtigung Schloß Orisons habe ich Euch diesbezüglich Aufschluß gegeben. Orison ist auf einer Quelle erbaut worden. Freilich ist das Schloß inzwischen bedeutend größer, und 's wird viel Wasser benötigt. Ich glaube, ich habe erwähnt, daß Kastellan Lebbick sich mit dieser Sache sehr beschäftigt. Die Quelle reicht bereits seit langem nicht mehr für die Versorgung aus. Darum werden Regenwasser und geschmolzener Schnee gesammelt. Rinnen und Röhren auf allen Dächern leiten Wasser in die Zisterne ... Ich habe Euch auch die Zisterne gezeigt.«

»Und jetzt«, sagte Terisa gedehnt, während in den Schläfen der Pulsschlag heftig wummerte, sich eine Faust um ihr Herz zu ballen schien, »sind alle diese vielen Leute im Schloß. Und's hat nicht mehr geschneit.«

»Das ist einer der Nachteile des frühen Tauwetters.« Geraden schaute sie aufmerksam an. »Bis es zu regnen beginnt, wird uns allein die Quelle frisches Wasser zuführen.«

Terisa holte tief Atem, hielt ihn an, um zu verhindern, daß sich alles ringsum um den Kopf zu drehen anfing. »Was wäre«, fragte sie, sobald sie mit gleichmäßiger Stimme zu sprechen imstande war, »wenn irgend etwas mit der Zisterne geschieht?«

Geraden begriff noch immer nicht. »Geschieht? Was könnte damit geschehen?«

»Wird sie bewacht?«

»Nein. Warum sollte man sie bewachen?«

Nicht länger dazu in der Lage, die Aufregung oder Furcht, die sie immer stärker packte, zu bezähmen, stand Terisa mit einem Ruck auf. Mit beiden Händen umklammerte sie Geradens Arm, zog den Adepten vom Stuhl hoch.

»Wenn sie sie nun *vergiftet?*«

Dieser Gedanke erfüllte ihn schlagartig mit derartiger Bestürzung, als hätte Terisa ein Fenster aufgerissen und ihm eine völlig fremde Welt gezeigt. Seine Lippen sprachen lautlos das Wort *vergiftet* nach, während er Terisas Überlegungen nachzuvollziehen versuchte. »Es bliebe die Quelle«, wandte er mit erstickter Stimme ein.

»Was für einen Unterschied bedeutet sie? Frischwasserzufuhr wird nichts nützen. Wir würden alle *vergiftet.* Solange niemand diese Gefahr beachtet, können wir alle *vergiftet* werden. Es wäre niemand übrig, der kämpfen könnte. Selbst wenn wir nicht ums Leben kommen, sondern bloß für 'n paar Stunden krank werden, dürfte es Margonal möglich sein, Orison fast ohne Widerstand zu besetzen.«

»Das ist wahr.« Geradens Gesicht zuckte, während seine Gedankengänge sich offenbar überschlugen. »Wir müssen Kastellan Lebbick warnen.«

»*Geraden.*« Eine Sekunde lang hätte sie ihn am liebsten angeschrien. Manchmal war er wirklich sehr begriffstutzig. Aber fast augenblicklich änderte sich ihre Stimmung, beinahe hätte sie gelacht. Sie war es lediglich nicht gewöhnt, ihm voraus zu sein. »Hältst du's nicht für besser«, meinte sie bedächtig, »wenn *wir* sie daran *hindern?*«

Für einen Moment starrte er sie an, den Mund weit offen. Dann stieß er einen Juchzer aus, der nach höchstem Vergnügen klang. In seinen Augen glitzerte der Feuerschein wie Lachen. »Vergebt mir, edle Dame.« Er legte die Arme um den Leib und prustete. »Ich hatte gleichsam Wachs in den Ohren. Mir war unklar, ob ich Euch recht verstanden hatte.« Doch Freude und Erleichterung waren nicht die einzigen Empfindungen, die in seinem Blick zum Ausdruck gelangten. Die Glanzlichter in seinen Augen bezeugten Herzlichkeit und Frohsinn, aber auch Härte und leidenschaftliche Einsatzbereitschaft. »Habt Ihr fürwahr den Vorschlag geäußert, wir sollten Orison ganz auf uns allein gestellt retten? Allein Ihr und ich?« Terisa nickte. »Wahrhaftig, warum Lebbick einweihen? Bislang hegen wir nur einen Verdacht. Schenkt er uns Glauben, mag selbiger sich als irrig herausstellen. Behalten wir indessen recht, so ist das eine Möglichkeit, um Eure Schuldlosigkeit zu beweisen ... daß Ihr keineswegs im geheimen an Orisons Fall wirkt.« Terisa nickte ein zweites Mal, mehr weil ihr die Lebendigkeit seiner Miene gefiel, als daß sie davon überzeugt war, der Kastellan werde irgendeinen Beweis ihrer Unschuld akzeptieren. »Daß alles Glas zu Scherben werde!« Geraden fauchte seine Äußerung durch die Zähne, grinste wie Artagel. »Legt Euren Umhang an. Droben wird's kalt sein.«

Terisa holte den Umhang.

In der Nähe des Reservoirs war es tatsächlich kalt. Man hatte es im höchstgelegenen Teil des Haupttrakts Orisons eingerichtet, eine langwierige schwere Bautätigkeit in Kauf genommen, die allerdings gerechtfertigt gewesen war, weil man dadurch die Mühe einsparte, das Wasser statt mit Pumpen in Eimern im Schloß zu verteilen. In den Türmen erforderte die Verteilung ohnehin Pumpen, und auch das Quellwasser mußte durch Pumpen ins Reservoir befördert werden; das waren jedoch relativ unkomplizierte Maßnahmen, verglich man sie mit der Aufgabe, ganz Orison Wasser zuzuleiten.

Terisa erinnerte sich von der Besichtigung noch an viele Einzelheiten. Die Räumlichkeit mit der Zisterne lag im Dunkeln; die einzige Helligkeit drang durch die vergitterten Öffnungen herein, die Regen und Schnee ins Reservoir ließen, dagegen die Vögel aussperrten; der helle Mondschein bewirkte wenig mehr, als daß er auf der Wasseroberfläche verwaschenes silbernes Gleißen hervorrief. Aber Terisa entsann sich noch deutlich daran, daß die Zisterne wie ein Swimmingpool angelegt worden war, tief und rechteckig, mit einem ebenen Rundgang um alle vier

Seiten. Rings um den Rundgang erhoben sich dicke Balken, ragten kreuz und quer bis zur Decke auf, stützten das Gewirr von Rohren, durch die Regen, Schmelzwasser und sogar Tau von Orisons Dächern zufloß, und ebenso das Gerüst, das die Reinigung und eventuelle Reparaturen der Gitter ermöglichte. Wegen der Balken ähnelte das Innere des Reservoirs einem Dom. Die weitgehend vorherrschende Stille, nur unterbrochen vom leisen Tröpfeln und Glukkern des Wasserzustroms, erregte den Eindruck tiefer Andacht. Im Dunkeln sah der Wasserspiegel sehr ausgedehnt aus.

Anscheinend saugte das Wasser auf, was nach Anbruch des Abends an Wärme übrigblieb. Im Reservoir war es so eisig, daß Terisa trotz des Umhangs fröstelte.

»Wir brauchen Licht«, flüsterte sie mit unsteter Stimme.

»Dann sähe sie uns«, antwortete Geraden, den Mund dicht an Terisas Ohr, damit sonst niemand ihn hören konnte.

Terisa nickte. Sie hatte gehofft, ihr würde nie wieder im Leben kalt sein. »Wo können wir uns verstecken?«

Für einen Moment regte sich Geraden nicht. »Wie lange werden wir Eurer Ansicht zufolge harren müssen?«

»Woher soll ich denn das wissen? Ich stelle bloß Vermutungen an.«

»Nun wohl, so haltet's nun ebenso.«

Terisa versuchte energisch, ihr Zittern zu beenden. »Na schön. Wenn sie was ins Wasser schmeißt, braucht's Zeit, um sich aufzulösen ... oder zu verteilen ... oder so was. Aber wenn sie's zu bald tut, werden die Leute zu früh erkranken.« Oder sterben. »Der Kastellan oder sonstwer hätte möglicherweise noch Gelegenheit, sich zusammenzureimen, was los ist, bevor Margonal zum Angriff bereit ist. An ihrer Stelle würde ich warten, bis die Belagerung anfängt.« Also bis zum Mittag des nächsten Tages. »Kann sein, wir müssen die ganze Nacht hier rumlungern.«

»Nein.« Geraden dachte angestrengt nach, um höflich zu sein. »Geht sie dergestalt vor, so werden unsere sämtlichen Verteidiger bereits auf den Mauern sein. Sie könnte die Bauern, Dienstmägde und Köche vergiften, und dadurch müßte Lebbick gewarnt werden. Sie muß ihre Schandtat in dieser Nacht vollbringen, auf daß das Wasser schon giftig ist, wenn sich die Soldaten am Morgen — morgen in der Frühe — von der Bettstatt erheben.«

Davon ließ sich Terisa überzeugen. »Wo können wir uns verstecken?« wiederholte sie.

Geraden nahm ihren Arm und zog sie behutsam mit. »Es mag eine ganze Anzahl von Zugängen zur Zisterne vorhanden sein. Der Boden ist voller Rohre — und vielleicht auch geheimer Gänge. Doch wir haben keine Gewißheit. Und zu verbergen vermag man sich hier nur unzulänglich. Wir werden uns an eine andere Stelle begeben, von welcher aus wir die Eingänge im Augenmerk behalten können, sowohl jenen, durch den wir eingetreten sind, wie auch«, — er deutete auf die andere Seite der Zisterne —, »den zweiten Eingang, und darauf hoffen, daß uns das Glück hold sein wird.«

»Das kann ja lustig werden«, entgegnete Terisa, nur weil sie überhaupt etwas sagen mußte. »Wir sind für unser Glück bekannt.«

Unterdrückt lachte Geraden auf. »Wie wahr.« Obwohl sein gedämpftes Lachen leicht verkrampft klang, hatte es zur Wirkung, daß sich Terisa etwas wohler fühlte.

Es wäre ihr lieber gewesen, den Fußboden vor jedem Schritt mit den Füßen abzutasten, um nicht ins Wasserbecken zu fallen, aber Geraden zog sie hinter sich her, als fürchte er nichts. Doch sie plumpste seinetwegen nicht ins Wasser. Vielmehr führte er sie an eine Stelle, wo mehrere Balken nahe beieinander auf den Boden gestemmt ruhten, und zwar in der ungefähren Mitte zwischen den beiden Eingängen des Reservoirs; der Abstand zwischen den Balken war genau weit genug für zwei Personen. In der Dunkelheit mußten Terisa und Geraden so gut wie unsichtbar sein, solange sie reglos zwischen den Balken standen.

Während sie nebeneinander in der Lücke warteten, berührten sie sich leicht an Schultern und Hüften. Anfangs versuchte Terisa von Geraden abzurücken, damit er nicht merkte, wie stark sie zitterte. Allerdings wäre ihr wärmer gewesen, hätten sie näher beieinander gestanden; noch wärmer wäre ihr gewesen, wenn er seinen Arm um sie gelegt hätte. Nach einem Weilchen befand sie, daß es sie nicht störte, ihn merken zu lassen, wie sehr sie fror.

Geraden drehte den Kopf und raunte ihren Namen ins Haar, drückte sie kameradschaftlich an sich; fast augenblicklich schwächte sich ihre Neigung zum Schlottern ab.

Es ermüdete sie rasch, angestrengt aufs tiefdüstere Wasser zu starren, konzentriert auf das kaum hörbare Plätschern zu lauschen, um es von etwaigen Schritten unterscheiden zu können. »Was wollen wir tun«, flüsterte sie, indem sie sich enger an Geraden schmiegte, um mit ihrem Körper besser an seine Seite zu passen, »wenn sie kommt?«

»Ihr Vorhaben vereiteln.«

Durch den Umhang gab sie ihm einen Rippenstoß. »Das weiß ich, du Depp. Aber *wie?*«

»Nicht so laut!« ermahnte Geraden sie. »Wasser begünstigt des Schalls Ausbreitung.« Terisa wünschte, sie hätte sein Gesicht sehen können. Seine Stimme hörte sich an, als wäre er innerlich stark angespannt und in Gedanken nicht bei Terisa, sondern bei seiner Verantwortung für das, was mit Orison geschah. Elegas Absicht zu verhindern, war für ihn genauso bedeutsam, wie es ihm wichtig gewesen war, Nyle aufzuhalten; sie war eine Tochter seines Königs, eine Freundin aus seiner Kindheit und obendrein seine frühere Verlobte. Eben weil die Situation ihn so schmerzte, konnte er sich keinen Fehlschlag erlauben. Fast wider Willen hatte Terisa Verständnis für seine Treue zu König Joyse und Mordant. »Sie wird eine Laterne mitbringen«, fügte er leise hinzu. »Sie dürfte schwerlich erwarten, daß ihr hier jemand auflauert. Und sie muß bei dem, was sie zu tun trachtet, etwas sehen können.« Genau wie seine Aufmerksamkeit schien auch seine Stimme ins Dunkel gerichtet zu sein. »Sobald wir ihr Licht erspähen, werden wir uns anschleichen.«

Terisa nickte, aber auch ihre Gedankengänge galten anderen Angelegenheiten. Ihr Kopf ruhte an Geradens Schulter; sein Umhang wärmte ihre Wange. War es wirklich gut für ihn, den Menschen und Konzeptionen, die er liebte und schätzte, treu zu bleiben? War das vorteilhafter, als der Wahrheit ins Auge zu blicken wenn diese Menschen, diese Ideen ihn im Stich ließen? Günstiger als das, was Nyle und Elega taten, als das, was Meister Eremis schon seit längerem zu erreichen versuchte? *›Ist's dein Wunsch, den Rest deines Lebens ohne Treue oder Selbstachtung zu verbringen?‹* Selbstverständlich war es immer gescheiter, sich der Wahrheit zu stellen. Oder nicht? Nyle, Elega und Meister Eremis hatten sich alle mit den Tatsachen abgefunden. Trotzdem konnte Terisa das seltsame Gefühl nicht loswerden, daß Geraden einen zwar härteren, aber ehrlicheren Weg gewählt hatte.

Aus diesem Grund hielt Terisa es für besser, daß Geraden dazu außerstande geblieben war, sie in ihr altes Dasein zurückzuversetzen. Vielleicht resultierte das Gefühl der Unwirklichkeit, das sie so lange geplagt hatte, aus dem Umstand, daß sie in der falschen Welt beheimatet gewesen war; möglicherweise hatte sie nie eine stabile Existenz besessen, bevor sie in diese Welt gelangte. Oder vielleicht war der Eindruck, ein flüchtiges, instabiles Wesen zu sein, ein Resultat des Strebens nach den falschen Dingen gewesen — trotz allem, was ihr Pastor Thatcher eingetrichtert hatte —, des Nichtverstehens dessen, was Geraden so gründlich verstand. Es war sogar auch denkbar ...

Sie sah einen Lichtschein sich auf dem Wasser spiegeln. Geraden erstarrte zur Reglosigkeit.

Die Lichtquelle war nicht größer beziehungsweise heller als eine Kerzenflamme, und sie flackerte genau wie ein solches Flämmchen. Aber sie flackerte, weil sie sich bewegte, hinter den Balken auf der anderen Seite des Wasserbeckens vorüberbewegte. Als das Licht verhielt, sah Terisa, daß es in einer kleinen Laterne brannte.

Die Hand, die diese Laterne trug, stellte sie am Rand des Beckens auf dem ebenen Steinboden ab. Der Lichtschein erhellte die Gesichtszüge einer Frau. Sie schien in Mitternacht gehüllt zu sein; nur Hände und Gesicht waren erkennbar.

Elega.

Einen Moment lang schaute sie sich im Reservoir um, und Terisa duckte sich; doch die Laterne der Prinzessin war zu schwach, ihr Licht reichte nicht weit. Fast sofort verschwand Terisa im Dunkeln.

Geradens Atem fauchte. »Vorwärts.« Er trat aus der Lücke zwischen den Stützbalken. »Geht Ihr dort entlang«, flüsterte er Terisa aus unmittelbarer Nähe ins Ohr. Sachte stieß er sie in die Richtung, die er meinte. »Seid Ihr nahe genug, lenkt ihre Beachtung auf Euch. Derweil beschleiche ich sie hinter ihrem Rücken. Geht.« Sie spürte mehr als sie sah, wie er mit der Finsternis verschmolz.

Hingehen. Ja. Gute Idee. Aber wie? Ein Fehltritt, und sie würde in die Zisterne fallen. Wegen des schweren Umhangs müßte sie untergehen und ertrinken. Dann würde sie niemals erfahren, ob sie in bezug auf Elega recht hatte.

Vorsichtig wandte sie sich seitwärts und legte eine Hand an den nächststehenden Balken. Sämtliche Stützbalken nahmen die gleiche Entfernung vom Rand des Wasserbeckens ein. Wenn sie sich an den Balken entlangtastete, konnte ihr nichts passieren. Und sie konnte sich an noch etwas orientieren: dem Widerschein der Lampe auf der Wasserfläche. Die Spiegelung war sehr schwach, aber sie half Terisa dabei, den Überblick und die Fassung zu behalten.

In der Hoffnung, daß die leisen Geräusche des Wassers den Klang ihrer Schritte übertönten, verlegte sie ihre gesamte Aufmerksamkeit auf die Balken und die Lichtspiegelung und setzte sich in Bewegung.

Elega war nirgendwo zu sehen. Auch Geraden war völlig aus Terisas Sicht entschwunden.

Viel schneller, als sie es für möglich gehalten hatte, erreichte Terisa die Ecke des Wasserbeckens. Die nächste Seite; noch eine Ecke; danach eine gerade Strecke bis zu der Laterne. Ihr war kalt, aber ihr fehlte die Zeit, um darauf zu achten. Sie merkte nichts davon, daß sie gebebt hätte.

Elega kehrte zu ihrer Laterne zurück. Unwillkürlich blieb Terisa stehen.

Die Prinzessin brachte einen Sack an, der ungefähr die Größe einer Einkaufstasche hatte. Sie trug ihn mit beiden Händen, als wäre er schwer; doch im Gegensatz dazu zeugten ihre Haltung und ihr Gang kaum von Anstrengung. Anscheinend befürchtete sie, das Material des Sacks könnte reißen, der Inhalt verschüttet werden. Man sah deutlich, wie vorsichtig sie damit umging, als sie ihn neben der Laterne abstellte.

Ich komme zu spät, dachte Terisa. Sie gab sich willentlich einen Ruck und setzte den Weg zur Laterne fort.

Aber es war nicht zu spät. Statt den Sack zu öffnen, entfernte sich Elega erneut in die Dunkelheit.

Also an dieser Seite entlang und bis zur nächsten Ecke. Wie lange mochte Elega wegbleiben? Wie weit hellte der Lichtschein das Dunkel auf? Wo war Geraden?

Hinter der Lampe herrschte vollkommene, undurchdringliche Schwärze. Terisa hatte den Eindruck, lauter zu atmen, als die Geräusche des Wassers waren; die Mühe, die sie aufwendete, um ihre Atemzüge zu dämpfen, verursachte ihr ein Verlangen zu japsen. Sie brauchte sich nun nicht mehr von Balken zu Balken tasten; das Laternenlicht zeigte ihr deutlich den Rand der Zisterne. Aber sie mußte leise sein, *leise.* Ihre Stiefel durften auf dem Steinboden kein Scharren erzeugen; ihr Herz durfte nicht zu laut schlagen; die Spannung, die ihr den Brustkorb beengte, durfte ihr keinen Laut entpressen.

Wie lange würde Elega ausbleiben? Die Prinzessin blieb

nicht lange genug fort. Während Terisa noch zu weit von der Lampe entfernt war, kehrte Elega in den Lichtkreis zurück. Sie trug einen zweiten Sack, der genau dem ersten ähnelte, und auch diesmal hielt sie ihn mit beiden Händen.

Eigentlich wollte Terisa erneut stehenbleiben; statt dessen begann sie zu laufen.

Als sie Terisas Stiefel hörte, fuhr Elega herum; die Kapuze eines Umhangs rutschte ihr vom Kopf. Ihre Augen schienen mit einem Schlag sämtliches Licht aufzusaugen, davon zu funkeln wie violette Edelsteine. Ihre Miene wirkte spitz und eindringlich.

»Terisa, *haltet ein!*« Ruckartig verharrte Terisa. »Kommt nicht näher!« warnte die Prinzessin sie. »Ihr vermögt keinesfalls zu verhindern, daß ich diesen Sack ins Wasser werfe. Das wäre nicht das beste Vorgehen, um das Pulver zu verteilen, aber das Ergebnis wird genügen.« Im Zwielicht und mit einem derartigen Ausdruck von Entschlossenheit in den Augen sah sie erstaunlich schön aus. Sie wirkte so sicher und selbstbewußt wie eine Königin. »Ebenso wird eines Sacks Inhalt ausreichen, wiewohl ich der Sicherheit halber deren zwei angebracht habe. Trachtet mich nicht zu hindern.«

»Elega ...« Terisa mußte sich nachdrücklich räuspern, um den Druck von der Brust zu nehmen und sprechen zu können. »Tun Sie's nicht. Es ist reiner Wahnsinn. Sie werden ...«

»Wer ist bei Euch?« wollte Elega wissen.

»Sie werden Tausende von Menschen töten. Manche davon sind Ihre Freunde. Viele kennen und respektieren Sie.«

»*Terisa!* Wer ist bei Euch? Gebt mir Antwort!«

»*Sie werden Ihren Vater umbringen.*« Mit vorsätzlicher Bedächtigkeit faßte Elega den Sack anders und begann ihn in die Richtung des Wassers zu schwingen. Allem Anschein nach war der Sack aus einem ungewöhnlich weichen Leder gefertigt. Geraden war noch nicht da. Hinter dem Laternenlicht gab es nichts als die schwach silbrige Dunkelheit des Reservoirs zu sehen. »Ich bin allein!« rief Terisa hastig. Die Prinzessin stellte das Schwingen des Sacks ein. »Es ist niemand bei mir. Ich bin allein.«

Elegas Augen glitzerten. »Wie kann ich Euch Glauben schenken?

»Niemand traut mir«, antwortete Terisa im Ton von Bitterkeit, dazu außerstande, irgend etwas anderes zu unternehmen. »Wer würde mir glauben, wenn ich erzähle, daß Sie so was vorhaben?«

»Geraden vertraut Euch. Ihr und er habt Tor gemeinsam zum Argwohn wider mich angestiftet.«

»Ja, aber Sie haben ihn zu einem Rückzieher bewogen«, erwiderte Terisa verzweifelt. Wo stak Geraden? »Und Geraden *kann* so was nicht von Ihnen glauben. Sie sind 'ne Königstochter.«

Einige Sekunden lang musterte Elega sie. Langsam straffte die Prinzessin den Rücken, nahm eine hoheitsvolle Haltung ein. Den Sack setzte sie jedoch nicht ab.

»Wenn niemand Euch's glauben mag, warum glaubt Ihr's? Wieso seid Ihr hier?«

Terisa hielt dem wachsamen Blick der Prinzessin stand, so gut es ging, bemühte sich darum, jedes Aufkommen von Panik im Keim zu ersticken. »Ich hab's erraten. Wir haben uns mal über die Wasserversorgung unterhalten. Ich glaube, ich hab's erraten.« Ihre Selbstbeherrschung ließ nach; noch einen Moment, und sie würde einfach drauflosquatschen. »Elega, *warum?* Orison ist Ihr Zuhause. Sie sind 'ne Tochter des Königs. Viele Menschen werden sterben, wenn Sie ...«

»Ein paar der ältesten und gebrechlichsten Bewohner Orisons werden sterben, gewiß«, unterbrach Elega ungeduldig. »Das ist beklagenswert. Mag sein, mein Vater wird zu ihnen zählen.« Sie verzog das Gesicht. »Auch das wäre bedauerlich. Ansonsten aber wird niemand sterben, welcher von dem verdorbenen Wasser trinkt. Die Betroffenen werden lediglich zu krank zum Kämpfen sein. Orison wird fallen, ohne daß zahlreiche Menschen ihr Leben verlieren.« Sie sprach lauter. »Mein Vater vermag so gestürzt zu werden, ohne daß das Reich einen hohen Preis zu entrichten hat, und seinen Platz wird eine neue Macht einnehmen. Dann wird man Mordant wider Cadwal und Imagomantie *verteidigen* können«, — sie mußte plötzlich schreien, um ein Aufwallen heftiger Leidenschaft zu bändigen —, »und die Träume, in deren Sinn König Joyses Töchter einst heranwuchsen, werden von neuem Gültigkeit erlangen!« Ihre Stimme tönte laut und kräftig, doch das Echo glich inmitten der ausgedehnten Stille des Reservoirs nur traurigen Jammerlauten. »Um selbiges Ziel zu erreichen, bin ich willens, eine Handvoll Menschen zu töten.«

Wahrscheinlich hätte sie weitergeredet; die Stärke ihrer Empfindungen hätte ihr voraussichtlich noch mehr Äußerungen entlockt. Doch sie erhielt dazu keine Gelegenheit. All die schwache Helligkeit hinter ihr schien sich mit einem Mal zu einer Gestalt zu verdichten, vom einen zum anderen Augenblick kam Geraden aus der Dunkelheit zum Vorschein und stürmte ungestüm vorwärts.

Er stürzte so blindlings auf Elega zu, daß er mit einem Fuß gegen das untere Ende eines Balkens stieß. Das Geräusch des Anpralls warnte Elega. Flink wie ein Vogel huschte sie beiseite, und Geraden stürzte an der Stelle, wo sie gestanden hatte, auf den Steinboden. »Geraden!« Die Wucht des Anpralls machte ihn offenbar reichlich benommen; er wirkte, als hätte er irgendwie Schaden genommen. Obwohl er sich fast unverzüglich auf Hände und Knie erhob, sich hinkauerte, als sei er bereits wieder sprungbereit, schwankte er, als könne er nicht das Gleichgewicht halten, als wanke unter ihm der ebene, steinerne Boden, und der Kopf wackelte ihm auf den Schultern. Immerhin jedoch befand er sich jetzt zwischen Elega und dem Wasser.

Terisa eilte zu ihm. Sie wollte ihm helfen, sofort feststellen, ob er ernsthaft verletzt war; aber sie konnte den Blick nicht von der Prinzessin wenden.

Die zwei Frauen maßen einander in einem Abstand von nicht mehr als drei Meter. Rund um das veilchenblaue Funkeln ihrer Augen war ihr Gesicht verdunkelt; sie umklammerte den Sack nach wie vor mit beiden Händen. Trotz der Furcht, aufgrund der ihr der Herzschlag bis unter die Schädeldecke wummerte, machte Terisa sich darauf gefaßt, Elega die Annäherung ans Wasserbecken zu verwehren.

Die Mundwinkel der Prinzessin deuteten ein Lächeln an. »Edle Dame Terisa«, sagte sie in förmlichem Ton, als ob sie das Reservoir als Zuhörerschaft betrachtete, »es betrübt mich arg, daß es mir mißlungen ist, Euch zu überzeugen und zu meiner Bundesgenossin zu gewinnen. Ich glaubte Euch, als Ihr sagtet, Ihr wärt allein. Offenkundig spielt Ihr das Spiel weitaus verständiger, als ich's wähnte.« Nichts an ihr vermittelte den Eindruck, daß sie sich ertappt oder gar geschlagen fühlte.

Geraden, steh auf! durchzuckte es Terisas Kopf. Und tatsächlich raffte er sich unerwartet schnell hoch, taumelte zwar erst einmal seitwärts, fing sich jedoch ab. Sein Blick wirkte auf seltsame Weise unscharf, als würden seine Augen in leicht abweichende Richtungen schauen. Er atmete mühsam, beugte sich vornüber, stemmte die Hände auf die Knie, als wäre es ihm nur dadurch möglich, das Gewicht seines angeschlagenen Kopfs zu stützen.

»Elega, verwünschtes Weibsbild!« keuchte er. »Wißt Ihr nicht, daß wir Nyle ergriffen haben? Er befindet sich in Kastellan Lebbicks Gewahrsam. Ich erwarte nicht, daß Ihr Euch um das Schicksal einer so geringen Person wie eines Sohns Domnes schert, aber es sollte die Tatsache Euer Interesse erregen, daß er nicht zu Herrn Perdon gelangt ist. Schöne Worte habt Ihr über des Reichs Verteidigung und die erneute Gültigkeit Eurer Träume gehaspelt, doch Ihr vermögt derlei Lug und Trug nicht länger aufrechtzuerhalten. Ihr handelt nicht zum Wohle Mordants. Ihr treibt, was Ihr tut, für Alend.« In den Augen der Prinzessin blitzte es auf. »Oder für Prinz Kragen, was indessen auf dasselbe hinausläuft. Wenn das Schandwerk vollendet ist, wird über uns alle Alends Monarch herrschen. Dann werdet nicht Ihr's sein, der darüber entscheidet, was aus Euren Träumen wird. Nicht einmal Euer Prinzlein wird noch ein Wörtchen mitreden dürfen. Margonal allein wird in Mordant walten. Sobald Orison gefallen ist, werdet Ihr nichts anderes mehr sein als die älteste Tochter des ärgsten Feinds, welchselbigen der alendische Monarch jemals hatte. Gebt Eure Bestrebungen auf, bevor sie sich zu Eurem eigenen Verhängnis auswirken.«

Wie im Schmerz senkte Elega den Blick. »Mag sein, du hast recht«, murmelte sie. »Du hast mich gestellt. Ich war eine Törin, daß ich dem Wort eines Alenders glaubte.« Sie faßte den Sack anders.

Terisa rief eine Warnung, als die Prinzessin den Sack über Geradens Kopf hinwegwarf, aber — wie üblich, hätte man fast sagen können — zu spät. Am Rande der Helligkeit flog der Sack in hohem Bogen auf das Wasser zu.

Geraden sprang ihm nach. Terisa auch.

Ehe sie zusammenstießen, krallten sich Geradens Finger in das weiche Leder und rissen den Sack aus seiner Flugbahn. Terisa und Geraden purzelten übereinander, seine Arme und Beine waren Terisa überall im Weg, sie konnte sich nicht aufrappeln. Nach einem scheinbar unendlich langen Moment gelangte Geraden wieder auf die Füße, während Terisa noch am Boden kroch. Ihr Blick fiel auf den Sack, der auf dem glatten Stein lag. Er war direkt an der Kante des Bassins aufgeprallt, so nahe, daß sie ihn greifen konnte.

Aber er war beim Hinprallen aufgeplatzt. Ein merkwürdiges grünes Pulver rann ins Wasser. Vor Terisas Augen leerte sich der Sack, sank schlaff zusammen.

Da erlosch das Licht. Ein lautes Klatschen erscholl, rief ringsum im Reservoir einen Widerhall hervor, der abgehacktem Applaus ähnelte, und der zweite Sack versank in der Zisterne.

»Geraden, du Tölpel und Tolpatsch«, sagte Elega in die

Finsternis, »Prinz Kragen ist ein weitaus wahrhaftigerer Mann als du. Er wird an mir keinen Betrug verüben.«

Noch lange nachdem die Königstochter wieder verschwunden war, plätscherten leichte Wellen gegen die Seiten des Wasserbeckens und erzeugten Echos.

24

Der Anfang vom Ende

Später am Abend unternahm ein kleiner Trupp Reiter einen Angriff auf Schloß Orisons sichere Tore, dessen Zweck vorerst niemand verstand. Mit lautstarkem Johlen und Grölen sprengten die Männer heran, schossen Brandpfeile auf das Holz der Tore und die Wehrgänge ab, fuchtelten danach mit ihren Schwertern und forderten die Verteidiger auf, nicht wie Weiber hinter den Mauern zu bleiben, sondern herauszukommen und zu kämpfen.

Die Brandpfeile konnten den Toren nichts anhaben; einige Soldaten Kastellan Lebbicks hatten die vergangenen vier Tage ausschließlich damit zugebracht, das Holz gründlich mit Wasser zu durchfeuchten. Und die Angreifer erweckten eher einen betrunkenen als gefährlichen Eindruck. Trotzdem veranstalteten sie so viel Lärm, daß jeder Mann sie hörte, der auf den Zinnen Dienst hatte.

Während der wachhabende Offizier einen Ausfall vorbereitete, zogen sich die Reiter zurück. Nachdem sie wieder im Dunkel der Nacht unsichtbar geworden waren, hörte man sie noch einige Augenblicke lang verächtlich lachen.

Als man dem Kastellan von dem Vorfall berichtete, sagte er dazu weniger, als man von ihm erwartet hatte. Mittlerweile war seine normalerweise jähe Wut zu einer Art von verhaltenem geballten Grimm herabgeflackert, der an Kaltschnäuzigkeit grenzte. Er wirkte beinahe heiter, wie er so seinen Aufgaben nachging, Orison trotz einer völlig unzureichenden Versorgung mit sauberem Wasser auf die Belagerung durch die Alender einzustellen.

Kurz vorher hatten Terisa und Geraden das beängstigende Erlebnis gehabt zu sehen, wie es allem Anschein nach seine Laune besserte, als sie ihm von ihrer Konfrontation mit Prinzessin Elega erzählten. Als sie sich an ihn wandten, verhielt er sich noch wie ein Mensch, der aus Mangel an Schlaf verstört war; seine Augen hatten einen Ausdruck von Gehetztheit, manche seiner Gebärden kamen ihnen ziellos vor, als wäre er sich gar nicht dessen bewußt, daß er sie ausführte. Doch seine Persönlichkeit war von einer Natur, die alle Belastung, alle Müdigkeit in eiserne Entschiedenheit ummünzte. Sein Problem war, daß er nichts zu tun hatte; Orison war auf einen Kampf, den gewinnen zu können er nicht erwartete, bestmöglich vorbereitet. Aber weil er keine Ruhe fand, schwebte er in der Gefahr, seine Kräfte zu verzetteln, bevor sie richtig auf die Probe gestellt werden konnten.

Kastellan Lebbick hatte noch nie leicht Schlaf zu finden vermocht. Die nimmermüde Ungestümheit seines Gemüts hielt ihn immerzu wach. In der Hauptsache aber blieb er zu ruhen außerstande, weil Ruhen Schlafen bedeutete — und Schlafen hieß Träumen. Er litt unter Alpdrücken.

Als Jüngling hatten ihn des öfteren Alpträume geplagt, welche sich um den Vollzug seiner Vergeltung an jenem alendischen Statthalter drehten, der Lebbicks Gemahlin, ihm just seit vier Tagen anvertraut, mit solcher Bosheit und solchem Abwechslungsreichtum geschändet und gemartert hatte. Im Laufe der Jahre jedoch hatte der stete Sanftmut ihrer Nähe — und die unangezweifelte Bedeutsamkeit des Werks, welchselbiges er für König Joyse verrichtete — besagten Träumen die ärgsten Scheußlichkeiten abgeschliffen.

Doch nun war seine Gemahlin tot. Allein war er, sogar von König Joyse vollauf im Stich gelassen worden. Und wenn er träumte, dann träumte er nicht länger von Rache.

Vielmehr träumte ihm, er sei der Oberste einer alendischen Besatzungsstreitmacht, und vor ihm läge eines jungen termiganischen Burschen mannbare Braut hilflos in Fesseln. Ihm träumten all die Dinge, welche er ihr zufügen könnte, um ihr Schreie zu entlocken und ihren Gatten in den Irrsinn zu treiben. Er träumte von grausamen Wonnen.

Und er bebte, wenn er aus seinen Träumen erwachte — *er*, Kastellan Lebbick, Obrist der Schloßwache Orisons und Oberbefehlshaber von Mordants Landwacht, er *zitterte*, ein Mann, welcher seit jenem Tag, an dem König Joyse ihn von seinen Banden befreite und ihm sich zu rächen gestattete, keine Drohung, keine Anfechtung gefürchtet hatte.

Beim Anblick der starren Miene Geradens, seiner darin erkennbaren Entschlossenheit, der trutzig bezähmten Beunruhigung jenes Weibs Terisa — einer Beunruhigung, welche er unwillkürlich zu rechtfertigen sann —, lohte in ihm etwas empor wie ein Feuer in ausgedörrtem Gesträuch. Als Geraden mit seiner Schilderung dessen, was Elega verbrochen hatte, fertig war, lächelte Kastellan Lebbick.

»Ich spreche dir meinen Glückwunsch aus«, äußerte er in nahezu freundschaftlichem Ton. »Abermals hast du einen gewaltigen Triumph errungen. Die Edeldame Terisa«, — er sprach von ihr, als wäre sie nicht zugegen —, »hat dir eine glanzvolle Gelegenheit verschafft, ausnahmsweise einmal recht zu handeln — und was hast du getan? Du hast dich dazu verstiegen, nach alleinigem Heldentum zu lechzen, Orison allein zu erretten. Du mußt wahrlich ungemein stolz auf dich sein.«

»Das ist unfair«, mischte das Weib sich unvermutet ein. Es brachte trotz seines gesenkten Blicks und seiner inwendigen Ruhelosigkeit einen gewissen Mut auf. »Sie erlauben einfach niemandem, Ihnen was richtig zu erklären. Hätten wir uns geirrt, hätte Elega irgendwas anderes angestellt, während Ihre Leute das Reservoir bewachten, würden Sie uns jetzt beschuldigen, wir Verschwörer hätten ein Ablenkungsmanöver veranstaltet.«

Fürwahr, sann der Kastellan, Terisa war ein des Interesses wertes Weib. Und bald mußte seine Stunde kommen. Irgendeines baldigen Tages würde er es in der Gewalt haben. Dann sollte es erfahren, was es wahrhaftig bedeutete, von Kastellan Lebbick angeschuldigt zu werden; das gedachte er diesem Weibsbild mit aller Gründlichkeit zu zeigen.

Noch immer fiel es ihm schwer, dem Adepten zu mißtrauen; als Sohn Gauherrn Domnes und Artagels Bruder besaß Geraden nahezu zwangsläufig einen Anspruch auf Lebbicks Gutwilligkeit und Vertrauen. Und er hatte Nyle aufgehalten. Das mochte eine Narrheit gewesen sein, doch zweifelsohne gleichzeitig eine ehrenhafte Tat.

Diese Frau hingegen … Freilich, es war seltsam, daß kein anderer als sie wider Elega Verdacht schöpfte, niemand anderes als sie ergründete, welche Absicht Elega hegte. Gewißheit jedoch hatte Lebbick lediglich darin, daß sie eine Imagomantin war; und daß sie sich wie eine Gegnerin Alends betrug; und daß Großkönig Festten ihren Tod wünschte; und daß sie ihn belog, derweil die Wahrheit ihm dabei geholfen hätte, seinem König zu dienen. Der gesamte Rest seiner Erwägungen dagegen, welche sie betrafen, bestanden aus nichts als mutwilligen Rückschlüssen, Mutmaßungen und Tagträumen.

Das Lächeln, das er ihr schenkte, hätte Milch gesäuert. »Hast du darüber Klarheit«, fragte er Geraden, »was ich nunmehr tun muß?«

»Ja, Kastellan.« Der Adept ließ einen Seufzer vernehmen, als erwarte er fortgesetzte Schelte. »Ihr werdet für die ganze Dauer der Belagerung auf das Wasser der Quelle angewiesen sein.«

»In der Tat, so ist's. Es weilen zweimal soviel Menschen als zuvor zu Orison. Selbiger Quell spendet uns nicht den zehnten Teil der Menge an Wasser, welche wir benötigen. Ich werde schwangeren Weibern, matten Greisen und Kindern ein so geringes Maß Wasser zuteilen müssen, daß sie unweigerlich Durst zu leiden haben, und allein dieweil du's als Drolligkeit erachtet hast, dich zur Abwechslung einmal als Held feiern zu lassen. Und das ist beileibe noch nicht alles.«

»Nein, gewißlich nicht.« Ungeachtet dessen, was Geraden empfinden mochte, stand er vor Lebick wie ein Unerschrockener. Solches Auftreten wußte der Kastellan zu würdigen. Noch vor kurzer Frist hätte sich der Adept geduckt. »Zudem werdet Ihr die Zisterne und sämtliche Rohre leeren und auswaschen müssen. Andernfalls nämlich — und sollt's nicht in Bälde geschehen — werden die Menschen, indem ihr Durst sich verschlimmert, heimlich vom vergifteten Wasser zu trinken beginnen, und falls sie bis dahin geschwächt genug sind, wohl sterben. Das Auswaschen wird gleichfalls Wasser verbrauchen. Zum Austeilen wird nur sehr wenig Wasser verbleiben.«

Der Kastellan nickte. Gleich wie töricht sich der Adept verhielt, dumm war er nicht. Zog man seine offenkundige Klugheit in Betracht, war es sogar verwunderlich, wie beständig ihm Fehler unterliefen.

»Bist du dir dessen ganz sicher, daß sie das Wasser vergiftet hat?«

Geraden runzelte die Stirn. »Meint Eure Frage, ob ich mir in der Hinsicht sicher bin, daß sie wußte, was sie da tat? Nein, ich bin's nicht. Und ich habe das Wasser nicht gekostet. Aber in jenen Säcken befand sich ein grünes Pulver. Ich kenne ausschließlich eine Art von grünem Pulver. Dabei handelt's sich um einen Farbstoff, welchen die Meister verwenden. Er führt die Bezeichnung *Ortical,* dieweil ein Imagomant mit Namen Ortic ihn erstmals gemischt hat. Im Laborium muß davon gut und gern ein Vorrat von hundert Pfund lagern.« Er hielt Lebbicks Blick stand. »Ein jeder, an dessen Händen nur zuviel von selbigem Farbstoff haften bleibt, wird von Unwohlsein befallen.«

»Gibt's ein Gegenmittel?«

»Wer mag's wissen? Im allgemeinen kennen Imagomanten keine Neigung, ihre Farben zu *verzehren.* Und fände sich jemand, der's täte, verbrächten sie ihre Zeit nicht damit, ihn von den Folgen zu heilen.«

»Wenn ich an Meister Barsonage die Frage richte, ob ein Quantum *Ortical* fehlt, wird er mir Auskunft geben können?«

»Nein. Niemand überwacht die Meister während ihres Wirkens. Nicht wenige von ihnen ziehen's noch heute vor, die Ingredienzen, welche sie verwenden, als Geheimnis zu hüten. Doch's mag sein, daß einer der jüngeren Adepten eine augenfällige Verminderung des Vorrats an *Ortical* bemerkt hat.«

Wieder nickte der Kastellan. Erstmals wandte er sich, ohne sie durch irgend etwas vorzuwarnen, an Terisa von Morgan. »Woher wußtet Ihr, welche Absicht Prinzessin Elega hegte?«

»Ich hab's geraten«, antwortete sie mit zaghaftem Stimmchen.

»Ihr habt's *geraten?*«

»Ich habe mir 'nen Reim auf einiges von dem gemacht, was sie gesagt hat.« Derweil sie den Hergang erläuterte, gewann sie an innerer Kraft. »Es war nicht genug für 'nen Verdacht. Aber ich habe eben alles insgesamt betrachtet, und da habe ich's erraten.«

»Edle Dame«, entgegnete Lebbick ihr unumwunden, jedoch in beherrschtem Tonfall, »das glaube ich Euch nicht.« Damit ließ er sie und Geraden gehen.

Für das, was getan werden mußte, bedurfte er keines Planens. Er besaß über die Art und Weise, wie er — Schritt um Schritt — vorzugehen hatte, bereits vollständige Klarheit. Er war Schloß Orisons Kastellan; er verstand es, seinem König zu Diensten zu sein. Letzten Endes hatte es keine Bedeutung, welche Widrigkeiten gegen ihn standen; wie schwer Orisons Außenwall Schaden genommen hatte; wie groß die feindliche Übermacht war; wie schwer König Joyse versagte. Kastellan Lebbick hatte sich so gewandelt, daß er innerlich mehr einem Schwert denn einem Menschen glich, und ein Schwert kannte kein Aufgeben.

Unterdessen durfte er Vorfreude genießen. Dem Weibsbild Terisa würde die Stunde schlagen.

Geraden brachte Terisa zurück in die Pfauengemächer, suchte danach das eigene Quartier auf und versuchte zu schlafen. Aber beide schliefen nur wenig.

Niemand auf Schloß Orison bekam viel Schlaf. Naturgemäß schliefen etliche der im Schloß zusammengedrängten Menschen nicht, weil sie aus Anspannung und Sorge nicht schlafen konnten. Doch eine große Zahl von Leuten hatte dieses Problem nicht. Dazu zählten Soldaten, die zu abgebrüht oder zu müde waren, um wach zu bleiben, und Eltern, deren übererregte Kinder sie gehörig genervt hatten, sowie Händler, die wußten, daß ihr Dasein nach der Belagerung erhöhten Wert haben, ihre Gewinne steigen würden, ganz egal wer den Sieg errang. Zahlreiche Bedienstete waren dermaßen überarbeitet, daß sie sich keine Schlaflosigkeit leisten konnten, und es gab Meister, denen es einfach an Phantasie fehlte, Adelige ohne Begriffsvermögen oder Verständnis und Damen, die alles philosophisch nahmen. Dieser letztere Personenkreis erhielt deshalb wenig Schlaf, weil Kastellan Lebbick und seine Soldaten ihn weckten.

Trotz aller Schnelligkeit handelte der Kastellan zu spät, um zwei alte Männer, die gewohnheitsmäßig nachts mehrmals zum Abort gingen, einige Schloßwächter, die vom Wachdienst kamen und Wasser tranken, ehe man sie warnen konnte, und mehrere Kinder, die ihre Eltern mit Gequengel um Trinkbares weckten, von der Vergiftung zu bewahren. Doch diese unglücklichen Zwischenfälle bestätigten jedenfalls, daß Elega das Wasser des Reservoirs vergiftet *hatte* — und verdeutlichten, daß die strengen Maßnahmen, die Lebbick dem Schloß verordnete, ihre Berechtigung hatten. Die Kinder erkrankten ernsthaft, aber außer einem der alten Männer starb kein Betroffener.

Und am Morgen versammelten sich nahezu alle Menschen, die im Schloß wohnten oder darin Zuflucht genommen hatten, auf den Zinnen, um nach dem alendischen Heer auszuschauen. In dieser Beziehung durften Terisa und Geraden tatsächlich einmal von Glück reden. Sie konnten ohne Umstände auf die Spitze des Turms steigen, in dem sich ihre Unterkünfte befanden.

In der Nacht war das Wetter wieder kälter geworden. Über Mordant hatte sich eine durchgehende graue Wolkendecke geschlossen, überschattete das Schloß und die Landschaft mit Farbtönen der Düsternis; ein eisiger Wind, scharf wie eine Sense, wehte übers Land, fegte alle Anzeichen eines vorzeitigen Frühlings fort. Die Konturen der Anhöhen in der näheren Umgebung verschwammen; dagegen sahen die entfernteren Hügel jetzt höher und bedrohlicher aus. An den schwärzlichen Bäumen schwankten Äste und Zweige, als ob sie sich wänden. Auf den meisten Hängen lag noch matschiger Schnee, verlieh der Erde ein kränklich-weißliches Aussehen. Anfangs konnte Terisa kaum etwas erkennen; die Kälte brannte ihr im Gesicht, als hätte sie eine Reihe von Ohrfeigen erhalten, und der Wind brachte ihre Augen zum Tränen. Allmählich jedoch besserte sich ihre Sicht, bis sie in der Richtung des Armigitegaus und Alends genauso wie die Leute auf den tiefergelegenen Mauern und anderen Türmen an den Horizont zu spähen vermochte. Dort gab es nichts zu sehen.

Lange Zeit blieb es so; nichts war zu sehen. Nach und nach lichtete sich die Menschenmenge; auch Terisa und Geraden kehrten zwischendurch zweimal in ihre Behausungen zurück, um sich aufzuwärmen.

»Wann werden die Alender kommen?« fragte Terisa.

»Wie sollte ich's wissen?« hielt Geraden ihr mit einer für ihn untypischen Grobheit entgegen. Er verkraftete es nur schwer, es nicht geschafft zu haben, Elegas Anschlag auf die Zisterne zu vereiteln.

Terisa wußte, wie ihm zumute war; darum nahm sie ihm die Unfreundlichkeit nicht übel. »Aus welcher Richtung werden sie denn eintreffen?«

Offenbar bereute Geraden seine Unhöflichkeit bereits. »Ohne Zweifel benutzen sie die Landstraße. Darauf ist der Weg länger, jedoch braucht man weniger lange. Und nur auf der Landstraße vermögen sie ihren Nachschub heranzubringen … und jenes Kriegsgerät, von dem wir Kunde erhalten haben.«

Als sie wieder im Freien standen, behielt er recht. Aufgeschreckt durch eine unbestimmte Zunahme der Aufmerksamkeit bei den Umstehenden, spähte sie angestrengter in den rauhen Wind und sah die Vorhut des alendischen Heers sich nähern. Sie kam auf der nordwestlichen Landstraße aus dem Armigitegau.

In den Händen seiner Bannerträger wehten die Fahnen des alendischen Monarchen. Infolge der Entfernung und des gräulichen Tageslichts sahen sie aus, als wären sie schwarz.

Langsam marschierte das Heer auf Orison zu, eine Menschenmasse, die unüberschaubar groß wirkte, als könnte man sie niemals zählen. Berittene Soldaten, Fußsoldaten; Aberdutzende von Troßkutschern trieben die Maultiere an, die die Nachschubkarren zogen; Schwärme von Knechten und zum Dienst gepreßten Bauern schoben die ungefügen Belagerungsmaschinen, achteten darauf, daß sie intakt blieben. Dahinter folgte ein regelrechtes zweites Heer von Trägern, Dienern und Troßleuten. Alle kamen, um Mordants König Schloß Orison zu entreißen.

In einem Gemütszustand, der fast an Ehrfurcht grenzte, blickte Terisa vom Turm in die Ferne, versuchte sich das Ausmaß des Blutvergießens vorzustellen, das König Joyses Verhalten über sein Volk zu bringen drohte.

Vielleicht dachte er an das gleiche. Geraden stieß Terisa an, zeigte auf den Nordturm. Terisa blinzelte hinüber und sah König Joyse mit Kastellan Lebbick an der Brustwehr stehen.

Obwohl er einen dicken schweren Pelz trug, erregte er im Vergleich zu den ausgedehnten gewaltigen Bauten Orisons den Eindruck von Winzigkeit. Sowohl er wie auch sein Kastellan beobachteten den Aufmarsch des alendischen Heers ohne Regung. Möglicherweise konnten sie nichts tun. Auf den Söllern waren Mordants Reichsfahnen gehißt worden, aber das Banner des Königs flatterte heftig am Innenmast des Turms, auf dem er stand. Das Banner war ein langer schlichter purpurner Wimpel, der in hellem Sonnenschein wohl forsch im Wind getanzt hätte wie ein Symbol der Tapferkeit; gegenwärtig jedoch sah es aus, als müsse es jeden Moment vom Mast gefetzt werden. Nach einer Weile verließen der König und Kastellan Lebbick die Turmspitze.

Aus keinem für Terisa ersichtlichen Grund blies Orisons Trompeter ins Horn. Vielleicht rief er zu den Waffen; allerdings klangen die Töne mehr nach Klage.

Mit großräumiger Präzision, als ginge es um eine Demonstration von Unausweichlichkeit, zernierte Alends Heer das Schloß. Zehntausend Soldaten umschlossen die Mauern Orisons, hielten ihre Waffen bereit. Man fuhr die Belagerungsmaschinen auf. Dann bliesen auch die Alender ein Signal, und ein Grüppchen Reiter sammelte sich um den Bannerträger des alendischen Monarchen. Der Bannerträger ergänzte Margonals aggressiv rot-grüne Fahne um eine Parlamentärflagge. Fahnen und Reiter näherten sich zusammen Orisons Tor. Orisons Trompeter antwortete auf das Signal. Man öffnete die Tore.

Kastellan Lebbick ritt, begleitet von sechs Männern, dem Grüppchen Alender entgegen.

Es bereitete Kastellan Lebbick keine Überraschung zu sehen, daß Prinz Kragen das alendische Heer befehligte. Nach seinem Gespräch mit König Joyse befremdete ihn ebensowenig die Tatsache, daß es sich bei einem der Reiter in des Prinzen Gefolge um Prinzessin Elega handelte.

Die beiden Häuflein Reiter hielten an und maßen einander aus kurzem Abstand. Der Prinz zeigte Haltung; Elega hingegen vermochte Kastellan Lebbicks Blick nicht zu erwidern.

»Meinen Gruß, Kastellan«, sprach Prinz Kragen nach längerem Schweigen. »Eures Königs Torheit hat uns in diese Lage gebracht.«

Der Kastellan hielt seines Reittiers Zügel zu straff, es

konnte nicht ruhig dastehen. »Gebt mir kund, was Ihr kundzutun gedenkt, Herr Prinz, und laßt's damit bewenden«, heischte er, derweil sein Roß unablässig von einer zur anderen Seite scheute. »Ich weiß meine Zeit klüger zu nutzen.«

Prinz Kragens Miene ward finster. »Nun wohl«, entgegnete er barsch. »Lauscht achtsam meinen Worten, Kastellan. Margonal, Monarch von Alend und Oberherr der Baronien Alends, sendet Joyse, König von Mordant und Herr des Kronguts, seine Grüße«, fügte er sodann in förmlichem Ton hinzu. »Alends Monarch ersucht König Joyse um eine Zusammenkunft unter der Fahne des Unterhandelns, auf daß sie gemeinsam einen Weg finden möchten, um den Krieg abzuwenden und den Zwist zu schlichten. König Joyse hat es verworfen, den Vorschlägen des Gesandten Monarch Margonals, welche dem Frieden galten, Gehör zu schenken. Dennoch ist es Friede, auf was des alendischen Monarchen Begehr gerichtet ist, und er gedenkt freimütig und gerechten Sinns mit König Joyse danach zu streben, wenn der König in eine Zusammenkunft einwilligt.«

»Eine schöne Ansprache«, bemerkte Kastellan Lebbick dazu ohne Zaudern. »Weshalb sollte ich Euch glauben?«

»Dieweil ich keinerlei Bedürfnis noch Notwendigkeit habe«, antwortete der Prinz nicht minder schroff, »schöne Worte zu schwatzen. Euer Außenwall ist gebrochen, der Schaden, wie ich nun sehe, nur unzulänglich behoben worden. Ihr habt keine Vorräte an reinem Wasser. Eure Streitmacht ist zu klein und schwach. Ihr vermögt keiner Belagerung zu widerstehen, Kastellan. Alends Monarch besäße keinerlei Veranlassung, Euch Frieden anzubieten, wäre der Grund nicht, daß er den wahrhaften Wunsch nach Frieden verspürt.«

»Den wahrhaften Wunsch ...« Lebbick zerrte an den Zügeln. »Ein Wort, das mir aus dem Mund eines Alenders ganz besonders gefallen will. Nun denn, Ihr sollt Antwort haben. König Joyse hat mir den Auftrag erteilt, Euch und

Eurem erhabenen Herrn Vater auszurichten, daß Ihr und er Euch nicht aufs Springbrett versteht. Ihr hättet ohne Beistand nicht einmal ein Unentschieden erwirkt. Statt uns mit Schwertern zu drohen, solltet Ihr Euch darauf besinnen, was Euch widerfuhr, als Ihr das letzte Mal wider Mordant Krieg führtet.«

Zwischen den Rössern pfiff der Wind. »Bei den Sternen, Lebbick«, rief Prinzessin Elega, »spielt er *noch immer* Springbrett? Empfehlt ihm *aufzugeben!*«

Der Kastellan wandte den Blick nicht von Prinz Kragens Antlitz. »Des Königs Tochter«, sprach er. »Der Scheinangriff am gestrigen Abend diente der Ablenkung, um ihr die Flucht aus Schloß Orison zu ermöglichen.« Als König Joyse ihn darauf hinwies, hatte Lebbick sich verwünscht, dieweil er selbige Schlußfolgerung nicht unverzüglich selbst gezogen hatte. »Welche Absichten hegt Ihr mit ihr? Ist sie Eure Geisel?«

Prinz Kragen äußerte einen Fluch. »Alends Monarch heißt Prinzessin Elega als Freundin willkommen. Er hat beileibe nicht vor, ihr irgendeinen Harm zuzufügen, weder ihr selbst noch durch sie ihrem Vater. Auch diese Höflichkeit möchte er als Beweis für die Aufrichtigkeit seines Strebens nach Frieden verstanden wissen.«

»Auch auf diese Darlegungen habe ich eine Antwort.« Erstmals wiederholte Kastellan Lebbick den genauen Wortlaut von des Königs Erklärungen. »König Joyse antwortet: ›Ich bin der festen Überzeugung, daß meine Tochter Elega aus vornehmsten Gründen gehandelt hat. Wohin ihre Schritte sie auch führen, immerdar begleitet sie mein Stolz. Um ihrer wie auch meiner willen habe ich die Hoffnung, daß ihre rechtschaffenen Beweggründe auch die vortrefflichsten Ergebnisse zeitigen werden.‹«

Prinzessin Elega starrte Kastellan Lebbick an, als hätte er die schauderhaftesten Scheußlichkeiten ausgesprochen.

»*Das* soll eine *Erwiderung* sein?« trachtete Prinz Kragen sich zu vergewissern.

»Nehmt sie zur Kenntnis und seid's zufrieden«, riet ihm

der Kastellan. »Sie müßte Euch mehr behagen als jene Vorwürfe, welche die Prinzessin durchaus verdient hätte. Fragt sie«, — das sprach er, obschon König Joyse es ihm ausdrücklich verboten hatte, solche Zahlen zu nennen —, »ob sie zu erfahren wünscht, wie viele Menschen am heutigen Morgen der Tod ereilte.«

Prinz Kragen mißachtete diese Bemerkung. »Ihr mißversteht mich mit Vorsatz, Kastellan. Habt Ihr mir Eures Königs Antwort auf des alendischen Monarchen Ringen um Frieden erteilt? Ist er so sehr von Sinnen?«

Dank des Rückhalts, mit welchem ihn die Tatsache ausstattete, daß König Joyse wahrhaftig mit ihm geredet hatte (wie seltsam seine Reden auch gewesen sein mochten), bereitete es Kastellan Lebbick keinerlei Verlegenheiten, eine schlagfertige Entgegnung zu finden. »Ich rate Euch davon ab, ihn auf die Probe zu stellen.«

»Dann vernehmt mein Wort. Lauscht mir aufmerksam, Kastellan.« Prinz Kragen ließ sich den grimmigsten Zorn anmerken. »Es ist mein letztes Wort. Euer König beläßt uns keine Wahl. Wir *können nicht* ›zufrieden‹ sein. Cadwal zieht ins Feld. Das ist Euch bekannt. Wo unser Heer gegenwärtig steht, ist's gefährdeter durch des Großkönigs gewaltige Streitmacht denn Ihr. Wir vermögen Euch, Euer Volk und die Zunft nicht verteidigen ...«

»Und Euch nicht.«

»... und auch *uns* nicht, haben wir nicht Schloß Orison. König Joyse zwingt uns allesamt zu einem Krieg, in welchem er nicht obsiegen kann, ungeachtet der Bürden, die uns dadurch auferlegt werden. Er *muß* in einen Friedensschluß einwilligen. Durch Friede oder durch Gewalt *müssen* wir Orison haben.«

Der Kastellan brachte sein Roß zur Ruhe. »*Das* ist Euer *letztes Wort?*« Ein Grinsen verzerrte sein Angesicht.

»Ja.«

»So vernehmt denn mein letztes Wort.« Obzwar er es nicht begriff, wußte Lebbick, was er zu sagen hatte. »König Joyse versichert Euch dessen, daß Alends Monarch mehr Möglichkeiten hat, als ihm einsichtig ist. König Joyse macht Euch den Vorschlag, daß Ihr Euch ins Gebiet westlich des Kronguts zurückzieht und dort das fernere Geschehen abwartet, wie's sich entwickeln mag. Verfahrt Ihr so, wird er sich freudig zu Verhandlungen mit dem alendischen Monarchen treffen und weitere Vorschläge unterbreiten. Solltet Ihr nicht so verfahren«, — der Kastellan konnte das eigene Staunen über die Drohung verbergen, welche zu äußern ihm aufgetragen worden war —, »ist's König Joyses Wille, die ganze Macht und Gewalt der Zunft wider Euch zu kehren und Euch vom Erdkreis auszutilgen.«

Im Augenblick blieb es ihm gleichgültig, ob des Königs Spiel von Erfolg oder Mißerfolg belohnt werden sollte. Es bereitete ihm schlichtweg Genugtuung, daß es ihm erlaubt war, diese Drohung in Worte zu kleiden.

Seine Ankündigung löste solchen Schrecken aus, daß für ein Weilchen Schweigen herrschte. Niemand sprach. Wider Willen starrte Prinz Kragen den Kastellan voller Erbitterung und Bestürzung an.

»Kastellan Lebbick«, sagte dann mit einem Mal Prinzessin Elega leise, aber in nachdrücklichem Ton, »Ihr lügt.« Im rauhen Wind war ihr Antlitz bleich geworden. »So etwas täte mein Vater nie und nimmer.«

Als hätte sie ihm dazu den Befehl gegeben, entriß Prinz Kragen dem Bannerträger die Fahne des Unterhändlers, zerbrach die hölzerne Stange überm Knie und schleuderte die Bruchstücke auf die Zufahrtsstraße zum Schloß. Er wendete sein Roß und trieb es an, ritt seinen Begleitern voraus zum alendischen Heer.

Kastellan Lebbick und seine Männer kehrten zurück ins Schloß. Mit Donnertönen schlossen sich hinter ihnen erneut die Tore.

Der alendische Bläser stieß wiederum in die Posaune. Überall rings ums Schloß begannen Knechte und Troßleute die Wagen und Karren abzuladen und Zelte aufzuschlagen. Die Belagerung Schloß Orisons nahm ihren Lauf.

»Ich werde Artagel einen Besuch abstatten«, sagte Geraden in einer Weise, als hätte er vor, sich die Beine brechen zu lassen. »Er dürfte zu vernehmen interessiert sein, was sich zugetragen hat.« Infolge der Kälte lief ihm die Nase; seine Stimme klang nach Schnupfen, und überhaupt erregte er einen kläglichen Eindruck. »Wenn er mir schon nicht verzeihen kann, daß ich Prinz Kragen entweichen ließ, so vermag er mir zumindest nichts noch Ärgeres dafür anzutun, daß ich Elega nicht daran zu hindern verstand, das Wasser zu vergiften.«

Terisa bot ihm an, mit zu Artagel zu gehen, aber er lehnte ab. Er wollte sich der Unannehmlichkeit allein stellen.

Als er sich auf den Weg zu seinem Bruder machte, ging Terisa in ihr Quartier zurück.

Es gab eine Menge, über das Terisa nachdenken mußte. Sie hatte zu entscheiden, in welchem Verhältnis sie eigentlich zu alldem stand, was rund um sie geschah. Sie mußte sich darüber im klaren werden, wohin sie gehörte. Außerdem galt es zu prüfen, wie weit sie dazu bereit — oder fähig — war, sich noch weiter im Sinne des Zugeständnisses auf die Situation einzulassen, das sie Geraden eindeutig gemacht hatte, als sie ihm von dem Zusammenhang zwischen ihrem Traum und den Omen erzählte.

Doch anstatt sich mit entsprechenden Überlegungen zu befassen, dachte sie über Pastor Thatcher nach.

Fast ein Jahr lang hatte sie mit ihm zusammengearbeitet, lange genug, um zu vergessen, weshalb sie die Stellung als Sekretärin in der Mission ursprünglich angenommen hatte. Seit ihrer Einstellung hatte immer mehr, wenn sie an ihn dachte, seine hartnäckige Erfolglosigkeit im Vordergrund gestanden. Anfangs jedoch hatte sie ihn anders gesehen. Ursprünglich hatte sie die Stellung in der Mission angetreten, um einen Ausgleich für die Hohlheit und den Reichtum ihrer Herkunft zu haben, das Gefühl der Sinnlosigkeit, das ihren Selbstwert, ihr Selbstverständnis unterhöhlt hatte, und weil Pastor Thatcher allem

Anschein nach mit derartigem Einsatz gegen unglaubliche Armut und hartherzige Gleichgültigkeit kämpfte.

Zunächst war ihr seine Erfolglosigkeit verständlicherweise völlig entgangen. Aber jetzt neigte sie zu der Frage, ob ihre nachträgliche Einschätzung stimmte. Hätte Geraden nicht an seiner Stelle ganz genauso gehandelt? War nicht auch Geraden jemand, der sogar angesichts gänzlicher Aussichtslosigkeit zu seiner Sache stand? Lag der eigentliche Fehler, der ihre Unzufriedenhedit mit der Arbeit in der Mission verursachte, nicht bei ihr? Ein Makel des Herzens? War es nicht möglich, so zu leben, als könnte sie ständig Hörnerklang hören?

Zu irgendwelchen Lösungen verhalfen ihre Gedankengänge ihr allerdings nicht. Aber diese Überlegungen waren ihr ein inneres Bedürfnis, und sie verzichtete darauf, sie zu verdrängen. Immerhin kam sie dadurch zu der Einsicht, daß Pastor Thatcher ihrerseits eine Entschuldigung verdiente.

Später merkte Terisa, daß sie müde genug war zum Schlafen. Der Gedanke an ein Nickerchen übte auf sie eine unerwartet starke Anziehungskraft aus. In der letzten Nacht hatte sie schlecht geschlafen. Und niemand, der übermüdet oder schlaflos war, konnte Orison irgendwie nützlich sein. Während sie vor sich hinsummte, legte sie in beiden Kaminen Holz nach, um ihre Zimmer warmzuhalten. Anschließend zog sie sich vollständig aus, warf die Kleidungsstücke auf einen Stuhl und schlüpfte ins Bett.

Für einige Zeit lauschte sie auf den Wind, der gierig mit Klauen an ihren Fenstern und an den Ecken des Turms zu kratzen schien. Doch sobald ihr Körper die kalten Laken erwärmt hatte, schlief sie ein.

Tief in Träume versunken, hatte sie auf einmal das schöne Gefühl, geküßt zu werden. Ein starker Mund preßte sich auf ihre Lippen, eine Zunge strich darüber, züngelte zart dazwischen. Terisa nahm Nelkenduft wahr.

Unter den Decken streichelte eine Hand ihren Bauch,

schoben sich dann aufwärts zu ihren Brüsten. Ihre Berührung war gerade kühl genug, um die Brustwarzen zu erhärten.

Als sie begriff, daß sie nicht träumte, schlug sie die Augen auf. Meister Eremis hatte sich über sie gebeugt; seine hellen Augen erwiderten ihren Blick. Terisas Vater hatte ähnliche Augen. Doch die Fältchen an Eremis' Augen zeigten an, daß er grinste. Sein Anblick erschreckte Terisa so sehr, daß sie ruckartig die Decken an sich heranzog und den Kopf zur Seite drehte.

Eremis wich ein wenig zurück, nahm die Hände von Terisas Körper. Die Troddeln seiner Kasel baumelten unbeachtet auf dem Vorderteil seines gewohnten pechschwarzen Gewands. Er grinste tatsächlich. Anscheinend hatte er prächtige Laune.

»Edle Dame«, sagte er, »ich bedaure zutiefst, daß ich Euch geängstigt habe. Verzeiht mir.«

Während Terisa ihn im grauen Licht betrachtete, das durch die Fenster eindrang, gewann sie den Eindruck, daß er häßlicher war, als sie ihn in Erinnerung hatte. Sein Gesicht besaß zu starke Ähnlichkeit mit einem Keil; das Haar sproß zu weit hinten am Schädel. Aber irgendwie machte das den lebhaften Scharfsinn seiner Miene nur um so attraktiver.

Terisa zog sich die Decken bis über die Schultern, zwinkerte ihn verwirrt an. »Wie ...?«

»Durch den Kleiderschrank.« Eremis lächelte breiter. »Ich habe die Geheimgänge erkundet und dank großen Glücks den Zugang zu Euren Gemächern entdeckt.«

»Wo ...?« Terisa setzte sich ein wenig auf. Ihr Verstand wollte nicht richtig funktionieren. Sie hatte fester, tiefer geschlafen, als sie es erwartet hatte. Warum hatte sie es sich eigentlich abgewöhnt, einen Stuhl in den Kleiderschrank zu stellen? »Wo waren Sie? Ich hatte gedacht, daß ich Sie bald wiedersehe.«

Eremis nahm auf der Bettkante Platz, hob eine Hand, strich mit den Fingerspitzen von Terisas Ohr aus den Hals hinab und über ihre Schulter. »Daheim war meine Anwesenheit vonnöten. Ich habe Burg Esmerel erwähnt, oder nicht?« Seine Berührung fühlte sich an, als präge sie sich ihrer Haut ein. »Mein Großvater nannte sie unseren ›Ahnensitz‹, doch Esmerel ist kein allzu großartiges Bauwerk. Jedoch ist mein Vater noch weitaus weniger großartig und pflegt keine solche Sprache.« Sachte zupfte Meister Eremis an den Decken, unter denen Terisa lag. »In seiner unmißverständlichen Weise forderte er meine Gegenwart. Wie's den Anschein haben will, hat einer meiner Brüder meinen anderen Bruder erschlagen, aber es muß gesagt sein, daß 's noch nie leicht war, zwischen jenem Paar die Wahrheit zu entdecken. Mein Vater wünschte mich zugegen zu sehen, derweil er erwog, ob er den Überlebenden zu meinen Gunsten enterben solle. Burg Esmerel steht im Torgau, lediglich zwei Tagesritte jenseits des Breithweyns. Ich bin just zurückgekehrt.«

Terisa war kaum zu schlucken imstande. Wenn Eremis sie weiter so anschaute, würde sie alles vergessen, was sich während seines Fortseins ereignet hatte. Schon hatten sich seine Finger behutsam um den Saum der Decken gekrümmt; gleich würde er sie nach unten ziehen, und Terisa würde zu jedem Widerstand unfähig sein. Jedenfalls kam ihr nicht zu Bewußtsein, daß sie überhaupt Wert darauf gelegt hätte, sich gegen seine Annäherung zu wehren. Ihr Kopf schien voller halbvergessener Träume zu sein. Klare Gedanken waren ihr völlig unmöglich.

»Und wie hat er sich entschieden?« fragte sie mit Mühe.

Der Imagomant zuckte die Achseln, um seine Gleichgültigkeit zu zeigen. »Mein Vater schätzt mich nicht. Gleiches gilt — oder galt — für meine beiden Brüder. Dessen eingedenk ist's nachgerade verwunderlich, daß sie stets meinen Wünschen willfuhren. Gegenwärtig habe ich keine Verwendung für Burg Esmerel. Darum wird mein Bruder sie erben ... falls mein Vater so gütig ist, sich eines baldigen Ablebens zu befleißigen.«

Er beugte sich über sie, seine Lippen senkten sich erneut auf ihren Mund. Der Nelkenduft schien ihre sämtlichen Sinne zu betäuben. Seine Hand zerrte die Decken abwärts, seine Zunge verlangte Terisa Reaktionen ab. Nein, sie konnte ihm nicht widerstehen. Seine Handfläche rieb ihre Brustwarze, bis Terisa zusammenschauderte; dann umfaßte er wie in einem Akt des Besitzergreifens ihre Brust. Sie war sein …

Irgendwie gelang es ihr, ihn zurückzuschieben. Die Wangen gerötet und mit unregelmäßigem Atem versuchte sie sich, so gut es eben ging, zu behaupten. »Weshalb sind Sie bei Ihrer Familie so unbeliebt?«

Eremis' Lächeln war aus seinem Gesicht gewichen; in seinen Augen loderten eine Heftigkeit und Leidenschaft, die Terisas Selbstbehauptungswillen dahinzuschmelzen drohten. »Meine Dame, ich habe Euch nicht aufgesucht, um mit Euch über meine Sippschaft zu plaudern. Ich habe Euch aufgesucht, auf daß Ihr endlich mein werdet.«

Ohne nachzudenken, wälzte sich Terisa zur anderen Bettkante und stieg aus dem Bett. Für den Moment, den sie brauchte, um zu dem Stuhl zu gehen, auf dem ihre Kleidung lag, kümmerte ihre Nacktheit sie nicht. Ihre Hände zitterten, während sie das Samtkleid überstreifte, die Schärpe verknotete; und als sie sprach, zitterte auch ihre Stimme.

»Sie sind lange weggewesen. Ich habe auf Sie gewartet. Ich hatte vor, Ihnen zu helfen. Ich war bereit …« Zu fast allem bereit. »Aber Sie sind nicht gekommen. Ich habe von Ihnen nichts gehört.«

Trotz ihrer Auflehnung stürzte der Gedanke sie fast in Panik, er könne wegen ihres Verhaltens beleidigt sein und gehen, sie sich mit diesem Abstandnehmen von ihm vielleicht die Möglichkeit verdorben hatte, daß er sie berührte, sie küßte. Aber er machte keinen beleidigten Eindruck. Doch das Lächeln, das er ihr jetzt schenkte, fiel zu lüstern aus, um Zuneigung auszudrücken; er betrachtete sie mit erhöhter Begierde, als sei sie auf einmal für ihn zu einer Herausforderung geworden.

»Meine Dame, ich bedaure es ungemein, daß Ihr von mir keine Kunde vernommen habt«, sagte er versonnen. »Eine solche Achtlosigkeit lag allerdings keineswegs in meiner Absicht. Mehrmals habe ich Euch Nachricht gesandt. Aber 's mag sein, daß meine Botschaften abgefangen worden sind.«

Wer soll sie denn abgefangen haben? wollte Terisa fragen, bis sie schlagartig begriff, was er da äußerte. Er hatte gar nicht die Absicht gehabt, sie ohne jede Mitteilung zu verlassen. Das änderte alles. Oder nicht? »Sie haben Saddith damit beauftragt«, sagte sie, plapperte beinahe. »Aber sie ist Ihre Geliebte. Sie will Sie für sich, darum hat sie mir Ihre Nachrichten vorenthalten.«

Für eine Sekunde weiteten sich die Augen des Meisters, als hätte sie ihn überrascht. Doch ein wiederholtes Grinsen veränderte seine Miene erneut. Seine Erregung war nun völlig unverkennbar. »Edle Dame«, antwortete er in gleichermaßen bedächtigem wie scherzhaftem Ton, »unmöglich kann Euch Eifersucht ereilen, wenn's eine Magd wie Saddith betrifft. Nachgerade sämtliche Männer, die sie jemals gekannt hatte, haben zwischen ihren Beinen gelegen. Ich vermag mir sehr wohl vorzustellen, daß sie Euch meine Sendschreiben nicht ausgehändigt hat. Hingegen vermag ich nicht zu glauben, es möchte irgendeine Bedeutung einnehmen, daß ich die Vorzüge ihrer derben Verführungskünste genossen habe.« Terisas Gefühle befanden sich in einem bestürzend chaotischen Durcheinander. Ihre Erleichterung, weil er ihr doch Nachricht zukommen zu lassen versucht hatte, dauerte nur einen Moment. An deren Stelle trat fast unverzüglich die Einsicht, daß sie diese Information zu spät erhielt. Sie änderte nichts. Terisa hatte sich in Eremis' Abwesenheit festgelegt, sich auf Geradens Seite gestellt, und nicht nur mangels einer besseren Alternative; nicht nur weil der Adept da war und Meister Eremis fort. Terisa hatte sich für Geraden entschieden, weil es ihr unmöglich war, ihm zu mißtrauen — ihn zu bespitzeln, zu hintergehen, wie der Meister es von ihr verlangt hatte. Wäre Eremis nur früher zurückgekehrt! Terisa biß sich auf die Lippe, um zu verhindern, daß er ihr die innere Zerrissenheit ansah. Er musterte sie aufmerksam, lächelte noch. »Saddith ist wahrhaft ohne jedwede Bedeutung«, erklärte er nach kurzem Schweigen. »Ich werde, so's Euch zum Vergnügen und zur Genugtuung gereicht, von ihr lassen. Ihr habt nach meiner Familie gefragt ...« Wie benommen nickte Terisa, lauschte auf jedes einzelne Wort, das er sagte, während sie Kopfschmerzen bekam. »Es ist eine kleine Familie. Auch Esmerel ist ein kleiner, wiewohl schöner Besitz. Mein Großvater war ein Mann von außerordentlichster Klugheit und noch höherer Vornehmheit und Feinheit. Er besaß ein ungewöhnliches Verständnis sowohl fürs Wissen wie auch für die Freuden des Daseins. Er befaßte sich gar nebenbei ein wenig mit Imagomantie. Eine der Geschichten, welchselbige im Kreis unserer Sippe umgehen, lautet sogar, er sei mit Erz- und Großmeister Vagel bekannt gewesen. Wenn daran Wahrheit ist, muß es vor Mordants Befreiungskriegen gewesen sein, in deren Verlauf sich ja der Erz- und Großmeister in Großkönig Festtens Dienste begab. Leider hatte mein Großvater nur einen Sohn, und derselbe erwies sich als ein rechter Lümmel. Schönheit und vornehmer Sinn besagten ihm so wenig wie steinerne Mauern. Von ganz und gar nichts außer Gewalt und der Lust an Gewalt hatte er einen Begriff. Als ihm Esmerel zufiel, brachte er so manchen Lenz damit zu, des Besitztums Reichtum und Schönheit zu verschleudern und sich auf diese Art und Weise zugrunde zu richten. Danach verkam er zu einem elendigen Straßenräuber und Wegelagerer, um seinem ›Ahnensitz‹ zumindest einen Anschein von Wohlstand zu bewahren. Das beiläufige Ergebnis seines Prassens und Hurens waren drei Söhne. Der erste Sohn geriet zu seinem naturgetreuen Abbild, und daher liebte er ihn sehr. Der zweite Sohn ward etwas kleiner von Wuchs, hatte weniger Kraft, war hingegen ein wenig gerissener, und deshalb vermochte er ihn zu dulden. Ich war der dritte Sohn.« Einen Großteil seiner Anziehung, seines Beeinflussungsvermögens verdankte der Meister seiner Stimme. Wenn er sprach, hatte Terisa stets das Gefühl, er nähere sich ihr, und die Weise, wie er sie betrachtete, verstärkte noch diesen Eindruck. Zudem schien ihre eigene Wehmut eine irgendwie hypnotische Wirkung auf sie auszuüben. Aber Eremis blieb fast reglos auf der anderen Bettkante sitzen. »Zu meinem Glück«, erzählte er weiter, »war ich wesentlich stärker, als mein Aussehen vermuten ließ. Äußerlich glich ich einem lächerlichen, greulichen Schrat, und darum hegte mein Vater wider mich starke Abneigung. Aus diesem Grund sannen meine Brüder darauf, mich beständig zu plagen, um sein Wohlwollen zu erlangen.« Er redete in ruhigem Ton, doch das Funkeln seiner Augen erinnerte an eine blanke scharfe Klinge. »Ich entsinne mich, einmal sperrten sie mich gar in einen Stall und legten daran Feuer, um zu schauen, wie ich mich retten möchte.«

Terisa atmete durch geteilte Lippen, als wäre sie wie gebannt oder entsetzt. »Und was haben Sie getan?« fragte sie.

Eremis lachte verhalten. »Allesamt habe ich sie übertölpelt. Ich war kein Erbe Burg Esmerels, jedoch hatte ich von meinem Großvater die Klugheit geerbt. Ehe ich alt genug war, um Furcht zu empfinden, hatte ich bereits gelernt, mich zu schützen. Und bald offenbarte sich mir, daß das geeignetste Mittel, um mich zu schützen, darin bestand, unter ihnen Zwietracht zu säen. Folglich verlegte ich mich darauf, einem jeden von ihnen zu verdeutlichen, daß er gegen die anderen meines Beistands bedürfe. Mit ein wenig wohldurchdachter Einflußnahme vermochte ich mir jeden von ihnen fügsam zu machen.«

Als zöge das sie an, was er schilderte — Erlebnisse, die für ihn sehr schmerzlich gewesen sein mußten, sie an Vorratskammern und Furcht vor Vergehen erinnerten —, tat Terisa einen Schritt auf ihn zu. »Und was haben Sie damit bewirkt?«

Sie sah Eremis einen Anflug von Erwartung an. »Ich

habe aus ihnen hochanständige Bürger des Torgaus gemacht. Meine Brüder habe ich gebändigt. Meinem Vater habe ich die Ausschweifungen verwehrt. Und ich sorgte dafür, daß sie Burg Esmerel von neuem mit den Hilfsmitteln und Quellen des Wissens ausstatteten, deren sie sich schon einst zuvor rühmen konnte, so daß ich meines Großvaters wahres Erbe anzutreten vermochte. Sein Interesse an Imagomantie und seine diesbezüglichen Forschungen waren's, die auch mich zur Imagomantie brachten. Seit ich Burg Esmerel verließ, habe ich immerwährend alles unternommen, um dagegen vorzubeugen, daß in meiner engsten Verwandtschaft jemand über die Stränge schlägt. Aber für Männer wie sie ist eine Entfernung von zwei Tagesritten schon das andere Ende der Welt. Es erfüllt mich mit Bedauern, daß ich nicht zugegen war und folglich nichts unternehmen konnte, um den Streit zu verhindern, welcher mit dem Tod von meines Vaters Ältestem endete.« Sein Betragen ließ allerdings kein besonders tiefgehendes Bedauern erkennen.

Terisa trat um noch einen Schritt auf ihn zu. Sein fahler Blick schien sie verschlingen zu wollen. »Sie sind also gekommen, damit ich ›endlich‹ die Ihre werde. Was soll ich tun?«

Er spreizte die Hände, wie um ihre Kraft zu zeigen. »Legt Euer Kleid ab.«

Wie ein Schwindelanfall packte bereitwilliges Verlangen Terisa, sie griff nach ihrer Schärpe. Aber sie widerstand der Anwandlung. »Danach, meine ich. Was soll ich für Mordant tun?«

»Warum muß es ein ›Danach‹ geben?« entgegnete Eremis. »Ich werde Eure Weiblichkeit in einem Maße befriedigen, wie Ihr's bislang nicht einmal zu träumen wagtet.«

»Ich möchte Ihnen helfen«, beharrte Terisa mit leiser Stimme. »Ich will Mordant helfen.«

»Nun wohl.« Er vermittelte den Eindruck der Auffassung, sie kenne seine Antwort bereits und sei mit den Konsequenzen einverstanden. »Dann müssen wir gemeinsam Kastellan Lebbick und die Zunft davon überzeugen, daß Geraden ein Verräter ist.«

Als er das sagte, durchfuhr ein Ruck Terisas Herz, und mit einem Schlag war ihr gesamter Mut dahin, als hätte ihre ganze Courage sich in einem Faß befunden, dem er jetzt den Boden ausgeschlagen hatte. Geraden? Was wollte er immer noch von Geraden? Weiterhin behaupten, Geraden sei ein Agent Gilburs und Vagels? Oder wußte er irgendwelche neuen Verdächtigungen gegen ihren einzigen Freund vorzubringen? »Was hat er getan?« Sie hatte kaum genug Mumm, um die Frage zu stellen.

»Getan? Was hat er nicht getan? Hat er Euch nicht eingeredet, *ich* sei ein Verräter?« Terisa schüttelte den Kopf. »Dann ist er listiger, als ich wähnte. Hätte er versucht, Euch gegen mich aufzuhetzen, hättet Ihr womöglich wider ihn Argwohn entwickelt.« Einen Moment lang musterte der Meister sie stumm. »Dieweil er so listig gewesen ist«, ergänzte er schließlich, »mögt Ihr mir, so befürchte ich, keinen Glauben schenken, wenn ich Euch dessen versichere, er hat's vorsätzlich so eingerichtet, daß Ihr auf dem Markt im Schloßhof allein wart, so daß Gart jenen Anschlag auf Euch zu verüben vermochte. Wahrscheinlich werdet Ihr ebensowenig glauben, daß sein Unvermögen, Elega an ihrem Vorhaben zu hindern, diesmal keineswegs auf Ungeschicklichkeit beruhte.« In unverhohlenem Entsetzen starrte Terisa ihn an. »Das sind recht feinsinnige Hinterlistigkeiten«, fügte Eremis hinzu. »Ich gesteh's, nur ungern traut man ihm derlei hintersinnige Arglist zu. Aber ich will etwas anführen, das Ihr als glaubhaft erachten dürftet. Cadwal ist ins Feld gezogen. Habt Ihr Euch nie gefragt, *warum* Cadwal den Feldzug begonnen hat? Hat's Euch nicht verwundert, daß Großkönig Festten der Ansicht ist, zu eben *diesem Zeitpunkt* angreifen zu müssen?« Terisa gab keine Antwort. Betroffenheit machte sie fassungslos. Eine neue Anschuldigung. Neue Argumente, die ihr die Meinung einflößen sollten, der einzige Mensch, der sich um sie kümmerte, sie ermutigte, zu ihr hielt, sei ein Verräter. »Unter herkömmlichen Umständen muß man unterstellen«, erläuterte Eremis, »daß des Großkönigs Spione ihm vermeldeten, daß Alends Heer gen Orison zieht. Was vermag er in Anbetracht dessen zu unternehmen?« Eremis' Stimme glich dem Wind, klang immer rauher, während sie durchs Zimmer tönte. »Einerseits muß er die Gefahr bedenken, daß Orison fällt und die Zunft in des alendischen Monarchen Gewalt gerät. Andererseits ist eine solche Möglichkeit wenig wahrscheinlich, solange unser wackerer Kastellan — wenn schon nicht der König selbst — das Schloß verteidigt. Gewiß ist dagegen, daß Gauherr Perdons Streitkräfte zwecks Orisons Entlastung eingesetzt werden. Ohne weiteres ist's denkbar, daß Alend und Mordant in des Ringens Verlauf einander aufs nachhaltigste schwächen, so daß der Großkönig, schickte er sich in Geduld, möglicherweise alles, was er begehrt, ohne viel Mühen sich anzueignen vermöchte. Doch *warum* hat er *nicht* abgewartet, bis seine Feinde sich gegenseitig vernichten? Ich will Euch enthüllen, weshalb nicht, meine Dame.« Mit beiden Händen vollführte der Meister eine abgehackte rohe Geste. »Er hat nicht gewartet, dieweil er Elegas Absicht kannte. Er wußte, daß der Umstand, Prinz Kragens Verbündete würden Orison im Innern verraten und ihm preisgeben, unsere Gefährdung bedeutend erhöht. Denkt nach, Weib. Woher hat Großkönig Festten wissen können, daß Orison durch Verrat den Alendern ausgeliefert werden sollte? Wenngleich's ein Geheimnis bleibt, wie's bewerkstelligt wird, vermag sein Monomach zu Orison nach Belieben zu kommen und zu gehen. Jedoch verschafft der Zutritt zu unseren Hallen ihm keinen Zugang zu unseren Geheimnissen. Wer außer einem Verräter möchte Gart dahin einweihen, daß Elega die Zisterne zu vergiften, uns des Wassers zu berauben und uns somit eine vollständige Niederlage zu bereiten beabsichtigt?«

»Nein«, murmelte Terisa. Am liebsten wäre sie auf einen Stuhl gesunken. »Nein.«

Meister Eremis überhörte ihren Widerspruch. »Und wer außer Geraden wußte um die Gefahr?«

»Aber man hat Attentate auf ihn verübt«, wandte Terisa ein. »Mit Hilfe der Imagomantie. Zweimal. Sie wollen ihn beseitigen ... Gilbur, meine ich, Vagel ...«

»Donner und Blitz!« Jetzt wirkte der Meister eindeutig wütend. »Das waren *trügerische Listen,* Weib. Irreführungen. Sie beweisen lediglich, daß Gilbur und Vagel aufs äußerste zu vermeiden entschlossen sind, daß Ihr Euch wider ihren Verbündeten Geraden kehrt. Indem sie Überfälle auf ihn vortäuschen, verleihen sie ihm den Schein von Unschuld. Die Wahrheit ist, daß sie aus ein und demselbigen Grund vorgeben, seinen Tod zu wünschen, wie sie Eure Meuchlung tatsächlich anstreben ... nämlich damit Ihr ihn nicht entlarvt und unschädlich macht. Wäre er nicht auf jene Weise gerettet worden, wie's geschehen ist, hätte man — dessen versichere ich Euch aufs nachdrücklichste — jene Käfer zurückgerufen, ehe sie ihm ein Leid zuzufügen vermochten.«

Terisa schaute den Imagomanten nicht länger an. Sie sah überhaupt nichts mehr. Tränen rannen ihr die Wangen hinab. »Wie könnte ich ihn entlarven?«

»Ihr pflegt seit etlichen Tagen mit ihm Umgang. Ihr habt ihn kennengelernt, mit ihm gesprochen, ihn beobachtet. Schon in Eurer Welt habt Ihr ihn getroffen, ehe er Euch durch Translation zu uns beförderte, und mit ihm geredet. Ihr allein besitzt das Wissen — die Erfahrung —, welche die Zunft von seiner Verräterei zu überzeugen vermag.«

»Nein«, wiederholte Terisa gedämpft. Doch sie meinte nicht Eremis. Sie sprach mit sich selbst. Sie bekam kaum mit, was er sagte; sie hörte nur seine Stimme, spürte seinen Ärger, die Drohung, ihn zu verlieren. Geraden war kein Verräter. Selbstverständlich nicht. Sie wußte es so genau, eben weil sie soviel mit ihm zusammen gewesen war. Aber Eremis nötigte sie zum Farbebekennen. Nein, zu mehr. Sie sah sich für das einzutreten gezwungen, was sie glaubte. Sie konnte Geraden nicht in Schutz nehmen, ohne sich von Meister Eremis und allem, was er vertrat, völlig loszusagen.

»Ihr habt das Begehr geäußert, Mordant Beistand zu erweisen.« Eremis sprach im Ton eines Tyrannen, erinnerte Terisa an ihren Vater. »Solange Ihr den Mann schützt, welcher an uns Verrat übt, sind wir zum Untergang verdammt.«

Was sollte sie tun? Sie konnte nicht mit ihm streiten. Nie war sie mit ihrem Vater zu streiten imstande gewesen. Ihr war nichts anderes möglich, als sich ganz auf seine Seite zu stellen oder es völlig abzulehnen. Soviel war ihr klar.

»Und was haben Sie mit mir vor?« erkundigte sie sich ziemlich gefaßt.

»Legt Euer Kleid ab«, schnauzte Eremis sie an. »Zumindest Euer Leib wird mich nicht enttäuschen.«

Jetzt verstand Terisa endlich den Groll und versteckten Triumph, wie sie sie so oft aus der Stimme ihres Vaters herausgehört hatte, das Verlangen, jemanden zu quälen. Aus diesem Grund war ihr das, was sie tun mußte, plötzlich vollends klar; sie empfand es auf einmal als eine schlichte und einfache Sache — und gleichzeitig als so schwierig, daß es nahezu undurchführbar wirkte. Sie hob die Hände an die Schärpe des Kleids. Mit vorsätzlicher Bedächtigkeit zog sie den Knoten fester an. »Nein«, sagte sie zu Meister Eremis.

Sie hatte die Befürchtung, er werde sie anbrüllen oder schlagen. Er trat auf sie zu, seine Miene verzerrte sich zu einem Ausdruck der Gewalttätigkeit. Aber statt zu schreien begann er eindringlich zu flüstern. »Meine Dame, ich habe Anspruch auf Euch erhoben. Meine Hände und meine Küsse haben Euch gekost, wo Ihr's nimmermehr vergessen werdet.« Jetzt stand er so dicht vor ihr, daß er sie an den Schultern packen konnte. Sein hitziger Blick, in dem sich der Feuerschein spiegelte, glühte sie an. »Jede Rundung Eures Fleischs und jeden Herzschlag Eurer

Weiblichkeit gelüstet's nach mir, und Ihr werdet mich nicht abweisen.« Er zog sie an sich und küßte sie heftig. Irgendwie verschwand auf einmal zwischen ihnen der Stoff des Kleids. Eremis' Glied fühlte sich an Terisa unerfahrenem Bauch hart wie Eisen an.

Sie wehrte sich nicht; sie war zu schwach zu jedem Widerstand. Doch ihr Körper war kalt geworden; ihre Nerven und ihr wundes Herz sprachen nicht mehr auf Eremis an. Sein Kuß bedeutete ihr bloßen Druck aufs Gesicht, sonst nichts. Die Versteifung seines Glieds hatte für sie jeden Reiz verloren. *Nein,* lehnte sie sich innerlich auf. *Nein,* hatte sie gesagt.

Jemand klopfte so wuchtig an die Tür ihres Quartiers, daß sie gegen den Riegel rumste. Meister Eremis schob Terisa von sich, fluchte bösartig. Ein Moment verstrich, in dem er den Abstand zum Kleiderschrank schätzte. »Macht nicht auf«, zischelte er Terisa zu.

Ihr war zumute, als müsse sie in Ohnmacht fallen. »Ich habe nicht abgesperrt.«

Ohne darauf zu warten, daß man ihm öffnete, kam Geraden hereingeplatzt, schlug die Tür hinter sich zu. Aber als er Terisa mit offenem Kleid am Eingang des Schlafzimmers vor Meister Eremis stehen sah, blieb er stehen, als verwandle er sich in dieser Sekunde in Stein. Hastig schloß Terisa das Kleid, verknotete die Schärpe. Sie glaubte aus Überraschung und Demütigung verrückt werden zu müssen. »Wie geht's Artagel?« fragte sie und fühlte sich dabei schon wie eine Verrückte. In den Augen des Meisters lohte Wüstheit.

Geraden starrte Terisa an, als wäre sie ein durch und durch widerliches Etwas. »Ich habe ihn nicht aufgesucht.«

»Und was *hast* du getan, Bursche?« fragte der Imagomant. »Es muß etwas überaus Bemerkenswertes gewesen sein, wenn's dich dazu verleitet, derartig unhöflich ins Schlafgemach einer Edeldame einzudringen.«

»Terisa …« Das andere Kaminfeuer brannte hinter Geradens Rücken, so daß seine Gesichtszüge im Dunkeln blieben. Aus den Schatten glitzerte sein Blick sie an. »Schickt ihn hinaus.«

Meister Eremis gab aus der Tiefe der Kehle einen Laut der Belustigung von sich. Terisa hatte sich Geraden zugedreht; sie merkte erst, daß auch Eremis sich von der Stelle bewegt hatte, als sie ihn neben sich spürte. Er schlang einen Arm um ihre Taille. Die andere Hand schob er unter ihr Kleid und begann ihre Brust zu steicheln. »Die Edeldame Terisa«, sagte er, »wünscht nicht, daß ich gehe.«

Terisa fühlte, wie sich auf ihrer Haut Schamröte ausbreitete. »Bitte«, flüsterte sie, meinte sowohl Eremis wie auch Geraden. *Tu mir das nicht an.* Sie war den Tränen nah. *Es bedeutet nicht, was du glaubst.* »Bitte.«

»Fürwahr, 's *war* bemerkenswert«, antwortete Geraden mit einer Stimme, die schwerfällig von Blutgier zu sein schien. »Ich habe ein Gespräch mit Saddith geführt.«

Terisa bemerkte, wie Eremis' Haltung erstarrte. Langsam nahm er die Hand aus ihrem Kleid, entließ sie aber nicht aus der Umarmung. »Das will mich wahrlich befremdlich dünken. Fast so sonderlich wie die Hast, zu welcher's dich getrieben hat. Bist du dir zur Gänze dessen gewiß, daß du wohlauf bist, Bursche?«

Mit enormer Anstrengung unterdrückte Terisa das Weh, das ihr die Kehle zuschnürte. Sie hatte das Empfinden, um ihr Leben zu kämpfen. »Was hat Saddith gesagt?«

»Eure Wachen haben behauptet, Ihr wärt allein«, entgegnete Geraden, ohne den Imagomanten anzusehen. »Wie ist er in Eure Gemächer gelangt?«

Sofort erkannte Terisa, daß Meister Eremis die Beantwortung dieser Frage nicht wünschte; sie spürte es an der rohen Kraft seiner Umarmung. »Durch den Kleiderschrank«, antwortete sie matt. »Den Geheimgang.«

Terisa nickte einmal auf abgehackte Weise. »Und woher wußte er um des Geheimgangs Vorhandensein?«

»Ich wußte davon nichts«, nölte Eremis in ausdruckslosem Ton, als drohe es ihm langweilig zu werden. »Ich erkundete einen mir gänzlich neuen, unbekannten Geheimgang, und währenddessen habe ich durch einen Zufall den Zugang zu den Gemächern der Edeldame Terisa entdeckt.«

Der Adept richtete einen wie steinharten Blick auf den Meister. Schatten huschten über die Umrisse seines Kinns. »Das ist keineswegs die Wahrheit.« Dann wandte er sich wieder an Terisa. »Wie ist Saddith Eure Zofe geworden?«

Das Atmen fiel Terisa sichtlich schwer; die Lungen schienen sich zusammenzukrampfen, im Brustkorb wuchs ein beklemmender Druck an. »König Joyse hat sie damit beauftragt.«

»Hat er selbst sie ausgewählt?«

Es erstaunte Terisa, wie deutlich sie sich daran entsann, ›*Saddith wird Euch als Zofe dienen*‹, hatte der König gesagt. Er hatte ihr Erscheinen sogar mit der Bemerkung kommentiert: ›*Just wen ich wünschte.*‹ Allerdings hatte er nicht allzu erfreut gewirkt.

»Ich glaube nicht. Ihren Namen hat er nicht genannt. Er hat bloß den Posten gesagt, ich bräuchte eine Zofe.«

»Ich beginne zu begreifen, was du daran als so bemerkenswert erachtest«, äußerte Meister Eremis. Anscheinend lachte er sich insgeheim ins Fäustchen. »Bei Menschen, welche in jedweder sonstigen Hinsicht scheitern, finden selbst die läppischsten Belanglosigkeiten stets große Beachtung.«

»Terisa ...« Jetzt setzten sich in Geradens Tonfall Ansätze von Autorität durch, als richte Meister Eremis' Geringschätzung ihn erst richtig auf. »Erinnert Ihr Euch noch an die Unterhaltung, welche wir führten, nachdem Gart Euch das erste Mal zu meucheln versuchte?« Wie benommen schüttelte Terisa den Kopf. Sie konnte nicht richtig klar denken. Daran war sie sich nicht im geringsten zu entsinnen imstande, ganz im Gegensatz zu der anderen, so deutlichen Erinnerung. »Wir sprachen über die Frage, wie er Euch ausfindig gemacht haben könnte.« *Wie er mich gefunden hat.* »Offenkundig war's, daß ihm ein Spießgeselle innerhalb der Wälle Orisons zu Euch den Weg wies. Jemand mußte ihm verraten haben, welche Gemächer Ihr bewohnt.«

»Das sind gar unerhört gescheite Erwägungen, Geraden«, höhnte Meister Eremis. »Ein überaus eindrucksvoller Beweis deiner Verstandeskraft. In der Tat, jemand muß es ihm verraten haben. Mag sein, du warst's. Du wußtest, welche Gemächer sie bezogen hat. Wie ich vernommen habe, sind der Edeldame Terisa Gemächer aufgrund deines Ersuchens unter Bewachung gestellt worden.«

Terisa wandte den Blick nicht von Geraden, und er erwiderte ihn, als gäbe es nichts anderes auf der Welt. »Saddith hat mir beileibe nicht so viel ausgeplaudert, wie ich sehr gern gehört hätte. Doch ist's immerhin genug, um sich alles andere denken zu können. Sie hat sich freiwillig gemeldet, um Eure Zofe zu werden.« *Freiwillig gemeldet?* »Das dünkte mich verwunderlich. Wie sollte sie sich freiwillig zu selbigem Dienst melden, derweil die einzigen Menschen, welche um Eure Anwesenheit wußten — und deren Bedeutung erkannten —, die Meister waren und König Joyse? Als ich sie ein wenig drängte, offenbarte sie's mir. Sie tat's, um einem ihrer Buhlen eine Gefälligkeit zu erweisen. Oder vielmehr, einem Mann, den sie zum Buhlen begehrte. Einem Meister. Er bat sie, um seinetwillen Eure Nähe zu suchen, und sie willfuhr ihm, um sich seiner Dankbarkeit zu vergewissern.« Im Kamin fiel ein Scheit; die Flammen schossen höher empor. Sachte legte Meister Eremis seine langen Finger um Terisas Nacken. »So nämlich ergab's sich, daß er von dem Geheimgang zu Euren Gemächern vernahm«, sagte Geraden. »Er erfuhr davon durch Saddith. Ihr konnt's schwerlich entgehen, daß Ihr einen Stuhl im Kleiderschrank stehen habt.«

»Das ist schandbare Unverschämtheit, Bursche.« Der Griff des Meisters um Terisas Nacken wurde stärker. »Hast du den Verstand verloren? Ist's ernstlich deine Absicht, wider mich — *mich!* — den Verdacht zu erheben, ich stünde mit des Großkönigs Monomach im Bunde?« Ankläge diebischen Vergnügens mischten sich in seinen Ton arroganter Geringschätzung.

Unverändert hielt Geraden seinen Blick auf Terisa gerichtet, schaute Meister Eremis nicht an. »Er ist einer jener wenigen Menschen, welche wußten, wo Ihr Euch in der ersten Nacht nach Eurer Ankunft aufhalten würdet. Er zählt zu den paar Menschen, die von dem Geheimgang wußten. Und er allein kann für Euch den Hinterhalt vorbereitet haben, in den Ihr im Anschluß an die Zusammenkunft der Gauherren mit Prinz Kragen gerietet. Allein er besaß von Eurer Teilnahme Kenntnis. *Er* hat Euch zu selbiger Zusammenkunft *mitgenommen.* Er hat Euch unmittelbar in den Weg des Kämpen gestellt, so daß die Wahrscheinlichkeit groß war, daß Ihr durch seine Feuerwaffe den Tod fändet. Ihr standet beisammen, aber *er* entfloh. Er hätte Euch zu schützen vermocht. Ebenso hätte er mich aufhalten können. Warum hat er nichts dergleichen getan?«

Anscheinend begann das Kaminfeuer niederzubrennen. Im Zimmer breitete sich Düsterkeit aus.

Geraden, hilf mir. Er bricht mir das Genick.

»Geraden«, sagte der Meister in sachlichem Ton, »dein Gerede ist unverzeihlich.« Vom Druck seiner Finger wurde Terisa schwindlig. »Du kannst die Schuld für deine Verbrechen nicht auf meine Schultern bürden. Das gedenke ich nicht zu dulden.« Jetzt fiel Geradens Blick auf Eremis. »All das sind leichtfertige Unterstellungen, läßt man einmal Garts Anschlag auf die Edeldame Terisa nach der Beratung der Gauherren außer acht. Und *ihn* könntest auch du vorbereitet haben. Dein Bruder Artagel ist ihr allzeit gefolgt. Du hast immerzu gewußt, wo sie sich befindet. Man muß es wahrhaft Glück nennen, daß Gart den Anschlag nicht in Gegenwart sämtlicher Gauherren ausführte. Gewißlich hätten einige von ihnen den Tod gefunden.«

»Laßt sie gehen«, forderte der Adept ihn mit einer Stimme auf, die an einen Brocken Granit erinnerte. »Wenn Ihr eine Geisel zu nehmen trachtet, so nehmt mich. Ich bin wesentlich gefährlicher als sie.«

Darauf lachte Meister Eremis auf eine Art, als würde er Säure verspritzen. »Ach, du schmeichelst dir, Bürschlein. Du schmeichelst dir.«

Ehe Terisa nur versuchen konnte, sich aus Eremis' Griff zu befreien, hörte sie, wie jemand sich gewaltsam einen Weg durch Kleidungsstücke bahnte. Plötzlich flog ihr Kleiderschrank auf, ein Großteil des Inhalts fiel heraus, und ein Mann sprang aus dem Geheimgang ins Schlafzimmer.

Sein Umhang und sein Lederpanzer waren so tiefschwarz, daß er einer Verkörperung der Finsternis hinter seinem Rücken glich; er regte sich wie ein Schatten. Aber die lange stählerne Klinge seines Schwerts spiegelte die Glut im Kamin wider, schien den Widerschein vor ihm zu verstreuen. Die Nase ragte dem Mann zwischen den gelblichen Augen hervor wie das Blatt einer Axt. Geduckt tat er einen Satz mitten ins Zimmer, bereit zum Blutvergießen.

Trotzdem überraschte es ihn eindeutig, nicht nur Terisa, sondern auch Meister Eremis und Geraden anzutreffen. Aus Verblüffung hielt er unwillkürlich inne; seine Schwertspitze schwankte. »Gart!« schrie Meister Eremis. »Hundsfott! Du kommst im rechten Augenblick.«

So plötzlich, daß seine Ruckartigkeit Terisa ins Wanken brachte, ließ er sie los und hastete zum Bett. Während Gart sich erneut in Bewegung setzte, riß Meister Eremis den Baldachin aus Pfauenfedern herunter und schleuderte ihn über Garts Kopf.

Im gleichen Moment packte der Adept Terisa, zerrte sie fort und stieß sie ins Wohngemach; sie taumelte auf den Kamin zu, konnte nur mit Mühe das Gleichgewicht bewahren.

Mit einem Ratschen, einem Geräusch, das irgendwie dem Zischen ähnelte, das entstand, wenn man heißes Eisen ins Wasser tauchte, hieb Garts Schwert den Baldachin in Fetzen. Rundum sanken Federn zu Boden; ihre Pfauenaugen sahen alles. Meister Eremis sprang aufs Bett.

Feuerschein leuchtete auf seinen Gesichtszügen, als er

sich Gart zuwandte. Der rote Glanz verlieh ihm ein Aussehen nahezu teuflischer Bosheit, als er ein Kissen nach Gart warf.

Ein Aufknurren entfuhr Gart, als seine Schwertspitze mit derartiger Wucht das Kissen durchbohrte, daß es regelrecht zerplatzte. Die Federn der Füllung wirbelten zur Zimmerdecke auf, trudelten auf ihn herab wie Schneegestöber. Augenblicklich folgte dem ersten ein zweites Kissen.

Diesmal fing Gart es mit der flachen Klinge ab, und während er das Schwert wie einen Schläger benutzte, schleuderte er es zu Meister Eremis zurück. Es traf den Meister so heftig gegen die Brust, daß er an die Wand torkelte. Gart drehte sich Geraden und Terisa zu.

»Wachen!« brüllte Meister Eremis, ehe der Monomach des Großkönigs zuschlagen konnte. *»Wachen!«*

Zum zweitenmal war Gart so verdutzt, daß er zögerte. Er bremste den schwungvollen Lauf in den Wohnraum, hielt im Ausholen zu dem Schwertstreich inne, der Geraden den Kopf von den Schultern getrennt hätte. Innerhalb eines Moments schätzte der Monomach an Geraden vorbei den Abstand zu Terisa, sah hinüber zur Tür und deren Klinke sich senken, schaute sich nach Eremis um. Mit der Linken faßte er sich an den Gürtel und zückte einen spitzen eisernen Dolch.

Als die Tür aufschwang und der erste Posten hereinstürmte, bog Gart den Arm rückwärts. Ein drittes Kissen traf seine Schulter und verhinderte ein genaues Zielen. Der Dolch verfehlte Terisa. Meister Eremis lachte hämisch.

Von da an blieb dem Monomach keine Zeit mehr zum Zögern. Er fluchte erbittert, parierte mit seiner Waffe einen Schwerthieb des ersten Wächters, trat den Mann gegen die Beine und brachte ihn zu Fall. Während der zweite Wächter zu vermeiden versuchte, über seinen Kameraden zu stolpern, wich Gart zurück ins Schlafzimmer. Ohne auf Meister Eremis zu achten, floh er in den Kleiderschrank.

»Ihm nach!« schrie Eremis die Wächter an. »Der Geheimgang führt in Havelocks Gemächer. *Vorwärts!* Ich werde Verstärkung rufen.« Terisa sah, wie die Wächter merklich zauderten, bevor sie in den Schrank stiegen. Vielleicht mochten sie es in der Enge eines Geheimgangs nur ungern mit dem Momonach des Großkönigs zu tun bekommen. Oder vielleicht widerstrebte es ihnen, in Großmeister Havelocks Privaträume einzudringen — vor allem, falls der Großmeister ein Komplize Garts war, wie Meister Eremis es möglicherweise angedeutet hatte. Eremis verließ das Bett und kam — halb im Laufschritt — ins Wohnzimmer. Der Feuerschein und seine rätselhafte Heiterkeit hellten sein Gesicht auf, aber Terisa war der Meinung, daß er noch nie gefährlicher ausgesehen hatte. Schroff trat er vor Geraden und wies mit dem Finger auf die Brust des Adepten. »Ich hege die Absicht, eine Versammlung der Zunft einzuberufen.« Trotz seiner Miene der Belustigung sprach er in wüstem Ton. »Du wirst mir vor sämtlichen Meistern Rede und Antwort stehen, Bursche.«

»Nein, keineswegs«, erwiderte Geraden unsicher. »Die Zunft hat sich aufgelöst.«

Meister Eremis schnob. »Abermals irrst du. Meister Quillon hält sie mit des Königs Macht beisammen.«

Er schwang seine Kasel unter Geradens Nase wie zur Drohung und stapfte aus dem Zimmer. Geraden verzog das Gesicht, als hätte er soeben einen Tritt in die Magengrube erhalten.

Terisa setzte sich ganz einfach auf den Fußboden. Aus dem Kleiderschrank ertönten dumpf aus der Ferne die Geräusche, die die Stiefel der Wächter verursachten, doch Terisa hörte nichts, das nach dem Klirren von Schwertern geklungen hätte.

25

Meister Eremis macht Ernst

»Seid Ihr wohlauf?« erkundigte sich Geraden. Sein Tonfall verriet keinerlei Mitgefühl. Terisa saß mit übereinandergeschlagenen Beinen auf dem Fußboden, preßte die Hände an die Seiten ihres Kopfs, als könnte sie dadurch verhindern, daß ihr Verstand zerbrach. Sie begriff nichts; nichts ergab einen Sinn. Meister Eremis. Gart. Was muteten sie ihr zu? »Terisa?« Und warum war Geraden so unfreundlich zu ihr? Er war ihr Freund. Weshalb hatte er auf einmal kein Gespür mehr für ihren Schmerz? »Hat er Euch etwas angetan?« Geraden war ihr Freund. Er mußte einen guten Grund dafür haben, daß er sie so anfuhr, als hätte sie ihm das Herz gebrochen. Terisa versuchte sich zu konzentrieren. Das Zimmer schien übervoll mit Verhängnissen zu sein. Sie mußte *nachdenken.* Schwere Stiefel trampelten über den Steinboden. Drei Schloßwächter drangen mit gezückten Schwertern in die Pfauengemächer ein. Meister Eremis hatte sie alarmiert. Doch sobald sie im Zimmer standen, stutzten sie, richteten ihre Schwertspitzen verunsichert mal da, mal dorthin. »In der Schlafkammer steht ein Kleiderschrank, hinter welchem sich ein Geheimgang befindet«, schnauzte Geraden sie an. Die Bewaffneten stürmten ins Nebenzimmer. Die Bretter des Schranks dröhnten und hallten, während sie ihn durchquerten.

Wie viele verschiedene Arten von Schmerz gab es? Da war der Druckschmerz in Terisas von Meister Eremis umklammert gehaltenem Nacken. Da gab es die Trauer, die an geheimer Stelle ihres Herzens pochte; die qualvolle Bedrückung ihrer Brust, die sich jedesmal verstärkte, wenn Geraden in diesem verpreßten, bitteren Ton etwas zu ihr sagte; die Benommenheit im Schädel, als hätte jemand mit Knüppeln darauf eingedroschen.

Und irgendwo — an einem vorerst nicht näher bestimmbaren Sitz — hatte sie eine völlig neue Gewißheit, klar wie Kristall, die nur noch einen Namen brauchte. Vielleicht schmerzte sie deshalb so sehr, weil sie dafür keinen Namen hatte. »Wenigstens wissen wir jetzt«, sagte sie lasch, »daß er und Gart nicht zusammenarbeiten.«

»Terisa.« Das Wort wäre wie ein Schrei erschollen, hätte Geraden es nicht geflüstert.

Aber bevor sie antworten konnte, erklang eine andere Stimme. »Zermürb dich nicht, Geraden«, sagte auf der Schwelle Kastellan Lebbick. Noch vier Soldaten eilten an ihm vorbei hinüber zum Schrank. »Sie ist's nicht wert.«

Terisa raffte sich auf, um nicht vor dem Kastellan am Boden zu hocken. Geraden stand mit dem Rücken an die Wand gelehnt, die Arme auf der Brust verschränkt, als hielte er sie mit Eisenklammern zusammen. Sein Gesicht glich einer steinernen Maske, der man alle Anzeichen von Freude abgemeißelt hatte. In seinen Augen, so trocken, als hätte er Fieber, widerspiegelte sich der Feuerschein aus dem Kamin.

»Erspart uns Eure Schmähungen, Kastellan«, murrte er beherrscht. »Wir bedürfen ihrer nicht.«

Kastellan Lebbick ließ die Brauen in die Höhe rutschen. »Nun wohl, ich werde höflich sein. Als Gegenleistung wirst du zur Abwechslung einmal fügsam sein. Was ist geschehen?«

Geraden schien kaum merklich zu schrumpfen, als ob die Gewaltsamkeit, mit der er sich selbst im Griff behielt, ihn zusammendrücke, als schrumpfe er sich gesund auf sein eigentliches Wesen. »Wir sind überfallen worden. Des Großkönigs Monomach hat erneut einen Anschlag auf der Edeldame Terisa Leben verübt.«

Ein Grinsen entblößte die Zähne des Kastellans. »Und du lebst noch? Wie ist das zu erklären?«

»Meister Eremis hat uns gerettet. Er hat Gart abgelenkt, bis die Wachen einzugreifen vermochten.«

»Meister Eremis? Was hat denn *er* hier getrieben?«

Trotz seiner Verbitterung unterließ Geraden es, Terisa

anzuschauen. Mühsam erwiderte sie Lebbicks Blick. »Er hat mich besucht.«

»Und Ihr empfangt ihn stets in dieser unzulänglichen Gewandung?«

Aus tiefer Scham biß sich Terisa auf die Lippen. Auch Scham war eine Art von Schmerz. »Er kam, während ich schlief.« Irgendwie brachte sie halblaut diese Antwort zustande.

Der Kastellan wandte sich wieder an Geraden. »Es will den Anschein haben, Meister Eremis war willkommen. Wenn's so war, was hast dann *du* hier getan? Ich bezweifle, daß du von Meister Eremis oder der Edeldame Terisa bestellt worden bist.«

»Als ich anlangte«, entgegnete Geraden, als wäre er ein Bestandteil der Wand, an der er lehnte, »erteilten der Edeldame Türwächter mir die Auskunft, sie sei allein. Möchtet Ihr nicht erfahren, wie er die Gemächer betreten konnte? Wünscht Ihr nicht zu wissen, wie Gart eingedrungen ist?«

»Nur zu, enthüll's mir.«

»Beide bedienten sich des Geheimgangs hinterm Kleiderschrank.«

Als er das hörte, saugte Kastellan Lebbick mit einem Zischlaut den Atem durch die Zähne. »Donnerwetter! Woher kannten sie denselben?«

»Saddith und Meister Eremis sind Buhlin und Buhle. Um des Meisters Gunst zu gewinnen, meldete sich Saddith freiwillig als Zofe der Edeldame Terisa. Sie bemerkte den Stuhl im Kleiderschrank und erzählte ihm davon. Und Eremis dürfte Gart eingeweiht haben.«

»Halt ein. Du hast erwähnt, Meister Eremis hätte dich und die Edeldame gerettet. Nun behauptest du, er sei ein Spießgeselle Garts?«

»Wie sonst hätte Gart den Geheimgang ausfindig machen können?« hielt der Adept ihm entgegen. »Wer anderes wußte genug, um Gart derlei kundzutun? Allein die Edeldame Terisa und ich, Saddith und Meister Eremis kommen in Betracht. Und Ihr, Kastellan. Nicht einmal Artagel wußte Bescheid.«

Plötzlich fiel Terisa ein, daß auch Myste den Geheimgang kannte.

»Mag sein, aber wenn Gart um des Geheimgangs Vorhandensein wußte, warum hat er sie nicht längst gemeuchelt?« fragte der Kastellan barsch, die Fäuste in die Hüften gestemmt.

»Zunächst wußte er davon nichts«, sagte Geraden. »Saddith vermochte Meister Eremis mitzuteilen, welche Gemächer die Edeldame Terisa bezogen hatte, mehr jedoch nicht. Freilich weiß ich nicht, wann sie den Geheimgang entdeckt, wann sie dem Meister von ihm berichtet hat, und erst recht weiß ich nicht, wie stark Gart beschäftigt sein mag. Doch ich bin des Glaubens, daß Meister Eremis beschloß, der Edeldame Terisa vorerst das Leben zu lassen, dieweil er sie begehrte. Er teilte seine Kenntnis des Geheimgangs erst mit Gart, als Alends Heer vors Schloß gezogen kam und den beiden die Frist zum Handeln abzulaufen drohte.«

Unvermittelt wandte Kastellan Lebbick sich an Terisa. »Ist's wahr? Habt Ihr's so gehalten, daß es sich für Meister Eremis lohnte, Euch leben zu lassen, wiewohl er eigentlich auf Euren Tod sinnt?«

Bei seinem Tonfall zuckte Terisa zusammen. Sie begann Geradens Gekränktsein zu verstehen; seine Gründe machten sie betroffen. Trotzdem gab sie dem Kastellan fest Antwort.

»Er hat uns gerettet.« Ihre Gewißheit war frei von jedem Zweifel, völlig klar und rein; nur kam ihr einfach nicht zu Bewußtsein, was diese Gewißheit betraf. »Er hat gesagt, er will dafür sorgen, daß Geraden vor der Zunft Rede und Antwort steht.«

»Luder!« Terisa war nicht im geringsten auf die Bösartigkeit gefaßt, mit der Lebbick ihr das Schimpfwort entgegenschleuderte; aber zum Glück drehte er sich sofort wieder Geraden zu, so daß er sie nicht zurückschrecken sah.

»Ich habe meinerseits ein paar Fragen zu stellen. Ich möchte wissen, woher's rührt, daß du unversehens davon Kenntnis hast, was Saddith ihren Buhlen erzählt oder verschweigt. Und ich will einiges von dem wissen, das du bislang verschwiegen hast. Doch wie's sich begibt, kann ich mich zur Stunde nicht ausschließlich mit dir befassen. Ganz Orison untersteht meiner Obhut. Ich werde warten, bis die Zunft zusammentritt. Kommen meine Männer von der zweifelsfrei aussichtslosen Verfolgung Garts wieder, so sag ihnen, sie sollen mir Bericht erstatten.« Grobschlächtig strebte Kastellan Lebbick zur Tür und ging hinaus.

Ohne darüber nachzudenken, was sie tat, kehrte sich Terisa dem Kaminfeuer zu, um Geraden nicht anschauen zu müssen. Ihr graute davor, ihn anzuschauen. So tief war er verletzt ... Und fast alles stimmte, was er von ihr glaubte. Er hatte sie vor den Folgen ihrer Schwäche bewahrt. Meister Eremis hatte sie begehrt; und sie hatte sich ihm so gut wie nicht widersetzt. Selbst nachdem sie sich gegen Eremis entschieden hatte, war sie zu Taten unfähig geblieben. Die Scham demoralisierte sie; sie fühlte sich dazu außerstande, sich dem Anblick, dem Vorwurf seiner Pein zuzuwenden.

Aber ihre Feigheit flößte ihr Widerwillen ein. Er hatte sich nie durch Furcht daran hindern lassen, etwas für sie zu tun. Endlich brachte Tersia es doch fertig, sich wieder umzudrehen, sich seinem Kummer zu stellen.

»Geraden, ich ...« Er hatte sich um keinen Zentimeter bewegt. Das trübe Grau von den Fenstern und das matte Rot aus dem Kamin betonten die wie versteinerten Konturen seiner Wangen und des Kinns, der geraden Nase, der ausgeprägten Stirn. Er regte keinen Muskel. Sein Haar kräuselte sich ins Dunkel. Aber er hatte die Lider geschlossen. Terisa war sich ihrer Schuld bewußt; es lag an ihr, daß er so litt. Es quälte ihn, daß er sie fast nackt mit Meister Eremis angetroffen hatte; daß der Meister sie mit solcher Vertrautheit angefaßt hatte. »Was wollen wir jetzt tun?« fragte sie ratlos.

Geraden öffnete die Augen nicht. Vielleicht war ihr Anblick ihm unerträglich. Als er antwortete, hatte er seine Stimme nicht in der Gewalt. Sie zitterte, als ob er fröre.

»Ich muß darüber Klarheit haben, auf welcher Seite Ihr steht. Mehr braucht Ihr mir nicht zu offenbaren. Mir obliegt's nicht, Eure Entschlüsse zu fällen. Ich kann Euch darin, wen Ihr liebt, nicht beeinflussen. Doch ich werde vor die Meister treten und ihnen alles an Überzeugendem vortragen müssen, was mir bekannt ist. Sie dürften sehr dagegen abgeneigt sein, mir Glauben zu schenken. Zu viele Lenze habe ich damit vertan, zu viele Fehler zu begehen. Ihr seid meine einzige Zeugin. Ihr seid der einzige Mensch, der ihnen zu bezeugen vermag, daß ich die Wahrheit spreche. Wenn's Euer Bestreben ist, mich Lügen zu strafen ...« Er konnte nicht weiterreden.

Terisa hätte gern sofort geantwortet, aber das Ausmaß seines Grams engte ihr die Kehle ein. Was sollte sie sagen? Nichts schien auszureichen. Seine Äußerungen kamen dem Gegenstand ihres noch undeutlichen Gefühls der Gewißheit sehr nahe; trotzdem wußte sie noch immer nicht, worum es dabei ging.

Doch sie war sein krampfhaftes Schweigen zu ertragen außerstande. Irgendwie gelang es ihr, eine Antwort zu formulieren. »Ich habe Meister Eremis nicht zu mir eingeladen. Er hat sich reingeschlichen, während ich schlief. Deshalb bin ich so komisch angezogen. Er verlangte, daß ich mich zwischen dir und ihm entscheide.« In Geradens Wange zuckte ein Muskel, als stäke dort eine Ballung von Pein. »Ich bin der Meinung, daß er wahrscheinlich auf Orison der einzige Mann ist, der 'ne Aussicht hat, Mordant zu retten. Er ist tüchtig; was er anpackt, das klappt.« Damit war sie an der Grenze ihrer Offenheit angelangt. »Aber ich habe mich für dich entschieden.«

Geraden riß die Augen auf. Eine feine Verschiebung der Flächen und Kanten seines Gesichts verlieh ihm einen Ausdruck sowohl des Staunens wie auch des Argwohns. »Euer Gewand war offen.« Seine Stimme zitterte noch.

»Das hat er getan, nicht ich.«

Für einen langen Moment blieb Geraden reglos; und doch, trotz der Tatsache, daß er sich nicht rührte, hatte es den Anschein, als verändere sich die gesamte Beschaffenheit seines Gesichts, wandelten sich sämtliche Strukturen hinter den Augen, verschöben sich seine Empfindungen. Er lächelte nicht; so weit war er noch nicht. Aber seine Fähigkeit zum Lächeln war wiederhergestellt.

Langsam nahm er die Arme vom Brustkorb; langsam hob er eine Hand, strich Terisa über die Wange, als wolle er ihr Tränen abwischen, die sie gar nicht vergossen hatte.

Terisa konnte sich nicht zurückhalten, sie schlang die Arme um ihn, drückte ihn verzweifelt an sich, als könne er sie von ihrer Scham heilen. Die Festigkeit, mit der er sie umfing, bezeugte ebensoviel Sehnsucht, Bedarf an Trost. Und irgendwie gab er ihr, weil er soviel von ihr wollte, was sie brauchte.

Kurze Zeit später kamen neun Schloßwächter aus dem Geheimgang hinter Terisas Kleiderschrank. Sie hatten nichts Aufschlußreiches zu berichten.

Der gräuliche Nachmittag neigte sich dem Abend entgegen. Rings um Orison lohten Lagerfeuer, trotzten dem Wind. Die Vielzahl der Zelte bildete eine einer Hügellandschaft ähnliche Formation. In diesem Zwielicht sahen aus dem Abstand zwischen Schloß und Lager sogar die Belagerungsapparate klein aus. Unablässig ratterten Böen an den Fensterläden von Terisas Quartier, verursachten mit der Zeit eine Atmosphäre bitterer Bedrängnis, ja Bedrohung.

Am Spätnachmittag kam ein Besucher, der nicht so recht zur Situation zu passen schien: Schneidermeister Mindlin lieferte Terisas neue Kleidung ab. Er hatte den Wunsch, eine zweite Anprobe vorzunehmen, damit man ganz sicher sei, daß die Kleidungsstücke richtig saßen — vielleicht dachte er, Terisas Zufriedenheit als seine Kundin würde ihm, wenn die Belagerung vorüber war, von Nutzen sein —, aber sie nahm sie, wie sie waren, und schickte ihn weg.

»Wir müssen irgend etwas *tun*«, sagte sie irgendwann zum vierten- oder fünftenmal.

Geraden seufzte. »Ich kenne dies Gefühl, handeln zu müssen. Leider kommen mir keinerlei taugliche Gedanken oder Einfälle.«

Terisa sah ein, daß sie ihrer geheimnisvollen, so unklaren Gewißheit Ausdruck geben mußte, wenn sie zu irgend etwas gut sein sollte. Ihr würde schon deutlich werden, worum es sich drehte, sagte sie sich, wenn sie die Einsicht nicht zu erzwingen versuchte; oder in der richtigen Weise darüber nachdachte. Auf einmal streifte sie ihre Unentschlossenheit ab.

»Du wolltest mit Artagel reden, bist aber nicht dazu gekommen. Warum holst du's jetzt nicht nach?«

Dieser Vorschlag überraschte Geraden. »Was sollte ich dadurch bewerkstelligen können?«

»Vielleicht fühlst du dich anschließend wohler.«

»Und Ihr glaubt, ich erhalte, wie's sich fügen mag, keine fernere Gelegenheit, nicht wahr? Ihr glaubt, es möchte mir recht schwerfallen, meines Bruders Verzeihung zu erlangen, nachdem man mich als Verräter in den Karzer gesperrt hat, oder?«

Terisa mußte schmunzeln. »Das habe ich nicht gesagt.«

»Dessen bedurft's nicht.« Wider Willen steckte Terisas Belustigung Geraden an. »Ich tat's an Eurer Statt.«

»Von mir aus. Wenn du meinst, daß der Vorschlag so schlecht ist«, — jetzt grinste sie unverhohlen —, »muß ich ihn wohl zurücknehmen und mich entschuldigen.«

Sofort wehrte Geraden mit den Händen ab. »Nein, nein, ich flehe Euch an, nur das nicht! Ich werde ihn befolgen.« Aber seine flüchtige gute Laune verflog fast augenblicklich wieder. »Wünscht Ihr mich zu begleiten?« Terisa schüttelte den Kopf. »Und was *werdet* Ihr unterdessen tun?«

»Ich will versuchen«, entgegnete sie so nachdrücklich,

als wäre sie ihrer Sache sicher, »diesem ganzen Schlamassel einen Sinn abzugewinnen. Irgendwie.«

Geraden musterte sie für einen ausgedehnten Moment. »Edle Dame«, sagte er schließlich in absichtlich markigem Tonfall, »ich habe das allerstärkste Empfinden, daß Eure Bemühungen von Erfolg gekrönt sein werden.«

»Ach, mach daß du rauskommst!« antwortete Terisa.

Dennoch hoffte sie, daß er recht behielt. Sobald er fort war, zog sie sich an, nahm die neuen warmen Reitkleider und die Winterstiefel, weil sie es satt war, durch die vornehmeren Damenkleider behindert zu werden. Dann machte sie sich auf den Weg zum König.

Sie hatte keinen festen Plan. Sie wollte ganz einfach, daß er zu Geradens Gunsten intervenierte.

Aber während sie die Treppen zu den Königsgemächern erstieg, erinnerte sie sich immer lebhafter daran, daß sie den König, als sie das letzte Mal mit ihm sprach, belogen hatte. Und sie wußte nach wie vor nicht, wie er dahintergekommen war, daß sie Myste dabei geholfen hatte, sich aus Orison fortzuschleichen. Ehe sie vor seiner Tür stand, geriet sie in die Versuchung, lieber umzukehren.

Aber die harte Prüfung, die Geraden bevorstand, bewog sie zu entschlossenem Weitergehen. Geraden brauchte Antworten. Sie brauchte Antworten, um ihm helfen zu können. Wenn König Joyse sonst nichts für sie, einen Sohn Domnes oder für Mordant tun mochte, konnte er ihr wenigstens ein paar Auskünfte geben. Die Aussicht, welche zu erhalten, war einen Versuch wert. Und falls sich der König weigerte, mit ihr zu reden, konnte sie sich jederzeit an Gauherr Tor wenden.

Die Posten vor dem Portal zu den Königlichen Gemächern salutierten vor Terisa. Sie gab sich sorglos und fragte, ob sie hinein dürfe. Der eine Posten blieb vor der Tür, während der andere fragen ging; einen Moment später hatte sie die Erlaubnis zum Eintreten.

Ihr Puls schlug so heftig, daß sie ihre Keßheit bereute.

Sie war wie blind für die luxuriöse Einrichtung der Räumlichkeiten, hatte nur Augen für die drei alten Männer, die wie Busenfreunde am reichverzierten Kamin saßen.

König Joyse lag mehr, als daß er saß, in einem Lehnstuhl, die Beine auf ein Kissen gelegt und ans Feuer gestreckt. Sein purpurrotes Samtgewand war offensichtlich vor kurzem gewaschen worden und sah daher erheblich schmucker als vorher aus, und Joyse selbst war frisch rasiert; im Gegensatz zu seiner körperlichen Haltung zeugte wenigstens sein Äußeres nun von Bereitschaft.

Dagegen hockte Tor dermaßen abgeschlafft da, als wäre sein Skelett nicht länger sein Fett zu tragen imstande oder willens. Sein Fleisch und sein Gewand hingen gemeinsam über die Armlehnen des Stuhls; Weinflecken besudelten den grünen Stoff. Weil sein Gesicht zu feist war, um verhärmt zu wirken, sah es abgesackt wie nasse Wäsche aus. Er vermittelte den Eindruck, so mit Orisons Verteidigungsvorbereitungen beschäftigt zu sein, daß er sich nicht mehr mit sich selbst befassen konnte.

Zwischen den beiden alten Freunden saß des Königs Schelm, Großmeister Havelock, erregte in seinem alten Fetzen von Gewand, seinen wirren Haarbüscheln und dem Schielblick einen schmutzigeren, grimmigeren und wahnwitzigeren Eindruck denn je. Alle drei Männer hielten große gediegene Pokale in den Händen. Alle drei drehten Terisa, als der Posten sie ankündigte, den Kopf zu. Tors Augen wiesen einen Schleier der Erschöpfung und Trunkenheit auf, durch den er sie anstierte. Großmeister Havelock leckte sich lüstern die Lippen. König Joyse nickte, aber lächelte nicht.

Terisa hatte gehofft, er werde lächeln. Es hätte ihr gutgetan, wieder einmal sein freundliches, gütiges Lächeln zu sehen.

Er begrüßte sie ziemlich sachlich; man hörte seiner Stimme an, daß er schon zuviel getrunken hatte. »Gesellt Euch zu uns, edle Dame.« Vom Rasieren waren seine Wangen gerötet, leicht wund, darunter war die Haut bleich. »Schenkt Euch Wein ein.« Er nickte zu einem Tisch an der mit Holz vertäfelten Wand hinüber, auf dem eine Karaffe und weitere Pokale standen. »Es ist ein vorzüglicher, gar köstlicher Wein aus ...« Perplex verstummte er. »Woher ist, sagtet Ihr, selbiger Wein?« fragte er den Gauherrn.

Tor zuckte zusammen, als drohe er einzunicken. »Aus Rostrum. Einem kleinen Dörfchen nahe der Grenze zwischen dem Termigan- und dem Domnegau, in dem die Säuglinge aus der Mutterbrust Wein statt Milch saufen und bereits die Kindlein aus Trauben die wohlschmekkendsten Leckereien zu machen verstehen. Es ist Rostrumer.«

Erneut nickte König Joyse. »Rostrumer«, sagte er zu Terisa. »Trinkt davon. Wir feiern.«

Terisa stand mitten auf dem dicken, in Blau und Rot gehaltenen Teppich und versuchte alle drei Männer gleichzeitig anzuschauen. »Was feiern Sie denn?«

Großmeister Havelock kicherte irr. »Feiern wir?« Tors Stimme klang breiig. »Mich deuchte, wir trauerten.«

»Wir und trauern?« Gutmütig blickte König Joyse den Gauherrn an. »Mein alter Freund, wie das? Glaubt mir, wir feiern.«

»Ach ja, freilich, Herr König.« Tor fuchtelte mit einer Hand. »Wir feiern. Mit unterlief ein Versprecher.« Seine vollständige Erschöpfung ließ sich nicht verkennen. »Alends Monarch hat mit seinem Heer Schloß Orison umringt und eingeschlossen. Eure Tochter hat unser Wasser vergiftet. Derweil wir hier am Kamin sitzen, sterben Herrn Perdons Soldaten, opfern sich ohne Hoffnung im Kampf wider Cadwal. Und des Königs Imagomant, Großmeister Havelock«, — höflich neigte er den Kopf in Havelocks Richtung —, »hat den einzigen Zeugen, welchselbiger uns womöglich zu enthüllen vermocht hätte, wer und wo unser Haupt- und Erzfeind ist, zu Tode gebrannt. Wir tun wohl daran, wenn wir feiern, denn Gram vermöchte wahrlich nichts mehr auszurichten.«

»Unfug«, widersprach der König sofort. Trotz seiner ernsten Miene hatte er anscheinend recht gute Laune. »So arg steht's wahrhaftig nicht um uns. Lebbick weiß sehr wohl, was gegen Belagerer unternommen werden kann. Noch haben wir reichlich Rostrumer, darum brauchen wir nur wenig Wasser. Sobald er bemerkt, daß wir ihm keine Verstärkung senden können, wird Perdon zurückweichen und Festten durch seinen Gau ziehen lassen. Dadurch wird das Töten enden.« Anscheinmäßig blieb er sich darüber im unklaren, wie wenig sich die von ihm dargelegten Aussichten zur Ermutigung eigneten.

»Und des Gefangenen Tod?« meinte Tor verdrossen.

König Joyse ließ die Frage unbeachtet. »Und's gibt noch einen Anlaß zum Feiern. Die Edeldame Terisa stattet uns einen Besuch ab.« Er wandte sich an Terisa. »Habe ich recht, edle Dame?« Seine nächsten Worte galten wieder Tor. »Sollte ich mich nicht ganz und gar täuschen, so ist sie gekommen, um uns einen neuartigen Kunstgriff wider das lästige Unentschieden zu lehren.« Wieder kicherte Großmeister Havelock.

Im ersten Moment verlor Terisa fast die Nerven. Einen *Kunstgriff?* Gegen das *Unentschieden?* Ums Haar hätte sie hysterisch gelacht. Glaubte König Joyse wirklich, das alles sei lediglich wie eine große Partie Springbrett? Dann waren sie alle dem Untergang geweiht.

Zum Glück erinnerte sie sich an den Grund ihres Besuchs, bevor sie restlos in Panik verfallen konnte. Geraden. Er war ihr wichtig. Geraden.

»Ich habe keine Ahnung von Kunstgriffen oder vom Unentschieden.« Ihr Tonfall geriet zu patzig; sie versuchte ihn zu mäßigen. »Herr König, ich bin hier, weil ich mir Sorgen um Geraden mache. Meister Eremis will ihn vor der Zunft zur Sau machen.«

Der König widmete ihr höfliche Aufmerksamkeit. »›Zur Sau machen‹, edle Dame?«

»Er und Meister Eremis beschuldigen sich gegenseitig, Verräter an Mordant zu sein.«

»Aha, ich verstehe Euch. Und Ihr wolltet leugen, daß das ein Unentschieden ist?«

»Nein.« Terisa sah ein, daß sie sich nicht verständlich ausdrückte. Sie mußte besser vorgehen. »Nein, Herr König. Die Zunft wird bestimmt Meister Eremis glauben.« Doch sie hatte nun die Gewißheit ... »Aber er lügt.«

Tor drehte sich auf seinem Stuhl, um Terisa genauer betrachten zu können. Mit nahezu demonstrativer Umständlichkeit faßte Großmeister Havelock seinen Stuhl und stellte ihn so hin, daß er, als er wieder Platz nahm, Terisa zugewandt saß.

König Joyse hingegen starrte ins Kaminfeuer. »Meister Eremis?« fragte er, als verlöre er das Interesse. »Er und lügen? Das wäre einerseits unerhört gewagt. Er könnte sehr wohl entlarvt werden. Allein Unschuldige dürfen's sich leisten, Lügen zu äußern.«

»Edle Dame«, sagte Tor ruhig, »das sind ungemein schwerwiegende Anschuldigungen. Meister Eremis ist ein Mann von bewährtem Rang und Ansehen. Es dürfte beileibe nicht als ungerechtfertigt zu bewerten sein, sollte die Zunft das Wort eines solchen Mannes aus ihrer Mitte über die Anwürfe eines alleweil gescheiterten Adepten stellen. Woher wähnt Ihr zu wissen, daß Meister Eremis lügt?«

Terisa öffnete den Mund, schloß ihn wieder. Was konnte sie vorbringen? Die Erkenntnis, die sich in ihrem Gehirn festgesetzt hatte, war noch immer nicht klarer und deutlicher geworden. Beruhte sie auf etwas, das Meister Eremis gesagt oder ausgeplaudert hatte ... oder einer von Geraden geäußerten Information? »Das weiß ich selbst noch nicht«, gab sie einen Moment später zu.

»Ich habe für Euch Verständnis, edle Dame.« Jetzt schien sich auch der alte Gauherr mehr fürs Kaminfeuer als für alles übrige zu interessieren. »Es verhält sich so, daß Ihr Geraden eben Vertrauen schenkt. Das ist durchaus verständlich. Ich selbst vertraue ihm gleichfalls. Doch ich vermag Euch in keinerlei Beziehung behilflich zu sein. Ich bin nicht länger meines Königs Kanzler.«

Was?

Großmeister Havelock grinste Terisa zu. König Joyse seufzte und stützte den Kopf an die Rücklehne seines Stuhls. »Mein alter Freund Tor war drauf und dran, sich allzu rasch, indem er sich der Angelegenheit Schloß Orisons annahm, ins Grab zu bringen. Er mag einfach nicht eingestehen, daß er nicht mehr jung ist. Aber leider ist's wahr.«

»Mein König hat Befehl erteilt«, erläuterte Tor, »daß meine Weisungen nicht länger zu befolgen sind, es sei denn, sie betreffen Gegenstände meines persönlichen Wohlergehens. Mit der Ankunft des alendischen Heers hat meine Macht ein Ende genommen.« Er schnaufte. »Sicherlich vermögt Ihr Euch Kastellan Lebbicks Genugtuung zu vergegenwärtigen. Entsinnt Euch, er erachtet's nicht als ausgeschlossen, daß sogar ich ein Verräter bin. Meine Anteilnahme an den Vorkehrungen zu Orisons Verteidigung hat ihm mißfallen. Wiewohl mein König nichts dergleichen ausgesprochen hat, hege ich doch die Auffassung, daß er mich meiner Befehlsgewalt enthoben hat, um für den Fall Vorsorge zu treffen, daß sich des getreuen Kastellans Verdacht als wahr bestätigt.«

Als er das hörte, ruckte König Joyses Kopf hoch. Der Blick seiner wäßrigen Augen war plötzlich scharf, und sein Mund zuckte. Aber er ging auf Tors Bemerkungen nicht ein. »Was ist's, das Ihr wünscht, edle Dame?« fragte er, schaute Terisa fest an.

Terisa fuhr auf; einen Moment lang hatte sie sich ganz ihrem Mitgefühl für den alten Gauherrn hingegeben. »Geraden hat vor den Meistern keine Chance«, antwortete sie, stammelte fast. »Meister Eremis wird ihn runtermachen, fertigmachen. Sie müssen's verhindern. Lassen Sie sie ihm so was nicht antun.«

»Aber sollte Meister Eremis die Wahrheit sprechen«, erwiderte König Joyse mit Reibeisenstimme, »ist's nur recht, wenn Geraden entlarvt und gestraft wird.«

»Nein.« Terisa blieb zu klarem Denken außerstande. Ihr

war zum Verrücktwerden zumute. »Das glauben Sie doch selbst nicht.«

König Joyse richtete den Blick auf sie wie eine Schwertspitze, sprach in einem Tonfall weiter, als wäre jedes Wort ein Nagel, den er in Holz hämmere. »Darum geht's nicht, edle Dame. Gegenwärtig ist's nicht er, an dem ich zweifle. Ihr seid's.«

Terisa blinzelte verdutzt. Ihr Herz fing zu wummern an, als trommle es nach allen Seiten einen Alarmruf. »Wieso?«

»Seid Ihr verwundert? Ihr unterschätzt mich. Ich habe Euch gewarnt, daß dies Spiel gefahrvoll ist. Nach unserem vorangegangenen Gespräch habe ich Mystes Gemächer durchsuchen lassen. Sie hat keine persönlichen Habseligkeiten mitgenommen, keine ihrer kleinen Andenken an die Kindheit, keine ihrer Lieblingsgeschenke. Deucht so etwas Euch als begreiflich? Hätte sie sich zu ihrer Mutter begeben, sie würde mit sich genommen haben, was sie zu tragen vermochte. Ihr habt mich belogen, edle Dame. Ihr habt mich bezüglich meiner Tochter angelogen.« In Terisas Brust schien sich eine eiskalte Hand zur Faust zu ballen. Sowohl Tor wie auch Großmeister Havelock blickten sie verkniffen an, als hätte sie sich vor ihren Augen unversehens in ein Scheusal verwandelt. »Wohin ist sie in Wirklichkeit gegangen?«

Das hatte Terisa insgeheim befürchtet; König Joyse hatte sie durchschaut. Schon als Kind hatte sie die Gefährlichkeit des Lügens gelernt. Unehrlichkeit war für sie immer eine ganz besondere Versuchung gewesen; ihre Furcht vor Bestrafung hatte ihr den Drang eingeflößt, jeder Ausdrucksform elterlicher Verärgerung, Mißbilligung oder Unzufriedenheit vorzubeugen. Aber sie hatte die Erfahrung gemacht, daß die Strafe schlimmer ausfiel, wenn man sie erwischte.

Aus schlichtem Trotz versuchte sie so zu widersprechen, als hätte sie allen Anlaß, um sich zu beklagen. »Woher wissen Sie, daß sie bei mir war? Haben Sie der eigenen Tochter nachspionieren lassen?«

Großmeister Havelock drehte seinen Stuhl dem Kaminfeuer zu, setzte sich wieder und begann mit seinen Fingern zu spielen. Der König blickte Terisa noch einen Moment lang an. Sie erwiderte seinen Blick, weil sie es für wenig ratsam hielt, irgend etwas anderes zu tun. Dann schaute er auf einmal zur Seite. »Ihr seid gewarnt worden«, sagte er leise. »Denkt daran. Ihr seid gewarnt worden. Herr Tor, seid so hilfreich, ruft mir die Wachen. Ich wünsche, daß man dies Weib in den Karzer sperrt, bis es sich willig zeigt, mir über meine Tochter die Wahrheit kundzutun.«

»Nein!« Der Aufschrei entfuhr Terisa, ehe sie es verhindern konnte. »Ich sag's Ihnen. Ich sage Ihnen alles. Geraden braucht meine Unterstützung. Wenn ich nicht dabei bin, muß er ganz allein vor der gesamten Zunft stehen.« Keiner der drei Männer sah sie an. Tor leerte seinen Pokal, füllte ihn jedoch nicht nach. Terisa schöpfte tief Atem, schloß für eine Sekunde fast die Lider. »Sie ist dem Kämpen nach. Sie dachte, er benötigt Hilfe.« Mühsam schluckte Terisa. »Es tut mir leid.«

Zu ihrem Erstaunen zog König Joyse eine Miene, als neige er zu einem Lächeln. Doch fast im selben Augenblick nahm sein Gesicht einen traurigen, mürrischen Ausdruck an, und sein Kopf sank wieder gegen die Rücklehne des Stuhls. »Es frommte uns wohl, brächte man uns mehr Wein, deucht's Euch nicht auch so?« meinte er, als spräche er mit den Wänden.

Tor schien noch stärker an seinem Platz zusammenzusinken. Mit unterdrücktem Prusten goß Großmeister Havelock seinen Wein ins Feuer. Während es im Kamin zischte und knisterte, schleuderte er auch den Pokal blindlings von sich, der Terisa nur knapp verfehlte. »Unzucht vermag schwerlich allein erquicklich getrieben zu werden«, erklärte er.

»Edle Dame«, sagte der König kaum hörbar, als stünde er kurz vorm Einschlafen, »Ich *wußte* nicht, daß Myste Euch aufsuchte. Ich hab's *vermutet*. Wärt Ihr aufrichtiger zu mir, fiel's mir weniger schwer, Euch zu vertrauen. Ihr solltet Eurerseits auch ein wenig Euren Verstand bemühen.«

Terisa hatte erwartet, daß er entsetzt sein und in Wut geraten würde; doch offensichtlich war das nicht der Fall. Sie hatte das Gefühl, daß sich immer weniger ihrer Erwartungen, ihrer Vorurteile bestätigten. Diese neue Überraschung entzog der Situation für Terisas Begriffe auch noch den letzten Rest von Nachvollziehbarkeit. Myste tat etwas, das in Havelocks Omen, die eigentlich König Joyses Schicksal gegolten hatten, vorhersehbar gewesen war; hatte die Lüge den König aus diesem Grund erbittert, die Wahrheit ihn beinahe zum Lächeln gebracht?

»Ich kapiere überhaupt nichts mehr«, bekannte Terisa gedämpft. »Ist Ihnen denn alles egal?« König Joyse hob eine geschwollene, unsichere Hand und stieß Großmeister Havelock an. »Ich sagte: Mehr Wein wollte uns wohl frommen.« Havelock gab seinerseits Tor einen Stoß. Der Gauherr seufzte auf, stemmte seinen Wanst aus dem Stuhl und ging die Karaffe holen. »Sie möchten also, daß ich meinen *Verstand* anstrenge.« Es kostete Terisa Mühe, in maßvoller Lautstärke zu sprechen. »Wie wär's, wenn Sie mir 'n paar Informationen geben, die meinem Verstand *einleuchten?* Myste ist wahrscheinlich tot. Wenn sie die Kälte nicht umgebracht hat, dann wohl der Kämpe, und wenn nicht er, dann sicher die Feuerkatze. Sie verhalten sich wie jemand, den nichts anderes interessiert, als daß sie nicht zu ihrer Mutter gegangen ist.«

»Nein.« Die Stimme des Königs bezeugte Kummer, aber er antwortete ohne Groll. »Was mir etwas bedeutet, ist die Tatsache, daß sie etwas begonnen hat, auf das ich stolz sein darf.«

Als höre sie ein Echo, entsann Terisa sich an das, was Kastellan Lebbick, wie ihr zu Ohren gekommen war, im Auftrag König Joyses Prinz Kragen ausgerichtet hatte: ›*Wohin ihre Schritte sie auch führen, immerdar begleitet sie mein Stolz. Um ihrer wie auch meiner willen habe ich die Hoff-*

nung, daß ihre rechtschaffenen Beweggründe auch die vortrefflichsten Ergebnisse zeitigen werden.‹

Aber das ergibt doch keinen *Sinn!* hätte Terisa am liebsten geschrien. Elega hat Sie verraten! Myste war wahrscheinlich tot! Doch die Worte erstickten ihr in der Kehle; sie wären ohnehin nutzlos gewesen. Die Vorstellung, daß sie Geraden mit nichts als noch stärkerer innerer Verwirrung beistehen sollte, verursachte ihr ein flaues Gefühl.

Tor füllte den Pokal des Königs und das eigene Trinkgefäß, nahm wieder Platz. »Die Edeldame Terisa ist ernstlich bekümmert«, bemerkte er zerstreut. »Es wäre Eurerseits huldvoll, Herr König, wolltet Ihr ihren Wunsch erfüllen.«

König Joyse hob erneut den Kopf, schnitt eine Miene des Ärgers, als läge ihm eine bissige Antwort auf der Zunge; wenn es so war, verkniff er sie sich. »Ach, nun wohl«, brummte er statt dessen. Über die Schulter wandte er sich an Terisa. »Der Grund, aus dem ich Geraden befohlen habe, Euch keinerlei Auskünfte zu erteilen, als er Euch das erste Mal vor mich führte, war derselbe, aus welchem ich mich aufs Einschreiten zu verzichten entschied, als die Meister beschlossen, ihres Kämpen Translation zu vollziehen. Es ist derselbe Grund, aus dem ich gegenwärtig davon absehe, mich dreinzumengen. Mein Wille ist's, Euch und Geraden zu schützen.«

»Zu schützen?« Terisa war zu empört, um sich mäßigen zu können. »Wie soll's für mich 'n Schutz sein, unwissend zu bleiben? Wieso hat's uns geschützt, daß die Translation des Kämpen durchgeführt worden ist? Wir sind lebendig begraben worden.« *Ich wäre fast verrückt geworden.* »Was für 'n Schutz soll das für Geraden sein, wenn Meister Eremis ihn fix und fertig machen darf? Was Sie tun, hat bloß zur Folge, daß wir ganz schön dumm dastehen.«

Der König wandte den Kopf vollends ab und vollführte mit beiden Händen eine zittrige Gebärde. »Erseht Ihr's?« meinte er zu Tor. »Sie gebraucht nicht ihren Verstand.« Während er weitersprach — nun wieder zu Terisa —, klang seine Stimme zunehmend bitterer. »Ihr lebt noch, oder? Besitzt Ihr auch nur die gelindeste Vorstellung, wie gering die Aussicht Eures Überlebens war, als Ihr zu uns gelangt seid? Klügere Häupter denn Ihr bezweifelten, daß Ihr drei Tage überlebt. Ein kleines Maß an Narrentum ist ein minderes Entgelt für des Lebens Erhalt.«

Terisa starrte seinen Hinterkopf an, den Mund offen, als hätten seine Äußerungen aus dem Zimmer alle Luft abgesaugt. »Klügere Häupter!« krähte Großmeister Havelock wie jemand, der sich an eine Horde Fans wendet. »Er meint mich. *Er meint mich.*«

»Hätte ich Euch mit offenen Armen willkommen geheißen«, erläuterte König Joyse, »so hätten meine Feinde in Euch eine weitaus gefährlichere Person erblickt. Nachdrücklichere Anstrengungen wären aufgeboten worden, um Euch schleunigst zu meucheln.« Er redete in greisenhaftem, zänkischem Ton, als wäre er des Hintersinns völlig unfähig, den seine Darlegungen bewiesen. »Solange sie irrig wähnten, ich hege an Euch kein Interesse — sei zu blöde oder vom Alter zu schwachsinnig, um an Euch Interesse zu haben —, konnten sie's sich leisten, sich in Geduld zu schicken, alles weitere abzuwarten. Gart überfiel Euch bereits in der ersten Nacht, dieweil meine Feinde noch gar nicht die Gelegenheit gehabt hatten zu erfahren, daß ich Euch keinen prachtvollen Willkomm bereitet hatte. Doch sobald sich die Fama verbreitete, daß ich Euch nicht wie eine Bundesgenossin behandelte, hielt Gart sich für eine Weile fern. Seid Ihr's nun zufrieden?«

Seine Frage kam für Terisa als Überraschung. »Sie wollen sagen«, hakte sie hastig nach, »Sie können Geraden deshalb jetzt nicht helfen, weil Ihre Feinde dann merken, daß Sie sein Freund sind und sich noch mehr anstrengen werden, um ihn zu killen?«

»Ich meine weit mehr als das«, entgegnete der König barsch. »Nämlich daß ich, hätte ich ihm gestattet, Euch mitzuteilen, was immer Ihr zu erfahren wünschtet, über Euch und ihn Verderben gebracht hätte. Meine Feinde hätten dergleichen als Beweis dafür aufgefaßt, daß Ihr auf meiner Seite steht. Seid Ihr *nun* zufriedengestellt?«

»Aber was …?« Terisa fühlte sich überfordert; Joyses Erklärungen brachten sie nur noch stärker durcheinander. Also war alles eine komplizierte Scharade gewesen. »Wer *sind* denn Ihre Feinde? Warum können Sie in Ihrem Schloß nicht schützen, wen Sie wollen?« Terisa dachte unwillkürlich an Geraden, Myste und Elega, an Meister Barsonage und sogar Kastellan Lebbick und Königin Madin, sah sie alle ratlos und traurig. »*Warum müssen Sie bei jedem, der Ihnen treu ist, den Eindruck erwecken, Sie würden sich um nichts scheren?*«

»Edle Dame.« Sein Ton klang nicht länger nörgelnd; seine Stimme war scharf und hart wie Eis. »Verspürte ich den Wunsch, auf derlei Fragen Antwort zu geben, ich hätt's bereits getan. Aus Höflichkeit, um Euren Kummer zu lindern, habe ich Euch nun schon mehr offenbart, als Euch zu enthüllen ich als klug erachte.« Wie man es auch bei Geraden beobachten konnte, sprach er in immer förmlicherem Tonfall, wenn er Autorität an den Tag legte. Trotz seines Alters konnte König Joyses Stimme noch sehr streng und herrisch klingen. »Ich rate Euch zur Vernunft und zum *Schweigen*, edle Dame. Ihr werdet Euer Leben keinesfalls verlängern, sprecht Ihr über das, was Ihr vernommen habt.« Ohne ihr einen letzten Blick zu widmen, beendete er die Unterhaltung. »Ihr dürft Euch entfernen.«

Aber …? Aber …? Terisa wußte, daß sie energischer auftreten müßte. Sie sollte eine bessere Erklärung verlangen. Was sie zu fragen beabsichtigte, konnte jedoch nicht ihre seltsame geistige Blockierung durchdringen, sie fand dafür keine Worte. Sie stand auf völlig unsicherem Boden. König Joyse wußte, was er tat, wußte es ganz genau und mit allen Konsequenzen. Er verhielt sich bewußt derartig passiv und gleichgültig, er kränkte die Menschen, die ihn schätzten, ihn liebten, vollauf vorsätzlich. Aber zu welchem Zweck? Es war unfaßbar. Er … »Edle Dame«, wiederholte der König, »Ihr mögt Euch entfernen.«

»Edle Dame«, sagte Tor wie in stillem Gram, »im allgemeinen gilt's als unklug, den Willen eines Königs zu mißachten.« Er sprach, als hätte er in dieser Hinsicht Erfahrungen gesammelt.

Mit einer nachdrücklichen Willensanstrengung verdrängte Terisa ihre anhaltende Begriffsstutzigkeit; zurück blieb ein solcher Frust, daß sie um Atem ringen mußte, aber sie bekam sich dadurch in die Gewalt.

»Vielen Dank, Gauherr Tor«, sagte sie auf gezwungene Art. »Herr König, 's tut mir leid. Ich habe Euch belogen, was Myste angeht, weil sie mir vertraut hat. Sie befürchtete, man würde versuchen, sie festzuhalten. Darum hat sie mich gebeten, ihr zu helfen. Ich habe gelogen, weil ich nicht wußte, ob Sie sie gehen gelassen hätten.«

Keiner der drei Männer schaute sie an. Alle drei blickten wie selbstvergessen ins Feuer, als hätten sie für heute ihren Bestand an Worten aufgebraucht und nichts mehr, worüber sie nachdenken könnten. König Joyse ließ Terisa bis zur Tür gelangen, bevor er nochmals den Mund öffnete. »Meinen Dank, edle Dame«, sagte er leise.

Terisa verließ seine Wohnräume, als befände sie sich auf der Flucht.

Geraden kam zum Abendessen zu Terisa. Seine Miene spiegelte eine sonderbare Gefühlsmischung aus Erleichterung und Bangigkeit wider. Das Gespräch mit Artagel hatte seine Zuversicht wieder in gewissem Umfang gehoben; dagegen belastete die bevorstehende Versammlung der Zunft sein Gemüt erheblich. Die gute Neuigkeit sei, erzählte er, daß Artagel nach seinen Rückfällen nun doch bei der Genesung ausgezeichnete Fortschritte machte, und zudem sei Artagel ihm unverändert freundlich gesonnen; als schlechte Neuigkeit berichtete er, daß der Schwertfechter noch nicht in der Verfassung sei, um aufzustehen und vor den Meistern zugunsten seines Bruders auszusagen.

»Wann soll die Sitzung stattfinden?« erkundigte sich Terisa.

»Ich weiß nicht, wie Meister Quillon sich als Mediator verhalten wird. Früher hätte ich ihn nicht als hinlänglich fähig erachtet, um überhaupt eine Versammlung einberufen zu können. Aber nun …« Geraden hob die Schultern. Gespannt hörte er zu, während Terisa ihre Unterredung mit König Joyse, Gauherr Tor und Großmeister Havelock wiedergab. Leider änderte sich dadurch nichts. »Schaut her«, sagte er nach einer Weile, »das alles wollte uns von gar sehr viel höherem Nutzen sein, wüßten wir, weshalb wir eine solche Bedeutung einnehmen.«

»Das bezweifle ich.« Terisa fühlte sich niedergeschlagen und weitgehend resigniert. »Mich muntert's nicht eben auf, glauben zu dürfen, daß König Joyse eigentlich unser Freund ist, sich aber nicht trauen kann, es zu zeigen. Wozu sind Freunde gut, wenn sie mit einem genauso wie Feinde umspringen?«

Bedächtig nickte Geraden, ohne ihr direkt zuzustimmen. »Am wichtigsten ist's, will mich dünken, daß uns Hoffnung bleibt. Es hat aufs deutlichste den Anschein, daß es für seine Handlungsweise Gründe gibt.« Geradens Laune besserte sich offenbar in dem Maß, wie sich Terisas Gemütsverfassung verdüsterte. »Und wenn er seine Gründe hat, so vermögen wir zumindest zu *hoffen*, daß sie stichhaltig sind.«

»Andererseits muß man mal erlebt haben«, hielt Terisa ihm entgegen, »wie er Tor behandelt.«

Geraden runzelte finster die Stirn. »Ihr habt vernommen, wie König Joyse äußerte, Herr Tor wäre jemand, ›dessen Masken man nicht voraussehen kann‹. Wahrscheinlich besteht die Gefahr, daß er irgend etwas anstellt, was des Königs Pläne zum Scheitern zu bringen vermöchte. Deshalb trachtet König Joyse danach, ihn möglichst am Handeln zu hindern.« Für einen Augenblick schwieg Geraden. »Mir mißfallen Pläne«, fügte er dann schwermütig hinzu, »welche Herrn Tor Kümmernis bereiten.«

»Mir auch«, sagte Terisa.

»Welch ein Jammer«, meinte Geraden nach einem Weilchen mit einem Anflug wiederbelebten Humors, »daß niemand sonderlich drauf achtet, wie seine Pläne uns behagen.«

Verdammt noch mal, Geraden, dachte Terisa, *jetzt wirst du wieder fidel. Manchmal verstehe ich dich wirklich nicht.*

Aber trotz seiner besseren Stimmung freute er sich keineswegs, als einer der jüngeren Adepten an die Tür klopfte und ihm mitteilte, er solle sofort vor der Zunft erscheinen. Als er das Wörtchen ›*sofort*‹ hörte, weiteten sich Geradens Augen ein wenig.

»Das ist schnell gehandelt«, sagte er gedämpft zu Terisa. »Meister Eremis versteht sich auf seine Sache.«

Der junge Adept vermied es, Geraden anzuschauen. »Die Edeldame Terisa ist nicht geladen.«

»Die Edeldame Terisa«, schnauzte Geraden, »wird mich auf alle Fälle begleiten.« Der andere Adept sah auch Terisa nicht an. Geraden versuchte sich mit einem kämpferischen Lächeln, wie Terisa es von Artagel kannte; aber er brachte nur das Mundverziehen eines Kränkelnden zustande. »Kommt. Laßt's uns gemeinsam durchstehen.«

Zusammen folgten sie dem jungen Adepten durch die Flure Orisons zum Laborium. Erst als ihr die Knöchel weh taten, merkte sie, daß sie die Hände fast gewaltsam zu Fäusten geballt hatte.

Obwohl sie warm angezogen war, spürte sie die Kälte, sobald sie den außer Gebrauch befindlichen Tanzsaal durchquert hatten und in die Domäne der Meister hinabstiegen. Kastellan Lebbicks neuerrichtete Mauer diente der Verteidigung der Bresche, die der Kämpe im Außenwall zurückgelassen hatte, aber sie schloß sie nicht. Wegen des starken Winds, der im Freien wehte, herrschte in den Gängen widerwärtige Zugluft. Infolgedessen war es so kühl, daß Terisa nachträglich wünschte, sie hätte sich den Umhang übergeworfen.

Falls Geraden die eisige Kühle auch spürte, ließ er sich nichts anmerken. Er wirkte sehr zerstreut. Als er das Laborium betrat, bezeugte sein Verhalten innerliche Anspannung. Einen Großteil seiner Jugend und sein gesamtes bisheriges Leben als Erwachsener hatte er damit zugebracht, sich hier in diesen Gängen und Gewölben einen Platz zu erarbeiten, zu verdienen, und jetzt drohte sein Versagen so ernsthafte Ausmaße anzunehmen, daß man sie unter Umständen als Verrat bewertete. Sowohl um seiner wie auch ihrer selbst willen wuchs Terisas Unwille.

Der junge Adept führte sie und Geraden in einen Teil des Laboriums, den sie noch nicht kannte, eine Räumlichkeit, die die Meister, seit der Kämpe ihren Versammlungssaal schwer beschädigt hatte, für ihre Sitzungen benutzten.

Der Raum war im Vergleich zu dem Saal klein, hatte aber für Versammlungszwecke der Zunft eine mehr als ausreichende Größe. Er war lang und rechteckig, und irgend etwas in der Färbung oder der Bearbeitung des kalten grauen Steins, an der Abnützung des verwetzten Fußbodens oder der beträchtlichen Zahl schwarzer, eiserner, in die Wände eingelassener Halterungen vermittelte den Eindruck, als hätte er einst zur Aufbewahrung der Folterinstrumente gedient; er war die Art von Räumlichkeit, in der die vielerlei Mittel und Methoden, Menschen Schmerzen zuzufügen, bereitstehen und warten konnten, bis man sie brauchte: Streckbetten und Eiserne Jungfrauen mochten, indem man sie aus ihrem Lager in die Vernehmungskammer geschleift hatte, diese Furchen in den Boden geschrammt haben; in den Haltern hatten vielleicht Daumenschrauben, Geißeln und ähnliches gehangen. Ein paar Halterungen hatte man so verändert, daß sie sich zum Aufhängen von Laternen eigneten, doch der Rest war leer; letztere wirkten besonders schaurig.

Die Meister waren schon versammelt. Sie saßen auf schweren, mit dicken Nägeln zusammengehämmerten Stühlen an den beiden Längsseiten des Raums, an jeder Wand ungefähr die Hälfte der Zunftmitglieder, als hätten sie sich absichtlich so hingesetzt, um Geraden Spießruten laufen zu lassen. Aufgrund der Länge des Raums blieb an jedem Ende größerer Platz unbeansprucht; an diesen Enden, jeweils etliche Schritte von den nächststehenden Stühlen entfernt, befanden sich die Türen.

Zwei Posten, die am Eingang streng auf Wache standen, hielten Terisa und Geraden die Tür auf, als sie den Versammlungsort betraten. Keiner der zwei Männer reagierte, als Geraden ihnen zum Gruß trübselig zunickte.

Während die Tür hinter Terisa zufiel, schaute sie sich in der Räumlichkeit um. Zuerst erkannte sie nur Meister Barsonages Gesicht. Seit sie ihn zuletzt gesehen hatte, mußte der ehemalige Mediator einen nervösen Tic entwickelt haben; eine seiner buschigen steifen Brauen zuckte unablässig, und anscheinend hatte er darauf keinen Einfluß. Durch die seelische Belastung, der ihn die Fehler der Zunft und ihre Entscheidungsfähigkeit unterworfen hatten, hatte sein Gesicht jetzt eine Tönung, als litte er an Gelbsucht. Terisa sah in seiner Miene keinen Funken Hoffnung.

Als sie sich nach Meister Quillon umsah, fiel ihr Blick unversehens auf Kastellan Lebbick. Sobald sie ihn erblickte, bekam sie eine trockene Kehle. Er hatte Nyle dabei.

Geradens Bruder hockte am anderen Ende einer der Stuhlreihen neben dem Kastellan. Über seiner Kleidung trug er einen braunen Kammgarn-Umhang. Darunter hatte er die Arme auf der Brust verschränkt, hielt so den Umhang geschlossen. Er ließ den Kopf wie in tiefer Niedergeschlagenheit hängen. Er unterließ es, Terisa und Geraden anzusehen.

Geraden war vor Schreck starr geworden, aus seinem Gesicht war jeder Ausdruck verschwunden. Die Lebendigkeit, die seine Miene meistenteils auszeichnete, war mit einem Mal fort — erloschen oder zurückgedrängt —, und er wirkte plötzlich kleiner, als schrumpfe er ein. Fassungslos starrte er Nyle an, während sich auf seinen Wangen langsam zwei hellrote Flecken ausbreiteten. Noch nie hatte Terisa ihn dermaßen entgeistert erlebt. Die Glasigkeit seines Blicks flößte Terisa unwillkürlich die Befürchtung ein, er könnte einen Herzanfall erleiden.

»Die Edeldame Terisa ward *nicht* vorgeladen«, sagte ein Meister laut.

»Dennoch ist sie *willkommen*«, stellte Kastellan Lebbick grob klar. »Nicht wahr, Meister Quillon?«

Der nagerhafte Mediator stand auf, schaute putzmunter in die Runde und nickte. »So willkommen wie Ihr, Kastellan Lebbick«, antwortete er, indem er die Nase rümpfte.

Kastellan Lebbick grinste, als ob er ihn anknurre. Auf der anderen Seite des Kastellans saß Meister Eremis. »Oh, ich bestehe gar auf ihrer Gegenwart«, sagte er sofort. »Sind Kastellan Lebbick und Nyle zur Versammlung zugelassen, so ziemt's sich wahrlich, auch der Edeldame Terisa die Teilnahme zu gewähren.« Seine Miene war schwer durchschaubar. Aus irgendeinem Grund machte er einen fast fröhlich-zufriedenen Eindruck.

»Warum ist er hier?« fragte Geraden. Er sprach wie ein Schlafwandler.

Jeder wußte, wen Geraden meinte. Meister Quillon setzte zu einer Antwort an, doch Kastellan Lebbick kam ihm zuvor. »Meister Eremis behauptet«, gab er Auskunft, indem er unverwandt feixte, »er wird die Anschuldigungen, welche wider dich erhoben werden sollen, mit seinen Aussagen stützen.«

»Nyle!« rief Terisa gedämpft.

Sämtliche Meister glotzten sie an; aber sie schienen keine Gesichter zu haben. Terisa kannte diese Männer nicht.

Geraden trat zum nächstbesten Stuhl und setzte sich, als sänke er zusammen. Nyle krallte die Finger noch krampfhafter in seinen Umhang. Er hob nicht den Kopf.

»Kastellan Lebbick«, sagte Meister Quillon, als dächte er in Wirklichkeit an etwas völlig anderes, »dies ist eine Zusammenkunft der Zunft, kein Antreten Eurer Schloßwächter. Ihr habt unter uns kein Recht zum Bestimmen und Walten. Eure Anwesenheit wird geduldet, dieweil Ihr's abgelehnt habt, Nyle ohne Euer Zugegensein teilnehmen zu lassen. Ich bitte Euch, bewahrt Ruhe.« Der Kastellan nahm den Verweis kommentarlos hin, aber auch ohne beeindruckt zu sein. »Edle Dame«, fügte der Mediator im selben Tonfall hinzu, »wolltet Ihr wohl die Güte haben und Platz nehmen, auf daß wir zu beginnen vermögen?«

Terisa mußte eine Anwandlung zu schreien unterdrükken. Schroff drehte sie sich um und setzte sich auf einen Stuhl neben Geraden. Der Adept war allem Anschein nach total niedergeschmettert. »Was kann Nyle über dich aussagen?« flüsterte Terisa ihm zu. Er äußerte sich nicht.

Meister Eremis beobachtete Geraden mit sichtlicher Neugier, als interessierten ihn sehr die Gedanken des Adepten.

»Nun denn«, sagte Meister Quillon. Mit ein, zwei raschen Schritten trat er ungefähr in die Mitte zwischen den beiden Stuhlreihen. »Laßt uns ans Werk gehen.« Die Stühle waren alt, vielleicht noch aus der Zeit übrig, in der die Edelleute und Damen Schloß Orisons zur Unterhaltung gern den Verhören als Zuschauer beiwohnten. Das Holz war so trocken und morsch, daß es sich bei einigen Flecken durchaus um Blutspritzer handeln konnte. »Wir haben diese Zusammenkunft einberufen, um über eine Angelegenheit zu befinden, welche ich nicht im mindesten zu beschönigen gedenke.« Eigentlich deutete sein Verhalten an, daß er sich am liebsten irgendwo versteckt hätte, statt soviel Aufmerksamkeit auf sich zu ziehen, doch seine Stimme hatte einen festen Klang. »Wie Euch allen, Ihr Meister, bereits zur Kenntnis gelangt ist, klagt Meister Eremis den Adepten Geraden an, ein Verräter an der Zunft und Schloß Orison, an König Joyse und Mordant zu sein. Des weiteren hat er kundgetan, daß Adept Geraden die gleiche Anklage wider ihn zu erheben beabsichtigt. Wir wollen beiden Gehör schenken. Sie werden uns die Gründe ihrer Behauptungen nennen. Ebenso werden sie uns die Beweise vorlegen, über welche sie verfügen. Danach müssen wir versuchen, die Wahrheit zu entdecken.«

»Und sobald die Wahrheit gefunden ist«, sagte Kastellan Lebbick ganz sachlich dazwischen, »werde ich nach ihrer Maßgabe handeln.«

Meister Quillon ging über die Unterbrechung hinweg. »Der Fall muß aufs eiligste geklärt werden. Die Ehre der Zunft ist besudelt und bedarf der alsbaldigsten Reinwaschung. Wir sind die Ursache für die Belagerung Orisons, wir sind's, die des Königs Feinde in ihre Gewalt zu bringen trachten. Und just zu solcher Zeit genießen wir wenig Vertrauen. Daher ist's überaus dringlich, daß wir die Wahrheit aufdecken und den Verräter dem Kastellan übergeben. Adept Geraden«, — die Augen des Mediators glommen —, »wünschst du als erster das Wort zu ergreifen?«

Sämtliche Anwesenden schauten Geraden an, ausgenommen Nyle, der zusammengesunken auf seinem Stuhl saß, als erwöge er Selbstmord.

Nein, wollte Terisa sagen, nicht. Laß Meister Eremis zuerst sprechen. Aber kein Laut kam ihr über die Lippen. Sie sah zu, als wäre sie irgendein Zunftmitglied, wie sich Geraden langsam erhob.

Die Flecken auf seinen Wangen waren dunkler geworden, ähnelten jetzt einer durch körperliche Anstrengung hervorgerufenen Rötung. Seine Bewegungen fielen verkrampft und eckig aus. Die Brust hob und senkte sich ihm, als versuche er tief durchzuatmen, ohne es zu schaffen. Er blickte weder Nyle noch sonst irgendwen an. Er hatte einen Schock erlitten, von dem er nicht wußte, wie er damit fertigwerden sollte.

Nyle tut ihm das an, dachte Terisa, *weil Geraden ihn aufgehalten hat.*

»Ihr Meister...« Geraden mußte mühsam schlucken, ehe er weiterreden konnte. Er schien an der eigenen Stimme zu ersticken. Der ganze Ehrgeiz seines Lebens hatte der Zunft gegolten. Jahrelang hatte er diese Männer verehrt und ihnen gehorcht. »Wir alle sind verraten worden. Doch ich vermag's nicht zu beweisen.«

Ach, Geraden. Meister Eremis konnte sich anscheinend nur mit einiger Mühe eines Lachens enthalten.

»Du mußt dich wohl oder übel des Aufwands der Beweisführung unterziehen, Geraden.« Die Ermahnung des Mediators war ernster, als man unter anderen Umständen seinem Ton entnommen hätte. »Meister Eremis wird nach bestem Vermögen Beweise unterbreiten. Sprichst du von Meister Gilbur oder einer anderen Person?«

Geraden nickte, ohne daß das Nicken irgend etwas zu bedeuten gehabt hätte. Sein Blick huschte ruckhaft über den Fußboden. Aber er schwieg.

Beim Anblick seines Leids schien sich in Terisa etwas umzukehren. Er hatte zuviel einstecken, zuviel ertragen müssen. Und jetzt mutete sein Bruder ihm so etwas zu — bereitete ihm vorsätzlich eine derartige persönliche Kränkung. Zu guter Letzt zerbrach er unter den Belastungen.

»Es ist alles ganz einfach«, sagte Terisa mit einer Stimme, die sie kaum wiedererkannte. »Es *muß* 'nen Verräter geben. Jemand anderes als Meister Gilbur.« Meister Quillon drehte sich ihr zu. Seine Nase zuckte nervös, doch ansonsten blieb sein Gesicht ruhig.

»Fürwahr, 's ist alles ganz und gar einfach«, wiederholte Geraden mit einer Art von Grabesstimme. »Unter uns *muß* ein Verräter weilen. Ein anderer denn Meister Gilbur.« Jetzt hob er den Kopf. »Ein Anwesender.« Terisa hielt den Atem an und hoffte, er werde weiterreden. »Gart hat die Edeldame Terisa viermal zu meucheln versucht.« Er sprach leicht undeutlich, aber die Glasigkeit seines Blicks schwand allmählich. »Der dritte Versuch fand auf dem Markt statt. Daraus ergibt sich kein Beweis. Beim viertenmal jedoch drang Gart durch einen Geheimgang in der Edeldame Gemächer ein. Jemand muß ihm das Vorhandensein dieses Geheimgangs mitgeteilt haben.«

»Das ist wahr«, sagte Meister Eremis, als pflichte er Geraden bei. »Jemand muß es getan haben. Ich war zur Stelle und habe ihn eindringen sehen. Mich deucht's, es ist nicht einmal ausgeschlossen, daß ich das Opfer seines Anschlags werden sollte.«

»Meister Eremis«, rügte der Mediator ihn mit unerwartetem Nachdruck, »Ihr werdet hinlänglich Zeit zum Sprechen erhalten. Dann habt Ihr Gelegenheit zur Gegenrede und zu Eurer Verteidigung. Der Adept muß vortragen können, was er zu sagen im Sinn hat.«

»Ihr wart dabei, Meister Eremis?« vergewisserte sich ein Meister mit dickem Wanst, aber ohne Brauen. »Wie habt Ihr Garts Überfall überlebt? Wie vermochte überhaupt einer der Betroffenen dem Anschlag mit dem Leben zu entgehen?« Meister Eremis lächelte und winkte ab, als ermahne er zum Schweigen.

»Sprich weiter, Adept!« forderte Meister Quillon sofort Geraden auf. »Wer wußte um jenen Geheimgang?«

»Wie sich von selbst versteht, der Kastellan«, antwortete Geraden augenblicklich. »König Joyse. Seine Töchter. Die Edeldame Terisa und ihre Zofe. Und Meister Eremis.«

Bei sich empfand Terisa Erleichterung, weil er Meister Quillon und Großmeister Havelock nicht erwähnt, noch so viel Überblick hatte sie aus dem Spiel zu lassen.

Man konnte dem Meister nicht ansehen, daß ihm Geradens Zurückhaltung aufgefallen sein mußte. »Und welchen Beweis leitest du daraus ab?«

»Alle Genannten außer Meister Eremis hatten schon länger vom Geheimgang Kenntnis. Er hingegen hat erst kürzlich davon erfahren. Bald nachdem Meister Eremis von ihm erfuhr, benutzte Gart den Geheimgang.«

»Das beweist durchaus gar nichts«, legte Meister Eremis umgehend Einspruch ein. »Welche Gelegenheit sollte ich denn gehabt haben, um mich mit des Großkönigs Monomach zu beraten? Wie allgemein bekannt ist, war ich fort. Ich befand mich zu einem Besuch daheim auf Burg Esmerel.«

Geraden straffte den Rücken. »Aber der Anschlag, zu welchem Gart sich des Geheimgangs bediente, ist nicht der Überfall von entscheidender Bedeutung.« Jetzt atmete er etwas freier, die Augen blickten wieder klar drein. »Selbiges läßt sich dagegen vom zweiten Anschlag anführen. Er erfolgte unmittelbar nachdem sich Meister Eremis und Meister Gilbur im geheimen mit Prinz Kragen und den Gauherren zu einer Unterredung getroffen hatten.«

Kastellan Lebbicks Gesicht nahm einen Ausdruck höchster Empörung an, als ob er einen alten Verdacht plötzlich bestätigt sähe. »Zu einer *Unterredung* mit …?«

Geraden ließ den Kastellan nicht zu Wort kommen. »Damit entfällt jedwede andere Möglichkeit. Daraus läßt sich die Schuldlosigkeit eines jeden schlußfolgern, der von jener geheimen Beratung keine Kenntnis hatte. Meister Eremis nahm die Edeldame Terisa zu selbiger Zusammenkunft mit. Als die Beratung endete, beließ er sie in Prinz Kragens Obhut. Gart und vier seiner Fechtschüler entsprangen einem Spiegel und griffen den Prinzen und dessen Begleiter an. Herr Perdon und Artagel eilten ihnen zu Hilfe und retteten sie aus der Bedrängnis. Allein Meister Eremis kann diesen Anschlag vorbereitet haben. Als einziger Beteiligter wußte er, wo sich die Edeldame Terisa aufhielt. Nur er vermochte darauf Einfluß auszuüben, wo sie sich nach der Geheimberatung befinden würde.« In gespieltem Entsetzen riß Meister Eremis Mund und Augen auf. »Und er dürfte der einzige Meister gewesen sein«, ergänzte Geraden, »welcher wußte, wo sie in der ersten Nacht nach ihrer Ankunft Wohnung haben sollte, jener Nacht, in deren Verlauf Gart gewaltsam in ihre Gemächer eindrang, um sie zu morden. Er ist Buhle der Zofe Saddith. Dieweil er sie darum ersuchte, meldete sie sich freiwillig, um der Edeldame Terisa Zofe zu sein.« Als bereitete es ihm Schwierigkeiten, im Gleichgewicht zu bleiben, setzte sich Geraden, stützte die Hände auf die Knie.

Kastellan Lebbick war aufgesprungen, wirkte bedrohlich ruhig. »Dergleichen habe ich geargwöhnt. Berichte mir alles über jene Zusammenkunft, Kerl!«

»Ist das *alles,* Adept?« erkundigte sich ein Imagomant mit rötlichem Teint und faulen Zähnen. »Erwartest du, daß wir *das* glauben?«

»Nehmt wieder Platz, Kastellan«, verwies Meister Quillon den Obristen. »Eure Einmischung ist ungebührlich.«

»Was sagt Artagel dazu?« fragte ein anderer Meister.

»Ich verstehe nicht, weshalb des Großkönigs Monomach die Absicht hegen sollte, die Edeldame Terisa zu ermorden. Welche Gefahr kann sie für Cadwal verkörpern?«

»Warum haben wir von jenem zweiten Anschlag keine Kunde vernommen?«

»Seit ich Geraden kenne, ist ihm nichts wohlgeraten. Ich glaube, wenn er etwas erzählt, dürfen wir getrost dessen sicher sein, daß es falsch ist.«

»Schweinedreck und Stutenpisse!« brüllte Lebbick in das Stimmengewirr. *»Ich will alles über jene Beratung wissen!«*

Nach seinem Brüllen ergab sich beklommenes Schweigen.

»Ihr zieht voreilige Schlußfolgerungen«, ergriff schließlich, ohne aufzustehen, Meister Eremis das Wort. »Das Treffen der Gauherren mit Vertretern der Zunft — mit dem Zweck, über Möglichkeiten zu reden, wie sich unsere gemeinsame, durch unseres geliebten Königs Untätigkeit entstandene Sorge beheben ließe — beruhte auf einem Vorschlag Herrn Perdons. Er erwirkte, daß die Gauherren aufs Schloß kamen. Die Zunft erkor Meister Gilbur und mich, anläßlich des Zusammentreffens die Zunft zu vertreten — Meister Gilbur, dieweil er von der Teilnahme abriet, mich dagegen, weil ich sie befürwortete. Ich allein rang mich, dieweil mich Prinz Kragens Anliegen, den Frieden zu wahren, aufrichtig dünkte, dazu durch, auch ihn zu der Beratung zu laden.« Ausdrucksstark hob er die Schultern. »Doch dieselbe zeitigte kein Ergebnis. Herr Fayle und Herr Termigan waren zu starren Sinns, Herr Tor war zu betrunken, Herr Armigite zu memmenhaft. Ausschließlich Herr Perdon und Prinz Kragen zeigten füreinander ein gewisses Verständnis. Sollte mir also, wie behauptet wird, Alends Vertrauen gehören, kann ich nicht in Cadwals Diensten stehen. Seid Ihr, Ihr Meister, nicht auch dieser Auffassung?« Er kam zum Schluß seiner Darlegungen. »Ich glaube, das Blut, welches entdeckt ward, stammte von Garts Getreuen. Ihre Leichen sind auf eben dem Wege verschwunden, auf welchem die Männer zuvor hergelangten — nämlich durch Imagomantie. Wir müssen davon ausgehen, daß Meister Gilbur — als Verbündeter Erz- und Großmeister Vagels — sich unserem Zugriff auf die gleiche Weise entzogen hat.«

Seine Überlegungen grenzten so nahe an die Wahrheit, daß Terisa reichlich unbehaglich zumute war; die Luft in der Räumlichkeit schien ihr kühler zu werden. Sie fragte sich, ob sie sich je wieder warm fühlen durfte.

»Das war Verrat«, raunte Kastellan Lebbick durch die Zähne. »Ihr habt auf Verrat gesonnen.«

»Nichts dergleichen war's«, widersprach Meister Barsonage mit einem Aufseufzen, indem er zum erstenmal etwas sagte. Er wirkte durch und durch verbraucht. »Die Wahrheit ist, daß wir uns der Hoffnung hingaben, die Gauherren möchten uns genügenden Grund zum Verzicht auf die Translation des Kämpen liefern. Wir bürdeten uns das Wagnis selbiger Translation nur auf, dieweil die Gauherren uns die Überzeugung vermittelten, aus der Bedrohung Mordants keinen Ausweg zu sehen.«

»Auf jeden Fall, ob so oder so betrachtet«, meinte Meister Eremis in schärferem Ton, »ist durchaus kein Unheil erwachsen. Eure Entrüstung ist unbegründet, Kastellan, denn jene Beratung zeitigte keinerlei Folgen. Im Rückblick ist klar, die größte Gefährdung ging von der hiesigen Anwesenheit so vieler Gauherren — und Prinz Kragens — zur selben Zeit aus. Hätte sich der Kämpe in eine andere Richtung Bahn gebrochen«, — Meister Eremis verdrehte humorig die Augen, doch verlor sein Ton nichts von seiner Schärfe —, »womöglich hätte er bewirkt, daß Orison überm Haupt einer jedweden hohen, hochwichtigen Person des Reiches zusammenstürzt.«

Kastellan Lebbick murmelte einige bösartige Flüche.

»Können wir weitermachen?« fragte Terisa mit der Stimme, die ihr völlig unvertraut war. »Ich will wissen, warum Nyle seinen Bruder Geraden für einen Verräter hält.«

»Edle Dame«, schnauzte der Meister mit dem Schmerbauch, »was Ihr wollt, hat auf uns zur Stunde geringen Einfluß.«

Mit einer Geste gebot Meister Quillon Schweigen. »Kastellan«, wandte er sich im Tonfall der Bitterkeit an Lebbick, »dürfen wir die Anhörung fortsetzen? Oder habt Ihr vor, unsere Zusammenkunft noch länger für Eure Auftritte zu mißbrauchen, allein dieweil wir unsere Lage und Mordants Notstand anders denn Ihr betrachten?« Kastellan Lebbick knurrte noch eine Verwünschung, hielt jedoch von da an den Mund. Er erinnerte an ein gespanntes Federwerk, als er sich wieder auf seinen Stuhl setzte. Der Mediator rieb sich die Nase, versuchte ihr Zucken zu unterbinden. »Adept Geraden, sind die Ausführungen vollendet, welche du vorzutragen gedachtest?« Abgehackt nickte Geraden. »Kannst du deine Behauptungen durch Beweise erhärten? Gibt's irgend etwas, was du uns zu zeigen oder zu erklären vermagst, das deine Aussagen bestätigt?« Geraden schüttelte den Kopf.

Etwas Seltsames fiel Terisa auf: Geraden hatte soeben, erkannte sie, genau das getan, was König Joyse von ihr verlangt hatte: seinen Verstand gebraucht. Seine Anklage gegen Meister Eremis fußte mehr auf logischer Überlegung als auf Beweisen. Leider waren es Beweise, was die Männer forderten. »Meister Eremis war der einzige«, sagte sie, »der wußte, daß ich an dem Treffen teilnehmen würde, und ich war dabei. Alle anderen hat mein Auftauchen überrascht.«

»Nein, edle Dame«, widersprach Meister Eremis unverzüglich. »Das ist unrichtig. Ihr habt keine Gewißheit, daß ich meine Absicht, Euch mitzunehmen, nicht Meister Gilbur oder Prinz Kragen anvertraut habe. Ihr könnt nicht leugnen, daß die Überraschung, welche Ihr bemerkt zu haben glaubt, nicht gänzlich andere Ursache gehabt haben mag. Doch wäre Eure Darstellung auch wahr, welche Bedeutung hätte sie? Meister Gilbur und ich verließen die Beratung gemeinsam, um — wie Ihr wißt — die Zunft vom Verlauf zu unterrichten. Aber er verabschiedete sich alsbald von mir mit der Begründung, er müsse sich in seinen Gemächern dringlicher Angelegenheiten widmen.

Wie könnt Ihr, wiewohl man nun weiß, daß jedenfalls *er* ein Verräter ist, daran Zweifel hegen, daß er die Gelegenheit genutzt hat — wie zufällig sie sich auch ergeben haben mag —, um Garts Translation zu vollziehen, auf daß er Euch meuchle?«

»Dieweil ein solcher Anschlag nicht ohne hinreichende Vorbereitung möglich gewesen ist«, sagte mit Nachdruck jemand, den Terisa nicht kannte. »Der erforderliche Spiegel kann schwerlich aus dem Nichts herbeigezaubert worden sein. In der Tat verhält's sich vielmehr so, daß der geheimen Beratung Örtlichkeit in jenes Spiegels Nähe bestimmt werden mußte. Seid's nicht Ihr gewesen, der den Ort des Zusammentreffens gewählt hat, Meister Eremis?«

Fast augenblicklich war es im Raum totenstill. Höchste Aufmerksamheit beherrschte die Atmosphäre. Geraden schöpfte tief Atem, die unnatürliche Färbung seines Gesichts ließ etwas nach.

Doch Meister Eremis war nicht einzuschüchtern. »Freilich war ich's«, bestätigte er barsch. »Ich mußte selbige Verantwortung auf mich nehmen, dieweil weder Perdon noch Prinz Kragen sich zu Orison zur Genüge auskannten, um eine solche Zuständigkeit annehmen zu können. Aber Ihr unterstellt, der fragliche Spiegel sei ausschließlich zwecks Garts Überfall auf die Edeldame Terisa angefertigt worden. Zwischen dem Beschluß zu der Begegnung und deren Stattfinden verstrichen jedoch lediglich sechs Tage. Haltet Ihr's für möglich, daß ein derartiger Spiegel binnen solcher Frist ersonnen, mittels Forschung vorbereitet und hergestellt zu werden vermag? Muß es nicht als weitaus wahrscheinlicher erachtet werden, daß man ihn für einen gänzlich anderen Zweck schuf — mag sein, um Gart beliebigen Zutritt zu Orison zu gewähren —, die Gelegenheit zu einem Anschlag auf die Edeldame Terisa sich indessen durch günstige Umstände ergab, ein Zusammenfallen vorteilhafter Umstände, die Meister Gilbur eilends zu nutzen verstand?«

Etliche Meister scharrten mit den Füßen; nur wenige

von ihnen erwiderten Eremis' Blick. Die Leichtigkeit, mit der er die Vorwürfe zurückwies, verwirrte erheblich Terisas Gedankenabläufe.

»Nun wohl, Meister Eremis«, sagte der Mediator nach längerer Stille halblaut. »Es hat den Anschein, daß Geraden seinen Äußerungen nichts hinzuzufügen vermag. Dieweil Ihr bereits mit Eurer Verteidigungsrede begonnen habt, sprecht nun getrost weiter, ich bitte Euch.«

»Meinen Dank, Meister Quillon«, entgegnete Eremis auf eine Art, als könne er sich nur mit Mühe dessen enthalten, seiner Verachtung Ausdruck zu verleihen. Er sparte sich die Mühe des Aufstehens. »Ich werde nunmehr meine Anschuldigungen begründen. Nur wenn sie Euch, Ihr Meister, nicht überzeugen, gedenke ich Nyle zur Bestätigung meiner Worte aussagen zu lassen. Wie's verständlich ist, widerstrebt's ihm, wider seinen Bruder Zeugnis abzulegen.« Die letztere Bemerkung mochte durchaus wahr sein. Man konnte Nyle Widerstreben ansehen; er wirkte, als widerstrebe ihm sogar das Weiterleben. »Seit jener Stunde, da er die Edeldame Terisa aus einem Spiegel zu uns brachte, welcher sich für eine solche Translation gar nicht eignete, hat Adept Geraden mir Verwunderung eingeflößt.« Der Meister saß sehr lässig da, lag halb auf dem Stuhl, die Beine von sich gestreckt. Während er redete, spielten seine langen Finger mit den Zipfeln seiner Kasel. Sein Gebaren erweckte einen so glaubhaften Schein der Gelassenheit, daß Terisa ihn ganz genau beobachten mußte, bis sie merkte, daß seine Aufmerksamkeit in Wirklichkeit die ganze Versammlung erfaßte. »Seine und Meister Gilburs gemeinsame Tätigkeit verstärkte mein Befremden zu einem Verdacht. Sobald Meister Gilbur sich schließlich als Verräter erwies, sah ich meine ärgsten Bedenken gerechtfertigt.«

Niemand unterbrach ihn, während er die Argumente aufzählte, die er schon Terisa genannt hatte. Sie mußte zugeben, daß sie plausibel klangen, sich durch eine nahezu unwiderstehliche Überzeugungskraft auszeichneten.

Meister Gilbur hatte den Spiegel fabriziert, in dem der Kämpe zum erstenmal gesehen worden war; Meister Gilbur hatte Geraden bei der Herstellung einer Zweitausführung des Spiegels Schritt für Schritt persönlich angeleitet. Wenn daher dank irgendwelcher Fähigkeiten Geradens ein Spiegel entstanden sei, der etwas leiste, was noch nie ein Spiegel geleistet hätte, dann müsse Meister Gilbur die Anwendung dieser Fähigkeiten bemerkt haben. Andernfalls müsse Meister Gilbur selbst für die geheimnisvollen Eigenschaften des zweiten Spiegels verantwortlich sein, Geraden etwas zu schaffen ermöglicht haben, was der Adept allein nie zustande bekommen hätte. Auf jeden Fall müßten die beiden unter einer Decke stecken. Geradens Probleme hätten immer aus seinem Talent resultiert, nicht dem Umfang seines Wissens; deshalb könne Meister Gilbur ihn nicht damit betraut haben, etwas bis dahin Beispielloses zu bewerkstelligen, ohne daß es dem Adepten hätte auffallen müssen.

»Nein, so war's nicht«, sagte Geraden leise. »Ich befand mich in gänzlicher Arglosigkeit.« Aber niemand schenkte ihm Beachtung.

Meister Eremis erklärte auch seine Theorie, weshalb Cadwal gerade jetzt in Mordant einmarschiert sei. Auf dieser Grundlage, behauptete er, sei alles andere völlig offensichtlich. Wer war der einzige Mensch, der immer genau wußte, wo sich Terisa aufhielt? Natürlich Adept Geraden, der erst dafür gesorgt, daß man Terisas Quartier bewachte, dann seinen Bruder Artagel dazu überredet hatte, sie zu beschatten. Wer war der Mann, von dem sich am wahrscheinlichsten sagen ließ, daß er nach dem Treffen der Gauherren mit Prinz Kragen Meister Gilbur dabei geholfen haben mußte, Garts Translation durchzuführen? Natürlich Adept Geraden, Meister Gilburs Komplize. Wie war es erklärlich, fragte Eremis, daß Geradens gesamte anscheinmäßige Treue zu König Joyse keinerlei praktische Auswirkungen hatte? Nur dadurch, daß es sich bloß um eine überaus raffinierte Tarnung handelte, die ihm dabei half, den Leuten zu schaden, die ihm am meisten vertrauten. Er stünde mit Gart und Großkönig Festten im Bunde.

Beim Zuhören wurde Terisa immer banger und immer mehr zum Speien zumute. Man sah Geradens Augen an, wie tief ihn die Beschuldigungen trafen, aber er schwieg.

Nachdem Meister Eremis fertig war, zögerten die übrigen Imagomanten merklich mit Stellungnahmen. Einige von ihnen wirkten schockiert. Eine Mehrzahl machte allerdings einen erleichterten Eindruck, als wäre sie froh darüber, nicht davon ausgehen zu müssen, daß ein Zunftmitglied sie verraten hatte. Und ein paar freuten sich unverhohlen, weil sie erwarteten, Geraden nun endlich ein für allemal los zu sein.

Aber nach einem Weilchen ergriff ein leicht schieläugiger jüngerer Meister das Wort. »Meister Eremis, ich erblikke in Euren Darstellungen Unstimmigkeiten. Wenn ich Euch recht verstanden habe, ist's Geraden, welcher der Edeldame Leben beschirmt und bewahrt hat, indem er ihr Beschützer zuteilte.«

»Unfug«, erwiderte Meister Eremis bündig. »Die Wachen, welche er vor ihre Tür stellte, konnten nie und nimmer ebenbürtige Gegner für des Großkönigs Monomach sein. Und seither hat er sich einer gründlicheren Falschheit befleißigt, als man glauben mag. Er hat Artagel der Edeldame zur Seite gegeben, auf daß Mordants bester Schwertfechter gleichfalls den Tod fände und somit Cadwal mit einem Schlag zur gleichen Zeit zweier bedeutsamer Widersacher entledigt werden könnte.«

»Das kann unmöglich jemand von mir glauben!« Geradens Zwischenruf klang wie ein Stöhnen. Aber er verfiel sofort wieder in Schweigen.

»Nein, Geraden.« Meister Barsonage wuchtete seine massige Gestalt vom Stuhl. Für einen Moment ruhte sein Blick kummervoll auf Terisa. »Ich glaub's nicht.« In Färbung und Teint zeugte sein Gesicht von schon länger getragenem Gram. »Fürwahr, ich glaube nichts von allem, was ich hier vernommen habe. Du und Meister Eremis äußert widereinander Anschuldigungen, als wär's undenkbar, sie in Zweifel zu ziehen, aber ihr bleibt die Antwort auf die allerwichtigste Frage schuldig, jene eine Frage, von deren Beantwortung alles abhängt. Vollauf ungeklärt bleibt nämlich das *Warum*. *Warum* scheut des Großkönigs Monomach keinen Aufwand, um die Edeldame Terisa zu morden? *Warum* sollte Meister Eremis ihren Tod anstreben?« Über die Schulter wandte er sich an Eremis. »Meister Eremis, *warum* sollte Geraden ihr nach dem Leben trachten?« Seinen Schlußsatz richtete er an die Gesamtheit der Zunft. »Nichts von allem, was diese beiden Männer vorgetragen haben, besitzt irgendeine Aussage- oder Beweiskraft, solange sie uns nicht das *Warum* zu verdeutlichen vermögen.«

Bevor einer der zwei Kontrahenten antworten konnte, stand Terisa auf. »Ich werde Ihnen sagen, warum.« Ihre Stimme zitterte, aber aus Zorn, nicht vor Kälte. Sie fror nicht; sie war jetzt ihrer Sache sicher. Der Gewißheit, deren Unklarheit ihr solchen Frust verursacht hatte, fehlte plötzlich nicht mehr der Gegenstand. »Ich kann Ihnen genau sagen, warum.« ›*Wäre er nicht auf jene Weise gerettet worden …*‹ Sie meinte nicht Meister Barsonages Frage; darauf wußte sie keine Antwort. Aber sie lieferte ihr eine Gelegenheit, um das auszusprechen, was sie aussagen wollte. »Geraden hat keinen Grund, meinen Tod zu wollen. Seit ich hier bin, hat er genug Zeit mit mir verbracht, um zu wissen, daß ich für niemand eine Gefahr bin. Wäre er ein Kumpan Garts, hätten nie Attentate auf mich stattgefunden. Er würde den Monomach des Großkönigs meinetwegen bestimmt in keine Risiken stürzen. Aber Meister Eremis hat 'nen Grund.«

Der Meister setzte sich aufrechter hin. Er spielte den Bestürzten. »Edle Dame«, sagte er wie maßlos erstaunt, »ich habe Euer Leben gerettet. Ich habe alles getan, was ein Mann nur zu verrichten vermag, um Eure Liebe zu gewinnen. Wie könnt Ihr vermeinen, ich wünschte Euch irgendeinen Harm?«

Terisa war speiübel. »Weil ich weiß, daß Sie lügen.«

Daraufhin verfinsterte sich Eremis' Miene. Terisa hörte, wie hinter ihr einige Imagomanten zischend Atem holten, als Eremis sich mit unheilvoller Langsamkeit erhob. »Seid Euch über das im klaren, was Ihr redet, edle Dame«, warnte er sie leise.

»Ich bin mir darüber im klaren«, fuhr Terisa ihn an. Ihre Stimme nahm rasch an Lautstärke zu. Sie hatte gar nicht zu schreien vor, aber sie bedurfte dieser Heftigkeit um ihre Furcht bändigen, weitersprechen zu können, trotz der Tatsache, daß sie sich noch nie mit einem solchen Mann angelegt hatte und bezweifelte, dazu imstande zu sein. Wie sollte sie sich gegen jemanden wie Meister Eremis durchzusetzen fähig sein? Er war ihr einfach über, war es von Anfang an gewesen, er ähnelte eben ihrem Vater. »Sie wissen alles über das Attentat nach dem Treffen, weil ich's Ihnen erzählt habe. Ich habe 'ne Menge Fehler gemacht. Aber Sie sind fortgegangen, ohne mich nochmals zu besuchen.« ›*Wäre er nicht auf jene Weise gerettet worden ...*‹ »Ich hatte keine Gelegenheit, um Ihnen was über die Überfälle auf Geraden zu erzählen. Woher wissen Sie darüber Bescheid? Von den Reitern können Sie natürlich wissen. Inzwischen weiß jeder von ihnen. Das kann Ihnen jeder erzählt haben.« ›*... wie's geschehen ist ...*‹ »Aber Sie wußten auch vom ersten Überfall.« Meister Eremis starrte sie an, war offensichtlich völlig verdutzt. »Davon wußte niemand etwas außer Artagel, Geraden und mir. Und Großmeister Havelock, und *er* hat Ihnen bestimmt nichts erzählt.« Meister Eremis war ein Fehler unterlaufen. Angesichts des Drucks, dem ihn Geradens Beschuldigungen aussetzten, hatte er einen Fehler begangen. »Keiner von uns hat Ihnen was davon erzählt. Sie waren nämlich *nicht da*. Trotzdem haben Sie behauptet, es hätte sich bloß um ›trügerische Listen‹ gehandelt. Sie kannten alle Einzelheiten. Sie haben zu mir gesagt: ›Wäre er nicht auf jene Weise gerettet worden, wie's geschehen ist, hätte man — dessen versichere ich Euch aufs nachdrücklichste — jene Käfer zurückgerufen, ehe sie ihm ein Leid zuzufügen vermochten.‹ Sie haben ›jene Käfer‹ gesagt. Wieso wußten Sie, daß man Insekten auf ihn losgelassen hatte?« Geradens Gesicht nahm einen Ausdruck von Verblüffung und neuen Selbstbehauptungswillens an. »Sie verleumden Geraden aus demselben Grund, weshalb Sie meinen Tod wollen«, faßte Terisa zusammen, rang um Beherrschung. »Weil wir Ihnen gefährlich werden können. Wir wissen, daß Sie der Verräter sind.«

Noch einen Moment lang stierte Meister Eremis sie nur an. Dann lachte er verhalten los. Aber sein Lachen klang nicht besonders fröhlich. »Edle Dame«, sagte er, »Eure Anwürfe empören mich. Ihr selbst habt mir von jenem Anschlag erzählt.«

»Das ist auch gelogen«, fauchte Terisa ihn wütend an.

»Nein, edle Dame. Die Lüge kommt von Eurer Seite. Zwischen Küssen habe ich den Hergang des Geschehens von Euren Lippen vernommen.«

»Das wage ich zu bezweifeln, Meister Eremis.« An Terisas Seite erhob sich Geraden. Terisas Kühnheit hatte ihn angesteckt; er war wieder fähig zur Auseinandersetzung, seine Augen glänzten streitbar. »Die Edeldame Terisa hat keinerlei Veranlassung zum Lügen. Sie könnte durch Unwahrheiten keine Vorteile gewinnen.«

»Nicht?« Meister Eremis' Mund zuckte verächtlich. »Du bist ein Einfaltspinsel, Bursche, oder ein Tor. Du bist ihre Veranlassung. Dich kann sie gewinnen.«

Dies Argument verschlug Terisa den Atem, als hätte jemand ihr einen Eimer kalten Wassers ins Gesicht geschüttet; es stimmte; es stimmte so sehr, daß sie unweigerlich mies dastehen mußte.

Trotzdem hatte sich Eremis vertan; bevor er weiterreden konnte, brachen mehrere Meister in Gelächter aus. »Das wollt Ihr uns bei *Eurem* Ruf, was Weiber anbetrifft, glaubhaft machen?« fragte der Meister mit den schlechten Zähnen. »Verlangt Ihr von uns, Euch zu glauben, die Edeldame zöge den Tolpatsch Geraden Euch vor?«

»Keinem andersartigen Beweis hätte ich geglaubt«, bemerkte ein anderer Meister, »aber das will ich als beweiskräftig ansehen. Wenn Meister Eremis sich dazu genötigt fühlt, die Behauptung aufzustellen, er sei zu erwirken außerstande, daß ein Weib ihm vor dem Adepten den Vorzug gibt, so kann ihn unmöglich Wahrheitsliebe erfüllen.«

»Ganz im Gegenteil«, äußerte ein anderer Imagomant lautstark. »Wenn Meister Eremis zu gestehen gezwungen ist, daß ein Weib zu seinem Nachteil den Adepten vorzieht, dann muß er die Wahrheit sprechen.«

»*Genug!*« brauste Meister Eremis auf. Seine Hände fuhren durch die Luft, er forderte Ruhe. »Ich habe nun *genug* erdulden müssen!« Sein Brüllen hallte von den Wänden wider. Die Wut in seiner Stimme und der Ausdruck seiner Augen löste Stille aus, rang den Anwesenden allgemeine Aufmerksamkeit ab. »Es ist unerträglich, daß meine sämtlichen Dienste an Mordant sowie der Zunft mit Mißtrauen vergolten werden. Ich will, was ich vorgetragen habe, nunmehr beweisen. Ich werde Nyle darum ersuchen, seine Aussagen zu machen.«

Die Meister musterten ihn; Geraden öffnete den Mund, schloß ihn gleich wieder, alle Farbe wich aus seinem Gesicht. Tief drinnen in Terisa verschlimmerte sich mit einem Mal ihr insgeheimes Beben.

Meister Quillon legte versonnen den Kopf schräg. »In aller Versammelten Namen hoffe ich, Meister Eremis«, meinte er nach einem Moment des Abwartens in beinahe bedrohlichem Ton, »daß Ihr wißt, was Nyle auszusagen hat.«

»Darin bin ich mir zur Gänze sicher.« Eremis' Sicherheit schien unerschütterlich zu sein, glich in dieser Hinsicht seinem Grinsen.

Jetzt schauten alle Teilnehmer der Versammlung Nyle an. Geradens Bruder schien sich dessen, was sich rings um ihn abspielte, überhaupt nicht bewußt zu sein. Nichts änderte sich an seiner Haltung der Niedergeschlagenheit; er hob nicht einmal den Kopf. Die Grimasse, die seine Gesichtszüge entstellte, bezeugte tiefe Verzweiflung.

Doch unvermittelt wandte er sich an den Kastellan, flüsterte Lebbick etwas ins Ohr. Der Kastellan hörte zu, setzte eine Miene des Unmuts auf. »Ihr Meister«, sagte er dennoch, »Nyle wünscht mit Geraden ein Wort unter vier Augen zu wechseln.« Nyle richtete den Blick zurück auf den Fußboden.

Niemand regte sich. Terisa schlug das Herz im Halse. Geraden ballte die Hände zu Fäusten, hielt den Kopf hochgereckt, hatte das Kinn vorgeschoben. Meister Eremis widmete Nyle einen forschen Blick, sprach jedoch seine Gedanken nicht aus. Ziemlich unsicher sahen die Imagomanten sich gegenseitig, den Kastellan und Meister Quillon an.

»Warum?« fragte der Mediator schließlich streng.

Kastellan Lebbick zuckte die Achseln. »Mag sein, er ist des Glaubens, Geraden zu einem Geständnis bewegen zu können.«

»Habt Ihr irgendwelche Bedenken?«

Lebbick schüttelte den Kopf. »Diese Kammer wird bewacht.« Sein Tonfall wurde sarkastisch. »Was immer Geraden zu bekennen haben mag, 's wird höchlichst von Interesse sein.«

Wieder erregte Meister Quillon den Eindruck, als würde er am liebsten weglaufen und sich verstecken. »Dann wollen wir Platz nehmen«, sagte er trotzdem. »Nyle und Geraden mögen sich zur Seite begeben.«

Meister Eremis hob die Schultern und verzichtete auf Einwände. Die übrigen Meister setzten sich alle an ihre Plätze.

Terisa schaute Geraden an. *Was wird Nyle über dich sagen? O Geraden, was stimmt denn nicht?* Aber Geraden erwiderte ihren Blick nicht. Er konzentrierte sich innerlich vollständig auf seinen Bruder, den Bruder, den er davor zu bewahren versucht hatte, Verrat zu begehen, den er bis zum äußersten gedemütigt hatte. »Sei vorsichtig«, flüsterte Terisa. Ihr war, als könne sie ein nahes Verhängnis ahnen; doch was nun auch geschehen mochte, es ließ sich nicht mehr abwenden. »Bitte.« Voller schier unerträglicher Spannung setzte sie sich auf ihren Stuhl.

In sichtlicher Beklommenheit trat Geraden zu Nyle. Sobald Nyle vor sich am Fußboden Geradens Stiefel sah, stand er ruckartig auf; ohne die Umklammerung seiner Hände vom Umhang zu lösen, entfernte er sich ans andere Ende des Raums, so weit weg von den Meistern, wie es ging, so weit wie möglich fort von Terisa. Dort wartete er auf Geraden.

Die Meister beobachteten die zwei Brüder, ohne daß sich jemand rührte. Kastellan Lebbicks Kiefer mahlten, als kaue er unverdauliche Gedanken wieder; sein Blick wich nicht eine Sekunde lang von den Brüdern.

Als die beiden am Ende der Räumlichkeit standen, ergab es sich, daß Geraden den Versammelten den Rücken zudrehte. Terisa konnte Nyles Gesicht sehen; er wirkte gefaßt und doch bis zur Wüstheit aufgewühlt, unbelehrbarer und gleichzeitig noch verzweifelter als in dem Moment, als er losgeritten war, um seinen Verrat an Orison zu vollenden; sein Gesichtsausdruck war gleichermaßen mörderisch wie von Grauen geprägt, als beteilige er sich an einem Verbrechen, gegen das er sich inwendig ganz stark aufbäumte.

Im Flüsterton sagte er etwas zu Geraden. Es mußte sich um eine üble Beleidigung handeln, denn Geraden reagierte, als hätte er eine Ohrfeige erhalten. Er fuhr zusammen, sprang vor. Von hinten erweckte er den Eindruck, als packe er Nyles Umhang.

Zwischen den Brüdern fiel ein eiserner Dolch auf den Fußboden, klirrte auf den Stein. Blut klebte an der Klinge.

Nyle sackte rücklings gegen die Wand. Er verdrehte die Augen, die Lider schlossen sich. Dann gaben seine Knie nach. Geraden versuchte ihn aufzufangen, aber Nyle stürzte auf den Rücken. Sein Umhang teilte sich, enthüllte die rote Wunde, die der Dolch in seinem Bauch hinterlassen hatte.

Wie der Dolch waren auch Geradens Hände voller Blut.

26

Brudermord

Terisa schrie in die Stille der Entgeisterung hinein, die in ihrem Verstand herrschte; glücklicherweise schrie sie nicht laut.

Für einen Moment gab niemand irgendeinen lauten Ton von sich; niemand tat überhaupt irgend etwas. Alle Anwesenden starrten bloß hinüber zu Geraden und Nyle.

Da stieß Geraden einen erstickten Laut aus, etwas ähnliches wie ein Aufschluchzen, und in der Zunftversammlung brach ein Tumult aus.

Meister sprangen von Stühlen, liefen nach allen Seiten. Kastellan Lebbick rannte in Geradens Richtung wie ein Tiger. Geraden duckte sich an der Wand, als wäre er bereits in die Enge getrieben.

»Geraden!« schrie Terisa durch das Chaos. *»Hau ab!«* Als hätte sie ihm einen Stoß gegeben, flüchtete er plötzlich zur Tür.

Aber er handelte zu spät, war zu langsam; vor Schreck war er wie benommen, konnte der schnellen Reaktion des Kastellans nicht gewachsen sein. Doch ein paar Meister eilten gleichfalls auf ihn zu, vielleicht um ihn zu packen, vielleicht in der Hoffnung, Nyle sei noch zu helfen. Einer von ihnen war Meister Quillon.

Flink wie ein Kaninchen sauste er Geraden hinterdrein — und stolperte. Er kam direkt vor Kastellan Lebbick zu Fall, dessen Beine gegen ihn prallten. Lebbick schlug der Länge nach auf den Steinboden. Geraden erreichte die Tür und riß sie auf.

»Haltet ihn!« brüllte Kastellan Lebbick den Türwächtern im Flur zu. *»Ergreift Geraden!«* Aber mitten während seiner Befehle knallte die Tür zu.

Meister Barsonage stand inmitten des Wirrwarrs, als wäre er allein. Während zahlreiche Imagomanten durcheinanderlärmten, aufeinander einschrien, zu entscheiden versuchten, wie man Geraden am besten verfolgen solle, rang Barsonage die Hände, stierte vor sich hin ins Nichts wie ein Gelähmter. Sogar sein Tic war verschwunden. Der Kastellan raffte sich vom Fußboden hoch, brüllte ununterbrochen Befehle, stieß rechts und links Meister zur Seite, stürmte zum Ausgang. Meister Eremis gelangte nicht als erster zu Nyle, er schob alle anderen Meister beiseite, die Nyle umringten, hob die blutige Gestalt auf die Arme, drängte sich in die Richtung des anderen Aufgangs. »Einen Arzt!« heischte er, obwohl ihm niemand zuhörte. »Er benötigt einen Wundarzt!«

Unwillkürlich schloß Terisa sich Meister Eremis an. Plötzlich faßte jemand sie am Arm. Sie mußte sich umdrehen und blickte unversehens in Meister Quillons Gesicht. Seine hellen Augen leuchteten; ihm zuckte hemmungslos die Nase. »Kommt!« forderte er mit einer Stimme, die Terisa durch den Krawall bis ins Herz zu dringen schien. »Wir müssen ihm Hilfe erweisen.« Sofort setzte er sich in Bewegung, zog Terisa zu der Tür mit, durch die Meister Eremis sich eben hinausbeeilt hatte.

Die beiden Posten, die diesen Ausgang bewacht hatten, standen jetzt im Innern der Räumlichkeit, riefen nach Ordnung und wollten Auskünfte haben. Meister Quillon hastete an ihnen vorbei. Die zwei Männer machten einen halbherzigen Versuch, Terisa aufzuhalten, ließen sie dann doch durch; der Aufruhr beanspruchte ihre volle Aufmerksamkeit.

Meister Quillon rannte los, das graue Gewand schlug ihm gegen die Knie. Terisa hatte keine Ahnung, wohin er lief; sie folgte ihm ganz einfach, weil er etwas von *Hilfe* erwähnt hatte. Doch auf einmal erkannte sie diesen Teil des Laboriums wieder. Durch einen Korridor und durch einen Nebeneingang eilte Meister Quillon mit ihr zu einer kleinen Pforte, die jedoch so schwer und wuchtig war, daß es sich um eine Kerkertür handeln mußte. Auch an dieser Tür standen Wachen. »Sputet euch!« rief Meister Quillon den Männern zu. »Jemand ist gemeuchelt worden!« Er deutete dorthin, woher Terisa und er kamen. »Der Kastellan braucht euch!«

Seine Aufregung überzeugte die zwei Wächter so sehr, daß sie augenblicklich losrannten, unterwegs die Schwerter zückten. Unverzüglich öffnete Meister Quillon die Tür, wies Terisa hindurch, schloß die Tür wieder; dahinter befand sich der Vorraum zu den früheren Kerkerzellen, die man so umgebaut hatte, daß die Zunft dort ihre Spiegel lagern beziehungsweise aufstellen konnte.

»Wird er hierherkommen?« fragte Terisa. Sie keuchte mühsam.

»Er kann sich an keine andere Stätte flüchten«, erwiderte Meister Quillon mit offenbar unbeabsichtigter Grobheit. Erneut packte er sie am Arm, schob sie durch den nächstbesten Durchgang in das Labyrinth der Räume. Doch er begleitete sie nicht. Als er stehenblieb, wandte sich Terisa um, wollte ihn fragen, was das zu bedeuten habe. »Geht!« schnauzte er. »Helft ihm. Ich werde Euch einen gewissen Aufschub verschaffen. Man wird mir glauben, wenn ich beteuere, er sei nicht hier, aber nur für ein kurzes Weilchen.« Terisa starrte ihn an. *Sie* sollte Geraden *helfen?* »*Geht*, sage ich!« Meister Quillon gab ihr einen Stoß. Terisa taumelte, erlangte das Gleichgewicht zurück, verließ den Vorraum. Ihm *helfen?* Geraden? Nyle war tot. Ihm war ein Dolch in den Leib gestochen worden. Warum? Damit er nicht vor der Zunft aussagte. Damit er Meister Eremis' Aussagen nicht bestätigte. Geraden!

Sobald sie das Gewölbe betrat, in dem der Spiegel stand, durch den sie nach Orison befördert worden war, erspähte sie Geraden. Er versuchte sich an einem Durchgang vorbeizuschleichen, zu verstecken, jedoch nicht schnell genug, um Terisas Aufmerksamkeit zu entgehen.

Meister Gilburs Originalspiegel war nach der Translation des Kämpen zerstört worden; dieser Spiegel war Geradens Zweitausfertigung. Weil der Spiegel zugehangen war, konnte Terisa nicht sehen, welchen Anblick er zeigte.

»Geraden!« flüsterte Terisa. Zu rufen traute sie sich nicht. »Ich bin's, Terisa.«

Einen Moment später kam er zu ihr, trat vor sie. Er war ein anderer Mensch geworden. Sein Gesicht schien aus Eisen zu bestehen, die Augen wirkten wie von Stahl. Er sprach, als hätte er das Recht, ihr jederzeit Befehle zu erteilen. »Seid Ihr mir gefolgt, um mich zur Aufgabe zu überreden?«

»Nein.« Terisa war kaum zum Reden imstande. Irgend etwas in ihr zerbrach. »Er hat gesagt, ich soll dir helfen.«

»Er?«

»Meister Quillon.«

»Er hätte selbst kommen sollen.« Gedämpft hallte das Geräusch einer Tür durch die Kammern. Terisa hörte entferntes Gewirr von Stimmen. »So Ihr eine Imagomantin seid, edle Dame«, fügte Geraden hinzu, »mag's sein, daß Ihr mir beizustehen vermögt. Andernfalls bin ich verloren.«

»Du weißt, daß ich keine Imagomantin bin.« *O mein Schatz!* »Was hat Nyle über dich aussagen wollen?«

Geraden erweckte einen Eindruck von Unnahbarkeit, schien viel zu hart und unmenschlich geworden zu sein, als daß man ihn irgendwie hätte ansprechen können. Doch irgend etwas in Terisas Stimme, ihrem Gesicht oder ihrer gesamten Haltung erschütterte ihn; seine Unnachgiebigkeit wich. »Nichts«, antwortete er, als wäre er urplötzlich den Tränen nah. »Ganz und gar nichts. Eine Hinterlist war's, von Meister Eremis wider mich ausgeheckt. Terisa, ich habe meinen Bruder nicht gemordet.«

»Schwärmt aus!« Deutlich hörte Terisa Kastellan Lebbicks Stimme. »Er muß sich hier verbergen. Ich will ihn lebend haben.«

»Ich bin keine Imagomantin!« rief Terisa. »Ich kann dir nicht helfen!« Voller Elend schlang sie die Arme um Geradens Hals. Geraden hielt sie umfangen, bis sich in einer benachbarten Kammer die Schritte harter Stiefel näherten; im selben Augenblick trennten sie sich, war Geraden erneut wie aus Eisen. Ohne Zögern ging er zu dem Spiegel und deckte ihn auf. Das Glas zeigte die bitterlich öde fremde Landschaft, wo der Kämpe und seine Untergebenen gescheitert waren. »Nein, Geraden!« Terisa schnappte nach Luft. »Du wärst verschollen. Du würdest niemals zurückkehren können.«

Er achtete nicht auf ihren Einwand. »Sobald meine Translation vollzogen ist, edle Dame«, sagte er, als wäre sie eine Fremde, »verstellt des Spiegels Brennpunkt, ich bitte Euch. Sollte ich im Image sichtbar sein, täte man mich verfolgen.« Er murmelte etwas, das Terisa nicht verstand. Wie zur Abschiedsgeste strichen seine Finger über den hölzernen Rahmen des Spiegels, und er winkte Terisa ein letztes Mal zu. Dann stieg er in den Spiegel, ließ sie allein.

Aber er erschien nicht im Image. Fieberhaft suchte Terisas Blick das erkennbare Gelände ab; doch Geraden war nirgends zu sehen. Nochmals hatte sein Spiegel eine eigentlich unmögliche Translation bewirkt; er hatte ihn an einen Ort versetzt, den er gar nicht zeigte.

Diesmal jedoch hielt niemand ihn am Bein fest. Er hatte keine Möglichkeit zur Umkehr. Er war unwiederbringlich verschwunden.

Kastellan Lebbick stand so plötzlich neben ihr, daß Terisa aufgeschrien hätte, wäre sie nicht ohnehin schon im Zustand schrecklicher Bestürzung gewesen. Er blickte sich in der Kammer um, schaute in den Spiegel. Dann klammerte er die Hände um Terisas Arme und drückte die Finger in ihr weiches Fleisch. Seine Miene bezeugte wilden Triumph.

»Nun habt Ihr Euch entlarvt, Weib«, sagte er fast freudig. »Ihr habt etwas so Verwerfliches getan, daß niemand Euch noch Schutz gewähren wird. Ihr habt einem Mörder zur Flucht verholfen.« Terisa könnte etwas zu ihrer Rechtfertigung gesagt haben. Leugnen hätte Geraden jetzt nicht mehr geschadet; er war sämtlichen denkbaren Konsequenzen entzogen. Doch sie hielt nur den Kopf erhoben, erwiderte den erbarmungslosen Blick des Kastellans mit der inneren Kraft ihres Leids und schwieg. »Und nun«, knirschte Lebbick sie an, »seid Ihr *mein.*«

HEYNE BÜCHER

HEYNE FANTASY

Romane und Erzählungen internationaler Fantasy-Autoren im Heyne-Taschenbuch.

06/4518

06/4532

06/4537

06/4538

06/4539

06/4515

06/4540

06/4521